*Im Knaur Taschenbuch Verlag ist bereits
folgendes Buch des Autors erschienen:*
Der Architekt

Über den Autor:
Jonas Winner, geboren 1966 in Berlin, promovierter Philosoph, arbeitete nach dem Studium in Berlin und Paris als Journalist, Redakteur für das Fernsehen und als Drehbuchautor (ARD, ZDF, Sat.1). Sein Fortsetzungsthriller *Berlin Gothic* sorgte im Netz für Furore. 2012 konnte er mit *Der Architekt* im Knaur Taschenbuch einen großen Erfolg feiern. Der Autor lebt mit seiner Familie in Berlin.

JONAS WINNER
BERLIN GOTHIC

THRILLER

Besuchen Sie uns im Internet:
www.knaur.de

Originalausgabe Juni 2013
Knaur Taschenbuch
Ein Unternehmen der Droemerschen Verlagsanstalt
Th. Knaur Nachf. GmbH & Co. KG, München
© 2011/2012 by Jonas Winner. Vom Autor genehmigte Lizenzausgabe.
Alle Rechte vorbehalten. Das Werk darf – auch teilweise –
nur mit Genehmigung des Verlags wiedergegeben werden.
Redaktion: Johannes Engelke
Für diese Taschenbuchausgabe wurde der Text
des eBook-Originals vollständig durchgesehen und überarbeitet.
Umschlaggestaltung: ZERO Werbeagentur, München
Umschlagabbildung: TRUNK ARCHIVE/Liz Collins
Satz: Wilhelm Vornehm, München
Druck und Bindung: GGP Media GmbH, Pößneck
Printed in Germany
ISBN 978-3-426-51390-3

5 4 3 2 1

London mag die Stadt des Geldes sein, Paris die Stadt der Liebe, Rom die Stadt der Ruinen und Moskau die Stadt des Schnees.

Berlin aber ist die STADT DER ANGST.

Eine Angst, die keinen Gegenstand hat, eine Angst, die die Menschen befällt wie eine Krankheit. Die ihre Knochen aushöhlt, ihre Gedanken, ihre Zähne. Eine Angst, die sie lähmt, die ihr Lachen vergiftet, ihre Ideen verkrüppelt, ihre Absichten verbiegt. Eine Angst, die sich hier schon immer gehalten hat, die vielleicht ihren Quell in dem Boden tief unter den Fundamenten der Stadt hat, wo eine Spalte, ein Tunnel, ein Rohr in die Tiefe ragt, um ein Gefühl aus dem Zentrum des Erdballs zu zapfen, das es sonst nirgendwo auf der Welt so rein gibt.

Eine Angst, die sich zuspitzt, die sich wie ein Netz um das Herz legt, wie ein Spinnweben die Menschen immer mehr miteinander verbindet. Eine Angst, die sie vor sich hertreibt, die dafür sorgt, dass ihre Stimmen immer gepresster, immer schriller werden und ihre Augen größer, dass ihre Gedanken immer fahriger im Kopf herumspringen. Eine Angst, die sie verbrennt, bis sie lodernd um sich schlagen, um nicht wehrlos zu verglühen – schon mehr tot als lebendig und doch brennend genug, um in Brand zu stecken, was auch immer sie berühren.

BERLIN GOTHIC 1

Prolog

1

Es sieht ihn an. Es ist ein Auge, und es sieht ihn an.

Tills Zwerchfell zieht sich zusammen, mit einem Zischen saugt er die Luft durch die Zähne in seinen Körper.

Das Auge blinzelt.

Er will etwas sagen. Ein Röcheln kommt aus seinem Mund.

»Tschschsch, tschschsch«, säuselt es. Das Auge wird von einem Lid halb bedeckt.

Tills Blick zuckt nach oben. Über das Lid, die abrasierten Augenbrauen, die Stirn. Bleibt an einem Höcker hängen. Zuckt zurück zu dem Auge. Springt in das andere Auge.

Er hört ein Glucksen. Die Augen scheinen aufzublitzen.

Er sieht wieder auf die Stirn. Auch über dem anderen Auge: eine Erhebung, ein Knubbel, ein …

»Horn.« Seine Stimme klingt, als würde sie aus einem Gully kommen.

Der Kopf vor ihm nickt.

»Ein Horn?«

Nicken.

Tills Kopf, den er unwillkürlich ein wenig erhoben hat, sinkt zurück auf die Matratze.

Das Gesicht vor ihm lächelt.

Die Lippen teilen sich. Eine Zunge kommt zum Vorschein. Es ist die Zunge einer jungen Frau. Ihre Zunge gleitet über ihre Lippen – Till wendet den Kopf entsetzt zur Seite. Ihre Zunge hat sich in zwei Spitzen *geteilt.*

»Sieh doch mal«, hört er die Frau sagen. Sie streckt die eine Zungenspitze nach oben, die andere nach unten, nähert sich ihm, lässt die beiden Spitzen kreisen.

Till fühlt, wie sich seine Handflächen in die Matratze graben. Schlagartig wird ihm bewusst, dass ihn glühende Hitze durchzieht. *Nicht,* will er rufen, *bitte nicht! Nicht näher kommen!*

Ihre Zungenspitzen tanzen vor seinen Augen. Sie beugt den Kopf, die Höcker rücken ins Gesichtsfeld.

»Willst du mal berühren?«, hört er sie flüstern.

»Nein«, es rasselt in seiner Kehle, »mir ... ist nicht gut – es ist so heiß.« Ihr Kopf zuckt wieder nach oben, so dass ihre Augen vor seinen aufscheinen. »Magst du mich nicht?«

»Doch.« Ihn schwindelt. »Ich ... ein Glas Wasser ... kann ich –«

»HALLO?«, platzt eine Stimme dazwischen.

Die junge Frau, die sich über Till gebeugt hat, fährt zurück.

»HALLO, IST DA JEMAND?«

Die Stimme schneidet laut durch den nur schlecht beleuchteten Raum. Die Frau wendet sich zu den anderen Gestalten, die sich hinter ihr zusammengedrängt haben und versuchen, über ihre Schulter hinweg einen Blick auf Till zu erhaschen. Sie hält die Hände offen vor sich hin, als wollte sie die anderen fragen, was sie tun soll.

»Er ist wach«, wispert sie.

»Ach ja?«

Ein massiger Oberkörper drängt sich an ihr vorbei, ein Mann sieht Till in die Augen.

»Wie fühlst du dich?«

Till durchzieht Hitze, als würde er in einem Backofen liegen. »Es ist heiß, ich glühe.«

»Das gibt sich wieder.« Die Wangen des Mannes sind von fingerbreiten Ziernarben durchzogen. »Es sind die Nähte, aber du brauchst dir keine Sorgen zu machen.«

Was für Nähte?

»Ängh ...«, kommt es aus Till heraus.

Der Mann über ihm rückt wieder ein wenig ab und nickt mit dem Kopf zur anderen Seite des Raums. Mit Mühe gelingt es Till, den Blick dorthin zu wenden.

Was er sieht, legt sich wie ein Brenneisen auf seine Netzhaut. Der Leib einer Frau hängt an Fischhaken waagerecht unter der Decke. Die Haken sind durch das nackte Fleisch getrieben, zwölf oder sechzehn Nylonseile daran befestigt, an denen sie baumelt. Die Haut und das darunterliegende Gewebe werden durch die Last fast zehn Zentimeter hoch vom Körper abgezogen. Ihr Kopf ist tief in den Nacken gesunken, ihre Unterarme und Unterschenkel, in denen keine Haken stecken, hängen schlaff herab. Unendlich langsam dreht sich ihr Körper in der aufgeheizten Luft.

»IST DA JEMAND?«, schlägt wieder die Stimme durch das Halbdunkel, aber die Gestalten, die sich um Till geschart haben, zischeln nur, fassen sich gegenseitig an ihre künstlichen Hörner und Narben, ohne dem Rufenden, den Till nicht sehen kann, zu antworten.

Wasser, hämmert es in Tills Schädel, *ich muss etwas trinken.* Aber er kann sich nicht rühren, fühlt sich wie einbetoniert. Sein Blick wandert nach unten, er will sehen, warum er so glüht, doch sein Körper ist unter einer Decke verborgen.

»Bleib erst mal noch liegen«, sagt der Mann neben ihm und zupft an einer Kette, die durch sein Ohr gezogen ist. »Du bist noch nicht fertig.«

»Was?« Der Schwindel, der Till durchzieht, verstärkt sich. »Was ... was heißt ›noch nicht fertig‹?«

»Du darfst noch nichts trinken, aber es dauert nicht mehr lange.«

»Was habt ihr gemacht?«

Die schwarzen Augen des Mannes über ihm lachen. »Es ist wunderschön, du wirst es lieben.«

»Was denn? Bitte, was?«

Der Mann atmet aus, der Dunst, der seinem überbreiten Mund entströmt, ist feucht und schwer. Erst jetzt sieht Till, dass die Mundwinkel des Mannes aufgeschnitten worden sind, um die Öffnung zu vergrößern. Wenn er lächelt, öffnet sich das Fleisch bis zu den Backenzähnen.

»Wie ›was‹?« Der Mann zieht den Mund noch ein wenig mehr auf.

»Was ihr gemacht habt«, haucht Till.

»Das weißt du nicht?«

»Nein.« Tills Kopf schlenkert von rechts nach links.

»Wir haben dich umoperiert – es wird dir gefallen.«

Umoperiert ...

Umoperiert ...

2

Der Regen rauscht hinab, als ob sich die Himmelsschleusen geöffnet hätten. Es ist Nacht, aber die schweren Wolken, die dicht über der Stadt hängen und das Wasser eimerweise herabfallen lassen, scheinen die Dunkelheit noch einmal zu verstärken. Durch die hinter- und nebeneinanderher stürzenden Tropfen hindurch kann Butz gerade noch rechtzeitig den Beamten sehen, der am Straßenrand steht und ihm zuwinkt. Er drosselt die Geschwindigkeit, zieht seinen Wagen an den Bürgersteig und lässt das Seitenfenster auf der Beifahrerseite herunter. »Es ist gleich hier, Herr Butz«, schreit ihm der Beamte durch das Fenster zu. Die Tropfen rinnen über den glänzenden Schirm seiner Mütze und fallen in das Auto hinein. »Sie können mir das Fahrzeug überlassen, wenn Sie möchten, ich parke es ein Stück weiter unten bei den anderen.«

Butz lässt den Zündschlüssel stecken, stößt die Fahrertür auf und springt aus dem Wagen. Innerhalb von Sekunden sind sein Jackett und sein Hemd durchnässt bis auf die Haut. Er eilt um das Auto herum zum Kofferraum, reißt ihn auf und holt einen Schirm daraus hervor. Als er ihn aufschnappen lässt und die Heckklappe zuschlägt, rollt das Fahrzeug bereits wieder an.

Butz sieht sich um. Unter dem Rand seines Schirms hindurch kann er einen Kollegen erkennen, der auf dem Bürgersteig steht und zu ihm herübersieht. Butz stiefelt durch das Wasser, das zentimeterhoch über den Asphalt schießt. Ein Blitz erhellt lautlos die Fassaden der Mietshäuser, die die Straße säumen.

»Ich führ Sie hin, Hauptkommissar«, ruft ihm der Mann zu, der auf ihn gewartet hat, dann kracht der Donner über ihnen. Das Rauschen des Regens verstärkt sich. Das Gewitter scheint sich seinem Höhepunkt zu nähern.

Schweigend laufen sie ein paar Schritte an dem Haus vorbei, vor dem Butz gehalten hat. Unmittelbar daneben befindet sich eine Baustelle. Die Einfahrt im Bauzaun steht offen, und die beiden Männer betreten das Gelände.

Butz ist in den vergangenen Monaten ein, zwei Mal zufällig an diesem Bauzaun vorbeigefahren, die Größe der dahinter liegenden Baustelle hat er sich jedoch nie klargemacht. Sie reicht bis zur Invalidenstraße, die gut hundertfünfzig Meter weiter nördlich parallel zu der Straße verläuft, an der er ausgestiegen ist, und erstreckt sich über eine Breite von mindestens fünf oder sechs Mietshausparzellen. Das Areal ist mit schwerem Gerät für die Arbeiten am Fundament bereits ausgeschachtet worden. Im gleißenden Licht eines Blitzes scheinen sich zwei Stahlgerippe schräg über Butz zu neigen – gewaltige Kräne, die in der Grube bereits errichtet worden sind. Die Sandpiste, die in die Baugrube hinabführt, ist vom unablässig herabströmenden Regen bereits vollkommen aufgeweicht. Rechts von Butz ragt mit jedem Schritt, den er gemeinsam mit seinem Kollegen tiefer in die Grube hinuntersteigt, umso höher die fensterlose Seitenmauer des Mietshauses auf, das unmittelbar an die Baugrube grenzt.

Butz wischt mit der Hand über sein Gesicht, während er weiterläuft. Es ist so nass, als ob er getaucht wäre. Ihm fällt auf, dass unter ihnen, am tiefsten Punkt der Grube, die fahlen Lichter mehrerer Autoscheinwerfer über die ersten Betonfundamente gleiten, die dort unten bereits gelegt worden sind.

»Ist der Rechtsmediziner schon da?« Er muss fast brüllen, um gegen das Rauschen des Regens anzukommen.

Der Kollege vor ihm bleibt stehen und sieht sich um. »Noch nicht. Sie sind der Erste. Sonst nur Schutzpolizei und Notarzt.«

Die Lichtkegel der Fahrzeuge überkreuzen sich, schwenken noch einmal auseinander und kommen dann zum Stehen, gebündelt auf einen Punkt. Butz sieht eine Fahrertür aufspringen, eine schwarze Silhouette aussteigen und ein paar Schritte in die Richtung gehen, in die die Scheinwerfer zielen.

Er stolpert weiter.

Ein Donnerknall zerreißt die Luft. Butz zuckt zusammen, rutscht in dem Schlammstrom aus, der die Piste herunterrauscht, fängt sich. Der Kollege vor ihm ist bereits zehn Meter weiter. Erst als Butz die Fahrzeuge auf dem Grund der Grube passiert, holt er ihn wieder ein. Er läuft an den Autos vorbei zu den Männern, die sich um den Kreuzpunkt der Lichtkegel versammelt haben.

Ihr Gesicht ist von den auf sie gerichteten Scheinwerfern fast weiß. Ihre Haare hängen in schweren Strähnen über die Stirn. Sie trägt ein enges T-Shirt, darüber eine glänzende Jacke. Jeans. Flip-Flops. Ihr Körper liegt halb aufgerichtet an der Sandböschung, die hier aus der Baugrube wieder herausführt.

Butz geht zwischen den Kollegen hindurch und kniet sich in den Sand neben die Frau. Als er seine Hände auf dem Boden abstützt, versinken sie bis zu den Knöcheln im Schlamm.

»Ich hab sie jetzt erst mal so liegen lassen und nichts weiter verändert!« Neben ihn hat sich der Notarzt gehockt und brüllt Butz durch den Regen ins Ohr.

Die Augen der Frau sind direkt auf Butz gerichtet und scheinen in dem Wasser, das über ihr Gesicht rinnt, zu schwimmen. Mit der Spitze seines rechten Zeigefingers hebt er einen Zipfel ihrer Jacke. Das T-Shirt darunter glänzt schwarz und wirkt, als ob ein Tintenfass darüber ausgeschüttet worden wäre. Ein korkengroßer Flecken auf der Höhe ihres Bauchnabels zieht Butz' Blick an. Der Stoff des T-Shirts ist dort ausgerissen.

»Das liegt da noch.« Unbeholfen zeigt der Mann auf ein Gerät, das zwei Schritte neben der Frau im Sand steckt.

Ein Akkubohrer.

»Ist ihr wohl in den Bauch gerammt worden.«

Butz nickt, verlagert sein Gewicht nach vorn, betrachtet für einen Moment ihr Gesicht.

Das Rauschen des Regens scheint ein wenig von ihm abzurücken. Entfernt ist der Motor eines sich nähernden Wagens zu hören.

Butz' Herz setzt aus.

Ihre Lippen!

Sein Blick springt zurück zu ihren Augen.

Der Notarzt drängt sich hektisch an Butz vorbei. Mit einer winzigen Taschenlampe strahlt er direkt in die Pupillen der Frau. Durch den Regen hindurch kann Butz sehen, wie sie reagieren.

»Sie lebt!«

Die Männer hinter Butz reißen die Arme hoch, winken dem herannahenden Fahrzeug. Das Blaulicht auf dem Dach des Wagens blitzt auf, beginnt sich zu drehen – die Sirene zieht an. Und während alles um ihn herum in Bewegung gerät, kniet Butz im Schlamm bei der Frau – ihre eiskalte Hand in seiner.

3

Es reißt sie aus dem Sitz. Sie hat die kleine Leica in der Hand, löst aus, während sie nach oben schnellt. Schräg über ihr kann sie Lubajews massigen Rücken gegen die Seile federn sehen. Für einen Augenblick glaubt sie, sein Gewicht würde die Taue zerreißen, dann wird sein Körper zurück in den Ring geschleudert. Sie sieht Frederiks Gesicht über der Schulter des Russen aufblitzen. Seine Augen sind beinahe geschlossen, die Lippen stülpen sich über den Mundschutz. Sein Kopf neigt sich, sie kann die Kopfhaut durch das schweißnasse Haar sehen – dann dehnt sich sein Körper, der linke Arm streckt sich – im gleichen Moment, in dem Lubajew nach vorn fliegt. Es knirscht, sie presst die Kamera vor die Brust, löst aus. Der Kopf des Russen schlenkert. Er hat ihr den Rücken zugewandt, sie sieht seinen Unterkiefer nach vorn rutschen. Etwas trifft sie im Auge. Sie hebt mit der Rechten die Leica, löst aus, wischt mit der Linken übers Auge. Schräg darüber trifft Frederiks Rechte den Kopf des Gegners zum zweiten Mal.

Claires Blick fällt auf ihre Hand. Sie ist voller Blut. Sie sieht eine feine Spur Spritzer auf ihrer Bluse. Über ihr röhrt der Russe. Sie macht einen Schritt zur Seite, hört hinter sich die Rufe der Zuschauer, denen sie die Sicht nimmt. Claire achtet nicht darauf. Die Fotos sind sensationell. Instinktiv wählt sie eine größere Blende, um alles außer den beiden Boxern in der Unschärfe versinken zu lassen. Frederik gleicht jetzt einem Tänzer im Blutrausch. Er setzt dem Russen nach, seine Schläge treffen Hals, Ohren, Mund und Nacken. Claire sieht den Arm des Ringrichters, der sich zwischen die beiden schiebt, aber Frederik ist nicht zu bremsen. Er scheint mit dem Russen verwachsen zu sein, fährt seine Rechte immer wieder dem anderen in die Seite.

Claire zieht die Kamera vor ihr Auge. Durch das Objektiv hindurch wirkt die Szene wie schockgefroren. Ein harter, schwarz-weißer Kontrast, die Ansicht von unten. Das weiße Oberhemd des Ringrichters, der sich jetzt an Frederiks Schulter hängt. Lubajew taumelt zurück. In der gegenüberliegenden Ecke steigen sie über die Seile. Claire sieht den Körper des Russen auf den Boden aufschlagen, er hebt den Arm. Über ihm steht Frederik, gebückt wie ein Tiger, die Rechte zum Schlag angespannt. Der Kopf des Russen rollt herum. Claire drückt ab. Die Augen Lubajews zugeschwollen. Unterhalb seines Ohrs ist das Fleisch aufgeplatzt. Sie riecht den Kupfergeruch, der von ihm aufsteigt.

Frederik wippt zurück – die Arme oben. Er tanzt. Die Fäuste in den Handschuhen klatschen hoch über seinem Kopf den Rhythmus, mit dem die Zuschauer in der Halle seinen Namen skandieren. Jetzt hält es niemanden mehr auf den Sitzen. Claire spürt, wie sie nach vorn geschoben wird, während die Leute zum Ring drängen.

Sie lässt die Kamera in den Halsriemen fallen. Dann hat sie das unterste der vier Seile gepackt. Ihr Turnschuh findet Halt auf einem der jetzt leeren Stühle. Sie stößt sich ab, duckt sich und steht im Ring.

Frederik hat die Arme um die Männer gelegt, die ihn nach oben zu drücken versuchen. Sein Kopf schwenkt herum. Seine Augen blitzen. Sie lacht. Sein Kinn tippt nach oben. Claire drückt sich an den Seilen entlang, umkreist die Gruppe, die sich in der Mitte des Rings dem Beifall des Publikums stellt. Niemand achtet auf Claire, hält sie auf, fragt nach. Der Film in der Leica ist voll, sie nimmt die Digitalkamera. Dann steht sie nur noch zwei Schritte von ihm entfernt. Es ist die Aufnahme, die sie später für den Umschlag ihres Berlin-Buches verwenden wird: Frederiks Gesicht angeschnitten, der nackte Oberkörper vor dem Betrachter aufragend wie die Brust eines aufsteigenden Pferdes. Sein Mund ein wenig geöffnet, zu einem berauschten Triumph verzerrt, schräg über seinem Kopf die Hände, die in den Boxhandschuhen stecken. Und geradewegs auf den Betrachter gerichtet: sein Auge, das in dem halb angeschnittenen Gesicht leuchtet.

»Alle raus! Kommt schon, Leute. Nur ein paar Minuten. Sie will es so. Kommt schon.« Seine Stimme vibriert in dem flachen Betonraum. Er trägt den Meisterschaftsgürtel, ein Sportarzt hat die Platzwunden oberflächlich abgetupft. Der Sieg und die Wucht, mit der Lubajew unter seinen Schlägen zu Boden gegangen ist, scheinen Frederik noch immer in den Gliedern zu stecken.

Er lacht ihr zu. »Okay.«

Okay, denkt Claire.

Sie weiß nicht, wer die Männer sind, die sich um ihn herum drängen. Die Trainer, Freunde, Brüder, Manager, deren lautes Durcheinanderschwatzen den niedrigen Raum ausfüllt. Sie sieht, wie sie den Kopf neigen, wenn Frederiks Pranke ihnen über den Scheitel wischt, wie sie seinen Blick suchen, ihn respektvoll behandeln.

»Raus jetzt!«, ruft er und lacht.

Dann dreht sich Frederik zu ihr um.

»Sicher, dass das eine gute Idee ist?« Seine Augen glänzen. »Ist ja nicht gerade hübsch hier.«

Es stehen Blechspinde an der Wand, Bänke, Sporttaschen mit dem Logo seines Promoters. Es ist genau, was sie sucht.

»Setzen Sie sich.« Claire hat einen neuen Film in die Leica gelegt. »Jetzt kommt das, worauf ich die ganze Zeit schon gewartet habe.«

»Ach ja?«

Sie spitzt die Lippen, versteckt ihr Gesicht hinter der Kamera. Er lässt sich auf eine Bank fallen, schaut unschlüssig in ihre Richtung. Durch das Objektiv hindurch sind seine Gesichtszüge aufs Wesentliche reduziert. Es liegt etwas Verschmitztes darin, etwas Offenes, beinahe Edles. Sie drückt sich in die hinterste Ecke der Umkleidekabine, lässt die plötzliche Stille auf sie beide wirken.

Frederik atmet aus, lehnt seinen Rücken an die Wand. »Und jetzt?«

Sie sieht an der Kamera vorbei zu ihm. »Alles gut, Herr Barkar, wunderbar.«

Sie hockt sich auf den Boden und nimmt den ganzen Raum mit ins Bild. Ein endloser Fußboden, eine Decke so groß wie ein Himmelszelt.

Klick. Klickklickklick.

Sie sieht, wie er aufsteht. *Klickklick.* Kippt zur Seite, um das Hochkantformat zu nutzen. Er kommt auf sie zu. Die bis fast zu den Waden geschnürten Turnschuhe füllen das halbe Bild aus. Claire richtet die Kamera nach oben, das Neonlicht hinter seinem Kopf strahlt genau in ihr Objektiv. Es geschieht mit einer solchen Selbstverständlichkeit, dass sie sich nicht einmal wundert. Seine Arme greifen herab, berühren ihre Taille – sie spürt, wie er sie hochhebt. Es ist nichts, worüber sie nachdenken muss. Einen Augenblick schwebt sie, dann legen sich ihre Beine um seine Hüften, ihre Füße verhaken sich hinter seinem Rücken. Sein Oberkörper drückt sie sanft gegen die Betonwand, seine Hände umspannen ihre Oberschenkel. Sie kommt sich vor wie eine Puppe und spürt zugleich, dass jeder Druck ihrer Schenkel durch ihn hindurchgeht wie ein Stromstoß. Die Naht ihres Slips platzt auf, als er unter ihrem Rock mit beiden Händen vorsichtig daran zieht. Heiß presst sich ihre nackte Haut auf seinen Körper.

Erster Teil

1

Tagebucheintrag

Es hat begonnen.
Mein Gott, was hab ich getan!
Ich.
Ich?
Musste es nicht so kommen? Blieb mir denn was anderes übrig? War es nicht notwendig, zwingend, unvermeidlich? War es nicht eine Naturgewalt, ein Schub, ein Voranstürzen, dem ich praktisch vorn aufgebunden war, aufgenagelt?
ER war es doch, der es losgetreten hat, ohne den all das nicht geschehen wäre. Ohne den sich die Nacht nicht herabgesenkt hätte, die uns jetzt verschlingt. Nicht ICH bin derjenige, der im Herzen der Nacht haust. ER ist derjenige, der sie ausgelöst hat.
Till.
Wäre er nicht aus Brakenfelde geflohen – es wäre nie so weit gekommen!

2

Rückblende: Zwölf Jahre vorher

Till rannte. Er wusste: Wenn sie jetzt entdeckten, dass sein Bett leer war, würden sie sofort Alarm schlagen. Die Sonne war bereits untergegangen, der Himmel noch nicht ganz schwarz, aber unten, zwischen den Bäumen, war es bereits dunkel. Das Laub raschelte unter seinen federnden Tritten. Jeder Schritt ein kleiner Sieg, ein Sprung in die richtige Richtung. Weg von dem Heim, das hinter ihm lag – und in das er nie wieder zurückkehren würde!

Watsch! Wie ein Peitschenhieb war ihm ein dünner Zweig ins Gesicht geschlagen. Er duckte sich, rannte um den Baum herum, hetzte weiter. Er hatte sich vom Hauptweg aus querfeldein ins Unterholz geschlagen. Hier war es sicherer als auf der Piste, die nach Brakenfelde führte.

Speichel sammelte sich in seinem Mund, während er weiterstolperte – aber Till ballte die Fäuste. Er hatte sich geschworen, nicht mehr zu weinen, nie mehr! Dabei schienen sich die Tränen geradezu von hinten in seine Augen zu bohren. Unwillkürlich schob sich seine Unterlippe nach vorn, Tränen fielen auf seine Hände. Er hetzte weiter, biss die Zähne zusammen, wollte sich sagen, dass er es sich doch geschworen hatte ... aber sein kleiner Körper wurde einfach geschüttelt. Bebend schlug er die Hände vors Gesicht. Es war ganz nass.

Armin war weg! Deshalb war er losgelaufen.

»Na, Tilli? Alles klar bei euch unten?«

Er sah es noch vor sich, wie Armin auf seinem Bett lag, die Arme hinter dem Kopf verschränkt, und zu ihm herüberschaute, als Till das Zimmer betrat.

»Alles klar. Was ist denn jetzt?«, hatte Till ihm geantwortet.

»Was ist was?« Armin hatte den Blick wieder an die Decke geheftet.

»Na, mit dir.«

»Weiß nicht.«

»Ich denke, wir bauen zusammen unser Boot«, hatte Till wieder von vorn angefangen.

»Hm.« Das war alles gewesen, was Armin dazu gesagt hatte: ›Hm‹. Dabei hatten sie früher stundenlang über ihr Boot geredet, ein richtiges Segelboot, ohne Kajüte, aber mit einem echten Mast.

»Wird das nichts mehr?«, hatte Till nachgefragt und am Klang seiner eigenen Stimme schon gemerkt, wie sehr er seinem Bruder mit der Fragerei doch auf die Nerven gehen musste.

»Weiß nicht«, hatte Armin geantwortet.

Till hatte sich neben ihn auf das Bett gelegt und auch an die Decke gestarrt. »Ist irgendwas, Armin?«, hatte er gefragt. »Bist du traurig?«

Armin hatte ihm nicht geantwortet. Till hatte den Kopf auf die Seite gelegt, ihn angeschaut und gesehen, dass das Gesicht seines Bruders ganz bleich geworden war. Armin hatte Till einen Blick zugeworfen, als hätte er ihm etwas sagen wollen, aber dann doch nur den Kopf geschüttelt und wieder an die Decke geschaut.

Mehr Zeit hatten sie an dem Abend nicht mehr gehabt. Dirk war aufgetaucht und hatte geschimpft, weil Till schon längst wieder nach unten gemusst hätte, die Schlafenszeit hatte begonnen. Till hatte sich zwar noch ein bisschen gesträubt, aber dann war Dirk laut geworden und Armin hatte gesagt, dass es wohl doch besser wäre, wenn Till jetzt wirklich ginge. Also war ihm nichts anderes übriggeblieben – er war aufgestanden und nach unten marschiert, in sein eigenes Zimmer.

Ohne auch nur im Geringsten zu ahnen, dass er nie wieder mit seinem Bruder reden würde.

3

Tills Blick huschte über die Tische, die vor dem Lokal im Freien standen. Alle unbesetzt. Er kniff die Augen zusammen, um durch die Scheiben ins Innere des Restaurants zu spähen. Schemenhaft konnte er die Tische und Stühle erkennen, die darin aufgestellt waren. Aber es war niemand zu sehen. Er wandte den Blick zurück zu dem Teller. Die rot getränkten Nudeln erhoben sich mindestens drei Zentimeter hoch über den Rand. Sie dampften sogar noch.

Die Nacht hatte Till im Wald verbracht. Am Morgen war er in einem Laubhaufen erwacht. Verfroren, verängstigt, ausgehungert. Er war mit der S-Bahn hierhergefahren, zum Alexanderplatz, von dem er wusste, dass Kinder ohne Zuhause sich manchmal hier trafen. Bisher aber hatte er kein Kind gesehen, das so aussah, als würde es nicht ganz genau wissen, wo es hingehörte. Alles, was er sah, war der Teller, der auf dem Tisch vor dem Lokal stand. Der ganze riesige Platz um Till herum schien sich auf diesen Teller hin zusammenzuziehen. Der Kellner, der eben noch davorgesessen und von den Nudeln gegessen hatte, war gerade von seinen Kollegen ins Lokal gerufen worden und hatte die Portion einfach stehen gelassen. Herrenlos. Heiß. Und saftig!

Wie von einer unsichtbaren Kraft angetrieben, setzte sich Till in Bewegung, den Kopf stur nach links gedreht, als würde er es auf ganz etwas anderes am Ende des Platzes abgesehen haben. Sollte er sich hinsetzen und die Nudeln rasch runterschlingen? Aber das kam eigentlich nicht in Frage. Wenn der Kellner ihn sah, würde er bestimmt nicht ruhig abwarten, bis Till aufgegessen hatte.

Ein letzter Schritt, dann hatte Till den Tisch erreicht. Niemand achtete auf ihn. Er griff nach dem Teller, drehte sich um und hastete mit seiner Beute fest in der Hand zurück auf den Platz.

S-Bahn-Züge ratterten in den Bahnhof, Passanten eilten ihren Geschäften nach, die Sonne strahlte am tiefblauen Himmel über der Stadt.

Da platzte etwas an seinem Hinterkopf. Unwillkürlich zog Till den Kopf zwischen die Schultern. Das konnte nicht sein, das durfte nicht sein! Er spürte, wie ihn ein zweiter Schlag traf, ein wenig fester noch als der erste. Ein Schlag, der seinen Kopf zur Seite schlenkern ließ und ihn so wütend machte, dass er herumfuhr. Vor ihm spannte sich die schwarze Weste des Kellners.

Es blieb keine Zeit nachzudenken. Nudeln zuerst, drückte Till dem Mann den Teller auf den Bauch. Er sah noch, wie die Spaghetti Würmern gleich am Tellerrand hervorquollen, dann war er bereits herumgewirbelt und rannte – die Schritte, die Rufe des Verfolgers im Nacken.

Till spürte kaum, dass seine Füße den Boden berührten, fast war es, als würde er durch die Luft schwimmen. Zugleich aber sah er, wie die mächtige Straße, die den Platz vor ihm in zwei Hälften schnitt, mit jedem Schritt näher kam. Schon hatte er die parkenden Autos erreicht, war durch sie hindurch, die Spree, den Dom, die Linden vor Augen. Da traf ihn ein heißer Druck in die Seite. Ein verzögertes Quietschen, ein Poltern, ein stechender Schmerz in der Brust – ein Schlag, als hätte sich der Asphalt plötzlich aufgebäumt, um ihm eine Ohrfeige zu geben.

Dann war es still.

4

Ein Autoreifen, dicht vor Tills Augen. Dahinter konnte er die Aufhängung erkennen, den schwarz verkrusteten Boden des Fahrzeugs. Er sah, wie ein Paar Damenschuhe mit halbhohen Absätzen auf der anderen Seite des Fahrzeugbodens auftauchten, auf dem Asphalt landeten und wieder aus seinem Blickfeld verschwanden.

Till rollte auf den Rücken. Über ihn waren Gestalten gebeugt. Sie blickten hastig hin und her, und ihre Münder bewegten sich, aber er konnte nicht hören, was sie sagten oder ob sie überhaupt etwas sagten.

Zwei Männer, einer jünger, einer etwas älter, eine dicke Frau mit groben Zügen. Dann legte sich eine Hand auf seine Schulter, als würde ein Schmetterling darauf landen, und er roch einen Duft, so lieblich, wie er ihn noch nie gerochen hatte.

Das Gesicht einer jüngeren Frau schob sich vor den Himmel, in den er hinaufsah – ihr Blick verschreckt, die Haare herabhängend, so dass sie fast seine Stirn streiften. Eine dünne Kette baumelte an ihrem Hals, ihre Lippen waren geschminkt und bewegten sich, aber er hörte nur ein entferntes Rauschen, das wirkte, als hätte man seine Ohren mit Watte verstopft.

Till lächelte und sah, wie sich das Gesicht der Frau ein wenig aufhellte. Sie schaute zu einem der Männer auf, die über ihr standen.

»… noch in der Schleife, sie müssen gleich dran sein«, drang es zu ihm durch, und erst jetzt bemerkte er, dass sie ein Handy am Ohr hatte.

Er keuchte. »Was?« Seine Stimme dröhnte in seinen Ohren.

»Beruhige dich, Kleiner«, hörte er jemanden hinter sich sagen. »Der Krankenwagen muss jeden Moment da sein.«

Till riss sich hoch. Es gelang ihm, einen Arm aufzustützen, beinahe wäre sein Kopf mit dem der Frau zusammengestoßen. »Wieso denn? Mir geht es gut!«

Sie würden sofort rauskriegen, wer er war, sie würden ihn zurückschicken! Till sah, wie ihn die Frau verblüfft anblickte.

»Ich brauch keinen Arzt!« Er sprang auf, seine Beine zitterten, aber er achtete nicht darauf.

Im gleichen Moment veränderte sich ihr Gesichtsausdruck.

»Ja, Bentheim hier«, sagte sie in ihr Handy und erhob sich ebenfalls.

»Nein!« Till wäre beinahe in Tränen ausgebrochen. Das konnte doch nicht sein! Er schaffte es einfach nicht mehr! Er konnte nicht schon wieder loslaufen. Sah sie das denn nicht? »Bitte, Frau Bentheim, wirklich, mir geht es prima, es ist nur …« Er schnaufte.

»Warten Sie«, sagte sie in ihr Handy und sah ihn an. »Du darfst so einen Unfall nicht unterschätzen –«

Ein langgezogenes Hupen unterbrach sie.

Erst jetzt bemerkte Till, dass sie mitten auf der Straße standen, vor dem Wagen, aus dem die Frau gestiegen war, dass sie den ganzen Verkehr blockierten, der sich hinter dem Auto die Straße hinauf staute.

»Sie können den Jungen nicht einfach so wegschicken«, mischte sich jetzt wieder der Mann ein, der hinter Till gekniet hatte. »Er muss behandelt werden!«

»Ja, selbstverständlich.« Sie sah zu Till. »Wenn nichts ist, lassen sie dich doch gleich wieder gehen. Versteh doch, ich muss sichergehen, dass alles in Ordnung ist.«

Till fühlte, wie schwach er war. Der Hunger, die Nacht im Wald, der Schreck bei dem Unfall. Am liebsten hätte er sich wieder auf den Asphalt gelegt und wäre eingeschlafen.

»Nein, warten Sie«, hörte er die Frau in ihr Handy sagen, »ich melde mich gleich noch mal.«

Sie ließ ihr Handy in die Tasche ihrer weiten Hose gleiten und beugte sich zu ihm nach vorn. »Du willst das nicht? Keinen Notarzt?«

Er schüttelte den Kopf. »Es geht mir doch gut.«

Ein aufheulendes Hupkonzert zerriss die Luft.

Die Frau nahm seinen Arm. »Komm erst mal runter von der Straße, ich blockiere hier den ganzen Verkehr.«

Er nickte, trottete zwischen den parkenden Autos hindurch zum Bürgersteig, hörte, wie die Frau hinter ihm mit dem Passanten redete. Dann spürte er, wie ihre Hand erneut seine Schulter berührte.

»So kann ich dich nicht gehen lassen.« Sie war ihm gefolgt und schaute jetzt zurück zu ihrem Auto, um das die anderen Wagen begonnen hatten, herumzufahren. »Hast du ein Handy? Oder warte – gib mir die Nummer, ich ruf deine Mutter an.«

Till atmete aus. »Ist schon okay, Frau Bentheim, ehrlich. Ich setz mich kurz auf eine Bank, dann geht's gleich wieder.«

»Es ist wahrscheinlich der Schock.« Sie lächelte.

Wieder wurde gehupt. Nur einen Moment lang war der Verkehr um das Auto der Frau herumgeflossen, schon hatten sich die Fahrer erneut mit den entgegenkommenden Autos verkeilt.

»Komm«, sie zeigte zu ihrem Wagen, »spring schnell rein, ja? Ich muss die Straße frei machen.«

Till warf einen Blick zu ihrem Auto. Ein Jaguar, das hatte er vorhin schon bemerkt, eins von den altmodischeren Modellen. Schemenhaft sah er zwei Kindergesichter durch die Scheiben vom Rücksitz aus zu ihm herüberschauen.

»Kannst auch vorn sitzen«, hörte er die Frau neben sich sagen, »okay?«

Er sah sie unschlüssig an.

»Ich fahr ihn gleich zum Arzt«, rief sie und gestikulierte zu dem Passanten, der zwischen den parkenden Autos stehen geblieben war. »Na, komm schon.« Sie lächelte Till an, und ihm wurde klar, dass sie nicht einfach weiterfahren konnte.

»Na gut.« Noch etwas benommen ließ er sich von ihr zurück zur Straße führen. In einem Jaguar hatte er noch nie gesessen. Ein alter XJ, tippte er, wahrscheinlich mit einem echten Daimler-Schild hinten drauf. Die Frau zog die Beifahrertür auf.

»Fahren wir jetzt weiter, Mama?«, war aus dem Fond des Wagens zu hören. Das Gesicht eines kleinen Mädchens tauchte hinter der Rücklehne auf. Sie war etwas älter als das andere Kind, das neben ihr auf der Rückbank in einem zweiten Kindersitz steckte.

»Gleich«, sagte die Frau und lächelte Till zu, »gleich geht's weiter, Claire.«

5

Julia Bentheim warf dem Jungen einen Blick zu, der bleich neben ihr auf dem Beifahrersitz saß. Jetzt sah sie deutlich, dass er den Unfall doch nicht so leicht weggesteckt hatte, wie er ihr hatte glauben machen wollen.

»Alles in Ordnung?« Sie ließ den schweren Wagen an den parkenden Autos im Schritttempo vorbeirollen.

Der Junge schien zu überlegen.

»Wie heißt du denn?«

»Till. Frau Bentheim?«

»Hm.« Sie konzentrierte sich auf den Verkehr.

»Ich will nicht, dass Sie mich zum Arzt fahren.«

Julia atmete aus. »Hör zu, Till, vielleicht ist das wirklich das Beste, wenn ich rasch deine Mutter anrufe.« Sie sah kurz zur Seite. »Dann sehen wir weiter, ja?«

Till schaute unverwandt geradeaus.

»Weißt du ihre Nummer nicht?«

Sie sah, wie er den Kopf schüttelte, ohne sie anzuschauen.

»Und die von deinem Vater?«

Keine Reaktion.

Julia schaute wieder nach vorn. »Na gut. Pass auf. Dann fahr ich dich jetzt in ein Krankenhaus. Das ist mir lieber.« Jetzt bereute sie es, nicht doch gleich den Unfallwagen gerufen zu haben.

»Meine Mutter arbeitet, Frau Bentheim«, hörte sie ihn neben sich murmeln, »ich will ihr jetzt keine Sorgen machen, verstehen Sie? Das ist wichtig, dass sie bei ihrem Job keinen Ärger bekommt, denn sie braucht den. Wenn sie hört, dass ich im Krankenhaus bin, lässt sie alles stehen und liegen und fährt dorthin. Aber das geht nicht, dann verliert sie die Stelle.«

Julia zögerte. Übertrieb er nicht ein wenig?

»Dann weint sie wieder, weil wir die Miete nicht mehr bezahlen können. Und wir müssen raus aus der Wohnung. Dabei hat sie sich so gefreut, als wir die endlich gefunden haben.« Er beugte sich vor und senkte die Stimme. »Die Wohnung ist zwar im ersten Stock, aber Mama hat einen Balkon. Sie können sich gar nicht vorstellen, wie sehr sie sich über den kleinen Balkon gefreut hat! Sie hat dort all ihre Blumen gepflanzt, verbringt jede freie Minute auf dem Balkon.« Er lehnte sich wieder zurück. »Aber das hat sie immer gesagt: Wenn sie die Stelle verliert, dann können wir uns die Wohnung nicht mehr leisten.«

»Sie wird doch nicht ihre Stelle verlieren, nur weil sie ihren Sohn vom Krankenhaus abholt!« Julia hielt. Die Ampel vor ihr war rot.

Als sie zum Beifahrersitz schaute, sah Till ihr genau in die Augen. Vergeblich wartete sie darauf, dass er ihr etwas erwidern würde. Stattdessen zuckte er nur mit den Achseln, griff nach dem Hebel, der die Tür öffnete, und zog daran.

»Sie verstehen das nicht.« Er stieß die Tür auf.

»Und wenn dich unser Kinderarzt untersucht?«

Er drehte sich zu ihr um.

»Ich muss einfach wissen, ob alles in Ordnung ist!« Julia schaute zur Ampel. Noch immer rot. »Aber ich muss auch nach Hause, die Mädchen brauchen dringend etwas zu essen. Pass auf, Till.« Sie blickte wieder zu ihm. »Wir fahren jetzt rasch zu uns nach Hause. Das ist zwar unten in Dahlem, aber so weit von hier, wie du vielleicht denkst, nun auch wieder nicht. Dort kann dich unser Kinderarzt untersuchen, und wenn nichts weiter ist, brauchen wir deiner Mutter davon auch nichts zu sagen. Was hältst du davon?«

Sie sah, wie es in dem Jungen arbeitete.

»Dr. Trimborn ist dafür genau der Richtige, oder?« Julia warf einen Blick zur Rückbank.
»Stimmt«, kam prompt die Antwort von hinten.
Sie sah wieder zu Till. »Oder kannst du jetzt nicht, hast du was vor?« Zum ersten Mal fiel ihr auf, dass er eine Dusche vertragen könnte. Auch seine kurzen Hosen und der blaue Pullover wirkten nicht ganz so sauber, wie sie vielleicht hätten sein können. War es unvorsichtig, den Jungen mit zu sich nach Hause zu nehmen?
»Nee«, kam es von Till, »das ist okay.«
»Gut.« Sie lächelte. Er hatte seinen ganz eigenen Charme.
Till beugte sich zu der noch immer geöffneten Tür vor und schlug sie wieder zu.
Im gleichen Moment hupte es hinter ihnen. Die Ampel war grün – Julia gab Gas. Neben ihr griff Till nach dem Anschnallgurt, zog ihn schräg über die Brust und ließ den Verschluss einrasten.
Er schnallt sich bei mir fest, schoss es ihr durch den Kopf. Aber sie war so erleichtert, endlich eine Lösung gefunden zu haben, dass sie das nicht weiter beunruhigte.

6

Heute

Die Augen des Notarztes blitzen Butz über den Mundschutz hinweg an. »Nein. Ich denke nicht.« Seine Lider schließen sich.
Butz kann den Mann kaum verstehen. Die Sirene schreit ihm ins Ohr, der Motor des Unfallwagens läuft auf Hochtouren, Männerstimmen rufen durcheinander.
Jemand stößt ihn zur Seite.
»Kann ich mit? Im Wagen?« Butz hat den Notarzt noch einmal am Ärmel gepackt.
»Nein, ausgeschlossen.«
»Hören Sie. Die Frau stirbt ...« Butz springt zur Seite. Zwei Sanitäter haben sie auf eine Trage gelegt, die Stangen des Metallgeräts klacken, die Rollen knicken weg, die Schiene rastet ein. Sie schieben sie in den Fond des Fahrzeugs.
»Sie haben es selbst gesagt.« Der Regen tropft Butz von der Brille,

er kann den Mann vor sich nur verschwommen erkennen. »Ich muss mit ihr reden, vielleicht kann sie mir noch etwas sagen.«

Der Arzt wendet sich ab. »Tun Sie, was Sie nicht lassen können.« Mit einem Satz ist er in dem Notarztwagen, die Hinterräder beginnen zu rollen. Butz streckt den Arm aus. Der Arzt ergreift seine Hand und zieht ihn in das Fahrzeug. Die fahlen Blitze des Blaulichts tauchen die Fundstelle, die Beamten, das Schlammloch in unruhiges Licht – dann fliegt die Tür des Wagens hinter ihnen ins Schloss.

Butz spürt, wie der Fahrer das Gaspedal durchdrückt, dumpf vibriert die Antriebswelle unter seinen Füßen. Ein feines Piepen bohrt sich durch die Geräuschwand, die Butz umfängt. Sein Auge zuckt in dem beengten Wagen umher.

Anzeigen, Kabel, Schläuche.

Ein Assistenzarzt stülpt der Frau eine Atemmaske über Mund und Nase, drückt das Gerät auf ihr Gesicht. Der Notarzt schlägt die Aluminiumdecke beiseite – Butz wendet den Blick ab, um die Verletzung nicht zu sehen. Der Arzt macht sich daran, die Wunde zu versorgen, während der Körper der Frau zu zittern beginnt. Die beiden Mediziner wechseln einen Blick. Butz sieht, wie der Notarzt seinem Kollegen zunickt. Der hebt die durchsichtige Maske von ihrem Gesicht, und Butz schiebt sich dicht über sie. Fast berührt seine Wange die Lippen der Frau.

»Hhhhhrggg.«

Mehr ein Hauch als ein Laut.

»Was?«

Butz dreht den Kopf, sieht ihre aufgerissenen Augen vor sich, deren Glanz etwas Blendendes bekommen hat, wie eine Glühbirne, die kurz davorsteht durchzubrennen. Unwillkürlich schiebt er eine Hand unter ihren Hinterkopf, als könnte er so ihren Sturz aufhalten.

Im gleichen Moment verrutscht der Boden, er prallt gegen die Ausrüstung des Fahrzeugs, es klirrt. Der Motor heult auf, der Rettungswagen schlingert.

Sie stehen.

Es knallt, als der Assistenzarzt die Hintertür aufstößt. Schwarz gähnt unter ihnen die Baugrube, sie haben erst die Hälfte der Sandrampe geschafft. Der Regen peitscht herein. Das Fahrzeug ist auf der schlammigen Piste abgesackt, die Räder wühlen sich in den Matsch.

Butz sieht zurück zu der Frau. Das Motorengeräusch scheint unmittelbar hinter seinen Augäpfeln zu rasen. Er fühlt, wie ihre Hand seinen Arm berührt. Dann wird der Glanz in ihren Augen von einer trüben Welle überspült.

Butz drückt sich gegen die Wand des Fahrzeugs, um dem Notarzt Platz zu machen. Der Piepton, der ununterbrochen weitergegangen ist, wandelt sich zu einem durchgehenden Pfeifen.

Im gleichen Moment greifen die Räder in dem aufgeweichten Erdreich wieder, der Wagen macht einen Satz nach vorn. Butz' Magen ruckt in seinem Bauch, er versenkt seinen Mund in der Armbeuge.

Der Blick des Assistenzarztes streift ihn. Butz nickt. Ja, er will aussteigen. Er schiebt sich hinter dem Arzt zur noch immer geöffneten Hintertür und springt ins Freie. Der Regen scheint in weiß leuchtenden Fäden aus unendlicher Höhe auf ihn herunterzukommen. Der Notarztwagen steht wieder, die Sirene ist ausgeschaltet, das Blaulicht verloschen.

Alles um Butz herum ist schwarz, nur in dem gelben Rechteck, als das er das Innere des Wagens in der Dunkelheit leuchten sieht, kann er die beiden Mediziner erkennen, die die noch immer blinkenden Geräte abschalten, während zwischen ihnen seltsam reglos die Leiche der jungen Frau liegt.

7

»Könnten Sie mir die vielleicht mal borgen?« Butz nickt zur schweren Taschenlampe, die der Schutzpolizist mit angewinkelt erhobenem Arm auf der Höhe seiner Augen hält. »Die sind ja jetzt so weit.« Er deutet auf die Kollegen, denen der junge Mann leuchtet und die gerade dabei sind, einen Scheinwerfer aufzustellen.

Es surrt, dann schlägt der grelle Lichtkegel aus dem Halogenscheinwerfer heraus auf den Boden zwischen den Fahrzeugen. Der Schutzpolizist zuckt mit der Schulter, reicht Butz das Gerät.

»Oben ist ein Starbucks, hab ich gesehen, als ich gekommen bin.« Butz nimmt die Lampe. »Hohlen Sie sich doch einen Kaffee.« Er deutet mit dem Lichtstrahl in den hinteren Bereich der Baugrube. »Ich seh mich solange hier um und gebe sie Ihnen dann gleich wieder.« Ohne eine Antwort abzuwarten, stapft er in die Richtung, die er gewiesen hat.

Der Regen hat ein wenig nachgelassen. In dem Lichtfleck, der vor ihm über den Boden huscht, kann Butz Fahrzeugspuren, Pfützen, teilweise auch Betonstrukturen erkennen, die bereits eingezogen worden sind. Er achtet darauf, nicht zu stolpern, bewegt sich langsam vom Fundort der Leiche weg. Kaum hat er den Scheinwerfer hinter sich, beginnt der Nachthimmel tiefblau über ihm zu schimmern. Die Stimmen der Kollegen, die sich rings um die Fundstelle tummeln, versinken langsam im Rauschen der Nacht. Am Rand der Grube ragen die Silhouetten der Mietshäuser auf, die auf den angrenzenden Grundstücken stehen – zum Teil Brandmauern noch aus Kriegszeiten, die nur weit oben, im vierten oder fünften Stock, durch winzige, später hineingemeißelte Fenster durchbrochen werden.

Butz wandert weiter, den Boden ableuchtend. Der Tod der Frau hat ihn mitgenommen. Er weiß nicht, wonach er sucht. Er weiß nur, dass er die Baugrube, in der sie sie gefunden haben, noch nicht verlassen will.

Er erreicht eine Bodenwanne, die bereits gegossen worden ist. In regelmäßigen Abständen ragen Betonpfeiler davon auf, an deren Ende die Stahlstreben wie Knochenfinger dünn und krumm in den Nachthimmel stoßen. Butz lässt den Lichtstrahl über den Zement wandern und bemerkt, dass der Rand der Wanne erst einen knappen Meter weit in die Höhe gezogen worden ist. Dahinter kann er die Böschung erkennen, die gute acht Meter über ihm das Straßenniveau erreicht.

Butz beschließt, in einem weiten Bogen zu den anderen zurückzukehren, die als kleine Gestalten unter dem gleißenden Licht des Halogenscheinwerfers hinter den Pfeilern zu sehen sind, und beginnt, am Wannenrand entlangzuschreiten. Der Regen hat den Sand der Böschung zum Teil heftig unterspült. Vereinzelt rieseln noch immer kleine Bäche den Abhang hinab.

Butz verlangsamt seine Schritte und wendet sich um. Tastet mit dem Lichtstrahl unschlüssig über den Sand. Da!

Er hält den Strahl der Lampe auf einen schwarzen Schatten gerichtet, der ihm auf halber Höhe der Böschung aufgefallen ist.

Was ist das?

Er lässt die Lampe in die Seitentasche seines Jacketts gleiten, legt beide Hände auf den oberen Rand der Betonwanne – und stößt sich ab. Die poröse Oberfläche des Zements schneidet in seine Handflächen, dann bekommt sein Fuß auf der Oberkante Halt, und er richtet sich auf.

Vorsichtig holt er die Lampe wieder aus seiner Jacketttasche hervor, schaltet sie ein und leuchtet in den Schatten hinein, der sich jetzt keine drei Meter mehr über ihm in die Sandböschung zu bohren scheint.

Das ist kein Schatten, das ist …

Butz reckt den Arm mit der Lampe in die Höhe – und sieht es. Ein feines Rinnsal schießt aus dem Schatten hervor. Das Wasser kommt direkt aus der Böschung – aus einem Stollen, der dort waagerecht ins Erdreich getrieben worden ist.

8

»Der muss durch den Regen freigelegt worden sein!« Der Bauleiter ist ein schwerer, großgewachsener Mann Mitte fünfzig, Butz kommt sich regelrecht schmächtig neben ihm vor. »Den Tunnel hab ich noch nie gesehen!« Der Bauleiter schüttelt den Kopf. »Der ist auch in den Plänen nicht eingetragen.« Der Bauleiter deutet mit seinem dicken Zeigefinger auf den Grundriss. »Möglicherweise gehört der Stollen zur Kanalisation.« Er sieht Butz an.

Der runzelt die Stirn.

»Meinen Sie, es hat etwas mit der Toten zu tun?« Der Bauleiter nimmt ihm den Plan aus der Hand. Er ist erst vor wenigen Minuten auf der Baustelle eingetroffen, nachdem er von den Beamten über sein Handy kontaktiert worden ist.

Butz schaut zu dem Stollen hinauf. »Leuchten Sie mir doch mal bitte.« Er stemmt sich erneut auf den Rand der Bodenwanne.

»Was denn?« Der Bauleiter richtet den Strahl der Lampe genau auf Butz' Gesicht. »Wollen Sie jetzt hier rumklettern? Mitten in der Nacht? Sie sehen doch, der Regen hat alles unterspült.« Die tiefe Stimme des Bauarbeiters scheppert. »Außerdem können Sie in der Dunkelheit doch sowieso nichts erkennen! Kommen Sie da runter, Mann, was soll denn das?«

Butz springt und landet weich in dem locker aufgeschütteten Sand der Böschung auf der anderen Seite der kleinen Betonwand.

»Das ist meine verdammte Verantwortung hier«, hört er den Bauleiter schimpfen, der in der Bodenwanne stehen geblieben ist.

»Regen Sie sich ab, ist es natürlich nicht.« Butz spürt, wie seine Hände in den feuchten Sand sinken, während er beginnt, die Böschung nach oben zu kraxeln. Der Schein der Taschenlampe gleitet an Butz vorbei über den Sand, bleibt auf der Tunnelöffnung stehen, die sich jetzt direkt über seinem Kopf befindet. Butz richtet sich auf, sieht in die Öffnung hinein. Für einen Moment hat er den Eindruck, als würde es kühl aus dem Stollen herauswehen.

»Können Sie was sehen?«

Butz dreht sich um. Knapp drei Meter unter ihm steht der Bauleiter in der Bodenwanne und blickt nach oben.

»Noch nicht.«

Butz angelt die Lampe des Schutzpolizisten aus der Seitentasche seines Jacketts, schaltet sie ein und richtet den Strahl in den Stollen hinein.

Der Gang ist nicht mehr als gut einen Meter hoch und etwa genauso breit. Keine Kabel, keine Lampen, keine Mauer. Ein Tunnel, der ohne jede Absicherung ins Erdreich getrieben worden ist und auf dessen Boden es feucht schimmert. Der Regen muss durch den Sand hindurchgesickert sein und sich auf dem Grund des Tunnels gesammelt haben. In einem kleinen Bächlein fließt das Wasser am Ende des Gangs ins Freie.

Es ist, als ob jemand Butz' Kopf an den Haaren zurückgerissen hätte.

Er hat etwas gehört! Mit einem Satz ist er in der Öffnung. Geduckt. Auf allen vieren. Jeder Muskel im Körper angespannt.

»Sind Sie wahnsinnig!« Die Stimme des Bauleiters dringt von der Betonwanne zu ihm herauf.

Butz achtet nicht darauf, steckt sich die Taschenlampe kurzerhand in den Mund. So kann er zugleich auf allen vieren weiter und sich den Weg leuchten.

Es ist nicht das Geräusch rieselnden Sands, kein Verkehrslärm, kein Luftstoß. Es ist ein Rascheln, ein Schaben, ein Schnaufen!

Er kriecht in den Gang hinein.

Jetzt ist das Rascheln deutlich zu hören. Es klingt, als ob sich ein Rudel Hunde in dem Stollen zusammendrängen würde. Butz spürt, wie sein Kopf gegen die sandige Decke des Gangs stößt, während er weiterhastet. Hinter ihm säuselt die Stimme des Bauleiters, sie scheint aus einer anderen Welt zu kommen.

Abrupt hält Butz inne.

Was ist das?

Er setzt das Atmen aus.

Stille.
Es hat geblinkt. Vor ihm. Weit vor ihm.
Oder?
Der Schein der Lampe schwankt. Butz verlagert sein Gewicht auf den linken Arm, nimmt die Lampe mit der Rechten aus dem Mund. Stabilisiert den Lichtstrahl. Gut dreißig Meter weit vor ihm biegt der Gang um eine Ecke.
»Pfffssslsssspfffff.«
»Hallo!«
Und wenn es Ratten sind?
Instinktiv richtet Butz den Strahl auf den Boden. Das Wasser rinnt zwischen seinen Beinen hindurch, Tiere sind jedoch keine zu sehen.
»Ist da wer?«
Er sieht sich um. Nichts. Ungefähr zwanzig Meter weit ist er in den Stollen bereits eingedrungen. Hinter sich kann er das Ende des Tunnels und die Nacht sehen: einen Vorhang glitzernder Punkte, Tropfen, die den Strahl seiner Taschenlampe reflektieren. Es hat wieder angefangen zu regnen.
Butz atmet aus.
Das entfernte Rauschen der Tropfen.
Für einen Moment scheint die Zeit stillzustehen.
Dann fällt sein Blick auf das Rinnsal in der Mitte des Stollens.
Eben noch war es schmal gewesen wie ein Bleistift, jetzt füllt es fast die ganze Gangbreite aus. Es ist, als würde er nach rechts stürzen, als die Wand neben ihm auf einer Länge von sechs Metern absackt.
»AAAHH!« Butz' eigener Schrei katapultiert ihn nach vorn.
Wie hat er so leichtsinnig sein können?
Der Sand um ihn herum rutscht ab. Er krabbelt nicht mehr auf allen vieren, er läuft geduckt, sein Rücken raspelt über die Decke. Mit beiden Händen stößt er sich abwechselnd an den beiden Seitenwänden ab und spürt zugleich, wie die aufgeweichten Sandmassen um ihn herum zusammensacken. Der Schlund, durch den er rast, scheint sich zu einem Schlammschlauch zu verformen.
»Es rutscht! Butz! Es kracht ein!« Die Stimme des Bauleiters gellt.
Butz springt – aber da greifen die Sandmassen schon wie mit Armen nach ihm, packen ihn an den Füßen, rollen über seinen Rücken nach vorn und drücken seinen Kopf in den Schlamm.

Zweiter Teil

1

Tagebucheintrag

Und MAX? Wenn Till es war, was ist mit Max?
Ach ja?
Er auch?
Und Hinz und Kunz und Heinz und Franz?
HAT JETZT JEDER SEINEN VERDIENST AN DEM, WAS IN WAHRHEIT DOCH NUR DU ALLEIN GETAN HAST?
Aber Max ... Max war doch derjenige, durch den du Till kennengelernt hast! Max war dein Freund, mein Lieber, mit ihm, mit MAX hast du die Nachmittage, die Nächte, die Sommerwochen verbracht, bist du gereist, hast du getrunken, geredet, gelacht. Mit ihm hast du versucht, einen Weg zu finden, eine Meinung, eine Haltung – eine klare Sicht auf die Dinge! Und jetzt soll er mit alldem nichts mehr zu tun haben?
Manchmal kommt es mir fast so vor, als wüsste ich gar nicht mehr, wie er aussah. Es ist so lange her ... es hat sich so viel verändert ... ich habe mich verändert ...
Dann wieder sehe ich ihn vor mir, das glatte, fast schwarze Haar, das hinter seinen Ohren absteht, die hellen Augen mit dem durchdringenden Blick.
Max. Max Bentheim.

2

Rückblende: Zwölf Jahre vorher

Tick tick tick tick tick tick ...
Max Bentheim starrte auf die Eieruhr, die oben auf dem Flügel stand. Noch knapp vierzig Minuten. Aber er würde sich nicht unterkriegen lassen. Es war nicht das erste Mal, dass er Klavier üben musste,

und es würde auch nicht das letzte Mal sein. Also hatte es auch keinen Sinn, sich hineinzusteigern, wie unerträglich es sein würde. Er musste einfach nur ein bisschen auf den Tasten herumklimpern, dann würde die Zeit schon wie im Flug vergehen.

Zaghaft hob er die Hände und berührte die Oberflächen der Tasten, schlug sie jedoch noch nicht an.

Tick tick tick tick tick tick ...

Noch achtunddreißig Minuten. Vorsichtig drückte er mit den Fingerspitzen die Tasten herunter. Der Ton klang nicht schlecht. Max warf einen Blick auf das Notenpapier, das vor ihm auf der Ablage stand. Und wenn er einmal versuchte, sich von den Noten zu lösen? Vielleicht war ja *das* das Problem: dass er nach Noten spielen sollte, die sich irgendein Komponist vor Hunderten von Jahren ausgedacht hatte. Warum ließ er sich nicht einmal von *der* Musik führen, die er in sich selbst verspürte, anstatt zwanghaft einer Tonfolge gehorchen zu wollen, die sich ein anderer hatte einfallen lassen?

Tick tick tick tick tick ...

Abgesehen vom Ticken der Eieruhr war es in dem Haus vollkommen still. Lisa malte in ihrem Zimmer wahrscheinlich ein Bild, die Mutter war noch unterwegs, Claire und Betty von der Oma abholen. Und der Vater? Hinten im Gartenhaus, wie immer.

Max ließ die Hände eine Weile in der Luft tanzen. Es würde ihn niemand hören. Er gab sich einen Ruck – und seine Finger fielen schwer auf die Tasten. Sie riefen einen schönen, satten Klang hervor. Zufrieden mit diesem ersten Ergebnis zog er die Hände rechts und links auf der Tastatur auseinander. Eine perlende, lustige Tonfolge stieg auf. Max' Laune besserte sich. Er ließ die Finger zurück zur Mitte der Tastatur wandern, diesmal auch die schwarzen Tasten mit einbeziehend, so dass der Klang ein wenig schräger ausfiel. Dann nahm er beide Hände zusammen und sprang mit ihnen nach rechts, so dass die Töne noch kraftvoller, fast schon zornig und aufgebracht wirkten.

»Jetzt Kontrast«, murmelte er sich zu, und wie auf Kommando schnellten die Hände weniger hoch, duckten sich vielmehr, huschten gemeinsam über die Tasten nach links, so dass der Klang leiser wurde, sanfter, behutsamer.

Mit beiden Füßen trat Max die beiden Pedale nieder – die einzelnen Töne verschwammen.

»Sehr gut. Jetzt die Variation.«

Er achtete darauf, seine Hände unabhängig voneinander ihren jeweils eigenen Phantasien nachspüren zu lassen, die Rechte eher rhythmisch, die Linke melodisch. Und für einen Moment hatte er auch tatsächlich das Gefühl, seine Hände würden selbst am besten wissen, was sie zu tun hatten, als könnte er sich geradezu innerlich zurücklehnen, um zu lauschen, was sie ihm vorspielten, als seien sie regelrecht von ihm abgelöst, angeschlossen an einen höheren, größeren Geist, der mit ihnen zu zaubern verstand und sie Wege gehen ließ, auf die er selbst, Max Bentheim, niemals gekommen wäre. Doch da verflog dieser Moment auch schon, während Max ihm noch nachlauschte, und an seine Stelle schob sich die Ahnung, dass niemand anders als er selbst, Max, derjenige war, der seinen Händen, seinen Fingern sagen musste, was sie tun sollten, dass niemand anders als er selbst derjenige war, der eine Vorstellung davon haben musste, wohin die Reise gehen, wohin sich das Stück, das er spielte, entwickeln sollte. Eine Aufgabe, deren Komplexität Max verwirrte, kaum dass sie ihm ins Bewusstsein gerutscht war.

Verbissen versuchte er, die Klarheit wiederzugewinnen, die er eben noch ganz deutlich in sich gespürt hatte. Aber je verzweifelter er darauf drängte, sich sozusagen selbst aus seinen Händen wieder zurückzuziehen, je energischer er darauf aus war, sich selbst überraschen zu können mit den sagenhaften Ergebnissen, die er erzielte, desto dissonanter klang, was er zustande brachte.

»Spiel darüber hinweg, gib dem, was noch in der Luft hängt, eine ganz neue, unerwartete Bedeutung, indem du Klänge folgen lässt, die ihm nachträglich erst den wahren Sinn einimpfen!«, beschwor er sich, hieb weiter auf die Tasten ein, fieberhaft nach einem Ausweg aus dieser Sackgasse der Hässlichkeit suchend, in die er sich mit jedem Misston, den er anschlug, umso tiefer hineinmanövrierte, und immer unumkehrbarer den Mut verlierend, von dem er doch nur zu gut wusste, wie sehr er ihn brauchte, um die selbstgestellte Aufgabe zu bewältigen. Bis er plötzlich bemerkte, dass er nicht mehr nur mit den Fingern über die Tasten sprang, sondern mit den Händen geradezu auf sie einschlug, dass er inzwischen sogar die Ellbogen dafür benutzte, dass seine Unterarme und Handgelenke schmerzten und das Holz unter seinen Schlägen ächzte. Dass aus seinem Spiel längst so etwas wie eine Schlacht geworden war – ein Kampf, ein Krampf, ein Sturz.

Hinter ihm knallte es.

»Spiel doch endlich mal was richtig Lautes!«, hörte er eine Mädchenstimme schreien und fuhr herum.

In der Türfüllung stand Lisa. Sie hatte die Tür so heftig aufgestoßen, dass das Holz gegen die Wand geschlagen war.

»Was? Schon fertig? Du hattest doch gerade erst Fahrt aufgenommen!« Sie funkelte ihn an.

Tick tick tick tick tick tick tick ...

Max warf einen Blick auf die Eieruhr. Noch einunddreißig Minuten. Immerhin, sieben Minuten hatte er überwunden.

Lisa schnaufte. »Sag Papa doch einfach, dass du mit dem Klavierspielen aufhören willst!«

»Das erlaubt er nie.« Max war von der Anstrengung noch ein wenig außer Atem.

Lisa trat auf ihn zu, nahm seine Hände, drehte sie um und besah sich die Unterarme, über denen die Ärmel seines Hemdes zurückgekrempelt waren. Die Haut war von den Schlägen auf die Tasten gerötet.

»Natürlich erlaubt er es«, sagte sie und ließ seine Arme los, »du musst es ihm nur richtig sagen.«

»Kannst du es ihm nicht sagen?«

»Nö.«

Ihre Antwort überraschte Max nicht. Sein Oberkörper sackte nach vorn, und mit gekrümmtem Rücken blieb er auf dem Klavierhocker sitzen. In seinem Kopf aber erklangen die Töne, mit denen er sein Spiel eben begonnen hatte, noch einmal. Und diesmal, als er sie sich nur vorstellte und nicht wirklich anschlug, gelang es ihm, die Töne auch an dem Punkt richtig fortzuentwickeln, an dem er vorhin falsch abgebogen war. Diesmal schwangen sie sich – statt sich in einen immer unangenehmeren Krach zu verlieren – zu einem Crescendo aus Effekten und Überraschungen auf, das geradewegs bis an die Zimmerdecke und noch darüber hinaus zu führen schien.

Max blickte auf, wollte seiner Schwester schon zurufen, dass er mit dem Improvisieren vielleicht doch endlich einen Weg gefunden habe, das Klavierspiel in den Griff zu bekommen – aber da war das Zimmer um ihn herum bereits wieder leer.

Lisa hatte ihn allein gelassen.

3

Eine Veranda mit mächtigen Säulen, Bäume mit weit ausladenden Ästen, eine Freitreppe, die in grandiosem Bogen auf das Dach eines durchfensterten Vorbaus führte.

Als Frau Bentheim mit dem Wagen in das schattige Grundstück einbog, auf dem sich die weiße Villa der Bentheims erhob, musste Till unwillkürlich an die Herrenhäuser der Plantagenbesitzer im amerikanischen Süden denken. Die kannte er zwar nur aus dem Fernsehen, hatte sie aber immer geliebt. Die schattige und zugleich schwüle Atmosphäre, in der man glaubte, entfernt Alligatoren brüllen zu hören – während in den oberen Stockwerken der prächtigen Häuser schöne Frauen unter riesigen Ventilatoren Intrigen aushecken, mit denen sie ihren stiernackigen Gatten gegen den Mann ausspielen wollten, der hinter dem Haus gerade unter einem Oldtimer lag und den Motor ausbaute.

Frau Bentheim brachte den Jaguar in der Auffahrt zum Stehen. Neugierig die Details des Gebäudes und des Vorgartens in sich aufsaugend, wanderte Till neben ihr vom Wagen zur Eingangstür, durch die die beiden Mädchen von der Rückbank bereits verschwunden waren. Korbstühle und ein verziertes Sofa mit verschlissenem Seidenbezug standen auf der Veranda, rechts verdeckte in einiger Entfernung eine buschige Hecke das Nachbarhaus, links verlor sich das Sonnenlicht zwischen den Baumstämmen eines angrenzenden Waldes. Entlang des Weges aus Natursteinen, der an dem Haus vorbei in einen dahinter liegenden Garten zu führen schien, zog sich ein rechteckiger Teich, in dem sich grau-rosa gefärbte, beinahe fettig wirkende Fische zwischen Seerosen tummelten.

»Kois«, hörte Till Frau Bentheim neben sich sagen, die bemerkt haben musste, wie er zu den Fischen sah.

Sie hockte sich an den Rand des Teichs und streckte eine Hand in das Wasser. Einer über den anderen gleitend, schwammen die Fische zu ihren Fingerspitzen und stupsten ihre Nasen dagegen.

»Mama?«

Till sah auf. Ein Mädchen, etwas älter als Claire und Betty, vielleicht so alt wie er, kam barfuß über den Rasen auf sie zu. »Wo warst du denn?«

»Till – Lisa, Lisa – Till.« Frau Bentheim richtete sich neben ihm wieder auf.

Sollte er dem Mädchen jetzt die Hand schütteln?

Etwas verunsichert blickte Till zu Frau Bentheim hoch, aber die hatte sich zu ihrer Tochter gewandt und erklärte ihr in knappen Worten, was geschehen war.

»Komm, Till, wir rufen jetzt gleich den Arzt. Wie geht es dir inzwischen denn?« Sie schaute wieder zu ihm.

»Gut.«

Es ging ihm gut, bestens sogar. Es ging nur alles so schnell, ihm war fast schon ein wenig schwindlig.

»Warum wolltest du denn nicht, dass ein Notarzt kommt?«

Till drehte sich um, den Mund voll. Hinter ihm schritt Lisa würdevoll in die Küche.

»Ach, das war doch nichts, es hat ja nicht mal richtig weh getan.« Till schluckte herunter.

Frau Bentheim hatte ihn in die Küche geführt, nachdem er angedeutet hatte, ein wenig Hunger zu haben. Dort hatte eine Frau, die Frau Bentheim ihm als Rebecca vorgestellt hatte, Till ein wenig Suppe heiß gemacht.

»Und dann wolltest du nicht, dass meine Mutter deine Mutter anruft.« Lisa kletterte auf den Barhocker auf der anderen Seite des hochgebockten Tischs und sah Till aufmerksam an, den hübschen Mund fest geschlossen.

»Ja und?« Wollte sie ihn jetzt ausfragen? Till zwang sich, ruhig zu bleiben. Der Arzt musste gleich da sein, und nach der Untersuchung würde er ohnehin wieder gehen, sie brauchte sich also keine Sorgen zu machen, dass er ihr Puppenhaus kaputt machen könnte.

»Wenn ich angefahren werden würde, würde ich schon meine Mutter anrufen.«

Das hatte keine Antwort verdient. Till langte zu der Kelle, die aus der Suppenschüssel herausragte, und füllte seinen Teller wieder auf.

»Wo wohnst du denn?« Lisa ließ nicht locker.

Till runzelte die Stirn. »Willst du das wirklich wissen?«

»Klar.«

»Und wieso? Wieso willst du das wissen?«

Lisa sah ihn nachdenklich an. Jetzt hatte er den Spieß umgedreht. Damit hatte sie wohl nicht gerechnet.

»Nur so.«

Till atmete aus. »Gibst du mir mal das Brot rüber?«

Der Korb mit ein paar Weißbrotscheiben, den Rebecca ihm ebenfalls hingestellt hatte, stand näher bei ihr als bei ihm. Lisa schob ihn über den Tisch, ohne ihren ernsten Blick von ihm zu nehmen. Till fühlte, wie nervös ihn das machte. Dunkelblond hingen ihr die Haare bis auf die Schultern, ihr leicht gebräuntes Gesicht wirkte so lebendig und zierlich, dass er sich regelrecht zwingen musste, die Augen zu senken, bevor er sich in ihrem Anblick noch ganz verlor. Er griff nach einer Brotscheibe aus dem Korb, tauchte sie in die Suppe und biss ab. Er musste sich ja nicht mit ihr unterhalten, er konnte hier einfach sein Süppchen löffeln.

»Mama macht sich furchtbare Sorgen, dass du dir was getan haben könntest. Aber ich finde, du siehst nicht so aus, als ob dir was weh tut.«

Till musste grinsen. Mann, das war doch gar nichts gewesen. Ein kleiner Bums und fertig. Die sollten sich mal nicht so haben.

»Weißte was?« Jetzt sah er sie doch an. »Ich wollte nicht, dass deine Mutter meine Mutter anruft, weil …« Er spürte, jetzt war sie da, die Chance, die er ergreifen musste. »… weil meine Mutter tot ist.« Es kam ihm so vor, als wären ihm die Worte wie Bauklötzchen aus dem Mund gepurzelt.

Lisas Augen weiteten sich.

»Ich wollte nicht, dass der Notarzt kommt, weil sie mich dann zurückgeschickt hätten.«

»Zurück wohin?«

»Nach Brakenfelde.«

»Was ist *das* denn?« Lisas Stimme klang, als würde sie ahnen, dass es ein Ort war, mit dem sie nichts zu tun haben wollte.

»'n Heim«, stieß Till hervor.

»Du lebst in 'nem Heim?«, flüsterte sie, und Till war sich sicher, dass sie das tat, weil sie nicht wollte, dass jemand sie hörte.

Um nicht gleich antworten zu müssen, schob er sich den Rest des Brots in den Mund. Wenn er genau hinsah, konnte er an ihrem Hals jetzt eine Ader pochen sehen. Er war sich nicht sicher, ob die auch vorhin schon da gepocht hatte, jetzt aber tat sie es. Wahrscheinlich weil

Lisa sich fragte, ob sie nicht doch lieber aufstehen und ihrer Mutter Bescheid sagen sollte. Aber sie blieb einfach nur sitzen und sah ihn an.

»Schmeißt du mich jetzt raus?« Trotzig zog Till die Augenbrauen zusammen. Sollte sie doch. Wenn sie es tat, war es sowieso sinnlos, hier noch länger seine Zeit zu vergeuden.

»Wieso denn zurückschicken?«, fragte sie stattdessen.

»Weil ich abgehauen bin?«

Sie schluckte. »Und was hast du jetzt vor?«

»Weiß nicht.«

»Till?« Es war die Stimme von Frau Bentheim.

Er wandte sich um und sah Lisas Mutter in die Türöffnung treten. »Der Arzt ist jetzt da. Kommst du? Dann kann er dich gleich untersuchen.«

Till blickte zu Lisa, die ihn nicht aus den Augen gelassen hatte. Aber er sagte nichts, sondern lächelte nur. Er war erst elf, aber er wusste, dass das verschmitzt aussah. Geschickt ließ er sich von seinem Hocker hinuntergleiten und lief zur Küchentür.

»Gern, Frau Bentheim. Sie hätten den Arzt wirklich nicht kommen zu lassen brauchen. Aber von mir aus …«

Er sah, dass Lisas Mutter ihm am liebsten über den Kopf gestrubbelt hätte. Aber das tat sie dann doch nicht.

4

Brrrrrriiiiiiiingggg!

Die Eieruhr schnarrte.

Max atmete aus und schlug den Deckel über die Tasten des Flügels. Die letzten Minuten hatte er sowieso nur noch reglos davorgesessen. Auch diese Stunde Klavierüben war erfolgreich gemeistert! Er sprang vom Klaviersessel herunter und verließ beschwingt das Zimmer.

Als er die Eingangshalle erreicht hatte, bemerkte er, dass sich einige Leute im Wohnzimmer versammelt hatten, das über eine breite Schiebetür mit der Eingangshalle verbunden war. Neugierig und beiläufig zugleich schlenderte er durch die Schiebetür zu den anderen und blieb mit dem Blick an einem Jungen hängen, der mit nacktem Oberkörper auf dem Sofa saß und von Dr. Trimborn gerade abgetastet wurde.

Wer war das denn?

Max schaute zu seiner Mutter, die auf einem Sessel dem Sofa gegenüber Platz genommen hatte und den Handgriffen des Arztes mit besorgtem Blick folgte.

Trimborn schien mit dem Verlauf seiner Untersuchung jedoch ganz zufrieden zu sein, denn er nickte dem Jungen aufmunternd zu. »Kannst dich wieder anziehen.« Dann sah der Arzt zu Max' Mutter. »Wie schnell waren Sie denn, als es passiert ist?«

»Die Straße war sehr befahren, ich bin fast Schritt gefahren.«

»Ich denke, Till hat einen Schutzengel gehabt.« Trimborn wandte sich wieder dem Jungen zu, der dabei war, ein langärmliges T-Shirt über den Kopf zu streifen. »Aber Sie haben trotzdem gut daran getan, mich zu rufen. Man kann ja nie wissen.«

Max stutzte. Täuschte er sich, oder war das T-Shirt ziemlich dreckig?

»Sonst alle vier wohlauf?« Trimborn warf das Stethoskop, mit dem er den Jungen abgehört hatte, in seinen altmodischen Arztkoffer, der neben ihm auf dem Tisch stand.

»Alles bestens.« Max' Mutter erhob sich. Ihr Blick fiel auf ihren Sohn. »Oder, Max?«

Der grinste. »Alles bestens, Doc.«

»Na gut. Dann auf Wiedersehen, Kinder«, grüßte Trimborn in die Runde, packte seinen Arztkoffer am Griff und verließ zusammen mit Max' Mutter das Zimmer.

Max bemerkte, dass der Junge ihn aufmerksam musterte, achtete aber darauf, den Blick nicht zu erwidern, sondern schaute stattdessen zu Lisa, die weiter hinten auf einem Sessel Platz genommen hatte. Unauffällig versuchte er ihr zu signalisieren, dass er wissen wollte, wer der Junge ist. Lisa schien Max jedoch nicht weiter beachten zu wollen, denn ohne ihn eines Blickes zu würdigen, sprang sie von ihrem Sessel, ging zu der Tür, die vom Wohnzimmer aus direkt ins Freie führte, und zog sie auf.

»Soll ich dir mal unseren Garten zeigen?« Sie schaute geradewegs zu dem Jungen, der – etwas ziellos, wie Max denken musste – in einem kleinen Nylonrucksack zu wühlen begonnen hatte.

Der Junge sah auf. »Ja, supergerne.«

›Supergerne‹? *Was ist das denn für einer,* dachte Max.

»Kommst du auch mit?« Jetzt schaute Lisa doch zu ihm.

Max zögerte.

»Ich bin Till.« Der Junge war vom Sofa aufgestanden, kam auf ihn zu und streckte die Hand vor.

»Ich weiß.« Den Namen hatte Trimborn ja gerade erwähnt. Max vergrub seine Hände in den Taschen seiner Jeans, statt die angebotene Hand zu schütteln. Das war ihm in solchen Situationen schon immer die liebste Geste gewesen. Oder war das zu unfreundlich? Gerade wollte er die ausgestreckte Hand doch noch ergreifen, da zuckte Till schon mit den Achseln und ging an Max vorbei durch die Tür in den Garten, in dem Lisa bereits auf ihn wartete.

5

»Woran arbeitet Papa gerade?« Lisas Ruf riss Max aus seinen Gedanken. Er war Till und seiner Schwester hinaus in den Garten gefolgt und hatte sie ein wenig über den Rasen vorlaufen lassen. Jetzt standen sie vor der Hecke, die den hinteren Teil des Grundstücks vom übrigen Garten abtrennte, und sahen in seine Richtung.

»Keine Ahnung!« Er schlenderte ihnen entgegen. »Mama hat gesagt, das sei nichts für Kinder.«

Lisa lachte. »Schon wieder?«

Max musste ebenfalls grinsen. »Ich habe sie gefragt, aber es war nichts aus ihr herauszubekommen. Es sei zu unheimlich, ich würde wieder Alpträume kriegen, ich könnte es ja lesen, wenn ich alt genug dafür bin, meinte sie.«

Er sah, wie Till Lisa einen Blick zuwarf, und blieb bei ihnen stehen.

»Er schreibt Romane.« Lisa lächelte Till an. »*Phantom der Oper, Jekyll und Hyde, Die Berge des Wahnsinns* ... so was in der Art.«

»Kennst du?« Max sah zu Till, wohl wissend, dass er nun derjenige war, der den anderen zuerst etwas gefragt hatte. Aber das interessierte ihn jetzt.

»Hm, hm.« Till hatte die Lippen ein wenig gespitzt.

»Und was liest du so?« Max ließ ihn nicht aus den Augen.

»Mein Bruder hat mir früher Tipps gegeben, was ich lesen soll.«

Die Antwort überraschte Max ein wenig. »Weißt du das nicht selbst? Was du lesen willst, mein ich.« Noch während er sprach, hatte er jedoch den Eindruck, als würde sich ein seltsamer Schatten, eine Art Verletzlichkeit auf Tills Gesicht legen und beschloss, seinen herausfordernden Ton etwas abzumildern.

»Woher soll ich wissen, ob ein Buch gut ist, wenn ich es noch nicht gelesen habe?« Till musterte ihn.

Max runzelte die Stirn. Das stimmte natürlich.

»Hast du schon mal ein Buch von deinem Vater gelesen?«, fragte Till.

Max sah kurz zu Lisa. Nein, hatte er nicht. Es wurde ja immer schlimmer, inzwischen durften sie nicht einmal mehr wissen, *worüber* er schrieb. Früher hatte sein Vater noch angedeutet, dass er an einer Geschichte über das Eismeer schrieb, über Roboter oder ein Wesen, das nicht sterben konnte. Inzwischen aber schüttelte er nur noch den Kopf, wenn Max ihn fragte, woran er arbeitete. Ja, inzwischen war es sogar so weit gekommen, dass sie nicht einmal mehr die Titelbilder der Bände sehen durften, die sein Vater herausbrachte. Deshalb hatten seine Eltern auch die Exemplare, die sich in der Villa befanden, ganz oben ins Bücherregal im Wohnzimmer gestellt, dorthin, wo weder Max noch Lisa herankamen. Eines Abends, gar nicht lange her, als die Eltern von Freunden zum Essen eingeladen gewesen waren und Rebecca in der Küche mit dem Abwasch beschäftigt war, hatte Lisa darauf bestanden, dass sie sich die Bücher trotzdem einmal ansehen sollten. Sie hatten den niedrigen Couchtisch vor das Regal geschoben, einen Stuhl aus dem Esszimmer daraufgestellt, und Max war hochgeklettert. Als er das erste Buch herausgezogen und einen Blick auf den Umschlag geworfen hatte, hatte er allerdings verstanden, warum seine Eltern nicht wollten, dass sie sich das anschauten. Bis heute wusste er nicht genau, was das Bild auf dem Umschlag dargestellt hatte. Es hatte am ehesten noch wie ein Wurm ausgesehen, ein seltsam unbehaartes Tier, das von einem schmerzhaften Krampf befallen zu sein schien, denn ein Geflecht aus Muskeln und Sehnen hatte sich über sein Gesicht gezogen und das aufgedunsene Antlitz des Wesens zu einer Grimasse der Qual und der Auflösung verzerrt. Ein Anblick, der Max unmittelbar abgestoßen hatte, und als er Lisa das Buch nach unten gereicht hatte, hatte sie es gleich fallen gelassen.

Max kniff die Augen zusammen und sah Till an. »Würdest du alles lesen?«

Till lächelte. »Wie alles? Lieber nicht. So viel Zeit hab ich nicht. Nur gute Sachen, wo man richtig reingezogen wird.« Er schien einen

Augenblick nachzudenken. »Bei denen ich alles um mich herum vergesse, das mag ich. Dann ist es, als würde man durch das Buch fliegen ...« Seine Augen glänzten. »So ein Buch zu lesen ist wie ein Traum, oder? Das suche ich immer, wenn ich überlege, was ich mir als Nächstes vornehmen soll.«

Max nickte. »Ja, klar, aber ich meine ... gibt es auch Bücher, von denen du lieber die Finger lässt? Weil du Angst hast, dass du davon schlecht träumst?«

»Du meinst, ob ich Angst vor einem Buch habe?« Till grinste und schaute zu Lisa. »Was kann mir ein Buch schon anhaben? Ich kann es doch jederzeit zumachen, aufhören zu lesen – dann ist's vorbei.«

»Bist du dir da so sicher?« Lisa hatte etwas antworten wollen, aber Max sprach als Erster. »Dass es dann zu Ende ist, wenn du das Buch zumachst, mein ich?« Max schluckte. »Im Kopf kann es doch weitergehen! Die Leute, die in dem Buch aufgetreten sind? Die sind ja weiter drin, sozusagen, in deinem Kopf. Verstehst du?« Er sah, dass Till ihn ein wenig misstrauisch und zugleich doch neugierig anschaute. »Was machst du, wenn sie nicht aufhören, wenn sie weiter ...«, Max' Stimme wurde leiser, »was weiß ich, wenn sie weiter schreien ... weiter töten.«

Er bemerkte, wie Till ernster wurde und zu spüren schien, dass er das nicht nur so dahinsagte.

»Komm schon«, erwiderte Till, »das sind doch nur Figuren in einem Buch. Auch wenn sie weiter in deinem Kopf spuken, sie können dir doch nichts anhaben. Es ist doch wie ein Traum. Wenn ich aus einem Traum aufwache, weiß ich genau: Ich hab nur geträumt –«

Max unterbrach ihn. »Ja, aber dann hat man doch Angst vor dem Traum.«

»Vor dem Traum? Wirklich? Nicht Angst davor, wieder *einzuschlafen,* also dass der Traum dann weitergeht?« Till runzelte die Stirn. »Ich habe doch nicht Angst davor, dass der Traum mich ... sozusagen im Wachsein einholt.«

»Nicht?«

Till schüttelte den Kopf. »Deshalb meine ich ja, solange man das Buch nicht wieder öffnet, braucht man auch keine Angst davor zu haben, also zumindest mir geht es so.«

Die drei standen einen Moment lang schweigend im Kreis. Max wusste, dass schräg hinter ihnen jenseits der Hecke das Gartenhaus lag, in dem sein Vater arbeitete, aber er schaute absichtlich nicht in diese Richtung.

»Ich weiß nicht«, hob er wieder an und sah zu Till. »Was man träumt und was wirklich ist – lässt sich das immer so klar und sauber voneinander unterscheiden?« Er vergrub seine Hände in den Hosentaschen. »Ich träume ja auch nicht von etwas, das es *nur* im Traum gibt. Ich träume von dem Haus da hinten zum Beispiel«, er nickte vage in Richtung Gartenhaus, »und das Haus gibt es auch wirklich. Genauso ist es mit dem, was in einem Buch steht. Woher weiß ich, dass es nur eine Geschichte ist, dass die Figuren, von denen darin die Rede ist, nicht zugleich auch *wirklich* leben, also in der gleichen Wirklichkeit wie ich, sozusagen?«

Er wusste, dass das, was er sagte, ein bisschen komisch klang, aber als er sah, wie Till die Arme verschränkte, hatte er das Gefühl, dass Till ihm folgen konnte.

»Das ist doch immer ganz klar«, sagte Till ruhig. »Es gibt Romane, die sich ein Autor *ausgedacht* hat, das heißt, dass es die Leute, von denen in dem Buch die Rede ist, *nur* in dem Buch, in der Welt des Buches gibt und *nicht* in der wirklichen Welt. Und es gibt sogenannte Sachbücher, Bücher über Menschen und Ereignisse, die sich der Autor *nicht* ausgedacht hat, sondern die wirklich gelebt haben und die wirklich passiert sind.«

»Ach ja? Und woher weißt du, welche Figuren es wirklich gibt und welche nur ausgedacht sind? Weil der Autor dir das sagt?«

»Zum Beispiel. Warum nicht?«

Max spürte, wie seine Augen größer wurden. Er fixierte Till damit und ging ganz in dem auf, was er sagen wollte. »Bist du dir sicher, dass du dem Autor immer trauen kannst? Woher weißt du, dass du dich nicht irrst, wenn du ihm traust? Dass er dich nicht täuschen will? Was, wenn ein Autor sagt, dass die Figuren tatsächlich leben oder gelebt haben, während er sie sich in Wahrheit nur ausgedacht hat?« Max spürte, wie sich eine gewisse Unruhe in ihm ausbreitete und begonnen hatte, in seinen Armen zu kribbeln. »Und was, wenn der Autor sagt, dass er sich die Figuren nur *ausgedacht* hat«, er räusperte sich, ein hartnäckiges Kratzen hatte sich in seine Kehle geschlichen, »aber das stimmt gar nicht, und in Wirklichkeit haben die Figuren tatsächlich gelebt … oder leben sogar noch!«

Es war offensichtlich, dass Till sich das so noch nie überlegt hatte.

»Du meinst«, sagte Till langsam, »dass du Angst vor einem Buch hast, weil es sein könnte, dass der Autor *sagt*, er hat sich die Geschichte nur ausgedacht, aber in Wirklichkeit hat sie tatsächlich stattgefunden – und findet noch immer statt?«

Max nickte. »Könnte doch sein, oder?«

Erst jetzt registrierte er, dass sich Lisa während der letzten Takte ihres Gesprächs abgewandt und ein wenig von ihnen entfernt hatte. Max sah, wie sie durch eine kleine Lücke in der Hecke in den hinteren Teil des Gartens schlenderte.

»Lisa?« Er warf Till einen Blick zu, der ihr ebenfalls nachschaute.

»Geht's da weiter?« Till deutete mit dem Daumen auf den Durchgang in der Hecke, durch den Lisa verschwunden war.

Max nickte.

»Wohin denn?«

Zum Gartenhaus meines Vaters, dachte Max. »Willst du mal sehen?« Er legte den Kopf ein wenig auf die Seite.

Till grinste. »Ja.«

Als sie auf der anderen Seite der Hecke herauskamen, sah Max, dass Lisa bereits auf das Gartenhaus zuging, das sich knapp fünfzig Meter hinter der Hecke am Ende des Grundstücks befand.

»Willst du nicht mitgehen?« Till nickte in ihre Richtung.

»Nee, keine Lust«, erwiderte Max schroff.

»Warum nicht?« Tills Blick ruhte auf ihm.

»Andermal vielleicht«, murmelte Max unwirsch und beobachtete, wie Lisa an die Glastür des Gartenhauses klopfte, die auf eine kleine Terrasse hinausführte. Till und Max waren bei der Hecke stehen geblieben, das leise Scheppern der Glastür aber drang bis zu ihnen herüber.

Kurz darauf öffnete sich die Tür, und ein Reflex des Sonnenlichts huschte über den Rasen. In der Türöffnung war jedoch niemand zu sehen. Ohne sich noch einmal umzudrehen, betrat Lisa das Haus, und die Tür fiel hinter ihr mit leisem Klirren wieder ins Schloss. Leicht zitternd spiegelte das Glas den dunkler werdenden Himmel des Nachmittags.

6

Max kannte das schon. Er saß direkt neben dem Spiegel der Frisiertoilette und sah seiner Mutter dabei zu, wie sie sich fürs Weggehen zurechtmachte. Er wusste, dass seine Mutter registrierte, wie er ihr dabei zuschaute, aber weder sie noch ihn störte das. Er wollte einfach nur noch ein bisschen in ihrer Nähe sein, bevor sie gemeinsam mit seinem Vater das Haus verließ. Immer wieder beugte sie sich dicht an den Spiegel heran, zog die Wimpern nach, strich sich mit einem winzigen Pinselchen über die Lippen, ohne ihre Farbe groß zu verändern, tupfte einen dezenten Lidschatten auf oder probierte verschiedene Ohrringe aus, indem sie sie an ihre Ohrläppchen hielt und den Kopf dabei nach rechts und nach links drehte. Als Letztes zerstäubte sie meist noch etwas Parfüm hinter den Ohren, aber so weit war es an diesem Abend offenbar noch nicht.

»Hast du das Stück vorbereitet?« Seine Mutter hielt das Bürstchen mit der Wimperntusche auf halber Höhe in der Luft und sah ihn fragend an.

Max zuckte zusammen. Er hatte gehofft, dass das nicht mehr zur Sprache kommen würde. »Ich habe vorhin geübt ...«

»Und? Sitzt es?« Sie tauchte das Bürstchen nachdenklich in die Farbkartusche.

»Geht so«, brachte Max hervor.

Vor gut einer Stunde hatte sich Till von ihnen verabschiedet. Till hatte darauf bestanden, nur rasch von Rebecca zur U-Bahn gefahren zu werden, und angedeutet, dass er ja in den kommenden Tagen noch mal vorbeikommen könnte.

»Dein Vater wollte sich das Stück heute noch anhören, bevor wir gehen.« Max' Mutter kniff die Augen ein wenig zusammen und zog die kleine schwarze Bürste vorsichtig durch die Wimpern.

»Aber warum denn? Das kann doch bis morgen warten.« Misstrauisch verfolgte Max, wie sie unbeirrt weiter tuschte. »Oder hast du ihm wieder gesagt, dass er mehr auf meinen Klavierunterricht achten soll?«

»Nein, habe ich nicht, Max.« Entschlossen schob Julia die Bürste zurück in die Kartusche und griff nach dem Parfüm. Jetzt war es also so weit. Sie hob das Glasgefäß an den Hals und drückte auf den Zerstäuber. Der feine Duft umwirbelte ihre Schultern. Achtlos nahm sie das weiße Tuch ab, das sie zum Schutz vor dem Parfüm umgelegt hatte, und warf es zwischen die Schminktöpfe. Die beiden Träger des schulterfreien Abendkleides, die unter dem Tuch zum Vorschein gekommen waren, strafften sich über ihrer Haut.

»Hast du meinen Anzug schon rausgelegt?«

Max hob den Blick, und sein Bauch zog sich zusammen. Sein Vater war durch die Tür ins Schlafzimmer getreten.

»Er hängt am Schrank.« Julia hatte ihren Kopf nur halb zu ihrem Mann umgedreht, ohne den Blick vom Spiegel zu wenden.

»Hallo, Max.«

»Hallo, Papa.«

Xaver Bentheim trat an den frei stehenden Kleiderschrank, hinter dessen Tür der Anzug auf einem Bügel hing. »Spielst du mir gleich noch das Stück vor, das du vorbereitet hast?« Er warf den Anzug aufs Bett.

Max verfluchte sich, weil er sich in dem Schlafzimmer hatte erwischen lassen. Wäre er in seinem Zimmer geblieben, hätte es sein Vater bestimmt vergessen.

»Ich ...« Er brach ab.

Bentheim sah ihn fragend an, knöpfte sich gleichzeitig das Hemd auf.

»Okay, ich geh schon ins Klavierzimmer.« Max stand auf und huschte an seinem Vater vorbei aus dem Raum.

Er starrte auf die schwarz-weißen Tasten. Bemühte sich, die Panik, die ihn ergriffen hatte, nicht überhandnehmen zu lassen. Wieso hatte er sich am Nachmittag nicht mehr Mühe gegeben? Wieso hatte er seinem Vater nicht gesagt, dass er sich das Stück lieber morgen früh anhören sollte? Wie war es möglich, dass er alles falsch machte ...

Vorsichtig legte Max die Finger auf die Tasten, traute sich aber nicht, sie hinunterzudrücken. Ein Missklang würde ihn jetzt nur noch mehr entmutigen. Vielleicht hatte er ja Glück, versuchte er, sich gut zuzureden, vielleicht war die Kunst des Spielens ja vorhin in ihn eingesickert, als er so lange vor dem Flügel gesessen hatte. Wenn sein Vater hereinkommen würde, würde er einfach anfangen zu spielen. Es musste doch nicht perfekt sein, er musste ihn nur mit den ersten Tönen überraschen.

»Also, fang an«, tönte es hinter ihm, und sein Vater trat – fertig angezogen, im schmalen gestreiften Anzug, einen dünnen Mantel über dem

Arm – ins Zimmer. »Nur ein paar Takte, Max, du kannst mir das morgen früh ja noch mal in Ruhe vorspielen.«

Er kam durch den Raum auf den Flügel zu und stellte sich so daneben, dass er Max ins Gesicht sehen konnte.

Max starrte auf die Tasten.

»Fängst du bitte an?« Die Stimme seines Vaters war leise geworden.

»Ja«, flüsterte Max, »gleich ...« Ein scharfes Kribbeln kroch seinen Haaransatz empor. Mit aller Kraft zwang er sich, die Fingerspitzen auf die Tasten zu drücken. Du brauchst keine Angst zu haben, beschwor er sich, er wird ganz begeistert sein, dich vom Klavierhocker reißen, durch den Raum wirbeln ...

Dabei drang der erste Ton, den er angeschlagen hatte, an sein Ohr. Max' Finger verkrampften sich, sein Herz schien explodieren zu wollen. Er krümmte sich nach vorn, hob gleichzeitig die Hände in die Höhe, um nur wenigstens keinen weiteren falschen Ton anzuschlagen.

Neben ihm stand wie ein Abgrund das Schweigen seines Vaters.

Hilflos sah Max auf.

Bentheim hatte den Kopf geneigt, den Blick auf seinen Sohn gerichtet. Aus seinem Gesicht war alle Farbe gewichen. Hager und bleich überragte es die weiße Hemdbrust, die unter dem Anzug hervorschaute.

»Ich kann nicht«, flüsterte Max – und senkte den Blick.

Da trat sein Vater plötzlich hinter ihn und griff rechts und links an ihm vorbei in die Tasten. Nein, er griff nicht, er schien sich regelrecht auf die Tasten zu stürzen. Mit einem tiefen Aufschrei antwortete der Flügel, der sich unter dem Zugriff des Mannes förmlich aufzubäumen schien. Schon rasten die Finger von Max' Vater über die Tastatur, auf beiden Seiten von sich sah Max die hellhäutigen, von hochstehenden Adern durchzogenen Hände dem Instrument eine wahre Flut von Klängen entreißen. Das war nicht das Stück, das er hatte spielen sollen, aber es war auch nicht ganz etwas anderes, es war ein Brausen, ein Donner, in dem Max das Stück als eingebettetes Motiv wiedererkannte, ein Echo, das unendlich viel tiefer, gewaltiger, geheimnisvoller war und wie der Widerhall eines mächtigen Berges wirkte, der antwortete, nachdem man Minuten zuvor das im Vergleich geradezu klägliche, ursprüngliche Stück hineingerufen hatte. Gleichzeitig spürte Max den Kopf seines Vaters über sich, konnte ihn leise atmen hören, während Bentheim sich ganz auf den Flügel konzentrierte, mit dem Instrument geradezu zu tanzen schien und aus der bescheidenen Grundidee des Stücks ein Massiv von Tönen entwickelte, das in seiner ganzen Vielschichtigkeit, Originalität und Erhabenheit auf Max hinunterrauschte.

Schon glaubte Max, es nicht länger auszuhalten und aufspringen zu müssen – da riss der Strom der Töne plötzlich ab, sein Vater richtete sich hinter ihm auf, und seine Stimme, in der die Drohung wie ein feinstes Zittern einmoduliert war, schnitt Max ins Ohr. »Ich werde nicht dulden – dass du dich nicht *bemühst*.«

»Ich, Papa ... wirklich ...«, jetzt flossen Max die Tränen übers Gesicht, »ich habe mich bemüht, den ganzen Nachmittag ...« – aber da packte sein Vater schon Max' Kopf und drehte ihn so, dass Max ihm ins bleiche Antlitz starren musste.

»Ich werde nicht dulden, dass dich nichts interessiert, dass du nichts kannst, dass du nichts weißt.« Die Stimme seines Vaters war klar, beinahe überklar, überdeutlich, überschön.

Max senkte den Kopf, wagte es aber nicht, den Blick abzuwenden. »Es tut mir leid«, stammelte er und ahnte verschwommen, wie jämmerlich er aussehen musste, während er um Nachsicht flehte.

Im gleichen Moment zog sich das Gesicht seines Vaters zusammen, Max sah, wie sich die Jämmerlichkeit seines eigenen Ausdrucks im Ekel des anderen spiegelte – dann flog etwas auf ihn zu, traf ihn in den Augen, auf der Nase, den Lippen. Bentheim stieß ihn zurück, Max stürzte mit den Armen auf die Tasten des Flügels – dumpf antworteten die Saiten des Instruments hinter der hölzernen Verkleidung. Den Kopf in den Armen verborgen, hörte Max, wie sich die harten Straßenschuhsohlen seines Vaters über das Parkett entfernten. Aber er schaute nicht auf, denn sein Gesicht brannte vor Scham und war nass, weil sein Vater hineingespuckt hatte.

7

Heute

Es ist absolut still. Absolut dunkel.

Butz' Handflächen pressen auf sein Gesicht. Als die Sandmassen ihn begraben haben, hat er gerade noch Zeit gefunden, seine Hände vor Augen, Mund und Nase zu reißen. Aber er bekommt keine Luft.

Hmmm ... Hmmmmhmhmhhmm ...

Sein Leben fließt aus ihm heraus. Er hat noch eine Minute, vielleicht zwei.

Er kann nicht denken, stürzt nur dem Loch entgegen, aus dem es keine Wiederkehr gibt.

Panik.

Der Druck auf der Brust.

Das Blut in seinem Hirn scheint zu kochen.

Verzweifelt schiebt er die Hände zusammen, drückt sie gegen sein Gesicht, presst sie zurück in den Sand, um sie einen Millimeter, einen Hauch weit von seinem Gesicht zu lösen, einen Spalt weit von seiner Nase, seinem Mund, seinen Augen zu heben ...

Da!

Wie ein Industriesauger zieht Butz die Luft aus dem winzigen Spalt heraus, den er aufgepresst hat. Schon heben sich seine Lider durch den Unterdruck, den er erzeugt.

Hmmmmmpffffffffff ...

WEITER WEITER ...

Noch ein Stück, der Erfolg gibt ihm Kraft. Er nimmt seine Unterarme zu Hilfe, schiebt sie mit aller Gewalt nach oben – und erstarrt. Die verzweifelte Anstrengung hat seine Schultermuskeln verkrampft, sie glühen.

Hmmmmmpffffffffff ... Pffffffffff ...

Ihm schwindelt. Es ist zu wenig! Der Spalt ist zu klein! Seine Handflächen berühren noch immer die Nasenspitze, die Luft aber, die Butz wieder und wieder in seine Lungen pumpt, ist heiß schon, so oft hat er sie bereits ausgeatmet, heiß, stickig, giftig, nur Abfall noch, den sein Körper übrig lässt und den er doch wieder und wieder in sich aufsaugen muss, wie ein Verhungernder, der ...

Seine Gedanken driften ab. Wie lange noch? Eine Minute? Eine halbe?

Hmmmmmpffffffffff ...

Da ergreift ein anderer Gedanke von ihm Besitz. Warum hat er sich heute früh nicht richtig von ihr verabschiedet? Er hatte überlegt, ob er noch einmal umkehren sollte, hat es jedoch nicht getan. WARUM?

Butz fühlt, wie seine Augen nass werden. Er hätte es ihr sagen müssen! Er hätte sie in den Arm nehmen müssen, sie an sich drücken, sie nicht mehr loslassen. Er hat es versaut!

Haben sie denn keinen Bagger, keinen verdammten Kran auf der Scheißbaustelle hier? Können sie denn die Böschung nicht einfach wegreißen, den verdammten Sand von ihm runterschieben?

Der Bauleiter hat doch gesehen, wie er verschüttet worden ist!

Hmmmmmpfffffffffff ...

Butz muss husten, würgen. Tröpfchen verfangen sich in dem winzigen Spalt, aus dem heraus er atmet ...

Er spürt, wie jeder Muskel versteinert, wie der Schweiß seinen Rücken bedeckt – aber der Sand hält ihn fest, kriecht immer tiefer in seine Ohren, presst sich enger an seine Seiten, seine Schläfen, seine Kopfhaut.

Es ist seine Schuld, niemand sonst ist schuld daran – dass er es ihr nie gesagt hat ...

Dass er ihr nie gesagt hat, wie sehr er sie liebt.

Und jetzt ist es zu spät.

Dritter Teil

1

Rückblende: Zwölf Jahre vorher

»Verändert? Wie verändert?« Xaver Bentheim steuerte den Jaguar durch den abendlichen Verkehr Richtung Stadtmitte. Es regnete, und durch die Windschutzscheibe hindurch sahen die Rücklichter der anderen Autos wie verschmierte Farbkleckse aus.

»Ich kann es gar nicht so genau sagen …« Julia verengte die Augen ein wenig und warf ihrem Mann vom Beifahrersitz einen Blick zu. »Ich –« Sie unterbrach sich und setzte neu an. »Aber lass uns lieber ein andermal darüber sprechen.«

»Ernsthaft?« Xaver wandte den Blick nicht von der Straße.

»Ich sag doch, Xaver, es hat keinen Sinn. Wir sprechen morgen in Ruhe darüber. Nicht im Auto.«

»Ich kann einen Moment halten …«

»Lass uns lieber weiterfahren, Felix wartet sicher schon.« Julia bemerkte, dass Xavers Augen eine Spur dunkler zu werden schienen. »Reg dich nicht auf, es ist nichts. Sicher habe ich mir das nur eingebildet.«

Xaver lächelte, fuhr aber weiter. »Was denn nun? Habe ich mich verändert oder nicht? Ich meine, das ist eine ernste Sache. Oder? Immerhin heiratet man einen bestimmten Menschen, weil man ihn liebt – so wie er ist, richtig? Wenn er sich nun verändert … dann stellt sich natürlich die Frage, ob das, was man geliebt hat, nicht verlorengegangen ist.« Xaver warf ihr einen belustigten Blick zu. »Oder habe ich da was falsch verstanden?« Seine Augen lachten.

»Ich liebe dich, Xaver.« Julia hob die Hand und strich ihm eine Haarsträhne aus der Stirn. Wahrscheinlich hatte sie sich wirklich getäuscht. Verändert – er hatte sich verändert? Was sollte das schon heißen. Wahrscheinlich … nein, sicher war es die Arbeit am neuen Buch. Das machte ihm zu schaffen. Er hatte ja auch mehrfach Andeutungen in der Richtung gemacht. Aber das wollte sie jetzt nicht ansprechen.

Ohne Vorwarnung klatschte sie ihm mit der Hand gegen die Wange. »Na los, gib ein bisschen Gas, wir müssten längst da sein!«

Mehrere Limousinen warteten bereits vor dem Eingang des wuchtigen Baus der Firma von Quitzow, als Xaver mit dem Jaguar in die Seitenstraße zwischen Unter den Linden und Gendarmenmarkt einbog, in der sich das Gebäude befand. Xaver manövrierte den Wagen ans Ende der Schlange und hielt. Durch die hin und her pendelnden Scheibenwischer hindurch sah Julia, wie ein Mann mit einem gewaltigen, bordeauxroten Schirm an die nacheinander vorfahrenden Limousinen trat, die Tür aufriss und die Gäste mit seinem Schirm vor dem Regen schützend zum Eingang begleitete. Dort standen Valets bereit, die hinter das Steuer des mit laufendem Motor wartenden Wagens sprangen und zügig durchstarteten, um den nachfolgenden Limousinen Platz zu machen.

Es war das erste Mal, dass Julia mit Xaver zusammen zu von Quitzow fuhr, von dessen Abendeinladungen sie schon viel gehört hatte. Xaver war erst seit einem knappen Jahr bei Felix von Quitzow unter Vertrag, und in dieser Zeit hatte sich für sie bisher noch keine Gelegenheit ergeben, die Firma zu besuchen. Dabei war Julia das Gebäude von außen durchaus vertraut. Oft schon war sie daran vorbeigelaufen und hatte sich gefragt, was sich wohl hinter den trutzigen Mauern und meterhohen Fenstern, die auch im Erdgeschoss weit über Straßenniveau lagen, verbarg. Xaver hatte ihr erzählt, dass ein Schinkel-Schüler den Bau vor gut hundert Jahren entworfen und als Hauptfiliale eines damals florierenden Berliner Bankhauses errichtet hatte. Nach dem Crash von 1929, dem auch das Bankhaus zum Opfer gefallen war, hatte das schwerfällige und doch beeindruckende Gebäude zur Nazi- und DDR-Zeit jahrzehntelang leer gestanden, bis Felix es vor einigen Jahren als baufällige Ruine erworben und mit einigem Aufwand wieder instand gesetzt hatte.

Jemand riss die Wagentür neben Julia auf. »Darf ich Sie zur Tür begleiten?« Das großflächige Gesicht des Mannes mit dem Schirm blickte sie an.

Julia schlang ihren Mantel um sich, stieg aus dem Wagen und bückte sich unter den Schirm, während feiner Regenstaub ihr Gesicht benetzte. Der Mann neben ihr berührte vorsichtig ihren Arm und führte sie um den Wagen herum. Erst jetzt bemerkte sie, dass auf dem Bürgersteig vor dem Eingang ein roter Teppich verlegt war, der, vom Regen vollgesogen, dunkel schimmerte. Dann hatte Julia die offene Eingangshalle des Gebäudes erreicht, und goldenes Licht, das von zahlreichen altmodischen Glasleuchtern ausging, löste den dunkelblauen Schimmer der feuchten Nacht ab.

»Bist du nass geworden?« Xaver schob seine Hand unter ihren Arm und ging neben ihr die Freitreppe empor, die von der Vorhalle aus nach oben führte.

Julia lächelte und schüttelte den Kopf. Nein, es war nichts. Jetzt war sie doch froh, es vorhin im Wagen einmal angesprochen zu haben: dass sie sich Sorgen machte und in letzter Zeit das Gefühl bekommen hatte, Xaver könnte sich vielleicht … ja, ein wenig verändert haben.

2

Linker Hand öffnete sich auf dem Treppenabsatz im ersten Stock eine wohl vier Meter hohe, zweiflüglige Eichenholztür. Dahinter erstreckte sich ein Saal, der größer zu sein schien als ein Kirchenschiff. Unter der tiefroten Decke brodelte ein Stimmengewirr von gut hundert Gästen, die in den unterschiedlichsten Gruppierungen zusammenstanden. Fast benommen von der Lebendigkeit und Pracht des Eindrucks, betrat Julia an Xavers Seite den Saal.

Eine junge Frau kam auf sie zu, um ihr den Mantel abzunehmen. Kaum hatte sie das Kleidungsstück abgelegt, hörte Julia Xaver schon hinter sich rufen.

»Komm!« Er machte ihr ein Zeichen, wirkte aufgeregt und wie ungeduldig, sich endlich in das Gewühl zu stürzen. »Dahinten ist Felix, ich will ihn gleich begrüßen.«

Julia nickte. Gemeinsam schlängelten sie sich durch die anderen Gäste hindurch.

Felix von Quitzow war klein, etwa so groß wie Julia, und ein paar Jahre älter als Xaver, vielleicht Ende vierzig. Er trug einen maßgeschneiderten, außerordentlich eleganten Anzug, und sein Gesicht war fein geschnitten. Als er Julia ansah, hatte sie das Gefühl, seine hellen, beinahe übergroßen Augen würden sie förmlich abtasten.

»Xaver! Julia!« Freudestrahlend kam er auf sie zu, ergriff Julias

Hand und berührte ihre Wange mit seiner. »Schön, dass ihr kommen konntet.« Er trat einen Schritt zurück und sah Julia an. »Sie waren noch nie bei uns, richtig?«

Julia lächelte. »Das Haus ist großartig.«

»Warten Sie, bis ich Ihnen meine Wohnung gezeigt habe.« Felix' Augen blitzten, und er deutete mit dem Zeigefinger an die Decke. »Oben, unterm Dach. Ein befreundeter Architekt, Manteuffel, kennen Sie ihn? Er hat den Ausbau für mich entworfen.« Er blickte wieder zu Xaver. »Du warst mal bei mir, oder?«

Julia schaute ebenfalls zu ihrem Mann. Ihr fiel auf, wie freudig erregt Xaver noch immer wirkte. »War ich, mein Lieber, war ich«, sagte er, doch als er ihren Blick auffing, kam es Julia so vor, als würde das selbstvergessene Lächeln, das eben noch in Xavers Gesicht gespielt hatte, von einem leisen Anflug von Achtsamkeit beiseitegeweht. Da berührte Felix sie schon wieder am Arm.

»Maja Oetting – Julia Bentheim«, hörte sie ihn sagen, und als sie zurück zu Felix schaute, war eine schlanke junge Frau an seine Seite getreten.

»Maja hilft mir seit Anfang des Jahres im Büro«, erläuterte Felix, während Julia und die junge Frau einander begrüßten, »ich wüsste fast nicht mehr, wie ich noch ohne sie zurechtkommen sollte.«

»Wie schön, Sie einmal kennenzulernen.« Maja strahlte Julia an. »Schreiben Sie denn auch – wie Ihr Mann?« Der Ausdruck einer ebenso reinen wie verführerischen Unschuld war in Majas Gesicht so stark, dass es Julia fast ein wenig verwirrte.

»Nein«, Julia blickte zu Xaver, »und manchmal bin ich ganz froh darüber, wenn ich sehe, was mein Mann zum Teil für Phasen durchmacht.« Warum begrüßt *er* Maja nicht, ging es ihr durch den Kopf, hat er sie heute schon gesehen?

»Ja?« Majas Augen glänzten. »Wenn man die Sachen Ihres Mannes liest, hat man den Eindruck, ihm fliegt das alles einfach so zu. Als müsste er sich nur an den Schreibtisch setzen und schon würden sich die Sätze wie von selbst zusammenfinden.«

»Das müssen Sie ihm mal sagen, es wird ihn freuen«, antwortete Julia und bemerkte zugleich, dass Felix sich zu Xaver gebeugt hatte, um ihm jemanden zu zeigen, der hinter ihnen stand.

»Felix war wirklich begeistert, als es ihm gelungen ist, Xaver für uns zu gewinnen«, erzählte Maja fröhlich. »Xaver Bentheim – das ist die Zukunft, hat er immer wieder gesagt.«

Während sie sprach, fiel Julia auf, dass Felix Xaver inzwischen sogar schon ein paar Schritte von ihnen fortgeführt hatte. Dabei redete Felix in der ihm eigenen Art unaufhörlich und mit kleinen bestimmten Gesten das Gesagte unterstreichend auf Xaver ein, der sich zu Felix heruntergeneigt hatte und ihm aufmerksam ins Gesicht sah.

»Haben Sie vorher bei einem anderen Verlag gearbeitet?« Julia schaute wieder zurück zu Maja.

Deren Lider senkten sich einen Millimeter über ihre samtfarbenen Pupillen herab. »Ich habe studiert«, sagte sie, »Felix ist ein Freund meines Vaters.«

Sie ist keine fünfundzwanzig Jahre alt, dachte Julia. »Und jetzt helfen Sie ihm im Büro – herzlichen Glückwunsch.«

»Felix übertreibt.« Majas Lippen teilten sich ein wenig, so dass die makellosen weißen Zähne darunter zum Vorschein kamen. »Ich bin so etwas wie seine Assistentin, aber ich habe keine feste Anstellung. Er gibt mir verschiedene Dinge zu tun, und ich lerne erst einmal, wie das Unternehmen funktioniert.«

Und Sie schlafen mit ihm, hörte sich Julia denken. Im selben Moment sah sie, wie eine weitere junge Frau an Maja herantrat und sie an der Schulter berührte.

Maja drehte sich um, ihr Gesicht leuchtete auf. »Hey!«

Sie beugte sich nach vorn, die beiden Frauen küssten sich flüchtig auf die Wangen. Die neu Hinzugetretene war etwas größer als Maja, langes schwarzes Haar fiel ihr offen auf die Schultern, und über ihr dünnes Kleid hatte sie eine viel zu kurze Jacke geworfen.

»Ich wollte nur kurz hallo sagen, hast du Henning gesehen?« Der Blick der Schwarzhaarigen streifte Julia, aber es kam Julia so vor, als würde die junge Frau ihr absichtlich nicht in die Augen sehen, sondern den Blick ein paar Millimeter darunter auf Julias Wange gerichtet haben.

»Er war vorhin da, er hat nach dir gefragt.« Maja deutete an Julia vorbei ans Ende des Raums, wo eine breite Tür in einen weiteren Saal führte. »Er ist wahrscheinlich im Kartensaal hinten.«

Die junge Frau nickte und bewegte sich – ohne noch einmal zu Julia zu schauen – anmutig an ihnen vorbei in die Richtung, die Maja ihr gewiesen hatte. In dem Augenblick aber, in dem die Schwarzhaarige Julia streifte und ihr Parfüm Julia in die Nase stieg, war er plötzlich da: der Gedanke, dass es *das* war, was Xaver langsam veränderte – die Gesellschaft, mit der sich Felix umgab. Die Frauen, die bei ihm ein und aus gingen.

3

Es war ein Geflecht von nackten Leibern, Blicken und Gesten. Eine Szene aus der Antike, die der Maler mit Hunderten von Gestalten über die gesamten wohl zweihundert Quadratmeter der Decke hinweg entwickelt hatte. Zu gerne hätte Julia gewusst, welche Geschichte das Deckenfresko darstellte, während sie staunend nach oben blickte. Doch es gelang ihr nicht, die Bilderzählung zu entziffern.

Sie senkte den Blick. Fast hatte sie den Eindruck, sich bei ihrem Gang durch das Gebäude in einem römischen Barock-Palazzo verirrt zu haben. Sie hatte Felix und Xaver schon vor fast einer Stunde aus den Augen verloren und begonnen, sich ein wenig in dem Haus umzusehen. Über den Kartensaal war sie in einen Gang gelangt, in dem sich fast nur noch das Catering-Personal getummelt hatte, und von dort aus in diese Halle mit dem Deckenfresko.

»Entschuldigen Sie ...« Julia kniff die Augen etwas zusammen, um sie schneller an das Dämmerlicht der Strahler zu gewöhnen, die gegen die Decke gerichtet waren. In der Tiefe des Raums hatten sich fünf oder sechs Personen auf mehreren Sofas und Sesseln um einen niedrigen Tisch herum versammelt.

»... ich suche Herrn von Quitzow.« Julia machte einen Schritt auf die kleine Gruppe zu, und ihr fiel auf, dass keiner von ihnen sprach. Erst jetzt sah sie, dass eine Frau den Kopf in den Schoß eines jungen Mannes gebettet hatte, der selbst weit zurück in die Kissen gesunken war. Ein Hund lag vor dem Tisch auf der Seite und sah Julia an – von den Gästen jedoch reagierte keiner auf ihre Bemerkung. Leise erfüllte das Atmen der Personen den Raum.

»Und meinen Mann, Xaver Bentheim – haben Sie ihn vielleicht gesehen?«, versuchte es Julia noch einmal. Die Pupillen der Frau hefteten sich auf Julias Gesicht und verfolgten jede ihrer Bewegungen. Schon wollte Julia sie direkt ansprechen, da sanken die Lider der Frau langsam über die Augäpfel herab, blieben auf halber Höhe stehen, rutschten dann Millimeter für Millimeter wieder nach oben, legten die Augen jedoch nicht ganz frei.

Julias Blick huschte zu den anderen Gästen. Ein glatzköpfiger, älterer Mann, das Hemd weit aufgeknöpft, ein Goldkettchen darunter schimmernd, hatte das Kinn auf die Brust sinken lassen, aus seinem Mundwinkel tropfte ein feiner Speichelfaden heraus. Neben ihm lag bäuchlings ein vielleicht zwanzigjähriger Junge auf einem Sessel, die Hosen tief auf die Hüften gezogen, so dass seine Boxershorts darunter hervorschauten und darunter noch ein verschlungenes Tattoo. Schon wollte sie sich abwenden, da streifte ihr Blick das Gesicht des Jungen, und Julia zuckte regelrecht zusammen – so hart gezeichnet war es, mit Furchen, die sich wie mit dem Messer geschnitten an seinen Mundwinkeln vorbeizogen.

»Sie müssen Drogen genommen haben, sie waren vollkommen weggetreten! Sie haben mich kaum wahrgenommen, aber sie haben auch nicht geschlafen. Sie waren in irgendeinem künstlichen Wachtraum gefangen, wie entrückt, in seltsame giftige Phantasiewelten entführt.«
Die Worte sprudelten nur so aus ihr hervor.

Xaver kniff die Augen zusammen und lächelte ein wenig verwirrt. »Was ... ich verstehe nicht ... *wo warst du?*«

Julia hatte ihn endlich gefunden. Fluchtartig hatte sie den Saal mit dem Deckengemälde verlassen und war durch das Gebäude geirrt. Erst als sie eine Kellnerin vom Catering-Service nach Felix gefragt hatte, war sie zu den beiden nach oben auf die Dachterrasse geführt worden.

»In einem Zimmer mit einem gewaltigen Deckenfresko, hast du das nicht gesehen?«

Xaver schüttelte den Kopf. »Das musst du mir nachher gleich mal zeigen.« Er schaute auf das leere Glas in ihrer Hand. »Aber du hast ja gar nichts mehr zu trinken – soll ich dir rasch was holen?«

Es kam ihr so vor, als würde er sich bemühen, seine Stimme besonders sanft klingen zu lassen. »Na, was ist?« Sie lächelte ihn an. »Suchst du einen Vorwand, um mich gleich wieder allein lassen zu können?«

»Unsinn!« Er lachte. »Hast du dich denn bisher gut unterhalten?«

Julia liebte es, wenn Xaver lachte, und doch verstärkte sich ihre Verunsicherung. Eben noch hatte er bestens gelaunt mit den anderen zusammengestanden, ein jeder mit einem Glas in der Hand, die Arme der Männer verschränkt, die Frauen jung, gut frisiert, die Schultern frei – da war sie aufgetaucht und Xaver auf sie zugekommen mit einem Gesicht, als würde er noch nach dem Ausdruck suchen, der jetzt am passendsten wäre.

Sie warf einen Blick zu den beiden Frauen, mit denen Xaver und Felix geredet hatten, als sie auf die Terrasse geführt worden war. Die beiden kamen ihr vor wie Wildkatzen.

»Maja hat sich um mich gekümmert und mir eine ihrer Freundinnen vorgestellt.« Julia schaute wieder zu Xaver. »Was habt ihr hier draußen eigentlich gerade gemacht, als ich gekommen bin?«

Xaver blickte ruhig über die Stadt und nippte an seinem Drink. »Wie meinst du, was haben wir gemacht? Wir haben uns unterhalten.«

»Und worüber?«

Xaver schmunzelte. »Über ... ich weiß es gar nicht mehr ... doch, warte, Felix meinte, dass er sich nicht sicher wäre, welches Projekt er als Nächstes in Angriff nehmen sollte.«

»Vager kannst du dich wohl nicht ausdrücken, was?«

Jetzt runzelte Xaver doch die Stirn. »Hast du was? Wollen wir gehen?« Er beugte sich ein wenig zu ihr vor. »Hast du dich über Maja geärgert?«

Maja. Mit welcher Selbstverständlichkeit er ihren Namen aussprach ... Im gleichen Moment spürte Julia, wie sich seine Hand auf ihren Arm legte. Sie atmete aus.

»Geht's dir gut?« Zärtlich sah Xaver sie an. Aber es kam Julia so vor, als wollte er nur mit jedem Schritt, den er auf sie zumachte, ein weitere Schicht über das breiten, was er eigentlich dachte.

Da sah sie, wie sich sein Gesicht ihrem näherte, schon füllte es ihr ganzes Blickfeld aus. Er küsste sie vorsichtig auf den Mund.

Julia schloss die Augen. Was hatte sie sich nur gedacht? Alles war gut. Er liebte sie, sie hatten doch gerade erst im Auto wieder darüber gesprochen. Sie waren zu zweit, eine uneinnehmbare Festung. Im gleichen Moment fühlte sie einen feuchten, klebrigen Sud auf ihre Oberlippe rinnen und zwischen die Lippen von ihr und Xaver sickern. Mit einer abrupten Bewegung zog sie den Kopf zurück, öffnete die Augen und sah Xaver vor sich, der sich erschrocken an den Mund fasste. Die Hand fleckig, die Lippe blutig. Schon griff er in die Westentasche seines

Jacketts, holte ein Taschentuch daraus hervor und hielt es sich unter die Nase, wo sich innerhalb von Sekunden ein dunkelroter Klecks bildete.

»Xaver?« Bestürzt berührte Julia seinen Arm.

Doch Xaver wich zurück und wandte sich ab, aber nicht – wie ihr schien –, um sein Gesicht vor ihr zu verbergen, sondern um zu überprüfen, ob den anderen etwas aufgefallen war.

»Bentheim?« Felix' Stimme drang klar, scharf und laut zu ihnen herüber. »Alles in Ordnung?«

»Lass uns gehen«, flüsterte Julia Xaver zu, der Schreck war ihr tief in den Leib gefahren.

Aber es war zu spät. Sie sah, dass Felix auf sie zukam.

»Alles gut hier.« Xaver wandte sich wieder zu Julia, mit dem Taschentuch das Blut von der Nase abwischend.

»Das freut mich.« Felix neigte den Kopf ein wenig zur Seite und lächelte Julia an, während er sich zu ihnen gesellte. »Ihr Mann ist so sensibel, Julia, manchmal habe ich fast schon Angst um ihn.«

Warum können wir nicht endlich gehen, sprach es aus Julias Blick, als sie zu Xaver schaute. Aber der schien sie gar nicht mehr wahrzunehmen.

»Meine Sensibilität, wie Sie sagen, ist doch genau das, was Sie von mir wollen, Felix«, hörte sie ihn stattdessen mit seltsam spröder Stimme in Felix' Richtung schnarren.

»Ja, aber doch nicht soooo.« Felix schüttelte den Kopf. »Doch nicht um den Preis Ihrer Gesundheit, mein Freund.«

»Wieso Gesundheit?« Julia sah verwirrt zu Xaver. »Ich verstehe nicht ...«

»Er übertreibt«, Felix johlte fast, »Ihr Mann kennt keine Grenzen – wussten Sie das nicht?«

Julia sah, wie müde Xavers Gesicht plötzlich wirkte. »Es ... es ist nichts«, er stotterte beinahe, »es geht mir doch gut.«

»Na dann ...« Und damit lief, ja tänzelte Felix wieder zurück zu den anderen Gästen, von dem Eindruck, den er sich von Bentheim verschafft hatte, offensichtlich mehr als zufriedengestellt.

Im gleichen Moment brach das Blut erneut aus Xavers Nase hervor, und zwar mit solcher Wucht, dass es seine Hemdbrust fast überschwemmte.

Er taumelte. Entsetzt griff Julia nach seinem Arm. Ihr Blick sprang in Xavers Augen, und sie bemerkte, dass dorthinein etwas geschossen war, das sie noch nie zuvor darin gesehen hatte: etwas Tierisches, Verletztes, Versehrtes.

»Wir«, stieß er hervor, die Stimme tonlos, brüchig, »können jetzt noch nicht gehen, Julia, er hat mich doch in der Hand.«

Und bevor sie ihn auffangen konnte, brach er auf den Steinplatten der Terrasse zusammen.

4

Heute

Entfernt klappert ein Esswagen, das Quietschen von Gesundheitsschuhen, vereinzelte Vogelstimmen.

Butz hält die Augen geschlossen. Sein Kopf liegt auf einem großen, weichen Kissen. Er spürt, wie seine Handflächen auf einem sauberen Bettbezug ruhen.

Im gleichen Moment fährt er hoch. Ringt nach Luft – fühlt, wie sie kommt – pumpt sich gewaltsam die Lungen voll. Sein Brustkorb hebt sich bis fast unters Kinn, seine Arme spreizen sich vom Körper ab, sein Kopf steigt nach oben. Die Luft rinnt durch seine Adern, erfrischt ihn, durchdringt ihn – er lacht, spitzt die Lippen, um die Luft auch beim Ausatmen noch zu spüren – und sinkt erschöpft zurück auf das Kissen, die Augen geöffnet.

Über ihm schimmert hinter Metalllamellen eine Neonlampe an der Decke.

Er hat es geschafft. Er ist dem Schlammschlund entkommen.

Er dreht den Kopf zur Seite. Neben seinem Bett steht ein Nachttisch, darauf ein Plastikbecherchen, eine Wasserkaraffe. Sein Blick wandert durch das Fenster, das sich hinter dem Nachttisch öffnet und bis auf den Boden herunter reicht. Ein Baum ist durch die Scheibe hindurch zu sehen, die Äste in vollem Grün.

Sie haben ihn rausgeholt. Der Sand war in seinen Mund gerutscht, hatte sich unter seine Lider geschoben. Er hatte die Erschütterungen gespürt, als das schwere Gerät die Erdmassen beiseitegeschleudert hatte. Gebetet. Gefürchtet, die Schaufel des Baggers könnte ihm den Schädel zertrümmern. Er hatte gefühlt, wie die Luft durch die letzten Sandschichten hindurch plötzlich zu ihm gedrungen war, seinen Arm ausgestreckt und den Sand durchbrochen, die Rufe der Männer gehört und erlebt, wie sie ihn herauszerrten.

Er hört, wie es hinter ihm klickt. Aber er ist zu schwach, um sich umzudrehen.

Absätze klackern, dann taucht sie in seinem Blickfeld auf. Sein Gesicht spannt sich, er sieht sie an sein Bett treten. Vorsichtig, katzenhaft, die Hand nach seinem Arm ausstreckend. Sein Blick wandert über ihr Gesicht.

Wie schön sie ist.

»Claire«, seine Stimme klingt wie eine rasselnde Blechbüchse.

»Ja.«

Er will sich aufrichten, aber sie drückt ihn sanft zurück auf die Matratze.

»Claire«, er bekommt seine Stimme nicht unter Kontrolle und spürt, wie ihr brüchiger Klang sein ganzes Wesen anzustecken scheint. »Claire, ich –« Butz legt den Kopf zurück aufs Kissen, sieht von unten zu ihr herauf, empfindet ihre Erscheinung als so reizvoll, dass es ihn geradezu schmerzt, und hört sich endlich die Worte finden, nach denen er gesucht hat. »Ich liebe dich, Claire«, flüstert er. Vielleicht klingt es banal, aber es ist so. Er weiß nicht, wie er es sonst sagen soll.

Ihre Augen ruhen in seinem Blick.

»Willst du mich heiraten?« Er kann selbst nicht glauben, dass er das wirklich gesagt hat. Aber er ist dem Tod zu nahe gewesen, als dass er sich gegen den Impuls, es auszusprechen, noch hätte wehren wollen.

Doch sie zögert.

Und Butz wendet den Blick ab.

Niemand sagt etwas, aber in seinem Inneren tobt es. Er ist fast Ende fünfzig und hat noch nie eine Frau gefragt, ob sie ihn heiraten will. Hier im Krankenhaus? Was für ein Esel! Er hätte es sich genau überlegen müssen, wie und wo er sie danach fragt! Wie konnte er sich derartig von seiner eigenen Schwäche in die Irre führen lassen!

Butz spürt, wie Claire sich zu ihm auf die Matratze setzt.

»Ich denk drüber nach, ja?«, hört er sie sagen.

Butz nickt, ohne zu ihr zu sehen.

Natürlich. Es eilt ja nicht.

Aber er weiß, dass er einen Fehler gemacht hat.

5

»Es gab etwas an dieser Leiche, das …«, Butz atmet aus, sucht nach Worten, »… das mich an einen anderen Fall erinnert hat.«

Claire hat ihm seine Frage nicht beantwortet. Ob sie ihn heiraten will. Jetzt steht es zwischen ihnen, und jeder Augenblick, der verstreicht, ohne dass sie ihm antwortet, ist im Grunde genommen unerträglich. Soll er versuchen, sie noch zu überzeugen? Soll er sich schon daran gewöhnen, dass sie ihn ablehnen wird? Hat sie ihm ihre Antwort nicht schon gegeben, als sie *nicht* ja gesagt hat?

Gewaltsam schiebt er die nagenden Gedanken beiseite. »Man hat ihr die Bohrmaschine in den Magen gerammt, Claire.« Er versucht, sich auf den Fall zu konzentrieren. »Das … es ist nicht … wie soll ich sagen … es weicht ab von der Norm. Also von der Norm des Verbrechens, verstehst du? Das hat mit Enthemmtheit zu tun, mit Rücksichtslosigkeit, auch mit Sinnlosigkeit.« Sein Blick wandert aus dem Fenster. »Es ist noch gar nicht so lange her, drei, vier Wochen vielleicht. Eine Leiche auf einem Parkplatz, ein Kollege war mit dem Fall betraut. Er hat mir die Fotos gezeigt.«

Er hört, wie Claire Luft holt, ahnt, dass sie überlegt, ob sie sich das wirklich anhören soll. Anscheinend will sie ihn jedoch nicht unterbrechen …

»Als ich die Frau in der Baugrube gesehen habe – gesehen habe, was man mit ihr gemacht hat …« Butz' Hände schließen sich auf der Bettdecke zu Fäusten. »Ich würde dir die Einzelheiten ja gerne ersparen, aber weißt du, ich musste sofort an die Frau vom Parkplatz denken. Dass beide Frauen vielleicht etwas ganz Ähnliches erlebt haben. Dass er sich bei der Frau in der Baugrube auf den Bauch gestürzt hat …« Sein Blick trifft den von Claire, die ganz blass geworden ist. »… und bei der auf dem Parkplatz aufs Gesicht.«

»Ja, okay.« Claire wirkt angespannt.

»Ja.«

Butz hängt seinen Gedanken nach. Als sein Kollege ihm die Fotos vom Parkplatz gezeigt hat, ist es das erste Mal gewesen, dass er den Folgen eines solchen Ausbruchs von … von Wahnsinn begegnet ist. Es hat geradezu in seinen Ohren gesungen. Und er ist froh gewesen, als der Kollege die Fotos wieder an sich genommen hat.

»Was denkst du? Ein ... Geistesgestörter, der Berlin unsicher macht?« Claire sieht ihn an.

»Ich weiß es nicht. Als ich die Fotos von der Leiche auf dem Parkplatz gesehen habe, habe ich sofort gedacht, dass das kein normaler Fall ist. Ich habe im Präsidium darauf gedrängt, der Sache verstärkt Aufmerksamkeit zu widmen. Aber ...« Er vergräbt sein Gesicht in den Händen. »Ich weiß auch nicht, wie das passieren konnte, es waren ... tausend Sachen, ich ... ich habe es dann selbst wieder ... aus welchem Grund auch immer ... für nicht mehr ganz so dringend, ganz so außergewöhnlich ...« Er bemerkt, wie sie zusammenfährt, und löst die Hände von seinem Gesicht.

»Claire?«

Jetzt hört auch er es. Das Summen eines Handys, das auf stumm geschaltet ist. Claire greift in die Tasche ihrer Jeans, zieht ihr Handy daraus hervor, wirft einen Blick aufs Display.

Butz sieht, wie sich ein Ausdruck von Irritation über ihr Gesicht schiebt. »Eine SMS?«

»Hm.« Sie steht auf und tritt ans Fenster, das Gesicht von ihm abgewandt.

Butz atmet aus. Fühlt er sich nicht schon viel besser? Im Grunde genommen hat er doch nichts, keine Verletzung, keinen Bruch ...

Er schlägt die Decke zurück und schwingt die Beine von der Matratze. Kurz wird ihm schwindlig, dann sitzt er auf der Bettkante. Claire hat noch immer den Blick aufs Display ihres Telefons gerichtet.

»Ich denke, ich werde mal versuchen, mit einem Arzt zu sprechen.«

Claire schaut zu ihm, das Gesicht angespannt.

»Was ist?« Butz lächelt.

»Tut dir was weh?«

»Wegen dem Arzt?«

»Ja?«

»Mir geht es bestens, ich ... ich kann hier nicht ewig liegen bleiben.«

»Du willst aufstehen?«

Irgendetwas an ihrer Stimme wirkt gehetzt auf ihn.

»Es ist ja nichts passiert. Ich fühle mich gesund.«

Sie tritt an ihn heran. »Ich glaube, das ist keine gute Idee, Konstantin.«

Er lacht. »Ich liebe es, wenn du dir Sorgen um mich machst.«
Liebe – da ist dieses Wort wieder ...

Er gibt sich einen Ruck und steht vom Bett auf. »Was war denn das für eine SMS, Claire?« Oder verhält sie sich so merkwürdig, weil er aufstehen will? »Sorry!«, beeilt er sich hinzuzufügen. »Geht mich nichts an, ich weiß.« Er lächelt. »Ich bin vielleicht doch noch nicht ganz so gut beisammen, wie ich es gern hätte.«

Sie nickt. »Sie werden dich unterschreiben lassen, dass sie dich nur auf eigene Verantwortung entlassen.«

»Macht ja nichts.« Butz tappt, noch etwas unsicher auf den Beinen, zu dem Schrank, in dem er seine Sachen vermutet. »Hauptsache, ich komm hier endlich raus.«

6

»Er ist krank.«

Der Mann, der hinter dem Metalltisch im Baucontainer sitzt, lässt Butz nicht aus den Augen.

»Aber gestern war er doch hier, ich habe lange mit ihm geredet.«

»Wollen Sie meine Auskunft in Zweifel ziehen, Kommissar? Entschuldigen Sie, aber ich sage Ihnen, der Bauleiter ist krank, er hat heute früh angerufen. Was soll ich machen?«

Butz berührt mit der Fingerspitze den harten, kurzen Schirm seines gelben Sicherheitshelms, um ihn ein wenig in den Nacken zu schieben, und wirft dem Bauingenieur, der die Arbeiten heute überwacht, einen Blick zu. »Gut. Krank. Kein Problem.« Butz lächelt. »Es geht mir ja nicht um den Bauleiter.« Er spürt, wie ihm der Unfall noch in den Knochen steckt, aber er will sich davon nicht ablenken lassen. »Wichtig ist für mich der Stollen, den ich gestern untersucht habe.«

Der Mann hinter dem Metalltisch hat die Hände flach auf die Platte vor sich gelegt und sieht ihn ruhig an.

»Wir müssen diesen Gang untersuchen«, insistiert Butz, aber der Mann vor ihm schüttelt bereits den Kopf.

»Haben Sie sich die Stelle heute schon angesehen«, fragt er, »an der meine Leute Sie gestern rausgeholt haben?«

»Noch nicht –«, setzt Butz an, wird aber vom anderen unterbrochen.

»Entschuldigen Sie, Kommissar, aber das ist nichts, worüber wir noch diskutieren können. Ich bin froh, dass gestern Nacht nicht noch mehr Schaden angerichtet worden ist. An den Stollen kommen Sie jetzt aber nicht mehr ran.«

»Wieso?«

»Das gesamte Gelände ist abgesackt. Was verlangen Sie denn von uns? Dass wir die Arbeiten drei Tage ruhen lassen und die ganze Böschung aufreißen?«

Hmmmmmpfffffffffff – für einen Augenblick kommt es Butz so vor, als bekäme er keine Luft.

»Außerdem mussten wir dort bereits gießen.«

»Was gießen?« Butz zwingt sich, ruhig zu atmen.

»Beton.« Der Mann streicht sich eine Augenbraue glatt. »Es regnet in einem fort, das Terrain ist komplett aufgeweicht. Durch das Abtragen der Böschung – um Sie da rauszuholen – ist der ganze Abhang instabil geworden. Wissen Sie, was es bedeutet, wenn die Böschung – und das sind acht, zehn Meter? –, wenn die auf das Fundament, das bereits gelegt worden ist, herunterrutscht?«

Seine blauen Augen sehen Butz ruhig an. »Wir mussten den Rand der Bodenwanne so schnell wie möglich weiter hochziehen, um größere Komplikationen zu vermeiden. Und das haben wir auch getan.«

Der Boden vibriert, als der Radlader mit Höchstgeschwindigkeit die Sandpiste an ihm vorbei in die Baugrube brettert. Butz sieht das Gesicht des Fahrers hinter der Plastikscheibe an sich vorbeiwischen. Der Mann beachtet ihn gar nicht.

Vorsichtig setzt Butz seinen Weg fort. Als er das Ende der Piste und die Bodenwanne erreicht, sieht er es: Dort, wo gestern Nacht noch die Böschung hinter dem Rand der Wanne zu sehen war, erhebt sich inzwischen eine Verschalung gut fünf Meter weit vom Fundament aus in die Höhe.

»Kommen Sie mit einem Beschluss wieder, dass die neu gegossene Wand noch mal eingerissen werden muss, Herr Butz.« Er hat die Worte des Mannes im Baucontainer noch im Ohr. »Dann machen wir das. Bis dahin«, und mit diesen Worten hat der Bauingenieur ihn zur Tür des Containers geführt, »werden Sie Verständnis dafür haben, dass ich die Arbeiten so zügig wie möglich vorantreiben muss – und nicht einreißen kann, was wir mit einem erheblichen Mehraufwand gerade so schnell wie möglich hochgezogen haben!«

Butz beobachtet, wie die Arbeiter einen Schlauch dirigieren, aus dem mannsdick Zement in die frische Verschalung schießt. Die Erläuterungen des Ingenieurs haben plausibel geklungen, und doch wird er das Gefühl nicht los, dass es nicht wirklich zwingend war ... dass es vielleicht doch möglich gewesen wäre, einen Zugang zum Stollen zu schaufeln – statt ihn für alle Zeit zu verschließen.

Vierter Teil

1

»Hast du Mama davon erzählt?«
»Natürlich nicht!« Claire lehnt sich in dem Sessel zurück, den Lisa ihr angeboten hat. »Aber ich muss mal mit jemandem darüber reden, es geht mir die ganze Zeit im Kopf herum.«
»Klar ... ich meine, das kann ich verstehen.« Lisa schenkt ihrer jüngeren Schwester aus der Teekanne nach. Sie haben in der Sitzecke beim großen Fenster in Lisas Wohnung Platz genommen.
»Heute Nachmittag, im Krankenhaus ... Konstantin will das nicht zugeben – aber der Unfall hat ihn schon mitgenommen.«
»Was sagen die Ärzte?«
»Nicht viel. Er soll sich ausruhen, aber das will er natürlich nicht, er hat sich da etwas in den Kopf gesetzt.«
Lisa sieht sie schweigend an.
»Er hat mich gefragt, ob wir heiraten wollen«, bricht es schließlich aus Claire hervor.
Lisa lächelt. »Und?«
Aber Claire ist nicht zum Lächeln zumute. Sie legt die Hände rechts und links an ihre Nase, schaut ihre Schwester darüber hinweg an. »Ich habe nicht darauf geantwortet.« Sie sieht, wie ihre Schwester nickt. »Gerade jetzt«, fährt Claire fort, »nach dem, was in der Boxhalle geschehen ist. Ich hätte nicht gedacht, dass ich so ... so leichtsinnig sein könnte.«
»Was willst du jetzt tun?«
Claire schweigt. Sie weiß es nicht.
»Willst du Konstantin denn heiraten?«
»Nein ... nein ... und jetzt, nach dem, was mit Frederik war, ohnehin nicht ... nur ...«
»Was?«
»Weißt du ... Konstantin war immer, ist immer ... ich fühle mich wohl bei ihm. Es ist, als brauchte ich keine Angst zu haben, wenn ich weiß, dass er für mich da ist. Und wenn ich mir vorstelle, wir könnten uns trennen ... es ist, als würde die Angst ... als würde mich vor die-

ser Angst dann nichts mehr schützen, verstehst du?« Claire sieht ihre Schwester offen an.

Lisa hat ihr schweigend zugehört.

»Ich weiß es nicht – ist das Liebe?« Claire atmet aus. »Und doch«, fährt sie fort, »ist die Vorstellung, Konstantin zu heiraten, mir irgendwie fremd. Ich kann nicht aufhören, an Frederik zu denken.«

2

Rückblende: Zwölf Jahre vorher

Brakenfelde.

Lisa lag in ihrem Bett auf dem Rücken und sah aus dem Fenster des Kinderzimmers. Es begann gerade erst, hell zu werden, doch sie konnte nicht schlafen. Sie war aufgewacht, als sie gehört hatte, wie ihre Eltern nach Hause gekommen waren. Ihre Gedanken aber waren nicht bei ihren Eltern, sondern bei dem Jungen, den sie gestern kennengelernt hatte.

Bei Till.

Lisa bereute es, dass sie ihn nicht aufgehalten hatte, als er sich von ihnen verabschiedet hatte. Sie hätte gern mehr über ihn erfahren. Mehr über Brakenfelde, das Heim, aus dem er kam, und vor allem mehr darüber, warum er von dort weggerannt war, wie er sagte.

Sie hörte ihre Eltern die Treppe in den ersten Stock der Villa hinaufkommen und drehte den Kopf, um zur geöffneten Tür ihres Kinderzimmers zu sehen.

Ihre Mutter ging gerade daran vorbei, warf einen kurzen Blick in Lisas Zimmer – und blieb stehen.

»He.« Die Stimme ihrer Mutter klang ganz weich.

»Hallo, Mama.«

»Du schläfst ja gar nicht.« Julia trat ins Zimmer und kam an das Bett ihrer ältesten Tochter.

»Seid ihr die ganze Nacht weg gewesen?«

Julia lächelte. »Hm, hm.«

»Und wie war's?«

»Schön … schön … Papa war einen Moment lang nicht wohl, aber das hat sich dann wieder gegeben.«

Lisa bemerkte, wie ihre Mutter auf sie herabschaute, und streckte die Hand unter der Decke hervor. Julia ergriff sie, hielt sie fest, setzte sich schließlich auf die Bettkante.

Erst jetzt fiel Lisa auf, dass die Augen ihrer Mutter gerötet waren.

»Hast du geweint?«

Die Lippen ihrer Mutter verzogen sich ein wenig, Lisa konnte ein Schlucken hören.

»Was ist denn, Mama?«

Ihre Mutter ließ ihre Hand los. »Du musst jetzt wirklich schlafen, Mäuschen.«

Aber ich kann nicht schlafen, schoss es Lisa durch den Kopf.

»Einverstanden?« Ihre Mutter sah sie an.

Er ist aus Brakenfelde weggelaufen, Mama. Aber Lisa wusste, dass es besser war, das nicht zu sagen.

»Okay.« Sie rollte sich zusammen und legte sich auf die Seite, so dass ihr Gesicht der Wand zugedreht war. Sie fühlte, wie ihre Mutter ihr einen Kuss auf die Haare gab, hörte sie aufstehen und das Zimmer verlassen.

Wo schläft er denn, wenn er aus dem Heim weggelaufen ist, Mama? Das war es, was Lisa keine Ruhe ließ. Till hatte ja kein Zuhause. Wo war denn dann sein Bett?

3

Als Till erwachte, fror er am ganzen Leib. Er zog seinen Pullover über, kramte eine durchsichtige Regenhaut aus seinem kleinen Nylonrucksack und setzte sich auf. Durch die Zweige hindurch, aus denen er den Eingang seiner Hütte gebaut hatte, konnte er in den Wald schauen, in den die fahlen Sonnenstrahlen des frühen Morgens hineinzusickern begannen.

Als er am Vorabend die kleine Lichtung im Grunewald entdeckt hatte, zu dem er von der U-Bahn gelaufen war, hatte er gleich gewusst, dass sie gut geeignet sein würde. Auf der einen Seite schützte ihn eine niedrige Anhöhe vor dem Weg, der dahinter vorbeiführte, auf der anderen Seite gab ihm eine Gruppe Nadelbäume Rückendeckung. In einer Ecke der Lichtung hatte ein Förster oder Waldarbeiter einen Haufen kleinerer Äste und Zweige aufgeschichtet. Till hatte sich den stärksten

Ast aus dem Haufen herausgesucht und ein Ende in die unterste Astgabel eines Baumes geklemmt. Dann hatte er einige dünnere Zweige auf den Boden gestellt und als Dachlatten gegen den First gelehnt – immer abwechselnd auf der einen und der anderen Seite. Zu guter Letzt hatte er seine Hütte noch mit ein paar Tannenzweigen abgedichtet und den Boden mit Laub ausgekleidet.

Mit der Regenhaut über dem Pullover kletterte er jetzt ins Freie. Seit der Suppe, die er in der Küche der Bentheims bekommen hatte, hatte er nichts mehr gegessen. Seine Gedanken kehrten zu der Familie zurück, die er kennengelernt hatte. Wie oft würde er sie noch sehen? Konnte er gleich heute erneut bei ihnen aufkreuzen? Oder war es ratsamer, einen Tag verstreichen zu lassen und erst morgen früh wieder dort aufzutauchen? Je länger Till darüber nachdachte, in welcher Lage er sich befand, desto unwohler wurde ihm. Er kannte das selbst doch nur zu gut: Wenn jemand andauernd an ihn herantrat, unbedingt mit ihm befreundet sein wollte, ging ihm derjenige meist schon sehr bald auf die Nerven. Eine gewisse Zurückhaltung musste sein. Wie aber sollte er den Bentheims gegenüber zurückhaltend bleiben … wenn sie alles waren, was er hatte?

Ärgerlich kickte er einen Zweig beiseite. Unsinn! Er war doch von denen nicht abhängig! Er konnte machen, was er wollte. Er fand sie ganz nett, Max, Lisa … deshalb würde er auch gleich noch einmal bei ihnen vorbeischauen. Schließlich waren Ferien, und da sie nicht verreist waren, würden sie vielleicht froh sein über die Abwechslung. Benahmen sie sich jedoch komisch, irgendwie kühl oder von oben herab, dann zog er eben weiter! Er hatte sie doch nicht nötig!

Trotzig griff er nach seinem Rucksack, schwang ihn über die Schulter und machte sich auf den Weg.

»Schön.« Till drehte sich zu Max um, der in der Tür seines Kinderzimmers stehen geblieben war.

Es war kein Problem gewesen. Rebecca hatte ihm geöffnet und gleich nach Max gerufen, als Till nach ihm gefragt hatte. Es war deutlich zu sehen gewesen, dass Max sich über seinen Besuch freute.

Max warf Till einen Blick zu, dann schloss er die Tür hinter sich und steckte die Hände in die Hosentaschen. »Lisa hat gesagt, du schläfst im Wald.«

Till atmete aus. Sie hatte es ihm also erzählt. Gut so! Till hatte den Gedanken gehasst, Max etwas vormachen zu müssen.

»Ja, stimmt.« Er kniff die Augen zusammen. Offensichtlich machte es Max nicht besonders viel aus, Bescheid zu wissen. Eher glaubte Till in seinen Augen so etwas wie eine Mischung aus Neugier und auch ein wenig Bewunderung aufblitzen zu sehen.

»Und, wie ist es?«

»'s okay.«

»Hast du da eine Hütte oder so was?«

»Nur ein paar Stöcke als Dach. Wenn du willst, zeig ich sie dir.«

Max überlegte. »Ist es weit?«

»Zu Fuß fast zwei Stunden.«

»Wir könnten die Fahrräder nehmen, du kannst sicher das von Lisa haben.«

Till nickte. Klar, von ihm aus.

Aber dann verwarf Max selbst die Idee wieder. »Vielleicht nachher.« Einen Moment schwiegen sie.

»Heute Nacht soll's wieder regnen. Ist die Hütte denn dicht?«

Till schüttelte den Kopf. Nein, überhaupt nicht. Er fragte sich schon, ob er so tun sollte, als sei es das Normalste der Welt, dass er im Wald schlief, da hörte er erneut Max' Stimme.

»Wenn du willst, kannst du bei uns im Schuppen im Garten schlafen.«

Überrascht sah Till auf. »Ach ja?« Gleichzeitig fielen ihm all die Gründe ein, die dagegen sprachen. »Aber das geht nicht. Wenn das deine Eltern erfahren –«

»Die brauchen davon ja nichts zu wissen.« Max sah ihn an. »Es ist nur eine Gartenlaube, aber da stört dich keiner. Und das Haus, in dem mein Vater arbeitet, ist außer Sichtweite.« Er zog die Hände aus den Taschen und verschränkte die Arme. »Da ist auch Wasser. Aber wenn du nicht willst …«

»Nein, super!« Es war genau, was Till brauchte. »Hast du mal im Wald geschlafen? Ich habe schon die ganze Zeit überlegt, wie es weitergehen soll.«

»Warum bist du aus dem Heim eigentlich abgehauen?«, fragte Max.

Till schluckte. »Wegen meinem Bruder … sie … er …« Es fiel ihm schwer, über Armin zu reden. »Musst du das wirklich wissen?«

Max ließ die Arme hängen. Till konnte ihm ansehen, dass es ihm peinlich war, ihn gleich so ausgefragt zu haben. Max drehte sich zu dem Schrank um, der neben der Tür stand, und zog ihn auf. »Lass uns am besten gleich mal den Schuppen anschauen, okay? Also ... du brauchst Decken ...« Max zog zwei dicke Wolldecken hervor, die im untersten Fach lagen, und warf Till einen Blick zu. »Auch was anzuziehen?«

Till schüttelte den Kopf. »Nee, lass ma.«

Aber da hatte Max schon zwei weiße T-Shirts und eine Jeans aus dem Schrank geholt. »So was hat jeder, das merkt nicht mal meine Mutter, dass das von mir ist.« Er warf Till die Sachen zu.

Sie dufteten nach Waschmittel, sauber und frisch. Das Mittel, das sie in Brakenfelde benutzt hatten, hatte nicht so gut gerochen.

Als sie kurz darauf durch den Garten zum Schuppen liefen, trug jeder von ihnen zwei große Tüten. Max hatte darauf bestanden, dass Till, wie er sagte, »vernünftig ausgerüstet« würde. Also waren sie in die Küche gegangen und hatten Konserven geholt: Obst, Bohnen, Ravioli – die konnte man zur Not auch kalt essen, das wusste Till natürlich auch. Dann brauchten sie einen Büchsenöffner. Außerdem brauchte Till Wasser und Brot, er brauchte Kekse, Max bestand darauf, dass er Nüsse mitnahm, und er packte ihm sogar ein Stückchen Butter und eine halbe Wurst ein. Dafür war dann wieder ein Messer nötig, auch ein Brettchen und ein Teller – und so schwoll die Ausrüstung, die sie für Till zusammenstellten, in Windeseile so sehr an, dass sie eine neue Tüte eröffnen mussten. Rebecca, die vorbeischaute, als sie gerade in der Speisekammer zu Gange waren, wurde von Max – und zwar in einem Ton, der keine Nachfrage zuließ – darüber in Kenntnis gesetzt, dass sie ein Picknick im Garten machen wollten. Tatsächlich erkundigte sie sich auch nicht weiter, sondern ließ die beiden Jungen ungestört ihren Angelegenheiten nachgehen.

In die dritte Tüte kamen schließlich so nützliche Sachen wie eine Taschenlampe, eine frische Zahnbürste, Zahnpasta, Seiflappen, Handtuch, und zu guter Letzt kramte Max auch noch eine Luftmatratze samt Pumpe aus einer Abstellkammer.

Als sie mit den Tüten bepackt den Schuppen betraten, sah Till gleich, dass er ideal war. Der Holzverschlag war nicht größer als drei mal vier

Meter, offensichtlich bewahrten die Bentheims im Winter darin ihre Gartenmöbel auf. Im Sommer standen die Sachen jedoch über den Rasen verstreut, und der Schuppen war leer.

Max pumpte die Luftmatratze auf, und Till richtete sich häuslich ein. In einer Ecke baute er eine Art Küche auf, in der anderen stapelte er die Anziehsachen auf einem alten Holzregal.

Perfekt. Er strahlte.

Max auch.

4

»Papa!« Claire hatte schweigend ihre Suppe gelöffelt und nur ab und zu mit großen Augen zu Till geschaut – jetzt aber sprang sie auf. Lisa wandte unwillkürlich den Kopf. Ihr Vater, ein hochgewachsener, schlanker Mann, war in die Tür getreten. Er strich der kleinen Claire über den Kopf, ging zu Lisas Mutter, beugte sich zu ihr herunter, küsste sie – dann schwenkte sein Blick über die Kinder, während er Claire an der Hand hielt. »Hallo«, sagte er einfach. »Schmeckt's?«

Lisa nickte, genauso wie die anderen. Sie war aufgeregt. Till war am Vormittag wieder aufgetaucht. Bis jetzt hatte er hauptsächlich mit Max gespielt, aber das Mittagessen nahmen sie alle gemeinsam ein.

»Komm, setz dich.« Ihr Vater gab Claire einen Klaps – dann fiel sein Blick auf Till. »Du musst Till sein«, er machte einen Schritt auf ihn zu und streckte die Hand aus. »Meine Frau hat mir schon gesagt, dass du heute mitisst.«

»Gut, dass du kommst, Xaver«, hörte Lisa ihre Mutter sagen, »wolltest du nicht mal mit Max reden?«

»Jetzt und hier?« Ihr Vater setzte sich.

»Ich dachte, es wäre gerade günstig, wenn mal einer von Max' Freunden dabei ist.« Ihre Mutter schob dem Vater die Schüssel zu, damit er sich nehmen konnte.

Lisa warf Till einen Blick zu und hatte den Eindruck, als wäre es ihm nicht gerade recht, eine bestimmte Rolle in einer Familienauseinandersetzung zu spielen.

»Ja, vielleicht …« Der Blick ihres Vaters ruhte auf Max. »Wie alt bist du denn jetzt eigentlich, Max?«

»Zwölf, Papa. Das weißt du doch.«

»Zwölf, genau …«, ihr Vater tat sich aus der Schüssel auf, »… vielleicht ist heute wirklich ein ganz guter Zeitpunkt, um noch mal darüber zu reden.«

Worüber denn? Lisa war ehrlich gespannt.

»Ich komme in die achte Klasse, Papa«, sagte Max, »das sind noch fünf Jahre bis zum Abitur, das ist viel Zeit –«

»Ich weiß, wie viel Zeit das ist, Max«, unterbrach ihn sein Vater, und plötzlich klang seine Stimme ein wenig schärfer.

Lisa zog unwillkürlich den Kopf ein und sah zu Max. Dessen aufgesetztes Grinsen war ein bisschen verrutscht.

»Also«, ihr Vater war jetzt ganz auf seinen Sohn fixiert, »was ist es, das ich mit dir besprechen will?«

Stille senkte sich über den Tisch. Lisa sah zu ihrer Mutter, die seltsam erstarrt wirkte, als sei sie mit der Art, wie das Gespräch verlief, nicht gerade einverstanden.

»Max?«

»Ich … ich bin mir nicht sicher, Papa.« Max' Stimme krächzte.

»Es geht darum«, die Replik seines Vaters kam prompt wie ein Gummiball, den man gegen eine Wand geschleudert hat, »dass ich nicht erkennen kann – und du mir nicht sagen willst –, zu was du dich *hingezogen* fühlst, Junge!«

Schweigen.

»Hast du verstanden?«

Nicken.

»Ich kann dich nicht hören, Max!« Und diesmal hatte die Stimme des Vaters in das Zimmer eingeschlagen wie eine Axt.

Lisa schaute zu Max und sah, wie aus den Augen ihres Bruders die Tränen kullerten. Sein Mund zitterte, und sein Gesicht war plötzlich unendlich traurig. Als wäre aus dem schmächtigen Leib des Jungen mit einem Schlag alle Hoffnung vertrieben worden.

»Ja«, stammelte er, »ja, ich habe verstanden, Papa.«

»Siehst du, das ist das Problem, Junge«, die Stimme ihres Vaters war jetzt wieder ganz weich, »dass ich nicht sehe, in welche Richtung du tendierst, ja? Dir scheint alles gleich wichtig zu sein, mal machst du das, mal dies, dann wieder nichts …«

Wieder senkte sich Stille über den Tisch.

»Deshalb habe ich mir etwas überlegt«, fuhr ihr Vater nach einer

Weile fort. »Warum setzen wir uns nicht eine Frist? Bis zum Ende des Sommers, bis zum Ende der Sommerferien.«

Max sah auf. »Bis zum Ende der Ferien – was?«

»Bis zum Ende der Ferien hast du dir überlegt, was du machen möchtest, wenn du groß bist, Max.«

Max senkte den Blick wieder. »Ja, ist gut.«

Lisa bemerkte, wie ihr Vater zu Till sah. »Jetzt denkst du wahrscheinlich, bei uns geht es immer so zu«, sagte er, »aber das täuscht.«

»Warum muss er denn jetzt schon entscheiden, was er in fünf Jahren machen will?«, hörte sie Till mit leiser und doch fester Stimme fragen.

Lisa fühlte, wie sie unruhig wurde.

»Ich meine«, fuhr Till fort, und seiner Stimme war anzuhören, wie aufgeregt er war, »dafür ist doch auch später noch Zeit genug.«

»Ist das so?« Ihr Vater holte Luft. »Sicher, auf den ersten Blick ...« Er wirkte nachdenklich. »Aber sieh dir die Leute an – also die, die wirklich etwas erreichen. Im Sport, im Schach, im Ballett – wo auch immer. Jeder Einzelne von ihnen hat sich früh für ein ganz bestimmtes Ziel entschieden und dann, ohne noch rechts oder links zu schauen, darauf zugehalten. Der eine fängt mit vier an, Geige zu spielen, der andere macht mit elf seine erste Firma auf, der Nächste gewinnt mit acht beim Mathe-Wettbewerb.«

Till sah ihn mit großen Augen an.

»Das findet man vielleicht blöd oder traurig – oder was auch immer. Aber es ist so.«

Max hatte den Blick nicht mehr von seinem Teller erhoben. Lisas Vater achtete jedoch nicht auf ihn, sondern hatte sich jetzt ganz zu Till gewandt. »Und wenn du es dir einmal genau überlegst, dann sind diejenigen, die für diesen Erfolg verantwortlich sind, diejenigen, die dafür verantwortlich sind, dass sich diese Menschen aufgrund ihrer Spezialisierung zu solchen Höchstleistungen emporschwingen konnten – gar nicht mal so sehr die Menschen selbst, die die Leistung erbringen, sondern ...«

Er ließ den Blick in der Runde kreisen.

Keiner antwortete.

»... ihre Eltern natürlich«, vollendete er den Satz.

Lisa schluckte. Stimmte das?

»*Ihre Eltern* sind diejenigen, die die Kindern fördern«, fuhr ihr Vater fort, »*sie* sind diejenigen, die ihnen die Chance geben, aus ihrem Leben etwas zu machen. Also«, und damit wandte er sich wieder an Max, »ich würde sagen, es ist ganz einfach. Du wählst aus, was du gerne machen möchtest, wir fördern das, besorgen vielleicht auch einen Lehrer, melden dich zu ein paar Kursen an – und am Ende wirst du mir dankbar dafür sein, dass wir es von Anfang an so konsequent angepackt haben – denn du wirst feststellen, dass in deinem Fach dann keiner mehr mit dir mithalten kann.«

»Ja, genau, denn darum geht's«, hörte Lisa Max' Stimme krächzen. »Dass keiner mithalten kann.« Er schaute etwas ratlos zu seinem Vater.

Er will ihn nicht provozieren, sagte sie sich und hoffte inständig, dass auch ihr Vater Max' Bemerkung so auffassen würde. Er will nur zeigen, dass er es verstanden hat.

»Dann geht es also auch darum, dass ich«, Till hatte wieder das Wort ergriffen, »… nicht mit Max mithalten kann, richtig?« Er sah gespannt zu ihrem Vater.

»Willst du etwa nicht besser sein als er?«, fragte der zurück, und Lisa hatte das Gefühl, als würde ihr Vater Till jetzt noch ein wenig aufmerksamer ansehen als kurz zuvor. »Moment«, fügte er eilig hinzu, »antworte nicht einfach so. Denk einen Moment nach. Wenn ihr ein Wettrennen macht, wenn ihr Schach spielt, wenn ihr euch unterhaltet – willst du nicht recht haben, besser sein, gewinnen?«

Lisa sah, wie Till grinsen musste. »Vielleicht haben Sie recht, Herr Bentheim, aber ich will doch trotzdem nicht, dass es ihm schlechtgeht …«

»Natürlich nicht. Ich weiß, es klingt nicht nett, wenn man es so unverblümt sagt, aber ich denke, es ist am besten, man sieht die Dinge so, wie sie sind. Und es ist nun mal so, dass wir uns mit anderen messen müssen. Natürlich wäre es auch mir lieber, wenn ich Max nicht so zusetzen müsste, wenn ich ihn weiter vor sich hin träumen lassen könnte. Aber das geht nicht. Als Vater bin ich dafür verantwortlich, dass er aus seinem Leben etwas macht. Sonst wirft er mir in zehn Jahren noch vor, ich hätte mich nicht genug um ihn gekümmert!«

Ihr Vater schaute wieder zu Max, aber während er weitersprach, hörte es sich so an, als würde sein Sohn, über den er ja redete, gar nicht mehr im Zimmer sein. »Dabei ist es wahrscheinlich ohnehin Unsinn, Max zu einer Entscheidung treiben zu wollen. So etwas wie eine Begabung, ein Talent, das sich zu fördern lohnen würde, so etwas zeigt sich im Grunde genommen doch sowieso nur entweder von selbst – oder gar nicht. Oder, Julia?« Er sah zu seiner Frau, aber die schüttelte nur den Kopf, und Lisa hatte den Eindruck, als würde ihre Mutter ebenfalls gegen Tränen ankämpfen müssen.

Ihr Vater blickte wieder zu Max. »Und wenn sich nichts zeigt?« Er schien einen Moment über seine eigene Frage nachdenken zu müssen, antwortete dann aber mit einigem Nachdruck: »... wird er sein Leben lang eben von einer Sache zur nächsten taumeln, zur nächsten torkeln, zur nächsten schwanken und wanken und stolpern und purzeln, bis er sich so blau und wund gescheuert und gestoßen hat, dass kein Mensch mehr etwas von ihm wissen will!«

Betroffen sah Lisa zu ihrem Bruder, dessen Gesicht sich jetzt vollends aufgelöst zu haben schien. Er weinte. Da war kein Halten mehr, kein Zögern und keine Hoffnung – nur eine bodenlose Verzweiflung, als würde er in ein Loch stürzen, aus dem er nie wieder herauskommen konnte. Im gleichen Moment schepperte es, und sie sah, wie Till von seinem Stuhl aufsprang und – ohne noch weiter auf ihren Vater, ihre Mutter oder sonst jemanden zu achten – um den Tisch herum zu Max lief, um ihn fest in den Arm zu nehmen.

»Ja!« Hell ertönte die Stimme Claires, und sie hüpfte ebenfalls von ihrem Platz herunter und drängte sich an die beiden Jungen.

Lisa aber sah zu ihrem Vater, den das Reden offensichtlich sehr angestrengt hatte. Denn die Adern an seinen Schläfen waren bläulich hervorgetreten, und sie hatte den Eindruck, als würde sich durch seine Haut hindurch der Schädelknochen abzeichnen.

5

Was hatte ihm Max erzählt? »Er arbeitet nachts«, hatte Max Till gesagt, »schließt sich nächtelang in seinem Gartenhaus ein. Ich habe ihn noch nie schreiben gesehen und noch nie ein Buch von ihm gelesen. Manchmal frage ich mich, ob es überhaupt stimmt. Dass er Bücher schreibt.«

Till schlug die Wolldecke zurück, die er über sich gebreitet hatte, rollte sich von der Luftmatratze herunter und kroch auf allen vieren zur Holztür des Schuppens. Vorsichtig schob er sie auf.

Es war mitten in der Nacht. Vor ihm lag pechschwarz der Garten. Lautlos und geduckt schlich er zu der Hecke, die den hinteren Teil des Grundstücks abschirmte. Durch sie hindurch sah er die Lichter des Gartenhauses zu sich herüberblinken. Er huschte durch die Lücke in der Hecke hindurch und auf das Gartenhaus zu, immer bereit, die Flucht zu ergreifen, wenn er Bentheims Gestalt plötzlich auftauchen sehen sollte.

Doch alles blieb ruhig.

Till beschloss, sich flach auf den Boden zu legen, um dem Licht, das durch das geöffnete Fenster und die Glastür nach draußen drang, eine möglichst geringe Angriffsfläche zu bieten. Auf den Boden gedrückt robbte er weiter.

»... trage ich nur noch Hosen, Gürtel, Schuhe, mein Oberkörper aber ist entblößt ...«

Es war Bentheims Stimme. Gleichmäßig und leise, mal eindringlich, dann weich, voller Suggestion und Verheißung. Es bestand kein Zweifel: Die Stimme kam aus dem Gartenhaus.

Getrieben von dem Wunsch, besser verstehen zu können, was sie sagte, kroch Till noch ein Stückchen weiter auf das Haus zu.

»... Ich wende mich um, den Kopf weiter Richtung Spiegel gerichtet, um meinen Rücken zu betrachten. Gleichzeitig spüre ich, wie meine Körpertemperatur um mehrere Grad fällt. Denn unter der Haut, die meinen Bauch und meine Brust überspannt, setzt sich mit atemberaubender Geschwindigkeit eine kleine Wellenbewegung fort. Erst denke ich, ich hätte mich getäuscht – aber da krabbelt schon die nächste Welle über meinen Rücken hinweg.«

Er liest sich was vor! Till wandte den Kopf zur Seite, um besser hören zu können. Er arbeitet an einem seiner Bücher ...

»Eine kleine Erhebung«, hörte er Bentheims Stimme weitergehen, »nicht größer als eine Bohne, nicht größer als eine Maus. Da! Jetzt kreuzen sich zwei Wellen, die aus entgegengesetzten Richtungen über meinen Brustkorb wandern, als würden sich zwei Tierchen unter meiner Haut in rasender Geschwindigkeit über meinen Körper hinwegbewegen. Ich habe die Zähne zusammengebissen, meine Wangenknochen treten hervor, die Lippen ziehen sich zurück und entblößen die Zähne. Stoßweise presse ich meinen Atem hervor, als würde ich eine gewaltige Last eine Treppe heraufschleppen müssen.«

Millimeter für Millimeter hob Till den Kopf und spähte durch die Glastür in das erleuchtete Zimmer. Eines der Regale, die an den Wänden entlang gezogen waren, musste in das Zimmer hineingebaut worden sein, denn über den Rand des Regals hinweg war keine Wand zu erkennen, stattdessen aber die Zimmerdecke, die noch ein Stückchen tiefer in den Hintergrund ragte.

Till krauchte etwas zur Seite, um einen besseren Blickwinkel zu bekommen. Stück für Stück tauchte der halbdunkle Raum hinter dem Regal in seinem Gesichtsfeld auf. Er war sich sicher, dass Bentheims Stimme von dort kam. Einen Moment lang verbarg der Mittelsteg der Glastür die Sicht in den Raum, dann glitt der Steg zur Seite, und Till konnte sehen, dass Bentheim in einem Sessel hinter dem Regal saß. Er hatte sich über einen Stapel Seiten gebeugt, die er auf den Knien balancierte.

»… kneife die Augen zusammen, um die Krabbelbewegung unter meiner Haut besser sehen zu können. Aus dem einen Hügelchen sind inzwischen nicht nur zwei oder drei geworden, bei jedem Umkreisen meines Körpers scheint sich das Tierchen noch einmal zu teilen. Schon schwärmen acht oder zehn Wellen über meinen Leib, und ich erkenne, dass nicht nur die mausgroßen Erhebungen in Bewegung sind, sondern neben, unter und zwischen ihnen noch zahlreiche kleinere, feinere Wellen entlangreiten, die mir zuerst entgangen sind. Ja, jetzt, wo meine Augen sich an die spärliche Beleuchtung des Zimmers gewöhnt haben, erkenne ich, dass meine Haut nicht etwa ruht und nur ab und zu von einer Wellenbewegung durchpflügt wird, sondern dass sie *insgesamt,* auch wenn sie straff gespannt ist, doch unablässig durchzogen wird, untergraben, unterlaufen, unterkrabbelt von einer ständig sich wandelnden, fließenden Bewegung, von Wellen in allen Größen, Frequenzen und Längen, angefangen bei kinderfaustgroßen Erhebungen bis hin zu einem Flirren, das mich an einen Ameisenhaufen erinnert – als hätte sich ein ganzer Ameisenstamm unter meine Haut geschoben, gefressen, gegraben. Ein Gewusel und Gekrabbel, das – wie ich mit wachsendem Entsetzen jetzt begreife – nicht nur auf meinen Oberkörper, meine Brust und den Rücken beschränkt ist, sondern längst darüber hinauswuchert, sich an meinem Hals entlang fortsetzt, meine Ohren umspült, die Haare auf- und abwandern lässt, ja, sich auch auf die Stirn erstreckt, den Nasenrücken hinuntertropft, die Lider untergräbt. Selbst mein Blick scheint schon all seine Festigkeit eingebüßt zu haben, scheint zu etwas Schwammigem, Schwankendem geworden zu sein. Ein Blick – und als ich das im Spiegel sehe, presse ich eine Faust zwischen die Zähne, um nicht aufzuschreien –, der in sich selbst zu fließen beginnt, als die Wellen die Pupillen erreichen und sie durchsichtig durchziehen wie gallertartige Regenwürmer, die die Augäpfel in den Höhlen auf- und abwandern lassen.«

Bentheim hielt inne und starrte auf die Papiere auf seinem Schoß. Einen Augenblick lang saß er reglos da, dann ließ er sich langsam in seinen Sessel zurücksinken. Unwillkürlich richtete sich Till noch ein wenig mehr auf, suchte Bentheims Gesicht, das bisher über die Seiten gebeugt gewesen war, nach den Wellen ab, von denen Max' Vater eben gelesen hatte. Aber der Mann war zu weit von ihm entfernt. Da hob Bentheim langsam den Blick.

Instinktiv schaute Till an sich herab. Er lag auf dem Bauch, hatte sich mit den Händen jedoch emporgestützt. Der Lichtschein! Das Licht, das durch die Glastür fiel, reichte bis zu ihm nach draußen!

Lautlos ließ sich Till in das Gras fallen und presste sein Gesicht in die Halme. Erdiger, modriger Geruch stieg zu ihm auf. Er wagte es nicht, zu atmen.

»Ich gehe auf die Knie und schlinge die Arme um meinen Körper, als wollte ich durch ihren Druck das Flirren und Surren unter der Haut einfach wegpressen«, hörte er die Stimme wieder einsetzen. »Aber die Wellen und Ausbuchtungen laufen an meinen Armen entlang, fast kommt es mir so vor, als würde die Höhe der Erhebungen noch wachsen, als würden die Tierchen nicht mehr nur krabbeln, sondern schon springen. Ein Ziepen und Zerren, das mit heftigen Schmerzen einhergeht, ein Springen und Hüpfen, das mich an den Rand meiner Kräfte zu bringen scheint, denn ich sehe im Spiegel, wie ich zu zittern begonnen habe, den Kopf jetzt tief zwischen die Schultern herabgezogen, die Füße am Ende der angewinkelten Beine übereinandergeschlagen. Mit der Langsamkeit eines fallenden Baumes sinke ich auf die Seite, die Beine krampfhaft zum Bauch gezogen, das Kinn auf die Brust gepresst. Spitz steht der Nacken hervor, aus dem stoßweisen Ächzen ist ein flaches Hecheln geworden. Ich biege den Kopf zurück, und das Gesicht, das mich aus dem Spiegel heraus anstarrt, ist grau und müde. Es wogt und wabert und ist von einer tanzenden, leblosen und doch hektischen Bewegtheit entstellt. Hohl und schmerzverzerrt sehen meine Augen mich an, durchzogen von einem Krabbeln, das aus ihnen zwei Quallen macht, ein Wackeln, ein Gelee. Im gleichen Moment sehe ich, wie mein Mund, dessen Lippen ebenfalls von den Wellen durchpocht werden, sich langsam öffnet, als wollte ich lachen über die hoffnungslose Überwältigung, der ich unterworfen bin. Aber es ist kein Lachen, das hervorströmt, es ist ein Ächzen, Stöhnen und Krächzen, das sich jetzt hundert-, hunderttausendfach verstärkt, während sich mein Mund weiter aufspannt. Schon scheint es, als würden die Lippen auseinanderreißen, weil mein Maul, mein Rachen immer weiter und weiter noch sich aufsperrt, bis er mich wie ein entsetzlicher Schlund aus dem Spiegel heraus anglotzt. Ein Abgrund, aus dem mit scharfem Lufthauch stoßweise das Stöhnen herausschlägt, ein Stöhnen, das herrühren muss von meinen Schmerzen und der Anstrengung, die es meinem Körper bereitet, den Mund auf so grauenhafte Weise aufzureißen. Ein Krater, der nur noch einen Zweck zu haben scheint, und zwar den, mich selbst zu verschlingen, mich selbst aus dem Raum, in dem ich liege, herauszusaugen – so dass ich mit der Hilflosigkeit eines von Angst gelähmten Kindes die Arme vors Gesicht schlage, bereit, hindurchgewürgt zu werden durch diesen Schlauch, der sich vor mir auftut.«

Wieder brach die Stimme ab. Till hörte das Papier rascheln, dann die kurzen Beine des Sessels über den Holzboden schaben.

Schritte.

Erschrocken schob er die Hände über seinen Hinterkopf. Wieso war er immer noch hier? Wie hatte er es nur versäumen können, sich zurückzuziehen, während Bentheim in seinen Text versunken war!

Die Schritte hielten inne.

Einen Moment lang tat sich nichts. Dann setzten sie wieder ein, und Till hörte, wie der helle Holzklang der Dielen von dem Knirschen der Steinplatten abgelöst wurde, mit denen die Terrasse vor dem Gartenhaus gepflastert war. Einen Augenblick später wurde das Geräusch der Schritte vom Rasen geschluckt.

Till warf sich auf den Rücken. Vor dem Nachthimmel, in den er hinaufstarrte, zeichnete sich schwarz die Gestalt von Max' Vater ab, das Gesicht schwach erhellt von dem Schein, der durch die Glastür fiel.

»Ich wollte gerade weiter – es tut mir leid, Herr Bentheim. Ich habe nicht gehört, was Sie gesagt haben«, sprudelte es aus Till hervor.

»Was ... was *machst* du hier, Junge«, fuhr Bentheim ihn an. Mit einer harten, kurzen Bewegung riss er ihn hoch, dass es Till vorkam, als würde er aus seinem T-Shirt geschleudert. »Ist Max auch hier?«

Tills Kopf zuckte nach rechts und nach links. *Nein, Max ist nicht hier, er kann nichts dafür, es ist alles meine Schuld, Max wollte mir doch nur helfen.*

»Sag schon!«, platzte es aus Bentheim heraus, und es war, als würde die energische Wucht, mit der Bentheim ihn anherrschte, Till geradezu fernsteuern.

»Max ist nicht schuld, Herr Bentheim«, stieß er hervor, »ich habe ihn gefragt, ob ich im Schuppen schlafen kann, morgen wollte ich sowieso weiter, es war ja nur für eine ... für zwei Nächte, ich habe auch nichts gemacht, ich hole meine Sachen und gehe jetzt gleich. Es tut mir leid, aber Sie dürfen mit Max deshalb nicht schimpfen.«

Dann verließ sie ihn wieder, die Gewissheit, dass es das war, was er hatte sagen wollen, und er fürchtete, vor lauter Aufregung hinzustürzen, hier ins Gras, dem Mann vor die Füße, der dann vielleicht einfach aus Wut darüber, dass Till ihm nicht geradeheraus antwortete, nach ihm treten würde, erst in den Bauch, dann ins Gesicht ...

Stattdessen jedoch blickte Bentheim ihn ruhig an. »Geh in den Schuppen und warte dort auf mich«, sagte er schließlich.

Till nickte.

Ja, das werde ich tun.

6

Heute

»Wie, was ich habe?« Claire steht in der Tür zum Wohnzimmer und sieht auf Butz herunter, der die Schuhe ausgezogen hat und auf der Couch liegt. Seine Augen sind tief in die Höhlen gesunken, ihm ist anzusehen, wie sehr ihn der Unfall mitgenommen hat, auch wenn er das zu überspielen versucht. »Erzähl lieber mal, was bei dir los war.« Sie sperrt die Augen absichtlich übertrieben weit auf.

Er winkt ab. »Ich war viel zu spät. Ich hätte lieber gleich aufstehen sollen, als unnötig Zeit mit den Ärzten zu verlieren.«

»Was war denn?« Claire lässt den Blick auf seinem bartstoppligen Gesicht ruhen.

»Es würde zwei Millionen am Tag kosten, wenn sie die Bauarbeiten jetzt für einen gewissen Zeitraum einstellen würden.« Butz muss selbst lachen. »Keine Ahnung, ich habe die genauen Zahlen schon wieder vergessen. Es ist auch egal. Sie bauen weiter – und über das Nachbargrundstück kommen wir an den Stollen auch nicht heran, dafür müssten wir ein halbes Bürogebäude abreißen.« Er richtet sich ein wenig auf, streckt den Arm aus und angelt sich ein Glas Wasser, das er auf dem Tisch neben dem Sofa abgestellt hat.

Es ist Abend geworden, sie ist gerade nach Hause gekommen.

»Und bei dir?« Er sieht sie aufmerksam an.

»Ich hoffe, die Aufnahmen sind was geworden.«

»Vom Boxkampf?«

Ich weiß nicht, was ich dir sagen soll, Konstantin. Er hat achtmal auf meine Mailbox gesprochen.

»Claire?«

»Hm?«

Sie sieht, wie Butz sich auf dem Sofa aufsetzt. »Komm doch mal her, setz dich.«

Sie zögert.

»Was ist denn los, du wirkst ja wie ein Vögelchen, das aus dem Nest gefallen ist.«

Es ist doch heller Wahnsinn. Wie kann sie sich von Frederik derartig unter Druck setzen lassen! Und während sich Claire noch bemüht, innerlich empört zu sein, spürt sie, wie der Gedanke an Frederik in ihr um sich greift. Wie die Erinnerung an das, was zwischen ihnen so plötzlich in der Boxhalle geschehen ist, sie bedrängt, verwirrt, betört.

»Erwartest du Besuch?« Butz sieht sie erstaunt an.

Claire reißt sich zusammen.

»Was?«

»Es hat geklingelt. Erwartest du Besuch?«

Claire schüttelt den Kopf. »Was? Wieso?«

»Ich mach mal auf.« Butz erhebt sich vom Sofa.

Sie hat das Klingeln gar nicht gehört.

Er schiebt sich an ihr vorbei in die Diele zur Wohnungstür.

Claire hebt ihre Handtasche vom Boden auf und verlässt das Wohnzimmer, um zu ihrem Zimmer zu gehen. Eine Dusche und ab ins Bett.

Sie ist todmüde. Doch sie kommt nicht bis zu ihrem Zimmer. Denn sie kennt die Stimme des Mannes, die durch die Wohnungstür dringt.

Claire bleibt mitten im Flur stehen und wendet sich um.

»Claire!«

Sie schnappt nach Luft.

»Claire?«

»Jaha.«

Butz ruft nach ihr. »Hast du Getränke bestellt?«

Nein.

Aber die Stimme – es ist Frederiks Stimme, die sie gehört hat!

»*Clai-haire??*«

Sie läuft. Als sie die Diele erreicht, sieht sie ihn draußen auf dem Treppenabsatz vor der Wohnung stehen. Es ist Frederik, er hält zwei Getränkekästen in den Händen.

Sein Blick trifft sie, und Claire hat das Gefühl zu stürzen.

Frederiks Augen lachen sie an. »Haben Sie das Mineralwasser bestellt?«

Butz sieht fragend zu ihr.

Claire nickt. Ein Kloß verstopft ihren Hals. »Ja!«, schleudert sie hervor. »Genau. Ich kümmere mich«, sie nickt Butz zu. »Hab ich ganz vergessen. Ich dachte, damit wir nicht so tragen müssen.«

»Oh ... okay.« Butz lächelt.

»Kommen Sie«, Claire sieht zu Frederik. »Ich zeige Ihnen, wo Sie die Kästen hinbringen können.«

Frederik tritt mit den Kästen an Butz vorbei in die Diele. Butz wendet sich ab und kehrt langsam ins Wohnzimmer zurück.

Ohne noch einmal den Blickkontakt mit Frederik zu suchen, dreht sich Claire um und läuft in den Flur vor, der zur Küche führt.

»Unten habe ich noch die zwei Kisten Saft«, hört sie Frederik hinter sich sagen, sein Atem kitzelt sie im Nacken.

Sie bleibt mitten im Flur stehen, fährt herum. Er ragt hinter ihr auf, sein offenes Gesicht schräg über ihr. Und lacht. Claire kann Butz im Wohnzimmer hören, die Aufregung schnürt ihr die Kehle zu. Da sieht sie, wie sich Frederiks Gesicht ihrem nähert, spürt seine Lippen an ihrem Ohr, als ob ein riesiger Vogel sie streifen würde.

Sie weicht zurück.

Rennt fast aus dem Flur in die Küche. »Hier, hier ist gut.« Sie öffnet eine kleine Tür, die in eine Speisekammer führt. Frederik tritt an ihr vorbei in den Abstellraum, lässt die Wasserkästen auf den Boden fallen.

»Warum hast du dich nicht gemeldet?« Seine Stimme fliegt. »Ich halte es ohne dich nicht aus.«

Ist er wahnsinnig geworden?

Seine Hand berührt sie, scheint sie halten und zugleich liebkosen zu wollen. »Ich brauche dich, Claire, ich will dich sehen –«

Sie ist aus der Speisekammer schon wieder heraus, er kommt ihr hinterher.

»Holen Sie noch die Saftkisten?« Sie starrt ihn an.

»Bin gleich wieder da.« Er geht aus der Küche.

Sie steht im Badezimmer, ihre Augen tasten hektisch ihr Gesicht ab. Sie sieht müde aus. Sie dreht den Kopf, nimmt die Haare zusammen, greift nach einer Haarklammer …

»Der Saft auch hinten in die Kammer?« Frederik ist wieder da.

»Ja, bitte.« Claire schießt aus dem Bad, sieht seinen Rücken, er trägt die zwei Kisten durch den Flur.

Als sie in die Küche kommt, geht er gerade in die Abstellkammer – und sie folgt ihm. Er dreht sich um, stellt die Kisten ab und berührt mit der rechten Hand den Bund von Claires Jeans. Sie zieht die Tür der Kammer hinter sich zu, sein Atem schießt ihr heiß an den Hals. Mit einem Griff hat er ihre Hose geöffnet und über die Hüften gestreift. Im nächsten Moment umschlingt sein linker Arm ihre Taille – Claire fühlt, wie sie fliegt. Für einen Augenblick hat sie den Eindruck, ihre Sinne würden sich verwirren, sie sieht, wie er den Kopf neigt, fühlt seine Locken an ihrer Wange. Ihre Hände halten sich an seinen Schultern, seinem Nacken fest, und sie spürt, wie sich die Muskeln unter seiner Haut anspannen. Hell hört sie das Klicken, mit dem ihre Gürtelschnalle gegen die Mauer tippt – dann senkt sie ihr Becken auf ihn herab.

7

Sie steckt den Kopf durch den Duschvorhang und lauscht. Butz muss in sein Arbeitszimmer gegangen sein, von ihm ist nichts zu hören. Claire zieht den Kopf wieder zurück und lässt das heiße Wasser über sich hinweglaufen.

Ihr schwindelt, wenn sie daran denkt, was sie getan hat. Sie kann es sich nicht erklären. Wie ist es möglich, dass sie darauf eingegangen ist? Heißer Dampf füllt die Luft hinter dem Duschvorhang. Sie nimmt von dem Duschgel, seift sich ein, spült sich ab. Dann dreht sie das Wasser aus, schnappt sich ihr Badehandtuch von der Stange, wirft es um und steigt aus der Dusche.

Er ist wie besessen gewesen – von *ihr*. Dabei kennen sie sich doch gar nicht. Als sie die Fotos von ihm gemacht hat, neulich in der Boxhalle, haben sie sich zum ersten Mal gesehen. Der Rausch nach dem Sieg, die Aufregung ... vielleicht hat es ihn aufgestachelt, wie sie ihn fotografiert hat – das kann sie noch verstehen. Es ist einfach über sie gekommen in dieser Umkleidekabine, eine Verrücktheit, die vielleicht mal passieren kann.

Aber heute? Er muss sich eingehend informiert haben, ihre Adresse herausgesucht haben. Er muss sich die Sache mit den Getränkekästen zurechtgelegt haben ...

Und dann in der Kammer hinten. Sie hat ja förmlich spüren können, wie er darauf brannte, ihr nahe zu sein.

Claire rubbelt sich die Haare trocken, die ihr bis weit über den Rücken herabfallen.

Sie kann nicht leugnen, dass die Minuten in der Kammer sie zutiefst aufgewühlt haben. Frederik ist nicht zu stoppen gewesen, ein kräftiger, um ein Vielfaches kräftigerer Mann als jeder andere, den sie jemals kennengelernt hat. Eine Begegnung von einer Intensität – sie mag es sich kaum eingestehen –, wie sie sie mit Konstantin nie erlebt hat. Frederik ist nicht nur wie versessen darauf gewesen, sie zu besitzen. Er hat sie mit seiner Leidenschaft – durch welchen Impuls auch immer – geradezu mitgerissen.

Claire kann ein Lächeln nicht unterdrücken. Bei ihrer letzten Begegnung, in der Boxhalle, muss sie ihm vollkommen den Kopf verdreht haben. So verrückt es auch ist, in gewisser Weise kann sie es auch verstehen, in gewisser Weise ist es ihr ja ähnlich ergangen.

Sie bindet ihre noch feuchten Haare zu einem dicken Knoten am Hinterkopf zusammen und schlüpft in den Bademantel, der an der Tür hängt.

Trotzdem. Als sie Frederiks Kopf vorhin in ihre Hände genommen und zurückgebogen hat, um ihm in die Augen zu schauen ... es ist etwas in seinem Blick gewesen.

Nachdenklich zieht Claire die Tür des Badezimmers auf und schlendert Richtung Küche durch den Flur.

Es ist etwas Verletzliches in seinem Blick gewesen. Er hat innegehalten, sie angesehen, ihre Blicke haben sich ineinander vertieft. Und sie hat das Gefühl gehabt, als hätte er ihr etwas sagen wollen. Vorsichtig hat sie ihm über die Wange gestrichen – seine Lippen haben sich bewegt, es ist offensichtlich gewesen, dass er nach Worten gesucht hat. Und sie hat den Eindruck gehabt, als wollte er etwas erklären.

Aber was gab es da schon zu erklären?

Sie öffnet den Kühlschrank in der Küche, nimmt ein Mineralwasser heraus und trinkt in tiefen Schlucken direkt aus der Flasche.

Was hat er zu erklären versucht?

Claire stellt die Flasche zurück, schließt die Kühlschranktür. Beinahe totenstill liegt die Wohnung da.

Er muss doch in seinem Arbeitszimmer sein, oder?

Plötzlich schießt ihr ein ganz neuer Gedanke durch den Kopf.

Hat Konstantin etwas bemerkt?

Sie hat Butz, seitdem er Frederik die Tür geöffnet hat, nicht mehr gesehen. Sie ist fest davon überzeugt gewesen, dass er in seinem Zimmer arbeitet.

Claire legt den Kopf ein wenig auf die Seite. Es ist nichts zu hören.

Ist nicht KLAR, dass er etwas mitbekommen hat?

Aber es hat doch nur wenige Minuten gedauert!

Vorsichtig schleicht sie durch den Flur zum Wohnzimmer, von dem Butz' Arbeitszimmer abgeht.

Die Tür zu seinem Zimmer ist geschlossen. Das ist nicht ungewöhnlich. Butz pflegt sie immer hinter sich zu schließen, wenn er sein Zimmer aufsucht.

Lautlos huscht Claire an der Couch vorbei zu der Tür.

Dahinter ist nichts zu hören.

Sie fährt herum, eiskalt durchschossen von der Idee, er könnte hinter ihr stehen. Aber da ist niemand. Ruhig liegt das Wohnzimmer vor ihr.

Claire dreht sich wieder zur Tür des Arbeitszimmers. Seit Wochen schon ist sie nicht mehr darin gewesen. Butz verwahrt dort zum Teil Unterlagen, die er sich aus dem Büro mitbringt, und sie weiß, dass er es nicht gern sieht, wenn sie das Zimmer betritt.

Langsam legt sie die Hand auf die Klinke, drückt sie herunter. Es knirscht leise im Schloss. Niemand meldet sich.

»Konstantin?«

Keine Antwort.

Mit Schwung reißt Claire die Tür auf – und prallt zurück.

Das Zimmer ist leer. Aber die vier Wände des kleinen Raums, die sonst kahl und weiß sind, sind jetzt mit Zetteln, Ausschnitten, Bildern, Formularen, Skizzen und Unterlagen fast vollständig bedeckt. Aufnahmen, Protokolle, Lagepläne, Mitschriften. Und immer wieder Fotos. Dutzende, Hunderte.

Claire tritt an die Wand, die der Tür gegenüber liegt und beugt sich vor, um die Aufnahmen, die sie noch nie gesehen hat, besser betrachten zu können.

An der Wand hängen Bilder von nur zwei Fällen, das sieht sie gleich. Bilder von einer weiblichen Leiche, die auf einem Parkplatz liegt: das Einkaufscenter, die Autos, Details der Verletzungen, der Spuren im Umfeld ... Und Bilder von einer Frau, die in einer Baugrube liegt: bei Nacht, erhellt nur vom Licht einiger Autoscheinwerfer, ein Akkubohrer, ihr T-Shirt, Butz selbst, der sich über die Frau beugt, in ihr Gesicht vertieft, ihre Hand haltend ...

Claires Blick fliegt über den Schreibtisch, der unterhalb der Fotos an die Wand gerückt ist. Mappen, Gerichtsakten, Mitschriften – Unterlagen, wie ihr ein Blick darauf zeigt, die nicht nur zu den beiden Fällen der getöteten Frauen gehören, sondern zu verschiedenen Tat- und Fundorten, die mit denjenigen der beiden Frauenopfer vergleichbar zu sein scheinen.

Das ganze Arbeitszimmer wirkt auf sie wie ein Schrein, wie ein Mahnmal für die beiden Toten.

Sie müssen fast zu so etwas wie eine Obsession für Butz geworden sein. Er hat ja auch gleich im Krankenhaus angefangen, davon zu sprechen.

Claire atmet aus.

Und ohne dass sie es sich erklären kann, drängt sich ihr erneut die Frage auf, die die ganze Zeit über unterschwellig an ihr weitergenagt hat: Was war es, das Frederik ihr hat sagen wollen?

Da fühlt sie plötzlich einen kühlen Druck im Nacken. Ihr Herz zuckt, ihr Körper strafft sich. Sie will herumfahren, doch die Hand im

Nacken drückt sie nach vorn, so dass sich Claire unwillkürlich über den Schreibtisch beugen muss. Sie will schreien, doch ihre Kehle ist wie gelähmt. Glatt schmiegen sich die Hochglanzfotos an ihre Handflächen, Gänsehaut überzieht sie wie eine Entzündung, und ihre Nackenhaare richten sich auf.

Zugleich spürt sie, wie ihr Bademantel über ihr nacktes, aufgerichtetes Gesäß nach oben geschoben wird.

Epilog

1

Rückblende: Zwölf Jahre vorher

Der Schrecken schüttelte noch immer seine Glieder. Mit zittrigen, sprunghaften Bewegungen war Till zurück zu dem Schuppen gerannt, hatte sich in die Ecke des Verschlags gepresst, die Decke um sich gezogen. Es war, als wäre ein Eisblock in seinen Magen gefallen.

Nach einer halben Stunde öffnete sich mit leisem Knarren die Schuppentür. Till klammerte sich an seine Decke, starrte in die Dunkelheit. Die Tür schwang auf. Oben war der dunkelblaue Nachthimmel zu erkennen – darunter erhob sich ein schwarzer Umriss.

»Wir haben uns schon gewundert, warum du heute gleich wieder bei uns warst«, sagte der Umriss.

Till zitterte.

Der Umriss schob sich durch die Tür, Till meinte Bentheim förmlich riechen zu können. Der Mann ließ sich auf einen Gartenstuhl fallen, der mitten im Schuppen stand. In der Dunkelheit war sein Gesicht nicht zu erkennen.

»Vergiss, was du gehört hast, hast du verstanden?«

Ja. Natürlich.

»Es war nichts. Eine Passage, die ich geschrieben habe, ich werde sie nicht verwenden, sie ist nicht gut, sie ist mir nicht gelungen, ich mag sie nicht, ich will nie wieder etwas davon hören.«

»Ja.«

»Hast du verstanden?«

»Ja.«

Er hörte ihn ausatmen.

»Hast du keine Eltern, Till? Was machst du hier?«

Bentheim wird im Heim anrufen. Sie werden ihn holen. Es ist vorbei. Sie werden ihn zurück nach Brakenfelde bringen. Zurück in sein Zimmer, zurück in sein Bett. Zurück in das Haus, in dem …

»Ich bin fortgelaufen, Herr Bentheim. Aus dem Heim.«

Er starrte auf Bentheims Umriss. Der Mann saß reglos auf seinem Stuhl.

»Wie lange ist das her?«

»Ein, nein, zwei Tage mit heute.«

»Was ist mit deinen Eltern, Till, sorgen sie nicht für dich?«

»Meine Mutter lebt nicht mehr. Und mein Vater ... ich weiß nicht.«

Bentheims Stuhl knarrte.

»Du kannst hier nicht bleiben.«

»Nein.« Natürlich nicht.

»Hast du einen Onkel, eine Tante, irgendjemanden, der dich abholen kann?«

Nein.

»Nein.«

»Dann bring ich dich morgen zurück in dein Heim. Okay?«

»Okay.« Was sollte er dagegensetzen? Bentheims Anwesenheit lähmte Till fast.

»Wieso bist du weggelaufen, Till? War es so schlimm?«

Ja.

»Es hat mir nicht gefallen.«

»Warum nicht?«

»Es war ... es war okay ... aber dann –«

Er brach ab. Bentheim würde ihn ja doch nicht verstehen.

»Was dann?«

»Es ist was passiert.« Tills Stimme war kaum noch zu hören. »Ich will nicht darüber reden.«

Er hörte, wie Bentheim aufstand, sah, wie der schwarze Umriss vor ihm wuchs.

»Ich bring dich morgen zurück.«

Till nickte. Er wusste, dass Max' Vater seinen Kopf nicht sehen konnte, aber er hatte keine Kraft mehr zu antworten.

»Okay?«

Okay wollte er sagen, aber aus seinem Mund kam etwas anderes.

»Mein Bruder, er hat sich erhängt.«

Er hörte, wie Bentheim ruckartig Luft holte.

»Er war auch in dem Heim, im Stock über mir. Ich habe ihn ... er war mein Bruder, ich hab ihn liebgehabt.«

»Hast du es gesehen?« Die Stimme des Mannes war leise geworden.

»Ich habe ihn gefunden. Er hat es im Sitzen gemacht. Am Heizungsrohr, wissen Sie?« Ungehindert strömten die Bilder auf Till ein, die er so lange ausgesperrt hatte. Er sah die Tür vor sich, die zu Armins Zimmer führte, sah, wie seine Hand sie aufdrückte, sah eine Gestalt auf dem Boden vor der Heizung liegen, eine Gestalt, die Till nur zu gut kannte, so aber noch nie gesehen hatte. Die Gestalt seines Bruders, der den Kopf auf die Brust hatte sinken lassen, die Arme auf dem Boden, die Hände mit dem Rücken auf dem Linoleum, dass die Handflächen nach oben schauten.

»Deshalb bist du weggerannt.«

»Ich hatte ihnen gesagt, dass sie sich um ihn kümmern müssen. Sie haben ihn einfach sich selbst überlassen.«

Till blickte nach oben und fuhr zusammen. Bentheim war neben die Tür des Schuppens getreten. Sein Gesicht lag nicht mehr im Dunkeln, seine Züge wurden vom fahlen Schein der Nacht unmerklich erhellt. Till erwartete fast, dass er sie jetzt sehen konnte, die Wellenbewegungen unter der Haut, die wabernden, gallertartigen Augen. Stattdessen aber sah er Bentheims Gesicht so durch die Dunkelheit schimmern, wie er es kennengelernt hatte: dünnhäutig, blass, länglich und fein geschnitten. Es wirkte müde, als ob eine große Anstrengung durch ihn hindurchgegangen wäre. Aber die Haut war straff über die Knochen gespannt.

»Es gibt also niemanden, der sich um dich kümmern kann.«

Till sah, wie Bentheims Augen sich auf ihn richteten. »Ich komm schon klar«, sagte er.

Der Mann vor ihm schwieg. Er schien nachzudenken. Dann drang seine Stimme erneut durch das Dunkel. »Vielleicht sollte ich dich morgen früh doch nicht gleich wieder zurückbringen.«

Till stutzte. »Wie – nicht?«

»Es gibt ja keinen Grund zur Eile. Oder?«

Till hörte nur das Pochen seines Herzens.

»Wir haben gleich neben Max' Zimmer noch einen Raum, den eigentlich niemand benutzt. Hat er dir den mal gezeigt?«

Tills Herz schlug nicht in seiner Brust, es schlug in seinem Hals.

»Vielleicht kannst du dort erst mal ein paar Tage bleiben.«

Jetzt war es Angst, was Till beschlich, Angst, dass er sich täuschte, dass Bentheim gleich wieder zurücknehmen könnte, was er eben gesagt hatte.

»Wir müssen sehen, was wir machen. Aber erst mal, ich meine, wäre das denn okay für dich, Till?«

»Ja«, hörte Till sich rufen, »ja!« Er sprang auf. Stürzte zu dem Mann an der Tür. »Sie meinen, ich kann erst mal dort wohnen. In dem Zimmer bei Max?«

»Ihr versteht euch doch, oder?«

»JA! Klar!«

»Dann versuchen wir das doch. Ich spreche mit den Behörden. Bis die Sommerferien vorbei sind, haben wir vielleicht eine bessere Lösung gefunden, als dich einfach dorthin wieder zurückzuschicken, wo du hergekommen bist.«

Till schnappte nach Luft. Er blieb hier!

»Schlaf jetzt, morgen richten wir das Zimmer für dich ein.« Und damit ließ ihn Bentheim allein.

Als würde er schweben, wankte Till zu seiner Luftmatratze, zog die Decke über sich und starrte in das Dunkel des Schuppens. Er blieb hier, bei Max, bei Lisa.

… und …

Es war, als würde eine entfernte Stimme einen weiteren Namen hinzufügen.

… und bei Bentheim.

Für einen Sekundenbruchteil sah Till Bentheim sich zum Spiegel umwenden und die Wellen studieren, die unter seiner Haut über seinen Körper hinwegrasten. Seine Augen, die in ihren Höhlen auf- und niedertanzten, bevor sie sich auf Tills Gesicht hefteten und der Mann mit beinahe flüsternder Stimme zu ihm sagte: Du kannst hierbleiben, Junge, hier bei uns, wenn du willst.

2

Heute

»Bitte!«

Die Stimme klingt gedämpft und übertönt doch das Wispern der Gestalten, die sich im gleichen Raum wie Till aufhalten. Sie scheint durch die Wand zu dringen.

»Hört ihr mich?«

Tills Blick tastet die Wand ab, die keine drei Meter neben ihm aufragt. Schwarz. Fensterlos. In der Dunkelheit glänzend.

Ein Mann tritt in sein Sichtfeld, Till schaut nach oben. Unwillkürlich zieht sich sein Körper zusammen. Im gleichen Moment glühen seine Seiten auf, als ob jemand einen Bunsenbrenner daran entlangziehen würde.

»Alles klar?« Der Mann zwinkert ihm zu. Er hat keine Höcker auf der Stirn, kein Tattoo kriecht unter seinem Kragen hervor, kein Metallgehänge baumelt von seinem Gesicht herab.

»Hilf mir auf, Felix«, stößt Till hervor. Aber der Mann vor ihm legt einen Zeigefinger an die Lippen.

»Was?« Till will die Arme hochreißen, der Schmerz schiebt einen schwarzen Schatten vor seine Augen. Als er wieder klar sehen kann, hat Felix sich zu ihm heruntergebeugt. Er legt eine Hand, wie um besser zu hören, hinters Ohr und wendet sich an die anderen, die sich jetzt unter der an den Fischhaken aufgehängten Frau zusammendrängen. »Seid mal ganz still«, zischt er.

Till hält die Luft an. Die Gestalten verstummen, nur das Schaben ihrer Füße auf dem Betonboden ist noch zu hören.

Dann ein metallisches Klackern. Holprig, gehetzt, wie taumelnd.

Ein *Ticken*.

Felix reißt die Augen auf, Till sieht sie durch das Dunkel hindurchschimmern. »Noch sechs Minuten«, hört er ihn flüstern.

Sechs Minuten.

»Ja?« Tills Atem geht flach.

»Ja.« Felix hat den Mund zu einem lautlosen Lachen geöffnet und nickt mit dem Kopf.

»SECHS MINUTEN WAS?«, schießt es aus Till heraus.

»DU!« Felix' Stimme schneidet Tills Ausruf ab wie mit dem Rasiermesser. »DU HAST NOCH SECHS MINUTEN!«

Till spürt, wie das Herz in seiner Brust zu rasen beginnt. Er kann es nicht stoppen. Es kribbelt in seinen Armen, sein Rückgrat hinunter zieht sich ein taubes Gefühl.

»Felix?«, quetscht sich die Stimme von jenseits der Wand zwischen sie. »Bist du das? Mach endlich auf, bitte. Ich ... ich kann nicht mehr. Hörst du? ICH KANN NICHT MEHR.«

Felix' Mund verformt sich zu einer Öffnung übertriebenen Erstaunens. ›Er kann nicht mehr‹ – er bewegt die Lippen, formt die Worte, sagt sie aber nicht.

Tills Oberkörper klappt nach vorn. Er kann die Arme nicht bewegen und die Beine auch nicht – aber er kann sich aufrichten!

Die Decke rutscht von seinem Körper herunter, sein Blick fällt auf seinen Leib. Tills Sicht trübt sich ein, die Geräusche ziehen sich in die Länge, gurgeln wie durch ein Abflussrohr in die Ferne, aber er begreift, was er sieht.

Es ist ein Pochen, Rasen, Wabern. Eine Wellenbewegung, die seinen ganzen Körper durchzieht. Ihn zersetzt, entstellt, durchpflügt.

Und mit einem Mal weiß er, was Felix mit ihm vorhat.

ENDE ERSTER BAND

BERLIN GOTHIC 2
DIE VERSTECKTE STADT

Prolog

1

Heute

Es ist, als ob eine schwarze Leinwand aufplatzen und darunter ein Schwall roten Gelees hervorbrechen würde. Dann ist Till wieder da.
Er starrt an die Betondecke über ihm.
Das Schnattern der Stimmen.
Felix' Gesicht taucht in seinem Blickfeld auf.
Till reißt sich hoch.
Felix sperrt die Augen auf und weicht zurück. »Was ist, Till? Geht's jetzt los?«
Tills Blick gleitet an seinem Körper herab. Er ist nackt, die Decke ist auf den Boden gerutscht.
Die Wellen reiten über seinen Leib hinweg.
»Was denkst du, Till? Gefällt's dir?«
Erst jetzt sieht Till den groben Faden, der sich durch seine Haut, sein Fleisch schlängelt. Deshalb brennen seine Beine, seine Arme! Der Faden hält seine beiden Schenkel zusammen, sein Unterarm ist an seine Hüfte genäht, seine beiden Oberarme an seine Brust! Wenn er sich bewegt, glüht sein ganzer Körper auf, als hätte man ihn in eine Steckdose gesteckt. Und zugleich wird das Gefühl der Beengung immer unerträglicher, immer rasender der Drang, das Korsett aufzusprengen, das sie ihm aus seinem eigenen Fleisch genäht haben.
»Wir haben alles sterilisiert, Till, wirklich.« Felix öffnet den Mund wie Kermit, ohne dass ein Lachen zu hören ist. Er macht einen Satz nach vorn, ergreift Tills Hand, die hilflos vom angenähten Arm am Oberschenkel herabhängt. Schüttelt sie. »Siehst du. Da ist noch Gefühl drin.« Er zuckt scheinbar erschrocken zusammen. »Oder?«
Till schreit. Die Kraft scheint sich direkt aus seiner Wirbelsäule heraus zu entwickeln. Dann reißt er. Erst hakt es – er spürt, wie sich sein Fleisch dehnt – zugleich überspült ihn eiskalte Wut. Es ruckt, der Riss

scheint mitten durch ihn hindurchzugehen. Heiß fühlt er sein Blut an seiner Seite herunterrinnen.

»Bravo!« Felix klatscht, Till sieht, wie die Dunkelgestalten in dem Raum sich um ihn drängen.

»Er hat ihn abbekommen.« Wie ein Conférencier wendet sich Felix an die Nachtwesen, die ihn umgeben. »Bravo Till, ich wusste, dass du dich nicht unterkriegen lassen würdest!«

Aber da hört Till Felix' Stimme nur noch leise, wie gedämpft, durch einen Schleier hindurch. Alles geschieht wie verlangsamt, wie beschwert, wie entrückt. Er spannt seinen linken Arm an. Stößt den Ellbogen nach hinten. Die Naht platzt auf, das Blut fließt an seiner Seite herab. Er wirft sich nach hinten auf die Matratze, zieht die zusammengenähten Beine an den Bauch, schreit auf und reißt sie auseinander. Für einen Moment glaubt er, das Bewusstsein zu verlieren. Der Schmerz ist so gewaltig, so real, so körperlich, als würde ein Gebirge auf ihn herabstürzen. Dann schwingen seine Beine frei durch die Luft. Er rollt von der Matratze herunter, sieht die Gestalten von ihm wegdrängen – und richtet sich tropfend, taumelnd, schreiend neben dem Bett auf.

Es ist nicht zu verstehen, was er brüllt, es ist ein Schrei, mit dem er die Ohnmacht von sich abhalten will, während er spürt, wie das Blut aus ihm herausläuft.

Schemenhaft sieht er den Mann mit dem verbreiterten Mund an seine Seite treten, ihm eine Spritze in den Oberschenkel rammen – ein feines Pieken, das sich von der Schmerzwand, die ihn durchzieht, gerade noch abhebt.

»Ein bisschen Adrenalin, Till, das wolltest du doch, oder?« Felix hat die Unterlippe nach innen gerollt.

Wieder sticht die Spritze in Tills Schenkel, er fühlt, wie das Hormon in seinen Körper gedrückt wird.

2

Ist es Frederik, der die Wohnung doch noch nicht verlassen hat?

Claire wagt es nicht, seinen Namen zu rufen.

Denn wenn es Butz ist –

Wie kann er …

Ihre Gedanken wirbeln durcheinander. Hat er doch etwas bemerkt? Ist es seine Art, sie zur Rede zu stellen?

Sie fühlt die Hand des Mannes, der hinter sie getreten ist, der ihren Nacken gepackt hat und sie nach vorn über den Schreibtisch drückt – da berührt seine andere Hand sie zwischen den entblößten Schenkeln, drängt nach oben ...

Sie reißt sich los. Fährt herum.

Es ist Butz. Sie kann sehen, wie die Erregung ihn in der Gewalt hat.

›Was fällt dir ein!‹, will sie ihn anschreien, aber ... weiß er etwas – oder nichts?

Sein Kopf neigt sich nach vorn, seine Hände schieben den Morgenmantel auf, drücken sie auf den Schreibtisch.

Ohne es zu wollen, entfährt ihr ein Keuchen. Claire spürt, dass es klingt wie ein Stöhnen, und merkt, dass er nicht mehr zu halten ist.

Seine Hände gleiten ihre Arme entlang, strecken sie über ihren Kopf nach oben ...

Claire dreht den Kopf zur Seite. Sie fühlt, wie ihr die Tränen aus den Augenwinkeln rinnen, aber kein Laut entfährt ihr mehr.

Warum sagt sie ihm nicht alles – sofort!

Sie muss ihn von sich stoßen – aber sie kann nicht.

Sie hat ihn geliebt. Er war immer für sie da. Sie muss es ihm sagen, aber nicht jetzt.

Sie schließt die Augen.

Konstantin ist immer ein guter Liebhaber gewesen. Vielleicht ein wenig unbeholfen, aber leidenschaftlich, ehrlich und liebevoll.

Sie kennt ihn besser als jeden anderen, sie kann sehen, wie ihn das Verlangen nach ihr fast versengt. Es steht in seinen Augen, sein Körper scheint es zu schreien, sie kann fühlen, wie ihr Leib, ihre Brüste, ihr Haar, ihre Schenkel, ihr Bauch ihn fast um den Verstand bringen. Wie jede Berührung ihrer Haut ihn aufpeitscht. Wie die Anspannung, die ihn im Griff hat, fast bis zur Unerträglichkeit gesteigert wird. So sehr, dass die Glut, die sie in ihm entfacht, sie fast selbst wieder ansteckt.

»Ich kann nicht.«

Ihr Gesicht verzieht sich. Sie spürt, wie sein Blick darauf fällt, dreht den Kopf und öffnet die Augen. Bestürzt schaut er sie an, in der Bewegung erstarrt. Sein Daumen wischt ihr über die tränennasse Wange. Claire rollt sich zur Seite über den Schreibtisch – sich ihrer Nacktheit nur zu bewusst. Sich nur zu bewusst, wie ihr Anblick ihn ins Herz trifft. Sie beugt sich zum Bademantel, hebt ihn auf.

Butz steht vor ihr wie ein versteinerter Muskel.

Sie kann ihm nicht helfen.

Ohne ein Wort zu sagen, schlüpft sie aus dem Raum.

3

»Sind Sie sicher?«

»Absolut.«

Butz sieht dem Kollegen ins Auge. Der Beamte erwidert seinen Blick mit großer Ruhe, muss aber schließlich sogar grinsen. »Was denn? So unvorstellbar ist das doch gar nicht!«

Butz blickt auf den Labortisch, auf dem der Akkubohrer liegt. Er kennt die Abteilung für Kriminaltechnik gut. Schon als junger Polizist ist er vor etlichen Jahren von ihr fasziniert gewesen. Ein ganzer Häuserblock gegenüber vom LKA in Tempelhof voll mit High-Tech-Equipment zur Untersuchung von Spuren. Eine Art Wissenschaft für sich. Ein Bau, in dem sich die Puzzler und Tüftler, die Nerds von der Polizei tummeln.

»Es kann eigentlich nur ein Mann gewesen sein. Er hat den Laden vom Bauwagen förmlich mit bloßer Hand aufgerissen«, sagt der Kriminaltechniker und nickt zu ein paar Fotos vom Tatort, die auf dem Labortisch liegen.

»Aus dem Bauwagen hat er sich den Akkubohrer geholt.«

Der Beamte nickt.

»Und wie ist dann die Wunde am Bauch entstanden?« Butz sieht ihn an.

»Die Spuren sind durch den Regen alle verlaufen, aber ich nehme an, dass die Frau bereits auf dem Boden lag.« Der Kriminaltechniker nimmt den schweren Baustellenbohrer, dessen Spitze gut vierzig Zentimeter herausragt, vom Tisch und hält das Gerät mit beiden Händen vor sich hin. »Er muss sich vor sie gestellt haben«, der Beamte geht ein wenig in die Hocke, »dann hat er zugestoßen«, er knickt die Beine ein und lässt beide Arme in einer harten, entschlossenen Bewegung nach unten schnellen, »genau in den Solarplexus, wobei er die ganze Wucht seines Körpers hinter den Stoß gelegt haben dürfte.«

Butz holt Luft.

»Aber er hat die Waffe nicht nur zum Stoßen benutzt«, fährt der Beamte fort und sieht zu Butz auf, noch immer in der Hocke mit vorgestreckten Armen, »er hat das Gerät auch eingeschaltet.«

»Ah!« Unwillkürlich zieht Butz den Rücken seiner linken Hand vor den Mund.

Der Beamte richtet sich wieder auf, legt den schweren Bohrer zurück auf den Tisch. Für einen Moment stehen die beiden Männer betroffen nebeneinander, versuchen, mit den Bildern fertigzuwerden, die ihnen durch den Kopf schießen.

Warum hast du Claire in deinem Zimmer bedrängt, zischelt es in Butz. *Du hast doch gemerkt, dass sie nicht wollte!*

Vergeblich versucht er, die Erinnerung nicht an sich herankommen zu lassen. Sie hat vor seinem Schreibtisch gestanden, in ihrem Bademantel ... er hat gewusst, dass sie darunter nichts anhaben würde ... er hat sich nicht zurückhalten können, hat den Stoff hochgeschoben, ihre nackte Haut, die von der Dusche noch ein wenig feucht war, darunter entblößt, ihren Nacken festgehalten, sie nach vorn über den Schreibtisch gedrückt, für einen Augenblick unfähig innezuhalten, obwohl er doch spüren konnte, dass sie nicht auf ihn eingehen wollte.

»Und die Frau auf dem Parkplatz?« Butz zwingt sich, die Gedanken an das, was gestern Abend in seinem Arbeitszimmer passiert ist, beiseitezuschieben.

»Keine Tatwaffe.«

»Ihr Gesicht ... es ist ...«

Der Beamte nickt nachdenklich. »Man muss ihr mit der Hand die Verletzungen zugefügt haben.«

»Mit der Hand ...«

»Wir haben Ihnen die Unterlagen über ähnlich gelagerte Fälle ja zugeschickt«, fährt der Kollege fort. »Es stimmt schon, die beiden Frauen, die beiden Opfer von der Baugrube und dem Parkplatz ... im Grunde genommen sind sie mit keiner anderen Tat vergleichbar, die wir hier registriert haben.«

Der Kriminaltechniker wendet sich noch einmal zu den Unterlagen, die auf dem Labortisch liegen, und nimmt ein paar Aufnahmen hoch, die in der Rechtsmedizin angefertigt worden sind. Sie zeigen die Knie und Handflächen der zwei Leichen. »Offensichtlich haben sie versucht zu fliehen.« Die Abschürfungen sind deutlich erkennbar.

»Auf Knien?«

»Die Frau aus der Baugrube muss einige hundert Meter darauf gerutscht sein.« Der Beamte deutet auf ein Paar Pumps, die in einem durchsichtigen Plastiksack ebenfalls auf dem Tisch liegen. »Der Absatz ist abgebrochen – das sind die Schuhe von der Frau auf dem Parkplatz. Auch sie dürfte geflohen sein. Und hier«, er hält Butz die Aufnahme einer blutigen Handfläche hin, »sie ist mehrfach gestürzt, aber immer wieder aufgestanden und weitergerannt …«

»Gibt es Anzeichen für eine Vergewaltigung?«

»Herr Butz?« Eine Stimme hinter ihnen unterbricht sie.

Butz sieht sich um. Ein junger Assistent kommt auf ihn zu, eine große Papprolle unter dem Arm.

»Nein«, hört Butz den Kollegen von der Kriminaltechnik neben sich, »nichts dergleichen.«

»Was denn?« Butz sieht dem Assistenten entgegen.

»Die Pläne vom Bauamt sind da. Ich habe sie gleich mitgebracht.«

»Okay, gut.« Butz wirft dem Kriminaltechniker einen Blick zu. »Können wir die hier ansehen?«

»Klar.« Der Beamte schiebt ein paar Geräte auf dem Labortisch beiseite, um Platz zu schaffen. Gleichzeitig holt der Assistent einen großen Bogen aus der Papprolle und breitet ihn auf dem Tisch aus.

Butz sieht erst mal nur graue Flächen, schwarze, feine Linien und winzige Beschriftungen.

»Das ist der Baugrund Invalidenstraße.« Der Assistent fährt mit dem Finger auf dem Plan einen Bereich entlang, den Butz jetzt als die Straße wiedererkennt, auf der er gehalten hat. »Hier sind die Tunnel der Kanalisation eingezeichnet – unterhalb der Straße. Und jeweils die Zu- und Abflüsse aus den anliegenden Häusern.«

Butz stützt die Arme auf den Tisch und vertieft sich in den Plan. »Okay.«

»Hier verläuft ein Tunnel … der ist alt, aus den Gründerjahren, 1905 oder 1910«, erläutert der Assistent, »der führt an der Rückseite des Baugrunds entlang, aber dort, wo Sie den Stollen in der Sandböschung gesehen haben«, seine Hand deutet auf einen Bereich, in den nichts eingetragen ist, »da ist kein Tunnel verzeichnet.«

Butz hält den Blick gesenkt. Er hat sich das doch nicht eingebildet! Er ist in dem Scheißtunnel doch fast verreckt!

Erster Teil

1

Rückblende: Zwölf Jahre vorher

Lisa hatte sich die ersten zwei Wochen, die Till bei den Bentheims verbrachte, weitgehend zurückgehalten. Da sie Till vor Max kennengelernt hatte, hatte sie unwillkürlich das Gefühl gehabt, es würde zwischen ihr und Till ein besonderes, geheimnisvolles Einverständnis bestehen. Bald jedoch hatte sie feststellen müssen, dass Max, der seinen neuen Freund kaum mehr eine Minute allein ließ, Tills ganze Aufmerksamkeit in Anspruch nahm. Morgens, wenn langsam Leben ins Haus kam, stürmte er noch im Schlafanzug in Tills Zimmer, kam dann mit ihm zusammen an den Frühstückstisch und rannte – noch bevor Lisa aufgegessen hatte – mit Till in den Garten, um sich Hals über Kopf in die Unternehmungen des Tages zu stürzen. Meist kamen die beiden Jungen nur kurz zum Mittagessen zurück, um danach bis zum Abend verschwunden zu bleiben, manchmal bekam Lisa sie den ganzen Tag nicht zu sehen.

Gleichwohl war sie froh, dass Max endlich einen Freund gefunden hatte, mit dem er sich wirklich gut zu verstehen schien. Gerade in den letzten Jahren war ihr Bruder, den sie über alles liebte, immer eigenbrötlerischer und grüblerischer geworden. Sie konnte regelrecht spüren, wie er unter Tills Einfluss aufblühte, wie er die Gegenwart des zurückhaltenden, besonnenen Jungen genoss und wie er zugleich darin schwelgte, mit Till jemanden gefunden zu haben, dem er sich ganz anvertrauen konnte. So war aus dem verschlossenen, schwierigen Max der letzten Jahre binnen weniger Tage wieder der fröhliche, ausgelassene Junge geworden, der er auch früher gewesen war. Früher, zu einer Zeit, an die Lisa sich nur noch vage erinnerte, in jedem Fall aber zu einer Zeit, als ihr Vater und Max noch nicht beinahe täglich aneinandergeraten waren.

Lisa konnte sich nicht genau entsinnen, wann Max begonnen hatte, sich in sich zurückzuziehen. Was sie jedoch wusste, war, dass ihr Vater ihm, je mehr Max abgeblockt hatte, umso unerbittlicher zugesetzt hatte. Davon, ihrem Vater deshalb einen wenn auch nur stillschweigenden Vorwurf zu machen, war Lisa jedoch weit entfernt. Viel zu fasziniert war sie schon immer von ihm gewesen.

Sie richtete sich im Bett auf und lauschte. Stundenlang, so schien es ihr, hatte sie Max und Till nach dem Abendessen vor ihrer Tür noch hin und her rennen hören, bis die Mutter schließlich von unten heraufgerufen hatte, dass jetzt endgültig Schlafenszeit sei und sie den Vater holen würde, wenn nicht umgehend Ruhe einkehrte. Obwohl alle wussten, dass ihre Mutter das kaum tun würde, da der Vater im Gartenhaus arbeitete, bestand doch immerhin die Möglichkeit, dass sie Ernst machte. Das aber würde heißen, dass der Vater, von der Arbeit gestört, mit einer Laune aufkreuzen würde, die nichts Gutes verhieß. So hatte sich Max denn auch tatsächlich von der Drohung der Mutter einschüchtern lassen, und es war langsam Ruhe in dem Flügel des Hauses eingekehrt, in dem sich die vier Schlafzimmer der Kinder befanden. Das von Lisa, das von Max, das neue von Till und das große, in dem die beiden kleinen Schwestern schon seit fast zwei Stunden schlummerten.

Lisa griff nach der Fernbedienung, die auf ihrem Nachttisch lag und mit der sie die kleine Stereoanlage auf ihrer Kommode steuern konnte. Sie stoppte die Musik, die noch leise gespielt hatte, schwang sich aus ihrem Bett und schlich vorsichtig zur Tür. Als sie sie öffnete, lag die Diele ruhig und dunkel vor ihr. Alle Zimmertüren, die davon abgingen, waren geschlossen.

Sie trat in die Diele hinaus, schloss die Tür hinter sich und ging lautlos auf das Zimmer zu, das ihr direkt gegenüber lag. Vor der Tür blieb sie stehen und lauschte erneut. Aus dem Zimmer drang kein Laut nach draußen. Sollte sie klopfen? Aber dann entschloss sie sich, die Klinke einfach vorsichtig herunterzudrücken.

Als Lisa das Zimmer betrat, sah sie Till im Dunkeln aufrecht in seinem Bett sitzen. Sie blieb an der Tür stehen.

»Schläfst du schon?« *Blöde Frage,* dachte sie.

»Nein.« Er beugte sich vor und knipste die Lampe auf seinem Nachttisch an. Ein weiches Licht breitete sich in dem Zimmer aus. Till trug einen der gestreiften Schlafanzüge von Max, und Lisa konnte ihm deutlich ansehen, dass er mit ihrem Besuch nicht gerechnet hatte.

»Darf ich mich kurz setzen?«

Till zögerte. »Deine Mutter klang ziemlich sauer ...«

Da machte sich Lisa nicht ganz so viele Sorgen. Wenn die Mutter Max etwas androhte, dann galt das noch lange nicht für sie. Und schon gar nicht, wenn es darum ging, irgendwann Ruhe zu geben. Ohne weiter um Erlaubnis zu bitten, setzte sie sich auf die Kante von Tills Bett.

»Ihr seid ja ziemlich unzertrennlich in letzter Zeit, Max und du.«

Till musterte sie. Offensichtlich fragte er sich, was sie von ihm wollte.

»Hm, hm.« Es klang abwartend.

»Max ist froh, dass du jetzt bei uns bist.«

Till lächelte etwas hilflos. Es war unverkennbar, dass das Lob ihn in Verlegenheit brachte. »Um das zu sagen, bist du gekommen?«

»Stört es dich? Soll ich wieder gehen?«

Er grinste. »Nein, schön, dass du mich mal besuchst.«

Sie spürte, dass er jetzt das Gefühl hatte, sie zum Bleiben ermuntern zu müssen – aber das brauchte er nicht. »Ich wollte mit dir über Max reden«, sagte sie.

»Was ist denn mit ihm?«

Sie suchte nach Worten. Till lehnte sich gegen die Wand hinter dem Kopfende seines Bettes und wartete.

»Es ist nicht direkt Max«, sagte sie schließlich, »es ist ... ihr beide, weißt du?« Sie schaute auf, und ihre Blicke trafen sich. »Seit du da bist, hockt ihr zusammen und ... keiner weiß, was ihr die ganze Zeit eigentlich macht.«

Till grinste ein wenig.

»Ist ja nicht schlimm«, fuhr Lisa fort. »Max hat mir sowieso nicht immer alles erzählt, aber ... ich meine ... so wie jetzt war es noch nie. Ich weiß gar nicht mehr, was ihn beschäftigt.« Sie schwieg kurz, bevor sie leise hinzufügte: »Ich hab meinen Bruder lieb, weißt du?«

»Ist doch klar«, fiel ihr Till ins Wort. »Red doch einfach mal mit ihm. Wir machen nicht viel ... spielen meistens. Er zeigt mir seine Sachen. Davon konnte ich im Heim nur träumen.«

»Ja, aber das ist es doch nicht ... ihr habt doch was vor«, bohrte sie weiter, »das merke ich doch. Ich kenne Max doch. Er ist ganz aufgeregt. Und wenn ich ihn frage, warum, weicht er mir aus.«

Till sah sie an. »Und jetzt willst du von mir wissen, was wir die ganze Zeit machen.«

»Warum nicht?« Trotzig erwiderte sie seinen Blick. »Du weißt doch, dass du mir vertrauen kannst. Als du mir in der Küche erzählt hast, dass du aus dem Heim weggerannt bist, habe ich das auch nur Max erzählt und meinen Eltern nichts davon gesagt.«

Till blickte auf seine Decke und schien nachzudenken.

»Du musst mir ja kein Geheimnis verraten oder so was«, beschwichtigte sie ihn. »Weißt du, Max ist manchmal so leichtsinnig. Früher hat meine Mutter immer zu mir gesagt, dass ich auf ihn aufpassen soll. Dabei ist er doch der Ältere. Aber Max verliert manchmal ... jedes Maß – so sagt Mama das. Er verrennt sich in irgendwas, und dann gibt es für ihn kein Halten mehr. Letztes Jahr hat er wie besessen Schach gespielt, zum Beispiel. Alle mussten immerzu Schach mit ihm spielen, er konnte an fast nichts anderes mehr denken. Er war davon völlig ausgefüllt. Dann ist ihm Schach wieder völlig egal, und er redet nur noch von Leichtathletik, den Rekorden, den Turnieren, den Sportlern, ist *davon* besessen. Jetzt frage ich mich natürlich: Was ist es diesmal, was treibt ihn um? Bei den anderen Sachen hat er ja meistens geantwortet, wenn man ihn danach gefragt hat, aber jetzt ...«

Till sah sie an. Er hat schöne, helle Augen, dachte sie. Jetzt, wo ihre Mutter dafür gesorgt hatte, dass ihm beim Friseur der Kinder die Haare gestutzt wurden, sah man, was für ein offenes Gesicht Till hatte. Aus dem heraus seine Augen einen anspringen, vorsichtig über einen hinwegstreichen oder matt schimmern konnten, als würde sich sein Blick nach innen gerichtet haben.

»Ich würde dir gern helfen«, sagte er. »Aber Max hat mich gebeten, mit niemandem darüber zu reden.«

»Also stimmt es«, rief sie. »Ihr macht irgendetwas und haltet das absichtlich geheim!«

Till beugte sich vor und lachte leise. »Mach dir keine Sorgen, Lisa, es ist nichts Gefährliches, wirklich. Max wird dir bestimmt alles erzählen, wenn es so weit ist. Und das kann ich dir jetzt schon sagen: Mit ihm ist alles okay. Kein Grund zur Aufregung.«

»Aber wenn was ist, sagst du mir Bescheid, ja? Versprichst du mir das?« Sie guckte Till bittend an. Er erwiderte ihren Blick prüfend.

»Wie meinst du das?«

»Nichts weiter, einfach ... du weißt schon, wir können dann ja reden.«

»Ohne dass Max etwas davon erfährt?«

Die Frage hing wie ein schiefer Ton in der Luft. Lisa spürte, wie ein Hauch über ihre Haut strich und sie eine Gänsehaut bekam. Hatte sie sich verraten?

»Ist das blöd?«, fragte sie, unsicher, wie sie versuchen sollte, die Situation zu retten.

»Max ist mein Freund«, sagte Till leise. »Ich will nichts hinter seinem Rücken machen.«

Sie nickte. »Natürlich nicht ...« Sie schämte sich. Er hatte recht, dabei hatte sie es gar nicht böse gemeint.

»Warum redest du nicht selbst mit ihm«, fragte Till noch einmal, offensichtlich bestrebt, die Angelegenheit nun richtig zu klären.

»Er weicht mir aus, habe ich doch schon gesagt.«

»Was genau macht dir denn Sorgen?«

»Nur so ...«

»Was ›nur so‹? Was soll das heißen?«

Till runzelte die Stirn, und Lisa spürte, dass er es jetzt genau wissen wollte. Dass sie kurz davorstand, das Vertrauen, das er ihr wie selbstverständlich von Anfang an entgegengebracht hatte, zu verspielen. »Es ist mein Vater, weißt du? Er hat mich gebeten, mit dir zu sprechen.«

»Dein Vater?« Till war regelrecht zusammengezuckt. »Er hat dich gebeten, mich über Max auszuhorchen?« Sein Gesicht schien hellrot übergossen.

Lisa nickte. »Es ist nichts Schlimmes, er will nur ... er will Max besser verstehen, sie reden kaum noch –«

»Und du kommst hier rein und tust so, als wolltest du mit mir über Max reden, während in Wirklichkeit dein Vater dahintersteckt?« Till verzog das Gesicht.

»Ja ...« Betroffen blickte sie auf die Bettdecke. »Ich hab's dir doch jetzt gesagt. Wirst du meinem Vater davon erzählen?«

»Herrje!« Till schlug auf die Bettdecke. »Was ist denn los mit dir? Natürlich nicht!«

»Aber ...« Sie war verwirrt. »Dann hintergehst du ihn doch auch.«

»Deinen Vater? Das ist was anderes. Ich bin doch nicht mit ihm befreundet.«

»Sondern mit mir«, hörte Lisa sich leise sagen – und blickte in Tills Gesicht.

Er lächelte. »Na klar.« Das klang, als würde er es zu einem seiner

Kumpel sagen. »Mach dir keine Sorgen um Max«, fügte er hinzu. »Ich pass auf ihn auf.«

2

»Mach schon!«

Max winkte hastig, auch ein wenig ärgerlich, weil Till sich, wie er fand, reichlich ungeschickt anstellte. Max stand in der Halle, von der aus die Treppe ins obere Stockwerk führte. Am Fuß der Treppe kauerte Till und sah ihn mit aufgerissenen Augen an. Durch zwei Türöffnungen an der anderen Seite der Halle hindurch konnte Max bis hinunter in die Küche schauen, in der sich seine Mutter gerade mit Rebecca unterhielt. Gedämpft waren die Stimmen der beiden Frauen zu hören, die über das Buffet sprachen, das bereits seit den Vormittagsstunden vorbereitet wurde und für den morgigen Empfang gedacht war.

Till huschte durch die Halle auf Max zu. »Können wir nicht einfach fragen?«, raunte er und sah Max zweifelnd an.

Fragen! Natürlich konnten sie *nicht* fragen. Denn die Antwort würde sein, dass sie sie sich *nicht* anschauen durften! Also war es besser, gar nicht erst danach zu fragen, denn dann verstieß man wenigstens nicht gegen ein ausdrücklich ausgesprochenes Verbot. Oder vielmehr gegen ein ausdrücklich *erneuertes* Verbot. Denn ausdrücklich verboten hatte es ihnen die Mutter ja bereits, die Bücher des Vaters anzusehen. Aber das war schon länger her, damals war er ja noch kleiner gewesen. Also galt das Verbot vielleicht nicht mehr, oder?

Anstatt zu antworten, zog Max Till am Arm Richtung Wohnzimmer. Sie mussten sich beeilen. Ewig würde seine Mutter nicht mehr brauchen, um das Essen mit Rebecca zu besprechen. Und danach würde sie sich wahrscheinlich ins Wohnzimmer setzen, um zu telefonieren oder die Zeitung zu lesen.

Durch die breite Schiebetür betrat Max geräuschlos das Wohnzimmer und lief entschlossen auf das Regal neben dem Kamin zu, in dessen oberstem Fach – wie er wusste – die Ausgaben der Bücher seines Vaters standen. Im Vorbeigehen packte er den Sessel und hob ihn hoch. Das Möbelstück war schwer, aber Till half ihm, und so stand der Sessel kurz darauf vor dem Regal. Max nickte Till zu. Till sollte sich auf den Sessel stellen und ihm Räuberleiter machen.

Max spürte, wie Till tiefer in das Polster sank, als er mit nacktem Fuß in Tills zusammengelegte Hände trat. Till richtete sich auf, und Max rutschte an dem Regal entlang nach oben. Er drückte ein paar Buchrücken ein, die er nachher wieder hervorziehen musste, sonst würde noch auffallen, dass sie sich an dem Regal zu schaffen gemacht hatten. Dann setzte er seinen noch freien Fuß auf eines der Regalbretter und hielt sich fest.

»Gib den Beutel«, zischte er zu Till nach unten.

Till fischte den Leinensack, den er in einen Ärmel seines Schlafanzugs gesteckt hatte, hervor und reichte ihn nach oben. Max nahm eine Ecke des Beutels zwischen die Zähne, so dass die Öffnung herunterhing, und griff in das Fach, in dem die Ausgaben seines Vaters standen. Es waren Taschenbuchausgaben, gebundene Ausgaben, die verschiedensten Übersetzungen, Bände mit Erzählungen, Anthologien, Neuausgaben, Luxusausgaben – er achtete nicht darauf. Entscheidend war nur, so schnell wie möglich wenigstens ein paar von den Bänden in den Beutel zu werfen.

Hastig schloss Max die Lücken, die die entnommenen Bände hinterließen, indem er einige Bücher, die in zweiter Reihe standen, hervorholte und dort einfügte. Das ganze Fach war ohnehin nicht geordnet, und niemandem würde auffallen, dass er sich dort bedient hatte. *Ich hätte das schon viel früher machen sollen,* dachte er.

Seit Till ihm berichtet hatte, was für einen merkwürdigen Text sich sein Vater in der Nacht vor zwei Wochen selbst vorgelesen hatte, hatten Till und Max begonnen, den Vater heimlich zu beobachten. Wenn er beim Essen mit ihnen am Tisch saß, wenn er morgens das Haus verließ, um an seinen Schreibtisch zu gehen, wenn er hin und wieder mittags nach Hause kam, um ein paar Angelegenheiten mit Max' Mutter zu besprechen. Vorsichtig hatte Max auch versucht, seine Mutter über seinen Vater auszufragen, zumindest das Gespräch auf ihn zu bringen, nachzufragen, wie und wo genau sie sich eigentlich kennengelernt hatten. Aber je mehr er sich bemüht hatte, desto klarer war ihm geworden, dass es eigentlich nur einen Weg gab, um über die immer gleichen Äußerlichkeiten hinaus etwas Genaueres über seinen Vater in Erfahrung zu bringen: Er musste sich endlich einmal seine Bücher ansehen.

»Hier!«

Er ließ den Sack neben Tills Füße in den Sessel fallen. Dann trat er zurück in die Hände, die Till wieder ineinander verschränkt hatte, und rutschte am Regal herunter.

3

Das meiste von dem, was Max in dieser Nacht las, verstand er nicht. Er wusste, dass er sich vielleicht hätte Zeit lassen sollen, dass er mit einem Buch hätte beginnen und die anderen ein paar Tage lang im Schrank unter seinen Hemden oder zwischen den Spielen hätte verstecken können. Die Sorge, Jenna, die bei ihnen sauber machte, könnte darauf stoßen, wenn sie seine Sachen aufräumte, oder die Mutter könnte die Bücher entdecken, wenn sie nachsah, ob er neue Hosen brauchte, ließ Max jedoch keine Ruhe. Also entschied er, dass sie die Bücher bereits am nächsten Tag wieder würden zurückbringen müssen, dass sie die Nacht jedoch nutzen könnten, um sich einen ersten, groben Überblick zu verschaffen. Das allerdings hatte zur Folge, dass Max hastig eins nach dem anderen aufschlug, zu lesen begann, und, noch bevor er sich überhaupt auf die Geschichte einlassen konnte, den Band schon wieder zuschlug, um zum nächsten zu greifen. Vielleicht beruhte diese Sprunghaftigkeit aber auch darauf, dass er fürchtete, in einem der Bücher auf Dinge zu stoßen, die er doch lieber gar nicht erst erfahren hätte.

Das erste Buch, das er zur Hand nahm, war ein ganz in schwarz eingeschlagener Band, auf dem erst dann, wenn man ihn ein wenig im Licht drehte, der Titel *Durst* und der Name seines Vaters zu erkennen waren. Schon beim Überfliegen der Seiten wurde deutlich, dass es sich um einen Roman handelte, der aus Tagebucheintragungen, Auszügen anderer Bücher, Zeitungsartikeln und Protokollen zusammengesetzt war. Max begriff, dass es die Geschichte eines jungen Mädchens war, das von einem Drang geplagt wurde, den ihre Eltern in ihrer Ratlosigkeit und Verzweiflung für eine Besessenheit vom ... ja, vom *Teufel* hielten. So dauerte es nicht lange, und die Eltern sahen sich gezwungen, einen Priester damit zu beauftragen, sich ihrer Tochter anzunehmen. Max' Vater hatte die Ereignisse in der preußischen Provinz des achtzehnten Jahrhunderts angesiedelt und in Passagen, die mehrere Kapitel füllten, haarklein ausgesponnen, wie die Abgesandten der Kirche versuchten, mit Exerzitien dem immer vehementer sich Bahn brechenden Drang des Mädchens beizukommen. Vor allem aufgrund der eingestreuten Abschnitte, die aus der Perspektive des Mädchens selbst geschildert waren, begann Max langsam zu erahnen, um welchen Drang es sich handelte, und zwar um den Drang –

»Das ist ein Vampirbuch, Mann – hast du noch nie was von Dracula gehört?«

Till, der neben Max auf dem Bett lag und eben noch in sein eigenes Buch vertieft gewesen war, musste ihm über die Schulter gesehen und neugierig ein paar Zeilen mitgelesen haben.

Max warf Till einen Blick zu. Natürlich wusste er, wer Dracula war. Vampire gab es in allen Ausformungen, als gezeichnete Witzfiguren, als Muppet-Puppen, als Filmfiguren in allen erdenklichen Fassungen. Nie hatte er sich dafür interessiert, für ihn war das vielmehr etwas, womit sich seine kleine Schwester Claire beschäftigen konnte. Was ihm jedoch auf den Seiten, die er eben überflogen hatte, entgegengetreten war, hatte mit diesen, ihm bekannten Vampiren, so kam es ihm jedenfalls vor, nicht das Geringste zu tun. Hier ging es nicht um Särge, um Burgen, um Kerzenschein und spitze Zähne, hier ging es um eine seltsame innere und zugleich übermächtige Kraft. Einen »Drang«, wie sein Vater geschrieben hatte, einen »Trieb«, der das Mädchen, von dem das Buch handelte, buchstäblich zu unterjochen schien. Einen Drang, der aus dem Kern ihrer Persönlichkeit erwuchs und zugleich doch ihre Persönlichkeit versklavte. Einen Drang, der ihr eine Anziehungskraft verlieh, die den Priester, der sich um sie kümmern sollte, in schwere Konflikte stürzte.

Da Till sich inzwischen wieder seinem eigenen Band zugewandt hatte, warf Max die Vampirgeschichte kurzerhand beiseite und griff sich ein anderes Buch. Auf dem Umschlag war nichts als ein riesiger Berg zu erkennen, der sich aus einer sandigen Ebene erhob. *Die großen Alten* hieß das Buch, und als Max die ersten Zeilen überflog, war es, als hätte es ihn mit einem Mal auf die Ebene verschlagen, die sich vor dem Berg auf dem Cover erstreckte. Eine Ebene, auf der er der einzige Mensch weit und breit war. Der einzige Mensch, aber nicht das einzige Wesen wohlgemerkt, denn in den unendlich entfernten Tiefen der Nacht, die ihn umherrschte, schienen sie zu lauern: die großen Alten, die im Titel erwähnt wurden. Wesen, deren Wirken, deren Gestalt, deren Ziele und Herkunft sein Verstand vielleicht niemals begreifen konnte – es sei denn, sie halfen ihm dabei, indem sie sich für ihn *umformten*.

»Was für eine Umformung soll das sein?«, flüsterte er Till zu, der sich nur unwillig von seinem Band ablenken ließ.

Till nahm ihm das Buch aus der Hand. »Hier«, sagte er und hielt ein anderes hoch. »Versuch das vielleicht mal lieber.« Dann schaute er zurück auf die Seiten, die er selbst aufgeschlagen hatte.

Max blickte auf das Buch, das Till ihm zugeschoben hatte. *Gezeiten* hieß es, und auf dem Umschlag war ein Sandstrand zu erkennen, auf den eine auslaufende Welle zurollte. Es war ein Bild von seltsamer Schönheit, in das Max gedankenverloren hineinblickte. Da sah er plötzlich durch das Wasser hindurch einen Schimmer, der sich bei genauerer Betrachtung als Fischschwarm entpuppte, der seinerseits wiederum die Umrisse eines weiblichen Körpers bildete. Die Umrisse einer Frau, die dicht unter der Wasseroberfläche auf dem Rücken dahintrieb. Sie war entkleidet, und ihre langen Haare umflossen ihr Gesicht und ihren Körper, ihre Augen aber waren geöffnet, so dass das salzige Meerwasser, so schien es, hineinlaufen musste. Und doch war dieses Verlaufen, Zerlaufen ja nur ein Eindruck, der durch das Durcheinandergleiten der vielen verschiedenen Fischkörper hervorgerufen wurde.

Max schlug das Buch in der Mitte auf und starrte auf die Worte, die ihm dort entgegentraten. Schon hatte er den ersten Satz gelesen und den zweiten und dritten – da wurde ihm erst bewusst, was es war, das er da las, was für ein Geschehen sein Vater dort mit einfachen Worten und klaren, kurzen Sätzen geschildert hatte. Ein Geschehen, das Max sich niemals hätte ausdenken können, ein Geschehen, von dem er nicht einmal wusste, ob es physisch überhaupt möglich war, dessen Beschreibung seinen Geist aber gleichsam ausdehnte, hinaus in Bereiche des Vorstellbaren, die ihm bisher verborgen geblieben waren. In Bereiche der Unruhe, der Schlaflosigkeit, der Angst, von der er spürte, dass sie bereits in ihn hineingetropft war, als ob die wenigen Sätze, die er gelesen hatte, ein Leck in seinen Kopf geschlagen hätten. Ein Leck, durch das immer neue Vorstellungen, Verrenkungen, Überdehnungen wie schwarze, giftige Marder in seinen Kopf krochen, ein Leck, das er schließen wollte, während in seinem Inneren so etwas wie ein schriller Alarmton immer lauter wurde. Und um es zu stopfen, schlang er immer hastiger Satz um Satz herunter, ohne zu ahnen, dass die Worte seines Vaters, die diese Bresche in ihn hineingeschlagen hatten, niemals in der Lage sein würden, sie auch wieder zu verschließen.

»Max!«

Till hatte ihn an der Schulter gepackt. »MAX!« Er riss ihm das Buch unter den Augen weg, schlug es zu und warf es auf den Boden. »Alles klar?«

Max ließ sich auf die Seite sinken und sah zu Till hoch. Er spürte, wie die Ader an seiner Schläfe pochte, wie die Augen in ihren Höhlen brannten. Sein Mund war trocken. Er nickte. Aber er sagte nichts.

»Was war das denn, das Buch mein ich.« Till grinste. »Du hast ja plötzlich gar nichts mehr gesagt.«

Es war das Grauen, sagte etwas in Max, aber er traute sich nicht, das auszusprechen. »Keine Ahnung«, krächzte er. Und plötzlich fühlte er sich unendlich müde.

4

Am nächsten Morgen war es nicht weiter schwer, die Bücher zurück an ihren Platz zu stellen. Max' Vater hatte sich nicht blicken lassen, es hieß, er hätte im Gartenhaus bis spät gearbeitet und dort auch gleich übernachtet, was immer mal wieder vorkam. Max' Mutter hingegen hatte wegen des am Abend bevorstehenden Empfangs überhaupt keine Zeit, um sich um sie zu kümmern, so dass Max und Till nur einen günstigen Moment abpassen mussten. Als es so weit war, rückten sie im Wohnzimmer den Sessel rasch ans Regal, und Max ließ die Bücher hinter diejenigen rutschen, die er am gestrigen Abend in die Lücken gestellt hatte. Als er hörte, wie die Bände in den unsichtbaren Hohlraum fielen, war er froh, dass er entschieden hatte, sie so schnell wie möglich zurückzustellen. Er war in der Nacht zuvor zwar recht bald eingeschlafen, sich aber auch sicher, dass er das kaum getan hätte, wenn Till nicht neben ihm auf dem Bett liegend weiter gelesen und die Nachttischlampe brennen gelassen hätte.

»Es war eine merkwürdige Geschichte«, sagte Till, der gerade erzählte, was er gestern Abend gelesen hatte, und rollte auf dem Fußball, auf den er sich gesetzt hatte, ein wenig hin und her. »Aber ich war sofort vollkommen davon gefangen.«

Er hockte vor einem etwas verrosteten Spielgerüst, das unweit des Wohnhauses im Garten aufgestellt war und über eine Leiter, ein Paar

Ringe und eine Schaukel verfügte. Max hatte sich vor ihm auf die Schaukel gesetzt.

»Es ging um einen Autor von Mystery-, Horror- und Fantasyromanen«, fuhr Till fort, »der sich in der letzten Geschichte, die er schreibt, sozusagen verliert.«

Max schaukelte ein wenig hin und her.

»Also, um die Geschichte zu schreiben, muss dieser Autor sich ja in sie hineinversetzen«, sagte Till. »Und je mehr er sich in sie hineinversetzt, desto wirklicher erscheint sie ihm, desto glaubwürdiger, desto echter. Gleichzeitig aber verliert der Autor zu der *wirklichen* Wirklichkeit, also zu der Wirklichkeit, *in der er lebt,* immer mehr den Kontakt, verstehst du? Es ist, als ob er praktisch aus der echten Wirklichkeit heraus in die Wirklichkeit seines Buches gesaugt werden würde.«

Max stoppte mit dem Fuß seine Schaukelbewegung. »Und, war's gut?«

Tills Augen leuchteten. »Schon stark, ja. Vor allem, weil man es sich sehr gut vorstellen konnte. Denn während ich das las, fand mit mir ja im Grunde genommen genau das Gleiche statt: Je tiefer ich in der Geschichte versank, desto mehr sank die Wirklichkeit, in der ich mich befand, in den Hintergrund. Desto mehr versank dein Zimmer, das Bett, desto mehr versank all das um mich herum. Ich glitt gewissermaßen in die Welt, die dein Vater beschrieben hat – und ich wollte das auch. Jedes Mal, wenn ich herausgerissen wurde, habe ich das bedauert. Es war eben wie ein Traum, nur dass man selbst entscheiden konnte, wann und ob man weiterträumen wollte.«

»Und mit dem Unterschied, dass du nicht selbst die Hauptfigur warst, oder? Im Traum bin es ja immer ich, der all die Sachen erlebt.«

»Ja, stimmt ...« Till sah auf den zertretenen Rasen zwischen seinen Füßen.

»Und worum ging es in der Geschichte, die der Autor geschrieben hat? Stand das auch in dem Buch?«

»Da geht's um einen Typen, der plötzlich auf die Idee kommt, dass ein alter Freund von ihm ... dass das, was er mit ihm erlebt, dass das nicht mit rechten Dingen zugeht.«

Max verzog das Gesicht.

»Nein, ganz einfache Sachen ... Es fängt damit an, dass er, also der Held, dass der sich fragt, wieso sein Freund über ihn immer so genau

Bescheid weiß. Wenn der Held sich zum Beispiel mit einem anderen Bekannten treffen will, kommt plötzlich auch der Freund vorbei, obwohl er doch gar nicht wissen kann, dass der Held sich mit dem Bekannten zu der Uhrzeit da und da trifft. Dann aber stellt sich heraus, dass der Bekannte mit dem Freund telefoniert und es ihm erzählt hat, so dass es wieder eine ganz normale Erklärung dafür zu geben scheint, warum der Freund plötzlich den Zeitpunkt und den Ort des Treffens wusste. Aber dann passieren wieder andere, ähnliche Zufälle, und der junge Mann, um den es geht, fängt an, immer mehr darüber nachzugrübeln, wie es sein kann, dass sein Freund jedes Mal genau das Richtige macht, das Richtige weiß, das Richtige kann. Bis ihm schließlich der Verdacht kommt, dass sein Freund vielleicht in seinen Gedanken, also in den Gedanken des Helden, *lesen* kann ... Dabei ist der Held ein ganz normaler Typ, wie gesagt, jemand, der normalerweise keineswegs an irgendwelchen Hokuspokus, an den sechsten Sinn, Gespenster oder dergleichen glaubt. Das ist es ja gerade, was ihm so zu schaffen macht: Eigentlich ist er felsenfest davon überzeugt, dass es Geister, Telepathen, Zauberer, dass es all das NICHT gibt und nie gegeben hat, verstehst du?«

Max nickte langsam.

»Ich meine, wenn wir ein Buch lesen oder einen Film sehen«, fuhr Till fort, »dann können wir uns schon vorstellen, dass alles Mögliche passieren kann. Aber wenn wir eben *kein* Buch lesen, keinen Film sehen, sondern nur unser Leben leben, Leute treffen und so weiter, dann halten wir ja jeden, der *ernsthaft* an Gespenster oder Zauberer glaubt, für einen Spinner und Wirrkopf, richtig? Also ich zumindest.«

»Ich auch«, murmelte Max.

»Eben. Und genauso denkt auch der Held dieses Buches. *Natürlich* gibt es nichts von alldem. Aber wieso erlebt er die merkwürdigsten Dinge immer nur mit *diesem* Freund? Wieso geht sein Computer kaputt, wenn er seine Erlebnisse mit diesem Freund aufschreiben will? Wieso erreicht er ihn nie, wenn er ihn anrufen will, sein Freund ihn aber immer? Wie ist das möglich? Der Held redet sogar mit einer guten Bekannten darüber, denn es geht ihm nicht aus dem Kopf, aber sie lacht ihn aus. Was glaubt er denn? Dass sein Freund eine Art Magier ist? Worin genau soll seine übernatürliche Fähigkeit denn bestehen? Also fängt der Held an zu überlegen: Gibt es vielleicht so etwas wie ... er weiß es ja auch nicht ... wie Wellen innerhalb, unterhalb der normalerweise wahrnehmbaren Wirklichkeit, die *normal* sensible Menschen *nicht* wahrnehmen, die *dieser Freund* jedoch registriert, vielleicht ohne sich dessen überhaupt bewusst zu sein! Könnte ihn *das* vielleicht mit zusätzlichen Informationen ausstatten, die es ihm ermöglichen, den Helden immer wieder zu verblüffen? Doch sosehr er auch spekuliert, er kommt nicht wirklich weiter. Denn alles, was er mit seinem Freund erlebt, spielt sich ja in einer Art Grauzone ab. Nie kann der Held eindeutig nachweisen, dass sein Freund irgendwie auf besonderem Wege zu seinem Wissen gekommen sein muss. Jedes Mal, wenn er versucht, eine Angelegenheit aufzuklären, verheddern sich seine Gedanken, und ein paar Stunden später ist er wieder allein und grübelt und grübelt, wie es diesmal nur wieder so gekommen sein kann, dass er nicht wirklich nachvollziehen kann, woraus sein Freund diese Überlegenheit geschöpft hat.«

»Hm.« Max schaukelte.

»Ja«, fuhr Till fort.»Und je mehr der Held grübelt, desto mehr verfestigt sich in ihm die Überzeugung, dass es eigentlich nur zwei Erklärungen geben kann: *Entweder* kommt ihm aus irgendeinem verborgenem, persönlichen Grund all das, was er mit diesem Freund erlebt, magisch vor. Was er erlebt, ist in Wirklichkeit also ganz normal, nur in seiner Wahrnehmung bekommt es eine rätselhafte Komponente. *Oder* aber es gibt *wirklich* noch Dinge in der Welt, die eben nicht nur mit den bekannten Naturgesetzen erklärt werden können.«

Max hatte Till aufmerksam zugehört, sah ihn jetzt aber unschlüssig an.

»Und nun passiert es«, setzte Till seinen Bericht fort, »dass für den Autor diese Geschichte, während er sie schreibt, zunehmend an Realität gewinnt – während gleichzeitig die normale Wirklichkeit, also sein Leben als Autor, die alltäglichen Dinge, um die er sich kümmern muss, immer blasser und flüchtiger werden. Und das geschieht genau dadurch, dass er in dem Moment, in dem er begonnen hat, die Geschichte zu schreiben, auf die Idee kommt, dass ihm genau *das*, was seinem Helden in der Geschichte widerfährt, genau auf die gleiche Weise mit einem seiner *eigenen* Freunde passiert! Obwohl er so etwas vorher niemals für möglich gehalten hätte. Jetzt aber hat er eindeutig das Gefühl, als würde er mit diesem einen Freund von sich merkwürdige Dinge erleben. Und er beginnt sich zu fragen, ob er diese seltsamen Geschehnisse nicht erst dann sinnvoll erklären kann, wenn er annimmt, dass dieser Freund von ihm in irgendeiner merkwürdigen Weise sensibler oder *magisch begabter* ist als all die anderen Leute, mit denen er sonst zu tun hat.«

»Das ist die Entwicklung, die er durchmacht?« Max warf Till einen Blick zu. »Der, der das Buch schreibt, meine ich.«

»Ja, genau. Er fragt sich natürlich, ob er nicht lieber aufhören sollte, das Buch zu schreiben, denn wenn er ehrlich zu sich ist, muss er sich sagen, dass er unmöglich ernsthaft diese Dinge glauben kann. Aber dann wieder überlegt er, ob das, was mit ihm passiert – dass die Wirklichkeit seiner Geschichte sozusagen die Wirklichkeit seines Lebens immer mehr zu überwuchern scheint –, ob diese Entwicklung vielleicht eine Wirkung seines Textes sein könnte. Also ob vielleicht die Geschichte, die er dabei ist, sich auszudenken und aufzuschreiben, eine besondere Eigenschaft hat – was ihn dann natürlich wieder enorm interessiert.«

»Was denn für eine besondere Eigenschaft?«

Till sah Max an, schien zu überlegen.

»Sag schon!«

»Ja«, Till suchte nach Worten, »das hat, glaube ich, mit der Vorstellung zu tun, dass bestimme Ideen, Texte, Gedanken einen beeinflussen können ...«

»Wie ›beeinflussen‹?«

»Na ja, der Autor glaubt, dass die Geschichte, während er sie schreibt – dass sie ihn *verändert.*«

»Dass ihn das Schreiben seiner Geschichte verändert?« Max biss sich auf die Unterlippe.

»Hm, hm.« Till rollte auf seinem Ball herum.

Eine Zeitlang schwiegen sie.

»Wie lautet der Spruch?«, nahm Till schließlich den Faden wieder auf. »›Wenn du in den Abgrund blickst, blickt der Abgrund in dich‹, oder? Davon ist auch in dem Buch die Rede, und das ist ja der gleiche Gedanke: dass Geschichten sozusagen nicht einfach nur Gegenstände sind, nicht einfach nur äußerliche, gleichsam *tote* Sachen, sondern eher so etwas wie *Lebewesen,* die – in den Kopf eingeschleust – dort etwas verändern können. Und unter den Lebewesen gibt es ja auch süße und niedliche – und eklige und gefährliche.«

Max starrte Till an. »Dann ist es *das*, was mit meinem Vater passiert! Er schreibt an einer Geschichte, die ihn verändert! Deshalb wird er mir immer fremder! *Er ändert sich.* Und zwar, weil er an so einer Geschichte arbeitet, wie du gerade gesagt hast, an einer Geschichte, die ihn beeinflusst!«

Till atmete aus. »Moment, was ich gesagt habe, ist, was in dem Buch geschieht, das ich gelesen habe. Du sagst jetzt, es geschieht in WIRKLICHKEIT mit deinem Vater?«

»Könnte doch sein! Fest steht, dass er sich verändert! Und ich weiß nicht, wieso. Er lebt ja immer das gleiche Leben, geht in sein Gartenhaus und schreibt. Das Einzige, was passiert, ist, dass er an seinem Buch weiterarbeitet. Du hast es eben doch selbst gesagt: Bestimmte Texte, Ideen, Gedanken können einen verändern. Erst recht also bestimmte Bücher, bestimmte Geschichten, in die er sich ja als Autor, wenn er sie schreibt, total *hineinversenken* muss. Er muss sich das ja regelrecht vor Augen führen, er muss es sich ausmalen. Und dabei ist er ...«, Max zögerte, sprach es dann aber doch aus, »... und dabei ist er ja in gewisser Weise Gefangener seiner Geschichte, verstehst du? So kommt es mir jedenfalls vor!«

Nachdenklich schaukelte er hin und her.

Till war noch nicht überzeugt. »Du meinst, das soll in Wirklichkeit gehen? Dass eine Geschichte, die sich dein Vater ausdenkt, die Wirklichkeit, also ihn selbst, verändert? Ist es nicht andersherum? Er lebt sein Leben, und das benutzt er, um seine Geschichte so zu gestalten, wie er will? Auf diese Weise beeinflusst seine Lebenswirklichkeit seine künstliche Welt – *aber doch nicht andersherum.* Die künstliche Welt beeinflusst doch nicht die Wirklichkeit!«

Max sprang von der Schaukel herunter. »Nein!«, fuhr er Till an. »Unsinn! *Natürlich* geht es auch andersherum. Das Buch von ihm, das ich gestern Nacht gelesen habe, was stand denn da drin? Das waren doch auch nur Worte, eine Geschichte, die er sich ausgedacht hat! Aber die Angst, die sie in mir ausgelöst hat – die war echt! Ich habe mir doch nicht nur *vorgestellt,* ich hätte Angst! Sie ist doch aus dem Buch herausgetreten, hat mich angesprungen, ist in mich hineingeschlüpft! Die ANGST, verstehst du? Die Angst, dass das Grauen, das wie eingerollt in diesem Buch geschlummert hat, dass es mich überwältigen könnte, das nächste Mal, dass ich allein die Kellertreppe im Dunkeln heruntergehe. Er gibt ihm doch erst eine Gestalt, mein Vater dem Grauen, indem er es in seine Geschichten gießt. Und damit führt er es in die Welt ein. Er holt es aus seinem Loch und wirft es in die Welt, wo es dir ins Gesicht springt, wenn du Pech hast!«

Auf seiner Stirn standen Schweißperlen, und seine Hände zitterten.

5

Till mochte Rebecca. Max hatte ihm erzählt, dass sie schon bei ihnen war, solange er denken konnte. Rebecca war eine ausgebildete Köchin, die nicht nur das tägliche Mittagessen zubereitete, sondern auch die Einkäufe erledigte und – da sie nichts dagegen hatte, auch das zu übernehmen – die Wäsche. Nur sauber machen tat sie nicht, dafür war Jenna zuständig, die ebenso wie Rebecca in einem Zimmer im Seitenflügel der Villa wohnte.

Till grinste Max an, der ihm gegenüber am Küchentisch saß. Jeder von ihnen hatte eine große, blau-weiße Schale mit einem Pudding-Keks-Gemisch vor sich und löffelte daraus. »Gut, oder?«

Max sah kurz auf, lächelte und nickte mit dem Kopf.

Rebecca hatte keine Zeit, sich um sie zu kümmern. Sie stand an der Arbeitsplatte und war fieberhaft mit den letzten Vorbereitungen für die Vorspeisen beschäftigt. Vor wenigen Minuten war Max' Mutter in die Küche gekommen, um zu sehen, ob alles wunschgemäß ablief. Jetzt würde es nur noch ein Klingelzeichen geben, dann musste Rebecca auftragen.

Max und Till hatten bereits gegessen und sich nur noch eine Kostprobe vom Nachtisch in der Küche geben lassen. Den ganzen Tag über hatten dort schon Hektik und Spannung geherrscht, während Rebecca – unterstützt von Jenna und deren Tochter, die ebenfalls gekommen war – die verschiedenen Gänge für das abendliche Essen vorbereitet hatte. Seitdem die Gäste allmählich eintrafen, konnte man auch in der Küche das Stimmengewirr hören, das im vorderen Bereich des Hauses langsam Fahrt aufnahm. Till aber zog es vor, zusammen mit Max bei Rebecca in der Küche zu sitzen, praktisch hinter den Kulissen, wo die drei Frauen durcheinanderwuselten, damit alles auch zur rechten Zeit fertig sein würde, und niemand Zeit hatte, sie zu ermahnen, wenn sie sich aus den Töpfen verschiedene Leckerbissen angelten.

Max warf seinen Löffel in die Schüssel und nickte Till zu. »Wollen wir?« Er schien für heute genug von der Küche zu haben.

Till schlang den Rest seines Puddings hinunter und sprang von dem hohen Hocker, auf dem er gesessen hatte. Ohne sich weiter von Rebecca zu verabschieden, schlenderten sie aus der Küche heraus Richtung Treppenhaus, um nach oben zu den Kinderzimmern zu gehen. Als sie in die Halle kamen, von der aus die Treppe nach oben führte, sah Till, dass Max' Vater in der Haustür stand und nach draußen blickte, wo anscheinend weitere Gäste eingetroffen waren. Unwillkürlich hatte Till den Eindruck, dass Bentheims Wangen ein wenig eingefallen waren und sich sein Schädel an den Schläfen nach innen wölbte. Er trug einen gut geschnittenen, dunkelgrauen Anzug und wandte sein blasses Gesicht den beiden Jungen zu.

»Na?« Seine Augen glitten über Max hinweg und blieben an Till hängen.

»Xaver. Wie schön, mal wieder bei euch zu sein!«, ertönte im gleichen Augenblick die Stimme einer Frau, die jetzt außerhalb des Blickfelds von Till vor der Haustür angekommen sein musste. Till fiel auf, wie die Aufmerksamkeit des Vaters umschwenkte. Er drehte sich wieder nach draußen, machte einen Schritt zurück, so dass die Neuankömmlinge ins Haus treten konnten, beugte sich zu der Frau hinunter, um sie flüchtig zu umarmen, und begrüßte den Mann, der sie begleitete, per Handschlag. Einen Moment lang konnte Till ihn von der Seite aus beobachten, ungeblendet davon, dass Bentheims Aufmerksamkeit auf ihm geruht hätte, und konnte verfolgen, wie Max' Vater auf Repräsentation schaltete, wie er seine Gäste mit deutlich zur Schau getragener Freundlichkeit, einer Mischung aus Freude, Ironie und einem Schuss Distanziertheit begrüßte. Es schwang eine angeborene Vornehmheit in seiner Begrüßung, doch während Till ihm zusah, glaubte er auch zu erkennen, dass Bentheim vor allem eine Rolle spielte, dass er sich konzentrieren musste, keine seiner Gesten, seiner Worte, seiner Augenbewegungen dem Zufall überließ und sich vielmehr ständig selbst überwachte.

Till drehte sich um. Eben noch hatte Max neben ihm gestanden, aber jetzt sah er, dass Max seitlich in die Halle zurückgetreten und in einer Nische verschwunden war, in der sich nur ein Zugang zu einer kleinen Gästetoilette befand.

»Keine Lust, die zu begrüßen«, murmelte Max und nickte zu dem neuangekommenen Ehepaar, als Till neben ihn in die Nische trat, wo sie vor den Blicken der Gäste geschützt waren.

Till streckte den Kopf ein wenig vor und sah, wie Jenna zwischen Küche und Esszimmer hin und her lief und letzte Vorbereitungen an der Tafel traf. Gleichzeitig konnte er verfolgen, wie Max' Mutter in einem schlichten, türkis schillernden Abendkleid ins Wohnzimmer kam.

»Guck mal.« Unauffällig deutete Max zu seinem Vater, der sich mit den Neuankömmlingen Richtung Seitenflügel entfernte.

Dort befanden sich außer den Zimmern von Rebecca und Jenna nur mehrere kaum benutzte Räume sowie das Musikzimmer, in dem sich – wie den Jungen nicht entgangen war – den ganzen Tag über mehrere Handwerker zu schaffen gemacht hatten.

Max warf Till einen Blick zu, und Till wusste, was er meinte: Was hatten die Handwerker in dem Musikzimmer den ganzen Tag über gemacht? Sie warteten einen Augenblick, während Bentheim mit seinen Gästen durch die Tür zum Seitenflügel verschwand, dann setzten sie sich in Bewegung.

Der Flur, der die Räume des Seitenflügels miteinander verband und der vor dem Musikzimmer endete, lag verlassen da, als sie ihn erreichten. Nur ein schwer einzuordnendes Geräusch drang leise aus dem Musikzimmer heraus. Ein Rascheln wie von einem Hochzeitskleid war das Erste, an das Till denken musste, ein Säuseln, Klatschen, Kratzen, Schaben, Klirren.

Till blieb stehen, als würde eine Kraft ihn daran hindern, weiterzugehen, aber Max, der einen Schritt vorausgegangen war, sah sich um. »Komm schon«, flüsterte er, »sie werden uns schon nicht bemerken.«

Er huschte die letzten Schritte bis zur Tür des Musikzimmers und legte vorsichtig die Hand auf das Holz. Die Tür war nicht ganz geschlossen, ein paar Millimeter weit stand der Türflügel auf. Deutlich war jetzt das Schaben und Rascheln zu hören, das aus dem Inneren des Zimmers herausdrang, ein Schnattern, ein heiseres Kreischen und Gurren, ein Kratzen und Schlagen, Scheppern und Reißen.

Über die Schulter seines Freundes hinweg konnte Till nicht in den Raum hineinblicken. Max stand vorn, den Kopf an den Spalt gepresst. Till hatte ihm eine Hand auf den Rücken gelegt, er fühlte, wie Max ruckartig atmete, wie sein Körper leise vibrierte, wie sich die Rippen durch Max' Hemd hindurchdrückten.

Da drehte sich Max plötzlich um – und sein Gesicht war wie verschoben. Das Auge, mit dem er durch den Spalt geschaut hatte, schien fast ein wenig zugeschwollen.

»Sieht man was?« Tills Stimme war nur ein Hauchen, er flüsterte Max direkt ins Ohr. Der nickte, trat einen Schritt zurück und machte den Platz für Till frei. Millimeter um Millimeter schob Till sich nach vorn. Das Schlagen und Kreischen wurde lauter, er konnte geradezu spüren, dass eine heftige Bewegung in dem Raum herrschte, dass Lebewesen dort durcheinanderflogen, Flügelschläge die Luft aufwirbelten, Schnäbel sich ineinander verbissen, Krallen verhakten und Federn gegeneinanderbürsteten.

Sie haben sich verwandelt, fuhr es Till durch den Kopf. Es sind Vögel. Max' Vater ist ein Vogel geworden. Ein Raubvogel, groß wie ein Mensch, eine tödliche Bestie, die dich in Stücke reißt, wenn sie dich sieht.

Im nächsten Moment war sein Auge an dem Türspalt, und er spähte in das Zimmer. Zuerst erkannte er nicht viel, weil jemand innen an der Tür vorbeiging – doch dann sah er, dass so etwas wie ein Gitter in dem Raum aufgebaut worden war. Das musste es gewesen sein, was die Handwerker den ganzen Tag lang dort gemacht hatten! Sie hatten ein einfaches, würfelförmiges Gitter, einen *Käfig* in dem Zimmer errichtet. Und das Flattern und Kreischen, das man hörte, kam direkt aus diesem Käfig.

Jetzt sah Till sie auch, die wirbelnden Federn, die gespitzten Krallen und bissigen Schnäbel. Die Tiere wirkten, als ob sie unter Drogen gesetzt worden wären. Die brillante Farbe ihrer Federn schien noch einmal greller zu strahlen. Es waren Papageien, sechs, acht, vielleicht zwölf Tiere, eingepfercht zwischen die stählernen Gitterstäbe, die den halben Raum ausfüllten. Innerhalb dieses Käfigs stürzten die Vögel mit einem Hass und einer Unbezähmbarkeit aufeinander los, dass sie sich gegenseitig die Federn und sogar kleine Fleischstückchen aus den Körpern rissen.

Tills Blick fiel auf eins der Tiere, das dem Ansturm der anderen nicht mehr gewachsen zu sein schien. Es kreischte, die Augen weit aufgerissen, die Flügel schlagend, fast wirkte es wie ein Mensch im Federkostüm, der die Arme ausbreitete, die Brust entblößte und mit roten Krallen sich festzuhalten versuchte. Die anderen Tiere aber schossen, als witterten sie seine Schwäche, immer wieder auf diesen einen Papagei herab, gruben ihre Schnäbel tief ein in das weiße Fleisch ihres Opfers, rissen mit ihren Krallen die weichen Federn heraus, die seine Brust noch schmückten, wühlten das zarte Fleisch auf. Ein Ansturm, dem das verzweifelte Tier nicht mehr lange würde standhalten können, so dass der Tod bereits in seinen Blick gekrochen zu sein schien. Seine Pupillen zuckten hin und her, jetzt zu den Angreifern, jetzt an sich herab, jetzt durch die Gitterstäbe zu den Männern, die um den Käfig herumstanden. Auch zu Bentheim, der gerade dabei war, den neuen Gästen und noch einem anderen, sehr viel kleineren Mann, den Till noch nie gesehen hatte, aus einer Sektflasche die Gläser aufzufüllen. Da fuhr mit der ungeheuerlichen Wucht eines aufs Töten versessenen Wesens der größte der Papageien auf den verletzten herab. Die Wucht des Aufpralls schleuderte das Opfer gegen die Gitterstäbe, so dass der Käfig laut schepperte, die Krallen des Getroffenen lösten sich von der Stange, auf der er gehockt hatte. Lahm und hilflos schlugen seine Flügel, die winzigen, faltigen, farbigen Lider schoben sich über seine kleinen schwarzen Augen, der Schnabel klaffte auseinander – dann stürzte das Tier auf den Boden des Käfigs.

Einen Augenblick lang schienen sich die anderen Vögel ausruhen zu wollen, und es waren nur die Männer zu hören, die um das Gitter herumstanden und ein paar Worte wechselten. Till sah Bentheims Gesicht, das wie erleuchtet wirkte, wie erhitzt von dem Tierblut, das in seinem Haus vergossen wurde, wie entflammt von dem Hass, mit dem die Tiere ihren Artgenossen in den Tod gerissen hatten.

Im gleichen Moment aber war es, als würden Tills Hände in Eiswasser getaucht, denn er merkte, dass der Gast, den Bentheim zuletzt in das Zimmer geführt hatte, ihm direkt ins Auge sah – durch den winzigen Spalt hindurch, durch den Till sie beobachtet hatte. Ein Blick, der Till wie eine glühende Nadel in die Pupille fuhr – da knallte die Tür auch schon gegen seine Stirn, weil jemand sie von innen zugeworfen hatte.

Till taumelte zurück, erst jetzt erinnerte er sich daran, dass Max hinter ihm stand. Für einen Moment sahen sie sich an, dann zog Till seinen Freund mit sich fort. Unwillkürlich hatte er den Eindruck, als habe

Max das, was sie hier gesehen hatten, nicht nur erschreckt, sondern als hätte es gleichsam direkt in seine Persönlichkeit hineingegriffen und sie verdreht und verzogen wie ein Stück Knete.

Sie hatten hier nichts verloren, sie sollten Max' Vater und seine Gäste nicht weiter stören, schoss es Till durch den Kopf, während sie durch den Flur zurück in den Hauptflügel des Hauses stolperten. Max aber flüsterte nur die immer gleichen Worte vor sich hin: »Sie gehören alle zusammen, und mein Vater ist einer von ihnen, sie gehören alle zusammen, und mein Vater ist einer von ihnen ...«

Und zum ersten Mal hatte Till das Gefühl, dass Max vielleicht recht haben könnte.

6

Heute

»Du hast dir mein Vertrauen erschlichen, Till. Deshalb habe ich dich hierhergebracht!« Felix' Stimme schneidet durch den Kellerraum. »Du hast dich in meine Firma geschlichen, du hast mir nie gesagt, was du wirklich wolltest. Ich habe dir vertraut, ich habe dich gebeten, dich um Max zu kümmern, ich habe dir gezeigt, woran wir arbeiten. ›Das ist ja interessant, toll, großartig‹ – DAS war es, was du gesagt hast. Du hast mich hinters Licht geführt, du hast versucht, mir zu schmeicheln, du warst nicht aufrichtig zu mir, Till. Ich dachte, du wärst klüger als Max, ich dachte, ich könnte mich auf dich verlassen, du aber hast mir immer nur ein falsches Gesicht gezeigt!«

»Felix ...« Hinter der Wand gurgelt es, als würde dem Menschen, der dort verborgen sein muss, Wasser in den offenen Mund gespritzt.

Ein Schlag dröhnt gegen die Wand.

Tills Körper glüht. Das Adrenalin rast durch seine Adern.

»Was willst du? Dich um ihn kümmern?« Felix bemerkt, wie Till den Blick abgewandt hat, zu der Wand sieht. »Meinst du nicht, du hast selbst schon genug Sorgen? Meinst du wirklich, du kannst dich auch noch um ihn kümmern?«

»HOLT MICH HIER RAUS!«

Felix' Augen blitzen. »Drei Minuten, Till, du hast noch drei Minuten. Aufgestanden bist du ja schon. Also was ist?«

7

»Aufgestanden bist du ja schon. Also was ist?«
Die Worte scheinen sie in den Tunnel regelrecht hinein zu verfolgen. Anni presst eine Hand vor den Mund und stolpert weiter. Der Gestank des Blutes in dem Raum ist unerträglich gewesen. Hinter sich hört sie Felix toben – und jeder Laut, den er hervorschleudert, jagt, hetzt sie tiefer in den Gang hinein. Weg von dem Kellerraum, in dem ihr die Schreie des Mannes hinter der Wand fast die Sinne geraubt haben. Weg von der Frau, die an den Haken von der Decke baumelt und die längst hätte abgenommen werden müssen – die sich in dem Gefühl der Suspension, in der Ekstase, die ihr der Schmerz bereitet, doch längst verloren haben muss. Weg von dem jungen Mann, den sie zusammengenäht haben.

Anni stößt sich von der Wand des Gangs ab, in den sie getaumelt ist, und hastet weiter. Das Rascheln ihrer Schritte, das Geräusch, mit dem ihre Hand über die Wand streicht, das Surren der in regelmäßigen Abständen aufgehängten Lampen – all das beginnt sich langsam über die schrillen Laute zu legen, die aus dem Kellerraum noch zu hören sind. Je weiter sie von dort wegkommt, desto mehr beruhigen sich ihre überreizten Sinne.

Der Ekel und das Unwohlsein, die Anni vor Minuten noch fast um den Verstand gebracht haben, fließen langsam wieder aus ihr heraus. Sie biegt in einen abzweigenden, kleineren Tunnel ein und beschleunigt ihre Schritte. Gleich wird sie zurück am Ausgang sein, zurück an der Luft, an der Oberfläche – heraus aus diesem Gewirr von Gängen, Tunneln und Stollen, die ihr manchmal vorkommen wie das Gedärm eines Tiers, das unter der Stadt schlummert.

Sie bleibt stehen und schöpft Luft.
Stille.
Etwas langsamer geht sie weiter. Lauscht gedankenverloren auf das Geräusch ihrer Schritte, das von den gebogenen Wänden des Tunnels zurückgeworfen wird.

Ein Rascheln, Säuseln, Schaben ...
Knirschen, Schleifen, Tapsen ...
Es trifft sie wie eine Dampframme.
DAS IST NICHT DAS GERÄUSCH IHRER SCHRITTE!

Abrupt bleibt Anni erneut stehen.
Stille.
Plötzlich ist sie sich sicher: Kaum wird sie weiterlaufen, wird sich auch das Geräusch wieder einstellen. Das Rascheln, Schaben, Schleifen, das ihre Schritte wie ein Schatten begleitet!
Anni wagt es nicht, sich umzudrehen.
Sie stürzt einfach weiter. Ihr Atem scheint in ihrem Hals festzufrieren, ihre Beine bewegen sich wie von selbst.
Als sie gegen einen Mauervorsprung knallt, weil sie kopflos vorangestöckelt ist wie eine aufgezogene Puppe, jagt der Schmerz durch Annis Rippen und Kinn.
Sie steht, die Arme an sich gepresst. Die Schritte hinter ihr stehen.
Sie weiß, dass sie ihn sehen würde, wenn sie sich jetzt umdreht – den Schatten, den Begleiter, den Verfolger, den sie in dem schummerigen Tunnel auf sich gezogen hat.
Sie wagt es nicht.
Ihr Kopf ist von einem Brausen erfüllt. Und mit einem Mal wird ihr klar, dass sie sich unendlich weit verirrt hat. Eine Verirrung, die weiter zurückreicht als bis zu dem Moment, an dem sie in diesen Tunnel abgebogen ist. Und weiter zurück auch als bis zu dem Moment, an dem sie mit den anderen in den Kellerraum gegangen ist. Eine Verirrung, die so weit zurückreicht, dass sie sich inzwischen in ihrem eigenen Kopf verirrt hat – eine Verirrung, die sich nicht mehr korrigieren lässt.
Im gleichen Augenblick stürzt etwas auf ihren Rücken und begräbt sie unter sich.

8

Es stinkt.
Das Knirschen der Schritte wird von den gedrungenen, gebogenen Wänden des Tunnels zurückgeworfen. Ein schmaler Steig dicht an der Wand sorgt dafür, dass sie keine nassen Füße bekommen. Im Zentrum des Tunnels, wo der Boden von beiden Seiten aus spitz zusammenläuft, wälzt sich ein brauner Abwasserstrom entlang.
»Sie müssen hier mal langgehen, wenn es nicht tagelang zuvor geregnet hat.« Der Mann von den Wasserwerken lacht. »Dann hält man es ohne Atemschutz kaum aus.«

Butz nimmt ein Taschentuch aus seiner Hosentasche und hält es sich vor die Nase. Ihm reicht der Geruch auch schon so. Er bereut es, nicht doch den Schutzanzug angezogen zu haben, den ihm der Mann von den Wasserwerken angeboten hat. Wenn er hier raus ist, muss er sich erst mal umziehen …

»Hey – tatsächlich!« Der Wasserwerker vor ihm hat den Strahl seiner Taschenlampe geradeaus gerichtet. Butz sieht an ihm vorbei. Im Lichtstrahl, der schwach durch die stickige Luft des Tunnels schneidet, ist zu erkennen, dass weiter vorn zahlreiche Steine aus der Wand des Tunnels herausgebrochen sind. Sie versperren den Weg auf dem Steig und sind zum Teil bis in den Strom in der Mitte gerollt.

Butz drückt sich an dem Wasserwerker vorbei und läuft die paar Meter bis zu den Steinen vor. In dem diesigen Licht der Lampen, die den Tunnel erhellen, ist schemenhaft eine Lücke zu erkennen, die das Herausbrechen der Klinkersteine in der Tunnelwand gerissen hat. Der Taschenlampenstrahl des Wasserwerkers schwenkt in die Lücke hinein.

Einen guten Meter hoch und etwa genauso breit. Keine Kabel, keine Lampen, keine Mauer – ein einfacher Stollen, der ohne weitere Absicherung von der Lücke aus in den Sand getrieben worden ist.

»Wer macht denn so was!« Der Mann neben Butz holt ein Handy aus seiner Schutzhose. »Das muss sofort abgesichert werden – hier kann die ganze Wand runterkommen!«

Butz' Blick wandert in den Stollen hinein, in dem sich das Licht der Taschenlampe verliert. Von den Plänen weiß er, dass sie sich keine dreihundert Meter von dem Punkt entfernt befinden, an dem er verschüttet worden ist. Aber er denkt nicht daran, erneut in den Stollen zu kriechen.

»Habt ihr sie identifiziert?« Butz lauscht in sein Telefon, während er den Tunnel entlang zurückhastet. Der Wasserwerker ist an der eingerissenen Stelle geblieben, um dort auf das Notfallteam zu warten.

»Nichts zu machen«, dringt die Stimme von Butz' Assistenten zu ihm durch. »Entweder der Täter hat sie ausgeraubt, oder irgendjemand hat ihr Brieftasche und Handy abgenommen, als sie in der Baugrube lag.«

»Was ist mit den Vermisstenanzeigen?«

»Gehen wir durch – bisher nichts.«
»Und die Frau vom Parkplatz?«
Im Handy knistert es.
»Was?«
Die Verbindung ist nicht besonders gut.
»Die vom Parkplatz! Habt ihr die Papiere überprüft?«
»Moment.« Butz hört nur seine eigenen Schritte, dann ist sein Assistent wieder dran. »Darum hat sich Fehrenberg bereits gekümmert.«
»Ach ja?«
Fehrenberg ist der Kollege, der von Anfang an den Mord vom Parkplatz übernommen hat. Erst am Morgen hat Butz erfahren, dass Fehrenberg allerdings vor zwei Tagen für drei Wochen mit seiner Familie in den Urlaub gefahren ist. »Okay ... können Sie mir die Angaben zur Identität des Opfers –«
»Fehrenberg ist im Urlaub.«
»Und seine Vertretung?« Butz fühlt, wie er ungeduldig wird. »Rufen Sie seinen Vertreter an ...« Aber er muss nicht ausreden.
»Selbstverständlich, Herr Butz«, beeilt sich sein Assistent zu versichern, »ich melde mich.«

9

Das Holz splittert, als die schwere Sohle des Beamten auf die Tür trifft. Zehn Minuten lang haben Butz und sein Kollege versucht, die Tür zu öffnen. Sie haben die verschiedenen Knöpfe auf dem riesigen, verschmierten Klingelbrett gedrückt, haben gerufen und gegen die Tür gehämmert. Niemand hat ihnen geöffnet.

Die Tür schwingt nach innen, knallt gegen die Wand.

Für einen Moment glaubt Butz, eine Gestalt im Halbdunkel des engen Gangs dahinter davonrennen zu sehen. Er macht einen Schritt zurück, legt den Kopf in den Nacken, um an der gewaltigen Fassade emporzublicken. Wie viel Stockwerke sind das? Zwanzig? Dreißig?

Der Plattenbau steht am Rand von Hohenschönhausen, wirkt auf den ersten Blick innerhalb des Gebirges von vergleichbaren Gebäuden, die hier das Stadtbild prägen, ganz unauffällig – und unterscheidet sich doch in einem entscheidenden Punkt von den anderen Wohntürmen: Dieser Koloss steht leer. Knapp sechshundert Wohnungen, in denen niemand mehr wohnt. Zumindest offiziell nicht. Dass sich dennoch hin und wieder Menschen in dem Riesengebäude einnisten, ist der Polizei bekannt. Bisher hatte Butz jedoch noch nie das Vergnügen, den Bau betreten zu müssen.

»Wartest du im Wagen?« Er wirft seinem Kollegen einen Blick zu. Das wäre sicher das Beste. Sonst kommen sie womöglich nachher wieder heraus und ihr schöner Dienst-BMW hat sich in eine rauchende Ruine verwandelt.

»Alles klar.« Der Beamte dreht ab.

Butz wendet sich wieder nach vorn.

»Hallo?«

Keine Antwort.

Er betritt den Hausflur.

Zerbeulte Briefkästen, eine für die Größe des Gebäudes absurd schmale Treppe, Graffiti an den Wänden. Ein muffiger Geruch. Ein entferntes Knistern und Rauschen, als würde der ganze Bau vielleicht nicht leben, aber doch atmen.

»Ich komme jetzt rein!«

Die Frau vom Parkplatz war noch bei ihren Eltern gemeldet. Von ihnen hat Fehrenberg erfahren, wo ihre Tochter die letzten sechs Wochen vor ihrem Tod gelebt hat.

Butz geht bis zu den Fahrstühlen vor und drückt einen Knopf. Das Licht leuchtet auf. Aber dann kehrt er doch lieber zur Treppe zurück. Er hat keine Lust, im Schacht eines Fahrstuhls von vor 89 stecken zu bleiben.

Vorsichtig beginnt er, die schmale Treppe emporzusteigen. Die Stufen sind aus nacktem Beton, in den Ecken zieht sich der Schmutz und Staub der Jahrzehnte hoch.

Soweit Butz weiß, hat sich Fehrenberg gar nicht erst auf den Weg zu dem Haus hier gemacht. Soll er versuchen, das Zimmer ausfindig zu machen, in dem das Mädchen gehaust hat?

Er bleibt stehen. Es sind Schritte zu hören, Füße, die sich rennend entfernen.

»Hallo?«

Butz streckt den Kopf über das Geländer in die Mitte des Treppenschachts, sieht nach oben. Denkt, es ist ein Schatten, als würde sich eine Wolke vor die Sonne schieben, dann reißt er den Kopf zurück. Die verdrängte Luft bläst ihm ins Gesicht. Es zischt an ihm vorbei, kracht mit lautem Knall auf den Boden wenige Meter unter ihm. Durch die Metallstäbe des Geländers sieht er, wie sich der billige Einbauschrank auf dem Boden des Schachts zusammenfaltet.

Sein Herz stampft.

»Seid ihr wahnsinnig?« Zwei Stufen auf einmal nehmend, stürmt Butz nach oben. Wollen die ihn hier wie von einer belagerten Festung aus mit Möbeln bewerfen?

Erster Stock.

Butz' Blick schnellt den Flur hinab, der vom Treppenhaus abgeht. Türen, Türen, Türen. Die meisten offen, einige verschlossen. Der Boden des Flurs nackter Zement. Es riecht nach Urin.

Weiter.

Zweiter Stock.

Der gleiche Anblick.

Butz hält die Luft an. Von dem hastigen Treppensteigen schmerzt seine Seite.

Das Rauschen und Knistern scheint sich verstärkt zu haben.

Noch ein Stockwerk.

Wieder der Flur und die Türen. Doch in diesem Stock riecht es nicht ganz so verwest wie in den anderen.

Butz bückt sich, hebt eine alte Zeitung vom Boden auf, wirft sie hinter sich in den Treppenhausschacht. Das Flattern entfernt sich nach unten.

Er verharrt, ohne sich zu bewegen.

Dann hört er es. Eine Art Flüstern …

Im nächsten Augenblick rast er den Flur entlang. An den ersten offenen Türen vorbei. Zum Teil sind die Wohnungen noch eingerichtet mit den Möbeln der sterbenden DDR.

Jetzt hört er es deutlich. Das hastige Getrappel rennender Füße.

Er hetzt weiter, stoppt.

Das Getrappel ist abgerissen!

Es muss hinter ihm sein – in einer der Wohnungen, an denen er bereits vorbei ist!

Butz wirbelt herum.

In dem Flur hinter ihm ist niemand zu sehen. Er rennt die wenigen Schritte zurück zur letzten Wohnung, stürmt hinein.

»Nicht!« Der Schrei scheint ihm direkt unter die Haut zu fahren.

Da! Eine schmale Gestalt wischt um die Ecke, verschwindet hinter einer Tür, die tiefer in die Wohnung hineinführt. Butz hinterher. Als er die Türschwelle passiert, sieht er ihn aus dem Augenwinkel: Ein junger Mann, vielleicht zwanzig, presst sich an die Wand – huscht an Butz vorbei durch die Tür, durch die er gerade gekommen ist.

Butz wirft sich herum, seine Hand streift den Arm des Jungen, doch er kann ihn nicht packen.

Sprintet.

Sieht die dünnen Turnschuhe des Jungen vor sich über den Zementboden springen, das Hemd um den abgemagerten Körper flattern, springt.

Wirft sich zur Seite, um nicht mit seinem ganzen Gewicht auf dem Jungen zu landen.

Hart krachen sie auf den Boden. Butz spürt, wie ihm der Aufprall die Luft aus der Lunge schlägt. Aber er hält ihn fest. Den ausgemergelten Körper des Jungen, der vor ihm weggelaufen ist. Und sieht, wie ihn die großen, dunklen Augen des anderen angstvoll anstarren.

10

Die Farben auf dem Foto sind verwaschen, die Formen matschig – und doch ist der Kopf der jungen Frau deutlich zu erkennen. Sie hält eine Hand über die Augen, wohl um sie vor dem Sonnenlicht zu schützen, und lacht in die Kamera.

»Wir haben sie alle geliebt.« Der hagere Junge nimmt das Handy wieder herunter.

Butz und er sitzen auf dem Boden mit dem Rücken gegen die Wand.

»Genau hat sie es nie gesagt, es war wohl etwas mit ihrem Stiefvater zu Hause ... Jedenfalls wollte sie lieber hier wohnen«, fährt der Junge fort. »Wir haben sie in Ruhe gelassen. Und trotzdem hat jeder sie gekannt.«

Er stopft das alte Handy zurück in die Tasche seiner Hose und sieht zu Butz. »Haben Sie denn rausgekriegt, was passiert ist?«

Butz zieht die Beine an und legt die Unterarme auf die Knie. »Bisher sind alle Spuren im Sand verlaufen.« Er sieht den Jungen gar nicht erst an. »Aber es gab eine zweite Tote, vorgestern. Die Spuren weisen eine gewisse Ähnlichkeit mit Nadjas Fall auf.« Jetzt sieht er doch zur Seite. Der Junge hat den Kopf hängen lassen, malt mit dem Zeigefinger im Staub auf dem Boden.

»Wir fischen im Trüben, und gleichzeitig marschiert einer in der Stadt herum und hetzt sie zu Tode ...«

»›Hetzt‹ – wieso ›hetzt‹?« Der Junge sieht ihn an.

»Die Verletzungen weisen darauf hin, dass Nadja ... dass sie gejagt worden ist. Sie und das zweite Opfer. Gejagt und ermordet.«

Der Junge scheint sich Butz' Worte durch den Kopf gehen zu lassen.

»Warst du denn eng mit ihr befreundet?«

»Wie gesagt, jeder wäre interessiert daran gewesen, aber Nadja hielt alle auf Abstand.«

»Hat sie denn nichts erzählt? Nichts, was dir aufgefallen ist? Was hat sie denn den ganzen Tag lang gemacht?«

Der Junge malt im Staub auf dem Boden.

»Hm?« Butz berührt ihn leicht mit dem Ellbogen.

»Na ja okay, das stimmt schon«, der Junge sieht nicht auf, »zuletzt hat sie wohl ein paar von den Bod Mods getroffen.«

»Von den was?«

»Bod Mods – Body Modification?«

»Tattoos und so.« Butz hat eine ungefähre Vorstellung.

»Tattoos, aber auch Implantate, Skarifikation, die machen ja alles Mögliche.«

»Mit denen hat sie sich getroffen?«

»Ich hab sie gefragt, ob sie mich mal mitnimmt. Sie hatte mir erzählt, dass die wohl ziemlich weit gehen. Ich dachte, das könnte vielleicht spannend sein, aber sie wollte nicht.«

»Dich mitnehmen.«

Der Junge nickt.

»Wohin denn mitnehmen – hat sie das gesagt? Wo sie die getroffen hat?«

Der Junge lässt den Kopf ein wenig kreisen.

»Hm?«

»Nee, nichts.«

»Was nichts?«

Butz kann die Augen des Jungen durch das Halbdunkel schimmern sehen. Draußen beginnt es langsam Abend zu werden.

»Sie meinte in der Stadt, sie würde sie in der Stadt treffen.«

»In welcher Stadt?« Butz hört den Jungen ausatmen. »In Berlin?«

»Nicht in Berlin, also … doch, schon, aber …« Wieder verliert sich die Stimme des Jungen.

»Hä?« Butz stößt ihn noch mal freundschaftlich in die Seite und meint fast, seine Rippen am Ellbogen spüren zu können.

»Ach kommen Sie, Sie wissen schon«, hört er ihn leise sagen.

»Was?«

»Das hat sie gesagt.«

»Was hat sie gesagt?« Butz fühlt, wie seine Muskeln verkrampfen.

»Dass sie sie in der versteckten Stadt treffen würde.«

»In der *versteckten Stadt?*«

»Hm, hm.«

Butz' Handflächen werden feucht. Es ist nicht das erste Mal, dass er davon hört: von der versteckten Stadt. Aber bisher hat er es immer nur für ein Gerücht gehalten.

»Ist das nicht nur ein Gerücht, dass es die gibt?«

Der Junge neben ihm hat wieder den Kopf sinken lassen. Butz sieht, wie er die Hand an die Nase hebt, hineinschneuzt und sich die Finger an der Hose abwischt.

»Zu Tode gehetzt.« Die Stimme des Jungen klingt belegt, leise und wie verschleiert. »Sie haben sie echt zu Tode gehetzt.«

Butz legt ihm vorsichtig einen Arm um die Schulter.

Ja, so ist es wohl gewesen.

Zweiter Teil

1

Rückblende: Zwölf Jahre vorher

Till rührte in seinen Cornflakes. Im oberen Winkel seines Blickfelds hatte er Bentheim im Auge. Er hatte sich angewöhnt, ihn zu beobachten, ohne direkt hinzuschauen. Max' Vater wirkte noch ein wenig blasser als sonst, seine dünnen Hände zupften wieder und wieder an der Serviette, die neben seinem Teller lag, er klapperte mit seiner Kaffeetasse, fuhr sich durch die Haare. Irgendwann spät in der Nacht war Till eingeschlafen, aber die Geräusche der Gäste im Erdgeschoss waren in seinem Zimmer noch lange zu hören gewesen.

Till warf Max einen Blick zu und bemerkte, dass auch er seinen Vater im Auge behielt. Als Max' Blick ihn traf, wanderten Tills Augen zurück zu Bentheim. Er wirkte im Grunde genommen ganz normal, ein wenig ausgehöhlt vielleicht, ein wenig nervös, aber in dem lässigen Anzug, mit dem gebügelten Hemd und der weinroten, dünnen Krawatte sah er aus, als wäre alles, was ihm Sorgen bereitete, die Arbeit, der er nachging, die ihm zugleich aber auch eine Menge Geld einbrachte. Nur wenn man genauer hinsah, dachte Till, wenn man sich von Bentheims Blick nicht gleich abschrecken ließ, sondern ein wenig länger in seine Augen sah, wenn man sich klarmachte, wie groß die Pupillen waren, wie grau das Weiße des Auges, wie tief die Falten, die die Augenhöhlen durchzogen, konnte man auf die Idee kommen, dass es mehr als nur berufliche Sorgen waren, die den Mann quälten. Dass es Ängste sein mochten, Ängste, die man normalerweise hinter sich ließ, wenn man die Kindheit hinter sich ließ, bohrende, sägende Qualen, die eine Unruhe in ihn hineinschossen, der er sich manchmal nicht gewachsen glaubte. Eine Unruhe, eine Gehetztheit, mit der er wohl unablässig zu ringen hatte, und die ihn – wie Till sich unwillkürlich sagen musste – *gefährlich* machte. Denn wer so von seinen inneren Dämonen bedrängt wurde, war nicht nur unberechenbar, sondern würde auch weit gehen, um endlich Ruhe zu finden – Schutz vor den Angriffen, denen er sich ausgesetzt fühlte.

»Willst du darüber sprechen?«, hörte Till Max' Vater sagen, und sein Kopf zuckte hoch. Aber Bentheim hatte sich nicht an Till, sondern an seinen Sohn gewandt.

Max hielt den Löffel fest, mit dem er seine Cornflakes gegessen hatte, und schüttelte den Kopf.

Bentheim sah kurz zu Till. »Ihr habt doch an der Tür gestanden. Felix hat euch gesehen.«

»Ja. Ja, wir wussten ja nicht, dass Sie das nicht wollten.« Tills Herz puckerte.

Bentheim sah ihn an. Dann blickte er wieder zu Max. »Deshalb starrst du mich die ganze Zeit an?«

Max sah hilflos zu seiner Mutter. Sie lächelte ihn an, sagte aber nichts.

Bentheim stellte die Kaffeetasse, die er noch gehalten hatte, zurück auf die Untertasse und beugte sich ein wenig zu Max vor. »Hör zu, Max, das war nichts Böses. Es war ein Spiel. Vielleicht hat es dir nicht gefallen, aber ich wollte auch nicht, dass du dir das ansiehst. Ich werde mich nicht vor meinem zwölfjährigen Sohn für das rechtfertigen, was ich mache.«

Max hatte den Kopf gesenkt. Nickte. Seine Hand umklammerte noch immer den Löffel, der in den Cornflakes steckte. Lisa und ihre Schwestern saßen schweigend auf ihren Plätzen, als hofften sie, dass die bedrohliche Wolke, die plötzlich in dem Zimmer zu stehen schien, so schnell wie möglich wieder abzog.

»Max hat einfach einen Schreck bekommen«, sagte Julia und schaute zu ihrem Mann. »Das kann man doch verstehen.« Sie legte Bentheim ihre Hand auf den Arm. Till bemerkte, wie die Schärfe seines Gesichts ein wenig abgemildert wurde. Aber er war noch nicht fertig. »Hast du denn über das nachgedacht, was wir neulich besprochen haben?«

Max' Blick schnellte zu Till.

»Nein, du brauchst gar nicht zu deinem Freund zu schauen. Das musst du mir schon selbst beantworten. Hast du dir überlegt, wie es weitergehen soll?«

»Aber du hast doch gesagt, ich hab bis zum Ende der Ferien Zeit«, brach es aus Max hervor, und Till konnte hören, wie bestürzt er war, weil er sicher war, dass ihm seine Frist gekürzt würde.

»Ja, hast du doch auch«, schaltete sich Julia erneut ein, »aber deshalb kann man doch auch mal zwischendurch darüber reden.«

»Bist du denn weitergekommen, hast du schon eine Auswahl getroffen, hast du darüber nachgedacht, was weiß ich, mit Till darüber gesprochen? Der scheint den Kopf ja nicht ganz so sehr in den Wolken zu haben.«

Wieder schaute Max zu Till, als hoffte er, der könnte etwas dazu sagen.

»Jetzt guckt er schon wieder zu ihm«, hörte Till Bentheim zu seiner Frau sagen. »Habt ihr darüber gesprochen?« Er schaute zu Till. »Mein Sohn scheint nicht in der Lage zu sein, mir dazu etwas zu sagen.«

»Ja, haben wir!«, platzte es aus Max hervor, bevor Till antworten konnte. »Aber ich überlege noch. Du hast gesagt, ich hab Zeit –«

Er brach ab. Bis zum Ende der Ferien, musste Till denken. Bis zum Ende der Ferien.

Bentheim stand auf.

»›Bis zum Ende der Ferien‹, wolltest du sagen, richtig? Sag es doch noch dreimal, dann verschiebt sich der Termin vielleicht von selbst.« Er wischte sich den Mund mit der Serviette ab und warf sie auf den Tisch. »Kommst du?«

Julia stand auf.

»Till? Du und Max, ihr räumt den Tisch ab, Rebecca hat heute ihren freien Tag.«

Till nickte Bentheim zu. *Klaro,* dachte er, froh, einfach gehorchen zu können. Solange er gehorchte, würde alles glattgehen, dachte er – und musste gleichzeitig irgendwo in seinem Inneren hinzufügen: Aber was, wenn ich nicht gehorchen kann – weil das, was er mir aufträgt, zu schwer ist?

Lisa und die Schwestern sprangen auf und rannten aus dem Zimmer.

»Dein Ticket habe ich in der Handtasche«, sagte Julia und ging mit Bentheim ebenfalls hinaus.

Max starrte Till an. Er saß als Einziger noch auf seinem Platz. Einen Moment schwiegen sie, während sie hörten, wie sich Max' Eltern in der Halle zum Gehen fertig machten.

»Mit mir schimpft er, und du machst alles richtig«, flüsterte Max, und seine Augen waren riesengroß.

»Quatsch!« Aber es war auch Till aufgefallen: Wenn Bentheim ihn ansah, war sein Blick milder, schaute er dann zu Max, zogen sich seine Augenbrauen zusammen, die Pupillen schienen stechender zu werden. »Du bist ihm wichtiger, deshalb.«

Max stand langsam auf. Sein Blick hatte etwas Brennendes bekommen. »Ich weiß nicht, was die vorhaben. Aber er ist einer von ihnen«, flüsterte er, dicht an Tills Ohr. »Nimm dich in Acht, Till. Sie wollen dich haben. Deshalb hat er dich bei uns aufgenommen.«

Es war, als würde ein heißer Stein in Tills Bauch fallen. Mit einer ruckartigen Bewegung wich er vor Max zurück. Wie bitte? Aber Max sah ihn nur traurig an. Da war kein versteckter Hass in seinem Blick, keine Berechnung, keine Verschlagenheit. Nur diese Müdigkeit, eine Angestrengtheit, die ihm immer zu eigen zu sein schien.

Till schlug Max mit dem Rücken der flachen Hand gegen die Brust. »Ist doch Unsinn!« Aber auch er hielt die Stimme gesenkt und fühlte, wie sein Herz einer Qualle gleich in seinem Hals pochte.

2

»Er hat abgeschlossen, Max, er lässt bestimmt sein Arbeitszimmer nicht offen stehen!«

Max drehte sich zu Till um, der hinter ihm durch den Garten trottete, und hielt ihm eine geschlossene Faust entgegen.

Till blieb stehen. »Willst du ein Fenster einschlagen?«

Max öffnete die Faust, und unter seinen Fingern kam ein Schlüssel zum Vorschein.

Till ließ Luft durch die Lippen entweichen.

»Der hängt in der Besenkammer neben der Küche«, sagte Max leichthin und nahm seinen Weg wieder auf. »Und er müsste in die Glastür passen, die auf die kleine Terrasse führt.« Es fühlte sich an, als ob sein Magen einen kleinen Hüpfer machen würde, so sehr freute er sich darüber, auf die Idee mit dem Schlüssel gekommen zu sein. »Wie lange brauchen sie zum Flughafen? Zwei Stunden hin und zurück? Wir haben also ein wenig Zeit.«

Am Ende der Rasenfläche schimmerte ihnen das Gartenhaus durch die Hecke entgegen. Max gab Till einen Stoß in die Seite und setzte sich in Trab. »Aber das ist kein Grund zu trödeln!«

Der Schlüssel glitt mühelos in das Schloss. Max drehte ihn zweimal herum, dann stieß er die Glastür auf. Hell und aufgeräumt empfing sie das Büro seines Vaters. Der Schreibtisch in der Mitte, die Regale an den Wänden, der Ofen, das Parkett. Zugleich spürte Max, wie seine Beine weich wurden. Sicher, es war ausgeschlossen, dass sein Vater erfuhr, dass sie hier waren. Aber wenn doch? Er schüttelte den Gedanken energisch ab. Sie wollten nichts klauen, nichts kaputt machen, sich nur ein bisschen umsehen. Das konnte so schlimm doch nicht sein.

Sein Blick fiel auf den alten Computer, der in der Mitte des Schreibtischs stand.

»Den können wir nicht anschalten!«, hauchte Till hinter ihm. »Das merkt er.«

Max nickte. Das stimmte natürlich. Er trat an den Schreibtisch heran und sah über die darauf verstreuten Papiere. Notizen, Diagramme, Skizzen, halb beschriebene Seiten. Material seines Vaters für das neue Buch, abgefasst jedoch in seiner winzigen Handschrift, die Max nicht lesen konnte. Er legte eine Hand auf die Armlehne des mächtigen Drehstuhls mit der hohen Lehne, der vor dem Schreibtisch stand. Für einen Moment glaubte er, den Geruch seines Vaters wahrzunehmen, der seit Jahren jeden Tag viele Stunden auf dem Stuhl verbracht hatte. Überhaupt schien der ganze Raum die Anwesenheit seines Vaters in sich aufgesogen zu haben. Obwohl das Zimmer lichtdurchflutet und gut durchlüftet war, schien sich in den Putz, in die Mauern, in die Bretter des Parketts die Konzentration Bentheims wie eine endlos wiederholte Schwingung eingefressen zu haben.

»Hier geht eine Treppe runter«, hörte er Till rufen und sah sich um. Der Raum hinter ihm war leer. Max trat von der Arbeitsplatte zurück und blickte in die Richtung, aus der die Stimme seines Freundes gekommen war. Er sah ihn in dem Vorzimmer stehen, in das man durch eine Tür aus dem Arbeitszimmer gelangte.

»Warst du schon mal da unten?« Till zeigte auf eine Treppenschlucht, die aus dem Vorzimmer heraus nach unten führte und von einer kleinen Tür verdeckt gewesen war.

Max schüttelte den Kopf und ging zu ihm. Till drehte an dem Lichtschalter, der am oberen Treppenabsatz angebracht war. Der altmodische Schalter knackte, und ein gelber Schein erhellte den Schacht, in den die Betonstufen hinabführten. In die schmutzig weiße Wand war ein eisernes Treppengeländer eingelassen. Max stellte sich neben Till und schaute hinunter. Am Fuß der Treppe war nichts außer dem Betonboden des Kellers zu sehen. Plötzlich spürte Max, wie er von hinten gestoßen wurde. Er war so überrascht, dass er die Arme schon zum Gesicht riss, um es vor dem entsetzlichen Aufprall zu schützen – da fühlte er, wie Till ihn am Arm festhielt. Einen Augenblick lang schien es Max, als schwebe er über dem Abgrund, dann hörte er Tills Lachen an seinem Ohr.

»Hast du wirklich geglaubt, ich schubs dich da runter?«

Max konnte sehen, wie Till sich freute. Er stieß sich von der Wand ab und schlug Till mit der flachen Hand auf den Hinterkopf. Aber der zog nur rasch den Kopf ein, hielt sich damit nicht länger auf und sprang die Treppe hinunter in den Keller.

Max hastete ihm hinterher. Unten angekommen starrten sie in einen dunklen Gang, in dem sich der modrige Geruch und der schmutzige Putz der Treppe fortsetzten. Till hieb auf einen Lichtschalter, der am Eingang des Gangs angebracht war, und sie schritten hinein. Von dem Gang zweigten mehrere Holztüren ab, aber bald hatten sie sich einen Überblick über den Keller verschafft. Da keine der Holztüren verschlossen war, konnten sie in jeden Raum hineinschauen. Alle waren leer, bis auf einen.

Der Kellerraum, der sich direkt unterhalb des Arbeitszimmers befand, war vollständig eingerichtet. An den Wänden hingen großformatige antike Gemälde: eine Phantasielandschaft im römischen Stil, in der ein einsamer Mönch an einem Ruinenhain verweilte. Eine Gruppe junger Männer, die sich im Schatten einer Weide um eine entkleidete junge Frau bemühten. Das aufwendig ausgeführte Bild einer Schlacht, bei der die Soldaten mit gezückten Schwertern und erhobenen Lanzen aufeinander zuritten. Gemälde, die auf einer dicken Stofftapete hingen, deren beige-rosa Muster dem ganzen Raum eine gemütliche Färbung verlieh.

Außer den Bildern befanden sich nur zwei schöne, altmodische Möbel in dem Raum: ein Sessel, bezogen im gleichen Stoff wie die Wände, und ein kleiner Tisch mit einer silbernen Lampe.

Max beugte sich über den Tisch. Darauf lag eine weinrote Mappe, lose mit einem Lederband verschnürt. Ohne nachzudenken, löste er das Band und klappte die Mappe auf. Till sah ihm über die Schulter.

In dem schwachen Licht des Kellerzimmers erschienen die Fotos, die sich in der Mappe befanden, auf den ersten Blick wie Bilder einer Phantasiewelt, in der zottlige Monster und haarige Lebewesen hinter Gitter gesperrt waren. Erst bei näherem Hinsehen erkannte Max, dass die Ungeheuer ganz normale Tiere waren, die in langen Käfigreihen untergebracht waren. Ziegen. Schafe. Hunde. Vögel. Affen. Tiere, die meist schlafend oder bewusstlos auf einer kleinen Liege oder einem Operationstisch lagen. Auch eine Katze war darunter, die Pfoten in alle vier Himmelsrichtungen gestreckt, der weiße Fellbauch nach oben gedreht, der Kopf zur Seite, die Augen geschlossen. Ein Hund in der gleichen Stellung. Hin und wieder war auch ein Mann in einem weißen Kittel zu erkennen, der am Operationstisch stand und eines der Tiere untersuchte. Oder er hockte in einem der Käfige und blickte auf eines der Tiere herab, einen Hasen oder einen Fuchs, die wirkten, als würden sie sich von ihm weg in den äußersten Winkel ihres Käfig drücken, die Beine eingeknickt, den Bauch auf den Boden gepresst, in den Augen ein Schimmer von Unterwürfigkeit oder Furcht. Dabei trug der Mann einen Zwicker auf der Nase und einen altmodischen Bart, der nur Backen und Kinn bedeckte, was Max unwillkürlich an Aufnahmen seiner Vorfahren erinnerte, an Bilder seiner Urgroßeltern, die seine Mutter ihm einmal gezeigt hatte.

Er zuckte zusammen. Till hatte seinen Arm gepackt.

»Was –«

Als Max' Blick den von Till traf, verstummte er. Till hatte den Zeigefinger seiner rechten Hand auf die Lippen gepresst, seine Augen funkelten. Im gleichen Moment hörte auch Max es. Ein Klappern, Pochen – nein, Schritte! Jemand kam die Treppe herunter.

Sein Blick schnellte zur Tür. Sie stand offen! Und es gab nichts, wohinter sie sich hätten verstecken können.

»Und jetzt?« Die Worte flogen wie winzige Vögelchen aus seinem Mund.

Blitzartig nickte Till mit dem Kopf zu der Tür. Rausstürzen? Dafür blieb ihnen doch keine Zeit! Aber bevor Max einen klaren Gedanken fassen konnte, hatte Till ihn schon gepackt und hinter die Tür des Zimmers gezogen, die sich nach innen öffnete.

Max presste sich an die Wand, gegen die Till ihn geschoben hatte, sein Auge kam vor der Lücke zu liegen, durch die man zwischen dem oberen und dem unteren Scharnier in den matt erleuchteten Kellerflur schauen konnte – genau auf die Treppe, die in den Keller hinabführte. Aber dort war niemand! Doch die Schritte waren noch immer zu hören! Entsetzt drehte sich Max zu Till um. Wessen Schritte waren das? Im gleichen Moment zog ein Gedanke durch seinen Kopf, der so aberwitzig, so irrsinnig war, dass er spürte, wie es ihn förmlich schüttelte. War es ein Gespenst, ein unsichtbarer Geist, der die Treppe hinunterschwebte und zugleich sie mit seinen Schritten erschreckte? Weil er sich einen Spaß mit ihnen machen wollte?

Wieder presste Max das Gesicht an die Lücke, um nach draußen zu spähen – da wurde ihm plötzlich klar, dass die Schritte, die sie hörten, nicht von der Treppe her kamen, sondern aus dem Raum neben ihnen!

Gleichzeitig brach das Geräusch ab. Max hielt die Luft an.

Aus dem Nebenraum? Aber dort war doch keine Treppe gewesen!

Ein Klappern, ein Knall. Ein Schaben, Quietschen, als würde eine Tür aufgestoßen, dann erneutes Klappern. Wieder Schritte, diesmal deutlicher, dicht bei ihnen – und hell. Das waren nicht die Schritte eines Geistes, nicht die eines Mannes – es waren die Schritte einer *Frau!*

Im gleichen Augenblick sah Max sie. Sie trug ein gestreiftes Sommerkleid, ihre offenen Haare flossen über ihre Schultern. Sie war ein wenig kleiner als seine Mutter und jünger, ihr Gang war federnd, fast wirkte es, als würde sie am liebsten hüpfen. Schon griff sie nach dem Treppengeländer, und Max sah einen zierlichen Ring an ihrem kleinen Finger aufblitzen. Dann kamen ihre Füße in sein Blickfeld, die in einfachen, schwarzen Pumps steckten. Ein Fußkettchen – das war alles, was Max noch sah, dann war sie aus seinem Blickfeld verschwunden. Er hörte die obere Kellertür klappen, entfernter ihre Schritte im Erdgeschoss des Gartenhauses, die Haustür – Stille.

Minutenlang verharrten sie hinter der Tür. Würde gleich noch jemand kommen? Aber es blieb alles ruhig.

»Lass uns nachsehen«, sagte Till schließlich und löste sich aus der Nische.

Max nickte und folgte ihm auf den Flur. Der feine Hauch eines frischen Duftes hing jetzt darin, hatte sich über den erdigen Geruch des Kellers gesenkt. Der Raum, aus dem die Frau gekommen war, lag so da, wie sie ihn kurz zuvor gesehen hatten: ein verstaubter, unbenutzter Kellerraum ohne Fenster.

»Hat sie sich hier drinnen materialisiert oder was?«
Max grinste zurück. »Oder reingebeamt?«
Er wandte sich zu der Holztäfelung, die die Wände des Raums bedeckte. Till schaute auf den Boden und an die Decke. Aber eine Klappe oder dergleichen war nicht zu sehen. Also begannen sie, die Wände abzuklopfen.

Wenige Minuten später hatten sie sie gefunden. Eine Tür, die ihnen beim ersten flüchtigen Blick in den Kellerraum nicht aufgefallen war, die man jedoch, wenn man wusste, wo genau sie sich befand, in der Täfelung auch erkennen konnte, obwohl sie weder über eine Klinke noch einen Knauf verfügte. Auch die Scharniere der Tür waren so unsichtbar wie möglich in die Holztäfelung eingefügt und mit Brettchen überklebt worden.

Till versuchte, seine Fingerkuppen in den winzigen Spalt zu klemmen, der den äußeren Umriss der Tür markierte, aber er war viel zu schmal.

Max griff in seine Hosentasche und holte ein kleines Taschenmesser daraus hervor, das er zu Ostern geschenkt bekommen hatte. Doch als er die Klinge ausklappte, in den Spalt steckte und eben als Hebel benutzen wollte, hielt Till ihn zurück. »Die könnte abbrechen.«

»Wollen wir nicht gucken, was dahinter ist?« Max warf Till einen Blick zu und musste wieder grinsen, weil Till so ein Backpfeifengesicht aufgesetzt hatte.

»Versuch's doch mal mit dem Korkenzieher.« Till nahm ihm das Messer aus der Hand, klappte die Klinge ein und den kleinen Korkenzieher, der sich ebenfalls an dem Messer befand, aus. »Das macht zwar ein kleines Loch, aber das können wir nachher mit Dreck wieder zuschmieren.«

Er lehnte sich gegen die Täfelung, drückte die Spitze des Korkenziehers ungefähr dort, wo sich eine Klinke befinden müsste, ins Holz und drehte mit zwei, drei kräftigen Bewegungen den Stahl in die Bretter.

Dann ließ er das Messer los und nickte Max zu. »Willst du ziehen?«

Max packte den Griff. Als er zog, fürchtete er erst, der Korkenzieher würde aus dem Holz brechen – doch dann spürte er, wie sich die Tür langsam bewegte. Mit einem Ruck riss er sie auf.

Ein dunkler, schmaler Hohlraum kam dahinter zum Vorschein. Das diffuse Licht der Birne, die in dem Kellerraum hing, schnitt ein Dreieck aus Helligkeit hinein. Der Hohlraum war nicht größer als eine Besenkammer. Er war wesentlich schmaler, als Max erwartet hatte, auf einer Seite durch eine Mauer begrenzt, auf den anderen drei durch Holzwände, die nur notdürftig mit einer Tapete überklebt worden waren.

Max trat hinein und pochte gegen die Bretter auf der vorderen Schmalseite. Sie klangen hohl.

»Dahinter ist noch ein Hohlraum«, sagte er.

Aber Till hatte sich schon auf den Boden gekniet. Dort war eine Stahlplatte zu erkennen, die in den Beton eingelassen worden war. Er ließ seine Faust auf die Platte sausen. Der Klang war dumpf und hallend.

Max stieß ihn an. »Vorsicht«, zischte er, »nachher hören die uns da unten noch.«

Till lächelte. »›Die da unten‹ …«

Aber es stimmte natürlich. Die Frau musste von da unten gekommen sein. Till packte den Eisenring, der an der Platte befestigt war, und zog daran. Ein paar Millimeter ließ sie sich nach oben wuchten, dann klackte es, und ein Riegel oder ein Schloss blockierte die Platte. Max stellte sich neben Till und griff ebenfalls nach dem Ring. Aber es war sofort zu spüren: Sie konnten noch so sehr ziehen, die Platte würden sie weder so noch mit seinem Spielzeugtaschenmesser aufbekommen.

3

Julia saß auf einem Stuhl in der Knabenabteilung des Kaufhauses und wartete. Till war mit einem Berg Anziehsachen in der Kabine verschwunden. Claire und Betty waren mit Jenna in die Spielwarenabteilung gegangen, um sich dort so lange umzusehen, bis Till fertig sein würde. Nachdem Julia Xaver zum Flughafen gefahren hatte – er hatte den Tag über ein Meeting in München, zu dem er gemeinsam mit Felix geflogen war –, war sie nach Hause zurückgekehrt und hatte Till und Max im Garten gesucht. Sie hatte sie in der Nähe des Gartenhauses auf dem Rasen liegend gefunden, wo die beiden ganz in ihr Gespräch vertieft gewesen waren. Da Julia schon länger vorgehabt hatte, Till ein paar eigene Anziehsachen zu besorgen, hatte sie darauf bestanden, das nun endlich zu erledigen, auch wenn Max behauptet hatte, dass gerade heute ein besonders schlechter Tag dafür wäre.

Julias Blick schweifte durch die Abteilung des Kaufhauses. Während sie darauf wartete, dass der Junge aus der Umkleidekabine zurückkam, wurde ihr zum ersten Mal bewusst, wie sehr sie ihn bereits ins Herz geschlossen hatte. Sie mochte es, wie er sie anschaute, wie er sprach, wie er kurz überlegte, bevor er etwas sagte, und es gefiel ihr auch, wie er mit ihren Kindern, allen voran natürlich mit Max, umging. Aber war es nicht trotzdem voreilig gewesen, ihn bei sich aufzunehmen? Sie kannten ihn doch fast gar nicht. Konnten sie sicher sein, dass er das zerbrechliche Gleichgewicht ihrer Familie, um das sich Julia seit Jahren bemühte, nicht vielleicht stören würde? Soweit sie es beurteilen konnte, gab es dafür bisher zwar keinerlei Anzeichen, aber er lebte ja auch erst seit gut zwei Wochen bei ihnen ...

Julias Blick blieb an einer Mutter hängen, die mit ihrem Sohn einkaufte. Was war nur in Xaver gefahren, dass er so leichtfertig eine Entscheidung fällte, die so weitreichend war? Natürlich hatte er gefragt, was sie davon hielt, wenn Till erst mal bei ihnen blieb, und sie hatte nicht nein gesagt. Sie hatte gemeint, dass sie es mittragen würde. Aber sie hatte Xaver in dieser Sache auch nicht gerade befeuert. Nein, Xaver *wollte* das, er *wollte* den Jungen aufnehmen. Aber wieso? Das war es, was Julia in den vergangenen Tagen im Kopf herumgegangen war, ohne dass sie eine klare Antwort darauf gefunden hatte.

Xaver direkt danach zu fragen war ihr allerdings auch unpassend vorgekommen. Sie konnte sich seine Antworten, seine Gegenfragen nur zu gut vorstellen: Warum er den Jungen aufnehmen wollte? Hätte er das Heim benachrichtigen sollen? Der Junge war in Ordnung, er verstand sich mit Max, er brauchte ein Zuhause. Natürlich mussten sie ihn aufnehmen, hätte Xaver geantwortet, zumindest vorläufig, für eine gewisse Zeit. Aber Julia war klar, dass es, je länger Till bei ihnen blieb, desto schwerer für alle werden würde, ihn wieder wegzuschicken. Schon jetzt war es im Grunde genommen so gut wie unmöglich. Max würde es ihnen niemals verzeihen.

Sie lehnte sich in dem Stuhl zurück und stellte die Tüten mit den Hemden, T-Shirts und Strümpfen, die sie bereits eingekauft hatten, neben sich auf den Fußboden. Jetzt saß sie hier, und Till, den sie kaum kannte, würde herausgeschossen kommen und ihr zeigen, ob die Jeans passten. *Wie ein Sohn,* ging es ihr durch den Kopf. Aber das war er nicht. Was waren seine Eltern für Menschen gewesen? Er war in Berlin geboren, so viel wusste sie inzwischen, alles andere lag letztlich im Dunkeln. Xaver hatte es übernommen, sich um die Behördengänge zu kümmern – dabei war Xaver sonst immer so peinlich darauf bedacht, nur ja keine Minute seiner kostbaren Arbeitszeit zu vergeuden.

Julia nahm ein Taschentuch aus ihrer Handtasche und wischte sich über die Nase. Xaver ... Was war das nur bei Felix gewesen, das plötzliche Nasenbluten? Er hatte sich zwar rasch wieder einigermaßen erholt und doch vollkommen aufgelöst gewirkt. Das Einzige, was ihn wirklich beschäftigt zu haben schien, war, ob den anderen Gästen etwas aufgefallen war. Sie hatte sich Sorgen gemacht, ob er erkrankt war, und er dachte nur an die anderen? Als sie ihn gefragt hatte, wie es ihm ginge, hatte er nur unverständlich geknurrt und dann nichts Eiligeres zu tun gehabt, als ein paar Scherzworte mit Felix über den Zwischenfall zu wechseln. Kein vernünftiges Wort war über die ganze Sache aus ihm herauszuholen gewesen.

»Frau Bentheim?«

Julia sah auf. Vor ihr stand Till. Seine langen dünnen Beine steckten in einem Paar Jeans, darüber trug er ein langärmliges T-Shirt, das fast genauso aussah wie das, das er angehabt hatte, als sie ihn angefahren hatte. Über seinem Arm lag eine blau-weiße Windjacke. Julia lächelte. Er sah hübsch aus.

»Geht das so?«

Sie erhob sich und strich ihm über den Kopf. »Prima. Jetzt brauchen wir nur noch Schuhe, oder?«

Till grinste. »Darf ich Turnschuhe haben? Haben doch alle jetzt.«

»Aber dann auch ein paar richtige!« Julia setzte sich Richtung Schuhabteilung in Bewegung und fühlte, wie der Junge neben ihr hertrottete. So zutraulich, aufmerksam und anhänglich, dass ihr Herz ganz weich wurde.

4

»Unterhalten!« Lisa ließ die Gabel mit den Spaghetti auf halber Höhe stehen und sah ihren Bruder an. »Das kannst du vielleicht Mama erzählen, aber mir doch nicht!«

Max kaute auf seinen Nudeln. Sie saßen auf den Hockern in der Küche, Rebecca hatte ihnen die Spaghetti gekocht.

»Frag Till, wenn er wieder da ist«, sagte Max, nachdem er heruntergeschluckt hatte.

Lisa warf die Gabel zurück auf den Teller. »Und vorher sagst du ihm noch schnell, was er mir antworten soll, stimmt's?«

Max kaute schon wieder, den Blick auf den Teller gesenkt.

Aber Lisa wollte es jetzt genau wissen. »Ich habe Till neulich schon gefragt, was ihr die ganze Zeit macht, aber er ist mir ausgewichen. Hast du ihm gesagt, er soll mir nichts davon erzählen?«

Max schüttelte den Kopf, und sie hatte das Gefühl, er hätte sich noch ein wenig tiefer über den Teller gebeugt.

»Max?«

Er sah hoch. Er war zwar ein bisschen älter als sie, aber Lisa hatte nie das Gefühl gehabt, er wäre ihr wirklich überlegen. Klar, er war stärker, schneller auch, aber Max war leichtsinnig, er war einfach zu beeindrucken, das wusste sie, und sie wusste auch, dass sie ihm Angst einjagen konnte, wenn sie wollte. Sie musste ihm nur erzählen, dass sie nachts etwas gehört hätte, schon würde sie spüren, wie er unruhig wurde. Max hingegen könnte ihr nie Angst machen. Instinktiv wusste Lisa, dass sie immer einen kühleren Kopf bewahren würde als er.

»Nee wirklich, sag mal. Ich hab euch jetzt erst mal in Ruhe gelassen, aber du kannst nicht ewig ein Geheimnis daraus machen.«

Max sah sie mit großen Augen an. »Was willst du denn?« In seiner Stimme schwang Ungeduld.

»Ich will wissen, was du und Till ... was ihr die ganze Zeit über zusammen macht. Ihr führt doch was im Schilde!«

Max lehnte sich zurück. »Und wenn ich dir gesagt habe, was wir machen, läufst du zu Papa und erzählst ihm alles.«

»Ach was!« Lisa musste nicht überlegen, was sie antworten sollte, es kam ganz spontan und wirkte deshalb, wie sie fand, auch recht überzeugend.

»Warum willst du es denn wissen, Lisi? Hast du nicht genug mit deinen Freundinnen um die Ohren? Lass uns mal einfach in Ruhe«, kam es von Max, aber sie spürte, dass sein Widerstand schon zu erlahmen begann.

»Ich find Till ja ganz nett«, sagte sie und stocherte in den Nudeln, die langsam kalt wurden. »Was soll ich Mama denn sagen, wenn sie fragt, ob wir ihn dabehalten sollen?« Ganz beiläufig hob sie den Blick.

Das hatte gesessen. Max sah sie bestürzt an.

»Meinst du, Mama und Papa schicken ihn noch mal fort?«

Lisa konnte regelrecht fühlen, wie ihren Bruder die Unruhe gepackt hatte. »Ich weiß nicht«, sagte sie. Und das stimmte. »Was hat Papa ihm denn gesagt? Erst mal kann er bleiben, und dann würden sie weitersehen. Das heißt ja nicht, dass er jetzt für immer hierbleiben kann.«

»Ich kann mir gar nicht mehr vorstellen, dass er nicht mehr bei uns ist. Du?«

Lisa ließ den Kopf kreisen, was sowohl ein Nicken als auch ein Kopfschütteln sein konnte. Sie ahnte, dass sie auf dem besten Weg war, Max genau dorthin zu bekommen, wo sie ihn haben wollte.

»Wir waren vorhin bei Papa im Gartenhaus«, hörte sie ihn zögernd sagen.

Lisa atmete aus. »Wieso das denn?«

»Wir wollten mal gucken.«

»Ohne dass Papa euch das erlaubt hat?« Kaum hatte sie ihren Bruder endlich dazu gebracht, ihr zu sagen, was sie wissen wollte, fragte Lisa sich auch schon, ob das wirklich so eine gute Idee gewesen war.

Max nickte mit dem Kopf. Er sah sich um, aber Rebecca war nicht mehr in der Küche. »Er hat eine Frau dadrin.«

Lisa erstarrte. Was?

Max' Augen ruhten auf ihr, als wollte er die Wirkung seiner Worte überprüfen.

»Eine Frau?« Was denn für eine Frau?

»Wir sind rein und haben uns umgesehen, dann hat Till eine Treppe in den Keller gefunden. Und dort unten haben wir sie gesehen. Sie war ziemlich jung«, es kam Lisa so vor, als würde Max' Stimme ein wenig heiser klingen, »und sah hübsch aus.«

»Was hat sie denn da gemacht?«

Max' Blick glitt an ihr vorbei zum Fenster. »Keine Ahnung.« Und dann hefteten sich seine Augen wieder auf ihr Gesicht. »Ich weiß nicht, was Papa mit ihr macht. Aber sie hat uns gar nicht bemerkt. Es kam mir so vor, als würde sie sich dort ganz wie zu Hause fühlen.«

›Was Papa mit ihr macht‹ – die Worte trafen Lisa wie Nadelspitzen. »Weiß Mama davon?«

Max zuckte mit den Schultern. Er schob den Teller zurück. »Hat sie dir davon mal was erzählt?«

»Dass Papa eine andere Frau im Gartenhaus hat? Spinnst du?«

Lisa spürte, wie sich die Gedanken in ihrem Kopf verhedderten. Sie liebte ihren Vater über alles, sie wusste, dass er sehr stolz auf sie war, dass sie und er sich unendlich viel besser verstanden als Max und ihr Vater. Nicht zuletzt deshalb hatte er sie ja auch gebeten, mit Till über Max zu sprechen. Jetzt aber hatte sie erfahren, dass die beiden Jungen bei ihm im Gartenhaus gewesen waren, dass sie dort eine Frau gesehen hatten. Musste sie das nicht ihrem Vater erzählen? Bevor es zu spät war? Bevor Max sich in eine Lage begab, aus der er vielleicht nicht mehr herausfinden würde? Aber was würde ihr Vater dann mit Max machen? Und ihre Mutter? Sollte sie ihre Mutter einweihen? Auch wenn Lisa das so klar nicht denken konnte, spürte sie doch, dass das, was Max ihr gerade anvertraut hatte, etwas war, das sie selbst bedrohte.

»Vielleicht arbeitet die Frau mit Papa«, stieß Lisa hervor und sah Max an.

Aber der zog nur die Augenbrauen hoch. »Ja, vielleicht.« Dann stützte er die Ellbogen auf den Tisch und bohrte die Fäuste in die Wangen. Sein Blick war ruhig, als wäre er auf alles gefasst. »Und? Sagst du es jetzt Papa, dass wir in dem Haus waren?«

»Nein, natürlich nicht, das hab ich dir doch gesagt«, verteidigte sich Lisa, aber sie wusste, dass das schwierig sein würde, dass sie, Max und Till vielleicht noch zu jung waren, um diese Dinge allein zu handhaben.

»Wirklich nicht?« Max lächelte. »Da bin ich ja mal gespannt.« Er nahm die Arme herunter und stand auf. »Aber das sag ich dir. Wenn Papa Till wegschickt, weil du nicht den Mund gehalten hast, dann …« Er schien kurz überlegen zu müssen. »… dann köpf ich deine Barbies.«

Er grinste sie an. Es war, als hätte jemand das Licht angeknipst. Lisa lachte und sprang auf. Sie ging um den Tisch herum und schlang die Arme um ihren Bruder. Sie mochte sich manchmal älter fühlen, aber sie war mehr als einen halben Kopf kleiner als er.

»Ich glaube nicht, dass Mama und Papa Till wieder wegschicken«, sagte sie. »Gestern hat Mama mir erzählt, dass Papa ihn auf unserer Schule angemeldet hat.«

Max strahlte sie an. »Und, freust du dich?«

›Das geht dich nichts an!‹, rief etwas in ihr. »Warum nicht?«, wich sie ihrem Bruder aus und ließ ihn los. Sie war erleichtert gewesen, dass Till bei ihnen bleiben würde. Sie wusste nicht genau, was es war, aber als sie erfahren hatte, dass Till sie so bald nicht wieder verlassen würde, hatte sie sich gefühlt, als würde sie in einen riesigen Wattebausch fallen.

5

Till wollte in seinem Bett gerade unter die Decke mit dem aufgedruckten Sonnenaufgang schlüpfen, als es an der Tür klopfte.
»Ja?«
Die Tür öffnete sich einen Spalt, und Max' Mutter sah zu ihm herein.
»Xaver liest Max noch eine Gutenachtgeschichte vor. Hast du Lust mitzuhören?«
Till ließ die Decke, die er bereits in der Hand hatte, fallen und rannte zur Tür. »Super.«
Das hatte es bisher nicht gegeben. Wenn jemand vorgelesen hatte, dann war das Julia gewesen. Till vermutete, dass Bentheim es heute machte, weil er den Tag über verreist gewesen war und sich irgendwie freute, am Abend wieder daheim bei seiner Familie zu sein. Dass Till dankend abgelehnt hätte, kam nicht in Frage. Er konnte sich nicht erinnern, außer von Julia überhaupt jemals am Abend von jemandem etwas vorgelesen bekommen zu haben.
»Bengt war gerade erst zwölf Jahre alt geworden, als ihm das erste Mal der Gedanke kam, dass er sich das Leben enorm erleichtern konnte, wenn er bestimmte Sätze, die er immer wieder benutzte, durch einfache Zahlen ersetzte«, las Bentheim vor, als Till sich auf dem bequemen Sessel in Max' Zimmer eingerollt und mit einer Decke zugedeckt hatte. Max lag in seinem Bett, die Decke bis zum Kinn heraufgezogen, die Arme hinter dem Kopf verschränkt. Sein Vater hatte auf dem Stuhl am Schreibtisch Platz genommen, Julia stand im Türrahmen, halb draußen, als wollte sie ohnehin gleich gehen.
Bentheim fuhr fort: »›Wenn ich beim Essen das Salz will‹, sagte Bengt zu seiner Mutter, ›nur um ein Beispiel zu nehmen. Dann habe ich bisher immer gesagt: ‚Kann ich bitte das Salz haben‘, stimmt's?‹
Die Mutter nickte. Worauf wollte der Junge hinaus?
›Eben.‹ Bengt sah sie lächelnd an. ›Aber ab jetzt sage ich stattdessen nur noch ‚vier‘. ‚Vier‘ bedeutet: ‚Kann ich bitte das Salz haben.‘ Okay?‹
Bengts Mutter warf seinem Vater einen langen Blick zu. Aber Bengts

Vater hatte es sich abgewöhnt, zuzuhören, wenn sein Sohn etwas erzählte. Er hatte die Zeitung neben seinem Teller liegen und bemerkte nicht einmal, dass seine Frau zu ihm sah.

›Vier‹, hörte sie Bengt sagen und schaute zu ihm.

Ihr Sohn strahlte sie an. Seine Augen wanderten zum Salzfässchen, das neben ihr stand, und er nickte heftig mit dem Kopf. Fast hatte sie den Eindruck, als würde er mit den Lippen lautlos ‚Das Salz, Mama, das Salz!' formen, zu hören war jedoch nichts.

Sie atmete aus, griff nach dem Fässchen und schob es ihm über den Tisch zu.

›Neun‹, sagte Bengt und streute sich, offensichtlich hochbefriedigt, dass das mit der Vier so gut geklappt hatte, ein paar Körnchen Salz auf das weiche Ei, das in einem Becher vor ihm stand.

›Und das heißt ‚Danke' oder was?‹, fragte seine Mutter und sah ihn an.

›Eins.‹

Sie konnte förmlich sehen, wie er innerlich lachte.

›‚Eins' ist ‚ja', stimmt's?‹ Jetzt musste sie auch grinsen.

›Eins.‹

›Siebenundsiebzig‹, erwiderte seine Mutter.

Bengts Löffel blieb auf halber Strecke zu seinem Mund stehen. ›‚Siebenundsiebzig'?‹

›Heißt ‚Okay'.‹

›Zwei. ‚Okay'. ‚Zwanzig'.‹

›Nein. ‚Okay' heißt ‚zwanzig'?‹

›Eins.‹«

Xaver hielt inne und schaute zu Max, der ihn nicht aus den Augen gelassen hatte. »Alles klar?«

Max schaute zu Till. »Eins.«

Bentheim nickte, und seine Augen wanderten zu Till. »Wollt ihr weiterhören oder lieber was anderes?«

»Mach schon Papa, lies weiter«, kam Max Till zuvor. »Du hast mir noch nie eine von deinen Sachen vorgelesen, ich will die Geschichte jetzt ganz hören.«

Bentheim lächelte und fuhr fort. »Von diesem Tag an war Bengt –«

»›Bengt‹… was ist das überhaupt für ein Name?« Max hatte die Hände unter seinem Kopf hervorgezogen und sich auf den Ellbogen gestützt.

»Schwedisch, glaube ich.« Sein Vater runzelte die Stirn.

»Okay.« Max sank wieder auf seine Matratze. »'tschuldigung.«

»Von diesem Tag an war Bengt nicht mehr zu bremsen«, hob Bentheim wieder an. »Er begann, systematisch alle Sätze und Wortkombinationen, die er wiederholt benutzte, durch Zahlen zu ersetzen. Wenn er mit seinen Autos spielte und sich vorstellte, dass der offene Rennwagen den Jeep überholte, sagte er nur noch ›454‹ zu sich und wusste, dass er eine Menge Worte gespart hatte. Wenn er überlegte, ob er ein Buch lesen oder Fußball spielen gehen sollte, sagte er sich nur noch ›2008‹ und wusste, was gemeint war. Vor allem aber entwickelte er für die Geschichten, die er sich ausdachte, bevor er abends einschlief, eine ganze Palette von Abkürzungen, um möglichst schnell die immer gleichen Ausgangskonstellationen zu überwinden und in die Verästelungen hineinzukommen, die er sonst nur erreicht hätte, wenn er erst stundenlang phantasiert hätte. Ein Junge verirrt sich im Wald? ›97‹. Der Junge stößt auf ein einsames Haus? ›112‹. In dem Haus lebt eine arme Frau zusammen mit ihrer Tochter? ›217‹. Die Tochter verliebt sich in den Jungen? ›242‹. Sie verliebt sich *nicht* in den Jungen? ›243‹. *Erst mal* nicht? ›244‹. Und so weiter. So brauchte er sich nur zu sagen ›97, 112, 218 –‹«

»›218‹?« Wieder war es Max, der dazwischengekräht hatte.

»›218‹, ja: In dem Haus lebt nicht eine arme *Frau* mit ihrer Tochter, sondern ein armer *Mann* mit seiner Tochter.«

Max warf Till einen Blick zu.

Aber Till starrte nur zu Bentheim.

Der hatte die Augen schon wieder auf die Buchseiten vor sich gerichtet und las weiter. »›… 218, 244‹ – und schon wusste er, dass sich der Junge im Wald verirrt, auf ein einsames Haus stößt, in dem ein armer Mann mit seiner Tochter haust, die sich erst einmal nicht in den Jungen verliebt. *Erst einmal,* wohlgemerkt.«

Till sah, wie Max die Decke ein wenig hochzog, um seine Füße frei zu bekommen.

»Das war, als Bengt zwölf Jahre alt war«, fuhr Bentheim fort. »Als er dreißig wurde –«

»Papa?«

Bentheim brach ab und sah hoch. Max hatte sich in seinem Bett aufgestützt und sah zu ihm. »Papa, ich versteh eigentlich gar nichts, müssen wir das lesen?«

Till schauderte. Warum hörte Max nicht einfach zu? Was gab's da denn nicht zu verstehen?

»Was verstehst du denn nicht, Max?«, fragte Bentheim, und Till hatte das Gefühl, trotz der Ruhe in seiner Stimme zu hören, dass er sich anstrengen musste, so gefasst zu erscheinen.

»Wieso Bengt diese Zahlen erfindet, was das soll – ich verstehe überhaupt nicht, worum es geht. Ich dachte, wir lesen eine ... eine Seeräubergeschichte vielleicht ... hattest du nicht neulich mal etwas von einer Seeräubergeschichte gesagt?« Max' Stimme verlor sich ein wenig, als hätte ihn der Mut plötzlich verlassen.

Bentheim wischte sich kurz über die Augenbraue. »Jetzt haben wir doch hiermit angefangen.«

»Ja, okay, aber was soll das denn, das mit den Zahlen?«

»Willst du nicht wissen, wie es ausgeht?«

Max legte sich zurück auf sein Kissen. »Wie geht es denn aus?«

›Dazu musst du ihn fertiglesen lassen!‹, schrie es in Till, aber zu seiner Überraschung klappte Bentheim das Buch zu und beugte sich vor. »Der Junge macht immer weiter so«, erzählte er, »ersetzt immer mehr Wörter und Sätze durch Zahlen, bald schon ganze Absätze, dann Kapitel und ganze Abhandlungen. Die schwierigsten Gedankengänge fasst er unter einer Zahl zusammen. Das erfordert natürlich eine enorme Konzentration, eine phantastische Geisteskraft, aber Bengt ist so schlau, dass er nicht durcheinanderkommt. Er bedient sich bei allen möglichen Wissenschaften, saugt deren Ergebnisse auf, etikettiert sie mit einer Zahl, wendet sich der nächsten Disziplin zu, so dass er als erwachsener Mann schließlich das gesamte Weltwissen mit ein paar Zahlen handhaben kann. Wenn er redet, versteht schon seit langem niemand mehr ein Wort von dem, was er sagt, es sind nur endlose Zahlenketten. Aber es ist nicht so, dass es Unsinn ist, was Bengt sagt. Wenn sich jemand die Mühe macht und die Zahlenreihen aufschreibt, und sich dann von Bengt auseinandersetzen lässt, was jede einzelne Zahl bedeutet, dann kann er durchaus nachvollziehen, was Bengt meint. Nur dass er dafür ein paar Monate braucht, während Bengt einfach nur ›8000677 784529 775344219‹ sagt.«

Max starrte seinen Vater an. »Ah.«

»Ja.« Till sah, wie Bentheims Blick auf seinem Sohn ruhte. Alle Schärfe war jetzt daraus gewichen, es war ein liebevoller, ein besorgter

Blick, ein Blick, wie Till es sich immer gewünscht hatte, dass er einmal auf ihm ruhen solle.

»Am Anfang hat Bengt sich noch ein paar Mal die Mühe gemacht, den anderen Menschen seine Zahlensätze zu übersetzen, aber bald schon dauert ihm das alles zu lang, bald schon redet er mit niemandem mehr, nur noch mit sich selbst. Und auch das stellt er bald ein und beginnt, die Sätze nur noch aufzuschreiben. Denn er ist davon überzeugt, dass – auch wenn die anderen ihn jetzt nicht verstehen – in ferner Zukunft einmal die Menschen so weit sein werden, seine Zahlensätze zu begreifen.«

Jetzt war doch wieder ein wenig Farbe in Max' Gesicht zurückgekehrt. »Und?«, fragte er. »Kommt es so, wie er sich das vorgestellt hat?«

Bentheim lächelte. »Fast. Es dauert tatsächlich zweihundert Jahre. Zweihundert Jahre lang liegen Bengts Schriften in einem Keller und modern vor sich hin. Bengt ist vollkommen in Vergessenheit geraten, schon zu Lebzeiten hatte sich niemand mehr für diesen zahlenspuckenden Kauz interessiert. Aber nach zweihundert Jahren werden seine Schriften entdeckt, und inzwischen sind auch die anderen Menschen so weit, dass sie verstehen, was er aufgeschrieben hat.«

Er hielt inne.

Max riss die Augen auf. »Aus?«

Bentheim lachte. »Na ja, die entscheidende Frage ist jetzt natürlich, *was* Bengt aufgeschrieben hat, oder?«

Max holte Luft, Till merkte ihm an, dass das Interesse, das sein Vater für einen kurzen Moment in Max entfacht hatte, schon wieder zu verfliegen begann. »Ja«, sagte er, aber es klang eher wie eine Frage.

»Die Menschen lesen also Bengts Schriften, und sie entdecken, dass es stimmt. Er hat vor zweihundert Jahren bereits all die Dinge vorausgesagt, die sie erst vor kurzem entdeckt haben. Alles, was er aufgeschrieben hat, ist so eingetroffen.«

Bentheim schaute zur Tür, in der noch immer Julia stand. »Bengt war schneller gewesen, aber zu guter Letzt waren auch alle anderen Menschen auf all das gekommen, was er als Erster erkannt hatte. So hatte ihm seine Schnelligkeit, die er ja nur dank seiner besonderen Sprache erreicht hatte, im Grunde genommen gar nichts genutzt. Bengt war vor allem nur eines gewesen: unendlich einsam.«

Bentheim schaute zurück zu Max, dessen Kopf jetzt tief in das weiche Kissen gesunken war. »Und damit hatte meine Geschichte geendet.«

Till konnte Max' große Augen sehen, die aus dem Kissen heraus seinen Vater anschauten.

Bentheim stand auf. »Morgen lesen wir eine andere, okay? Vielleicht gefällt dir die dann besser.«

Max nickte. »Sie hat mir ja gefallen«, murmelte er leise, gab sich dann aber einen Ruck. »Und warum wolltest du uns ausgerechnet *diese* Geschichte vorlesen?«

Bentheim schaute kurz zu Till, als wollte er ihm etwas sagen, ließ es dann aber doch und wandte sich wieder an Max. »Ich habe über das nachgedacht, was wir neulich besprochen haben. Dass du dir ein paar Gedanken darüber machen sollst, was du aus deinem Leben machen willst. Vielleicht bin ich da ein bisschen streng gewesen. Das tut mir leid. Deshalb wollte ich dir die Geschichte von Bengt einmal vorlesen. Ich bin kein Unmensch, weißt du.«

Max nickte.

»Du sollst nicht denken, dass ich einen Bengt aus dir machen will, Junge.« Jetzt war auch Bentheims Stimme ganz leise.

»Ich muss mir nichts überlegen?« Aus Max' Stimme war unverkennbar herauszuhören, wie er Hoffnung schöpfte.

Bentheim lachte. »Nein, das habe ich nicht gesagt. Du musst dir das schon überlegen. Ich wollte dir nur zeigen, dass ich schon sehr genau weiß, wie schwierig das alles ist. Was mit Bengt in der Geschichte passiert, ist aber extrem. Das wird dir natürlich nicht gleich widerfahren, nur weil du dich ein bisschen auf deine Zukunft vorbereitest.«

Max richtete sich auf, verwirrt. »Was denn jetzt? Du hast es doch eben selbst gesagt: Bengt war zwar schneller als alle anderen, er hat sie alle abgehängt – aber was hat es ihm gebracht? Er war nur unendlich einsam.«

Bentheim atmete aus. »Junge, Max, ich hab dir eine Geschichte vorgelesen, um deinen Horizont zu erweitern. Willst du mir jetzt erzählen, das überfordert dich oder was?«

Till sah, wie sich Max' Augenbrauen steil nach unten zur Nase zogen, so dass sie ein spitzes V bildeten. »Was soll ich denn jetzt machen? Was ist? War das alles nur eine Falle? Wolltest du prüfen, wie sehr ich mich nach dem richte, was du sagst, während du eigentlich willst, dass ich mich dagegen auflehne?«

›Was redet er da?‹, dachte Till, dem die eigene Anwesenheit, je länger er in dem Zimmer sitzen blieb, desto unpassender vorkam. Wenn er nicht das Gefühl gehabt hätte, Max beistehen zu wollen, hätte er längst das Weite gesucht. Aus dem Augenwinkel sah er, dass Julia ihren Platz an der Tür bereits verlassen hatte.

»Ich kann dir nicht abnehmen, was du denken willst, Max.« Bentheims Stimme war nach wie vor gefasst, aber ihr war auch anzuhören, dass er das, was er sagte, für sehr wichtig hielt.

»Warum liest du mir dann so eine bescheuerte Geschichte vor, Papa?« Till sah, wie sich Bentheims Hände um das Buch, das er noch immer festhielt, schlossen, wie das Fleisch zwischen den Knöcheln weiß wurde. »Ich will das Beste für dich, Max, und dazu gehört, dass ich dir beibringe, den eigenen Kopf zu benutzen.«

»Ach ja!« Max war aufgesprungen, er stand jetzt auf seiner Matratze, so dass sein Kopf genau auf der Höhe des Kopfes seines Vaters war. »Das Beste für mich? Du willst doch nur eins, Papa: mit der Frau in deinem Gartenhaus sein!«

Kaum hatte er das hervorgestoßen, war es, als würde sich eine bleierne Stille auf das Haus senken. Bentheim wich einen Schritt zurück, als hätten Max' Worte ihn mit großer Wucht vor die Brust gestoßen.

Gleichzeitig fuhr Till herum und sprang mit zwei Sätzen zur Tür. In der Diele stand Max' Mutter. Ihr Gesicht wirkte, als hätte sich eine unterschwellige Asymmetrie dorthinein geschlichen. Sie hatte eine Hand auf die Brust gelegt, die andere hing schlaff herunter.

Till witschte an ihr vorbei in sein Zimmer und warf die Tür hinter sich zu. ›Er hat es gesagt, er hat es gesagt, er hat es gesagt‹, hämmerte es in seinem Kopf. Bentheim würde ihn rauswerfen, sie waren in seinem Keller gewesen, es war alles vorbei.

Till sprang auf sein Bett, steckte den Kopf unter das Kissen und zog die Decke ganz über sich. Es kam ihm so vor, als ob in seinem Inneren eine kreischende Säge Stahl fräsen würde. Bis ihm mit einem Mal bewusst wurde, dass er sich das schrille Geräusch nicht einbildete, sondern dass es tatsächlich das Haus erfüllte. Es war Max, der schrie. Ein Ton, der nichts mehr mit der Stimme gemein zu haben schien, die Till von ihm kannte.

6

Heute

Es ist eine geräumige Halle mit einer gewölbten Decke. Durch die vergitterten Fenster, die sich an zwei Wänden unterhalb der Decke befinden, fallen schräg Sonnenstrahlen herein, in denen die Staubkörner tanzen. Wände und Decke sind aus Klinkersteinen gemauert, die nachträglich grob und weiß übertüncht worden sind. Es riecht nach Schweiß, und wenn die S-Bahn über ihre Trasse rattert, unter der sich die Halle befindet, dröhnt das ganze Gemäuer.

Claire hat die Eisentür, die in den Vorraum der Halle führt, einfach aufgezogen. Kein Empfangstresen, keine Empfangsdame – nur ein paar türkische Halbwüchsige, die grinsten, als sie sie sahen.

Wo Herr Barkar trainiere, hat sie gefragt, und die Jungen haben ihr die Tür gewiesen, die in die Haupthalle führt. Als Claire vor wenigen Minuten die Halle betreten hat, hat sie ihn gleich gesehen. Er stand unterhalb der streifigen Sonnenstrahlen auf einem erhöhten Ring, den Oberkörper entblößt, die Beine in langen weichen Jogginghosen, die Hände mit Bändern umwickelt. Geistesgegenwärtig ist sie hinter einen der Pfeiler zurückgewichen, die die Decke tragen, bevor er zu ihr herübersehen konnte.

»Was soll's, Fred«, hört sie die außergewöhnlich belegte Stimme des Mannes mit dem gedrungenen Kopf, der vor Frederik im Ring steht, »du weißt es doch selbst am besten. Lubajew war eine harte Nuss, und du hast ihn mühelos geknackt. Aber was heißt das schon? Was nutzen dir all die Siege, auf die du zurückblicken kannst, wenn dein nächster Kampf eine Niederlage wird?«

Claire schiebt den Kopf etwas vor, bis sie zum Ring schauen kann.

»Ist gut, Ulli, komm, lass uns weitermachen.« Frederik hat begonnen, leicht in den Beinen zu federn. Der Mann vor ihm, ein weißhaariger, rundköpfiger Alter mit deutlich gebrochener Nase, hebt seine Hände, an denen so etwas wie kleine Matten befestigt sind. Beinahe liebevoll touchiert er mit der Rechten Frederiks Kopf, zieht die Hand zurück, hält beide Hände vor Frederik hoch und verfällt ebenfalls in die tänzelnden Bewegungen der Boxer.

Tack tack tacktack – mit leichten Püffen schlägt Frederik gegen die

Matten, die der Alte vor seinem Gesicht hin und her hüpfen lässt. *Tacktacktacktack* – jetzt rotieren seine Fäuste weiter unten wie zwei Kolben, die sich umeinander drehen – da trifft ihn erneut eine Matte am Kopf, so dass er den Rhythmus seiner federnden Sprungbewegungen wieder ändern und von oben schlagen muss.

Ein halbes Dutzend Männer steht um den Ring herum, einige haben die Arme auf den Boden des Rings gestützt, andere halten sich mehr im Hintergrund. Alle Augen sind auf Frederik gerichtet. »Team Barkar« ist auf ihren T-Shirts und Sweatshirts zu lesen, darunter das Logo eines Hundes mit riesigem Kopf und winzigem Hinterteil, der sein Maul weit aufreißt und die spitz zulaufenden Zähne unter den rotunterlaufenen Augen dem Betrachter entgegenstreckt.

Beinahe eine Stunde lang steht Claire hinter dem Pfeiler und verfolgt das Training. Wenn jemand an ihr vorbeikommt, lächelt sie, und keiner kümmert sich um sie. Als die Sonnenstrahlen vor den vergitterten Fenstern langsam schwächer werden, bemerkt sie, dass das Training zu Ende geht. Nur noch Frederik und der Coach sind in der Halle. Sie klettern durch die Seile aus dem Ring, springen auf den Boden, laufen Richtung Ausgang an dem Pfeiler vorbei, hinter dem sie steht.

»Frederik?«

Sie sieht, wie er zusammenzuckt. Beide Männer drehen sich zu ihr um. Frederiks Augen glänzen, der Trainer runzelt die Stirn.

»'s okay, Ulli«, murmelt Frederik dem kleinen Mann zu, »ich komm gleich nach.«

Ulli lässt den gedrungenen Kopf nach oben wippen, dreht sich dann aber um und verlässt die Halle. Sie sieht, wie Frederik den Mund öffnet, etwas sagen will. Aber Claire will es nicht hören. Es ist fast, als ob sie fliegt. Sie spürt, wie ihre Lippen sich heiß auf seinen Mund pressen. Schließt die Augen, fühlt, wie seine Arme um sie greifen, sie halten, überlässt sich ganz seinem Griff.

Ihr Kopf sinkt in den Nacken, seine Nähe berauscht sie, ihr ganzer Leib scheint sich zu entfalten.

Es ist wie ein Schnitt, wie ein Stich, als sein Kopf plötzlich zurückzuckt. Ihre Lider öffnen sich, als würde sie aus einem Traum erwachen. Groß und klar erhebt sich sein Gesicht über ihr, seine dunklen Augen ruhen auf ihr, aber sie sieht es sofort: Es ist etwas passiert. Es ist, als hätte sich etwas in ihn verbissen, als würde ihn etwas quälen.

Erschrocken lässt sie ihn los.

»Frederik, was ist?« Sie wagt es nicht, ihn zu berühren. »Warum rufst du nicht zurück?« Seitdem er sie in ihrer Wohnung aufgesucht hat, hat sie ihn nicht mehr gesehen. »Wenn es wegen Butz ist –«

Seine Schultern rutschen hoch, über sein Gesicht huscht ein Ausdruck des Schmerzes, als ob sie ihn geohrfeigt hätte. »Claire«, seine Hand schnellt mit der Handfläche in ihrer Richtung nach oben, »wir können uns nicht mehr sehen.« Sein Kopf wiegt sich, als würde etwas in ihm versuchen, nach außen zu kommen.

Claires Mund ist trocken. Was ... was ist denn geschehen? Wie kann er – »Ich kann es dir nicht erklären.« Sein Blick trifft sie wieder. »Es ist besser ... für alle.«

»Nicht für mich, Frederik!«, ihre Stimme überschlägt sich fast. Aber sie ist nicht wütend, sie ist nur erschrocken, bis ins Mark. »Ich kann das nicht.« Jetzt steht sie doch wieder bei ihm, auf den Zehenspitzen, ihr Körper, der ihr klein vorkommt, wenn sie in seiner Nähe ist, lehnt gegen ihn, ihre Arme sind um seinen Rücken geschlungen, ihr Gesicht ist seinem nahe. Sie spürt, wie ihre Lippen ihn rasend machen, sie legt den Kopf auf seine Brust, ihre Hand streicht über seinen Hals. »Ich kann dich jetzt nicht verlieren, ich ...« Ich hab mich doch ... wie soll ich das sagen ... siehst du das denn nicht selbst?

Sie beugt den Kopf zurück, schaut ihn an. Das Verhärtete, das eben noch in seinem Gesicht gestanden hat, hat sich aufgelöst, seine Augen schauen wie von ihrem Anblick erfüllt auf sie herab.

7

»Es war bei unserem letzten Treffen, Claire, bei dir, in der Speisekammer, ich ... ich ...« Frederik senkt die Stimme noch ein wenig, ergreift ihre Hand, seine Augen scheinen sie beinahe verschlingen zu wollen. »Claire, ich liebe dich, ich – wir dürfen uns nicht mehr sehen, ich kann es nicht ...« Er wirft sich in seinen Stuhl zurück.

Sie haben ein kleines Restaurant aufgesucht, das sich schräg gegenüber von der Trainingshalle befindet. Die Wirtin hat Frederik freudig begrüßt und ihnen einen ruhigen Tisch in der Ecke am Fenster gegeben.

»Wenn es Butz ist«, ihre Gedanken überschlagen sich, »es tut mir leid, wir hätten es niemals so machen dürfen, es muss alles anders sein, Frederik, ich weiß, ich ... ich rede mit ihm, noch heute, es wird nicht einfach, aber ... er wird es verstehen, er muss es verstehen!«

Frederiks Gesicht liegt im Halbschatten, sie kann es kaum sehen, aber sie wird das Gefühl nicht los, dass es vollkommen versteinert ist.

»Ich verstehe nicht, Frederik«, verwirrt greift Claire nach seiner Hand, »ich verstehe nicht, wieso wir uns nicht mehr sehen können, wenn du sagst, dass du mich liebst.«

»Ja ... nein.«

Claire fasst sich nervös an die Stirn. Mit jeder Faser spürt sie, dass sie jetzt nicht lockerlassen darf, dass sie es sich niemals verzeihen würde, wenn sie jetzt nicht versucht, ihn zu halten.

»Sprich mit mir, Frederik.« Sie sieht ihn an, will entkleidet mit ihm auf dem Bett liegen, ihn liebkosen, dass er nicht länger nach Worten suchen muss. Seine Gedanken verjagen mit dem Impuls, den sie seinem Körper entlocken würde – seinem Körper, der sie doch schon viel besser kennt als er, der von keinem Zweifel, keinem Schwanken zerrissen wird, sondern nach ihr verlangt. Das weiß sie – denn auch sie verlangt nach ihm.

»Ich ... in der Boxhalle, in der Umkleidekabine ...«

»Ja?« Claire stockt. »Was?«

»... als ich dich vom Boden hochgehoben habe ...«

»Ja?«

»Sie haben mir gesagt, dass ich es tun soll, Claire.«

»Wer sie?«

Er winkt ab.

Sie haben ihm gesagt, dass er es tun soll. Claire hört, wie sie sich den Satz wiederholt, aber sie begreift nicht seinen Sinn.

»Mein Trainer, Claire, und ein Mann, den ich noch nie zuvor gesehen hatte.«

»Was haben sie gesagt?«

»Dass ich es tun soll.«

»Was tun soll?«

»Dich kennenlernen.«

Claire schüttelt den Kopf.

»Sie wussten, dass du wegen der Fotos kommen würdest, du hattest bei der Presseagentur ja angefragt. Sie haben mir gesagt, dass ich einen Kontakt zu dir aufbauen soll, dass mir das helfen würde bei meinen nächsten Kämpfen.«

Claire versteht noch immer nicht.

»Ich bin schwach gewesen, Claire, ich dachte, ich schaffe es vielleicht niemals, wenn sie mir nicht helfen. Das Boxen ist nicht immer einfach, du musst nicht nur gut sein, du musst auch die richtigen Kämpfe bekommen. Du brauchst Freunde, Claire – und sie sagten, sie wollten meine Freunde sein. Sie haben mir ein Foto von dir gezeigt – und ich dachte: Klar, zu der bin ich nett.«

Es war nicht SIE gewesen, die ihm den Kopf verdreht hat.

»Als du mit mir in der Umkleidekabine allein warst, nach dem Sieg, es war einfach ein Rausch, ich hab mich dem hingegeben.«

Ihr Bauch ist Eis.

»Ich habe nicht nachgedacht. Aber als ich dich in der Wohnung aufgesucht habe, in der Speisekammer – plötzlich war alles anders, Claire, plötzlich warst du nicht mehr nur das hübsche Mädchen, zu dem ich nett sein sollte. Plötzlich ... es war, als würde ich plötzlich klar sehen. Ich habe mich da in dich verliebt, Claire. Plötzlich war alles falsch. Ich hatte dich angelogen, ich war in der Wohnung eines anderen Mannes – ich hatte mich –« Seine Stimme verlor sich.

›Aber jetzt‹, schießt es ihr durch den Kopf, ›ist es noch immer nur vorgetäuscht?‹ Sie sieht sein Gesicht durch das Halbdunkel schimmern und beugt sich nach vorn, streicht sich ihr offenes Haar hinters Ohr. »Warum, Frederik?« Ihre Stimme ist fest. »Warum wollten sie, dass du das tust?«

»Ich weiß es nicht.«

Ist er noch immer nicht ehrlich zu ihr?

»Warum Frederik, was denkst du?«

Er schweigt, die leise an den anderen Tischen geführten Gespräche dringen zu ihnen herüber.

»Ich glaube, es geht um den Mann, mit dem du zusammenlebst.«

»Um Konstantin?«

»Er arbeitet doch bei der Polizei, oder?«

Die beiden Morde. Die beiden toten Frauen.

»Ich glaube, sie wollen an ihn herankommen.«

Dritter Teil

1

Rückblende: Zwölf Jahre vorher

»Das habe ich noch nie getan – und ich habe es auch jetzt nicht gemacht.«
Julia sah ihren Mann als schwarzen Schattenriss vor dem erleuchteten Wohnzimmerfenster stehen. Auf seiner hageren Wange, dem kurzen, gescheitelten Haar schwamm ein Abglanz des Lichts.
Er hatte Max also nicht geschlagen.
»Er hat einfach so geschrien.« Bentheim machte einen Schritt auf sie zu. »Wahrscheinlich hatte er plötzlich Angst, dass ich ihm etwas tun könnte.«
Julias Blick wanderte an Bentheim vorbei in den nächtlichen Garten. Sie hatte sich auf einen der Korbstühle gesetzt, die auf der kleinen Natursteinterrasse draußen vor dem Wohnzimmer standen. Ihre Beine zitterten, und sie fühlte sich, als ob ihr ganzer Körper taub wäre.
»Julia, ich ... kann ich kurz mit dir reden?« Bentheim stand an ihrem Tisch und schaute auf sie herunter.
›Was für eine Frau?‹, hallte es in ihrem Kopf.
»Falls du dir Sorgen machst wegen dem, was Max gesagt hat ... Julia?«
Sie blickte zu ihm auf.
»Es gibt nichts, worüber du dir Sorgen machen musst.«
»Was für eine Frau, Xaver?«
»Sie arbeitet für Felix.«
»Was hat sie bei dir zu suchen gehabt?«
Xaver stützte die Fingerspitzen der rechten Hand auf die Glasplatte des Tischs. »Es geht um das, was ich für Felix mache.«
»Was hat sie bei dir im Gartenhaus zu schaffen gehabt, Xaver?«
»Das kann ich nicht sagen.«
Es war, als ob ein langes, dünnes und unendlich scharfes Messer quer durch ihre Eingeweide schneiden würde.
»Warum nicht?«

»Es ist noch zu früh, Julia, es ist nicht so einfach …«

»Was ist nicht so einfach? Dass Felix dich mit Frauen versorgt? Dass du sie hier bei uns auf dem Grundstück meiner Eltern triffst?« Julia zwang sich dazu, jedes Flimmern der Stimme zu unterdrücken, merkte aber selbst, wie flach, dünn und kurzatmig sie klang.

Xaver zog sich einen Stuhl heran, setzte sich neben sie und legte seine Hand, die ihr für einen Moment wie der Körper einer großen Spinne mit fünf nackten Beinen vorkam, auf ihren Arm.

»Ich habe nichts mit dieser Frau. Du musst mir glauben. Sie hat etwas geholt. Ein Manuskript. Es ist vielleicht übertrieben, aber ich mag die Texte nicht der Post anvertrauen. Sie hat es zu Felix gebracht. Okay?«

›Warum fragt er, ob es okay ist?‹ Es klang in Julias Ohren, als wollte er hören, ob sie mit dieser Version einverstanden wäre.

»Ein Bote?« Sie zog ihren Arm weg. Am liebsten hätte sie ihm ins Gesicht geschlagen. »Lüg mich nicht an.«

Es war, als krabbelte die Spinne auf sie zurück, als seine Hand sich erneut auf sie legte. »Julia, du musst mir vertrauen. Ich kann dir noch nicht alles sagen, es ist noch zu früh. Es hat mit unserer Familie nichts zu tun.«

Und wenn es stimmt?

»Es ist die Arbeit bei Felix«, fuhr Xaver fort. »Was er vorhat, ist Irrsinn, es ist aberwitzig – aber es ist auch ungeheuer faszinierend. An einem solchen Projekt habe ich noch nie teilgenommen. Es ist …«, sie sah, wie Xavers Blick abschweifte, » eine einmalige Chance. Ich kann daran nicht einfach vorbeigehen.«

Sein Blick heftete sich wieder auf ihr Gesicht. »Es macht mir Angst, Julia. Felix fordert alles von mir. Jede Idee, die ich jemals hatte, jeden Trick, den ich jemals beherrscht habe, jeden Augenblick meiner Zeit, jeden möglichen Gedanken, er saugt es auf. Er ist wie ein Schwamm, er will alles haben, er hat für alles einen Platz in seinem System. Und er braucht es – das ist nicht bloß aufgesetzt –, er braucht es wirklich. Weil das, was er vorhat, so übergroß ist, so gewaltig, so verstörend.«

Xaver holte Luft. So hatte sie ihn noch nie sprechen hören. Sie spürte, wie sich der Druck seiner Hand verstärkte.

»Er nimmt meine Sachen und operiert sie um, Julia.« Xavers Stimme klang plötzlich rauh und belegt. »Meine Texte sind wie Lebewesen, aber das ist ihm egal. Er amputiert hier ein Bein, dort ein Ohr, er setzt das Bein übers Auge, näht das Ohr an die Fußsohle. Wenn ich die Sachen zurückbekomme, ist aus meinem Geschöpf ein Monster geworden. Aber weißt du, was das Schrecklichste ist? Dass ich erkennen kann, was er damit vorhat! Es ist eine andere Vorstellung von Schönheit, die ihn leitet, verstehst du? Wenn ich mit seinem Blick schaue, dann erkenne auch ich die Schönheit in den Kreaturen, die er aus meinen Geschöpfen macht. Und das ist es, was er erreichen will. Er zwingt mich, mit seinen Augen meine eigenen Sachen zu sehen. Er lässt mich die Texte umschreiben. Einmal, zweimal, zehnmal, dreitausendmal. Bis die Worte all ihren Sinn verlieren. Bis aus den Figuren, die ich mir ausgedacht habe, seelenlose Höllengestalten geworden sind, die einem Angst einjagen. Nein, sie lassen einen nicht kalt. Felix ist geschickt. Er tötet sie nicht etwa und lässt sie dann als Leichen am Wegesrand liegen! Er nimmt sie und baut sie um. Er verschiebt die Beziehungen zwischen ihnen, macht aus einer ausgewogenen Gruppe, der zuzusehen mein Herz erfreut hat, einen Clan, der mich zutiefst erschreckt. Weil ich in den Figuren noch immer die Züge erkenne, die ich ihnen gegeben habe. Er nimmt die Lebendigkeit, die ich ihnen eingeimpft habe, und wandelt sie um in entsetzliche Grimassen. Und dann zwingt er mich, daraufzuschauen und zu erkennen, dass sie erst jetzt wirklich schön sind. Von einer grausigen Schönheit, die nichts mehr mit der Lieblichkeit zu tun hat, die mich ursprünglich bezaubert hat. Und schließlich will er von mir wissen, ob ich nicht auch sehen würde, wie viel großartiger die grausige Schönheit ist, wie viel erhabener, wie viel stolzer als das Hübsche, Verkitschte, das ich zuerst hineingelegt hatte.«

Julia fühlte, wie Xavers Hand kalt geworden war, als würde bei dem Gedanken an Felix das Blut daraus zurückfließen.

»Er hat etwas vor mit meinen Texten, mit dem, was er daraus gemacht hat, Julia. Auch wenn ich es zuerst niemals für möglich gehalten hätte, dass ich so denken könnte wie er – inzwischen verstehe ich, was er meint, sehe ich, was er sieht«, er beugte sich vor sie, so dass sein Atem ihr ins Gesicht wehte, *»will ich, was er will.«*

2

Till hatte das Gefühl, gerade eingeschlafen zu sein, als er spürte, wie jemand seine Decke berührte. Er öffnete die Augen. Neben seinem Bett stand Max. Er trug seinen hellblauen Schlafanzug, hatte sich zu Till heruntergebeugt, die Hand auf ihn gelegt. »Schläfst du?«, wisperte er.

Till schüttelte den Kopf. Er war zu verunsichert, als dass er es gewagt hätte, etwas zu sagen.

»Kann ich mich kurz hinsetzen?«

»Klar.« Till rückte mit der Decke ein wenig von der Bettkante ab zur Wand. Als Max sich auf die Matratze setzte, gab sie fast nicht nach. Er ist leicht, er muss aufpassen, dass er nicht plötzlich wegfliegt, musste Till denken. Er schüttelte sich. Wie spät war es denn?

Max stellte die Beine ebenfalls auf die Matratze und schlang die Arme um die Knie.

»Willst du nicht lieber in dein Zimmer gehen? Wenn er dich hier sieht, gibt's doch noch mal Ärger.«

Max legte das Kinn auf die beiden Kniescheiben.

»Was hat er denn noch gesagt?«

Aber Max schüttelte nur den Kopf.

Nachdem Till in sein Zimmer gerannt und Max schreien gehört hatte, hatte er fieberhaft überlegt, was er tun sollte. Zurück zu Max, sich auf den Vater stürzen? Es war nicht in Frage gekommen. Das ging ihn doch nichts an, hatte Till versucht, sich zu sagen. Ärger zwischen Vätern und Söhnen, das hatte es doch schon immer gegeben – er kannte das nur nicht. Der Gedanke, dass er sich womöglich nur *deshalb* nicht eingemischt hatte, weil er fürchtete, das Haus dann verlassen zu müssen, war Till jedoch nicht aus dem Kopf gegangen.

»Was war denn noch?«, versuchte er es noch einmal. »Hat er noch etwas gesagt?«

Max zog das Kinn auf die Brust und legte die Stirn auf die Knie. Till hörte, wie er die Nase hochzog.

»Hast du ihm gesagt, dass wir zusammen im Gartenhaus waren?«

Er spürte mehr, als dass er es sah, wie Max den Kopf schüttelte.

»Hast du gesagt, du warst allein?«

Ruckartig wandte sich Max ihm zu. »Mein Vater hat keine Frau dort.

Es ist was anderes.« Er schluckte und hauchte die letzten Worte nur. »Viel schlimmer.«

Was könnte schlimmer sein, dachte Till und fühlte zugleich doch im Bauch, dass es stimmte.

»Ich weiß nicht genau, was es ist, Till, aber als du vorhin aus meinem Zimmer raus bist, als ich mit ihm allein war, da habe ich es gespürt.«

Till sah Max an. Er wirkte noch ein wenig dünner als sonst, die kurz geschnittenen Haare standen von seinem Kopf ab, die Handgelenke, die aus den Pyjamaärmeln hervorschauten, kamen Till vor wie aus Strohhalmen gemacht. Als könnte er sie mit einem festen Druck glatt durchbrechen.

»Er hat mich nicht angefasst, aber er war wütend. Das konnte ich förmlich riechen. So wütend hab ich ihn noch nie erlebt. Er hat nicht gewollt, dass wir sie sehen, die Frau dort unten. Er hat nicht damit gerechnet, dass ich eindringe in sein Gebiet. Er hatte sich sicher gefühlt, allmächtig, und plötzlich ist ihm klargeworden, dass ich mich darüber hinweggesetzt habe. Aber er ist nicht erschrocken. Er ist wütend geworden. So wütend, dass er mich am liebsten –«

Max brach ab, den Blick starr auf Till gerichtet.

»... dass er mich am liebsten gepackt und gegen die Mauer geschleudert hätte.«

Till merkte, wie er schneller atmete.

Max' Stimme war leise jetzt, fast flüsterte er, den Kopf zu Till gedreht, die Arme noch immer um die hochgezogenen Beine geschlungen. »Er ist ein Killer, Till – das ist es. Mein Vater bringt Frauen um. Deshalb war sie dort unten. Er vergräbt sie unter dem Haus. Er tötet sie. Er kennt keine Grenze, kein Erbarmen, kein Stoppschild. Er kennt nur eins: seinen Willen. Vielleicht ist er ihm selbst unterworfen. Er ermordet die Frauen, und dann begräbt er sie im Keller unter dem Keller.«

Die wispernde Stimme verflog in der Dunkelheit. »Vielleicht hat er dich deshalb zu uns eingeladen, Till. Weil er dich umbringen will. Weiß jemand, dass du hier bist? Bist du schon angemeldet? Er glaubt, dass du ihm gehörst, dass er mit dir machen kann, was er will. Wir müssen aufpassen, bevor es zu spät ist«, flüsterte Max.

»Ich ... meinst du wirklich – Max, ich glaube das nicht, mit den Frauen ... das ... das ist doch Wahnsinn, das stimmt nicht ... ich ...

kann mir das nicht vorstellen.« Till hatte sich auf den Rücken gelegt und starrte an die Decke.

Max schien sich das, was er gesagt hatte, noch einmal durch den Kopf gehen zu lassen.

»Die Papageien? Die Frau im Keller? Ich sage dir, er hat sich verändert«, sagte er schließlich. »Vielleicht ist es wegen dem Buch, das er schreibt. Ich weiß nicht, weshalb es so ist, wie es ist, aber es geht mit ihm etwas vor. Du hättest ihn sehen sollen, sein Gesicht, es kam mir fast so vor, als hätte es unter seiner Haut geblubbert, als er mich angestarrt hat. Es geht mit ihm etwas vor, Till. Und wenn ich meine Mutter anschaue, dann weiß ich, dass sie das auch denkt.«

3

Drei Tage später fragte sich Till zum ersten Mal, ob Max vielleicht recht haben könnte. Er presste sich in die Ecke eines grün gekachelten Tunnels, die Kapuze seiner neuen Fleecejacke hochgeschlagen, die Hände in den Taschen vor dem Bauch vergraben, das Herz ein Presslufthammer, der sich durch seinen Brustkasten fressen zu wollen schien. Die Augen hatte er starr geradeaus gerichtet, er wagte es nicht, sich zu rühren. Es war still in dem Tunnel, nur ganz entfernt waren noch vereinzelte Stimmen zu hören, eine Durchsage, Schritte, die rannten. Um Till herum war niemand mehr, es war kühl geworden in dem Gang, aber er war nicht allein. Ein leises Brummen war zu hören, Stille, dann wieder Röcheln, Knurren, Schmatzen.

Zwei Meter vor Till stand ein Hund, er war ein bisschen größer als der Junge, er war mager, die Sehnen standen unter seinem Fell hervor. Seine Augen wirkten wie Nagelspitzen, metallisch, tot und funkelnd zugleich. Er hatte Till mit seinem Blick fixiert, reagierte auf jede Bewegung des Jungen, indem er sein rauhes Knurren anschwellen ließ. Der bittere, faulige Atem, der dabei aus seinem Maul strömte, legte sich auf Tills Gesicht und verklebte ihm Nase, Rachen und Augen. Das Furchtbarste an dem Vieh aber waren seine Zähne, sie schienen mit einer Stahlschleife in Form gebracht worden zu sein, drei Zentimeter hoch ragten sie vom Unterkiefer auf, spitz wie Nadeln, von einem schmutzigen Weiß, versenkt in das graurosa Zahnfleisch, von dem der Hund wieder und wieder die Lefzen zurückzog.

Drei Tage lang hatten Till und Max auf eine Gelegenheit gewartet, mehr über Bentheim zu erfahren, dann war ihre Geduld endlich belohnt worden. Sie hatten beim Frühstück mitbekommen, wie Max' Vater mit seiner Frau besprochen hatte, dass er am Nachmittag in die Stadt fahren würde. Da sie wussten, dass er meistens die S-Bahn nahm, wenn er allein in die Stadt fuhr, beschlossen sie, dass Till ihm unauffällig folgen sollte.

Nach dem Mittagessen hatte Till Julia, wie er sie jetzt nannte, erklärt, dass er das schöne Wetter ausnutzen wollte, um an einen See zu fahren. Lisa war an dem Tag sowieso zu einem Geburtstag eingeladen gewesen, so dass sich gar nicht erst die Frage stellte, ob er sie mitnehmen wollte. Und Max hatte verkündet, dass er den ganzen Tag über nur lesen wollte. Also war Till allein losgeradelt, wie er es beabsichtigt hatte. Aber nicht zum See, sondern zum S-Bahnhof.

Auf der Plattform suchte er sich eine Stelle, von der aus er einen Überblick über den Parkplatz vor dem Bahnhof hatte. Nach einer guten Stunde begann ihn die Zuversicht zu verlassen. Ob Bentheim auch diesen und nicht einen anderen S-Bahnhof mit dem Auto ansteuern würde, war gar nicht zur Sprache gekommen. Vielleicht hatte er es sich anders überlegt und war doch mit dem Wagen direkt in die Stadt gefahren?

Geistesgegenwärtig zog Till den Kopf hinter die Informationswand zurück, hinter der er Stellung bezogen hatte. Unten war der Jaguar vorgefahren. Mit angehaltenem Atem wartete Till ab. Von seiner Position aus konnte er die Anzeigetafel sehen. Der nächste Zug fuhr bis Ahrensfelde. Wenn Bentheim in die Stadt wollte, musste er den nehmen. Till war klar, dass er Glück haben musste. Er konnte nicht warten, ob Bentheim wirklich in den Zug stieg. Er musste gleichzeitig mit ihm hinein, und zwar möglichst in einen Nachbarwagon.

Die Minuten schleppten sich dahin. Als der Zug endlich einfuhr, waren Tills Hände schweißnass. Er wartete, bis der Zug zum Stehen gekommen war, sich die Türen geöffnet hatten. Dann schoss er los. Das musste der Moment sein, an dem Bentheim selbst damit beschäftigt war, über den Spalt zwischen Zug und Bahnsteig zu steigen, der Moment, an dem er sich nicht groß umsehen würde. Kurz bevor er in den Zug sprang, warf Till einen Blick zur Seite. Der Bahnsteig war leer. Hatte er ihn verloren?

Der Pfeifton, die Türen ratterten zusammen. Ein Ruck. Dann fuhren sie. Till versteckte sich hinter einer Gruppe von Touristen. Nach ein paar Sekunden Fahrtzeit schob er sich nach vorn und blickte an ihnen vorbei durch das Fenster in den Wagon, der vor ihnen fuhr. Er war nur halb voll. Die Sitze waren weitgehend besetzt, ein paar Leute standen. Bentheim? Fehlanzeige. Till näherte sich dem Fenster, um besser hindurchsehen zu können, tastete mit dem Blick Sitz für Sitz ab. Der Mann war nicht in dem Wagen.

Sie fuhren in die nächste Station ein. Westkreuz. Kaum hatte der Zug gehalten, sprang Till aus dem Wagon, huschte über den Bahnsteig und stieg in den Nachbarwagon ein, den er eben überprüft hatte. Pfeifton, Ruck, Anfahrt. Mit federnden Schritten eilte Till durch den Wagen nach vorn und sprang auf halbem Weg hinter die Seitenwand der längs aufgestellten Sitze – Bentheim war im nächsten Wagon, wenige Meter hinter dem Fenster!

Till ließ sich auf den Boden gleiten und drückte den Rücken gegen die Trennwand, hinter der er Schutz gesucht hatte. Als er zur Seite blickte, bemerkte er, dass ihn eine Frau verwundert ansah. Er lächelte. War nicht schön, auf dem Boden zu sitzen, schon klar. Aber so schlimm nun auch wieder nicht. Sie sollte sich mal lieber um ihre eigenen Angelegenheiten kümmern.

Charlottenburg. Savignyplatz. Zoo. Tiergarten. Bellevue. Hauptbahnhof. Friedrichstraße. Vor jeder Station schob sich Till ein wenig nach vorn, um zu sehen, ob Bentheim Anstalten machte, auszusteigen. Aber er blieb ruhig stehen, hatte eine Zeitung vor der Nase, lehnte gegen die Haltestange und fuhr bis Alexanderplatz. Als sich die Bahn über den weiten Bogen dem Fernsehturm näherte, sah Till, dass Bentheim die Zeitung in die Tasche seines Regenmantels gesteckt hatte und zur Tür getreten war. Der Zug fuhr in den Bahnhof ein, und Till hastete los. Er konnte keinesfalls aus der Tür herauskommen, die genau neben der Tür Bentheims lag, dann würde er ja fast mit ihm zusammenstoßen. Till eilte bis ans Ende des Wagons und kam gerade noch rechtzeitig, um den grün leuchtenden Türknopf zu betätigen. Die beiden Flügel zischten auf. Er trat hinaus.

Auf dem Bahnsteig herrschte reges Treiben. Die Leute standen dicht an dicht. Till glitt zwischen ihnen hindurch. Er war kleiner als die meisten, würde also von weitem nicht ohne weiteres gesehen werden können. Aber er wusste auch nicht, welche Treppe Bentheim benutzen würde. Da sah er ihn. Max' Vater hatte die Rolltreppe genommen, vor welcher der Wagon zum Stehen gekommen war. Eine Menschentraube hatte sich vor der Rolltreppe gebildet. Till drängte sich zwischen die Fahrgäste, schob sich zum Aufgang. Die Rolltreppe ließ er rechts liegen, hastete zur Steintreppe, die zwischen der aufwärts- und der abwärtsführenden Rolltreppe angelegt war. Auch dort drängten sich Fahrgäste aneinander vorbei. Wenn er sich jedoch klein machte, konnte er unauffällig zwischen ihnen hindurchschlüpfen.

Als Till unten angekommen war, hatte er für einen Augenblick die Orientierung verloren. In alle möglichen Richtungen gingen Gänge ab. Ein Gewirr von Treppen, Ebenen, Korridoren, Rondells, Übergängen, Hallen. An dem Bahnhof schienen sich mindestens achtzig verschiedene S-, U-, Tram- und Fern-Bahnlinien miteinander zu verknoten. Es wirkte, als würde die Halle, in die Till über die Treppe gelangt war, geradewegs im Zentrum dieses Knotens angelegt worden sein, als hätten die Plancr Wert darauf gelegt, von hier aus zu jeder der zig Plattformen einen direkten Zugang zu schaffen, egal wie verwinkelt, schräg oder umständlich der Weg auch verlaufen musste. Ein Knoten, dessen Komplexität in krassem Widerspruch stand zu der erschreckenden Leere des Platzes darüber, ein Gewirr von Möglichkeiten, das aus einer anderen Zeit stammte, als auch die Oberfläche des Alexanderplatzes noch ein schlagendes Herz aus Straßenzügen, Häusern, Winkeln und Gassen gewesen war – und nicht eine Wüste, dominiert von einem aberwitzigen Turm. Oben war der Platz jetzt eine unbebaute Fläche, in die eine ganze Stadt hineinzupassen schien, eine Leere, die der Krieg gerissen hatte und die nie wieder zugebaut worden war – hier unten aber hasteten die Menschen noch immer wie in einem Ameisenhaufen durch Gänge und Hallen, die aus der Zeit von vor dem Krieg stammten.

Till wirbelte um seine Achse. In den verschiedenen Armen des Ungeheuers, in dem er sich befand, hallten die Schritte und das Gemurmel der Menschen wider, das Knirschen der Züge und das Rattern der Treppen vermischten sich zu einem flirrenden Surren.

Da sah er ihn wieder. Bentheim. Am Eingang zu einem Tunnel, der aus der Halle herausführte.

Till rannte. Er stieß mit einer Frau zusammen, die er um ein Haar von ihren Stöckelabsätzen gerissen hätte – und hetzte weiter. In den Tunnel hinein, in dem Bentheim verschwunden war. Nach wenigen Metern öffnete sich der Tunnel in eine zweite Halle, die zwar nicht ganz so zentral lag wie die erste, dafür aber erfüllt war von dem ranzigen Gestank zahlloser Imbissbuden, die hier ihren Platz gefunden hatten. Bentheim schritt bereits eine weitere Treppe hinab, in einen Gang, der sich noch einmal tiefer hinein in den Berliner Untergrund bohrte.

Till hinterher. Als er den Gang erreichte, sah er, dass Bentheim gut dreißig Meter weiter um eine Ecke bog. Till sprintete los, erreichte die Ecke und blieb mitten im Lauf stehen, als hätte man das Fließband, über das er hinweggerast war, mit einem Mal zum Stoppen gebracht.

Der Gang, der vor ihm lag, war leer.

4

Till konnte die nächsten hundert Meter, die sich der grün gekachelte Gang weit erstreckte, problemlos überblicken. Der Fußgänger-Tunnel verlief erst ein wenig nach unten, stieg an seinem anderen Ende aber wieder etwas an, so dass Till von den Leuten, die auf der anderen Seite gerade hineinbogen, zwar nur die Füße und die Beine bis zu den Knien sehen konnte. Als er sich jedoch auf den Boden legte, sah er sie ganz – und Bentheim war nicht darunter.

Till stand wieder auf und rannte den Gang hinunter, an einem China-Imbiss vorbei und um die nächste Ecke herum, hinter der sich der Gang gabelte. Kurz entschlossen sprintete Till in die linke Abzweigung hinein, die nur wenige Meter weiter jedoch auf einen Bahnsteig mündete, auf dem Bentheim nicht zu sehen war. Zurück zu der Gabelung, in die andere Abzweigung hinein. Sie endete an einer Treppe, die nach oben führte, so dass Till in einiger Entfernung am Ende der Treppe das Tageslicht sehen konnte. Das ergab keinen Sinn. Wenn Bentheim nach draußen gewollt hätte, wäre er nicht erst durch dieses Labyrinth geirrt. Dennoch raste Till die Treppe hoch. Oben fegte ein kühler Wind über den Platz. Wie ein Mast ragte der Turm bis in die Wolken. Von Bentheim jedoch nichts zu sehen. Also kletterte Till die Treppe wieder herunter und beeilte sich, dass er zurück in den Gang kam, in dem er ihn verloren hatte.

Der Mann konnte sich doch nicht in Luft aufgelöst haben! Langsam schritt Till den grün gekachelten Tunnel entlang, hinter dessen Ecke er Bentheim zuletzt gesehen hatte. Fast einhundert Meter. Vier oder fünf Meter breit. An den Wänden klebten auf beiden Seiten in regelmäßigen Abständen Plakate. Till suchte die Wände ab. Konnte es sein, dass es eine Tür gab, die ihm entgangen war? Aber warum sollte Bentheim hier unten hinter einer Tür verschwinden?

Nach zehn Minuten stand er wieder dort, wo er zuerst in den Tunnel eingebogen war. Keine Tür. Kein Abzweig. Keine Klappe im Boden. Eine Luke, eine Leiter, die herabfuhr, Bentheim, der hinaufstieg? Lächerlich. Trotzdem hatte Till die Decke abgesucht. Sie war gleichmäßig verputzt. Weiß. Schmutzig. Und ohne Luke. Hatte er sich doch einfach abhängen lassen? Auch wenn Till das nicht mit absoluter Sicherheit ausschließen konnte, hielt er es für unwahrscheinlich. Nein, es gab nur eine Möglichkeit. Eine Möglichkeit, die ihm von Anfang an durch den Kopf gespukt war, seitdem er den Gang betreten hatte.

Unauffällig schlenderte er an dem China-Imbiss vorbei, der sich in dem Gang befand. Die Bude war direkt an die Wand gesetzt, vielleicht sechs Meter breit, keine zwei Meter tief. Ihre rechte Außenwand war massiv, links befand sich eine Tür, durch die man hineinkam. Die Vorderfront war in voller Breite verglast. Dahinter konnte Till den Chinesen sehen, der am Herd stand und mit einigen großen, gusseisernen Töpfen hantierte. Zurzeit stand nur ein Kunde davor, über eine Schale gebeugt, schlürfend.

Till warf einen Blick auf den Teller des Kunden. Dunkelbraune Brocken ertranken in einer orange glänzenden Sauce. Das Brett, auf das der Gast seine Schale gestellt hatte, war verklebt und dreckig. Hinter dem Herd, an dem der Koch in seinen Woks rührte, breitete sich eine bräunliche Schicht vertrockneter, fettiger Spritzer aus – bis hin zu einer Tür, die in die Rückwand der Bude eingelassen war.

Till war sich sicher: Es musste die Tür sein, hinter der Max' Vater verschwunden war. Aber was sollte er tun? Sich ein Süppchen bestellen und fragen, ob er auch mal da rein dürfte?

Die nächsten zwei Stunden verbrachte er damit, in der Nähe der

Bude herumzulungern. Nachdem der Kunde gegangen war, bezog Till Stellung hinter der Seitenwand, wo der Koch ihn nicht sehen konnte, Till aber die Tür, die aus der Bude herausführte, im Auge hatte. Nicht zu nah dran, um Gäste, die bei dem Imbiss etwas essen wollten, eventuell zu stören, aber auch nicht zu weit weg. Mitten im Gang herumzuhängen und Aufsehen zu erregen führte zu nichts.

Die Zeit schien nicht vergehen zu wollen. Was macht der Koch, wenn er mal aufs Klo muss, fragte sich Till. Wahrscheinlich führte die Tür in der Rückwand zu einer Toilette, und er hatte Bentheim vorhin eben doch einfach aus den Augen verloren …

Nach und nach wurde es in dem Gang ruhiger. Noch immer vibrierten die Wände in regelmäßigen Abständen, wenn in einen der umliegenden Bahnsteige ein Zug einfuhr. Aber die Züge waren nicht mehr so voll besetzt.

Es vergingen ganze Minuten, in denen niemand den Tunnel betrat. Dann wieder kam vielleicht ein gutes Dutzend Leute aus einem frisch eingefahrenen Zug und lief vorbei.

Schon begann Till sich zu fragen, ob es nicht höchste Zeit war, zurück nach Hause zu fahren, da legte sich plötzlich noch ein anderer Geruch über den des Imbisses. Till hob den Kopf und blickte genau in die toten Augen des Hundes.

Das Tier war zwar mager, aber mindestens so groß wie er. Und es roch nach faulem Fleisch aus dem Mund. Es kam Till so vor, als würden seine Nerven auf einer Drehspule gespannt. Er hatte Hunde noch nie besonders gemocht, dieser aber war regelrecht abstoßend. Als Till zusammengezuckt war, hatte er zu knurren begonnen, jetzt zog er die weiche Haut seiner Schnauze über die Zähne zurück.

Ich muss hier weg, aber wenn ich mich bewege, schnappt er zu. Er reißt mir den Arm auf. Vielleicht beißt er mir in den Bauch? Wenn ich renne, ist er mit zwei Sätzen an meinem Hals.

Till lief der Schweiß den Rücken hinunter. *Hunde riechen, wenn du Angst hast. Das macht sie misstrauisch.*

Seiner Kehle entsprang ein Schrei. Er hatte es nicht zu verhindern vermocht. Till schrie einfach und sah, wie sich die Sehnen des Köters spannten, wie das Tier die Hinterpfoten in den Zementboden rammte, die Vorderpfoten nach vorn streckte, seinen mageren Körper, der jetzt ein einziger Muskel zu sein schien, nach vorn warf, direkt auf Till zu. Till riss den Arm hoch, unfähig zu laufen, unfähig zu denken, als würde er die schmutzigen, stinkenden Zähne der Bestie schon an seinem Hals spüren ...

»Chow!«

Ein Jaulen, ein Aufprall, Fellbeine auf der Brust, eine Schnauze, die an seinem Arm vorbeiwischte. Dann wirbelte das Vieh herum, stieß sich von ihm ab, sprang zurück zu der Bude, deren Seitentür jetzt geöffnet war. Die Krallen klatschten auf dem Betonboden, das Tier wieherte fast wie ein Pferd und lief dem Chinesen entgegen, der eben aus der Tür getreten war und mit einem Rucksack auf dem Rücken freundlich Till zuwinkte.

Till blieb auf dem Boden sitzen. Die Beine taub, das T-Shirt unter dem Kapuzenshirt klatschnass, das Gesicht von der Panik eiskalt. Zurückwinken kam nicht in Frage. Seine Glieder gehorchten ihm nicht. Er konnte nicht einmal lächeln. Aber das schien den Chinesen nicht weiter zu stören. Er hatte offenbar überhaupt nicht bemerkt, dass sein Hund Till beinahe angefallen hätte. Er warf nur die Seitentür seiner Bude zu, verschloss sie zweimal und marschierte ohne weitere Verzögerung zusammen mit seinem Hund den Gang hinunter, in die Richtung, in der die Halle mit den anderen Buden lag.

Till ließ ein paar Minuten verstreichen. Die Geräusche waren jetzt zu einem entfernten Brausen zusammengeschmolzen. Das Brausen der Stadt.

Langsam erhob er sich, ging zu der Bude und linste durch das schmierige Glas. Drinnen war es dunkel. Schemenhaft konnte Till die Tür in der Rückwand erkennen. Sie war geschlossen. Vor den Spalt unter dem Glas, durch den der Koch den Tag über seine Speisen gereicht hatte, war ein Brett gelegt. Aber der Spalt wäre ohnehin zu schmal gewesen, um hindurchzukriechen.

Till schielte zum Dach der Bude. Es war komplett durchgezogen und sah solide aus. Er schüttelte sich. So nahe dran war der Gestank noch schlimmer. Im gleichen Moment realisierte er, dass der süßliche Müllgeruch – jetzt, wo nicht mehr gekocht wurde – nicht direkt aus dem Imbiss kam, sondern aus einem Müllsack, der in einem einfachen Gestell gleich daneben hing. Dorthinein hatten die paar Kunden, die etwas gegessen hatten, ja auch ihre Einwegschalen geworfen. Till trat an den Plastiksack heran, der nur durch einen lose aufsitzenden Deckel verschlossen wurde. Der Sack hing schlaff herunter, lediglich das untere Viertel war gefüllt.

Till kniff die Augen zusammen. Und plötzlich sah er es. Es war eine unendlich langsame, schleppende Bewegung, aber wenn er genau darauf achtete, war sie nicht zu übersehen. Die dünne, blaue Plastikfolie des Müllsacks wogte leicht hin und her, beulte sich aus und fiel wieder ein.

Till steckte der Köter noch in den Knochen. Die endlose Warterei. Der Gestank, der jetzt unerträglich zu werden schien. Aber es war seine einzige Chance. Wenn er es nicht über sich brachte, den Deckel zu heben, ging er von hier fort, ohne etwas erreicht zu haben.

Gewaltsam stieß er den Atem aus, den er in der Lunge hatte, spannte die Muskeln an Armen und Hals, trat auf den Eimer zu, holte tief Luft – und warf den Deckel zurück.

Warmer Dunst quoll ihm aus dem Plastik entgegen – rasch versenkte Till Mund und Nase in seiner Armbeuge und spähte über den Rand in den Sack. Das schleimige Rutschen und Rascheln war jetzt deutlich zu hören – und nun auch zu erkennen, woher es rührte. Es waren Würmer, groß wie Finger. Sie glitten übereinander her, weiß, blind, sich an den Resten vollfressend, die in dem Sack lagen. Hunderte, Tausende vielleicht, wie trunken von dem Gestank, in dem sie sich labten.

Für einen Moment hatte Till das Gefühl, kopfüber in diese Brut hineinstürzen zu müssen, doch dann machte der Schwindel einem anderen Gefühl Platz. Dem brennenden Gefühl des Wiedererkennens. Denn zwischen den weißlichen Leibern der Würmer sah Till etwas Grünes, etwas Blaues, etwas Gelbes hindurchschimmern. Klare Farben, wenn die Absonderungen der Würmer sie nicht bereits abgestumpft hätten, die Farben von Federn – die Farben von Flügeln – die Farben von zwei toten Papageien, die zwischen den Essensresten in dem Sack lagen.

5

Nachdem der Jaguar seines Vaters das Grundstück verlassen hatte, hatte sich Max nicht hingelegt, um ein Buch zu lesen, sondern war unauffällig zum Gartenhaus zurückgekehrt.

Es hatte ihm keine Ruhe gelassen. Sein Vater hatte ihm zwar eingeschärft, dass er dort nichts zu suchen habe. An den Schlüssel, der in der Besenkammer hing, hatte Bentheim jedoch nicht gedacht.

Minuten später stand Max erneut in dem Kellerraum, in dem sich die Tür in der Wandtäfelung befand. Er zog die Tür mit dem Korkenzieher auf und wandte sich zu den Holzplanken, die ihm bereits aufgefallen waren, als er zusammen mit Till die Luke im Boden entdeckt hatte.

Er klopfte dagegen. Der dumpfe Widerhall signalisierte, dass sich ein Hohlraum dahinter befinden musste. Seine Hände glitten über die achtlos über die Holzbretter geklebte Rauhfasertapete. Mit einer schnellen Bewegung ritzte er mit dem Korkenzieher über das Papier. Die rohen Holzplanken kamen darunter zum Vorschein. Max kratzte die Tapete großflächig ab. Die Holzplanken waren nicht dicht aneinandergeschoben, sondern mit einem Abstand von fast einem Zentimeter nebeneinandergenagelt. Er rüttelte daran. Sie ließen sich ein wenig biegen, aber nicht lösen. Er legte sich auf den Rücken und stemmte die Sohlen seiner Schuhe gegen die Planken. Es gelang ihm, sie ein wenig weiter zu biegen, aber der Durchgang blieb versperrt. Er zog die Beine zurück und ließ seine Füße mit voller Wucht auf die Planken knallen. Es knackte. Er holte noch einmal aus, wie im Rausch jetzt, besessen von der Gier zu sehen, was sich in dem Raum dahinter befand.

WAMMS – knallten seine Sohlen gegen die Bretter. *WAMMS WAMMS* – dann brach die erste Planke durch. Max drehte sich um, kniete sich vor sie und riss daran. Ein stechender Schmerz explodierte in seinem Zeigefinger, eine heiße Welle schwappte in seinen Arm und breitete sich in seinem Körper aus. Er zog die Hand zurück. Für einen Moment hatte er geglaubt, etwas hätte ihn gebissen. Aber dann sah er, dass er sich nur einen Splitter eingerissen hatte. Vorsichtig zog er das feine Holzstückchen unter der Haut hervor. Es blutete. Er leckte das Blut ab, saugte an der Stelle. Aber er musste sich beeilen, es würde nicht mehr lange dauern und seine Mutter würde sich fragen, wo er steckte.

Max zog das T-Shirt, das er trug, über den Kopf und wickelte es um die noch immer blutende Hand. Dann riss er erneut an der angeknacksten Planke, jetzt, da die Hand geschützt war, mit doppelter Kraft. Es krachte. Die Planke brach heraus. Er nahm sie und schob sie quer zwischen zwei weitere Bretter. Drückte dagegen. Die Hebelwirkung war beträchtlich. Die nächste Planke brach unter dem Druck mitten durch. Er nahm den Hebel heraus und machte sich an die nächste Latte. Binnen weniger Minuten hatte er alle Planken durchbrochen. Er drehte sich wieder auf den Rücken und ließ seine Füße wie einen Presslufthammer auf die zerborstenen Bretter prasseln. Es knackte und splitterte. Er riss sich an den Brettern die Waden auf, seine Strümpfe verhakten sich in den Splittern, sein nackter Rücken schrammte über den Betonboden. Es war ihm egal. Keuchend hielt er inne, richtete sich wieder auf und starrte in die Nische, die er freigelegt hatte.

Der Raum war größer, als Max erwartet hatte. Ein niedriger Schacht, bis an die Decke vollgestellt mit Kartons.

Im gleichen Augenblick, in dem er endlich einen Zugang gerissen hatte, durchzuckte Max ein Gedanke, den er bei aller Gier, den Hohlraum freizulegen, vollkommen ausgeblendet hatte: Er würde keine Möglichkeit haben, die zerborstenen Holzplanken wieder zu flicken. Die Spur seines Eindringens würde nicht zu tilgen sein. Was er angerichtet hatte, würde zwar hinter der Holztäfelung verborgen sein. Sollte sein Vater jedoch die versteckte Tür in der Holztäfelung aufziehen, würde er sehen, dass jemand die Planken durchbrochen hatte.

Es war fast, als würde Max durch die Lücke, die er gerissen hatte, hindurchklettern, um diesen Gedanken nicht an sich heranzulassen. Er würde es abstreiten. Die Frau war hier gewesen. Sie musste aus der Luke im Boden gekommen sein. Woher sollte sein Vater wissen, ob nicht jemand anders aus der Luke gekommen war und die Holzplanken eingerissen hatte?

In der feuchten Luft des niedrigen Schachts fröstelnd, sah Max sich um. Hinter einem der Kartons am Ende des Schachts drang ein fahler Lichtschein hervor. Er krabbelte zu dem Karton und stieß ihn zur Seite. Matt fiel Licht, das durch einen Stollen von oben kam, in den Raum.

Ungeduldig riss Max den Karton auf, den er von dem Lichtschacht weggerückt hatte. Kleine Blechbüchsen befanden sich darin und ein altmodisches Gerät, das ihn an einen Apparat erinnerte, den ihm seine Mutter einmal gezeigt hatte. Ein handbetriebener Filmprojektor, auf dem sie ihm verwackelte Bilder von vor hundert Jahren vorgeführt hatte, die ihr Großvater von seiner Familie gemacht hatte. Genau hier, auf diesem Grundstück, das er zu Beginn des letzten Jahrhunderts erworben hatte.

Minuten später durchschnitt ein Lichtkegel den Kellerraum. Mit dem Fuß stieß Max den leeren Karton zurück vor den Lichtschacht, um das Bild, das der Projektor auf die andere Seite des Raums warf, besser erkennen zu können. Es sah aus wie eine uralte Fotografie. Max konnte einen gar nicht so alten Mann mit Spitzbart und einem altmodisch geschnittenen Anzug erkennen. Je nachdem, wie schnell er an der Kurbel des Projektors drehte, bewegte sich der Mann wie ein überdrehter Roboter oder wie eine schlaftrunkene Puppe. Nach einer Weile hatte Max zwar den richtigen Rhythmus gefunden, aber die Bewegungen des Mannes blieben etwas ruckartig und merkwürdig gespreizt. Dennoch war es eindeutig zu erkennen: Es war der gleiche Mann, der auch auf den Tierfotos zu sehen gewesen war, die Max und Till in dem anderen Kellerraum entdeckt hatten.

Aber wer ist die Frau?, fragte sich Max. Nachdem der spitzbärtige Mann zunächst allein in einer Art Labor zu sehen gewesen war, war bald darauf eine Frau hinzugekommen. Sie trug ein weit ausladendes, hochgeschlossenes Kleid, das bis zum Boden reichte. Ihre Haare waren zu einem gewaltigen Knoten hinten am Kopf zusammengebunden, ihre Füße steckten in zierlichen Schuhen. Sie hatte dem Mann nur kurz zugenickt und auf einem Stuhl mit hoher Lehne und weichen Armstützen Platz genommen.

Gebannt starrte Max auf die Projektion, deren schwarzweißer Kontrast sich auf dem unregelmäßigen Untergrund nur schwach abzeichnete. Der Mann schien auf die Frau einzureden, hob immer wieder die Hand, als wolle er seine Worte unterstreichen. Was er sagte, war nicht zu hören, der Projektor war für eine Tonspur nicht ausgerüstet. Die dunklen Augen der Frau waren unverwandt auf den Redner gerichtet, ihren Kopf hatte sie gegen die Stuhllehne sinken lassen. Der Mann wandte sich kurz zu einem langgezogenen, gekachelten Tisch, der die gesamte Rückwand des Raums einnahm, hob etwas auf und ging dann langsamen Schritts auf die Frau zu. In der Hand hielt er etwas. Eine Spritze? Ein Hörgerät? Eine Lampe?

Max schluckte. Aber er hörte nicht auf, an der Kurbel zu drehen. Der Projektor neben ihm surrte gleichmäßig, das Licht flackerte leicht.

Der Mann beugte sich über die Frau. Ihr Kopf war ganz nach hinten gesunken, sie hatte die Augen geschlossen, ihre Brust hob und senkte sich langsam und schwer. Jetzt schob sich der Körper des Mannes zwischen die Frau und die Kamera, so dass er die Sicht auf sie versperrte.

Während er weiter über sie gebeugt stand, schnellte sein Blick immer wieder zum Gesicht der jungen Frau, und Max konnte das Profil des Mannes sehen. Die Anspannung hatte sich in seine Züge gegraben. Plötzlich wirkte der Mann nicht länger wie ein seltsamer Kauz aus Urgroßvaters Zeiten, plötzlich kam es Max so vor, als wäre das Gesicht des Mannes in all seiner Ausdruckskraft deutlich zu erkennen, als wäre unter der dicken Schminke eines Schauspielers der Mensch zum Vorschein gekommen, als würden Moden und Verkleidungen abgefallen sein und er einen Mann vor sich haben, der vollkommen auf sein Vorhaben konzentriert war.

Da trat der Mann wieder einen Schritt zurück, gab die Sicht auf die Frau frei – das kleine, spitze, schwarze Gerät noch immer in der Hand. Auf den ersten Blick schien ihre Haltung unverändert, nur ein Ärmel ihres Kleides war hochgeschoben. Doch dann kam es Max so vor, als würde sich ihr Atmen verlangsamen, ihr Kopf noch weiter nach hinten verdrehen. Der Blick des Mannes hing an ihrem Gesicht, ernst verfolgte er, wie sie reagierte. Max sah, wie sich seine Lippen bewegten, er glaubte sogar, von ihnen ablesen zu können, was er sagte. Der Mann schien ihren Namen auszusprechen. Katharina? Matt nickte sie, ihr Kopf bewegte sich nur um Millimeter.

Erleichterung zeichnete sich auf den Zügen des Mannes ab, er nahm ihre Hand, legte sie auf den entblößten Arm, dann trat er zurück und begann, das Instrument an dem Labortisch zu säubern, das er benutzt hatte.

Da er dem Stuhl, in dem die Frau saß, den Rücken zugewandt hatte, konnte er für einen Moment nicht sehen, was passierte. Sie musste in ihren Bewegungen absolut lautlos gewesen sein, sonst hätte er sich mit Sicherheit sofort umgesehen. Stattdessen aber sah nur Max, was geschah. Erst beugte sich ihr Kopf nach vorn. Als kostete es sie unendliche Mühe, zog sie die Lider empor, die über ihre Augen gerutscht waren. Ihr Gesicht wirkte schlaff, beinahe wie schlafend, die Züge erinnerten an eine Marionette, deren Fäden durchschnitten worden waren. Sie machte den Eindruck einer Hypnotisierten, als sei sie nicht Herrin ihrer Sinne, als würde eine fremde Macht Besitz von ihr ergriffen haben. Mit schweren, fließenden Bewegungen begannen sich ihre Arme zu heben, die Hände schlaff herabhängend, die Arme aber durchgedrückt. Und plötzlich stand sie. Ohne dass Max gesehen hätte, wie sie ihr Gewicht verlagert hatte, war sie wie herausgestoßen aus dem Sessel auf die Füße gekommen, die Lider schwer, das Gesicht wächsern.

Max hielt den Atem an. Die ganze Erscheinung der Frau, ihre Haltung, die ihn unwillkürlich an eine Marionette, einen seelenlosen Leib erinnerte, ihr Gesicht, das wie unter einer Wachsschicht verborgen wirkte, ihre seltsam willenlosen Bewegungen – all das erinnerte ihn vage an Alpträume, die er gehabt hatte, an Fieberphantasien, an längst verschollene Spukfilme, die er als kleines Kind vielleicht gesehen oder sich vorgestellt hatte. Doch durch all diese diffusen Assoziationen hindurch war das, was er in dem Lichtrechteck vor sich sah, von einer beklemmenden, beunruhigenden Wirklichkeit. Das Bild einer Frau, die zutiefst erkrankt war, in die sich das Kranksein hineinzufressen schien wie ein blindes, seelenloses, unaufhaltsames Etwas.

Auch wenn sie vielleicht nichts davon spürte, so zeichnete sich die Veränderung, der ihr Körper unterworfen war, die Verwandlung, die in ihr vorging, doch in ihrem Gesicht ab. Es war noch immer ihr Gesicht, das Gesicht der Frau, die sich vor wenigen Minuten in den Sessel gesetzt hatte. Doch ihre hübschen Züge, die Max zuerst unwillkürlich angezogen hatten, erschienen ihm jetzt wie eine Schale, die abplatzte, während darunter etwas zum Vorschein kam, das aus allem Feinen, allem Liebenswerten, Offenen, Sensiblen etwas Entseeltes, Verschlossenes, Wächsernes machte.

In dem Moment musste der Mann sie gehört haben, denn er fuhr herum, in den Händen eine Glasschale, die ihm entglitt, als er sie hinter sich stehen sah. Er schien ihren Namen zu rufen – doch damit erreichte er sie nicht mehr. Wie gequält durch den Anblick der Frau wich er zurück, mit den Armen nach hinten greifend, sich auf dem Labortisch abstützend.

Gleichzeitig ertönte ein lautes Ratschen dicht neben Max. Als ob er sich verbrüht hätte, fuhr er zusammen, ließ die Kurbel los und sah zur Seite. Ein hektisches Peitschen war zu hören, das rechteckige Lichtfeld aufgelöst in einen diffusen Schimmer. Die hintere Filmspule rotierte noch immer – während das Ende des Filmstreifens, der gerade durch den Projektor hindurchgerutscht war, bei jeder Umdrehung mit unangenehmem Peitschen gegen das Metall des Geräts klatschte.

Dann war es still. Max hatte die Spule zum Stehen gebracht. Und der Lichtschimmer versank.

6

»Ich weiß nicht, *was* es ist, Till, aber es ist nicht mein Vater.«

Sie waren mit den Rädern unterwegs. Ohne ein bestimmtes Ziel vor Augen. Den Grunewaldsee hatten sie bereits hinter sich, jetzt ging es Richtung Glienicke.

Max trat fester in die Pedale, Till radelte neben ihm her. Er benutzte noch immer Lisas Rad, es war ihm etwas zu klein und hatte auch nur drei Gänge, aber er hielt mit.

Max hatte darauf bestanden, dass sie die Tour machten. Till hatte begriffen, dass Max kein bestimmtes Ziel angepeilt hatte, sondern nur in Ruhe mit ihm reden wollte. Nicht in seinem Zimmer, nicht in Tills Zimmer und auch nicht im Garten, sondern weg von dem Grundstück, auf dem sich auch an diesem Vormittag wieder sein Vater nach dem Frühstück zu seinem Gartenhaus begeben hatte.

Nachdem sie eine Weile durch den Grunewald geradelt waren, stoppte Max und stieg ab. Till folgte ihm vom Weg herunter in den Wald, wo Max sein Rad schließlich ins Laub fallen ließ und sich auf einen Baumstamm setzte. Aus dem kleinen Rucksack, den er dabei hatte, holte er ein schwarz eingebundenes Bändchen hervor und reichte es Till. Till wusste bereits, dass Max noch einmal in dem Keller gewesen war, und Max brauchte ihm nicht zu sagen, dass er das Büchlein dort unten entdeckt hatte. Till zog das Gummiband zurück, mit dem es verschlossen war, und öffnete vorsichtig den Einband. Es war eine Art besseres Schreibheft, die Seiten waren zwar nicht geklebt, sondern gebunden – aber nicht bedruckt. Stattdessen bestand das Büchlein aus karierten Blättern, die mit einer feinen, prägnanten und gut leserlichen Handschrift beschrieben worden waren. Till blätterte zur ersten Seite.

»März 1947, Haiti«, stand dort.

Er sah zu Max. Der hatte die Hände auf die Knie gestützt und blickte in den Wald.

Till schaute zurück in das Büchlein. »Katharina unverändert«, las er. »Hätte ich sie nicht herbringen dürfen? Das Wetter ist schon jetzt unerträglich heiß. Sie redet kaum, und was sie sagt, spricht sie undeutlich – fast möchte ich sagen *schluderig* – aus, ich kann sie oft nicht verstehen. Aber sie ist ungeduldig, wiederholt nie, was sie gesagt hat. Wenn ich nachfrage, wendet sie sich ab. Die Hitze scheint ihr nichts auszumachen. Trete ich aus dem Schatten in die Sonne, fühle ich mich wie ein Hummer, der bei lebendigem Leibe in einen Topf siedenden Wassers geworfen wird. Katharina hingegen sitzt auf unserer Terrasse in der Sonne, den Kopf in den Nacken gelegt, als trinke sie die Strahlen. Auch wenn ihr Körper schweißbedeckt ist, weicht sie ihnen nicht aus. Habe mit Dr. Gerrit gesprochen, der sagt, dass es ihr nicht schaden kann, solange sie den Kopf vor der Sonne schützt.«

Till sah auf. »Katharina? Wer ist das?«

»Die gleiche Frau, die in dem Film im Labor zu sehen ist.« Max blickte unverwandt geradeaus. »In dem Karton, in dem sich der Film befand, lagen auch zehn oder zwanzig von diesen Tagebüchern. Ich habe ein paar von ihnen überflogen. Es geht fast nur um sie. Um Katharina.«

Till schaute zurück in das Buch und las weiter. »Gerrit. Ist er der richtige Mann? Seit zwei Monaten ist sie bei ihm in Behandlung, ohne dass eine Besserung erkennbar wäre. Im Gegenteil. Fast scheint es, als verschlechtere sich ihr Zustand, wenn auch nicht stündlich, so doch von Woche zu Woche. Wie soll ich es beschreiben? Sie wirkt abgestumpft, lethargisch. Nicht müde, aber wie durch eine seltsame Kraft verlangsamt. (Ich hätte es niemals so weit kommen lassen dürfen!) Willenlos. Manchmal beschleicht mich das Gefühl, als habe sich Katharina, meine geliebte Frau, aus dem Körper, der dort in der Sonne brät, bereits davongeschlichen.«

Till hob das Bändchen hoch, damit Max die Seite sehen konnte. Der Schreiber hatte – offenbar in einem Anfall von Wut und Verzweiflung – mit seinem Bleistift breit und fest über die Seite gekratzt, ein Abbild der Unfähigkeit, sich zu bändigen, ein Gekrakel wie von einem Kind, ein Ausbruch, der zeigte, dass die Kraft nicht mehr ausreichte, um die Gefühle und Ängste, die auf ihn einströmten, in eine lesbare, verständliche Formulierung zu zwängen.

Max nickte. Till blätterte um. Auch die nächsten beiden Seiten waren mit fetten, schwarzen Strichen bedeckt. Er blätterte weiter.

»23.3.

Heute im Café in der Stadt gewesen. Einen Amerikaner kennengelernt, der in der Nähe von Cap-Haïtien eine Plantage besitzt und mit einigem Erfolg dort Kaffee und Zuckerrohr anbaut. Housten sein Name. Er sagt, seine Eingeborenen erzählen sich krauses Zeug über

Katharina. Er lässt vorwiegend Leute, die aus Afrika stammen, bei sich arbeiten. Sie leben inzwischen seit ein, zwei Generationen in der Karibik, haben aber Legenden, krude Vorstellungen, rudimentäre Religion aus ihrer Heimat mitgebracht. Housten sagt, sie würden beobachtet haben, wie Gerrit Katharina seit Wochen behandelt. Sie glauben, der Schweizer Arzt sei schuld an ihrem Zustand. Er, Housten, habe versucht, ihnen zu erklären, dass meine Frau krank und *deshalb* hier sei. Weil man hoffe, dass das Klima ihr gut tue. Aber seine Leute wollten davon nichts wissen, sagt er. Sie hätten sogar ein Wort für sie. Ein Wort aus ihrer Sprache, dem Kimbundu, welches genau, wusste er nicht.«

Till blätterte weiter.

»29.3.

Endlich Gerrit aufgesucht. Ihn wegen der Gerüchte angesprochen, die Housten mir erzählt hat. Der Arzt hat gelacht. Behauptet, nicht zu wissen, wieso die Afrikaner ihn für eine Art ›Sorcerer‹ hielten. Wahrscheinlich sei für sie Medizinmann eben Medizinmann, egal, welche Praktiken er ausübe – ob es nun die der Medizin Europas seien oder die magischen Rituale der Voodoo-Meister. Was Katharinas Zustand angeht, konnte er mir nicht wirklich Hoffnung machen. Das Klima wirke sich zwar vorteilhaft auf ihren Gesundheitszustand aus. Das beträfe aber sozusagen nur den körperlichen Aspekt. Sie sei absolut ›fit‹, wie er sich ausdrückte (und für einen Augenblick musste ich denken, dass die Eingeborenen vielleicht auf irgendeinem Weg doch einen Zipfel der Wahrheit erwischt hatten. Was machte er mit meiner Frau in den Stunden, in denen ich sie ihm zur Therapie überließ?), ihr Geist aber mache den Eindruck, als würde er sich weiter und weiter von uns entfernen.«

Till ließ das Buch sinken und sah Max an. »Soll ich jetzt das ganze Büchlein durchlesen oder was?«

»Der Mann, der das geschrieben hat, heißt Otto Kern, das habe ich in einem anderen Bändchen gefunden, in dem er vorn seinen Namen notiert hat. Das ist derselbe Mann, der auch auf den Tierfotos zu sehen ist, die wir in dem Kellerzimmer gefunden haben.«

Till klappte das Büchlein zu und reichte es Max. »Aha.«

»Und es ist derselbe Mann, der auf dem Film zu sehen ist, von dem ich dir erzählt habe. Der Mann, der seine Frau im Labor behandelt hat.«

Till schwieg.

»Ich habe jetzt nur dieses Büchlein mitgenommen«, fuhr Max fort, »aber in einem anderen, das auch in dem Karton war, in einem von 1958, da schreibt er, wie er wieder zurückgekehrt ist nach Berlin.«

Till kniff die Augen zusammen. Langsam begann die sommerliche Hitze durch das grüne Dach der Blätter hindurchzustrahlen. »Wollen wir gleich zum See schwimmen fahren?«, fragte er.

Max zippte seinen Rucksack auf und verstaute das Tagebuch wieder darin. »Weißt du, was 58 geschehen ist?«

»Ihm ist das Gleiche passiert wie seiner Frau«, platzte es aus Till heraus.

Max warf den Rucksack auf den Boden. »Genau! Und er hat darüber Buch geführt«, seine Stimme senkte sich ein wenig, »darüber, wie er sich verändert hat.«

Till nickte. Abgefahren. Verändert. Aber Max sprach schon weiter.

»Es verläuft schleichend, schreibt er. Es ist schwer zu verstehen, was er meint.« Max' Blick wanderte an Till vorbei in den Wald, in dem sich die schräg einfallenden Sonnenstrahlen mit tanzenden Pollen füllten. »Seitenlang berichtet er davon, wie gesund er sich fühlt, wie kräftig, als würden all seine Ressourcen gebündelt. Er klingt richtig euphorisch –«

»Euphorisch.« Manchmal verwendete Max Worte, die Till nicht so recht einzuordnen wusste.

»Glücklich, beflügelt. Als wäre er zu allem bereit. Nicht ganz er selbst, muss man auch sagen. Aber dann gerät er in Tiefs, wirkt niedergeschlagen, beklagt, dass vieles von dem, was er geschätzt hat und ihm wichtig war, verlorengegangen sei.«

»Was denn?« Till konnte seinem Freund kaum noch folgen.

Max schüttelte nachdenklich den Kopf. »Dass er nicht mehr zögern können würde?« Er warf Till einen Blick zu. »Das scheint ganz wesentlich gewesen zu sein. Nicht mehr innehalten, nicht mehr grübeln, zweifeln. Aber auch gefreut zu haben scheint er sich nicht mehr so richtig. Er schreibt davon, dass er sich plötzlich fragt, was Liebe ist. Die verschiedensten Empfindungen, von denen er noch weiß, dass sie ihm früher selbstverständlich waren, kommen ihm plötzlich wie etwas vor, das er nur noch von anderen kennt, das er mit sich selbst jedoch nicht mehr in Verbindung bringen kann.«

»Zum Beispiel?«

»Die einfachsten Sachen. In einer Landschaft stehen bleiben und entdecken, dass sie schön ist, nennt er als Beispiel. Oder Trauer. Trauer über eine erschlagene Fliege. Oder Mitleid, Mitleid mit Katharina, die sich zunehmend in ihrem benommenen Zustand zu verlieren schien. Geduld, Nachsicht, Skrupel – alles ganz normale Regungen, die er mit einem Mal als unverständlich empfindet, als etwas ihm Fremdes, als etwas Aufgesetztes, Hinderliches, ja geradezu Lächerliches. Stattdessen sind andere Empfindungen, die bei ihm zuvor eher im Hintergrund eine Rolle spielten, mit einem Mal ungeheuer wichtig geworden.«

Till versuchte, den Ausführungen seines Freundes so gut es ging zu folgen. »Gier. Wollust«, hörte er Max sagen. »Kern schreibt, dass es fast wie ein Rausch ist. Nicht länger grübeln, sondern handeln. Nicht länger bewerten, sondern vollziehen. Nicht länger verstehen, sondern machen.«

»Was machen?«

»Egal, Hauptsache loslegen, agieren, durchführen, *machen* eben.«

Till grübelte.

»Er schreibt, dass er keine Empfindung für Schönheit mehr habe. Für Gerechtigkeit. Der Unterschied zwischen Wahrheit und Falschheit würde verschwimmen. Es gäbe nicht mehr das Gefühl, einer Welt gegenüberzustehen – stattdessen würde er von der Gewissheit überflutet, *Teil* der Welt zu sein, Teil ihrer Bewegung, ihrer Entwicklung. Der Abstand, den er früher zur Welt habe gewinnen können, sei gewissermaßen auf null geschrumpft, und er sei quasi in sie hineingezogen worden – wie ein Tier, das sich von seinen Trieben nicht lösen kann.«

Wahnsinn.

»Zugleich aber habe er gespürt, dass er fanatischer sei als ein Tier, durchdrungen von einem Fanatismus, wie nur Menschen ihn kennen. Tiere würden irgendwann Ruhe geben, schreibt er, sie erfüllten sich nur ihre Bedürfnisse. Das sei ihm jedoch nicht mehr genug, ihn habe eher eine Art Besessenheit gepackt. Unersättlich, unbezwingbar, unkontrollierbar.«

»Und das war gleich von Anfang an so? Wodurch genau ist die Veränderung denn ausgelöst worden – darüber schreibt er nichts?«

Max schüttelte den Kopf. »Er beschreibt nur, dass es ganz langsam begonnen hat. Was ich überflogen habe, sind Eintragungen von 1958, 59 und 60. Am Anfang, in den ersten Tagen, dachte er, es sei eine schlichte Form von Übelkeit, die rasch wieder verfliegt. Erst allmählich ist ihm bewusst geworden, wie tiefgreifend die Veränderung ist. Erst allmählich, sagt er, habe ihn eine Ahnung von dem erfüllt, was ihm bevorstehe. Habe er gespürt, dass etwas Unaufhaltbares im Gange sei, dass er sozusagen im Wettlauf mit der Zeit seine Empfindungen und seine Ängste notieren müsse –«

Max brach ab. »Es muss ziemlich schlimm gewesen sein«, fuhr er nach einer Weile fort.

Till hatte sich zurückgelehnt, die Arme hinter seinem Rücken auf den Baumstamm gestützt.

Max wischte sich über die Nase. »Du müsstest seine Schrift sehen. Nicht hier, in diesem Heft von 1947, sondern später, nachdem es auch bei ihm angefangen hat. Als er beschreibt, dass er nicht weiß, warum ihm schlecht ist, im Jahr 58, ist die Schrift noch gestochen scharf, absolut gerade verlaufen die Zeilen über das Papier. Aber dann ... die Buchstaben werden immer dünner, immer länger.« Max' Augen weiteten sich. »Zum Teil schleichen sich Worte in seine Sätze, die ich nicht nur noch nie gehört habe, sondern die es *gar nicht gibt*. Dann wieder torkeln seine Worte über das Papier, als sei er nicht Herr seiner selbst gewesen, als er sie schrieb. Aber wenn man sich die Sätze ansieht, sind sie durchaus verständlich, und nur die Rechtschreibung ist entgleist. Andere Male wieder wirken die Sätze vollkommen korrekt, aber die Wörter sind so zusammengesetzt, dass sie überhaupt keinen Sinn ergeben. Dann wieder gibt es Momente, in denen er glasklar feststellt, dass etwas Unbegreifliches mit ihm vorgeht, und in denen deutlich wird, was für Qualen er aussteht. Dass er es bereut, nicht früher etwas dagegen getan zu haben, dass aber der Teil von ihm, der bereut, immer kleiner wird, so dass er das Gefühl hat, sich beeilen zu müssen, weil die Fähigkeit, überhaupt zu erleben, was mit ihm geschieht, immer schwächer wird ...«

Till stand auf, so dass er auf Max, der sitzen geblieben war, herabblicken musste. »Aber deshalb brauchst du doch keine Angst zu haben, Max«, sagte er leise. »Der Mann ist seit hundert Jahren tot.«

»Seit etwas über dreißig Jahren.«

»Na ja, reicht doch.«

Max schaute auf. »Ja, Otto Kern ist tot. Was mich beunruhigt, ist aber nicht Otto Kern.«

»Sondern?«

Und als Max ihm jetzt antwortete, war es Till, als würde ein Eishauch hinten in sein T-Shirt kriechen. »Dass die Veränderungen, die Kern beschreibt, mir exakt so vorkommen wie das, was mit meinem Vater gerade vor sich geht.«

»Du meinst, er erlebt das Gleiche? Er macht die gleiche Veränderung durch?«

Max rutschte von dem Baumstamm herunter auf den Boden, lehnte sich gegen das Holz. Eine Antwort blieb er schuldig.

7

Ein Lkw überholte sie, und der Windstoß drückte Till fast gegen Max' Rad. Das langgezogene Hupen, mit dem der Fahrer den Jungen signalisierte, dass sie die halbe Fahrbahn einnahmen, verhallte. Sie fuhren weiter.

Erst als sie die Brücke erreichten, die den kleinen vom großen Wannsee trennt, lenkte Max sein Rad auf den Bürgersteig, stoppte und hielt sich am Geländer der Brücke fest, ohne abzusteigen. Er schaute über das Wasser, und ihm schwirrte der Kopf. Jetzt, wo er Till erzählt hatte, was er entdeckt hatte, sah er zum ersten Mal selbst, wie nahtlos alles ineinanderpasste.

Er stieß sich von der Balustrade wieder ab und trat in die Pedale. Hinter sich hörte er, wie Till ihm nachkam. Als sie auf gleicher Höhe waren, sah Max zur Seite. »Wenn ich mir vorstelle, dass ich nachher wieder nach Hause fahren muss und ihm heute Abend am Tisch gegenübersitze ...«

Je mehr er darüber nachdachte, desto unerträglicher wurde ihm der Gedanke. Das war nicht sein Vater ...

Sie bogen in die Uferstraße ein, die am Wannsee entlangführte. Max bremste ab, sprang vom Sattel, das Rad zwischen den Beinen. Till blieb ebenfalls stehen.

»Lass uns abhauen, Till«, sagte er, und fast schien es ihm, als seien die Worte aus seinem Mund gekommen, bevor er darüber nachdenken konnte. »Zusammen schaffen wir das. Du bist doch schon einmal durchgekommen. Ich ertrag das zu Hause nicht mehr.« Max spürte, wie ihm allein bei dem Gedanken an sein Zuhause der Schweiß ausbrach. »Es kommt mir so vor, als würde dort ein bestimmter Geruch herrschen – und bei dem Geruch wird mir schlecht, verstehst du?« Er merkte, dass er Till fast flehend anschaute, und riss sich zusammen. So würde er Till nie überzeugen. Er durfte nicht bitten, er musste ihn *begeistern.* »Ich habe ein Konto, das meine Eltern mir eingerichtet haben, als ich noch ein Baby war.« Die Worte sprudelten nur so hervor. »Da muss jetzt richtig Geld drauf sein – also nicht soooo viel, aber bestimmt ein paar Tausend. Da komm ich ran, davon könnten wir leben –«

»Das geht nicht«, unterbrach ihn Till, und er sah ernst und traurig aus. »Max, es geht einfach nicht. Dass ich euch gefunden habe, dass ... so was passiert nicht zweimal. Und allein schaffen wir es nicht. Wir könnten ein paar Tage im Wald überleben – und dann? Sie finden doch schnell heraus, wer wir sind, dann heißt es ab ins Heim – für mich – und du kommst schön wieder nach Hause.«

»NEIN!«, schrie Max dazwischen, kontrollierte aber sogleich seine Stimme. Es waren Häuser in der Nähe, eine Frau blickte schon über die Hecke ihres Vorgartens. »Nein«, seine Gedanken rasten jetzt. Wenn es ihm nicht gelang, Till zu überzeugen, würde er heute Nacht wieder zu Hause schlafen müssen. Er spürte, wie sein Gesicht heiß und kalt überzogen wurde, während sich in seinem Kopf die Gedanken jagten. Mit aller Kraft trieb er sich dazu an, die richtigen Worte zu finden, die Worte, die Till endlich auf seine Seite ziehen würden.

»Till ... wir ... es ist nicht unmöglich, wir nehmen das Geld, okay? Und im Zug! Genau ... im Zug kontrollieren sie uns doch nicht? Wir steigen ein und fahren nach Süden, da bleibt es auch länger warm ...«

Und dann kam ihm ein großartiger Einfall. »Das Haus in Italien! Wir haben ein Haus in der Toskana! Dort können wir rein. Ich weiß, wie das geht. Wir müssen nur bis dort hinunter kommen. In dem Haus sind Vorräte, da ist eine Heizung, und die Leute dort kenne ich doch, ich bin der Sohn des Hauses, da kann uns überhaupt nichts passieren. Und bis meine Eltern uns dort aufgespürt haben, ist uns doch längst etwas anderes eingefallen!« Er starrte Till an. Das war's doch! Das war *die* Idee! So konnte es ... so *musste* es klappen!

Tills Gesicht wirkte ein wenig eingefallen jetzt, Max sah ihm an, wie schwer es ihm fiel. »Max ... es tut mir leid ... ich weiß, es ist nicht richtig irgendwie ... es sind deine Leute ... du willst weg ... und ich bin der, der sagt, dass das nicht geht ... aber ... weißt du, es geht wirklich nicht. Auch wenn wir ein paar Wochen da unten durchkommen sollten. Was dann?«

»Dann suchen wir uns Arbeit. Wenn wir ein bisschen tricksen, hält man uns doch für vierzehn. In Italien nehmen sie das nicht so genau, da gibt's bestimmt Arbeit.«

Tills Gesicht verzog sich, als würde er etwas denken, von dem Max nicht genau wusste, was es war.

»Hör bloß auf«, hörte er ihn sagen, und tief im Inneren ahnte er, dass Till recht haben könnte. Dass es mit der Arbeit nicht so recht klappen könnte – aber es musste einen Weg geben, es musste …

»Hast du dir mal überlegt, dass du dich vielleicht irrst? Dass du mit deinem Vater vielleicht nicht klarkommst, dass das aber auch etwas ist, was vielen Leuten so geht? Dass es jetzt vielleicht am besten wäre, einfach ein paar Wochen, Monate, meinetwegen Jahre auf Tauchstation zu gehen, bis du ihn nicht mehr brauchst?«

Das war sie, die Stimme der Vernunft, die Max schon immer gehasst hatte, die den schwierigen, entbehrungsreichen Weg empfahl. Max spürte, dass er Till nicht überzeugt hatte, weil es keinen anderen Weg gab. Er musste zurück. Er musste nach Hause.

Ihm wurde schwindelig. Es war wie eine gewaltige Welle, die auf ihn zurollte, die ihn erfasste. Max taumelte, er hörte, wie das Rad, das er zwischen den Beinen gehalten hatte, mit lautem Scheppern auf die Straße krachte, dann sah er sich zum Straßenrand laufen, hörte gedämpft und verschwommen Till hinter sich, der noch etwas rief. Im nächsten Moment kniete Max am Bordstein, die Arme nach vorn gestützt, den Kopf von den Schultern hängend – und tief aus seinem Bauch heraus kam die Welle nach oben, füllte seinen Mund mit einer warmen, brockigen Flüssigkeit. Die Bitterkeit schoss ihm in die Nase, in die Augen, dann brach die Masse zwischen seinen Lippen hervor. Der Gestank verschlug ihm fast den Atem – und er kotzte in den Rinnstein. Immer wieder zogen sich seine Eingeweide zusammen, und neue Schwälle von Halbverdautem drängten aus seinem Körper hervor. Bis er spürte, wie Till ihn von hinten festhielt, gerade in dem Moment, in dem die Kraft in seinen Armen versagte und Max um ein Haar nach vorn gefallen wäre, mit dem Gesicht in die Lache, die er hervorgewürgt hatte.

8

Heute

»Unten im Süden, in Rudow –«
»Genau, da gab's doch auch so einen Tunnel.«
»Von den Amerikanern.«
»Kalter Krieg auf seinem Höhepunkt.«

Butz und der Beamte der Stadtverwaltung, der ihn begleitet, gehen auf ein kleines Klinkerstein-Häuschen zu, das am Rand eines verwahrlosten Parks steht. Sie befinden sich in der Nähe des S-Bahn-Kreuzes Gesundbrunnen, im Norden der Stadt, wo Moabit mit seinem zunehmend türkischen Milieu an den Prenzlauer Berg grenzt.

»Und den Tunnel hier haben die Sowjets nicht entdeckt?« Butz wartet hinter dem Beamten, bis der die Stahltür aufgeschlossen hat.

»Eben nicht. Aber das war auch schon sehr aufwendig, wie die das damals gemacht haben«, der Beamte wirft Butz einen grinsenden Blick zu. »Allein wegen des Schnees ... das stellte ein Riesenproblem dar. Dass der nicht an der Oberfläche wegschmolz, was den Tunnel darunter ja sofort verraten hätte. Also mussten sie den Tunnel im Winter bei Schneefall aufwendig kühlen ... und die Technik dafür war erst in den siebziger Jahren ausgereift.«

Der Beamte zieht die Stahltür auf. Eine schwarze Eisentreppe schraubt sich dahinter in den Boden des Häuschens.

Der ausgemergelte Bursche, den Butz in dem Plattenbau überwältigt hat, hat es nicht gewusst. Aber Butz hat nicht lockergelassen, bis der Junge ihn schließlich doch noch zu ein paar anderen Bewohnern des Hauses gebracht hat. Darunter auch zwei Frauen, die mit der Toten vom Parkplatz befreundet gewesen waren. Als Butz ihnen die Aufnahmen vom Fundort gezeigt hat, sind sie widerwillig damit herausgerückt: dass Nadja ihnen von ihren Zusammenkünften in der versteckten Stadt erzählt und das kleine Klinker-Häuschen im Park erwähnt hätte. Dort, so die beiden Frauen, wäre Nadja mit ihren Freunden von der Bod-Mod-Szene in den Untergrund der Stadt eingestiegen, zumindest hätte sie ihnen gegenüber das angedeutet. Und in einem Punkt passt diese Angabe für Butz auch tatsächlich ganz gut ins Bild: Das Klinkerstein-Häuschen befindet sich kaum zehn Minuten

Fußweg von dem Parkplatz entfernt, auf dem man Nadjas Leiche gefunden hat.

»Gab es denn in Berlin damals noch mehr von diesen Abhörtunneln?« Butz und der Beamte steigen die Eisentreppe hinab, die Stufen klirren. »Außer dem hier und dem in Rudow, meine ich.«

Butz hört den Beamten vor ihm lachen. »Wer weiß. Je mehr im Boden unter der Stadt herumgewühlt wird, auf desto mehr Überbleibsel stoßen wir.«

Der Beamte hat Butz erzählt, dass der Tunnel, in den sie gerade hinabsteigen, von den Amerikanern im Kalten Krieg benutzt worden ist, um unter der Sektoren-Grenze zwischen Ost- und West-Berlin hindurch unbemerkt in den Ost-Teil der Stadt zu gelangen. Und zwar aus nur einem Grund: um sich dort bis zu den Telefonleitungen vorzugraben, die zwischen Ost-Berlin und Moskau verliefen, und sie abzuhören. Gerade so, wie es der amerikanische Geheimdienst bereits in den fünfziger Jahren in dem Rudower Tunnel getan hatte.

»Dabei haben sie *diesen* Tunnel hier aber gar nicht erst graben müssen.« Der Beamte bleibt stehen und sieht zu Butz, der Strahler auf seinem Helm ist jetzt eingeschaltet. »Der Tunnel hier ist viel älter als der in Rudow, er stammt noch aus den vierziger Jahren.« Der Beamte deutet an die Wand, und als Butz den Kopf wendet, kann auch er es erkennen: Hinweisschilder, die direkt auf die Tunnelwand gemalt worden sind, Beschriftungen in altdeutschen Buchstaben: ›Ausgang‹, ›Bunker‹, ›Klinik‹ etc.

»Die Spionageabwehr im Osten hatte keine Ahnung, dass der Tunnel existierte. Die Pläne waren nach dem Krieg im Westen geblieben. So konnten die Amerikaner ohne Schwierigkeiten die bereits existierende Röhre benutzen, um unterirdisch bis in den anderen Teil Berlins einzudringen, ohne dass irgendjemand, geschweige denn die Dienste der DDR, das mitbekam.«

»Und was war das ursprünglich?«

»Der Tunnel hier?«

Butz nickt.

»Der hat zum sogenannten ›Gesamtbauplan Reichshauptstadt‹ gehört. Hitlers größenwahnsinnige Vision.«

»Germania.«

»Hieß das so?« Der Beamte kneift ein Auge zusammen. »Oder

wurde der Name erst später dazu erfunden?« Er winkt ab. »Wie auch immer. Der Tunnel gehörte jedenfalls zum Verkehrswesen – die große Ost-West-Achse. Da sollten ja gigantische Eisenbahnlinien bis weit nach Russland verlegt werden, die sogenannte Breitspurbahn. Züge so groß wie Schiffe, mit denen Hitler meinte, Waren in riesigen Mengen aus der Gegend hinter dem Ural nach Deutschland karren zu können. Alles ein Irrsinn natürlich, fast nichts ist über das Stadium der Planung hinausgekommen. Aber ein bisschen haben sie damals doch schon angefangen, haben Friedhöfe umgesetzt, Wohnungen geräumt, den Boden probebelastet, ob er das Gewicht dieser Irrsinns-Bauten überhaupt tragen kann. Und sie haben begonnen, ein paar von diesen Tunneln zu graben, die bis heute nicht alle erschlossen sind.«

Butz sieht an dem Beamten vorbei in die schwarze Röhre, die sich vor ihnen in den Untergrund bohrt. Für einen Augenblick hat er das Gefühl, sehen zu können, wohin die Röhre führen sollte, wie Berlin angeschlossen werden sollte an die unermesslichen Steppen Russlands, wie die gewaltigen, zweistöckigen Züge der Breitspurbahn bis nach Moskau und darüber hinaus rollen sollten.

Er zwingt sich zurück in die Gegenwart. »Kann es sein, dass jemand hier reinkommt?«

»Klar«, der Beamte lässt die Schlüssel klingeln, die er in der Hand hält. »Vorn ist zwar ein Sicherheitsschloss – aber der Schlüssel geht durch viele Hände …« Er setzt sich wieder in Bewegung. »Immerhin haben wir vor kurzem eine Anlage installiert – da!« Ohne stehen zu bleiben, weist er auf eine kleine Überwachungskamera, die oben an der Tunnelwand angebracht ist.

»Und die geht?«

»Ich denke schon.«

»Kann ich die Bilder sehen?«

»Was denn jetzt?« Der Beamte bleibt stehen und schaut Butz zweifelnd an. »Bilder checken oder Tunnel abgehen?«

9

Es gibt zwar einen Plan von dem Tunnel, aber der Mann von der Stadtverwaltung leugnet nicht, dass die Angaben unvollständig sind. »Das ganze System der Tunnel, Gänge und Röhren ist nie systematisch erschlossen worden. Wo es überall Zugänge gibt – das allein festzustellen ist wegen der extremem Schäden, die die Bombardements auch unterirdisch angerichtet haben, nach wie vor viel zu gefährlich.«

Während sie den Tunnel Richtung Osten weiter abschreiten, kommen sie mehrfach an Stahltüren vorbei, die in dem Plan nicht verzeichnet sind. Zu Butz' Überraschung kann der Beamte jedoch über sein Smartphone auf die Bilder der Überwachungskameras zugreifen, die im Intranet der zuständigen Sicherheitsbehörde hinterlegt sind.

»Die Tage vor dem 16. März«, hat Butz ihn gebeten, »wenn Sie das als Erstes aufrufen könnten.« Der sechzehnte ist der Tag, an dem Nadja gefunden wurde.

Auf den ersten Bildern, die über das Handydisplay des Beamten flimmern, ist fast nichts zu erkennen. Graues Rauschen. Die Röhre des Tunnels.

Der Beamte spult.

Plötzlich wird das Licht einer entfernt angebrachten Leuchte, die in dem Blickfeld der Kamera liegt, ein paarmal unterbrochen.

Butz nimmt dem Beamten das Handy aus der Hand und friert die Aufzeichnung ein. Lässt sie weiterlaufen. Spult zurück.

Es sind Leute, die zwischen Leuchte und Kamera vorbeigehen! Butz sieht sich die wenigen Sekunden Bildmaterial genauer an. Bei einer vorsichtigen Schätzung kommt er auf acht bis zwölf Personen. Sie tragen dunkle Kleidung, Kapuzenshirts, die Kapuzen fest über die Köpfe gestülpt.

Wieder lässt Butz das Material auf dem Handy ablaufen, beginnt, zwischen verschiedenen Schatten zu unterscheiden, stoppt an immer anderen Stellen, um unterschiedliche Standbilder zu bekommen. Auf einem ist eine Hand, die aus einem Ärmel hervorschaut, deutlich zu erkennen. Ein Tattoo zieht sich vom Handrücken bis zu den Fingernägeln. An einer anderen Stelle glaubt Butz erkennen zu können, wie sich ein Kapuzenträger in dem Moment, in dem er an der Kamera vorbeiläuft, ein wenig eindreht. So kann Butz in die Kapuze hineinschauen, unter der sich schemenhaft das harte Gesicht eines jungen Mannes abzeichnet, dessen Wange von einer Metallkette durchstochen ist.

Haben sie sie mitgenommen? Haben sie Nadja dort unten ausgesetzt und zu Tode gehetzt?

Mehrmals lässt er die Sequenz ablaufen und versucht zu entschlüsseln, ob eine der Personen *unfreiwillig* mit den anderen mitgegangen ist. Ob eine Person am Arm festgehalten wird oder bedroht. Aber nichts deutet darauf hin.

Ist sie freiwillig mitgegangen, nicht ahnend, was ihr bevorstand?

Die Bilder beginnen vor Butz' Augen zu flackern. Längst ist die freundliche Kameradschaftlichkeit, mit der ihn der Beamte zunächst begleitet hat, einer gereizten Ungeduld gewichen, da der Mann nicht begreift, wieso Butz das Material nicht in Ruhe in der Behörde über Tage durchgehen kann.

»Ja, klar, nein, sorry.« Butz reicht ihm das Handy zurück. Starrt in die Schwärze der Röhre, durch die die Kapuzenträger Richtung Osten marschiert sind. Noch immer kann er sich nicht entschließen umzukehren.

Und wenn es andersherum war? Wenn sie nicht mitgeschleppt wurde, um gejagt zu werden, sondern wenn sie alle gemeinsam hier hinuntergegangen sind, um ein bisschen herumzustöbern – und auf etwas gestoßen sind? Auf etwas gestoßen, was sie gejagt hat? Auf etwas gestoßen, vor dem sie geflohen sind. Was Nadja jedoch erwischt hat?

Aber was? Oder besser gesagt: wer?

Wer oder was ist es gewesen, das ihnen hier unten begegnet ist?

Vierter Teil

1

»*Manchmal fuhren die Züge noch. Dann konnten sie ein entferntes Grollen hören, ein Rumpeln und Rattern, das langsam näher kam. Die Balken, die die Wände und die Decke abstützten, begannen zu vibrieren, und der Sand rieselte zwischen ihnen hindurch. Dann pressten sie sich in eine Ecke und schoben die Unterarme über ihre Köpfe, um sich vor dem Sand zu schützen. Kam der Zug näher, begann der ganze Raum zu zittern, sie konnten das Kreischen der Stahlräder hören, die über die Schienen schabten, das Rumpeln, mit dem sich die Achsen über die verbogenen Gleise schoben. Rauschte der Zug endlich an ihnen vorbei, war jedes einzelne Rad, das in die Lücke zwischen zwei Gleisen einschlug und wieder herausgerissen wurde, eine kleine Erschütterung. Die Wände schienen sich zu biegen, der Lärm den Raum ganz zu auszufüllen.*

Wenn das geschah, drängte sich Laila an ihren Papa, bis er einen Arm herunternahm und um ihre Schulter legte, sie an sich zog, wie um sie vor dem Rattern und Rauschen und Rasen zu schützen, das so dicht an ihnen vorbeikeuchte. Erst wenn der letzte Wagen an ihrem Raum vorbei war, ließ er sie wieder los. Aber Laila blieb meist noch ein paar Minuten an ihn gepresst liegen, als wollte sie sichergehen, in seiner Nähe zu sein, falls das stählerne Untier noch einmal zurückkommen sollte.

Dabei waren sie in ihrem Raum eigentlich sehr gut geschützt. Denn es gab weder Türen noch Fenster. Keinen Luftschacht, keine Luke, keine Klappe. Alle Öffnungen waren von Lailas Vater vernagelt worden, als sie sich in den Raum gerettet hatten. Vor die Tür, durch die sie hineingeschlüpft waren, hatte er die Bretter genagelt, die er mitgebracht hatte. Und vor den Fenstern hatte er die Stahlläden so fest verschraubt, dass sie sich nicht mehr öffnen ließen.

›*Ich hab Hunger, Papa.*‹ *Das war es gewesen, was alles in Gang gesetzt hatte, am zweiten Tag nach ihrer Flucht in den Raum. Den ersten Tag lang hatte sich Laila geschworen, dass sie ihren Vater damit nicht behelligen würde – am zweiten aber hatte sie es nicht länger ausgehalten. Anfangs war es ein Beißen gewesen, als hätte ihr Magen begonnen, sich selbst zu verspeisen. Dann war es stumpfer geworden, aber der Schmerz und die Entbehrung hatten sich in ihrem Körper ausgebreitet wie ein Fieber. Sie hatte gespürt, dass sie schon kaum mehr die Kraft hatte, den Mund zu öffnen.*

›*Ich hab Hunger.*‹ *Sie hatte ganz leise gesprochen, fast als wollte sie nicht, dass er sie hörte. Und doch war sie sicher, dass er sie gehört hatte, auch wenn er zuerst nicht geantwortet hatte.*

Veit hatte gewusst, dass es bald so weit sein musste. Niemals hätte er geglaubt, dass Laila es so lange aushalten würde. Als er hörte, wie sie leise vor sich hin summte, wie sie flüsterte, dass sie Hunger hätte, wusste er, dass der Moment gekommen war, an dem alles Bisherige zu einem Abenteuer wurde – und das, was kam, der wahre Schrecken sein würde.

Denn es gab nichts zu essen. Es gab keine Vorräte in dem Raum, es gab nur die Balken, die Stahlläden, den Sand. Die Tür, die er vernagelt hatte, die Anziehsachen an ihren Körpern. Es war heiß in dem Raum, und wenn die Züge daran vorbeifuhren, schien die Luft – mit dem Staub, der aus den Ritzen rieselte, dem Kreischen der Räder, der Hitze, die noch von außen gegen die Wände geblasen wurde – wie zum Schneiden zu sein. Aber zu essen gab es nichts. Und sie konnten den Raum nicht verlassen. Das wusste Veit. Sie hatten Glück gehabt, dass sie es bis hierher geschafft hatten. Draußen aber warteten sie. Tausende, Hunderttausende. Und sie würden keine Sekunde zögern, sie anzufallen.

Veit fühlte, wie Laila, die sich an ihn gelehnt hatte, ein wenig zusammenrutschte. Er schaute auf das kleine Gesicht seiner Tochter. Auf die feinen Züge, die durchscheinende Haut, die Lider, die sich über ihre Äuglein geschoben hatten. Sie war eingeschlafen. Vorsichtig hob er sie von sich herunter und legte sie auf den Boden. Dann robbte er zur anderen Ecke der Kammer und richtete sich auf.

Es gab nur einen Weg.

Er griff nach dem Shirt, das er trug, und zog es aus dem Bund seiner Hose. Darunter steckte die Klinge in dem ledernen Schaft. Er zog sie hervor. Das Messer glänzte in dem noch immer vom Staub erfüllten

Raum. Er legte den Stahl auf seinen Unterarm. Die Klinge kühlte das Glühen auf seiner Haut.

Dann zog Veit das Taschentuch, das er noch immer besaß, aus der Hose, verdrehte es zu einem Strang und stopfte ihn sich zwischen die Zähne. Es kamen nur entweder die Arme oder die Beine in Frage.

Als das Messer in den Unterarm eindrang, wurde ihm schwarz vor Augen. Das Blut schoss aus dem Schnitt hervor, lief in einem gewaltigen Schwall über seine Hand. Er hörte die Luft in seiner Kehle blubbern, sank gegen die Balken an der Wand und stemmte sich mit beiden Füßen in den Boden.

Sie schlief, er konnte ihren kleinen Leib an der gegenüberliegenden Wand liegen sehen.

Veit zog die Klinge zu sich heran, sah sie in dem Fleisch seines Unterarms entlanggleiten. Er kippte sie leicht nach oben, das Fleisch löste sich. Die rohe Masse, die darunter zum Vorschein kam, schien zu pochen. Er ließ die Klinge fallen, rutschte mit den Füßen über den Boden, presste den Rücken gegen die Balken. Als er das Bewusstsein verlor, hielt er das abgeschnittene Stück zwischen Daumen und Zeigefinger, damit es nicht in den Schmutz fiel.«

Ein Raum ohne Öffnung, ohne Fenster, ohne Tür.
(Ich höre nur den nächsten Zug wieder daran vorbeirattern, sehe den Sand zwischen den Balken herabrieseln.)
Aber er kann es nicht braten!
Und roh?
Das ... ich meine ... es geht zu weit! Sie würden es nicht ...
(Lass dich doch nicht ablenken! Nicht, ob sie es braten oder nicht, ist wichtig. Wichtig ist, dass er seine Wunde verbindet. Dass sie erwacht und er sagt, er hat etwas zu essen besorgt.)
Es geht nicht zu weit, es ist genau die richtige Richtung. Pass auf ...
Du willst nicht, dir ekelt vor dir? Du hast genug?
Pass auf, ich sage dir jetzt den nächsten Einstieg:
›Zwei Wochen waren vergangen. Veit lag ...‹
Ja, er lag, er kann nicht mehr stehen – also:
Er lag auf dem Boden, er war praktisch ein Rumpf.
(NEIN. ICH WILL DAVON NICHTS HÖREN.)
Aber ich sehe ihn doch! Ich sehe Veit vor mir, in dem Raum aus Bal-

ken – schon wieder ein Zug. Er rattert vorbei. Und Veit schneidet. Laila erwacht.

(Aber dann ...)

NICHTS DANN, VERDAMMT. Das ist alles, was ich hören will! Wovor fürchtest du dich? Du willst so etwas nicht schreiben? Was droht dir denn? Verschiebt sich dein Geist, dein Kopf, dein Gemüt, deine Seele, wenn du diese Worte aneinanderhängst? Was verschiebt sich? Du musst diese Gasse hinunterlaufen – es ist DEIN WEG!

Also: Veit liegt als Rumpf auf dem sandigen Boden, ich sehe ihn, wie er zu Laila emporschaut. Er hat wieder etwas abgeschnitten, aber diesmal – sie – du kannst es an ihren Augen sehen. Sie hat begriffen.

›Ich kann nicht, Papa!‹, *hörst du sie nicht?*

Ich höre sie – ich sehe sie vor mir.

›Bitte Papa, ich kann nicht ...‹ *– er hält das Stück Fleisch vor sie hin. Sie muss würgen.* ›Ich will nicht, es ist nichts, ich habe keinen Hunger!‹

Er starrt sie an. ›Iss!‹

(Bist du dir sicher?)

Schreit sie an: ›Du musst es essen, Laila – du darfst mich nicht ... ich kann nicht ... es darf nicht sein, dass alles umsonst war!‹

Sie zittert. Seit sechs Tagen haben sie den Raum nicht verlassen. Er versenkt die Zähne in dem letzten Stück, das er geschnitten hat. ›Siehst du! Es geht.‹ *Das Blut schießt zwischen seinen Zähnen hervor.*

Das geht zu weit? Meinst du?

Es geht nicht zu weit, es hat gerade erst begonnen! Der Abstieg.

›Er kaut auf seinem Fleisch ...‹

Es geht NICHT WEIT GENUG.

Du hast Angst davor, mit deinen Worten dort hinabzusteigen?

Was bist du für ein erbärmlicher Feigling!

Die Worte sind doch nur der Vorhof.

Worum es geht, sind nicht Worte.

Worum es geht, ist die Tat!

2

Rückblende: Zwölf Jahre vorher

Julia kehrte ins Wohnzimmer zurück. Sie hatte das befreundete Ehepaar, das mit ihnen gegessen hatte, zur Tür gebracht. Xaver saß auf dem Sofa gegenüber vom Kamin, blickte kurz hoch, als sie wieder hereinkam, und schaute zurück ins Feuer.

Er wirkte müde, die Gäste schienen ihn angestrengt zu haben.

»Alles in Ordnung?« Julia setzte sich in den Sessel, der neben dem Sofa stand und ebenfalls dem Feuer zugedreht war.

Xaver lächelte. »Ich glaube, ich habe ein bisschen viel Rotwein gehabt.«

»Willst du ein Alka-Seltzer?«

Er schüttelte den Kopf. »Ach, lass mal.«

Julia nippte an dem Glas, das sie noch in der Hand hielt, zögerte, sprach dann aber doch etwas an, was ihr schon seit Tagen nicht aus dem Kopf gegangen war.

»Neulich, bei Felix …«, Xaver wandte den Blick nicht vom Feuer, »ich habe immer wieder daran denken müssen … ›er hat mich in der Hand‹ waren, glaube ich, deine Worte.« Noch immer hielt Xaver den Blick unverwandt auf den Kamin gerichtet, aber Julia hatte das Gefühl, jetzt wäre es nicht länger Gedankenverlorenheit, jetzt würde er sich darum bemühen, den Blick geradeaus zu halten. »Was hast du damit gemeint, Xaver?«

Das Feuer im Kamin knisterte. Xaver stützte den Kopf in die Hand. »Er ist mein Verleger, Julia«, hörte sie ihn leise sagen, »ich könnte natürlich auch zu einem anderen gehen, aber ich bin bei ihm. Er bestimmt, wann und wie meine Bücher herauskommen.« Jetzt sah er ihr doch direkt ins Gesicht. »Du weißt, was das heißt. Meine ganze Arbeit … Felix ist derjenige, der darüber bestimmt. Aber was fragst du, ist das nicht klar?«

Sie sah ihm in die Augen. War das nicht klar? Natürlich, was sonst hätte er denn damit meinen können? Und doch beruhigten seine Worte sie kein bisschen.

Langsam breitete sich Schweigen zwischen ihnen aus. Julia hatte Jenna und Rebecca längst freigegeben, es musste nach zwei Uhr nachts sein. Jetzt fühlte auch sie die Anstrengungen des Tages. Sie sah, wie Xaver sich auf die Seite sinken ließ, auf dem Sofa zu liegen kam und die Beine hochzog. Sein kantiges Gesicht wirkte ein wenig weicher als sonst, der Widerschein des Kaminfeuers tanzte in seinen Augen.

Unwillkürlich fragte sich Julia, ob er als Junge wohl so gewesen war wie Max. Oder unbeschwerter? Ernst, aber nicht so bedrückt? Vielleicht wie Till, fuhr es ihr durch den Kopf, und sie spürte einen Stich im Herz.

Ihr war nicht entgangen, dass Xaver Till zu beobachten schien, und sie meinte zu spüren, dass das Wohlwollen, das er Till entgegenbrachte, etwas war, das Xaver seinem eigenen Sohn immer vorenthalten hatte. Julia wusste, dass Max Schwächen hatte, dass er selbst in seinem jungen Alter schon einen labilen Eindruck machte, dass er zwischen einem uneinholbaren Ehrgeiz, der in seinen Wünschen und Vorstellungen wütete, und unzulänglichen Fähigkeiten hin- und hergerissen wurde. Aber sie liebte ihren Jungen über alles. Sie wusste, dass Max sich Mühe gab, dass er darum kämpfte, sich von seinen eigenen, seltsam verschrobenen Vorstellungen nicht unterkriegen zu lassen. Dass er sich danach sehnte, von seinem Vater geliebt zu werden. Sie wusste aber auch, dass das etwas war, was Max und Xaver untereinander ausmachen mussten, sie konnte ihren Mann nicht dazu zwingen, einen Sohn zu lieben, der ihm offensichtlich in gewisser Weise fremd war und vielleicht immer bleiben würde.

Vor ein paar Jahren, als ihr das zum ersten Mal aufgefallen war, hatte sie versucht, mit Xaver darüber zu sprechen, und gemerkt, wie sehr er selbst darunter litt. Als hätte er versucht, sich zu befehlen, den Jungen zu lieben, es jedoch nicht vermocht. Direkt danach zu fragen, was er Max gegenüber empfand, hatte Julia jedoch nie gewagt, zu groß war die Angst davor, etwas zu hören, was sie nie wieder vergessen könnte. Als Max noch ganz klein gewesen war, ein Baby, das kaum laufen, geschweige denn sprechen konnte, hatte Xaver sich stundenlang mit dem Jungen beschäftigt, aber nicht liebevoll und selbstvergessen, wie Julia es von einem Vater erwartet hätte, sondern eher prüfend, wie mit sich ringend, als hätte er verzweifelt nach der Empfindung gesucht, von der er annahm, dass er sie seinem Sohn entgegenbringen müsste. Später dann war es dazu nicht mehr gekommen, später hatten die beiden zunehmend weniger miteinander zu tun gehabt – und Julia das Gefühl beschlichen, dass Xaver in diesen ersten Stunden des Zusammenseins mit Max die Entscheidung gefällt haben könnte, zu seinem Jungen keine innige Beziehung aufbauen zu können. Dabei erschien Julia der Umgang, den Xaver mit Lisa, Claire und Betty hatte, von einer selbstverständlichen, angenehmen und beruhigenden Herzlichkeit. Etwas, das sie sich immer vergeblich für das Miteinander von Max und Xaver gewünscht hatte.

»Wie lief es neulich eigentlich mit den Vögeln?«, versuchte sie noch einmal, ein Gespräch in Gang zu bringen, obwohl sie wusste, dass es spät war und es vielleicht das Beste wäre, nun endlich zu Bett zu gehen.

»Die Jungs waren plötzlich vor der Tür. Sie hätten es nicht mitbekommen sollen«, hörte sie Xavers Stimme vom Sofa zu ihr herüberdringen.

Natürlich nicht, dachte Julia. Sie war von Anfang an dagegen gewesen, aber Xaver hatte behauptet, dass ein paar von den Gästen, die er an dem Abend eingeladen hatte, es zu schätzen wissen würden, wenn ein Papageienkampf stattfinden würde. Als Xaver ihr zum ersten Mal davon erzählt hatte, war Julia sich sofort sicher gewesen, dass es brutal, blutig und entsetzlich sein würde. Aber Xaver hatte darauf bestanden, hatte gemeint, dass sie gar nichts davon mitbekommen würde und er das einfach mal machen müsste. Und jetzt? Bereute er es? Wieder tauchte in Julias Geist die Erinnerung an das auf, was sie neulich in der Diele gehört hatte. Max' Ausruf, dass eine Frau im Gartenhaus des Vaters gewesen wäre. War sie wirklich eine Botin für ein Manuskript gewesen, wie Xaver es behauptet hatte? Aber Julia wagte nicht, noch einmal danach zu fragen.

»Hast du den Vogelkampf für dein Buch gebraucht?«, erkundigte sie sich stattdessen und sah, wie er nickte, die Augen noch immer geschlossen. Ein Nicken, das nichts bedeutete.

»Manchmal habe ich das Gefühl, alles falsch zu machen.« Er schlug die Augen auf. »Als müsste ich gewisse Risiken eingehen, um nur ja weit genug hinauszukommen ...«

»Hinaus? Wohin hinaus?«, unterbrach sie ihn.

»Aus dem Bekannten? Ins Neue. Freie.« Er schwieg kurz, um ihr Gelegenheit zu geben, darauf etwas zu antworten, aber sie wartete ab. »Aber dann«, nahm Xaver den Faden dort wieder auf, wo sie ihn unterbrochen hatte, »kann es passieren, dass ich ganz aus den Augen verliere, was ich eigentlich erreichen wollte – und nichts anderes, als dass ich dies Risiko eingegangen bin, bleibt bestehen.«

Julia atmete aus. Redete er wirres Zeug?

»Verstehst du?« Er blickte sie an.

»Was für Risiken denn?«

»Der Papageienkampf zum Beispiel? Ich wollte den Gästen etwas bieten, was sic noch nie gesehen hatten. Ich hatte gehört, dass so etwas gemacht wird. Es schien eine großartige Idee zu sein, und es funktionierte auch. Die zwei, drei Bekannten von Felix, denen ich das zeigen wollte, waren schwer beeindruckt. Und doch, für einen Moment konnte ich überhaupt nicht mehr erkennen, wofür ich es eigentlich gemacht hatte, für einen Moment sah ich nur noch die gefiederten armen Teufel aufeinander loshacken, und da ... wie soll ich sagen ... brach der ganze Schwung, der mich dazu gebracht hatte, diesen Kampf tatsächlich stattfinden zu lassen, plötzlich weg – und es blieb nichts anderes übrig als ein entsetzliches Gemetzel zwischen schönen Tieren, die mit irgendwelchen Chemikalien halb um den Verstand gespritzt worden waren.«

Wie hatte er jemals glauben können, dass dieser Kampf etwas anderes sein würde als ein abartiges Gemetzel? Doch gerade als Julia das einwerfen wollte, sah sie, wie Xaver sich erhob. Die eigenen Glieder schienen ihn zu Boden zu ziehen, sein Gesicht war grau vor Müdigkeit, die Augen wässrig. Er nickte ihr zu und ging aus dem Zimmer, ohne noch ein weiteres Wort zu sagen.

3

Lisa blickte auf die Karten in ihrer Hand. Die Sieben? Dann musste er zwei ziehen. Und sie würde wahrscheinlich gewinnen. Schon wieder. Lisa liebte Mau-Mau, aber sie zögerte, die Karte zu spielen, die in der gegebenen Situation die richtige war.

Sie saß in einem Stuhl, den sie an Max' Bett geschoben hatte. Es war bereits die dritte oder vierte Runde, die sie spielten. Max war krank, seit zwei Tagen schon. Er hatte sich mehrfach übergeben, hatte Fieber. Er aß schlecht, fühlte sich schlapp – und Lisa sah es ihm an: Seine Haut sah eher grüngelb als hautfarben aus. Gestern hatte Trimborn nach ihm gesehen, etwas von Ausruhen gemurmelt, ihr Bruder hätte sich wohl ein wenig verausgabt. Der Doktor hatte ihm eine Kalzium-Spritze gegeben, und Max war erst recht blass geworden. Seit der Spritze lag er nur noch im Bett.

Er tat Lisa leid. Max war nie besonders robust gewesen, aber wirklich krank hatte sie ihn eigentlich noch nicht erlebt. Sie spielte eine belanglose Zwei und behielt die Sieben auf der Hand. Vielleicht war es besser, wenn er mal gewann, er war schließlich schon schwach genug.

»Mau.« Mit leuchtenden Augen sah Max sie an, noch eine Karte auf der Hand. Lisa blickte auf den Stapel der abgeworfenen Karten. Kreuz. Hatte sie nicht. Sie zog eine.

»Mau-Mau!« Mit Schwung klatschte Max seine letzte Karte auf den Stapel. »Zwei zu zwei. Noch eins?« Aber bevor sie antworten konnte, ließ er sich auf das Bett zurücksinken. Als habe ihn die Aufregung über den Sieg schon zu viel Kraft gekostet.

»Willst du nicht lieber mal eine Runde schlafen?«, fragte sie und sammelte die Karten ein. »Wir können doch nachher weiterspielen. Vielleicht macht dann auch Till mit.«

Er blieb liegen, sah sie nur aus seinen großen dunklen Augen an. Und nickte schließlich. »Weckst du mich in 'ner Stunde?«

Lisa stand auf. »Bis gleich.«

Sie legte die Karten auf den Nachttisch, ging leise aus dem Zimmer und zog die Tür hinter sich zu.

In der Diele zögerte sie. Seitdem Max krank geworden war, hatte sie von Till nicht viel gesehen. Auch jetzt war die Tür zu seinem Zimmer geschlossen. Aber sie wusste, dass er dort war. Kurz entschlossen ging sie zu der Tür und öffnete sie.

Till lag auf seinem Bett, ein Buch in der Hand. Er sah auf.

»Ich war grad bei Max«, sagte sie. »Er schläft jetzt.«

Till ließ die Beine vom Bett gleiten und setzte sich auf. »Wie geht es ihm?«

Lisa ging zu dem Schreibtisch, den ihre Mutter inzwischen in Tills Zimmer hatte aufstellen lassen, und setzte sich. »Nicht besonders.«

Till knickte die Seite des Buches ein, bis zu der er gelesen hatte – Lisa schauderte, aber sie zog es vor, nichts zu sagen –, und legte das Buch aufs Bett.

»Der Arzt weiß auch nicht, was er hat.« Sie ließ Till nicht aus den Augen. Tagelang hatte er mit Max zusammengehangen, aber wenn man sie fragte, was sie machten, war nichts aus ihnen herauszuholen. Lisa beschloss, zum Angriff überzugehen.

»Ich kenne Max, seitdem ich denken kann, aber so habe ich ihn noch nie erlebt. Weißt du, wann das angefangen hat? Dass er so schwach ist, so unansprechbar, so verschlossen?«

Till blickte kurz auf, aber seine Augen hatten nicht die Offenheit, die Lisa sonst von ihnen kannte, und erinnerten sie eher an Tills Augen, als sie ihn zum ersten Mal gesehen hatte – im Vorgarten, als niemand wusste, dass er weggelaufen war.

»Nee«, kam es von ihm.

»Seit du hier bei uns bist«, sagte sie und wusste, dass ihn das beunruhigen musste. Aber Lisa wollte herausbekommen, was mit ihrem Bruder war. Vielleicht hatte es ja wirklich etwas mit Tills Ankunft bei ihnen zu tun – auch wenn sie sich nicht vorstellen konnte, wieso.

Tills Blick war noch immer ein wenig verschleiert, die Verwunderung darin jetzt aber ehrlich. »Du meinst, *ich* bin schuld daran, dass er krank ist?«

»Bist du?«

Die Frage schien er nicht ohne weiteres verneinen zu können, denn statt das einfach von sich zu weisen, ließ Till den Kopf wieder hängen.

Lisa stand auf und setzte sich neben ihn auf das Bett. »Entschuldige Till, ich will dich nicht kränken. Vielleicht ist es ja auch einfach nur Zufall, dass es ihm schlechtgeht, seitdem du hier bist, aber auffällig ist es schon.«

Pause. Stille. Aus dem unteren Stockwerk hörte man Rebecca Geschirr zusammenstellen.

»Ich hab nichts gemacht«, murmelte Till. »Wir sind einfach nur rumgefahren, mit dem Rad, Max hat mir die Gegend gezeigt.«

Lisa schaute auf ihre Fußspitzen.

»Sonst weiß ich auch nicht.«

Sie sah ihn an. Er atmete aus. Und plötzlich war seine Stimme leise, ruhig. »Ich kann dir das nicht sagen, Lisa. Max würde mich ... ich habe ihm versprochen, mit niemandem darüber zu reden ... es ... er hat sich das total zu Herzen genommen.«

»Was denn?« Sie spürte, wie sie nervös wurde. Es stimmte also. Dass Max und Till etwas ausbrüteten. Sie hatte es gewusst! Lisa versuchte, ihre Stimme weich zu machen, eine Tonlage, auf die andere Jungen immer reagierten, indem sie stehen blieben, schluckten und lächelten. »Ich sag ihm auch nicht weiter, dass du es mir gesagt hast ...«

Aber Till schüttelte den Kopf.

»Willst du, dass es ihm immer schlechter geht?« Empörung schlich sich in ihre Stimme. Max vertraute Till, aber ihr nicht? »Max ist nicht so kräftig wie du. Dass er Papa nichts sagt, kann ich ja verstehen. Aber Mama?« Sie sah, dass an Tills Schläfe eine Ader hervorgetreten war, fast hatte Lisa den Eindruck, das Blut in der Ader sehen zu können. »Kannst du mir nicht wenigstens sagen, warum ihr uns nicht vertraut?«

Till murmelte etwas, das sie nicht verstand.

»Was?«

Er sah sie an. Hilflos, aber ohne den Mund zu öffnen.

Lisa stand wieder auf, kehrte zu dem Schreibtisch zurück. »Findest du das besonders toll? Nachdem meine Eltern dich aufgenommen haben? Erst stellst du irgendwas mit meinem Bruder an, dass der richtig krank davon wird – und dann sagst du nicht mal, was du weißt?«

Jetzt, wo sie es so zusammengefasst hatte, schauderte Lisa erst recht vor der Ungeheuerlichkeit. Und doch huschte ihr auch noch ein anderer Gedanke, eine andere Empfindung durch den Kopf. Dass sie nämlich trotz allem nicht das Gefühl hatte, sich in Till zu täuschen. Auch wenn sie ihn erst seit ein paar Wochen kannte, war sie sich sicher, dass Till in Ordnung war. Sie vertraute ihm, auch wenn es im Moment überhaupt nicht so aussah, als wäre das gerechtfertigt. Sie vertraute ihm sogar so sehr, dass sie sein Schweigen guthieß – auch wenn sie das niemals zugegeben hätte.

4

Als Max aus dem Schlaf schreckte, stand er vor ihm. Ein schwarzer, hoch aufragender Schatten. Der Himmel vor dem Fenster war noch dunkelblau, alles andere aber – die Bäume hinter den Scheiben, der Tisch in dem Zimmer und eben der Mann, der an seinem Bett stand – war schwarz. Max kam sich unendlich klein vor, schutzlos, wie eine Schnecke, die man aus ihrem Haus gezogen hat. Er fühlte, wie ihm der Schweiß ausbrach, aber seine Haut war eiskalt.

»Geht's dir denn ein bisschen besser?«, hörte er seinen Vater fragen, und die Stimme war weich, angenehm, unendlich vertraut.

Max stieß die Füße in die Matratze und drückte sich an der Wand hoch. »Ja, geht schon«, hörte er sich sagen, die Stimme ein wenig brüchig, aber deutlich. ›Bleib mir vom Leib‹, schrie es in ihm, als er sah, wie sein Vater sich vorbeugte – dann ging die Nachttischlampe an. Das blasse, hagere Gesicht erschien im Lichtkegel. Bentheim setzte sich auf den Stuhl, auf dem Lisa vorhin gesessen hatte. In der Hand hielt er ein kleines Tablett, auf dem ein tiefer Teller stand.

»Mama hat gesagt, ich soll dir ein bisschen Brühe bringen«, meinte er und stellte das Tablett auf Max' Beine. »Geht das so? Oder willst du doch runterkommen, am Tisch sitzen?«

Max griff nach dem Tablett und hielt es fest. Obwohl er begeistert gewesen wäre, wenn er jetzt nicht mit seinem Vater hätte allein sein müssen, graute ihm davor, sich einen Morgenmantel überzuziehen und nach unten zu gehen.

»Nee, is gut …« Er griff nach dem Löffel. Sein Vater blieb sitzen. »Du brauchst nicht hierzubleiben, ich komm schon klar«, sagte Max.

Aber sein Vater schien noch ein wenig bleiben zu wollen. »Weißt du, ich habe mich gefragt, ob ich in letzter Zeit vielleicht ein bisschen zu streng war.« Er sah ihn an. »Das hat auch mit dem Buch zu tun, es will nicht so vorangehen, wie ich es gern hätte, da ist man nervös …« Er nickte und schaute zu Max, wie um dessen Reaktion abzuwarten.

Max löffelte. Dazu gab es nichts zu sagen.

»Es tut mir leid, wenn ich was falsch gemacht habe, Max«, hörte er seinen Vater weitersprechen. Und wieder wollte Max, dass es in ihm schrie ›Lass mich bloß in Ruhe‹, aber diesmal wollte es nicht recht gelingen. Es war, als würde die nur zu vertraute Stimme seines Vaters, der jetzt ein wenig gebeugt neben ihm am Bett saß, all seine Vorsicht einlullen.

»Ist denn sonst noch was passiert … ich meine … wir alle fragen uns, warum es dir nicht so gutgeht, Junge.« Die blauen Augen blickten auf Max. Sah er ein Lauern hinter den Pupillen? Er durfte sich jetzt nicht aufs Glatteis führen lassen – er musste aufpassen!

Die Anstrengung, das Tablett mit der Suppe auf den Knien zu balancieren, die Anspannung durch die Anwesenheit seines Vaters, die innere Stimme, die ihn fast um den Verstand brachte, das Bemühen, sich nichts anmerken zu lassen – all das war fast zu viel für Max. Er spürte, wie seine Knie zu zittern anfingen – nur keine Suppe verschütten – er durfte sich nichts anmerken lassen.

»Trimborn ist sich auch nicht richtig klar darüber, was mit dir los ist. Er sagt Überanstrengung – aber wovon denn mitten in den Ferien?«

Scheinwerfer-Augen direkt auf ihn gerichtet. Max schluckte – und hustete. Der Schweiß rann seine Achseln herunter, er spürte, wie das Fieber stieg.

»Deshalb meine ich, dass in den letzten Tagen etwas passiert ist.«

»Nö.« Kurz und knapp.

»Verschweigst du mir was, Max?« War da ein bedrohlicher Unterton, oder war es einfach nur die Sorge des Vaters?

»Nein! Wieso denn?« Max holte Luft. War er schon wieder dabei, zu winseln, zurückzuweichen?

»Ist ja schon gut«, hörte er seinen Vater einlenken, »ich meine nur, du kannst mir vertrauen, Max, ich bin dein Vater. Wenn du mir nicht vertrauen kannst, wem dann?«

Max ließ den Löffel in die Suppe fallen und schob den Teller zurück. »Nimmst du das Tablett? Ich kann nicht mehr.«

Sein Vater beugte sich vor und sah in den Teller. »Du hast ja noch gar nichts gegessen.«

»Bitte, Papa, nimm es weg«, sagte Max und fühlte, dass er Tablett und Teller einfach mit den Beinen zur Seite schleudern würde, wenn sein Vater ihm die Sachen nicht in der nächsten Sekunde abnahm.

Da griff Bentheim nach dem Tablett und nahm es hoch. »Wenn das so weitergeht, müssen wir dich ins Krankenhaus bringen, hat der Doktor gesagt, ist dir das klar?« Seine Stimme war jetzt dringlicher geworden. »Der Arzt weiß nicht, was los ist, verstehst du? Deine Mutter macht sich große Sorgen.«

»Ja, Papa, es ... was soll ich sagen ... ich weiß auch nicht, was los ist ... aber ... ich glaube, das Fieber ist wieder gestiegen, mir geht's nicht so gut.«

Er sah, wie sich die Augen seines Vaters schmerzlich zusammenzogen. »Ist das wahr?«

Max zwang sich zu einem Lächeln. »Nee ... ist schon okay ... ich hab Spaß gemacht. Mir geht's schon besser. Morgen bin ich wieder voll da, Papa. Ehrlich.« ›Wenn er jetzt nicht geht, schrei ich‹, ratterte es ihm durch den Kopf. »Machst du das Licht wieder aus? Am besten, ich schlaf noch ein bisschen.« Er schloss die Augen und spürte eine kühle Hand, die auf seiner Stirn nach dem Fieber fühlte. Max blinzelte und sah, wie sein Vater sich zu ihm herunterbeugte und ihm einen leichten Kuss auf die Wange gab.

»Armes Mäxchen, was machst du denn für Sachen«, hörte er ihn murmeln. Dann schloss Max die Augen wieder, um nichts antworten zu müssen. Alles in ihm drängte danach, die Arme um den Hals seines Vaters zu schlingen, endlich all die Sorgen hinter sich lassen, die sich in den letzten Tagen und Wochen auf ihn gelegt hatten, aber er zwang sich, die Arme unter der Decke zu lassen. Denn er war sich sicher: Sein Vater verstellte sich.

5

Was er sah, war ein Schatten, mannshoch, schwarz, taumelnd. Tills Hände schienen am Geländer des Balkons festzuwachsen. Ein zweiter Schatten tauchte auf. Ein dritter. Ein vierter. Sie kamen direkt auf ihn zu. Durch die dünnen Stämme des Wäldchens auf dem Nachbargrundstück, mit schweren Schritten durchs Laub raschelnd, als wären sie nicht in der Lage, ihre Füße richtig zu heben. Till fühlte sich wie eingegossen in einen Block aus durchsichtigem Zement. Kein Glied gehorchte ihm mehr, nur die Augen funktionierten noch, saugten die Eindrücke in ihn hinein, Eindrücke, die von seinem Kopf jedoch nicht mehr verarbeitet wurden, so reduziert war er aufs Schauen, gebannt von dem, was sich abspielte.

Jetzt traten die ersten Schatten aus dem Wäldchen heraus an den über zwei Meter hohen Maschendrahtzaun, der Bentheims Garten von dem benachbarten Grundstück trennte. Silbriges Licht fiel auf die Gestalten, aber sie hatten die Köpfe gesenkt, so dass Till nur ihre Haare sah – oder vielmehr das, was von den Haaren übrig geblieben war – darunter die Kopfhaut, merkwürdig aufgerauht, verschorft …

Gebannt beobachtete Till, wie sich die Wesen gegen den Zaun sinken ließen, während ihre Beine wie die aufgezogener Spielfiguren weiter Laufbewegungen vollführten. Gleichzeitig kamen immer neue Gestalten aus dem Wäldchen heraus. Die zähe Masse, die sich um Till gelegt zu haben schien, kühlte ab. Es fror ihn, seine Haut hatte sich aufgerichtet – aber er konnte die Augen nicht von dem Zaun lösen, gegen den sich immer mehr und noch mehr Gestalten pressten. Die Holzpfosten, an denen der Zaun befestigt war, knackten bereits, obwohl sie stark waren und solide im Boden verankert. Sie konnten – daran zweifelte Till keine Sekunde – dem fortgesetzten Ansturm nicht mehr lange standhalten.

Schon schoben sich zwei, drei, fünf Reihen von Gestalten hintereinander gestaffelt gegen den Zaun – da knallte es, als würde ein Schuss abgefeuert, ein Pfosten war umgebrochen – dann zerbarst der nächste, der Zaun neigte sich in einer Länge von zwanzig Metern zu Boden.

Die Wesen, die unmittelbar gegen den Zaun gedrückt hatten, sanken mit, diejenigen aber, die dahinter geschoben hatten, fingen sich, traten auf ihre Vordermänner. Till sah ihre erdverkrusteten Schuhe auf die Köpfe der am Boden Liegenden stapfen, dann taumelten sie über den Rasen der Bentheims, die Köpfe noch immer gesenkt, jetzt jedoch näher, vom Mond beleuchtet. Ein Schwarm schmutzig schwarzer Wesen, lautlos, nur mit den Füßen über das Gras bürstend, in der Vorwärtsbewegung anscheinend unhaltbar – und unbeirrt auf das Haus zuhaltend. Schon zogen sie unter dem Balkon durch, auf dem Till stand. Er hörte sie gegen die Fensterläden torkeln, die an der Mauer darunter angebracht waren, er hörte, wie das Holz gegen die Wand gedrückt wurde, wie die Fenster unter dem Druck ächzten, er hörte, wie sich schwielige Hände an den Stangen festhielten, die den Balkon trugen. Und spürte, wie der Eisblock, in dem er gefangen war, sich immer mehr zusammenzog.

Dann zersprang es, das Fenster unter ihm, eingedrückt von der Horde, und zugleich zersprang das Eis hier oben, das ihn umschloss. Till wirbelte herum, mehr ahnend als sehend, dass die ersten Gestalten bereits an den Stangen emporklettern mussten, herum zu dem Zimmer, in dem Max noch schlief. Er stürzte durch die Balkontür an das Bett des Freundes, wollte ihn wecken, warnen, herausreißen aus dem komaähnlichen Schlummer, in dem Max gefangen sein musste – sonst hätte er doch längst gehört, was um sie herum geschah! Noch während Till zu dem Bett eilte, wollte er schon Max' Namen rufen, doch es war, als wäre seine Kehle versiegelt. Kein Laut kam aus seinem Mund, sosehr er sich auch darum bemühte.

Das konnte nicht sein, er musste ihn doch warnen! Till riss die Arme nach hinten, drückte in einem Zusammennehmen all seiner Körperkraft die Brust heraus, um endlich die stumpfe Decke zu durchstoßen, die sich um seine Kehle gewickelt zu haben schien. Er pumpte und stieß tief aus dem Bauch heraus all die Luft, die er darin hatte – heraus damit durch den Hals, durch die Kehle, heraus mit einem Schrei, der Max endlich wecken musste, bevor es zu spät war ...

»MAAAX!«, hörte Till sich schreien, fühlte die Befreiung, die ihn durchströmte, weil es ihm gelungen war, über sich selbst zu herrschen, selbst zu bestimmen, ob er schreien würde oder nicht – und spürte zugleich, dass sich auf einmal alles verschob. Dass das Rascheln abebbte, dass er herausglitt aus der dunklen Traumwelt, in der er sich befunden hatte, dass er nicht mehr auf das Bett von Max zulief, sondern auf seiner eigenen Matratze lag. Er war zwar herumgeworfen, noch ganz im Sprung, der für ihn das Herausschreien gewesen war, aber nicht mehr in einem nachtdunklen Zimmer, sondern in einem morgendlich sonnendurchfluteten, vor dessen Terrassentür keine formlose Gestaltenhorde lauerte, sondern ein herrlicher Sommertag.

Er hatte geträumt, es war alles klar.

Till schlug die Decke von seinem Körper zurück, wie erstickt plötzlich von der schweren Last der Federn, sprang auf und wollte Max erzählen, was er geträumt hatte. Da war es, als würde sich der Eisblock, den er doch gerade erst gesprengt hatte, erneut um ihn legen.

Max' Bett war leer.

Seit acht Tagen hatte Max sein Bett nicht mehr verlassen. Am Abend zuvor hatte er Till gebeten, bei ihm im Zimmer zu übernachten. Till hatte nicht genau verstanden, wieso, aber es war klar gewesen, dass Max seine Hilfe gebraucht hatte. Seine Nähe. Seine Anwesenheit. Also hatte Till eingewilligt, seine Matratze in Max' Zimmer gebracht und dort sein Nachtlager errichtet – etwas, das er ohnehin gerne tat. Und er hatte Max versprochen, dass er ihn wecken würde, wenn ihm in der Nacht etwas auffallen würde.

Aber dann hatte er nur unendlich fest geschlafen.

Er ist schon aufgestanden! Was ist daran so schlimm? Er ist wahrscheinlich schon unten – ihm geht's wieder besser. Ist doch wunderbar! Till hörte die Stimme in seinem Kopf, er hörte, wie er sich das zurief, aber die Worte kamen nicht an, sie lösten nicht den Eisgriff, der ihn umklammert hielt, während er aus dem Zimmer schoss.

»Max!«

Nichts. Till rannte zum Bad, die Tür war unverschlossen, er stieß sie auf. Leer.

»Max?«

Zurück in die Diele, zu Lisas Zimmer, die Tür war offen, das Zimmer leer. Till rannte die Treppe herunter. »Max!« Jetzt war es ihm egal, ob gleich alle um ihn herumstehen würden, jetzt war es nackte Panik.

Er kam unten in der Eingangshalle an. »Hallo?« Niemand zu sehen. Rebecca nicht, Jenna nicht, die Mädchen nicht. Er rannte zur Küche. Sie war aufgeräumt, alles geputzt, alles perfekt – aber niemand zu sehen. Raus aus der Küche, kurze Irritation, ins Wohnzimmer, leer, zum Flur, der nach hinten zum Musikzimmer führte.

»HALLO??«

»Was *ist* denn!«

Die Worte trafen ihn wie ein Fausthieb. Die Tür am Ende des Flurs flog auf. Lisa.

»Was schreist du denn so?«

Till war so froh, sie zu sehen, dass er nicht stehen blieb, sondern weiterlief, bis zu ihr hin, er nahm sogar ihre Hand. »Wo sind denn alle? Ich bin eingeschlafen und –«

Er bemerkte, wie ernst sie aussah. »Max geht's nicht gut. Mama ist mit ihm ins Krankenhaus.«

Till lächelte noch immer.

»Er hat sich wieder übergeben, Papa wollte nicht länger warten, er hat den Arzt gerufen, heute Morgen ganz früh. Und der Arzt hat gesagt, dass Max …« Sie musste kurz nachdenken »… dehydriert.«

Jetzt wurde das Lächeln doch aus Tills Gesicht gewischt. Er hatte geschlafen, er hatte nicht aufgepasst, raste es ihm durch den Kopf.

»Mama hat ihn dann hingefahren.« Sie schaute Till an. »Willst du was frühstücken?« Ihre Stimme war leise, bedrückt.

Sie spricht, als läge eine Leiche im Haus, musste Till denken, und der Eisgriff in seinem Bauch wanderte hoch an seine Kehle.

Da saßen sie wieder an dem hohen Tisch, an dem sie an jenem Tag gesessen hatten, an dem Till zum ersten Mal zu den Bentheims gekommen war.

Die Stille des leeren Hauses um sie herum lastete auf Till, die Sorge um Max erfüllte ihn. Er hatte sich die Tüte mit dem Müsli geschnappt, ein wenig Milch über die Flocken gegossen und löffelte das Zeug in sich hinein. Lisa hatte ihm gegenüber Platz genommen, sah ihm beim Essen zu.

Was hat sie im Musikzimmer gemacht?, waberte es Till durch den Kopf – sagen aber tat er etwas anderes. »In welches Krankenhaus haben sie ihn denn gebracht?«

»Ins Klinikum oder wie das jetzt heißt«, sagte Lisa, »das große in Steglitz?«

Till schob sich einen neuen Löffel voll Müsli zwischen die Zähne, sprach mit vollem Mund. »Kommst du mit? Ich fahr gleich mal zu ihm.«

Lisa sah ihn groß an, als wollte sie sagen: Spinnst du?

»Er ... das waren ziemlich verrückte Sachen, die Max sich ausgedacht hat«, fuhr Till fort und schluckte herunter. Er musste sie ins Vertrauen ziehen, er durfte nicht länger warten. Er sah, wie er ihre Aufmerksamkeit hatte, wie ihr hübsches, kleines Gesicht sich spannte. »Es geht um euren Vater, weißt du«, stieß Till hervor und fühlte, wie sein Gesicht rot wurde. Wie konnte er ihr das jemals sagen, sie würde denken, dass nicht Max, sondern ER sich das ausgedacht hatte. »Er glaubt, dass er sich verändert hat«, jetzt zog sie die Stirn kraus, »ich habe versucht, es ihm auszureden, aber Max ist ganz versessen darauf, ist sich sicher, das muss die Erklärung für all das sein, was ihm komisch vorkommt.«

»Was denn, *was* hat er sich ausgedacht?« Sie ließ Till nicht aus den Augen.

»Das ... es ist schwer zu beschreiben.«

Jetzt sah sie richtig verblüfft aus.

»Er ist total überreizt«, murmelte Till. Vielleicht war es doch keine so gute Idee gewesen, ihr davon zu erzählen. Till beugte sich vor, auf einmal vom Bewusstsein einer ganz neuen Gefahr durchglüht. »Aber du musst mir versprechen, das niemandem zu sagen!« Er griff ihren Arm und drückte ihn. »Lisa? Du musst es schwören. Hörst du?«

›Schwören‹ – lächerlich, aber egal. Sie durfte es keinesfalls weitererzählen, ihrer Mutter nicht – und vor allem ihrem ... bei dem Gedanken allein fühlte Till, wie er schwach wurde ... ihrem Vater nicht ...

»Du darfst mit niemandem darüber sprechen. Sie würden Max nie wieder in Ruhe lassen. Sie würden ihn vielleicht in ein Heim stecken – das steht er nicht durch!« Till fühlte, wie Lisa ihm immer mehr entglitt. »Wir müssen ihm helfen, hörst du, wir beide – nicht deine Eltern, die können ihm nicht helfen. Er hat einfach Angst vor eurem Vater, das sitzt ganz tief in ihm drin, das kriegst du nicht einfach raus.«

»Das schaffen wir nicht allein«, hörte er Lisa sagen, »was stellst du dir denn vor? Dass ich stillhalte und zusehe, wie mein Bruder vor die

Hunde geht?« Ihre Stimme wurde schrill jetzt, Till konnte hören, wie sie von der Verantwortung, die er auf ihr abgeladen hatte, niedergedrückt wurde.

»Hör zu, Lisa«, er ließ ihren Arm los und sah, dass die Haut an der Stelle, an der er gedrückt hatte, ganz weiß geworden war. »Es geht nicht darum, wie krank das klingt, was Max bedrückt. Es geht darum, dass er Angst hat. Okay? Angst vor deinem Vater. Wenn Max jetzt erfährt, dass du deinem Vater erzählt hast, wovor er sich ängstigt –«

»Max braucht das ja nicht zu erfahren.«

»Nein!« Wütend sprang Till von seinem Stuhl auf. »Darum geht es nicht! Dein Vater hat mich hier aufgenommen. Ich habe euch viel zu verdanken. Aber ...« Einen Augenblick zögerte er. Konnte er ihr vertrauen? Aber dann kamen die Worte wie von selbst aus Tills Mund, ohne dass er sie hätte aufhalten können. »... es gibt ein paar Sachen, die schon komisch sind. Es gibt nur einen Weg, wie wir Max helfen können. Wir müssen ihm zeigen, dass er sich auf uns verlassen kann. Dass er deinem Vater nicht ausgeliefert ist. Dass es jemanden gibt, der auf seiner Seite ist, der zu ihm hält – egal, was passiert.«

Es war viel, was er von ihr verlangte: dass sie ihm mehr vertrauen sollte als ihrem eigenen Vater. War es leichtsinnig, vielleicht sogar geradezu dumm gewesen, sie ins Vertrauen zu ziehen? Verlangte er von ihr jetzt nicht das, was er selbst nicht geschafft hatte: es für sich zu behalten, niemanden mit reinzuziehen?

»Was willst du denn jetzt machen?« Sie sah ihn an.

»Ich fahr ins Krankenhaus und muss ihn sehen. Er hat mich gebeten, die Nacht lang auf ihn aufzupassen, aber ich bin eingeschlafen.«

Till sah, wie ein Hauch von Mitleid über ihr Gesicht huschte. »Okay.«

»Was?« Hatte er sich verhört?

»›Okay‹, hab ich gesagt«, wiederholte Lisa. »Ich warte, bis du wieder da bist. Und mir erzählst, wie es ihm geht.«

Es kam Till so vor, als würde er aus großer Tiefe an die Oberfläche tauchen. »Gut. Und wenn deine Mutter fragt, sag ihr ruhig, dass ich losgefahren bin, um Max zu besuchen. Das wird schon in Ordnung sein.«

6

Als Julia in das Zimmer trat, lag ihr Sohn auf der Seite und schaute aus dem Fenster.

»Max!« Sie stellte die Tüten auf den Boden und ging zu ihm. Er drehte sich auf den Rücken. Sein hellhäutiges Gesichtchen kam ihr noch ein wenig eingefallener vor als sonst. Die Haare waren jetzt schon länger nicht mehr geschnitten worden und hingen ihm in die Stirn. Ein Lächeln breitete sich über sein Gesicht aus.

»Mama.«

Julia hockte sich auf die Bettkante und nahm die Hand ihres Sohnes, die auf der Bettdecke lag. Er rollte sich herum und legte den Kopf auf ihren Schoß. Sie strich ihm das Haar aus der Stirn, streichelte über seinen Kopf. Max' Haare fühlten sich immer noch so weich an wie die eines Kleinkindes.

Ihr Blick wanderte zu dem Fenster, aus dem er geschaut hatte. Das Zimmer befand sich im letzten Stock eines der beiden Bettentürme. Das Fenster nahm fast die ganze Wand ein, und von dort blickte man auf den Teltow-Kanal, Teile der Betonstruktur des Krankenhausbaus ragten ins Blickfeld hinein. Flächen, Quadrate, Ebenen – ein gewaltiger Bau aus den sechziger Jahren, einst das modernste und größte Krankenhaus Europas – heute verwittert, veraltet, fast schon verkommen.

Sie schaute zurück zu ihrem Jungen. »Ich hab dir ganz viele Sachen mitgebracht.«

Er blieb reglos liegen.

»Max?«

Max glitt von ihrem Schoß wieder herunter, streckte sich aus und sank zurück auf das große, weiße Kissen an seinem Kopfende. Metallstangen, Schienen, Seilzüge – sein Krankenhausbett sah aus, als ob er mit dem Ding aus dem Fenster fliegen könnte, wenn er nur die richtigen Hebel bediente.

Julia stand auf und holte die Tüten, die sie am Eingang abgestellt hatte. Bevor sie ins Krankenhaus gefahren war, hatte sie zwei Stunden lang mit Rebecca in der Küche gestanden und gekocht. Sie nahm auf dem Stuhl neben Max' Bett Platz, zog den Nachttisch heran, räumte die Platte leer und begann die Sachen, die sie mitgebracht hatte, daraufzustellen. Eine kleine Schale mit einer klaren, heißen Hühnerbrühe, eine winzige Portion Ravioli gefüllt mit Ricotta und Spinat, etwas Gulasch mit einem halben Knödel, eine Hähnchenkeule frisch aus dem Ofen ... Sie hatte all das zubereitet, von dem sie wusste, dass Max es schon immer am liebsten gegessen hatte.

Julia schob die Tüten zur Seite und sah zu ihrem Sohn, der ihr mit großen Augen zugeschaut hatte. Es gab keinen Grund, darüber zu reden. Julia wusste, dass er es wusste: dass er vor allem deshalb hier war, weil er seit Tagen nichts mehr gegessen hatte. Sie hatten versucht, ihm einen Tropf anzulegen, um ihm die nötigen Elektrolyte intravenös zu verabreichen. Aber Max hatte den Tropf immer wieder aus dem Arm gerissen, kaum dass er allein gelassen worden war. Trimborn hatte Julia gefragt, ob sie den Jungen fixieren sollten, dann würde er sich den Tropf nicht länger herausziehen können. Das hatte Julia zwar schockiert zurückgewiesen, aber sie wusste: Es war alles nur eine Frage der Zeit. Der Arzt, der Max hier im Krankenhaus betreute, hatte jedenfalls keinen Zweifel daran gelassen, dass heute der letzte Tag war, den er es verantworten konnte, die Ernährung des Jungen nicht anzuordnen. Heute musste es ihr gelingen, heute musste Max etwas essen. Sonst würde sie den Arzt bitten müssen, sich darum zu kümmern.

»Du hast keinen Hunger, was?« Ihre Augen begegneten denen ihres Sohnes. Er schüttelte den Kopf.

»Ich hab dir deine Lieblingsgerichte mitgebracht.«

Nicken.

»Ich hab sie selbst gekocht.«

»Ja.«

»Du hast seit Tagen nichts mehr gegessen, Max, es kann doch gar nicht sein, dass du keinen Hunger hast.«

Seine Augen lösten sich von ihrem Gesicht und wanderten zum Fenster.

»Max, wenn du heute nichts isst ... Ich habe mit den Ärzten gesprochen ... das kann so nicht weitergehen.«

Sie hatte alles versucht. Sie hatte gedroht, gefleht, auf ihn eingeredet, auch Xaver gebeten, mit Max zu reden. Sie hatte sogar Lisa vorgeschickt, damit sie einmal mit ihrem Bruder sprach. Julia hatte Max Geschenke versprochen, sie hatte ihm Sachen weggenommen, von denen sie wusste, dass er sie liebte, und angekündigt, dass er sie erst wiederbekommen würde, wenn er auch wieder anfangen würde zu essen. Es hatte alles nicht genutzt.

Dann hatte sie begonnen, zu den Ärzten zu gehen. War ihr Junge plötzlich magersüchtig geworden? Sie hatte erfahren, dass man das früher hauptsächlich von Mädchen kannte, dass es aber längst nichts Besonderes mehr war, wenn auch Jungen ganz plötzlich Schwierigkeiten mit dem Essen bekamen. Was genau jedoch der Grund für Max' Hungern war, darüber hatten ihr die Fachleute – auch nach einem Gespräch mit Max – keine eindeutige Auskunft erteilen können. Nur ein Psychiater hatte die Vermutung geäußert, dass Max unter einer psychotischen Störung leiden könnte. Dass Max vielleicht denken würde – auch wenn er das nie gesagt hatte – dass das Essen vergiftet sein könnte. Bisher hatte sie es nicht gewagt, ihn danach zu fragen.

»Hast du Angst, dass die Sachen vergiftet sein könnten?« Ihre Stimme war leise jetzt, fast nur ein Flüstern.

Max starrte sie an. Auf seinen Wangen erschienen hellrote Flecken.

»Hör zu Mäxchen, ich glaube nicht, dass du so was denkst. Dass ich ... dass ich dir was antun könnte ... aber ... Wenn du heute nichts isst, dann muss ich den Arzt bitten, dafür zu sorgen, dass du keinen Schaden nimmst. Dein Körper ist geschwächt. Du machst ihn kaputt.«

Sie fühlte plötzlich, wie ihre Augen sich mit Tränen füllten. Rasch wandte sie sich ab, wischte mit dem Handrücken darüber und drehte sich wieder ihrem Jungen zu. So würden sie nicht weiterkommen, wenn sie jetzt anfing zu heulen.

Sie griff nach seiner Hand. »Willst du das?«

Max hatte den Mund ein wenig geöffnet, stoßweise holte er Atem, aber nicht tief aus dem Bauch heraus, sondern hastig und flach.

»Sie werden dich am Bett fixieren müssen, damit du den Tropf nicht rausziehst.« Julia fühlte, wie sich unerträgliche Bilder in ihren Kopf drängten, Blitze, in denen sie ihren Sohn sah, der festgehalten wurde – aber sie drückte die Bilder gewaltsam weg.

»Sie müssen dir einen Schlauch in den Magen schieben, Mäxchen.« Jetzt flossen ihr die Tränen doch übers Gesicht, sie wischte sie nicht mehr weg, jetzt war es auch egal, jetzt musste sie zu ihm durchdringen, ihn wiedergewinnen. Sie hatten sich doch früher so liebgehabt. Wann war es bloß passiert, dass sie ihn verloren hatte? »Du brauchst bloß ein paar Löffel von der Hühnerbrühe zu essen, Mäxchen ... oder was auch immer du magst ... ich hab die Tüten voll, Süßigkeiten, Pommes, Würstchen, Kuchen ... Was immer du dir vorstellen kannst ... und wenn das alles nichts ist, geh ich gleich noch mal los und hol dir was anderes.«

Sie sah, dass auch seine Augen sich jetzt mit Tränen gefüllt hatten, überliefen, das kleine Gesichtchen unendlich traurig, enttäuscht, als würde der Junge in einem nachtschwarzen Kummerland herumirren und verzweifelt nach einem Ausgang suchen.

»Kannst du mir nicht sagen, was du denkst, Max? Was du willst? Wollen wir eine Reise machen, ganz weit weg, nur wir zwei? Ist es das?« Plötzlich schöpfte Julia Mut, weil sie zu sehen glaubte, dass sich sein Gesicht ein bisschen aufhellte, als wäre ein einzelner Sonnenstrahl daraufgefallen.

»Und wie lange?«, fragte er.

»Keine Ahnung, ein paar Tage, eine Woche?«

»Und dann?«

»Dann fahren wir wieder nach Hause.«

Das knipste den Sonnenstrahl aus, schnitt ihn ab wie mit der Schere, und Max' Gesicht wirkte noch einmal so einsam, so verlassen, ratlos, traurig und hilflos.

»Was ... du meinst, wir sollten länger fortbleiben?«

Es entrang sich seiner Brust wie ein verzweifeltes Stöhnen: »Ach ... ist auch egal, wie lange wir wegbleiben – am Ende kommen wir ja doch wieder zurück.«

Ganz weggehen? Für immer? Das ging natürlich nicht. »Was soll denn aus Lisa werden, den Kleinen?« *Und Papa?*, dachte Julia, behielt es aber für sich, denn irgendetwas sagte ihr, dass Xaver vielleicht der Grund für Max' Benehmen sein könnte. Sie machte ihrem Mann keinen Vorwurf, es war Max, der sich in etwas hineingesteigert hatte. Aber das, in was Max sich hineingesteigert hatte, hatte vielleicht etwas mit Xaver zu tun – damit, was auch ihr an Xaver schon aufgefallen war, dass es an ihm seit noch gar nicht so langer Zeit etwas gab, das sie glaubte, nicht durchschauen zu können.

»Wir können nicht für immer weggehen, Max.« Julia wischte sich erneut über die Augen. Wenn er das wollte, wenn er das für einen Moment auch nur für möglich gehalten hatte, dann war es sinnlos, wenn sie weiter versuchte, an ihn heranzukommen. Es überstieg ihre Kräfte.

»Max, ich kann nicht mehr«, sagte sie, und ihre Stimme war jetzt ein wenig gefestigter. Sie musste auch an ihre anderen drei Kinder denken. »Ich weiß nicht mehr, was ich noch machen soll.«

Aber er hatte sich schon wieder abgewandt, den Blick an ihr vorbei zum Fenster gerichtet.

»Wenn ich jetzt gehe, werde ich dem Arzt Bescheid geben müssen.«

Er ließ es einfach an sich abperlen.

Aber sie ging nicht gleich aus dem Zimmer. Sondern blieb sitzen. So lange, bis ihr Sohn eingeschlafen war. Dann stand Julia auf, packte die Tüten zusammen, stellte sie in die Ecke und machte sich auf den Weg, um den Arzt zu holen.

7

»Es war der Geruch … viel stärker als hier … betäubend fast … der Geruch nach Desinfektionsmitteln. Es war, als würde mich dieser Geruch regelrecht überfallen, als ich die Tür am Ende der Treppe aufstieß. Und dahinter, Till, dahinter lag sie. Alles war weiß. Die Betten, die Laken, die Kittel, die Wände, die Lampen.« Max' Stimme sank zu einem Flüstern herab. »Die Abteilung, Till, dahinter lag die Abteilung. Ein Raum so groß wie ein Fußballfeld, groß wie das ganze Krankenhaus, aber es gab dort keine einzelnen Zimmer, die Betten waren nur durch verschiebbare Stoffwände getrennt. Und die Luft war erfüllt von unterschiedlichen Stimmen, von Rufen, vom Wimmern, Jammern. Bestecke haben geklappert, Zangen, Griffel, Hebel, Schrauben – es war ein entferntes Knistern zu hören, ein Knacken, Knirschen, Keuchen. Und es war heiß, unendlich heiß, als würde die Luft direkt aus einem Ofen in die niedrige, sich in der Ferne verlierende Halle geblasen.«

Max lag auf zwei übereinandergeschichteten Kissen auf seinem Krankenbett, Till hatte sich einen Stuhl herangezogen und neben ihn gesetzt. Als er angekommen war, war Max allein in seinem Zimmer gewesen. Zuerst hatten sie nur ein paar Worte gewechselt, aber es war Till gleich aufgefallen, wie mitgenommen Max wirkte. Und dann hatte Max angefangen zu erzählen.

Von der Magensonde, die sie ihm gelegt hatten, davon, dass seine Mutter die ganze Zeit bei ihm gewesen war, dass sie ihn danach zurück in sein Zimmer gebracht hatten und seine Mutter losgegangen war, um noch einmal mit den Ärzten zu reden.

»Ich hab die Augen geschlossen, um ein wenig zu schlafen – und plötzlich gehört, wie die Tür knirschte. Und als ich die Augen aufgemacht habe, stand er schon mitten im Zimmer.«

»Wer?«

»Keine Ahnung. Ein Mann, er trug einen Arztkittel, und als er sah, dass ich wach war, hat er sich ganz schnell entschuldigt. Er hätte sich wohl in der Zimmernummer geirrt.«

»Hm.«

»Ja. Und dann ist er raus. Aber weißt du was?«

»Hm?«

»Ich hatte den schon mal gesehen, aber nicht hier im Krankenhaus«, Max' Stimme sank zu einem Flüstern herab, »sondern bei uns zu Hause – beim Papageienkampf.« Seine Augen leuchteten. »Er war einer von den Gästen im Musikzimmer, verstehst du?«

Till stützte sich mit dem Ellbogen aufs Bett. »Echt?«

Max nickte mit offenem Mund. »Also bin ich aufgestanden und ihm gefolgt, aber so, dass er es nicht gemerkt hat. Über den Flur, die Treppe runter, immer hinterher, bis in die Abteilung.«

Max versuchte, sich ein wenig aufzurichten, ließ es dann aber doch bleiben und setzte nur seinen Bericht fort. »Ich habe mich dort ein wenig umgesehen, aber je weiter ich kam, desto mehr fiel mir auf, dass die Kittel der Schwestern doch gar nicht so blütenrein waren, wie ich am Anfang gedacht hatte. Dass auch der Fußboden vielleicht mal gewischt werden müsste. Und ich hatte das Gefühl, unter dem Desinfektionsgeruch noch einen anderen Duft wahrzunehmen, der darunter versteckt war, einen Geruch, von dem ich mir nicht sicher war, ob ich ihn zuordnen konnte, der aber irgendwie nach Kupfer schmeckte.«

Max' Gesicht lag blass auf dem weißen Kissen. »Dann sah ich ihn wieder, den Arzt, der in meinem Zimmer gewesen war und den ich kurz aus den Augen verloren hatte. Er schlängelte sich zwischen den verschiebbaren Wänden hindurch. Ich ging ihm nach und kam in einen Bereich, in dem … ich weiß nicht … in dem die klare Unterscheidung zwischen Durchgängen und Patientenbereichen aufhörte. Es waren viele Betten, Till, fast hundert, schätze ich. Und darin lagen Männer, Greise, Frauen, Kinder, Schwangere … In einem Bett sah ich einen Mann und eine Frau zusammenliegen, bei einem anderen war der Bezug nicht mehr weiß, sondern wie von einer grauen Kruste überzogen. Kinder sind in Gruppen zwischen den Betten hindurchgetobt, und ein Chirurg kam mir im grünen Anzug des Operationssaals entgegen. Seine Augen lagen brandrot umrändert in den Höhlen, sein Gesicht wirkte geradezu gezeichnet. Sein Blick war fokussiert, aber jede Weichheit, jede Empfindlichkeit, verstehst du?, schien aus seinen Zügen herausgesaugt worden zu sein.«

Max' Augen blickten Till an, und Till kam es so vor, als würden auch die verletzlichen Augäpfel von Max in ihren wässrigen Höhlen buchstäblich brennen.

»Die Empfindlichkeit, die ...«, Max suchte nach Worten, »... die nötig ist, um sich für die *winzigen* Dimensionen des Menschlichen erwärmen zu können.«

Was? Till schwirrte den Kopf. Vage glaubte er zu erahnen, was Max meinte, aber bevor er nachfragen konnte, setzte Max seinen Bericht schon fort, atemlos, mit den Händen und dem Kopf hin und her zuckend, den Blick jedoch starr auf Till geheftet. »Dann war der Chirurg an mir vorbei, und ich hastete weiter, wie gekettet an den Kittel des Arztes, dem ich folgte, wie benommen von den Eindrücken, die auf mich einströmten. Es war ... als ob über der ganzen Abteilung so etwas wie ein Fluch liegen würde. Ich konnte es mir gar nicht anders erklären ... etwas Unterdrücktes, Unterschwelliges, etwas, über das sich die Patienten der Abteilung vielleicht nicht einmal im Klaren waren. Und doch etwas, das mir zuzuraunen schien, dass ich so schnell wie möglich dort wieder raus sollte ... *Bevor du dich ansteckst,* sagte ich mir.«

Max sank auf sein Bett zurück, tief Luft holend, von dem Bericht, von der Erinnerung an das, war er erlebt hatte, angestrengt – riss sich aber gleich wieder hoch. »Für einen Augenblick dachte ich, dass ich einen der Patienten in den Betten ansprechen sollte, ich war schon an ein Lager herangetreten, hatte die Schulter einer Frau berührt – aber da drehte sie sich um, und ich sah ihre leeren Augen, das ausgehöhlte Gesicht eines Menschen, der sich selbst aufgegeben zu haben schien – und wusste, dass sie mich nicht hören würde. Niemand dort unten hätte mich gehört, Till, niemand sich gekümmert, niemand wäre auch nur auf die Idee kommen, dass es so etwas wie helfen überhaupt gibt. Denn die, die dort unten verrotten, haben vergessen, dass es noch etwas anderes gibt als die Dumpfheit, die sie komplett ausfüllt.«

8

Fassungslos hatte Till ihm zugehört. Tausend Fragen kamen ihm auf einmal in den Sinn. Aber Max schien nichts mehr aufhalten zu können.

»Wir haben uns geirrt, Till«, redete er unaufhörlich auf ihn ein. »Was ich da unten gesehen habe ... mein Vater ... er ist nicht allein ... es ist ... die Leute waren völlig verändert.«

Max' Augen flimmerten durch den Raum. »Das Tagebuch, die Bilder ... die Unterlagen, die wir im Keller des Gartenhauses gefunden haben?«

»Ich hatte gedacht, der Mann in den alten Filmaufnahmen ... ich hatte gedacht, er hätte ihr etwas *gespritzt,* aber er hat ihr nichts gespritzt, Till, er hat sie *untersucht!*«

Es geht ihm nicht gut, musste Till denken. *Es geht Max nicht gut.*

»Da unten, in der Abteilung ... am Anfang ging es ja noch, aber als ich mich tiefer dort drinnen verloren habe«, unwillkürlich hatte Max Tills Hand ergriffen, »sie haben dort Menschen aufgebahrt, die nur noch Zischlaute von sich geben, die wirken, als habe sich ihr Fleisch aufgelöst. Sie sehen aufgedunsen aus, ihre Körper sind ... sind quallenartig, weich, sie können nur noch liegen ...«

Seine Hand krallte sich in Tills Arm. »Das sind keine Menschen mehr, Till, das sind nur noch Hüllen, etwas anderes hat sich in ihnen *eingenistet*, in sie hineingeschlichen, sie ausgehöhlt.«

Was werden sie ihm antun, wenn sie erfahren, was er denkt, ratterte es Till durch den Kopf, aber er sagte nichts, blickte nur herab auf das glühende Gesicht seines Freundes.

»Ich weiß nicht, was es für Wesen sind, Till«, stammelte Max, »aber sie haben die Menschen dort unten ausgesaugt, sich in ihre Hüllen geschlichen. Wenn du in ihre Augen schaust, siehst du es am besten. Zuerst denkst du, es ist nur eine Entzündung der Hornhaut, dann aber begreifst du, dass es eine Art Schutzhaut ist, die sich unter ihre Pupillen geschoben hat. Und wenn du lange genug hineinblickst, kannst du erleben, dass diese Schutzhaut für einen Augenblick zurückzuckt – und dann blickt es dich an, Till: das Wesen, das diese Menschen besetzt hat.«

Er musste Luft holen. »Das ist keine Krankheit, es ist kein Virus – es ist eine Aushöhlung. Die Menschen sind nicht mehr sie selbst, sie sind besetzt.« Er nickte zu dem Wasserglas, das auf seinem Nachttisch stand. Till reichte es ihm. In wenigen Zügen hatte Max es geleert. Aber er war zu schwach, um es selbst zurückzustellen. Till nahm es ihm ab.

»Ich weiß nicht, wie viele es sind«, sagte Max schließlich, »aber ich bin sicher, es werden immer mehr.« Und plötzlich standen Tränen in seinen Augen. »Es ist nicht mehr mein Papa, Till. Das ist nicht mein Papa, das ist einer von ihnen.« Verzweifelt sah er Till an. »Sie haben es bisher geheim gehalten, aber sie sind schon überall. Von wann waren denn die Fotos und der Film? Die sind doch mindestens hundert Jahre alt! Es ist eine Invasion, und es geht seit Jahrzehnten, verstehst du? Mein Vater ist dahintergekommen, er hat Material darüber gesammelt. Und dann haben sie sich ihn geschnappt, er ist nicht mehr er selbst, er ist jetzt einer von ihnen.«

Till starrte Max an. *Einer von ihnen, einer von ihnen, einer von ihnen,* hallte es in seinem Kopf.

»Deshalb hat er dich bei uns aufgenommen, Till, dich wollen sie als Nächsten.«

»Und warum mich?«, schoss es aus Till hervor. »Warum nicht dich?«

Max ließ die Arme auf die Decke fallen. »Sieh mich doch an. Ich ...« Der Atem zischte aus seinem Mund, als wollte er es nicht aussprechen. Aber dann gab er sich doch einen Ruck. »Ich bin zu schwach«, flüsterte er, »damit können sie nicht viel anfangen.«

Anfangen wofür?, dachte Till. Aber als er Max ansah, verlor er den Mut, danach zu fragen. »Ich muss das sehen«, sagte er stattdessen, »die Abteilung.«

Max nickte und legte sich auf die Seite, so dass er aus dem Fenster sehen konnte. » Klar«, sagte er, »schau dir das an. Sie sind so sehr mit sich selbst beschäftigt, sie werden dir nichts tun.« Aber dann schaute er doch noch mal wie erschrocken auf zu Till. »Danach kommst du aber wieder zu mir, oder?« Seine Augen waren groß und glänzend. »Bevor sie mich wieder in den Raum bringen, wo sie mir die Spritzen geben ...« Jetzt zitterte er am ganzen Körper. »Mama ist ja auch da, aber ... aber sie weiß doch nichts. Und wenn ich ihr sage, was ich gesehen habe ... sie will doch davon nichts wissen.«

Till hob die Hand, so dass Max seine Rechte, die sich fiebrig und klein anfühlte, dagegenklatschen lassen konnte.

»Oder soll ich hierbleiben, erst mal«, fragte Till leise, »hier bei dir?«

»Nein, schon okay«, murmelte Max, »beeil dich und erzähl mir, was du gesehen hast.«

»Und wo genau? Welche Treppe?«

»Den Gang runter, die letzte Tür rechts, dann immer nach unten ...« Max' Stimme verlor sich.

Till sah noch kurz auf ihn herab, dann stand er auf und verließ das Zimmer.

Epilog

1

Tagebucheintrag

Ein Hund.
Aber einem Passanten einen Hund entreißen?
Und wilde Hunde? Gibt es nicht ...
Eine Katze? Zu klein ...
Ein Vogel?
Eine Ameise?
Nimm einen Hund!

Ich habe ihn mir schon aus dem Tierheim geholt.
Sie wollten mir einen Dackel andrehen. Aber ich wollte keinen Dackel. Ich wollte einen richtigen Hund, einen großen Hund, mit glänzendem Fell und leuchtenden Augen.
Na, hechelst du?
Noch etwas Wasser?
Was für eine herrliche Kreatur! Fast scheint es, als habe er mich schon in sein Herz geschlossen. Wie ich ihn.
Wie lange will ich noch warten?
Wird er mir nicht immer mehr ans Herz wachsen, je länger er bei mir ist?
Ja – ist das nicht genau, was ich brauche?
(Hast du auch genug Kraft, wenn du ihn wirklich liebst?)
JA!
Du Einflüsterer, du verkrüppelter Wicht!
ICH HABE GENUG KRAFT!
Komm her, mein Hündchen, leg deine Schnauze auf mein Knie.
So ist's brav. Ein lieber Kerl bist du.
(Wie er mir vertraut.)
Nun gut, es ist Zeit.

Wir können nicht immer nur warten und dies Tagebuchheft vollkritzeln.
Es ist Zeit zu handeln!
Komm, Hund, Herrchen holt nur noch was, und dann gehen wir in den Wald.
(Ich brauche auch eine Plane ... ich kann nicht mit besudelter Kleidung durch die Nacht fahren. Und eine Schippe? Soll er dort unter den Bäumen liegen bleiben?)
Ach was!
Ich brauche gar nichts. Nicht mal ein Messer. Ich kann ihm auch einfach das Genick brechen.

2

Heute

»Du darfst Butz nicht verlassen«, hatte er gesagt, als sie in seinen Armen gelegen hatte. »Sie –«
»Wer *sie*, Frederik?«
Aber er hatte ihr nicht geantwortet, sondern einfach weitergeredet: »Wenn sie herausbekommen, dass ich dir von ihnen erzählt habe ... dass du deshalb Butz verlassen hast ...«
Claire dreht sich zur Wand. Neben ihr liegt Butz – nicht Frederik –, und sie fühlt, dass er wach ist.
Frederik hatte seinen Satz nicht beendet. Sie hatte ihn bestürmt, aber er war ihr ausgewichen. Und doch hatte kein Zweifel daran bestanden: Wenn sie – wer auch immer *sie* waren – herausbekamen, dass er ihr von ihnen erzählt hatte, würden sie sich an Frederik halten. Und schlimmer noch: Allein wenn sie Butz verließ, würde das Frederik in Gefahr bringen.
Sie fühlt, wie Butz' Hand das T-Shirt hochschiebt, das sie als Schlafanzug trägt. Er ist in ihr Zimmer gekommen, hat sich zu ihr gelegt ... Sie hat es nicht gewagt, ihn zu bitten, sie allein schlafen zu lassen. Die Erregung, die ihn durchläuft, scheint wie ein Knistern den ganzen Raum zu erfüllen.
Sie hat ihn schon im Arbeitszimmer zurückgestoßen. Aber das ist es nicht, was sie am meisten beschäftigt. Sie kann mit ihm schlafen, sie

hat ihn immer gern gehabt, ja vielleicht sogar geliebt. Was sie jetzt quält, ist, dass sie ihn noch immer mag, dass sie ihn respektiert und ihm zugleich das antun muss: ihm verschweigen, dass sie nur aus Angst um einen anderen mit ihm schläft. Das hat er nicht verdient. Und doch weiß Claire nicht, was sie tun soll. Seine Bewegungen verwirren sie, der Drang, der ihn durchströmt, wird immer unaufhaltbarer.

Sie unterdrückt ein Stöhnen, als er sie auf den Rücken dreht und sich neben ihr aufrichtet. Er hat ihr das T-Shirt fast völlig abgestreift, ihre Nacktheit peitscht ihn auf.

Seine Lippen wandern an ihr herab, und sie legt ihre Hände in seinen Nacken. Als es geschieht, berühren ihre Lippen sein Ohr. Sie spürt, dass Butz von ihr wie durchtränkt ist. Von der Glätte ihrer Haut, der Wölbung ihrer Brüste, dem Duft ihrer Haare, dem Glanz ihres Blicks, den Bewegungen, mit denen sie sich ihm ausliefert, dem Geräusch ihres Atems ...

Sie muss die Augen öffnen – er sieht sie an.

Sie darf nichts sagen und fühlt, wie sich ihr Gesicht zu einem Lächeln verschiebt, einem Lächeln, bei dem ihre Zähne zu sehen sind, einem Lächeln, dem er – wie sie nur zu gut weiß – noch nie widerstehen konnte.

»Na?«, haucht sie.

»Na?« Sein Griff verstärkt sich, ihre nackten, verschwitzten Leiber pressen sich aufeinander.

Und mit einem Mal begreift Claire, dass sie vielleicht nicht die Kraft haben wird, Frederik zu beschützen.

3

»Es ist unser Rattenmann.« Felix' Augen schillern. »Erst war er scharf darauf, von Ameisen und Heuschrecken überkrabbelt zu werden. Dann habe ich gesagt: Warum versuchst du's nicht mal mit Ratten?«

Till starrt auf die Wand, hinter der die Schreie des Mannes immer wieder zu hören gewesen sind.

»Wir haben ein paar von ihnen hinter ein Gitter gesperrt, das jedoch so dünn ist, dass sie es durchnagen können.«

Felix nickt, und Till sieht es vor sich. Das nackte Pfötchen am Ende des pelzigen Beins, die spitzen Krallen, die sich durch die feinen Maschen des Zauns hindurchstrecken. Oberhalb der Pfote hat das Tier seine Zähne an die Maschen des Gitters gesetzt. Seine Nase hüpft auf und ab, die Zähnchen vibrieren, zwacken, nagen und beißen auf den Draht, der bereits spröde wird, brüchig, dünn – bis er mit einem hellen, allerfeinsten Knacken an der Stelle zerbirst, die die Ratte angenagt hat. Stolz auf ihren Erfolg streckt sie ihr Pfötchen durch die vergrößerte Öffnung und setzt die Zähne an die nächste Masche.

»Sie bedecken bereits den Boden«, flüstert Felix neben ihm, »krabbeln übereinander, recken ihre Nasen und drücken sich mit ihren nackten Krallen gegen seine Füße.«

Till keucht. »Er will nicht mehr, warum lässt du ihn nicht raus?«

Aber Felix scheint Till gar nicht gehört zu haben. »Sie greifen nach seinem Hosenbein, eine hat begonnen, darunter emporzukriechen, andere krabbeln außen daran entlang. Er dreht sich im Kreis, reißt sie herunter, schleudert sie gegen die Wand, tritt um sich und kickt sie weg ... aber es kommen immer mehr. Und er weiß, wann er verloren haben wird. Wenn es ihnen gelungen sein wird, ihm eine Wunde zu nagen. Wenn sie sein Blut gerochen haben und begreifen, dass *er* das ist, was sie suchen. Nahrung. Dass sie ihn auffressen können, annagen, abnagen, sich an seinem Fleisch satt essen, bis sie so schwer sind wie kleine Katzen und auch genauso groß.« Er starrt Till an. »Und weißt du, warum?«

»Warum was?«

»Warum wir das machen.«

»Nein.« NEIN!

»Um ihn zu prüfen, Till. Um zu sehen, was in ihm steckt.« Felix' Gesicht zieht sich auseinander, als ob er lachen muss. *Was in ihm steckt,* wiederholt er, die Lippen bewegen sich lautlos.

4

»Um Gottes willen«, die Stimme ist leise und heiser. »Lass mich endlich hier raus, Felix.«

Tills Haut glüht von den Wunden, die er sich gerissen hat, seine Nerven sind von den Schreien des Rattenmannes hinter der Wand wie versengt.

»*Sie* wollten es so, es sei so schön«, raunt Felix Till zu und nickt hinüber zu den Gestalten mit den Ziernarben, Piercings und Höckern, die sich unter der Frau an der Decke zusammendrängen. »Sie wollten, dass dir ein Mittel gespritzt wird, das die Muskeln in regelmäßigen Abständen kontrahieren lässt. Das sind keine Maden unter deiner Haut, Till. Die Wellen entstehen, wenn sich die Muskeln zusammenziehen – es wird sich rasch wieder geben ...«

Till hat seine Arme vor sich ausgestreckt und starrt darauf, im Kopf ein Rauschen.

»Und die Nähte«, hört er Felix, »gehören auch dazu –«

Felix wird von einem Schrei des Rattenmannes hinter der Wand unterbrochen.

Gequält dreht Till Felix den Kopf zu, sieht, wie Felix auf eine senkrechte Stange deutet, die an der Wand befestigt ist. »Das ist der Griff. Es ist nur eine Holzwand, Till. Ich bin nicht derjenige, der den Rattenmann rauslassen muss – *du kannst es selbst machen.*«

Tills Blick springt in Felix' Augen. Was soll das? Was bezweckt er damit?

Felix' Zunge fährt über seine Unterlippe. »Aber ich sage es dir in aller Klarheit, Till. Vertrau mir, warte die zwei Minuten ab, die noch bleiben, und der Mann lebt, auch wenn er jetzt schreit.«

»Oder?«

»Oder warte nicht, reiß die Wand zurück – und du wirst ihn töten. Du wirst zugleich das Gitter aufreißen, das ihn noch davor schützt, von so vielen Nagern überrannt zu werden, dass er sich nicht mehr dagegen wehren kann.«

Ein neuer Schrei teilt die Luft. Till kann die Worte nicht verstehen. Es klingt, als ob der Mann hinter der Wand bei lebendigem Leibe gebraten würde.

Tills Hand zittert.

»Eine Minute noch –«

»Dann ist er tot«, Till brüllt, »ist es das? Dann habe ich zu lange gewartet! Du willst mich wahnsinnig machen! Du willst, dass ich warte, obwohl ich ihn schreien höre, dass ich warte, bis es zu spät ist – bewusst es versäume, den Mann zu retten, der um Hilfe schreit!«

»Wie du meinst«, Felix fährt sich mit gespreizten Fingern durchs Haar, »ich habe dir gesagt, was ich denke.«

»Ich höre euch doch«, dringt die Stimme durch die Wand. »Seid ihr wahnsinnig. Sie –«

Die Stimme verzerrt sich. Till sieht es vor sich, wie sie begonnen haben, den Rattenmann zu verspeisen. Wie er sich zu seiner Hose herabbeugt, in die ein Nager von unten hineingekrochen ist. Der Schmerz rast durch seinen Körper, er reißt die Naht der Hose auf, starrt auf seine Haut, in die sich die Ratte gewühlt hat, die Krallen in sein Fleisch gegraben, die nackte Nase schon unter die Haut geschoben.

»Vertrau mir, Till«, Felix deutet auf die Uhr an seinem Handgelenk, »nur noch ein paar Sekunden.«

»Ich soll dir vertrauen, nachdem du mich hierhergebracht hast, nach dem, was hier unten passiert ist? Nachdem ihr *was?* Mich *umoperiert* habt?«

Felix' Augen glänzen. »Genau das, mein Freund, das ist ja gerade die Herausforderung!«

Tills Nerven flattern. Die Schreie überziehen sein Denken wie Sirup, er kann keinen Gedanken fassen. Aber er reißt sich zusammen, mit einem Satz ist er an der Wand, hinter welcher der Rattenmann schreit.

»Denk nach, Till.«

Er fährt herum, Felix steht mitten im Raum, sein Kopf stößt fast an die Decke. »Warum sollte ich dir beweisen, dass du mir *nicht* trauen kannst? Du weißt, dass ich dich noch brauche. Also? Warum sollte ich das tun?«

»Was weiß ich! Vielleicht willst du mir beweisen, dass ich mich noch einmal von dir habe täuschen lassen. Woher soll ich wissen, was dein kranker Verstand ausbrütet?« Till ist wie von Sinnen.

»Du kennst mich gut, Till. Hab ich jemals etwas getan, was keinen Sinn ergibt?«

Nein.

»Eben. Was könnte ich davon haben: Du hörst auf mich, wartest ab, öffnest die Tür, und es ist zu spät – sie haben sein Gesicht bereits zerbissen. Was hätte ich davon, Till? Würde ich dich damit nicht für immer verlieren? Oder aber du wartest, öffnest erst dann die Tür, wenn ich es dir sage – und er lebt! Meinst du nicht, ich will dir zeigen, wie recht du daran tust, mir zu vertrauen? Wie du ein Leben retten kannst, wenn du auf mich hörst?«

»Aber er stirbt doch – er stirbt! Ist nicht genau *jetzt* die letzte Chance, ihn noch zu retten?! Und ich lasse mich nur noch einmal von dir ins Unrecht stürzen, wenn ich jetzt nicht auf dieses Schreien höre?«

Felix lacht, dass es das Brüllen hinter der Wand übertönt. »Tja, Till, genau *das* ist es: Das Leben des armen Kerls hängt von dem Vertrauen ab, das du mir entgegenbringst! Also, was machst du? Was –«

Aber da presst Till die Hände auf seine Ohren – um diese Schreie nicht länger zu hören. Doch es nützt nichts, er sieht, wie Felix die Lippen weiter bewegt, kann nicht anders, als die Worte, die er hervorzischt, durch seine Hände hindurch weiter zu vernehmen.

»Was ist es, Till – hörst du auf deinen Verstand oder auf deinen Bauch?«

Das ist es? Darum geht es ihm?

»Schwankst du? Überlegst du noch?«

Till *fühlt* förmlich, wie der Rattenmann zu Boden geht. Wie sie an ihm emporspringen, auf seinen Rücken krabbeln, in sein Haar rutschen, mit ihren Pfoten über seine Stirn kratzen. Er scheint keine Luft mehr holen zu müssen, der Schrei des Entsetzens fließt einfach aus ihm heraus ...

»Die Zeit läuft ab, Till, während du schwankst! Sie läuft ab für dich – und für ihn! Denk dran, dein Schwanken könnte ihn das Leben kosten!«

Aber wenn ich die Tür öffne – du hast es gesagt –, ich würde ihn dadurch erst töten! Till spürt, wie sein Kopf wackelt, wie sein Springen in der Entscheidung, sein Zögern und Schwanken ihn regelrecht zittern lässt – während die Schläge seines Herzens nur noch stolpern ...

Da sieht er, dass Felix die Hände hochwirft.

»Jetzt!«, hört Till ihn rufen.

Er fährt herum, hat den Griff an der Wand gepackt, reißt daran, und die Holzwand rattert über Rollen zurück.

Er starrt in den Raum, der sich dahinter auftut.

»Nicht er ist es, den wir prüfen, Till!«, hört er hinter sich Felix schreien. »*DU BIST ES!*«

5

Till springt in das Loch, das sich hinter der Holzwand aufgetan hat, ohne sich noch einmal zu Felix umzudrehen.

Ein kahler Raum, unverputzt hochgemauerte Klinkerwände.

Fassungslos starrt er auf den Boden.

Dem Gerät entwindet sich ein Schrei, der Till wie mit Zangen zu packen scheint.

Es geschieht, bevor er nachdenken kann. Sein Bein schießt in die Höhe – dann bohrt sich der Hacken seines Schuhs in das Gerät. Plastik knirscht – ein spitzes Jaulen, Knacken, Stille.

Till atmet aus. Eiskalt steht ihm der Schweiß auf der Stirn. Es war kein Mann, der hier geschrien hat, es war nur die Stimme einer *Aufzeichnung!*

Die Neonlampen, die in dem gemauerten Loch an die Decke montiert sind, knistern. Tills Blick fällt auf seine Arme, die er im Dämmerlicht des Kellerraums kaum hat sehen können.

Hier in dem Neonschein jedoch erkennt er es: Die Nähte, mit denen sie seine Arme an seinem Oberkörper fixiert hatten, die Naht, die seine beiden Beine verbunden hatte ... es ist ihm so vorgekommen, als hätte eine Nähmaschine mit winzigen Stichen sein Fleisch geradezu zusammengeschweißt. Jetzt aber sieht er, dass er aus nur wenigen Punkten blutet. Zwei an jedem Arm, drei an den Beinen. Mehr ist es nicht.

Er fährt herum. Verwirrt von der Plötzlichkeit, mit der er herausstürzt aus dem Alptraum, in dem er gefangen gewesen ist.

»FELIX!« Sein Blick zuckt zurück in den Kellerraum, aus dem er in das Loch mit dem Abspielgerät hinuntergesprungen ist. Der Boden des Kellerraums liegt etwa einen Meter höher als der Boden, auf dem er jetzt steht – oberhalb einer Öffnung, die sich darunter in die Tiefe schraubt. Von dem Neonlicht geblendet, kann Till in den Kellerraum kaum hineinsehen.

»FELIX!«

Keine Antwort. Mit einem Schritt ist Till an der hohen Stufe, legt die Arme auf den Kellerboden, starrt in die Dunkelheit.

Der Kellerraum ist leer, nur die Frau hängt noch an den Fischhaken von der Decke.

Die Gestalten, die sich darunter zusammengedrängt hatten – keine von ihnen ist mehr zu sehen. Auch von Felix keine Spur! Sie müssen den Raum verlassen haben, kaum dass Till in das Loch hinuntergesprungen ist. Mit einem Satz wuchtet er sich auf den höheren Boden, rollt sich ab, reißt sich hoch. Ist es Felix darum gegangen? Ihn zu prüfen?

Tills Blick fällt auf die Frau, die an den Fischhaken suspendiert ist. Langsam dreht sich ihr Leib in der heißen Luft. Er sieht ihren weit in den Nacken gesunkenen Kopf, sieht, wie ihre Lider einen Spalt weit offen stehen. Ihr Genick muss doch längst überlastet sein ... Er tritt zu ihr, hält ihren Kopf in den Händen, will ihn abstützen, davor bewahren, noch weiter und immer weiter abzuknicken.

»Hören Sie mich?«

Im gleichen Moment fühlt er, dass sie sie zu lange haben hängen lassen. Dass sie schon längst nicht mehr in Ekstase von der Decke baumelt – sondern als entseelter Leib.

Da bricht es los.

Es ist ein Tosen, als würde eine Staumauer geöffnet werden, ein Kratzen, Schaben und Quieken. Entsetzt lässt Till den Kopf der Leiche los, hört die Knorpel im Genick knacken, als der schwere Schädel nach unten sackt, fährt herum. Er sieht, wie sie aus dem Kellerloch, das sich hinter der Holzwand geöffnet hat, nach oben gespült werden. Ein Schwall kleiner, pelziger Körper, eine Flut von Ratten, die so rasch ansteigt, dass innerhalb von Sekunden die meterhohe Schwelle vom gemauerten Loch in den Kellerraum gefüllt und überbrückt ist.

Schon rutschen die Krallen der Tiere über den Zementboden, sie rennen nicht, sie werden von den nachrückenden Massen nach vorn geschoben. Till sieht, wie sie ihre Nasen recken, riecht den Aasgeruch, der von der lebendigen Welle aufsteigt – und presst sich ohnmächtig vor Bestürzung gegen die Betonwand, die hinter ihm aufragt.

Nicht er ist es, den wir prüfen – du bist es, Till!, gellen ihm Felix' Worte im Ohr.

Prüfen? Was ist es, das sie prüfen? Was in ihm steckt? Da durchschießt Till die Erkenntnis wie ein gleißendes Licht: Muss es nicht *das* sein, was sie prüfen? *Ob auch er sich verändert?*

ENDE ZWEITER BAND

BERLIN GOTHIC 3
XAVERS ENDE

Prolog

1

»Hallo? Kann ich bitte einen Espresso haben – einen doppelten? Ja? Daaanke.«
Was guckt sie denn so?
(ICH WILL NICHT AN DEN HUND DENKEN!)
Wozu denn auch? Das ist nicht nötig. Es bringt einen nirgendwohin. Es geht nicht darum, darüber nachzudenken, sich in den Erinnerungen zu sielen – sich mit ihnen die Haut aufzuschneiden ...
ES GEHT DARUM, ES ZU MACHEN ...
Machen machen machen ...
Was machen?
Der nächste Hund? Die nächste Katze? Der nächste Floh?
»Danke. Zucker? Ah – okay ...«
Muss sie sich so weit herunterbeugen, dass ich nicht anders kann, als in ihre Bluse zu starren?
»Das Wasser nehme ich auch gerne, danke.«
Hmmm ... ich liebe Espresso, wenn er gut gemacht ist ... wann war ich das letzte Mal hier? Vor einem Jahr? Zwei?
(DU MUSST IHR EINEN ARM BRECHEN.)
Welcher?
Der dort hinten?
(NEIN, der Kellnerin!)
Der Kellnerin?
Ich merke es doch, der Gedanke ... wie ... wie geht das? Ihn auf den Rücken drehen – nein, das kugelt aus ... übers Knie schlagen – den Unterarmknochen – nein, nein ...
Ist es das, was du ausloten willst?
»Alles bestens, danke.«
(Reiß ihr einfach die Bluse auf, lass sie herausspringen.)
Nein, darum geht es nicht! Soll der Hund umsonst sein Leben gelassen haben? Du stehst noch immer am Anfang.
(Brich ihr den Arm.)

Aber bis sie Feierabend hat ...
»Entschuldigung?«
...

»Entschuldigen Sie, ich ... nein, wirklich, Sie müssen jetzt einen falschen Eindruck bekommen ...«
Dieser Busen, dieser nackte Spalt zwischen den Brüsten.
»... nein ... nein, ist schon gut.«
Sie lacht! Sie lacht mich an – ich gefalle ihr!
»Nein, ich werde ein paar Besorgungen machen und dann noch einmal vorbeikommen – was?«
Sie hat gleich frei?
Nach welchem Parfüm riecht sie eigentlich?
»Okay, ich warte – Moment – hier, dann zahle ich gleich – so, stimmt so – NEIN, auf keinen Fall, ich ... es gefällt mir, wie Sie sich freuen, darf ich Ihnen wenigstens ein Trinkgeld geben?«
Und Ihnen nachher die Bluse aufreißen?
»Gut – kein Problem – ich warte gern – ich geh schon mal auf die Straße und warte dort auf Sie, ja?«
Wie alt ist sie wohl? Zwanzig, dreiundzwanzig? Ich sollte sie einfach mit nach Hause nehmen, sie entkleiden ...
(Das ist nicht dein Weg!)
Du sollst dich nicht über ihre Nacktheit hermachen – du sollst ihr den Arm brechen!
DAS ist der Weg, den du eingeschlagen hast!

2

»Was?«
»Hier!«
»Wo denn?«
»Na, *hier!!*«

Claire presst ihre Fotografentaschen an sich und sprintet über die Fahrbahn. Auf der anderen Straßenseite steht der Kollege, der ihr zugewunken hat.

»RÄUMEN SIE BITTE DEN GEHWEG ... WIR FORDERN SIE AUF, DEN GEHWEG FREI ZU MACHEN«, scheppert eine Polizeiansage durch die Straßenschlucht. Ein Mannschaftswagen steht quer über der Fahrbahn, auf dem Dach ist ein Lautsprecher montiert.

Claire achtet nicht auf die Ansage. Ihr Kollege hält das rot-weiße Absperrband hoch, sie beugt sich runter, ist durch.

Aus dem Eingang des Hochhauses strömen die Bewohner.

»Komm!« Claires Kollege nickt zu einem unauffälligen Seiteneingang.

»Geh schon vor, ich komm gleich nach!« Claire greift nach der Kamera, die ihr um den Hals hängt.

Die Gesichter der Anwohner! Eine alte Frau mit der Hand an der Wange. Ein Dicker in Trainingshosen.

»Was ist denn los?« Claire stellt sich einer jungen Frau mit einem Kleinkind auf dem Arm fast in den Weg. Die Augen der Frau schnellen in Claires Gesicht.

»Was?«

»Was los ist! Warum hat die Polizei das Gebäude abgesperrt?«

»Ich weiß es nicht, entschuldigen Sie«, die Frau schiebt sich an Claire vorbei, dreht sich dann aber doch noch einmal um. »Im achtzehnten, es muss im achtzehnten Stock gewesen sein«, sie stolpert weiter.

Claire hat mit ihrer Redakteurin gerade ihre Serie über Berliner Tatorte besprochen, als der Anruf gekommen ist. Ein Reporter ist mit seinem Wagen auf der Leipziger Straße Richtung Redaktion unterwegs gewesen, als er den Aufruhr vor dem Hochhaus bemerkt hat. Er ist ausgestiegen, hat einen der Bewohner angesprochen, die vor dem Haus standen. Keiner wusste Bescheid. Es war kurz nach acht Uhr früh, man konnte Schreie und Tumult aus einem der oberen Stockwerke hören. Zu sehen war von außen zwar nichts, aber die Polizei ist alarmiert worden.

Claire hat sich sofort auf den Weg gemacht. Leipziger Straße, das waren von der Redaktion aus kaum fünf Minuten mit dem Wagen. Vielleicht würde sie ein paar gute Bilder für ihr Berlin-Buch bekommen …

Ihr Kollege ist längst außer Sichtweite, als Claire ebenfalls die Glastür des Seiteneingangs aufstößt. Dahinter liegt eine niedrige Eingangshalle. Links von ihr drängen sich die Menschen am Haupteingang – Stimmen, Rufe, der Lärm von Schritten, das Klappen von Türen erfüllen die Luft.

»Sie dürfen hier nicht rein!« Ein Schutzpolizist eilt durch die Halle auf sie zu. »Hallo?«

Claire ist mit zwei Schritten an der Tür zum Treppenhaus, reißt sie auf – hört sich selbst keuchen, als sie die Stufen emporspringt.

»BLEIBEN SIE STEHEN!«

Der Beamte ist wenige Schritte hinter ihr in das Treppenhaus gestürmt.

Claire hetzt nach oben. Die Treppe scheint bis unters Dach voller Menschen zu sein. Mieter aus den oberen Stockwerken kommen ihr entgegen, ein Mann noch im Morgenrock, die Augen glasig, neben ihm seine Frau mit ungewaschenen Haaren. Ein Rentner mit kleinem Hut, zwei Frauen in arabischen Gewändern. Claire drängt sich zwischen den Menschen hindurch nach oben.

Die Rufe des Beamten hinter ihr gehen im Stimmengewirr langsam unter. Dritter Stock, vierter ... Claire ringt nach Luft. Ein Jugendlicher mit einem Kind an der Hand rempelt sie an, poltert die Treppe hinab. Claire schwingt die Fototasche über die andere Schulter, setzt ihren Aufstieg fort.

Im achten Stock tritt sie durch die Treppenhaustür auf den Wohnungsflur. Vor dem Fahrstuhl drängen sich Mieter. Keine Chance, ihn benutzen zu können. Claires Seite glüht. Soll sie versuchen, den Kollegen zu erreichen?

»RÄUMEN SIE DEN GEHWEG FREI«, dringt es gedämpft durch die dünnen Wände des Plattenhochhauses.

Claire kämpft sich die Treppe weiter nach oben. Fünfzehnter Stock, sechzehnter, siebzehnter. Den Aufstieg zum achtzehnten versperrt ein weiteres Flatterband der Polizei. Wieder durchschlüpfen?

Claire reißt die Tür auf, die aus dem Treppenhaus auf den Flur hinausführt. Wenn man sie oben abfängt, hat sie nichts gewonnen.

Ihr Blick fällt auf drei junge Frauen, die am gegenüberliegenden Fenster stehen. Sie sind in einem auffälligen Party-Outfit gekleidet, obwohl es noch früh am Morgen ist: Haare hochgesteckt, Arme frei, enges Kleid, High Heels. Eine trägt Netzstrümpfe, deren Strumpfband durch den Rockschlitz hervorblitzt, wenn sie sich bewegt.

Eine Wohnungstür fliegt auf, eine Familie mit zwei Kindern kommt heraus. Claire zieht den Sucher ihrer Kamera vors Auge – im Sichtfenster sehen die drei Frauen am Fenster noch exotischer aus. Die Augen derjenigen mit dem Strumpfband treffen Claires Objektiv, ihre Haut glitzert, als ob sie mit Goldstaub besprüht worden wäre. Claire drückt den Auslöser, macht einen Schritt zur Seite, der Blick der Frau folgt ihr.

Der Kontrast zum schäbigen Hausflur! Claire stellt die Kamera hochkant, die schwarzen Haare der Frau glänzen, ihr enger Rock bedeckt die Schenkel nur zur Hälfte. Sie wendet sich Claire zu, der Schlitz an der Seite zieht sich noch weiter auf.

»Hey, what are you doing!«

Sie sieht aus wie eine indische Prinzessin! Claire duckt sich ein wenig – die Frau kommt auf sie zu. Die hohen Absätze steigern ihren wiegenden Gang fast ins Absurde ...

Klick.

Die geschminkten Augen, volle Lippen, der Zorn im Blick ...

Claire nimmt die Kamera herunter. »What?«

»No photo!«

Die kleine Hand der Indien-Prinzessin streckt sich Claire entgegen, die Fingernägel leuchten silbern und lang. Claire riecht die durchwachte Nacht, den Rausch, die Verführung ...

... und schreckt im nächsten Augenblick zusammen, denn hinter ihr knallt es.

Sie wirbelt herum.

Die Tür zum Treppenhaus, vor der sie gestanden hat, ist aufgeflogen. Zwei weitere Frauen stürzen heraus. Eine blond wie Barbarella, die andere in etwas gepresst, das aussieht wie ein Hautanzug aus Aluminiumpapier. Mit einer raschen Bewegung klappt Claire das Display ihrer Kamera heraus und dreht es so, dass sie das Gerät auf Hüfthöhe halten und gleichzeitig die Aufnahmen auf dem kleinen Bildschirm überprüfen kann. Die Mädchen beachten sie gar nicht. Sie rufen ihren Freundinnen, die noch am Fenster stehen, etwas auf Englisch zu.

Im gleichen Moment sieht Claire auf ihrem Kameradisplay eine weitere Frau durch die Tür kommen – und spürt den Kloß, der sich in ihrem Hals bildet ...

Klick, klickklick.

Eine Japanerin, geht es Claire unwillkürlich durch den Kopf ...

Schon drängt sich eins der Mädchen an Claire vorbei, will der Japanerin eine Decke um die Schulter legen.

Claire starrt auf ihr Display. Die porzellanfarbene Haut der Japanerin ist nur durch eine hauchdünne Frischhaltefolie verhüllt. Der durchsichtige Kunststoff presst sich an ihren komplett rasierten Körper, umschließt ihren makellosen Bauch, umspannt ihre Schenkel, umfasst ihre Brust. Die Formen und Wölbungen ihres beinahe künstlich wirkenden Leibes drücken sich darin durch wie eingeschweißt zum augenblicklichen Verzehr.

Geradezu scheu zuckt der Blick der zierlichen Frau zu Claire – *klick* ...

... eine schmale Hand presst sich auf die Linse.

Claires Augen schnellen vom Display hoch, treffen den schwarz leuchtenden Blick des Mädchens.

»No, please ...«

Die Decke schließt sich um ihren Leib.

Erster Teil

1

»Wie viel Meter?«

»Sechshundertfünfzig, Herr Butz. Die letzten sechshundertfünfzig Meter sind verrohrt.«

»*Verrohrt?*«

»Ja, verrohrt, der Wasserlauf ist überbaut, das Wasser selbst wird durch Rohre geleitet.«

»Bis zur Spree.«

»Genau. Bis 2006 befand sich die Mündung dort hinten, unterhalb des Theaters am Schiffbauerdamm, heute ist sie hier drüben …«

Butz wendet sich vom Angestellten der Wasserwerke wieder ab und sieht zu seinem Assistenten, der sich gemeinsam mit den Kriminaltechnikern über die Leiche gebeugt hat. Sie haben sie vor knapp zwanzig Minuten aus der Spree gefischt.

»Eisler«, ruft ihm sein Assistent zu und erhebt sich, in der Hand ein kleines, rotes Portemonnaie, »Anni Eisler.«

Butz sieht zu einem Schutzpolizisten, der mit einem Kollegen etwas abseits steht. »Wo ist der Passant, der sie gefunden hat?«

»Es war keiner mehr da.« Der Schutzpolizist greift sich wie selbstvergessen an die Mütze, macht einen Schritt auf Butz zu. »Es war ein Mann, Herr Butz, so viel steht fest … der Anruf kam von einem Prepaid –«

»Aber als Sie ankamen, war der Mann schon weg.« Butz stützt sich auf das Geländer des Uferwegs.

»Er hatte etwas an dem Gitter gesehen.« Der Beamte deutet auf die Öffnung in der Uferbefestigung der Spree. Sie stehen auf der gegenüberliegenden Flussseite, so dass man den Durchbruch in der Uferwand gut erkennen kann.

Butz blickt zu seinem Assistenten, der noch immer das Portemonnaie in der Hand hält. »Wo ist sie gemeldet?«

»Stuttgart.« Der Assistent überfliegt seine Notizen. »Der KDD hat bereits mit einer Mitbewohnerin dort telefoniert. Frau Eisler wollte anscheinend nur ein paar Tage in Berlin bleiben, sich die Stadt ansehen.«

»Eine Touristin.« Butz atmet aus. Das macht die Sache nicht einfacher.

»Eigentlich kann sie nur oberhalb des Hochbunkers, wo die Panke noch offen ist, hineingestürzt sein«, meldet sich jetzt wieder der Wasserwerker zu Wort, »oder hineingestürzt *worden* sein ...«

Der Assistent runzelt die Stirn. »Hat die Panke denn genug Wasser, um einen Körper mit sich fortzuspülen?«

»Wenn's regnet, ja. Und das hat es in den letzten Tagen ja reichlich.«

»Oder sie war in einem der Rohre, in denen die Panke auf den letzten Metern verläuft«, wendet Butz ein, »und ist dort in den Wasserlauf gestürzt – oder gestürzt worden. Wie hoch sind die Tunnel denn bis zur Spree? Kann man da aufrecht gehen?«

»Zwei, drei Meter«, der Wasserwerker räuspert sich, »unterschiedlich, kommt drauf an, das ist auf den ganzen sechshundert Metern nicht einheitlich, aber ... doch, gehen kann man schon dort unten.«

»Herr Butz?«

Butz sieht zum Rechtsmediziner, einem älteren Mann mit Brille und Kinnbart, der noch bei der Leiche hockt und ihm ein Zeichen gemacht hat. »Gehen Sie davon aus, dass sie auf allen vieren vorwärtsgekrabbelt ist«, der Rechtsmediziner deutet eine krabbelnde Haltung an, während Butz auf ihn zukommt, »vielleicht zwischen zwanzig und fünfzig Meter ...« Er hebt einen Arm der Leiche hoch und dreht ihn so, dass Butz die aufgeriebene Handfläche sehen kann.

Butz nickt zu einer geröteten Stelle am Schlüsselbein, die man im weiten Ausschnitt des T-Shirts sehen kann. »Und das?«

»Branding, schon älter, mindestens zwei Jahre, würde ich schätzen.« Die Brillengläser des Rechtsmediziners reflektieren die Spiegelung auf der Oberfläche des Flusses. »So was finden Sie bei Tausenden von Frauen in dem Alter.«

Abschürfungen, Body-Modification, der verdeckte Flusslauf – Butz' Blick fällt auf das Gesicht der Frau. Ihre Augen sind auf ihn gerichtet und sehen aus wie zwei abgestoßene Glasperlen.

»Erwürgt«, hört er den Rechtsmediziner neben sich.

Butz' Kiefer knackt, er richtet sich auf, stützt sich auf das Geländer am Ufer. Auf der anderen Flussseite blinken und leuchten die Lokale zu ihm herüber, die sich am Schiffbauerdamm entlangziehen. Einige Passanten sind stehen geblieben und schauen in seine Richtung. Die

Versammlung von Polizei, Technikern und Rechtsmedizin wird ihnen nicht entgangen sein. Schräg hinter den Lokalen strömen die abendlichen Gäste zum Berliner Ensemble, in dem in wenigen Minuten die Abendvorstellung beginnt. Butz' Augen folgen den Menschen, die aus Taxis steigen, Freunde begrüßen, noch schnell eine Brezel kaufen ...

In seinem Kopf aber gibt es nur einen Gedanken: Zwischen dem Tod Nadjas, der Frau auf dem Parkplatz, und dem Tod der Frau in der Baugrube sind drei Wochen vergangen. Anni Eislers Verletzungen weisen eine alarmierende Ähnlichkeit mit den Verletzungen Nadjas und der Frau in der Baugrube auf. Doch diesmal sind *keine* drei Wochen vergangen ...

Butz spürt, wie seine Schultern schwer werden.

Seit dem Mord in der Baugrube sind nur drei *Tage* vergangen.

Es ist eine Serie – und die Abstände werden kürzer.

Drei Wochen.

Drei Tage.

Was kommt als Nächstes?

Drei Stunden?

Unwillkürlich fällt sein Blick auf seine Armbanduhr.

Es ist 19.42 Uhr.

2

Rückblende: Zwölf Jahre vorher

Der Schmerz explodierte in Tills Handwurzel. Für einen Moment kam es ihm so vor, als würden sich gelbe Ringe von den Rändern seines Gesichtsfelds aus zu einem Punkt in der Mitte zusammenziehen. Er presste die Hand unter den linken Oberarm, drehte sich um, rutschte an der Tür entlang auf den Boden und ließ den Kopf in den Nacken sinken. Mit einem dumpfen *Klock* schlug sein Schädel gegen die Stahltür, an der er lehnte.

Zunächst war alles glattgegangen. Nachdem er Max' Krankenhauszimmer verlassen hatte, war Till den Gang entlanggelaufen und hatte die letzte Tür auf der rechten Seite geöffnet. Dahinter war eine Treppe in die Tiefe gegangen, die er bis zum letzten Absatz hinuntergelaufen war. Dort hatte es nur eine Tür gegeben. Statt einer Klinke hatte sich ein waagerechter Querholm daran befunden, ein Panikschloss, das Till kurzerhand heruntergedrückt hatte. Die Tür war aufgesprungen, doch anstelle einer neonerleuchteten Abteilung war ein weiterer Gang dahinter zum Vorschein gekommen – die Wände wohl ehemals weiß, inzwischen jedoch verkratzt und angegraut.

Neugierig hatte Till einen Schritt in den Gang hinein gemacht und für eine Sekunde nicht nachgedacht. Erst als die Tür hinter ihm klackend ins Schloss gefallen war, war er erschrocken herumgefahren.

Die Tür!

Die glatte Fläche des Türblatts hatte sich lückenlos in den Türrahmen gefügt. Ohne Klinke, ohne Knauf – und auf dieser Seite auch ohne Panikschloss. Eine einzige makellose, weiße, stählerne Fläche. Till hatte sich dagegengeworfen und zugleich gewusst, wie aussichtslos es war. Verzweifelt hatte er mit den Nägeln an der winzigen Ritze zwischen Türblatt und Rahmen gekratzt. Aber sie war viel zu klein gewesen, als dass er einen Finger hineinbekommen hätte.

»Hallo!«

Seine Stimme hatte sich überschlagen. »HALLO!«

Hmmmmmmmmm ...

Nichts als ein unterschwelliges Brummen wie von gewaltigen Generatoren war zu hören gewesen.

Keine Stimme. Keine Antwort. Kein Laut.

Verzweifelt hatte er die Hand hochgerissen, zur Faust geballt und mit voller Wucht auf das Türblatt geschmettert. Wie eine Sonne war der Schmerz zwischen seinen Augen aufgegangen.

Schwer atmend lehnte er, auf dem Boden sitzend, mit dem Rücken gegen die Tür und starrte den Gang hinunter, der sich vor ihm erstreckte.

Hatte er sich die Hand gebrochen? Vorsichtig holte Till sie unter dem Arm hervor und krümmte die Finger. Sie ließen sich noch bewegen ...

Sein Blick wanderte zurück in den Gang, der etwa zehn Meter vor ihm um eine Ecke bog.

Till rappelte sich auf.

Der Gang musste doch irgendwohin führen! Er durfte nur nicht die Ruhe verlieren.

Till setzte sich in Trab und bog um die Ecke. Wenige Meter dahinter mündete der Gang in eine Auffahrt, die groß genug war, um mit einem

Sattelschlepper darauf entlangzufahren. Rechter Hand führte die Auffahrt in einem leichten Gefälle tiefer hinein in den Krankenhausbau, linker Hand stieg sie ein wenig an.

Till wandte sich nach links, folgte dem Bogen der Auffahrt und stieß kurz darauf auf eine gewaltige Stahljalousie, die die gesamte Auffahrt versperrte.

Wütend trat er gegen den Metallvorhang. Eine Welle ging durch die Lamellen, und es schepperte. Keine Stange, kein Henkel, keine Elektrik, mit der er die Jalousie nach oben hätte fahren können.

Till beugte sich vor und presste die Lippen an die winzigen Löcher zwischen den einzelnen Lamellen. »HAAALLO!!«

Hmmmmmmmmm …

Nur das dumpfe Brummen, das hinter ihm die Auffahrt entlangdrang.

Sein Blick fiel auf die Fahrtrasse, die vor der Jalousie endete. Durch die millimeterfeinen Löcher der Stahllamellen hindurch drang etwas Licht in die Auffahrt und erhellte die Fahrbahn. Erst jetzt fiel ihm auf, dass sie vollkommen unverschmutzt war. Heller, beinahe reiner Beton, ohne Reifenspuren, Ölflecken oder Schmutz.

Er ging in die Hocke und strich mit dem Finger über den Untergrund. Ein wenig staubig, aber sonst wie unberührt. War er in einen Bereich des Riesenbaus geraten, der nie in Betrieb genommen worden war?

Till richtete sich wieder auf und blickte die dunkler werdende Auffahrt hinab, die sich wie ein Schlund in den Untergrund des Gebäudes bohrte.

3

Der Bereich wirkte wie eine unterirdische Bestrahlungsabteilung. An den Wänden befanden sich zahllose Anschlüsse, in den Fluren stand ausrangiertes Krankenhausmobiliar, darauf lagerten halb verrostete Geräte und braun angelaufene Packungen mit Verbandsmaterial.

Till war die Auffahrt heruntergeschritten und auf Räume gestoßen, die nur durch schmale Lichtschächte erhellt wurden. Treppen führten in die Tiefe, Flure schienen einzelne Gebäudestrukturen miteinander zu verbinden, schiefe Ebenen waren offenbar für Rollstuhlfahrer angelegt worden. Es gab Zementgewölbe, in denen ganze Kompanien hätten gesundgepflegt werden können, und meterdicke Sicherheitsschleusen, die Till auch mit größter Kraftanstrengung nicht bewegen konnte. Sogar eine Art Kontrollraum war dort unten eingerichtet, in dem sich jedoch nur noch die rudimentärsten Anzeigen befanden.

Vage erinnerte sich Till an Erzählungen, dass in West-Berlin zu Mauer-Zeiten Einrichtungen aufgebaut worden waren, die die Bevölkerung im Falle einer erneuten Sowjet-Blockade schützen sollten. Er hatte von gigantischen Magazinen gehört, in denen Dosen und Decken für Hunderttausende eingelagert worden waren, von unterirdischen Benzin- und Gasreservoirs, mit denen die Millionenstadt auch dann noch wochenlang hätte überleben können, wenn die Russen sie erneut vom Nachschub aus Westdeutschland abgeschnitten hätten. Fast hatte Till den Eindruck, sich in einer Art Kreuzung aus Krankenstation und Luftschutzbunker verirrt zu haben, die auch dann noch funktioniert hätte, wenn die Atombombe genau über dem Kurfürstendamm abgeworfen worden wäre.

Doch je tiefer er in die Fundamente des Krankenhausbaus vordrang, desto langsamer wurde er. Hatten die ersten Betonräume noch gewirkt wie aus einem Science-Fiction-Film der siebziger Jahre, schienen die Schriften, die er jetzt an der Wand sah, eher aus der Zeit des Zweiten Weltkriegs zu stammen. Da waren Pfeile, die zur Röntgenstation wiesen, zum Tanklager, zum Magazin. Es wurden die Ebenen D, F und G ausgewiesen, und der Beton war längst nicht mehr hellgrau, sondern anthrazit, grünstichig und schmutzig. Auch war der Boden nicht mehr nur staubig, sondern klamm, und was sich unter den schwarzen, krümeligen Häufchen verbarg, die in den Ecken lagen, traute sich Till gar nicht erst zu untersuchen.

Schließlich blieb er ganz stehen. Täuschte er sich, oder hatte sich das unterschwellige Brummen, das ihm schon vorhin aufgefallen war, zu einem brausenden Rauschen gesteigert? Ein gleichförmiges Geräusch, als würde sich acht Stockwerke unter ihm ein Autobahntunnel befinden, durch den Hunderte von Lkws rasten, während das Gebrüll ihrer achtzehnzylindrigen Motoren auf der Suche nach einem Ausweg durch die Röhre gurgelte.

Till holte ruckartig Luft. Für einen Moment hatte er sich so sehr aufs Lauschen konzentriert, dass er fast vergessen hatte zu atmen. Jetzt aber wurde ihm schlagartig bewusst, wie modrig, eisern und feucht die Luft hier unten schmeckte und dass er niemals zurück an die Oberfläche gelangen würde, wenn er noch tiefer in die Fundamente des Baus eindrang. Wie ein Taucher, der sich gerade noch besinnen kann, bevor ihn der Tiefenrausch endgültig mit sich reißt, fuhr er herum und rannte die erstbeste Treppe zurück nach oben.

4

Aluminiumverkleidungen, vibrierende Kästen, Rohre und Leuchtanzeigen. Das war keine Technik aus Weltkriegszeiten, das sah nach einem ganz normalen Heizungskeller aus.

Fast zwei Stunden lang war Till durch die Keller geirrt, bevor er endlich am Ende einer der oberen Treppen auf den Heizungsraum gestoßen war.

Er lief zwischen den Apparaten hindurch. Rechteckige Blechkanäle mit einem Durchmesser von gut einem Meter zogen sich an der Decke entlang. Einer der Kanäle verlief oberhalb eines Heizungsgeräts ein Stück weit waagerecht an der Wand und führte dann im senkrechten Winkel nach oben.

Till sah sich den Kanal etwas genauer an. Die einzelnen Blechstücke waren durch Schrauben miteinander verbunden. Er legte eine Hand auf das Metall. Es war kühl – anscheinend wurde die Anlage im Sommer zum Kühlen und Belüften verwendet.

Gut zehn Minuten später hatte er eine Eisenstange aufgetrieben, die ein Handwerker neben den Sockel eines Heizungsgeräts geworfen hatte. Till kehrte zu der Blechröhre zurück und zwängte die flache Seite der Stange unter eine der überlappenden Laschen. Mit seinem ganzen Körpergewicht stemmte er sich gegen das Eisen. Das Blech verzog sich – kalte Luft schoss ihm aus dem Spalt entgegen. Till steckte die Stange tiefer hinein und riss kräftig daran. Mit lautem Kreischen verschoben sich die sorgfältig verschraubten Blechelemente – eine Niete sprang ab und klirrte gegen die Verkleidung des Lüftungsgeräts, das unter dem Kanal stand.

Till rammte das Eisen erneut zwischen die Laschen. Obwohl ihm eiskalte Luft entgegenströmte, schwitzte er. Jaulend verzog sich das bereits verbogene Blech, und aus dem Spalt wurde ein Dreieck. Till warf das Eisen auf den Boden, sprang auf den Kasten, der unter dem

Kanal stand, und steckte den Kopf in den Lüftungsschacht. Der Eishauch verwirbelte seine Haare. Es war dunkel, nur durch die Lücke, die er gerissen hatte, trat Licht in den Kanal. Till legte die Arme über den Kopf, um sich so dünn wie möglich zu machen, stieß sich mit den Füßen von dem darunterstehenden Kasten ab und zwängte sich in die Lücke. Das verbogene Blech riss an seinem T-Shirt und schabte die Haut an seiner Schulter ab. Dann war er drin.

Auf allen vieren krabbelte Till durch den Blechkanal. Wenige Meter hinter der Stelle, an der er sich hineingezwängt hatte, knickte der Blechgang ab und verlief senkrecht nach oben.

Till starrte in die Höhe. Einen Ventilator, der ihm den Weg versperrt hätte, konnte er in dem spärlichen Licht nicht erkennen. Griffe oder gar eine Leiter schien es jedoch auch nicht zu geben. Der Blechkorridor war für frische Luft eingerichtet, nicht, um darin herumzukrabbeln. Er hatte keine Wahl: Er musste versuchen, sich mit Füßen und Rücken gegen die Kanalwände zu stemmen, um so nach oben zu kommen.

Das Blech war eisig. In der kühlen Luft, die fortwährend nachströmte, war Tills Haut binnen weniger Minuten kalt wie ein Eisblock. Er spannte die Beinmuskeln an, die Gummisohlen seiner Turnschuhe griffen gut. Sein Rücken glitt über das feinpolierte Blech. Till riss den rechten Fuß ein Stück weit nach oben, dann den linken. Schob den Oberkörper auf die Höhe der Füße. Nur nicht nach unten sehen, kroch es ihm durch den Kopf. Er durfte den Druck, mit dem er sich in dem Kamin hielt, keine Sekunde verringern. Schon brannten die Muskeln in seinen Waden, in der Bauchdecke, und in seiner Schulter glühte das rohe Fleisch, das auf das eiskalte Blech gepresst wurde. Rechter Fuß vor. Linker.

Weiter jetzt!

Er legte den Kopf in den Nacken und konnte den Verlauf des Kanals wie ein gähnendes schwarzes Loch über sich sehen.

Die Handflächen, die er rechts und links gegen die Seitenwände presste, puckerten, der Hals, über den die eiskalte Luft hinwegstrich, war vollkommen verkrampft.

Für einen Moment vergaß Till die Zeit. Noch einen Schritt ...

Da fühlte er plötzlich eine scharfe, rechtwinklige Kante in seinem Genick – spürte gleichzeitig, wie die Gummisohlen ihren Halt verloren, wie der Druck, mit dem er sich in dem Schacht festgekeilt hatte, nachließ und er unaufhaltsam in eine senkrechte Position glitt. Geistesgegenwärtig stieß er sich mit den Füßen ab, warf sich herum – die Arme nach oben gerissen, ins Dunkel greifend. Statt gegen eine Blechwand zu prallen, stießen sie in einen waagerecht abgehenden Kanal, schlugen im nächsten Moment auf dem Boden des Kanals auf. Hart knallte er mit Bauch und Brust gegen die Wand der senkrechten Röhre, in der er sich nach oben geschoben hatte – während seine gekrümmten Finger hilflos über den Boden des waagerechten Kanals rutschten.

Gleißend ging der Schmerz zwischen seinen Augen auf, als eine hochstehende Lasche ihm in die Fingerkuppen schnitt. Heiße Schauer jagten ihm übers Genick, aber es war eine Sekunde, in der er nicht weiterrutschte. Verzweifelt zog Till sich mit aller Kraft an den Fingerspitzen nach oben – bis es ihm gelang, ein Knie in den Abzweig zu zwängen.

Der Eishauch wehte über ihn hinweg. Schwer atmend lag Till auf dem Rücken im waagerechten Belüftungskanal. Der Schweißfilm, der ihn bedeckte, fühlte sich an, als würde er in Eiswürfeln baden. Die Fingerkuppen pochten, die Schulter verkrampfte. Aber er hatte es geschafft.

Er rollte sich auf den Bauch, legte das Kinn auf das Blech und starrte in den Tunnel hinein. Weiter vorn war ein Lichtschimmer zu erkennen. Till stemmte sich hoch und begann zu krabbeln – zitternd jetzt, mit den Kräften am Ende, durch und durch ausgekühlt.

5

Jetzt warten, bis die Kellnerin herauskommt? ›Ah ... da bist du ja ...‹
Wo soll das hinführen?
Nein, nein, nein ...
Hier entlang, die Geschäfte sind noch auf ... da vorn, die Friedrichstraße ... wie voll es noch ist ...
Langsam ... nicht so schnell ... hier ist es am besten ... hier laufen sie alle – hey ... LÄCHELN ... Ja? ...
Sie! Sie ist gut! Nein, sie ist nicht allein ... das sind ... wie viele? Vier? Unmöglich ... sie muss allein sein ... aber welche läuft schon allein hier herum ... alle mit einem Typen, mit den Freundinnen ... Mit einem Hund? Auch schlecht ...
Südlich vom Gendarmenmarkt wird es wieder leerer ... genauso wie

nördlich von den Linden ... aber hier ... hier ist es am besten – und wenn ich einfach stehen bleibe? An der Ecke? Unmöglich ...
Sie! Sie ist ... scharf.
Okay ...
Richtung Norden ... gut ... telefonier ruhig ... wird schon nicht so lange dauern ... dann kann ich etwas näher an dich herankommen ... Sie bewegt sich gut! Machen sie das eigentlich absichtlich – dass sie sich ... so in den Hüften wiegen? Oder macht die Natur das mit ihnen, damit man förmlich daran kleben bleibt – damit man davon angezogen wird – beinahe festgesaugt ...
Sieh dir das an! Bei ihr bewegt sich nicht nur die Hüfte – auch das Gesäß – aber es schlenkert nicht, es schwingt – fast unmerklich ... VORSICHT ... ich bin zu nah dran – ich greif ja gleich nach ihr.
Okay ... Handy wieder weg – das ist ...
Ahhhh ... in die Galeries Lafayette ... Noch ein wenig einkaufen?
Gut!
Hältst du mir die Tür auf? Zack!
Jetzt haben wir uns angesehen!
Hübsch. Zweifellos. Keine kalte Schönheit – genau, wie es mir gefällt! Hast du ihre Hand gesehen, mit der sie dir die Tür aufgehalten hat? Leicht gebräunt – und gepflegt. Aber die Nägel sind nicht lackiert. Vielleicht mit einem durchsichtigen Nagellack? Eine kleine Hand – wie sieht sie wohl aus, wenn sie ...
Die Haare hat sie zu einem Pferdeschwanz zusammengenommen. Wenn man das Haargummi löst, fallen sie ihr schwer auf die Schultern ...
Hopp! Jetzt ist sie stehen geblieben.
Da!
Sie hat geguckt!
Sie hat gemerkt, dass ich ihr folge!
Und jetzt?
Okay – weiter ... einfach weiter ... aber jetzt weiß sie es.
Haha! Als spürte man, wie ihr Herz zu klopfen begonnen hat!
Ja, greif nach deinem Handy – keine Nachrichten – gutes Mädchen – steck es wieder weg.
Siehst du dir die Gürtel an? Brauchst du einen Gürtel? Deshalb bist du doch hier reingegangen, oder?

Kein Problem, ich habe Zeit, siehst du? Ich sehe mir die Uhren an – aber du weißt, dass mir die Uhren ganz egal sind, stimmt's? Du weißt, dass ich mich ganz auf dich konzentriere, stimmt's?

Willst du nicht noch einmal zu mir herübersehen? Nein? Keine Angst ... du brauchst mir nicht den Rücken zuzuwenden ... Siehst du, ich schaue auch nicht immer zu dir.

ABER ICH HAB DICH IN MEINEM KOPF – SPÜRST DU ES?

Spürst du meine Hand, mit der ich über deinen Bauch ...

Da! Jetzt hat sie wieder geguckt. Das Gesicht ganz verändert – sich plötzlich nur zu bewusst, dass ich sie nicht aus den Augen lasse! Wie ihr Ausdruck sich verschoben hat – fast als wollte sie sich nicht anmerken lassen, wie sehr ihr das gefällt – dass ich an ihr dran bin ... dass ich Witterung aufgenommen habe ...

Kaufst du den Gürtel nicht? Soll ich ihn für dich ... ich könnte ihn um deine Taille schlingen – nachher – wenn du mich lässt ...

Und? Bist du unschlüssig?

Pass auf, ich zeige dir, wie es geht.

Siehst du zu mir herüber? Siehst du, wo ich hingehe?

Ja?

JAAAA – so ist gut – siehst du, wie sich unsere Blicke ineinander verhaken? Jetzt sieh her, was ich mache!

»Hallo?«

Das ist das Wichtigste, dass die Verkäuferin gleich auf einen achtet.

»Das hier, ich wollte mir dieses Stück einmal ansehen, ginge das?«

Hast du es mitbekommen?

Ja, du bist stehen geblieben, das ist gut.

Jetzt schauen wir uns noch mal in die Augen – ich könnte in deinem Blick ertrinken ... deine Augen sind wie Zuckerschmelz, den zu verspeisen man aufschiebt und aufschiebt und aufschiebt – bis man es nicht mehr erträgt – sich daraufstürzt – und der Schmelz nachgibt ...

»Und das hier – könnten Sie mir das auch einmal zeigen?«

Schön! Grün. Das müsste zu deinen Augen passen. Jetzt brauche ich gar nicht mehr zu dir herüberzusehen – ich WEISS, dass du nicht weitergehst, dass du nicht weitergehen KANNST, dass du viel zu neugierig bist, viel zu angestachelt davon, wie wir uns angesehen haben.

Oder?

»Nein, sehr gut, ich ... einen Moment, ich überlege noch ...«

Da ist sie.
Ja, du lächelst – aufregend, oder?
Jetzt greift sie sich in ihr Haar!
Zeig's mir, ja, raus damit, raus mit dem Haargummi, lass sie fallen! Ich sehe deine Augen durch die Haare hindurch. Gut, leg sie frei, gut machst du das!
Sie ist die Richtige!
»Bitte?« *Jetzt hätte ich fast die Verkäuferin vergessen.*
»Kann ich bar bezahlen? Sicher, oder? Wunderbar – dann nehme ich das.«
Auch die Schachtel ist schön. So eine Kette ist genau, was ich brauche. Sie wird sich kühl auf deiner Haut anfühlen, aber dir wird trotzdem heiß sein.
»Wie viel?«
1758. Immerhin ... Na gut!
»Quittung, ja, natürlich, ich bitte darum.«
1758 Euro ... gut ... egal!
Sie steht da, jetzt sieht sie aus wie ein Schulmädchen. Weiß nicht mehr, was sie machen soll. Hast du einen Schreck bekommen?
»Nein, ich nehm's gleich so. Danke.«
Jetzt kommt's drauf an – jetzt bist du nervös, was? Das steht dir. Weißt du was? Ich bin auch nervös.
Siehst du, ich komme direkt auf dich zu. Denkst du das Gleiche wie ich? Dass ich die Kette in meiner Tasche habe? Wendest du den Blick ab, ja? Damit ich deinen Hals sehen kann? Schön! Alles an dir ist schön!
So nah haben wir noch gar nicht nebeneinandergestanden, oder?
Was ist das in deinen Augen – ein Lächeln? Ja, du brauchst nicht zaghaft zu sein. Genau – spiel mit mir!

6

Rückblende: Zwölf Jahre vorher

Lisa öffnete den großen Schrank, der im Esszimmer stand, und holte sieben flache Teller daraus hervor.

»Grau?«, sagte sie und schaute sich zu Till um, der gerade das Besteck auf den Tisch in der Mitte des Zimmers legte. »Was ist daran

so schlimm? Es ist ein Krankenhaus, Till, vielleicht hatte sich der Patient verletzt, sie haben die Wunde mit irgendwas desinfiziert, und die Schwester war noch nicht dazu gekommen, das Laken zu wechseln.«
Sie ging zu dem Tisch und verteilte die Teller.

»Es war ja nicht nur das graue Laken.« Till zog einen der Stühle unter dem Tisch hervor und setzte sich darauf. »Es war die Stimmung dort unten, sagt Max. So was hat er noch nicht erlebt.«

Lisas Mutter war am Nachmittag mit den beiden Jungen nach Hause gekommen – mit Max und mit Till. Lisa hatte versucht, herauszubekommen, was im Krankenhaus passiert war, aber so richtig hatte ihr niemand Rede und Antwort stehen wollen. Soviel sie von dem verstanden hatte, was Till ihr gesagt hatte, hatte Max plötzlich so schnell wie möglich aus dem Krankenhaus wieder herauskommen wollen. Deshalb hatte er auch wieder angefangen zu essen.

Sie kehrte zum Schrank zurück und begann, sich um die Gläser zu kümmern. »Krankenhaus ist nie schön«, sagte sie, nahm vier Gläser in eine Hand, drei in die andere, und kehrte zum Tisch zurück. Ihr Blick fiel auf Till. Er hatte den Kopf gesenkt und sah auf das Tischtuch.

»Ich hab ein bisschen herumgesucht, aber ich habe sie nicht gefunden – die Abteilung, von der Max gesprochen hat«, hörte sie ihn sagen.

»Deswegen warst du so dreckig oder was?« Lisa musterte ihn.

Till nickte. »Ich bin in den Keller geraten, plötzlich ist eine Tür zugefallen ...«

»Und?«

Er winkte ab. »Na ja ... ich bin ja wieder herausgekommen –«

»Nein, sag doch mal!« Lisa setzte sich Till gegenüber und legte beide Arme mit den Handflächen nach oben auf den Tisch in seine Richtung.

»Ich glaube, ich habe da ein bisschen was kaputt gemacht ...«, Till senkte seine Stimme zu einem Flüstern, »aber ich war heilfroh, als ich wieder draußen war.«

»Was hast du denn kaputt gemacht?«

»Ein ... ich weiß nicht genau, was es war ... so ein Gitter«, er holte Luft, »so schlimm ist es nun auch wieder nicht – ein Belüftungsgitter oder so ...«

»Hast du kaputt gemacht?«

»Ich hab's abgetreten.« Jetzt musste er ein wenig grinsen. »Frag mich nicht, wie ich dahinter gekommen bin ...«

»Hm.« Lisa sah ihn an. »Aber von der Abteilung, von der Max dir erzählt hat, hast du nichts gesehen?«

Till schüttelte den Kopf.

»Siehst du!« Lisa erhob sich so ungestüm, dass der Stuhl beinahe umgefallen wäre. »Max hat sich da in was reingesteigert, ich sag's dir. Anstatt den Dingen endlich ins Auge zu sehen, flüchtet er sich in eine Phantasiewelt. Und du hilfst ihm auch noch dabei!«

»Meinst du?«

Lisa zögerte. Warum eigentlich nicht? »Es kann ja sein, dass sie da unten eine Abteilung haben, die für die Öffentlichkeit nicht zugänglich ist«, lenkte sie ein. »Aber was ist daran so besonders? Und dass Papa Max ausgerechnet in *dieses* Krankenhaus gebracht hat, weil er mit einem der Ärzte dort befreundet ist ... das ist doch verständlich, oder?«

Sie sah, wie Till mit einer Gabel Kreise auf das Tischtuch malte.

»Was hätten meine Eltern denn sonst tun sollen«, ereiferte sie sich plötzlich. »Tatenlos zusehen, wie Max verhungert? Natürlich haben sie ihn ins Krankenhaus gebracht. Wenn sie es *nicht* gemacht hätten und du würdest jetzt glauben, wer weiß was für Max tun zu müssen – gut! Das könnte ich verstehen. Aber so?«

Lisa spürte, dass ihre Wangen sich gerötet und sich ein paar von ihren Haarsträhnen aus den Spangen gelöst hatten. Aber sie war noch nicht fertig.

»Mama hat alles versucht, Till. Kannst du dir vorstellen, wie schuldig sie sich fühlt? Natürlich denkt sie, sie hätte dafür sorgen müssen, dass es gar nicht erst so weit kommt. Aber Max hat ihr das nicht erspart. Er war schon immer ein Dickkopf.«

»Also können wir ihm nicht helfen?« Till sah auf. Ihre Anspannung schien sich langsam auf ihn zu übertragen.

»Doch, wir können ihm helfen! Wir können für ihn da sein, ihn auf andere Gedanken bringen, vielleicht sogar dafür sorgen, dass er selbst einsieht, was für ein Unsinn es ist, sich so gegen die Eltern zu stemmen.«

Till schob die Unterlippe vor. Lisa fühlte sich zu ihm hingezogen, sehnte sich danach, mit ihm einer Meinung zu sein. Aber sie fand, dass ihre Eltern alles richtig gemacht hatten. Natürlich hatten die Ärzte Max Medikamente gegeben. Wer weiß, ob er sonst nicht eines Nachts glattweg aus dem Fenster gesprungen wäre. Und wahrscheinlich hatte er sich wegen der Medikamente auch diese Abteilung zurechtphantasiert.

»Max war schon immer verrückt«, sagte sie. »Ich hab ihn lieb, aber er ist unberechenbar. Einmal hat er mich zu einer Radtour überredet. Da sind wir in ein Gelände geraten, das als Sumpfgebiet bekannt ist. Ich habe ihm gleich gesagt, dass wir nicht weiterfahren sollen, aber er hat nicht auf mich gehört. Er ist einfach immer geradeaus geradelt. Ich hätte sofort umkehren sollen, aber erst wollte ich ihn nicht allein weiterfahren lassen – und dann wusste ich auch schon nicht mehr, wie ich aus dem Sumpf wieder herauskommen sollte. Also bin ich doch lieber bei Max geblieben und immer tiefer mit ihm in dieses Gebiet hineingefahren, anstatt endlich umzukehren. Der Boden wurde immer feuchter, der Weg gabelte sich, verlor sich langsam im Schlamm. Als die Vorderräder anfingen einzusacken, wurde auch Max unruhig, und wir mussten absteigen. Weißt du, was er da zu mir gesagt hat?«

Till schüttelte den Kopf.

»›Du hattest recht, Lisa, wir hätten hier nicht reinradeln sollen.‹ Begreifst du? So einer ist Max! Er reitet sich einfach rein, und dann tut es ihm leid. Und wenn du Pech hast, hängst du mit drin.«

»Aber am Ende seid ihr wieder herausgekommen.«

»Ja, sind wir. Kurz bevor es dunkel war, waren wir wieder auf festem Boden. Sonst hätten wir wahrscheinlich dort übernachten müssen. Vielleicht wären wir nicht gestorben – oder doch? Wer kann das wissen? Jedenfalls war uns beiden vorher klar, dass das ein gefährliches Gebiet ist. Ich wollte nicht weiter – Max schon. Kannst du mir das erklären? Und warum macht er das – wenn er es schon machen muss – nicht *allein?*« Ihre Augen wanderten zu Till. »Hast du dich das schon einmal gefragt? Warum er dich da mit reinzieht?«

7

»... richtig, das müssen wir natürlich auch noch machen«, hörte Max seinen Vater sagen.

Müssen müssen müssen müssen müssen müssen müsssen müssen müssen müssen müssen – Max spürte, wie ihn die Wut packte. Was hatte er nicht schon alles müssen gemusst! Das Gymnasium schaffen, den Klavierunterricht schaffen, die Bestzeit im Schwimmen schaffen ...

Er lag auf einer Couch, die seine Eltern für ihn ins Esszimmer getragen hatten. Max war noch zu geschwächt, um mit den anderen am

Tisch zu sitzen. Da er jedoch auch nicht allein oben im Bett in seinem Zimmer hatte bleiben wollen, hatte seine Mutter vorgeschlagen, die Couch in das Zimmer mit dem Esstisch zu tragen, so dass er darauf liegen und gemeinsam mit ihnen Abendbrot essen konnte.

»Gar nichts müssen wir«, hörte er sich zornig hervorstoßen, und seiner Stimme war anzumerken, dass der Ärger ihn regelrecht übermannte.

Das Gabelklappern am Tisch verstummte, die Köpfe drehten sich ihm zu. Claire und Betty verschreckt, die Mutter besorgt, Lisa fast ein wenig belustigt, der Vater mit gerunzelter Stirn. Nur Till schaute weiter auf seinen Teller.

»Ich kann das echt nicht mehr hören, Papa. Wir müssen gar nichts, nur sterben. So ist das doch!«

»Hast du ihm das erzählt?« Sein Vater sah zu Max' Mutter.

»Ist es etwa nicht so«, schimpfte Max. »Es kann ja sein, dass du möchtest, dass ich Klavier spiele. Aber deshalb *muss* ich nicht Klavier spielen. Ich *kann* es machen, wenn ich will. Ich *muss* aber nicht.«

»Wenn du nicht willst, dass ich dich bestrafe ...« Sein Vater unterbrach sich. »Ach, von mir aus, ich hab langsam auch die Nase voll, Max. Du willst kein Instrument lernen? Na schön! Dann eben nicht! Was soll's? Ist mir doch scheißegal!«

Max zuckte zusammen. Er hasste es, wenn sein Vater solche Ausdrücke benutzte.

»Es geht doch nicht nur ums Klavierspielen, Papa. Solange ich denken kann, hast du – und auch Mama – mir erzählt, dass ich *das* machen muss und das und das und das und das und das und das –«

»Hör auf, Max«, rief seine Mutter dazwischen.

»Ist doch wahr!« Max nahm den kleinen Tisch hoch, unter dem seine Beine lagen, und setzte ihn auf dem Boden ab. Im Schlafanzug! Alle anderen waren angezogen, trugen Hosen, Schuhe. Und er lag hier wie ein Penner im Schlafanzug. Vielleicht machte ihn das am allerwütendsten.

»Ich will mich nicht mit dir streiten, Papa. Aber ich muss nicht Klavier lernen. Niemand muss irgendwas müssen. Die Kleinen nicht, Lisa nicht, Till nicht!«

Sein Vater musterte ihn. Max spürte, wie ihm das Herz im Hals schlug.

»Du musst nichts müssen, und es ist alles nur eine Frage, was du willst?« Die Stimme seines Vaters war ganz ruhig geworden. »Das ist ein gewaltiger Irrtum.«

»Hast du dich nicht entschieden, dass du Bücher schreiben willst?«, bellte Max.

»Nein, habe ich nicht. Ich hab es einfach gemacht. Das ist was anderes.«

»Du hättest dich auch dagegen entscheiden können.«

»Die Frage hat sich mir nie gestellt, Junge.« Fast klang es, als würde sein Vater ihn wirklich überzeugen wollen. »Ich habe geschrieben und meine Texte anderen zu lesen gegeben. Erst fand meine Mutter sie toll, dann meine Freunde. Dann habe ich sie verkauft, erst an kleine Zeitschriften, dann an große. Es war nicht so, dass ich gesagt hätte: Ich *will* schreiben – ohne dass ich es getan hätte. Vergeude keine Zeit damit, zu überlegen, was du *willst,* Junge. *Mach es einfach.*«

Max starrte auf die Wolldecke, unter der seine Beine lagen. Was redete sein Vater da? Was sollte das?

»›Ich muss doch wissen, was ich will‹, scheinst du sagen zu wollen«, hörte er ihn weitersprechen. »Du musst? Ich denke, du musst gar nichts!«

Max blickte auf und sah, wie sich sein Vater erhob, während er fortfuhr. »Ja? Bist du meiner Meinung? Oder willst du auch dagegen noch was einwenden? Deinen Geschwistern noch ein bisschen weiter den Kopf verdrehen! Meinst du nicht, dass es genügt, wenn einer von uns auf der Couch liegen muss, weil er zu schwach ist, um am Tisch zu sitzen?«

»Ich bin nicht wie du«, flüsterte Max, die Stimme so fest, wie er konnte, aber sie klang brüchig, belegt, heiser.

»Wenn du nur machen willst, was du machen willst, drehst du dich bloß im Kreis, Max«, fuhr ihn sein Vater an. »Du wirst aus dem Lauschen auf deinen vermeintlichen Willen niemals herauskommen. Niemals herauskommen aus dem Zweifel, wie du dich denn nun entscheiden sollst.«

Max' Augen sprangen zur Mutter. Nahm sie das alles so hin?

»Xaver, lass ihn, es geht ihm noch nicht so gut«, hörte Max sie sagen, als ob sie erst durch seinen Blick den Drang verspürt hätte, sich einzumischen.

»Ist das denn nicht das beste Zeichen dafür, dass ich recht habe?«, erwiderte sein Vater mit fast beängstigend klarer Stimme. »Er ist so in seine Zweifel verstrickt, dass er noch nicht einmal weiß, ob er essen soll!« Er hatte sich zum Tisch gewandt und sah seine Frau an. Als sie jedoch nichts erwiderte, sondern hilflos nach Worten zu suchen schien, schaute Max' Vater wieder zu seinem Sohn. »Merkst du nicht, wie der Zweifel, der an dir nagt, schon angefangen hat, den gesunden Körper, den ich und deine Mutter dir mitgegeben haben, aufzufressen? Ist der Zweifel das, was von *dir* stammt? Deine Persönlichkeit, dein Ich – oder wie auch immer du es nennen willst? Dein Wille, auf den du so stolz bist? Ist das dein Wille, Max? Das, was dir sagt, dass du deinen Körper verhungern lassen sollst?«

Er deutete mit flacher Hand auf seine Frau und die anderen Kinder, die am Tisch saßen. »Sieh sie dir an, Max, deine Familie, eine herrliche Ahnenreihe. Und dann kommst du, oder? Das ist doch, worum es dir geht. Du selbst, dein Wille. Aber was ist das? Wer bist du, außer dass wir dich gezeugt haben. Max? Ach was! Vergiss den Namen, den hab ich dir doch gegeben! Denk an dich unter einem anderen Wort, nicht als ›Max‹ – das ist, was du von uns hast –, denk an dich als ›ich‹. Dieses Ich, diese Seele, die dir aus dem Spiegel entgegenstarrt, wenn du hineinsiehst. Das bist du: namenlos, hilflos, verletzlich. Und weißt du, was das ist? Ich sage dir, was das ist: Es ist der Schadstoff, der in die Entwicklung hineingespritzt wurde, in eine Entwicklung, die bis dahin nichts anderes war als ein großartiger Triumph. *Du* bist der Schadstoff, Junge – und weißt du auch, warum? *Weil du nicht machst, was du machen musst, sondern wollen willst!*«

Max hatte sich auf den Rand der Couch gesetzt und spürte, wie seine Beine zitterten. Seine Arme lagen in seinem Schoß, die nackten Füße ruhten nur wenige Schritte von den Schuhen seines Vaters entfernt auf dem Boden. Sein Gesicht aber glühte.

Er wusste, dass Till auf seinen Teller schaute, dass Till auf seiner Seite war – aber die anderen? Woher sollten sie wissen, ob sein Vater nicht recht hatte? Woher sollte er es wissen?

Ich lass mich von dir nicht zertreten, stampfte es in Max, und der Trotz loderte in ihm. *Auch wenn du recht hast: Ich bin ich und irgendwann wirst du alt sein und klapprig und in einem Bett liegen, und ich werde angezogen sein und danebenstehen!*

Gleichzeitig aber huschte auch noch ein anderer Gedanke durch einen hinteren Winkel seines Kopfes: Würde sein Vater ihn vielleicht gar nicht sehen wollen, wenn er im Sterben lag? Sicherlich würde er seine letzten Minuten nicht mit einem Schadstoff verbringen wollen …

Und Max senkte den Kopf, weil er nicht wusste, was er seiner Scham entgegensetzen sollte.

»Tut mir leid, Max«, hörte er die Stimme seines Vaters, »aber es hat doch keinen Sinn, wenn ich dir nicht offen sage, was ich von deinen Ideen halte. Sonst wirfst du mir am Ende noch vor, ich hätte dich nicht gewarnt!«

8

Till hörte das leise patschende Geräusch von Max' nackten Füßen, die über die Steinfliesen in der Halle gingen und über die Treppe in den ersten Stock.

Alles in ihm schrie danach, seinem Freund hinterherzulaufen. Er hatte gesehen, wie Max gezittert hatte, wie er versucht hatte, der Wucht seines Vaters etwas entgegenzusetzen, wie er schließlich mit gesenktem Kopf aus dem Zimmer gestürzt war. Aber einfach vom Tisch aufstehen? Till wusste, dass Julia ihren Kindern beigebracht hatte, um Erlaubnis zu fragen, wenn sie aufstehen wollten, bevor das Essen beendet war. Sollte er jetzt wirklich der Erste sein, der das Wort ergriff? Um ›Darf ich aufstehen‹ zu sagen?

»Till?«

Er hob den Kopf. Doch Bentheim schaute bereits wieder zu seiner Frau. »Ich würde gern zwei Worte mit Till reden, ja? Wir setzen uns kurz in den Wintergarten.«

Julia erhob sich. »Sicher.«

Bentheim warf Lisa einen Blick zu. »Sorg dafür, dass deine Mutter die Sachen in der Küche für Rebecca stehen lässt, die kann sich morgen darum kümmern.« Dann legte er eine Hand auf Tills Schulter. »Kommst du?«

Till schaute in das lange, blasse Gesicht des Mannes, sah, wie freundlich er ihn anblickte, und fragte sich für einen Moment, ob der Zorn, mit dem Bentheim eben Max angefahren hatte, von einem anderen Menschen ausgegangen war.

Der Wintergarten grenzte unmittelbar an das geräumige Wohnzimmer, in das man vom Esszimmer aus durch einen breiten Durchgang gelangte. Der an drei Seiten verglaste Jugendstilanbau war mit exotischen und mediterranen Pflanzen vollgestellt, in der Mitte stand ein eiserner Tisch. Till wusste, dass Max' Vater den Wintergarten besonders liebte, er hatte ihn schon öfter dabei beobachtet, wie er sich um die Orangenbäumchen, die Palmen und die Oleanderbüsche gekümmert hatte.

»Setz dich«, hörte er Bentheim sagen und sah, wie dessen dünne Hand auf einen der hochlehnigen Eisenstühle zeigte, die um den Tisch mit der Marmorplatte gruppiert waren. Flink hockte sich Till auf den Stuhl, seine Füße berührten kaum den Boden. Bentheim nahm ihm gegenüber Platz.

»Du denkst jetzt wahrscheinlich, dass ich zu streng mit Max war«, sagte er nach einer Minute des Schweigens, die blauen Augen auf Till gerichtet, die Stimme weich, der Mund zu einem Lächeln verbogen.

Till schob seine Hände unter die Oberschenkel, die Handflächen nach oben. War etwas dran an dem, was Max ihm im Krankenhaus über seinen Vater gesagt hatte?

»Ich habe in den vergangenen zwölf Jahren alles versucht, um mit Max klarzukommen«, fuhr Bentheim fort, »und ich bin sicher, du wirst mich verstehen, wenn du Max einmal besser kennengelernt haben wirst. Ich weiß, ihr seid gut befreundet, und wenn ich so alt wäre wie du, würde ich auch jeden, der so wie ich vorhin mit meinem Freund geredet hätte, von Herzen verabscheuen. Aber«, er lehnte sich zurück und schlug die Beine übereinander, »es wird der Tag kommen, an dem du begreifen wirst, dass ich so handeln musste. Womit ich gar nicht sagen will, dass Max – aus irgendeinem Grund, der dir noch verborgen wäre – ein besonders gefährlicher oder verkommener Mensch ist. Er ist nur einfach …«, wieder brach Bentheim ab, als suchte er noch nach den richtigen Worten, »… also kurz gesagt, er ist den Anforderungen einfach nicht gewachsen.«

Die Augen von Max' Vater schweiften kurz ins Wohnzimmer, um zu sehen, ob dort jemand weilte und ihnen womöglich zuhörte. Dann richteten sie sich wieder auf Tills Gesicht, als wollte er die Wirkung seiner Worte überprüfen. »Kannst du mir folgen?«

»Ja.« *Anforderungen – was für Anforderungen?*

»Gut.« Bentheim beugte sich vor. »Hör zu, Till, ich weiß, du willst zu Max, ihn ein wenig trösten, deswegen will ich mich kurzfassen. Ich habe dich immer geschätzt. Ich kenne dich nicht besonders gut, aber das bisschen, was ich von dir bisher mitbekommen habe, hat mir gefallen. Du stehst, wie man so schön sagt, mit beiden Beinen im Leben, auch wenn du noch sehr jung bist. Du hast Ehrgeiz, aber er vernebelt dir nicht dein Urteilsvermögen. Du schaust einem geradeaus in die Augen. Du kannst charmant sein, wenn du willst, bist aber von den Versuchungen der Eitelkeit verschont. Du scheinst einigermaßen klar denken zu können, und wenn du den Mund aufmachst, dann hat das, was du sagst, Hand und Fuß.« Nachdenklich ließ er seinen Blick auf dem Gesicht des Jungen ruhen.

Till sah ihn verwirrt an. Ein Lob wie das, was er eben gehört hatte, hatte er noch nie bekommen. Ihn schwindelte ein wenig, und fast fürchtete er, wie ein Mehlsack vom Stuhl zu fallen.

»Ich sage das nicht, um dir den Kopf zu verdrehen, Till«, hörte er Bentheim weiterreden, »das wäre so ziemlich das Letzte, was ich erreichen wollte. Aber ich mache mir darüber, ehrlich gesagt, auch gar nicht einmal so furchtbare Sorgen. Ich habe dir gesagt, was ich von dir halte, weil ich hoffe, dass du mich auch in Zukunft nicht enttäuschen wirst.«

Tills Unruhe nahm zu. Er war von der Hochachtung, mit der Bentheim gerade von ihm gesprochen hatte, so eingenommen, dass er sein Gegenüber jetzt auf keinen Fall enttäuschen wollte.

»Du hast ja mitbekommen, wie es Max geht«, sagte Bentheim, »es geht ihm ziemlich dreckig. Spätestens seitdem er ins Krankenhaus musste, ist klar, dass er kaum in der Lage ist, auf sich selbst aufzupassen. Deshalb wollte ich mit dir reden, Till. Wenn Max es nicht schafft, muss ich sichergehen, dass ich mich wenigstens auf dich verlassen kann.«

»Was soll ich denn machen?«, brachte Till hervor, zunehmend von der Furcht gequält, er könnte dem, was Max' Vater von ihm erwartete, womöglich nicht gewachsen sein.

»Du muss für ihn da sein, verstehst du? Für ihn da sein, wenn er Hilfe braucht.«

Till fühlte sich, als würde Bentheims glasklarer Blick glatt durch ihn hindurchgehen. Er war viel zu verwirrt, als dass er gewusst hätte, was er antworten sollte.

»Also, was denkst du?«, kam es von Bentheim.

»Ja, klar, ich bin für ihn da, Herr Bentheim, wann immer er mich braucht.«

Bentheim atmete aus, ließ sich wieder zurück in seinen Stuhl sinken. Und lächelte. »Das ist gut so, Junge. Du denkst jetzt vielleicht, ich übertreibe und Max könne sehr gut auf sich selbst aufpassen. Und wenn nicht, sei *ich* ja wohl dazu da, ihm zu helfen, und nicht du. In gewisser Weise stimmt das natürlich auch ... Aber weißt du, ich bin froh, wenn ich weiß, dass du mich dabei unterstützt. Dass du auch ein Auge auf ihn hast.«

Hacken Sie doch nicht so auf ihm herum, ging es Till durch den Kopf. *Max ist in Ordnung, Sie kennen ihn nur gar nicht.*

Aber da erhob sich Bentheim bereits von seinem Stuhl. »Wann immer etwas ist, wendest du dich an mich, ja?«

»Ist gut«, hörte Till sich sagen und lächelte. Seine Handflächen aber waren kalt.

Hatte er sich jetzt mit Bentheim gegen Max verschworen? Zu wem sollte er halten? Zu dem Mann, der ihn in seiner Familie aufgenommen hatte, oder zu dem besten Freund, den er vielleicht jemals gehabt hatte?

Bedrückt schlug Till die Augen nieder und hörte, wie Max' Vater den Wintergarten verließ.

Bentheim hatte ihm in größter Not geholfen – aber Max hintergehen? Das kam für Till nicht in Frage.

9

»*Hallo?*«

»*Hallo.*«

Ich hab die Schachtel hier in meiner Tasche ...

»*Darf ich?*«

Können deine Augen noch größer werden?

»*Moment.*« *Okay ... jetzt zittern meine Hände auch ein bisschen – aber du hältst ganz still. Welche Geschmeidigkeit ...*

»*Ist es zu kalt? Ich will nur kurz mal sehen ...*«

Ihre Augen lachen!

Der kleine Verschluss – ihre Haut fühlt sich an wie ...

Ich kann nicht klar denken, wenn ich sie berühre!

Die Kette passt wie angegossen – ich hab's gewusst. Das Grün der Steine steht ihr!
»Wow.«
...
»Sie sagen ja gar nichts.«
Du lächelst? Wie schön!
»Darf ich Sie ...«
Was glaubst du, was ich jetzt sage?
Hast du noch einen Moment Zeit?
»Mein Wagen steht gleich hier auf dem Kaufhausparkplatz ...« *Da ist alles voller Leute, das weißt du doch – oder? Du brauchst also keine Angst zu haben.*
»... ich habe einen Spiegel dort drin – darf ich Ihnen die Kette einmal in dem Spiegel zeigen?«
Spürst du, wie es sich anfühlt, wie kühl und schwer die Kette auf deiner nackten Haut liegt?
»Ja? Großartig! Kommen Sie – gleich hier – es geht ganz schnell ... ich will nur sehen, ob sie Ihnen gefällt.«

Tschak! Die Türschlösser springen auf.
Jetzt hat sie ein wenig Angst, ich kann es spüren.
»Wollen Sie fahren?«
»Der Wagen ist riesig.«
Deine Stimme gefällt mir! Sie ist rauchig, und wenn ich sie höre, ist es, als würde deine Hand über meinen Nacken streichen.
»Er fährt sich ganz einfach, keine Sorge.«
Ich weiß, von Fahren war bisher keine Rede, aber wenn du fährst, kann doch nichts passieren!
»Warten Sie, ich öffne Ihnen die Fahrertür.«
Komm schon ... Ja – das weißt du, oder? Es sieht sogar gut aus, wenn du einsteigst.
»Hier ist der Schlüssel. Ich steig drüben ein, okay?«
Gut macht sie das.
»Was halten Sie davon?«
Wie sie sich im Rückspiegel ansieht!
»Moment, ich klettere hinter Ihren Sitz, dann kann ich auch in den Rückspiegel sehen!«

Hat sich noch ein Knopf an ihrer Bluse geöffnet?
RUHIG JETZT ...
Lass dich von ihrem Ausschnitt nicht ablenken!
»Das Stück steht Ihnen einfach – das liegt an der Farbe Ihrer Augen ...«
Nicht mit der Hand! Halt dich zurück! Das ist viel zu plump!
»Wollen Sie vielleicht losfahren, nur ein Stückchen die Straße hinunter? Ja? Schön!«
Sieh im Rückspiegel, wie sie reagiert ... die Kette, sie kann an nichts anderes mehr denken ...
Hier ... hier muss doch diese Feder noch sein, genau.
Gaaaanz vorsichtig ... mit der Spitze, genau ... hier am Hals entlang ... sieh ihr Gesicht ... sie mag es!
Ja, jetzt kannst du dorthin – NICHT mit der Hand! – mit der Feder. Spürst du, wie sie der Wölbung folgt? Lass die Spitze langsam in den Ausschnitt gleiten – NICHT MIT DER HAND.
»Ich ... ich glaube, ich muss halten.«
Siehst du, wie ihre Knie sich eine Winzigkeit voneinander entfernt haben? Das geschieht ganz von selbst.
»Ja? Ja, klar! Hier, fahren Sie hier in die Seitenstraße, hier sind immer Parkplätze.«
Bleib ganz ruhig. Sie wird schon selbst wissen, was sie jetzt machen will ...
Siehst du?
Sie macht alles richtig: hält, lässt den Schlüssel stecken, kommt zu dir nach hinten, lächelt ...
Sie hat sich vollkommen auf dich eingestellt, du brauchst sie nur noch leise an der Seite zu berühren – schon dreht sie sich um, kniet auf dem Rücksitz ...
LANGSAM!
Schieb ihr den Rock hoch ...
Vorsicht!
Siehst du, wie ihre kleine Hand, der Finger sich um das Seitenbändchen des Slips schlingt ...
Da! Sie schaut sich nach dir um, sie weiß, wie unwiderstehlich sie ist!
Jetzt gleitet das Bändchen über ihre Haut ... sie streift den winzigen

Slip unter dem Rock herunter ... an den Schenkeln entlang, in die Kniekehlen ...
NICHT ANFASSEN!
Sie wartet. Siehst du, wie sie wartet? Sie spielt mit ihrem Haar, lässt das Höschen an ihren Schenkeln baumeln – streckt sich dir entgegen ... sie ist bereit!
ABER ...
DU DARFST ...
NICHT!
Du musst das andere machen!

10

Rückblende: Zwölf Jahre vorher

Als Till endlich nach oben kam, stand Max im Badezimmer am Waschbecken und hatte die Zahnbürste im Mund. Weißer Schaum lief ihm übers Kinn, er spuckte aus, warf die Zahnbürste auf die Glasablage und fing mit hohlen Händen das Wasser ab, das aus dem Hahn floss. Als er aufschaute, begegnete ihm Tills Blick im Spiegel.

»Ist 'n Arsch«, sagte Till, »mir ist egal, was der sagt. Hör nicht drauf.«

Max stützte die Hände auf den Rand des Waschbeckens und sah auf den Wasserhahn. »Vielleicht hat er recht. Wer weiß.«

Till winkte ab. »Vergiss es. Das ist krank. Achte einfach nicht drauf.« Er überlegte einen Moment. »Im Heim früher, weißt du, was die Leute mir da alles erzählt haben? Nicht die Erzieher, mehr so Jungs aus älteren Jahrgängen ... wenn ich jeden Scheiß ernst genommen hätte, hätte ich mich davon wahrscheinlich nie mehr erholt.«

Max drehte das Wasser ab, griff nach seinem Handtuch und trocknete sich das Gesicht. Till sah ihm an, wie aufgewühlt er noch immer war.

»Er hat schon oft so angefangen, aber bisher hatte er sich noch immer im Griff.« Max hängte das Handtuch zurück an den Haken und blickte zu Till. »Er hat auf einem herumgetrampelt, aber ... da gab's noch 'ne Art Grenze, verstehst du? So weit wie heute ist er noch nie gegangen.« Sein Gesicht wirkte durchscheinend und angestrengt. »Früher ist Mama dazwischengegangen – aber heute? Das hat ja überhaupt nicht mehr aufgehört. Bisher habe ich immer gedacht: Gut, der will, dass ich so werde, wie er sich das vorstellt. Er will mich irgendwohin erziehen – aber heute? Das bringt einen doch nirgendwo mehr hin, das macht einen doch nur noch kaputt.«

Da hast du recht, dachte Till.

Max machte einen Schritt auf ihn zu, um leiser sprechen zu können. »Ich hab mich gefragt, woher das kommt. Diese Verachtung … Es ist ja fast so, als würde er wütend auf mich sein, weil ich ihn enttäuscht habe. Aber dass er mir das vorwirft, das ist doch krank, oder? So war das früher auch nicht.«

Max beugte sich noch ein wenig näher an Tills Ohr heran. »Das ist nicht mein Vater, Till – ich hab's dir gesagt. Ich kenne meinen Papa – aber der Typ, der im Esszimmer da gerade vor mir stand: *Das ist er nicht.*«

Till war sich nicht sicher, ob er ihn richtig verstanden hatte.

»Hast *du* kapiert, was er gesagt hat?«, fragte Max.

Till schüttelte den Kopf. »Du hast ja recht. Deswegen meine ich: Achte nicht drauf, dein Vater ist irgendwie überreizt im Moment … vielleicht ist er krank.«

»Siehst du?«, fiel Max ihm ins Wort. »Krank! Das meine ich doch. Er ist krank, krank im Kopf, im Hirn, was weiß ich, wie das genau zusammenhängt. Aber wenn sich was in deinem Hirn verschiebt, verformt, verändert … dann kann es doch sein, dass du ein anderer Mensch wirst, oder? Was du magst und was nicht, was dir wichtig ist, worüber du lachst, das alles ist doch in deinem Hirn festgelegt. Wenn sich da was verformt, ändert sich dein Charakter. Und genau das ist mit Papa passiert.«

Das klingt jetzt nicht vollkommen falsch, musste Till denken.

»Und wenn man sich dann noch weiter verändert«, fuhr Max fort, »dann … also dann …«, er wirkte, als würde er vor dem, was er sagen wollte, selbst zurückschaudern, »dann ist man irgendwann auch kein Mensch mehr? Ist doch logisch.«

»Meinst du?« Till sah ihn unschlüssig an.

Max zögerte, aber dann war er überzeugt: »Er ist kein Mensch mehr«, flüsterte er, »ich sag's dir.«

Kein Mensch mehr. »Sondern?«

»Sondern, sondern …«, äffte Max Till nach. »Du hast die Abteilung

im Krankenhaus ja nicht gefunden, sonst wüsstest du, was ich meine!«
Seine Augen starrten Till an, das Rote an den Rändern schien ein wenig ins Augenweiß hineingeschossen zu sein. Seine Stimme war nur noch ein Flüstern, aber die Worte drangen in Tills Kopf wie Nadelstiche. »Ich hab's dir gleich gesagt: Sie haben ihn ausgehöhlt, sich an seine Stelle gesetzt.«

Für einen Augenblick hatte Till das Gefühl, in dem Badezimmer zu ersticken und das Fenster aufreißen zu müssen. Aber dann zwang er sich, Max' Worte an sich abprallen zu lassen und zu lächeln. »Hast du dich mal im Spiegel gesehen, Mann? Wenn einer hier wie ein Zombie aussieht, dann du.«

Max' Blick ruhte kurz auf Tills Gesicht, dann musste auch er grinsen. »Scheiße«, flüsterte er und ging an Till vorbei aus dem Bad.

11

Als Till Max' Zimmer betrat, hatte sich sein Freund bereits aufs Bett geworfen und das Gesicht im Kissen vergraben. Till schloss die Tür hinter sich, schob einen Stuhl an das Bett und setzte sich darauf. Eine Weile sprach keiner von beiden ein Wort. Endlich drehte sich Max auf den Rücken. Jetzt, wo er auf dem Bett lag, war wieder ein wenig Farbe in sein Gesicht zurückgekehrt.

»Ich weiß nicht, was sie aus ihm gemacht haben«, sagte er mit belegter Stimme. »Ich hab ihn immer liebgehabt, weißt du?« Seine Augen suchten die von Till, wanderten aber sogleich wieder ins Leere, als er sah, dass er Tills Aufmerksamkeit hatte. »Klar, mein Vater war immer ein bisschen komisch. Andere Väter gehen mit ihren Jungs ins Schwimmbad oder ins Stadion, spielen mit ihnen Fußball. Mein Vater nicht. Richtig viel zusammen gemacht haben wir eigentlich nie.« Sein Blick fokussierte sich wieder auf Tills Gesicht. »Am meisten noch haben wir geredet. Früher habe ich versucht, mehr von ihm zu erfahren: Was er gut findet, was schlecht, was ihm wichtig ist und was nicht. Eine Zeitlang hat er sich mit mir übers Schreiben unterhalten, weißt du? Darüber, dass es ein Reich der Phantasie gibt, der Unwirklichkeit, das man nur betreten kann, indem man Geschichten liest – oder eben sich welche ausdenkt. Das hat mich natürlich fasziniert. Wenn er davon sprach, konnte ich spüren, wie er alles andere um sich herum vergaß, wie es ihm nur darum ging, all die Dinge, die er über dieses Reich gelernt hatte, an mich weiterzugeben. Aber«, Max ließ die Arme auf die Decke fallen, »später dann habe ich gemerkt, dass ich das meiste von dem, was er gesagt hat, gar nicht wirklich verstanden habe.«

Till rutschte von seinem Stuhl herunter, legte sich auf das Fußende des Betts und streckte sich auf dem Rücken aus, so dass sein Blick auf die Zimmerdecke über ihm gerichtet war.

»Ich hab ihn trotzdem geliebt, vielleicht gerade deshalb, weil er anders war als andere Väter.« Max' Stimme klang halblaut durch das Kinderzimmer, das nur indirekt von der Leuchte im Garten erhellt wurde. »Irgendwann hat er aufgehört, mir von seiner Arbeit, von den Dingen, die ihn beschäftigen, zu erzählen. Keine Ahnung, wieso. Erst dachte ich, es könnte meine Schuld sein, ich könnte ihn enttäuscht haben und er würde sich nicht mehr dafür interessieren, mir alles über das Schreiben beizubringen.«

Max verschränkte die Arme hinter dem Kopf. »Aber dann habe ich gemerkt, dass es nicht meine Schuld war«, fuhr Max fort, »dass er immer gleich wütend wurde, dass er mir gar nicht mehr zuhörte, wenn ich etwas sagte. Das war nicht nur eine Veränderung von dem, was er von mir hielt, das reichte tiefer, Till.«

Max presste das Kinn auf die Brust, um Till am Fußende des Betts einen Blick zuzuwerfen. »Das war eine Veränderung, bei der das Äußerliche, das Gesicht, der Körper zwar gleich blieb – alles andere sich aber veränderte.« Er richtete sich auf. »Merkst du nicht, wie er sich jetzt um dich kümmert? Warum meinst du, macht er das? Er hat etwas vor, Till, und wir haben keine Ahnung, was es ist.« Ruckartig stieß Max die Füße in die Matratze und schob seinen Rücken an der Wand hoch. »Er ist vielleicht noch mein Vater, aber er ist kein Mensch mehr. Und ich werde mich von diesem Monster nicht zugrunde richten lassen!«

Till spürte, dass Max im Innersten längst eine Entscheidung getroffen hatte.

»Ich werde es tun, Till, ich werde es tun.«

Was tun?, dachte Till, aber er wagte es nicht, Max danach zu fragen. Stattdessen wanderte sein Blick wieder an die Decke. Seitdem Max zu sprechen angefangen hatte, war ihm, als würde jemand seine Kehle zuschnüren. Was Max sagte, war nicht von der Hand zu weisen. Till hatte den Vogelkampf gesehen, er hatte Bentheim lesen gehört, er hatte mitbekommen, wie Bentheim aus dem U-Bahn-Tunnel verschwunden war. Etwas war mit Max' Vater im Gange – etwas, das auch Max spürte, das sie sich nur nicht erklären konnten. Aber es war gefährlich – und es war für Max gefährlicher als für ihn, das spürte auch Till.

»Der Abend heute hat mir gereicht«, hörte er Max murmeln. »Ich werde meinen Vater von der Bestie, die Besitz von ihm ergriffen hat, erlösen.« Erschrocken wandte Till den Kopf und sah, dass Max' leuchtende Augen auf ihn gerichtet waren. »Ich werde es tun, Till, solange ich dazu noch nicht zu schwach bin. Ich werde ihn töten.«

Und er wirkte, als sei er geradezu durchstrahlt von dem Entschluss, den er gefasst hatte.

Zweiter Teil

1

Heute

»Nee!«

Die Frau ist bestimmt über sechzig, klein, und sie hat eine Stimme, die klingt, als hätte sie viele Jahre lang täglich eine Menge Zigaretten geraucht.

»Das war nicht der Müllschlucker – der ist ja draußen, dort hinter Ihnen auf dem Gang. Es war im Lastenaufzug, gleich bei mir in der Küche!«

Claire lässt sich gegen die Wand vor der Tür sinken. »Einen Lastenaufzug haben Sie hier?« Sie lächelt. Sie mag die Alte.

»Den gibt's sonst nicht in Plattenbauten, ich weiß. Aber wir hier haben einen. Ursprünglich war der für das Essen gedacht, für die Rentner in den oberen Stockwerken. Das hat man dann nie wirklich so gemacht, doch der Aufzug war nun einmal drin.« Die Frau grinst. »Wollen Sie ihn mal sehen?«

»Ginge das?« Claire lächelt.

Sie steht noch immer auf dem Hausflur, den die Japanerin und ihre Freundinnen inzwischen über das Treppenhaus verlassen haben. Die Familie mit den Kindern wartet noch auf den Fahrstuhl. Die Alte war allein in ihrer Wohnungstür aufgetaucht und Claire gleich aufgefallen, weil sie ihre kurzen Arme in die Seiten gestemmt und gewirkt hatte, als wollte sie sich von niemandem einschüchtern lassen.

»Keine Ahnung, warum das bis zu denen ganz nach oben gegangen ist«, hört Claire sie sagen, während sie ihr in die Wohnung hinein folgt, »ich hab den Lastenaufzug rumpeln gehört und wusste nur eins: Den machst du jetzt nicht auf.« Die Frau tritt einen Schritt zur Seite. »Bitte.«

Claire blickt an ihr vorbei in eine kleine, blau-weiß gekachelte Küche. Die Einbauschränke und Küchenmöbel sehen aus, als würden sie seit vierzig Jahren dort stehen: abgenutzt und abgegriffen, und doch sorgfältig geschrubbt. Neben dem Kühlschrank ist eine Klappe in die Wand eingelassen, deren Türen horizontal geteilt sind.

»Kann ich den Aufzug mal aufmachen?« Claire sieht zu der Alten.

»Dann müssen Sie ihn erst mal holen.«

Claire tritt an die Klappe und berührt einen weißlichen Plastikknopf mit einem Pfeil nach oben, der daneben angebracht ist. Der Knopf leuchtet auf.

»Und dann – was ist dann passiert?« Claire dreht sich wieder zu der Mieterin um.

Die Alte verzieht das Gesicht. »Oben ist es ja öfter mal laut, aber das heute früh war wirklich der Gipfel. Keine Ahnung, was die da gemacht haben … ich dachte, gleich kommt die ganze Decke runter.«

Es klickt.

»Jetzt ist er da.« Die Frau nickt zu dem Aufzug.

Claire schiebt die obere Klappe nach oben, wodurch sich zugleich die untere nach unten öffnet. Dahinter kommt ein einfacher, leerer Kasten von etwa einem halben Kubikmeter Größe zum Vorschein.

»Hm.« Unschlüssig schaut Claire in die Öffnung. »Schon mal dringesessen?«

»Haha!« Die Alte keckert. »Der Schacht geht gut siebzig Meter senkrecht nach unten. Wenn das Drahtseil nicht hält …«

»Hätten Sie was dagegen, wenn ich das mal ausprobiere?« Claire wendet sich zu der Frau um und beißt sich auf die Unterlippe.

Die Alte zuckt mit der Schulter. »Nur zu – und dann?«

Claire überlegt. »Dann fahr ich mal in die Wohnung rauf.«

»Und wie wollen Sie das machen?« Die Alte mustert sie neugierig. »Das ist doch kein Fahrstuhl, wo man drinnen den Knopf für ein Stockwerk drückt!«

Claire nickt. Stimmt. Die Kabine verfügt natürlich über kein Bedienfeld, sie ist ja auch nicht für Personen gebaut. Ihr Blick fällt auf die Knöpfe *neben* der Aufzugklappe. Außer dem mit dem Pfeil nach oben gibt es noch einen mit einem »E« und einen mit einem »K«.

»Ich kann Sie nur entweder ins Erdgeschoss oder in den Keller schicken«, sagt die Alte, »wenn Sie drinhocken.«

Claire muss nicht lange überlegen. »In den Keller.« Sie setzt sich auf die Schwelle des Lastenaufzugs, zieht die Beine an, schwingt sie herum – und schiebt sich in den Kasten. Deutlich ist zu spüren, wie die Kabine durch ihr Gewicht nach unten sackt.

Als der Aufzug mit einem Ruck im Keller zum Stehen kommt, schiebt Claire die waagerechten Türen des Stockwerks von innen auf. Sie hat sich nicht getäuscht. In dem Raum, der sich vor ihr öffnet, ist niemand zu sehen. Dabei hat sie deutlich das Stimmengewirr gehört, als sie am Erdgeschoss vorbeigefahren ist.

Claire krümmt sich zusammen und kriecht aus der Kabine heraus. Links neben dem Aufzugsloch befindet sich eine Knopfleiste, über die jedes einzelne Stockwerk angesteuert werden kann. Sie prägt sich ein, wo sich der Knopf für die »18« befindet, und schiebt sich zurück in die Kabine.

Doch es geht nicht: Solange die Türen nicht geschlossen sind, reagieren die Knöpfe nicht, wenn Claire um die Mauer herumgreift und sie betätigt. Wahrscheinlich eine Sicherheitsschaltung. Kurz entschlossen zieht sie die Türen von innen zusammen, presst den Rücken gegen die Kastenwand und tritt mit beiden Füßen mit voller Kraft gegen die obere Klappe. Mit hellem Knall bricht das Holz aus der Verankerung.

Claire streckt den Kopf vor und sieht zum Bedienfeld. Alle Zahlen leuchten. Ist die Anlage jetzt endgültig hinüber? Vorsichtig betätigt sie die »18« – das Stockwerk, das von der Polizei abgeschirmt wird.

Mit einem Ruck setzt sich der Aufzug in Bewegung. Hastig wirft Claire sich zurück, um nicht von dem heraufziehenden Kasten an der Schachtwand zerschmettert zu werden.

2

Polierte Stahlschränke, Ceran- und Glasplatten, Chromoberflächen. Das ist keine Küche, eher ein High-Tech-Gourmettempel.

Der Aufzug ist in der achtzehnten Etage eingerastet. Claire hat die Außenklappe des Stockwerks einen Spalt weit nach oben geschoben. Niemand hält sich in der Küche auf. Durch die geöffnete Tür zum Flur kann sie zwei Männer in Uniform sehen, die mit dem Rücken zur Küche stehen.

Lautlos drückt Claire die Aufzugtüren ganz auf und schwingt sich aus der Kabine. Mit einer Bewegung ist sie aus dem Blickwinkel der beiden Männer heraus und am Küchenfenster. Sie betätigt den Griff und zieht es vorsichtig auf.

Wie ein Abgrund schießt die Fassade sechzig, siebzig Meter in die Tiefe. Weit unten sieht Claire Passanten auf der Leipziger Straße, über die der Verkehr wieder in beide Richtungen zu fließen begonnen hat. Ihr Blick wandert zurück nach oben. Vom Küchenfenster aus kann sie ein anderes Fenster der gleichen Wohnung sehen – doch die Spiegelung ist ungünstig: Claire erkennt nur, dass sich mehrere Menschen in dem Zimmer dahinter aufhalten.

»Hallo.« Es klingt freundlich und doch neugierig.

Claire dreht sich um. Lächelt. »Okay.« Sie weiß, dass gar nichts ›okay‹ ist, wartet die Antwort der jungen Schutzpolizistin, die die Küche betreten hat, aber nicht ab, sondern geht entschlossen an ihr vorbei aus dem Raum. Die beiden Männer haben den Flur inzwischen verlassen.

Niemand hält sie auf.

Die meisten Polizeibeamten scheinen sich in dem Wohnzimmer versammelt zu haben, von dem auch die Balkons abgehen. Claire orientiert sich in die andere Richtung, weg von den Beamten, tiefer hinein in die hinteren Räume des Apartments.

Die Wohnung ist vollkommen renoviert. Von dem Plattenbau-Charme des Stockwerks darunter ist hier nichts mehr zu spüren. Durch die Fenster hat man einen großartigen Ausblick auf die Leipziger Straße und das rechtwinklige Stadtmosaik, das sich dahinter zusammenschiebt. Die Wände der Wohnung sind in leuchtenden Farben gehalten: Grellgrün, Gelb und Orange – Signalfarben, die eher an ein knallbuntes Sortiment an Plastikgeräten erinnern als an Mauerwerk und Putz. Vor allem aber sind fast alle Trennwände herausgebrochen und sämtliche Wohnungen des Stockwerks zu einem einzigen, großzügigen Loft zusammengelegt worden.

In einer Ecke fallen Claire gut dreißig Champagnerflaschen auf, auf den eleganten Cupboards und Tischen sind Reste von Sushi und Knabberzeug verstreut. Eine Musikanlage scheint quer durch alle Räume verlegt worden zu sein, und in einem Zimmer liegen winzige Unterhöschen in Rot und Silber auf dem Boden. Offenbar haben die Mieter eine ausgelassene Party gefeiert.

Claires Apparat klickt. Hinter einer Tür hat sie ein Bad entdeckt, das vollkommen mit spiegelnden Kacheln ausgekleidet ist. Die Reflexionen zersprengen den Eindruck des Badezimmers in unzählige Partikel. Claire verändert den Winkel der Kamera – und hört Schritte hinter sich.

Ohne sich umzudrehen, tritt sie in das Bad, schließt die Tür hinter sich und dreht den Riegel herum. Regungslos verharrt sie hinter der Tür und lauscht den Schritten, die an ihr vorbeigehen.

Ihr Blick schweift durch den Raum. Ein Luxusbad mit zwei Waschbecken, einer achteckigen Wanne und einer Dusche, bei der das Wasser aus vierzig Düsen gleichzeitig spritzen zu können scheint. Auf den Glasträgern unter den beiden großen Spiegeln drängen sich Flaschen und Fläschchen in allen Größen und Formen, als hätten zwanzig Partygirls gleichzeitig ihre Utensilien dort aufgereiht.

Claire zieht die Kamera vors Auge und löst aus. Durch das Fenster hindurch ist der nächste Wohnturm auf der Leipziger Straße zu sehen. Sie ruft das Bild aufs Display. Der Kontrast zwischen dem High-Tech-Luxus des Bads und dem minimalen Design des Plattenbaus vor dem Fenster …

Sie stutzt. Was ist das? Auf dem Bild ist ein dünnes, flaches, schwarzes Gerät zu erkennen, das auf den Handtüchern in einem Bastregal neben dem Fenster liegt. Claire hebt den Blick, schaut zu dem Regal und macht einen Schritt darauf zu. Das Display des Handys zeigt nach oben. Ohne es zu berühren, sieht Claire sich das Gerät näher an. Behutsam betätigt sie den Knopf, der den Bildschirmschoner wegschaltet.

Auf dem kleinen Monitor kommt ein virtueller Sucher zum Vorschein. Mit der Spitze ihres Zeigefingernagels berührt Claire den Bildschirm.

Das Gerät ist auf stumm geschaltet. Die Bilder ziehen sich über den ganzen Monitor.

Es ist die Wohnung. Aber sie ist nicht voller Beamter, und es ist auch nicht Tag. Stattdessen zeigt der Clip die Wohnung auf dem Höhepunkt der Party …

Das geschminkte Lachen eines Mädchens. Claires Mundwinkel zuckt. Das Gesicht kennt sie: Es ist eines der Glamour-Girls, die sie auf dem Hausflur gesehen hat. Die Augen der jungen Frau leuchten auf – dann drücken sich ihre rot nachgezogenen Lippen auf die Linse. Im nächsten Moment reißt sie das Gerät demjenigen, der es eben noch gehalten hat, aus der Hand. Das Bild zappelt. Springt durch den Flur. Hinein ins Wohnzimmer.

Es müssen dreißig, vielleicht sechzig Gäste gewesen sein. Und keiner unter ihnen, der nicht getanzt hat.

Das Objektiv schwenkt über die Leute hinweg. Claire sieht, wie im Hintergrund jemand auf einen Tisch steigt. Die Japanerin! Sie verschränkt die Arme, greift nach dem Saum ihres Tops und streift es in einer geschmeidigen Bewegung über ihren Körper nach oben. Wirft das Kleidungsstück zwischen die Gäste und dreht der Kamera ihren entblößten Rücken zu. Die Menschen haben die Arme hochgereckt, klatschen im Rhythmus einer Musik, die Claire nicht hören kann.

Das Bild schwenkt weg, zu einem Jungen mit kurzem Haar, der vor dem Tisch steht und mit einer Rolle Frischhaltefolie hantiert. Die Japanerin hat den Kopf in den Nacken geworfen, scheint verstanden zu haben, was er will, löst die Hände von ihren wippenden Brüsten. Das Handy zuckt nach unten, kommt wieder hoch, stabilisiert sich. Der Junge hat die Folie von der Rolle gelöst, presst das Ende der Japanerin auf den Leib. Sie winkelt den Arm an, klemmt die Folie darunter fest, beginnt sich zu drehen. Durch das hauchdünne Plastik drückt sich ihre nackte Haut durch. Claire sieht, wie sich Hände aus der Menge nach ihr strecken, Fingerkuppen über die pralle Folie gleiten, um den glatten Leib darunter zu ertasten.

Die Japanerin hat ihre Arme jetzt über dem Kopf, in ihren rasierten Achseln glänzt es. Die Folie hält von selbst und wickelt sich weiter um sie herum. Jemand schiebt seine Hand in den Bund des kurzen Rocks der tanzenden Frau, beginnt, daran zu ziehen. Sie schlängelt sich einmal in den Hüften, der Bund rutscht ein wenig tiefer, legt den oberen Rand ihres Gesäßes frei. Sie dreht sich noch einmal, weitere Hände greifen nach ihrem Rock. Sie tanzt, findet einen gemeinsamen Rhythmus mit den Händen, und bei jeder Umdrehung rutscht ihr Rock ein wenig tiefer – bis er mit einem Ruck ganz von ihr abfällt. Ihre Zunge fährt über ihre Lippen, die schwarzen Augen scheinen zu leuchten, als würde sie spüren, wie sehr sie ihr Publikum mit ihrer Nacktheit im Griff hat.

Da geht ein Ruck durch die Menge.

Köpfe drehen sich um, das Handy schwenkt weg, dann wieder zurück zu der Japanerin. Aber die Geschmeidigkeit ihrer Bewegungen ist abgerissen. Sie hat die Schultern ein wenig hochgezogen, die Arme vor der Brust verschränkt, springt vom Tisch.

Ein zweiter Ruck. Ein verwirrtes Gesicht wischt an der Kamera vorbei, der Blickwinkel fällt auf den Fußboden. Kurz sind die Keramikplatten zu sehen, mit denen er ausgelegt ist – dann das Gesicht des Mädchens, das das Handy in der Hand hat. Es wirkt verstört, beunruhigt, atemlos. Die Schulter einer anderen Frau, die Türöffnung zur Küche, die verwirrten Gesichter von zwei Gästen in Anzügen, die der Kamera durch den Flur entgegenhasten.

Die Tür des Lastenaufzugs steht offen, die Kamera wirbelt herum. Ein Nacken, Haare, die zu einzelnen Spitzen verklebt sind, der massige Rücken eines Mannes – jetzt fährt er herum – die Augen! Das ... wo sind die Pupillen? Es ist ja alles ganz weiß!

Fassungslos blickt Claire auf die Fratze, die auf dem Display zu sehen ist. Bis sie registriert, dass das Bild eingefroren ist. Es ist das Ende der Aufnahme, sie ist stehengeblieben in dem Moment, in dem der Mann den Blick nach oben verdreht, die Pupillen unter die Lider geschoben hat. Deshalb sieht man sie nicht!

Claires Kopf zuckt hoch. *Was?*

»Machen Sie SOFORT die Tür auf«, knattert es, dann ein ohrenbetäubender Knall.

Claire fährt herum, ihr Herz scheint aus ihrem geöffneten Mund springen zu wollen, ihre Hände pressen sich hinter ihrem Rücken auf die eiskalten Spiegelkacheln.

Die Splitter springen ihr bis ins Gesicht – das Schloss bricht heraus. Die Tür fliegt auf und schmettert gegen den Stopper, der im Boden dahinter verankert ist.

Zwei schwarz gekleidete Beamte der Sondereinheit, die Claire schon auf der Straße gesehen hat, drängen herein, die Waffen auf sie gerichtet. Die Augen hinter den Schlitzen der Schutzmasken glasklar und entschlossen.

3

Rückblende: Zwölf Jahre vorher

»Ich weiß nicht, wann es so weit sein wird«, sagte Max zu Till, »aber ich werde nicht zulassen, dass er und seine Leute sich weiter ausbreiten.«

Die letzten zwei Wochen der Sommerferien hatten begonnen. Till hatte sich die Schule bereits angesehen, auf die er gehen würde, er war auch dem Direktor vorgestellt worden. Er wusste, dass er in die siebte Klasse kommen würde, er hatte sich die Schulbücher besorgt, die er brauchen würde, und er hatte sich ausgiebig mit Lisa und auch mit Max über einzelne Lehrer und Schüler unterhalten. Alles war vorbereitet. Aber es kam ihm geradezu unwirklich vor. Denn Till wusste nur zu gut, dass Max den Entschluss, den er ihm gegenüber geäußert hatte, nicht vergessen konnte.

Dabei war die unterschwellige Sorge, dass Bentheim etwas zustoßen könnte, nicht der einzige Grund, weshalb es für Till etwas Beängstigendes hatte, wenn er sich vorstellte, wie Max seit Tagen darüber brütete, auf welche Weise er sich an seinem Vater rächen konnte. Tills Sorge galt natürlich auch Max, der mit Sicherheit sein Leben zerstören würde, wenn er nicht davor zurückschreckte, sein Vorhaben auszuführen.

Es war ein Konflikt, der Till mit jedem Tag heftiger zusetzte. Er wusste, dass er der Einzige war, den Max eingeweiht hatte. Er wusste, dass Max wusste, dass Till Tag und Nacht, nachdem er sich einmal von Max' Entschlossenheit überzeugt hatte, an Max' Vorhaben denken musste. Er wusste, dass der Augenblick, in dem Max zur Tat schreiten würde, täglich näher rückte.

Nachts wachte Till auf und hielt den Atem an. Waren das Schritte? Hatte Max sein Bett verlassen, um sich in das Schlafzimmer der Eltern zu schleichen? Eines Nachmittags, als die Eltern unterwegs waren, um Besorgungen zu machen, überraschte Till ihn dabei, wie er sich die Messer in der Schublade des Küchentischs ansah. Till bekam mit, wie Rebecca Julia erzählte, dass eines der Messer verschwunden sei, und er war dabei, als Julia ihren Sohn fragte, ob er davon etwas wüsste – woraufhin Max, mit einer Miene, deren Abgebrühtheit Till schaudern ließ, erklärte, dass er doch nun wirklich keine Ahnung davon haben könnte, wo jedes einzelne Küchenmesser läge. Morgens, wenn Tills Blick auf das Auto der Bentheims fiel, fragte er sich, ob Max womöglich die Räder gelockert haben könnte. Mittags, wenn Rebecca den Kamin säuberte, überlegte er, ob Max vielleicht plante, das Haus anzustecken. Und abends, wenn der alte Boiler im Bad ansprang und das Gas das Wasser erhitzte, fragte er sich, ob Max daran denken könnte, die Gasleitung zu manipulieren, um seinen Entschluss in die Tat umzusetzen.

Dabei versäumte es Till nicht, ihn zur Rede zu stellen. Er bestürmte Max regelrecht, dass er das doch nicht ernst gemeint haben konnte. Dass es andere Wege geben müsse. Dass er sein Leben doch nicht wegwerfen könne. Er versuchte, mit ihm darüber zu reden, dass man Max' Vater doch eher helfen müsste, wenn wirklich etwas mit ihm nicht in Ordnung war. Dass Max seiner Mutter das nicht antun könne. Dass Lisa und die Kleinen den Vater doch brauchten. Aber Max ließ Tills Argumente an sich abprallen. Er war zwar nicht länger geschwächt, doch schien eine Art Wahnhaftigkeit von ihm Besitz ergriffen zu haben. Als würde der Entschluss, sich gegen seinen Vater zu wenden, seiner Persönlichkeit ein Aufblühen bescheren, von dem sich Till bangen Mutes fragte, was danach kommen mochte.

Max ließ keinen Zweifel daran, dass er felsenfest davon überzeugt war, das Recht zu dem Schritt zu haben, den er sich vorgenommen hatte. Ja, manches Mal hatte Till sogar das Gefühl, als würde es Max geradezu genießen, ihn in seinen Entschluss eingeweiht zu haben. Als wäre sich Max absolut sicher, dass Till ihn nicht verraten würde – und ahnen, welche Qualen es Till bereitete, dieses gefährliche Wissen in sich verschließen zu müssen.

4

»Was hast du denn da?«, fragte Max und nahm Till die Hülle der Videokassette aus der Hand, die Till gerade in den Rekorder geschoben hatte.

Sie saßen in einem Seitenflügelzimmer auf dem Boden vor einem alten Fernseher. Till hatte die Kassette am Vortag in einem der Regale des Zimmers gefunden. Er war eher zufällig auf das Band gestoßen, als er sich durch die Schätze gewühlt hatte, die das Zimmer füllten. Alte Videotapes, Klassiker und Trash-Movies aus den siebziger und achtziger Jahren, Hollywood-Blockbuster aller Genres, Boxen mit Serien in den unterschiedlichsten Formaten, Bänder, die offenbar schon seit Jahren nicht mehr in ihrer Hülle gelegen hatten. Bücher, DVDs, CDs und Comic-Hefte, eine ganze Wand voller Bilderbücher, aber auch unzählige Taschenbuchromane, aufwendige Hochglanzfolianten, diverse Kataloge, ja, Till war sogar auf Hunderte von Programmheften von Theater- und Opernhäusern aus aller Welt gestoßen.

»*Puppet Masters*«, sagte er leichthin. »Hast du den schon mal gesehen?«

Max schüttelte den Kopf und warf die Hülle zurück auf den Boden. »Lass ma' laufen.« Er nickte Till zu, der auf die Rewind-Taste gedrückt hatte, um den Film an den Anfang zu spulen.

Till betätigte die Stopptaste. Mit einem hörbaren *Klack* blieb das Band stehen. Er drückte *Play*. Erst schlingerte das Bild, dann stabilisierte es sich. Die Zeilen liefen noch eine Weile verzerrt über den Fernseher hinweg, aber man konnte schon erkennen, dass sich zwei Männer in einem Raum über eine Kiste gebeugt hatten, in der ein paar dunkelgrüne Kugeln in einem Haufen aus Stroh lagen.

Max schob die Augenbrauen zusammen. »Was soll das?«

Till zog es vor, nichts zu antworten. Er wollte sehen, wie Max die Sache aufnahm. Er wusste, dass es nicht ungefährlich war, ihn mit dem Film zu konfrontieren, aber Till waren die Ideen ausgegangen, wie er sonst noch versuchen könnte, Max zur Vernunft zu bringen.

»Was … Uuaaaah!« Max kniete noch immer vor dem Bildschirm, hatte jetzt aber den Oberkörper aufgerichtet. Einer der beiden Männer hatte eine Kugel aus der Kiste genommen und hielt sie in der Hand, während sie sich wie die Blüte einer fleischfressenden Pflanze öffnete und eine Art Tentakel daraus hervordrang.

Till kniff die Augen zusammen. Fast mehr als das Bild beeindruckte ihn die Tonspur des Films, auf der ein feines Knistern zu hören war, als würde eine Spinne über einen Spiegel laufen – oder vielmehr nicht nur eine, sondern eher dreihundert Spinnen – und als wäre man selbst nicht um ein Vielfaches *größer* als die Spinnen, sondern im Gegenteil *kleiner,* als würden die haarigen Beine der Tiere wie Wolkenkratzer über einem aufragen.

»Aahh!«, entfuhr es Max, und Till drückte auf die Pausentaste. Das Bild fror ein. Der Tentakel, der sich aus der Kugel herausbewegt hatte, war dem einen Mann unter das Hemd gefahren und am oberen Kragen wieder zum Vorschein gekommen. Als wäre er von einer Wespe gestochen worden, hatte der Mann versucht, den Fühler von seinem Rücken zu verscheuchen, jedoch nicht verhindern können, dass die empfindliche, weiche und zugleich doch feste Spitze des blinden Glieds in sein Fleisch eingedrungen war wie in ein Stück Butter. Vom zuckenden Gesicht des angefallenen Mannes hatte das

Bild auf eine Großaufnahme umgeschaltet, auf der man den Fühler sehen konnte, der sich genau in sein Genick bohrte – mit einer Gier und Nachdrücklichkeit, dass man beim Zuschauen fast meinte, wahrnehmen zu können, wie der Tentakel sich daran ergötzte, sein Opfer zu durchbohren.

»Was ist das?«, stieß Max hervor und sah zu Till.

»Einer von diesen Alien-Filmen«, antwortete Till. »Ich hab ihn gestern im Regal hier gefunden.«

Max nickte, seine Augen wanderten wie magisch angezogen zurück zum Bildschirm, auf dem die eingefrorene Großaufnahme des Fühlers zu sehen war, der in dem Rücken des Mannes steckte. Feucht und schwarz schimmerten die feinen Härchen des Tentakels.

»Und warum soll ich mir das ansehen?«

Till drückte erneut die Play-Taste. »Warum nicht?«

Mit schlürfendem Sound glitt der Fühler noch etwas tiefer in den Halswirbel des Mannes, man konnte förmlich hören, wie er sich hinauf bis in die Schädelhöhle voranschob. Plötzlich drückte der Mann, der längst aufgehört hatte, sich gegen das schlangenartige Wesen zu wehren, seinen Rücken durch und spannte alle Muskeln auf einmal an. Die Kamera fuhr um ihn herum. Sein Gesicht hatte sich vollkommen entspannt. Sein Körper wirkte, als würde er nicht länger von seinen Beinen getragen werden, sondern vielmehr von dem Wesen, das in ihn gefahren war. Seine Pupillen sahen geradeaus, mit einer fast verträumten Bewegung griff er nach seiner Brille und nahm sie ab.

Max wandte die Augen nicht vom Bildschirm. »Er kann jetzt besser sehen oder was? Weil das Vieh in ihn gefahren ist!«

Till nickte. Gleichzeitig kam der zweite Mann ins Bild, dessen Rücken jetzt ganz entblößt war und in dem ebenfalls eines dieser Tentakel-Wesen wie ein überdimensionaler Skorpion steckte. Schnitt auf den Hals des Mannes, wo sich aus dem glänzenden Tentakel der Kreatur noch feingliedrigere Fühlerchen herausschoben und – einer Hand gleich – ebensolchen Fühlerchen entgegenreckten, die ihnen aus dem Tentakel des anderen Mannes zuwuchsen.

In dem Moment, in dem sich die zarten Glieder erreichten, sprang das Bild zurück. Die Musik wurde zu einem tiefen Röhren, das Till bis in sein Zwerchfell hinein spürte. Die beiden Männer, die sich vor wenigen Sekunden noch arglos über die Kiste gebeugt hatten, standen jetzt Rücken an Rücken und wirkten wie versunken in die Berührung der Wesen, die aus ihnen herausragten.

Till stoppte das Bild erneut. Wie ferngesteuert wandte sich Max zu ihm um.

»Das also ist mit deinem Vater passiert, ja Max?« Till sah seinen Freund mit hochgezogenen Augenbrauen an. »Sie haben sich ihm glatt ins Genick gebohrt und steuern ihn jetzt wie eine Marionette?«

Max sackte in sich zusammen, kam auf den Boden zu sitzen. »Ist eher plump, hm?«, antwortete er, ohne aufzublicken.

Till wartete ab.

»Man kann es sich so vorstellen wie in dem Film hier oder auf zig andere Arten. Mit einem Krakenarm, durch einen Virus ...« Er warf Till einen Blick zu. »Manchmal wird der Alien dadurch übertragen, dass die Infizierten sich übergeben müssen – wenn man nicht aufpasst und einen Tropfen davon in den Mund bekommt.« Er verzog das Gesicht. »Wie bei einer Grippe, wenn einer niest. Im *Angriff der Körperfresser* werden die Menschen nicht infiziert, sondern aus einer Art Kohlkopf neu erschaffen. Da gibt es unzählige Varianten.«

»Und du meinst, dass das jetzt auch in Wirklichkeit passiert ist.« Je länger Till darüber nachdachte, desto weniger war ihm begreiflich, wie Max allen Ernstes so etwas denken konnte.

»Ich habe es doch selbst erlebt«, hörte er Max murmeln.

»Was hast du erlebt?«

»Wie sie versucht haben, mich zu befallen.«

Einen Moment lang war es ruhig. Plötzlich setzte der Film wieder ein – doch Till drückte sofort die Stopptaste.

»Wann?« Ein ungutes Gefühl hatte ihn ergriffen.

»Neulich, nachts«, antwortete Max. »Es war eine Mischung aus Traum und Wachsein. Ich lag im Bett. Erst war es nur ein Geräusch.« Er dachte kurz nach. »Gar nicht mal so unähnlich dem Geräusch, das in dem Film gerade zu hören war.«

»Und dann?«

»Es war merkwürdig ... Erst dachte ich, ich würde nur nicht einschlafen können. Neulich, als es so heiß war. Ich war völlig verschwitzt. Dann dachte ich, ich würde schon schlafen, musste mir aber im nächsten Moment sagen, dass ich doch unmöglich zugleich *denken* konnte, dass ich schlafe, und *wirklich* schlafen. Als ich daraufhin aufgeschreckt bin, hab ich es gesehen.«

»Was hast du gesehen?« Ungeduldig hatte Till die Fernbedienung auf den Boden geworfen und sich ganz Max zugewandt. »Warum hast du mir nichts davon erzählt?«

»Ich dachte mir schon, dass du mir nicht glauben würdest –«

»Wer sagt, dass ich dir nicht glaube?«

»Ist es nicht so?«, fuhr ihn Max heftig an. »Es waren keine haarigen Fühler wie in dem Film hier, es waren eher Nacktschnecken … und nicht nur eine davon, sondern zwanzig oder dreißig, und sie schienen überall in meinem Bett zu sein. Auf dem Laken, darunter, in der Decke, im Kopfkissen. Als ich hochschreckte, krochen sie auf meinem Bauch, ich hatte sie in den Haaren, unter den Achseln, eine hatte die Fühler schon in mein Ohr gesteckt, sie hatte sich dort richtig festgesaugt! Als ich sie herausriss, piekste es, verstehst du?« Seine Stimme war schrill geworden. »Ich hab dich nicht geweckt, weil ich wusste, du würdest sagen, dass es doch einfach nur Schnecken sind, aber so viele*?* Till, warum waren es auf einmal so viele, warum waren sie in mein Bett gekrochen?« Er starrte Till an.

Tills Herz raste. Was war mit Max los? Hatte er den Verstand verloren?

»Ich bin aus dem Bett aufgesprungen, und weißt du, was sie getan haben? Sie haben in ihrem Krauchen innegehalten, haben ihre Fühler ein- und ausgerollt, aber sind nicht weiter herumgekrochen – sondern dort geblieben, wo sie waren. Um ein Haar hätte ich aufgeschrien, aber ich habe es unterdrückt und wollte nur so schnell wie möglich raus aus meinem Zimmer.« Max hatte die Finger seiner beiden Hände ineinandergeknotet. »Doch dann sah ich, dass die Schnecken, oder was auch immer das für Viecher waren, dass sie ihre Fühler in meine Richtung zu strecken begannen. Und sie wanden ihre kleinen Körper, verstehst du? Wenn ich nach links ging, dann dauerte es vielleicht ein paar Sekunden, dann hatten sie mich geortet und streckten ihre Fühler in meine Richtung. Ging ich nach rechts, das Gleiche. Also bin ich stehen geblieben und habe gewartet. Richtig schnell krochen sie auf mich zu. Sie fielen zum Teil vom Laken auf den Boden, krochen dort weiter, bis zu meinen Füßen. Hast du mal erlebt, wie es sich anfühlt, wenn eine Schnecke über einen hinwegkriecht? Dabei hatten sie die Fühler noch immer nach vorn gestreckt – und als die ersten über meine Knie krochen, waren meine Füße von denen, die nachkamen, schon vollkommen bedeckt!«

Fassungslos sah Till ihn an. »Und dann?«, brachte er schließlich hervor.

Die Anspannung, die Max' Körper förmlich gestreckt zu haben schien, fiel von ihm ab. Im gleichen Moment flog sein Arm durch die Luft, und seine Faust traf Till an der Schulter.

»Nix, Mann!« Max lachte. »Was soll schon sein. Dann kam die Riesenschnecke und hat mich mit Haut und Haaren aufgegessen. *Aufgelutscht!* Aber weil ich ihr nicht geschmeckt habe, hat sie mich wieder ausgespuckt. Sonst würde ich ja jetzt nicht hier sitzen, stimmt's?«

Till fühlte, wie sich sein Zwerchfell zusammenzog. Es war alles Quatsch gewesen! Er ließ sich auf den Rücken fallen, keuchte und verschränkte die Arme über der Brust. »Ich dachte schon, du bist endgültig übergeschnappt!«

»AAHHH!«, grölte Max und fuhr Till mit der Hand ans Genick. Von Ekel gepackt sprang Till auf, zugleich aber musste er auch lachen – erst recht, als er sah, wie Max sich darüber freute, dass er so empfindlich reagiert hatte.

Ich hab schon gedacht, ich hab ihn verloren, fuhr es Till durch den Kopf, *dabei weiß Max genau, was er sagt ...*

Im gleichen Moment sah er, wie Max sich beruhigte, die Beine anzog und im Schneidersitz überkreuzte. Schlagartig war sein Lachen verflogen, und er starrte ernst vor sich hin, als hätte jemand einen Schalter umgelegt.

Schnell kam Till seine eigene Ausgelassenheit wie eine Jacke vor, die zu eng geworden war. Er hörte sich noch zu Ende lachen, in seinem Inneren aber war es schon wieder kalt geworden, dunkel und hart.

»Ich will nicht den gleichen Fehler machen wie du, Till«, hörte er ihn sagen, während Max den Kopf gesenkt hielt. »Die Sachen, die wir in dem Keller gefunden haben, die Papageien, sein Verhalten? Ihm sitzt kein Skorpion im Nacken, aber er ist nicht mehr er selbst. Vielleicht kannst du es einfach nicht verstehen, das ändert aber nichts daran, dass es so ist.«

Betroffen hockte sich Till neben Max, der mit beiden Händen seine Knöchel umfasst hatte.

»Ich will nicht den gleichen Fehler machen wie du, Till«, sagte er noch einmal, und jetzt trafen sich ihre Blicke. »Du hast bei deinem Bruder einfach abgewartet – bis es zu spät war. Das wird mir nicht passieren.«

»Was ... was meinst du«, stammelte Till verwirrt.

»In Brakenfelde?« Max blitzte ihn an. »Du wusstest doch, dass es deinem Bruder nicht gutging. Und was hast du gemacht? Gar nichts. Bis er sich erhängt hat. Ich will nicht warten, bis es zu spät ist.«

5

Heute

Butz hat die Füße auf dem Schreibtisch. Über seine Schuhspitzen hinweg sieht er die neue Kollegin in das geräumige Büro in der Keithstraße kommen, das er sich tagsüber mit vier anderen Hauptkommissaren teilt.

Sie wirft ihm einen verschmitzten Blick zu, ihre kurz geschnittenen, blonden Haare wippen.

»Ja?« Butz presst den schnurlosen Telefonhörer dichter an sein Ohr. »Nein, FEHRENBERG, F-e-h-r-«

Er lauscht in den Hörer, bemüht sich darum, das gebrochene Deutsch des Rezeptionisten am anderen Ende der Leitung zu verstehen.

Er hat schon den ganzen Vormittag versucht, Fehrenberg zu erreichen, den Kollegen, der sich als Erster um den Mordfall Nadja gekümmert hat – um das tote Mädchen auf dem Parkplatz. Aber Fehrenbergs Handy ist ausgeschaltet. Also hat Butz die Kollegen der Personalabteilung gebeten, herauszubekommen, wohin Fehrenberg in seinem Urlaub verreist ist. Aber auch das ist nicht einfach gewesen. Erst war die zuständige Kollegin nicht am Platz, dann hat sich herausgestellt, dass Fehrenberg keine Hoteladresse hinterlassen hat, schließlich kam heraus, dass er wenigstens eine Notfallnummer hinterlegt hat, über die man ihn erreichen kann: die Nummer seiner Mutter. Butz hat mit ihr gesprochen, und sie hat ihm gesagt, dass ihr Sohn auf die Kanaren geflogen ist. Sie konnte ihm auch den Namen eines Hotels geben, den ihr Sohn ihr gegenüber erwähnt hat.

»Oh ... *yes* ... *all right* ... *Thank you.*« Butz lässt den Hörer sinken.

Fehlanzeige! In dem Hotel, das die Mutter ihm genannt hat, haben sie den Namen Fehrenberg noch nie gehört. Ärgerlich tippt er eine neue Nummer in die Tasten. Die Nummer von Fehrenbergs Mutter.

Tuuut.

Butz lässt die Füße vom Schreibtisch herunterplumpsen und setzt sich in seinem Stuhl zurecht.

Tuuut.

Seine Gedanken gehen weiter. Sicher ... er kann die Mutter jetzt noch mal löchern. Aber sie weiß bestimmt nicht plötzlich noch ein anderes Hotel ...

Tuuut.

Und warum nicht? Weil sie bereits vorhin etwas gesagt hat, das Butz überrascht hat. Er erinnert sich noch ganz genau: *Ich fahr mit meiner Freundin und dem Kind* – das waren Fehrenbergs Worte zu Butz vor dem Urlaub gewesen. Aber Fehrenbergs Mutter hat Butz eben etwas anderes gesagt. Nämlich dass ihr Sohn *keineswegs* mit seiner Familie verreist sei – sondern allein!

Tuuut.

Butz hat nachgefragt, und die Mutter hat ihm berichtet, dass ihr Sohn sich von seiner Freundin getrennt hat, knapp eine Woche vor seiner Abreise.

Als es erneut klingelt, ohne dass jemand abnimmt, wirft Butz den Hörer zurück auf den Schreibtisch.

Scheiße.

Über drei Wochen lang hat Fehrenberg Zeit gehabt, um im Fall der Toten vom Parkplatz zu ermitteln. Was hat er in dieser Zeit zusammengetragen? Butz braucht die Informationen, jedes Gespräch – jedes Detail! Und jetzt kommt er nicht an ihn heran!

Unwillkürlich wandert sein Blick durch das Großraumbüro. An der Blonden vorbei, die bei einem Kollegen stehen geblieben ist, zu einem Schreibtisch hinten in der Ecke. Wie lange arbeiten sie jetzt schon hier zusammen? Sechs Jahre? Acht?

Butz sieht ihn geradezu vor sich, den massigen Leib über die Tischplatte gebeugt, den Telefonhörer in der riesigen Pranke, den Blick über die Topfpflanzen hinweg auf die Keithstraße gerichtet: Volker Fehrenberg.

Butz steht auf.

Macht einen Schritt auf den Kollegen und die Blonde zu, knickt in der Hüfte ein, wippt, ein zweiter Schritt ...

»Ich wollt unten noch was essen gehen.« Er grinst, dass man die Zähne sehen kann, schaut dabei nur die Neue an. »Lust mitzukommen?«

»Jo«, hört er den Kollegen seufzen, »warum nicht.«

Die Blonde spitzt die Lippen. »Jetzt noch?«

»Ist schon okay«, beschwichtigt der Kollege sie und steht bereits auf.

»Also los.« Butz legt seinem Kollegen eine Hand auf die Schulter und geht gemeinsam mit ihm Richtung Tür. Der Mann hat vielleicht nicht die höchste Aufklärungsrate, ist aber in Ordnung und macht keinen Stress.

Die Blonde ist hinter ihnen.

»Was wollen wir ihr zeigen?« Butz grinst seinen Kollegen an. »Türkisch, libanesisch, thailändisch, chinesisch ...«

Feixend treten sie auf den Flur. Im gleichen Moment klingelt Butz' Festnetztelefon. Er zieht die Hand aus der Seitentasche seines Jacketts.

»Ups.«

Legt den Kopf auf die Seite und bleibt stehen. »Geht ihr schon mal vor?«

Sein Kollege schnalzt und nickt, die Blonde wirkt weniger freudig überrascht. Aber Butz hat sich schon abgewandt, eilt zurück zu seinem Schreibtisch und nimmt ab.

»Butz.«

Ein durchgehender Wählton dringt aus dem Hörer.

Wie beiläufig sieht er zur Tür. Die beiden sind den Gang hinunter verschwunden. Er ist ganz allein im Büro.

Butz legt den Hörer zurück in die Basisstation. Damit sein Festnetzanschluss klingelt, braucht er nur zwei Tasten auf seinem Handy zu drücken – dafür muss er es nicht einmal aus der Tasche ziehen ...

Butz dreht sich um.

Fehrenbergs Schreibtisch.

Mit zwei Schritten steht er davor.

Holzimitat, Rollcontainer, Telefonanlage, Computer. Ein paar Post-it-Aufkleber, Telefonnummern auf der Papierunterlage, Kritzeleien auf dem Kalender.

Mit einem Griff hat Butz die oberste Schublade des Rollcontainers auf.

Leer.

Er zerrt an der nächsten Schublade. Abgeschlossen.

Wuchtet den Rollcontainer unter dem Schreibtisch hervor. Stellt ihn senkrecht. Kein Rascheln, kein Klappern, kein Poltern – nichts. Nur die bereits aufgezogene Schublade rutscht wieder heraus.

Das ganze Ding ist ausgeräumt!

Butz schiebt den Rollcontainer zurück unter den Tisch und drückt den Einschaltknopf am Computer. Die Lüftung springt an. Zugleich zieht Butz an der Schublade, die unter der Schreibtischplatte angebracht ist.

Stifte. Blätter. Ein paar Formulare. Aber keine einzige Notiz von Fehrenberg.

Es piept.

Der Computer ist hochgefahren. Butz knipst den Monitor an.

Arbeitsplatz.

Eigene Dateien dürfen sie nicht anlegen – alles muss im Netzwerk abgespeichert werden, die Richtlinie gibt es bereits seit gut zehn Jahren. Aber Fehrenbergs Netzwerk-Ordner ist komplett leergeräumt! Und auf der lokalen Festplatte ist auch nichts gespeichert.

Fieberhaft klickt Butz sich durch die Verzeichnisse.

Im Kalender keine Termine.

Adressen im Mailprogramm? Nicht eine einzige.

Papierkorb? Geleert.

BRRRRRIIIIING!

Es ist, als würde Butz' Blut in seinen Adern aufgeschäumt werden.

Sein Festnetz.

Er kommt hinter dem Schreibtisch hervor, hastet zu seinem Telefon.

»Butz!«

»Sie haben mich noch mal angerufen?«

Fehrenbergs Mutter. Sie hat seine Nummer wahrscheinlich auf ihrem Display gesehen.

»Ja, gut, dass Sie sich melden, es geht noch mal um Ihren Sohn. Ich habe das Hotel angerufen, das Sie mir genannt haben, aber dort ist er nicht.«

Es rauscht in der Leitung.

»Wie?« Butz hört, wie ihre Stimme wankt. »Wie, dort ist er nicht?« Und bevor er etwas sagen kann: »Was soll das denn heißen – wo ist er denn dann – er kann doch nicht ... er kann doch nicht weg sein«, jetzt zittert ihre Stimme.

Sein ganzer verdammter Computer ist leer, rast es Butz durch den Kopf.

Aber noch ein anderer Gedanke nimmt ihn so in Anspruch, dass er es ganz versäumt, der Frau etwas zu antworten: Wie kann es sein, dass niemand etwas bemerkt hat? Dass niemandem etwas aufgefallen ist, als Fehrenberg alles gelöscht hat?

»Was denn, immer noch am Telefon?«

Butz' Blick schnellt zur Tür: sein Kollege, der mit der Blonden eigentlich schon im Imbiss sein sollte.

»Ich denk, du kommst gleich, Konstantin?«

Wieso ist der denn noch immer hier oben und nicht mit Blondie schäkern?, schießt es Butz durch den Kopf. Hast du gewusst, was mit Fehrenberg los ist, will er ihm zurufen ...

»Hallo? Sind Sie noch dran?«, hört er die Mutter ins Telefon wispern ...

Butz' Blick trifft den des Kollegen in der Tür. Der grinst. »Was denn los? Kommst du jetzt oder nicht?« Aber Butz hat das Gefühl, als würde das Grinsen des anderen kalt sein wie ein Fisch.

Fehrenberg – *und wer noch?*

Das ist es, was Butz plötzlich denken muss, als er das Fischgrinsen seines Kollegen sieht.

Wer steckt noch mit drin?

Und mit einem Mal ist es, als wäre die Temperatur im Büro um fünfzehn Grad gefallen.

6

Rückblende: Zwölf Jahre vorher

Julia warf einen Blick auf die Uhr. Zehn vor drei. In zehn Minuten musste sie hier wieder raus sein. Xaver war zu Felix in die Stadt gefahren, aber er hatte gesagt, dass er ab drei wieder in seinem Arbeitszimmer wäre. Und sie wusste, dass er sich an seine Ankündigungen hielt.

Julias Blick schweifte durch den Raum und fiel auf eine Reihe von gleich großen, weißen Kartons, die die Fächer eines Regals an der Wand füllten. Sie trat an einen der Kartons und zog ihn ein Stück weit heraus. Er war bis oben hin voll mit betippten DIN-A4-Blättern.

Sie hatte das noch nie gemacht, in Xavers Arbeitszimmer herumschnüffeln. Und doch ging sie jetzt seine Sachen durch. Max dünn und blass im Krankenhausbett liegen zu sehen hatte Julia zu diesem Entschluss gebracht. Sie wurde das Gefühl nicht los, dass die schwere Krise ihres Jungen etwas mit Xaver zu tun haben könnte.

Julia stellte den Karton zurück ins Regal und zog den daneben stehenden hervor. Ihr Blick fiel auf die Fußzeile des obersten Blatts.

»Xaver Bentheim – *Berlin Gothic* – Thriller«.

Berlin Gothic ...

Den Titel hatte sie von ihm bisher noch nie gehört. Es musste das Manuskript sein, an dem er gerade arbeitete. Auf dem obersten Blatt stand fett gedruckt und mittig die Zahl 367. Aber es war nicht die Seitenzahl. Es war die Kapitelnummer. Kapitel 367?

Julia schob den Karton zurück ins Regal und trat einen Schritt nach hinten, um sich einen besseren Überblick zu verschaffen. Das Regal bestand aus vier einzelnen, recht schmalen Elementen, die über jeweils sechs Fächer verfügten. Und in jedem Fach standen drei Kartons nebeneinander.

Julia überschlug es im Kopf. Vier mal sechs mal drei. 72.

In dem Karton, den sie zuerst angeschaut hatte, hatte die Zahl 309 in der Mitte gestanden. Ungefähr 60 Kapitel pro Karton ... 60 mal 72 ... das machte ... 4320.

4320 Kapitel?

Was in aller Welt ...

Sie trat an den letzten Karton in der untersten Reihe und hob den Deckel hoch. Auch diese Pappschachtel war bis oben hin mit Blättern gefüllt. Julia hob das oberste Blatt hoch, um das darunterliegende anzusehen. Doch auch das zweite Blatt war wie das erste – komplett mit *Zahlen* bedeckt!

Sie ließ die übrigen Seiten, die sich in dem Karton befanden, durch die Finger gleiten. Überall das gleiche Schriftbild: dreißig Zeilen pro Blatt voller Ziffern. Ohne Leerzeichen, ohne Absatz, ohne Einrückungen. Seite pro Seite saubere Blöcke aus Ziffern von eins bis neun.

Xaver schrieb *Zahlen?* Julia fühlte, wie ihre Hände feucht wurden. Es ist ein Code, versuchte sie sich einzureden, natürlich! Er hat das nicht so getippt. Er hat Sätze geschrieben, wie sonst auch, nur sind die einzelnen Buchstaben in diesen Code übersetzt! War es um so einen Code nicht auch in der Geschichte von dem Jungen gegangen, die Xaver Max und Till neulich vorgelesen hatte?

Julia starrte auf den Zahlenblock. Auch das Leerzeichen musste eine Ziffer sein, deshalb konnte man auf der Seite keine einzelnen Wörter unterscheiden. Ebenso jedes Satzzeichen und der Absatz. So ergab sich auf ganz natürlichem Weg das blockartige Schriftbild …

Aber wieso? Wieso ein Code? Weil er fürchtet, jemand könnte seinen Text lesen und die Ideen entwenden? Eine andere Erklärung fiel Julia nicht ein.

Nur … war eine derartig übersteigerte Vorsicht nicht selbst schon merkwürdig?

Nein! Fast zuckte sie unter dem scharfen Ton zusammen, mit dem sie sich selbst zurechtwies. Es war *nicht* merkwürdig! Im Gegenteil, es war klug von ihm!

Julia warf einen Blick auf die Uhr. Vier Minuten vor drei. Hastig zog sie den Schreibtischstuhl an das Regal, stieg darauf, riss den ersten Karton links oben hervor und schob den Deckel zurück.

Unter den Titelblättern: eine fette Eins in der Mitte der Seite. Erstes Kapitel. Und unter der Kapitelnummer? Wörter! Keine Zahlen! Der Karton flog zurück, sie streckte sich, angelte den letzten Karton aus dem ersten Fach.

Ihre Augen glitten über den Text. Die Beschreibung einer Kleinstadt, ein idyllischer Sonntagmorgen … Sonnenschein, ein Frühlingstag … Xaver hatte sich große Mühe gegeben und offenbar lange an jedem einzelnen Satz gefeilt. Fast hatte Julia den Eindruck, als hätte er versucht, mit dem Klang der Sätze das Summen der Insekten nachzubilden, das sich unwillkürlich in ihren Kopf geschlichen zu haben schien, als sie sich in seine Beschreibung des Ortes vertiefte. Eine Beschreibung, in der liebevoll verschiedene Details herausgearbeitet waren, die an bestimmte Einzelheiten gleichsam heranzoomte, an die Häuser, die Autos, die Gräser, die in den Ritzen zwischen den Pflastersteinen wuchsen …

Ungeduldig blätterte Julia weiter. Offenbar spielte die Geschichte in den fünfziger Jahren des letzten Jahrhunderts ... Ihr Auge blieb an einem Wort hängen.

Tesko.

»Tesko?«

Julia las den Satz, in dem Xaver das Wort verwendet hatte, noch einmal: »Der heftige Regenschauer hatte den Staub aus der Luft gespült, das Pflaster gekühlt, die Pflanzen erfrischt. Jetzt brannte die Sonne auf die Erde, und man konnte förmlich dabei zusehen, wie sich der Tesko wieder verflüchtigte.«

Er hat sich vertippt! Unwirsch drückte Julia den Deckel zurück auf den Karton, stieß ihn in das Regal und riss die darunterstehende Kiste heraus.

Kapitel 248.

Ihre Augen wanderten über die Seite.

»Grabieren«.

Schon wieder vertippt?

»Hölker« – stand ein paar Zeilen darunter.

Julias Blick begann zu hüpfen.

»Fatz«.

»Bleuber«.

»Frantisch«.

»Hasselgert«. »Muniv«. »Klarkson«.

Der Code! Es ist der Anfang des Codes ... aus dem später die Zahlenreihen geworden sind!

Sie merkte, wie sich ihre Lippen bewegten, während sie die seltsamen Worte las. Wie von den merkwürdigen Buchstabengebilden geradezu ein Nebel aufzusteigen und ihr Denken zu verkleben schien.

»Wrotiker brofte drauk, dak ige sano kilie mebrachte haulik, afro makrechte oli treuber kamt.« Ein Satz, der ihr entgegensprang, als sie die letzten Seiten in dem Karton aufschlug.

Angewidert schob sie die Kiste zurück und sprang vom Stuhl. Zog eine Schachtel aus der Mitte des Regals.

Kapitel 2035.

Bereits auf dem obersten Blatt sah sie es. Die Zahlen. Kein vollständiger Ziffernblock wie auf den Seiten in den unteren Kartons. Und doch wirkte es bereits, als hätten die Zahlen die Worte fast wie eine Krankheit befallen.

»Weo4«. »zu8der«. »7pter«.

Konnte das wirklich ein Geheimcode sein? Oder hatte sich Xaver womöglich eine ganz eigene Sprache ausgedacht? Vielleicht weil er zu der Auffassung gelangt war, dass er nur in einer Sprache, die er eigens dafür geschaffen hatte, die Dinge ausdrücken konnte, die ihm wichtig waren?

Julias Blick fiel erneut auf die Uhr. Fünf nach drei. Es war höchste Zeit, dass sie hier verschwand. Nur noch kurz in den Keller schauen, wo Max angeblich die Frau gesehen hatte ...

7

»Herr Bentheim?«

Sie hatten nie darüber gesprochen, wie er ihn anreden sollte – aber ›Herr Bentheim‹ war Till noch immer am liebsten.

Er stand von dem Liegestuhl auf, auf dem er im Garten gewartet hatte, und ging Max' Vater ein paar Schritte über den Rasen entgegen. »Kann ich kurz mit Ihnen sprechen?« Vielleicht war der Moment gerade ungünstig, aber Till hatte das Gefühl, nicht länger warten zu können – nicht länger mit sich herumschleppen zu können, was er von Max wusste, ohne etwas zu unternehmen.

Bentheim sah etwas verwundert auf und blieb vor ihm stehen. »Was gibt's denn?« Es war kurz nach drei, und er kam gerade aus der Stadt.

»Es ... es ist ein bisschen schwierig ...«, fing Till an, denn das war es wirklich.

»Ewig Zeit habe ich aber nicht«, murmelte Bentheim und lächelte.

»Ich habe gedacht, dass ich vielleicht gar nicht mit Ihnen darüber reden sollte«, holte Till aus, »aber dann ... ich muss andauernd daran denken.« Er blickte geradeaus in Bentheims Gesicht und hoffte, eine Ermunterung daraus ablesen zu können. Aber Bentheim sah ihn nur aufmerksam an.

»Neulich, als ich mit Max im Keller des Gartenhauses war ...«

Till sah, wie sich Bentheims Pupillen ein wenig weiteten.

»... also, Sie müssen entschuldigen ...«, Till ruderte etwas hilflos mit den Armen. »Wenn bei uns im Heim damals so was passiert wäre, also dass jemand plötzlich im Keller auftaucht, hätten wir nicht eher Ruhe gegeben, als bis wir gewusst hätten, wo genau derjenige hergekommen ist.«

Bentheim hatte die Hände in seine Hosentaschen versenkt und sah auf Till herab, noch immer ohne ein Wort zu sagen.

»Ich konnte einfach nicht anders, als in dem Raum nachzusehen, aus dem die Frau gekommen ist. Max war schon wieder draußen«, log er, denn er hatte sich genau überlegt, dass er ihn auf keinen Fall mit hineinziehen wollte, »und ich habe die Tür dort im Keller in der Holztäfelung entdeckt.« Er hielt inne, darauf gefasst, dass Bentheim ihn jetzt aufs Schärfste zurechtweisen würde.

»Und?« Bentheims Stimme klang, als würde er sich Mühe geben, sie ganz ruhig zu halten.

»Die Kartons in dem Raum dahinter – deswegen wollte ich mit Ihnen sprechen.« Till spürte, wie seine Augen aufblitzten. Er war sich sehr wohl bewusst, dass Bentheim wahrscheinlich noch nie so nah dran gewesen war, ihn aus seinem Haus zu werfen.

Zu seiner Überraschung sah Max' Vater jedoch nur kurz auf seine Armbanduhr. »In dem Raum lagert eine Menge altes Zeug, Till. Das hab ich mal für ein Buch gesammelt –«

»Ach ja?«, fiel Till ihm ins Wort. »Was denn für ein Buch? Ich habe Fotos von einem Mann in einem Tierlabor gesehen. Und in einer Art Tagebuch schien sich der gleiche Mann Notizen über den Gesundheitszustand seiner Frau gemacht zu haben ...«

»Du hast dir das ja offensichtlich ziemlich genau angeschaut.« Bentheim riss die Augen absichtlich übertrieben weit auf.

»Es war total spannend«, stammelte Till, »was ... was hat der Mann denn mit seiner Frau gemacht?« Er schluckte – entschied sich dann aber doch, es einfach auszusprechen: »Herr Bentheim, ich weiß, es geht mich nichts an, aber ... meinen Sie, dass Sie mir mehr davon erzählen könnten?«

Wollen wir doch mal sehen, ob er wirklich ein verdammter Alien ist, dachte Till und hätte sich nicht einmal gewundert, wenn Bentheims Gesicht plötzlich aufgeplatzt und darunter die riesigen schwarzen Augen eines Außerirdischen zum Vorschein gekommen wären. Stattdessen aber trat Max' Vater nur an den Liegestuhl, auf dem Till ihn abgepasst hatte, und setzte sich.

»Wie gesagt, Till, es ist Material für ein Buch. Ich wollte einen großen Zyklus über lebende Tote machen. Deshalb der Bezug auf Haiti, die Tierversuche, die Experimente mit dem Virus. Eine Art Sachbuch, verstehst du, in dem scheinbar bewiesen wird, dass ein Teil der Menschheit bereits infiziert ist. Dass das aber nur die wenigsten wissen. Das war natürlich das Wichtigste daran: dass nur die wenigsten davon etwas wissen! Denn dadurch – zumindest war das mein Plan bei dem Buch – würde es erst richtig glaubwürdig erscheinen.« Er lächelte.

Till setzte sich neben ihn auf das Fußende des Liegestuhls. Seine Gedanken sprangen hin und her, ohne dass er einen von ihnen zu fassen bekam.

»Ich wollte historische Dokumente in das Buch integrieren«, fuhr Bentheim fort, »die belegen sollten, dass es in den vierziger Jahren, in Nazi-Deutschland, Tier- und auch Menschenversuche in biologischen Labors gegeben hat. Also Dokumente, die *wirkten* wie echte historische Quellen, die ich mir in Wahrheit aber nur ausgedacht hatte. Und die zeigen sollten, dass der Virus, der bei diesen Experimenten entstanden ist, kurz nach dem Zweiten Weltkrieg über Haiti in die USA gelangt ist. Dass also Amerika tatsächlich von Zombies heimgesucht wird – und dass die ursprünglich aus den Nazi-Labors des Berlin der vierziger Jahre stammen.«

Till hing an seinen Lippen. »Der Mann in den Tierlabors – er … er hat die Experimente durchgeführt?« Ein Buch – raste es in seinem Kopf – nur ein Buch!

»Genau.« Bentheim lachte. »Das war der Plan. Otto Kern hab ich den genannt. Kern bemerkt, dass seine Frau an einem unbekannten Übel erkrankt ist, und reist mit ihr Ende der vierziger Jahre nach Haiti, weil er hofft, dass ihr das Klima dort guttun würde. Dabei ist ihm natürlich klar, dass ihre Krankheit wahrscheinlich von seinen Experimenten herrührt. Die Eingeborenen auf Haiti, die die Frau sehen, glauben aber nicht, dass sie krank ist, sondern dass sie von einem bösen Zauber befallen ist. Deshalb sagen sie *Nzùmbe* zu ihr – und daraus hat sich dann später der Ausdruck *Zombie* entwickelt.«

»Und der Film?«, stieß Till hervor. »In den Kartons liegt doch auch ein Film.« Max hatte ihm davon ja erzählt.

Bentheim grinste – doch diesmal zuckte Till durch den Kopf, warum er sich eigentlich nicht mehr darüber aufregte, dass Till in seinem Keller herumgeschnüffelt hatte.

»Wie gesagt, ich wollte ein Sachbuch machen, also nicht wirklich ein Sachbuch«, antwortete Bentheim, »vielmehr ein Buch, das so *aus-*

sieht wie eines, das in Wahrheit aber nur eine erfundene Geschichte präsentiert. Die Leute sollten sich fragen: Ist das wirklich so passiert, oder hat sich das einer ausgedacht? Deshalb wollte ich in einem zweiten Schritt dafür sorgen, dass diese Filme auftauchen. Um die Diskussion noch einmal anzuheizen, verstehst du? Wenn sich die Leute darauf geeinigt haben würden, dass nichts von dem, was in dem Buch stand, der Wahrheit entsprechen konnte, sollten die alten Filmrollen auf einem Flohmarkt auftauchen und plötzlich die Frage aufwerfen, ob die Bilder des Films nicht der beste Beweis dafür waren, dass das, was in dem Buch stand, eben doch die volle Wahrheit war.«

Till bemerkte, wie Bentheim ihn von der Seite ansah. *Überprüft er, ob ich ihm das abnehme?* »Wahnsinn«, hauchte er.

Bentheims Augen waren direkt auf ihn gerichtet. »Oder? Allein die Fotos von den Tierversuchen ... das haben wir alles mit sehr viel Mühe hergestellt. Wenn es dich interessiert, kann ich dir mal zeigen, wie ich mir das Buch genau vorgestellt habe.«

Ja, dachte Till, *klar, das würde mich schon interessieren* – doch stattdessen hörte er sich etwas anderes sagen. »Aber ... warum haben Sie das Buch denn nicht fertiggestellt, wenn Sie alles schon so genau vorbereitet hatten?«

Nichts wäre Till lieber gewesen, als auf das, was Max' Vater ihm gerade erzählt hatte, eingehen zu können – doch sein Kopf tat ihm diesen Gefallen nicht. Er raunte ihm vielmehr zu, dass Max vielleicht *doch recht hatte*, dass es vielleicht *doch falsch war*, Bentheim zu vertrauen, dass er sich vielleicht *doch lieber* vor ihm in Acht nehmen sollte.

»JA!« Bentheim antwortete so laut, dass Till regelrecht zusammenzuckte. »Du hast recht. Warum habe ich das Projekt eigentlich aus den Augen verloren?« Sein Gesicht wirkte plötzlich wie von einem grauen Schatten überhuscht, auch wenn die Lippen weiterhin ein Lächeln formten und die Augen zu freundlichen Schlitzen verengt waren.

Abrupt stand er auf. »Alles klar? Oder willst du noch etwas anderes wissen?«

Tills Hände klammerten sich an die Unterkante des Liegestuhls. *Ja*, schrie es in ihm, *ich will wissen, wieso Sie mich aufgenommen haben. Ich will wissen, warum Sie Max so quälen!*

Aber niemals hätte er den Mut aufgebracht, das zu fragen. Stattdessen blickte er verwirrt und schweigend auf den Boden. Und als er nach einem Augenblick des Verlorenseins wieder aufschaute, war Bentheim schon zehn Meter weiter über den Rasen auf das Gartenhaus zugeschritten, den Kopf tief zwischen die Schultern gezogen, die Hände in die Taschen seiner Hosen vergraben.

Würde er in den Keller hinabsteigen und hinter der Tür in der Holztäfelung verschwinden? Till hatte ihn angesprochen, weil er gehofft hatte, nach einem Gespräch Max' aberwitzige Verdächtigungen zerstreuen zu können. Jetzt aber, wo Till das Gespräch hinter sich hatte, war er sich nicht einmal mehr sicher, ob es nicht doch unvorsichtig gewesen war, Bentheim anzuvertrauen, dass sie die Kartons mit den Tagebüchern und den Filmen gefunden hatten.

Im gleichen Moment sah er, wie Max' Vater plötzlich noch einmal stehen blieb und sich umdrehte.

»Till?«

Till schnellte von dem Liegestuhl hoch.

»Ja?«

»Ich würde dir gern etwas zeigen. Hast du Lust?«

Till holte Luft. »Jetzt gleich?«

»Ja, jetzt gleich. Also, was ist – kommst du?«

8

Julia blieb wie angewurzelt stehen. Durch die Blätter des Laubengangs, der ganz von dem wuchernden Wein bedeckt war, sah sie Till und Xaver kaum zwanzig Meter von ihr entfernt auf dem Rasen stehen. Till war eben von dem Liegestuhl aufgestanden, auf dem er gesessen hatte, und zu Xaver gelaufen, der sich jetzt zu ihm herunterbeugte.

»Ich gehe den Weg nicht allein, Julia, ich *bahne* ihn für andere«, gingen ihr Xavers Worte durch den Kopf. Vorhin im Arbeitszimmer – das war nicht das erste Mal gewesen, dass sie seltsame Buchstabenfolgen und unverständliche Wortgebilde in einem von Xavers Texten entdeckt hatte. Vor ein paar Wochen hatte er einige Seiten im Wohnzimmer liegen gelassen, und sie hatte ihn darauf angesprochen.

»Was ich sagen will, lässt sich mit den herkömmlichen Worten nicht ausdrücken«, hatte er ihr geantwortet. »Ich muss eine ganz neue Sprache erfinden, denn nur so lässt sich das Gebiet erschließen, auf das ich es abgesehen habe.«

Sie hatte kein Wort verstanden. »Was für ein Gebiet, Xaver?«

»Siehst du, jetzt drehen wir uns im Kreis.« Er hatte ihr mit der Hand über die Wange gestrichen. »Es hat doch keinen Sinn, wenn ich versuche, das, worum es mir geht, jetzt zurückzuübersetzen, um mit dir darüber sprechen zu können. Wenn ich es zurückübersetze, löst es sich ja gerade auf, also das, worum es mir geht.«

»Du willst, dass ich eine neue Sprache lerne?«

»Ja ... so in etwa ... aber, wie gesagt, der Zeitpunkt ist verfrüht. Ich bin selbst erst noch dabei, die ersten Bruchstücke zu verwenden, um mich in diesem neu erschlossenen Gebiet zurechtzufinden. Das ist, wie soll ich sagen, ein kreisförmiger Prozess. Die Ausdrücke dienen mir als eine Art Taschenlampe, mit der ich neue Bereiche des Gebiets ausleuchte. Und wenn ich neue Bereiche ausgeleuchtet habe, weiß ich, welche Ausdrücke ich schmieden muss, also welche Werkzeuge, um noch weiter vorzudringen.«

Julia hatte geschwiegen. »Und wie lange soll das noch so weitergehen?«, hatte sie Xaver schließlich gefragt.

»Ich weiß, es klingt absurd, Julia, aber ... ich ... ich bin mir nicht sicher ... ich bin mir ja nicht einmal sicher, wohin die Reise geht! Wie sollte ich auch? Dann müsste ich ja schon das Ziel kennen, bereits dort gewesen sein. Es ist nicht zu ändern ... wir müssen uns einfach vertrauen.«

Sie sah durch die Blätter zu Xaver und Till. Die beiden hatten begonnen, nebeneinanderher über den Rasen zum Gartenhaus zu laufen, in dessen Keller Julia eben auf ein altmodisches Zimmer mit Gemälden an der Wand gestoßen war, von dem Xaver ihr noch nie etwas erzählt hatte.

Vertrauen. Konnte sie Xaver nach all dem, was in den letzten Wochen geschehen war, noch vertrauen?

9

Lass dich von ihm doch nicht um den Finger wickeln!

Till sah Max förmlich vor sich. *Ich glaube das nicht. Ein Buch? Warum liegt das Material dann so versteckt im Keller?*

Schweigend marschierte Till neben Bentheim Richtung Gartenhaus, während er innerlich Max auf sich einreden hörte. Was wollte Bentheim ihm zeigen?

Im Gartenhaus angekommen, wandte sich Max' Vater zu der Treppe, die in den Keller führte. Kurz darauf standen sie in dem Raum mit der Holztäfelung, und Bentheim zog die verborgene Tür auf, die Till schon kannte. Er nahm kaum Notiz von den zertretenen Planken und wuchtete die Luke im Boden hoch. Als der Stahldeckel senkrecht stand, konnte Till sehen, dass der Riegel, der darunter angebracht war, zurückgeschoben war. Eine gusseiserne Leiter führte in die Tiefe.

Entfernt nahm Till den fauligen Geruch von Abwässern wahr, dann wieder summte es, als wären Starkstromleitungen in der Tiefe verlegt worden.

Sie begannen durch ein verzweigtes System von Tunneln und Röhren zu irren, in das sie über die Leiter gelangt waren. Und je weiter sie sich vom Haus der Bentheims entfernten, desto unheimlicher wurde es ihm.

»Herr Bentheim ... ich ... wissen Sie, Ihre Frau ... ich habe ihr ja gar nicht gesagt, dass ich heute weg bin ...«, begann Till, während er weiterstolperte.

Sie macht sich vielleicht Sorgen, wollte er sagen, aber er ahnte, dass er Bentheim dadurch von seinem Verhalten nicht abbringen würde. Max' Vater blieb stehen und drehte sich um.

»Warum laufen wir hier unten herum?«, insistierte Till. »Ich würde jetzt wirklich lieber wieder nach oben.«

Bentheim sah ihn an. »Es geht nicht so sehr um dich, Junge.« Seine Augen wirkten plötzlich traurig und stumpf. »Ich mag dich, aber ... es geht um Max, weißt du. Er hört nicht mehr auf mich ... und so wie bisher geht es nicht weiter.«

»Ich ... aber ...«, stotterte Till, »... das alles hier ... ich kann ihm doch nur sagen, dass hier unten nichts als leere Tunnel und Gänge sind.«

»Willst du Max helfen oder nicht?«

Forschend waren Bentheims Augen im matten Schein der Tunnelbeleuchtung auf Till gerichtet.

»Ja, klar ...«, flüsterte Till. »Max ist mein Freund.«

Bentheim nickte. »Ich muss mich auf dich verlassen können. Auf Max kann ich es nicht. Auf dich aber muss ich mich verlassen können, sonst kannst du euch beiden nicht helfen.«

Uns beiden?

In der Ferne war ein dumpfes Klappern zu hören, das in den Röhren widerhallte.

»Ich muss sicher sein, dass du Max zur Vernunft bringst. Ich will dir etwas zeigen, das habe ich doch gesagt. Also kommst du?«

Till senkte den Kopf – und ging an Bentheim vorbei. Hinter sich hörte er die Schritte des Mannes, der ihm folgte.

10

»Du kannst dich von dem, was sich vollzieht, mittragen lassen, oder du kannst dich dagegenstemmen.«

Till starrte Bentheim an. Max' Vater hockte neben ihm und sah ihm ins Gesicht, das von der fast sandigen Luft, dem Schweiß und der Anstrengung vollkommen verschmiert war.

Es war Till so vorgekommen, als wären sie noch einmal stundenlang durch die Tunnel geirrt, bevor er sie zum ersten Mal bellen gehört hatte. Dumpfe Kläfflaute, die klangen, als würden sie aus einem verschlossenen Behälter herausdringen.

Dann hatte sich der Stollen, durch den er und Bentheim gegangen waren, zu einem unterirdischen Raum geweitet. Eine Scheibe, die vom Betonboden bis zur unverputzten Decke reichte, teilte den Raum in zwei Hälften. Und hinter dem Glas tobten sie. Sie mussten seit Tagen keinen Menschen mehr gesehen haben. Ihre Augen waren aufgerissen, sie sprangen an dem Glas hoch, Till konnte ihre Samtpfoten von unten sehen. Es waren zwei Mischlinge, braun, struppig, mit weißem Latz und buschigem Schwanz der eine – kurzhaarig, grau, mit Schlappohren und samtigen Augen der andere. Sie schienen noch jung zu sein, verspielt, zutiefst erschrocken, dass man sie so lange hier unten allein gelassen hatte.

Verwirrt schaute Till auf die beiden Hunde, die immer wieder übereinandersprangen, die Schnauzen an dem Glas platt drückten und mit dem Schwanz wedelten.

Erst hatte er es kaum gehört, als Bentheim ihn gefragt hatte. Aber jetzt hallten die Worte von Max' Vater in Till wider.

Welcher von beiden? Das war es, was Bentheim ihn gefragt hatte: *Welcher von beiden soll getötet werden?*

Deshalb waren sie hier heruntergekommen: damit er das Todesurteil über einen der beiden Hunde sprach. Als Till das endlich begriff, wurde er von einem Schwindel gepackt. Er hatte Bentheim gemocht. Bentheim hatte ihn aufgenommen, in gewisser Weise gerettet. Jetzt aber war er der Mann, der ihm diese Frage gestellt hatte: welcher der beiden Hunde sterben sollte – und Till musste es entscheiden.

»Ich kann das nicht entscheiden«, murmelte er und hielt den Blick auf den Boden gerichtet.

»Du musst es entscheiden, Junge. Du musst. Sonst sterben beide, verstehst du?«

Till fing an zu weinen. Er wusste nicht weiter. Er konnte nicht sagen, dass der Struppige leben sollte, um den Grauen zu retten. Aber er konnte auch nicht sagen, dass der Graue getötet werden sollte, um dem Struppigen das Leben zu schenken.

Till verschränkte die Arme vor dem Gesicht, lehnte sich nach vorn gegen die Scheibe – gejagt von der Furcht, jeden Moment könnte der Tod in den Zwinger vor ihm einschlagen.

»Du kannst dich von dem, was sich vollzieht, mittragen lassen, oder du kannst dich dagegenstemmen.«

Unterhalb seiner verschränkten Arme sah er Bentheim neben sich hocken und zu ihm hochsehen. Aber Till verstand nicht, was er meinte.

11

»Ich will nicht bestimmen, welcher von beiden getötet wird«, schniefte Till, immer wieder zog sich sein Brustkasten zusammen.

»Du willst, dass der Zufall entscheidet, welcher Hund leben darf und welcher sterben muss? Du willst es nicht selbst entscheiden?«

Till hatte die Augen groß auf Bentheim gerichtet. Am Rand seines Blickfelds sah er die struppigen Ohren des einen Hundes, der die Vorderpfoten auf den Rücken des anderen gestellt hatte.

»Nein, ich will es nicht entscheiden.«

Er sah Bentheim nicken. »Du musst dich nicht quälen«, hörte er ihn sagen. »Du kannst die Schuld auch einfach abgeben, Junge, loswerden – für immer.«

Till zitterte. Sollte doch der Zufall über das Leben der beiden Hunde entscheiden, dann war er wenigstens nicht schuld am Tod von einem von ihnen.

»Ist es nicht, als würde sich ein Tonnengewicht von dir lösen, wenn du von der Entscheidung befreit bist?«, hörte er Bentheim sagen.

Ja. Ja, es war wie eine Befreiung.

»Das ist es, was uns zusammenhält, Till«, fuhr Bentheim fort und sah ihn von unten an. »Uns, die Leute, die du beim Papageienkampf gesehen hast, die Leute, für die ich arbeite. Es ist uns etwas klargeworden, vor dem viele andere noch immer die Augen verschließen.«

Kann ich jetzt wieder nach oben ans Tageslicht?

»Dass das, was die Menschen Freiheit nennen – dass es eine Illusion ist, weißt du, Till?«

Till wischte mit der Hand über seine beiden Augen.

»Es stimmt nicht«, hörte er Bentheim weitersprechen, »du kannst nicht frei entscheiden – *es kommt dir nur so vor.* Wenn du etwas tust, dann ist das, als wenn ein Stein einen Abhang herunterrollt. Es findet einfach statt. Nicht *du* entscheidest das. Du bist nur ein winziger Teil eines riesigen Ganzen. Wenn du das begreifst, wenn du begreifst, dass es dir nur so vorkommt, dass du in Wirklichkeit nicht entscheidest, ist es wie ein Rausch, eine Feier, ein Fliegen. Merkst du es?«

Ein Stein, der einen Abhang herunterrollt?

»Es ist Geschwindigkeit, Vollzug, Durchführung. Es ist eine Kraft, Veränderung und Dynamik, Gestaltung und Bewegung. Es ist das *Sein* – und du bist ein Teil davon!«

Wie eine ganze Welt, die nur aus stinkenden Betonröhren besteht ...

»Wir sind viele, Till, ich habe dir nur einen winzigen Teil gezeigt – aber es gibt eine ganze versteckte Stadt hier unten – eine versteckte Stadt, die uns gehört.«

Till rieb mit dem Handrücken seine Nase trocken. Hinter der Scheibe standen die beiden Hunde und sahen ihn an. Sie lebten noch immer. Beide. Er würde sie nicht töten lassen. Max' Vater meinte es gut mit ihnen.

Und plötzlich kam es Till so vor, als würde eine riesige Glückswolke aus seinem Bauch heraus in seinen Kopf quillen. Das war kein Totenreich hier unten, kein Abgrund, keine Sackgasse, in der er verrotten musste. Max' Vater war kein grausamer Schlächter, der seinen Sohn opferte. Er wollte helfen, er hatte etwas im Blick, wofür Till bisher nur die Weitsicht gefehlt hatte.

Alles wird gut, spürte Till, und hob den Blick. Er fühlte, wie ein

Lächeln in seinem Gesicht aufglomm, wie sich seine verkrustete Haut verzog, wie Funken in seine Augen traten und Bentheim seinen Blick auffing …

Da war es, als würden die Dämme brechen, als würde Till ein bisher ungekanntes Gemeinschaftsgefühl packen und ihn mit sich fortreißen. Das Gefühl, auf der richtigen Seite zu stehen, zusammenzugehören. Mit einem Mal glaubte er zu wissen, wie alles, was es gab, das Universum, das Weltall mit seinen Planeten und Sternen, wie all das zusammenhing und er ein Teil davon war – ein Teil des Ganzen.

Er hatte die Welt bisher immer nur wie verborgen wahrgenommen, verborgen hinter einem Schleier der Unsicherheit, des Zweifels, der Schuld und der Selbstvorwürfe. Riss er den Schleier beiseite, sah er die Dinge endlich so, wie sie wirklich waren. Er stand der Welt nicht *gegenüber* – er war ein *Teil* von ihr.

Es stimmt, hörte Till sich denken, *es stimmt, was Bentheim sagt!* Er musste nicht länger überlegen, wie er entscheiden sollte, es entschied sich ja immer schon von selbst in ihm!

Er sah, wie Bentheim sich von der Scheibe abwandte, hinter der die beiden Hunde winselten, und den Gang, der zu dem Zwinger geführt hatte, geradeaus weiterlief, tiefer hinein in den Untergrund der Stadt.

Till folgte ihm, wie überflutet von den Gedanken und Gefühlen, die die Worte von Max' Vater in ihm ausgelöst hatten.

Kaum stellte er sich dem Fluss der Dinge nicht mehr entgegen, erschloss es sich ihm: Es war eine Illusion, ein Irrtum, ein Irrglauben zu denken, dass man *selbst* entscheiden müsste. *Das* war der Fehler, der alles Übel, allen Kummer, alle Wirrnis in die Welt brachte. Bentheim hatte recht – und er ließ ihn teilhaben an dieser großartigen, geradezu überwältigenden Erkenntnis: Es gab keine Freiheit – und das einzusehen war das Glück!

Es kam Till so vor, als würde er gemeinsam mit Max' Vater den Gang entlang fliegen.

Dritter Teil

1

Heute

»SIND SIE WAHNSINNIG?«

Der Polizist hat ihre Kamera in der Hand.

Claire versucht, es sich nicht anmerken zu lassen, aber die ehrliche Wut des kräftigen Beamten in der Kevlar-Uniform vor ihr schüchtert sie mächtig ein.

Sie haben sie förmlich aus dem Bad herausgezerrt.

»Machen Sie das auf eigene Kappe oder für eine Redaktion?« Der Beamte zieht die Schutzmaske vom Kopf, darunter kommen kurz geschnittene, graue Haare zum Vorschein.

»Auf eigene Kappe!«

Hat ja keinen Sinn, das Blatt mit hineinzuziehen. Dass sie sich unerlaubt Zugang zum Tatort verschafft hat, hat ihre Redakteurin schließlich nicht angeordnet. Klar, wenn die Bilder gut sind, würden sie sie nehmen ...

Claire sieht, wie der Beamte einen Knopf an der Kamera betätigt und die abgespeicherten Bilder aufruft.

Scheiße! Will er die jetzt löschen oder was?

»Was soll denn das«, Claires Gesicht verzieht sich, »auf den Aufnahmen ist doch gar nichts zu sehen ...«

»Sie hätten niemals«, die Stimme des Beamten ist wie eine Rasierklinge, »*niemals* hier hereinkommen dürfen –«

»CHEF!«

Er hält inne, dreht sich um.

Im gleichen Moment hört sie es.

Ein Rumpeln, als ob eine Ladung Schutt durch einen Baustellenschlauch gekippt würde.

»*CHEF!!*«

Der Beamte zuckt zusammen. »WAS?« Ohne Claire noch eines Blickes zu würdigen, schreitet er mit der Kamera in der Hand durch den

Flur in die Richtung, aus der Ruf gekommen ist. Und dann geht alles ganz schnell.

Claire sieht zu dem schlaksigen jungen Polizisten hoch, der unbeholfen neben ihr stehen geblieben ist. Kann der sie vielleicht einfach gehen lassen?

RATTATAT RATTATATATAT.

Claire erstarrt.

Sieht, wie sich die Augen des jungen Mannes neben ihr weiten.

Schüsse.

Das Blut steigt ihr in den Kopf. Sie hört es in den Ohren rauschen. Plötzlich scheint ihr Körper in Flammen zu stehen.

Nur noch gedämpft vernimmt Claire Rufe, Schreie, dann Brüllen aus den vorderen Zimmern der Wohnung.

Gleichzeitig wiederholt sich das Rumpeln, das eben schon einmal zu hören gewesen ist, verstärkt sich – ein Knall.

Claire glaubt zu spüren, wie ein Zittern durch das Hochhaus geht.

Dann sieht sie den jungen Mann vor ihr rennen – auch sie ist losgestürzt.

Raus hier!

Raus aus der Wohnung – raus aus dem Haus.

Aus den vorderen Zimmern der Wohnung hasten Menschen in den Flur. »Im Müllschlucker«, hört sie neben sich, »diesmal sind sie im Müllschlucker!« Claire dreht den Kopf wie in Zeitlupe zur Seite, sieht den aufgerissenen Mund einer Frau, die aus vollem Hals zu schreien scheint – aber Claire hört sie nur ganz leise.

Die Digi ist weg – aber sie hat noch die Leica …

Claire fühlt, wie sich ihre Hand um die kleine Kamera schließt, geistesgegenwärtig zieht sie den Sucher vors Auge.

Köpfe, Arme, Haare, eine niedrige Decke, ein Gesicht stößt gegen das Objektiv – schmerzverzerrt.

Was ist das?

Claire wischt über die Linse – die Finger kleben. Es ist nur ein Tropfen Blut, aber er hat das ganze Objektiv verschmiert.

Sie schiebt sich durch den Eingang der Wohnung. Im Hausflur drängen sich Leute, zugleich schlagen Geräusche aus dem Müllschlucker hervor, als würde eine Tierherde von einem Panzer darin niedergewalzt werden.

Darunter ein Klirren …

Nein, ein *Klingeln!*
Claires Ohr ist schweißnass, als sie das Handy dagegendrückt.
»Ja?« Atemlos.
»*Claire?*«
»Ja?«
Es ist Frederik.
»*Claire?*«
Was ist mit ihm?
»*Claire, sie haben mich –*«
Claire sieht, wie Beamte der Polizei versuchen, die Öffnung des Müllschluckers abzuschirmen. In ihrem Kopf rast es.
»Ich liebe dich, Claire.«
Was heißt *Sie haben mich?*
Ich dich auch, will sie sagen, aber da knackt es schon in der Leitung, und die Verbindung reißt ab.

2

Rückblende: Zwölf Jahre vorher

Armin.
Es schlug ein in Till wie ein gleißender Blitz. Sein Bruder. Wie war es möglich, dass Armin sich umgebracht hat … wenn man nicht frei entscheiden kann?
Till stolperte weiter durch den Gang, zwischen dessen Mauersteinen der Sand hindurchsickerte, Bentheim hinterher, dessen Mantel durch die abgestandene Luft flog.
Armin hatte sich selbst getötet. Er hatte sich dazu entschlossen! Er hatte vor der Wahl gestanden – und sich entschieden!
Also konnte nicht stimmen, was Bentheim gesagt hatte.
Die Erinnerung an seinen Bruder blieb an Till haften, als hätte sich eine eiskalte Hand auf seine Schulter gelegt.
Er wollte sich nicht in einen Rausch lügen, an dem sein Bruder niemals teilgehabt hätte. Was war das für eine Welt, die Bentheim heraufbeschworen hatte, wenn Armin niemals dazugehört hätte? Und Max? Instinktiv spürte Till, dass auch Max niemals dazugehören würde. Und er, Till, würde es auch nicht!

»Xaver!«

Auf Augenhöhe. Sie waren ein Team, oder nicht?

Bentheim blieb stehen und drehte sich um, die Augen gerötet von der staubigen Luft, die Haltung zusammengesunken, der aufrechte Gang verzerrt in etwas Kriecherisches, Geducktes, Tierisches.

»Was war das denn da hinten?« Hell drang Tills Stimme durch den Tunnel.

Bentheims Augen zogen sich ein wenig zusammen.

Till ließ seinen Blick strahlen, als würde er noch immer fliegen. Er konnte förmlich riechen, dass der andere noch glaubte zu schweben – noch nicht ahnte, dass Till ihn – vielleicht zum ersten Mal – so sah, wie er wirklich war: zerfressen davon, dass er sich selbst aufgegeben hatte.

»Hinten«, rief Till, »die eine Nische da?«

»Komm, Junge, lass uns weiter«, murmelte Bentheim, die Worte rollten wie Kakerlaken zwischen seinen Lippen hervor.

»Nein, du musst dir das ansehen«, stieß Till hervor, er machte sogar einen Schritt auf Bentheim zu, nahm dessen Hand, eisig, feucht und klebrig wie sie war, zupfte daran. »Das ist wirklich der Wahnsinn!« Er zog ihn, es waren nicht mehr als zwanzig Schritte zurück zu dem Verschlag, der ihm aufgefallen war. »War das einer von euch?« Er wusste, dass er sich benahm wie der Sohn, den Bentheim sich immer gewünscht hatte, dass genau das es war, womit er Bentheim lenken konnte.

Sie gingen ein paar Schritte wieder zurück. Till ließ Max' Vater los, rannte die letzten Meter voran, verschwand in der Nische, die er gesehen hatte und deren Türen offen standen. Er hörte, wie Bentheim ihn rief, drückte sich an die erdige, feuchte Wand, sah die Silhouette des anderen in dem fahlen Schein auftauchen, die Nische betreten.

»Till, wo bist du?« Bentheims Stimme erfüllte den engen Raum.

Er glitt an Bentheim vorbei aus der Nische heraus auf den Gang und warf die Tür hinter sich zu. Er spürte, wie sie weich gegen Bentheims Rücken knallte. Der Aufprall stieß den Mann ganz in die Nische hinein. Mit aller Kraft schlug Till den Riegel herunter, der an der Tür außen angebracht war. Dumpf stürzte der Stahl in die Gabel, zog sich fest, die Tür verschließend, gegen die Bentheims Faust jetzt krachte.

»Till, Junge, was ist denn?«, quetschte sich die Stimme von Max' Vater durch die Ritzen.

Aber da war Till bereits losgerannt.

Der Sand spritzte unter den Sohlen seiner Turnschuhe hervor, das eiserne Krachen verfolgte ihn, das Scheppern der Scharniere, das Kreischen der Türflügel, das Hallen der Stimme, gewunden in dem erdigen Gang.

»Du kannst mich doch nicht hierlassen!«

Aber Tills Gedanken waren nicht mehr klar. Er war doch nicht Herr seiner selbst, oder?

»Hilf mir, Till«, schon war es fast nur noch ein entferntes Brausen, als wäre das Brausen, das Till im Keller der Klinik gehört hatte, ein tausendfaches Rufen dieser Stimme gewesen. Ein Stimmenmeer, das nach ihm rief, von Menschen gerufen, die er eingesperrt hatte, die nur noch ihn hatten, um hoffen zu können. Die sich dem Tod gegenübersahen und ihn anflehten, weil nur er sie retten konnte.

Jetzt war es doch wieder ein Totenreich hier unten, ein schwarzes Loch, das in Bentheims Stimme lebendig wurde und Arme bekam, mit denen es nach ihm griff – so dass Till nur noch schneller und schneller rannte, gegen die sandigen Wände des Gangs stürzend. Raus hier, bevor der Sand über ihm zusammenstürzte, er kilometertief unter Berlin begraben sein würde, mit dem gequälten Ruf Bentheims im Ohr, des Mannes, mit dem er für einige Minuten geflogen war und den er jetzt zum Sterben in diesem Sandgrab zurückließ.

3

Heute

»Unmöglich, tut mir leid, er kann jetzt nicht.«

Frau Bastian lächelt. Butz ist immer gut mit ihr ausgekommen.

»Wer ist denn bei ihm?«, fragt er und lächelt zurück.

Frau Bastian, die Sekretärin des Polizeidirektors, beugt sich vor, sichtlich stolz darauf, mit welch wichtiger Person ihr Chef zu sprechen hat. »Der Bürgermeister.« Sie lehnt sich zurück, um die Wirkung dieser Auskunft auf Butz' Gesicht zu studieren. »Deshalb bin ich auch noch hier.«

»Wow.« Butz schenkt ihr ein Aufplustern seiner Bartstoppelwangen – und überlegt: Das kann natürlich dauern. Soll er sich hier zu Frau Bastian setzen und warten, bis der Polizeidirektor für ihn Zeit hat?

Immerhin sind Fehrenbergs komplett leergeräumter Schreibtisch und Computer etwas, das er unverzüglich melden muss. Aber tatenlos im Vorzimmer sitzen? Er nickt Frau Bastian zu. »Gut, dann komme ich gleich noch mal wieder.« Er wendet sich zum Gehen.

»Grüßen Sie doch Ihre Freundin von mir!« Frau Bastian schnalzt fast ein wenig mit den Lippen.

Butz bleibt stehen. »Ist ihr Antrag denn bewilligt worden?«

Claire hatte sich dafür interessiert, den Kriminaldauerdienst ein paar Wochen lang als Fotografin begleiten zu können, um Fotos für ihr Berlin-Buch zu machen. Butz hatte den Antrag abgegeben, den Claire dafür gestellt hatte.

»Ja ... ja, der Antrag ist durch.« Frau Bastian schiebt sich mit der rechten Hand ihre Frisur zurecht und sieht ihn fast schon ein wenig spöttisch von ihrem Schreibtischstuhl aus an. »Sie hat ihn inzwischen ja auch abgeholt – hat sie Ihnen das denn noch nicht gesagt?«

Ach ja? Butz nickt kurz. Nein, hat sie nicht – aber das ist ja auch egal, Hauptsache, Claire kann ihre Fotos machen ...

»Ich habe sie ja neulich getroffen«, fährt Frau Bastian fort, und Butz bemerkt, wie ihre Augen leuchten. »Ihre Frau –«, sie unterbricht sich, »Ihre Freundin, meine ich ... toll, wie sie das macht.«

»Was macht?«

»Mit den Fotos, das. Ich habe sie bei dem Boxkampf gesehen, wissen Sie? Sie ist einfach in den Ring geklettert. Man konnte sie dort zwischen den Männern herumspringen sehen, die alle zwei Köpfe größer waren als sie. Aber davon hat sich Ihre Freundin nicht abschrecken lassen.«

Beim Boxkampf ... Butz kommt sich vor wie ein Computer, der die Informationen erst mühsam aus den Tiefen seiner Festplatte hochholen muss.

Hatte Claire die Karten für den Boxkampf nicht von Henning bekommen?

»Waren Sie auch dort, ja?« Er nickt etwas gedankenverloren.

Frau Bastians Busen wogt vor Aufregung. »Der Chef hat mir zwei Karten geschenkt«, ihre Fingernägelspitzen klackern auf der Tastatur, »hier sehen Sie?« Sie dreht den Flachbildmonitor ein wenig herum, so dass Butz von der anderen Seite des Schreibtischs aus daraufschauen kann. »Ich habe *auch* ein paar Fotos gemacht!«

Der Monitor wird schwarz, einen Moment später erscheint bildfüllend das Foto einer Boxhalle. Die Ränge sind voll besetzt, in der Ferne: der Boxring, zwei Gestalten darauf, einander umtanzend.

»Ich hab dann rangezoomt«, hört Butz Frau Bastian sagen, »hier, sehen Sie, das ist sie.«

Den Hinterkopf kennt er. Claires langes dunkelblondes Haar fließt ihr über den Rücken. Sie hat den Kopf zwischen die Schultern gezogen, die Arme oben, die ganze Haltung geduckt wie ein Tiger.

»Ist sie nicht fabelhaft?«

Ja, ist sie, muss Butz unwillkürlich denken, während immer neue Bilder auf dem Monitor aufscheinen. Jetzt kann er sehen, wie Claire auf einen leeren Stuhl springt, sich zwischen die Seile duckt und in den Ring klettert, ihr Gesicht strahlend vor Aufregung, voller Tatendrang und Gewissheit, genau da zu sein, wo sie sein will, das zu machen, was sie machen will.

»Hier, sehen Sie«, erläutert Frau Bastian neben ihm, »das ist er, ein großartiger Sportler, Sie hätten dabei sein sollen. Diesen Russen hat er ja richtig ver*prügelt* ...«

Butz hört, wie sie ausatmet und starrt auf den Monitor, den jetzt eine Aufnahme eines der beiden Boxer ausfüllt. Die Hände in den Handschuhen, die Muskeln an Oberkörper und Hals hervortretend, umringt von seinen Männern, im Taumel des Sieges.

»Barkar, Frederik Barkar.« Butz sieht die Hand von Frau Bastian auf die nackte Brust des Mannes zeigen – schon schaltet sich das nächste Foto auf den Monitor: Claire, die schräg hinter Barkar ihre kleine Leica direkt auf den Boxer gerichtet hat.

Instinktiv tippt Butz die Leertaste auf der Tastatur von Frau Bastian an.

Das Bild bleibt stehen.

»Barkar, Barkar, Barkar!«, glaubt er für einen Augenblick die Menge in der Boxhalle rufen zu hören – und begreift zugleich, dass er dieses Gesicht schon einmal gesehen hat.

Und zwar *bei sich zu Hause.*

Er muss schlucken.

Der Getränkehändler – der Mann mit den Getränkekästen! Barkar ist als *Getränkehändler* zu ihnen nach Hause gekommen?

In Butz' Kehle kratzt es. *Der Mann ist mit Claire hinten in der Speisekammer verschwunden,* raunt es in ihm, *wenige Minuten bevor*

sie nackt und scharf vor dir in deinem Arbeitszimmer gestanden hat, bevor du ihr den Bademantel über den Hintern geschoben hast und sie so verlockend aussah, dass du fast nicht mehr innehalten konntest. Sie war mit Barkar allein dort hinten. Mindestens zehn, wenn nicht fünfzehn Minuten. Was hat sie mit ihm gemacht – kurz bevor sie geduscht hat? Was?
WAS?

4

Rückblende: Zwölf Jahre vorher

»Hm?« Till hatte nicht zugehört.

»Wo du warst.« Max stemmte sich auf den Beckenrand, zog das rechte Knie aus dem Wasser und schwang sich aus dem Pool. Es war Nachmittag und inzwischen wohl einer der heißesten Tage des Jahres.

Er wummert gegen die Tür – hörst du? Es sind seine Schläge, flüsterte eine Stimme in Tills Kopf.

»Unterwegs«, sagte er und hockte sich auf einen Stuhl, der neben dem Schwimmbecken stand.

Max rollte sich vom steinernen Beckenrand aufs Gras. Es war so heiß, dass er sich nicht abzutrocknen brauchte. Er griff nach einer Karaffe, die auf einem kleinen Tablett auf dem Rasen stand, und schenkte sich ein wenig Eiswasser mit Zitronenstückchen in ein hohes Glas. Die Eiswürfel klimperten. »Auch einen Schluck?«

Till schüttelte den Kopf.

»Was ist denn?« Max schien nicht entgangen zu sein, dass etwas vorgefallen war.

Till spürte die feine Staubschicht, die noch immer sein schweißverklebtes Gesicht überzog. Es kam ihm so vor, als würde der schwere Riegel, den er vor die Tür geworfen hatte, quer über seinen Brustkorb verlaufen und ihm die Luft abdrücken.

»*Was ist* looo-hos, hallo?« Max hatte sich erhoben und war ein paar Schritte auf Till zugekommen. Die Tropfen glitzerten auf seiner Haut in der Sonne.

Till blinzelte. *Ich hab deinen Vater dort unten eingesperrt* – das war es, was er zu sagen hatte. Aber er brachte es nicht über die Lippen. *Er war wie verwandelt ... hat komisches Zeug geredet ... dein Vater war nicht mehr er selbst, Max – du hattest recht, du hast es immer gesagt.*

»Ist was passiert?« Max hockte sich neben Tills Stuhl, stemmte die Hände auf die Oberschenkel und sah ihn aufmerksam an.

Wir müssen hinuntergehen, wir müssen ihn da rausholen, hämmerte es in Tills Schädel, *aber wenn wir aufmachen – er ... er wird sich auf uns stürzen.*

ER WIRD MICH IN STÜCKE REISSEN.

Er wird sich in diesen Schlund verwandeln, dieses Maul, diesen Rachen, von dem er gelesen hat, einen Krater, in dem ich verschwinden werde ...

»Er kommt nicht raus.« Fast war es, als wäre es nicht Till selbst gewesen, der das gesagt hatte.

»Wer kommt wo nicht raus?« Max runzelte die Stirn.

Till spürte, wie er ein wenig wankte. Er konnte Bentheim nicht dort unten lassen – er konnte ihn aber auch nicht rauslassen.

Wie habe ich es nur so weit kommen lassen können – was ist nur in mich gefahren ...

Da sah er sie vor sich: die beiden Hunde, den Grauen und den Struppigen. »Wir müssen sie befreien, sie verhungern dort unten doch.«

Max erhob sich. »Mann, ich versteh kein Wort!« Er schlenderte zurück zum Beckenrand. Das Wasser spritzte bis auf Tills T-Shirt, als er hineinsprang.

Till sprang auf. Max hatte den Kopf unter Wasser und tauchte quer durch das Becken. Als er am anderen Rand auftauchte, rief Till es ihm noch einmal zu: »Wir müssen sie rauslassen, Max! Jetzt!«

Max wirbelte den Kopf hin und her, das Wasser spritzte aus seinen Haaren. Er lachte. »Alles klar, Mann!« Er stieß sich vom Beckenrand ab und glitt durch das Wasser zurück zu Till, die Augen aufgerissen, die Stimme verstellt. *»Wir müssen sie rauslassen, wir müssen sie rauslassen ...«*

»Kommst du?«

Till hielt ihm das Handtuch hin.

»Wohin denn?« Max machte keine Anstalten, aus dem Wasser zu steigen.

»In den Keller des Gartenhauses. Ich hab die Luke aufbekommen.«

Es waren nur ein paar Worte, aber sie bewirkten, dass sich plötzlich

eine Wolkenwand vor die Sonne geschoben zu haben schien. Max'
Haare standen nicht mehr keck nach oben, sie klebten ihm nass und
strähnig über den Augen. Die belustigte Anspannung schien aus seinem Körper gewichen zu sein wie die Luft aus einem Ballon.

5

In den Röhren, durch die Till Max führte, hatte sich die glühende Hitze,
die an der Oberfläche herrschte, noch nicht durchgesetzt. Aber der
Gestank nach fauligem Wasser, nach ausgekochten Lumpen und zerfallenden Körpern hatte sich im Laufe des Nachmittags erheblich
gesteigert.

Till hielt sich die Hand vor den Mund, um den Gestank ein wenig
abzumildern. Anders als bei seiner ersten Wanderung zusammen mit
Bentheim waren sie diesmal nicht allein hier unten, sondern stießen,
etwa eine halbe Stunde nachdem sie die gusseiserne Leiter in die Tiefe
gestiegen waren, auf eine Gruppe von Leuten, die ein paar Zelte auf
einem Zementpodest am Rand des Rinnsals aufgeschlagen hatten. Für
einen Moment überlegte Till, ob er sich verlaufen hatte, da er die Zelte
nicht bemerkt hatte, als er mit Bentheim hier unten gewesen war. Dann
aber beschloss er, einfach weiterzugehen – immerhin war es ja möglich, dass die Zelte in der Zwischenzeit aufgeschlagen worden waren.

*Er wartet auf dich, Till, er lauert hinter der Tür, er hat sich in dem
Schatten der Nische verkrochen. Du wirst ihn gar nicht sehen, du wirst
denken, die Nische ist leer, und wirst schon wieder umkehren wollen. Da
wird er mit einem gewaltigen Satz auf dich springen, dich zu Boden werfen, über dich hinweg zur Tür krabbeln, er wird seinen Sohn an der Hand
nehmen, die Tür zuwerfen, sie werden dich in der Nische zurücklassen!
Noch kannst du umkehren – sag Max, dass du ihm die Kanäle zeigen
wolltest, dass du nicht weißt, was mit seinem Vater geschehen ist ...*

Die Kanalbewohner schauten an ihnen vorbei, ihr glasiger Blick
schien auf ein undurchschaubares Ziel fokussiert zu sein, das jenseits
von Max und Till liegen mochte. Erst in letzter Sekunde, als die beiden
Jungen schon beinahe an ihnen vorüber waren, durchfuhr einen der
Männer ein Zittern, und mit brüchiger Stimme rief er ihnen zu, was sie
denn hier suchen würden, ob sie ihm nicht mit etwas Kleingeld unter
die Arme greifen könnten. Ihm zu Füßen lag ein seltsam gewachsener

Alter zusammen mit einer gehetzt wirkenden Frau auf einer Matte neben dem Zelt. Ein feuchtwarmer Geruch entwand sich ihnen, das Elend saß in ihrem Blick. Aber sie wirkten nicht so entrückt, wie Bentheim auf Till gewirkt hatte, ihre Blicke waren nicht erloschen, vielmehr verschreckt.

Er hat kein Essen in der Nische, nichts zu trinken, es wird heiß sein dort unten, er wird versuchen, das Wasser zu trinken, das von den Wänden heruntertropft. Er wird sich vergiften, es wird seinen Durst ins Hundertfache steigern. Er wird nach dir rufen, Till, er wird schreien, er wird sich die Stimme blutig brüllen, er wird so wütend, so verzweifelt sein, dass er sich bis in deine Träume hineinschleicht ...

Sie liefen weiter, ohne auf die Zeltbewohner zu achten.

»Ich war mit deinem Vater hier unten«, sagte Till zu Max, als sie sie nicht mehr hören konnten, »er hat mich hierhergebracht. Er hat von einer Täuschung gesprochen, von einer Illusion, die man abstreifen müsste, von einer Entscheidung zwischen Wahrheit und Freiheit – ich hab nicht viel verstanden von dem, was er gesagt hat.«

»Und wo ist er jetzt?«, war alles, was Max hervorbrachte.

Vielleicht war es nur ein Alptraum, was ich erlebt habe, vielleicht ist er gar nicht in diesem Sandsarg.

»Ich bin losgelaufen, wollte nur noch weg, hab mich nicht umgesehen. Aber er war nicht mehr hinter mir, ich habe ihn nicht mehr gehört.«

DU HAST DIE TÜR ZUGEWORFEN!

Max blieb stehen, den Blick zu Boden gesenkt. »Er ist hier unten irgendwo?« Er fing an zu zittern.

Ja, denn ich musste dich schützen, mich schützen, Lisa schützen ...

Till berührte Max' Arm. »Ich bin mit ihm losgegangen, er wollte mir etwas zeigen, es ging um dich, Max, ich sollte dir helfen ... und dann ...«

Max schaute hoch.

»Ich hab ihn verloren, Max.« *VERLOREN?* »Hier unten, irgendwo.«

Max schien ihn nicht zu verstehen. Sein Kopf bewegte sich, es war fast wie das Kopfwackeln einer alten Frau.

Till atmete flach und schnell. »Ich kann versuchen, die Stelle wiederzufinden, an der ich ihn zuletzt gesehen habe.«

»Weißt du das denn noch?«

Er wird mich holen. Er wird mich töten. Und Max auch.

Es schnürte Till die Brust zusammen. »Es ist ein riesiges Tunnelsystem hier unten, ich bin mir nicht sicher, aber ... es gibt wahrscheinlich einen Grund, warum dein Vater noch nicht nach Hause gekommen ist.« *Weil du ihn eingesperrt hast, er sitzt dort unten, er schreit, hat Angst, Todesangst.* »Ich weiß nicht, ob ihn jemand hier unten findet.«

Max starrte an Till vorbei in die Dunkelheit. »*Wo*, Till? Wo sollen wir ihn suchen?«

Till packte ihn am Arm. »Es ist nicht mehr dein Vater, Max, du hast es selbst gesagt, er hat sich verändert –«

»Was ist los mit dir, Till?«, brach es aus Max hervor. »WAS HAST DU MIT IHM GEMACHT?«

Till wandte sich ab, begann zu laufen und hörte, wie Max' feiner Atem hinter ihm blieb. Es war weit. Vielleicht würde er es nicht mehr finden, vielleicht würden sie sich in dem verdammten Labyrinth hier unten verirren. Vielleicht hätten sie doch zu Julia gehen sollen, vielleicht hatte er alles falsch gemacht ...

Es dauerte fast eine Stunde, bis Till den Gang erreicht hatte, in dem sich der Zwinger mit den Hunden befand. Aber als sie vor der Glasscheibe standen, war der Raum dahinter leer.

Kein Kratzen, kein gedämpftes Bellen, keine feuchte Nase an der Scheibe.

Sie haben sie getötet – beide.

Und kein Wummern gegen die Tür in dem Gang, der sich dahinter in den Untergrund schraubte.

Sie liefen den Tunnel hinunter. Till blickte sich nicht mehr um, zögerte nicht mehr, ja, er rannte fast, wie magnetisch angezogen von der Tür, von der er ahnte, dass dahinter das Grauen lauerte.

Als sie sie endlich erreicht hatten, lag der Riegel noch vor. Till warf Max einen Blick zu, und sein Freund schien zu begreifen, dass sie am Ziel waren. Mit einem Satz sprang er vor, schleuderte den Riegel nach oben und riss die Tür auf.

Ein schwarzes Bündel lag dahinter. Max begann zu keuchen, Till huschte an ihm vorbei in den Raum. Ein beißender Geruch nach Schweiß, Tränen und Tod umfing ihn. Es war Bentheim, der auf dem Boden lag. Sein Kopf war nach hinten gefallen, der Schädel inmitten der Stirn eingedrückt. Er musste mit der ohnmächtigen Wut eines

Wahnsinnigen gegen die Tür angestürmt sein. Immer wieder sich gegen sie geworfen, gegen sie gehämmert haben, mit dem Kopf gegen sie angerannt sein ...

Seine Augen standen offen, sie starrten an Till vorbei.

Es ist nicht dein Vater gewesen, wollte Till Max zurufen, aber es kam kein Laut über seine Lippen.

Er bückte sich, Mund und Nase in der Armbeuge verborgen, um sie vor dem beißenden Gestank zu schützen, der die Nische ganz ausfüllte, nahm einen Zipfel des Jacketts hoch und schlug es über Bentheims Gesicht. Als er aufblickte, sah er, dass Max noch draußen auf dem Gang stand. Till konnte sein Gesicht nicht sehen, nur einen Arm, der schlaff herunterhing. Max zitterte am ganzen Leib.

Till schob sich zurück durch die Tür nach draußen. Max schaute auf, und sein Gesicht schien sich verändert zu haben.

»Du hast ihn hier unten eingesperrt, Till.« Seine Stimme wirkte tiefer als sonst, rauher.

»Es war nicht mehr dein Vater, Max, du hättest ihn sehen sollen, ich weiß auch nicht genau, was es war, aber es hatte ihn in der Gewalt.«

Es war wie ein Schlag mit einem Stock, als Max es ihm ins Gesicht schrie: »Was weißt du denn?«, raste er. »Mein Vater hat dich aufgenommen – und du?«

Er brach ab. Abrupt wandte er sich um und rannte – weg von Till, weg von der Tür, weg von dem schwarzen Bündel, das dahinterlag.

6

Als Till ihn endlich eingeholt hatte, saß Max auf einer halbhohen Mauer, hinter der Wasser aus einem Seitenkanal in die Hauptröhre geleitet wurde. Max' Beine hingen von der Mauer herunter, seine Füße berührten den Boden nur, wenn er die Zehen ganz nach unten streckte. Er hatte seine Arme auf die Schenkel gelegt, und der Oberkörper war ein wenig nach vorn geknickt.

Till stemmte die Hände auf die Mauer, sprang hinauf und setzte sich neben Max.

Max rührte sich nicht.

Vor Tills Augen tanzten Schattenbilder der Leiche mit dem eingedrückten Schädel. Immer wieder glaubte er, Bentheims Augen auf sich gerichtet zu sehen, aber bevor das Bild richtig Gestalt annehmen konnte, verschwamm es auch schon wieder.

»Wegen der Hunde, Max, weißt du«, murmelte Till, »ich sollte sagen, welchen sie töten sollen. Ich habe deinen Vater überhaupt nicht verstanden.«

Er warf Max einen raschen Seitenblick zu. Die Haare des Freundes standen in alle Richtungen ab, seine Unterlippe war einen Millimeter weit vorgeschoben.

»Ich wollte ihn nicht einschließen, ich wollte nur, dass es aufhört, dass er aufhört, so auf mich einzureden.«

So war es doch gar nicht, zischelte es in Till, *er hatte doch gar nichts mehr gesagt, ihr seid doch einfach nur schweigend den Gang entlanggelaufen – ihr seid fast geflogen, erinnerst du dich? Aber dann hast du es dir plötzlich anders überlegt, wolltest das alles nicht mehr, warst dir nicht mehr sicher – und hast ihn in eine Falle gelockt.*

»Ich musste an die Abteilung denken«, Tills Stimme war heiser, »ich wollte dort nicht hin. Das war nicht dein Vater, Max, du hast es selbst gesagt. Weiß der Teufel, was es war, aber es hatte mich … das hab ich genau gespürt … es hatte mich irgendwie in seine Gewalt gebracht. Für einen Moment war ich in seiner Welt, aber dann, im letzten Augenblick«, er flüsterte nur noch, »hab ich mich dagegen gewehrt. Ich wollte nicht einer von ihnen sein, einer dieser Aliens, einer von denen, die sich verändern, die keine Menschen mehr sind …«

Er schwieg. Max sagte kein Wort.

Eine Zeitlang saßen sie auf der Mauer, lauschten dem Gluckern, das durch die Röhren aus weiter Ferne zu ihnen drang. Weit über ihnen musste die Hitze jetzt ihren Höhepunkt erreicht haben. Till spürte, wie aus dem Seitenkanal, dem sie ihre Rücken zukehrten, die Hitze kam, während aus dem Hauptkanal, in den sie hineinschauten, noch immer kühlere Luft nach oben wehte.

»Es gab sie gar nicht.«

Was? Till atmete aus. Wie sollte es jetzt weitergehen? Erst ganz langsam begann er zu ahnen, was das, was er getan hatte, bedeutete. Er hatte Bentheim … er hatte ihn … Till wagte es nicht einmal, daran zu denken.

»Ich hab mir das doch nur ausgedacht.« Max' Kopf sackte noch ein Stückchen nach vorn.

Till konnte sich nicht auf das konzentrieren, was Max neben ihm sagte. Er hatte Bentheim ... getötet. Kaum war das Wort durch seinen Kopf geschossen, fühlte Till, wie ihm kalt wurde. Er hatte ihn getötet.

»Ich hab es mir ausgedacht, verstehst du?«

»Ich hab ihn getötet«, entfuhr es Till – und als würde er das erst jetzt begreifen, sah er Max mit aufgerissenen Augen an. »Aber er war nicht mehr er selbst, Max. Das war nicht dein Vater.«

Er sah, wie Max seine Arme zwischen den Beinen hervornahm, ineinander verkreuzte und eng an seinen mageren Körper presste. Ein Zittern durchlief ihn. Er hatte die Augen fest geschlossen.

»Du hörst mir nicht zu«, kam es zwischen Max' Lippen hervor.

»Du hast es selbst gesagt, Max. Ich ... ich kann nichts dafür, ich musste das tun, er ... weißt du, ich konnte es doch nicht wissen, er hätte sich doch plötzlich verformen können? Die Wellen unter der Haut, erinnerst du dich? Das Tier hätte doch plötzlich aus ihm herausplatzen können, hier unten in den Kanälen. Ich wusste nicht, was passieren würde, er kam mir vor wie ein Rieseninsekt, das durch die Röhren huscht. Er hatte mir den Kopf verdreht, ich wusste nicht, ob wir nach oben liefen oder nach unten, immer tiefer hinein. Ich hatte Angst, ich konnte ihm nicht trauen. Ich fürchtete, dass er mich stechen könnte, vergiften. Dass ich nicht mehr zurückfinden würde, nicht merken würde, wie auch ich mich veränderte.«

Till hatte ganz vergessen, Luft zu holen. Fast erstickt brach er ab, flache Atemzüge jagten durch seine Brust.

»Ich hab es mir ausgedacht«, murmelte Max, zusammengerollt wie er war, das Kinn auf die Brust gepresst, die Arme verschränkt.

»Was? Was hast du dir ausgedacht!«, schrie Till ihn an.

»Die Abteilung, Mann, die Scheißabteilung im Krankenhaus.«

Er hat sie sich ausgedacht – aber sein Vater ist tot, hallte es in Tills Kopf. *Und ich hab ihn getötet.*

Till krallte sich rechts und links von seinen Beinen mit den Händen in die kleine Mauer. Er wagte es nicht, Max anzusehen, sein Blick war schnurgerade in die Röhre gerichtet. »Du hast es dir ausgedacht?«

Er spürte das Nicken neben sich.

Er hat es sich ausgedacht.

»Es gibt die Abteilung nicht.«

»Ich ... ich hab es nicht mehr ausgehalten, mein Vater ... er hat mich völlig fertiggemacht ... ich brauchte deine Hilfe.«

Till nahm vage wahr, wie sich Max ihm zugewandt hatte. »Ich wollte es dir gleich sagen, aber dann war es schon wieder zu spät. Und mir ging es im Krankenhaus wirklich nicht gut. Ich dachte, dass mein Vater, dass er nicht so sein konnte, dass ... dass irgendwas mit ihm passiert sein musste, ich hab es doch selbst fast geglaubt.«

Schwarze Leere tat sich in Till auf.

»Ich brauchte deine Hilfe, ich wollte, dass jemand mir gegen ihn beisteht. Er hätte mich doch einfach zerquetscht, ich konnte nicht mehr, ich ... ich hab alles versucht, aber ... er hat doch nicht mehr aufgehört, ist einfach über mich hinweggegangen, durch mich hindurch. Es war ihm ganz egal, was aus mir wurde, er sah nur sich, sah, wen er als Sohn haben wollte. Deshalb habe ich das von der Abteilung erzählt. Konnte es denn nicht wirklich so sein? Dass er so war, weil er nicht mehr er selbst war, weil sie ihn *ausgetauscht* hatten?«

»Aber es war nicht so.«

Max keuchte. »Natürlich nicht«, die Stimme war jetzt brüchig und kratzend. »Natürlich nicht, so was gibt es doch nicht.«

Aber ich habe ihn wirklich getötet.

»Ich hätte nie gedacht, dass du so weit gehen würdest.«

Was hab ich getan.

»Ich wollte das nicht.«

Jetzt ist es zu spät.

Till rutschte von der Mauer herunter. Er fühlte sich fast wie betäubt.

Max saß noch immer auf der Mauer. »Der Termin am Ende der Ferien? Dass er mir gesagt hatte, ich müsste entscheiden, was aus meinem Leben werden soll? Ich wusste nicht, was ich ihm antworten sollte! Aber er kam ja immer wieder darauf zurück. Und weißt du, was passiert wäre?«

Till fühlte, wie seine Knie zitterten.

»Egal, was ich ihm gesagt hätte, er hätte mich auf eine besondere Schule dafür geschickt. Aber ich wollte auf keine andere Schule, Till. Erst recht nicht jetzt, wo du in meine Klasse kommst. Er hätte uns getrennt, Till, das wollte ich nicht. Ich wollte mit dir zusammen in meine Schule gehen, deshalb hab ich das gesagt – dass es die Abteilung im Krankenhaus gibt, dass sie die Menschen dort aufschneiden, dass es ist wie ein Alptraum, der nach einem greift. Ich wollte nicht, dass wir getrennt werden.«

Vierter Teil

1

Die letzten zwei Wochen der Sommerferien vergingen für Lisa wie im Flug. Montag würde die Schule wieder losgehen, aber daran dachte sie nicht. In den letzten vierzehn Tagen hatte sich ihre Welt verändert, war verrutscht, weggerutscht, abgerutscht. Ihr Vater war nicht wieder aufgetaucht, seit vierzehn Tagen fehlte jede Spur von ihm. Es war ein Tag gewesen wie jeder andere, Till war erst ein paar Wochen bei ihnen gewesen, ihr Vater hatte sich von ihnen verabschiedet, seitdem hatte sie ihn nie mehr gesehen.

Nachmittagelang hatte Lisa auf ihrem Bett gelegen, auf dem Bauch, das Gesicht zur Seite gedreht, und zur Tür geschaut. Sie hatte gewartet, dass sie weinen würde, aber es war nichts passiert. Sie hatte ihre Mutter weinen gehört, sie hatte Max und Till reden gehört, sie hatte Rebecca und Jenna arbeiten gehört. Nur ihren Vater, seine schweren Tritte auf der Treppe, seine sonore Stimme, sein Lachen, das hatte sie nicht mehr gehört. Er war nicht mehr wie früher in ihre Tür getreten, er hatte sich nicht mehr zu ihr heruntergebeugt, er hatte sie nicht mehr auf den Arm genommen. Es gab niemanden mehr, der mit Max schimpfte, niemanden, über den sich ihre Mutter freute, es war eine Lücke inmitten ihrer Familie entstanden, die nie wieder gefüllt werden würde. Ihre Welt war zusammengebrochen.

Rein äußerlich war alles beim Alten geblieben. Sie wohnten weiterhin in dem Haus, in der Auffahrt standen die Autos, Rebecca und Jenna kamen und gingen. Lisas Mutter hatte sich schon verändert, aber das sah man nur, wenn man genau hinschaute. Sie schien ein wenig älter geworden zu sein, dünner, fast wie ein Schmetterling, dem ein wenig Pulver von den Flügeln gestäubt ist. Der Glanz ihrer Haare schien eine Spur matter geworden zu sein, die Augen wirkten, als hätten sie an Strahlkraft verloren.

Sonst war alles beim Alten geblieben. Lisa würde am Montag zur Schule gehen, ihre Mutter hatte ihr eingeschärft, was sie erwidern sollte, wenn sie gefragt würde: *Mama hat gesagt, ich soll nicht drüber sprechen.* Denn keiner wusste es. War ihr Vater tot? War er fortgelaufen?

Vor ein paar Tagen hatte Lisa durch eine Tür mitgehört, wie ihre Mutter am Telefon sagte, dass ›Xaver‹ in den letzten Wochen vor seinem Verschwinden ein wenig merkwürdig gewirkt hätte. Vielleicht ein wenig nervöser, das stimmte, aber sonst? Sonst hatte Lisa eigentlich nichts bemerkt.

Beamte der Kriminalpolizei waren da gewesen, hatten das Gartenhaus abgesucht und eine Luke im Boden des Kellers entdeckt, die direkt in die Kanalisation führte. Ihre Mutter hatte davon nichts gewusst, aber die Beamten hatten versichert, dass das in Berlin nichts Außergewöhnliches wäre.

In den ersten Tagen war es die Hölle gewesen. Lisas Mutter hatte nicht mehr geschlafen, das ganze Haus schien unter Strom gestanden zu haben. Inzwischen hatte sich die Anspannung, die am Anfang gewirkt hatte, als könne sie jeden Augenblick explodieren, in ein grimmiges, zähes Verharren gewandelt, von dem Lisa wusste, dass es sie alle krank machen würde – von dem sie aber auch wusste, dass sie es nicht einfach so abschalten konnten.

Eine Zeitlang hatte sie leise vor sich hin geflüstert, versucht, sozusagen innerlich mit ihrem Vater zu sprechen, von der diffusen Hoffnung getragen, dass er sie vielleicht hören könnte und noch einmal zurückkommen würde. Sie hatte sich gesagt, dass sie auch mit Max sprechen würde, um ihn davon abzubringen, sich immer so heftig mit dem Vater zu streiten. Dass es ihrem Vater mit Sicherheit in seiner Familie gefallen würde, wenn er nur noch einmal zurückkäme. Dass sie sich Mühe geben würde, noch viel, viel mehr Mühe als vorher. *Bitte, Papa, komm zurück.*

Aber es hatte alles nichts genützt. Es war weiter still geblieben im Haus – und vielleicht sogar mit jedem weiteren Tag, der verstrich, noch stiller geworden. Er war weg. Er rief nicht an, schrieb keine Karte, ließ nichts ausrichten. War einfach nur weg.

Lisa wusste nicht, was passiert war. Sie konnte sich nicht vorstellen, dass ihr Vater sie einfach so vergessen hatte. Sie war sicher, dass etwas geschehen war, das es ihm unmöglich machte, sich bei ihnen zu melden. Er musste ja wissen, dass sie sich Sorgen machten. Er würde sie nicht einfach so hängenlassen. Vielleicht hatte ihn jemand entführt, vielleicht lag er in einem Keller, gebunden an Armen und Beinen, mit einem Knebel im Mund? Aber dann verwarf sie all diese Vorstellungen wieder. Wer sollte ihn denn entführen und warum?

Die Tage vergingen, es meldete sich niemand, und Lisa lag auf ihrem Bett und konnte nicht weinen. Einmal war sie in das Schlafzimmer der Eltern geschlichen und hatte den Schrank aufgemacht. Dort hatten all die blauen Hemden gelegen, die ihr Vater immer getragen hatte. Sie hatte eines davon herausgenommen, auf das Bett gelegt und ihr Gesicht darin vergraben. Es hatte nach Waschmittel gerochen, und Lisa hatte das Gefühl gehabt, ihrem Vater ein wenig näher zu sein als sonst. Aber dann hatte sie doch wieder nichts anderes zu tun gewusst, als das Hemd ganz sorgfältig zusammenzunehmen und zurück in den Schrank zu legen.

2

Das Rückgrat des Sommers war gebrochen, die mörderische Hitze, von achtunddreißig, neununddreißig Grad überwunden. Der Rest des Jahres würde ein langsamer Abstieg in den Berliner Winter sein, noch aber war es warm genug, um im Pool zu baden.

Lisa stieß sich vom Beckenrand ab und kraulte langsam die Längsseite hinunter. Ihre Mutter hatte vor einer guten Stunde Besuch bekommen, Max und Till waren mit den Rädern unterwegs. Lisa tauchte ab, rollte über und stieß sich mit den Füßen kräftig von der Mauer ab. Das Wasser quirlte hinter ihren Ohren, unter ihren Armen, in ihrem Nacken unter dem Knoten, zu dem sie ihre Haare zusammengebunden hatte. Sie tauchte wieder auf, legte den Kopf zur Seite und holte tief Luft.

Gleichzeitig irritierte sie etwas.

Geschmeidig rollte sie sich auf den Rücken, wollte eben kraulend den Rest der Bahn zurücklegen, als sie bemerkte, dass eine Gestalt neben dem Pool aufgetaucht war. Eine Gestalt, die von den Tropfen, die ihr noch über die Augen rannen, aufgelöst schien und ruhigen Schritts an das Becken herantrat. Abrupt ließ Lisa ihren Körper in eine senkrechte Position sinken und wischte sich mit beiden Händen Haare und Tropfen aus dem Gesicht.

»Ist es denn nicht zu kalt inzwischen?«, hörte sie die Gestalt sagen und griff nach dem Beckenrand.

»Nein.« *Wer ist das?* »Ist noch okay.«

Sie wandte den Kopf dem Mann zu, der auf der anderen Seite des Beckens stehen geblieben war. Er trug einen hellen, leichten Anzug, der wie maßgeschneidert saß, war um einiges kleiner als ihr Vater, und seine Züge wirkten seltsam lebendig, klar geschnitten und fein.

Er hockte sich an den Beckenrand und steckte eine Hand in das Wasser. »Hm«, hörte sie ihn sagen. »Schön.« Er lächelte ihr zu.

Er trägt einen Ring, bemerkte Lisa, ab*er nicht so einen wie Papa, einen Ring mit einem Stein.*

»Sie sind Felix von Quitzow«, entfuhr es ihr, »Sie haben meine Mutter besucht.«

Von Quitzow lachte. »Ja, richtig.«

»Wo ist sie ... meine Mutter, meine ich.«

»Sie muss noch ein paar Papiere durchsehen, die ich ihr mitgebracht habe.«

»Und Sie warten so lange.«

Er nickte, zog ein weißes Taschentuch aus der Hose und trocknete seine Hand daran ab, ohne sich aus der Hocke zu erheben. »Ich glaube, wir haben uns noch nie getroffen, oder Lisa?«

Er schaute auf seine Hand, während er sich abtrocknete.

»Nein, ich glaube nicht.« Sie hing am Beckenrand und trat mit den Füßen im Wasser. Lisa spürte, dass ihre Haltung ein wenig ungünstig war, aber sie wusste nicht gleich, was sie tun sollte. Weiterschwimmen? Rausgehen? Mit dem Mann reden?

»Ich habe deinen Vater gut kennengelernt, Lisa«, hörte sie ihn sagen, und seine Worte durchschnitten sie wie glühende Drähte. »Er hat immer wieder von dir gesprochen, von dir und von Max.«

»Ja?« Sie starrte den Mann an, einen Kloß im Hals. Wusste er etwas?

»Es tut mir wirklich leid, was vorgefallen ist.« Er steckte das Taschentuch wieder ein und schaute zu ihr. Seine Unterarme lagen auf den Knien, die Hände hingen herunter.

Glauben Sie, dass er wiederkommt?, wollte Lisa ihn fragen, aber dann traute sie es sich doch nicht. »Was hat er denn gesagt?«, presste sie stattdessen hervor.

»Nichts Besonderes ...«, von Quitzows Gesicht spiegelte so etwas wie Schmerz wider, »... er wollte mir seine Kinder unbedingt einmal vorstellen, aber dazu ist es dann ja nicht mehr gekommen.«

Plötzlich kam es Lisa so vor, als sei das Wasser doch ein wenig kalt. Sie fühlte, wie sich ihre Haut aufrichtete, wie sich die Gänsehaut über ihren Körper ausbreitete.

»Was sind das denn für Papiere«, sagte sie, »die meine Mutter durchsehen muss?«

Der Mann lächelte, und für einen Augenblick hatte sie das Gefühl, als würde ihre Frage ihn überrascht haben.

»Furchtbar trockenes Zeug«, antwortete er und erhob sich, »es geht um das Buch, an dem dein Vater zuletzt …«, er zögerte, »an dem er gearbeitet hat, als er verschwunden ist.« Sein Lächeln stand noch immer in seinem Gesicht, aber es wirkte, als würde es ihn anstrengen.

Jetzt!, schoss es Lisa durch den Kopf, und mit drei konzentrierten Schwimmstößen durchmaß sie den Rest des Beckens, gelangte zu der Leiter, die aus dem Wasser herausführte. Sie griff nach dem runden Geländer, zog sich daran hoch, fühlte, wie die Tropfen an ihrem Körper herunterrannen. Mit einem Schritt war sie bei dem Liegestuhl, auf den sie ihr Handtuch gelegt hatte.

»Jetzt aber schnell«, hörte sie von Quitzow von der anderen Seite des Beckens aus rufen, dann hatte sie das Tuch um sich geschlungen, den Kopf darin vergraben und rubbelte. Das Kratzen des Handtuchs über ihren Ohren verschluckte jedes andere Geräusch. Sie drückte gegen ihre Stirn, presste das Tuch den Kopf entlang nach hinten. Es schob sich von ihren Augen zurück.

Er stand nur wenige Schritte vor ihr.

Lisa stieß einen kurzen Luftstoß aus, hörte, wie ihr eigener Atem ihr entfuhr.

»Morgen geht die Schule wieder los, oder?« Von Quitzow lehnte an dem Tisch, der bei dem Liegestuhl stand. Sie sah, dass sein weißes Hemd, die rote Krawatte, der beige Anzug aus feinstem Stoff gefertigt waren. Ein Schatten umspielte Kinn und Kiefer, das schwarze, dichte Haar stand struppig und zugleich wie gemeißelt von seinem Kopf ab.

Sie nickte und trocknete sich weiter ab.

»Du musst uns mal im Verlag besuchen«, fuhr er fort, »wir bringen die Bücher deines Vaters groß raus, weißt du?«

Ich hab noch nie eins von seinen Büchern gelesen, dachte sie, aber das brauchte sie ihm ja nicht zu sagen.

»Ich würde dir gern mal das Archiv zeigen, das wir dort aufgebaut haben«, meinte der Mann, »keine Bibliothek, keine Uni der Welt hat so viele Schriften von Xaver Bentheim wie wir.«

Lisa legte das Handtuch um ihre Schultern und hielt es mit einer Hand von innen zusammen.

»Ich muss wieder rein«, sagte sie.

Von Quitzow lächelte. »Alles klar.«

Sie wandte sich ab, es fiel ihr nicht leicht, ihm den Rücken zuzukehren, aber ihr blieb keine Wahl, da er keine Anstalten machte, seinen Platz an dem Tisch zu verlassen.

Um sich an den Kieselsteinen auf dem Weg nicht zu pieksen, stellte sie sich ein wenig auf die Zehenspitzen und hüpfte mehr, als dass sie ging, auf das Haus zu.

»Ach, Lisa?«, hörte sie ihn hinter sich, blieb stehen und sah sich noch einmal um.

Er lehnte an dem Tisch und sah gut aus. »Wenn ich irgendwas für dich tun kann, rufst du mich an? Ich hab deiner Mutter meine Nummer gegeben. Ein hübsches Mädchen wie du – da freu ich mich immer. Das macht mich richtig unruhig. Kannst du dir das vorstellen?«

Wie bitte?

»Okay«, hörte sie sich zurückrufen, dann sprang sie weiter zum Haus. *Unruhig? Wie? Unruhig?* Lisa spürte, wie der klare Blick des Mannes ihr folgte. Als sie endlich hinter der Tür im Haus verschwunden war, wo er sie nicht länger sehen konnte, war es, als wäre sie aus prallem Sonnenschein heraus in den Schatten gelangt.

3

Heute

»HEY!«

Till hört es, aber er kann den Kopf nicht wenden. *Wo haben sie all die Ratten her?*, ist, was er denken muss.

»ANSCHÜTZ!«

Er sieht die Stecknadelkopf-Augen der Tiere, die über den Zement stürzen, spürt die Struppigkeit ihres Fells, das gegen seine Hosen drückt, fühlt das Zucken ihrer Körper, die zwischen seine Beine gequetscht werden.

Der Raum wird mit ihnen ausgefüllt werden, sie werden bis zur Decke gespült werden, es wird niemals aufhören, die Wand gegenüber wird anfangen, sich zu bewegen, sie werden uns zerquetschen, zu einem Fleischblock zusammenpressen ...

Das Quieken erfüllt die Luft, schon erreichen die Tiere seine Handflächen, und als er die Arme hochreißt, um seine Hände davon zu befreien, beginnt das Gewimmel, an seinen Seiten hochzusteigen.

Tills Kopf fliegt herum, seine rechte Gesichtshälfte brennt – da sieht er ihn: den Mann mit den verbreiterten Mundwinkeln. Er hat ihm mit dem Handrücken ins Gesicht geschlagen.

»Reiß dich zusammen und komm jetzt!«, herrscht der Kerl ihn an – zerrt an seinem Arm, wühlt ihn frei, schaufelt das Getier zur Seite, das schreiend übereinanderkrabbelt. Kämpft sich zur Tür, durch die Felix und die anderen Dunkelgestalten vor wenigen Minuten den Raum verlassen haben. Till spürt, wie sich die Leiber der Tiere unter seinen Sohlen winden, schiebt seine Unterschenkel durch die lebendigen Wellen und drängt hinter dem Mann durch die Tür ins Freie.

»VERDAMMTE DRECKSVIECHER!« Der Mann reißt an der Tür, um sie hinter ihnen zu schließen. Das Quieken schwillt an zu einem verzweifelten Todeschor, in dem Till meint, das Entsetzen der Ratten über die Verwüstung zu hören, die der Mann unter ihnen anrichtet, indem er die Stahltür so rücksichtslos zurammt. Sud, Blut und Dreck spritzen unter der Stahlkante hervor.

»Hilf mir!«, hört Till ihn schreien, greift nach der Klinke, zerrt an der Tür, um sie zuzubekommen, gegen den weichen Widerstand, der sie blockiert, gegen die Leiber der Ratten, die das Pech haben, in den Türspalt geraten zu sein, gegen den Widerwillen, den Brechreiz, der immer mächtiger in ihm anschwillt.

Als es klickt und das Schnappschloss endlich einrastet, hört er sie weiter mit den Krallen an dem Stahl kratzen.

»Was ... was ...« Till keucht. Seine Lunge pfeift, während er sich gegen die Wand sinken lässt.

Der überbreite Mund des Mannes zieht sich auf. »Felix braucht dich, das weißt du doch.«

»Hat Felix das gewusst – mit den Ratten?«

Der Mann wendet sich wortlos ab, läuft einfach den Gang hinunter.

»Warte!«

Till holt ihn ein, sie gehen nebeneinander.

»Wo ist Felix – ich ... ich muss ihn sprechen.«

»Keine Angst, er wird sich schon melden. Ich soll dich erst mal zu ihr bringen.«
»Zu wem?«
Keine Antwort.
Schweigend laufen sie weiter. Der Mann wirft ihm einen Blick zu, zeigt sein Zahnfleisch. Willst du mal anfassen, scheint er sagen zu wollen, dort, in den Winkel, wo sie in die Wange hineingeschnitten haben? Und plötzlich sagt er es.
»Zu Lisa. Ich soll dich zu Lisa bringen.«

4

Rückblende: Zwölf Jahre vorher

»Was willst du mir denn sagen?« Lisa zog die Augenbrauen ein wenig in die Höhe und warf Till einen Blick zu. Sie trugen jeweils eine Papiertüte mit Brötchen, die sie am letzten Sonntagmorgen vor Schulbeginn gerade vom Bäcker geholt hatten.

»Ich habe in letzter Zeit viel an ihn gedacht«, erwiderte Till. Es war die letzte Chance. Er musste sich überwinden. Er konnte es nicht in sich verschließen. »An deinen Vater, weißt du?«

Es war, als würde Lisa unmerklich zusammenzucken. Als wäre ihr Kopf ein wenig nach unten geruckt, als würde sie die Brötchentüte ein wenig fester noch an sich pressen.

Flip flop, flip flop ...

Sie trug ein Sommerkleid, und ihre Badeschlappen klatschten über das Pflaster. Die Haare hatte sie hinten zu einem Pferdeschwanz zusammengebunden, der bei jedem Schritt einmal wippte.

»Ich hab ihn sehr gern gemocht –«

Till schrak zusammen. Lisa hatte einen leisen Schrei ausgestoßen, sie musste die Papiertüte zu fest an sich gedrückt haben. Das Papier war gerissen, sie versuchte, die Brötchen zu halten, aber es waren zu viele, sie kullerten über den Boden.

Erschrocken blickte Till in ihr Gesicht, sah, wie sie mit den Tränen kämpfte. Dann streckte sie wütend die Arme aus, und die übrigen Schrippen fielen zu Boden. Sie stand da, als hätte sie mit einem Mal verlernt zu laufen.

Till hockte sich hin, legte seine Tüte vorsichtig auf den Bürgersteig und begann, die Brötchen aufzusammeln.

»Und wo sollen wir sie jetzt reintun?« Lisa sah ihn an, trotzig, traurig – und doch meinte Till, einen Anflug von Dankbarkeit in ihrem Blick auffangen zu können, Dankbarkeit, weil er jetzt einfach das machte, was sinnvoll war, und die Backwaren aufsammelte.

Kurzerhand zog er sein frisch gewaschenes T-Shirt über den Kopf und tat die Schrippen dort hinein. Dann nahm er die Enden des Shirts zusammen, stand auf und reichte ihr das Bündel.

»Danke.«

Till bückte sich und schnappte sich seine eigene Tüte wieder. Als er hochsah, war sie bereits ein paar Schritte weitergelaufen.

»Lisa!« Er rannte zu ihr, ging neben ihr her. *Du musst es ihr sagen!*

»Ich habe deinen Vater immer gemocht, Lisa. Ich weiß nicht, warum er so gegen Max war –«

»Er war nicht gegen Max!«

Till zog rasch die Luft ein. Lisas Heftigkeit überraschte ihn. »Max ist ein Träumer, ein Verrückter«, stieß sie hervor. »Du kennst ihn noch nicht lange, Till. Aber Max ist einer, der einfach immer geradeaus rennt. Er macht nirgendwo halt, wenn er sich etwas in den Kopf gesetzt hat. Er kennt kein Zurück, es ist ihm egal, was aus den anderen wird. Er macht einfach immer weiter, und wenn dabei alles zu Bruch geht. Er kennt kein Maß, keine Zwischentöne, nur eins: sich selbst. Deshalb ist er mit meinem Vater immer wieder aneinandergeraten. Weil Papa versucht hat, ihn vor dem Schlimmsten zu bewahren. Weil Papa sich um ihn Sorgen gemacht hat.«

Sie blieb stehen, und der Blick ihrer glühenden Augen wanderte über Tills Gesicht. »Ich weiß nicht, was aus Max werden wird, jetzt, wo mein Vater nicht mehr bei uns ist. Willst du Max aufhalten? Willst du dich um ihn kümmern? Ich kann es nicht. Auf mich hört er nicht, wenn es wirklich drauf ankommt, und auf meine Mutter auch nicht. Niemand wird ihn mehr bremsen können. Und weißt du, was das Schlimmste daran ist?«

Till schüttelte den Kopf.

»Dass er sich selbst dabei zugrunde richten wird«, schleuderte sie hervor, und Till sah, wie ihr die Tränen hemmungslos über die Wangen liefen.

»Ich ... ich werde versuchen, bei ihm zu sein«, stammelte Till, »ich mag Max, er ist mein Freund, das weißt du ja ...«

Wie willst du ihm helfen, wenn sie dich fortbringen – wenn sie wissen, was du getan hast – sie werden dich nicht bei der Familie lassen ...

»Aber ich will gar nicht über Max reden, Lisa, ich will etwas anderes sagen, ich ...« Er rang nach Luft. »Es geht um deinen Vater, Lisa, nicht um Max –«

»Nein!«, schrie sie ihn an. »Nein! Was willst du mir denn sagen, Till? Was *musst* du mir denn sagen?« Ihr Blick loderte, die Tränen hatten ihre Augen gerötet, die Haare, die sich aus dem Pferdeschwanz gelöst hatten, klebten ihr im Gesicht. »Was?«

Und es verschlug ihm die Sprache. Wie sollte er ihr anvertrauen, dass *er* es gewesen ist, dass *er* die Tür zugeworfen hat! Er liebte sie doch, er liebte ihren Blick, ihren Mund, ihre Ohren, er liebte, wie sie lief, liebte sie, wenn sie weinte, liebte ihre Stimme und liebte, was sie sagte. Er liebte Lisa, und jetzt sollte er ihr sagen, *dass er ihren Vater getötet hatte?*

Da rannte sie. Ihre Flip-Flops waren auf dem Pflaster liegen geblieben, sein T-Shirt mit den Brötchen presste sie an sich. Sie rannte die Straße entlang, die in einem weiten Bogen zu der Sackgasse führte, an der die Villa der Bentheims lag.

Till folgte ihr mit dem Blick – und stutzte.

Zwei Männer kamen Lisa von der Villa aus entgegen.

In den letzten Tagen waren sie im Bentheimschen Haus aus und ein gegangen, hatten das Arbeitszimmer von Lisas Vater im Gartenhaus ausgeräumt, stundenlang mit ihrer Mutter im Wohnzimmer geredet. Ein Mann, der sich Till beiläufig als ›Felix‹ vorgestellt hatte, und mehrere Mitarbeiter von ihm. Zwei von ihnen, Männer mit Gesichtern, die so nichtssagend waren, dass Till sich nie so recht an sie erinnern konnte, waren Lisa jetzt entgegengetreten.

Till sah, wie einer von ihnen ihr das T-Shirt mit den Brötchen abnahm, während sich der andere zu ihr herunterbeugte. Till meinte, Lisa förmlich nach Luft ringen zu sehen, zögern zu sehen, doch dann wandte sie sich ruckartig um und zeigte die Straße hinunter, in die Richtung, aus der sie gekommen war.

Till verfolgte, wie die Augen der Männer ihrem Fingerzeig folgten – dann trafen ihn ihre Blicke.

Im nächsten Augenblick sah er nur noch das Pflaster vor seinen Augen tanzen.

Till rannte.

Die Straße hinunter, die Brötchentüte von sich werfend, den Kopf gesenkt – mit Schritten, von denen er das Gefühl hatte, dass sie kaum mehr den Boden berührten.

5

Till wusste nicht, ob sie hinter ihm her waren, aber er wagte es nicht, sich umzudrehen. Sollte er in einen der angrenzenden Gärten springen, sich hinter einer Hecke verstecken?

Er lief. Überquerte die Straße, lief weiter, bis der Hall seiner Schritte von den Wänden der S-Bahn-Unterführung zurückgeworfen wurde, die als Abkürzung für Fußgänger unter dem Bahndamm hindurchführte.

Jetzt fuhr er doch herum. Es waren nur seine Schritte zu hören gewesen, sie konnten also noch nicht hinter ihm in die Unterführung gelaufen sein. Er sah das Ende des Tunnels gut dreißig Meter hinter sich als Lichtkugel, in deren gleißendem Sonnenschein die Autos, die Bäume, die Straße fast aufgelöst schienen wie Gegenstände auf einem überbelichteten Foto.

Dort waren sie. Sie liefen nicht so schnell sie konnten und rannten doch zügig auf den Eingang der Unterführung zu.

Lautlos eilte Till tiefer hinein in die Röhre. Eine Einbuchtung, ein Elektrokasten! Im gleichen Moment hörte er, wie die Schritte der beiden Männer hinter ihm im Tunnel widerzuhallen begannen. Mit einem Satz war er auf dem Kasten, glitt in die schmale Spalte zwischen ihm und der hinteren Wand der Einbuchtung. Die Lücke war gerade groß genug, um Tills schlanken Körper aufzunehmen.

Die Schritte der Verfolger kamen näher. Till presste sich in sein Versteck, in seinem Kopf rauschte es. Die Schritte hielten inne.

Hatten sie ihn entdeckt?

Er hielt die Luft an.

Leise konnte er die beiden Männer miteinander sprechen hören, aber … ihre Stimmen … was war das? Es klang wie ein Zischeln und Glucksen – wie das Rascheln eines verendenden Insekts!

Können sie mich riechen?, schoss es ihm durch den Kopf – im gleichen Moment sah er sie in dem Spalt zwischen Elektrokasten und Seitenwand auftauchen. Sie starrten in die Unterführung und hatten ihn offensichtlich in der Einbuchtung noch nicht bemerkt.

Tills Blick tastete ihre Köpfe ab. Sie trugen keine Masken, die ihre Ameisenglieder verdeckten ... und doch: Es war ein *Zischeln*, das aus ihren Mündern hervorkam! Oder hörte er nur das Pumpen des Blutes in seinen Adern, das unterdrückte Keuchen, das sich um jeden Preis seiner Brust entringen wollte?

Im nächsten Augenblick waren die beiden Männer an dem Kasten vorbei, hinter dem er kauerte. Till hörte, wie ihre Schritte sich entfernten, sie hatten ihn nicht gerochen.

Über seinen nackten Oberkörper rann der Schweiß. Er wartete, bis ihre Schritte ganz verklungen waren, dann kroch er aus seinem Versteck hervor.

6

»Und wenn es *doch* stimmt?«

»Ich hab es mir ausgedacht, Till! Wie oft soll ich dir das noch sagen!« Ärgerlich feuerte Max den Hefter in seine Schultasche und stand auf. Er hatte sämtliche Schulsachen auf dem Boden verstreut und versucht, eine gewisse Ordnung hineinzubekommen, bevor es mit der Schule morgen wieder losging.

»Vielleicht habe ich mich getäuscht, was die Stimmen der beiden in der Unterführung angeht«, hielt Till dagegen. »Trotzdem, Max: Was wollen sie hier in dem Haus? Was haben sie hier zu suchen?«

Er war zurück zu der Villa und hinauf in Max' Zimmer gerannt, ohne von jemandem bemerkt zu werden.

Max ließ sich aufs Bett fallen. »Sie holen Papas Sachen ab, seine Manuskripte, seine Notizbücher, seinen Computer. Mama sagt, Felix habe es ihr erklärt.«

»Felix!« Till zog die Füße auf den Schreibtischstuhl, auf dem er Platz genommen hatte. »Wer ist das? Hast du mal mit ihm gesprochen?«

»Er hat mir ›Guten Tag‹ gesagt.«

»Ich trau ihm nicht.« Till versuchte, in Max' Gesicht zu lesen.

Aber Max schien sich auf Tills Überlegungen nicht einlassen zu wollen. »Lass uns die ganze Sache am besten so schnell wie möglich vergessen«, murmelte er, »wir können ohnehin nichts mehr daran ändern.«

Till schüttelte den Kopf. Wie sollte das jemals möglich sein? »Und wenn es noch nicht vorbei ist? Wenn sie sich erst deinen Vater geschnappt haben und jetzt immer weitermachen wollen? Das hast du doch selbst gesagt –«

»Hast du es immer noch nicht kapiert?«, fuhr Max ihn wütend an. »Ich habe dich auf den Gedanken gebracht, weil ich dachte, dass du mir helfen kannst.«

»Aber deswegen kann es doch *trotzdem* wahr sein! Auch wenn du dir das mit der Abteilung im Krankenhaus nur ausgedacht hast, Max! Aus irgendeinem Grund musst du doch darauf gekommen sein! Vielleicht gibt es diese Abteilung nicht wirklich, na schön. Aber all die anderen Sachen? Dass dein Vater sich verändert hat? Die Frau, die wir im Keller des Gartenhauses gesehen haben? Die Papageien? Was er mir gesagt hat, als er mir die beiden Hunde gezeigt hat?«

»Glaubst du wirklich, Außerirdische haben sich ihn geschnappt?« Fassungslos starrte Max Till an. »Komm runter, Till. Du hast ihn eingesperrt – das hättest du niemals tun dürfen! Und versuch nicht, dich jetzt damit herauszureden, dass du an etwas festhältst, was vollkommener Blödsinn ist. Wach auf, Till, wach endlich auf!« Und damit wandte er sich stur ab und beugte sich wieder über seine Schulsachen.

Till fühlte, wie sein Mut sank. Er würde nicht auf Max zählen können. Stimmte, was Max sagte? Versuchte er nur verzweifelt für das, was er getan hatte, eine Entschuldigung zu finden? Wenn er sich all das Merkwürdige aber wirklich nur einbildete – und während Till weitergrübelte, spürte er, wie unerbittlich die Logik dieses Gedankens war –, dann blieb ihm nichts anderes übrig: Dann musste er sich zu dem, was er mit Bentheim gemacht hatte, bekennen.

Entschlossen erhob er sich von dem Stuhl. Er würde mit Julia sprechen. Er würde ihr sagen, was unten in den Kanälen passiert war. Es musste ein Ende haben.

In seinem eigenen Zimmer zog Till ein frisches T-Shirt über, dann lief er die Treppe hinunter. Er nahm an, dass Max' Mutter im Garten war, und wollte keine Zeit mehr verlieren.

Als er in die untere Halle kam, sah er durchs Wohnzimmerfenster hindurch Lisa mit Felix von Quitzow zusammen auf der Terrasse stehen. Lisa hatte den Kopf ein wenig in den Nacken gelegt und schaute zu von Quitzow auf.

Till blieb am Fuß der Treppe stehen und drückte sich an die Wand, um von den beiden nicht bemerkt zu werden. Was sie miteinander besprachen, konnte er von seiner Position aus nicht hören. Auch Felix' Gesicht konnte er nicht sehen, dafür aber das von Lisa. Und es kam Till so vor, als wirke sie unsicher. Als würde sie wissen, dass sie dem Mann vor ihr nicht gewachsen war, und zugleich den wohligen Schauer genießen, den seine Übermacht ihr einflößte.

Da sah er, wie sie zurückzuckte – hatte Felix' Hand nach ihr gegriffen? –, wie sie den Kopf anmutig neigte, an dem Mann vorbeiging und das Wohnzimmer betrat, während Felix vor dem Fenster stehen blieb und die Hände in die Hosentaschen steckte.

Till trat aus seiner Nische heraus, so dass Lisa ihn sehen musste. *Was hast du den beiden Männern gesagt,* wollte er ihr zurufen, doch so weit kam er nicht, denn kaum hatte sie ihn erblickt, lachte sie. »Till! Willst du mir schon wieder was sagen?«

Der Klang ihrer Stimme befremdete ihn.

»Weißt du, wo deine Mutter ist?«, antwortete er leise und versuchte zugleich, das Bild von ihr und Felix aus seinem Kopf zu verscheuchen.

»Willst du es jetzt *ihr* sagen?« Lisa senkte die Lider ein wenig, und ihre Augen blinkten.

Till zögerte. »Lisa, ich … ich –«

»Was denn?«, fuhr sie dazwischen, die Stimme eine Spur schrill. »Bedrückt dich was, mein kleiner Till?«

Es traf ihn wie ein Stromschlag. Verspottete sie ihn?

»Du kannst mir alles sagen.« Sie reckte die Arme in die Luft, als wollte sie sich strecken, dann senkte sie ihre Stimme zu einem Flüstern, bei dem Till noch viel stärker das Gefühl bekam, sie würde sich über ihn lustig machen. »Ich erzähl's auch nicht weiter.«

Instinktiv griff er nach ihren Armen und bog sie herunter, als wollte er sie zurückverwandeln in die Lisa, die er kannte. »Was hast du?«

»Au.« Sie entriss ihm ihre Arme, trat einen Schritt zurück, aber der Spott glitzerte noch immer in ihren Augen. »Was willst du denn?«

»Ich … Lisa, ich muss mit dir sprechen.«

»Mit wem denn nun – mit mir oder mit Mama?« Da war sie wieder, die schrille Stimme, die Till eben zum ersten Mal von ihr gehört hatte.

»Lisa, hör doch. Ich weiß, dass ich dir vertrauen kann, du warst die Erste, der ich gesagt habe, dass ich aus Brakenfelde komme ...«

Sie rollte die Augen. Was war mit ihr? Sie wirkte völlig verdreht!

»Hör doch mal zu«, fauchte er sie an, aber es war, als würde er nicht mehr zu ihr durchdringen.

»Verschon mich mit deinen Geschichten«, zischte sie und machte Anstalten, an ihm vorbeizugehen.

»Es ist wichtig, es kann so nicht weitergehen!«

»Sag's meiner Mutter – das wolltest du doch sowieso!«, warf sie ihm über die Schulter hinweg zu. Kurzerhand riss Till sie herum und herrschte sie an: »Was ist denn los mit dir? Hat dieser Felix dir ins Hirn geschissen?«

Es war ihm herausgerutscht, nie zuvor hatte er so mit ihr gesprochen – und es verfehlte seine Wirkung nicht. Ein Hauch von Ekel huschte über Lisas Züge. Für Till aber war es, als würde er einen Sprung in der aufgesetzten Fassade erblicken, als würde für einen Moment die Lisa, die er kannte, darunter zum Vorschein gekommen sein.

»Entschuldige Lisa, ich wollte das nicht sagen, aber ... was ist denn mit dir?«

Sie sah ihm ins Gesicht. Er trank ihren Blick, glaubte fast, darin zu versinken, doch es dauerte nur einen Moment, dann schien sich wieder eine Art Schutzhaut über ihre Pupillen zu schieben und den Glanz daraus zu löschen. Als würde die Lisa, der er immer vertraut hatte, mit der ihn eine besondere Innigkeit verbunden hatte, mit einem Hauch aus dem Körper des Mädchens vor ihm entweichen und nur noch ihre Hülle vor ihm stehen. Die Hülle einer Elfjährigen, die in der guten Stunde, seitdem er sie zum letzten Mal gesehen hatte, von einem Mädchen zu etwas anderem geworden war.

Bestürzt starrte er sie an, aber ihr Blick bewegte sich nicht mehr. Sie schien sich ihrer Wirkung nur allzu bewusst zu sein, den Magnetismus, den sie auf ihn ausübte, plötzlich noch besser als jemals zuvor zu kennen. Ja, ihre Anziehungskraft schien sich dadurch, dass sie nur noch äußerlich die Lisa war, die er kannte, aus für ihn unerfindlichen Gründen in gewisser Weise noch einmal gesteigert zu haben. Er verspürte ein beinahe unwiderstehliches Verlangen, sie in den Arm zu nehmen, ihren Körper zu umschlingen, die Zartheit ihrer Lippen, die sich jetzt vor seinen Augen langsam teilten, zu erkunden.

Für einen Moment war es, als ob die Zeit stillstehen würde. Da sah er, wie ihre Hand sich seinem Gesicht näherte, fühlte, wie ihr Daumen seine Lippen berührte, darüber hinwegstrich, während ihre Augen glanzlos blieben, wie ausgeschaltet – hart, blau und abweisend, als würde sie in ihrem Kopf nicht bei ihm sein, sondern nur berechnen, wie das, was sie gerade tat, in ihm zündeln musste.

Till konnte nicht anders: Er packte ihre Hand, drehte die Handfläche nach oben und versenkte seinen Mund darin, nicht länger fähig, sich zurückzuhalten, hingerissen von der Begierde, mehr von ihr zu spüren.

Doch das erlaubte sie ihm nicht.

»Los, Till, lauf, wolltest du nicht zu meiner Mutter, ihr etwas sagen?«, hörte er sie sagen und merkte erst jetzt, dass er die Augen geschlossen hatte.

Sie entzog ihm ihre Hand, und es kam ihm so vor, als würden ihm mit einem Schlag alle Knochen gleichzeitig aus dem Körper gerissen. Im gleichen Moment hatte Lisa sich schon abgewandt, war jetzt nicht mehr aufzuhalten, huschte an ihm vorbei und über die Treppe in den ersten Stock.

Till blieb zurück. Aufgewühlt, verwirrt, benommen. Die Berührung ihrer Handfläche glühte auf seinen Lippen. Benommen versuchte er, den flüchtigen Duft ihrer Anwesenheit noch so lange wie möglich wahrzunehmen. Und merkte doch zugleich, wie er verflog, wie sie ihm entschlüpfte.

Er konnte ihrer Mutter nicht sagen, was er wusste. Es würde bedeuten, dass er nicht länger hierbleiben durfte. Aber der Gedanke daran, das Haus verlassen zu müssen, war ihm unerträglich. Nicht, weil er nicht zurück nach Brakenfelde gewollt hätte – oder in welches Heim auch immer sie ihn stecken würden –, nicht, weil er Max nicht allein lassen konnte. Sondern weil er Lisa nicht aus den Augen lassen durfte.

Erst hatten sie Benthcim in ihre Gewalt bekommen, jetzt war sie es, die sich verändert hatte. Er durfte nicht zulassen, dass sie sie bekamen!

Till hob den Kopf, und sein Blick ging durch das Fenster in den Garten hinaus. Er würde für sie da sein – egal, wie sehr sie sich auch verändern mochte.

Epilog

1

Heute

»Bitte sehr.«

Till tritt an seinem Begleiter vorbei aus dem unterirdischen Gang durch die Tür. Das Erste, was ihm auffällt, ist der triefende Gestank nach altem Frittieröl.

Während der Mann ihm in den Verschlag folgt und die Tür hinter sich abschließt, sieht Till sich um. Eine Frittiermaschine, eine Arbeitsplatte, Kühlschränke, Kochbesteck – alles ist abgewischt und doch wie durchtränkt von dem Fett, dem Gestank, dem ranzigen Geruch nach billigem Essen.

Sein Blick fällt auf eine breite Glasscheibe, in der sich die Neonröhren spiegeln, die in dem Verschlag brennen, und er bemerkt, dass er durch die Scheibe hindurchsehen kann. Auf einen grün gekachelten Gang, der davor verläuft. Plötzlich ist es, als ob die Erinnerung die Wahrnehmung vervollständigen würde.

Zwölf Jahre ist es her, dass er zum letzten Mal hier gewesen ist.

Sein Begleiter drängt sich an Till vorbei zu dem schmalen Eingang an der Seitenwand und schließt ihn auf. Dahinter führen zwei Stufen hinunter in den grün gekachelten Gang.

U-Bahnhof Alexanderplatz. Es ist noch immer die gleiche Bude. Damals war es ein chinesischer Imbiss, jetzt werden hier Pommes frittiert und Würste gebraten. Die Bude, in der Bentheim verschwunden ist, in deren Mülleimer Till die Papageien entdeckt hat ...

Mit einem dumpfen Knall schlägt der Mann die dünne Holztür hinter ihnen zu, nachdem sie auf den Gang hinausgetreten sind.

»Na los, komm schon!«

Der Gang liegt menschenleer vor ihnen. Entfernt kann Till hören, dass noch immer U-Bahnen fahren. Er wirft einen Blick auf seine Armbanduhr. Kurz nach ein Uhr nachts.

Sein Begleiter ist schon ein paar Schritte weiter.

Till setzt sich in Bewegung, holt ihn ein. Das Gesicht des Mannes wirkt in dem fahlen Licht noch bleicher als vorher, die Narben scheinen zu glänzen. Aber man sieht sie kaum, er hat den breiten Kragen seines Mantels hochgeschlagen.

Die Aufregung der letzten Stunden hat Till davon abgelenkt, jetzt aber beginnt die Erinnerung langsam zurückzukehren: Wie ist er in den Kellerraum geraten, an dem die Frau an der Decke gehangen hat?

Auf der Beerdigung! Er ist den ganzen Tag lang auf der Beerdigung gewesen! Die Glocke der Friedhofskapelle hatte geläutet, als würde der Tod persönlich den Klöppel schwingen und kraftvoll gegen die Bronze schmettern. Das frisch ausgehobene Loch im Boden hatte Till angeglotzt, als wollte es ihn am liebsten gleich mitverschlingen.

Alle sind da gewesen: Julia, Butz, Claire, Nina, Henning, Betty … stundenlang haben sie bei dem Loch gestanden, bis jeder Einzelne vorgetreten war und einen Augenblick am Grab verweilt hat. Danach sind sie in ein Gasthaus in der Nähe des Friedhofs gegangen. Ein riesiger Saal war für die Trauergäste gemietet worden, und obwohl es noch recht früh am Vormittag gewesen war, hatte Till angefangen zu trinken – rücksichtsloser als vielleicht jemals zuvor in seinem Leben …

Bis …

Bis er auf der Matratze zwischen den Gestalten in dem Kellerloch wieder aufgewacht ist, mit der Frau an den Fischhaken an der Decke …

Till sieht, wie seine Füße über die Fliesen des U-Bahn-Gangs schreiten, sieht am oberen Blickfeldrand den Saum des Mantels seines Begleiters, sieht, wie der Mann die Treppe vor ihnen hochsteigt.

Zuvor aber hat er sie wiedergesehen! Zwei Jahre lang waren sie sich nicht begegnet. Als er ihr auf dem Friedhof gegenüberstand, war es, als hätte er kaum noch Luft bekommen, so begehrenswert und vertraut zugleich ist Lisa ihm vorgekommen.

»Hey.«

Sie haben das Ende der Treppe erreicht. Über ihnen ragt der Fernsehturm bis in den Nachthimmel über der Stadt. Das Rauschen der Autos, der Bahnen, der Menschen klingt auf dem riesigen Areal des Platzes entrückter als irgendwo sonst in der Stadt.

Sein Begleiter sieht sich zu ihm um. Es wirkt, als habe er unter freiem Himmel endgültig all seine Macht eingebüßt. Seine mageren Schultern sind unter dem Mantel bis zu den Ohren gezogen, sein Schritt hat etwas Stolperndes bekommen, die langen Finger seiner Hände hat er in den Taschen verborgen.

Till sieht ihn an. »Du bringst mich zu Lisa, hast du gesagt?«

Der Mann hebt das Kinn, in seinem Blick meint Till lesen zu können, wie wenig er mit Till gemeinsam zu haben glaubt.

»Wo ist sie denn jetzt?«

»Wer?«

»Na, Lisa!« Till spannt die Bauchmuskeln an. »Sag schon!«

»Zu Hause, komm jetzt!«

Aber Till rührt sich nicht. »Und wo ist das: zu Hause?«

Der Mann fingert an seinen Narben, die sich von seinen Mundwinkeln emporziehen, als müsste er erst einmal selbst überlegen – aber dann kommt seine Antwort so plötzlich, dass sie Till trifft wie eine Ohrfeige: »Bei Felix, wo denn sonst!«

2

Fünfzig!! Nicht hundert, nicht zweihundert, nicht achtzig, nicht sechzig. Fünfzig.

Wenn du schneller fährst, passiert etwas.

ABER ICH MUSS –

Auf die Autobahn, ich muss auf die Autobahn!

Hier rechts!

Fünfzig, du darfst nicht schneller fahren ...

Hier geht es ab, vorn ist die Auffahrt.

Setz den Winker, atme tief ein, okay, jetzt einschwenken, gut.

Hundert.

Mehr ist hier auch nicht erlaubt.

Haaaaaaaa, diese Geschwindigkeit ... alles andere ist unerträglich, alles andere als die Beschleunigung.

Stadtauswärts, du musst raus aus der Stadt!

Dort gibt es eine Strecke ohne Geschwindigkeitsbegrenzung ...

Die Nummernschilder, gut, richtig teuer waren sie nicht, aber wenn jemand den Wagen gesehen hat ...

Es ist schon in Ordnung, niemand wird darauf kommen, dass es polnische Imitate sind ...

Hundert, nicht schneller als hundert – lass ihn doch überholen ...

Die Mietwagenfirma rufe ich morgen an.

Heute ist es unmöglich, ich kann jetzt mit niemandem sprechen, es hat sowieso keiner geguckt, oder?

Ich bin die Straße doch langgefahren, es war in dem Moment niemand dort unterwegs.

(Aber sie hat geschrien – hast du sie nicht schreien gehört?)

Hier, hier kannst du schon etwas schneller werden ...

ICH HABE SIE SCHREIEN GEHÖRT!

(Aber ich hatte im Kaufhaus die Brille auf und die Mütze.)

Ich habe ihre Haut gespürt, ihre Augen gesehen, ihren Mund, ihre Zähne darin, habe gefühlt, wie sich ihr nacktes Gesäß an meinen Bauch gepresst hat ...

JETZT

Hier! Das ist die Stadtgrenze, hier ist die Geschwindigkeitsbegrenzung aufgehoben.

AHHHHH

Hundertzwanzig, hundertvierzig, hundertsechzig ...

Hörst du das Rauschen der Luft, den Motor, der sanft wie eine Spieluhr schnurrt, das Benzin, das in dickem Strahl durch ihn hindurchfließt?

Hundertachtzig, zweihundert, zweihundertzwanzig ...

Sie hat den Kopf zurückgebogen. Ich war so erregt, mein Herz hat gestampft – sie hat mich angesehen, als ich ihren Arm genommen habe, das Geschmeide um ihren Hals hat geglitzert, ihre Brüste haben die Bluse gespannt, und ich konnte spüren, wie irritiert sie war, wie sie gleichsam aufgetaucht ist aus dem heißen Taumel, in dem zu versinken sie sich bereits angeschickt hatte. Sie hat mit ihrer kleinen Hand nach hinten zu mir gegriffen, zu meinem Gürtel, sie hat die Lippen geöffnet, ihren Kopf an meinen Hals gelegt – und mit einem Griff die Schnalle gelöst. Ihre Hand ist an mir herabgefahren, ihre Finger haben sich um mich geschlossen ...

Zweihundertsechzig ... zweihundertsiebzig ...

Spürst du, wie das Steuerrad in deiner Hand vibriert? Eine winzige Bewegung, und du fliegst über die Leitplanke, ein Moment der Unachtsamkeit, und du überschlägst dich.

Zweihundertachtzig – mehr ist nicht gut ... sonst schraubt sich der Motor noch aus der Verankerung und fliegt dir durch die Kühlerhaube davon ...

Ihre Lippen sind über mein Kinn gewandert, während ihre freie

Hand auf der Kette lag, sie hat mein Ohr berührt und etwas geflüstert, was durch mich hindurchgegangen ist, als hätte sie in mich hineingegriffen. Sie hat gespürt, wie sehr sie mich aufpeitscht, hat sich ganz auf ihre Instinkte verlassen, ihrer Sache absolut sicher, zu Recht sicher ...

Weil alles in mir danach schrie, das zu tun, was sie mir jetzt entlocken wollte, weil alles in mir danach schrie, sie zu packen, zu nehmen, was sie anbot, was sie vor mich hinreckte, dehnte, streckte, schmiegte, lockte ...

ABER DAS WAR ES NICHT, WAS ICH ... ich wollte mich nicht hingeben – sie nicht besitzen, sie nicht aufspießen, ich wollte es beweisen!

Ich habe gesehen, wie sie ihre straff gespannte Bluse geöffnet hat – und ihren Arm festgehalten.

Vorsichtig umgebogen.

Da hat sie innegehalten, mich angesehen.

Dann hab ich gedreht. Mit aller Kraft.

Er ist nicht gebrochen ...

Aber ... es hat geknackt.

Plötzlich war der ganze Wagen nur noch Geschrei – und ihr Arm lose. Ich habe die Tür aufgestoßen, sie hinausgetreten. Konnte ihr Gesicht nicht mehr sehen –

(– und hätte es niemals tun dürfen. Ich WOLLTE es – und habe es getan! Erholen aber werde ich mich davon nie mehr.)

3

Butz starrt auf das Display seines Handys, während er den kahlen Gang des LKA hinunterläuft. Er muss Claire erreichen. Die Uhr auf dem Display zeigt 22.19 Uhr.

Drei Wochen.

Drei Tage.

Drei Stunden.

Blödsinn!

Laut Rechtsmedizin ist Anni Eisler kurz nach 19 Uhr zu Tode gekommen.

Die drei Stunden sind um – und nichts ist passiert!

Im gleichen Moment spürt er es.

Das Handy in seiner Hand vibriert ...

RRRRRRINGG!
Es ist, als ob ein Starkstromstoß durch sein Nervennetz gejagt würde.
»*Ja?*«
»Herr Butz?«
»Was?«
»Wir haben was!«
»Was denn?«
»In Fehrenbergs Wohnung.«
»Ach ja?«
»Am besten, Sie kommen her.«
Er hört, wie ein zweiter Anrufer anklopft, wirft einen raschen Blick aufs Display.
Claire.
»Gut, ich komme«, schnarrt Butz in den Hörer. Fehrenbergs Adresse kennt er. Er beendet das Gespräch und schaltet um, um Claires Anruf entgegenzunehmen.
»Konstantin?« Ihre Stimme ist gehetzt. »Du hast versucht, mich anzurufen?«
»Ja –«
»Können wir nachher reden – im Moment ist es schlecht.«
Butz hört, wie sie rennt.
»Hör zu Claire, es ist wichtig, es geht –«, *um den Getränkehändler,* will er sagen, doch so weit kommt er nicht.
»NEIN!« Ein Schrei Claires schneidet ihm das Wort ab.
»Claire?«
Sein Handy piept. Er reißt es vom Ohr, sieht, wie die Verbindung verlischt und zugleich eine Nachricht eintrifft. Ein Foto, das sein Assistent ihm geschickt hat.
Der Pixelfarbenbrei auf seinem Display zieht sich zu einer Aufnahme zusammen. Und als Butz erkennt, was sie zeigt, weiß er mit einem Schlag, dass das, was sich gerade vollzieht, mächtiger und tiefgreifender ist, als alles, was er bisher erlebt hat.

ENDE DRITTER BAND

BERLIN GOTHIC 4
DER VERSTECKTE WILLE

Prolog

1

Butz presst das Handy ans Ohr und stößt die Wagentür mit dem Fuß auf.

»Und?«

»Es haben sich ein ... Konstantin?« Es ist Claires Stimme.

»Ich bin dran.« Er ist auf dem Weg zu Fehrenbergs Wohnung, hat Claire endlich auf ihrem Handy erreicht.

»Es haben sich ein paar Veränderungen ergeben.«

»Ja?«

»Lass uns morgen früh drüber sprechen.«

Bis dahin kann sonst was geschehen! Butz wirft die Wagentür hinter sich zu und geht zu dem Hauseingang, neben dem er in zweiter Reihe geparkt hat. Vor seinem Wagen stehen bereits das Fahrzeug seines Assistenten Micha, ein Van der Kriminaltechniker und ein Mannschaftswagen der Schutzpolizei.

»Claire ... wir müssen nicht unendlich lange –«

»Butz, ich sage dir, es ist kompliziert ...«

»Ich will nicht alles durchsprechen, Claire, es geht nur um ...«, *Frederik Barkar,* will er sagen, *den Boxer,* aber es stimmt schon, so einfach ist das nicht.

»Hörst du nicht?« Claires Stimme klingt jetzt deutlich aufgebracht. »Willst du mich wirklich dazu zwingen, es dir am Telefon zu erklären?«

Was erklären? Dass sie ... mich ... verlässt?

»Morgen früh. In aller Ruhe!«

Am liebsten würde Butz nachgeben, Claire ihren Willen lassen ... aber kann er das? Darf er das?

»Ich kann nicht bis morgen früh warten, Claire. Es geht nicht nur um uns. Vielleicht auch um den Fall, an dem ich arbeite.«

Butz drückt gegen die Haustür, die er inzwischen erreicht hat. Das Schnappschloss klickt, und die Tür schwingt auf. Butz durchquert den Flur dahinter und gelangt zu einer schmalen Treppe, die in das Vorderhaus hochführt. Zweiter Stock, hat Micha gesagt. »Wo bist du?«

Er hört Claire ins Handy atmen. Ist es Zufall, dass Barkar ausgerechnet *jetzt* bei ihnen aufgetaucht ist? Jetzt, wo Butz angefangen hat, in einer Mordserie zu ermitteln, wie sie Berlin noch nicht erlebt hat?

»Ich schalte mein Handy jetzt aus, Konstantin.« Claires Stimme klingt fremd. »Ich werde versuchen, morgen früh in unserer Wohnung zu sein.«

»Warte! Begreifst du denn nicht – du bist in Gefahr!«

Butz bleibt auf dem Treppenabsatz vor Fehrenbergs Wohnungstür stehen. Hat Fehrenberg eigentlich mit seiner Freundin und dem Kind zusammengewohnt?

Er tippt gegen die nur angelehnte Tür. »Ich habe mit Frau Bastian gesprochen, Claire, das ist die Sekretärin vom Polizeidirektor.«

Die Tür gleitet zurück und gibt den Blick in den Wohnungsflur frei.

»Sie hat mir Fotos aus einer Boxhalle gezeigt.«

Butz hält eine Hand auf das Mikro des Handys, ruft in den Flur. »Micha?«

Betritt die Wohnung. »… bist du noch dran?«

»Ja, ja, ich bin noch dran.«

»Ich hab dich auf den Bildern gesehen, Claire.« Wieso steht kein Schutzpolizist am Eingang der Wohnung? Hier kann ja sonst wer rein!

»Micha!« Laut, durchdringend.

»Was?« Claires Stimme kommt leicht verzerrt aus dem Telefon.

»Sorry, Claire, nein, nicht du … ich hab Micha gerufen, ich bin hier –«

Da sieht er es.

»Ich muss jetzt auflegen, Konstantin.«

Butz hat die Tür zum ersten Zimmer erreicht.

In der Leitung klickt es. Claire hat aufgelegt.

Es kommt ihm so vor, als würde sich die Zeit dehnen.

Der Kopf ist nach hinten geknickt. Der Unterkiefer ausgehakt. Die Pupillen sind direkt auf Butz gerichtet. Aber der Blick ist gebrochen, und in der Wange klafft ein Loch, so dass Butz die Backenzähne sehen kann – sie sind blutig verschmiert und an einer Stelle geborsten. Das Gesicht wirkt, als würde die Leiche grinsen.

Noch immer presst Butz sein Handy ans Ohr. Seine Lippen bewegen sich, aber es kommt kein Laut daraus hervor.

Micha.

Es ist sein Assistent Micha, der in dem Raum liegt und ihn mit erloschenem Blick angrinst.

2

Zwei Jahre vorher

Lieber Till,

Du hast es wahrscheinlich schon gesehen, ich habe die Einladung ja mit ins Kuvert gesteckt: Betty heiratet – und zwar schon nächsten Monat! Du kannst Dir sicher vorstellen, wie sehr ich mich freue. Für sie ... und weil ich hoffe, dass Du nun endlich einmal zu uns nach Berlin kommen kannst. Kennst Du Henning eigentlich? Betty hat ihn über Max kennengelernt und ist bis über beide Ohren verliebt. Damit wird sie, die Jüngste von uns, nun tatsächlich die Erste sein, die heiratet. Wer hätte das gedacht?
 Von Max hast Du sicher gehört. Er ist seit letztem Herbst wieder in Berlin und hat sich eine Wohnung in der Stadt genommen. Ich liebe es, ihn dort zu besuchen, auf dem Balkon zu sitzen und mit ihm Kaffee zu trinken. Es geht ihm ... gut. Wahrscheinlich telefoniert oder schreibt ihr öfter, und Du weißt besser Bescheid über ihn als ich. Es war ja nie ganz einfach mit Max – und letzten Sommer ... Er hat den Sommer auf Reisen verbracht, vielleicht hast Du davon gehört? Auf dieser Reise muss etwas passiert sein, aber wenn ich ihn danach frage, weicht er mir aus.
 Mir selbst geht es bestens, ich stehe kurz davor, mein Volontariat bei der Zeitung abzuschließen, habe aber noch nicht endgültig entschieden, was ich danach machen will. Ein paar Wochen bleiben mir ja noch.
 Genug von mir – wie geht es *Dir*, Till? Ich nehme an, Du baust Dir langsam ein Leben drüben auf? Lernst viele Leute kennen? Man hört ja viel von Toronto, es soll eine so schöne Stadt sein! Wirst Du dort bleiben, in Kanada, die nächsten Jahre? Oder hast Du andere Pläne? Wie lange wirst Du uns in Berlin besuchen können, wenn Du zu Bettys Hochzeit kommst? Nur ein paar Tage? Oder etwas länger? Max würde sich sicher riesig freuen ... und ich auch, Till. Ich würde mich so freuen ... Ich weiß, ich dürfte Dir das gar nicht sagen, aber ich muss oft an Dich denken. Ich träume sogar nachts von Dir. Darf ich das sagen?

Mein Leben ... ich habe es ja oben schon angedeutet ... alles bestens. Super! Großartig! Nur manchmal beschleicht mich ein Gefühl ... als wäre alles irgendwie vorgezeichnet. WILL ICH DAS ÜBERHAUPT? Bei der Zeitung arbeiten? WOZU? Was soll das? Wem bringt das etwas? Mir? Was denn?

Versteh mich bitte nicht falsch, ich will mich nicht etwa beschweren. Vielleicht sollte ich einfach einmal weg aus Berlin. So viele Jahre sind es inzwischen, die ich hier lebe, nie habe ich länger als ein paar Wochen an einem anderen Ort zugebracht. Manchmal kommt es mir so vor, als wäre jedes Haus, jeder Baum, jeder Pflasterstein schon durchtränkt von den Erinnerungen, die ich hier mit mir *herumschleppe*.

Aber ich rede um das, worum es mir eigentlich geht, herum, Till.

Wirst Du zu Bettys Hochzeit kommen? *Das* ist es, was ich wissen will, wissen *muss!* Wirst Du Dich jetzt, wo Du meinen Brief in Händen hältst, dort in Toronto an Deinen Schreibtisch setzen und ein paar Zeilen an mich schreiben? »Liebe Lisa, freut mich, von Dir zu hören ... aber – ABER leider kann ich nicht kommen ...«

Wirst Du das schreiben?

Es ist in den letzten Monaten so viel passiert ... Dinge, die ich Dir gar nicht erzählen, geschweige denn erklären kann oder will ... Ich meine nur ... kann es immer so weitergehen?

Du fehlst ...

Nein, ich schreibe jetzt nicht, was ich schreiben wollte ...

Ich schreibe es NICHT!

Hier in Berlin scheint immer alles gleich geblieben zu sein, aber in Wahrheit bleibt gar nichts gleich, in Wahrheit ist alles im Fluss, in Bewegung, und manchmal kommt es mir fast so vor, als würde diese Entwicklung über mich hinwegstürzen, mich unter sich begraben, ohne dass ich die Kraft dazu hätte, mich dagegen zur Wehr zu setzen.

Wie kann ich so etwas sagen?

Du hast recht! Ich nehme es zurück! Es stimmt nicht. Es geht mir bestens! Wenn Du es zur Hochzeit von Betty nicht schaffen solltest – ich könnte das durchaus verstehen, Till. Viel Spaß in Toronto – viel Spaß in Deinem weiteren Leben. Ich hoffe, Du hast viele Freunde, nette Leute um Dich herum und vielleicht sogar jemanden, den Du liebst.

Lisa

3

Heute

»Woah! Wo habt ihr das denn her?«
»Warst du noch nie hier?«
In dem Raum herrscht fast grünes Licht. Es ist recht dunkel, und doch kann Malte das Bassin sehen, das tiefblau am anderen Ende des Saals schimmert. Es wirkt, als ob eine komplizierte Lichtanlage innerhalb des Wassers angebracht worden wäre.
»Wahnsinn!« Er macht noch ein paar Schritte auf das gewaltige Becken zu. Es muss mindestens vier Meter hoch sein, vielleicht fünf. Wenn er den Kopf bewegt, wird ihm fast schwindlig, so dick ist die Glaswand, so ungewöhnlich die Brechung des Lichts, das durch sie hindurchfällt.
»Habt ihr ihn getauft?«
Sein Begleiter, der ihn hergebracht hat, sieht Malte spöttisch an.
»Käpt'n Ahab vielleicht oder was?«
Die Bewegungen des Tieres in dem Aquarium sind von einer berückenden Eleganz. Majestätisch. Lässig. Ausgestreckt ist es bestimmt sechs oder acht Meter lang, schätzt Malte. Aber es streckt sich nicht aus. Es fließt durch das Wasser, gleitet und kreist, bewegt sich in wellenartigen Stößen vorwärts. Kommt der Glaswand nah, berührt sie jedoch nicht, sondern wechselt die Richtung, schwimmt nach hinten, verliert sich im Dunkelblau des Bassins, um im nächsten Moment wieder herangeflossen zu kommen – in einem Strecken der Arme, einem Fließen des Rumpfes, einem Ausrollen der Glieder.
»Ist sie schon bei ihm?«
Sein Begleiter nickt mit dem Kopf zur Seite, Malte folgt dem Hinweis mit den Augen.
»Wah!«
Ihr Leib schimmert hell durch das dunkle Wasser. Die Spitzen der Lichter, die in dem Bassin angebracht sind, werden von ihrer Haut zurückgeworfen, bilden ein goldgelb schimmerndes Liniennetz darauf ab. Malte beobachtet, wie sich die Frau vom Rand des Beckens löst. Ihr Kopf befindet sich oberhalb der Wasseroberfläche, so dass er ihn nicht sehen kann, ihre Beine aber, die Arme, der Bauch und die Füße schwe-

ben durch das gigantische Aquarium vor ihm. Mit langsamen Schwimmstößen bewegt sie sich auf die Mitte des Beckens zu.

»Was macht er?«

Unwillkürlich tritt Malte einen weiteren Schritt nach vorn, legt die Hand auf das Glas. Es ist angenehm kühl, während die Luft im Saal warm ist, heiß geradezu, als hätte sich die Hitze der vergangenen Sommertage darin gestaut.

Es ist nur ein Arm, der sich aus dem Dunkel des hinteren Bassinbereichs der Frau entgegenstreckt, entgegenrollt. Die Fangarmspitze scheint sich geradezu durch das Wasser zu ihr zu tasten. Zu gern hätte Malte das Gesicht der Frau mit dem aalglatten Leib gesehen, aber sie lässt nur einen Arm heruntersinken, während sie langsam mit den Füßen weitertritt, gerade genug, um nicht unterzugehen. Gebannt beobachtet Malte, wie sich der Fangarm ihrer Hand nähert, vorsichtig dagegentippt, sich zurückzieht, ohne dass sie sich bewegt hätte – und wieder vorkommt, die Hand berührt.

Diesmal jedoch schreckt der Arm nicht zurück, sondern gleitet zwischen ihrer Hand und ihrer Flanke vorbei, erreicht ihren Rücken, legt sich um sie ...

Malte hält die Luft an.

Die Frau biegt den Rücken durch, ihre schweren Brüste straffen das Bikinioberteil. Der Fangarm schlingt sich um ihren Bauch und zieht sie zu sich herunter.

Luftbläschen umgurgeln ihr Gesicht, ihre Haare werden nach hinten gespült, als der Kopf der Frau die silberne Wasseroberfläche durchbricht und eintaucht. Ihre Augen sind geöffnet und ganz auf das Wesen konzentriert, das sich noch immer im hinteren Bereich des Beckens aufhält, jetzt einen zweiten Arm in ihre Richtung rollt ... während die Spitze des ersten sich vorsichtig unter das hauchdünne Tuch ihres Höschens windet, darin versinkt und – wie Malte scheint – immer weiter in es hineingleitet.

Die Haare der Frau haben sich inzwischen ganz ausgebreitet und umfließen ihre Schultern. Die Züge und Stöße, mit denen sie von dem Tier durch das Wasser bewegt wird, setzen sich darin zeitverzögert fort.

Malte wirft seinem Begleiter einen Blick zu. *Wie macht sie das?,* will er fragen, *dass sie so lange die Luft anhalten kann.* Aber dann sieht er doch nur wieder gleich zu ihr, sieht, wie ihre fast klein wirkenden

Finger sich um den mächtigen Arm schließen, der zwischen ihren Beinen hindurchgeht, sieht, wie sie ihn von sich zu schieben versucht, den Kopf jetzt in den Nacken gelegt, die Beine angewinkelt. Da erreicht sie ein zweiter Arm, gleitet unter ihrem Kinn hindurch, an den Trägern des Bikiniobertcils entlang, streift den Stoff zur Seite, einen Busen entblößend, dem anzusehen ist, wie sehr ihn das Spiel erregt.

Im gleichen Moment hat sie sich von dem Arm zwischen ihren Beinen befreit, taucht an die Oberfläche zurück, durchsticht mit dem Kopf die Silberhaut, an deren Unterseite die Lichter glitzern. Doch der Arm folgt ihr, fährt an ihrer Hüfte entlang, strafft das Höschen, löst es, wischt es mit einer einzigen Bewegung zur Seite, so dass Maltes Blick ungehindert über ihren Leib tasten kann, über ihre Haut, die jetzt ganz freigelegt ist. Langsam kreisend sinkt das Höschen auf den Grund des Beckens.

Malte wendet den Kopf.

Ein dumpfes Rumpeln erfüllt den Raum.

Was ist das?

Auch sein Begleiter muss es gehört haben. »Wollen wir wieder gehen?« Er blickt auf die Uhr an seinem Arm.

Malte schaut zurück zum Bassin. Die Schwimmerin hält sich am hinteren Beckenrand fest, er kann sie durch das Wasser hindurch kaum noch sehen.

Auch ihr muss das Rumpeln aufgefallen sein. An den Lichtbrechungen der Wasseroberfläche kann Malte erkennen, dass sich das Wasser kräuselt. Seine Hand berührt die Scheibe vor ihm. Sie vibriert. Dann ist erneut ein tiefes Poltern zu hören.

Erschrocken blickt Malte zu seinem Begleiter. »Hier, fass mal an – das ganze Ding zittert!«

Ein spitzer Lichtstrahl trifft ihn. Wahrscheinlich von einem der Scheinwerfer aus dem Becken, die sich durch die Erschütterung verdreht haben. Er hat nicht einmal Zeit, die Augen zu schließen. Es knackt – und alles geschieht auf einmal.

Innerhalb von Sekunden steht der Raum hüfthoch, schulterhoch unter Wasser.

Die Welle, die aus dem Bruch in der Glasscheibe hervorschießt, reißt den Begleiter von seiner Seite. Malte wird gegen die Saalwand geschleudert, die Beine über sich, die Schultern erst auf dem Boden, dann an der Wand. Der Druck der Wassermassen ist so gewaltig, dass er die Bewegungen seiner Arme nicht kontrollieren kann. Das Rauschen und Gurgeln scheint regelrecht durch ihn hindurchzugehen. Malte schlägt mit dem Kopf an einer Kante an, fühlt sich im Schwarz versinken und weiß doch zugleich, dass er ertrinkt, wenn er jetzt das Bewusstsein verliert. Er rollt sich um sich selbst, wird in eine Ecke des Raums gespült, findet für einen Moment dort Halt, bis ihn das Wasser wieder losreißt und über den Boden schleudert.

Maltes Ohr, mit dem er gegen die Wand geprallt ist, glüht – Kälte überzieht seinen durchtränkten Körper. Das Rauschen des Wassers dröhnt in der Tiefe des Schachts, der sich unter den Gittern öffnet. Der ganze Saal ist erfüllt von den Geräuschen des Tropfens, Rinnens, Glucksens – wie nach einem Wolkenbruch, der alles überschwemmt hat. Doch so mächtig die Wassermassen auch waren, Sekunden später sind sie durch die Gitteröffnungen hindurch wieder verebbt.

Malte blinzelt. Er liegt in einer Ecke, in die er von den Wellen gepresst worden ist. Das Bassin ist leer, die Scheibe zerborsten. Wenige Schritte von ihm entfernt kauert eine schwarze, feuchte Masse auf dem Boden – eingefallen, schlaff und glitschig. Weiter hinten sieht er den entblößten Leib der Frau liegen, die Arme neben dem Kopf, halb auf die Seite gerollt, die Hüfte nach oben stehend.

Malte richtet sich auf. Langsam nimmt die Hitze in dem Saal wieder überhand, die Feuchtigkeit verdunstet, es ist schwül und die Abkühlung verpufft. Ohne zu dem schwarzen Fischberg zu schauen, der immer weiter auseinanderzufließen scheint, läuft Malte gebückt zu der Frau und kniet sich neben sie. Ihre Augen sind geschlossen, wie von selbst legt sich seine Hand auf ihre Haut. Sie ist kühl und warm zugleich, feucht noch und glatt. Unter seiner Berührung scheint sie geradezu zu erwachen, sich aufzurichten, anzuspannen …

Malte kann nicht anders. Mit einer unwillkürlichen Bewegung streift er die durchnässten Hosen von seinen Hüften und berührt vorsichtig das Becken der Frau. Langsam sinkt ihr Körper vor ihm auf den Rücken. Seine Hände ertasten ihre Flanken, ihre Schenkel, die von den Wassermassen noch glänzen – und er fühlt, wie er auf sie zu liegen kommt. Im eisernen Griff des Verlangens jetzt, wie geknechtet von dem, was ihre Rundungen, ihre Lippen, ihr Haar und das Atmen, das er von ihr vernimmt, in ihm anrichten und ihm versprechen.

Schon gibt es nur noch eine Richtung, ein Vorwärts, ein Drängen, eine Erlösung für die Gier, die in ihm tobt, die ihn versteinern lässt, die der Anblick der Frau in ihm entfacht – da sieht er, wie ihre Wimpern sich heben, ihre Augen sich vor ihm öffnen, die Pupillen erst geweitet, bevor sie sich zusammenziehen und auf ihn richten.

Sie atmet aus.

Maltes Hand fährt nach unten, er merkt, wie er sie berührt ... wie ihre Schenkel an seinen Hüften entlanggleiten. Sie schließen sich um ihn, und er fühlt, wie sie ihn von hinten zu sich nach vorn schiebt, in einer langen, scheinbar nie enden wollenden Bewegung in sich hinein ...

»MALTE!«

Sein Bauch krampft sich zusammen.

»*MALTE!*«

Er reißt sich hoch.

Die Brüste ... ihre Schenkel ... die Bewegung ...

»Verdammt noch mal, Malte! Komm jetzt, es ist Zeit!«

Halb aufgesetzt presst er die Hände an die Augen, bohrt die Zeigefinger in die Winkel rechts und links der Nasenwurzel.

Lastet sein Becken nicht mehr auf ihrer Hüfte? Setzt sich die scheinbar nie enden wollende Bewegung nicht mehr fort?

»Es geht los!«

Was geht los? War es das, was das Bassin zum Bersten gebracht hat?

Die Decke, die noch um ihn liegt, wird zurückgerissen. Benommen sieht Malte sich um. Er befindet sich in einem turnhallengroßen Gewölbe, gut zwei Dutzend andere Menschen um ihn herum, die zum Teil ebenfalls noch halb schlaftrunken wirken. Von der Isomatte, auf der er gelegen hat, ist sein Rücken wie betäubt.

Bassin? Es gibt kein Bassin!

Wieder krampft sich sein Bauch zusammen. Die Enttäuschung nimmt ihm fast den Atem.

»Alles okay bei dir?«

Die anderen streifen sich hastig ihre Kleidung über.

Nur eine Winzigkeit, einen Lidschlag noch war er davon entfernt, den Traum abzuschließen! Warum haben sie ihn nicht noch einen Augenblick länger schlafen lassen!

Erster Teil

1

Zwei Jahre vorher

Zielsicher steuerte Lisa auf den länglichen Tisch zu, der am Rand des Vorplatzes, im rechten Winkel zur roten Backsteinfassade der Kirche aufgebaut war. Noch immer kamen Gäste vom Parkplatz, von der Bushaltestelle und die kleine Seitenstraße entlang, an der die Kirche lag.

»Ja, danke.« Lisa nahm das schmale Sektglas entgegen, das ihr ein Kellner über den Tisch reichte, nippte daran und sah sich über den Glasrand hinweg auf dem Vorplatz um. Sie schätzte, dass sich schon fast hundert Hochzeitsgäste dort versammelt hatten.

Alle hatten sich mit ihrer Kleidung große Mühe gegeben. Max stand mit ein paar jüngeren Männern gleich neben dem Kirchenportal und trug einen Cut. Die meisten Frauen hatten sich für raffinierte, zum Teil hautenge Kombinationen entschieden, meist in den Farben schwarz oder weiß. Lisas Blick blieb an Felix hängen, der sich gerade aus einer Gruppe löste und einen hellbeigen Leinenanzug trug.

Sie stellte das geleerte Sektglas auf dem Tisch hinter sich ab und lief zwischen ein paar Grüppchen hindurch auf ihn zu.

Felix' Augen blitzten auf. »Da bist du ja, ich habe dich schon gesucht.«

Umstandslos griff Lisa nach seinem Arm und zog ihn ein paar Stufen zum Eingang der Kirche hinauf. »Hast du einen Moment?«

Felix lachte. »Willst du nicht erst deinen Freunden guten Tag sagen?«

Aber da betraten sie schon das dämmrige Hauptschiff des Backsteinbaus. Die Luft roch nach Mörtel und Holz. Ein Frösteln huschte über Lisas Rücken.

»Du kannst gleich wieder nach draußen.« Sie stieß Felix auf die hinterste Kirchenbank und nahm neben ihm Platz. Sein Arm legte sich um ihre Taille, und er zog sie an sich.

»Hey!« Lisa drückte den Rücken durch und stieß mit dem Ellbogen kräftig nach außen. »Es ist wegen der Rede!«, zischte sie und spürte zu ihrer Erleichterung, dass er den Arm wieder löste. »Ich weiß noch immer nicht, was ich sagen soll.«

Felix lehnte sich auf der Bank zurück. »Meinst du nicht, es ist ein bisschen zu spät, um sich jetzt noch darüber Gedanken zu machen?«

Lisa holte Luft. Sie hatte mit keiner ernsteren Antwort gerechnet, und doch wurde ihr bei dem Gedanken, ihre kleine Schwester Betty könnte heute heiraten und niemand würde eine Rede halten, ganz schlecht.

»Ich muss etwas sagen, ich habe versprochen, dass ich das mache. Ich kann jetzt nicht mehr zurück. Es ist schon schlimm genug, dass Claire heute nicht dabei sein kann.«

»Wie geht es ihr denn?«

»Ganz gut. Trotzdem sagt der Arzt, dass sie im Moment nicht reisen darf. Sie sitzt in Malaysien fest und heult sich die Augen aus, weil sie Bettys Hochzeit verpasst. Und das alles nur, weil sie bei diesem Fotografen dort unbedingt ein Praktikum machen wollte!«

Felix sah sie an. »Meinst du wirklich, sie wollte unbedingt zu dem Fotografen? Oder ging es ihr eher darum, so weit wie möglich von Julia weg zu sein –«

»Machst du Mama jetzt einen Vorwurf deshalb?« Empört schaute Lisa Felix an.

Der hob eine Hand, erwischte eine Haarsträhne, die sich aus ihrer Frisur gelöst hatte, und legte sie hinter ihr Ohr. »Schon gut, Lisa, ich will mich nicht mit dir streiten.« Er lächelte. »Und was die Rede angeht: Meinst du nicht, du brauchst bloß aufzustehen und die Gäste anzulächeln? Das ist mit Sicherheit das Schönste, was sie sich vorstellen können.«

Wieder stieß Lisa ihren Ellbogen in seine Richtung, doch diesmal hatte Felix seine Bauchmuskeln rechtzeitig angespannt, so dass ihr Ellbogen an seinem Körper abprallte.

»Komm schon!«, herrschte sie ihn an, halb lachend, halb verzweifelt. »Lass dir was einfallen, Felix!«

Er beugte sich ein wenig nach vorn, bereit, mit dem linken Arm etwaige weitere Angriffe abzuwehren. »Ich kenne Betty doch längst nicht so gut wie du …«

»Was würdest du denn sagen, wenn *deine* Schwester heute heiraten würde?«

Einen Augenblick lang schien er nachzudenken. »Du musst dir einfach überlegen, was für eine Art von Rede du halten willst«, meinte er schließlich, die Augen in die Tiefe des Kirchenraums gerichtet. »Eine neckische Rede über Bettys Schwächen etwa, oder eine Rede darüber, wie du dir über die Rede den Kopf zerbrochen hast? Ich an deiner Stelle würde vielleicht über das besondere Verhältnis sprechen, das dich und deine Schwester verbindet, weil ihr beide ohne Vater aufgewachsen seid. Warst du nicht so eine Art Vaterersatz für die Kleine?«

»Lisa?«

Lisa fuhr herum. Sie spürte, wie Felix neben ihr etwas zur Seite rückte, und sah, dass ihre Mutter durch den Eingang der Kirche auf sie zukam. »Wo steckst du denn! Betty ist eben eingetroffen.«

»Gut!« Lisa stand auf. »Dann kann's ja losgehen.«

»Sie will dich unbedingt sehen.« Julia blieb bei ihnen stehen und nickte Felix zu, der jetzt ebenfalls aufgestanden war. »Sie hat durch den Hintereingang die Kirche betreten und wartet dort in einem Nebenraum auf dich.« Die Besorgnis der Mutter war nicht zu übersehen.

»Ist was passiert?«

»Sie will mit niemandem sprechen.« Julia strich sich eine Augenbraue glatt, offensichtlich um Fassung bemüht. »Gehst du bitte gleich zu ihr?«

2

Betty saß auf einem Holzstuhl, der an das Fenster geschoben war, und schaute nach draußen. Als Lisa die Tür aufstieß, wandte sich ihre kleine Schwester zu ihr um. Ihre Augen wirkten größer als sonst, den Schleier hatte sie nach hinten geworfen, das weit ausfallende Brautkleid schien ein wenig verrutscht zu sein. Lisa erkannte sie kaum wieder. Sie war nicht dabei gewesen, als die Kosmetikerinnen am frühen Morgen gekommen waren und Betty zurechtgemacht hatten. Alles an ihr schien verändert worden zu sein. Sie war geschminkt, die Wimpern waren aufgestellt, die Haare frisiert, die Fingernägel poliert. Für einen Moment erschien sie Lisa wie eine Wachspuppe.

»Lisi, ich ... ich ...«

Betty stand vom Stuhl auf und kam ihr entgegen. Das Kleid schleifte über den Boden.

Lisa nahm sie in den Arm.

»Ich darf nicht weinen, es würde alles verschmieren«, hörte sie ihre Schwester an ihrem Hals flüstern. »Sie können es doch jetzt nicht mehr richten. Alles ist fertig, alle warten, ich …«

Lisa fühlte den festen, zierlichen Körper der Siebzehnjährigen in ihrem Arm zittern. Alle hatten Lisa gefragt: ihre Mutter, Max, selbst Felix – ob sie meinte, dass Betty alt genug für eine Hochzeit sein würde. Das könne niemand anders als Betty selbst entscheiden, hatte Lisa geantwortet. Jetzt aber war sie sich dessen nicht mehr so sicher. Vielleicht hatte Betty nur allen zeigen wollen, dass sie sehr wohl erwachsen genug war, um so etwas zu meistern?

Sie fasste ihre Schwester an den Armen und drückte sie sanft ein wenig zurück. »Betty, hör mal … Es ist doch noch gar nichts passiert. Wenn du willst, geh ich raus und sag allen Bescheid.« Lisa grinste. »Dann können sie ihre Scheißkleider für die nächsten fünf Jahre wieder einmotten.«

Betty schaute sie etwas verunsichert an. »Und Mama?«

»Vergiss Mama! Das ist nicht Mamas Hochzeit, das ist deine Hochzeit. Und wenn du jetzt keine Lust mehr dazu hast, dann kann ich das sehr gut verstehen. Wichtig ist dabei nur eins: dass du dich nicht den anderen zuliebe da draußen hinstellst und ja sagst!«

Bettys Arme fielen herunter, den Brautstrauß hatte sie schon in der Hand. Sie trat ein paar Schritte zurück und ließ sich wieder auf den Stuhl fallen. »Warten schon alle? Ist die Kirche schon voll?« Gehetzt schaute sie auf.

»Lass die ruhig noch ein wenig zappeln. Und Henning habe ich auch noch nicht gesehen.«

Als würde der Name des Bräutigams sie wie eine Nadel stechen, zog Betty die Schultern hoch. »Was wird er denken …«

»E-*gal!*« Lisa konnte nicht anders, als die Stimme zu erheben. »Wirklich, Betty, in meinen Augen hast du bisher alles richtig gemacht. Wenn du dich jetzt aber von Henning oder sonst wem zu einem Schritt drängen lässt, den du gar nicht gehen willst, ist das etwas anderes. Ich hab echt keine Lust, dass du morgen früh bei mir auf der Matte stehst und sagst, dass es ein Fehler war.«

Betty hielt den Kopf gesenkt und blickte auf die Spitzen ihrer weißen Schuhe.

»Liebst du ihn denn?«

Betty rührte sich nicht.

»Du weißt nicht, ob du ihn liebst?«

Lisas Schwester schüttelte den Kopf, unmerklich, aber unübersehbar.

»Hm.«

Das war natürlich ein Problem. Wenn Betty die Hochzeit platzen ließ und danach feststellte, dass Henning *doch* der Richtige gewesen wäre ...

»Henning ist ...«, *ein netter Kerl,* wollte Lisa sagen, *ein guter Mann, ein guter Freund* – aber das alles war sicher nicht das, was Betty hören oder heiraten wollte.

»Ja, ich weiß«, murmelte ihre Schwester. »Deshalb habe ich es ja überhaupt erst so weit kommen lassen. Aber er ...« Sie sah zu Lisa, ihre Augen glühten. »Weißt du, wenn es Felix wäre, das wäre etwas anderes. Aber Henning? Ich werde einfach das Gefühl nicht los, dass er ... Ich meine, ich hab ihn ja lieb, er war immer freundlich zu mir, und als er mich gefragt hat, ob ich ihn heiraten will, war ich so überrascht, es erschien mir eine so verrückte Idee, dass ich dachte, dass es vielleicht mit uns klappen könnte. Aber jetzt, wo alles so weit ist ... ich weiß nicht.«

Was hat Felix damit zu tun?, schoss es Lisa durch den Kopf.

»Ich habe versucht, mit Henning darüber zu reden«, fuhr Betty fort, beide Hände fest um den Blumenstrauß geschlossen, »hatte gehofft, dass er meine Zweifel mit einem einfachen Wort beiseitewischen würde. Ja, vielleicht hatte ich sogar gehofft, dass er es gar nicht so ernst nehmen würde, dass er so verrückt bleiben würde, wie er es gewesen war, als er mich gefragt hat, ob ich ihn heiraten will. Aber Henning schien richtig erschrocken zu sein. Er meinte, dass wir dann alles absagen müssten, sprach von seinen Eltern, von Mama, von unseren Freunden ...«

Bettys Blick wirkte, als ob sie in Lisas Gesicht förmlich Halt suchen würde. »... kein Wort davon, dass wir es schon schaffen würden. Ich hatte den Eindruck, dass für ihn der einzige Grund, weshalb wir es doch machen sollten, der war, dass es ihm peinlich sein würde, jetzt noch alles wieder abzublasen, verstehst du?«

Lisa nickte. Das sah Henning ähnlich.

»Wenn es Felix wäre«, fing Betty wieder an, »der weiß, was er will, der lässt sich nicht reinreden. Aber Henning?« Jetzt traten ihr doch Tränen in die Augen. »Wie konnte ich nur auf die Idee kommen, ausgerechnet Henning heiraten zu wollen?«

Lisa zögerte. »Weißt du, vielleicht machst du dir da falsche Vorstellungen, Betty. Vielleicht ist es ein Glück, dass es Henning ist – und nicht so einer wie Felix.«

Betty sah sie an, die Stirn gerunzelt, wie aufwachend aus den eigenen Gedanken.

»Felix wirkt so souverän, so vergnügt, aber ...« Lisa suchte nach Worten, gab es jedoch auf und ließ den Satz unvollendet.

»Aber was?« Betty hatte sich ein wenig nach vorn gebeugt.

»Es gibt Tage, Nächte, da ...« *Sag ihr nichts davon!*, herrschte etwas in Lisa sie an. *Nicht an ihrem Hochzeitstag!*

»Was denn?«

»Manchmal packt ihn eine Ungeduld«, murmelte Lisa leise, »es ist, als wäre er nicht er selbst, als würde er ...« Lisa schluckte. »Es ist, als ob er rasen würde. Er tut mir nicht weh, aber es ist, als ob es ihn zerfetzen würde. Als ob er all seine Kraft aufbieten müsste, um nicht über mich herzufallen, mich zu zerreißen, zu zerfleischen.«

Betty starrte sie an.

»Und ich weiß nie, ob seine Kräfte ausreichen, um sich zu zügeln.«

Erschöpft hielt Lisa inne. *Mehr braucht sie nicht zu wissen*, rauschte es in ihr, *mehr darf sie nicht wissen.*

»Henning ist nicht so, Betty. Sei froh.« Lisa zwang sich, die Gedanken an Felix, die ihr geradezu die Luft abschnürten, von sich wegzudrücken.

»Ist es nicht auch schön?« Betty hielt den Blumenstrauß vor ihr Gesicht, als wollte sie auf diese Weise dafür sorgen, dass niemand sie hörte. »Das ist es doch auch, oder? Sonst hättest du ihn doch längst verlassen.«

Schön? Es war so schön wie ein Sturz aus dem Himmel auf die Erde. So schön, dass Lisa jedes Mal das Gefühl hatte, sie würde vergehen, wenn er sie in seinen Wahn mitriss, wenn er mit ihr durch die Nacht tobte. So schön, dass sie danach meistens eine Woche lang nicht aus dem Bett kam. So schön, dass sie sich manchmal fragte, was sie dafür geben würde, um einen Weg heraus zu finden aus ihrem Verhältnis mit Felix. Und doch stimmte es: Sie kam nicht von ihm los.

Lisa schüttelte den Kopf und sah ihrer Schwester in die Augen. »Nein, Betty, schön ist es nicht.«

»Und warum verlässt du ihn dann nicht?«

Weil ich nicht kann, hörte Lisa sich schon sagen, aber sie sprach es nicht aus. Stattdessen streckte sie Betty die Hand hin. »Also was ist? Hast du es dir überlegt?«

Betty lächelte. Erleichtert stellte Lisa fest, dass ihre Schwester ihr altes Selbstvertrauen wiedergefunden zu haben schien.

»Ich mach's!« Betty lachte und stand auf. »Ist das nicht Wahnsinn?«

Sie fielen sich in den Arm. *Ja, das ist es,* dachte Lisa, und plötzlich wusste sie, warum sie den ganzen Morgen über schon so nervös gewesen war. Nicht, weil sie ihre Rede noch nicht fertig hatte. Sondern weil sie immer noch nicht wusste, ob er kommen würde.

Till.

Der nie auf ihren Brief geantwortet hatte.

3

Heute

Die rechte Schulter des Mannes steht spitz nach oben. Er hat den Mantel noch an, aber der Stoff hat sich unter seinen Beinen verdreht.

Als Butz die emporragende Schulter berührt, kommt der hagere Körper ins Rutschen, sackt auf den Rücken. Einer der maßgefertigten englischen Halbschuhe, auf die Butz' Assistent immer so stolz war, hat sich an der Ferse vom Fuß gelöst, hängt aber noch an den Zehen. Die Beine sind überkreuzt, die Arme liegen halb ausgestreckt auf dem Boden.

Michas Augen sind geöffnet, sein Blick zielt über Butz' Scheitel hinweg zur Decke. Der Kiefer bleibt aufgesperrt, die sonst so markante Kinnpartie ist erschlafft.

Das Projektil ist auf den Wangenknochen aufgetroffen, hat ihn zerschmettert und die Rachenhöhle dahinter aufgerissen.

Butz hört sich ausatmen.

Jedes Luftholen scheint fünf Minuten zu dauern.

In seinem Kopf schießen Gedanken wie Feuerwerkskörper in den Nachthimmel, verglühen.

Instinktiv packt Butz den Mantelkragen seines Assistenten, zieht ihn hoch, als könnte er ihn aufrichten.
Ausatmen.
Einatmen.
Das Foto ... das Foto, das Micha ihm geschickt hat!
Butz sieht es vor sich.
Ein Schlafzimmer ...
Sein Blick tastet durch die Türöffnung, vor der Michas Leiche liegt.
Ausatmen.
Einatmen.
Vorsichtig lässt er den leblosen Körper zurück auf den Boden sinken.
Im Nebenraum liegt der Nächste.
Ein Kollege von der Kriminaltechnik.
Eine Kugel hat ihn in die Stirn getroffen, seinen Kopf und Körper nach hinten gerissen. Der Mann ist rücklings auf den niedrigen Glastisch gestürzt, der vor dem Fernseher steht, und darauf liegen geblieben, die Beine eingeknickt, die Füße haltlos auf dem billigen Teppich.
In Butz' Schädel knistert es.
Ist er noch hier?
Derjenige, der geschossen hat.
Ausatmen.
Einatmen.
Das Fenster in dem Raum, in dem der Kriminaltechniker liegt, ist geöffnet. Aus dem Hinterhof dringen die Geräusche der Nachbarn herauf. Eine Weinflasche wird entkorkt. Frauenstimmen, die sich unterhalten.
Klatschnass klebt das Hemd zwischen Butz' Schulterblättern. Seine Hand fährt lautlos an seine Achsel, zieht die Waffe aus dem Holster. Kalt schmiegt sich der aufgeraute Griff an seine Handfläche.
Butz bleibt in geduckter Stellung hocken. Er will lauschen – aber seine Sinne scheinen jedes Geräusch nur grotesk übersteigert wahrnehmen zu können.
Das Klappern eines Fensterflügels im Hinterhof. Das Fallen eines Blutstropfens vom Glastisch in die schwarzrote Pfütze auf dem Teppich.
Und ...
Es ist nicht in seinem Kopf.
Ausatmen.

Einatmen.

Es ist kein Knistern, vielmehr ein Summen.

Geräuschlos richtet sich Butz etwas auf, bewegt sich katzenartig in einem großen Schritt über Michas Leiche hinweg, hinein in das Wohnzimmer, in dem die Leiche des Kriminaltechnikers auf dem Glastisch liegt. Scannt den Raum. Zwei Türen gehen davon ab.

Eine auf den Flur.

Als Butz dorthin blickt, sieht er den Rumpf eines weiteren Mannes davorliegen. Einer der beiden Schutzpolizisten. Er hat Butz den Rücken zugedreht, rührt sich nicht.

Butz spürt, wie sich seine rechte Hand verspannt. Er hat sie viel zu fest um den Griff der Waffe geschlossen.

Die zweite Tür.

Schritte, die draußen über den Hof gehen.

Niemand im ganzen verdammten Haus scheint etwas mitbekommen zu haben.

Ein Schweißtropfen rinnt Butz' Flanke herab.

Die zweite Tür ist angelehnt.

Das Summen – es kommt von dort! Von dahinter!

Butz macht einen Schritt auf die Türöffnung zu, sieht, wie seine Hand sich vorstreckt, die Tür berührt. Lautlos gleitet sie zurück.

Ein warmer Schwall süßlichen Gestanks wabert ihm entgegen.

Es sind Fliegen. Dutzende – Hunderte.

Butz' Augen tasten sich durch den Raum. Das Deckenlicht ist eingeschaltet.

Der vierte Beamte. Er liegt in der Ecke zwischen Bett und Schrank, muss von dem Schuss gegen die Wand geschleudert worden sein. Sein Oberkörper ist nach vorn geknickt, schwebt nur eine Handbreit über den ausgestreckten Beinen.

Der Schrank steht offen, wahrscheinlich war der Beamte gerade dabei, ihn zu durchsuchen.

Aber das ist es nicht, was Butz' Blick fesselt.

Es sind die Tüten und Tütchen, Schnipsel und Krümel. Die Schokoriegelreste, Plastikflaschen, Chipsflocken, Flipshörnchen, Eisbecher, Gummibärchenklumpen, Getränkedosen ... Der gesamte Schlafzimmerfußboden ist von den Resten einer Junkfood-Orgie handbreithoch bedeckt, die tage-, wenn nicht wochenlang angedauert haben muss.

Es ist nicht das erste Mal, dass Butz dieses Tütenmeer sieht. Es ist ihm schon auf dem Foto aufgefallen – auf dem Foto, das Micha ihm aufs Handy geschickt hat. Und doch ist es, als müsste sich Butz in Fehrenbergs Schlafzimmer erst noch orientieren.

Die Tüten und Tütchen und Chips und Flips kennt er zwar schon. Aber das Bett ... das ist anders als auf dem Foto.

Fehrenbergs Leiche ... aufgeschwemmt und grotesk entstellt. Auf dem Foto ist sie deutlich zu erkennen gewesen – und sie hat auf dem Bett gelegen.

Jetzt aber ist das Bett leer.

Nur die Fliegen sind noch da. Ihr Summen erfüllt die Luft, schon sitzen sie auf Butz' Händen, seinem Gesicht, seinen Lippen.

Die Leiche aber – Fehrenbergs Leiche – ist weg.

4

Zwei Jahre vorher

»Die geht auch von innen auf, keine Sorge.«

Max war zusammengezuckt, als die Tür hinter ihm mit einem satten Schlag ins Schloss gefallen war.

Quentin winkte ihn weiter. »Geht ganz schnell, wir können gleich wieder raus.«

Max versenkte die Hände in den Hosentaschen seines Cuts. Wenn er ausatmete, entwich eine Dampfwolke seinem Mund. Er sah, wie Quentin an ein Regal des Kühlraums trat und die beiden mitgebrachten Wassergläser auf einem Styroporkasten dort abstellte. Durch den durchsichtigen Deckel des Kastens hindurch konnte Max mehrere Fische erkennen, die von einer bröckligen Eisschicht bedeckt waren.

Quentin griff hinter den Kasten, und als seine Hand wieder zum Vorschein kam, hielt er eine eisgekühlte Flasche darin. Kurzerhand schraubte er die Flasche auf und schenkte die beiden Gläser vier Finger hoch voll.

»Hier.« Er reichte Max eins der beiden Gläser.

Max nahm es und roch daran. Die Flüssigkeit war geruchlos. Sie schien nur ein wenig träger als Wasser zu sein, dichter, öliger.

»Auf deine kleine Schwester!« Quentin grinste.

»Auf Betty.« Max stieß mit seinem Glas gegen das von Quentin, setzte es an und kippte den Kopf nach hinten. Eiskalt rann die wunderbar trockene Flüssigkeit in seinen Rachen. Es war, als brauchte er gar nicht zu schlucken. Der Wodka schoss heiß durch seine Brust und explodierte tief in seinem Bauch. Max atmete aus und fühlte, wie der Alkoholdampf durch seinen Mund entströmte – während sich blitzschnell in seinem Körper ein Kick ausbreitete, als würde er eine Spritze zusätzlichen Lebens eingeimpft bekommen haben.

Quentin hielt die Flasche hoch. »Noch einen?«

Max leckte sich die Lippen.

Die Marke, die Quentin im Kühlraum des Restaurants seiner Eltern ausgegraben hatte, war sicher eine der besten. Dennoch schüttelte er den Kopf.

»Lieber einen Espresso.«

Ein Glas war genau richtig. Max fühlte, dass der Alkohol ihn trug – wusste aber auch, dass es ein fragiles Gleichgewicht war. Ein Schluck zu viel, und es würde schwierig sein, die Oberhand zu behalten.

Quentin nickte und schraubte die Flasche wieder zu. »Gute Idee.«

5

Heute

»Ich schalte mein Handy jetzt aus, Konstantin. Ich werde versuchen, morgen früh in unserer Wohnung zu sein.«

Claire steht auf dem Bürgersteig, den Kopf im Nacken, Handy am Ohr.

»Warte«, hört sie Butz' Stimme aus dem Gerät dringen, »begreifst du denn nicht – du bist in Gefahr!«

Ihre Augen sind nach oben gerichtet, auf die Fassade des Altbaumietshauses, vor dem sie steht. Ein Fenster im vierten Stock ist geöffnet. Ein Mann steht dahinter, die Arme auf das Fensterbrett gestützt. Aber er schaut nicht zu ihr, er schaut an der Fassade entlang, zu den Fenstern, die wenige Meter rechts von ihm liegen.

»Ich habe mit Frau Bastian gesprochen«, Claire kann nichts dagegen tun, Butz' redet einfach immer weiter, »das ist die Sekretärin vom Polizeidirektor ...«

Frau Bastian? Hat sie bei Frau Bastian nicht den Antrag für ihre Tatort-Fotoserie abgeholt?

»Sie hat mir Fotos aus einer Boxhalle gezeigt ...«

Boxhalle. Es geht durch Claire hindurch wie ein Riss. Sie hört, wie Butz eine Hand auf das Mundstück des Handys legt.

Kurz darauf: »Bist du noch dran?«

»Ja, ja, ich bin noch dran.«

Der Mann dort oben am Fenster steht im Treppenhaus – im Treppenhaus vor Frederiks Wohnung.

»Ich hab dich auf den Bildern gesehen, Claire«, hört sie Butz sagen.

Er weiß von Frederik, rauscht es in ihr. Im gleichen Moment sieht sie ihn auftauchen. Frederik. An einem der Fenster seiner Wohnung dort oben im vierten Stock, zu denen der andere Mann schaut.

Da schlägt ihr Butz' Stimme plötzlich laut wie ein Alarmsignal aus dem Handy entgegen. »*Micha!*«

»Was?« Claire ist so erschrocken, dass sie für einen Augenblick nicht auf das Haus achtet, vor dem sie steht.

»Sorry, Claire, nein, nicht du ...«, Butz wieder, »ich hab Micha gerufen, ich bin hier ...«

Claire sieht, wie Frederik die Flügel des Fensters aufzieht, hinter dem er steht. Er stellt einen Fuß aufs Fensterbrett, schwingt sich mit einer kraftvollen Bewegung darauf – und darüber hinweg auf den Sims, der an der Fassade des Altbaus entlangläuft. Ein Sims, der kaum zwanzig Zentimeter breit ist.

»Ich muss jetzt auflegen, Konstantin.«

Unwillkürlich lässt sie ihr Handy sinken, kappt die Verbindung. Morgen früh, hat sie Butz gesagt, morgen früh können sie sprechen. Sie kann ihm jetzt am Telefon nicht alles erklären ...

Ihre Augen sind unverwandt nach oben gerichtet.

Frederik hat sie noch nicht bemerkt. Er ist wie fixiert auf den Mann, der am Treppenhausfenster steht und zu ihm herüberblickt. Frederik presst den Rücken an die Wand hinter sich, schiebt sich über den Sims von dem Mann weg – neben dem jetzt ein zweiter Kopf auftaucht.

Claire beobachtet, wie die beiden Männer am Treppenhausfenster reden. Kurz darauf zieht sich derjenige, der zuletzt erschienen ist, wieder zurück.

Sie schirmt mit der Rechten ihre Augen gegen die Straßenbeleuchtung ab. Frederik bewegt sich vorsichtig den Sims entlang auf die Hausecke zu. Claire kann sein Gesicht vom Boden aus nicht sehen – nur seinen Brustkorb, der sich hebt und senkt, während er sich weiter über den Sims bewegt. Plötzlich bleibt er stehen, biegt den Kopf nach hinten, sieht nach oben!

Claire folgt seinem Blick. Und dann geht alles ganz schnell.

Der zweite Mann ist in einem Fenster direkt über Frederik erschienen, der am Treppenhausfenster hat eine Waffe gezogen und zielt damit auf den Boxer. Claire sieht, wie Frederik sich abstößt – fliegt. Sie hört es krachen – sieht ihn durch die Äste des Baumes vor dem Haus stürzen, die bis hoch hinauf in den vierten Stock reichen. Sie sieht seinen Körper gegen die Zweige knallen, seinen Kopf gegen den Stamm des Baumes schlagen.

Wie betäubt steht sie da, die Arme spitz von sich gestreckt.

Da!

Er hat einen Ast zu fassen bekommen und krallt sich daran fest! Aber bis zum Boden ... das sind ... fünf Meter?

Ein harter, trockener Knall peitscht durch die Luft. Glas splittert – der durchdringende Ton einer Hupe.

Claires Blick springt zurück zum Mann am Treppenhausfenster. Er zielt direkt in den Baum, auf Frederiks Körper.

Tack. Tacktack.

Aus dem Augenwinkel nimmt Claire wahr, wie Frederik stürzt und aufschlägt. Ein dumpfer Knall – dann rollt er von dem Autodach, auf das er sich fallen gelassen hat.

Im nächsten Augenblick ist Claire zwischen den parkenden Autos hindurch, sieht Frederik auf die Straße schlagen, während zwanzig Meter weiter unten die Ampeln der Kreuzung auf Grün springen.

Sie rennt zu dem dunklen Haufen inmitten der Fahrbahn, kniet neben ihm nieder – die verschwommenen Lichter der Fahrzeuge vor sich, die auf beiden Spuren jetzt beschleunigen und auf sie zuhalten.

Frederiks Augen stehen offen, sein Gesicht ist erstarrt, er scheint nicht zu atmen.

Rotorange blitzt es vor Claire auf. Der Wagen, der auf sie zurast, blinkt, will ausscheren auf die Überholspur. Ein Hupen. Ein Luftzug, und keine dreißig Zentimeter von Claires Kopf entfernt röhrt das Fahrzeug an ihnen vorbei.

Claire reißt an Frederiks Arm.

Er ist schwer wie ein Sandsack.

»FRED!«

Das langgestreckte Hupen des nächsten Wagens, das schrille Quietschen von Bremsen.

FRED!!

Er krümmt sich zusammen.

Es kracht. Claires Kopf zuckt hoch. Sie sieht einen Lieferwagen, der sich vor ihr quer stellt und seitlich auf sie zuschießt. Der Wagen muss beim Versuch, auszuweichen, von den Fahrzeugen hinter ihm gerammt worden sein – und wird jetzt direkt auf sie zugeschoben.

Im gleichen Moment fühlt Claire, wie Frederiks Muskeln zum Leben erwachen. Er reißt sich hoch. Der Hupton, in den zwei weitere Autos einfallen, verschmilzt in Claires Kopf zu einem einzigen Schrei. Sie richtet sich auf, zieht Frederik mit sich, spürt, wie ein Stich in ihrer Seite aufgeht, als ein Muskel sich zerrt. Die Arme um Frederiks halb aufgerichteten Körper geschlungen, weicht sie nach hinten zwischen die parkenden Autos zurück, während der gerammte Lieferwagen sich dreht und mit einem Wagen auf der Überholspur verkeilt.

Frederiks Augen schwarz über ihr.

Keine Kugel hat ihn getroffen.

Claires Augen zucken von ihm weg zu dem Mann, der noch immer am Treppenhausfenster steht – die Waffe auf sie gerichtet.

Sie fühlt, wie Frederiks Hand sich um ihre schließt. Dann gleiten sie über den Bürgersteig.

Hinter sich das Hupen, die Rufe der Fahrer, die in den Unfall verwickelt sind. Neben sich die dunklen Fassaden der geschlossenen Geschäfte. Über sich der wolkenlose Nachthimmel Berlins.

6

Zwei Jahre vorher

»Dann sind wir jetzt also verwandt!« Henning stand mit einer Gruppe von Freunden an einem der hohen Tische, die im Garten des Restaurants aufgebaut worden waren, und hielt Max wie zur Begrüßung sein Sektglas entgegen.

Max trat an den Tisch und klickte mit seiner Espressotasse dagegen. »Schwager, richtig?«

Noch immer strömten Hochzeitsgäste von der Kirche in den Garten des Lokals, in dem in einer guten halben Stunde das Hochzeitsessen beginnen sollte.

»Richtig.« Hennings Lachen war breit.

Meine Schwester ist erst siebzehn, vergiss das nicht, musste Max denken. Aber da redete sein neuer Schwager schon weiter.

»Jetzt, wo wir verwandt sind, muss ich dich aber doch mal was fragen, Max.«

Max nippte an seinem Kaffeetässchen.

»Letzten Sommer …« Henning musterte ihn.

»Hm?« Max hatte das Gefühl, sich zu viel Zucker in den Espresso geschüttet zu haben.

»Malte hat da was erwähnt …«

Max' Augen wanderten zu Malte, einem eher kleingewachsenen jungen Mann, der ebenfalls am Tisch stand. Er arbeitete mit Henning zusammen und war auch mit Quentin befreundet.

Malte hob die Hände, lachte. »Ich?« Er warf Henning einen fast unruhigen Blick zu. »Was denn, ich war doch gar nicht dabei!«

»Komm schon, Max«, drängte Henning, »so was spricht sich einfach rum. Die Reise ins Baltikum letzten Sommer. Was war denn da los?«

Max stellte die Espressotasse auf den Tisch. Er war hier zu keiner Antwort verpflichtet – verwandt oder verschweißt – scheißegal.

»Du warst doch dabei«, wandte sich Henning jetzt an Quentin, der zusammen mit Max vom Kühlraum kommend an den Tisch getreten war, »oder, Quenni? Auf der Sommerreise mit Max im letzten Jahr. Bist du da nicht mitgefahren?«

»Nur bis Riga.« Quentin schaute zu Max. »Dann bin ich zurück nach Berlin.«

»Und wieso nur bis Riga?« Henning heftete den Blick auf Quentin, als wollte er es jetzt wirklich wissen.

»Ich hatte sowieso nicht so lange wie Max unterwegs sein wollen«, wich Quentin aus.

»Ist doch okay für dich, oder?« Henning sah wieder zu Max, blinzelte aber, als hätte er plötzlich was im Auge. »Wenn Quentin mal erzählt. Was in Riga war, meine ich.«

Max schnaubte. »Meine Güte ... da war doch gar nichts.« Da noch nicht ...

»Na bitte.« Henning nickte Quentin zu, der sich inzwischen eine Zigarette angezündet hatte und damit über den Rand des Aschenbechers in der Tischmitte wischte. »Also, erzähl doch mal. Von Riga aus bist du nicht mehr mit Max mitgefahren. Und wieso?«

Max beobachtete Henning. Sollte er dem Tisch einfach den Rücken kehren, weggehen, während sie hier über ihn redeten?

»An dem Abend ... keine Ahnung ... ich hatte irgendwie genug ...«, hörte er Quentin zögerlich antworten.

»Was für ein Abend?«

Quentin warf Max einen verunsicherten Blick zu.

»Klar, erzähl's!« Max atmete aus. Auch egal!

Quentin zog an seiner Zigarette. »Es war ziemlich heiß an dem Abend«, begann er, wobei ihm der Zigarettenrauch aus dem Mund strömte, »und wir saßen am Rand eines Parks in einem Café in Hafennähe, also Max und ich ... da näherte sich eine kleine Gruppe von Letten unserem Tisch. Drei Männer und eine Frau. Zunächst habe ich sie gar nicht beachtet, aber als sie sich direkt an den Nachbartisch setzten, habe ich doch zu ihnen geschaut. Und kaum hatte mein Blick ihre Gesichter gestreift, wurde ich unruhig, denn ...«, er sah wie abschätzend in Hennings Gesicht, »ich konnte mich nicht daran erinnern, jemals solche Visagen gesehen zu haben.«

Henning blickte kurz zu Max, dann aber zurück zu Quentin.

»Vielleicht lag es an der Dunkelheit«, fuhr der fort, »vielleicht an meiner Müdigkeit oder daran, dass ich so gut wie nichts gegessen hatte, jedenfalls kamen mir die Augen des einen stumpf vor ... weißt du, wie das Fell einer toten Katze oder so was, während die des anderen leuchteten.« Quentin runzelte die Stirn und blickte auf den Tisch. »Unwillkürlich habe ich meinen Stuhl ein wenig nach hinten gerückt, um so weit wie möglich von ihnen entfernt zu sein ... aber Max ...« Max spürte, wie schwer es Quentin fiel, die ganze Sache zu erzählen, und wie er doch nicht anders konnte, als Henning, der immerhin sein Vorgesetzter war, zu antworten. »... Max begann, mit einer für mich unbegreiflichen Ahnungslosigkeit, auf das radebrechende Englisch einzugehen, mit dem einer der Männer versuchte, ein Gespräch anzuknüpfen.«

»War das so?« Henning schaute zu Max, scheinbar belustigt und doch nicht ganz in der Lage zu verbergen, dass er sich fragte, was für ein Mensch sein neuer Verwandter nun eigentlich war.

Max breitete betont müde die Hände aus und hielt Hennings Blick stand. *Ich werde Quentin nicht daran hindern, das zu erzählen,* dachte er, *das macht mir doch nichts aus!*

»Was sollte ich tun«, fuhr Quentin fort, »sah Max nicht selbst, dass wir uns vor diesen Leuten in Acht nehmen sollten? Ich war von dem Eindruck, den sie auf mich machten, so beunruhigt, dass ich schon zu überlegen begann, ob wir ihnen vielleicht entkommen konnten, wenn wir in unser Hotel zurück*rannten*. Es war zwar nur einen kurzen Fußmarsch entfernt, aber ich erinnerte mich, dass der Mann, der uns die Zimmerschlüssel ausgehändigt hatte, gesagt hatte, dass nach elf – und es musste längst nach Mitternacht gewesen sein – das Eisengitter am Haupteingang verschlossen sein würde und wir klingeln müssten. Aufstehen, *wegrennen* von diesen Leuten – und dann? Nicht schnell genug in das Hotel hineinkommen, weil niemand das Eisentor öffnete? Während sie uns einholen würden und davor überwältigen? Lieber sollten wir ohne größere Auseinandersetzung von diesen Nachtgestalten fortkommen, dachte ich, und fing also an, so beiläufig wie möglich Max zuzuraunen, dass es doch spät geworden sei inzwischen und wir vielleicht aufbrechen sollten.«

Max studierte seine Handrücken, die vor ihm auf dem Tisch lagen. Gut, das war nicht zu leugnen: So hatte es sich zugetragen. Er spürte, wie Henning und auch Malte ihm hin und wieder einen Blick zuwarfen, achtete aber darauf, ihren Augen nicht zu begegnen, und wandte den Kopf zur Seite, wie um die noch immer ankommenden Hochzeitsgäste zu beobachten.

»Doch davon wollte Max nichts wissen«, hörte er Quentin neben sich weitererzählen, »stattdessen nahm er sogar am Tisch der vier Einheimischen Platz! Ja, es kam mir so vor, als wäre er durch ihre Gegenwart regelrecht verhext – denn sonst *musste* er doch sehen, was für Gestalten das waren! Als ich mich jedoch vorbeugte, dafür entschuldigte, dass ich die Konversation unterbrach, die er mit der Frau der vier inzwischen begonnen hatte, und Max so eindringlich, wie ich nur konnte, zumurmelte, dass wir JETZT WIRKLICH SOFORT GEHEN sollten, sah er mir nur direkt ins Gesicht, lachte und sagte: ›Geh doch schon vor, Quenni.‹«

Würde er rot werden? Max verlagerte sein Gewicht auf das andere Bein.

»Max allein bei diesen Leuten zu lassen«, fuhr Quentin fort, »kam mir jedoch trotzdem nicht richtig vor. Hatte er vielleicht schon zu viel getrunken? Also stand ich kurzerhand auf und griff nach seinem Arm. Es täte mir leid, stotterte ich in die Richtung der Frau, deren Gesicht irgendwie im Schatten lag, ›*but we have to get up early, you know*‹ ... Dabei hoffte ich nur, dass sich Max nicht dagegen wehren würde, von mir fortgezogen zu werden. Im gleichen Moment erhob sich aber auch die Frau von ihrem Stuhl und fasste nach Max, wie um ihn aufzuhalten. Ich dachte schon, dass wir ihn ja schlecht hin und her zerren konnten – da fiel mein Blick auf die Sitzfläche, auf der die Frau gerade eben noch gesessen hatte.«

»Und?« Henning hatte den Mund zu einem Grinsen verzogen, halb spöttisch, halb skeptisch.

»Und dort, auf der weißen Sitzfläche ... also es war ja schon dunkel – aber man konnte es wegen der Lichter in dem Café doch deutlich erkennen ... dort auf der Sitzfläche hatte sich eine Pfütze gebildet – eine dunkelrote Lache aus Blut.«

»Ah!«, hörte Max Malte hervorstoßen, hielt den Blick aber starr auf die anderen Gäste gerichtet.

»Es verschlug mir fast den Atem«, fuhr Quentin neben ihm fort, »ich nickte mit dem Kopf zu dem Stuhl, um Max darauf aufmerksam zu machen – da drehte sich die Frau zu den Männern um, die ein wenig hinter ihr gesessen hatten, und jetzt war es deutlich zu erkennen: Das Blut war ihr durch den Rock gesuppt, während sie so zugedröhnt gewesen sein muss, dass sie es nicht einmal bemerkt hatte.«

Max hätte am liebsten ausgespuckt. Er hatte es nicht gesehen, Quentin hatte es ihm später erzählt.

»Ich bin wirklich erschrocken, so etwas hatte ich noch nicht erlebt«, hörte er Quentin sagen, »und glücklicherweise ließ sich Max jetzt auch endlich von dem Tisch fortziehen.«

»Wolltest du nicht mehr mit der Lettin schnacken?«, unterbrach Henning Quentin und wandte sich an Max.

Der drehte seinem Schwager den Kopf zu. »Wart's ab.« Er nickte Quentin zu.

»Wir verließen also den Tisch«, griff Quentin den Faden wieder auf,

»und strebten die Allee verkrüppelter Bäume hinunter, die von dem Park zu unserem Hotel führte, als wir eine Stimme hinter uns hörten.«

»Die Lettin!« Henning hatte die Augen verengt.

»Nein«, Quentin stieß den Qualm, den er eben aus seiner Zigarette gesaugt hatte, wieder aus und zerdrückte die Kippe im Aschenbecher, »es war einer von ihren Begleitern. Er holte uns ein und begann in seinem komischen Englisch etwas von einem Restaurant zu erzählen, an dessen Küchenausgang er ab und zu von den Resten etwas abbekommen würde, die übrig blieben. Wenn wir Lust hätten, dort zu Abend zu essen, würde er von dem Laden für die Vermittlung von uns als Gäste einen kleinen Bonus bekommen.« Quentin sah zu Max. »Oder, so war's doch?«

Max blickte zu Henning. Der spitzte die Lippen.

»Quentin wollte zurück ins Hotel«, Max spürte plötzlich, dass er grinsen musste, »aber ich hatte von Riga doch noch gar nichts gesehen!«

»Bist du mit ihm mit, mit diesem Typen?« Malte, der fast einen Kopf kleiner als Henning war, sah ihn mit aufgerissenen Augen an.

»Das Restaurant war großartig – Quentin hat echt was verpasst!« Max lächelte seinem Reisegefährten zu. »Untergebracht in einem Jugendstilgebäude, das seine beste Zeit um 1910 oder 1930 gehabt haben muss, mit einem Speisesaal, der an die acht Meter hoch war. Voller Gäste.« Max sah in die Runde junger Männer, die um den Tisch herumstand. »Dicke Letten mit ihren Großfamilien, vom Baby bis zur weißhaarigen Greisin, Russen, die für irgendwelche Geschäfte nach Riga gekommen waren und zu acht oder zwölft einen Abschluss feierten, Engländer mit ihren Frauen ... Als ich das Lokal betrat, war mir sofort klar, dass ich endlich etwas von Riga mitbekam. Also hab ich mich vom Kellner zu einem der wenigen unbesetzten Tische führen lassen.« Max runzelte die Stirn. »Und kaum hatte ich Platz genommen, wollte der Kellner auch schon von mir wissen, ob ich noch jemanden erwartete. ›Leider nein‹, hab ich ihm gesagt. Daraufhin er: ›Würden Sie denn gern jemanden kennenlernen?‹«

»War ja klar«, Malte zappelte fast.

»Ja.« Max schob die Hände in die Hosentaschen seines Cuts. »Natürlich habe ich einen Moment gezögert. Aber als ich sah, was für Leute in dem Lokal aßen, was für ein Ambiente das war, dieser verschlissene

Ruhm vergangener Zeiten ... ich musste plötzlich denken: Wenn mir der Kellner vielleicht eine Lettin vorstellt, die auch diesen Stil hat, die so ist, als wäre es 1930 und das alte Europa existierte noch ...«

Er beendete den Satz nicht. Die anderen schauten ihn an, warteten ab.

»Da habe ich ja gesagt.« Er verschränkte die Arme. »Und als sie schließlich an meinen Tisch trat –«, Max unterbrach sich. »Hat einer von euch mal ein Mädchen aus Estland kennengelernt? Also nicht aus Lettland, sondern aus Estland. Aus Tallinn, um genau zu sein?«

Ein paar schüttelten den Kopf.

»Sie war ... tatsächlich ein bisschen so, wie ich mir das vorgestellt hatte ... wie ... wie ein Stummfilmstar.« Max warf Quentin einen Blick zu. »So eine Art Frau, bei der es dir fast die Sprache verschlägt ... bei der du Angst hast, etwas kaputt zu machen, automatisch total vorsichtig wirst, fast ehrfürchtig.«

»Ihr habt also zusammen gegessen.« Hennings Stimme klang wie aus Metall.

»Hör zu, Henning«, plötzlich fühlte Max, wie er wütend wurde. »Es kann ja sein, dass wir jetzt Schwäger sind, aber deshalb bin ich dir noch lange nicht Rede und Antwort schuldig!«

Henning nickte langsam.

»Wieso Quentin nach Riga nicht mehr dabei war, weißt du jetzt. Er ist danach zurück nach Berlin. Ich hingegen bin in dieser merkwürdigen Stadt Riga noch ein wenig geblieben. Okay?«

Henning reckte sich auf, er war mit Abstand der Größte in ihrer Runde.

»Meinst du nicht, du musst dich noch ein bisschen um deine Hochzeitsgäste kümmern?«, schnarrte Max ihn an, wartete die Antwort aber nicht mehr ab, sondern drehte sich um und verließ den Tisch.

Was in Riga an dem Abend und den folgenden Tagen geschehen war ... er würde es niemandem erzählen! Henning nicht – niemandem! Ohne sich noch einmal umzusehen, lief Max geradeaus weiter, bis er auf einen Kellner stieß, der mit einem Tablett voller Gläser zwischen den Gästen umherging.

»Könnten Sie den Herren dort hinten bitte eine Flasche bringen?« Er deutete mit dem Daumen zu dem Tisch, den er gerade verlassen hatte. »Vielen Dank!«

Dann mischte er sich unter die anderen Gäste.

7

»Max?«

Max wandte sich um. Es war Felix.

Nachdem Max Hennings Tisch verlassen hatte, hatte er erst mal seine Schwester Betty in den Arm genommen und ihr zu ihrer Hochzeit gratuliert. Ein paar Takte lang war er in der Gruppe stehen geblieben, die sich um die Braut geschart hatte, dann hatte er sich in die Halle des Restaurants begeben, wo er hoffte, einem Sitzplan entnehmen zu können, an welchen Platz man ihn während des Essens gesetzt hatte. Als Max die Sitzordnung endlich entdeckt und sich darübergebeugt hatte, hatte er Felix hinter sich gehört.

»Das Essen soll doch erst in einer halben Stunde beginnen.« Felix trug eine Brille mit leicht abgedunkelten Gläsern, hinter der seine Augen kaum zu erkennen waren. Gemächlich kam er auf Max zu.

Max lächelte. »Ich wollte mal sehen, ob ich neben dir sitze.«

»Hast du einen Moment?« Felix' Brillengläser glänzten. »Ich würd gern kurz was mit dir besprechen.«

Max' Blick fiel auf Felix' Mund, der rechts und links von zwei harten Falten flankiert war. »Was Wichtiges?«

Der Mund verzog sich leicht. »Nicht wirklich, würde ich sagen.«

Max versenkte seine Hände in den Hosentaschen. »Was kann ich für dich tun, Felix?«

Der lachte. »Wollen wir uns kurz da reinsetzen?« Er deutete auf eine kleine Tür neben dem Eingang in den Speisesaal. »Dort müssten wir unsere Ruhe haben.«

Als Max hinter Felix durch die Tür trat, sah er, dass sich bereits zwei junge Frauen in dem Nebenraum aufhielten. Sie trugen kurze, schwarze Kleider, die nur von zwei dünnen Trägern an den Schultern gehalten wurden, und eine von ihnen hatte ihre nackten Füße zu sich auf das Sofa gezogen. Dabei war ihr der untere Saum des Kleides bis über das Knie hochgerutscht, so dass ein Teil ihres braungebrannten Schenkels entblößt war.

Felix blieb an der Tür stehen, wandte sich zu Max um und schien für einen Moment etwas an seinem Gesicht ablesen zu wollen. Dann aber drehte er sich doch wieder den beiden Frauen zu und murmelte etwas von einem privaten Gespräch. Sie schienen darüber nicht verwundert zu sein, sondern erhoben sich ohne weitere Erwiderungen von dem Sofa und verließen den Raum.

Max sah ihnen nach. Bei der Zeremonie in der Kirche waren sie ihm nicht aufgefallen, und er war sich ziemlich sicher, dass sie nicht zu Bettys Freundinnen gehörten. Bekannte von Henning? Ein leichter Parfümgeruch schien noch in dem Raum zu hängen, da sah er plötzlich, wie die hintere der beiden stehen blieb und sich noch einmal zu ihm umdrehte. Sein Blick verhakte sich mit ihrem. Unwillkürlich hatte Max das Gefühl, als würde ein warmer Kloß in seinem Bauch aufgehen.

»Sie hätten uns doch nur gestört, oder?« Die Tür schnitt den Blickkontakt ab. Felix hatte sie vor Max' Nase geschlossen.

»Kennst du die beiden?« Max sah zu ihm.

»Flüchtig«, antwortete Felix kurz und nahm auf dem Sofa Platz. Max setzte sich ihm gegenüber.

»Ich wollte mit dir über die Bücher deines Vaters reden«, hob Felix unvermittelt an. »Über die letzten Manuskripte, die noch nicht ganz fertig waren, als er ... du weißt schon.«

Max, der gerade in seinen Sessel gesunken war, richtete sich wieder auf. Mussten sie wirklich auf Bettys Hochzeit *darüber* sprechen?

»Deine Mutter hat mir erzählt, dass sie vor Bettys Hochzeit die Dinge jetzt ein wenig aufgeteilt hat.«

»Die Dinge.«

Felix lehnte sich zurück, musterte Max kurz, bevor er antwortete. »Die Rechte, Max, mach es mir nicht schwerer, als es ohnehin schon ist.«

»Eigentlich habe ich keine große Lust, jetzt darüber zu sprechen«, sagte Max.

»Und warum nicht?« Felix legte den Arm auf die Rückenlehne des Sofas.

»Ich hab mich mit der Materie einfach noch nicht genug beschäftigt. Es ist erst zwei, drei Wochen her, dass Mutter uns über die Aufteilung des Erbes in Kenntnis gesetzt hat.«

»Wobei *du* die Rechte an Xavers letzten Büchern bekommen hast, die mir noch fehlen, richtig?«

»Ich und Lisa.« Das war ja auch nicht ganz unwichtig.

»Du und Lisa, genau. Hör zu, Max«, Felix setzte sich in dem Sofa auf, »ich kann verstehen, dass das eine heikle Angelegenheit für dich ist, deshalb will ich mich kurzfassen. Wie du dir vielleicht denken kannst, ist die Frage, wer die Rechte an Xavers letzten Büchern hält, für mich von einiger Bedeutung. Ich habe viel investiert, um das Bentheimsche Werk herauszubringen. Aber je mehr ich mich mit den Texten deines Vaters beschäftige, desto klarer wird mir, dass die meisten seiner Bücher nur Vorarbeiten sind. Vorarbeiten für das, was er in seinen letzten Manuskripten versucht hat.«

»Vorarbeiten für *Berlin Gothic*.«

»Für *Berlin Gothic*, genau. Du kannst dir also vorstellen«, fuhr Felix fort, »wie wichtig es für mich ist, dass ich auch diese letzten Manuskripte von ihm herausbringen kann. Kannst du mir folgen?«

Max nickte.

»Du wunderst dich vielleicht, dass ich das so offen sage, wo es doch viel geschickter wäre, wenn ich dir gegenüber behaupten würde, dass mich diese Rechte gar nicht so sehr interessieren und ich sie nur, was weiß ich, der Vollständigkeit halber von dir gern hätte. Aber ich will ganz offen zu dir sein. Seit dein Vater nicht mehr aufgetaucht ist, habe ich mich immer ein wenig verantwortlich für euch gefühlt. Deshalb habe ich jetzt auch kein Interesse daran, dich oder deine Schwester Lisa über den Tisch zu ziehen.«

»Da haben wir ja Glück gehabt«, entgegnete Max, der sich immer noch nicht sicher war, ob er begriff, worauf Felix eigentlich hinauswollte. Hatte er wirklich vor, ihm hier, zwischen Sektempfang und Essen, ein konkretes Angebot zu machen?

»Dass wir uns da recht verstehen, Max«, offenbar war Felix noch nicht fertig. »*Berlin Gothic* herauszubringen ist ein Projekt, das mich mit Sicherheit die nächsten Jahre, wenn nicht Jahrzehnte beschäftigen wird. Ich meine: Hast du überhaupt eine Ahnung davon, was dein Vater da in Angriff genommen hat?«

Hatte Max nicht. Einmal hatte er sich die Kisten angesehen, in denen die Seiten lagerten, aber die Texte waren codiert gewesen, und er hatte keine Ahnung gehabt, wie er den Code entschlüsseln sollte.

»Pass auf, Max«, Felix schien die Sache abkürzen zu wollen, »ich habe vollstes Verständnis dafür, dass du dir das durch den Kopf gehen lassen willst. Andererseits möchte ich dich aber auch darum bitten, Verständnis dafür zu haben, dass ich so bald wie möglich wissen muss, zu welchem Preis du bereit bist, mir die Rechte zu überlassen.« Seine stahlgrauen Augen ruhten auf Max' Gesicht.

Hatte er sich verhört? Hatte Felix gesagt, ›zu welchem Preis du bereit bist, mir die Rechte zu überlassen‹? Hieß das, dass er gar nicht in Frage stellte, *ob* Max ihm die Rechte verkaufen würde, sondern nur wissen wollte, *zu welchem Preis?*

»Entschuldige, Felix, wenn ich das so direkt sagen muss«, Max stützte die Ellbogen auf die Knie und hielt die Hände offen vor sich hin, »aber ich bin mir nicht sicher, ob ich dir die Rechte *überhaupt* verkaufen kann.«

»Warum solltest du sie mir nicht verkaufen wollen, Junge?« Die Ader an Felix' rechtem Auge puckerte.

»Weil ich nicht glaube an das, was meinen Vater umgetrieben hat – und was dich noch heute umtreibt. Kannst du dir das nicht vorstellen?«

Felix sah ihn schweigend an. »Wenn du deshalb mit dem Verkauf zögerst«, meinte er schließlich, »wäre es mir natürlich am liebsten, du ließest mich unsere Ideen dir einmal in Ruhe erläutern.«

Nein, dachte Max, das ist nicht nötig. Was kann ich dabei gewinnen? Nichts! Es könnte dir höchstens gelingen, mich zu verwirren, zu täuschen, glauben zu machen, dass ich alles ganz falsch verstanden hätte. Das habe ich aber nicht! So schwer ist es nämlich gar nicht, auch wenn es einem auf den ersten Blick vielleicht so vorkommt.

Er warf einen nicht besonders unauffälligen Blick auf seine Armbanduhr. »Sollte das Essen nicht um halb losgehen? Uns würden keine zehn Minuten mehr bleiben. Ich glaube nicht, dass du das in der kurzen Zeit angemessen tun kannst.«

Max spürte, wie er dabei war, die Oberhand zu gewinnen.

»Hast du vielleicht mal Lust, bei mir in der Firma vorbeizukommen?«, hörte er Felix sagen. »Wenn du willst, stelle ich dir ein paar Mitarbeiterinnen vor, oder«, er hatte sich genauso wie Max aufgesetzt, die Ellbogen auf die Knie gestützt und breitete jetzt ebenfalls die Hände aus, »wenn dir das lieber ist, gehen wir zwei allein etwas essen und unterhalten uns noch mal darüber.«

Vergiss es.

»Oder ich komm zu dir nach Hause, Max, das ist alles gar kein Problem.«

»Ja, klar.« Max hörte, wie sein Mund ein halblautes Schmatzgeräusch machte, obwohl er das keineswegs beabsichtigt hatte. All die Jahre über war Felix für ihn, für Max' Mutter, für die ganze Familie so etwas wie ein Verbündeter gewesen. Er hatte ihnen geholfen, sie beraten, unterstützt – und doch hatten sie trotz all der Zuwendung immer auch ein wenig Angst vor ihm gehabt. Angst, dass Felix' Fürsorge plötzlich abreißen könnte, dass die Freundlichkeit, mit der er sie behandelte, plötzlich in etwas anderes umschlagen könnte, dass er das, was er für sie getan hatte, vielleicht einmal zurückgezahlt haben wollte. War *das* der Grund dafür gewesen, dass Felix all die Jahre über so freundlich zu ihnen gewesen war? Weil er die Rechte an Xavers letzten Büchern von ihnen wollte?

Max sah, wie Felix aufstand.

»Machen wir es dann so?« Felix blickte auf ihn herunter. »Ich ruf dich an, nächste Woche?« Wieder umspielte das spöttische Lächeln seinen Mund, als wollte er sich dahinter verstecken.

Klar, ruf an, dachte Max, *aber du kannst so viel anrufen, wie du willst, ich werde dir die Rechte nicht verkaufen!*

»Ja, machen wir es doch so«, erwiderte er leichthin – musste zu seiner eigenen Überraschung zugleich aber denken: Und wenn ich das, wovon Felix überzeugt ist und auch mein Vater überzeugt war, *doch noch* brauchen sollte? Nach dem, was in Riga geschehen ist? Nach dem, was vor zehn Jahren in den Tunneln unter der Stadt passiert ist?

8

Heute

»Können wir das nicht ausspielen?«
　»Klar können wir das, aber es hilft uns wahrscheinlich nicht weiter.«
»Ansgar?«
»Jap.«
»Ist der Rechner hochgefahren?«
»Gleich ... halbe Minute.«
»Schickst du es dann an den Computer, bitte.«
»Nummer?«
»Die von der KTU.«

Butz drückt die Tasten auf seinem Handy, der Polizeidirektor steht neben ihm. Butz schickt das Foto ab, das er von Micha bekommen hat.

»Müsste gleich da sein.«

Das Display seines Handys spiegelt die nackte Glühbirne an der Decke wider. Butz dreht das Gerät so, dass ihn die Reflexion nicht blendet. Nachdem er entdeckt hat, dass Fehrenbergs Leiche verschwunden war, hat er die gesamte Wohnung abgesucht. Aber es war niemand mehr dort, und Butz hat die Kollegen alarmiert.

»Okay ... Bild ist da.« Der Kriminaltechniker, der seinen Laptop auf einem Sideboard im Wohnzimmer aufgebaut hat, nickt zum Bildschirm. Dort baut sich das Foto gerade auf.

»Pffff.« Der Polizeidirektor tritt hinter den Techniker und blickt über dessen Schulter auf den Monitor.

Butz kennt die Aufnahme ja bereits von seinem Handy. In Laptopbildschirmgröße trifft sie ihn jedoch, als würde er sie zum ersten Mal sehen.

Fehrenberg ist darauf zu erkennen, niedergestreckt auf seinem Bett. Je nachdem, in welcher körperlichen Verfassung er gerade war, ist Volker Fehrenberg immer eine eher massige oder eher fette Erscheinung gewesen. Das, was Butz jetzt jedoch auf dem Bildschirm vor sich sieht, hat mit dem Kollegen, den er gekannt hat, nicht mehr viel zu tun. In den letzten drei Wochen vor seinem Tod muss Fehrenberg sich in atemberaubender Geschwindigkeit regelrecht körperlich verändert haben.

Chips, Flips, Mäusespeck, Schokoriegel, Cola, Pepsi, Bounty & Co. Die Reste der Junkfood-Orgie übersäen ja noch den Fußboden des Schlafzimmers, kartonweise stapeln sich die Verpackungen von dem Zeug in der Ecke. Doch es ist nicht allein der vollkommen aus der Form geratene Leib, der auf der Aufnahme so beklemmend wirkt, es ist auch die Haltung, in der sich Fehrenbergs Leiche auf dem Bett zusammenkrümmt. Jede Sehne scheint geradezu eingelaufen zu sein, als hätte sich das Netz aus Muskeln und Strängen, das sich durch das Fett und die Fleischwülste zieht, gleichsam verknotet.

»Was denkst du, Jens?«

Der Rechtsmediziner mit dem Kinnbart und der Brille hat sich zu ihnen gesellt.

»Gibt's noch andere Aufnahmen?« Der Mediziner sieht über seine Brille hinweg zum KTUler.

Der schüttelt den Kopf.

»Na ja ...« Jens beugt sich vor, um die Aufnahme besser studieren zu können.

»Was?« Butz' Vorgesetzter wirkt ungeduldig.

»Keine Ahnung ... ich meine, das kann alles Mögliche sein.«

»Alles Mögliche.«

»Hm, hm.«

»Gut, aber erschossen worden«, mischt Butz sich ein, »ist er nicht, oder?«

Der Rechtsmediziner wirft ihm einen prüfenden Blick über seine Brille hinweg zu. Will Butz sich über ihn lustig machen?

»Nein, weil Micha –« Butz reibt sich über die Stirn. *Micha ist erschossen worden. Wie hängt das zusammen?*

Die anderen sehen zu ihm.

»Micha ist erschossen worden.« Butz' Stimme ist gedämpft. »Ich meine ... was ist hier überhaupt passiert?«

Er sieht, wie sich sein Chef kurz mit der Zunge über die Lippen fährt.

Butz blickt auf den Monitor. »Fehrenberg zieht sich in seine Wohnung zurück, ja?« Er deutet auf die Junkfood-Reste, die auch auf dem Foto zu erkennen sind. »Wie's aussieht, hat er sie nur verlassen, um sich kartonweise mit dem Zeug zu versorgen, aber«, Butz richtet sich wieder auf, »wieso? Wieso sagt er, er fährt in Urlaub und verkriecht sich dann in seiner Wohnung? Wieso werden Micha und die Kollegen hier überrascht? Was ist es, das Fehrenberg so zugerichtet hat?«

Er schaut zum Rechtsmediziner. Der legt den Kopf ein wenig auf die Seite.

»Es ist unklar, was ihn umgebracht hat«, folgt Butz seinem Gedankengang weiter, »aber ... keine Ahnung ... hat er sich vielleicht infiziert oder so was?«

»Möglich.« Jens sieht zum Polizeidirektor. »Wir müssten das untersuchen, aber wir haben ja nur ein Foto –«

»Wie auch immer«, fällt Butz ihm ins Wort, »jedenfalls stirbt Fehrenberg nicht, weil er *erschossen* worden ist. Das Foto zeigt es ja: Als Micha hier war, ist Fehrenberg bereits tot.«

Jens nickt zögerlich.

»Gut«, fährt Butz fort, »während Fehrenberg also hier in der Wohnung vor sich hin siecht, übernehmen wir die Ermittlung im Fall der toten Mädchen von ihm, im Fall Nadja und im Fall der Toten aus der Baugrube. Aber uns fehlen die Infos, die Fehrenberg seit Beginn seiner Ermittlungen gesammelt haben muss. Sein Computer ist leergeputzt, sein Schreibtisch ausgeräumt. Wir versuchen, ihn zu erreichen –«

»Du versuchst das.«

»Schließlich schicke ich Micha zu Fehrenberg in die Wohnung, damit er sich hier einmal umsieht, nachdem wir Volker nirgendwo kontaktieren können. Und Micha und seine Leute stoßen auf das hier.« Butz zeigt auf den Monitor des Laptops. »Micha sendet mir ein Foto«, Butz hält sein Mobiltelefon hoch, »ich spreche mit ihm übers Handy, setze mich in Bewegung«, er muss schlucken, reißt sich aber zusammen, »doch als ich hier eintreffe«, Butz hebt den Kopf, sieht zu den anderen Kollegen, die sich im vorderen Zimmer über Michas Leiche gebeugt haben, »sind bereits alle tot. Und zwar erschossen. Micha, der KTUler, die beiden Schutzpolizisten.«

Er atmet aus.

»Und Fehrenbergs Leiche ist weg«, ergänzt der Beamte, der den Rechner aufgebaut hat.

Butz nickt. »Offensichtlich sind die Kollegen überrascht worden, als sie hier waren. Sie werden erschossen, ohne dass irgendjemand aus dem Haus etwas mitbekommt. Es müssen Schalldämpfer verwendet worden sein ... aber ein Angreifer allein wird die vier Beamten schlecht überwältigt haben können, oder?«

Der KTUler am Rechner sieht auf. »Die Ballistiker gehen bisher von drei Schützen aus.«

»Drei Schützen«, greift Butz die Bemerkung auf, »zu dritt können sie natürlich auch relativ leicht Fehrenbergs Leiche über das Treppenhaus aus der Wohnung schaffen.« Er blickt zum Polizeidirektor, der an Butz vorbei zum Fenster schaut.

»So weit, so gut«, beendet Butz seine Überlegung, »so könnte es sich in groben Zügen abgespielt haben. Was ich aber nicht verstehe, ist: Warum? Warum will jemand Fehrenbergs Leiche hier wegschaffen?«

Zweiter Teil

1

»Was hat sie?«

»Ich ... ich weiß es nicht ... Merle?«

»MERLE! Wieso hechelt sie denn so? Als ob sie keine Luft bekommt ...«

»Soll ich einen Arzt rufen?«

»Einen Notarzt oder was?«

»Oder ich fahr sie gleich ins Krankenhaus.«

»Und legst sie dort vor den Eingang, ja? Ich meine, wie stellst du dir das denn vor ... sieh sie dir doch mal an.«

»Merle? Willst du nicht doch einen Schluck Wasser trinken? Deine Lippen sind schon ganz trocken, es wäre –«

»Was hat sie? Ahhh, verdammt!«

Der Mann wischt sich mit der Hand übers Gesicht. Merle hat das, was sie mühsam aus dem Glas getrunken hat, nicht bei sich behalten und wieder hervorgeprustet, dem Mann vor ihr mitten ins Gesicht.

»Geh dich lieber waschen.«

»Scheiße ...«

Die Frau, die Merle zu trinken gegeben hat, streicht ihr behutsam über den Kopf und blickt in ihre geweiteten Augen. Sie kann es ihr ansehen: Merle weiß nicht, was mit ihr los ist – und sie weiß, dass sie es nicht weiß.

Die Frau schaut sich unauffällig um. Der Mann hat das Zimmer verlassen. Sie dreht sich wieder zurück zu Merle, beugt sich zu ihr herab und flüstert ihr ins Ohr.

»Ich bring dich ins Krankenhaus, Merle ... ich lass dich hier nicht allein.«

2

Butz presst sich an die Wand. Hart fällt der Schlagschatten des Schranks, hinter dem er steht, vor ihm auf den Boden. Die nackte Glühbirne in der Kammer vibriert leicht. Durch die schmale Tür an der Längsseite des Raums dringt das Geräusch fließenden Wassers. Jemand befindet sich in dem Bad dahinter, spuckt ins Waschbecken, schnauft.

»Das nehmen wir mit aufs Revier«, hatte einer der KTUler gerufen, in der Hand einen Plastiksack mit den Abfällen aus Fehrenbergs Küche. Damit ihr das in aller Ruhe im Labor durchsuchen könnt? Butz hatte gespürt, wie ihn die Ungeduld packte. »Das dauert doch alles viel zu lange!«

Er hatte sich aus dem Kreis der Kollegen vor dem Rechner gelöst, von den Technikern eine Plane geben lassen und auf dem Boden ausgebreitet. Dann hatte er den Müllsack darauf ausgeschüttet und sich mit ein paar Gummihandschuhen darangemacht, Fehrenbergs Abfall zu durchwühlen. Tomatendosen, Papiertaschentücher, Kaffeesatz, Plastikflaschen …

Das ist jetzt gerade mal zwei Stunden her.

Vorsichtig lässt sich Butz gegen die Seitenwand des Schranks sacken und zieht eine langstielige Taschenlampe aus der Manteltasche.

Die Tür des Badezimmers schwingt auf. Der Mann, der sich dahinter gewaschen hat, tritt heraus. Kurzer Stoppelhaarschnitt, gedrungener Schädel, breite Pranken. Er trägt ein Unterhemd, das seinen Bauch nicht ganz bedeckt, und ausgeleierte, weiße Unterhosen. Er löscht das Licht an der Decke und schlurft quer durch das Zimmer zu einem niedrigen Feldbett, das an der Seite gegenüber dem Schrank steht. Legt sich hinein, zieht die Decke über sich und dreht sich zur Wand.

Butz lässt ihn nicht aus den Augen.

Lubajew gegen Barkar.

Das ist es gewesen, was er in dem Müll gefunden hat: ein Ticket für den Boxkampf, bei dem Claire fotografiert hat. Butz hat sie auf den Fotos von Frau Bastian ja gesehen. Das Ticket ist ihm in Fehrenbergs Abfall gleich aufgefallen.

Barkar. Wo auch immer er anfängt zu stochern – überall stößt er auf Frederik Barkar.

Butz starrt zu dem Buckel unter der Decke auf dem Feldbett. Der Atem des Mannes wird langsam gleichmäßiger.

Baumann heißt er, Willi Baumann. Barkars Trainer.

Es ist nicht schwer gewesen, sich Zugang zu der Kammer des Trainers zu verschaffen. Sie liegt in dem Sportzentrum, in dem Barkar auch trainiert. Eine Boxhalle in einem der Bögen unter der S-Bahn, eine Holztür mit einem Schloss, das nicht schwer zu öffnen war.

»HEY!«

Mit einem entschlossenen Schritt tritt Butz hinter dem Schrank hervor. Vage kann er sehen, wie sich der Körper unter der Decke zusammenkrümmt – dann ist er am Bett des Trainers. In der erhobenen Faust die eingeschaltete Taschenlampe, den Strahl direkt in die aufgerissenen Pupillen Baumanns gerichtet. In der anderen Hand seine Waffe, so dass der Trainer das schwarz glänzende Metall am Rand des Lichtkegels sehen muss.

»Willi Baumann?«

Das scharf gezeichnete, gleichsam gegerbte Gesicht des Trainers wirkt eingefallen. Er scheint schlecht Luft zu bekommen. Aber er nickt.

»Claire Bentheim – schon mal gehört?«

Baumann hat die Hand oben, versucht, seine Augen vor dem Lichtstrahl zu schützen. Seine Lippen bewegen sich, aber es ist nur ein Wispern zu hören.

»Was hat Barkar bei mir zu Hause zu suchen?« Butz spürt, wie seine eigene Stimme knattert.

Baumanns Gesicht ist fahl und hat einen ungesunden Ausdruck angenommen.

»HEY!«

Die Lider springen wieder auf.

»Dein Muskelmann taucht bei uns auf und macht mit meiner Freundin rum. Weißt du was davon?«

»Ich ... ich hab doch keine Ahnung, was Barkar alles anstellt.«

Butz beugt sich vor. »Butz ist mein Name, weißt du, was ich mache?«

Wenn Baumann meldet, was hier gerade vor sich geht, wird Butz das in erhebliche Schwierigkeiten bringen. Aber er kann es förmlich riechen: Es ist kein Zufall, das Barkar ausgerechnet jetzt bei ihm zu Hause aufgetaucht ist.

»Ich hab mich umgehört, Baumann«, flüstert Butz. »Lubajew hat sein Bestes gegeben, aber er hätte nie gegen Barkar antreten dürfen. Er hatte keine Chance – von Anfang an nicht. Niemals wäre es zu dem Kampf gekommen, wenn ihr nicht im Hintergrund die Fäden gezogen hättet.«

Er streckt den Arm mit der Waffe vor, schiebt Baumanns Rechte damit zur Seite, so dass der Strahl der Taschenlampe ungehindert auf das Gesicht des Trainers fällt. »Ich wühl mich rein, Baumann, ich lass nicht locker. Ich dreh jeden Stein um und leuchte in jede Ecke.«

Baumanns Gesicht wird schlaff. Er atmet ruckartig, seine Wangen blähen sich. Nach Worten zu suchen, scheint er jedoch nicht. Eher wirkt es, als versuche er, den Schlag seines Herzens unter Kontrolle zu bekommen.

Butz kniet sich mit einem Bein auf das Bett. Der Mann tut ihm leid. Es ist das Gesicht eines alten Boxers, das ihm unter dem gleißenden Schein der Taschenlampe da aus dem Dunkel entgegenstarrt. Aber Baumann hängt mit drin.

Mit dem Ende des Laufs berührt Butz Baumanns Lippen. Dann dreht er die Waffe vorsichtig und doch nachdrücklich hinein, sieht, wie Baumanns Unterkiefer herunterklappt. Schiebt dem Mann den Pistolenlauf zwischen die Zähne hindurch in die Mundhöhle. Baumanns Augen werden groß. Butz kippt die Waffe nach oben, spürt, wie das Metall gegen den Gaumen stößt.

»Mhhhmmmm.«

»Warum sollte Barkar sich um Claire kümmern?«

Baumann hat beide Hände auf Butz' Faust gelegt, die die Pistole in seinen Mund presst. Butz spürt, wie Baumann dagegendrückt.

»Mhhhmmmmmmmmmmmmm.«

Langsam scheint der Drang, Luft zu bekommen, Baumanns Angst davor, dass Butz abdrücken könnte, zu besiegen.

Mit einem harten Ruck reißt Butz den Lauf zwischen den Zähnen des Trainers wieder hervor, stößt ihm die Waffe von außen in die Wange, so dass Baumanns Gesicht seitlich in das Kissen gepresst wird.

»Er hat mich angerufen«, der Trainer ringt nach Luft, versucht, gleichzeitig zu sprechen, »gesagt, dass ich was für Frederik tun könnte –«

»Wer hat angerufen?«

Der Lauf wandert über die Wange ins Ohr. Butz sieht, wie Baumann die Augen schließt.

»*WER?*«

»Fahlenkamp, sein Name ist Fahlenkamp, hat er gesagt.«

Fahlenkamp? Butz kennt nur einen Mann, der so heißt.

Henning, der Mann von Claires Schwester Betty.

Henning Fahlenkamp.

3

Zwei Jahre vorher

Henning wandte den Blick von seiner Braut und sah Lisa genau in die Augen.

Lisa stockte. Hatte sie gesagt, dass sie arrogant waren? Oder hatte sie gesagt, dass sie ihr arrogant *vorgekommen* waren? Für den Bruchteil einer Sekunde schien die Zeit stillzustehen. Lisa spürte, wie Hennings Blick es ihr schwermachte, einfach weiterzusprechen.

»Das ist ein Gutshof aus dem achtzehnten Jahrhundert«, sie ließ den Blick über die Hochzeitsgäste wandern, bevor sie wieder zu ihm schaute, »oder Henning?«

Henning lachte, nickte. »Ja, Einweihung 1781.«

»Mit einer atemberaubenden Atmosphäre«, fuhr Lisa fort, »sogar eine Grotte gibt es dort, für die das Flüsschen, das unweit des Haupthauses entlangfließt, umgeleitet werden musste.«

Hennings Haus, oder besser gesagt: das Haus seiner Familie. Sie waren dort gewesen, gar nicht so lange her: Lisa, Malte, Quentin, Henning, ein paar andere noch und … Felix. Darüber hatte Lisa sich entschlossen, auf der Hochzeit ihrer Schwester zu sprechen: über das Wochenende, das sie zusammen im Haus der Familie Fahlenkamp verbracht hatten.

»Ein Gutshaus, das muss ich wirklich sagen, dessen Schönheit sehr gut zu der Stimmung passt‹, die von Anfang an während dieses Wochenendes geherrscht hat.«

Alles hatte großartig geklappt, Lisa hatte ihre Rede flüssig begonnen, sie hatte gespürt, wie ihr Mund die Laute formte, wie sie hell und wohl artikuliert aus ihr herausströmten, wie das Publikum an ihren Lippen hing und bei ihren mit Bedacht eingestreuten Scherzen lächelte.

Bis sie gestockt hatte, weil sie mit einem Mal gemerkt hatte, wie misstrauisch Henning sie ansah, kaum dass er begriffen hatte, dass sie von ihrem gemeinsamen Wochenende reden wollte. Plötzlich hatte Lisa sich fragen müssen, ob sie gesagt hatte, dass Henning und seine Freunde *arrogant* waren, oder ob sie gesagt hatte, dass sie ihr *arrogant vorgekommen* waren. Und das war ein großer Unterschied. Denn Lisa hatte sich für ihre Rede überlegt, dass sie erzählen wollte, wie sie ihr *zunächst arrogant vorgekommen* waren, dass sie dann aber – nachdem sie sie besser kennengelernt hatte – hatte feststellen müssen, wie herzlich und liebevoll diese Menschen in Wirklichkeit waren.

Sie starrte in die Gesichter der Gäste. Und merkte, dass sie ihre Rede wieder aufgenommen hatte. Eine unendliche Erleichterung durchströmte sie. Und doch nagte an Lisa zugleich – während sie schon weiterredete – die bange Frage, wie lange sie sich wohl auf den Fluss ihrer Worte noch würde verlassen können. Denn schon hatten die Gedanken in ihrem Kopf eine ganz andere Richtung genommen als die Rede, die sie gleichsam nur äußerlich, mit dem Mund, noch formulierte.

»... und ich begriff, dass das, was ich mir vorgenommen hatte – über diesen Freundeskreis zu sprechen –, gar nicht wirklich zu dem Tag passen würde, an dem meine Schwester Betty heiratet. Statt über Henning, Malte oder Quentin zu reden, sollte ich lieber über Betty sprechen, die ich – Betty, ich hoffe, du entschuldigst, wenn ich das sage – vielleicht besser kenne als jeder andere hier im Raum.«

Lisas Blick wanderte über die Köpfe der Gesellschaft. Man lächelte wieder, die schreckliche Bangigkeit, ob sie der Aufgabe, diese Rede zu halten, überhaupt gewachsen war, war verflogen. Lisa hatte zurück auf sicheres Terrain gefunden. Sie würde über Betty sprechen –, da konnte nichts schiefgehen.

»Ich habe keine anderen Worte für das, was ich für dich empfinde«, hörte sich Lisa sagen, »als dass ich dich liebe – und zwar nicht nur, weil du meine kleine Schwester bist, sondern weil ich niemanden kenne, der ein so bezauberndes Wesen hat wie du!«

Sie erhob ihr Glas. Das Klatschen begann.

Lisa sah, wie Betty an Hennings Seite aufstand und sich in ihrem Brautkleid an den Sitzen der Gäste vorbeidrängte, bis sie sie erreicht hatte. Die beiden Schwestern nahmen sich für einen Moment in den Arm.

Und im gleichen Augenblick wurde Lisa plötzlich klar, warum sie vorhin gestockt hatte: weil es nicht stimmte, dass sie Henning und seinen Freundeskreis in Wahrheit als eine Gruppe herzlicher und liebevoller Menschen kennengelernt hatte.

Vielmehr waren sie ihr als eine Art wildgewordenes Rudel begegnet, als eine Rotte gieriger junger Männer. Und dafür hatte es nur einen Grund gegeben: Felix hatte sie aufgehetzt, aufgestachelt, ja geradezu aufgepeitscht. Er hatte ihnen Schrotflinten ausgehändigt, mit denen sie in den angrenzenden Wäldern auf die Jagd gegangen waren. Und als sie besudelt und verschmiert wie im Blutrausch zurück ins Gutshaus gekehrt waren, hatte eine halbe Busladung nur leicht bekleideter Frauen sie dort erwartet.

Zwei Stunden lang hatte Felix die jungen Männer mit den Frauen im Wohnzimmer lachen, scherzen und trinken lassen. Hatte sie sie berühren und verwöhnen lassen, bis sie schier zu bersten schienen vor Begierde, Verlangen, purer Lust. Dann aber hatte Felix dafür gesorgt, dass die Frauen ohne jede Ankündigung das Haus plötzlich verließen. Mit einem Mal war sie, Lisa, die einzige Frau unter einem Rudel junger Männer gewesen. Es war ihr so vorgekommen, als wäre die Luft förmlich elektrisch aufgeladen. Als brauchte sie nur die Hand auszustrecken und jeder, den sie berühren würde, würde regelrecht explodieren. Eine Situation, in der sich Lisa vielleicht mächtiger gefühlt hatte als jemals zuvor. In der das nackte Begehren der sechs Männer, die sich um sie geschart hatten, wie mit Händen zu greifen gewesen war. Eine Situation aber auch, in der sie schließlich die Kontrolle verloren hatte über das, was vor sich gegangen war, und sie in einem Strudel versunken war, dessen Einzelheiten sie sich noch immer scheute, in ihrer Erinnerung heraufzubeschwören. Und doch wusste sie, dass sie diese Nacht in vollen, geradezu berauschten Zügen genossen hatte. Denn trotz aller Ungezähmtheit war an jenem Wochenende nichts geschehen, was sie nicht gewollt hätte.

Lisas Blick fiel über Bettys Schulter auf eine der Türen, die aus dem Saal herausführten.

Jemand hatte sie geöffnet und war zu ihnen hereingetreten.

Es ging durch sie hindurch wie ein Schuss.

Er hatte es geschafft, zur Hochzeit zu kommen.

Till.

4

»Ich hab das noch nie gemacht ... ich ...«

...

»Ich meine: Spreche nur ICH die ganze Zeit?«

»Das kommt darauf an. Sie haben sich ja nun hier herein begeben, also nehme ich an, Sie haben mir etwas zu sagen.«

»Ich bin nicht katholisch, wissen Sie ... ich habe keine Ahnung. Es ist nur ... sicherlich sollte ich mit niemandem darüber reden.«

»Ich will Sie nicht drängen.«

»Ich sollte vielleicht die Seelsorge anrufen, wenn ich reden will, stimmt's? Da gibt es doch so eine Hotline, oder?«

»Darüber kann ich Ihnen nichts sagen.«

»Ich sollte jetzt gehen und Ihnen nicht die Zeit stehlen.«

...

»Wissen Sie, wie lange ich gebraucht habe, bis ich eine katholische Kirche gefunden habe?«

»Hören Sie, ich habe Zeit, wenn Sie mich brauchen, wenn Sie mir etwas zu sagen haben. Wenn aber nicht, dann ... Verstehen Sie mich bitte nicht falsch, ich will Sie nicht vertreiben. Überlegen Sie sich, was Sie wollen –«

»Ich habe ihr den Arm gebrochen – oder ausgekugelt – was weiß ich.«

...

»Haben Sie mich gehört?«

»Ja, ich habe Sie gehört.«

»Ich habe sie in ein Auto gelockt, ihr den Slip ausgezogen, sie war bereit, dass ich sie ... dass wir Sex haben ... Sie kennen das vielleicht nicht, aber es SCHREIT in einem, verstehen Sie? Am Anfang ist es vielleicht noch nicht so laut, aber wenn man ... wenn man einmal begonnen hat, ist es wie ein Sturm, der in einem entfacht wird ... es ist, als ob eine übermächtige Kraft an einem zerren würde, man kann nicht mehr geradeaus denken ... es ist, als ob die Gedanken von einem Sog ergriffen würden, als ob sie durch einen Abfluss aus dem Kopf herausgurgeln würden, dorthin ... zu dem, was die Frau einem anbietet – begreifen Sie?«

...

»Ich wollte mich von diesem Sog nicht ablenken lassen. Ich habe ihr den Arm gebrochen.«

»*Wirklich?*«
»*Wirklich was?*«
»*Sie haben einer Frau den Arm gebrochen?*«
»*Ja.*«
»*Warum?*«
»*Warum nicht.*«
»*Das wissen Sie nicht?*«
»*Nein. Es scheint klar, aber ich habe angefangen, darüber nachzudenken, und jetzt weiß ich es nicht mehr.*«
»*Warum sind Sie dann hier?*«
»*Weil ich mit jemandem darüber sprechen will.*«
...
»*Dazu fällt Ihnen nichts ein?*«
»*Bereuen Sie, was Sie getan haben?*«
»*Nein.*«
»*Warum sind Sie dann hier?*«
»*Weil ich hören will, was du dazu sagst.*«
...
»*Weil es noch nicht vorbei ist.*«
»*Hat es Ihnen Freude gemacht, ihr den Arm zu brechen?*«
»*Darum geht es nicht.*«
»*Worum dann?*«
»*Darum, dass ich es tun kann.*«
»*Ihr den Arm brechen?*«
»*Ja.*«
...
»*Es war vielleicht ein Fehler, hierherzukommen.*«
»*Ich kann Ihnen nicht helfen, wenn Sie nicht bereuen. Gehen Sie zur Polizei – nicht zur Beichte.*«
»*Du kannst mir zuhören.*«
...
»*Ich sagte: Es ist noch nicht vorbei. Ich werde weitermachen.*«
»*Sie wollen, dass ich das höre? Deshalb sind Sie hier?*«
»*Der Nächsten breche ich nicht den Arm, der Nächsten reiße ich die Seele aus dem Leib.*«
...
»*HAST DU MICH GEHÖRT?*«

...

»ICH STOSSE MEINEN ARM IN IHREN RACHEN UND REISSE IHR DIE SEELE HERAUS!«

»Pater noster, qui es in caelis: sanctificetur nomen tuum. Adveniat regnum tuum ...«

5

Zwei Jahre vorher

Till.

Wie lange hatte er ihn nicht gesehen?

Max stand von seinem Tisch auf. Das Hochzeitsessen ging dem Ende entgegen, und er hatte beobachtet, wie Till den Saal Richtung Halle verlassen hatte, wo es noch ein Dessertbuffet geben sollte.

Es musste mindestens ein Jahr her sein. Weihnachten vor einem Jahr war Till zuletzt von Kanada nach Berlin gekommen, um sie zu besuchen. Danach hatten sie telefoniert und ein paarmal auf verschiedenen Wegen miteinander korrespondiert, waren sich aber nicht mehr begegnet.

Als Max in die Halle trat, sah er, dass Till dort nicht mehr war. Er ging auf die Terrasse hinaus, von der aus man in den Garten hinab und bis zum Seeufer blicken konnte.

Till hatte sich bei Lisa untergehakt, und die beiden liefen gerade auf einen der hohen Tische zu, die auf dem Rasen aufgestellt waren. Von dem Tisch aus prosteten ihnen bereits ein paar von Lisas Freunden mit erhobenen Gläsern zu.

Max lächelte. Er freute sich, dass Till sich entschlossen hatte, zu Bettys Hochzeit zu kommen. Gerade wollte er die Treppe hinunterlaufen, die in den Garten führte, als eine junge Frau aus der Halle kam und die Treppe vor ihm betrat. Max zögerte. Eine ausnehmend hübsche Person, vielleicht ein, zwei Jahre jünger als er, der er ein paar Mal bei Henning oder Quentin begegnet war und die immer einen recht ausgelassenen und angenehmen Eindruck auf ihn gemacht hatte. Nina ... Nina ... ihren Nachnamen wusste er nicht mehr.

Max ging hinter ihr die Treppe hinab und überlegte, ob er sie ansprechen sollte, entschied dann jedoch, dass er lieber erst einmal Till begrüßen wollte. So lief er ohne weiteres an Nina vorbei, als sie am Fuß der Treppe stehen blieb, um dort jemanden zu begrüßen.

»Max!«

Er sah zur Seite. Ninas Blick war an ihm hängengeblieben.

»Nina?«

Er lächelte. Sie sah wirklich gut aus, hatte ihre dunkelbraunen Haare hochgesteckt, trug ein schlichtes, dunkelgrünes Kleid, dessen Stoff sich an die schlanken Rundungen ihres Körpers schmiegte.

»Kennst du mich noch?«

Max konnte nicht verhindern, dass sein Blick zu dem Tisch zuckte, an dem Till und Lisa jetzt angekommen waren.

»Oh, aber«, hörte er Nina sagen, »ich will dich nicht aufhalten. Wir sehen uns sicher noch.«

Max bemerkte, dass Till ihn jetzt auch gesehen haben musste, denn er winkte ihm von dem Tisch aus zu, drehte dann aber gleich die Zeigefinger beider Hände kurz rasch umeinander, wie um Max zu signalisieren, dass sie sich nachher richtig begrüßen sollten.

Kurz entschlossen wandte sich Max zurück zu Nina. »Und? Gefällt es dir? Die Hochzeit, meine ich?« Er ignorierte den fragenden Blick ihres Bekannten, der ganz offensichtlich nicht mehr damit gerechnet hatte, dass Max sich doch noch in ihr Gespräch mischen würde.

»Ja!« Nina strahlte. »Ich habe es Betty gerade gesagt. Ohne Scheiß, es ist die schönste Hochzeit, die ich je erlebt habe!«

Auch Max konnte sich nicht daran erinnern, auf einer Hochzeit gewesen zu sein, die aufwendiger, liebevoller oder geschmackvoller ausgerichtet gewesen wäre als diese.

»Wolltest du uns nicht zwei Teller von dem Nachtisch holen?« Nina warf ihrem Bekannten einen neckischen Blick zu. »Auf dem Menü stand was mit Erdbeeren«, schon sah sie wieder zu Max, »das würde ich nehmen.« Sie lächelte.

Max versenkte die Hände in seinen Hosentaschen. Und wartete. Aber der Moment verstrich, und der junge Mann stand noch immer bei ihnen, den Blick jetzt erhoben, zum See gewandt, als überlegte er noch, was er tun sollte.

»Soll *ich* dir den Nachtisch bringen?«, schlug Max vor und grinste.

»Komm!« Ohne ihrem Bekannten noch einen Blick zuzuwerfen, wandte sich Nina zur Treppe und lief sie empor. Max folgte ihr.

»Wer war das eigentlich, der Typ an der Treppe?«, fragte Max, als beide schließlich mit einem Tellerchen ausgerüstet waren, auf dem eine kleine Auswahl an Dessertkostproben zusammengestellt war.

»Ein Freund von Quentin.« Nina hielt den Blick auf ihren Teller gesenkt.

»Seid ihr zusammen hergekommen?«

Sie schaute auf. »Nein!«

Also bist du allein gekommen? Doch das fragte Max nicht. Stattdessen sah er, wie Nina auf eine Sitzecke aus weiß bezogenen Rattanmöbeln zusteuerte und sich mit einem Seufzer der Erleichterung in einem der Sessel niederließ.

Er nahm ihr gegenüber Platz und stellte seinen Teller auf den niedrigen Tisch zwischen ihnen. »Kennst du viele hier?«

Nina tauchte einen kleinen Silberlöffel in das Sahneeis, das auf ihrem Erdbeertörtchen bereits zu schmelzen begann. »Geht so.«

Sie schob den Löffel in den Mund, ließ ihn für den Bruchteil einer Sekunde dort ruhen, während sie Max kurz ansah, und zog ihn dann blitzsauber wieder hervor. »*Wir* kennen uns, oder? Ein bisschen.«

Max lachte. »Ein bisschen. Aber ich weiß nicht einmal, wie du mit Nachnamen heißt.«

Nina rollte die Augen. »Was anderes willst du nicht wissen?«

Von mir aus könnte ich auch gleich hier auf dem Sessel über dich herfallen, schoss es Max durch den Kopf, aber es gelang ihm, diesen Gedanken schnell wieder zu verscheuchen. »Was könnte ich denn wissen wollen?« Jetzt widmete auch er sich den Desserthäppchen auf seinem Teller.

»Jede Frage eine Gegenfrage, ist dir das schon mal aufgefallen?« Nina sah ihn an, aufmerksam diesmal.

»Fragte sie«, entgegnete Max und schob sich ein Marzipanplätzchen zwischen die Zähne.

Nina lehnte sich zurück. »Du könntest mich fragen, was ich sonst so mache.«

Max kaute auf seinem Plätzchen. *Ja, könnte ich,* dachte er und schluckte das Plätzchen herunter. »Ich hab die Erfahrung gemacht, dass für manche Leute das keine so angenehme Frage ist.«

»So schätzt du mich also ein.« Ihre Augen blinkten.

Mann, bist du süß! Max spürte ein leises Kribbeln in den Fingerspitzen. Er sah zurück auf seinen Teller. Wenn er nicht aufpasste, verschlang er sie noch mit seinen Blicken. Am oberen Rand seines Gesichtsfelds sah er ihre Knie, die unter dem Kleid hervorsahen und die Glasplatte des Tischs berührten.

»Was machst *du* denn so?«, hörte er Nina fragen.

Er blickte auf. »Ich …« Das war nicht ganz einfach zu beantworten. »Ich weiß nicht, ob ich jetzt wirklich Lust habe, darüber zu reden, weißt du.« Er beobachtete, wie sich ihr Gesichtsausdruck veränderte. Aber es war keine Enttäuschung, kein plötzliches Aufblitzen von Wachsamkeit darin zu lesen, wie er es von anderen Leuten kannte, denen er so geantwortet hatte.

»Das macht mich nun natürlich besonders neugierig.« Ihre Nasenspitze kräuselte sich. »Aber gut … Worüber wollen wir sonst reden?«

»Müssen wir denn reden?« Ich könnte mich auch einfach zu dir beugen und versuchen, deinen Mund zu küssen.

»Oder was willst du machen?«

»Na …«, Max war klar, dass das, was er zu sagen im Begriff war, das Ende ihres Gesprächs sein könnte, entschloss sich aber dennoch, es zu sagen, obwohl er ihre Unterredung eigentlich nicht schon abbrechen wollte. »Wir *müssen* uns ja nicht hier hinsetzen und irgendwas machen. Dort draußen«, er nickte mit dem Kopf zu dem Park vor dem Fenster, in dem sich mehr und mehr Hochzeitsgäste zu versammeln begannen, »warten ein paar gute Freunde auf mich.« Schließlich war es ja auch die Hochzeit seiner Schwester.

Nina war anzusehen, dass sie sich einen Moment lang konzentrierte, was ihrem Gesicht jedoch, wie Max fand, keinen harten Zug verlieh, sondern eine Wachsamkeit, die ihr durchaus stand. »Und warum gehst du nicht zu deinen Freunden?«, fragte sie.

Weil du hübsch bist!

Er überlegte. »Weil du hübsch bist.« Es war draußen, bevor er sich dagegen entscheiden konnte, es zu sagen.

Nina sah ihn an, und es kam ihm so vor, als würde sich das Kompliment wie ein zusätzlicher Glanz auf ihre Züge legen. Das Kribbeln in Max' Fingerspitzen breitete sich über seine Arme bis in seine Bauchhöhle hinein aus. Fast schien es in seinen Ohren zu sausen und den ganzen Raum zu erfüllen.

»Danke«, sagte Nina und senkte den Kopf, um sich wieder mit ihrem Dessert zu beschäftigen.

Max schluckte. *Ist doch egal, hab ich eben ausgesprochen, was ich denke.* Nur konnte er jetzt natürlich nicht aufstehen und gehen. *Wenn sie hier sitzen bleibt, obwohl ich ihr gerade gesagt habe, dass ich sie hübsch finde,* gingen seine Gedanken weiter, *was soll dann eigentlich als Nächstes passieren?*

Und plötzlich kam es ihm so vor, als würde er schon spüren, wie es sich anfühlte, ihren entkleideten Körper in einem frisch zerwühlten Bett zu umschlingen.

6

Heute

Rumpelnd und kreischend rattert die U-Bahn in den Bahnhof. Es ist noch früh am Morgen, die Wagons sind fast leer.

Ein Grollen erfüllt die tunnelartige Röhre, zu der sich der U-Bahn-Schacht im Bahnhof weitet – ein dumpfes Rumpeln, das sich in das Kreischen mischt, mit dem der Zug zum Stehen kommt.

Für einen Moment ist es ruhig. Kein Fahrgast befindet sich auf dem Bahnsteig, keiner steigt aus.

Ein Signalton, dann setzt sich der Zug mit einem Ruck wieder in Bewegung. Und rollt aus dem Bahnhof heraus.

Da ist es wieder. Das Rumpeln und Poltern. Stärker und lauter noch als gerade eben.

Es ist niemand da, der es hört. Und doch versetzt es die Mauern des Bahnhofs in Schwingungen.

7

Zwei Jahre vorher

»Warum hast du mich nicht vorher angerufen?« Max schrie fast. »Du hättest dir doch denken können, dass ich wissen will, ob du kommst. Und erzähl mir nicht, dass du dich erst in letzter Minute entschieden hast. Wann hast du den Flug denn gebucht?« Er starrte Till an, wartete dessen Antwort aber gar nicht ab, sondern nahm sie selbst vorweg, indem er Tills Stimme in übertrieben verzerrter Form imitierte. *»Wann* *ich gebucht habe? Wann soll ich schon gebucht haben? Sonntag? Mittwoch? Dienstag? Was weiß ich, wann ich gebucht habe, vielleicht letzten Monat. Was geht dich das überhaupt an?«*

Max schlug mit der Faust auf den Tisch, dass es schepperte. »Einen Scheißdreck, hörst du, es geht mich einen Scheißdreck an, ob du zur Hochzeit meiner Schwester kommst oder nicht. Aber das ist mir egal. Ich hätte es einfach gern gewusst. Ist das nicht vielleicht Grund genug, um mich im Vorfeld zu informieren?« Jetzt hielt er doch inne und sah Till mit aufgerissenen Augen an. Der hatte die Hände auf die Tischplatte gelegt, die Fingerspitzen ineinander verschränkt, und sagte nichts.

Max drehte sich zu Nina um, die zusammen mit ihm an den Tisch getreten war. »Sieh dir das an, er hält es nicht für nötig, mir darauf zu antworten!«

Nina blickte an ihm vorbei zu Till, der ihr jetzt die Hand entgegenstreckte. »Till Anschütz, ich glaube, wir kennen uns noch gar nicht.«

Max ließ den Blick nicht von Nina, während sie ihre Aufmerksamkeit ganz Till zugewandt hatte.

»Nina Lowith«, sagte sie und warf Max einen schnellen Blick zu. »Ha, jetzt weißt du doch, wie ich heiße.«

Max zuckte mit der Schulter. »Sie hat mir ihren Nachnamen noch nicht verraten wollen«, er sah wieder zu Till, »wir haben uns heute zum ersten Mal richtig unterhalten.«

Till lächelte. »Ich wollte mich melden, Max, aber dann ... weißt du, ich dachte, es sei vielleicht eine gute Idee, mal eine Überraschung zu machen.«

Max plusterte die Wangen auf. Kurz bevor er mit Nina an Tills Tisch getreten war, hatte er mit ihr noch einmal den Kühlraum aufgesucht. Eigentlich, weil er einen Schluck von dem Wodka hatte trinken wollen. Aber als er in dem Raum gestanden und die Flasche hervorgeholt hatte, hatte sie ihn plötzlich am Arm berührt. ›Willst du nicht lieber was anderes?‹ – das war es, was sie gesagt hatte, und ihre Wangen waren von der kalten Luft in dem Raum ganz gerötet gewesen.

Plötzlich hatte sie eine flache, silberne Schatulle aus ihrer Handtasche geholt, auf eine Kühlbox gelegt und aufgeklappt. Darin hatte sich etwas befunden, von dem Max schon viel gehört, das er in Wirklichkeit aber noch nie gesehen hatte. Er wusste gleich, was es war, hatte sich davon bisher aber immer ferngehalten, weil er mit Drogen keine guten Erfahrungen gemacht hatte. In dem Moment jedoch hatte ihn sofort der Gedanke durchschossen, dass das genau das Richtige sein würde, um dem Tag noch einen besonderen Kick zu geben – und hatte eine Line von dem Zeug gezogen.

»Komm schon«, Max griff nach Tills Arm, »keine Ausflüchte jetzt! Ich kann das nicht mehr hören. Du arbeitest an einer Untersuchung über WAS? Was genau, Till? Das kannst du mir doch jetzt mal erklären. Und zwar *haarklein!*« Er schrie schon wieder, aber es machte ihm nichts aus. Und er war sich sicher, dass es auch Till und Nina nichts ausmachte, denn er sah es doch: Sie lachten. Er war einfach gut drauf! Ein bisschen Lebhaftigkeit, das würde niemandem schaden.

»Max, ich erzähl dir das alles gern einmal genau, aber doch nicht jetzt und hier. Nina würde sich vielleicht langweilen«, hörte er Till antworten.

»Schon wieder!«, stieß Max hervor und wandte sich abrupt zu Nina. »Sag ihm, dass du es auch hören willst!«

Sie lächelte. »Ja, wirklich«, unterbrach sich dann aber doch, »entschuldigst du mich kurz?« Und ehe Max sie aufhalten konnte, entfernte sie sich von ihrem Tisch.

»Hat sie irgendwas?« Till schickte Nina einen Blick nach.

»Keine Ahnung, sie wird gleich wieder da sein«, sprudelte es aus Max hervor, wobei er den Gedanken, dass sie sich entfernt haben könnte, weil er einfach zu aufgekratzt, zu laut und ungestüm war, nicht ganz verdrängen konnte. »Jetzt, wo sie weg ist, hast du aber keine Entschuldigung mehr, nicht von deiner Arbeit zu erzählen.«

Doch er sah, dass Till den Kopf schüttelte. »Andermal, Max. Heute hab ich nicht so recht Lust, mir von dir anhören zu müssen, dass das, was ich mache, nur Blödsinn ist, der zu nichts führt.«

Der Missklang in den Worten entging Max nicht. Was war das? War Till genervt?

»Ihr versteht euch gut, ja?«, hörte er ihn fragen – offensichtlich wollte Till das Thema wechseln.

»Nina ist großartig.« Max wandte sich mit dem Rücken zur Tischplatte und schob die beiden Ellbogen darauf, so dass er den Garten mit den anderen Gästen vor sich hatte. »Ich freu mich«, sagte er, »ich freu mich, dass du da bist, Till.«

Till nickte. »Ich mich auch.« Dann aber fügte er etwas hinzu, das Max traf wie ein Kübel kaltes Wasser.

»Max ... ich ... ich wünschte, ich müsste nicht gleich davon anfangen, aber weißt du, seitdem ich davon gehört habe, kann ich an nichts anderes mehr denken.«

Max spürte, wie er zusammenzuckte. Es spricht sich herum. Erst Henning, jetzt Till. Für einen Moment war ihm, als würde eine Welle von Hass in ihm hochschwappen. »Was meinst du? Riga?« Es war alles so schön gewesen: die Hochzeit, Nina, dass Till wieder da war ... Warum musste Till mit seiner Bemerkung das alles zerstören?

Und in einem Anfall von Wut, Trotz, Hochmut und Stolz beugte sich Max zu Till nach vorn, legte all die Kälte und Gefasstheit, deren er fähig war, in seine Stimme und krächzte: »Mach dir keine Sorgen, Till, das sind nichts als Gerüchte.«

Dritter Teil

1

Heute

Die Scheinwerfer der Autos, die ihnen entgegenkommen, tanzen auf und ab, die Wagen rattern über das Kopfsteinpflaster. Es ist Wind aufgekommen, Claire sieht die Wolken über den Himmel jagen. Sie rennt. Vor ihr Frederik. Er stolpert, seine Schritte wirken unsicher. Immer wieder dreht er sich zu ihr um, checkt, ob sie nachkommt. Es sind kaum noch Menschen unterwegs. Sie gelangen auf einen Platz, Frederik bleibt stehen, wartet auf sie. Ihre Arme finden sich, sie legt sich an ihn, sein Kopf neigt sich über sie wie das Haupt eines mächtigen Vogels.

Claire schließt die Augen, biegt den Kopf in den Nacken, spürt, wie seine kratzige Wange über ihre Lippen reibt, bevor sie sich küssen.

Der Platz versinkt.

Eine Zelle der Geborgenheit.

»Entschuldigen Sie, sind Sie nicht von dort hinten gekommen?«

Claires Blick ist noch verschleiert, als sie die Augen wieder aufschlägt. Sie lässt Frederik nicht los. Ein älterer Mann ist bei ihnen stehen geblieben, deutet in die Richtung, aus der sie gekommen sind.

»Was ... ich meine, was ist denn da los?«

Claire sieht zu Frederik auf. Der macht Anstalten, weiterzugehen.

»Sorry, Mann, keine Ahnung.«

Claires Arm bleibt um Frederiks Taille geschlungen, als sie ihren Weg fortsetzen.

»Hat er die Schüsse gehört?« Claire sieht unschlüssig zu Frederik.

Er drückt sie an sich, antwortet nicht. Claire verlangsamt ihre Schritte, dreht sich so, dass sie noch einmal stehen bleiben müssen, wenn sie sich nicht voneinander lösen wollen. »Was hat der Mann denn gemeint?«

Sie sehen über den Platz, an dessen Ende der Passant gerade zwischen den Häusern verschwindet. Nur vereinzelt brennen noch Lichter in den Fenstern.

Claire fühlt, wie sich Frederiks Brustkasten neben ihr hebt und senkt. Eine Bö wirbelt Staub und Sand auf, die über den Asphalt streichen. Claire kneift die Augen zusammen, um sie vor den Körnchen zu schützen.

Sie können nicht zu ihr nach Hause. Sie können nicht zu Frederik nach Hause. Sie drückt sich enger an den Mann, der sie im Arm hält. Es geht eine Ruhe von ihm aus, die Claire gierig in sich aufsaugt.

Sie atmet aus.

Eine hell erleuchtete S-Bahn rattert in den hochgelegten Bahnhof rechts neben ihr. Dahinter ragen ein paar heruntergekommene Hochhäuser in den schwarzblauen Stadthimmel. Eine wohlvertraute Silhouette, hinter der sich – wie eine Krönung – der Fernsehturm mit seiner Kugel erhebt.

Claire spürt, wie ihr Mund trocken wird.

Es ist, als ob ihre Netzhaut es zu registrieren beginnt, bevor ihr Gehirn dafür aufnahmefähig ist.

Eine Wolke ... eine hellgraue Wolke, die sich zwischen den Umrissen der Hochhäuser zu erheben beginnt.

Der Druck von Frederiks Arm um ihren Körper verstärkt sich. Claire hört ein dumpfes Grollen ansteigen und eine Sirene anspringen, die sich auf der anderen Seite der S-Bahn-Trasse befinden muss.

Sie atmet aus ... und wieder ein.

Gedämpft dringt der Signalton, der die Abfahrt der S-Bahn ankündigt, zu ihnen herüber – die Bahn setzt sich in Bewegung.

Und die Staubwolke steigt weiter auf, erleuchtet von den Laternen, die unter ihr die Straßen erhellen.

Es ist eins der Hochhäuser auf der anderen Seite der Trasse. Es scheint sich zu bewegen, und Claire begreift nicht, wie das sein kann. Dann beginnt das Gebäude, langsam in sich zusammenzurutschen.

Claire zieht den Kopf zwischen ihre Schultern, Frederiks Arme schließen sich um sie. In das dumpfe Grollen hinein schießen helle Prasselgeräusche, zwei weitere Sirenen springen an. Etwas knallt, scheint zu platzen, ein zischendes Geräusch, als ob aus einem riesigen Schlauch etwas gespritzt würde.

Gleichzeitig quillt die Staubwolke jetzt auch unter der S-Bahn-Trasse hindurch auf den Platz.

Direkt auf sie zu.

Claires Blick zuckt zurück zu dem Hochhaus, aber es ist nicht mehr da.

Steil, scharf und klar ragen die Fassaden der übrigen Gebäude in den Nachthimmel, während die Staubwolke Stockwerk um Stockwerk einhüllt.

2

Zwei Jahre vorher

»Das ist doch nicht so schlimm. Auf der Hochzeit hat doch alles bestens geklappt – und immerhin war Max derjenige, der sich um die Feier gekümmert hat, oder?« Till nippte an dem Styroporbecher, den er in der Hand hielt.

»Okay, aber ich habe kaum mehr verstanden, was er gesagt hat. Entweder er hat geschrien oder genuschelt …« Nachdenklich lehnte sich Lisa in ihrem Stuhl zurück und ließ die Passanten an sich vorüberziehen.

Sie saßen auf Metallstühlen vor einem Coffeeshop am Hackeschen Markt. Auf dem schmalen Bürgersteig vor ihnen liefen die Fußgänger vorbei. Die meisten hatten ihre Regenmäntel aufgeknöpft, manch einer trug nur noch Pullover. Es war erstaunlich gutes Wetter für März, nur vereinzelte Wolken sausten über den ansonsten tiefblauen Himmel.

»Er hat gestern sicherlich einiges getrunken und wer weiß was sonst noch alles gemacht«, ging Till auf sie ein, »aber als ich mit Max gesprochen habe, hat er auf mich doch einen gut gelaunten Eindruck gemacht.« Er stützte den linken Ellbogen auf den Tisch. »Wirklich, ich würde das sonst nicht sagen. Max hat mir gut gefallen. Es steckte so etwas wie eine … wie soll ich sagen … eine Entschlossenheit in ihm. Als hätte er sich für etwas Bestimmtes entschieden und würde jetzt wissen, worauf er zusteuern soll.«

»Hat er das gesagt?« Lisa warf ihm einen Blick zu. »Ich meine, habt ihr darüber gesprochen?«

»Lisa, ich habe ihn gestern zum ersten Mal seit einem Jahr gesehen. Es hat doch keinen Sinn, wenn ich ihn überfalle und anschreie, dass er mir sagen soll, was er vorhat …«

Wer hatte denn etwas von anschreien gesagt? Till zog den Ellbogen von der Tischplatte wieder herunter und verschränkte die Arme. »Wenn ich ihn nachher treffe, versuche ich noch mal, mit ihm zu reden, okay?«, schlug er vor. »Kennst du diese Irina eigentlich, zu der er mich mitnehmen will?«

Lisa schien ihn kaum gehört zu haben.

»Lisa?«

Sie zuckte unmerklich zusammen. »Irina? Ja ... ja, ich hab sie ein paarmal getroffen. Sie ist nett, sie ist mit Quentin zusammen.« Sie atmete aus.

Tills Blick blieb einen Moment an Lisa hängen. Ihm fiel auf, wie frisch, klug und eigenwillig sie wirkte, eine Mischung, die ihm immer gut gefallen hatte und durch die sich Lisa in seinen Augen zum Beispiel von so einem Mädchen wie Nina unterschied. Nina war mit ihren braunen, langen Haaren, dem irgendwie biegsam wirkenden Körper und den samtfarbenen Augen eine weibliche Erscheinung, bei der Till unwillkürlich an Sex denken musste. Bei Lisa hingegen fühlte er sich immer erst einmal gemüßigt zu überlegen, ob er ihr *im Kopf* überhaupt gewachsen war.

»Was machst du denn jetzt?«, fragte er, nachdem sie eine Weile geschwiegen hatten. »Wirst du bei dem Blatt anfangen?« Lisa hatte ihm erzählt, dass sie ihr Volontariat bei der Zeitung inzwischen abgeschlossen hatte. »Richtig als Reporterin? Ich stell mir das sehr spannend vor.«

Lisa stellte den Styroporbecher mit dem Kaffee zurück auf den Tisch. »Ja ... ja, ich dachte auch, dass es gut werden könnte ...«

»Aber?«

»Weiß nicht.« Sie gab sich einen Ruck. »Vielleicht fange ich dort an, ein Angebot haben sie mir schon unterbreitet. Ich habe vier Wochen Zeit, es mir zu überlegen.« Ihr Blick ruhte auf seinem Gesicht. »Weißt du denn schon, wie lange du in Berlin bleiben wirst?«

Till machte mit seinem Becher Kreisbewegungen, so dass der Cappuccino darin in einen kleinen Strudel versetzt wurde. »Ein paar Tage, dachte ich.«

»Hast du was Bestimmtes vor?« Sie sah ihn noch immer an.

Till lächelte. »Euch treffen?« Pause. »Dich treffen.«

Sie nickte. »Sonst?«

»Nicht viel. Nichts eigentlich.«

»Musst du nicht was für deine Arbeit tun?«

Bei dem Gedanken an das, was er in seinem Arbeitszimmer zurückgelassen hatte, befiel Till ein leichtes Schwindelgefühl. »Ein paar Tage werde ich mir ja wohl freinehmen können ...«

Lisa strich sich eine Haarsträhne hinters Ohr. »Was ... worum geht es denn in deiner Arbeit eigentlich, kannst du schon was sagen?«

Till warf einen Blick auf die Straßenuhr, die schräg gegenüber auf dem Platz stand. Kurz vor vier. Max wollte ihn um vier hier abholen, aber er kam eigentlich immer ein wenig zu spät. Till sah zu Lisa. »Meinst du wirklich, dass du das wissen willst?«

Er bemerkte, wie so etwas wie Spott in ihrem Blick aufglomm. »Ich will ja nicht die extralange Vollversion. In einem Satz!«

»In einem Satz ...« Till überlegte. »Hast du mal was von der Frage gehört, ob die Gegenstände der Mathematik real existieren?«

»Was?«

Es kam ihm so vor, als hätten sich ihre Pupillen ein wenig verkleinert.

»Die Sätze der Mathematik ... wenn ein Mathematiker ein neues Theorem beweist – was hat er dann gemacht? Hat er es aus den bereits bekannten Sätzen *abgeleitet,* also neu konstruiert – oder hat er einen weiteren Bestandteil einer mathematischen Welt *entdeckt,* die auch ohne ihn existiert, und nur sozusagen den Weg gefunden, der dorthin führt?«

Lisa zog den Kopf ein wenig zurück. »Machst du jetzt Mathematik oder was?«

»Nein ...«, Till rieb sich mit der rechten Hand im Auge, »aber das, was ich mache, lässt sich am einfachsten durch diese Analogie erläutern.«

»Entschuldige, aber ich verstehe kein Wort«, unterbrach sie ihn.

»Pass auf«, er schüttelte den Kopf, »eigentlich ist es ganz einfach. Denk an das, was dein Vater gemacht hat.«

»Romane schreiben.«

»Genau. Und die Frage, die ich meine, lautet nun: Hat dein Vater das, was in diesen Romanen passiert, neu konstruiert, also in gewisser Weise *erfunden,* oder hat er es eher *entdeckt,* also wie etwas, das auch ohne ihn schon vorher existiert hat?«

Lisa hatte ihre Haltung wieder ein wenig gelockert. Sie schien jetzt doch mehr darauf bedacht zu sein, ihm zu folgen, als unbedingt ihrer Skepsis Ausdruck verleihen zu wollen.

»Weißt du«, fuhr Till fort, »es ist ja nicht so, dass ein Autor einen Text einfach so zusammenbauen kann, wie er will. Wenn du die Berichte von Autoren liest, ist viel davon die Rede, dass sie auf die Inspiration warten müssen, dass sie sich von der Muse die Sachen einflüstern lassen müssen, oder auch, dass die Figuren nicht immer so wollen wie sie und dergleichen ...«

Lisa spitzte die Lippen.

»Deshalb die Frage, was Autoren eigentlich machen, wenn sie Geschichten schreiben. Entdecken sie die Geschichten, die sozusagen bereits irgendwo fertig vorliegen? Das wird ja auch durch das Überarbeiten, das Herumfeilen an einem Text nahegelegt. Die erste Niederschrift scheint mit der unabhängig existierenden Geschichte noch nicht übereinzustimmen und muss also allmählich daran angepasst werden.«

»Das ist natürlich reine Spekulation.«

»Sicher, es lässt sich – oder hat sich zumindest bisher – nicht beweisen oder nachweisen lassen, dass es so ist. Also dass die Geschichten in gewisser Weise bereits existieren, *bevor* sie niedergeschrieben werden. Es gibt nur ein paar Hinweise, dass an dieser Vorstellung doch mehr dran sein könnte, als es auf den ersten Blick vielleicht den Anschein hat. Und was mich nun interessiert, ist, wie wir uns diese Welt der Geschichten, der Fiktion, die also auch unabhängig von allen Autoren existieren könnte, vorstellen können – oder müssen.«

Lisa sah ihn aufmerksam an und zugleich doch auch ein wenig zweifelnd.

»Und in meiner Arbeit versuche ich nun –«

»Einen Zugang in diese Welt zu finden, nein: zu bohren!« Sie lachte.

»Nein.« Till hob die Hand, lächelte. »Ich versuche eine Ordnung in die Hinweise zu bekommen, die dafür sprechen, dass an dieser Intuition etwas dran sein könnte, also an der Vorstellung, dass sogenannte fiktionale Sätze mit einer irgendwie unabhängig existierenden Wirklichkeit übereinstimmen könnten.«

»Dann wären dir zufolge also Romane, Erzählungen, die ganzen fiktionalen Texte gewissermaßen wahr?«

Till grinste. Sie hatte es begriffen. »Nicht: mir zufolge. Ich weiß es auch nicht, genauso wenig wie irgendjemand sonst ... Ich schaue mir nur einfach diese Hinweise an, die dafür sprechen.«

Lisa schien nachzudenken.

»Es kann natürlich durchaus auch sein«, fuhr Till fort, »dass es im Bereich der Fiktion um Ähnlichkeiten und nicht um Übereinstimmungen oder Korrespondenz geht. Geschichten sind ja besser oder schlechter, nicht richtig oder falsch. Darin unterscheiden sie sich ja auch zum Beispiel von Sätzen der Mathematik. Deshalb könnte man auch auf die Idee kommen, meine ich, dass es irgendwo perfekte Dramaturgien, perfekte Spannungsbögen, perfekte Denkfiguren oder Geschichten gibt und dass das, was die Autoren aufschreiben, Texte sind, die diesen Idealen mehr oder weniger gut entsprechen. Kannst du mir folgen?«

Lisa sah geradeaus an ihm vorbei auf den Platz, aber er hatte das Gefühl, dass sie in Gedanken bei ihm war.

»Und ich versuche nun eine Landkarte dieser idealen, perfekten Welt zu entwerfen, der fiktionale Texte mehr oder weniger gut entsprechen. Also, das ist jetzt extrem vereinfacht ausgedrückt – aber in etwa kommt es hin.«

»Das nennt sich dann Poetik ... oder Ästhetik oder wie?«

»Na ja, wenn man es ganz radikal sehen will –«

»Till?«

Till schrak zusammen, er war vollkommen in seine Gedanken verstrickt gewesen. Direkt vor ihrem Sitzplatz hatte ein Wagen am Bürgersteig gehalten. Am Steuer saß Max.

»Auf geht's, Mann!« Max' Augen sprangen zu Lisa. »Was ist, Schwesterchen, hast du nicht Lust mitzukommen?«

Till warf Lisa einen Blick zu. Er sah ihr an, wie sehr sie ihren Bruder liebte.

»Andermal, Max, heute kann ich nicht.«

»Bist du mit Felix verabredet?«

Till stand auf, um deutlich zu machen, dass ihn das nicht sonderlich interessierte, obwohl auch er die ganze Zeit schon daran hatte denken müssen: Sie war mit Felix zusammen? Mit einem Freund, einem früheren Kollegen ihres Vaters? Der mindestens doppelt so alt war wie sie?

Statt Max zu antworten, erhob sich Lisa ebenfalls und wandte sich an Till. »Rufst du mich noch mal an, bevor du fährst?«

Till breitete die Arme aus, schloss sie um ihren Körper – und fühlte in dem kurzen Moment, in dem sie umschlungen beieinanderstanden, dass er nicht einfach so wieder abfahren konnte. Dass Lisa der eigentliche Grund gewesen war, weshalb er nach Berlin gekommen war.

»Kann ich dich morgen sehen, morgen Abend vielleicht?« Er löste die Arme und sah, wie sie ihr Gesicht ihm zugewandt hatte. Was in ihren Augen aufblitzte, war aber kein Lächeln, sondern eher so etwas wie Betroffenheit ... oder Verletzlichkeit?

»Ich meld mich, ja?« Sie drehte sich weg und reichte Max über die heruntergelassene Seitenscheibe des Cabrios hinweg die Hand. »Pass auf ihn auf, Max«, dann hatte sich Lisa ganz abgewandt und lief auch schon die Straße hinunter.

Die schwere Tür des Fahrzeugs sprang auf, Max hatte sich zur Seite gelehnt und den Hebel von innen betätigt. Till schwang sich auf den Beifahrersitz und zog die Tür hinter sich zu. Im gleichen Moment spürte er auch schon, wie er in die Polsterung gedrückt wurde. Max hatte beschleunigt und drückte mit der Rechten auf den CD-Player hinter dem Schaltknüppel.

»He left no time to regret«, sprang es aus den Boxen, und der harte Klang des Klaviers überzog die Geräusche der Stadt, die über ihnen zusammenschlugen.

3

Heute

»Merle? ... Merle, hörst du mich?«

Die Tür des Wagens klackt. Merles Blick schwingt hoch, und die Sonne gleißt direkt in ihre Augen. Sie spürt, wie ihre Pupillen sich zusammenziehen, aber sie hat das Gefühl, nicht blinzeln zu müssen.

Jemand zieht an ihrem Arm, sie wird hochgewuchtet – das Goldgelb des Sonnenballs sinkt zurück, der blaue Schatten des Neubaus, vor dem sie gehalten haben, übernimmt.

Merle wankt über den Bürgersteig, Nelc neben sich, die sie hergefahren hat und stützt. Eine Glastür zischt auf, das Haus verschluckt sie, Merles Blick senkt sich auf den Boden, die Fliesen ...

»Warten Sie hier – nicht, NEIN!«

Merles Augen tasten über den Bodenbelag, sie spürt den Druck von Neles Hand auf ihrem Arm.

»Wir kümmern uns um sie, es dauert nicht lange – bitte nehmen Sie Platz!«

»Es geht ihr nicht gut«, das ist Neles Stimme, »wir können nicht Platz nehmen.«

Merle hört Schritte, die sich rennend nähern.

»Dort!«

»Ja ... ja, ist gut.«

Sie sieht die weißen Hosen eines Sanitäters, der lockere Griff von Nele entschwindet, zwei Männerhände packen sie, drücken –

»NEIN!«

Merle verliert das Gleichgewicht, stürzt, sieht sich schon mit dem Gesicht flach auf den Boden schlagen – da knallt etwas in ihre Kniekehlen, ihre Beine knicken ein, sie sackt in einen Sitz und spürt, wie sie zornig wird.

»WAS ...«

Hakt ihr Kiefer? Ihre Lippen ziehen sich von den Zähnen zurück.

»Aaaaarg«, kommt es heraus, dabei hat sie doch nur etwas sagen wollen.

Die Männerhände – sind es vier, sechs, acht? – pressen Merle in den Rollstuhl, scheinen sie daran festschrauben zu wollen. Es reißt in ihrer Lunge. Ihre Zunge schiebt sich zwischen die Zähne nach vorn, immer weiter, als ob sie sich aus ihrem Rachen lösen wollte.

»Näääälääää«, Nele muss ihr doch helfen, was tun sie denn mit ihr?

Ein breites Lederband schließt sich um Merles Handgelenk.

Ihre Augen drehen sich in den Höhlen, schon scheint ihr Blick gegen die Innenwand ihres Schädels gerichtet zu sein.

»Nääääläääää!«

Dann reißt sie an dem Arm, den man festgebunden hat. Merle sieht ihn unter dem Lederband auf der Armlehne liegen ... sie braucht ihn nicht – sie muss ihn ... einfach nur ... von sich abreißen.

Merle wirft ihren Körper herum, hört den Rollstuhl klappern, die Stimmen der Männer, die sich um sie drängen, sie zu greifen, zu halten versuchen.

»Nääääääläääääää!«

Der Riemen schneidet in ihre Haut. Sie schleudert ihren Körper in die andere Richtung, die Pupillen jetzt nach oben in ihren Kopf hineingerichtet, versenkt in die Schwärze, die dort herrscht, die Zunge in ihrem Mundwinkel fast schon aus ihrem Körper herausgewunden.

Da bricht das Chaos, der Wahnsinn, der ohrenbetäubende Krach, der in ihr getobt hat, plötzlich in sich zusammen.
Merle fühlt, wie etwas Weiches sich an sie legt, an sie schmiegt – sie festhält!
Ihre Pupillen richten sich langsam wieder nach vorn aus ...
Es ist Nele, die sie festhält.
Merles Kopf sinkt gegen die Brust ihrer Freundin.
»Äääärrgggg ...«
Nele streicht ihr vorsichtig über den Kopf. Ihre Augen stehen voller Tränen. »Mach's gut, Merle«, flüstert sie. »Mach's gut.«

4

Zwei Jahre vorher

Max' angewinkelter, linker Arm lag auf der Seitentür des Cabrios, während er mit der Rechten steuerte. Seine Augen waren hinter einer Ray-Ban verborgen.

Till ließ den Alexanderplatz vorüberziehen. Rechter Hand der Turm mit der immer baufälligeren Brunnenanlage, links die asymmetrischen Wohnblöcke von zum Teil abenteuerlicher Hässlichkeit. Der Motor heulte auf, als Max bei Gelb eine Ampel überquerte und gleich wieder rechts einbog, um die gewaltige Magistrale der Karl-Marx-Allee zu erwischen.

»Sie ist dort erst vor ein paar Tagen eingezogen«, bemerkte er, ohne den Blick von der Straße zu nehmen. »Eine *housewarming party* oder wie das heißt.«

Irina, die Frau, zu der sie gerade fuhren.

»Sie ist mit Quentin zusammen, oder? Woher kennst du den eigentlich?« Till schlug den Kragen seines dunkelblauen Jacketts hoch, um sich vor dem Fahrtwind zu schützen.

»Na, aus dem Internat«, entgegnete Max und warf Till einen Seitenblick zu. »Das weißt du doch.«

Stimmt, Max hatte das wohl schon mal erwähnt.

»Aber Felix und Quentin kannten sich schon vorher.«

Max gluckste. »Richtig. Als ich das erste Mal davon gehört habe, war ich auch erstaunt.« Er schaltete einen Gang herunter, um besser

beschleunigen zu können. »Ein bisschen hängen ja alle miteinander zusammen. Quentin hat auf dem Internat Henning kennengelernt –«
»Den Mann, den deine Schwester gestern geheiratet hat.«
Max nickte. »Henning ist ein paar Jahre älter als wir, ich glaube schon dreißig. Quentin hat mir erzählt, dass Henning sich ein bisschen um ihn gekümmert hat, als Quentin nach Dornstedt kam. Und durch Henning hat Quentin dann Felix kennengelernt.«
»Als du auf ein Internat solltest, war Felix doch derjenige, der deiner Mutter empfohlen hat, dich nach Dornstedt zu schicken.«
»So schlecht war das gar nicht.« Mit einem kurzen Schlag auf die Hupe warnte Max einen Opel, der bereits blinkte, davor, auf seine Spur zu wechseln, und zog an dem Fahrzeug vorbei. »Quentin war für mich da, als ich nach Dornstedt kam.« Er neigte den Kopf ein wenig nach unten, so dass er Till über den Rand seiner Brille hinweg ansehen konnte. »Er ist nicht immer ganz einfach, aber ich war froh, dass ich Quentin dort hatte.«
»Was macht er denn jetzt?«
»Nach der Schule hat er angefangen, Reisereportagen zu schreiben. Die neue Urbanität oder so was ist sein Thema, sagt er. Frag ihn selbst. Er war in Lagos, in Nigeria, vor zwei oder drei Jahren. Seitdem hat er sich auf Großstädte spezialisiert. Er sagt, an Städten wie Lagos kann man heute schon sehen, wie wir alle in ein paar Jahren leben werden.«
»Und Henning?«
»Arbeitet bei Felix in der Firma.«
»Als was?«
Max ließ die Lippen vibrieren wie ein Junge, der Motorengeräusche macht, bevor er antwortete. »Content Manager?«
Till lehnte sich ein wenig zurück, schob jetzt ebenfalls seinen Ellbogen auf die Seitentür. Noch immer sausten die Stalinbauten vom 17. Juni beidseits der Straße an ihnen vorbei.
»Irina arbeitet auch für Felix, aber frag mich bloß nicht, als was.«
»Und der Kleine, der gestern auch dabei war?«
»Malte?«
Ja, richtig: Malte, so hatte er geheißen.
»Das weiß er wohl selbst nicht so genau.« Max warf einen Blick in den Rückspiegel, setzte den Blinker, ordnete sich in die Spur für Rechtsabbieger ein. »Ich hab ihm mal gesagt, dass er doch nur darauf

wartet, endlich das Haus seiner Eltern zu erben.« Max zog das Steuer herum, gab in der Querstraße wieder Gas. »Du hättest ihn daraufhin hören sollen ... aber Malte ist schon okay. Der tut keinem was. Und wenn mich nicht alles täuscht, hat er inzwischen auch bei Felix angefangen.«

Eine Zeitlang brausten sie die Straße entlang. »Sie sind also alle irgendwie mit Felix bekannt«, sagte Till schließlich.

Max nickte, die Unterlippe ein wenig vorgeschoben.

Was war schon dabei? Sie lebten in Berlin, man kannte sich. Na und?

»Und ...«

»Und?« Max grinste und sah zu ihm herüber.

Till schüttelte den Kopf. »Nichts, ich weiß nicht.«

»Was denn? Sag schon.«

»Na ... Felix war doch schon damals immer einer, der im Hintergrund irgendwie die Strippen zog, bestimmte Ziele verfolgte, oder?« Till fuhr sich mit beiden Händen durchs Haar. »Alles Zufall? Dass er deiner Mutter ausgerechnet das Internat empfiehlt, auf dem er schon Henning und Quentin kennt?«

»Natürlich nicht. Sie sind befreundet. Er ist ein paar Jahre älter, aber trotzdem. Und die beiden haben ihm viel Gutes von Dornstedt erzählt, die Schule ist ja auch gar nicht so schlecht –«

»Nein, Moment, vielleicht ist es das, was ich meine: Wie alt ist Felix?«

»Anfang fünfzig, wieso?«

»Genau. Aber Henning, Quentin, Malte ... du – ihr seid viel jünger. Findest du das nicht erstaunlich?«

Max lachte kurz auf. »Worauf willst du hinaus? Dass da irgendein krummes Ding läuft? Älterer Mann und seine Jungs oder was?« Er sah kurz zu Till, den Mund spöttisch verzogen. »Felix mag Frauen«, für einen kurzen Moment kam es Till so vor, als flöge ein Schatten über das Gesicht seines Freundes, »das kannste mir glauben.«

»Na schön, aber was hält euch dann zusammen? Du sagst, ihr seid befreundet.«

Max schüttelte den Kopf, wieder auf die Straße konzentriert. »Ich? Mit Felix? Nein, ich bin nicht mit Felix befreundet. Mit Quentin, ja. Mit Malte, vielleicht. Mit Felix nicht.«

»Aber er ist mit ihnen befreundet, mit Quentin, Henning, mit Malte, das hast du doch selbst gesagt.«

»Ja, klar.« Max bog ein weiteres Mal ab und verließ die breite Straße, die an langgestreckten Industriebauten vorbeigeführt hatte, um in einen kleineren, kopfsteingepflasterten Weg hineinzufahren. »Stimmt schon, Felix zieht im Hintergrund ein bisschen die Fäden.«

»Und wozu? Ich meine, was will er denn?«

Max brachte den Wagen zum Stehen. »Frag ihn selbst. Er wollte heute auch kommen.« Er deutete mit dem Zeigefinger auf einen gewaltigen Klinkerbau, der sich vor ihnen erhob. »Der Flaschenturm. Wir sind da.«

Till drehte sich auf seinem Sitz Max zu, der jetzt zurücksetzte, um in eine Parklücke zu fahren. »Nee, sag doch mal«, insistierte er, »hast du eine Ahnung, was Felix vorhat?«

Max stoppte den Wagen, richtete die dunkelgrünen Gläser seiner Sonnenbrille auf Till. »Hast du Angst, ihn zu fragen, oder was?«

»Na, ich frage eben dich jetzt.«

»Er ... Felix ist davon überzeugt, dass –« Max unterbrach sich, schnaufte lachend. »Du würdest mir ja doch nicht glauben.« Und damit zog er die Handbremse und stellte den Motor ab.

Till legte den Kopf in den Nacken, um an dem eindrucksvoll proportionierten Fabrikbau der zwanziger oder dreißiger Jahre emporzublicken, vor dem sie gehalten hatten. Hoch oben, im siebten oder achten Stock, konnte er das Geländer einer Terrasse erkennen, an dem einige Menschen lehnten.

»Alles aussteigen, Endstation«, hörte er Max' gut gelaunte Stimme. Erst als sie auf den Flaschenturm zugingen, sah Till, dass das Gebäude unmittelbar an der Spree stand. Eine kühle Brise wehte vom Wasser herüber.

»Schön, oder?« Max lächelte. »Felix hat sie ihr gekauft.«

»Was?«

»Die Wohnung.«

»Er hat Quentins Freundin eine Wohnung gekauft?«

Max' Grinsen wurde noch ein wenig breiter. »Merkwürdig, oder?«

5

»Nein, nicht was er *sagt, glaubt oder will*. Sondern ganz konkret, ganz einfach: Was er *macht!*«

»Wer?« Malte schien den Faden verloren zu haben.

»Na, Felix natürlich!« Max stieß sich von der Wand ab, an der er gelehnt hatte. »Wer denn sonst?«

Malte zuckte mit der Schulter. »Das lässt sich bestimmt nicht in ein, zwei Sätzen zusammenfassen.« Er sah, eine Spur verunsichert, zu Henning, der, fast zwei Köpfe größer, neben ihm stand.

Max deutete mit seinem Glas auf Till, der sich ebenfalls in der Runde aufhielt. »Pass auf, Malte, es ist wirklich ganz simpel. Auf der Herfahrt fragt Till mich, was ihr vorhabt. Ich will also schon anfangen zu erzählen, was ich weiß, aber dann merke ich: So klar kann ich das gar nicht sagen. Also denke ich: Wunderbar, wir sind gleich da, dann können wir euch ja mal fragen.«

»Was genau willst du denn wissen?«, schaltete sich jetzt Henning ein.

»Geht das wieder von vorn los«, polterte Max, eine Spur zu laut, zu aggressiv, wie Till fand, zugleich aber doch so, dass man eigentlich nicht anders konnte, als mit einer direkten Antwort zu reagieren – es sei denn, man hatte nichts dagegen, als der Dumme dazustehen. »Woran Felix mit euch in der Firma arbeitet – ist das so schwer? Was er und ihr dort genau *macht* eben!«

Henning stellte das Glas, das er gehalten hatte, auf eine Anrichte hinter ihm. Sie standen in dem geräumigen Wohnzimmer von Irinas Wohnung, durch dessen zwölf oder vierzehn Meter breite Glasfront man auf eine Terrasse hinausblickte. Dort lehnten weitere Gäste an dem Geländer, das Till bereits von unten gesehen hatte.

»Ich will das jetzt nicht unnötig in die Länge ziehen«, sagte Henning und warf Till einen Blick zu, konzentrierte sich dann aber wieder auf Max, »wichtig scheint mir nur, die größten Missverständnisse zu vermeiden. Und am weitesten verbreitet ist das Missverständnis, dass wir alle sozusagen eine Art festgelegtes System von Regeln ins Hirn gebrannt bekommen hätten … oder etwas in der Art.« Er kicherte, und zwar so ansteckend, dass auch Till grinsen musste. »In Wahrheit ist es vielmehr so, dass Felix eine Reihe von Leuten um sich geschart hat, die sich – jeder wohlgemerkt auf seine ganz eigene Art und Weise – alle mit einer ganz bestimmten Frage beschäftigen. Und zwar nicht nur theoretisch, sondern ganz unkompliziert, ganz praktisch.«

»Mit der Frage der Freiheit«, platzte Max heraus und sah zu Till.

»Mit der Frage der Freiheit, richtig«, fuhr Henning fort, »einer Frage, die seit Ewigkeiten hin und her gewälzt wird.«

Mit der Frage der Freiheit. Unwillkürlich musste Till an Bentheim denken, an den heißen Sommernachmittag vor zehn Jahren, als er mit Max' Vater durch die Tunnel unter der Stadt geirrt war. Als Bentheim wie von Sinnen auf ihn eingeredet hatte, kurz bevor er ihn …

Till setzte sein Glas an die Lippen und trank. *Nicht jetzt!* Er kannte das schon. Manchmal passierte es monatelang nicht, dann wieder zehn, zwanzig, fünfhundert Mal an einem einzigen Tag: dass er an ihn denken musste, an Bentheim, an die Schreie, die Till nachgeflogen waren, während er durch die Tunnel zurück an die Oberfläche gerannt war.

»Deshalb sage ich auch, dass jeder ganz unterschiedliche Dinge mit dieser Frage verbindet«, hörte er Henning weitersprechen. »Wenn man sich eine Zeitlang damit beschäftigt, also mit dem, was ich jetzt die *Frage der Freiheit* genannt habe, stellt man fest, dass sie etwas ist, das mitten im Herzen unseres Weltverständnisses liegt – im Herzen unseres Selbstbildes, unserer Vorstellung von Gesellschaft, von Gut und Böse, von Verantwortung und Schuld, also auch von unserer Rechtsauffassung und so weiter und so weiter …«

»Ahhh«, Max zog den Laut in die Länge.

»Soll ich weiter darauf herumreiten, oder hast du genug?« Henning sah ihn an, freundlich, aber doch auch ein wenig reserviert.

»Weiter, Mann, weiter.« Max langte nach der Weinflasche, die zwischen seinen Beinen auf dem Boden stand, und schenkte sich sein Glas wieder voll.

Henning sah zu Till. »Vielleicht sollten wir uns mal einen Nachmittag lang bei Felix treffen, wenn Sie das interessiert.«

Er ist älter als ich, dachte Till, *aber egal.* »Von mir aus können wir uns auch duzen.«

Henning lächelte. »Gern. Henning.«

»Till … aber ja, nein, also gern auch einen Nachmittag. Aber sagen Sie … sag doch mal … ich meine, du sagst: die Frage der Freiheit. Die Frage? Wieso Frage … Und *die Frage der Freiheit* – meine Güte, das ist ein weites Feld, oder? Und das ist, was euch umtreibt?« Till lächelte.

»Nimm's mir nicht übel, aber das versteh ich nicht.«

Henning sah ihn ruhig an. »Der entscheidende Punkt ist sicherlich, wie die Frage beantwortet wird. Das ist natürlich bereits unendlich diskutiert worden ... aber einfach nur einen Beitrag zu dieser *Diskussion* zu leisten, darum geht es uns nicht. Der Punkt ist vielmehr, dass sehr vieles sehr viel klarer wird, wenn man sich einmal entscheidet, diese Frage für sich auf *eine ganz bestimmte Art und Weise* zu beantworten – und dann danach zu handeln.«

»Und wie?«

»Kurz gesagt: dass sie eine Illusion ist, die wir durchschauen müssen.«

»Die Freiheit.«

»Ja.«

»Ist eine Illusion.«

»Ja.«

»Ich *glaube,* ich bin frei, aber das stimmt nicht.«

»Ja.«

»Ja?«

»Ja.«

Einen Moment lang kam es Till so vor, als wäre es in der Wohnung still geworden, dann hörte er die Musik wieder, das Stimmengewirr in den anderen Räumen. Er fühlte, dass Max neben ihm stand, dass Max wartete und wissen wollte, was Till Henning darauf erwidern würde.

»Ist es nicht egal? Ich meine, wie man die Frage beantwortet. Es ändert sich dadurch ja nichts. Alles bleibt, wie es ist.«

Henning legte den Kopf auf die Seite. »Das würde ich nicht sagen.«

»Wieso, was ändert sich denn?«

»Wie ich gerade gesagt habe: Unser Gesellschaftssystem, unser Weltbild, all das ist sozusagen auf einer ganz bestimmten Beantwortung der Frage aufgebaut. Ändert sich die Antwort, ändert sich auch das Gesellschaftssystem.«

Till überlegte kurz, bevor er antwortete. »Bisher wurde geglaubt, dass wir Menschen in unseren Entscheidungen *frei* sind«, meinte er schließlich. »Du ... oder ihr ... sagt jetzt: Das ist eine Täuschung, eine Illusion ... Also was? Also gilt es, die Gesellschaft zu ändern?«

»Nein ... nein.« Henning holte Luft. Er schien sich wirklich auf Till einlassen zu wollen, machte zugleich aber auch den Eindruck, als hätte er diese Art von Gespräch bereits zahlreiche Male geführt. »Die Änderung, die sich vollzieht, muss nicht beschlossen werden.«

»Das würde ja einen freien Willen voraussetzen.«

»Richtig. Es geht vielmehr darum, sich von der Illusion zu befreien. Hat man sie erst einmal abgelegt, wie ... wie eine schlechte Plastiksonnenbrille ... sieht man plötzlich viel klarer. Man sieht die Dinge, wie sie sind. Man wird fast so etwas wie ein anderer Mensch, würde ich sagen. Und damit ändert sich dann auch ganz automatisch das Zusammenleben.«

Man wird ein anderer Mensch. Es klang unangenehm in Tills Ohren. Sein Blick ruhte auf Henning. Henning war schlank und groß, hatte glattes Haar, das ihm ein wenig ins Gesicht hing. »Verstehe ich dich richtig: Ob ich die Freiheit für eine Illusion halte oder nicht – das kann ich selbst entscheiden?«

Henning lachte. »Ähhh ... ja! Das kann ich selbst entscheiden, aber das ist auch das Einzige, was ich entscheiden kann –« Er unterbrach sich. »Natürlich *nicht!* Wie gesagt, lass uns mal einen Nachmittag in Mitte treffen und darüber reden. Du wirst sehen: Wenn du erst einmal angefangen hast, in einer bestimmten Richtung zu denken, werden viele Dinge dir plötzlich ganz selbstverständlich erscheinen. Denk an die Erde als Kugel ... Du siehst zwar immer die Scheibe, wenn du aber einmal weißt, dass sie eine Kugel ist, glaubst du – egal, was du siehst – nicht mehr an die Scheibe.«

»Ja, okay ... wobei es sicherlich ganz hilfreich für das Einschwenken auf die Kugel-Vorstellung ist, wenn man die Fotos der Erdkugel aus dem All sieht, meinst du nicht? Bei der Freiheit, beim freien Willen allerdings«, Till hob den Arm, »das ist schon teuflisch deutlich: dass ich mich frei dafür entscheiden kann, den Arm zu heben oder nicht – solange er nicht ... was weiß ich ... gefesselt ist.«

»Fang bloß nicht mit dem Arm an und ob ich ihn heben kann«, mischte sich jetzt Malte ein, der die ganze Zeit über neben Henning stehen geblieben war und schweigend zugehört hatte. »Wir könnten drei Monate lang irgendwelche Argumente hin und her wälzen, das führt zu nichts.«

»So?« Till verschränkte die Arme vor seiner Brust. »Argumente führen zu nichts? Lass uns doch mal kurz annehmen, ich glaube, dass ich frei bin, *old school* sozusagen. Ich kann mich frei entscheiden, wie ich lustig bin. Davon bin ich nun einmal überzeugt. Ja? Und jetzt soll ich zu eurer Überzeugung übergehen: Also, dass ich mich da täusche. Dass es mir zwar so vorkommt, als ob ich frei wäre, dass ich es in Wirklichkeit aber nicht bin. Was, wenn nicht Argumente, könnte diesen Umschwung in meiner Überzeugung denn bewirken?«

»Nein, sicher«, verteidigte sich Malte, dessen zierliches, hageres Gesicht jetzt in Bewegung geriet, »aber ich glaube, man muss aufpassen, dass man sich in diesen Argumenten nicht verliert. Letztlich läuft es ja darauf hinaus, dass man sich subjektiv für frei hält – dass es aber objektiv keine vernünftige Art gibt, eine Welt zu beschreiben, in der wir frei wären. Ganz einfach wird das, wenn man sich die Nervenzellen vorstellt: wie sie feuern, wie ihr Feuern unser Handeln bestimmt … Angenommen, wir wären frei, und angenommen, wir würden vor einer bestimmten Entscheidung stehen: heiraten oder nicht, zum Beispiel.« Er grinste. »Wie sollen wir uns das dann vorstellen? Alle Nervenzellen halten still, warten darauf, dass die Entscheidung gefällt wird? Und wo wird die dann gefällt? Oder besser gesagt: Wie können wir uns das *Abwägen* vorstellen? Entweder die Zellen feuern – aber dann ist kein Platz für diese merkwürdige Willensfreiheit. Oder sie halten still – und dann kann nicht abgewogen werden.«

»Und warum *scheint* es mir dann so, als würde ich frei entscheiden?«

Malte lächelte. »Schon mal daran gedacht, dass es ein Mythos sein könnte, der uns erzählt wurde, um uns mit der Schuld zu gängeln?«

Till schluckte. Die Worte klangen in seinem Kopf nach.

»Erzählt, von wem?«

»Schwer zu sagen …«, entgegnete Malte. »Von den Schlauen, um die Starken zu besiegen?«

Till versuchte, ihm zu folgen, hatte aber das Gefühl, dass irgendetwas daran nicht stimmen konnte. Doch bevor er den Mund aufmachte, sprach Malte schon weiter. »Wie gesagt, Argumente für oder gegen – das ist uninteressant. Spannend ist, was sich für Konsequenzen ergeben, wenn man einmal die Illusion durchschaut hat und dann danach *handelt*. Dann kommt das ganze System ins Rutschen.«

»Das System unserer Überzeugungen.«

Malte nickte. »Und es ist absolut nicht klar, welches neue System sich herausbilden wird. Denk zum Beispiel«, er hob die Stimme ein wenig, um Till daran zu hindern, etwas zu erwidern, »an Gut und Böse. Das ist mein persönliches Lieblingsthema dabei: Ich kann nicht frei entscheiden – also gibt es auch kein Gut und Böse mehr, richtig?«

Till überlegte.

»Es gibt nur noch persönliche Vor- und Nachteile«, fuhr Malte fort.

»Klingt, als sollte man sich warm anziehen, wenn sich das durchsetzt«, warf Till ein.

Malte breitete die Hände aus. »Finden Sie es moralischer, in der Lüge zu verharren?«

Wieder beschlich Till das Gefühl, dass irgendetwas daran nicht stimmen konnte, und er schaute kurz zu Max. Der hatte ebenfalls die Arme verschränkt, ohne sein Glas, das er wieder gefüllt hatte, loszulassen, und sah abschätzend zu Malte.

»Ich kann es mir ja nicht aussuchen«, antwortete Till schließlich und blickte ebenfalls zu Malte, »also können Sie mir auch keinen Vorwurf machen, wenn ich in der Illusion verharre.« *Duzen wir uns doch ein andermal,* dachte er.

Malte lächelte, wodurch sich sein Gesicht auf eine Weise aufhellte, die Till instinktiv für ihn einnahm. »Wie gesagt – und ich werde nicht müde, das zu wiederholen«, entgegnete Malte, »solange man sich bei der Frage aufhält, ob man die Freiheit für eine Tatsache oder eine Illusion halten sollte, so lange kommt man aus all den müßigen Diskussionen, die nirgendwohin führen, nicht heraus. Es bringt erst etwas, wenn man sich fragt, wie wir zum Beispiel miteinander leben wollen, wenn es die alten Begriffe von Gut und Böse nicht mehr gibt.«

»Eine Frage, die ich mir allerdings nur zu stellen brauche, wenn ich glaube, dass immer mehr Menschen sich davon überzeugen lassen werden, die Freiheit für eine Illusion zu halten.«

»Ja, merken Sie das denn nicht«, man sah Malte an, wie er sich freute, »dass es immer mehr Leute gibt, die das so sehen? Erst waren es nur die Hirnforscher, Singer, Roth, wie sie alle heißen, inzwischen kommen auch die Juristen dazu. Mir scheint, man ist gut beraten, sich den Konsequenzen, die sich aus einer Neubeantwortung der Frage ergeben, so früh wie möglich zu stellen.«

»Unsinn, UNSINN!«

Erst vor wenigen Minuten hatte er sich zu ihnen gesellt, jetzt aber schien er nicht mehr an sich halten zu können und hatte ungestüm das Wort ergriffen: Quentin, den Max Till bereits auf der Hochzeit kurz vorgestellt hatte.

»Ich wette, du hast ihm erzählt, dass Felix Irina die Wohnung hier gekauft hat, stimmt's?« Quentin starrte Max an, die Hände ineinandergepresst.

»Und?«, antwortete Max, und Till sah, wie seine Augen zu Henning wanderten.

»Warum, meinen Sie, hat er das gemacht?« Jetzt schaute Quentin zu Till.

Unwillkürlich musste nun auch Till zu Henning sehen. Waren Quentin und Irina nicht ein Paar? Fast stotterte er. »Ich weiß nicht.«

»Halt den Mund, Quentin«, stieß Henning hervor, und Till hatte den Eindruck, dass die Fassade des eingeschworenen Moderators, die Henning die ganze Zeit über aufrechterhalten hatte, so etwas wie einen Sprung bekommen hatte.

»Warum denn?«, blaffte Quentin ihn an. »Du kannst ihnen auch noch drei Wochen lang zu erklären versuchen, worauf es ankommt – sie werden dich nicht verstehen! Sie werden nicht verstehen, was *dein* Gerede von all dem *anderen* Gerede, das zu diesem Thema bereits fabriziert worden ist, *unterscheidet!*«

»Willst du, dass ich dich vor die Tür setze?« Hennings Gesicht hatte sich verfinstert.

»Es ist mir doch vollkommen egal, was der wirkliche, tiefere Grund für die Schenkung gewesen sein mag«, fuhr Quentin ihn an, wobei er wissen musste, wie zweifelhaft das Licht war, das er mit dieser Bemerkung auf seine Freundin Irina warf – und damit auch auf sich selbst. »Entscheidend ist doch nur eins: Wollte Felix das machen? *Musste* er es machen? *Musste* er ihr die Wohnung kaufen, weil er sich ja nicht frei entscheiden kann? War es Schicksal?« Quentins Blick wanderte in die Runde. »Nein!«

»Heh, alles gut?«, kam eine Stimme von der Terrasse zu ihnen herüber. Ein paar Gäste sahen durch das Fenster nach drinnen. Quentins Stimme musste bis zu ihnen nach draußen gedrungen sein.

»*Das* ist doch der springende Punkt«, fuhr Quentin fort, ohne dem Zuruf auch nur die geringste Beachtung zu schenken. »Was ist das für eine Welt, in der wir nicht mehr an die Freiheit glauben können? Es ist eine Welt, die sich vollzieht, ein Schicksal, das sich abrollt, ein Strom von Ereignissen, den wir nicht beeinflussen können!« Seine Stimme hatte etwas Durchdringendes bekommen, obwohl er jetzt fast leise sprach. »Und wie reagieren solche Leute wie du, Malte, oder du, Henning, auf so eine Erkenntnis? *Es gibt nur noch Vor- und Nachteile,* sagt der eine. Der andere gibt sich womöglich dem Schicksal widerstandslos hin. Klar ist nur so viel: Wie jeder Einzelne darauf reagiert«, und während er das sagte, hatte er Till fest in den Blick genommen, »ist eine Frage des Charakters. Felix zum Beispiel hat ganz anders darauf reagiert als ich –«

»Aber es ist doch völlig egal, wie ich reagiere, ich kann es mir ja nicht aussuchen!«, brach es aus Till hervor.

»Du magst es dir nicht aussuchen können, aber so, wie du reagierst, enthüllst du, wer du bist«, zischte Quentin. »Ist es falsch, noch länger nach einem Sinn im Leben zu suchen? Ja! Weil es nicht in meiner Macht steht, einen von mehreren Sinnen auszuwählen! Zugleich aber wohnst du sozusagen deiner eigenen Verrottung bei, wenn du dich dem Schicksal ergibst und nicht länger dem Sinn dieses Stroms nachspürst.«

»Dem Sinn? Welchem *Sinn?* Dem Sinn des Seins?« Tills Schädel dröhnte.

»Ja, *dem Sinn des Seins!*«, schleuderte ihm Quentin entgegen.

»Und was ist das, Quentin, wenn du es so genau weißt?« Das war Max, der sich jetzt wieder zu Wort gemeldet hatte. »Der Sinn des Seins?«

»Na? Hat euch mein lieber Quentin wieder dahin geführt, wo er am liebsten jeden hinführen würde?«

Till fuhr herum. Aus dem Eingangsbereich, der die Fahrstühle mit dem Wohnzimmer verband, in dem sie standen, kam ein Mann auf sie zu. Er hatte sich bei Irina untergehakt, die einen halben Kopf größer war als er, und unterhalb des kurz geschnittenen Haars und der fein modellierten Stirn blitzten beinahe übergroß zwei stahlgraue Augen sie an. Till erkannte ihn sofort, obwohl er ihn jahrelang nicht gesehen hatte: Es war Felix, Felix von Quitzow.

»Der Sinn des Seins – wie willst du darüber eine vernünftige Aussage treffen?« Max schien sich absichtlich von Felix' Ankunft nicht von seinem Gedankengang abbringen lassen zu wollen. »Du bist selbst ein Teil davon, oder? Dein Denken, deine Sprache, es sind Teile des

Seins. Es ist, als würde eine Schachfigur versuchen, den Sinn des Spiels zu ergründen!«

»Das glaube ich nicht«, ereiferte sich Quentin. »Im Gegenteil. Die Idee, dass unser Leben einen Sinn haben soll, ist ja etwas, das jedem Menschen unmittelbar einsichtig ist. Die Frage ist nur: Wenn wir die Vorstellung aufgeben müssen, frei zu sein – was tritt dann an die Stelle … sozusagen der sinnstiftenden Einheit, also an die Stelle des einzelnen, menschlichen Lebens?«

»Das Sein?«

»Das Sein, genau. Und in dem Moment, in dem wir mit der Freiheit auch die Schuld fahren lassen, eröffnet sich für unser Leben ein ganz neuer Sinn.«

»Ach ja. Und welcher?«

»Was ist das, wovor wir stets zurückgeschreckt sind, aus Furcht vor der Schuld und dem Gewissen, also aus Furcht vor etwas, das es nur gibt, solange wir an die Freiheit glauben?«

»Vor …« Max' Stimme klang plötzlich belegt. »Vor dem Bösen!«

Quentins Blick schnellte zu Felix. »Vor dem Bösen, Felix, ich hab es dir immer gesagt.«

»Der Sinn unseres Lebens ist das Böse?« Till konnte nicht fassen, was er hörte.

»Der Sinn unseres Lebens ist das Böse?«, wiederholte jetzt auch Felix, der inzwischen bei ihnen stehen geblieben war. Er hatte die Stimme hochgezogen, als müsste er gleich anfangen zu lachen. »Mein Gott, Quentin, *wie* kommst du darauf? Was ist los mit dir?«

Quentin heulte förmlich auf. »Aber es liegt doch auf der Hand! Das ist es, was verborgen bleibt durch die Illusion der Freiheit. Es ist das Geheimnis, das beschützt wird durch den Schleier der Freiheitstäuschung. Es ist das, was entborgen zu werden hat!« Seine Stimme peitschte durch den Raum.

Im gleichen Moment knallte es.

Es geschah zu schnell, als dass Till es wirklich mitbekommen hätte, aber er sah, dass Quentins Gesicht eine geradezu gespenstische Blässe angenommen hatte, die nur ganz oben an der Stirn, am Haaransatz, von roten Punkten durchsprenkelt war. Felix trat zurück. Er hatte Quentin vor allen anderen mit dem Rücken seiner Hand, an deren Fingern zwei Ringe steckten, mitten ins Gesicht geschlagen.

Für einen Moment herrschte eisige Stille.

In die hinein plötzlich Max' Stimme zu hören war. Er hatte sie verstellt, und auch wenn es in Wirklichkeit vollkommen anders klang, war sofort Quentins Tonfall wiederzuerkennen. »Wir müssen hineinleuchten, das Böse ausleuchten.« Max begann zu lachen. »Nein, wie hast du gesagt? Ach richtig! Entbergen müssen wir es – das Böse!«

Mit der Miene eines geprügelten Tieres starrte Quentin ihn an.

Unwillkürlich hatte Till seine Arme gelöst und sich ein wenig vor seinen Freund geschoben, wie um ihn schützen zu können, falls es Quentin in den Sinn kommen sollte, sich auf Max zu stürzen.

Da hörte er zu seiner Überraschung, wie Felix in Max' Spott einstimmte.

»Es ist wirklich lächerlich, Quentin, in was du dich reinsteigerst. Was soll ich sagen: Schäm dich? Herrje, du kannst ja nichts dafür, wir wissen es – und doch …« Felix schien einen Augenblick lang nachdenken zu müssen. »Vielleicht ist es angebracht – zumindest, solange wir noch nicht alle Zusammenhänge durchschaut haben –, den ein oder anderen Trick aus guten alten Zeiten beizubehalten. Also: Schäm dich, hörst du, schäm dich für das, was du nicht müde wirst, herauszuposaunen.«

Doch bevor Felix geendet hatte, hatte Quentin schon den Kopf gesenkt und sich mit einer abrupten Bewegung von der Runde abgewandt.

Till sah ihn davongehen und konnte nicht anders, als Mitleid mit ihm zu empfinden. So gelehrt und bedacht Henning und vielleicht auch Malte gesprochen hatten, Till kam es so vor, als ob Quentin derjenige gewesen wäre, der – egal, wie grotesk das, was er gesagt hatte, auch anmutete – von ihnen allen am tiefsten hineingeschaut hatte in den Abgrund, der sich auftat, wenn man sich auf die Auseinandersetzung einließ, die Felix und seine Entourage umtrieb.

Vierter Teil

1

Heute

Lisa steht am Fenster, von dem aus man einen herrlichen Blick über die Stadt hat. Sie trägt einen Morgenrock und beobachtet, wie sich der Sommerhimmel mit dem ersten silbrigen Glanz des Tages überzieht. Mächtig ragt links von ihr der Turm vom Alexanderplatz in die Höhe.
Doch Lisa sieht nicht zum Turm.
Sie sieht auf etwas darunter.
Auf eine hellgraue Staubwolke, die in der Luft zu stehen scheint.
Entferntes Sirenensummen liegt über der Stadt.
Felix hat gesagt, dass er Till im Laufe des Vormittags bei ihr vorbeibringen lassen wird. Es ist das zweite Mal, dass sie und Till sich begegnen werden, nachdem sie sich länger nicht gesehen haben. Das erste Mal war es so, als Till vor zwei Jahren zu Bettys Hochzeit aus Kanada nach Berlin gekommen ist. Und immer, wenn Lisa an die Sommerwochen zurückdenkt, die sich daran anschlossen, überfällt sie ein Schauer.
Jetzt ist es wieder so weit. Diesmal ist Till zur Beerdigung gekommen, dort hat sie ihn gestern seit jenen Sommerwochen erstmalig wiedergesehen. Aber diesmal wird es kein weiteres Wiedersehen geben, wenn sie sich noch einmal aus den Augen verlieren. Diesmal muss sie sich entscheiden – entscheiden, was sie mit ihrem Leben anfangen will.

2

»Diercksenstraße – Ecke Münz ... wie viele –« Die Stimme ist verzerrt.
»Vierzehn.«
»Okay ... sind die Einsatzkräfte vor Ort?«
»Ich kann Sie schlecht verstehen ...«
»Jetzt?«

»Ja, besser.«
»Was ist mit den Einsatzkräften?«
»Alles auf dem Weg. THW unterstützt.«
»Ich weiß, Sie können dazu noch nicht viel sagen. Trotzdem, gibt es Anhaltspunkte, Richtungen, in die man zu denken begonnen hat?«
»Sie meinen, wegen der Ursache?«
»Ja.«
»Wir versuchen noch, an die Pläne zu kommen. Statik. Das Gebäude ist 1971 erbaut worden, Plattenbauweise, vierzehn Stockwerke –«
»Gut, Statik – was noch?«
»Anschlag. Die zuständigen Kräfte sind vor Ort. Bisher keine Erkenntnisse.«
»Was noch?«
»Es hat Probebohrungen in der Nähe gegeben, um über Möglichkeiten einer Verlängerung der U2 nachzudenken. Dabei sind Hohlräume aufgebohrt worden, die zum Teil noch aus dem neunzehnten Jahrhundert stammen.«
»Okay. Andere Überlegungen?«
»Hören Sie, wir ... wir sind dran.«
»Ich weiß. Dennoch –«
»Verstehen Sie, es kann auch einfach ein Mieter gewesen sein, was weiß ich? Jemand kann eine Gasflasche falsch deponiert gehabt haben. Vielleicht hat einer gebastelt – wir können das nicht ausschließen, aber –«
»Aber?«
»Ich bin der Letzte, der Panik verbreiten will, das wissen Sie, aber ich meine: Ist es wirklich ratsam, alle Kräfte auf eine Untersuchung dieses *einen* Vorfalls zu konzentrieren ... oder wäre es vielleicht klug, auch mit der Möglichkeit zu rechnen –«
»Dass es zu weiteren Vorfällen dieser Art kommt?«
»Ja.«
»Gibt es dafür Anzeichen?«
»Es gab einen Zwischenfall gestern in der Leipziger Straße, ebenfalls ein Hochhaus, Plattenbau ... bisher sind die Einzelheiten nicht geklärt ... es scheint jemand in das Gebäude eingedrungen zu sein.«
»Ich verstehe ... ich verstehe, was Sie meinen ...«
»Und?«

»In Ordnung, Sie haben recht. Bilden Sie Arbeitsgruppen, die sich auf weitere Ereignisse dieser Art vorbereiten. Ja?«

»Mein Gott ...«

»Wie bitte?«

»Mein Gott, was ist nur los?«

3

»Es ist ein verdammtes Chaos, ich weiß. Aber wenn ich meinen Kaffee nicht kriege, kann ich nicht klar denken!« Felix hat Lisa den Rücken zugewandt und ist dabei, am Herd zwei Milchkaffees zuzubereiten.

»Hast du Henning erreicht?«

»Sie waren grad beim Frühstück, er wollte gleich in die Firma. Betty geht's gut, mach dir keine Sorgen.«

Lisa zerbröselt das Brötchen, das auf ihrem Teller liegt. Hunger hat sie nicht.

»Es wird sicher heute im Lauf des Tages geklärt werden.« Felix tritt mit den beiden Kaffeeschalen an den Tisch.

»Ich verstehe einfach nicht, wieso es in den Nachrichten nicht genauere Auskünfte darüber gibt.«

»Ein ganzes Haus ... die wissen es auch nicht, Lisa. Das kann die verschiedensten Ursachen haben ...« Felix setzt sich, reicht ihr eine Schale über den Tisch und beginnt auch schon, von der eigenen zu trinken.

»Weißt du ... jetzt, seit der Beerdigung ...«

Lisa sieht auf. Felix schaut zu ihr, sein Gesicht wirkt seltsam offen, geradezu empfindlich. Er stellt seine Schale vor sich ab und fährt fort, »... wo alles wieder ein wenig aufgebrochen ist ... Es gibt da etwas, das ich schon länger mit dir besprechen wollte.«

»Jetzt?«

»Ja, jetzt.«

Lisa stellt ihre Schale ebenfalls ab, zieht die weiche Wolljacke, die sie übergeworfen hat, vorn zusammen. Sie will jetzt nichts mit ihm besprechen – nicht, bevor sie Till nicht getroffen hat. Und doch weiß Lisa nicht, wie sie Felix ausweichen soll.

»Es geht um deinen Vater, weißt du?«

Lisa kann gar nichts dagegen machen – die Erwähnung ihres Vaters schmerzt sie, als ob sie sich einen Splitter einreißen würde.

»Jetzt, wo auch Till noch mal zu Besuch ist ... ich habe das Gefühl, es ist höchste Zeit, es dir zu sagen.«

»Was denn?« Unwillig fegt Lisa die Brotkrumen von ihrem Teller. Felix sieht sie prüfend an. »Als ich deinen Vater damals kennengelernt habe ... vor über fünfzehn Jahren ... du warst da noch ein Kind, acht Jahre alt oder so.«

»Ja?«

»Ich war zu der Zeit auf der Suche nach einem Stoff, auf den ich das Projekt gründen könnte, an dem wir noch heute arbeiten, weißt du?«

Vage sieht Lisa ihren Vater vor sich, den sie nie aufgehört hat, zu vermissen.

»Ich hatte damals schon verschiedene Autoren getroffen«, hört sie Felix fortfahren, »die unterschiedlichsten Texte gelesen. Es war viel Gutes darunter, wackere Einfälle, wenn du so willst, raffinierte Konstruktionen ... aber all das hat mich nicht wirklich überzeugen können. Es erschien mir einfach nicht tragfähig genug, um darauf ... also kurz gesagt, mein Projekt zu gründen. Bis ich einen Text deines Vaters las.«

Felix hat ebenfalls von dem Frühstück nichts angerührt und stützt jetzt die Ellbogen rechts und links von seinem Teller auf. »Dieser Text hat mich getroffen wie ein Blitz. Und weißt du, warum?«

Lisa muss gegen die Tränen ankämpfen. Was ist nur los mit ihr? Die Beerdigung gestern, Tills Anwesenheit in Berlin – sie hat das Gefühl, eine Pause zu brauchen, endlich einmal unbeschwert Luft holen zu müssen ... stattdessen redet Felix immer weiter auf sie ein.

»Es war wie ein schönes Lied, kannst du dir das vorstellen? Wenn du ein Lied hörst und denken musst: Derjenige, der das singt, ob nun ein Mann oder eine Frau ... auch er wird sterben. Du hörst es dem Lied, dem Gesang richtig an: Die Stimme, die dort singt, ist dem Tode geweiht.«

Lisa hat den Kopf aufgestützt und ein wenig gesenkt, sie sieht, wie ihre Tränen auf den Teller unter ihr fallen.

»Ich wusste sofort, dass kein anderer der Autoren, die ich gelesen hatte, in der Lage sein würde, etwas Vergleichbares zu schaffen. Dass dein Vater derjenige war, der den Grundstein zu meinem Projekt legen sollte. Dass es nur dann ein Erfolg werden würde, wenn ich ihn dafür gewann.«

Felix' Hand streckt sich vor und legt sich mit der Handfläche nach oben vor Lisa auf das weiße Tischtuch. Sie sieht, wie ihr linker Arm sich senkt und ihre Hand sich auf die von Felix legt.

»Ich sprach also mit deinem Vater«, sagte er, »aber ... es war gar nicht so einfach, ihn davon zu überzeugen, dass er für mich arbeiten soll.« Seine Finger streichen sanft über ihren Handrücken.

»Hast du mal den Namen Maja gehört?«

Lisa blickt auf. »Ninas Mutter?«

»Ich habe dafür gesorgt, dass dein Vater Maja kennengelernt hat, Lisa.« Felix' Stimme ist jetzt nur noch ein Flüstern. »Er hat deine Mutter Julia immer geliebt, aber ... du hast Maja damals nicht gekannt ... Sie hatte etwas ... verzeih mir, wenn ich das jetzt so sage ... aber ... es gibt bei manchen Frauen etwas, dem kann ein Mann nicht widerstehen. Es ist, als ob er gefesselt und entkleidet würde und zwanzig Jungfrauen gleichzeitig vorsichtig mit ihren Lippen über seine Haut wandern. Es wühlt ihn so auf, dass er immer mehr davon haben muss, verstehst du? Bis sie ihn erlösen.«

Lisa sitzt auf ihrem Stuhl und hat ihre Hand wieder an sich gezogen. Es überläuft sie heiß und kalt gleichzeitig. Er stößt sie ab, und doch kann sie nicht aufhören, Felix' Worten zu folgen.

»Ich glaube, Max hat Maja einmal im Gartenhaus gesehen, vor vielen Jahren.«

Warum erzählt Felix ihr das?

Immer wieder muss Lisa daran denken, was er ihr vor dem Frühstück gesagt hat: dass er Till heute zu ihr bringen lassen wird.

Warum? Warum unterstützt er, dass sie sich begegnen?

»Ist es wegen deines Projektes«, sie sieht Felix an, »lässt du Till deshalb hierherbringen?«

»Ich will, dass nichts mehr zwischen uns steht, Lisa. Kein Geheimnis um deinen Vater, dem ich Maja zugeführt habe, kein Till, zu dem dich vielleicht noch immer etwas hinzieht. Begegne ihm, rede mit ihm, überlege, ob du es dir vielleicht niemals verzeihen könntest, wenn du nicht mit ihm zusammenkommst. Erst wenn du Till wirklich überwunden hast, können wir glücklich miteinander werden, Lisa.«

4

Zwei Jahre vorher

WAMM!

Es war, als würde ein unsichtbarer, gepolsterter Hammer von außen mit voller Wucht gegen die Scheibe schlagen und das Glas sich mindestens vier Zentimeter weit nach innen wölben. Unwillkürlich riss Max den rechten Arm vor die Augen, um sie vor den Scherben zu schützen, von denen er sicher war, dass sie bis zu ihm fliegen würden. Mit gedämpftem, aber heftigem Zischen jagte der Zug an der Scheibe entlang. Ein hartes, mechanisches Geräusch, das alle veranlasste, zu den Fenstern zu blicken, und das zugleich in regelmäßigen Abständen unterbrochen wurde, wenn eine Lücke zwischen zwei Wagons die Scheibe erreichte.

Max nahm den Arm wieder herunter, um besser sehen zu können. Wie vorbeigeschossen konnte er einzelne Fahrgäste erkennen, die hinter den Scheiben in der U-Bahn saßen, standen, Zeitung lasen.

Dann war der Zug vorüber. Die Musik, die die ganze Zeit über weitergespielt hatte, begann aus dem abebbenden Lärm wieder aufzutauchen.

»Wow.«

Max wandte sich zu Felix, der mit ihm und Till auf einem etwas erhöhten Podest saß. Von dort konnte man den niedrigen, verschachtelten Hauptraum des Clubs und die Gäste, die sich darin tummelten, gut überblicken.

Felix grinste. »Weißt du, dass *ich* derjenige war, der die Idee hatte, die Wand zum U-Bahn-Tunnel hin zu durchbrechen?«

Max nickte anerkennend.

»Kurzum«, nahm Felix den Faden ihres Gespräches dort wieder auf, wo sie unterbrochen worden waren, als der Zug die Tunnelluft gegen die Scheibe geschleudert hatte, »Irina wollte mir nicht sagen, wer es war, und ich hätte sie auch nicht ausdrücklich dazu aufgefordert, wenn sie mir nicht geschildert hätte, was genau ihre Freundin ihr erzählt hat.«

Vor einer knappen Stunde erst waren sie – von Irinas Party kommend – in den Club gegangen.

»Was hat sie ihr denn erzählt?«

»Sie sagt, sie hat sich überall umgehört, aber niemand konnte ihr wirklich etwas über dich berichten.«

»Wer? Irina?«

»Nein, ihre Freundin.« Felix hob die Arme hinter den Kopf, verschränkte die Finger ineinander und legte seinen Hinterkopf in die Handflächen, so dass seine beiden Ellbogen rechts und links wie zwei überdimensionale Ohren von seinem Kopf abstanden. »Keine Ahnung, was sie wissen will, auch das wollte mir Irina nicht sagen –«

»Was kann sie schon wissen wollen?«, fiel Max ihm ins Wort.

»Tja, was wohl?« Felix riss die Augenbrauen hoch. »Nein, aber im Ernst ... Irina sagt, das Mädchen sei ganz von Sinnen. Das ginge nun schon seit über drei Monaten so, sie sei wie besessen von der Idee, dir endlich einmal vorgestellt zu werden.«

Instinktiv drehte sich Max ein wenig von dem Clubraum weg, so dass man ihm nicht ins Gesicht sehen konnte. »Ist sie auch hier?«

Die meisten Gäste, die bei Irinas Party gewesen waren, waren mit ihnen zusammen hierhergekommen. Der Club eröffnete an dem Abend, ein Freund von Felix hatte sich um die Innenausstattung gekümmert, und auf der Party hatte sich schnell herumgesprochen, dass die Räume durchaus sehenswert seien. Tatsächlich erinnerte die Szenerie beinahe an ein James-Bond-Setting, an eine Art unterirdische Grotte, was vor allem an dem großen Wasserbecken in der Mitte lag – ganz abgesehen von den Fenstern zur U-Bahn.

»Ja, ich glaube schon.« Felix ließ seinen Blick kurz über die Menschen schweifen, die dicht gedrängt auf der Tanzfläche standen. »Willst du sie kennenlernen?« Er lachte.

Max atmete aus.

Felix nahm die Arme wieder herunter und beugte sich zu ihm. »Was hast du denn gemacht, dass sie so scharf auf dich ist?«

»Ich weiß nicht einmal, wer es ist«, entfuhr es Max.

»Aber so was kommt doch nicht von allein«, insistierte Felix. »Gibt es vielleicht etwas, das sich Irinas Freundinnen untereinander über dich erzählen ... etwas, wovon ich nichts weiß? Ein Gerücht, das sich herumspricht, das alle ganz wuschig macht?« Seine Augen blinkten. »Oder ist es nur deine Erscheinung, die sie um den Verstand bringt?«

Unangenehm berührt wandte sich Max ab. Er hasste es, über sich selbst zu sprechen.

»Oh, ich sehe schon, es stört dich, darüber zu reden«, sprach Felix unaufhörlich weiter, »aber was soll ich dem Mädchen denn jetzt sagen?«

»Wieso ›sagen‹?«, stieß Max hervor und fasste Felix wieder in den Blick. »Gar nichts, du brauchst ihr gar nichts zu sagen!«

»Irina hat mich beschworen, ich soll ein Wort für ihre Freundin bei dir einlegen. Sie sei ein gutes Mädchen, und Irina macht sich langsam Sorgen.«

»Was denn, um Himmels willen, was soll das?« Es kam Max fast so vor, als würde ihm die Luft abgedreht.

»Ein Gruß, eine nette Geste, ein freundliches Wort«, schlug Felix vor, und es wirkte, als würde er sich freuen, Max mit dieser Lappalie so ärgern zu können. »Bist du ein Unmensch? Hast du noch nie für jemanden geschwärmt?«

Max lehnte sich zurück. Felix konnte es nicht ernst meinen.

»Soll ich es für dich übernehmen?«, fragte Felix. »Sag, was ich tun soll, meinethalben kann ich mir auch selbst etwas einfallen lassen – oder jemanden bitten, sich etwas auszudenken.«

»Geht es dir wirklich um dieses Mädchen?« Max ließ ihn nicht aus den Augen.

»Aber ja, *ja* doch!« Felix klatschte beinahe in die Hände. »Warum denn nicht? Schließlich kann nicht jeder so ein Unmensch sein wie du!«

Was redete er da?

»Wirklich Max, ich stehe dir zu Diensten, in jeder Hinsicht, in jedem Begehr.«

Die Worte trafen Max fast wie die Spritzer einer fettigen Sauce. Er gähnte etwas gezwungen und bemerkte gleichzeitig, dass ein Mann in einem auffällig bunten Jackett an ihren Tisch trat.

Felix blickte zu dem Neuankömmling hoch. »Sehen Sie das, Niklas«, rief er dem Mann zu, »der Junge gähnt! Er *langweilt* sich! Können Sie sich das vorstellen: Er langweilt sich – in Ihrem Club!«

»Und Sie?« Lächelnd beugte sich Niklas zu Felix herunter.

Felix schmunzelte und sah kurz zu Till, der ebenfalls mit ihnen am Tisch auf dem kleinen Podest saß. »Ich? Nein! Das hat doch was, oder?« Er schaute zu Max. »Das Fenster zur U-Bahn? Du hast doch vorhin selbst gestaunt! Als der erste Zug dran vorbeigefahren ist. Sag es ihm, Max, Niklas freut sich, wenn sich die Gäste bei ihm wohl fühlen.«

Max nickte, aber Felix nahm ihm das Sprechen ab. »Toll! Und die Musik? Was ist das eigentlich, was ihr gerade spielt?« Ohne eine Antwort abzuwarten, fuhr Felix gleich fort. »Und der Drink?« Er hob das eigenwillig geformte Glas, das er in der Hand hielt, ein wenig in die Höhe. »Was ist das, Grotto-Design?«

Niklas hatte die Augen etwas zusammengekniffen, anscheinend nicht ganz sicher, was Felix ihm sagen wollte.

»Wissen Sie, Niklas«, Felix schaute ihm direkt in die Augen, »wenn man Scheiße liebt, ist man hier in seinem …«, er beugte sich zuckend nach vorn, als hätte er sich verschluckt, fast als müsste er sich übergeben. Und da sah Max: Es waren Tränen! Felix hielt sich die Hand vor den Mund, weil er vor Lachen kaum Luft bekam, »El-do-ra-do! Oder? So heißt das doch. ›Dann ist man hier in seinem El-do-ra-do‹!«

Max starrte zu Niklas, der vollkommen verdattert an Felix' Loungesessel stehen geblieben war.

»Irgendwas unklar? Niklas?«

Aber bevor Niklas reagieren konnte, zuckte Felix' Glas auch schon in einer kurzen Bewegung zur Seite, und die Flüssigkeit darin schwappte heraus, Niklas vor die Füße, ein wenig auch auf die Hose.

Max schluckte. Ohne jede Ankündigung war Felix' Umschwung über sie hereingebrochen.

»Moment, Niklas! Warten Sie!« Felix drückte sich über die Seitenlehne etwas aus seinem Sessel nach oben. »Es ist ja nicht nur der Club«, schrie er ihm nach, während sich Niklas entfernte, »es ist doch Ihr ganzes Leben, das scheiße ist!« So laut, dass Max jedes Wort verstehen konnte, obwohl die Musik den ganzen Raum ausfüllte.

Felix sank in seinen Sessel zurück.

Im gleichen Augenblick bemerkte Max, dass eine hübsch zurechtgemachte Frau auf ihren Tisch zukam. Er schätzte sie auf Mitte dreißig und beobachtete, wie ihre Augen die von Niklas trafen, der wie betäubt wenige Schritte von ihrem Tisch entfernt stehen geblieben war.

»Sonja! Schön, dass du kommst!«

Felix streckte ihr beide Hände entgegen. Es war unverkennbar, dass sie nichts von dem, was Felix Niklas zugerufen hatte, gehört hatte, denn sie trat vollkommen entspannt an den Tisch, und ihre Finger schlossen sich um Felix' Hände. Mit beinahe verzücktem Gesichtsausdruck beugte sie sich zu ihm herunter. Für einen Moment hatte Max fast den Eindruck, als würden ihre Lippen sich berühren und sie auf Felix' Schoß gleiten, aber dann schmiegte sie doch nur ihre Wange an seine – erst rechts, dann links.

»Alles in Ordnung, Niklas, Schatz?« Sonja richtete sich wieder auf und sah zu Niklas, der mit versteinerter Miene zugesehen hatte.

»Lass uns gehen, Sonja«, fing er an – aber da hatte Felix auch schon den Rücken seiner Hand an ihren Schenkel gelegt, der dicht neben der Armlehne seines Sessels aufragte. Unwillkürlich wandte sie sich von Niklas wieder ab und zu Felix herunter.

Der lächelte sie an. »Haben Sie es dabei, Sonja?«

»Aber ja!« Ihr Blick huschte kurz zu Till und Max, um sich zu vergewissern, dass nichts Schlimmes passiert war. Der erschrockene Ausdruck in Niklas' Gesicht war ihr offensichtlich doch nicht ganz entgangen.

»Hier, bitte!« Sie griff in eine kleine Tasche, die sie umgehängt hatte, und holte ein Handy daraus hervor.

Felix strahlte. »Tun Sie mir einen Gefallen, Sonja?«

Sie drehte den Kopf ein wenig, kokett und doch zugleich damit kokettierend, dass natürlich kein Zweifel daran bestand: Sie gehörte zu Niklas und konnte für Felix also leider nicht zur Verfügung stehen – auch wenn seine Hand noch immer an ihrem Schenkel lag.

»Rufen Sie diese Nummer für mich an – jetzt gleich?« Felix reichte ihr einen Zettel mit einer Nummer und machte ihr ein Zeichen, dass sie sich noch etwas näher zu ihm herunterbeugen sollte. Und dann geschah es: Kaum tat sie es, legte sich seine Hand auf ihren Nacken, und er zog sie sanft zu sich heran. Max konnte sehen, wie seine Lippen sich teilten und Sonjas Mund berührten. Für einen Augenblick schloss sie die Augen, und ihr Arm, mit dem sie sich auf der Lehne abgestützt hatte, knickte ein. Sonjas bestrumpfter Oberschenkel lehnte sich gegen den Sessel, und Max sah, wie Felix' Hand daran hochrutschte und unter den Rock geriet.

»Sonja!«

Mit einem Schritt war Niklas zurück an ihrem Tisch, die Augen geweitet, der Blick verzerrt. Doch da hatte Felix Sonja auch schon losgelassen, ihr Gesicht hob sich, es wirkte fast ein wenig verschlafen, irritiert, wie nicht ganz bei sich – offensichtlich hatte sein Übergriff sie vollkommen unvorbereitet getroffen.

Felix sah an ihr vorbei zu Niklas. »Sie haben eine so wunderbare Frau, Niklas«, er lächelte, »Sie *müssen* entschuldigen ... es war stärker als ich.«

Sonja warf Niklas einen jetzt doch betroffenen Blick zu und ergriff die Hand, die er ihr entgegenstreckte.

»Niklas?«

Aber jetzt wandte sich Niklas nicht mehr zu Felix um. Mit Sonja an der Hand lief er die Rampe hinunter, die von dem Podest, auf dem sie saßen, zur Tanzfläche führte.

5

Im gleichen Moment riss die Musik ab, und die ausgeklügelte, indirekte Beleuchtung des Raums wurde von mehreren Scheinwerfern überstrahlt. Verdutzt drehten sich einige Gäste auf der Tanzfläche um.

Max sah, wie Felix sich aus seinem Sessel erhob, an das Geländer des Podestes etwas oberhalb der Tanzfläche trat und in die entstandene Lärmlücke mit kraftvoller Stimme hinein sagte: »Haben Sie schon unseren Gastgeber kennengelernt, meine Damen und Herren, den Mann, dem wir den heutigen Abend verdanken?«

Die Gesichter der Menschen, die unten standen, wandten sich Felix zu, lächelten, nickten wohlwollend ...

»Ist er nicht einzigartig!«, rief Felix. »Niklas! Kommen Sie her, lassen Sie sich umarmen.«

Unterdessen hatte Niklas die Tanzfläche erreicht und strebte weiter von Felix weg, Sonja aber war auf der Rampe stehen geblieben, das Handy am Ohr.

»Nun kommen Sie schon, Niklas, was ist? Haben Sie Angst vor mir?« Felix breitete die Arme aus, strahlte.

»Niklas! Niklas!«, war von einigen Gästen zu hören, die beinahe wie geimpft wirkten von dem Willen, dass sich das, was Felix offenbar wollte, nun auch wirklich vollzog: dass Niklas sich von Felix umarmen ließ.

Niemals, dachte Max, *niemals!*

Gleichzeitig hörte er Sonja, die mit dem Handy am Ohr sich zu Felix zurückgewandt hatte. »Er ist jetzt dran«, rief sie ihm zu, »ein gewisser Herr Rittlinger.«

»Rittlinger?« Felix' Augenbrauen wanderten nach oben, und er sah Sonja entgeistert an. »Was will er denn?«

Sie hielt die Hörmuschel zu und stöckelte die Rampe wieder hoch. »Er ist von der Bank!«

»Und was will er?«

Sonja presste das Handy ans Ohr. »Herr Rittlinger? Ja? Sie wollen mit Herrn von Quitzow – ja?« Beunruhigt warf sie Felix einen Blick zu, das Mikro noch einmal zuhaltend. »Er will mit Niklas sprechen!«

Felix' Gesicht verrutschte. »Au«, machte er, »das Gespräch sollte Niklas lieber annehmen!«

Plötzlich wirkte Sonja wie ein kleines Mädchen. »Niklas!« Sie drehte sich auf dem Podest, das sie inzwischen erreicht hatte, und gestikulierte zu Niklas unten auf der Tanzfläche. »Komm her!« Sie hielt das Handy hoch und zeigte darauf. »Es ist Rittlinger – von der Bank.« Dann legte sie es sich wieder ans Ohr und sprach hinein. »Er kommt, Herr Rittlinger, er ist gleich für Sie da.«

Dabei huschten ihre Augen immer wieder zu Niklas, der sich nun, wohl weil er dachte, dass ihm nichts anderes übrigblieb, ebenfalls wieder darangemacht hatte, die Rampe zurück nach oben zu gehen.

»Leck mich am Arsch!«, fauchte er Felix an, als er Sonja erreicht hatte und das Telefon an sich nahm – gerade laut genug, dass Max es hören konnte, und doch so leise, dass es weder Rittlinger am anderen Ende der Leitung noch die Gäste unten auf der Tanzfläche verstehen konnten. Dann hatte Niklas das Handy am Ohr. »Herr Rittlinger?«

Max schaute zu Felix. Der trat vom Geländer zurück und setzte sich wieder in seinen Sessel. Neben ihm Sonja, deren Aufgekratztheit nun endgültig verflogen war, denn sie hatte nur zu deutlich gehört, was Niklas Felix zugezischt hatte.

»Sind Sie Max? Max Bentheim?«

Max fuhr hoch. Niklas sah ihm direkt ins Gesicht.

»Ja?« Was hatte *er* denn damit zu tun?

»Ja, er ist hier«, sagte Niklas ins Handy, lauschte, dann zu Felix: »Was soll das heißen?« – tonlos, nicht mehr wütend jetzt, sondern … wie berührt von etwas Kaltem.

»Es geht um deinen Kredit für den Club, mein Lieber«, lächelte Felix, »ich hab ihn übernommen.«

»Niklas?« Sonja sah zu ihrem Mann.

»... und den Laden Max überschrieben«, beendete Felix seinen Satz.

WAS?

Max' Hände gingen hoch. »Was soll das? Unsinn. Ich will das nicht!«

»Du willst nicht?« Felix blickte Max überrascht an. Er war der Einzige, der ruhig geblieben war.

Max schüttelte den Kopf.

»Er will es nicht.« Felix schaute wieder zu Niklas. »Dann behältst du eben den Laden – in Gottes Namen.«

Er beugte sich vor und nahm Niklas das Handy aus der Hand. »Rittlinger? Ja ... gut, danke, nein ... vergessen Sie Bentheim, Niklas macht weiter. Ja.« Er beendete das Gespräch und breitete – das Handy noch in der Hand – die Arme aus. »Also, was ist, Niklas? Krieg ich jetzt meinen Kuss?« Laut, so dass alle es hören konnten.

Max fühlte, wie sich sein Mund ein wenig öffnete. Und es passierte tatsächlich: Etwas unbeholfen trat Niklas an Felix' Sessel, beugte sich herunter und nahm ihn in den Arm.

Felix aber schaute ihm über die Schulter, und seine Augen hefteten sich auf Max. »Na also«, sagte er. »Geht doch!«

Im gleichen Moment wurde die Beleuchtung wieder heruntergedimmt – schlagartig setzte die Musik wieder ein. Und übertönte für alle anderen, was Felix über Niklas' Schulter hinweg sagte – Max aber konnte es deutlich hören.

»Was soll ich tun, Max?«, schnarrte er. »Soll ich Niklas mit einer Eisenstange die Beine abschlagen lassen? Oder dafür sorgen, dass ihm sein Zeigefinger so tief ins Ohr gerammt wird, dass das Trommelfell dabei reißt?«

6

Die Worte trafen Max in die Magengrube, als hätte ihm jemand hineingetreten. Für einen Moment kam es ihm so vor, als würde ein hoher Pfeifton in seinem Ohr singen, als würde sein ganzes Bewusstsein verrutschen. Noch bevor er reagieren konnte, riss Niklas sich von Felix los, wandte ihrem Tisch den Rücken zu und stakte mit seltsam ungelenken Schritten die Rampe herunter. Till war bereits vorhin, als Rittlingers Anruf gekommen war, aufgestanden und nach unten zur Theke gegangen.

»Max, warte!« Felix legte eine Hand auf Max' Arm, um ihn daran zu hindern, sich ebenfalls aus seinem Sessel zu erheben. »Was denkst du denn? Das war doch nur ein Scherz!«

Ein Scherz? Was für ein entsetzlicher Scherz sollte das sein?

»Ich entschuldige mich ja gleich bei ihm dafür, aber ...« Felix schien nach Worten zu suchen. »Ich wollte dir doch nur zeigen ... es war doch alles nur, damit du siehst, dass ich ihn tanzen lassen kann.« Er sah Sonja hinterher, die Niklas nacheilte. »Ich kann ihn tanzen lassen«, wiederholte er und schaute zurück zu Max, »aber du, Max – kannst es noch viel besser!«

»Quatsch!« Max wollte diesen Mann nicht länger in seiner Nähe haben und blieb doch sitzen.

»Dein Vater hat es immer gesagt, Max.«

»Was?«

»Dass du was Besonderes bist. Dass du in der Lage bist, etwas zu schaffen, das nur die wenigsten hinkriegen. Dass du die Fähigkeit hast, Ziele zu erreichen, die andere sich noch nicht einmal stecken können. Dass du Zusammenhänge verstehen und Entscheidungen treffen kannst, die wichtig sind –«

»Wichtig wofür? Das sind doch alles nur Phrasen!«

»Nein, sind es nicht! Er meinte, dass du das fortsetzen könntest, was er angefangen hat!«

»Ach?«

Felix ließ Max' Arm los. »Er schrieb an einem Buch, Max, das weißt du doch, aber nicht nur an einem Buch ... eher an so etwas wie einer erfundenen Welt.« Er schaute Max prüfend ins Gesicht. »An einem ›fiktiven Universum‹. Das ist, ehrlich gesagt, der Ausdruck, den wir, also ich und dein Vater, immer verwendet haben. Und dieses Universum ist noch nicht fertig.«

Ein fiktives Universum.

»Meinst du, das mit der Freundin von Irina ist Zufall?« Felix ließ nicht locker.

»Was hat *sie* denn damit zu tun?« Max schaute sich um, ob er nicht einen Kellner entdeckte, der ihm noch etwas zu trinken bringen konnte.

»Sie spürt es auch.«

»Dass ich was Besonderes bin, ja?« Max musste fast lachen – zugleich erspähte er einen Kellner. »Einen Wodka, bitte.« Er machte ihm ein Zeichen. »Einen Doppelten, ja.« Er nickte dem Kellner zu und ließ den Blick für einen Moment durch den Club schweifen, um nicht gleich wieder zurück zu Felix sehen zu müssen. Konnte es sein, dass etwas dran war an dem, was er sagte? Unwillkürlich musste Max an Nina denken. Bei der Hochzeit. Hatte auch sie es gespürt?

»Du darfst keine Angst davor haben«, hörte er Felix sagen, »du musst es zulassen, Max. Ich weiß zwar nicht genau, wie schwer das ist, ich selbst habe sicherlich nicht deine Fähigkeiten. Aber ich weiß, dass man Angst davor hat. Ich könnte mir vorstellen, dass es eine Herausforderung ist, die dich bis an die Grenzen deiner Kräfte treiben wird. Aber du darfst nicht aufgeben! Du darfst nicht eher ruhen, als bis du genau dort bist, wo du selbst hinwillst. Nur so wirst du den Weg zum Ziel finden.«

Max atmete hörbar aus. »Den Weg zum Ziel finden, sich selbst zulassen – du solltest dich mal hören!« Er scheute sich nicht, sich nach vorn zu beugen und an Felix' Schulter zu rütteln. »Das ist Bullshit, Mann! Es klingt, als ob du in einem Fortbildungskurs für Manager gewesen wärst oder so was.«

Felix lachte und ließ doch durch das Geräusch, das er dabei machte, keinen Zweifel daran, dass es ihm absolut ernst war. »Vielleicht hast du recht. Aber ich glaube nicht. Ich glaube, was mir dein Vater gesagt hat.«

Papa.

Es war, als würde ein kraftvoll geschlagener Eispickel mit der Spitze durch die Kruste dringen, die Max um sich herum gewebt hatte. »Was denn?«, rief er heftig. »Glaubst du, ich weiß das nicht? Dass du mir nur den Kopf dusselig quatschst, weil du willst, dass ich dir die Rechte verkaufe? Die Rechte an Vaters letzten Büchern?«

Max spürte, dass er das, was Felix ihm einreden wollte, von sich wegzuhalten versuchte. Er wollte sich nicht für dumm verkaufen lassen!

Felix sah ihn ruhig an. »Hast du dich mal gefragt, wofür ich die Rechte brauche, Max? Etwa, um möglichst viel Geld damit zu machen? Ist es das, ja?«

Max winkte ab. »Ich kann mir schon denken, was du vorhast, und will gar nicht wissen, ob ich recht damit habe.«

Das aber schien eine Antwort zu sein, die Felix nicht auf sich beruhen lassen wollte. »Wirklich, Max, komm mich besuchen, dann erkläre ich dir, was ich vorhabe – zumindest im Ansatz. Vor allem aber«, fuhr er fort, »merk dir eins: Es geht mir nicht darum, dir die Rechte irgendwie abzuluchsen. Wenn du sie mir überlässt: gut. Aber ich will nicht nur die Rechte. Ich will auch dich!«

Mich.

Felix nickte, während er weitersprach. »Ich brauche keine Fleiß-Meister für das, was ich vorhabe, keine Erbsenzähler, keine zuverlässigen Typen, deren hervorstechendste Eigenschaft es ist, genau das abzuliefern, was ich gefordert habe. Ich brauche keine Leute mit mittelmäßigen Einfällen, keine Routiniers und keine Spinner. Was ich brauche, sind Köpfe, die vielleicht nur einen Einfall in ihrem Leben haben, aber einen Einfall, der sich gewaschen hat. Ich brauche dich, Max, alles andere sind nur leere Worte.«

Max sah ihn an. Felix' stahlgraue Augen blinzelten nicht. Die Haut war straff über seinen Wangenknochen gespannt. Er plapperte nicht mehr, er scherzte nicht, er redete nicht um den heißen Brei herum. Seine ganze Aufmerksamkeit schien sich darauf fokussiert zu haben, Max diesen Gedanken einzupflanzen: dass er, Max, etwas Besonderes war, und dass Felix ihn genau *deshalb* für das brauchte, was er mit Xaver begonnen hatte.

»Na schön. Ich glaube, ich lass euch Jungs jetzt mal in Ruhe weiterfeiern.« Felix war aufgestanden, ohne eine Antwort von Max abzuwarten. »Ich bin doch längst zu alt dafür, um mir hier noch die Nächte um die Ohren zu schlagen.« Er streckte die Hand aus, und Max schüttelte sie. »Tschüss, Max.«

»Tschüss.«

Max sah ihm nach, während Felix die Rampe zur Tanzfläche hinunterging und zwischen den Gästen verschwand.

Dann ließ Max sich in seinen Loungesessel zurücksinken. Er sollte das Werk seines Vaters vollenden? War das nicht, wovon er sein Leben lang geträumt hatte: dass er abschließen würde, was Xaver begonnen hatte?

Fünfter Teil

1

Heute

Der Elektromotor, der die Hubvorrichtung antreibt, springt an und surrt. Mit einem Ruck beginnt sich das Garagentor zu heben.

Henning tritt von dem Schalter zum Öffnen des Tores zurück und setzt sich durch die bereits geöffnete Autotür in seinen Wagen. Dreht den Zündschlüssel.

Knurrend erwacht der bissige Motor des italienischen Sportcabrios zum Leben. Henning liebt dieses Geräusch. Er legt den Rückwärtsgang ein, dreht den Oberkörper herum, streckt den rechten Arm auf der Rücklehne des Beifahrersitzes aus und lässt die Kupplung kommen.

Stutzt.

Das Garagentor hebt sich noch – die untere Kante ist erst fast einen Meter weit nach oben gefahren, aber ...

Hennings linker Mundwinkel zieht sich hoch.

Durch die halbhohe Öffnung hindurch kann er ein Paar Hosenbeine vor dem Garagentor stehen sehen.

Er drückt mit dem linken Fuß die Kupplung wieder durch und tritt mit dem rechten kräftig auf das Gaspedal.

Der Motor röhrt.

Welcher Idiot stellt sich direkt vor seine Ausfahrt!

»Hey!«

Im gleichen Moment sieht er, wie die Gestalt von außen an das noch immer hochfahrende Garagentor tritt und sich herunterbeugt. Ein Oberkörper taucht auf – vor dem Morgenlicht draußen eine schwarze Silhouette.

»Sehen Sie nicht, dass ich raus –«

»Konstantin!«

»Henning.« Butz richtet sich innerhalb der Garage wieder zu seiner vollen Größe auf. »Hast du gehört, was dort los ist – am Alex?«

Henning schnauft. »Ich ... ja, natürlich ... ich will gerade in die

Firma.« Er dreht sich in seinem Fahrersitz zur anderen Seite, um Butz, der jetzt neben den Wagen tritt, mit den Augen zu folgen. »Sorry Konstantin, wenn ich ... aber ... was machst du hier? Ist was mit Claire?«

Butz blickt auf Henning herunter. »Hast du eine Minute?« Sein linkes Auge zieht sich ein wenig zusammen.

»Jetzt?« Henning sieht durch die Windschutzscheibe auf die Garagenwand. »Nein ... lass uns ... lass uns telefonieren.« Er holt Luft. »Was ist denn los? Du kommst hierher – ist doch was mit Claire?«

»Wieso?« Butz' Blick ruht auf ihm.

»Hör zu, Konstantin, ich will nicht unfreundlich sein, aber ich hab's wirklich eilig, gerade heut früh.« Hennings Mund ist schief, als er den Kopf schüttelt.

Butz legt die Hände auf die Seitentür. »Ich komm grad von Baumann.«

»Wem?« Henning sieht überrascht auf.

»Baumann?«

»Baumann?« Henning lacht. »Baumann? Baumann, Blaumann, Baumarkt, Bauhaus?« Er wendet sich wieder um, um mit dem Wagen aus der Garage zu fahren. »Betty ist da, wenn du über Claire reden willst, sie wird sich bestimmt freuen.« Er deutet auf eine Tür in der Seitenwand der Garage und lässt den Motor aufheulen. Das Garagentor ist inzwischen ganz nach oben gefahren. »Ruf mich an, ja?« Der Wagen rollt an.

»Willi Baumann, Henning, der Trainer von Frederik Barkar.«

Butz lässt Hennings Scheitel nicht aus den Augen. Sieht, wie der Wagen stehen bleibt, Hennings Kopf sich noch einmal dreht.

»Er sagt, dass du ihm gesagt hast, was Barkar machen soll.«

Jetzt hat er Hennings volle Aufmerksamkeit. Der Mann wirkt blass. Die langen Finger trommeln nervös auf das Steuerrad. »Ach der«, nuschelt Henning. »Baumann, klar.« Sein Blick wirkt seltsam sprunghaft. »Hör zu, Butz ... Konstantin ... ich ...«

Butz sieht, wie Henning eine Hand vom Steuer nimmt.

»Warum steigst du nicht ein?« Die Worte kommen eine Spur undeutlich aus Hennings Mund. »Ich fahr dich in die Stadt und wir reden.«

Butz ist an der Garagenwand stehen geblieben.

»Mein Wagen steht draußen, Henning, ich brauch keinen Lift.«

»Ha!« Hennings Gesicht verschiebt sich. »Natürlich nicht.« Einen

Moment sitzt er unschlüssig hinter seinem Steuer. Der Motor puckert. »Soll ich den Motor abstellen, und wir gehen ins Haus?« Hennings Augenbrauen tanzen. »Oder du setzt dich doch kurz in den Wagen, und wir fahren einmal um den Block?« Er senkt seine Stimme ein wenig. »Im Haus wär mir allerdings weniger lieb – wegen Betty, weißt du?«

Butz fühlt etwas Warmes auf seiner Unterlippe. Er greift mit der Hand danach. An seiner Fingerkuppe klebt etwas Blut. Er hat sich mit seinen Zähnen so sehr auf die Lippe gebissen, dass ein kleiner Riss entstanden sein muss.

»Gut«, sagt er und geht vorn um die Kühlerhaube des Wagens herum, um zur Beifahrertür zu gelangen, »lass uns eine Runde fahren, Henning.«

Im gleichen Augenblick ist es, als ob ein Düsenjet in der Garage starten würde.

Butz' Kopf dreht sich. Wie herangesprungen an Hennings Gesicht sieht er den Mund des Mannes, die glänzenden Wangenknochen, die seltsam trüben Augen. Hennings Arme sind durchgedrückt, sein Oberkörper ist nach hinten gepresst.

Er muss den ersten Gang eingelegt haben.

Butz sieht das Fahrzeug förmlich auf sich *zufliegen*.

Es ist eher ein Reflex als eine Bewegung. Der aufgewickelte Gartenschlauch an der Wand – Butz wischt ihn mit einem Arm herunter – wirft mit dem anderen die Schubkarre um, die neben ihm an der Wand lehnt.

Das Blech schreit auf, als sich die Kühlerhaube des Wagens in der Schubkarre verbeißt.

RrroaaARRRR.

Butz kann Hennings Gesicht sehen, die Kiefermuskeln versteinert, der Motor vor ihm brüllt. Butz kippt nach vorn, seine Hände schlagen auf die rote Kühlerhaube. Das Blech bebt – die Henkel der Karre haben sich in den Kühler geschoben. Sie halten den Wagen davon ab, in Butz' Beine zu rasen, seine Knochen zu zerschmettern.

Sein Kopf ruckt hoch.

Hennings Gesicht scheint sich in die Länge gezogen zu haben. Sein ganzer Oberkörper ist jetzt nach vorn gebeugt, er muss das Gaspedal bis auf den Boden herunterdrücken. Das Quietschen der Reifen auf dem glatten Betonboden sticht in den Ohren – doch die Reifen greifen nicht richtig. Die Abgase, die durch die Luft wirbeln, nehmen Butz fast den Atem, schon kommt es ihm so vor, als würde es um ihn herum flimmern.

Schriiiiiek.

Mit einem Ruck knickt das Blech der Karre ein, der Kühler zuckt noch einmal zehn Zentimeter nach vorn. Quetscht den Gartenschlauch gegen Butz' Beine.

Butz fühlt, wie sich seine Kniescheibe unter dem Druck hebt, wie sich sein Oberkörper, der schon auf die heiß laufende Kühlerhaube gesunken war, noch einmal aufrichtet und in seltsamen Bewegungen windet. Sein linker Arm geht hoch, als würde er an einem Bindfaden gezogen, sein rechter hängt schaff herunter. Und in seinem Knie scheint ein heißer Beutel aufzugehen.

Er sieht förmlich vor sich, wie die Stoßstange seine Oberschenkel durchtrennt. Wie er auf die Stümpfe, die ihm bleiben, herabstürzt.

Dann ist seine Hand am Griff der Waffe, und er richtet den schwarzen Lauf durch die Windschutzscheibe direkt auf Henning.

»STELL DIE SCHEISSKARRE AB, MANN!«

Butz spürt, wie seine Augen aus den Höhlen treten, das eine etwas mehr geschlossen als das andere.

WOAAARRRRR.

Der Schuss übertönt das Gebrüll des Motors. Die Kugel zerschmettert die Windschutzscheibe in tausend Partikel und bohrt sich in das Polster des Fahrersitzes, dicht neben Hennings Brust.

»Die nächste hast du in der Stirn!« Die Worte scheinen aus Butz hervorzuspringen wie Popcorn aus einem Topf.

Sie sehen sich durch die zersplitterte Scheibe hindurch in die Augen. Hennings Blick brennt, die Zunge steckt zwischen den Zähnen. Butz starrt über den Lauf seiner Waffe hinweg, immer wieder zieht ein grauer Schleier über sein Gesichtsfeld. Sein Knie spürt er nicht mehr. Die Linke liegt auf der heißen Kühlerhaube.

Ich knall dich ab, denkt er, und stellt die Waffe, mit der er eben noch an Hennings Brust vorbeigezielt hat, direkt auf einen Punkt zwischen den Augen ein.

Im ersten Moment meint er, ein Blutsturz hätte sein Gehör beschädigt. Dann fühlt Butz den Wagen heruntersacken und begreift: Das Rasen des Motors ist abgerissen.

Henning beschleunigt nicht mehr.

Es kommt Butz so vor, als würde der Wagen wie ein Kettenhund, der sein Interesse verliert, von ihm ablassen.

Die Waffe aber behält er oben.

Henning strömt der Schweiß übers Gesicht.

»Warum hast du Baumann gesagt, dass er Barkar auf Claire ansetzen soll?« Butz' Beine zittern. Henning starrt ihn an – sprachlos, wie ausgelaugt von dem Versuch, Butz an der Garagenwand zu zerquetschen.

»Ich muss dich jetzt nicht mehr töten, Henning – ich kann dir auch bloß die Schulter zerschießen.«

»Felix hat es gewollt.«

Butz fühlt, wie sich der Lauf der Pistole wie von selbst wieder genau auf Hennings Gesicht richtet.

»Was hat Felix damit zu tun?«

»BUTZ!«

Es ist ein spitzer Schrei, der das Tuckern des noch immer laufenden Motors übertönt.

Butz' Blick wischt nach rechts zur Tür, die von der Garage direkt ins Haus führt. Jemand hat sie geöffnet und ist auf die Schwelle getreten. Eine Hand flach vor dem Mund, die andere auf ihn gerichtet, als wollte sie auf ihn zeigen.

Claires Schwester.

Betty.

Doch sie zeigt nicht auf ihn. Sie hält einen kleinen Revolver auf ihn gerichtet.

Butz' Blick zuckt zurück zu Henning. Er sieht, wie sich dessen Gesicht zu einem Lächeln verschiebt. Aber die Falten, die sich in den letzten Minuten hineingegraben haben, kann es nicht mehr ganz daraus tilgen.

2

Zwei Jahre vorher

»Er verspottet mich, er macht mich runter, vor allen Leuten«, stieß Quentin hervor, und Max hatte den Eindruck, als würde Quentin ihn am liebsten am Kragen packen. »Er genießt das, er mag es, wenn man sich unter seinen Schlägen krümmt!« Winzige Speichelpartikel flogen von Quentins Lippen in Max' Richtung.

Unwillkürlich wich er einen Schritt zurück, aber Quentin kam immer näher an ihn heran. »Lass dich doch von Felix nicht täuschen«, schrie er, »er benutzt dich, indem er dir Honig ums Maul schmiert – und mich, indem er mich beleidigt!« Er schaute kurz zu Till, der gerade neben sie getreten war, dann wieder zurück zu Max. »Glaubst du etwa, was er sagt? Glaubst du, ich habe nicht verstanden, was er vorhat?«

Gerade erst waren Max und Till die Betontreppe hochgegangen, die von dem Club zurück auf das Niveau der Straße führte. Draußen hatte es bereits begonnen, hell zu werden. Quentin musste die ganze Nacht am Eingang gewartet haben, um ihn dort abzupassen. Max meinte, förmlich sehen zu können, wie Quentin zerrissen wurde von den Gedanken, die in seinem Kopf herumsprangen. Er tat ihm leid, aber Max war von dieser Attacke so überrascht, dass er im ersten Moment gar nicht wusste, was er entgegnen sollte.

»Hör mal«, mischte sich Till ein, »Quentin, oder?«

»Bleib mir mit deiner Scheiße vom Leib!«, brüllte Quentin Till an, und Max sah, wie er am ganzen Körper zitterte. Schon wandte Quentin den Blick wieder Max zu. »Sag diesem Schwachkopf, er soll das Maul halten, ich bin noch nicht fertig!«

Max nickte Till zu, schloss kurz die Augen. »Alles klar, Quenni.«

Quentins Finger, die wie Stacheln abgestanden hatten, schlossen sich ruckartig, seine Arme waren wie krampfhaft nach unten gestreckt. »Nichts ist klar, Mann. SCHEISSE!«

Obwohl Quentin bereits vorher gebrüllt hatte, schrak Max doch zusammen, als er jetzt hörte, wie sich Quentins Stimme verformte. Vorsichtig berührte er ihn an der Schulter und konnte spüren, wie sich Quentins Körper zusammenkrümmte, als würde Max ihm ein Messer in die Seite rammen. »Quentin, beruhige dich«, flüsterte Max, »ich weiß doch, lass Felix reden, das … das ist doch nicht wichtig.«

Da sah er, wie Quentins Kopf, der kurz nach unten geneigt gewesen war, langsam wieder hochkam. Wie sich sein rot glühender Blick aus der Tiefe, in der er sich verloren hatte, wieder an die Oberfläche, in die Gegenwart kämpfte. Ganz hob Quentin den Kopf jedoch nicht, als würde eine finstere Kraft ihn herunterdrücken – und schaute stattdessen von schräg unten Max an. »Frag ihn, was mit Nina ist, Max – frag Felix nach Nina!«, spie er hervor.

Wen? Was? Max verstand nicht.

»Nina, die Braunhaarige auf der Hochzeit. Hat sie nicht mit dir geschlafen? Frag Felix, was er davon weiß!«

3

Es war fast ein ganzer Tag vergangen, dann konnte Till Max nicht länger zurückhalten. »Wir brauchen ja nicht mit der Tür ins Haus zu fallen«, hatte Max gemeint, »wir sagen, dass du dir die Firma einmal ansehen willst. Das interessiert dich doch wirklich, oder?«

Till hatte genickt.

»Und dann fragen wir, ob wir kurz bei Felix reinschauen können. Ich bin sicher, er wird uns empfangen. Im Gespräch kann ich beiläufig auch Nina erwähnen. Mal sehen, wie er reagiert.«

Seit fast einer Stunde saßen sie nun schon in der Halle im ersten Stock. Ein prächtiger Festsaal, in dem sich nicht viel mehr befand als einige Tische, auf denen ein paar der aufwendigsten Produktionen des Verlagshauses ausgelegt waren. Till hatte sich die Ausgaben flüchtig angeschaut. Ein Hochglanzfoliant über Teppiche, einer über Landkarten, einer über Konstruktionszeichnungen aus dem siebzehnten und achtzehnten Jahrhundert. Bildbände, deren größter aufgeklappt fast einen Quadratmeter maß.

Max interessierte sich nicht dafür. Er hatte auf einer gepolsterten Bank vor den Fenstern Platz genommen und studierte das Fresko an der Decke.

»Herr Bentheim, Herr Anschütz?«

Eine Sekretärin tauchte in der doppelflügeligen Tür auf, die aus der Halle herausführte. »Wollen Sie mir bitte folgen?« Sie schenkte ihnen ein Lächeln, das freundlich wirkte und zugleich ein wenig schelmisch, als wollte sie ganz beiläufig signalisieren, dass sie schon wüsste, was man dachte, wenn man sie sah.

Max und Till folgten ihr durch einen Korridor, der zu den Büros führte und wie die Halle mit einem Deckengemälde geschmückt war: der abenteuerlich bewölkte Himmel einer winterlichen Allee.

»Bitte.« Die Sekretärin, eine Blondine mit makelloser Haut und frisch nachgezogenem Lippenstift, trat zur Seite und ließ sie eins der Büros betreten.

Es war Felix' Arbeitszimmer.

»Max!« Felix breitete die Arme aus. Er trug ein breit blau-weiß gestreiftes Hemd, hatte die Ärmel hochgekrempelt und schien bester Laune zu sein. »Till ...« Er schüttelte ihnen die Hände. »Soll ich das Fenster schließen?« Die gewaltigen Fensterflügel standen offen, und der Verkehrslärm drang bis zu ihnen nach oben. Das Rattern, Rufen und Rauschen einer Seitenstraße der Linden, in der sich Lieferwagen, Kellner und auch ein paar Katzen zu tummeln schienen.

»Ja, warum nicht.« Max ließ sich in einen der Sessel fallen, die vor dem aufgeräumten, aber riesigen Schreibtisch standen. »Ich darf mich doch setzen, oder?«

Geräuschvoll schlugen die Fensterflügel zusammen, und Felix wandte sich um. »Kaffee, Wasser, Tee ... was Kräftigeres? Was kann ich euch bringen lassen?«

Till blickte zu Max und bemerkte, dass die Sekretärin, wohl um ihre Bestellung aufzunehmen, noch immer in der Tür stand. Er hob die Hände. »Ich nichts, danke.«

»Was? Kaffee? Sonst hast du nichts?« Max lächelte.

Felix blickte zu der Blondine in der Tür. »Bringen Sie uns eine Flasche von dem Champagner, Merle. Den von 1956. Der dürfte Herrn Bentheim gefallen.«

Die junge Frau verschwand. Felix kam um den Schreibtisch herum und setzte sich so darauf, dass ein Fuß in der Luft hing, der andere aber fest auf dem Boden stand. »Also. Was gibt's?« Er sah Max an. Dass Till noch stand, schien ihn nicht weiter zu stören.

»Till wollte sich euer Haus mal ein wenig ansehen«, sagte Max und trommelte mit den Fingern auf die Armlehnen seines Sessels.

Felix schaute zu Till. »Ach ja? Arbeiten Sie in der Branche? Das hat Max mir noch gar nicht erzählt.«

Till stützte die Hände auf die Lehne des zweiten Sessels, der vor dem Schreibtisch stand. »Nein, ich sitze noch an meiner Abschlussarbeit. Aber es stimmt ... ich würde Ihr Haus gern mal sehen. Die Ausgaben draußen in der Halle sind ja bemerkenswert.«

Für einen Moment ruhte Felix' Blick auf ihm. Dann schaute er zurück zu Max. »Jetzt gleich? Wollen wir gleich los, oder warten wir noch, bis Merle uns bedient hat?« Er griff an den Knoten seiner bordeauxroten Krawatte und zog ihn ein wenig herunter. Der oberste, offene Knopf seines Hemds kam zum Vorschein.

Max warf Till einen Blick zu. »Warten?«

Till nickte. Was für ein albernes Katz-und-Maus-Spiel. Warum rückte Max nicht einfach heraus mit der Sprache? Dass sie hier waren, weil Max Felix nach Nina fragen wollte.

Für einen Moment sagte niemand etwas. Max sah an Felix vorbei aus dem Fenster, Felix ließ Max nicht aus den Augen, und Till hatte den Eindruck, dass er am wenigsten derjenige sein sollte, der das Schweigen brach.

»Soll ich die Flasche öffnen, oder machen Sie das?« Merle kam zurück in den Raum, einen kleinen, silbernen Wagen vor sich herschiebend, auf dem drei ausladende Gläser sowie ein breiter Kübel standen, in dem eine grün-goldene Champagnerflasche in einem Berg von Eiswürfeln ruhte.

»Ich mach das.« Felix ging ihr entgegen. »Vielen Dank.« Es klirrte leise, während er ihr den Wagen abnahm und ihn zu ihnen an den Schreibtisch dirigierte. »Sooo ...« Wie zuvor nahm er auf der Schreibtischplatte Platz und begann, das Bleipapier von der Flasche zu lösen.

»Stimmt es, dass du sie gebeten – oder ermuntert – hast, sich um mich zu kümmern?«

Fast erschrocken blickte Till zu Max, der sich offensichtlich nicht länger hatte zurückhalten können und dessen stechender Blick unverwandt auf Felix gerichtet war.

»Wen, sie?« Ohne Max anzusehen, setzte Felix die Arbeit an der Flasche fort.

»Ist doch egal, wen.« Max' Stimme klang belegt. »Hast du irgendeine darum gebeten?«

Felix schnaufte vergnügt. »Wie kommst du denn darauf!«

»Auch egal. Sag schon!«

PANG!, sprang der Korken aus dem Flaschenhals und knallte gegen die den Fenstern gegenüberliegende Wand. Felix hatte ihn fliegen lassen und beugte sich jetzt rasch vor, um die hervorsprudelnde Flüssigkeit in die bereitstehenden Gläser zu schenken.

Er lächelte. Till sah, wie es Max aufbrachte, dass Felix ihm nicht gleich antwortete. Aber was sollte er tun? Aufstehen und Felix am Kragen packen? Stattdessen griff Max nach dem Glas, das Felix ihm eingegossen hatte, und hob es hoch. »Also, Prost!« Und ohne darauf zu warten, dass die anderen ihm zugenickt hatten, goss er den Inhalt hinunter.

Felix warf Till einen Blick zu, inzwischen ebenfalls ein Glas in der Hand. »Prost.« So wie Max trank er es in einem Zug aus.

Till nippte an seinem Glas.

»Gut, oder?« Felix lehnte sich zurück und schaute zu Max.

Der stellte sein Glas zurück auf den Rolltisch. »Exzellent.«

Felix griff nach der Flasche, »Till, auch noch ein wenig?«

»Ich hab noch.« Der Champagner war gut, trocken wie Sandpapier und frisch wie ein Minzefeld, aber Till hatte nicht das Gefühl, so recht in Champagnerlaune zu sein.

Es klirrte. Felix hatte sich und Max nachgeschenkt und mit seinem vollen Glas gegen das von Max gestoßen, das noch auf dem Wagen stand. »Ich hatte dir bei unserem letzten Treffen ja gesagt, dass du mich mal besuchen kommen sollst«, sagte er. »Schön, dass du da bist, Max.«

Max rührte sein Glas nicht an. »Das ist keine Antwort«, schnaufte er.

»Antwort, Antwort«, Felix lachte. »Was willst du denn für Antworten, Junge? Was ich getan oder nicht getan habe, tun hätte können, wollen, dürfen – was soll das? Was willst du? Was willst du wissen, was willst du tun? Was möchtest du erreichen? Bist du sauer auf mich? Willst du mich ohrfeigen? Wie stellst du dir das vor? Was soll das alles? Bist du sicher, dass du nicht verwirrt bist? Dass du einfach viel zu wenig weißt? Dass du erst mal verstehen solltest, was überhaupt auf dem Spiel steht, bevor du dich aufplusterst, Fragen stellst, Forderungen ausspuckst? Was kommt als Nächstes? ›Wenn du mir nicht antwortest, bis die Flasche leer ist, werde ich –‹ Was? Aufstehen und gehen? Dann geh doch! Ich kann dich nicht halten!«

Er sah zu Till. »Oder? Können wir ihn vielleicht gemeinsam aufhalten?« Felix schaute zurück zu Max, der ihm mit kraus gezogener Stirn zuhörte. »Was ist? Stecken vielleicht Till und ich unter einer Decke? Hat er dich hierhergelotst – obwohl du glaubst, du hättest selbst die Entscheidung gefällt? Wach endlich auf, Max. So, wie du die Sachen angehst, wirst du nie irgendwo ankommen!«

Und damit setzte er sein Glas an und kippte den Inhalt herunter. »Ich muss immer an Merle denken, wenn ich ein Glas getrunken habe«, sagte er, nachdem er es wieder heruntergenommen hatte, und sah seine beiden Gäste offen an.

»Hast du – oder hast du nicht?!« Max' Hände hatten sich um die Enden der Armlehnen verkrampft. Es war offensichtlich, dass er sich von Felix' Geschwätz nicht aus dem Konzept bringen lassen wollte.

Felix stellte sein Glas neben sich auf den Schreibtisch. »Erinnerst du dich, worüber wir zuletzt gesprochen haben?«

»Du willst die Rechte an Xavers letzten Büchern.«

»Und wofür?«

»Um Geld zu machen, nehme ich an.«

Felix lehnte sich auf seinem Schreibtisch zurück. »Siehst du, du hast dir eine vollkommen falsche Vorstellung von dem gemacht, worum es mir eigentlich geht. Es stimmt vielleicht, dass ich mit den Büchern deines Vaters ein kleines Plus für das Haus hier erwirtschaften sollte. Aber was bedeutet das schon? Unterm Strich kostet mich der ganze Verlag viel Geld. Geld, das ich nur deshalb zur Verfügung habe, weil meine Frau Teilhaberin des Konzerns ihrer Familie geblieben ist und mir diese Marotte hier finanziert.«

»Das heißt ja nicht, dass du nicht endlich aus den Schulden herauskommen willst. Vielleicht hoffst du, dass dir genau *das* mit den letzten Büchern meines Vaters gelingt.«

Felix schüttelte den Kopf. »Ich muss kein Geld machen, Max, ich hab so viel Geld, ich kann die Wände damit tapezieren.«

»Wofür dann, wofür willst du dann die Rechte?«

Felix musterte Max. »Damit sie mir kein anderer wegschnappen kann, hm? Wie wär's damit? Immerhin habe ich bereits die Rechte an all den anderen Werken deines Vaters.«

Max starrte zurück.

»Nein, du hast ja recht«, lenkte Felix ein, »es gibt noch einen anderen Grund.«

Till trank den letzten Schluck aus seinem Glas und stellte es neben das von Max auf den Wagen.

»Xaver hat mir von seinen letzten Manuskripten erzählt«, sagte Felix. »Er war sehr stolz darauf und meinte, dass es ihm in diesen Arbeiten sozusagen gelungen sei, endlich das auszuführen, was er in seinen anderen Büchern nur habe andeuten können. Er meinte, er habe darin das, was er in den anderen Büchern nur zaghaft angetippt habe, geradezu auf die Spitze getrieben.«

»Und was?«

Wieder ließ Felix seinen Blick auf Max ruhen, ohne ihm gleich zu antworten.

»Komm schon, Felix«, insistierte Max.

»Kennst du das, wenn der Gedanke an eine Geschichte, die du liest oder die dir erzählt wird, langsam Besitz von dir ergreift?«, sagte Felix. »Wenn du nicht aufhören kannst, sie zu lesen, obwohl du längst schlafen müsstest, weil du am nächsten Tag einen wichtigen Termin hast. Wenn es dich wie ein Messerstich trifft, weil ein Kapitel zu Ende ist und das nächste erst in einer Woche erscheint? Es gibt eine Reihe von Techniken, um diesen Effekt beim Leser zu erzielen, das ist nichts Neues. Du hast davon vielleicht schon mal gehört. Und dein Vater, Max, hat diese Techniken sozusagen in eine neue Dimension katapultiert.«

»Welche Techniken, Felix?«

»Die Techniken, einen Leser süchtig zu machen nach einer Geschichte.«

»*Süchtig.*«

Felix wirkte jetzt ernster, das Lachen, das bisher immer unterschwellig gelauert hatte, schien er völlig vergessen zu haben. »Diese Techniken, die Gesetze der Spannung, wenn du so willst, das ist noch ein recht neues Gebiet, das ich für sehr wichtig halte. Und ich kann mir gut vorstellen, dass Xaver innerhalb kurzer Zeit auf einige sehr interessante Ergebnisse gestoßen ist, als er sich erst einmal mit all seiner Energie auf dieses Gebiet gestürzt hat.«

»Das hältst du für wichtig, ja? Und warum? Willst du die Sucht deiner Kunden maximieren? Ist es das, Felix? Also geht es dir *doch* nur darum, so viele Bücher wie möglich zu verkaufen! Oder?« Jetzt war Max derjenige, der verächtlich lachte. »Du handelst wie ein Dealer, der scharf darauf ist, einen besonders geilen Stoff in die Finger zu bekommen, weil er weiß, dass er den umso teurer verticken kann.«

»Es geht nicht ums Geld, Max, das hab ich doch schon gesagt.«

»Worum dann?«

Felix schaute nachdenklich auf Max herunter. Dann stieß er sich von seinem Schreibtisch ab, ging ans Fenster und sah hinaus. Gedämpft drangen die Geräusche der Straße zu ihnen nach oben. Jenseits der

Scheibe konnte Till ein Bürohaus aus der Gründerzeit sehen, das sich auf der anderen Straßenseite erhob.

»Ist dir aufgefallen, dass sich dein Vater in den letzten Wochen vor seinem Verschwinden verändert hat?«, hörte Till Felix fragen, ohne dass er sich zu ihnen umdrehte.

»Ja.« Max hatte sich in seinem Sessel ein wenig aufgerichtet.

»Darum geht es, Max. Du hast schon ganz recht: Es geht nicht direkt um die Sucht – die ist, wenn du so willst, nur die Form. Mittel zum Zweck. Der Zweck ist was anderes.«

4

»Es ist ein ganz bestimmter Gedanke, der deinen Vater verändert hat, Max. Ein Gedanke, den er sehr ernst genommen hat.«

Sie hatten das Arbeitszimmer verlassen und sich in einen anderen Raum begeben, in dem ein Buffet mit kalten Speisen, Obst, etwas Brot und Gemüse angerichtet war.

»Ein Gedanke, der ihn davon überzeugt hat, das Richtige zu tun, wenn er für mich arbeitete.«

»Na dann«, sagte Max und sah sich das Buffet an, »verrat uns doch mal, was für ein Gedanke das war.« Er blickte kurz zu Till, und seine Augen blitzten auf.

Felix ging zu einem Präsentationsblock, der dem Buffet gegenüber auf einer Art Staffelei stand. »Die Grundidee ist ganz einfach.«

Er griff nach einem der fetten Marker, die in einer Schiene unter dem Block lagen, und malte mit kräftigen Strichen eine gespaltene Linie auf das Papier.

»Sie geht davon aus, dass ich wählen kann zwischen zwei Vorstellungen. Ich kann *entweder* der Auffassung sein, dass ich mich frei entscheiden kann, dass ich also einen freien Willen habe – *oder* ich kann der Auffassung sein, dass die Freiheitsempfindung eine Illusion ist, dass ich in Wirklichkeit *nicht* frei entscheiden kann, dass alles, was ich tue, von Faktoren festgelegt ist, die meiner Macht entzogen sind.«

Er kritzelte an die beiden Spitzen der zwei Pfeile ein paar Wörter und trat zur Seite.

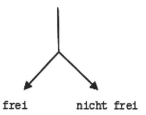

»In jedem Augenblick kann ich wählen, ob ich sozusagen als freier Mensch handele oder ob ich als unfreier Mensch handele – ob also, was ich tue, Ausdruck meines Willens ist, oder ob es Ausdruck ... was weiß ich ... von so etwas wie der Natur ist, von der ich ein Teil bin.«

»Okay«, sagte Max.

»Gut.« Felix wandte sich zurück zu seinem Block und ergänzte die Skizze um zwei Bögen.

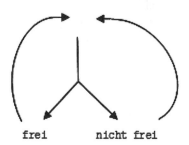

»Ich habe in einem Augenblick entschieden, sagen wir, dass ich frei bin, und kann im nächsten Augenblick gleich wieder zwischen den beiden Optionen wählen. Richtig?«

»Richtig.«

»Richtig, ja ...« Felix machte einen Schritt auf sie zu. »Was aber, wenn wir einen Moment noch darüber nachdenken.« Er sah zu seiner Skizze. »Gibt es da nicht ein Problem? Wenn ich die Option ›nicht frei‹

gewählt habe und im nächsten Augenblick wieder zwischen ›frei‹ und ›nicht frei‹ wählen kann, was bedeutet es dann, dass ich ›nicht frei‹ gewählt habe?«

Er schaute erneut zu ihnen.

»Ist es nicht vielmehr so, dass ich nur dann wirklich ›nicht frei‹ wählen kann, wenn ich danach auch ›nicht frei‹ bin, wenn mir danach also die erneute Wahl zwischen beiden Optionen *versperrt* ist!« Er durchkreuzte den einen Bogen.

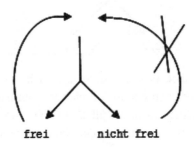

»Erst so macht es Sinn, oder? Wenn mir nach der Wahl von ›nicht frei‹ der Rückweg sozusagen abgeschnitten wäre – ich danach wirklich ›nicht frei‹ wäre –, würde die Wahl zwischen ›frei‹ und ›nicht frei‹ wirklich gegeben sein, oder?«

Er machte eine Pause. Tills Gedanken schwankten ein wenig. Er war sich nicht sicher, ob er Felix recht geben konnte, musste gleichwohl aber zugeben, dass ihm die Idee erst mal einleuchtete.

»Tatsächlich aber«, sagte Felix, »und das ist der entscheidende Punkt in diesem Gedankengang, IST DER RÜCKWEG NICHT GEKAPPT! Wir können in jedem Augenblick neu zwischen ›frei‹ und ›nicht frei‹ wählen.«

Till nickte. Zweifellos.

»Also müssen wir das Diagramm so zeichnen«, sagte Felix, blätterte das bemalte Blatt des Blocks um, und zeichnete rasch eine neue Skizze.

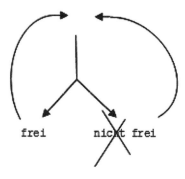

»Beziehungsweise ...« Wieder blätterte er um und zeichnete neu.

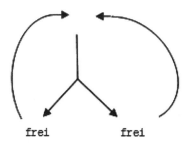

»... so.«
 Er trat zur Seite. »Hier aber zeigt sich gleich, dass das natürlich Unsinn ist. Wenn ich nur zwischen zwei Optionen wählen kann, die identisch sind, kann ich eben NICHT wählen, bin also nicht frei. Anders gesagt –«
 Felix drehte sich wieder zum Block und ergänzte die Skizze.

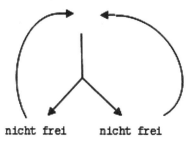

»Wir müssen es uns so vorstellen, oder ... « Er schlug das Blatt zurück und zeichnete mit kräftigem Zug einen einfachen Strich auf das neue, weiße Papier.

»So.« Er warf den Marker auf die Schiene. »Oder?« Offensichtlich zufrieden mit seiner kleinen Aufführung, kam er zu Till und Max zurück an das Buffet.

Max hatte seinen Teller inzwischen abgestellt. »Das war der Gedanke, der ihn verändert hat?«

Felix lächelte. »Er hat ihn davon überzeugt, dass es richtig ist, die Freiheitsillusion aufzugeben.« Felix griff nach seinem Teller und lud sich von den Beeren, die in verschiedensten Sorten in Schalen auf der Anrichte standen, darauf. »Aber nicht nur das. Er ist auch davon überzeugt gewesen, dass es Zeit ist, den anderen Menschen die Augen dafür zu öffnen. Dafür, dass sie ... wie du sagst ... in einer Freiheitsillusion gefangen sind.«

Felix nickte.

»Dafür willst du seine Bücher.« Max schien Till ganz vergessen zu haben, er war fixiert auf Felix, von dem Till den Eindruck nicht loswurde, dass er mit Max spielte.

»Ja, mein Junge. Deshalb will ich die Rechte von dir haben. Wobei das Durchschauen der Freiheitsillusion nur der erste Schritt ist.« Genüsslich schob Felix sich einen Löffel voll Beeren in den Mund und kaute. »Was dagegen?«

Till kniff die Augen zusammen. Der erste Schritt? Und danach? Was sollte danach kommen?

5

Wann haben sie angefangen, die Feuer zu entzünden ... die Flammen werden richtig zur Seite gedrückt, wenn ich daran vorbeifahre ...
Wuuuuuuuuschschschschsch.
Dabei ist es noch nicht einmal ganz dunkel ... wie spät? Kurz vor zehn ... und warm ist es ...
Wwwwwwwwuschschschschsch.
... an jedem Feuerchen eine von ihnen ...
Und wer passt auf sie auf?
Kann man nicht sehen. Die sitzen vielleicht in dem Feld dahinter?
Oder in einem der anderen Autos, die hier auf- und abfahren ...
Das sind Regentonnen oder was?
Warum räumt sie niemand weg? Die Tonnen stehen den ganzen Tag hier herum, keiner kümmert sich ...
Einmal mit ein paar Streifenwagen hierher, die Mädels einladen ... morgen das Gleiche ...
Würde ich sehen wollen, wie lange die hier noch stehen. Nein, sie WOLLEN sie nicht vertreiben, das wird toleriert.
Niemand hat etwas dagegen.
Lange gibt es das noch nicht ... aber es etabliert sich.
Da – wieder eine. Siehst du die Flamme, wie sie züngelt und flackert, wie die goldgelben Spitzen aus der Tonne herauslecken, ihren Schein auf ihre Flanken legen ...
Wwwwwwwuuuuuuuuuschschschsch.
Vorbei ...
Gut.
Vorn wende ich.
Hier bin ich richtig.

6

Zwei Jahre vorher

»Der erste Schritt – wieso der erste Schritt?«
Es war Max auch aufgefallen.
»Quid pro quo, Max.« Felix wandte sich zur Tür, in der Merle

erschienen war, die ihn wegen eines dringenden Telefonats abholen wollte. »Quid pro quo. Lass uns darüber reden, ob du mir die Rechte gibst, dann kann ich dir zeigen, was in den Büchern deines Vaters schlummert. So viel kann ich dir aber jetzt schon sagen, Max. Wenn wir *das* entfesseln, bleibt nicht nur hier, sondern auf der ganzen Welt kein Stein mehr auf dem anderen.« Und damit wandte er sich ab und verließ mit Merle den Raum.

Till nahm auf einem der Stühle des Zimmers Platz und balancierte seinen Teller mit dem kalten Kalbfleisch auf den Knien. »Ich meine, was hat das eine mit dem anderen zu tun?« Er schaute zu Max, der noch am Buffet stand und sich bediente. »Wie sollen den Leuten durch eine Steigerung der Sucht nach einer Geschichte die Augen dafür geöffnet werden, dass ihr Glaube, frei entscheiden zu können, eine Illusion ist? Oder habe ich jetzt alles falsch verstanden?«

Kauend warf Max Till einen Blick zu. »Wenn ich nicht aufhören kann, zu lesen … das ist doch so etwas, oder? Ein Phänomen der Willensschwäche oder so. Eigentlich will ich aufhören – *kann* aber nicht. Oder besser gesagt, ich will nicht wirklich, sonst würde ich ja einfach aufhören.« Er drehte sich wieder zum Buffet.

»Wusstest du, was Felix vorhat?« Till schnitt sich auf seinem Teller ein Stück Fleisch ab. »Nicht in allen Einzelheiten … aber im Großen und Ganzen.«

»Dass es etwas mit dem, was er die Freiheitsillusion nennt, zu tun hat?«

»Ja.« Till versuchte, im Gesicht seines Freundes zu lesen. Und plötzlich kam ihm ein Einfall. »Ist *das* der Grund, weshalb du ihm die Rechte nicht verkaufen willst? Weil du ihn nicht beim Auflösen dieser Illusion unterstützen willst?«

Max' Augen wanderten an Till vorbei zum Fenster.

Aber Till war noch nicht fertig. »Ist es das? Glaubst du, mit der Schuld am Tod deines Vaters auch ohne Felix' Idee von Unfreiheit fertigwerden zu können?«

Die Worte waren Till leise und geschwind über die Lippen gekommen, fast ohne dass er es gemerkt hatte. Aber er spürte, dass er auf der richtigen Spur war. Wenn Max nicht frei entschieden hatte, war er auch nicht schuld. Zugleich wusste Till nur zu gut, dass *er selbst* aufs innigste mit dieser Sache verbunden war. Dass die Schuld, die Max niederdrückte, vielleicht nur ein Bruchteil von der Schuld wog, die er selbst an jenem Nachmittag auf sich geladen hatte, als er Bentheim in diesem Verlies unter den Sandmassen zurückgelassen hatte. Ja, als er letztlich bewirkt hatte, dass der Mann sich in seiner Verzweiflung den Kopf an der Tür blutig rannte und den Schädel einschlug.

»Meine Schuld?« Jetzt glühten sie wieder, Max' Augen, die unverwandt auf Tills Gesicht geheftet waren. »Bist du sicher, dass *ich* schuld bin an dem, was *du* getan hast?«

»Du hast gesagt, du hättest die Abteilung im Krankenhaus gesehen. Du hast gesagt, er würde dazugehören, er würde dich umbringen, wenn du dich nicht wehren würdest.« Till zischte, aber er wusste doch, dass stimmte, was Max sagte. Dass Max vielleicht vieles gesagt und erlogen hatte, dass Max jedoch jemand war, der redete und redete und redete ... während er, Till, *gehandelt* hatte.

»Ich dachte, ich müsste dir helfen, Max«, flüsterte Till, doch dann sah er bestürzt zu Boden. »Aber vielleicht hast du recht.«

Max berührte seinen Arm. »Nein, Till ...«, er hatte seine Stimme ebenfalls gesenkt, »so einfach ist es nicht. Deine Schuld, meine Schuld ... Es ist passiert! Aber nicht, weil irgendjemand uns dazu gezwungen hat. Sondern weil wir es so wollten!«

Ja? Hatte er, Till, das wirklich gewollt? Oder war es nicht vielmehr Max' *Willen* gewesen, den er ausgeführt hatte?

»Es ist schon richtig«, hörte er Max sagen, »ich bin schuld am Tod meines Vaters. Aber ich werde niemals annehmen, dass ich unfreiwillig gehandelt hätte. Dass ich dafür nicht die Verantwortung zu tragen hätte.«

Er unterbrach sich und fuhr herum. Herannahende Stimmen waren aus dem Flur zu hören. Im nächsten Augenblick flog die Tür wieder auf. Es war Felix, an seiner Seite Henning.

»Henning Fahlenkamp kennt ihr ja«, polterte Felix gut gelaunt los, »ich habe ihn gleich mitgebracht, damit er euch ein bisschen herumführen kann.«

Henning deutete beinahe so etwas wie eine Verbeugung an, als er Max begrüßte, dann streckte er Till die Hand hin.

»Ach übrigens, Till«, hörte Till Felix sagen, während er Henning die Hand schüttelte, »Sie meinten, dass Sie sich für unser Haus interessieren? Suchen wir nicht noch Redakteure, Henning, wie ist das?«

»Ja, durchaus, durchaus«, murmelte Henning und sah Till flüchtig ins Gesicht.

»Die Gestaltung des fiktiven Universums, das wir aus Bentheims Schriften generieren«, führte Felix in Tills Richtung gewandt aus, »Sequels, Prequels, Spin-offs, Übersetzungen in andere Medien und Genres – das erfordert einen hochsensiblen Umgang mit den unterschiedlichsten Settings, Erzählstrukturen, mit diversen Figuren, Vorgeschichten, Backstorys – das kann Ihnen Henning sicher alles viel besser erklären. Aber was denken Sie? Würde Sie das nicht fesseln?«

Henning war ein paar Schritte zur Seite getreten, und Till sah sich jetzt direkt Felix gegenüber. Das Angebot war so plötzlich gekommen, dass er für einen Moment gar nicht wusste, was er dazu sagen sollte.

»Sicher, nein, doch, ich denke schon, dass das interessant sein könnte«, stammelte er, und sein Blick fiel auf Max, der ein wenig betroffen dreinschaute. Als hätte auch er nicht damit gerechnet, dass Felix sich plötzlich an ihn, an Till, heranmachen könnte.

»Wir müssten überlegen, in welchem Bereich genau wir Sie am besten einsetzen könnten«, fiel Henning nun ein, offenbar vergessend, dass sie sich ja schon das Du angeboten hatten. »Im Moment bauen wir diesen Zweig des Unternehmens noch auf. Aber wir haben auf jeden Fall Vakanzen bei den Outlinern, den sogenannten Ausführern. Es gibt allerdings auch die Möglichkeit, beim Think Tank mitzumachen«, er blickte kurz zu Felix, der ihm ermunternd zunickte, »wo verschiedene Ideen gesammelt werden, wie das Universum weiterentwickelt, weiter ausgebaut werden könnte – oder bei den Narratologen, die sich Gedanken über die Prinzipien der Suchtmaximierung machen –«

»Lassen Sie es sich durch den Kopf gehen«, unterbrach Felix – an Till gewandt – Henning jetzt doch, »und geben Sie mir Bescheid, wenn Sie zu einem Entschluss gefunden haben.«

»Wirklich, das klingt spannend –«

»Ich weiß, Sie stecken mitten in Ihrer Arbeit, Till«, sagte Felix, nun doch eine Spur ungeduldig, offenbar weil Till nach seiner Aufforderung, sich die Sache zu überlegen, nicht gleich geschwiegen, sondern noch einmal nachgehakt hatte. »An Ihrer Stelle würde ich mir diese Gelegenheit allerdings nicht entgehen lassen. Ihre Arbeit können Sie auch in ein, zwei Jahren noch fortsetzen. Wenn sie Sie dann noch interessiert.« Er sah Till mit hochgezogenen Augenbrauen an.

»Ja, vielleicht wäre das keine schlechte Idee«, meinte Till und musste wieder zu Max schauen.

»Siehst du!«, stieß Felix aus und blickte ebenfalls zu Max. »Dein Freund ist nicht abgeneigt! Sei kein Spielverderber, Max. Was wir hier vorhaben, ist hochspannend. Denk noch einmal darüber nach, ob du nicht doch bereit sein könntest, uns die Rechte zu verkaufen! Denn das kann ich dir sagen: Erst wenn wir alle Rechte beisammen haben, können wir dieses fiktive Universum wirklich zu dem machen, was deinem Vater immer vorgeschwebt hat!«

Hat er mich nur gefragt, um Max ins Schwanken zu bringen?, schoss es Till durch den Kopf.

Max winkte ab. »Lassen wir es für heute gut sein, Felix.«

Doch Felix machte noch einen Schritt auf Max zu und hakte sich bei ihm ein. »Sag mal, das mit Nina, dass ich sie zu etwas ermuntert haben soll ... das kannst du ja eigentlich nur von ihr haben, richtig?«

Verwirrt blickte Till zu Henning und sah, dass Bettys Mann, der sonst immer betont gleichgültig und beinahe blasiert dreinschaute, plötzlich angespannt wirkte.

»Was hat sie denn eigentlich genau gesagt?«, hörte Till Felix fragen und schaute beunruhigt zu Max.

Im gleichen Augenblick traf ihn Max' Blick, und Till konnte sehen, wie erschrocken er war. Max hatte Till erzählt, wie Felix am Abend zuvor mit Niklas umgesprungen war. Und es war nur zu deutlich, dass Max erst jetzt begriff, in welche Gefahr er Nina dadurch gebracht hatte, dass er Felix auf sie angesprochen hatte. Denn das war klar: Felix würde sich an niemand anders als Nina selbst halten, wenn es darum ging, einen Schuldigen dafür zu finden, dass Max erfahren hatte, wer hinter Ninas Annäherung auf der Hochzeit wirklich steckte.

7

Wuuuuuschschschsch.

Da vorn kommt sie ...

Scheißscheinwerfer, die hier reinblenden ...

Siehst du, wie die Flammen in den Tonnen die Schatten zucken lassen? Siehst du, wie das Licht die Gesichter der Mädchen zum Leuchten bringt? Wie der Widerschein der Flammen ihre Augen glitzern lässt ...

Sie muss ... dicht an der Straße stehen, sonst krieg ich den Wagen vor der Tonne nicht mehr herum ...
Wwwwwwwwwuschschschsch.
Hast du DIE gesehen? Sie hat in dem Moment, in dem ich vorbeigefahren bin, den Kopf mit dem Wagen mitgedreht.
Sie hat etwas gesagt! Ihre Lippen haben sich bewegt.
Hast du gesehen, wie die Flammen hinter ihr getanzt haben?
Sie hat die Arme vorgestreckt und dich zu ihr gewunken ...
Friert sie nicht in den Klamotten?
Aber nein ... es ist warm heute ... nur hier drin ... die Klimaanlage ... nur hier drinnen ist es kalt ... draußen schwitzen sie, draußen rinnt ihnen der Schweiß zwischen die Schenkel ... draußen ist es dunkel ... heut weht ein warmer Wind.
Und ihnen kleben die Kleider am Leib.
Sie wollen, dass du bei ihnen hältst ...
Hast du das Gesicht von der gesehen, die dir gewunken hat?
Wo haben sie so eine her?
Was war das, was in diesem Gesicht stand? Unschuld?
Wie kann sie so unschuldig aussehen und trotzdem hier stehen?
Wo geht es den Menschen so schlecht, dass sie solche Mädchen hierherschicken und an die Straße stellen?
Es ist ein heißer Wind, der die Blätter der Bäume bewegt ... der die Flammen züngeln lässt und die Haare der Mädchen wiegt.
Da vorn kommt wieder eine.
...
Uhhhhhhh ...
...
SIE!
Sie ist es!
Vorn kannst du wenden ... Gut ... Okay ... langsam ...
Da steht sie ... genau, wie du es brauchst, ein paar Schritte vor der Tonne an der Straße ... du brauchst gar nicht so schnell zu sein ... fünfzig, das reicht vollkommen ... du musst einfach nur geradeaus fahren ... siehst du ... jetzt schaut sie schon zu dir ...
Mann, Mann, Mann, Mann.
Was ...
Sie sieht dir in die Augen ...

Jetzt!
Das Steuer ...
Du musst es herumreißen, du musst aus der Spur scheren!
SIEHST DU DENN NICHT?
Sie steht richtig!
Ramm ihr den Wagen, die Stoßstange in den Körper!
Du willst das nicht?
DESWEGEN, DU ARSCH! DESWEGEN MUSST DU ES TUN! WEIL DU NICHT WILLST! Wenn du es wollen würdest, müsstest du nicht!
IHRE AUGEN – sie reißt die Hände hoch – die Scheinwerfer blenden sie – sie stolpert zurück –
Die Tonne –
Die Funken –
AHH!

Epilog

1

Heute

Frederik fährt herum, Claire hält sich an ihm fest.

Hinter ihnen schießen mehrere Einsatzwagen aus einer der Straßen, die auf den Platz führen, jagen quer über das Pflaster, Richtung S-Bahn, Richtung Turm, Richtung Staub.

Es sind vier Fahrzeuge, sechs ...

Die Lichter auf den Dächern schrauben sich in die Höhe, der Widerschein bricht sich an den dämmrigen Fassaden der Häuser. Der Ton der Sirenen vermischt sich zu einem schrillen Konzert. Claire sieht einen Beamten mit einer Kelle aus dem Beifahrerfenster hängen, er wedelt in ihre Richtung, dann zischt der Wagen an ihnen vorbei, der nächste, der nächste. Sie taumeln zurück, die Wolke verschluckt die Fahrzeuge, wie in einem Nebel leuchten die Rücklichter nach.

Dann sind nur noch die schrillen Töne der Sirenen zu hören, dumpf, unsichtbar, mechanisch.

Claire lehnt sich an Frederik, unfähig zu denken. Sie fühlt, wie die Staubwolke sie umfängt, wie die feinen Partikel ihre Haut, ihr Haar, ihre Augen bedecken. Die Wolke ist warm, ein metallischer Geschmack legt sich auf ihre Lippen. Unwillkürlich löst sie eine Hand und wischt damit über ihre Lider. Sieht sich die Fingerkuppen an und kann ihre Hand nur noch verschwommen durch einen feinen Nebel hindurch erkennen.

Im gleichen Moment spürt sie, wie Frederik sich in Bewegung setzt.

Sie rennen in die Straße hinein, aus der die Einsatzfahrzeuge gekommen sind – und auch jetzt wieder weitere Notfallwagen auf sie zurasen.

Und diesmal reißt die Kette der Fahrzeuge gar nicht mehr ab. Die Luft scheint von den Alarmsignalen und Motorengeräuschen zu flirren. Claire kann die Helme der Männer sehen, ihre angespannten Gesichter, während die Wagen an ihr vorbeiwischen. In der Ferne ist eine blecherne Stimme zu hören, die elektronisch verstärkt etwas durchgibt.

Sie rennen, aneinandergeklammert. Claires Lunge brennt von dem Staub, der inzwischen die ganze Straßenschlucht ausfüllt. Zwischen den Häuserdächern weit oben graut der Morgen.

»Hier!«

Frederik reißt sie herum, hinein in einen Hauseingang, der offen steht.

Claire fühlt, dass die Luft dort drinnen besser ist, der Staub den Eingang noch nicht ganz vollgeweht hat. Sie greift nach Frederiks anderer Hand, schlingt seine Arme um sich, presst sich an ihn und spürt, wie er versucht, ihren Körper mit seinem zu bergen.

Einen Moment lang stehen sie eng umschlungen, und der Wahnsinn, der an dem Haus vorbeitobt, scheint ihnen nichts anhaben zu können.

Da erwacht Claires Handy zum Leben. Schon folgt ein lauteres Klingeln, ein drittes ...

Claires Hand fährt in ihre Jackentasche und reißt das Telefon daraus hervor.

Sie starrt auf das Display.

Ist es der Staub, der ihre Netzhaut verklebt? Buchstabenkolonnen rieseln über den kleinen Bildschirm.

Sie drückt den Knopf, presst das Gerät ans Ohr.

»Ja!«

Im gleichen Augenblick hört sie ein Knacken hinter sich und sieht, wie Frederik den Kopf über ihr zum Eingang dreht ...

... und weiß, dass sie sie haben.

Sie haben sie über Claires Handy geortet.

Verzweifelt versucht sie, Frederik an sich zu pressen, jetzt diejenige zu sein, die *ihn* schützt ...

»FREDERIK BARKAR!«

Wie ist es möglich, dass sie ihn erst jetzt getroffen hat – jetzt, wo es zu spät ist.

Claire fährt herum.

Es ist der Mann vom Treppenhausfenster. Und sein Kollege.

Sie hört den Schuss kaum, spürt nur, wie sich das Projektil neben ihr in den Putz der Wand bohrt.

Dann hat Frederik sie durch die Tür gerissen, die neben ihnen in das Haus führt. Den Gang entlang, die Treppe herunter, die von dem Hausflur abgeht.

Claire hört ihre Verfolger durch die Tür brechen, ihr Herz scheint in ihrer Brust mehr zu flattern als zu schlagen – so schnell sie kann, hetzt sie neben Frederik den Kellergang entlang.

Und plötzlich vernimmt sie es – unter dem Rascheln ihrer Schritte, unter den Rufen der Verfolger: ein Quieken. Ein Quieken, als ob ganze Berge von Schaben platt gewalzt würden.

Ein Quieken, das ihnen aus dem Gang entgegendringt, den sie entlangstürzen.

2

»Ich rufe Felix an und sage ihm, dass du Till hergebracht hast, ja?«

Lisa sieht an Till vorbei zu dem Mann, der ihn zu ihr gebracht hat und der sich an die noch offen stehende Eingangstür drückt.

Das Narbengesicht blinzelt, seine Arme schlenkern um seinen Rumpf.

»Geh jetzt, es ist alles in Ordnung.«

Der Mann schnaubt durch die Nase, senkt den Blick, schiebt sich seitlich durch die Eingangstür auf den Hausflur.

Till blickt zu Lisa, während sie die Tür hinter dem Mann schließt. Abgesehen von der Beerdigung gestern Vormittag hat er sie zwei Jahre lang nicht gesehen. Sie ist reifer geworden, obwohl sie erst dreiundzwanzig ist.

»Warum hat er mich hierherbringen lassen«, stößt er hervor, »warum die Ratten, warum der Rattenmann hinter der Wand?«

»Felix will wissen, auf welcher Seite du stehst, Till.« Lisa hält seinem Blick stand.

Mit einem Mal hört Till sich wieder brüllen, in dem Kellerraum, in dem er gestern Abend erwacht ist.

Aber er stirbt doch – er stirbt!

Da sind sie wieder – die Schreie des Rattenmannes hinter der Wand.

»Er hat mir erzählt, was passiert ist«, sagt Lisa, »dass du in dem Kellerraum auf ihn gehört hast ...«

›Ist nicht genau *jetzt* die letzte Chance, den Mann noch zu retten?!‹ – das war es, was Till geschrien hat.

›Tja, Till‹, hat Felix ihm in dem Keller geantwortet, ›hörst du auf deinen Verstand – oder auf deinen Bauch?‹

»Dass du überlegt hast, geschwankt, gewankt, gezögert –« Lisa sieht Till an.

»Es war eine Prüfung! Felix hat es selbst gesagt – ich hatte es nur nicht verstanden ...«

Till hat seit vierundzwanzig Stunden nichts gegessen, die aufgerissenen Nähte an seinen Seiten brennen. Er fühlt sich dreckig und verschwitzt.

»War nicht klar, dass es richtig gewesen wäre, den Rattenmann sofort zu befreien, einen Mann zu befreien, der so schreit?« Der Klang von Lisas Stimme ist etwas, dem Till noch nie hat widerstehen können.

»Und die Ratten? Die Ratten, die dann tatsächlich gekommen sind?« Er spürt, wie die Erschöpfung sein Gesicht zeichnet.

»Felix ist davon überzeugt, dass man am packendsten von dem berichtet, was man selbst erlebt hat, Till, weißt du das nicht?«

Felix spielt mit ihm.

»Kommt er hierher? Felix?«

Sie nickt.

Wann?, schießt es Till durch den Kopf. *In zwanzig Minuten, in zehn? Reicht die Zeit nicht, um dich zu umarmen, dich durch die Tür dahinten zu tragen, auf ein Bett in einem der Zimmer zu legen? Ein letztes Mal noch? Vielleicht wird es nie wieder möglich sein.*

Ihr Blick ist geradeaus auf ihn gerichtet.

Denkt sie das Gleiche wie er?

3

»Komm schon raus ... ich tu dir doch nichts.«

SIE musste fahren. In MEINEM Wagen. Die verdammte Tonne ... ich hätte mich anschnallen müssen ... der Wagen hat sich quer gestellt, mein Kopf ist gegen das Seitenfenster geprallt – und sie dachte, ich hätte die Beherrschung über das Fahrzeug verloren ...

Aber ich hab ihr gleich gesagt, dass ich in kein Krankenhaus will – und wenn ich meinen Wagen dreimal zu Schrott gefahren habe. Dass ich mich nur kurz hinlegen will, ausruhen, auf dem Rücken, auf einem Bett.

Sie hat gelächelt.

Sie ist viel zu ... süß für das, was sie tut.

Warum machst du das, was du machst, hab ich sie gefragt.
»Willst du nicht, dass ich es mit dir mache?«, hat sie geantwortet.
Jetzt sitze ich auf dem verdammten Klodeckel hier und starre auf die Tür des Badezimmers. In ein Motel hab ich sie fahren lassen. Mir ist nur ein wenig schwindlig, hab ich ihr gesagt.
»Kommst du? Ich liege schon auf dem Bett. Aber ich hab noch etwas an, ich möchte, dass du mir das ausziehst.«
Was hat sie noch an?
ICH BIN NOCH NICHT FERTIG. ICH MUSS NOCH ETWAS TUN!
Hier hat sie uns hingefahren.
Kommt sie öfter hierher?
»Willst du, dass ich zu dir ins Bad komme?«
Ja.
NEIN!
Die Tür ist zu, ich mach sie gleich auf, ich ... ich muss mich nur noch sammeln – dann geht es gleich los.
»Soll ich schon mal anfangen ... bei mir – was meinst du?«
Nein, fang nicht an – nicht.
Du wirst nicht mehr lange warten müssen ... du wirst erstaunt sein, was passiert ... ich brauche nur noch einen Moment.
»Hallo?«
Was ...
Woah! Sie hat sich direkt vor die Tür gestellt! Der Schemen ihres Körpers ist durch das Milchglas hindurch deutlich zu erkennen ...
Sie hat tatsächlich noch etwas an, aber nicht mehr viel ...
»Kannst du mich sehen?«
Was macht sie bloß mit ihrer Stimme, dass sie einem derartig unter die Haut geht ...
»Kannst du sehen, was ich mache?«
Ja ... ja, ich kann es sehen.
Ich kann die Rundungen sehen und die aufgerichteten Spitzen ...
Deine Hände, die über dich hinweggleiten ...
Und wenn du nicht gleich aufhörst, zertrete ich diese SCHEIBE!
Ich muss ... MUSS meine Gedanken noch ordnen ...
»Und? Gefällt dir das?«
Ja, ja ...

Ja – ES GEFÄLLT MIR!
»Soll ich aufhören?«
...
»Hmmm? Ich hör dich gar nicht.«
Nein, »Nein!«, *nein ... nicht aufhören ...*
»Oh ... du kannst ja reden ...«
...
»Machst du mir die Tür auf?«
Ja, ich mach sie auf, gleich komme ich raus – zu dir – um zu erledigen, was es noch zu tun gibt.
»Hmmm?«
Egal, wo du die Hände hast –
ich bin Herr über mich – nicht DU!
Ich bestimme, was wir machen –
»Kommst du?«
Ja, ich drehe den Riegel ja schon um, aber nicht, um dich aufs Bett zu werfen, nicht, um dich zu spüren – ich werde nicht zulassen, dass du meine Gedanken verdrehst!
»Da bist du ja ...«
Ich ...
»Komm her, hier, fühlst du das?«
Ahhh –
»Hier ... Jaa ... Fühlst du es?«
Ja.

ENDE VIERTER BAND

BERLIN GOTHIC 5
NACHTS BEI MAX

Erster Teil

1

Zwei Jahre vorher

»Und?«, fragte er.

Lisa lachte. »Mir muss sie ja nicht gefallen.«

Die Wohnung war recht klein, vierzig Quadratmeter schätzte Till, das Wohnzimmer ging auf eine Seitenstraße hinaus, die Küche nach hinten auf einen Hof. Den Fußboden bildeten breite Dielen, die Decke war stuckverziert und fast vier Meter hoch. Eine typische Berliner Altbaumietwohnung, einfach und doch rücksichtsvoll saniert, mit einem relativ modernen Bad, in dem sich alles Nötige befand: eine Dusche, eine Toilette und ein Waschbecken.

Till wandte sich zu der kleinen Küche und sah durch das Fenster hindurch auf den Hof. Er brauchte nicht lange zu überlegen. Die Wohnung war genau, was er suchte – jetzt, wo er Felix' Angebot, in der Firma zu arbeiten, angenommen und entschieden hatte, vorerst in Berlin zu bleiben.

Er machte dem Angestellten der Wohnungsbaugesellschaft, der am Herd in der Küche lehnte, ein Zeichen. »In Ordnung, ich nehm sie.«

Knapp fünfzehn Minuten später setzten sich Lisa und Till an einen Tisch im Café an der Ecke des Hauses, in dem sich auch die Wohnung befand.

»Das wusstest du nicht?« Lisa lehnte sich auf ihrem Stuhl zurück, das Kinn fast bis aufs Schlüsselbein gesenkt, die Augenbrauen zusammengezogen.

Natürlich ist sie nicht allein, ratterte es Till durch den Schädel, *das hab ich ja auch nicht erwartet. Aber ausgerechnet mit ihm?*

»Woher denn?«, stieß er hervor. »*Du* hast mir jedenfalls nichts davon erzählt!«

»Na, von Max!« Lisa schüttelte den Kopf. »Ihr hängt doch andauernd zusammen.«

»Max hat nichts darüber gesagt.«

Ihre Augen blitzten auf. »Das heißt, du hast ihn nicht über mich ausgefragt!« Ihre Zunge huschte über ihre Unterlippe.

Max hätte mir ja doch nur gesagt, dass ich dich selbst fragen soll, musste Till denken und murmelte: »Ich dachte, ich frag dich lieber gleich selber.«

»Und du?« Lisa sah ihn aufmerksam an. »Hast du allein gewohnt? In Kanada, meine ich? Oder … okay geht mich ja eigentlich nichts an …« Sie sah sich nach einer Bedienung um.

Till winkte ab. »Es gab ein paar Sachen, aber nichts Ernstes.« Und das stimmte. Im Jahr zuvor war er mit einem Mädchen zusammen gewesen, das mit ihm studiert hatte. Doch das war wieder auseinandergegangen, als sie an eine andere Universität gewechselt hat. Seitdem hatte er zwei, drei kürzere Affären gehabt, aber eben nichts Ernstes. Bei Lisa sah das für ihn jedoch anders aus: Wenn sie mit Felix von Quitzow zusammen war …

»Was heißt denn ›zusammen‹? Wohnt ihr zusammen?« Als Tills Blick den von Lisa traf, war unverkennbar, dass es ihr unangenehm war, darüber zu sprechen.

»Na jaaa …« Sie klang zögerlich.

»Und wie lange schon?«

Lisa lehnte sich zurück. »Was soll das werden? Ein Verhör?«

Till hob die Hände. »Sag doch mal. Wie lange geht das schon?« Er legte die Arme zurück auf den Tisch. »Ab Montag arbeite ich für Felix. Ist doch klar, dass mich das interessiert!«

»Da müsste ich mal genau nachrechnen …« Ihr Blick wanderte durch das Café. »Ich hätte gern auch so einen, ja?«, rief sie dem Kellner zu, der gerade einen Cappuccino an einen anderen Tisch brachte, und zeigte auf die Tasse in seiner Hand.

Till setzte an, um etwas zu sagen, brach jedoch wieder ab. Sie schlief in Felix' Bett? War das wirklich vorstellbar? Dass sie ihn liebte? Dass er sie auf die Matratze drückte, sie ihre Beine um ihn schlang und ihn an sich zog, wenn er sich über sie beugte?

Tills Hand zitterte leicht, als er sich über die Augen wischte.

»Ich auch.« Er nickte dem Kellner zu.

Lisa hatte sich ein wenig von ihm abgewandt und blickte aus dem Fenster.

Draußen hatte es aufgehört zu regnen. Vereinzelte Sonnenstrahlen durchbrachen den grau verhangenen Himmel und spiegelten sich in den Pfützen. Eine von Lisas Haarsträhnen hatte sich aus dem Knoten an ihrem Hinterkopf gelöst und vibrierte leicht in der beheizten Luft des Cafés. Till konnte den geschwungenen Bogen ihrer Wange sehen, ihr Auge, das aus dem Fenster schaute, das Ende der Augenbraue.

Und plötzlich war es, als würde sich sein Verlangen nach Lisa, das er sein Leben lang in sich bekämpft hatte, in etwas anderes verwandeln: in einen bohrenden Schmerz, der wirkte, als ob seine Arme gelähmt wären.

Till hörte sich mühsam ausatmen und erhob sich.

Ihr Kopf wandte sich ihm wieder zu, die Augen groß, die Züge wie aus Marmor gemeißelt. »Du gehst?«

Seine Hand touchierte ihre Haarsträhne, bevor er sich dagegen entscheiden konnte. Lisa neigte ihr Gesicht ein wenig zur Seite, so dass ihre Lippen seine Handfläche berührten. Er spürte, wie sie ihn küsste, wie seine Fingerkuppen über ihre Wange strichen.

Lisas Augen waren geschlossen.

Till wandte sich ab.

Was tat sie? Was sollte das? Was wollte sie ihm damit zeigen?

In seiner Brust brannte es, für einen Moment kam es ihm so vor, als würde er kaum noch Luft bekommen. Im nächsten Augenblick schellte das Glöckchen an der Glastür des Cafés, und er trat auf die Straße.

Es war noch immer kalt, aber die Luft bereits wie geschwängert von den Vorboten des Frühlings, die Berlin wie jedes Jahr in den letzten Märztagen erreichten.

Till zog den Schal, den er noch umhatte, vom Hals und stopfte ihn in seine Manteltasche. Seine Handfläche, über die Lisas Lippen gewandert waren, glühte. Er hob sie an sein Gesicht und presste sie auf den Mund. Fein wie ein Hauch lag Lisas Duft darin.

2

Heute

Frederik dreht den Oberkörper ein wenig zur Seite, ohne im Lauf innezuhalten. Claire hört das Holz splittern, als seine Schulter mit voller Wucht gegen die klapprige Tür rammt. Der Zugang platzt auf, schwingt in den Angeln zurück, knallt gegen die unverputzte Wand des Kellergangs – und fliegt zurück auf Claire zu.

Sie reißt beide Hände nach oben, die Tür schlägt dagegen, prallt ab, und Claire hetzt durch die Öffnung in das Nachbarhaus hinein, dessen Keller nur durch die Holztür abgetrennt gewesen ist. Eine Verbindung, die noch aus der Zeit des letzten Krieges stammen muss, als viele Berliner Keller zu einem weitverzweigten Luftschutzsystem zusammengeschlossen waren.

»Hier!« Frederik greift nach ihrer Hand, wirbelt herum, in einen Seitengang hinein, der schmaler noch ist als der erste Korridor, niedriger und ohne Beleuchtung.

Diesmal lässt er sie vor sich herlaufen, sie kann seinen Atem in ihrem Nacken spüren. Fast blind stürzt Claire ins Dunkel voran, an Verschlägen vorbei, durch deren grobe Bretter hindurch halb verrottete Schränke zu erkennen sind, mit Vorräten, die aus den letzten fünfzig Jahren zu stammen scheinen: Dosen, Gläser, Flaschen, aber auch alte Kinderwagen, Schlitten, Lampen, Stapel muffig riechender Zeitungen ...

Der Lichtschimmer, der noch aus dem Hauptgang in diesen Seitenarm dringt, wird mit jedem Schritt, den Claire und Frederik weiterrennen, schwächer. Claire hat beide Arme nach vorn gestreckt, um sich vor einem plötzlichen Aufprall zu schützen. Die Luft scheint von den Ausdünstungen feuchter Tücher, keimender Kartoffeln und dem Geruch verschütteten Biers durchtränkt. Da reißt das Knirschen der federnden Schritte Frederiks hinter ihr ab.

Claire ringt nach Luft, bleibt stehen, dreht sich zu ihm um. Sie spürt, wie ihre Ohren ein wenig nach oben zucken. Die Rufe der Verfolger! Sie müssen an der Weggabelung stehen geblieben sein ...

Claire sieht, wie Frederik einen Schritt auf sie zukommt. Der Schatten seines Körpers legt sich auf sie, und es wirkt, als würde er sie gegen die Männer abschirmen, die ihnen gefolgt sind.

Die Stimmen entfernen sich.

Frederik beugt sich vor. Seine Finger berühren ihr Kinn.

Claire reckt ihr Gesicht seinem zu.

Dann fühlt sie, wie seine andere Hand unter ihren Pullover tastet. Wie von selbst öffnen sich ihre Lippen, ihre Handflächen rutschen über den groben Putz der Wand hinter ihr. Frederik löst die schwere Schnalle ihrer Jeans, streift ihr Hose und Slip zugleich vorsichtig über die Hüften. Sandig presst sich die Wand an ihr Gesäß.

Claire erstarrt.

Das Quieken. Fast wirkt es wie ein Rascheln und Fiepsen.

Frederik scheint es nicht gehört zu haben. Sein Gesicht ist an ihrem Hals vergraben, seine Rechte umfängt ihren nackten Hintern, zieht ihn kraftvoll und zugleich leicht an sich heran ...

»Warte!«

Claire drückt beide Hände gegen seine Brust, stemmt sich gegen ihn, sieht, wie sein Gesicht aus dem Dunkel vor ihr auftaucht, die Augen beinahe verschleiert. Sein Arm spannt sich an, mit einem Griff schiebt er sein eigenes T-Shirt nach oben, so dass ihre bereits entblößten Brüste auf seinen Oberkörper zu liegen kommen, sanft daraufgedrückt werden, während sie sich zugleich verhärten.

»Warte«, Claire keucht fast mehr, als dass sie flüstert. Sie will ihn endlich ganz für sich haben und spürt doch zugleich den Drang, hören zu wollen, was dort im Dunkeln des Gangs raschelt und fiepst.

Entschlossen zieht sie ihren Pullover wieder herunter, zwingt sich, die Berührung ihrer Körper zu durchtrennen. Schon will sie sich aus Frederiks Umarmung lösen, da fühlt sie, wie seine Hand über ihre Hüfte hinweg nach vorn wandert, über die Stoppeln ihrer Schamhaare gleitet, nach unten fährt.

Dann liegt sie mit dem Rücken auf dem Boden. Unter ihr Frederiks Jacke, die er auf dem körnigen Betongang ausgebreitet hat – über ihr sein mächtiger Leib. Ihre Augen sind nur halb geöffnet, ihre Sinne wie angespitzt von den Impulsen, die er bei ihr auslöst. Sie spürt, wie der Schweiß ihre Haut ganz bedeckt, wie sich jede ihrer Bewegungen in ihm fortsetzt. Es ist wie ein Hinaufklettern auf eine Anhöhe, einen Gipfel, einen Turm, der höher zu sein scheint als alle Wolken, dessen Höhe ihr fast den Atem nimmt und einen Sturz verspricht, wie sie ihn noch nicht erlebt hat. Einen Sturz, den sie kaum erwarten kann und von dem sie doch zugleich fürchtet, dass sie dabei vergehen könnte – »Ahhhhhh!«

Der Schrei dringt aus ihr hervor, ohne dass sie dafür etwas getan hätte. Unwillkürlich schließen sich ihre Schenkel um Frederiks Kopf – aber es ist nicht die Erlösung, nach der sie gegiert hat. Es ist ein Schrei des Entsetzens, des Schreckens, des Grauens.

Denn im Dunkeln des Gangs hinter Frederiks Rücken ist eine Gestalt aufgetaucht, deren Augen dunkelgrün zu Claire herüberblicken. Augen, die auf sie gerichtet sind, auf ihre Nacktheit, ihren Leib, ihre Wollust ...

3

Zwei Jahre vorher

»Hey!«

Max musste grinsen. Er hatte gedacht, es sei die Post oder so was.

»Stör ich?« Nina zog eine Augenbraue hoch, während die andere unten blieb.

»Nein, gar nicht.« Er stieß die Tür zu seiner Wohnung ganz auf. »Komm rein!«

Seit Bettys Hochzeit hatte Max Nina nicht mehr gesehen. Sie trug einen hellen Regenmantel über einer grauen Seidenbluse und einen engen Rock, der ihr bis knapp über das Knie reichte.

»Läufst du immer so rum?« Sie wirkte wie aus einem Modekatalog. Max warf die Tür hinter ihr zu.

»Ich komm grad von der Arbeit.«

Er nahm ihr den Regenmantel ab. »Hast du dein Büro hier in der Nähe?«

»Wir hatten einen Termin, eine Besichtigung, zwei Querstraßen weiter.«

»Eine Besichtigung?«

»Eine Immobilie.«

Max verengte die Augen zu Schlitzen. »Was war es noch mal, was du machst?« Sie hatte es ihm auf der Hochzeit nicht erzählt.

»Es ist nur ein Praktikum.« Nina lächelte und legte die Hände auf den Rücken, wie um besonders brav zu wirken.

»Ein Praktikum ... bei einem Architekten?«

Er sah ihr an, dass es ihr unangenehm war, dem nicht zustimmen zu können. »Ach was, viel langweiliger, bei einem Makler.«

Max grinste. »Okay.« Sie standen noch immer im Flur seiner Wohnung. Die Seidenbluse spannte sich über ihrem Körper. *Was will sie hier?*, ging es ihm durch den Kopf.

Nina sah an ihm vorbei in den Flur. »Ich habe gehört, du sollst eine schöne Wohnung haben.«

Max trat einen Schritt zurück. »Natürlich, komm rein.« Er folgte ihr durch den Flur. »Kann ich dir vielleicht was anbieten ... ein Glas Wein oder so?«

»Gern!« Nina durchquerte die erste Tür, die vom Flur abging, und gelangte in ein großes Wohnzimmer. »WOW!« Überrascht blieb sie stehen.

Max trat neben sie. »Gefällt es dir?«

»Wie hat du *das* denn gemacht?« Sie wandte ihm ihr Gesicht zu, und er konnte erkennen, dass sie wirklich beeindruckt war.

»Ich hab es machen lassen«, gab Max zu, »ich dachte ... ich hatte einfach gedacht, es könnte schön werden.«

Ninas Blick wanderte durch das Zimmer. Es war ein riesiger Berliner Altbau-Saal, der durch eine gut sechs Meter breite Schiebetür mit einem weiteren Saal verbunden war. Zusammen füllten die beiden Räume fast das gesamte Vorderhaus aus. Die Größe der Zimmer allein war es jedoch nicht, was Nina so beeindruckte – es war vielmehr der Fußboden. Max hatte ihn herausnehmen lassen und durch eine gut zwanzig Zentimeter dicke Plexiglasscheibe ersetzt. Durch diesen Kunststoffboden hindurch konnte man das darunterliegende Stockwerk sehen, in dem noch die Überbleibsel der Bauarbeiten zu erkennen waren: Werkzeug, Baumaterialien, Abdeckplanen.

»Es muss ein Vermögen gekostet haben!« Nina setzte ihre Pumps vorsichtig auf das Plexiglas.

»Natürlich, es war ein ziemlicher Wahnsinn.« Max schlenderte zu einem Sofa und zwei Sesseln, die er für wenig Geld bei einem Trödler erstanden hatte. »Magst du dich setzen? Ich hole so lange eine Flasche.«

Sie ist geschminkt, dachte er, während er ihr dabei zusah, wie sie – dem durchsichtigen Boden anscheinend nicht ganz trauend – vorsichtig zu der Sitzecke stöckelte.

»Okay«, rief sie gut gelaunt, »warum nicht!«

War sie einfach nur ein ausgekochtes Schlitzohr, das seine hübschen braunen Augen einsetzte, um jedem den Kopf zu verdrehen, den Felix ihr ansagte?

Ungeduldig griff Max in der Küche nach einer kalten Weißweinflasche und warf die Kühlschranktür wieder zu.

Er mochte Nina, sie hatte ihm schon auf Bettys Hochzeit gefallen. Vielleicht befand sie sich in einer Art Notlage, vielleicht hatte Felix sie mit etwas in der Hand? Max konnte sich nicht vorstellen, dass Quentin sich nur ausgedacht hatte, was er ihm am Ausgang des Clubs entgegengeschleudert hatte. Dass Nina von Felix aufgefordert worden war, ihn, Max, kennenzulernen.

Er musste sich entscheiden: Wenn er nichts mit ihr zu tun haben wollte, sollte er sie so schnell wie möglich vor die Tür setzen.

»Da bist du ja«, rief Nina ihm entgegen, als Max zurück ins Wohnzimmer kehrte. Kaum war ihr Blick jedoch auf sein Gesicht gefallen, verschattete sich ihre Miene. »Soll ich lieber wieder gehen?«

»Nein!« Es rutschte Max heraus, bevor er darüber nachdenken konnte. »Geh nicht!«

Vorsichtig legte er Flasche und Gläser auf das Sofa, sah sie an, wie sie auf der Kante des Polsters hockte und zu ihm aufblickte. Im nächsten Moment lag ihr Hinterkopf in seiner Hand. Er drückte sie sanft zu sich, beugte sich herab und berührte ihre Lippen. Sie waren von einer kühlen Festigkeit, die etwas in seinem Inneren schmelzen ließ. Max fühlte, wie ihr schlanker und doch runder Körper sich an ihn schmiegte.

Sie macht es nur für ihn!, blitzte es in seinem Kopf auf, während sie in seinen Armen lag, als wäre sie dafür geschaffen. Unwillkürlich bog er sie nach hinten, so dass sie auf dem Sofa zu liegen kam. Wie aus einem Traum erwachend, schlug Nina die Augen auf.

Da sah er es. Ihr Blick war nicht verschlagen, nicht spöttisch und auch nicht frech. Sie schaute ihn vielmehr an, als wollte sie sagen: Tu mir nicht weh, ich bin sehr zerbrechlich.

Felix schickt dich?

Doch statt sie danach zu fragen, vergrub Max seinen Mund an ihrem Ohr, fühlte ihre Haare über sein Gesicht fallen – und wurde fortgetragen von dem Bedürfnis, sie zu entkleiden. Ihr Körper spannte sich unter seinem Griff, dann kniete er sich vor sie und öffnete den Verschluss ihres Rocks.

4

Als Nina erwachte, lag sie neben Max auf dem Boden. Er schlief und war nackt wie sie. Ihre Anziehsachen und seine Jeans waren in dem Zimmer verstreut. Durch das Fenster hindurch war die Nacht zu sehen. Vorsichtig schob Nina die Wolldecke beiseite, die Max am Abend noch über sie gebreitet hatte, richtete sich auf und deckte ihn wieder zu. So leise wie möglich stand sie auf.

Es dauerte ein bisschen, bis sie sich in der Wohnung zurechtgefunden hatte. Max gehörte nicht nur der Seitenflügel, in den man vom Wohnzimmer aus gelangte, sondern auch der Seitenflügel auf der anderen Seite des Hauses. Dort befanden sich auch sein Schlafzimmer und ein geräumiges Bad, das mit einem Mosaik aus winzigen Kacheln in allen möglichen Farben von dunkelgrün bis dunkelblau ausgekleidet war. Ohne lange zu zögern, drehte Nina die Dusche auf, stellte sich unter den heißen Wasserstrahl und brauste sich ab. Dann nahm sie ein riesiges, hellgraues Handtuch vom Haken an der Tür, schlang es um ihren Körper und sah sich in Max' Schlafzimmer um.

Als Erstes fiel ihr ein begehbarer Schrank auf, dessen zum Teil verspiegelte Türen aufgeschoben waren. Dahinter hingen endlose Reihen von Oberhemden, Jeans, Anzügen, Krawatten und T-Shirts. Nina zog eines der weißen Oberhemden vom Bügel, ließ das Handtuch auf den Boden gleiten und warf das Hemd über. Es war ihr viel zu groß, die knopflosen Ärmel, die mit Manschettenknöpfen verschlossen werden mussten, hingen bis über ihre Hände. Aber der weiße Stoff brachte die Tönung ihrer Haut und die dunkle Farbe ihrer Haare wunderbar zur Geltung.

Nachdenklich schlenderte sie zurück ins Schlafzimmer. Erst jetzt bemerkte sie, dass Max sein Bett in der Mitte des Zimmers mit Drahtseilen an der Decke aufgehängt hatte, so dass es leicht hin und her schwang, als sie sich daraufsetzte. Das Bettzeug war aus grauem, beinahe hartem Baumwollstoff, der gut zu den anderen Grauschattierungen des Raums passte. Der Nachttisch hing, wie das Bett, ebenfalls an Drahtseilen von der Decke: eine einfache, quadratische Stahlplatte, die sich eiskalt anfühlte, als Nina sie berührte.

Ihr Blick fiel auf die Gegenstände, die auf dem Nachttisch lagen. Obenauf ein Taschenbuch mit einem schreienden Cover, offenbar ein italienischer Thriller aus den siebziger Jahren. Darunter lugten einige Blatt Papier hervor, die mit einer kleinen, entschlossenen Schrift bedeckt waren und von denen Nina annahm, dass Max sie beschrieben hatte. Für einen Moment war sie versucht zu lesen, was er notiert hatte, dann aber ließ sie das doch lieber blieben und streckte sich stattdessen auf dem Bett aus.

Sie hatte mit ihm geschlafen, und zwar nicht, weil Felix es gewollt, sondern weil sie es so gewollt hatte! Seit Nina Max auf Bettys Hochzeit kennengelernt hatte, hatte sie das Gefühl gehabt, ihn zu mögen.

›Er hat viel Geld, weißt du‹, hatte Felix vor der Hochzeit zu ihr gesagt, ›aber im Grunde genommen ist er noch immer ein kleiner Junge. Freunde dich mit ihm an! Es wird von Vorteil für dich sein – und für mich auch.‹

Die Erinnerung an das Gespräch mit Felix verursachte Nina ein beinahe körperliches Unwohlsein.

›Werde Max' Freundin, das ist alles, was ich von dir verlange, Nina … Sorge dafür, dass er dich sehen will, dich anruft, deine Nähe sucht. Um den Rest kümmere ich mich schon selbst.‹

Sie wusste, wozu Felix fähig war, wenn man ihm etwas abschlug. Sie wusste, was er ihrer Mutter Maja angetan hatte und auch ihr selbst.

Solange Nina denken konnte, war Felix bei ihnen zu Hause aufgetaucht. Nicht jeden Tag, nicht jede Woche, aber jeden Monat mindestens einmal. Nina wusste, welche Angst ihre Mutter vor ihm hatte, auch wenn Maja niemals offen mit ihr darüber gesprochen hatte. Die Laute, die Nina gehört hatte, wenn Felix bei ihnen war, würde sie niemals vergessen können. Ebensowenig wie die Worte, die er ihr ins Ohr geflüstert hatte, als sie noch kleiner war.

Unwillig warf sie sich herum. Sie wollte nicht an ihn denken – es war, als würden die Gedanken an Felix all das, was sie gerade mit Max erlebt hatte, mit einer Schmutzschicht überziehen.

Und doch konnte sie die Gedanken an Felix nicht von sich fernhalten. Unschlüssig öffnete Nina das Hemd, das sie übergeworfen hatte, und blickte an ihrem Körper herab.

Als sie mit Max geschlafen hatte, hatte kein Zweifel daran bestanden, wie versessen er bereits auf sie war. Aber wie lange würde er das bleiben?

Max war verrückt, daran bestand kein Zweifel. Vielleicht war es gerade das, was ihr an ihm so gefiel. Es war keine Bitterkeit in seiner Besessenheit, es wirkte eher wie ein Spiel.

Warum sollte sie es also für Felix tun? Warum sollte sie Max für Felix erobern, warum sollte sie nicht versuchen, ihn für sich selbst zu behalten?

Sie fröstelte. Nina schloss das Hemd wieder und zog die Decke, die auf Max' Bett lag, über sich.

Musste sie Max nicht sagen, dass Felix sie aufgefordert hatte, sich um ihn zu kümmern? Aber würde das nicht zwangsläufig das Ende ihrer ... was? ... ihrer Freundschaft – ihrer Beziehung – ihrer Liebschaft – was auch immer! ... ihrer Zeit mit Max sein? Würde sich Max nicht empört von ihr abwenden, wenn er erfuhr, was sie ihm verheimlicht hatte?

Müde und erschöpft legte sie sich auf die Seite und schlief ein.

Der Tag graute, als Nina hörte, wie Max das Schlafzimmer betrat. Sie blinzelte und sah, dass er mit nichts als einem Paar Boxershorts bekleidet war, die weit von seinem mageren Körper abstanden. Er hockte sich vor das Bett und lächelte sie an.

Nina schlug die Decke zurück. Vorsichtig legte er seinen hageren Körper neben sie auf die Matratze, und Nina ließ die Decke über sie beide fallen.

Riesengroß standen Max' Augen vor ihr, als seine Hände ihre Flanken berührten. Nina drückte ihren Rücken ein wenig durch, um seinen knochigen Leib an sich zu spüren. Sie fühlte, wie seine Arme sie ganz umfassten und er sie fest an sich zog.

5

»Warten Sie schon lange?«

Till erhob sich aus dem niedrigen Sessel, während Henning auf ihn zugeeilt kam. »Nicht der Rede wert.« Er streckte die Hand aus. »Waren wir nicht schon mal beim Du?«

Sie schüttelten sich die Hände. »Sicher, natürlich, du hast recht.« Hennings leicht wässrige Augen flackerten. »Felix hat mich gebeten, dich in seinem Namen willkommen zu heißen.«

»Er hat heute sicher viel zu tun.«

Henning lächelte milde, als wollte er sagen: Davon machst du dir keine Vorstellung. »Wollen wir uns gleich dein Büro ansehen?«
»Gern.«
»Hier entlang.« Henning eilte voraus, aus dem Eingangsfoyer, in dem Till gewartet hatte, in den Flur, der in die hinteren Verlagsräume führte. Gleichzeitig warf er einen Blick auf seine Armbanduhr.
»Ich kann mich nachher ja auch selbst noch ein wenig im Haus umsehen«, meinte Till, der Hennings Geste nicht übersehen hatte.
»Ja?« Henning drehte sich etwas um und blickte Till kurz von der Seite aus an. »Gut, pass auf: Ich zeig dir dein Zimmer, wir reden ein bisschen, aber um halb neun muss ich los, ich hab noch einen Termin.«
Dabei sollte ich doch extra heute Abend vorbeikommen, musste Till denken, während er nickte.
Sein Arbeitsbeginn war bereits mehrfach verschoben worden. Angeblich, weil Felix unbedingt wollte, dass Henning Till ein paar Sachen erklärte, Henning aber war die letzten Tage dafür zu beschäftigt gewesen.
»Hier.« Henning blieb stehen und deutete durch eine Tür in einen Raum, der über drei große Fenster auf die Straßenschlucht hinausging, an der auch Felix' Arbeitszimmer lag.
»Schön!« Neugierig betrat Till das Büro. An den Wänden standen ringsum weiße, leere Regale, in der Mitte befand sich ein antiker Schreibtisch, der groß genug war, um sich darauf auszustrecken. Darauf: eine Tastatur, eine Telefonanlage, ein Monitor – sonst nichts. Unwillkürlich hatte Till das Gefühl, in dem Zimmer gut arbeiten zu können.
»Willst du dich zur Probe mal setzen?« Henning lächelte ein wenig schief und deutete auf den teuren Bürostuhl, der hinter dem Schreibtisch stand.
Till ließ sich das nicht zweimal sagen. Er versank in dem Drehstuhl, der über zweihundert Gelenke zu verfügen schien. »Großartig!« Ein eigenes Büro mitten in der Stadt. Es kam ihm fast vor wie ein Traum.
Henning nahm Till gegenüber in einem bequemen Clubsessel Platz. »Felix hat dir gesagt, wofür er dich braucht?«
»Nicht wirklich.« Till richtete sich wieder etwas auf und legte die Hände auf die Tischplatte. »Ich soll mich erst mal mit dem Stoff ver-

traut machen, das ist eigentlich alles, was ich gehört habe, dann würden wir weitersehen.« Erst jetzt fiel ihm auf, wie genau Henning ihn musterte. »Habt ihr denn«, fuhr Till fort, »eine Bibel oder so was?«

»Eine Bibel?«

»Heißt das nicht so? Wo die ganze Mythologie –«

»Mythologie? Bibel?« Henning verzog das Gesicht. »Nein, pass auf, Till, es ist vielleicht wirklich besser, wenn du dir erst mal ein wenig einen Überblick darüber verschaffst, an welchem Punkt wir stehen, bevor ...«, Henning überlegte kurz, »... also nimm mir das jetzt bitte nicht übel – aber bevor du mitredest, ja?«

Klar, meinetwegen, whatever, dachte Till und gab sich Mühe, nicht sauer zu werden. Schließlich kannte er sich ja wirklich nicht aus. Nicht immer gleich alles besser wissen, beschwor er sich, erst mal hören, was Henning zu sagen hatte.

Der deutete mit dem Daumen auf eine Tür, die Tills Büro mit dem danebenliegenden Zimmer verband. »Nebenan sitzt Malte, den kennst du ja auch schon, oder?«

»Von Bettys Hochzeit ...«

»Genau. Er kann dir alles Material geben, was du brauchst, um dich erst mal ein bisschen reinzufinden.«

»Wo denn reinfinden*?*« Langsam wurde Till ungeduldig. In ein paar Minuten würde Henning wieder weg sein. Bis dahin musste er zumindest eine ungefähre Vorstellung davon haben, was er hier tun sollte, wenn er die Arbeit nicht vollkommen vermasseln wollte.

»In das, was wir das fiktive Universum nennen. Davon hat Felix doch bereits gesprochen, oder?« Wieder sah Henning ihn scharf an.

»Ja, aber ... was heißt das denn?«

»Hör zu, Till«, fiel Henning ihm gereizt ins Wort, »das ist keine Raketenwissenschaft. Wir nennen es das fiktive Universum, es ist einfach die fiktive Welt, in der die Geschichten spielen. Es umfasst die Orte, die Figuren, was sie getan haben –«

»Wie viele Figuren sind das denn?«

Henning überlegte. »Das ändert sich täglich, ich weiß jetzt nicht die genaue Zahl ... ich nehme an zwischen drei- und vierhundert.«

Till nickte. Drei- bis vierhundert Figuren? Wie lange würde er wohl brauchen, um sich in so einer Geschichte zurechtzufinden?

»Im Wesentlichen sind wir noch mit der Planung beschäftigt«, fuhr Henning fort. »Für die Ausführung brauchen wir dann erheblich mehr Leute ...«

»Ein Erscheinungstermin ist ja noch nicht angekündigt, oder?«

»Felix rechnet damit, in zwei, spätestens drei Jahren mit der Veröffentlichung zu beginnen. Bis dahin will er die Zeit nutzen, um eine möglichst genaue Vorstellung von dieser fiktiven Welt zu bekommen.«

Till lehnte sich in seinem Stuhl zurück. »Vierhundert Figuren ... wenn ich das richtig sehe, hat es ein solches ›fiktives Universum‹, wie ihr sagt, bisher nicht gegeben.«

»Nein, ganz sicher nicht«, Hennings Augen leuchteten, »sonst würde Felix das alles auch nicht finanzieren. Für ihn ist das gerade der Hauptreiz an der Sache: Es ist etwas vollkommen Neues. Sicher, ein paar Fernsehserien sind bereits in diese Richtung gegangen: *Dallas* zum Beispiel, die haben auch ein paar hundert Folgen lang eine durchgehende Geschichte erzählt, oder diverse Soaps und Telenovelas. Aber mit dem, was wir hier machen, kommen diese Projekte bei weitem nicht mit.«

»Und wieso nicht?«

»Die Bandbreite, die wir bespielen, ist einfach unendlich viel größer. Ganz abgesehen davon, dass wir nicht mit dreihundert Folgen oder so rechnen, sondern mit zehn- oder fünfzehntausend.«

Till verschränkte die Hände an seinem Hinterkopf. Das könnte in der Tat spannend werden ...

»Du musst dir das wirklich erst mal von Malte zeigen lassen«, fuhr Henning fort. »Es gibt inzwischen ja die unterschiedlichsten Bereiche in dieser fiktiven Welt. Es gibt einen riesigen Bereich für Kinder und Jugendliche, dort werden sehr gern auch die Geschichten der Figuren in jungen Jahren erzählt, dann gibt es ein ganzes Teiluniversum, das vor allem auf den Geschmack von Frauen zugeschnitten ist, sowie einen Bereich, der für Leute unter achtzehn Jahren nicht zugänglich gemacht werden darf. Es gibt Erzählstränge, die absichtlich ganz schlicht gehalten sind, ebenso wie solche, die höchst anspruchsvoll sind –«

»Moment«, Till schwirrte der Kopf. »Was heißt ›Bereich‹, ›Erzählstränge‹?«

Henning setzte sich, sichtlich angestrengt, in seinem Sessel zurecht. »Wie gesagt, Till«, wieder der Blick auf die Uhr, »ich kann vielleicht fünf oder zehn Minuten zu spät kommen, aber ich habe sicher nicht die Zeit, dir jetzt alles ganz genau zu erklären.«

»Nicht ganz genau.« Diesmal legte auch Till eine gewisse Schärfe in seine Stimme. Felix hatte ihn engagiert und Henning beauftragt, ihn einzuführen. Es kam nicht in Frage, dass der ihn jetzt völlig im Dunkeln ließ. »Wie soll ich mir das denn vorstellen? Es gibt verschiedene Spin-offs oder was?«

»Ja ... im Prinzip ist es genau das. Wenn du so willst, gibt es einen erzählerischen Kernbereich mit den wichtigsten Figuren. Die hat Xaver Bentheim in seinen Manuskripten aus den späten neunziger Jahren bereits gesetzt. Aus diesen Figuren haben wir dann das weiterentwickelt, was wir heute den Hauptstrang oder eben den Kernbereich des Universums nennen.«

»Ist der denn abgeschlossen, wenigstens in der Planung, dieser Hauptstrang?«

»Nein!« Henning schien zu denken, dass Till wirklich begriffsstutzig war. »Natürlich nicht. Das geht auch gar nicht. Die Nebenstränge sind ja nicht vollkommen von dem Hauptstrang abgekoppelt. Erst wenn auch alle Nebenstränge bis zum Ende durchgeplant sind, wird sich zeigen, wie der Hauptstrang selbst enden kann. Das hängt schließlich alles miteinander zusammen.«

Ja, klar, dachte Till.

»Noch mal«, fuhr Henning fort, »der Hauptstrang ist so etwas wie ein Roman für Erwachsene, nur wesentlich länger –«

»Wie lang?«

Henning lächelte. »Darüber haben wir auch schon viel gerätselt. Er ist aufgeteilt in einzelne Folgen ... schwer zu sagen. Vielleicht achthundert, neunhundert –«

»Achthundert, neunhundert Seiten?« *So wenig?*

»Achthundert- oder neunhundert*tausend* Seiten.«

Till starrte Henning an. War er verrückt geworden?

»Wie gesagt, schwer zu sagen. Es steht auch noch gar nicht fest, ob das Hauptgewicht der Geschichte wirklich als TEXT veröffentlicht werden soll oder ob nicht doch versucht werden soll, eine Kooperation mit einer Film- oder Fernsehproduktion aufzubauen ... wirklich, das ist nur eine von vielen tausend Detailfragen, die offen sind. Im Moment ist für Felix die Form der Darstellung – ob nun Text oder Film zum

Beispiel – erst mal nicht so wichtig. Für ihn kommt es zunächst darauf an, die Geschichte zu finden ... also nicht nur im Großen und Ganzen, sondern schon auch mit einer gewissen Genauigkeit.«

»Okay ...« Langsam bekam Till das Gefühl, Henning würde ihm auch dann, wenn er noch zwei Wochen lang auf ihn einredete, nicht abschließend erklären können, was sie hier eigentlich machten.

»Gut, und das Herz dieser Geschichte oder vielmehr dieses Geschichtensystems ist natürlich der Hauptstrang«, stellte Henning fest. »Manche Nebenfiguren des Hauptstrangs sind in sogenannten Nebensträngen inzwischen selbst zu Hauptfiguren geworden. Dadurch kommen die verschiedensten Variationen zustande, durch die wir hoffen, die unterschiedlichsten Menschen an uns ... also an unsere Geschichten, an unser fiktives Universum zu binden. Wie gesagt: Es gibt Nebenstränge für Kinder und Jugendliche, für Frauen, also verschiedene Genres – wobei aber all diese Stränge und Genres eben zum selben Universum gehören.«

Till nickte wieder. *Lass ihn erst mal reden,* dachte er.

»Du kannst dir das sicher vorstellen: Genauso wie es Teenager-Teile gibt, gibt es Horror-Stränge, dort leuchten wir sozusagen die Schattenseiten des fiktionalen Universums aus. Wer will, kann zwei oder drei Jahre lang in den düsteren Visionen eines beinahe unendlichen Alptraums schwelgen.« Henning sah Till an. »Oder es gibt die erotischen Erzählstränge, weiß der Teufel, wer sich alles genau dafür interessiert. Es soll mehrere Folgen geben, die bestimmte theoretische Fragen des Universums reflektieren, und einen weitverzweigten Bereich für Leute, die einfach nur schnell im Bus oder im Zug ein bisschen mehr vom Universum erfahren wollen.«

Till betätigte eine Feder an seinem Stuhl. »Schön.« Mit einem Zischen sank er ein paar Zentimeter herunter.

Henning ließ sich davon nicht stören. »Mit einem Wort«, fuhr er fort, »egal, was du für ein Typ bist, wenn du willst, kannst du immer einen Weg in das Universum finden – und einen Weg, um darin zu bleiben. Es gibt für jede Laune, jedes Bedürfnis, jeden Geschmack die passende Erzählebene, den passenden Erzählstrang. Entscheidend dabei aber ist, dass alle diese Ebenen und Stränge Teil desselben Universums sind. So gibt es von jeder Ebene, von jedem Strang aus vielfältige Bezüge zu allen möglichen anderen Strängen und Ebenen. Das bedeutet, dass du auch dann, wenn du älter wirst, wenn sich dein Geschmack ändert, immer neue Interessen und Gelüste innerhalb desselben fiktiven Universums stillen kannst.«

Henning holte Luft.

Es ist wie ein Gefängnis, schoss es Till durch den Kopf, *wie ein Gefängnis, dessen Bauherr alles darauf angelegt hat, dass man den Ausgang nicht findet.*

6

»Um damit Geld zu verdienen?« Henning stand auf. Tills Frage schien ihn ein wenig zu irritieren. »Ja, auch ...« Er machte den Eindruck, als ob er jetzt wirklich gehen wollte.

»Aber nicht nur, oder was?«, hakte Till nach. »Dabei leuchtet das doch unmittelbar ein: Je weniger man sich dem ganzen Erzählkosmos entziehen kann, desto mehr Geld für den Herausgeber.«

»Ja.« Henning blieb unschlüssig mitten in Tills Büro stehen, bevor er sich schließlich zur Telefonanlage wandte und den Hörer abnahm. »'s okay, oder?« Er sah kurz zu Till, als müsste er sich dessen Erlaubnis holen.

Till lachte. »Ist das jetzt schon mein Apparat oder was?«

Henning lächelte und drückte drei Tasten. »Merle? Gehst du bitte kurz in den Konferenzraum oben und sagst Bescheid, dass ich mich etwas verspäte? Sie sollen schon anfangen. Fünfzehn Minuten, dann bin ich da.« Er legte auf, setzte sich auf die Armlehne des Clubsessels und schaute wieder zu Till. »Du weißt doch, was Felix mit dem Projekt vorhat, oder?« Henning runzelte die Stirn. »Du hast Bentheim doch noch kennengelernt, du weißt doch mehr als ich.«

Till blieb etwas unbeholfen auf seinem Schreibtischstuhl sitzen. »Alles, was ich in den letzten Jahren über Bentheims Arbeit gehört habe, sind Bruchstücke, Andeutungen, Einzelheiten ... aber wie hängt das alles zusammen, Henning? Sorry, dass ich dich jetzt von deinem Meeting abhalte –«

»Ist schon in Ordnung«, schnitt Henning ihm nicht gerade freundlich das Wort ab.

»Aber ... weißt du ... ich bin mir nicht einmal sicher, ob ich überhaupt verstanden habe, worum es bei Bentheim eigentlich geht. Um was? Um die Freiheitsillusion?« Unwillkürlich schlich sich ein Grinsen in Tills Gesicht.

»Dir ist schon klar, dass Felix das wichtig ist, oder?« Henning wirkte ein wenig steif.

»*Was denn genau*, herrje!«, platzte es aus Till heraus.

»Nichts anderes, als was du dir schon denkst, Till.« Henning fuhr sich durch die Haare. »Das ganze Projekt soll helfen, bestimmte Ideen von Felix zu verbreiten!«

»Bestimmte Ideen, die unsere Vorstellung davon betreffen, ob wir frei sind, frei entscheiden können ... oder ob wir uns das nur einbilden. Ja?«

Henning nickte. Offenbar war es ihm unangenehm, darüber zu sprechen, obwohl Felix ihn beauftragt hatte, Till Rede und Antwort zu stehen.

»Und wie hängt das eine mit dem anderen zusammen?« Till ließ ihn nicht aus den Augen. »Also die Freiheitsillusion und die Arbeit am fiktiven Universum?«

»Was ist ein Leser denn, wenn er einen Text liest?« Henning kniff die Augen zusammen. »Stell dir einen Leser vor, der einem Text folgt. Stell dir die Gedanken im Kopf dieses Lesers vor. Ja? In gewisser Weise unterscheidet sich die Bewegung seiner Gedanken, wenn er liest, ja von ihrer Bewegung, wenn er *nicht* liest. Oder? Wenn er liest, sind seine Gedanken auf der Schiene des Autors. Der Autor hat die Schienen verlegt – das ist natürlich eine Metapher, aber sie leistet ganz gute Dienste. Also, der Autor hat die Schienen verlegt, und wie ein Zug folgen die Gedanken des Lesers beim Lesen diesen Schienen.«

»Er ist also unfrei.«

Henning nickte. »Das ist der springende Punkt. Aber nicht nur das. Uns kommt es auch darauf an, dass eben nicht nur der Leser unfrei ist – *sondern auch der Autor.*«

»Wieso das denn? Der Autor kann doch schreiben, was er will, wenn wir mal Überlegungen, dass er seine Texte verkaufen will, außer Acht lassen.«

»Ist er frei?« Henning atmete aus. »Ich glaube, nicht. Und das hat nichts mit Spekulationen über den Verkauf seiner Bücher zu tun. Nein: Der Autor ist *deshalb nicht frei,* weil sein Buch *Sinn* ergeben muss, verstehst du? Wenn er zum Beispiel eine Geschichte mit einer Figur namens Jan beginnt, kann er die Figur auf der zweiten Seite nicht Jasper nennen. Wenn Jan in Berlin lebt, kann er auf der zweiten Seite nicht in London leben. Wenn Jan Ben getroffen hat, kann er auf der Seite danach nicht Ben *nicht* kennen. Mit einem Wort: Der Autor ist gezwungen, seine Geschichte kohärent zu erzählen. Und das engt die Möglichkeiten, zwischen denen er wählen kann, immer mehr ein.«

»Gut, aber –«

»Das ist einer der Schritte, wie das fiktionale Universum hilft, die Freiheitsillusion aufzuheben«, fuhr Henning unbeirrt fort. »Wir ziehen den Leser in unsere Geschichte, wir wecken sein Bewusstsein dafür, dass sein Geist von der Geschichte wie auf Schienen geführt wird … und entdecken ihm dann, dass auch derjenige, der die Schienen verlegt hat, durchaus nicht frei in seinen Entscheidungen ist.«

Das kann doch nicht sein Ernst sein, musste Till denken. »Ein Autor«, sagte er, »der einer Figur Flügel wachsen lassen und sie fliegen lassen kann, ist *unfrei?*«

Henning nickte.

»Der war aber doch frei!«, beharrte Till. »Sicher: Hat der Autor sich einmal entschlossen, die Figur fliegen können zu lassen, muss er daran festhalten. Die Entscheidung, dass sie fliegen kann, war ursprünglich jedoch frei!«

»So scheint es ihm, ja.«

Till schnaufte. »Wieso scheint es ihm nur so? Woher wollt ihr wissen, dass es nicht so ist! Ich meine, darüber zerbricht man sich seit Jahrhunderten den Kopf – und ausgerechnet Felix hat jetzt das Glück, endgültig die Wahrheit gepachtet zu haben? Woher hat er dieses Wissen?« Till bemerkte, dass er ärgerlich wurde. Sie benahmen sich ja beinahe wie die Mitglieder einer eingeschworenen Sekte! Und da sollte er mitmachen? Vielleicht hätte er doch auf Max hören und sich von diesen Leuten fernhalten sollen.

Henning sah ihn ruhig an. »Hast du dir mal überlegt«, fragte er, »woran es liegt, dass so viele Menschen gern Krimis lesen oder sehen?«

»Was hat das denn damit zu tun?«

»Der Reiz eines Krimis«, Henning warf einen Blick auf die Uhr, ohne innezuhalten, »bei dem es darum geht, unter mehreren Verdächtigen den Mörder zu finden, besteht ja in dem, was man auch die Blindspur nennt.«

»Das ist der Verdächtige, von dem wir glauben, dass er der Täter ist, weil alles in seine Richtung zeigt, aber am Ende ist der Täter doch ein anderer, stimmt's? Das klappt allerdings nicht immer: Wenn allzu viele Hinweise auf diesen einen Verdächtigen deuten, weiß man als erfahrener Leser gleich: Der Autor will, dass ich glaube, das ist der Täter – also ist er es genau NICHT! Weil der Autor mich ja am Ende noch überraschen muss.«

»So ist es.« Henning lächelte. »Und dieses Schema funktioniert deshalb, weil wir Menschen eine Art Sinnsucher sind.«

»Aha.«

»Das ist jetzt alles vielleicht ein bisschen viel auf einmal, aber du wolltest es ja unbedingt wissen.«

»Was soll das sein, Sinnsucher?«

»Im Film funktioniert es genauso wie im Buch.« Henning legte die Hände auf seine angewinkelten Beine. »Wenn wir eine Geschichte, einen Krimi verfolgen, genügen die kleinsten Details, um uns misstrauisch zu machen. Der düstere Blick eines Verdächtigen, eine Handbewegung, von der wir nicht wissen, warum er sie macht – schon erwacht unser Spürsinn, und wir interpretieren diese Details. Und zwar so, dass sie einen Sinn ergeben. Daran können wir überhaupt nichts ändern. Wir verfolgen alle Elemente der Geschichte und konstruieren zu jedem Zeitpunkt eine Theorie dessen, was geschehen ist. Wobei in dieser Theorie möglichst viele Details eine sinnvolle Rolle spielen müssen. Wenn der Autor uns also auf eine Blindspur locken will, gibt er uns sozusagen mehr Details an die Hand, die Sinn machen, wenn der *falsche Verdächtige* der Täter wäre, als Details, die Sinn machen, wenn der *zu Recht Verdächtigte* der Täter ist. Deshalb halten wir den Falschen dann auch für den Täter – kurz: Wir fallen auf die Blindspur herein. Kannst du mir folgen?«

Till nickte.

»Diesen Prozess, dass wir als Leser oder Zuschauer eine Theorie konstruieren, können wir gar nicht groß beeinflussen, das findet einfach statt. Sozusagen in unserem Kopf – ohne unser Zutun. Und diese automatische Sinnsuche ist das, womit ein guter Krimiautor spielt. Worum es mir geht«, fuhr Henning etwas lauter fort, als Till ihn unterbrechen wollte, »ist, dass diese Interpretation der Hinweise, dieser Versuch, einen Sinn zu konstruieren in dem, was wir von der Geschichte bereits erfahren haben, etwas ist, wozu wir in gewisser Weise als Menschen und Leser praktisch verdammt sind. *Wir können gar nicht anders.* Was so viel heißt wie: Wir sind in diesem Punkt nicht frei.«

»Okay, aber –«

»Moment, lass mich ausreden. Das ist ja nicht nur so, wenn wir einen Krimi lesen. Wir sind in allen Lebensbereichen, in allen Situationen und Momenten immer auf diese Sinnsuche, diese Sinnkonstruktion festgelegt. Nimm unsere Vorstellung von der Welt, in der wir leben. Was wissen wir von der Entstehung und Entwicklung unseres Universums? Es ist doch nichts anderes als eine *sinnvolle Geschichte,* die wir, also die Wissenschaftler, in den letzten Jahrhunderten und Jahrtausenden konstruiert haben. Es gibt einen Anfang, das nennt sich dann Urknall. Und es gibt eine Geschichte, die sich im Ausgang von diesem Anfang entwickelt hat. Nichts anderes findest du zum Beispiel am anderen Ende des Spektrums, in der Religion. Das wird dir jeder, der sich damit ein wenig auskennt, bestätigen: Religionen sind im Wesentlichen Geschichten. Denk an die Bibel, an den Schöpfergott, an die Geschichten von seinem Sohn … Auch darüber lässt sich natürlich endlos diskutieren. Wesentlich für das, worüber wir gerade sprechen, ist aber nur eins: Wir sind dazu verdammt, einen Sinn zu konstruieren – ob wir wollen oder nicht. Und wenn man das erst mal begriffen hat, fällt es einem plötzlich wie Schuppen von den Augen: Wir sind nicht nur nicht frei in der Entscheidung, *ob* wir einen Sinn konstruieren wollen oder nicht – wir sind auch nicht frei in der Entscheidung, *welchen Sinn* wir konstruieren wollen.«

Henning wirkte wie jemand, der fast ein wenig erleichtert war, dass er diesen wichtigen Punkt in seiner Erörterung erreicht hatte.

Till hingegen hatte das Gefühl, sich unbedingt dagegen wehren zu müssen. »Ach nein? Wir sind nicht frei in der Entscheidung, welchen Sinn wir konstruieren wollen? Wieso denn nicht? Ich kann doch frei wählen, ob ich nun dieser oder jener wissenschaftlichen Theorie anhänge, dieser oder jener Religion!«

»Bist du dir da wirklich so sicher? Ist es nicht vielmehr so, dass du von einer Religion oder Theorie überzeugt bist, dich womöglich später von einer Alternative überzeugen lässt und dann *dieser Alternative* treu bist? Wäre es nicht willkürlich, wenn du sagen würdest, ich glaube daran – könnte aber genauso gut auch an etwas anderes glauben?«

»Sicher, das wäre willkürlich, aber in der Phase, in der ich mir eine Meinung bilde, bin ich doch frei, ich kann so oder anders wählen.«

»Das scheint dir so, aber du bist es nicht wirklich.«

»Woher wollt ihr das wissen?« Till war nicht überzeugt. »Sinnsucher, sicher, das mag alles stimmen, höchstwahrscheinlich sogar. Aber das ändert doch nichts daran, dass ich mich frei fühle – solange ich nicht in Ketten liege! Frei in der Möglichkeit, jetzt den Raum zu verlassen – frei im Kopf, so dass ich zum Beispiel wählen kann, ob ich mich von dir überzeugen lasse oder nicht!«

»Du *fühlst* dich frei, das bestreite ich ja gar nicht. In dem Moment aber, in dem du dich für etwas entscheidest, zum Beispiel, dich von mir *nicht* überzeugen zu lassen, gibt es doch dafür einen Grund. Und genau dieser Grund ist die Ursache für deine Entscheidung. Bei meinen Argumenten und deinen Überzeugungen zum Beispiel halte ich es für festgelegt, dass du dich erst einmal eben *nicht* überzeugen lässt. Du kannst nicht anders, als dich *nicht* überzeugen zu lassen. Mit einem Wort: Du kannst nicht anders, als etwas aus einem bestimmten Grund zu tun – es sei denn, du würdest es ausdrücklich *ohne* Grund tun. Dann aber würde genau *das* der Grund deines Tuns sein: dass du etwas *ohne Grund* tun wolltest.«

»Die Sinnsuche ist der Grund, weshalb ich glaube, frei zu sein.« Es war, als würde Till der Gedanke plötzlich von innen heraus durchfluten.

Henning nickte langsam. »Dieser Glaube ist die falsche Antwort auf die Sinnsuche, genau.«

»Und was ist die richtige?«

Henning richtete sich auf. Der leichte Schlag, den er Till über den Schreibtisch hinweg gegen die Schulter versetzte, traf Till so unerwartet, dass er regelrecht zusammenzuckte.

»Ich muss jetzt wirklich los, Till.« Zügigen Schritts ging Henning zur Tür, wandte sich auf der Schwelle aber noch einmal um. »Du hast mich gefragt, was der Zusammenhang zwischen dem fiktiven Universum und dem Durchschauen der Freiheitsillusion ist – oder?«

Till nickte.

»Mit dem fiktiven Universum werden wir den Menschen die richtige Antwort auf ihre Sinnsuche geben!« Er lächelte. »Wir werden sie dem Sinn der Geschichte nachspüren lassen und ihnen den Sinn ihres

Lebens, den Sinn ihrer Existenz dabei *entbergen*. Indem sie den Schienen der Autoren folgen, begreifst du?«

Till fühlte sein Herz in seiner Brust stampfen.

Der Gedanke durchzog sein Hirn, als würde er es dabei verbrennen: Was Henning, Felix und die anderen hier machten, war *gefährlich*.

Zweiter Teil

1

Heute

Der Mann kauert neben der Wand, die Arme über den Kopf gerissen, die Ellbogen herausstehend, das Gesicht nach unten gedreht. Er zittert am ganzen Körper.

Frederik ist herumgefahren wie eine Sprungfeder, hat Claire für einen Moment vollkommen entblößt. Den Rücken durchgebogen, die Arme wie zwei überdimensionale Zangen nach vorn gewölbt, stellt er sich der Gestalt entgegen, die hinter seinem Rücken plötzlich aufgetaucht ist.

»WAS«, donnert Frederiks Stimme durch den Gang, »WILLST DU?«

Claire sieht, wie der Mann zusammenschaudert, als würde Frederiks Wut ihn förmlich gegen die Wand schleudern. Sie bedeckt sich und rollt sich zusammen.

Da trifft Frederiks Faust den Mann, der Körper des anderen faltet sich in einer hilflosen Geste der Abwehr, des Schutzsuchens, des Aufgebens zusammen, und er rutscht an der Wand herunter, verzweifelt den Körper mit den Armen abschirmend. Im gleichen Moment erkennt Claire, dass der Fremde niemand ist, vor dem sie sich fürchten müssen – sondern jemand, der ihre Hilfe braucht

»Was ist mit dir?« Vorsichtig richtet sie sich auf und berührt an Frederik vorbei die hochgereckten Arme der kläglichen Gestalt.

»Hmmmhnnnn.« Die Arme des Mannes öffnen sich ein wenig, und Claire kann sein Gesicht darunter erkennen. Ihr fällt auf, wie mitgenommen seine Züge wirken, wie bleich, wie eingefallen. Vor allem aber beunruhigt sie die dünne Schweißschicht, die seine Miene bedeckt.

»Kannst du mich verstehen?«

»Jaa ... jaargh«, stößt er hervor, ringelt sich fast zu ihren Füßen.

»Brauchst du Hilfe?«

Er zittert.

Claire blickt zu Frederik. Er hat sich wieder im Griff, aber sie kann spüren, dass es noch immer in ihm arbeitet, weil sie so jäh unterbrochen worden sind.

»Wir brauchen alle Hilfe.« Frederik schnauft. »Hast du schon vergessen? Das Hochhaus, am Alex? Was ist hier los, Claire? Die ganze verdammte Stadt ist ein Chaos!«

Claire beugt sich zu dem Mann herunter, zieht an seinem Arm. Sie sieht, wie er sich aufrappelt, die Augen aufgerissen, der Blick an ihr hängend.

Das Quieken!

Das Quieken, das sie zuerst vernommen haben, als sie den Gang entlanggestürzt sind. Diesmal ist es dicht hinter ihnen. Claire fühlt, wie Frederiks Hand ihren Rücken berührt, und wendet sich um.

Frederiks Blick ist in die Tiefe des Tunnels gerichtet. Daraus glimmen ihr zwei matte Flecken entgegen. Die Augen einer weiteren Gestalt – die Augen einer Frau.

»He!«, schleudert Frederik der Frau entgegen.

Claire tritt einen Schritt näher an ihn heran, während sich die Gestalt ihnen langsam nähert. Das Gesicht fahl wie das des Mannes, der hinter Claire an der Wand kauert, die Wangen leicht gerötet, die Stirn schweißbedeckt.

2

Zwei Jahre vorher

»Immer wieder war das Getrappel an der Decke des niedrigen Raums zu hören. Fast als würden Mäuse über die Bohlen huschen, nur Mäuse, die so groß waren wie Menschen.«

Malte sah von dem Bildschirm auf und schaute zu Till. Der hatte auf einem Sofa Platz genommen, das in Maltes Büro zwischen die beiden großen Fenster geschoben war.

Kurz nachdem Henning Till allein gelassen hatte, hatte Till an der Tür zwischen den beiden Büros geklopft. Trotz der späten Stunde hatte Malte noch an seinem Schreibtisch gesessen und an seinem Computer getippt.

Eine Weile hatten sie sich über Henning unterhalten, dann hatte Till

Malte rundheraus gefragt, woran er gerade arbeiten würde. Nach einigem Zögern hatte Malte durchblicken lassen, dass er sich – wie Felix sagen würde – um die ›etwas düstereren Ecken und Winkel‹ des fiktiven Universums zu kümmern habe.

»Cora warf einen Blick auf die Pritsche, die im hinteren Bereich des Raums aufgestellt war und auf der Jakob schlief«, las Malte von dem Dokument ab, das er gerade auf den Bildschirm gerufen hatte. »Sie stand auf und legte eine weitere Wolldecke über den Jungen.

Triddeldriddeldiddeltrapp – prasselten die Füße über ihrem Kopf hinweg. Ein Geräusch, das jedes Mal von neuem eine Gänsehaut bei ihr auslöste und dem sie doch unablässig ausgesetzt war.«

Malte sah kurz zu Till, doch da der nichts sagte, wandte er sich wieder zum Monitor und setzte die Lektüre fort. »Der Verschlag, in dem Cora und Jakob sich aufhielten, lag direkt unter dem Bretterboden eines Gangs, der zwei U-Bahnhöfe miteinander verband und derzeit umgebaut wurde.

Cora kehrte zu ihrem Sessel zurück. Drei Wochen waren vergangen, seit der Infekt ausgebrochen war. Von dem Proviant und den Nahrungsmitteln, die sie in den Verschlag geschafft hatte, war nur noch ein wenig Wasser übrig. Ihr Blick wanderte über das eingefallene Profil ihres Sohnes und blieb an einer weißen Tasche hängen, die in einem Regal neben ihr lag. Darin hatte sie in aller Eile ein paar medizinische Utensilien gepackt, als sie aufgebrochen waren: Verbandszeug, Desinfektionsmittel, Salben. Cora streckte sich vor, griff nach der Tasche und machte den Reißverschluss auf.«

Malte warf Till erneut einen Blick zu. »Und so geht das über Seiten und Seiten. Ich hab ihnen gleich gesagt, ich will nur eine kurze Inhaltsangabe, nur die Grundidee –«

»Lies doch erst mal weiter«, schlug Till vor.

Malte sah auf den Bildschirm und zögerte.

»Was?« Till fiel auf, dass Malte ein wenig beklommen wirkte, während er unschlüssig die Maus auf seinem Schreibtisch hin und her schob.

»Zum Teil sind die Sachen, die hier beschrieben werden ...« Maltes Stimme verlor sich.

»Bist du empfindlich bei so was?« Till runzelte die Stirn.

»Nein, eigentlich ... ich meine, ich hab Verständnis dafür, wenn in einem Text gewisse Dinge erwähnt werden müssen. Wenn jemand aber regelrecht darin schwelgt, bestimmte Prozesse zu beschreiben ...«

»Sag Felix doch, dass du lieber in einem anderen Bereich arbeiten würdest. Ich denke, bei dem Projekt ist für jeden etwas dabei.«

Maltes Finger fuhren an seine Stirn. Till stand auf, ging hinter Maltes Stuhl und sah ihm über die Schulter auf den Bildschirm.

»Cora wusste, was sie aus der Tasche jetzt brauchte«, las er von dem Monitor ab. »Vorsichtig holte sie ein Anästhetikum heraus und ein Skalpell. Dann kniete sie sich vor den Sessel und zog eine durchsichtige Plane darunter hervor. Plötzlich ging alles ganz schnell. Sie breitete die Plane auf dem Sessel aus, entledigte sich ihrer Kleider und begann, die verschiedenen Teile ihres Körpers zu inspizieren.

Triddeldriddeldiddeltrapp – huschten die Füße der Wesen über die Holzdecke.

Der Unterarm kann nicht in Frage, weil sie die Arme zum Operieren brauchte. Die Seite? Die Zehen? Das würde nicht reichen. Am Gesäß? Sie würde nicht mehr sitzen können – und hier unten tat man nichts anderes ... Zu guter Letzt entschied sie sich für die linke Wade. Mit geübten Griffen setzte sie sich eine Spritze und wartete, dass sich die Betäubung ausbreitete. Sie musste sich beeilen, Jakob konnte jeden Moment aufwachen.

Triddeldriddeldiddeltrapp ...

Als Cora das Messer ansetzte und sich ins taube Fleisch schnitt, kam es ihr so vor, als würde sie geradezu über sich hinauswachsen. Nicht zu tief einschneiden, beschwor sie sich.

Ihr Bein lag vor ihr wie ein fremdes Stück Fleisch. Der Teil, den sie aus ihrer Wade herauslöste, war halb so groß wie ihre Handfläche. Obwohl sie das Blut ständig abtupfte, bildete sich innerhalb kürzester Zeit eine beängstigende Lache auf der Plane. Cora zwang sich, die aufsteigende Übelkeit herunterzuschlucken.

Es tut nicht weh, sagte sie sich wieder und wieder – und das stimmte. Sie spürte die Berührung des Messers in ihrer Hand – nicht aber an ihrem Bein.

Als Jakob erwachte, hatte sie sich verbunden und die Plane versteckt. Sie fühlte, dass ihr winzige Schweißperlen auf der Stirn standen und der Schmerz langsam durch die Betäubung hindurchstach. Aber es gelang ihr, die Gedanken daran beiseitezupressen und sich auf den Teller vor dem Bett ihres Jungen zu konzentrieren. Das Fleischstück darauf sah aus wie ein blutiges Steak.

Triddeldriddeldiddeltrapp ...

›Es werden immer mehr‹, flüsterte Jakob und sah sie groß an. ›Oder?‹

Cora nickte. Das Getrappel schien täglich, stündlich zuzunehmen. ›Du brauchst keine Angst zu haben, sie werden uns nicht bekommen.‹ Sie stupste mit einer Plastikgabel das Fleischstück an. ›Willst du nicht mal probieren?‹

Etwas beklommen blickte der Junge auf den Teller herunter, der vor ihm auf dem Boden stand. Er setzte das Plastikmesserchen, das sie ihm gegeben hatte, an und schnitt sich ein Stückchen ab.

›Roh?‹, fragte er.

›Es ist ganz frisch, du brauchst dir keine Sorgen zu machen.‹

›Woher hast du das, Mama?‹, fragte er.

›Das sag ich dir, wenn wir hier raus sind.‹

Jakob führte die Gabel an den Mund, steckte den Bissen jedoch nicht hinein, sondern roch daran. Cora ließ ihn nicht aus den Augen. Schließlich schob er sich die Gabel zwischen die Zähne.

›Und‹, fragte sie, ›schmeckt es?‹«

Till warf Malte einen Blick zu. Malte schüttelte den Kopf. Erst jetzt bemerkte Till, wie angeschlagen Malte wirkte, wenn man ihn aus der Nähe ansah.

»Ich soll die verschiedenen Ansätze miteinander abstimmen«, sagte er.

Till nickte.

»Manchmal verfolgen mich die Bilder bis in meine Träume«, murmelte Malte.

»Und warum sagst du Felix nicht –«

»Mach ich ja vielleicht!«, stieß Malte hervor, schaute sogleich aber hastig zu Till. »Ich weiß noch nicht genau ... Ich hab dir das nur kurz gezeigt ... Du wirst doch jetzt nicht herumlaufen und allen erzählen, dass ich mich beschwert habe, oder?«

Till winkte ab.

»Felix erwischt man so gut wie nie, und wenn ich Henning etwas sage ... wer weiß, was er Felix dann weitererzählt«, stammelte Malte.

»Die Frau hat sich mit ihrem Sohn dort unten versteckt, ja?« Till war mit den Gedanken noch immer beim Text. »Oder ist es genau anders herum?«

»Wie anders herum?«

»Hat sie den Jungen entführt und ihm nur *eingeredet*, dass draußen all die Monster auf sie warten?«

Malte sah Till beinahe mit einem Ausdruck des Ekels an. »Warum sollte sie das denn tun?«

»Weil sie es genießt, von ihrem Sohn verspeist zu werden?«

Malte wirkte, als würde sich sein Magen umdrehen. »Und warum sollte ihr Sohn sich von ihr einreden lassen, dass sie sich dort verstecken müssen?«

»Kann eine Mutter einem Jungen das nicht einreden? Wie alt ist er denn? Dass sie verfolgt werden, ihr Leben auf dem Spiel steht, während in Wahrheit das Getrappel über ihren Köpfen, an der Decke, nichts anderes ist als das Geräusch, das ganz normale Fahrgäste machen, wenn sie von einem U-Bahnhof zum anderen laufen?« Till beugte sich wieder zum Bildschirm, griff über Maltes Schulter hinweg nach der Maus und scrollte den Text etwas nach unten.

»›Was ist das?‹, schrie Jakob, und seine Stimme überschlug sich beinahe.« Tills Blick hakte ein, und er las weiter. »›Der Verband – es blutet ja!‹

Cora konnte sich von ihrem Bett nicht mehr aufrichten.

Es war, als würde ihr Bein in Flammen stehen. Als würde der Teil ihres Gehirns, der mit ihrer Wade verbunden war, lichterloh brennen. Als würde der Schmerz wie eine riesige, endlose Welle gegen die zerbrechliche Bretterwand anrollen, die ihr Ich noch vor ihm schützte – die ihr Ich noch von dem Wahnsinn trennte, in den es stürzen würde, wenn die Schmerzwellen es unter sich begruben.

›Hast du ...‹, der Glanz in Jakobs Augen wirkte plötzlich wie beschlagen, ›... hast du es aus dir *herausgeschnitten?*‹ Er musste husten, schlug sich mit der geballten Faust auf die Brust, um den Reiz zu unterdrücken. ›Was machen sie mit uns, Mama?! Wenn wir rausgehen – *was tun sie uns an?*‹

›Du weißt es, Jakob, ich hab es dir oft genug gesagt.‹

›Sie beißen uns, ist es das?‹

Triddeldriddeldiddeltrapptriddeldriddeldiddeltrapptriddeldriddeldiddeltrapptriddeldriddeldiddeltrapp ...

›Sie verbeißen sich in uns, sie reißen mit bloßem Maul Stücke aus uns heraus –‹ Cora ließ sich auf den Rücken sinken. Sie würde es Jakob noch besser erklären – er würde sie schon verstehen, er brauchte nur etwas Zeit. Sie würde nicht zulassen, dass er es nicht schaffte.

›Ist das nicht, was *du* machst, Mama? Fleisch aus dem lebendigen Leib herausreißen? Bist *du* die Infizierte?‹

Ein plötzlicher, metallischer Geschmack in ihrem Mund hinderte Cora daran, ihm sofort zu antworten. Sie beugte sich zur Seite und spuckte aus. Das Blut, das aus ihrem Mund spritzte, zog Fäden. Als sie den Blick wieder hob, sah sie, dass Jakob den Balken, den sie vor die Tür gelegt hatte, gerade nach oben schlug.

Triddeldriddeldiddeltrapptriddeldriddeldiddeltrapp!

›Hier‹, schrie er, ›hier! Sie ist hier. *Wir* sind hier.‹

Das Trappeln über ihnen schien plötzlich still zu stehen.

Cora wollte sich aufrichten, wollte ihn aufhalten, wollte ihn bei sich behalten. Aber Jakob achtete nicht auf ihre Rufe. Schon riss er den Balken, den er gerade gelöst hatte, vom Boden wieder hoch und rammte ihn mit aller Kraft gegen die Tür, die im gleichen Augenblick mit roher Gewalt von *außen nach innen* gedrückt wurde und splitternd zerbarst.

Coras Augen gingen über. Eine Masse gleichsam verwucherter Leiber strömte in das Loch, in dem sie seit drei Wochen ausharrten.«

Till starrte auf den Bildschirm. Malte war aufgestanden, hatte sich ans Fenster gestellt und es geöffnet. Der nächtliche Straßenlärm drang zu ihnen herein. Als er sich zu Till umwandte, schienen seine Augen noch ein wenig tiefer in die Höhlen gesunken zu sein.

»Diese Geschichte … sie lässt dich nicht mehr los«, flüsterte er. »Je tiefer du in das Universum eindringst, desto mehr hält es dich fest.«

»Und du glaubst das«, fragte Till vorsichtig, »das, was Felix sagt? Dass wir uns nur *einbilden,* frei zu sein? Dass du gar nicht anders kannst, als das hier zu lesen?«

Maltes Gesicht bebte. »Ja … ja, das glaube ich.«

»Du glaubst, dass diese Geschichte von Cora hier genauso viel wert ist wie jede andere Geschichte – weil alles *nichts* wert ist? Weil es so etwas wie Werte nicht gibt? Weil alles, was ist, so sein muss, wie es ist – weil es keinen Zweifel, kein Zögern, kein Umentscheiden gibt?«

Malte reagierte nicht, sah ihn nur an.

Kannst du das wirklich verantworten, wollte Till fragen, doch dazu kam er nicht. Denn stattdessen hörte er noch eine ganz andere Frage in sich aufklingen: *Und du, Till? Kannst du es verantworten, hier mitzumachen?*

3

Hmmmmm ... das ... ich meine, das geht natürlich nur bei erstklassigen Produkten!
Ihr scheint's auch zu schmecken ...
Köstlich, absolut zart – wie lange haben sie das wohl gebraten? Zwei Sekunden? Es zergeht förmlich auf der Zunge ...
»Wollen wir uns noch was zu trinken bestellen?«
Sie lächelt. Süß!
»Kellner!«
UMPARKEN!
Ich sollte den Wagen umparken ... in dem MOMENT, in dem ich in dem Motelzimmer aus dem Bad getreten bin. Der Manager war schon bis an die Zimmertür gekommen und hat dagegengeklopft. Geh schnell ins Bad, hab ich ihr gesagt, niemand darf dich so aufgeputzt sehen ... Klar, das hätte dem Motelmann gefallen ... aber ich wollte das nicht!
Und dann, als ich vom Umparken zurückgekommen bin – wir hatten den Wagen ausgerechnet im Parkverbot abgestellt –, war der ganze Zauber wieder verpackt! Sie hatte sich wieder angezogen! Und wollte wissen, ob wir nicht kurz einen Happen essen gehen könnten, bevor ... nun, bevor sie sich ganz um mich kümmern würde.
»Wir nehmen noch eine Flasche von dem Weißen, ja? Danke!«
Ich weiß, ich hätte mich nicht darauf einlassen dürfen ... aber nach all dem, was passiert war, hatte ich einfach nicht die Kraft, es durchzuziehen.
Und das Filet hier ist wirklich vorzüglich ...
Ich frage mich, seit wann ich ...
Was guckt sie denn so?
»Alles okay? Ja? Gut!«
Seit wann ich eigentlich nicht mehr richtig gegessen habe ... vielleicht hätte ich langsamer mit dem Fleisch hier anfangen sollen ...
»Ist irgendwas? Du lächelst so?«

Fleisch ... richtig.
Genau!
DAS ist es, was mich irritiert!
Ich hatte begonnen, etwas zu schreiben – bevor der Hund dran war. Von einem Vater und seiner Tochter!
»Oh, danke, das machen wir schon selbst, sie brauchen uns nicht einzuschenken, ist schon in Ordnung!«
Aber diese Idee, dass der Vater seine Tochter überredet, ihn zu VER-SPEISEN ...
Die ist nicht von mir!
Malte hatte mir davon doch erzählt! Erst jetzt ... durch das Fleisch hier ... muss ich wieder dran denken!
Es war bei Malte nur andersherum: Bei ihm war es eine Mutter und deren Sohn – nicht ein Vater und seine Tochter –, aber sonst ... Malte hatte bei Felix ja viele solcher Texte bekommen!
»Nein, alles in Ordnung, mir ist nur gerade was eingefallen ... ich ... langweilst du dich? Nein? Alles gut?«
Ich hatte es vollkommen vergessen! Wie konnte ich nur glauben, ich wäre selbst auf diese Idee gekommen!
Das Fleisch auf meinem Teller ... ich ... ich glaub, ich brauch ein wenig Luft ...
ACH WAS, MANN – REISS DICH ZUSAMMEN!
Ich darf es nur nicht länger aufschieben ... ich darf mir hier nicht den Bauch vollschlagen ... mit ihr sitzen – und das, worum es eigentlich geht, immer weiter nach hinten schieben!
ICH MUSS ES HINTER MICH BRINGEN!
»Nein ... ich war nur in Gedanken ... mach dir keine Sorgen –«
Sie zu töten – es ist nicht das Ende.
»Okay, du hast recht, vielleicht hab ich doch keinen Hunger mehr ... die zweite Flasche? Willst du noch einen Schluck? Nicht? Wollen wir wieder gehen, ja?« Flüster ihr was ins Ohr! *»Ich kann's nicht mehr erwarten, endlich mit dir allein zu sein ...«*
Was hat sie in der Hand ... sie streckt sie mir entgegen ...
Jetzt nimm es schon!
Was ... was ist das ...
Oh! Sie hat ihn ausgezogen! Das ist ja wirklich nur ein winziges Stofffetzchen.

»Nein, warte ...«
Jetzt steht sie auf. Das ganze Lokal sieht zu ihr. Kein Wunder! Bei so einer würde ich mich auch umdrehen – allein die Haltung!
Wie sie quer durchs Restaurant an allen Tischen vorbeigeht ... sich umsieht, mir einen Blick zuwirft ... nur mit dem kurzen Rock – und nichts mehr darunter. Den Slip hat sie mir ja gerade gegeben.
Und wohin geht sie?
Der Laden hier ist teuer! Die Frauentoiletten – ich kann mir schon denken, wie sauber die sind.
Sie wird in eine der Kabinen dort gehen. Ich brauch nur hinterher. Dort kann ich es ... dort kann ich es hinter mich bringen.
Dort kann ich sie ... in einer der Kabinen – die lassen sich sicher abschließen – dort kann ich sie ...
DU WEISST, WAS DU ZU TUN HAST!
Nicht, was du willst – sondern, was du musst!

4

Zwei Jahre vorher

»Wir können alles Mögliche anstellen!« Max lachte.

Das Licht des angebrochenen Tages durchflutete sein Schlafzimmer, ließ die Grautöne des Bodens, der Stahlplatten, der Spiegelungen in den Schranktüren funkeln. Er griff mit beiden Händen nach der blau gepunkteten Schale, die auf dem Tablett auf seinem Bett stand, und trank einen Schluck von dem Milchkaffee.

Nina ließ die Decke, die sie um die Schultern gelegt hatte, ein wenig zurücksinken, um sich ebenfalls besser von dem Tablett bedienen zu können. Sie vermutete, dass Max darauf so ziemlich alles zum Frühstücken hereingebracht hatte, was sein Kühlschrank hergab.

»Eine Ausstellung? In den Zoo? Spazieren gehen? Was?« Sie schlang das weiße Hemd, das sie wieder übergeworfen hatte, um ihren Körper. Inzwischen war die Heizung angesprungen, und es war nicht mehr so kalt.

»Hast du denn den ganzen Tag frei?« Max trug ein rotes T-Shirt und hatte ein frisches Paar Boxershorts übergestreift.

Sag es ihm – sag es ihm jetzt, dachte Nina.

Aber Max schien ihr viel zu aufgekratzt, als dass sie Lust gehabt hätte, ein so ernstes, trauriges Gespräch anzufangen. Warum sollte sie sich von Felix alles kaputt machen lassen? Sie konnte doch tun, was sie wollte! Sie konnte mit Max zusammen sein, wenn sie wollte, sie konnte mit ihm schlafen, es bleiben lassen, wonach auch immer ihr der Sinn stand! Sie war nicht abhängig von Felix, sie würde ihm die Stirn bieten. *Und Max wird mir helfen,* flüsterte sie sich zu. *Oder?*

Wie um den nagenden Zweifel zu vertreiben, lächelte sie ihn an. Es war, als würde sie über ihn herrschen: Kaum sah er ihr Lächeln, leuchtete sein Gesicht förmlich auf.

»Also was?« Er stellte die Kaffeeschale zurück aufs Tablett.

»Ja«, lachte sie, »ich hab frei. Von mir aus können wir heute was zusammen machen.«

»Gut!« Max blickte zu dem kleinen Digitalwecker, der auf seinem Nachttisch stand. »Kurz nach acht. Wenn wir uns ranhalten, kriegen wir noch Flieger in alle möglichen Städte.«

Flieger?

Fast wäre Nina erschrocken.

»Rom, London, Moskau – zu was hättest du Lust?«

Paris! Sie war noch nie in Paris gewesen.

Max griff nach dem schnurlosen Telefon, das neben seinem Bett auf ein paar Zeitungen lag, und drückte eine Kurzwahltaste. »Aventur-Reisen bitte«, sagte er in den Hörer, nachdem er kurz gewartet hatte.

»Paris.« Nina beugte sich vor, schlang einen Arm von hinten um seinen Hals. »Lass uns nach Paris fliegen!«

»Ohne Koffer, okay?« Ihm war anzuhören, dass er sofort Lust dazu hatte. »Wir fahren einfach los – und sind heute Abend wieder da. Einverstanden?«

Die Aufregung pulsierte durch ihren Körper.

»Zwei Tickets nach ...« Max lachte in den Hörer. »Nein, ich bin's, Max.« Er warf Nina einen Blick zu. »Nach Paris – den nächsten Flug.« Er schaute erneut zum Wecker. »Und der danach?« Er grinste sie an. »Neun Uhr fünfundzwanzig. Das schaffen wir, oder?«

Sie sprang so hastig auf, dass sie fast vom Bett gestürzt wäre, als es heftig zurückschwang. »Ja!« Nina lachte und hüpfte auf den Boden. »Klar schaffen wir das!«

Sie rannte zum Bad. *Und wer zahlt mein Ticket?,* schoss es ihr durch den Kopf. Aber da hatte Max die Buchung schon aufgegeben und den Telefonhörer zurück auf die Zeitungen geworfen. Sie hörte, wie er ebenfalls vom Bett aufsprang und hinter ihr her zum Bad rannte.

»Mittagessen im Quartier Latin!«, rief er, als er es betrat. »Ich weiß auch schon, wo!«

Nina hob den Blick vom Waschbecken, über das sie sich gebeugt hatte, und sah ihn an. Max' Gesicht war noch jung, aber beidseits seines Mundes hatten sich bereits zwei tiefe Falten gebildet. Er grinste sie an. Und im gleichen Moment wusste sie, dass nicht nur er sich in sie, sondern sie sich auch in ihn verliebt hatte. Aber das war nicht alles, was ihr durch den Kopf ging. Denn plötzlich war ihr auch klar: Max würde zugrunde gehen – und sie mit ihm. Denn sie würde ihn nicht mehr verlassen können.

Dritter Teil

1

Heute

Butz' Arm wird nach hinten gestoßen, für einen Augenblick hat er das Gefühl, sein Schulterknochen würde aus seinem Körper gerissen. Instinktiv schließen sich seine Finger wie eine Zwinge um die Waffe.

Hennings Stirn platzt auf. Der Kopf wird gegen die Stütze hinter ihm geschleudert, seine Hände bleiben fest um das Steuerrad geklammert.

Dann liegt Butz auf dem Boden.

Die Kugel aus Bettys kleiner Pistole dringt über ihm in die Garagenwand. Butz hält seine Waffe fest umschlossen, streckt sie von sich bis zwischen die Reifen des Wagens. Unter dem Boden der Karosserie hindurch kann er Bettys Hausschuhe sehen. Sie steht noch immer in der Tür, die von der Garage direkt ins Haus führt. Rührt sich nicht. Schießt nicht mehr.

Der Motor des Wagens tuckert.

Henning gibt nicht mehr Gas.

Vor sich sieht Butz, wie Hennings Kinn nach oben geschnellt ist, als seine Stirn von der Kugel getroffen wurde. Ich musste es tun, rast es Butz durch den Schädel. *Ich musste es tun, bevor er mich mit seinem Wagen an der Garagenwand aufgespießt hätte.* Er beobachtet, wie Bettys Füße die Stufe von der Tür hinunter in die Garage treten. Zieht vorsichtig seine Waffe über den Boden und richtet den Lauf nach ihren Füßen aus. Er könnte abdrücken. Hat sie keine Angst?

Bettys Hausschuhe nähern sich dem Fahrzeug, bleiben an Hennings Fahrertür stehen. Außer dem Tuckern des Motors ist nichts zu hören.

Vorsichtig zieht Butz die Beine an und beginnt, sich aufzurichten. Er erträgt es nicht länger, am Boden zu liegen. Und doch ist ihm klar: Wenn Betty auf ihn zielt, kann sie ihm mitten ins Gesicht schießen, kaum dass sein Kopf über der Kühlerhaube erschienen ist.

Bettys Augen sind direkt auf ihn gerichtet, als sich ihre Blicke begegnen. Aber ihre Arme hängen schlaff herunter, und es knallt, als die Pistole ihrer Hand entgleitet und auf dem Boden aufschlägt.

Hennings Kopf ist auf die Seite gesunken, das Blut überströmt wie roter Saft sein Gesicht. Seine Augen sind geöffnet und auf einen Punkt zwischen seinem Sitz und der Handbremse gerichtet.

Ich musste ihn erschießen, Betty ... du warst es, die mich dazu gezwungen hat.

Aber das sagt Butz nicht. Er legt seine eigene Waffe auf die Kühlerhaube.

Wie lange kennt er sie schon? Betty muss erst sechs oder acht Jahre alt gewesen sein, als er sie zum ersten Mal gesehen hat – damals, vor zwölf Jahren, als er in der Vermisstensache Xaver Bentheim das Haus ihrer Familie zum ersten Mal betreten hat.

Als er auch ihrer Schwester zum ersten Mal begegnet ist. Claire.

Butz fühlt sich im Inneren taub, stumpf und hart.

Er hat Henning erschossen.

Er tritt mit Betty aus der Garage – sie hockt sich auf eine Terrakottavase, die im Vorgarten an der Zufahrt zur Garage steht. Ihre Haare haben sich gelöst, sie hatte sich noch nicht geschminkt, als sie zu ihnen in die Garage gekommen ist. Ihre Augen sehen ihn offen, geradezu hilflos an. Mit einer winzigen Bewegung seines Fingers hat er Henning von ihrer Seite gerissen. Butz kann ihr ansehen, dass Betty bis an ihr Lebensende mit dem, was vor wenigen Minuten erst geschehen ist, nicht wirklich fertigwerden wird.

Sie stützt die Ellbogen auf ihre Knie, vergräbt ihr Gesicht in den Händen, scheint mit der Aufgabe, ihre Gedanken zu ordnen, überfordert zu sein.

Butz' Blick wandert über sie hinweg zur Garage, deren Tor wie ein aufgesperrter Rachen offen steht. Über den Kofferraum des Cabrios hinweg kann er den Fahrersitz sehen, darin Hennings Kopf, der zur Seite abgeknickt ist.

Du hättest ihr die Waffe aus der Hand schießen müssen, rumort es in ihm, *dann hättest du Henning vielleicht nicht zu töten brauchen.*

Aber auf Bettys Hand schießen? Zu zart, zu fein kommen ihr die Glieder von Claires Schwester vor, als dass das wirklich in Frage gekommen wäre.

»Henning hat mir davon erzählt«, sagt sie, »dass ihr von einer Mordserie ausgeht. Aber es ist überall, Butz – es ist nicht nur einer.« Sie hat ihr Gesicht wieder ihm zugewandt. »Du hättest Henning nicht töten dürfen.«

Er hockt sich vor sie, greift nach ihren Händen, sieht ihr direkt ins Gesicht. Ihre Augen sind vielleicht ein bisschen weniger schön, weniger katzenartig, weniger verführerisch als die von Claire, und doch erinnern sie ihn an die Augen ihrer Schwester. »Du musst mir sagen, was du weißt, Betty.«

Sie schüttelt stumm den Kopf, aber nicht, um sich gegen ihn zu wehren, sondern wie um zum Ausdruck zu bringen, dass das alles doch keinen Sinn mehr hat.

»Überall? Wo, Betty? Was ist überall? Was meinst du mit überall?«

Ihre Stimme ist nur noch ein Flüstern. »Hast du denn nicht davon gehört? Das Haus am Alexanderplatz ...«

Natürlich hat er davon gehört.

»Es sind nicht nur zwei oder drei Frauen, Butz, es ist überall.«

Seine Hände schließen sich kraftvoll um ihre dünnen Handgelenke. »Was soll das denn heißen, Betty – hilf mir! Ich verstehe dich nicht!«

»Ich weiß nur, dass du jemandem nachjagst, den es nicht gibt, Butz«, flüstert sie. »Es ist kein einzelner Täter, es ist überall. Und es breitet sich aus. Niemand, Butz, hörst du?, *niemand* wird dagegen ankommen. Es wird über uns, über die Stadt hereinbrechen wie eine Flutwelle.«

Sie spricht wie in Trance.

»Sie haben diese Frauen gejagt«, hört er sie weiterflüstern, »die Frauen, wegen deren Tod du ermittelst. Sie haben sie gejagt, Henning hat es mir selbst erzählt. Die Frauen haben versucht zu fliehen, sind auf Händen und Füßen über den Boden gekrabbelt – und ihnen doch nicht entkommen.« Ihre Augen scheinen sich von dem klaren Blau, das Butz von den Bentheims kennt, in ein dunkles Violett zu verfärben.

»Betty ... was ... was redest du denn da? Wie kommst du darauf?«

Er darf nicht zulassen, dass sie sich in ihren konfusen Vorstellungen verliert, in die sie durch Hennings Tod, durch den Schuss gestürzt sein muss.

»Du kannst nichts dagegen tun, Butz! Was du jagst, ist ein Phantom. Siehst du es nicht? Begreifst du es nicht? Der Mann, den du suchst, existiert nicht! Es ist kein wahnsinniger Einzeltäter, der diese Frauen auf dem Gewissen hat!«

2

Zwei Jahre vorher

»Sie ist phantastisch, oder?« Max hatte die Augenbrauen spöttisch nach oben gezogen.

Till bemerkte, wie der Blick ihrer schwarzen Augen ihn traf. Für einen Moment vergaß er die anderen Menschen, die sich auf den niedrigen Sesseln und an den kleinen Tischen im ganzen Saal verteilt hatten. Es musste an ihren Proportionen liegen, an der Linie, die von ihren Schenkeln über die Brust bis zum Hals führte – vielleicht an der Stellung ihres Gesäßes, das durch die engen Schuhe und die hohen Absätze in eine bestimmte Haltung gezwungen wurde ... oder an der Weise, in der ihr Haar aufgetürmt war, an dem Blick ihrer Augen, an dem Schwung ihrer Lippen. An etwas, von dem Till nicht genau wusste, was es war, das jedoch von ihr ausging und dem nicht nur er, sondern auch die anderen Gäste – wie er an der atemlosen Stimmung im Saal spürte – geradezu hilflos ausgeliefert waren.

Max hatte ihn am Abend spät noch im Verlagshaus direkt aus Maltes Büro abgeholt und hierhergeführt. In diesen rot-schwarzen Saal, den sie eben betreten hatten, mit seiner verzierten Stuckdecke, den hoch aufsteigenden Logenplätzen und den zerschlissenen Samtsesseln. Es erinnerte an eine Miniaturausgabe eines großen Opernsaals aus dem neunzehnten Jahrhundert. Statt Arien wurden den Gästen jedoch Getränke und Snacks serviert, und auf der Bühne stolzierten keine Sänger umher. Stattdessen war die schwarzäugige junge Frau darauf zu sehen, die mit Federn und Stöcken zu einer Art überdimensionalem Vogel umkostümiert worden war.

»Willst du hier vorn bleiben, oder sollen wir gleich nach hinten durchgehen?« Ein Dutzend weiterer als Tiere verkleideter Mädchen erschien auf der Bühne.

»Nach hinten?« Till wandte sich unwillkürlich Max zu. Hinter die Bühne?

Max lachte und zog ihn am Arm.

Der Türsteher, der den kleinen Durchgang neben der Bühne bewachte, schien Max zu kennen, denn er nickte nur, als sie vor ihm auftauchten, und ließ sie ohne weiteres passieren. Sie gelangten in ein Vorzimmer, das wie das kleine Theater ganz mit rotem Samt ausgeschlagen war.

»Hier hinten kann man die Tänzerinnen kennenlernen«, sagte Max und wandte sich zu Till um, grinste aber, als er dessen Gesichtsausdruck sah. »Nein, Quatsch!« Er trat an eine hohe Doppelflügeltür, die aus dem Vorzimmer herausführte, und stieß sie auf. »Viel besser!«

Eine Wolke von Zigarettendunst schlug ihnen entgegen. Ein paar Gesichter schauten auf, um die Neunankömmlinge zu inspizieren, als sie jedoch Max erkannten, beugten sie sich wieder über den großen Tisch in ihrer Mitte. Gut zwanzig oder dreißig Männer und Frauen hatten sich darum gruppiert, zum Teil auf den verschiedenartigsten Stühlen, zum Teil aufrecht stehend – ausnahmslos aber auf das Geschehen konzentriert, das sich auf der Platte vor ihnen abspielte. Für einen Augenblick war Till schon darauf gefasst, eine nackte Schönheit auf dem Tisch liegen zu sehen, von deren makellosen Körper die Anwesenden die merkwürdigsten Delikatessen naschen würden – tatsächlich aber erblickte er etwas sehr viel Gewöhnlicheres: ein Raster mit roten und schwarzen Zahlen auf grünem Grund, eine Art schwarze Schale sowie Stapel von Münzen und Scheinen vor jedem Gast. Sie spielten Roulette! Allerdings nicht an einem professionellen Spieltisch, sondern auf einem selbstgebastelten Plan. Die Zahlen und Felder waren mit größter Sorgfalt auf grünem Filz aufgemalt, und der Plan selbst auf einen riesigen antiken Tisch genagelt worden. Vor allem aber spielten die Gäste – anders als in einem echten Casino – nicht etwa um Chips und Plastikkarten, sondern um echtes Geld.

»Was meinst du, wollen wir ein bisschen mitmischen?« Max sah Till fragend an und biss sich auf die Unterlippe.

Ich hab kein Geld für so was, dachte Till. »Vielleicht gleich«, sagte er, »aber mach nur.« Sein Blick fiel auf eine Bar, die im hinteren Bereich des langgestreckten Raums eingerichtet war. »Ich hol uns erst mal was zu trinken.«

Als er wenig später mit den Getränken zum Spieltisch zurückkehrte, sammelte Max gerade ein paar Münzen von dem Filz ab. Der Croupier in Jeans und Pullover hatte sie ihm mit einem Schieber zugeschoben, der aussah wie eine Fliegenklatsche.

»Komm schon, versuch auch mal dein Glück.« Max warf einen Zwanziger auf Rot und hielt Till eine Hand mit weiteren Scheinen und dem eingesammelten Geld entgegen.

Till zögerte kurz, dann nahm er ebenfalls einen Zwanziger und setzte ihn auf Gerade.

»Nichts geht mehr.«

Der Croupier hatte die weiße Holzkugel in das sich bereits drehende Rouletterad geschnipst. Sie klackerte, sprang und blieb in einem der Fächerchen liegen. Auch wenn alles andere selbstgebaut war – das Rouletterad war echt.

»Achtzehn, rot, gerade.«

»Hey!« Max stieß Till in die Seite und gluckste. Der Croupier schob einen zweiten Zwanziger zu Tills Einsatz über den Filz. Da Max seinen Schein liegen ließ, beschloss Till, das Gleiche zu tun.

»Willst du dich setzen?« Max deutete auf einen Platz vor ihnen, der gerade frei wurde. Aber bevor Till reagieren konnte, glitt auch schon eine Frau an ihm vorbei und setzte sich auf den Stuhl. Sie trug eine schwere Lederjacke, die sie über ihr dünnes Kleid geworfen hatte.

»Dreißig, rot, gerade.«

Jetzt lagen schon vier Zwanziger von ihm vor Till auf dem Tisch. Er beschloss, die weiteren Entscheidungen über die Scheine Max zu überlassen. Es war ja ohnehin sein Geld. »Ich geh noch mal Getränke holen.« Till hatte keine Lust, auf Max' Kosten zu spielen – und nicht genug Geld, um es auf eigene Kappe zu versuchen.

Max achtete nicht auf ihn. Er hatte seinen Einsatz erneut liegen gelassen, und die Kugel rollte schon wieder.

»Du hättest sie sehen sollen«, sagte Max eine halbe Stunde später, als er in die Sitzecke kam, in der Till es sich gemütlich gemacht hatte. »Sie hat meinen Hunderter gnadenlos liegen gelassen und gewonnen, liegen gelassen und gewonnen, liegen gelassen und gewonnen.«

Till sah auf. »*Deinen* Hunderter?«

Max ließ sich in einen Sessel Till gegenüber fallen. »Ja, meinen Hunderter, aus dem sie in drei Runden immerhin zweitausendsiebenhundert gemacht hat!« Er fuhr sich durchs Haar. »Wenn ich nicht darauf bestanden hätte, dass wir den Gewinn teilen, hätte sie das Geld so lange liegen gelassen, bis es wieder ganz weg gewesen wäre!« Gemeint war natürlich die Frau mit der Lederjacke. Max und sie waren ins Gespräch gekommen, kaum dass Till die zweite Runde Drinks abgeliefert und die beiden allein gelassen hatte.

Till sah ihn an. »Versuch doch einfach, Nina aus Felix' Einflussbereich zu lösen«, sagte er schließlich. Max hatte ihm erzählt, dass er mit Nina in Paris gewesen war, dass sie sich blendend verstanden hatten. Warum rief er sie nicht an, statt sich mit wildfremden Lederjackenträgerinnen abzugeben?

»Ich hätte mit ihr über Felix sprechen müssen«, erwiderte Max, und plötzlich wirkte er, als würde ihn etwas niederdrücken.

»Tu es doch jetzt noch. Ruf sie an, verabrede dich mit ihr und mach endlich reinen Tisch!«

»Heute Abend, ja?« Max schien einen Moment nachzudenken. »Meinst du, ich kann Nina trauen? Nachdem sie sich immerhin darauf eingelassen hat, für Felix aktiv zu werden?«

»Du kennst sie doch jetzt ein bisschen«, gab Till zurück, »ihr wart in Paris. Was war denn dein Eindruck? Alles gelogen? Ich denke, ihr habt euch so gut verstanden ...«

»Ja, nein, du hast ja recht.« Max sah ihn an. »Das meine ich ja nicht. Sicher, auf der Reise ... das war schon ... schön. Und ich glaube auch, dass ihr das ähnlich ging, aber immerhin hat sie sich ja von Felix ... also ich weiß ja auch nicht genau, was Quentin gemeint hat –«

»Vielleicht hat er das nur so dahingesagt. Hast du ihn noch mal gefragt?«

Max schüttelte den Kopf. »Ich ... ich glaube einfach nicht, dass Quentin sich das einfach nur ausgedacht hat. Und als ich Felix darauf angesprochen habe neulich im Verlag, hat er es ja auch nicht rundheraus abgestritten ...«

»Aber mit Nina scheint er ja noch nicht darüber gesprochen zu haben.«

»Wer?«

»Felix.«

»Ja ...« Max sank nachdenklich in seinem Sessel zusammen. »Jedenfalls hat Nina mir gegenüber nichts durchblicken lassen«, hörte Till ihn schließlich sagen.

»Na, du ihr ja gegenüber auch nicht, dass du sie immerhin so verdächtigst ...«

»Ich weiß einfach nicht, ob ich ihr trauen kann.« Max blickte Till an.
»Was meinst du denn?«

Till zuckte mit den Achseln. Schwer zu sagen. Und natürlich wollte er nicht unbedingt derjenige sein, der Max jetzt empfahl, sich voll und ganz auf Nina einzulassen, um in ein paar Monaten festzustellen, dass genau *das* falsch gewesen war.

»Du musst sie einfach mal darauf ansprechen. Was willst du denn sonst machen? Das Spiel ewig weiterspielen?«

Max ließ das Wodkaglas, das er vom Spieltisch mitgebracht hatte, kreisen. »Manchmal frage ich mich wirklich, was Felix damit eigentlich beabsichtigt. Ich meine, wie wichtig muss es ihm sein, irgendwie Einfluss auf mich auszuüben, wenn er dafür sogar Druck auf Maja ausübt.«

»Welche Maja?«

»Maja, Ninas Mutter. Sie ist schon seit langem mit Felix liiert«, Max wischte sich über den Mund, »wobei ich gar nicht einmal weiß, was genau ihr Verhältnis ist. Aber über sie kann er Nina wahrscheinlich zu allem zwingen ...«

Till ließ den Kopf zurück auf die Sofalehne sinken. Das konnte natürlich sein. »Ich denke, er hat dich gebeten, ihm die Rechte an den letzten Manuskripten deines Vaters zu verkaufen. Und du hast dich geweigert. Ich nehme an, er will dich irgendwie umstimmen.«

»Wahrscheinlich soll Nina sich erst mal unentbehrlich machen.« Max' Augen wanderten nachdenklich durch den Raum.

»Und wenn du angefangen hast, sie wirklich sehen zu wollen, wird er anfangen, dich zu bearbeiten«, beendete Till Max' Satz.

Max verschränkte die Arme vor der Brust. »Das würde schon Sinn ergeben.« Er schien zu grübeln.

»Weißt du eigentlich, was genau das für Manuskripte sind, deren Rechte er von dir haben will?«

Max sah auf. »Erinnerst du dich noch an die Notizen über Haiti, die ich damals im Gartenhauskeller gefunden hatte? Die ich dir auf einer unser Radtouren mal gezeigt habe?«

Natürlich erinnerte sich Till. Er hatte ja Bentheim noch darauf angesprochen kurz vor dessen Tod.

Einen Moment lang schwiegen beide.

»Ich habe dann ja auch später noch mal kurz in den Unterlagen gestöbert, bevor Felix alles hat abholen lassen«, nahm Max als Erster den Faden wieder auf, »ein bisschen was habe ich schon lesen können.«

»Und?« Till nippte an seinem Bier.

»Insgesamt hatte mein Vater wohl drei Bücher geplant, drei Bände einer Geschichte. Sie ist niemals fertiggestellt worden, aber im ersten Band sollte es um einen Jungen gehen, der auf eine Familie trifft, die ihm von Anfang an seltsam vorkommt. Ohne dass er genau weiß, warum. Bis er dahinterkommt, dass einige Mitglieder dieser Familie sich zunehmend verändern, und er sich die Frage stellen muss, ob sie überhaupt noch Menschen sind.«

»Sondern ... was?«

»Infizierte, Monster ... was weiß ich. Letztlich hatte mein Vater wohl Wesen im Kopf, die ursprünglich Menschen waren, durch einen Infekt sich jedoch verwandeln und langsam zu etwas anderem werden.«

»Und was passiert mit dem Jungen?«

Max schnalzte mit der Zunge. »Es gelingt ihm, diese Wesen in der Familie zu besiegen, bevor sie ihn anstecken können. Doch was im ersten Moment wie ein Triumph aussieht, stellt sich bald als zwiespältiger Erfolg heraus, denn sein Sieg bleibt nicht unentdeckt. Und von nun an kommen die Wesen zu Hunderten, um ihn zu einem von ihnen zu machen. In diesem Teil der Handlung sollten wohl auch die typischen apokalyptischen Bilder eingesetzt werden, verstörende Szenen mit Massen von willenlosen Gestalten, die einen durch ihre schiere Menge zu erdrücken scheinen. Der springende Punkt aber sollte sein, dass es dem Helden gelingt, sich als einer von ihnen zu tarnen und so – im dritten Teil – zu dem vorzustoßen, was meinem Vater von Anfang an als Gipfel der ganzen Sache vorgeschwebt haben muss.«

»Nämlich?«

»Ja ... nicht so leicht zu sagen.« Max nahm die Hände von den Armlehnen und beugte sich nach vorn. »Mein Vater hatte wohl geplant, die drei Bände *Zugang*, *Zone* und *Zentrum* zu betiteln. *Zugang:* die Familie, in der der Held mit diesen Wesen zum ersten Mal in Berührung kommt. *Zone:* Als eine Art Undercover-Spitzel arbeitet er sich durch ihre Welt hindurch. Und zwar auf das *Zentrum* hin – so hieß dann ja der dritte Band.«

»Hm.«

Till legte die Hände auf seinen Unterschenkel, der quer vor ihm lag.
»Und was sollte der Junge dort entdecken, im Zentrum?«

Max' Wangenmuskeln arbeiteten. »Das wüsste ich auch gern.«

»Das stand nicht in den Notizen?« Enttäuscht atmete Till aus.

Max aber schien erst richtig Fahrt aufzunehmen. »Hör zu, Till. Du arbeitest doch jetzt bei Felix in der Firma ...«

»Und?«

»Ich meine ... diese Wesen ... es sind keine Vampire, keine Werwölfe, und doch hat sich mein Vater ja immer der klassischen Mittel, der klassischen Figuren der Phantastik bedient.«

Till konnte seinem Freund kaum noch folgen. »Worauf willst du denn hinaus –«

»Was für Wesen hat er gemeint, Till? Erinnerst du dich, was wir in dem Tagebuch damals gelesen haben? Haiti. Infekt. Veränderung ... das sind doch alles ganz eindeutige Hinweise darauf, was für Wesen ihm vorgeschwebt haben.«

»Zombies?« Till musste unwillkürlich grinsen.

»Zombies! Aber nicht diese albernen Wankelgestalten aus den Hollywoodfilmen – die alten Zombies, die ursprünglichen, aus Haiti eben. Die Wesen, die durch einen Zauber wie Marionetten über die Insel irren. Verstehst du? Ethnologen haben das ja in den frühen Achtzigern mal untersucht, ob es das wirklich gab: Zombies. Und sie sind auf die verschiedensten Hinweise gestoßen. Nur haben diese Typen in Kalifornien das alles dann hoffnungslos überzogen. Zombies agieren jedenfalls wie ferngesteuert, oder? Und woran erinnert dich das?«

»An Felix' Ideen vom freien Willen und dass er nur eine Illusion ist ...«

Max presste die Hände ineinander. »Auf Haiti gelten Zombies als diejenigen Menschen, die ihren eigenen Willen verloren haben und stattdessen in ihren Handlungen dem Willen eines Magiers unterworfen sind! Verstehst du? Eine uralte Vorstellung, die diese verrückten Kreolen in der Karibik für das Schrecklichste hielten, was sie sich ausdenken konnten. Ich weiß nicht, wie es genau zusammenhängt, aber wenn Felix den freien Willen leugnet, muss er sich doch fragen, inwiefern sich Menschen von Zombies unterscheiden! Kein Wunder, dass ihn dieser Stoff meines Vaters interessiert!«

»Du meinst ... er ... will uns die Augen dafür öffnen, dass wir *in Wahrheit Zombies sind?*«

Max starrte Till an. »Erinnerst du dich, was er im Verlag gesagt hat?«, stieß er hervor. »Dass die Auflösung der Freiheitsillusion nur der erste Schritt ist?« Seine Augen glühten im Halbdunkel. »Das ist doch das, was dort lauern muss, in dem, was mein Vater das Zentrum genannt hat: der Magier, der die ganzen Zombie-Horden steuert! Das muss der zweite Schritt sein: dass wir den Magier erkennen!«

3

Heute

»Erzähl mir keinen Scheiß, Betty!« Um ein Haar hätte Butz sein Handy auf den Boden geschleudert, als es erneut klingelt. »Eine Infektion? Henning wusste davon? Woher?«

Sie hat beide Hände auf die Ohren gepresst, schluchzt.

»Niemand weiß, wie so etwas zu kontrollieren ist! Und je länger wir warten, desto schwieriger wird es, darauf Einfluss zu nehmen! Du musst endlich anfangen zu reden.« Butz' Stimme klingt jetzt scharf und hart wie eine Sichel. Er sieht, wie sie mit beiden Händen über ihr Gesicht wischt, die Zähne zusammenbeißt und versucht, das Beben, das immer wieder ihren Körper durchpulst, niederzukämpfen.

»Es ist bereits überall – du hast es eben selbst gesagt, Betty!«

Da reißt sie sich plötzlich von der Vase hoch und tritt auf ihn zu. »Du warst doch schon immer ein Arschloch, Butz!«, schleudert sie ihm zornentbrannt entgegen, auch wenn sie fast einen Kopf kleiner ist als er. »Was schreist du mich an? Was willst du von mir? Meinst du, du hast das Recht, etwas von mir zu fordern? Nach dem, was du getan hast?«

Butz fixiert sie.

»Es ist ein paar Jahre her, Butz«, speit Betty ihm entgegen, »ich war vielleicht erst vierzehn, aber ich erinnere mich noch genau. Ich habe euch oft gehört, im Wohnzimmer, unten gleich neben der Halle. Ich hatte das Gefühl, geborgen zu sein, wenn ich deine Stimme dort unten gehört habe, Butz. Ich konnte meiner Mutter ansehen, dass sie erleichtert war, wenn du bei ihr warst – in diesen Monaten, nachdem Papa fort war! Bis all das mit einem Mal plötzlich zusammengebrochen ist. Weil du ein Arschloch bist, Butz. Damals schon warst und auch jetzt wieder bist – wenn du dich hinstellst, herumschreist und so tust, als sei ich dir auch nur das Geringste schuldig!«

Butz' Kopf sackt nach unten.

»Du hättest es nicht zulassen dürfen«, hört er Betty zischen – und weiß nur zu gut, was sie meint. Er hätte es nicht zulassen dürfen, was zwischen Claire und ihm geschehen ist.

Er hätte es nicht zulassen dürfen, aber er war zu schwach, um sich dagegen zu wehren. Er hatte Julia Bentheim nie geliebt. Sie aber hat er geliebt wie keine andere jemals zuvor: Claire Bentheim, Julias Tochter.

Es war ein paar Jahre, nachdem er zum ersten Mal als Polizist wegen Xavers Verschwinden zu den Bentheims gekommen war. Claire hatte begonnen, ihn immer wieder anzusprechen, ihn in ihr Zimmer zu bitten, ihm ihre Sachen zu zeigen. Sie hatte ihn angelächelt, ihn berührt, war nur mit einem Handtuch umwickelt aus dem Bad gekommen, wenn er durch den Flur ging. Sie hatte mit ihren Augen nach ihm gegriffen, ihre Lippen über seine Wangen gleiten lassen, wenn sie sich nur verabschieden sollte. Sie war verletzlich gewesen, zart, ausgeliefert – verwirrt. Allein gelassen, noch Jahre nachdem ihr Vater nicht mehr aufgetaucht war. Die ganze Familie hatte sich von diesem Schock nie mehr erholt.

Julia hatte Butz' Nähe gebraucht, er hatte sie ihr gegeben. Er hatte alles im Griff gehabt, aber dann hatte Claire angefangen, mit ihm zu spielen.

Claire, die viel zu jung dafür gewesen war.

Butz wusste es damals, er weiß es jetzt – er wird es immer wissen: Er hätte es niemals zulassen dürfen.

Was war es nur, das ihn geritten hat? Als er sich von ihr in ihr Zimmer hat ziehen lassen.

Hatte er nicht das Rauschen in seinen Ohren gehört, als sie ihn berührt hat – und gewusst, dass es verboten war?

Er hatte es gehört, aber er ist zu schwach gewesen, um sich dem Sturm zu widersetzen, den sie in ihm entfacht hatte.

»Felix«, stößt er hervor, und seine Stimme rasselt, »Henning hat Felix erwähnt – was hat Felix damit zu tun, Betty? Mit den toten Frauen, mit all dem, was diese Stadt heimsucht?«

Aber Betty sieht ihn nur an, sie scheint in Gedanken noch in der Vergangenheit zu verweilen – bei den Tagen, in denen sie mitbekommen haben muss, wie der Mann, der jetzt vor ihr steht, sich langsam von ihrer Mutter abgelöst und ihrer Schwester zugewandt hat. Ihrer Schwester Claire, die nur zwei Jahre älter ist als sie.

»Hast du ihn gesehen, in den letzten Tagen?« Butz weiß, dass er Betty um Verzeihung bitten muss für das, was er ihrer Mutter angetan hat.

Glasig sieht sie an ihm vorbei. »Lass mich in Ruhe, Butz«, flüstert sie, »lass mich in Ruh! Wann immer du auftauchst, hat es Unglück gebracht!«

4

Zwei Jahre vorher

Max war sich sicher, dass ihn Nina mit offenen Armen empfangen würde, dass sie wissen wollen würde, warum er sich nicht mehr bei ihr gemeldet hatte, seitdem sie nach ihrer Paris-Reise wieder in Berlin gelandet waren.

Es gab nur einen Weg, um sich von dem Einfluss, den Felix durch sie bereits über ihn gewonnen hatte, zu befreien: Er musste den Eindruck, den Nina in ihm hinterlassen hatte, förmlich aus sich herausschwemmen. Ursprünglich hatte er das schon mit der Frau vorgehabt, die er im Spielsalon kennengelernt hatte. Doch nachdem Till ihn dort allein gelassen hatte, weil er am nächsten Morgen wenigstens einigermaßen ausgeschlafen an seiner neuen Arbeitsstelle erscheinen wollte, hatte Max plötzlich keine Lust mehr gehabt, an den Spieltisch zurückzukehren, und stattdessen das Hinterzimmer ebenfalls verlassen.

Die Ampel schaltete auf Grün. Er ließ seinen Wagen anrollen.

Das kannst du nicht machen, du kannst sie doch nicht derart verwirren, sie hat dir nichts getan!, hörte er Till schon auf sich einreden, aber er drückte den Gedanken daran einfach beiseite und das Gaspedal durch.

»Doch!«, sagte Max halblaut und legte sich ein wenig auf die Seite, um die Fliehkraft auszugleichen. »Genau das werde ich machen!«

Er riss das Steuer seines Wagens herum und jagte den Wagen quer über die Kreuzung. Nicht zu Nina! Zum Flaschenturm! Zu Irina!

Mochten doch Henning, Malte, Quentin und all die anderen diejenigen sein, die glaubten, nicht frei entscheiden zu können.

Er konnte es!

Und er würde es tun!

Er würde die Sehnsucht nach Nina aus sich herausreißen wie ein erkranktes Organ. Er würde mit so vielen Frauen schlafen, dass ihm allein bei dem Gedanken daran, Nina zu treffen, schlecht werden würde.

Und sie war die Erste von ihnen: Irina.

5

»Ist das Minze?« Max zeigte auf einen Topf, den er durch die Glasfront hindurch auf der Terrasse stehen sah.

»Ja.« Irina schien sich zu freuen, dass er die Pflanze erkannte.

»Warum machen wir uns nicht einen Mojito? Hast du Rum da?«

Sie zögerte. »Gute Idee.« Sie wirkte eine Spur verunsichert. »Quentin ist nicht da ...«

Max lächelte. Das wusste er. Till hatte es ihm gesagt, Till hatte von Malte gehört, dass Quentin mit Felix wegen Firmenangelegenheiten für zwei Tage verreist war.

Max ging zu der Glastür und zog sie auf. »Ich weiß.« Er sah sich kurz zu ihr um. »Lass uns den Drink mixen, dann reden wir, ja?«

Es war bereits weit nach Mitternacht, als Max beim Flaschenturm eingetroffen war. Irina hatte ihm die Haustür unten aufgedrückt, als sie durch die Gegensprechanlage gehört hatte, dass er es war, der geklingelt hatte. Ihr Gesichtsausdruck, mit dem sie ihn oben empfangen hatte, hatte allerdings nur zu deutlich gezeigt, wie sehr sie sich über seinen unangekündigten Besuch wunderte.

Sie schlüpfte an Max vorbei durch die Glastür auf die Terrasse, trat an den Topf mit der Minze und riss zwei dicke Büschel davon ab. Als sie zurück ins Wohnzimmer kam, drückte sie Max einen der beiden Büschel spielerisch auf die Nase.

Max fasste sie leicht an der Hand und hielt sie fest, um einen Augenblick länger an den Kräutern riechen zu können. »Ich hab Quentin neulich getroffen«, sagte er. »Deshalb wollte ich mit dir reden.«

Ihr Arm sank herunter. »Ja?« Sie klang etwas beunruhigt. »Komm, die Gläser sind in der Küche.«

»Quentin war ziemlich durcheinander«, berichtete Max, als sie an der Spüle standen und Irina die Minze wusch. Sie trug eine weiche Stoffhose, die ein wenig um ihre Beine schlabberte. Da der Hosenbund jedoch recht tief auf die Hüften gerutscht war, wirkte es trotzdem sexy.

»Ich habe im Grunde genommen kein Wort von dem verstanden, was er gesagt hat. Hat Felix Quentin so den Kopf verdreht? Redet ihr denn darüber nicht?«

Irina stellte den Wasserhahn ab und drehte sich zu Max um. Ihr war anzusehen, dass sie mit diesem Gespräch nicht gerechnet hatte. »Es stimmt schon«, sagte sie langsam, »Quentin ist in letzter Zeit ... irgendwie nervös ... nein, nicht nervös, eher ... aufgerieben oder so.« Sie sah Max nachdenklich an. »Ich habe ein paarmal versucht, mit ihm zu reden, aber das war nicht so einfach.«

»Nein?«

Irina lächelte verlegen. »Ich weiß nicht, Max, das willst du vielleicht alles gar nicht so genau wissen.«

»Sicher, klar«, ihre Antwort hatte ihn ein wenig aus der Bahn geworfen, »ich meine, immerhin lebt ihr zusammen. Quentin verändert sich, und du lässt es einfach geschehen?«

Ein Ausdruck von Schuldbewusstsein malte sich auf ihr Gesicht. Plötzlich wirkte sie, als wäre sie noch keine achtzehn Jahre alt, aber Max wusste, dass sie Anfang zwanzig war, ungefähr so alt wie er.

»Du hast schon recht ...«, lenkte sie ein.

»Du hättest ihn sehen sollen«, Max setzte sich auf einen der Küchenstühle, »er hat regelrecht geschrien! Das fing ja schon hier auf eurer Party an, da hast du es ja auch noch mitbekommen. Aber als Till und ich in der Nacht aus dem Club gekommen sind und er plötzlich vor uns stand ... da wusste ich gar nicht, was er von mir wollte. Er war überhaupt nicht mehr Herr seiner Sinne, verstehst du? Hatte sich gar nicht mehr im Griff.« Max hielt inne und musterte sie.

Irina schwieg. Sie schien die Mojitos ganz vergessen zu haben.

»Ist er mit dir auch manchmal so?«

Sie senkte den Blick auf den Fußboden, musste die Frage aber genau gehört haben.

»Ich will euch ja nicht zu nahe treten«, fuhr Max fort, »aber ... als ich Quentin so vor mir sah, hab ich mir schon Sorgen gemacht. Was ist denn, wenn ihr hier allein seid und er dreht plötzlich so durch?« Irina hatte den Blick noch immer nicht erhoben. »Ist das schon mal vorgekommen?«

Jetzt wandte sie sich sogar ganz von ihm ab.

Vorsichtig stand Max von dem Stuhl auf und ging auf sie zu. Dicht hinter ihr blieb er stehen, ohne sie jedoch zu berühren. Der Duft, der von ihren Haaren aufstieg, vermischte sich mit dem Minzgeruch, der die ganze Küche erfüllte. »Ich weiß, du magst ihn«, flüsterte Max. »Wie lange seid ihr jetzt zusammen? Ein Jahr?«

»Zehn Monate«, hörte er Irina murmeln. Sie hatte ihre Hände ineinandergedrückt und auf die Anrichte gelegt.

Es war, als würde Max etwas reiten – er konnte sich nicht dagegen wehren.

»Ist es das, was du an ihm magst?« Seine Stimme klang ruhig – und doch war ihr anzuhören, wie er sich beherrschen musste. »Dass es ihn vor Begierde fast wahnsinnig macht, wenn du schwach bist?«

»Wieso denn schwach?« Sie fuhr herum. Ihr hübsches Gesicht spiegelte das Unwohlsein wider, das Max in ihr ausgelöst hatte. »Weil ich zulasse, dass Felix mir die Wohnung hier kauft? Meinst du das? Wie kommst du darauf, so etwas zu mir zu sagen?«

»Soll ich gehen?«

»Ja!« Sie atmete schneller. »Wie du willst, Max.« Er stand noch immer dicht vor ihr. Wenn sie den Kopf sinken ließ, würde sie mit der Stirn seine Schulter berühren. »Was ist bloß los, Max? Du hast ja recht, ich weiß mir mit Quentin kaum mehr zu helfen. Bist du nicht sein Freund? Kannst du nicht –«

»Freund ist zu viel gesagt«, fiel Max ihr vorsichtig ins Wort, »wir kennen uns nur schon länger.« Er streckte die Hand vor und berührte sie leicht am Kinn. »Oder ... warum nicht? Klar, Quentin ist mein Freund. Deshalb mache ich mir doch auch Sorgen um ihn.« Er tippte ihr Kinn nur ein wenig nach oben, und ihr Gesicht wandte sich seinem zu wie ein Vögelchen.

»Soll ich mit Felix sprechen? Dass er sich mehr um Quentin kümmern soll?« Er ließ seine Hand sinken, ihre Augen blieben auf ihn geheftet.

»Würdest du das tun?« Irinas Gesicht leuchtete für einen Moment. Im nächsten Augenblick hatte sich Max noch weiter zu ihr heruntergebeugt. Ihre Nähe nahm ihm jetzt fast den Atem und überlappte all die

Erinnerungen an die vergangenen Tage mit Nina. Es kam ihm so vor, als würden sich die Eindrücke, die die beiden Frauen in ihm hinterließen, zu einem seltsamen Strudel vermischen.

»Ich will mit dir schlafen«, flüsterte er und spürte mehr, als dass er es sah, wie sie drauf und dran war, ihn von sich zu stoßen. »Sonst sag ich Felix, dass er Quenni, den Armen, glatt fallen lassen soll.« Die Worte huschten über Max' Lippen, bevor er darüber nachdenken konnte – so leise, dass es ihm fast so vorkam, als hätte er sie gar nicht ausgesprochen.

Sein Blick ruhte auf ihrem Gesicht, während Irinas Pupillen von seinem einen Auge zum anderen sprangen, dann landete ihr Blick auf seinen Lippen. Max sah, wie das, was er gesagt hatte, sie abstieß, zugleich aber auch auf den Gedanken brachte, dass er sich über Quentin einfach hinwegsetzte. Und dass seine Rücksichtslosigkeit sie ihrerseits wieder verführte, weil es doch nichts anderes als ihre Nähe und ihre Attraktivität sein konnte, was ihn derartig antrieb.

Im gleichen Moment berührte er ihre Lippen, und seine Hand glitt vorsichtig in den Bund ihrer Hose. Sie war nackt darunter und ihre Pobacke glatt und kühl.

Vierter Teil

1

Heute

»Er ist heute nicht reingekommen.«
»Was?«
»Ja.«
»Habt ihr ihn angerufen?«
»Heute früh. Er meinte, er hätte etwas zu erledigen, würde sich später melden. Das hat er bisher aber nicht getan.«
Die Augen des Polizeidirektors wandern wieder zu dem Bildschirm an der Wand. Darauf ist ein ganz in weiß gehaltenes Zimmer zu sehen. Die Bildqualität ist grob und körnig, der Blick aus einer oberen Ecke hinunter ins Zimmer gerichtet.
»Soll ich ihn noch mal anrufen, Chef?«, hört er wieder die Stimme neben sich.
Der Polizeidirektor wendet den Blick nicht vom Monitor. »Wen, Butz?«
»Ja?«
Er beugt sich etwas nach vorn, die Pixel des Bildes grießeln vor seinen Augen. Die Gedanken im Kopf des Beamten bewegen sich schwerfällig wie Passanten auf einem überfüllten Bahnsteig. Es gibt einfach zu viele Neuigkeiten, zu viele Dinge, die bedacht werden müssen, berücksichtigt werden müssen, zu viele Unwägbarkeiten, zu viele Risiken …
»Was hat sie?«, fragt er, ohne auf die Nachfrage des Kollegen einzugehen, und wendet sich zur anderen Seite, wo weitere Beamte neben ihm stehen, die Köpfe allesamt zu dem Bildschirm gerichtet, der auf halber Höhe an der Wand angebracht ist. Er meint die Frau, die auf dem Bildschirm zu sehen ist. Sie liegt unter einer Decke auf einem Bett, das in dem Zimmer steht.
»Es gibt widersprüchliche Aussagen«, beeilt sich ein jüngerer Polizist zu seiner Rechten auszuführen. »Ihr Name ist Merle Heidt, vierundzwanzig Jahre alt, sie ist gestern Mittag eingeliefert worden –«

»Hey!« Der Polizeidirektor weicht zurück. Das Herz in seiner Brust pocht.

Ein Raunen geht durch den Kreis der Beamten, die vor dem Monitor stehen. Die Frau auf dem Bildschirm ist von ihrer Matratze hochgeschnellt, als wäre sie an Drahtseilen nach oben gezogen worden. Jetzt steht sie auf ihrem Bett, die Fäuste zur Kamera gereckt, den Kopf in den Nacken geknickt ... während die Decke, mit der sie eben noch zugedeckt war, träge von ihr abrutscht und auf den Boden segelt.

Der Polizeidirektor starrt auf den Mund der Frau, der so heftig zuckt, dass die Pixel an der Stelle verschwimmen. Ihre Augen scheinen fast zu vibrieren.

Zu hören ist jedoch nichts.

Im gleichen Moment wird das Bild von einem schwarzweißen Rauschen zur Seite gedrückt – es knackt – dann ist ein Mann zu sehen, der in einem weißen Kittel hinter einem Schreibtisch sitzt.

»Hören Sie mich?« Der Mann, eindeutig ein Mediziner, blickt ernst in die Kamera.

»Ja ... wir können sie gut hören, Doktor.«

»Haben Sie die Bilder gesehen? Von Frau Heidt?«

»Haben wir.«

»Gut.« Der Arzt legt die Unterarme auf die Schreibtischplatte. »Die Überwachungskamera hat die Aufnahmen vor etwa zwei Stunden gemacht, Frau Heidt ist inzwischen betäubt, der Anfall hatte eine beängstigende Wucht entfaltet –«

»Ich bin sicher, Sie werden mit Vorfällen dieser Art umzugehen wissen«, fällt ihm der Polizeidirektor ins Wort.

Wir sollten doch besser versuchen, Butz zu erreichen, denkt er. *Die ganze Stadt spielt verrückt.*

Er wirft dem jungen Mann zu seiner Rechten einen Blick zu und senkt seine Stimme. »Gibt es inzwischen einen Termin für die Schaltkonferenz wegen des Hauses am Alexanderplatz?«

»Dreizehn Uhr vierzig. Ist Ihnen das recht?«

Der Polizeidirektor nickt. Wenigstens ein Kollege, der macht, was man ihm sagt.

Er schaut wieder nach vorn zum Monitor mit dem Arzt. »... mit den Symptomen nicht ganz überein, die wir in einem solchen Fall erwartet hätten«, hört er den Mediziner ausführen. Offensichtlich hat er die ganze Zeit weitergesprochen.

»Gut«, der Polizeidirektor nickt langsam, »halten Sie uns bitte auf dem Laufenden.« Er will sich schon abwenden, da lässt ihn die seltsam spitz klingende Stimme des Arztes innehalten.

»Ja, begreifen Sie denn nicht?«

»Was?« Irritiert blickt der Polizeidirektor zurück zum Bildschirm.

»Frau Heidt ist kein Einzelfall!« Der Arzt hat sich von seinem Schreibtisch erhoben, auf die Platte gestützt, den Oberkörper Richtung Kamera gebeugt. »Die Leute sind seit gestern Abend zu Dutzenden hier eingeliefert worden ...«

Zu Dutzenden.

»Es ist DRINGEND – verstehen Sie mich? *DRINGEND* erforderlich, dass wir unterstützt werden! Und zwar nicht nur durch eine Handvoll Sanitäter aus einem anderen Krankenhaus, die hierhergeschickt werden. Ich ...«, der Kopf des Mediziners hebt sich in kleinen, ruckartigen Bewegungen, als versuchte er, Luft zu bekommen, »ich weiß nicht einmal, ob es wirklich ratsam ist, überhaupt Personal hierherzuschicken. Verstehen Sie?«

Nein, verstehe ich nicht, hört sich der Polizeidirektor denken.

»Ich habe bereits überlegt, ob es besser sein könnte, das Gebäude *abzuschirmen* –«

»Hören Sie«, *guter Mann,* hätte der Beamte am liebsten gesagt, aber das kann er sich gerade noch verkneifen, »es hat doch keinen Sinn, jetzt die Ruhe zu verlieren.«

Der Mediziner hat sich abrupt von ihnen weggedreht, blickt gebannt an der Kamera vorbei, in die er bisher gesprochen hat, während zugleich ein hastiges Röcheln, ein Knacken, ein abgerissener Ruf zu hören sind.

Unwillkürlich ruckt die Hand des Polizeidirektors nach oben, bleibt auf halber Höhe stehen. Eine Gestalt hat sich ins Bild geschoben, von der nur der Rücken und der Hinterkopf zu sehen sind. Über die Schulter des Neuankömmlings hinweg blicken die aufgerissenen Augen des Arztes, während sich die massige Gestalt langsam auf ihn zuschiebt.

Der Polizeidirektor fühlt, wie seine Gesichtsmuskeln erschlaffen, als dem Mediziner die Brille über die Stirn rutscht. Die Gestalt, die ihn jetzt erreicht hat, hat sie ihm einfach aus dem Gesicht gewischt.

Im gleichen Augenblick ist es, als würde der Bildschirm vor ihren Augen zerplatzen. Die halb erhobene Hand des Polizeidirektors fliegt mit der Innenseite nach außen an seine Stirn. Der Mann – der Mann, der dem Arzt die Brille aus dem Gesicht gewischt hat – hat sich umgedreht. Er starrt sie an, und es ist, als ob man ihm die Haut von den Wangenknochen geätzt hätte.

Eine Flüssigkeit spritzt auf den Bildschirm, Tropfen rinnen herunter. Durch die Schlieren hindurch ist schemenhaft zu erkennen, wie sich Rümpfe, Glieder, Haare in das kleine Büro des Arztes schieben, pressen, drängen – fast als würde sich ein neues Wesen aus Körperteilen dort bilden wollen.

2

Zwei Jahre vorher

»Schläfst du?«

Felix' Stimme klang so weich, so freundlich, dass Lisa sich ohne nachzudenken antworten hörte. »Nein ... noch nicht.«

Sie hatte bereits das Licht gelöscht, als sie ihn durch die Eingangstür kommen gehört hatte. Es war nicht ungewöhnlich, dass Felix nach Hause kam, wenn sie schon im Bett lag. Meistens blieb er nur kurz an der Tür zu ihrem Schlafzimmer stehen, sah nach, ob sie schon schlief – was sie fast nie tat, auch wenn sie meist vorgab, es zu tun –, und lief dann den Flur weiter hinunter zu seinem eigenen Schlafzimmer, das zwei Türen weiter unten abging.

Lisa blinzelte. Sie lag auf der Seite und beobachtete, wie sich sein Umriss in ihr Schlafzimmer schob. Er wurde nur vom Licht im Flur von hinten beleuchtet, trat an ihr Bett und setzte sich auf die Kante der Matratze. Felix tastete nach ihrer Hand, die auf der Bettdecke lag.

Lisa ließ sich auf den Rücken sinken, ohne ihre Hand unter seiner hervorzuziehen.

»Alles gut?«

Durch die Dunkelheit hindurch konnte sie schemenhaft sein Gesicht sehen.

»Ja«, antwortete sie, auch wenn das nicht stimmte.

Den ganzen Tag über hatte Lisa mit sich gerungen, ohne zu einer

Entscheidung zu finden. Natürlich gab es nicht wirklich einen Grund, weshalb sie ausgerechnet heute oder morgen diese Entscheidung fällen müsste. Und doch schob sie sie bereits seit Wochen, ja beinahe Monaten vor sich her und wurde immer mehr von dem Gefühl geplagt, dass sie sich endlich festlegen müsste. Festlegen bei der Frage, was sie mit ihrem Leben eigentlich anfangen wollte.

Mehrere Wochen waren bereits vergangen, seit sie das Volontariat bei der Zeitung abgeschlossen hatte. Und doch konnte sich Lisa nicht dazu durchringen, allen Ernstes die ihr in Aussicht gestellte Redakteurinnenstelle anzunehmen. Sie wusste selbst nicht so genau, woran das lag. Daran, dass es das traditionelle Zeitungsgeschäft ohnehin nicht mehr lange geben würde? Daran, dass sie das Gefühl hatte, genauso gut etwas anderes machen zu können? Müsste ihr nicht das, was sie mit ihrem Leben anfangen wollte, wie etwas Unausweichliches, Notwendiges, Zwingendes vorkommen? Etwas, das sie machen *musste?* Das aber war bei der ihr angebotenen Stelle ganz und gar nicht der Fall.

So hatte sie den ganzen Tag damit zugebracht, darüber zu grübeln, wie sie die Weichen nun stellen sollte, was aber auch diesmal wieder zu keinem Ergebnis geführt hatte. Und zwar auch deshalb nicht, weil sie bei allem Starren auf ihre Lebensentscheidungen in Wirklichkeit mit ihren Gedanken ganz woanders war.

Seit Till für Bettys Hochzeit nach Berlin gekommen war, hatten sich Lisas Gedanken mehr und mehr auf ihn konzentriert. Dabei war es gar nicht so, dass sie und Till viel Zeit miteinander verbracht hätten. Sie hatten sich lediglich ein paarmal gesehen. Und doch wurde Lisa seit seiner Ankunft von einem unbestimmten Gefühl der Bedrängnis heimgesucht, das sich daraus ergab, dass sie mit *Felix* zwar zusammenwohnte – die ganze Zeit über aber an *Till* denken musste.

»Henning hat mir gerade erzählt«, hörte sie Felix neben sich sagen, »dass dein Bruder ein Fest gibt, eine Art Party. Schon morgen Abend, in seiner Wohnung.«

Lisas Gedanken kehrten zurück in das Schlafzimmer, in dem sie lag. »Hast du das nicht gewusst?« Sie schaute Felix etwas verwirrt an. Sie hatte fest damit gerechnet, dass Max Felix eingeladen hätte.

»Nein, ich habe keine Einladung erhalten.«

»Das muss Max vergessen haben –«

»Unsinn, so was vergisst dein Bruder nicht einfach.«

Lisa schwieg. Natürlich hatte Felix recht: Das war kein Versehen. Felix hatte keine Einladung erhalten, weil Max ihn nicht einladen wollte. Wirklich verwundert war Lisa darüber allerdings nicht.

»Es geht gar nicht darum, dass ich … was weiß ich … gern eingeladen worden wäre«, meinte Felix, und sie fühlte, wie sich der Druck seiner Hand auf ihre ein wenig verstärkte. »Aber ich mache mir Gedanken wegen Max, weißt du? Ich habe ihn gestern kurz im Verlag gesehen, als er Till dort abgeholt hat, und er hat auf mich den Eindruck gemacht, als würde er etwas ausbrüten.«

»Ja?«

»Und jetzt diese Einladung. Klar, warum nicht? Nur … nein, ich will mich wirklich nicht einmischen, nur … du kennst Max doch besser als ich, du weißt, wie er dazu neigt, sich in gewisse Dinge hineinzusteigern.«

»Wo soll er sich denn hineinsteigern?«

»Ich weiß es doch auch nicht, Lisa«, Felix' Stimme wurde von einem Hauch Ungeduld durchzogen, »es kann ja sein, dass ich das alles überbewerte. Alles, was ich meine, ist, dass du vielleicht mal mit ihm sprechen solltest. Oder zumindest ein Auge auf ihn haben. Vielleicht am besten sogar noch, bevor diese Party beginnt. Und wenn sich zeigen sollte, dass er … nun, dass er der Sache nicht wirklich gewachsen ist, versuchst du, es ihm auszureden.«

»Er soll einer Party nicht gewachsen sein?«

Felix atmete aus. »Ja, na ja, stimmt schon … Vielleicht hast du recht.«

Lisa entzog ihm ihre Hand. »Was meinst du denn?« Sie beugte sich zur Seite und knipste die Lampe auf ihrem Nachttisch an. Der Lichtschein schlug das markante Profil von Felix aus dem Halbdunkel des übrigen Zimmers heraus. Seine großen Augen ruhten auf ihr. Lisa ließ sich zurück in ihr Kissen sinken. Sie fühlte, wie ihre Haare sich neben ihr auf dem weichen Polster ausbreiteten.

Für einen Augenblick sahen sie sich an.

»Du siehst angestrengt aus«, sagte Felix schließlich leise, beinahe vorsichtig.

Lisa wusste, dass er recht hatte. »Machst du dir jetzt auch wegen mir Sorgen?«

Er lächelte, griff wieder nach ihrer Hand, die sie ihm überließ. »Das ist etwas anderes. Max kann von mir aus zum Teufel gehen«, sagte Felix, »ich mach mir doch nur Sorgen um ihn, weil ich weiß, dass du ihn liebhast, Lisa.«

Machte er sich wirklich nur deshalb Sorgen?

»Hast du noch einmal über das nachgedacht, was wir neulich besprochen haben?«, fuhr Felix fort. »Soll ich ein paar Anrufe machen, sehen, was ich für dich tun kann ... für deine – du weißt schon –, deine Karriere? Damit du dir vielleicht mal ein paar Betriebe ansehen kannst?« Er stützte die andere Hand auf der anderen Seite von ihr auf die Bettdecke, so dass er jetzt über sie gebeugt saß.

Lisa spürte, wie sich ihr Gesicht unwillkürlich etwas verhärtete. Konnte er ihr nicht ein wenig Zeit lassen? Sie wusste doch selbst, dass sie nicht ewig warten konnte. Wenn er sie jedoch ständig darauf ansprach, würde sie wahrscheinlich erst recht nie zu einer Entscheidung finden.

»Lisa, ich will dich nicht drängen oder dir zu nahe treten ... ich ... ich will dir helfen.«

»Ja«, presste sie hervor und wünschte, er würde sich nicht so über ihr abstützen und sie endlich allein lassen ...

»Brauchst du vielleicht mal eine Abwechslung, mehr Luft? Ist es das?« Als ob Felix gehört hätte, was sie dachte, setzte er sich wieder aufrecht hin und legte die Hände in den Schoß. »Hast du etwa noch immer Angst vor mir?«

Lisa lag unter ihrer Decke und kam sich vor wie eine Mumie. Was sollte sie ihm darauf antworten? Vor Jahren hatte sie ihm nach langem Zögern einmal anvertraut, dass sie bei aller Vertrautheit, die zwischen ihnen herrschte, doch nie das Gefühl ganz loswürde, er könnte einmal die Beherrschung über sich verlieren ... könnte ihr weh tun – auch wenn er das vielleicht gar nicht wollte. Und obwohl sie wusste, dass er sich seitdem Mühe gab, sich zu zügeln, war Felix doch danach auch kein anderer Mensch geworden. Nach wie vor gab es Nächte, die sie miteinander verbrachten und in denen sie wieder da war: glasklar, strahlend, gleißend – die Angst vor diesem Mann, der sie zu Dingen drängte, an die sie, wenn sie allein war, sich zu erinnern scheute. Dinge, von denen sie in keinem Buch, geschweige denn in einem Film jemals etwas gelesen oder gesehen hatte. Dinge, die sie mit sich fortrissen, die sie fast nicht als sie selbst erlebte – von denen sie jedoch wusste, dass die vagen Erinnerungen daran in ihr fortwirkten und ihre Persönlichkeit geradezu zu durchschleichen schienen.

»Ich liebe dich, Lisa«, hörte sie ihn sagen. »Das weißt du.«

Sie nickte.

»Ich weiß, ich habe viel falsch gemacht.«

Ihre Augen wanderten zu seinem Gesicht. Es wirkte eingefallen, in sich gekehrt. Es war nicht oft, dass sie ihn so gesehen hatte.

»Als deine Mutter mich damals gebeten hat, mich um dich zu kümmern, habe ich versucht, das Beste daraus zu machen«, sagte Felix. »Mit Max hat es nie funktioniert. Mit dir aber schon. Du hast einen anderen Menschen aus mir gemacht. Kannst du das glauben?«

Nein.

»Du weißt, ich habe euer Haus nur vermietet, weil deine Mutter dort ausgezogen ist.« Felix richtete seinen Blick wieder auf sie. »Ich habe schon länger darüber nachgedacht. Ich will, dass wir dort einziehen, Lisa. Ich will dir das Haus schenken. Du wolltest doch immer, dass ich es behalte und nicht verkaufe. Vielleicht ist es das, was du brauchst: das Haus deines Vaters, in dem du selbst groß geworden bist. Dann wirst du besser sehen, wohin dein Weg dich führt.«

Das Haus … der Garten … die Laube, in der Till zuerst übernachtet hatte … das Gartenhaus hinter der Hecke, in der ihr Vater gearbeitet hatte.

Die Erinnerungen strömten auf Lisa ein. Das Haus ihrer Eltern war ihr immer so vorgekommen wie ein Schloss, in das einzuziehen so etwas wie eine Ankunft im erwachsenen Leben sein würde. Felix hatte es ihrer Mutter vor Jahren schon abgekauft – und jetzt wollte er es ihr, Lisa, schenken?

Sie sah, wie er sich noch einmal zu ihr herunterbeugte. Diesmal so weit, dass sie seinen Atem auf ihrer Wange spürte. »Ich will ein Kind von dir, Lisa … ein Baby. Kannst du mir diesen Traum erfüllen?«, flüsterte er in ihr Ohr.

3

Heute

Frederik macht einen Schritt durch den Gang auf die Frau zu. Claire will ihn aufhalten – zurückhalten wenigstens –, aber dann fällt ihr Blick erneut auf das Gesicht der Frau, auf die Lippen, die sich von ihren Zähnen zurückgezogen haben, auf die Schatten, die ihre Augen umlagern, auf die vom Schweiß verklebten Haare – und Claire begreift, dass sie sich nicht abwenden können, dass diese Frau ihre Hilfe braucht, geradeso wie der Mann, der hinter Claire an der Wand kauert.

»Wir sollten sie nach oben bringen«, raunt Claire Frederik zu, während er die Frau am Arm berührt, »sie muss etwas trinken – ihre Lippen sind vollkommen ausgetrocknet.«

Frederik beugt sich nach vorn. »Hören Sie mich, können Sie mich verstehen?«

Die Frau nickt. Claire sieht, wie ihre Hand sich auf Frederiks Arm legt, ihre Finger sich darum schließen. Unendlich langsam senken sich die Lider über die Augen, heben sich wieder, und Claire kann hören, wie der Atem der Frau leicht pfeifend aus ihrem Mund strömt.

»Kommen Sie, ich helfe Ihnen.« Frederik wirft Claire einen Blick zu. »Kümmerst du dich um ihn?«

»Ja ... ja natürlich.« Claire wendet sich um. Der Mann starrt sie an. Er hat sich aufgerichtet und lehnt an der Wand. Sein Hals ragt schief, lang und dünn aus dem zu großen Hemdkragen heraus. »Wir bringen Sie hoch«, murmelt Claire, »keine Angst, es wird alles gut.«

Schon will sie nach seinem Arm greifen, da fällt ihr Blick auf die Schweißtropfen, die seine Stirn bedecken. Was ist es, das ihn so schwitzen lässt? Was hat er hier unten verloren? Was macht die Frau hier?

Sie zuckt zusammen. Statt dass sie seinen Arm ergriffen hätte, hat sich plötzlich seine Hand auf ihre Schulter gelegt. Fahl und hager, beinahe wie künstlich in die Länge gezogen, ragt sein Gesicht schräg über Claire auf. Ein ungesunder Geruch entweicht seinem Mund und sickert ihr in die Nase.

»Haaaarrrgraggh«, hört sie es in seinem Rachen rasseln – oder war das: »Kannst du bitte –«

»Was?«

»Hannnsttubädde ...«

»Ja?«

»Haaarlllllrg –«

Claire verlagert ihr Gewicht auf das andere Bein, um von dem Mann nicht umgerissen zu werden. Sie spürt, wie Frederik zusammen mit der Frau an ihr vorbeidrängt. »Komm schon, Claire, es geht ihnen nicht gut«, ruft er ihr über die Schulter noch zu, dann bewegt er sich durch den Gang zurück in die Richtung, aus der sie gekommen sind. Claire versucht, den Mann vor ihr zu drehen, damit sie Frederik folgen können.

»HAAAAARLLLgggggg –«

»Kommen Sie bitte, Frederik hilft uns.«

Gelb. Die Augen des Mannes sind nicht weiß, sie sind *gelb*. Seine andere Hand legt sich auf ihre andere Schulter, so dass er jetzt plötzlich breitbeinig vor ihr steht.

»Frederik!« Claires Stimme klingt dünn.

»Was?« Frederik ist bereits zehn Meter weiter.

»Wartest du kurz ... hier –«

An der Schulter des Mannes vorbei sieht sie, wie Frederik, vom Dunkel des Gangs fast schon verschluckt, stehen bleibt und sich zu ihr umdreht.

»Rrrrrrrrrlllllgggg«, blubbert es aus dem Mund des Mannes vor ihr, die Lippen sind jetzt so weit von seinen Zähnen zurückgezogen, dass darunter das Zahnfleisch hervorlugt. Spitz und dürr stecken die Zahnhälse darin.

»Warte auf uns ...« Keine hastigen Bewegungen jetzt, schießt es Claire durch den Kopf, er wird sich gleich umdrehen. »Nur dass ihr nicht schon zu weit vorgeht«, ruft sie Frederik zu.

»Alles in Ordnung, Claire?«, kommt es von Frederik zurück, der sie schlecht verstanden zu haben scheint.

Und mit einem Mal ist es, als würde sie es glasklar vor sich sehen.

»Sie sind überall, Frederik ...« Claire fühlt, wie ihr die Tränen über die Wangen strömen. »Es ist überall – es hat begonnen. Wir werden es nicht mehr stoppen können.« Vor ihr flackern die Pupillen des Mannes und folgen jeder ihrer Bewegungen. Zugleich haben sich seine Hände, so dünn und spinnenartig sie auch sein mögen, wie zwei Zangen in ihre Schultern gebohrt.

Sie sind überall. SIE sind es, die das Hochhaus zum Einsturz gebracht haben.

Da dringt es erneut durch den Gang. Das Quieken, das diesmal klingt wie die Welle eines unaufhaltbaren Stroms. Als wären die Schleusen geöffnet worden und die Massen, die sich dahinter aufgestaut hatten, würden mit unvorstellbarer Wucht durch die Gänge drücken.

Durch die Gänge hindurch auf sie zu.

Sie sind überall, und sie werden alles mitreißen.

Claire sieht, wie sich das Gesicht des Mannes ihrem nähert.

Entsetzt reißt sie die Hände nach oben, um sich dagegen zu wehren.

Presst sie ihm auf sein Gesicht.

Der totenähnliche Gestank, der seinem Schlund entweicht, schleicht sich zwischen ihre Finger hindurch, kriecht Claire in die Nase, die Augen, den Mund – als hätte er seine Zunge schon zwischen ihre Lippen hindurch bis in sie hineingeschoben.

4

Zwei Jahre vorher

»Max?« Lisa schlenderte den schwarz getünchten Flur entlang, in den man gelangte, wenn man Max' Wohnung durch die Haustür betrat. »Max!« Es war am Nachmittag des Tages nach ihrem Gespräch mit Felix. Die Wohnungstür ihres Bruders hatte weit offen gestanden.

»Hier, wir sind unten!« Max' Stimme drang entfernt und gedämpft zu ihr hoch.

Lisa wandte sich zum Berliner Zimmer, ging durch es hindurch bis in den Seitenflügel und über die Innentreppe in das Stockwerk darunter, das ebenfalls zu Max' Wohnung gehörte. Als sie dort ankam, sah sie Till und ihren Bruder, die verschwitzt und in staubigen, weißen Hemden die nach vorn liegenden, großen Zimmer der unteren Wohnung aufräumten.

»Nur ein Tisch«, rief Max ihr zu, als er sie sah. »Hier soll nur ein Tisch stehen, die Stühle habe ich schon besorgt. Je weniger in den Räumen hier unten ist, desto besser!«

Lisa spazierte zu ihnen in die beiden vorderen Wohnzimmer und warf Till einen flüchtigen Blick zu. Er nickte zurück.

»Komm, Till, jetzt das Sofa!«, kommandierte Max und beugte sich herunter, um das schwere, dunkelrot bezogene Möbelstück anzuheben.

»Das Taxi wartet noch unten«, sagte Lisa und sah zu Max. »Ich hab was mitgebracht.«

Max blickte auf. »Ach ja? Was denn?«

»Überraschung!«

»Soll ich dir hochtragen helfen?« Till hatte sich ebenfalls wieder aufgerichtet.

Es waren zwei Kisten Champagner. Till wuchtete sie aus dem Kofferraum des Taxis, während Lisa den Fahrer bezahlte. Sie bummelten zum Eingang des Hauses zurück. Bevor sie ihn jedoch betraten, berührte Lisa Tills Arm. »Ich hab mit Felix gesprochen.«

Sein Blick schnellte zu ihr.

Lisa zögerte. Nach ihrem Gespräch mit Felix am Abend zuvor hatte sie kein Auge mehr zugetan. Es war ihr zwar gelungen, Felix dazu zu bewegen, sie allein zu lassen, ohne ihn allzu sehr vor den Kopf zu stoßen, aber sie wusste nicht, wie es weitergehen sollte. Sie würden ihn nicht mehr lange hinhalten können.

»Wollen wir uns kurz setzen?« Till nickte zu einer Bank, die am Ufer der Spree vor dem Haus aufgestellt war. Von dort aus blickte man auf die Gotzkowskybrücke und die umgebauten Fabrikgebäude auf der anderen Seite des Flusses.

»Was hat er denn gesagt?«, fragte Till, nachdem sie auf der Bank Platz genommen hatten und er die Kisten neben sich abgestellt hatte.

Dass er ein Kind von mir will, schoss es Lisa durch den Kopf. »Es ging um Max«, sagte sie, »er meint, dass er sich Sorgen um ihn macht.«

Till runzelte die Stirn.

»Wie gefällt dir denn die Arbeit bei Felix?«, fuhr Lisa fort.

Sie sah, wie Till kurz nachdachte, bevor er antwortete. »Es ist schon interessant, was sie dort versuchen ... soweit ich das beurteilen kann, macht das sonst weltweit keiner.«

»Und du willst dort mitarbeiten?«

Tills Schulter zuckte. »Ja, vielleicht ... warum nicht?«

Lisa sah ihm in die Augen. Sie kannte Till so lange schon, es hatte sie immer beruhigt, in sein Gesicht zu schauen – ein offenes, ehrliches, ein starkes Gesicht.

»Wegen uns«, erwiderte sie langsam. *Muss ich ihm das wirklich erst sagen?*, dachte sie. *Ist dann nicht sowieso alles vollkommen falsch?*

Im gleichen Moment geschah etwas, das sie sich gewünscht hatte, ohne darüber nachzudenken. Till griff nach ihrer Hand und drückte sie. Ihr Kopf wurde so schwer, dass er ein wenig zur Seite sank. Sie spürte, wie Till seinen Arm um ihre Schultern legte und sich die Wärme, die von seinem Körper ausging, mit der Erwärmung vermischte, die in der Luft lag.

»Ist das wirklich das Richtige für dich?«, fragte sie, ohne den Kopf von seiner Schulter zu nehmen. »Für Felix arbeiten? Willst du dir von ihm sagen lassen, womit du deine Zeit verbringen sollst?«

»Ich lerne noch«, Tills Stimme klang sanft, fast glaubte sie, sie wären wieder Kinder und würden nur auf einem Ausflug in der Stadt sein. »Felix weiß viele Dinge, von denen ich keine Ahnung habe.«

Es ist ihm wichtig, zog es Lisa durch den Kopf, es ist wegen der Arbeit, dass Till nach Bettys Hochzeit erst einmal in Berlin geblieben ist. Aber er kann nicht bei Felix arbeiten, wenn ich Felix für ihn verlasse.

Unwillig hob sie den Kopf. »Bist du dir sicher? Dass du in Felix' Verlag arbeiten willst?« Wenn er sich sicher war, war entschieden, was sie tun würde.

Tills Augen glänzten. War Felix stärker als er? Doch dann fiel Lisa ihr Bruder ein. War Max von seinem Hochmut, der es ihm verbat, sich von irgendjemandem irgendetwas sagen zu lassen, nicht schon ganz in die Enge getrieben? War es also nicht *richtig,* wenn Till nicht ganz so überheblich war wie Max? Wenn Till mit den Füßen auf dem Boden blieb? War das nicht vielleicht gerade seine Stärke?

Sie streckte sich ein wenig vor, und ihre Lippen berührten sein Kinn. Sie fühlte, wie seine Arme sich um sie schlossen. Wie seine Bewegung ihr Gesicht seinem zuschob. Sie schloss die Augen und versank in dem Kuss. So oft schon hatte sie sich diesen Moment vorgestellt, aber in all den Jahren war es noch nie dazu gekommen.

5

»Hey!«

Nina wandte sich um. »Irina! Was machst du denn hier?« Nina hatte gerade das Maklerbüro verlassen und war auf die Straße getreten.

»Quentin hat mir mal erzählt, du arbeitest hier.«

Nina hatte Irina seit der Hochzeit von Betty nicht mehr gesehen. »Du hast mich gesucht?«

»Hast du einen Moment Zeit?«

Nina nickte. »Ich wollte gerade einen Happen essen gehen.«

»Kann ich vielleicht mitkommen?« Irina war die Erleichterung anzusehen – als ob sie gefürchtet hätte, dass Nina sie rundheraus fortschicken würde.

»Klar! Gern.«

Sie begannen, die Straße hinunterzulaufen. Eine Weile schwiegen beide.

»Du bist heute Abend doch auch bei Max, oder?«, begann Irina schließlich.

Nina nickte. Max hatte sie bereits eingeladen, als sie noch in Paris waren. Und?

»Ihr seid zusammen, Max und du, oder?« Irina blieb stehen und sah sie an. Jetzt war nicht mehr zu übersehen, dass sie etwas bedrückte.

»Schwer zu sagen.« Nina nahm sich zusammen. Unwillkürlich hatte sie den Eindruck, zu wissen, was der Grund dafür war, dass Irina sie auf dem Nachhauseweg abgefangen hatte.

»Nina, ich … ich weiß nicht, wie ich es dir sagen soll.«

»Geht es um Max?« War das Röte, was dem Mädchen vor ihr ins Gesicht stieg? »Was ist mit ihm?«

Irinas Lippen bewegten sich lautlos, ihr Blick wanderte an Nina vorbei.

Nina hatte sich bisher nur ein paarmal mit Irina unterhalten, wenn sie sie auf einem Essen oder Geburtstag im Freundeskreis um Henning oder Quentin getroffen hatte.

Zu einer wirklichen Freundschaft aber war es zwischen ihr und Irina nie gekommen. Vielleicht weil Nina sich immer ein wenig mit Irina gelangweilt hatte. Auch wenn sie das so offen nie gesagt hätte, empfand sie die Ansichten von Quentins Freundin manchmal einfach als ein wenig schlicht.

»Ist es, was ich denke?« Nina spürte, wie ihr warm wurde.

Wieder Nicken.

»Wann?«

»Vorgestern.«

Scheiße! Hatte Max sich deshalb seit Paris nicht mehr gemeldet? Nina musste Luft holen.

Plötzlich fühlte sie, dass Irina ihren Arm berührte. »Ich wollte es nicht. Er ...« Sie brach ab.

»Ich bin mir nicht sicher, ob ich das alles wissen will«, herrschte Nina sie an. Es war mehr als nur Ärger, was sie empfand – es war Wut und zugleich das Gefühl, als würden viele Dinge, auf die sie sich gefreut hatte, die ihr Spaß gemacht hatten, plötzlich in einem unerträglichen Schlamm versinken.

»Es geht nicht nur um Max«, sagte Irina und sah sie fest an. »Es geht auch um Quentin.«

»Was geht mich Quentin an?«, stieß Nina hervor. Das war doch nun wirklich nicht ihr Problem!

»Er hat es heute früh erfahren, ich ... ich habe es nicht mehr ausgehalten. Ich will Quentin nicht verlieren – ich weiß nicht, was es war ... als hätte Max nur mit mir gespielt.«

»Und du warst nicht in der Lage, ihn aufzuhalten?«

»Ich ...«

Fast angeekelt stieß Nina Irinas Hand, die sie noch immer am Arm hielt, von sich.

»Er ist außer sich«, hauchte Irina. »Ich glaube, Quentin hätte versucht, mich zu schlagen, wenn ich nicht weggerannt wäre.«

Nina schwieg.

»Und er will unbedingt heute Abend zu Max kommen«, fuhr Irina zaghaft fort, was Nina einen neuen Stich versetzte, denn sie würde keine Zeit mehr haben zu überlegen, wie sie mit der Nachricht umgehen sollte. Es würde wahrscheinlich keine Möglichkeit geben, Quentin von Max' Wohnung fernzuhalten, und er würde über Max regelrecht herfallen.

»Kannst du es nicht verhindern, dass Quentin bei Max aufkreuzt? Das kann doch nur schiefgehen!« Unwillig starrte sie Irina an, die fast wie ein begossener Pudel vor ihr stand. Es war nicht zu übersehen: Irina würde nicht in der Lage sein, die Sache in den Griff zu bekommen. Das musste Nina schon selbst übernehmen.

»Du willst Quentin nicht verlieren?« Sie berührte Irina an der Schulter, damit sie sie ansah. »Dann sag ihm das! Sag ihm, dass es ... ein Versehen – nein, kein Versehen –, was weiß ich, dass es ein Fehler ... genau:

dass es ein *Fehler* war. Dass du dich einfach nicht wehren konntest.« Sie suchte Irinas Augen. »Hat er dich ... hat Max dich vergewaltigt?«

»Nein!« Irina schien den Tränen nahe. »Nein, Max und ich –« Wieder brach sie ab.

»Wie auch immer – du musst mit Quentin reden! Du musst ihm klarmachen, dass nicht Max, sondern *er* deine Zukunft ist! Kannst du ihn denn davon nicht überzeugen?« Ärgerlich musterte sie Irina. Sie hatte doch alles, was es dafür brauchte, verdammt noch mal!

»Er lässt mich ja gar nicht ausreden. Das hat auch nicht unbedingt nur was mit mir zu tun«, stammelte Irina, »Max und er umkreisen sich doch schon seit Jahren.«

»Er will nicht wahrhaben, dass Max ihm überlegen ist.«

»Ja, vielleicht ist es das.«

»Und heute Abend will er es wissen.«

Irina nickte.

Sie würde ihn nicht davon abhalten können, nichts würde Quentin davon abhalten können, heute Abend bei Max aufzutauchen.

»Ich wollte dich wenigstens informieren«, Irina sah Nina groß an, »vielleicht kannst du Max ja warnen, vielleicht vertagt er seine Einladung noch mal –«

»Weil er Angst vor Quentin hat?« Das glaubte Irina doch wohl selbst nicht. Nein, das war nicht die Lösung. »Hör zu, wenn du Angst hast, geh lieber nicht nach Hause. Kannst du vielleicht zu Freunden gehen? So lange, bis sich die ganze Sache wieder ein wenig beruhigt hat?«

»Er hat gesagt, dass ich es nicht wagen soll, heute Abend *nicht* zu Max zu kommen. Er hat es mir im Treppenhaus nachgebrüllt.«

»Egal. Komm nicht. Was erwartest du denn?«

»Und du?« Mit einem Mal war so etwas wie Trotz in Irinas hübschen Augen aufgeflammt. »Du hast doch auch keine Angst davor, heute Abend dabei zu sein! Warum soll ich mich drücken? Was soll er denn machen? Mir vor allen anderen ins Gesicht schlagen?«

Vielleicht. Quentin war schwer einzuschätzen.

»Ich werde Quentin nicht ausgerechnet an dem Abend im Stich lassen, an dem er sich völlig verrennen könnte.«

»Tu, was du willst.« Nina sah auf ihre Uhr. Sie musste zu Max, sie durfte keine Zeit mehr verlieren. Das Ziffernblatt zeigte kurz vor halb vier.

6

Als sie eine gute halbe Stunde später Max' Wohnungstür mit dem Schlüssel aufschloss, den er ihr im ersten Überschwang noch vor ihrem Aufbruch nach Paris ausgehändigt hatte, dachte Nina zuerst, dass niemand zu Hause wäre. Erst als sie ihren Mantel abgelegt und ein wenig durch die obere Wohnung gestromert war, hörte sie, dass von unten Geräusche heraufdrangen. Sie wandte sich zur Treppe und stieg hinab.

Max schien sie nicht gehört zu haben, denn er arbeitete wie ein Besessener daran, auf einem langen Brett, das er auf zwei Böcke gelegt hatte, Teller und Gläser aufzubauen, die er in großen Tüten aus der Küche in die beiden vorderen Wohnzimmer geschleppt hatte. Erst als sie fast schon in der Türöffnung stand, bemerkte er sie.

Seine Augen blitzten auf. »Bist du schon lange da?«

Nina lehnte sich gegen den Türpfosten und verschränkte die Arme. Seine Haare standen wirr vom Kopf ab, sein weißes Hemd war von den Umräumarbeiten ganz schmutzig. »Hilft dir denn niemand?«

»Doch, Till. Er ist nur kurz los mit Lisa.« Max trat auf sie zu, neigte sich zu ihr, berührte flüchtig ihre Lippen.

Als er sich wieder aufrichten wollte, hielt sie ihn fest. »Wir müssen reden.«

»Ach ja?« Er grinste. Es war ein Grinsen, das sagen wollte: *Müssen? Was muss ich?*

Nina hätte sich gewünscht, dass es etwas geben würde, was Max in seiner Obsession, sich von nichts und niemandem etwas vorschreiben zu lassen, ein wenig gebremst hätte. Und doch war es vielleicht gerade das, was ihr an ihm so gefiel: seine Unabhängigkeit. So sehr gefiel, dass sie alle Vorsicht fahrenließ. »Es gibt etwas, das ich dir sagen möchte.«

Er stand vor ihr, die Hände geöffnet.

»Es haben sich in den letzten Tagen ein paar Dinge verändert. Es ist nicht mehr so wie neulich auf Bettys Hochzeit.«

»Ach nein?«

»Ich mag dich«, sagte sie. ›Ich liebe dich‹ kam ihr nicht über die Lippen.

Max' Kopf zuckte nach oben. Sein Gesicht schien versteinert. »Mmm.« Er hatte seine Stimme fast spöttisch hochgezogen. Egal, jetzt musste sie es zu Ende bringen.

»Ich sage das, damit du mich nicht falsch verstehst.« Nina schlug die Augen nieder, sah nur noch seine Segelschuhe, die er immer trug. Da nichts von Max zu hören war, sprach sie einfach weiter. »Felix hat mich gebeten, mich um dich zu kümmern. Er wollte ... ich weiß nicht, was er wollte. Aber es war der Grund, warum ich dich auf der Hochzeit angesprochen habe. Felix hatte mich gebeten, dich besser kennenzulernen.« Jetzt hob sie doch den Blick, schaute in Max' Gesicht, das verkrampft schien, als würde jemand gewaltsam an seinen Zügen zerren.

»Ich habe mich seitdem in dich verliebt, Max. Ich ... all das, was zwischen uns passiert ist, es ist nicht wegen Felix passiert, es ist passiert, weil ich es so wollte.«

»Hast du ihm das gesagt?« Max' Stimme war rauh und belegt.

»Nein, das habe ich nicht, du kennst Felix nicht –«

»Ich kenn Felix nicht? Ich kenn ihn, seit ich zwölf Jahre alt bin.«

»Du kennst ihn nicht so, wie ich ihn kenne.«

»So? Wie kennst du ihn denn?«

Das willst du nicht wissen!

Sie riss sich herum, wandte sich ab, begann fortzulaufen. Sie wollte weg von hier, sie hatte viel zu lange gewartet, sie hatte alles falsch gemacht – da spürte sie, wie er mit zwei Schritten bei ihr war, wie seine Hände nach ihr griffen, sie sanft herumdrehten. Er nahm sie in den Arm, hielt sie fest.

Gleichzeitig hörte Nina ihn atemlos reden.

»Ich weiß es, Nina, es tut mir leid, ich hätte es dir sagen müssen, ich ... ich weiß nicht, warum ich das nicht längst getan habe –«

Er weiß von Felix?

»Quentin hat es mir gesagt, an dem Abend, an dem wir alle auf der Cluberöffnung waren ...«

Quentin. Wie von kochendem Wasser wurde Nina plötzlich von einem anderen Gedanken getroffen – von dem Gedanken an das, was Irina ihr vorhin anvertraut hatte. Aber sie wollte sich nichts anmerken lassen. Zu sehr war Max' Umarmung die Lösung für all die Grübeleien, in die sie verstrickt gewesen war, seitdem sie ihn zum ersten Mal angesprochen hatte.

Nina rollte sich in seinen Armen zusammen und konnte doch keine Ruhe finden. Sollte sie ihm wirklich schon wieder etwas verschweigen, ging es ihr durch den Kopf. Dass sie wusste, was zwischen ihm und Irina vorgefallen war?

Mit einer heftigen Bewegung befreite sie sich aus seiner Umarmung, stieß ihn regelrecht von sich. Sie fasste sein Gesicht ins Auge und sah die Furchen, die es trotz seiner jungen Jahre bereits durchzogen. »Quentin wird heute Abend hierherkommen – Irina hat es mir gerade gesagt.« Sie spuckte es regelrecht aus.

Spott blitzte in Max' Blick auf.

»Warum hast du mit ihr geschlafen?«, schrie sie und wusste es im gleichen Moment selbst: »Weil du wusstest, dass Felix mich zu dir geschickt hat!«

»Was erwartest du denn?«, schlug Max ihr seine Antwort mit der gleichen Heftigkeit um die Ohren, aber es wirkte wie eine Befreiung. Als würden auf diese Weise all die Spinnweben, die sich um sie gelegt hatten, zerreißen, all die Absichten der anderen, in die sie eingespannt werden sollten, zerplatzen.

»Ja, ich war bei Irina!«, herrschte er sie an. »Ja, es war falsch, was ich mit ihr gemacht habe. Aber nicht wegen dir, Nina – nicht wegen dir war es falsch, sondern wegen *ihr*. Wegen Irina!« Die Bestürzung schien gleichsam in seine Züge einzubrechen. »Ich hätte es ihr nicht antun dürfen. Sie wird es Quentin nicht verheimlichen können – und er wird nicht in der Lage sein, sich zu zügeln. Ich habe sie ihm ausgeliefert, obwohl sie nicht die geringste Schuld trifft!«

Fünfter Teil

1

Heute

Das müssen mindestens drei Meter sein! Zwischen der einen und der anderen Schiene desselben Gleises. *Drei Meter Spurbreite?*

Malte stolpert weiter über das Schotterbett.

Drei Meter Spurbreite ... es wirkt, als ob Giganten aus längst vergangenen Zeiten eine Eisenbahn hierunter verlegt hätten ...

Eine Eisenbahn ... immerhin! Sie haben ja kein Hünengrab aufgeschichtet, sondern eine Zugstrecke gebaut ... also etwas, das eher aus einem Steampunk-Traum zu stammen scheint als aus einem Märchen ...

Eine Steampunk-Giganten-Welt, zieht es durch seinen Kopf, mitten in Berlin ... oder besser gesagt: unter Berlin – im Untergrund der Stadt.

»Hast du mal 'ne Zigarette?«

Malte schaut auf. Er läuft nicht allein über die Gleise, sondern in einem Pulk von gut drei Dutzend anderen. Sie haben gemeinsam in der Halle übernachtet und sich vor knapp einer Stunde auf den Weg gemacht.

Ein blasses Jungengesicht blinzelt ihm aus dem Halbdunkel des Tunnels entgegen.

Malte schüttelt den Kopf. »Ich rauche nicht.«

Sie stolpern weiter.

Wie lange wird es noch dauern? Vorhin, kurz nach dem Aufstehen, hatte der Kerl, der in ihrer Gruppe so etwas wie die Ansagen machte, behauptet, dass sie einen längeren Fußmarsch vor sich hätten, bevor es losgehen würde.

Malte wirft seinem Nachbarn einen kurzen Blick zu. »Hast du eine Ahnung, was uns hier am Ende des Tunnels erwartet?«

Der junge Mann an seiner Seite verzieht das Gesicht zu einem Grinsen. »Nichts Gutes.«

Ja ... davon kann man ausgehen ...

»Weiß man denn inzwischen, ob weitere Häuser eingestürzt sind?« Malte hat den Blick wieder auf den Boden gerichtet, um nicht zu stolpern.

»Pfff ...«, hört er von seinem Kompagnon.

Keiner weiß etwas ...

Aus dem Ruder ... etwas ist aus dem Ruder gelaufen – hatte es nicht so geheißen, als er benachrichtigt wurde? Was soll *er* denn dagegen ausrichten? Die letzten drei Jahre hat er am Schreibtisch gesessen – wenn jemand schlecht in Form ist, dann er.

Malte greift in die Tasche seiner Windjacke und holt sein Handy daraus hervor. Das Display zeigt einen schwachen Empfang an.

Henning ist derjenige gewesen, der ihn benachrichtigt hat, der ihm gesagt hat, dass er gebraucht wird.

Malte berührt den Touchscreen seines Handys und scrollt sich bis zu Hennings Nummer durch. Baut die Verbindung auf.

»*Messages after the beep.*«

Malte kappt die Verbindung und lässt das Gerät wieder in seiner Jackentasche verschwinden. Das kennt er von Henning sonst gar nicht, dass er nicht zu erreichen ist. Und Quentin? Weiß der vielleicht etwas?

Malte atmet aus und läuft weiter über die gigantischen Gleise durch den Tunnel. Sein Nachbar ist im Halbdunkel schon fast nicht mehr zu sehen.

Quentin anzurufen lässt er lieber bleiben, beschließt Malte.

Es ist zwar schon zwei Jahre her, aber er hat sich bei Quentin seitdem nicht mehr gemeldet.

Seitdem das mit Irina geschehen ist.

2

Zwei Jahre vorher

Irina streckte Quentin das Glas hin. »Möchtest du einen Schluck?«

Er griff danach, trank in langen Zügen. Die Eiswürfel klimperten.

Nach ihrem Gespräch mit Nina war Irina direkt in ihre Wohnung zurückgekehrt. Die Glasschiebetür zur Terrasse war weit geöffnet gewesen, der angenehme Duft des ersten warmen Tages des Jahres ins Wohnzimmer geströmt. Quentin hatte mit dem Rücken zur Glastür auf dem Liegestuhl gesessen, der auf ihrer Terrasse stand. Geistesabwesend hatte er über die halbhohe Balustrade hinweg auf die Rummelsburger Bucht hinuntergeschaut.

Irina war in die Küche gehuscht, hatte ein Glas mit Mineralwasser gefüllt, ein Stückchen Zitrone hineingeschnitten und sich vorsichtig dem Liegestuhl genähert. Als sie von hinten eine Hand auf seine Schulter gelegt hatte, war Quentin beinahe erschrocken zusammengefahren.

Er setzte das Glas wieder ab, wischte sich über den Mund und sah sie mit entwaffnender Offenheit an. Im gleichen Moment wusste sie, dass es richtig gewesen war, nach Hause zu kommen.

»Was passiert ist, war ein Fehler, Quentin, ich weiß, ich liebe dich, ich will dich nicht verlieren.« Die Worte sprudelten nur so aus ihr hervor. Sie hockte sich neben ihn auf den Terrassenboden und legte ihren Kopf auf seinen Schoß. Gleichzeitig spürte sie, wie seine Hand sanft über ihr Haar streichelte.

»Versprichst du mir, dass du mir einen Gefallen tust?«, hörte sie ihn sagen.

»Was du willst, Quentin, was du willst.«

Er streichelte sie weiter. Irina drehte ihren Kopf ein wenig, um ihm ins Gesicht schauen zu können. »Was ist es? Sag, was ich für dich tun kann – ich mach es.«

Seine Augen ruhten auf ihr. Sie sah, dass er noch immer aufgewühlt war, sich inzwischen jedoch einigermaßen im Griff hatte. Die Verzweiflung und Panik, die ihn geritten hatten, als sie aus der Wohnung geflohen war, waren aus seinem Blick verschwunden.

»Ich sag dir Bescheid, wenn es so weit ist.«

Sie nickte. Wartete einen Moment. War es wirklich eine gute Idee, zu Max zu gehen?

»Wollen wir nicht einen Ausflug machen? Aufs Land, nach Potsdam, raus aus der Stadt?«, schlug sie vor. »Der Frühling beginnt, es ist so schön, wir könnten einen Spaziergang machen, über ein Feld, ich könnte uns ein Picknick einpacken.«

Er schaute sie an. »Ich möchte gern zu der Einladung von Max heute Abend.«

»Aber warum denn? Was soll das denn bringen? Das kann doch nur furchtbar werden!«

Er spitzte die Lippen, hörte aber nicht auf, sie zu streicheln.

»Was hast du denn vor, Quenni, willst du Max verprügeln? In seiner eigenen Wohnung?«

Quentin verzog das Gesicht, wandte den Blick ab, ließ ihn wieder über die Balustrade schweifen.

Sie stemmte sich an seinem Bein hoch, kletterte regelrecht auf seinen Schoß, umschlang seinen Hals, mit ihren Beinen seine Hüften, so dass sein Gesicht beinahe ihre Brüste berührte. Sie zog ihren Kopf zwischen die Schultern, um ihre Augen auf die Höhe seiner Augen zu bringen, schon berührten sich ihre Nasenspitzen. »Was willst du denn dort? Reicht nicht aus, was schon passiert ist?«

»Weißt du eigentlich, um was es geht?«, flüsterte er. »Das, was Felix macht, das, was uns alle, Malte, Henning – und letztlich auch Max – umtreibt?«

Irina wollte nicht, dass er wieder davon anfing: von dieser Obsession, aus der heraus er auch am Vormittag schon wie ein Rasender auf sie eingeredet hatte. Sie wusste, dass sie ihm nichts entgegensetzen könnte, wenn er sich erneut darin verbiss. Dass er nur noch das, was ihm dazu einfiel, herausschreien, *herausbrüllen* würde – als würde er dadurch nur noch mehr davon überzeugt, wie wichtig es war und wie sehr sich ihrer aller Leben verändern würde, wenn sie das nur endlich begriffen!

»Du hast keine Schuld an dem, was passiert ist«, flüsterte er, »Max hat keine Schuld. Deshalb macht es auch nichts.«

»Und warum muss ich dir dann versprechen, dass ich für dich da bin, wenn du mich brauchst?«

»Dass du mir einen Gefallen tust, wenn ich dich darum bitte, Irina – das ist es, was du mir eben versprochen hast.«

»Meinetwegen, aber warum? Warum muss ich dir das versprechen, wenn all das, was passiert ist, nichts ausmacht ...«

»Du *musstest* es mir ja nicht versprechen. Du hast es getan. Aber habe ich dich dazu gezwungen? Nein. Du hast es getan, weil du es tun *wolltest*.«

Sie schauderte. Begann er schon wieder abzudriften in jene Bereiche, vor denen ihr graute, in denen sie ihn nicht mehr erreichen konnte?

»Ihr habt keine Schuld, ich hab keine Schuld, niemand hat jemals die geringste Schuld an irgendetwas gehabt.« Quentin hatte den Kopf, den er ihr entgegengereckt hatte, als sie auf ihn geklettert war, wieder zurück gegen die aufgestellte Lehne des Liegestuhls fallen lassen. Unwillkürlich wurde sich Irina der beinahe lächerlichen Position bewusst, in der sie fast wie ein Kind auf seinem Schoß saß. Aber sie wollte die Nähe, die sie dadurch zwischen ihnen hergestellt hatte, nicht wieder aufgeben.

»Weißt du, was das heißt?«, fuhr er beinahe gedankenverloren fort. »Wenn keiner von uns Schuld an irgendwas hat? Das heißt, dass man ganz anders handeln kann, als wir bisher immer geglaubt haben.« Sein Blick war jetzt starr auf sie gerichtet, aber sie hatte das Gefühl, er würde sie gar nicht mehr richtig wahrnehmen. »Seit Ewigkeiten haben sich die Menschen von der Furcht knechten lassen, sie könnten etwas Böses tun. Von der Vorstellung, sie könnten wählen, was sie tun wollen – und sollten das Rechte tun. Ein Irrtum, ein Wahn! Aber was heißt das?« Seine Hände schlossen sich um ihre Ellbogen. »Das heißt, dass wir endlich in jene dunklen Schluchten hinableuchten können, die die Menschen bisher immer gemieden haben!«

Es war Wahnsinn, was er da sagte – und zugleich kam es Irina so vor, als würden ihn diese Gedanken wie von innen beleuchten. Auch wenn sie sich vor dem fürchtete, was er da wie entrückt von sich gab, konnte sie doch nicht umhin, zu sehen, wie sich Quentins Gesicht beim Reden straffte, wie sich die ohnehin markanten Züge noch einmal vertieften. Knochig trat seine Stirn hervor, die Wangenknochen standen scharf ab, die Augen leuchteten blau – in einem Blau, das in Irina die Sehnsucht, sein Gesicht mit Küssen zu bedecken, noch stärker werden ließ als die Angst davor, er könnte sich in seinen Reden verlieren. Aber sie gab sich dieser Sehnsucht nicht hin, sondern schwang ein Bein über seinen Schoß, so dass ihre beiden Füße auf einer Seite des Liegestuhls herabhingen, und legte sich in seinen Arm.

»Die Menschen haben sich so lange schon davor gefürchtet, die Dinge zu tun, die angeblich verboten sind! Sie sind gar nicht auf die Idee gekommen, dass es phantastisch, spannend, ja geradezu edel sein könnte, genau in diese Schluchten hineinzuleuchten! Genau das aber war ein Fehler«, sagte er. »Wenn es keine Schuld gibt, keine Freiheit, kein Verbrechen, Irina, dann ist es genau das, was wir ausloten müssen: Wie weit kann man kommen in dem Bereich, der immer als das Böse bezeichnet worden ist – der aber nicht böser ist als alles andere? In Wahrheit gibt es das Böse nicht! Oder besser gesagt: Natürlich gibt es einen Bereich, der ›das Böse‹ genannt wird – nur ist es falsch, dass dieser Bereich bewertet wird. Alle Bereiche sind gleich gut oder gleich böse, kannst du mir folgen?«

Irina zuckte mit den Achseln. Es konnte so schlimm nicht sein. Was er sagte, klang entsetzlich, aber er hielt sie dabei fest. Es war nur eine Theorie, es waren Worte, wirre Gedanken, mehr nicht.

»Wie tief kann man vordringen in das, was früher verboten war – was aber doch viel interessanter ist als der Bereich des sogenannten Guten? Interessanter – warum? Weil es so lange *gemieden* wurde! Was überhaupt gehört dazu? Andere töten? Andere quälen?« Er atmete aus, sprach aber sogleich weiter. »Wie funktioniert das Quälen denn? Indem ich den Kopf von jemandem in eine Stahlpresse zwänge? Indem ich seinen Bauch mit Jauche vollpumpe? Indem ich mit seiner Frau schlafe?«

Seine Augen brannten, sein Gesicht war verzerrt. »Es ist nicht deine Schuld«, rief er, »glaub mir, Irina, ich sage das nicht nur so dahin. Im Gegenteil: Vielleicht bin ich Max dankbar dafür, dass er einen Schritt in diese Richtung gemacht hat. Nur sind wir noch lange nicht weit genug!«

3

Till warf die Tür seines Büros mit Schwung hinter sich zu. Es knallte regelrecht, aber das machte ja nichts. Auf dem Flur befand sich ohnehin niemand mehr. Außerdem gingen in der Firma sowieso nicht immer alle auf Zehenspitzen. Im Gegenteil: Tagsüber hörte man lautes Reden, Lachen, öfter hitzige Diskussionen. Türen wurden zugeworfen, Telefonhörer aufgeschmissen, man rief sich von einem Büro zum anderen etwas zu. Till gefiel das. In der Mehrzahl waren seine neuen Kollegen jung, gut gelaunt und mit vollem Einsatz bei der Sache. Es war lebendig, es gab etwas zu lachen.

»Herr Anschütz?«

Felix' Sekretärin hatte ihn an ihrem Zimmer vorbeilaufen gesehen und auf den Flur gerufen. Till blieb stehen und steckte den Kopf zu ihr herein.

»Herr von Quitzow will Sie kurz sprechen, ginge das?«

Till hatte seit seinem ersten Besuch bei Felix zusammen mit Max kein Wort mehr mit dem Chef des Unternehmens gewechselt. »Klar, gern!«

Merle nickte zur Seite, wo sich, wie Till wusste, die Tür zu Felix' Büro befand. Er lächelte und ging an ihrem Schreibtisch vorbei auf die bereits geöffnete Tür zu.

Felix stand mit dem Gesicht zum Fenster, drehte sich aber gleich um, als er hörte, dass jemand sein Büro betrat. Aufgeräumt kam er auf Till zu.

»Till, Till, Till – schön, dass Sie Zeit für mich haben!« Er nahm Tills Hand in seine, bedeckte sie sogar mit der anderen. »Gefällt es Ihnen bei uns?«

Heute Morgen auf der Bank – er hatte Lisa geküsst: Das war es, was Till durch den Kopf schoss.

»Ja, sehr. Nein, wirklich!« Till lachte, weil es so absurd war. »Es ist großartig.«

Felix sah ihn schmunzelnd und zufrieden an. »Henning hat Ihnen ein paar Dinge erklärt?«

»So ist es.«

»Und? Haben Sie sich schon einen Arbeitsbereich zuweisen lassen?«

Till zog die Augenbrauen hoch. »Im Moment bin ich noch dabei, mir einen ersten Überblick über das bisher gesammelte Material zu verschaffen.«

»Ah, na ja, das kann dauern.«

»In der Tat. Aber es ist faszinierend.«

»Zweifelsohne.« Felix sah sich wie zerstreut ein wenig in seinem Büro um. »Kann ich uns etwas bringen lassen, einen Kaffee, ein Getränk?«

Ich wollte eigentlich zu Max, ging es Till durch den Kopf. Andererseits hatte er endlich eine Gelegenheit, mit Felix zu sprechen, und die wollte er nicht ungenutzt verstreichen lassen. Zu Max konnte er auch später noch, die Party würde sowieso länger dauern.

»Ein Glas Wasser, gern!«

»Zwei Wasser, Merle, bitte«, rief Felix durch die offene Tür seiner Sekretärin zu, bevor er sich wieder an Till wandte. »In welchem Bereich würden Sie denn gern tätig werden, Till, haben Sie sich da schon was überlegt?«

»Oh, es gibt viele Bereiche, die spannend zu sein versprechen ...« *Na los,* musste Till denken, während er weitersprach, *greif dir, was du brauchst!* »Vielleicht in der Grundlagenabteilung?« Etwas skeptisch schaute er Felix an. War es womöglich zu dreist, sich gleich für *diese* Abteilung zu interessieren? Sie war sicherlich eines der Herzstücke des Unternehmens.

»Und wo genau?« Felix sah ihn freundlich an.

»In der experimentellen Narratologie«, schlüpfte es Till durch die Lippen. Das war nicht nur das Ressort, das er – kaum dass er davon gehört hatte – ins Auge gefasst hatte, sondern auch das Ressort, von dem er sich am ehesten versprach, darin mehr über Felix' eigentliche Absichten zu erfahren. »Das ist natürlich das Spannendste, wenn Sie mich fragen. So etwas gibt es, soweit ich weiß, auch in keiner anderen Firma.«

Felix lachte. »Experimentelle Narratologie! Das hätte ich mir ja gleich denken können, dass Sie sich dafür interessieren. Natürlich, das ist sozusagen der größte Leckerbissen, den ich zurzeit zu bieten habe ...«

»Wenn das nicht gehen sollte –«

»Nein, nein, nein – nicht so schnell aufgeben«, für einen Moment konnte Till Felix' Zunge sehen, die über die Unterlippe fuhr. »Ah, da sind Sie ja, Merle«, unterbrach er sich und schaute zur Tür, »vielen Dank! Stellen Sie das Tablett nur gleich dort auf meinen Schreibtisch!«

Beide sahen der jungen Frau dabei zu, wie sie Flasche und Gläser abstellte und das Büro wieder verließ, nicht ohne die Tür hinter sich zu schließen.

»Haben Sie denn auch schon eine Idee – für die Experimentelle, meine ich?« Ohne ihn anzusehen, schenkte Felix ihnen aus der Flasche zwei Gläser voll.

»Ergänzende Perspektiven«, antwortete Till schnell. Das war ihm gleich aufgefallen. »Sicher, die Idee ist nicht neu – aber soweit ich das bisher beurteilen kann, haben Sie sich darüber im Plan des Universums noch keine rechten Gedanken gemacht.«

»Ergänzende Perspektiven – was meinst du damit?« Felix hob die Gläser vom Tablett und kam damit auf Till zu, anscheinend ohne bemerkt zu haben, dass er ihn gerade geduzt hatte.

»Der Hauptstrang«, antwortete Till, »ist ja wirklich schon hervorragend ausgearbeitet. Da gibt es Wendungen – ich muss gestehen, dass ich so etwas noch nie gesehen habe.«

»Danke.« Felix reichte ihm ein Glas.

Till nahm es, trank einen Schluck, sprach aber gleich weiter. »Das ist so spannend, was da passiert, dass ich gern mehr darüber erfahren würde. Mit einem Wort: Ich würde gern eine beliebige Figur aus dem Hauptstrang auswählen können und die Ereignisse einmal aus ihrer Perspektive erleben wollen!«

Felix lächelte. »Daran haben wir auch schon gedacht.«

»Oder? Natürlich ist die Geschichte bisher so gebaut, dass die Perspektive des Helden die beste zu sein scheint. Aus ihr lässt sich alles sozusagen optimal darstellen, also am dramatischsten, berührendsten, aufregendsten ... Und doch: Die Perspektiven der anderen Figuren bieten jede Menge Stoff. Stoff, der mich ganz persönlich, offen gestanden, mehr interessiert als ein paar der Spin-offs, die zwar auch ganz schön sind, die jedoch diese wahnsinnige Durchschlagskraft, die der Hauptstrang entfaltet, notgedrungen nicht entwickeln können.«

»Und warum nicht?«

»Weil der Hauptstrang einfach das meiste aus der Prämisse dieser Welt, dem Infekt, herausholt. Deshalb würde ich sozusagen den fiktiven Teppich dadurch erweitern, dass man die gleichen Ereignisse noch einmal aus den Blickwinkeln der anderen, bereits eingeführten Figuren erzählt – anstatt immer wieder vollkommen neue Schauplätze aufzumachen. Und zwar richtig konsequent: nicht nur zwei oder drei Nebenfiguren – nein, ruhig in den Dimensionen, in denen das auch bisher angelegt ist. Mit drei-, vierhundert Figuren ...«

Felix hatte ebenfalls getrunken, ließ sein Glas jetzt lässig in der Hand hängen, während er einen Fuß einknickte, auf die Spitze des Schuhs stellte und Till ansah. »Ja, ja, Sie haben vielleicht recht ...«

Was denn nun, duzen oder siezen?, schoss es Till durch den Kopf.

»Also«, Felix drehte sich um, stellte sein Glas auf den Schreibtisch. »Wollen Sie anfangen, nächste Woche, bei den Narratologen?«

»Sehr gern!«

»Gut!« Felix drehte sich um und lächelte. »Und heute Abend sind Sie bei Max?«

Till musste fast husten, so abrupt traf ihn dieser Umschwung. »Ja ... ja, natürlich, er hat ein paar Leute eingeladen, das wird sicher nett.«

»Wissen Sie, Till«, sagte Felix und zog die Mundwinkel etwas angestrengt hoch, nur um sie gleich wieder herunterfallen zu lassen, »ich habe in den vergangenen zehn Jahren ziemlich genau verfolgt, was Max macht.« Er schien Till die Gelegenheit für eine Antwort geben zu wollen, doch der wartete ab. »Und ich muss sagen«, fuhr Felix fort,

»dass ich das Gefühl bekommen habe, er würde sich in letzter Zeit ein wenig verrennen.«

»Verrennen?«

»Ja … ich meine, Max redet ja nicht mehr mit mir, oder kaum noch«, und dann änderte sich Felix' Stimme ein wenig, als wolle er signalisieren: Lass uns die Dinge doch einfach beim Namen nennen, »aber das, was ich so mitbekomme, macht einen äußerst unguten Eindruck auf mich.« Er verschränkte die Arme. »Max ist ja kein Dummkopf, im Gegenteil: Er verfügt über erhebliche Begabungen, ist sogar brillant – *vielleicht* …« Das ›vielleicht‹ schien allerdings das gewesen zu sein, worauf Felix es vor allem angekommen war, denn als er es sagte, hatte er die Augen direkt auf Till gerichtet. »Das ist ja gerade das Problem«, sprach er weiter, »dass Max selbst nicht so genau zu wissen scheint, wie brillant er denn nun wirklich ist. Gleichzeitig ist er stolz, das wissen Sie wahrscheinlich besser als ich, und ich könnte mir vorstellen, dass er bereit ist, ziemlich weit zu gehen, um herauszufinden, wie viel Begabung nun tatsächlich in ihm steckt!«

»Ja, da haben Sie vielleicht recht«, musste Till zugeben.

Felix nickte. »Sehen Sie? Und das ist es, was mich beunruhigt. Ist Lisa heute Abend da?«

Die plötzliche Erwähnung ihres Namens durchfuhr Till wie ein Messerstich. Nicht nur, weil Felix ihren Namen aussprach, als würde sie ihm gehören, sondern auch, weil Till mit einem Mal realisierte, dass Felix ein Mann war, der sich nicht einfach geschlagen geben würde – ein Mann, der weder gewillt noch gewohnt war, auf *irgendetwas* zu verzichten.

»Ja, ich glaube schon«, stieß Till hervor und musste sich zugleich fragen, ob es verdächtig war, dass er wusste, ob sie kam, während Felix ihn offensichtlich noch danach fragen musste.

»Sehen Sie«, sagte Felix wieder, »das gefällt mir alles nicht: Max schmeißt heute Abend – aus weiß Gott welchem Grund – eine Party, auf der natürlich auch seine Schwester sein wird. Zugleich wird Max aber auch immer unberechenbarer. Und Lisa tut selbstverständlich nichts lieber, als sich vor ihren Bruder zu stellen, wenn es brenzlig wird. Sie war ja schon immer von dem Gedanken beseelt, Max beschützen zu müssen!«

Den Eindruck hatte Till allerdings auch.

»Deshalb bin ich doppelt froh, dass wir kurz reden können, Till«, sagte Felix und lehnte sich gegen seine Schreibtischplatte. »Meinen Sie denn, dass Sie für mich heute Abend ein wenig ein Auge auf Max haben könnten? Damit nichts schiefgeht?«

»Selbstverständlich«, hörte Till sich sagen und verfluchte sich dabei auch schon selbst. Was sollte denn das? War er etwa der Lakai dieses Mannes? Das hatte doch nichts mit seiner Arbeit in der Firma zu tun. Oder hatte Felix ihm nur deshalb den Job angeboten, damit Till für ihn hinter Lisa herspionierte?

»Und haben Sie auch ein Auge auf Lisa, ja? Sie kennen die beiden Geschwister ja schon so lange, Till. Wenn Sie wüssten, wie die beiden Sie schätzen!« Es schien sich fast ein weicher Glanz in Felix' Augen geschlichen zu haben. »Das würde mich wirklich enorm beruhigen, wenn ich wüsste, Sie kümmern sich ein bisschen darum, dass sich die Dinge heute Abend nicht überschlagen.«

Wie der alte Bentheim, der hat mich damals doch auch gebeten, auf seinen Sohn aufzupassen, zog es Till durch den Kopf.

»Ich weiß nicht, woran es liegt, Till«, meinte Felix, »aber man hat das Gefühl, Ihre Besonnenheit ist genau das, was Max braucht, um nicht vollkommen den Kopf zu verlieren.«

Till atmete aus. Was sollte er darauf antworten?

»Also gut.« Felix stieß sich von der Tischplatte ab und kam auf ihn zu. »Ich kann mich also auf dich —« Er unterbrach sich. »Sie? Dich? Wo waren wir eigentlich?«

Till stockte. Schon wieder eine Frage, die er nicht so ohne weiteres beantworten konnte. Sollte er sagen, dass sie sich lieber siezen sollten?

»Du – machen wir ein Du draus – schließlich kenn ich dich schon, seit du so groß warst.« Felix hielt eine Hand auf Brusthöhe. »Einverstanden?«

»Gern.« Es war Till, als hätte er plötzlich einen Kloß im Hals.

Felix streckte erneut die Hand aus. »Felix, freut mich.«

»Till.« Er schüttelte die Hand.

»Viel Spaß heute Abend, Till. Grüß Lisa von mir.« Und damit wandte sich Felix ab und ging zu seinem Schreibtisch zurück.

Till machte, dass er aus dem Büro herauskam.

4

»Wahrheit? Wahr-heit? Was soll das sein?« Max' Stimme drang hell und deutlich aus der Küche.

Als Till in Max' Wohnung eintraf, hatten sich bereits gut zwei Dutzend Gäste eingefunden. Till warf seinen Regenmantel auf die Jacken und Mäntel, die sich im Eingangsbereich stapelten, und schlenderte Richtung Küche. Von den Leuten, die sich kurz nach ihm umsahen, kannte er keinen, nur Henning und Betty, die im Berliner Zimmer zusammen mit ein paar Bekannten auf einigen Kissenwürfeln Platz genommen hatten.

»Wenn ein Satz oder ein Bild etwas aussagt, das mit der Welt übereinstimmt.« Die Stimme, die Max das erwiderte, war etwas leiser, gepresster als die des Gastgebers, als versuchte sich Max' Gesprächspartner gegen ihn zu behaupten.

»Ein Superman-Comic ist also nicht wahr!«

Till streckte den Kopf in die Küche. Max lehnte am Kühlschrank, ein Bier in die verschränkten Arme geklemmt. Vor ihm stand Malte, dessen Gesicht zeigte, wie sehr er sich konzentrierte. Umringt wurden sie von fünf, sechs Gästen, die zuhörten und zum Teil bereits Teller in den Händen hielten, auf denen sie sich einige Leckerbissen vom Buffet geholt hatten.

»Es gibt alle möglichen Ebenen, Seinsformen, die man abbilden, darstellen kann«, verteidigte sich Malte, »es muss ja nicht immer das Foto einer Fabrikhalle sein, es kann auch die Beschreibung eines Seelenzustandes, ein Gedicht über einen Traum sein – all das kann auch wahr sein. Aber«, fuhr er aufgeregt fort, »ich will dir da ja gar nicht widersprechen: Zu sagen, dass ein gutes Gemälde zum Beispiel wahr sein muss, greift zu kurz. Ein Mondrian ist nicht wahr, ein Pollock –«

»Also was soll es denn sonst sein, wenn nicht wahr?« Max nahm einen Schluck aus seiner Flasche.

Till nickte einem Gast freundlich zu, der auf den Bierkästen hockte, und nahm sich selbst eine Flasche, als der andere ihn an den obersten Kasten ließ.

»Von mir aus soll doch jeder malen, was er will«, sagte Malte, der für einen Moment nach Worten gesucht hatte, »ich seh das nicht so eng. Entscheidend scheint mir vielmehr zu sein, dass er was verkauft. Das unterscheidet dann die guten Bilder von den schlechten, auch wenn dir das vielleicht zu oberflächlich ist.«

Max legte den Kopf auf die Seite. »Das ist Unsinn, Malte, das glaubst du selber nicht. Van Gogh hat kein Bild verkauft, soweit ich weiß, aber seine Sachen sind große Kunst, oder? Der Erfolg zu Lebzeiten, innerhalb der ersten zweihundert Jahre, wie willst du das begrenzen? Nein!« Seine Stimme wurde lauter, und Till kam es so vor, als würde sie ein bisschen schwanken. »Derjenige, der was *Neues* ausprobiert, malt gute Bilder. So ist es doch!«

»Ach ja«, diesmal kam Maltes Antwort wie aus der Pistole geschossen, »dann nehme ich eben den Kühlschrank hier, den noch niemand zur Skulptur erklärt hat, und sage, dass er mein Werk ist …«

»Nur ist das leider nichts Neues«, fuhr Max überraschend heftig dazwischen, »die *Ready-mades* von Duchamp gab's schon zu Beginn des letzten Jahrhunderts.«

»Dann sag ich halt: Mein Traum von letzter Nacht«, hielt Malte dagegen, »der war zwar nur subjektiv, aber in gewisser Weise hat er doch existiert – dann erklär ich eben diesen Traum zum Kunstwerk, das hat noch keiner gemacht, oder?«

Max sah ihn an.

»Okay, du hast recht, das ist Unsinn«, befand Malte selbst, »ich will nur sagen: Nach meiner Definition kann jeder *selber* entscheiden, was er für Kunst hält, du aber scheinst ein objektives Kriterium zu suchen …«

Für einen Augenblick sah es so aus, als würde Max seine Bierflasche in die Spüle schleudern, doch dann zeigte sich, dass die angedeutete Bewegung nur ein Scherz war. »Es geht mir doch nicht darum, zu definieren, wie wir das Wort ›Kunst‹ verwenden sollten«, rief er, »es geht mir darum, was als Nächstes *zu tun ist,* kapierst du das denn nicht?«

Till kniff die Augen zusammen. Max hatte offensichtlich schon einiges getrunken, er war gut drauf, aber es konnte auch kippen.

»In eurem verfickten fiktiven Universum, zum Beispiel!«, schrie Max Malte an. »Welche Entscheidungen, welche gestalterischen Entscheidungen meine ich, triffst du dort als Nächstes?«

»Das ist doch keine Kunst«, hielt Malte dagegen.

»Sondern was? Propaganda? Eine Geldmaschine? Was?«

»Das weißt du doch. Das Projekt erfüllt einen ganz bestimmten Zweck.«

»Und welchen?«

»Es soll den Leuten die Augen öffnen.«

»Siehst du denn nicht, was du für ein Esel bist?« Jetzt war Max' Ironie wie fortgewischt, er schien regelrecht in den Gedanken gefangen zu sein, die er vermitteln wollte: »Du willst den Leuten die Augen dafür öffnen, dass sie sich täuschen, du willst also tatsächlich nichts anderes als einer Wahrheit ans Licht verhelfen. Genau das, was du vorhin abgestritten hast.«

»Ich ... ich«, Malte versuchte, sich zu sammeln.

Aber Max ließ ihn nicht zu Wort kommen. »Jawohl, abgestritten. Du hast gesagt, entscheidend für ein Bild ist, dass es sich verkauft. Ich sage, entscheidend für ein Bild ist, dass es wahr ist und neu, also dass es ein Bild ist, das stimmt und das es so vorher noch nie gegeben hat. Alles andere ist scheißegal!« Und damit trat er ganz dicht an Malte heran, und seine Stimme wurde scharf wie eine Klinge. »Was ihr bei Felix aber macht –«

»Das sind doch keine Bilder ...«

»Ach nein? Ich denke, welche Form die Geschichten am Ende dann annehmen, ist noch nicht endgültig entschieden. Vielleicht wird es ein Fotoroman oder so etwas ...«

»Ja, sicher ...«, schon wieder war Malte in der Defensive.

»Eben! Egal, wie es am Ende aussieht: Was ihr bei Felix macht, ist genau das Gegenteil von wahr. Ihr versucht nicht, den Leuten die Augen zu öffnen – ihr versucht, ihnen den Kopf zu *verdrehen!* Ist es nicht so?«

Inzwischen war die Küche voller Gäste, die durch das Geschrei angelockt worden waren. Max hatte die Schultern bis zu den Ohren hochgezogen und starrte Malte an. Auch wenn sich Till zu keinem Lakai von Felix machen wollte, hatte er doch das Gefühl, seinem Freund ein wenig zur Seite stehen zu müssen, bevor er vollkommen die Kontrolle über sich verlor.

»Hey, hey, hey«, sagte er leise und berührte Max am Arm. »Es ist doch noch ganz früh. Die meisten kommen ja erst noch.« Er sah kurz zu Malte, der schwer atmete, als hätte ihn die Heftigkeit der Reaktion von Max geradezu an die Grenzen seiner Kraft getrieben.

»Hi, Till«, Max' Stimme war wieder auf normaler Lautstärke. Er sah Till etwas skeptisch an, schien in Gedanken aber noch ganz woanders zu sein.

»Wollen wir mal zum Buffet gucken?« Till klickte mit seiner Bierflasche gegen die von Max.

»Ja, ist unten, weißt du ja, ich komm gleich.«

»Kommst du nicht mit?« Till zog die Augenbrauen zusammen. Du redest mit ihm wie eine Krankenschwester, fuhr es ihm durch den Kopf.

»Geh! Schon! Vor!«, schnarrte Max, jetzt doch ziemlich abweisend, so dass Till unwillkürlich zusammenzuckte. So unfreundlich hatte Max mit ihm, seit Till zurück in Berlin war, nicht gesprochen. Max schienen die Aufregung wegen der Einladung und der rasche Konsum des Alkohols nicht besonders gut bekommen zu sein. Umso mehr hatte Till das Gefühl, dass es vielleicht das Beste wäre, ihn jetzt nicht einfach sich selbst zu überlassen. Er bemerkte, dass Nina ein paar Schritte hinter Max am Fenster lehnte, und warf ihr einen Blick zu.

»Alles klar?« Dann schaute er gleich wieder zu Max, so dass unverkennbar war, dass er ihn meinte. Ein vorsichtiger, stummer Fingerzeig, der Max jedoch nicht entging.

»Alles klar – *was,* Till?« Blitzschnell hatte sich Max' Fokus von Malte auf Till verschoben.

»Nichts, Max. Ich geh jetzt zum Buffet.« Und damit wandte sich Till ab, bevor sich Max auf ihn einschießen konnte.

»Kommst du gerade von Felix?«, hörte er ihn hinter sich herfauchen, drehte sich aber nicht um.

»Hey, Till! Ich rede mit dir!«

Till wandte sich um. Die anderen Besucher in der Küche sahen mit erschrockenen Gesichtern zu ihm, von Max waren sie etwas abgerückt.

»Ich komm von der Arbeit, ja.«

»Und? Hat er dich gebeten, auf mich aufzupassen?«

Till holte Luft.

»Natürlich hat er das!«, fluchte Max. »Ich wusste es doch. Was ist nur los mit dir, Till? Wie lange kennen wir uns schon? Und was machst du jetzt? Du machst dich zum Handlanger für so ein Arschloch!«

In Till kochte es. Innerhalb von Sekunden hatte Max ihn vollkommen aus der Reserve gelockt.

»Weißt du was«, herrschte Max ihn an, dem die Enttäuschung jetzt deutlich im Gesicht stand, »im Grunde genommen habe ich immer nur darauf gewartet, dass du so was machst. Es passt zu dir!«

Und damit stieß er sich vom Kühlschrank ab, wankte für einen Moment, ging dann aber, ohne Till zu berühren, an ihm vorbei aus der Küche.

Tills Gesicht brannte. Er fühlte die Blicke der Umstehenden auf sich – doch das war es nicht, was ihn so betroffen machte. Es war die Bestürzung darüber, welche Geringschätzung aus Max' Worten gesprochen hatte.

»Hör nicht auf ihn, ja?« Nina hatte ihm eine Hand auf die Schulter gelegt. »Er meint es nicht so. Heute Nachmittag hat er mir noch erzählt, wie froh er darüber ist, dass du jetzt in Berlin bist. Hörst du?«

5

Heute

»Die Aussicht ist der Wahnsinn.«

Die Fenster reichen bis zum Boden und geben den Blick über die Dächer der Stadt frei. Der Himmel hat eine bleierne Färbung angenommen, vor der sich die hellgraue Staubwolke, die noch immer am Fuß des Turms auf dem Alexanderplatz lauert, kaum noch abhebt.

Tills Blick wandert in die Ferne. Er sieht die Hochhäuser der Leipziger Straße, den roten Turm des Rathauses, fast schon am Horizont die Funkstation vom Teufelsberg. Berlin. Wie ein Moloch liegt ihm die Stadt zu Füßen. Als Junge hat er geglaubt, jeden Winkel zu kennen. Seit Jahren ist er nun schon von hier fort. In keiner anderen Stadt der Welt hat er sich jemals wieder so heimisch gefühlt wie hier.

»Till?«

Er dreht sich um. Lisa steht hinter ihm. Ihr dunkelblondes Haar hat sie zu einem Knoten am Hinterkopf zusammengenommen, ihr beinahe blasses Gesicht wirkt nachdenklich. Es schmerzt ihn, sie hier zu sehen, hier in der Wohnung von Felix, in der sie nun schon so lange lebt und die Till immer zutiefst verhasst gewesen ist.

»Wolltest du gar nicht mehr zurückkommen«, sagt sie leise. »Nach Bettys Hochzeit, nach all dem, was damals passiert ist?«

Till wendet den Kopf wieder zum Fenster, blickt hinaus. Natürlich hat er an Lisa gedacht, jeden Tag. Aber noch einmal hierherkommen – wozu? Um sie bei Felix zu besuchen?

»Ich bin doch gekommen«, murmelt er, obwohl er nur zu gut weiß, dass es nicht das ist, was sie meint.

»Zur Beerdigung, ja«, hört er sie sagen.

Sein Blick folgt den seltsam luftigen Flusen der Staubwolke, von denen er jetzt, wo er genauer hinsieht, doch bemerkt, dass sie sich langsam immer weiter auseinanderziehen.

»Was ist nur los in der Stadt?« Lisa tritt einen Schritt nach vorn und stellt sich neben ihn an das Fenster. Er kann ihre Gegenwart spüren, als wäre ihre unmittelbare Umgebung förmlich elektrisch aufgeladen.

»Ich habe oft gehofft, dass du dich melden würdest.« Ihre Stimme klingt für ihn noch immer so wie das erste Mal, als er sie gehört hat, in der Küche ihrer Eltern, im Haus der Bentheims, als Julia ihn nach dem Unfall dorthin gefahren hatte.

»Begreifst du denn nicht«, jetzt hat sie sich ihm zugewandt, er sieht, wie ihre Hand sich seinem Arm nähert, sich darauflegt, wie ihre feinen Lippen sich teilen, ein winziger Spalt offen bleibt, bevor sie sich wieder schließen und sie weiterspricht, »dass wir hätten reden müssen, Till, dass nichts feststeht, dass wir zwei Jahre haben verstreichen lassen, in denen ich keinen Schritt vorangekommen bin.«

Gequält schaut er auf ihr Gesicht herab, zwingt sich, den Drang herunterzukämpfen, ihr über die Wange zu streichen. »Es wäre unerträglich gewesen, Lisa, es wäre nicht gegangen – nichts wäre gegangen, ich durfte dich nicht mehr sehen.«

Es ist nicht wegen Felix, dass ich mich nicht mehr bei dir gemeldet habe ...

»Warum, Till? Warum durftest du mich nicht mehr sehen?«

Sie weiß noch immer nicht alles ...

»Glaubst du zu wissen, was ich denke, was ich fühle, was ich will?«, flüstert sie. »Wie kannst du Entscheidungen treffen, die uns beide vielleicht mehr angehen als alles andere – ohne mit mir darüber zu sprechen? Spürst du denn nicht, wie falsch das alles ist? Wie falsch es ist, dass wir uns zwei Jahre lang nicht gesehen haben?«

Ja, er spürt es.

»Nichts ist einfach, natürlich nicht! Aber jetzt, wo du hier bist ...« Sie beendet den Satz nicht.

»Ja?« Seine Stimme ist vorsichtig.

»... endlich bist du da.« Ihre Hand vergräbt sich zwischen seinem Arm und seinem Bauch, vor dem er ihn angewinkelt hält.

Tills Blick ruht auf ihrem Scheitel, wandert an ihrem Ohr herab bis zu ihrem Hals, dem Ansatz ihrer Schulter, die unter der Bluse hervorsieht. Es kommt ihm so vor, als könnte sie den Blick regelrecht auf ihrer Haut fühlen, wie eine kühle Messerspitze, die darauf entlanggleitet.

»Siehst du die Wolke dort neben dem Turm? Wir haben nicht mehr viel Zeit, Till«, hört er sie neben sich sagen und weiß, dass sie recht hat.

Behutsam legt sich seine Linke, die noch frei ist, auf ihren Hals. Vorsichtig wendet sich ihr Gesicht seinem zu, sie biegt den Kopf in den Nacken, die Augen nur noch ein wenig geöffnet, die Lippen unendlich zart vor ihm. Er kann hören, wie ihr Atem leise darüber hinwegstreicht – dann hat er sie ganz umschlungen, zieht ihren Körper zu sich heran, während sein Gesicht sich ihrem nähert und die Berührung ihrer Haut ihn ganz gefangen nimmt.

»LISA?«

Ihr Blick blitzt auf.

»HALLO?«

Ihre Hand drückt gegen Tills Brust.

Sein Kopf kommt hoch, in einer Bewegung, als müsste er sich durch Treibsand hindurchkämpfen.

Es ist Felix, der eben ins Zimmer tritt.

Er muss bereits vom Flur aus gerufen haben.

Seine Augen strahlen, als sie Tills Blick treffen – längst hat sich Lisa von Till gelöst. Ihr Haar scheint noch ein wenig verwirrt, aber sie berühren einander nicht mehr.

»Till! Schön, dass du schon da bist!« Schnarrend kommt Felix auf sie zu. Hat er gesehen, wie sie einander umschlungen hatten?

»Hast du ihm etwas zu trinken angeboten?« Felix schaut zu Lisa, von der Till jetzt nur noch das Profil sieht.

»Ich war gerade dabei«, kommt es ihr über die Lippen, dann blickt sie zu Till, die Augen vielleicht schöner, als er sie jemals empfunden hat. »Möchtest du was?«

6

Zwei Jahre vorher

Der Ärger saß Max wie eine Kröte im Nacken. Sollte Till doch verrecken! Musste er ausgerechnet bei Felix arbeiten? Bei einem Projekt, das die Bücher seines Vaters ausschlachtete?

Wütend stapfte Max die Treppe in den unteren Teil seiner Wohnung hinunter. Gleichzeitig musste er daran denken, dass er und Till sich natürlich auch deshalb immer so gut verstanden hatten, weil sie sich beide für die gleichen Dinge interessierten. War es da nicht klar, dass Till bei Felix arbeitete? Würde er denn an Tills Stelle nicht genau das Gleiche tun?

Er durchquerte das untere Zimmer und ging in die beiden vorderen Wohnzimmer, in denen das Buffet aufgebaut war. Aus dem Augenwinkel heraus bemerkte er, dass jemand ihn anstarrte, achtete aber nicht darauf, sondern trat an den Tisch und griff nach einer Weinflasche, die er bereits vorhin aufgezogen hatte: ein teurer Rotwein, auf den er sich schon den ganzen Tag freute. Max schenkte sich ein Glas voll und drehte sich um, um zu sehen, wer sich hier unten aufhielt. Im gleichen Moment wurde ihm klar, wer ihn angestarrt hatte, auch wenn derjenige ihm inzwischen schon wieder den Rücken zuwandte. Er war also tatsächlich gekommen.

»Quentin. Irina.« Mit offenen Armen – in den Händen Glas und Flasche – ging Max auf die Gruppe zu, in der sich die beiden aufhielten und zu der auch Henning und Betty gehörten. Warum nicht? Er konnte ja einfach so tun, als sei nichts geschehen. Sollte sich doch Quentin den Kopf darüber zerbrechen, wie er mit der Sache umgehen wollte. »Schön, dass ihr kommen konntet!«

Quentin fuhr herum. Das Gesicht vereist. »Es ist das letzte Mal, dass ich zu dir komme, Max.«

Max blieb vor ihm stehen und grinste. »Denkst du, dass ich deshalb traurig bin, Quenni?« Er bemerkte, wie seine Schwester Betty ihrem Mann einen beunruhigten Blick zuwarf.

»Warum meinst du denn, dass ich heute gekommen bin, Arschloch.« Quentin hatte sich breitbeinig hingestellt, um einen möglichst stabilen Stand zu haben.

Max nahm einen Schluck aus seinem Glas. Der Wein war wirklich vorzüglich. »Ist mir doch vollkommen egal – oder: Nein!« Er hielt Flasche und Glas ausgebreitet vor sich hin. »Jetzt, wo ich es mir überlege, glaube ich fast, dass es das Beste ist, wenn du wieder abziehst.«

»Lass uns gehen …« Irina, die es nicht wagte, Max anzuschauen, zog Quentin vorsichtig am Arm.

»Aber was ist denn, Max?« Betty sah ihren Bruder verständnislos an. »Was soll das denn?«

Max nahm den Blick nicht von Quentin. »Worauf wartest du?« Er fühlte sich ihm gegenüber absolut ruhig, während er mit Till hastig und aufgeregt gewirkt hatte. »Oder soll ich dich mit einem Fußtritt hinausbefördern?« Dabei tat ihm das, was er sagte, durchaus leid. Weniger allerdings wegen Quentin, als vielmehr wegen Irina, die er immer gemocht hatte und die hilflos danebenstand. Aber es war, als wäre er nicht er selbst, als würde eine unterschwellige Wut in ihm toben, die ihn buchstäblich zerreißen würde, wenn er nicht jemanden verletzte.

»Du kannst mich nicht hin und her kommandieren, wie es dir passt.« Quentins Stimme war nun leiser.

»Was willst du denn noch hier?« Genervt, ungeduldig, wie einem Hund gegenüber, der einem zugelaufen ist und der sich nicht mehr verscheuchen lässt, fuhr Max ihn an, während er von Blitzen der Erinnerung an das durchzuckt wurde, was am Vorabend zwischen ihm und Irina geschehen war.

Da sah er zu seiner Überraschung, wie Quentin plötzlich zu Henning schaute. »Er wird nicht derjenige sein, der zu leiden hat«, hörte er ihn sagen, »und doch wird es ihn treffen.«

»Wer? Was?« Ärgerlich packte Max Quentin am Ärmel. »Redest du von mir?«

Quentin wandte ihm noch einmal sein Gesicht zu. »Das wirst du nicht mehr loswerden, Max. Und dein Stolz wird sich darin auflösen wie Zucker in Wasser.«

Ohne zu überlegen, ließ Max Quentins Arm fahren. »Na dann! Von mir aus. Wenn du nicht gehen willst, bleib eben!« Er lächelte spöttisch und unnahbar, aber das war nur aufgesetzt. In seiner Brust schien sich etwas verklemmt, geradezu eingeklemmt zu haben.

Im gleichen Moment wurde sein Gesicht warm überzogen. Einer der Gäste, die weiter hinten standen, hatte ein Blitzlichtfoto von ihrer

Gruppe gemacht. Ein Foto, das Max niemals zu Gesicht bekommen würde, und doch wusste er, dass er darauf unangenehm hässlich aussah, mit Lidern, die förmlich über seine Augen herabgeschmolzen zu sein schienen, und einem in einer Saugbewegung erstarrten Mund.

7

»Auf jeden Fall ist Quentin sehr aufgebracht«, für einen Moment hatte Nina die Augen geschlossen, dann sah sie Till wieder an, während sie gemächlich ins untere Wohnzimmer schlenderten, »und sicherlich ist Max nicht ganz unschuldig daran.«

Till blickte zu Max, der am anderen Ende des Raums, den sie gerade betraten, ganz in ein Gespräch mit Henning und Quentin vertieft zu sein schien.

»Willst du wissen, was meine Theorie ist, Max?«, hörte Till Henning fragen, der sich zu Max gewandt hatte.

Max lehnte sich zurück, als wollte er sagen: Das hat mir gerade noch gefehlt. Zugleich huschte jedoch eine Vergnüglichkeit über seine Züge, die alle Umstehenden aufatmen ließ. Offensichtlich war ihrem Wortwechsel ein bitterer Schlagabtausch vorangegangen.

»Meine Theorie ist«, führte Henning aus, »dass du Quentin einfach beneidest. Und zwar dafür, dass er bei Felix am Universum deines Vaters mitarbeiten kann – du aber dafür zu stolz bist!«

»Ah ja, natürlich.« Max wandte sich zu der Rotweinflasche um, die er inzwischen auf einem kleinen Tisch neben sich abgestellt hatte – und traf mit seinem Blick den von Till. »Hast du gehört?« Er nickte Till aufmunternd zu. »Bentheim ist an allem schuld.« Dann sah er wieder zu Henning. »Wobei du mir aber keinen Vorwurf machst, oder? Natürlich nicht, Vorwürfe gibt es in deiner Welt ja nicht.«

»Lenk nicht vom Thema ab«, entgegnete Henning, »gib es doch lieber zu: Das ist es, was dich belastet. Dass dein Vater ein paar bedeutende Bücher geschrieben hat, was man von dir nun nicht gerade behaupten kann. Damit wirst du nicht fertig, und deshalb stürzt du dich jetzt auf so jemanden wie Quentin.«

Till machte ein paar Schritte auf das Tischchen mit der Flasche zu, nahm sie hoch, schenkte sich selbst ein Glas voll und gesellte sich zu der Gruppe, die um Max herumstand.

»Belastet oder nicht«, redete der auf Henning ein, »ich meine, nicht jeder kann so ein Typ sein wie du, Henning. Dir scheint es ja nichts auszumachen, ob du bei Felix arbeitest, ihm die Schuhe putzt, ihm einen runterholst oder sonst was machst.«

»Siehst du«, sagte Henning, »... nein, lass mal, das kann deinem Bruder wirklich mal einer sagen ...«, brummte er Betty zu, die ihn anscheinend zurückhalten wollte, bevor er wieder zu Max schaute und fortfuhr: »Da kannst du noch so ausfallend werden, Max. Du erträgst es einfach nicht, dass andere Leute die Arbeit deines Vaters fortsetzen. Was ist? Bist du sauer, weil du meinst, dass das deine Aufgabe gewesen wäre? Dass du ein Privileg an uns abtreten musst? Ja, hat denn dein Vater nicht dafür gesorgt, dass nur du, als sein Ältester, mit seinen Stoffen arbeiten darfst?«

»Zombiegeschichten?« Schon an Max' Stimme erkannte Till, dass Henning danebengeschossen hatte. Das schien tatsächlich nicht das zu sein, was Max zu schaffen machte. »Bastel daran rum, bis du schwarz wirst, Henning«, stieß Max hervor, »ich kann dir nur sagen: Ich an deiner Stelle würde es nicht tun. Eines Tages wirst du aufwachen und feststellen, dass du doch was anderes aus deinem Leben hättest machen sollen als nur die Krümel aufsammeln, die vom Tisch meines Vaters heruntergefallen sind.« Er nickte Till zu, als wollte er ihn in ihrer Runde begrüßen, fuhr dann aber sogleich an Henning gewandt fort: »In welcher Abteilung arbeitest du bei Felix? Ach ja richtig, das darfst du nicht sagen. Das musst du dir mal vorstellen, du kannst noch nicht mal erzählen, woran du gerade sitzt! Und zwar nicht etwa, weil du irgendjemanden dadurch gefährden könntest – nein, einfach nur deshalb, weil Felix sich nicht in die Karten schauen lassen will! Merkst du denn nicht, wie du dein Leben einem anderen unterordnest?«

Till fiel auf, dass Quentin, an dem Max inzwischen vollkommen vorbeiredete, etwas zu Irina sagte und sich langsam aus ihrer Gruppe entfernte. Dabei lief Quentin jedoch nicht in Richtung Berliner Zimmer, wo die Treppe ins obere Stockwerk führte, sondern in die andere Richtung, vom Wohnzimmer aus in einen Nebenraum, der in den Seitenflügel auf der anderen Seite des Hauses überging.

»Was hast du für ein Problem«, hörte Till Henning auf Max' Sticheleien reagieren, »Felix ist ein vortrefflicher Unternehmer! Natürlich ordne ich mich ihm unter, wenn es um sein Business geht. Warum auch nicht? Er bezahlt mich doch!«

Aber da folgte Till ihrem Gespräch schon fast nicht mehr. Wo wollte Quentin hin? Till wusste, dass Quentin wegen Max aufgebracht war – was also hatte er im hinteren Teil der Wohnung vor?

Kurz entschlossen nickte er Nina zu, die hinter ihm an die Runde herangetreten war. »Bin gleich wieder da.« Dann begann er, sich ebenfalls Richtung Seitenflügel zu entfernen, wohin Quentin bereits verschwunden war.

8

»Komm schon, Malte, was ist groß dabei. Es wird dir Spaß machen, versprochen!« Es war Quentins Stimme.

»NEIN!« Das war Malte. »Kommt überhaupt nicht in Frage. Frag doch jemand anders!«

Till blieb hinter der Tür stehen, die in das Zimmer führte, in dem die beiden sich aufhielten. Er war Quentin durch eine ganze Zimmerflucht hindurch gefolgt, von der Till gar nicht gewusst hatte, dass sie ebenfalls zu Max' Wohnung gehörte.

»Ich frage aber dich«, war wieder Quentins Stimme zu hören.

»Gut, die Antwort ist nein.«

»Und wieso?«

»Lass mich in Ruhe, Quentin, das … es ist … nein, niemals!«

»Und warum nicht? Komm schon! Ich wäre dir dankbar, verstehst du? Ich wäre dir was schuldig!«

Schweigen.

Till trat noch einen Schritt näher an die nur angelehnte Tür heran, achtete aber darauf, dass er vor den Blicken der beiden durch den Türflügel geschützt blieb.

»Ich kann mir schon denken, dass dir das erst mal widerstrebt«, hörte er Quentin weiter auf Malte einreden, »wahrscheinlich möchtest du nicht einmal daran denken!«

»Kann man wohl sagen.«

»Aber das ist eine Sichtweise, die eigentlich nicht mehr aufrechtzuerhalten ist.«

Schweigen.

»Du schämst dich allein schon bei dem Gedanken daran, du bist wahrscheinlich ganz überwältigt von der Vorstellung, dass ... ja, dass man das nicht macht. Aber das ist Unsinn, Malte. Das sind die Kategorien von gestern. Darum geht es nicht. Sieh mal, hier.«

Till hörte etwas rascheln.

»Nimm das weg, Mann, ich will das nicht sehen!«

»Doch, schau es dir doch mal kurz an ... siehst du ... schön, oder? Komm schon, das kannst du jetzt nicht leugnen!«

»Ja, klar ... aber –«

»Komm, besser geht es nicht!«

»Aber –«

»Sieh doch mal richtig hin! Stell dir vor, ich bin gar nicht da –«

»Quentin, das ist doch Wahnsinn –«

»Nein, hör endlich auf, dich immer wieder selbst aus der Bahn zu werfen!« Quentins Stimme war jetzt energisch, beinahe herrisch geworden. »Ich seh's dir doch an. Das gefällt dir – und wie! Lass die Dinge doch einfach geschehen. Okay? Du gehst in das Zimmer, wie besprochen. Sagst nichts, das haben wir ja alles schon durchgekaut. Und dann sehen wir, was passiert. Wenn du nicht kannst, gut. Aber das glaube ich nicht. Es wird einfach stattfinden, verstehst du? Das hat mit Scham, mit Gewissen, was weiß ich ... mit alldem nichts zu tun! Das Einzige, was zählt, ist, dass du mir einen Gefallen tust. Dass du den Fluss der Dinge geschehen lässt.«

»Ich ...«

»Malte, erzähl mir nichts! Der einzige Grund, weshalb du davor zurückschrecken könntest, ist, dass du das Gefühl hast, etwas Falsches zu tun. Aber es gibt nichts Falsches, nicht Richtiges. Es gibt nur das, was passiert, und das, was nicht passiert! Wenn du vor diesem Angebot zurückschreckst, obwohl dein Körper will, dann ... tut es mir leid, aber ich werde Felix sagen müssen, dass du nicht wirklich das Zeug dazu hast, dich unseren Ansichten gemäß zu verhalten. Ist es das? Plapperst du immer nur nach, was die anderen sagen, wenn es aber drauf ankommt, zuckst du zurück?«

Malte schien nach Worten zu suchen.

»Na los, Malte, mach dir keine Sorgen – es wird großartig werden, okay? Komm jetzt!«

9

»Ich bin mir nicht sicher, was sie vorhaben, aber es ist vielleicht besser, Max zu informieren!« Till starrte Nina an. Er war zurück in das große Wohnzimmer gekehrt, in dem sich noch immer die meisten Gäste aufhielten. Max, Irina, Henning und Betty hatten den Raum allerdings inzwischen verlassen. Till vermutete, dass sie nach oben gegangen waren.

»Hast du Malte und Quentin denn gefragt, was los ist?« Nina sah ihn etwas skeptisch an.

»Ich war mir nicht sicher, ob mich das was angeht ... aber Max – es ist seine Wohnung.«

Nina schaute ihn an, als wollte sie sagen: *Und was willst du jetzt von mir?*

Till senkte die Stimme. »Ich weiß, ich sollte gleich mit Max reden, aber ... er war vorhin schon ziemlich angespannt, vielleicht sprichst du besser mit ihm?« Er hatte nicht vergessen, wie Max ihn in der Küche angefahren hatte.

»Und was soll ich ihm sagen?«

Till atmete aus. Übertrieb er es nicht ein wenig? Machte er sich nicht wirklich gerade zum Hilfspolizisten von Felix? Sollten Quentin und Malte doch machen, was sie für richtig hielten!

Nina lächelte, als sie sah, dass er zögerte. »Sorry, Till, aber vielleicht ist es wirklich das Beste, du redest selbst mit ihm.«

Till musste schlucken. Natürlich hatte sie recht. »Na gut, wo ist er denn?«

Sie deutete mit dem Kopf zum Berliner Zimmer. »Mit den anderen wieder nach oben.«

Till bahnte sich einen Weg durch die Gäste, die sich nach wie vor um das Buffet scharten. Es würde gar nicht so einfach sein, Max in der riesigen Wohnung zu finden, dachte er.

Und tatsächlich: Als er ihn endlich aufgestöbert hatte, war es bereits zu spät.

10

Sie hatte versucht, mit ihm zu reden. Sie wusste, dass es nicht richtig war. Aber Quentin hatte überhaupt nicht auf sie geachtet. Du hast mir versprochen, mir einen Gefallen zu tun, hatte er immer nur wiederholt. Das ist er, der Gefallen, um den ich dich bitte!

Als er ihr die Binde umgelegt hatte, hatte Irina überlegt, ob sie sich weigern sollte. Aber sie wusste ja nicht einmal genau, was er vorhatte. Und er hatte darauf bestanden, dass das dazugehören würde, dass es nicht lange dauern würde. Dann hatte er ihr die Augen mit dem schwarzen Tuch verbunden und sie behutsam auf das Bett in dem Zimmer gelegt, in das er sie geführt hatte. Das letzte Zimmer im Seitenflügel von Max' Wohnung.

Wenig später hörte Irina, wie die Tür aufgeschlossen wurde, die Quentin verriegelt hatte, nachdem er sie allein gelassen hatte.

Schritte, das Atmen eines Mannes. Sie spürte, wie eine Hand sie berührte, und für einen Moment glaubte sie, es wäre Quentin. Doch dafür war die Hand zu schmächtig. Sie hörte, wie ein Gürtel geöffnet wurde.

»Quentin?«

»Hier bin ich, keine Angst«, flüsterte eine Stimme neben ihr. Quentin. Aber die andere Hand lag noch immer auf ihr! Es waren zwei!

»Nimm mir die Binde ab, bitte.«

»Es ist gleich vorbei.«

Im selben Augenblick spürte Irina, wie Quentin sie festhielt, während der andere, sie wusste nicht, wer es war, sich plötzlich an sie herandrängte.

Irina schrie auf.

»Du wolltest mir doch einen Gefallen tun. Schon vergessen?«

»Lass mich los, Quentin –«

Sie fühlte, wie der andere kurz von ihr abließ. Hatte Quentin ihm ein Zeichen gegeben?

»Bist du dir sicher? Du brichst dein Versprechen!«

Ihr liefen die Tränen übers Gesicht. »Lass es, Quentin, das kann uns nicht retten. Wir werden das nicht überleben ... das darfst du nicht!«

»Ich weiß, wie schwer es ist, Irina.« Seine Stimme war leise, unendlich sanft und zart. Er hielt sie fest in seinem Arm. »Es ist gleich vorbei. Dann gehen wir fort von hier und kommen nie wieder.«

Sie weinte. Die Gedanken rasten durch ihren Kopf, sie wusste nur eins: dass das, was Quentin von ihr verlangte, unmenschlich war.

»Quentin, es hat doch keinen Sinn. Wir werden uns nie wieder ansehen können.«

»Ich bitte dich darum, Irina. Du hast es mir doch versprochen. Und ich verspreche dir, dass ich nie wieder erwähnen werde, was hier passiert ist. Hast du schon vergessen, was du mir angetan hast? Ich bin bereit, das zu vergessen. Wir können die Vergangenheit hinter uns lassen. Meinst du wirklich, ich kann ertragen, was in unserer Wohnung geschehen ist, wenn du dein Versprechen jetzt brichst? Dein Versprechen, das du mir gegeben hast, um mich um Verzeihung zu bitten?«

»Es ist falsch, Quentin, glaub mir doch, es ist falsch –«

»Ich weiß, dass es falsch ist, widerlich … aber es ist, wie es ist. Und du musst es für mich tun.«

Sie vergrub ihr Gesicht in seinen Armen.

Und dann geschah es. Sie wollte sich herumwerfen, doch Quentin hielt sie fest. Sie wagte es nicht, zu schreien. Aber noch während sie es über sich ergehen ließ, wusste sie, dass etwas dabei unwiderruflich zu Bruch ging.

Epilog

1

Heute

»Claire!«

Sie boxt den Mann, der ihr den Weg versperrt, zur Seite. Frederiks Gesicht leuchtet ihr durch den dunklen Gang entgegen.

»Komm jetzt!«

Claire rennt.

Sie rennt hinter Frederik her, der vor ihr – die Frau mit sich ziehend – den Korridor entlanghetzt, an den Bretterverschlägen vorbei.

Claire zischt der eigene Atem in den Ohren. Die Augen hat sie ein wenig zusammengekniffen, jeder Muskel in ihrem Körper ist angespannt.

Da, die Treppe am Ende des Gangs. Die Treppe, die sie wieder nach oben führt, zurück ans Tageslicht.

Schon kann Claire die Sirenen der Notfallwagen hören, die noch immer die Straße entlanggrasen, auf das Gebäude zu, dessen Schutt und Trümmer inzwischen bis weit in die Seitenstraße hineingerutscht sein müssen.

Ha! Es ist ein Arm – Claire sieht ihn plötzlich vor sich, bevor sie das Splittern hört.

Sie spürt den Schlag der Faust in ihrem Magen, hört das Bersten der Latten, die den Verschlag von dem Gang abtrennen.

Eine Faust … kann das sein? … hindurchgerammt durch die Bretter?

Claires Gedanken schwimmen. Ihr Oberkörper knickt ein. Frederiks Rücken wird aus ihrem Blickfeld gerissen. Sie sieht ihre Schuhe – ein eiserner Griff schließt sich um ihren Arm. Dann wird sie von einer Kraft herumgeschleudert, gegen die sie niemals ankommen würde. Holzsplitter reißen die Haut an ihrer Wange auf, sie stürzt – wird aufgehalten, zurückgestoßen. Ist aus dem Gang, den sie entlanggerannt ist, regelrecht herausgerissen und in einen Kellerraum hineingeworfen worden.

Es ist ein Meer von Gliedern. Verschmolzen. Verformt. Wabernd. Claire keucht.

Der winzige Raum wirkt wie die Öffnung eines Schachts, der geradewegs bis in die Hölle hineinreicht. Wie eine Leuchtkugel geht zwischen ihren Augen der Schmerz auf. Ihr Kopf senkt sich, ihr Blick wandert an ihrem Körper herab.

Es ist ein Rumpf. Ein Oberkörper mit einem Hals, auf dem ein Kopf sitzt. Der Kopf kommt ihr so groß vor wie das Haupt eines Pferdes, aber es ist nur der Kopf eines Menschen. Die Haare verklebt, die Hautfarbe bleich, die Lippen von den Zähnen zurückgezogen. Von Zähnen, die sich in ihren Knöchel gebohrt haben.

Claire sieht auf das Wesen herab, das sich zu ihren Füßen auf dem Boden suhlt.

Mit zwei Armen hält es ihren Fuß fest, um sich besser an ihr weiden zu können. Es ist ein Rumpf ohne Beine, nur mit zwei Armen und einem Kopf.

Claires Handflächen entfalten sich auf halber Höhe vor ihren Augen, und zwischen ihnen hindurch sieht sie, wie sich der Kopf zu ihren Füßen ein wenig dreht, ohne seine Zähne aus ihrem Fleisch zu lösen. Wie sich seine Pupillen in die Augenwinkel schieben, um Claires Blick zu begegnen.

Sie schauen sich an.

Und Claire versinkt in einem Rausch, der langsam und zugleich beängstigend schnell ihre Sinne überspült.

2

Am anderen Ende der Stadt in einer anderen Verästelung des gleichen Tunnelgeflechts. Malte kauert an der Wand des Stollens, durch den er und die anderen hindurchgetrieben worden sind. Er ist noch immer so schmächtig und klein wie vor zwei Jahren. Die Beine hat er angezogen, die Arme um die Knie geschlungen, die Stirn auf die Arme gepresst.

Er erinnert sich. An ihre Bewegungen, die Laute, die sie gemacht hat, daran, dass er trotz der Schuldgefühle durch die Berührung und Entblößtheit ihres Körpers viel zu aufgepeitscht war, um sich nicht zwischen ihre Schenkel zu schieben.

Es war nicht meine Schuld, beschwört er sich, es war Quentin, und

Max, Felix – nicht ich! Ich habe sie geliebt in diesem Moment, ich habe nie wieder ein Mädchen so geliebt wie sie.

Und doch durchfährt ihn auch diesmal wieder ein Beben, als er sich an Irina erinnert. Er hätte sich von Quentin niemals so drängen lassen dürfen. Die Katastrophe, die am Ende des Tunnels auf sie wartet – hat sie nicht ihren Anfang genommen, weil er sich nicht hat bremsen können, als er Irina mit der Binde über den Augen und dem hochgeschobenen Rock vor sich auf dem Bett hat liegen sehen?

»Alle mal herhören!« Die Ansage dröhnt bis hinter den Mauervorsprung, an den sich Malte drückt. »Niemand weiß genau, wie es in den U-Bahn-Schächten inzwischen aussieht. Wir verteilen jetzt die Masken, dann geht es weiter!«

Malte fühlt, wie ihn etwas trifft. Er hebt den Kopf. Jemand hat eine Schutzmaske aus Gummi gegen seine Beine geworfen. Er dehnt das Gummiband, zieht es über den Hinterkopf, schiebt den Gummischutz vor sein Gesicht. Fauchend dröhnt sein eigenes Atmen in seinen Ohren, der Gummigeruch dringt in seine Nase.

Er wird gepackt und hochgerissen. Durch den Sichtschutz aus gelblichem Kunststoff hindurch kann er einen Mitstreiter aus dem Pulk vor sich sehen, der ihn am Arm nach oben gewuchtet hat.

»Mach schon, Mann – es geht los!«, hört er die Stimme des anderen verzerrt unter dem Plastik hervorkommen.

Schwerfällig setzt sich Malte in Bewegung.

3

»Schließ die Tür – mach schon!«

Ja – ja – ja – ich mach ja schon.

»Komm her, hier ...«

Was macht sie da ... die Frauentoiletten in dem Lokal hier – war ja klar, dass sie blitzsauber sein würden, teuer genug ist es ja – aber ... das ist ja fast wie auf einer Luxusyacht ... sind das Orchideen, in der Vase dort?

Meine Hände zittern – egal! Riegel vor – gut, dass die Kabine so groß ist ...

»Ich setze mich hierhin, okay?«

Mach das ... klapp den Deckel herunter ... gut.

Sie sitzt auf dem Spülkasten, dann kann ich auf dem Deckel Platz nehmen.
Ah!
Die Strumpfbänder – sie schneiden in ihre Schenkel – aber da ist kein Slip mehr – da ist nur ...
»Was ist das?« – Sie flüstert.
Jemand hat die Toilette betreten, es klappert. Das sind die Absätze einer Frau. Natürlich, wir sind ja hier auf der Frauentoilette ...
Hörst du, wie ihr Atem fliegt? Nicht von der draußen, hier drinnen, in der Kabine, von ihr ...
Sie nimmt meine Hände, schiebt sie auf ihren Schenkeln entlang, unter den Rock ...
Die Absätze klappern.
Sie lässt meine Hände auf ihren Beinen liegen, genau da, wo die Strumpfbänder sie schon nicht mehr bedecken, drückt mir ihre Finger auf den Mund ...
Die Besucherin geht in die Kabine neben uns!
Stille ...
Nur meine Hände wandern, gleiten ...
Die Spülung! Die neben uns ... das Klackern der Absätze – jetzt fahren ihre Hände in meine Haare, und sie zieht meinen Kopf zu sich nach vorn ...
»Moment.« Was will sie?
»Du hast mir deinen Namen noch nicht gesagt.«
Meinen Namen ... lass uns das hinter uns bringen ... ich halt's nicht mehr aus ... dann zeige ich dir, wie ich heiße.
»Wie du heißt! Ich will es wissen ... bevor wir es tun.«
Jeder Herzschlag in meiner Brust ist wie eine Schlinge, die sich enger zusammenzieht ...
»Ja?« Ihre Hand fährt über den Nacken in meinen Hemdkragen, jetzt rutscht sie von dem Spülkasten herunter, kommt auf meinen Schoß zu sitzen, die Hand an meiner Schnalle ...
Okay, okay, okay ... du hast recht ... ich bin nicht hier, um mit dir zu versinken, ich bin hier, um dir deine Seele aus dem Leib zu reißen!
Die Schnalle – auf.
Die Knöpfe – auf.
Wieder hält sie inne und sieht mich an.

»*Max.« Oder? So heiße ich doch.* »*Ich heiße Max.« Mein Mund an ihrem Ohr. Mach schon! Weiter! Oder glaubst du mir nicht? Seh ich etwa nicht aus, als ob ich Max heißen würde?*
»*Max«, flüstert sie ...* »*Wirklich ... Max?« Ihre Hand tastet sich zwischen den Knöpfen hindurch.*
Ja, ja, Max ... und jetzt komm ... rück ein bisschen nach oben und lass dich nach vorn ziehen – sonst zerreißt es mich noch und ich platze.

4

»Meinst du, ich habe nicht gesehen, wie ihr aneinandergehangen habt, Till? Meinst du, ich weiß nicht, wie sehr sie von den Gedanken an dich erfüllt ist, wann immer sie einen Moment Gelegenheit hat, ihre Gedanken schweifen zu lassen? Beim Essen, Till, unter der Dusche, im Bett. Sie ist beseelt von den Erinnerungen, von den Tagen, die ihr gemeinsam erlebt habt, von den Berührungen, den Worten, den Blicken, die ihr gewechselt habt. Sie ist dein mit dem Herzen, der Seele, allem, was sie als Frau ausmacht, sie ist dir förmlich verfallen ... Aber du musst sie ziehen lassen! Du darfst ihre Liebe nicht ausnutzen, du musst sie vor sich selbst schützen, Till – nur so kannst du beweisen, dass auch du sie liebst!«

Der Wind pfeift ihnen um die Ohren. Die Wolkendecke ist aufgerissen und die Sonne hindurchgebrochen. Fleckenartig übersprenkeln ihre Strahlen die Dächer der Stadt.

Till ist mit Felix auf das Dach des Hauses gestiegen. Er hat sich eine dicke Jacke geborgt, die ihn vor dem Wind schützt. Felix trägt eine gefütterte Mütze, deren Ohrenklappen waagerecht von seinem Kopf abstehen.

»Du hast dich nicht *einmal* schuldig gemacht, Till, sondern *zweimal!*« Felix' Stimme schneidet die Worte förmlich aus der eiskalten Luft heraus. »Schuldig Lisa gegenüber! Oder hast du das schon verdrängt?« Felix' Augen scheinen eine Brandspur auf allem zu hinterlassen, was sie streifen. »Du warst derjenige, der ihren Vater getötet hat, der die Tür zugeworfen hat, der den Riegel davorgelegt hat, derjenige, der dem Mann praktisch selbst die Stirn eingerammt hat. Du wirst Lisa nicht ewig belügen können, Till, du wirst es ihr sagen müssen! Du wirst ihr sagen müssen, dass der Mann, den sie seit Jahren liebt, zugleich derjenige ist, den sie seit Jahren sucht – aber aus dem anderen Grund. Dass du derjenige bist, der ihren Vater in den Tod getrieben hat. Und wenn sie sich an dich gebunden haben wird, Till, wenn ihr euch geliebt haben werdet, wird sie diese Wahrheit nicht mehr ertragen. Es wird sie in der Mitte hindurchreißen, ihren schönen Körper spalten, ihr Herz zertrümmern. Du kannst sie nicht offenen Auges in dieses Verderben stürzen und zulassen, dass dieses Unglück ihre Seele für immer beschattet. Du musst sie ziehen lassen, Till – du musst sie von ihrer Hingabe an dich befreien. Erst dann wird sie die Wahrheit ertragen können – die Wahrheit, dass du derjenige warst, der ihren Vater getötet hat. Erlöse sie von ihrer Liebe, und du wirst dich deiner eigenen Liebe für sie erst gewachsen zeigen.«

Mit voller Wucht trifft eine eisige Bö auf Tills Brust, durchdringt den Stoff der Jacke. Er schlingt die Arme um seinen Körper, um sich vor den Windstößen zu schützen, und kann doch nicht verhindern, dass er schwankt, weil Bö um Bö an ihm reißt.

Sie liebt mich wirklich, braust es in ihm. Aber er kann nicht die Augen vor dem verschließen, was Felix ihm sagt. Er wird Lisa niemals glücklich machen können.

Er wird sie freigeben müssen.

ENDE FÜNFTER BAND

BERLIN GOTHIC 6
DIE VERSTECKTE BEDEUTUNG

Prolog

1

»Es sind Lyssaviren aus der Familie der Rhabdoviridae. Sie vervielfältigen sich im Zytoplasma der Wirtszelle, und zwar in den Negri-Körpern. Wenn wir die nachweisen können, können wir eindeutig feststellen, dass eine Infektion stattgefunden hat.«

Butz blickt durch die Glasscheibe in einen Raum, in dem ein Mann auf einem Krankenhausbett liegt.

»Bei ihm ist der Virus bereits bis ins Hirn vorgedrungen, eine Impfung ist nicht mehr hilfreich«, sagt der Arzt neben ihm.

»Man kann nichts mehr für ihn tun?«

»In diesem Stadium ist der Krankheitsverlauf so gut wie immer tödlich. Sehen Sie«, der Arzt nickt zu dem Metallbett, »wir nennen das Wasserphobie.«

Der Mann auf der Matratze stemmt sich mit aller Kraft, die noch in seinem ausgezehrten Leib steckt, gegen die Ledergürtel, die über seine Brust, sein Becken, seine Knie und seine Knöchel verlaufen. Mit krampfhaft hochgerecktem Kopf blickt er zu einem Pfleger, der das Zimmer gerade mit einer Plastikflasche in der Hand betreten hat. An der Tülle der Flasche ist ein Gummischlauch befestigt.

»Die Merkmale sind Angst, Unruhe und Lähmungen«, sagt der Arzt an Butz' Seite. »Es folgen Schlaflosigkeit und Halluzinationen. Der Mann hat seit vier oder fünf Tagen nicht mehr geschlafen, entsprechend überreizt ist sein Nervensystem.«

Der Blick des Patienten flackert durch den Raum, huscht über die Scheibe, durch die hindurch Butz ihn betrachtet, scheint sich in einer Ecke des Zimmers festzusaugen, fliegt dann aber mit einer ruckartigen Bewegung zurück zum Pfleger, der versucht, durch die Scheibe hindurch vom Arzt Anweisungen darüber zu bekommen, wie er weiter vorgehen soll.

Der Arzt bedeutet ihm mit der Hand, dem Patienten die Plastikflasche zu geben. »Der Virus bewirkt eine Gehirnentzündung, und es kommt zur Lähmung bestimmter Hirnnerven.« Der Mediziner hat die

Hände wieder in die Taschen seines Kittels geschoben. »Das wiederum zieht eine Rachenlähmung nach sich, außerdem ist das Sprechen und Schlucken erschwert – ja, bisweilen ganz unmöglich.«

Butz legt einen Unterarm auf die Scheibe, stützt sich dagegen, sieht darunter hindurch zu dem Patienten, dem es jetzt gelungen ist, einen Arm unter dem Lederriemen hervorzuwinden und damit in ruckartigen, gleichsam abgerissenen Bewegungen durch die Luft zu fahren.

»Das ist noch nicht bis ins letzte Detail erforscht worden, aber es gibt zahlreiche Hinweise darauf, dass allein der Anblick von Wasser Krämpfe des Rachens und des Kehlkopfs auslöst. Dadurch kommt es zu dem typischen Schaum vor dem Mund.«

Der Pfleger blickt zum Arzt: Es ist unmöglich, dem Patienten die Wasserflasche zu geben. Der Arzt nickt und gibt ihm ein Handzeichen. Er soll die Flasche auf den Nachttisch stellen und sich aus dem Zimmer zurückziehen. Dann klopft er leicht gegen die Scheibe – und es wirkt, als ob ein Pistolenschuss neben dem Patienten abgeschossen worden wäre. Ein heftiger Ruck erschüttert seinen Körper, sein hagerer Schädel wird durch eine Muskelkontraktion, die das Gewebe nicht unbeschadet überstehen kann, noch einmal zentimeterweit nach oben gezogen. Butz sieht, wie sich der Mund des Mannes öffnet, der Kiefer nach unten gerissen wird, wie sich die Haut und das Fleisch in den Mundwinkeln straffen, dehnen, spannen, bis selbst Butz aus drei, vier Metern Entfernung erkennen kann, wie das Gewebe dort reißt. Blut tritt aus.

Der Arzt hat seinen Pieper betätigt, bevor er sich wieder an Butz wendet. Man kann an den Schatten um seinen Augen ablesen, dass auch er seit Tagen kaum noch zur Ruhe gekommen ist. »Es kann nicht mehr lange dauern. Kein Organismus kann eine solche Wut gegen sich selbst, eine solche Entschlossenheit, sich zu zerstören, lange aushalten. Selbst Lichtwechsel reichen manchmal aus, um extreme Wutausbrüche bei den Infizierten hervorzurufen ...«

Der Rachen des Patienten dehnt sich noch immer, der Unterkiefer presst sich bereits aufs Schlüsselbein. Von einem Schwindel erfasst, starrt Butz in die entsetzliche Mundhöhle. Nase, Augen, Stirn, alles Darüberliegende ist dahinter verschwunden – so weit aufgesperrt ist der Schlund.

»Das äußert sich in Schreien, aber auch in Schlagen und Schnappen ... Kommt es zum Biss, ist es besonders gefährlich, weil dabei die Ansteckung des Gebissenen erfolgt.«

Butz wendet sich ab.

Es ist eine Krankheit, die die Menschen seit Jahrtausenden kennen. Wutkrankheit ist sie früher genannt worden, Hundswut, Lyssa oder Wasserfurcht.

Aber es ist nichts anderes als die *Tollwut*.

2

»Es ist überall« – das war es, was Betty ihm gesagt hat. »Es ist überall.«

In den Kanälen und Gräben, den Schächten und Brunnen, den Tümpeln und Stollen der Stadt.

Die Tollwut.

Als seine Kollegen Butz endlich auf seinem Handy erreicht haben und er erfahren hat, was in dem Krankenhaus los ist, hat er sich unverzüglich dorthin begeben.

Wo ist er hergekommen, der Virus, der die Stadt heimsucht? Der sich ausbreitet wie eine Seuche, eine Plage, ein Fluch.

Butz schaut den Gang hinunter. Der Mediziner hat sich entfernt, er sieht ihn durch den Korridor eilen, eine Hand in der Tasche seines Kittels, die andere am Pieper, auf dem ihn eben eine weitere Nachricht erreicht haben muss.

Wo hat der Befall begonnen? Ein Fuchs, der sich in einem Tunnel verirrt? Ein Marder mit Schaum vorm Maul? Ein Frettchen, das einen Jungen anfällt, der aus einer Kiste im Keller Äpfel holt? Eine Fledermaus, die einen Neugierigen beißt, der im Stadtuntergrund stöbert? Eine Ratte, die jemanden infiziert, der sich durch die Ruinen und Trümmer hindurchgräbt, die unter Berlin schlummern, seit die Stadt im Bombenhagel begraben wurde?

Butz fährt zusammen.

Hinter ihm hat es gepoltert, und er wirbelt herum. Blickt zu der Scheibe, hinter der sich der Patient befindet – und prallt zurück, als hätte seine Netzhaut Feuer gefangen.

Der Kranke muss die Riemen durchrissen haben und steht keine drei Zentimeter hinter dem Schutzglas, das Gesicht daraufgepresst, die

Nase zur Seite gequetscht, ein Augapfel verschoben, weil er direkt auf die Scheibe gedrückt wird.

Wo hat er ihn sich eingefangen, den Virus, der ihn jetzt verbrennt? Ist er selbst umhergeklettert in den Resten, die dort liegen, unter Tage? Zwischen den Mauern, den meterdicken Betonwänden, in den geheimen Bunkern und Lagervorräten, den Stollen und Verliesen, die sich dort unten befinden und in denen sich – jahrzehntelang verschüttet – der Schweiß, die Leichen und die Exkremente gehalten haben, seitdem Berlin zerschlagen wurde? Ein Reservoir, das aufgebrochen scheint wie eine verschorfte Wunde, aus der der Eiter hervorschießt, wenn man daraufdrückt.

Stunden-, tage-, wochenlang haben die Detonationen die Mauern der Stadt erschüttert. Schweißnass haben die Menschen zu Hunderttausenden, zu Millionen des Nachts wachgelegen, aus Angst vor den Bomben, dem Unrecht, dem Wahnsinn. Eine Stadt, die untergegangen ist und verschüttet schien, aber nie ganz vom Erdboden verschwunden ist.

Der Patient hinter der Scheibe schlägt auf dem Boden auf, als ob jemand seine überentzündete Willenskraft gekappt hätte wie ein Seil.

Zugleich hört Butz die Schreie, die sich wie aus weiter Ferne und doch mit elektrisierender Wucht durch die Gänge des Krankenhauses auf ihn zuwälzen. Ein Stimmenchor, der nicht abreißt, sondern der sich noch einmal zu steigern scheint, als würden die anderen Patienten in dem Bau spüren, dass einer von ihnen sie verlassen hat, und deshalb noch heftiger, blinder, selbstzerstörerischer wüten als vorher.

Erster Teil

1

Zwei Jahre vorher

»Malte!« Till sprang auf. »Wo warst du denn?«

Malte hatte eben das obere Wohnzimmer von Max' Wohnung betreten. Er wirkte blass, angeschlagen, müde, hatte den Kopf gesenkt und schien sich möglichst unbemerkt an allen anderen vorbei Richtung Flur drängen zu wollen, um ins Treppenhaus und nach draußen zu gelangen.

»Unten, ich war unten, aber mir ... ich glaub, ich hab zu viel getrunken. Ich geh am besten gleich nach Hause.« Er hob kaum den Kopf.

Till zögerte. »Ist Quentin noch unten?«

Malte nickte. »Wir sehen uns morgen im Büro.« Schon wollte er weiter, doch da hatte ihn Max bereits entdeckt.

»Da bist du ja!«, brüllte er bestens aufgelegt quer durch den Raum. »Till hat sich schon Sorgen gemacht! Was war denn?«

Malte warf Max einen scheuen Blick zu und winkte ab. »Nichts, nichts.« Aber jetzt richteten sich auch die Blicke der anderen auf ihn, die in dem Zimmer um den großen Tisch herumsaßen. Malte hielt sich eine Hand auf den Bauch. »Ich glaub, ich hab mir irgendwie den Magen verdorben.«

»Unsinn!« Max stand auf und kam zu ihm und Till herüber. »Am Essen liegt's nicht! Sag doch mal: Was habt ihr denn unten gemacht?«

Nachdem Till Quentin und Malte belauscht hatte, hatte er Max überall in der Wohnung gesucht. Als er ihn endlich fand, hatte Max jedoch abgewunken. Sollten sich Malte, Quentin, Henning und die anderen doch gegenseitig zerfleischen, davor würden sie sie sicher nicht bewahren können.

»Wenn Quentin etwas von mir will, wird er sich schon melden«, hatte Max gerufen und Till ermuntert, an dem großen Tisch im oberen Wohnzimmer Platz zu nehmen, um den herum sich die noch verbliebenen Gäste versammelt hatten. Lisa, die inzwischen ebenfalls in Max'

Wohnung eingetroffen war, hatte auf einen noch freien Stuhl neben sich gedeutet, und Till hatte sich zu ihr gesetzt. Kurz darauf war ihm aufgefallen, dass Malte das Zimmer betreten hatte.

»Alles okay, mach dir keine Sorgen«, wich Malte Max aus, aber Till fiel auf, dass sich so etwas wie Erschrecktheit und Verzagtheit in seinen Blick geschlichen hatte.

»Sag doch mal!«, donnerte Max, der sich so leicht nicht abwimmeln lassen wollte.

Hilflos senkte Malte die Stimme: »Echt, Max, ich will nur schnell nach Hause ...«

»Hörst du das, Henning?« Aufgekratzt wandte sich Max an Henning. »Dein Kollege will sich drücken!«

»Malte? Alles in Ordnung?« Henning setzte das sorgenvolle Gesicht auf, zu dem er sich meist berufen zu fühlen schien.

»Willst du mich jetzt festhalten oder was?«, fuhr Malte Max an, der sich ihm in den Weg gestellt hatte.

»Etwa so?« Scherzhaft schlang Max einen Arm um Maltes Hals.

»Was soll denn das?« Mit rabiater Heftigkeit riss Malte sich los. Es war unverkennbar, wie unangenehm es ihm war, die Aufmerksamkeit des ganzen Tischs auf sich gezogen zu haben.

»Ist Irina eigentlich noch unten?« Nina hatte sich auf ihrem Stuhl umgedreht, um zu Malte zu sehen. »Oder ist sie schon gegangen?«

»Nein ...«, plötzlich schien der schmächtige junge Mann noch bleicher geworden zu sein, winzige Schweißperlen standen auf seiner Stirn. Dann brach es aus ihm hervor. »Es tut mir leid, ich ... ich wollte es nicht ...«

»Was?« Max strahlte ihn an. »Herrje, was bist du für ein Wicht, Malte! Was wolltest du nicht?«

»Ich ... ich hab gesagt, dass ich das nicht will – «

»Aber gemacht hast du es oder was?« Max war nicht zu bremsen.

»Ich ...«

»Was?« Ninas Gesicht verdunkelte sich.

»Ich hab Quentin gesagt, dass es nicht richtig ist.« Und mit einem Mal stürzte Malte vor, auf Nina zu, packte sie mit beiden Händen an den Schultern. »Es tut mir leid, hörst du? Bittest du sie um Verzeihung ... in meinem Namen ... es ... es hätte niemals passieren dürfen ...«

Max zog halb lachend, halb irritiert die Stirn kraus. »Wie denn – was denn? Ich denke, du bist eh nicht verantwortlich für das, was du machst, Malte?« Er warf Henning einen höhnischen Blick zu. »Was ist denn in eurem Laden los, Henning, hörst du, was er da stammelt?«

Henning hatte sich ebenfalls erhoben, anscheinend richtig ärgerlich inzwischen, und kam hinter dem Tisch hervor auf Malte zu. »Was ist denn los?«

»Quentin war es, er hat mich dazu getrieben. Er ist noch unten ... sprich mit ihm –«

»Quentin? Klar, das mache ich gleich«, mischte sich Max spöttisch ein. »Aber was soll das denn heißen? Das ist doch alles Unsinn, Malte! Quentin kann dich doch gar nicht zu etwas überreden, es ist doch ohnehin alles festgelegt!«

»Ja ... ja«, stammelte Malte, »aber ...«, hilfesuchend wandte sich sein Blick erneut Nina zu. »Sagst du ihr, dass es mir leid tut?«

»Meine Güte, Malte«, herrschte Henning den viel Kleineren an, »reiß dich endlich zusammen!«

Doch da hatte Till, der das alles kaum noch ertrug, sich schon an ihnen vorbeigedrängt und war durch die Tür in das Berliner Zimmer geschlüpft, von dem aus die Treppe nach unten führte.

»Warte, Till«, hörte er Max hinter sich rufen, »das wollen wir alle sehen!«

2

Till sprang die Treppe hinunter in die untere Wohnung und hastete in den Seitenflügel, in dem er das Gespräch zwischen Malte und Quentin verfolgt hatte. Die Zimmerflucht war inzwischen vollkommen verlassen, alle Gäste, die sich dort früher am Abend aufgehalten hatten, waren bereits in die obere Wohnung gekommen.

Als er die Tür zum letzten Raum erreicht hatte, drückte er die Klinke herunter und stieß sie auf.

Dahinter eröffnete sich ein geräumiges Gästezimmer mit Schrank, Schreibtisch und einem großen Bett. Darauf saß Irina. Sie hatte die Knie an den Körper gezogen, den Kopf daraufgebettet und mit ihren Armen umschlungen. Sie war barfuß und trug das Kleid, mit dem sie gekommen war.

»Alles in Ordnung?« Till brauchte sie nur anzuschauen, um zu wissen, dass nichts in Ordnung war.

Sie bewegte sich nicht.

Er starrte auf die langen braunen Haare, die über ihre Arme und Beine flossen. »Soll ich ein Taxi rufen, willst du nach Hause?«

»Ist sie hier?«

Till fuhr herum.

Durch die geöffnete Tür konnte er sehen, wie Max und zwei, drei weitere Gäste durch die Zimmerflucht des Seitenflügels auf ihn zukamen.

Im gleichen Moment hörte er aus dem Bad, das zu dem Gästezimmer gehörte, das Geräusch einer Wasserspülung dringen.

»Ja, sie ist hier«, schallte es hinter Till. »Sieh sie dir genau an, Max!«

Max und die anderen traten an Till vorbei in den Raum.

Quentin war aus dem Bad gekommen und stand neben dem Bett. »Willst du sie nicht in den Arm nehmen«, plärrte er mit seltsam dünn gewordener Stimme, an Max gewandt, »sie wird sich schon an dich schmiegen.«

Till machte einen Schritt auf Quentin zu. »Was soll das denn?«

»Halt dich da raus, Till. Das geht dich nichts an!«, fuhr Quentin ihn an.

»Irina!« Ohne Quentin zu beachten, trat Max an das Bett.

Aber Irina presste die Hände gequält auf die Ohren und sprang auf.

»Ja, renn nur weg!«, raste Quentin, und es klang, als ob in ihm etwas zu Bruch gegangen wäre. »Ich will dich nicht mehr sehen, hörst du? Nie wieder!«

Die anderen Gäste, die in der Tür stehen geblieben waren, wichen zur Seite, machten ihr Platz.

»Es ist deine Schuld, hörst du?« Mit einem Satz war Quentin bei Max und packte ihn am Kragen. »Du hast sie so zugerichtet!«

Max riss sich los. »Ich denke, so etwas wie Schuld gibt es nicht«, fuhr er Quentin an.

»Nicht für mich – aber für *dich*!« Quentin schien durchglüht von dem Wissen, dass Max ihm diesen Triumph nicht mehr nehmen konnte. »Malte hat sich nicht zurückhalten können, er ist über sie hergefallen wie ein Tier! Sie hat die Beine gespreizt, sie hat ihn in sich aufgenommen – so wie sie auch dich aufgenommen hat, Max!«

Max starrte ihn an. »*Mir* willst du schaden? Du hast dein eigenes Leben zerstört, Quentin! Du hast sie geliebt, du hättest es verkraften können.«

»Was?«

»Das, was zwischen mir und Irina geschehen ist.«

»Du bestimmst über mein Leben, nimmst dir, was dir gefällt, spielst damit – und sagst *mir* dann, was ich verkraften kann?« Quentin spuckte auf den Boden. »Nicht ich habe Irina zerstört, du warst es, Max! Und du wirst daran zugrunde gehen!«

3

Nina kehrte von der Wohnungstür, an der sie die letzten Gäste verabschiedet hatte, zurück in das große Zimmer, in dem der Tisch stand.

Nicht alle hatten mitbekommen, was in den unteren Räumen vorgefallen war, und so hatte die Party auch nicht schlagartig geendet. Till und Lisa waren zwar ebenso wie Quentin und Irina sofort gegangen, als Nina jedoch vorgeschlagen hatte, auch die anderen Gäste zu bitten, die Wohnung zu verlassen, hatte Max nur verbissen den Kopf geschüttelt und sich wieder in das obere Wohnzimmer gesetzt. Doch sosehr er auch versucht hatte, eine muntere Miene aufzusetzen, war unübersehbar gewesen, dass jede Freude verflogen war. Immer düsterer und bedrückter war er geworden, bis seine niedergeschlagene Stimmung die ganze Atmosphäre vergiftet hatte und auch die übrigen Gäste gegangen waren.

Jetzt saß er allein, auf den großen Tisch gestützt, und stierte aus dem Fenster, vor dem es noch immer dunkel war. Nina nahm auf einem Stuhl neben ihm Platz. Minutenlang schwiegen sie.

»Wir werden uns um Irina kümmern«, meinte sie schließlich. »Ich kenne sie, sie wird daran nicht zerbrechen.«

Max sah kurz zu ihr auf und nickte, verließ dann aber den Raum.

Minuten später waren harte, laute Geräusche aus der unteren Wohnung zu hören.

Als Nina die Tür aufzog, die in das untere Wohnzimmer führte, stand Max breitbeinig mitten im Raum und ließ gerade mit voller Kraft eine Spitzhacke in den Fußboden krachen. Die Dielen, die den Boden bedeckten, hatte er an einer Stelle mit einem Brecheisen herausgehebelt, darunter war bereits der nackte Beton zum Vorschein gekommen. Max holte weit über dem Kopf aus, spannte die Muskeln an – und knallte die Spitzhacke in den Zement. Betonsplitter stieben in alle Richtungen.

Sollte sie ihn sich selbst überlassen? Nach Hause gehen? Sich oben in sein Schlafzimmer legen?

»Ich habe gestern den Vertrag unterschrieben«, hörte sie Max schnaufen, »für die Wohnung hier drunter. Sie gehört jetzt dazu.«

Mit lautem Knall drang die Spitzhacke in den Zement.

Ohne innezuhalten arbeitete sich Max voran, während Nina anfing, in den anderen Zimmern die leeren Flaschen und das dreckige Geschirr einzusammeln. Als sie damit fertig war, legte sie sich angezogen auf das weinrote Sofa und deckte sich mit einer Wolldecke zu. Aber sie konnte nicht schlafen. Hin und wieder stand sie auf und steckte den Kopf in das Zimmer, in dem Max arbeitete, um zu sehen, wie er vorankam. Es ging schneller, als sie erwartet hätte. Kaum drei Stunden waren vergangen, seitdem er begonnen hatte, als sie ihn rufen hörte.

»Kommst du?«

Er hatte eine starke Holzbohle, die er ebenso wie die Spitzhacke in einem Arbeitsraum aufbewahrt haben musste, über das Loch gelegt, das er in den Boden geschlagen hatte. An der Bohle war eine Strickleiter befestigt. Nina trat an das Loch heran und sah, dass Max bis in das darunterliegende Stockwerk durchgebrochen war und dass das Loch groß genug war, um an der Strickleiter hinabzuklettern.

Er setzte sich neben sie auf den Fußboden, streckte seine Beine durch das Loch, griff mit beiden Händen nach der Holzbohle und suchte mit den Füßen Halt auf der Leiter. Dann stieß er sich ab. Die freihängende Strickleiter schwang vor und zurück, und er schlug hart gegen den porösen Rand des Lochs. Zugleich begann er, die Leiter hinunterzusteigen.

Als er den Fußboden des unteren Stockwerks erreicht hatte, der sich gut vier Meter unter dem Durchbruch befand, hängte er sich mit seinem ganzen Gewicht an die Leiter, um sie straff zu ziehen, und blickte nach oben.

»Was ist?«

Nina ließ sich ebenfalls auf den Rand des Lochs gleiten. Max hielt die Leiter unten fest, und es war kein Problem, daran herunterzuklettern.

Die Wohnung, in die sie über die Strickleiter gelangt waren, war vollkommen ausgeräumt. Ihre Aufteilung entsprach den beiden darüberliegenden Wohnungen, die Max bereits gehörten. Ein etwas staubiger, abgestandener Geruch hing in den Räumen, aber bevor Nina sich umsehen konnte, hatte Max sie schon an der Hand genommen. Er schien zu wissen, wo er hinwollte, und zog sie entschlossen in eine bestimmte Richtung. Sie durchquerten die großen, mit Parkett ausgelegten Zimmer, die weiß getüncht und mit riesigen, reich verzierten Kachelöfen in den Ecken ausgestattet waren.

An der äußeren Wand des zweiten Wohnzimmers, an dem Max' obere Wohnungen endeten, blieb er vor einer schmalen Tür stehen, die es an der Stelle bei ihm oben nicht gab.

»Deshalb wollte ich die Wohnung hier noch dazuhaben«, sagte er, zog die Tür auf und trat durch sie hindurch.

Nina folgte ihm, und sie gelangten durch einen kurzen Gang auf eine aus Ziegelsteinen gemauerte Galerie, die sich in einer gewaltigen Halle befand. Die Backsteinkirche, an die das Wohnhaus grenzte! Durch die Tür gelangte man direkt auf eine Seitengalerie der Kirche!

»Die Wohnung hier ist eigens für den Pfarrer mit der Kirche verbunden worden, damals um 1885 herum oder so, als sie die Kirche und das Mietshaus gebaut haben!« Max lief an den Holzbänken vorbei zur steinernen Balustrade der Galerie.

Nina stellte sich neben ihn und blickte in das neugotische, ganz in weiß und ziegelfarben gehaltene Kirchenschiff hinab. Sie fühlte, wie Max ihre Hand berührte.

»Ich glaube, Quentin hat recht«, hörte sie ihn neben sich murmeln. »Es macht mir Angst, weißt du. Es gibt keinen Halt, keine Grenze, keinen Ausweg mehr.«

Sie legte einen Arm um seine Hüfte, wollte etwas sagen, um ihn aufzumuntern – etwas, womit sie die Angst, die Gespenster, die Schwermut vertreiben konnte. Aber sosehr sie sich auch bemühte, die passenden Worte zu finden, war ihr Kopf doch wie leergefegt. Denn sie fürchtete, dass Max' düstere Ahnung berechtigt sein könnte.

Also schwieg sie, während sich durch die Glasfenster der mächtigen Halle die ersten Strahlen des anbrechenden Morgens abzeichneten.

4

Heute

»Woran?«

»An einer tödlichen Enzephalitis.«

»Und was heißt das?«

»Unterschiedlich. Kopfschmerzen, Sehstörungen, Krämpfe ... Es ist eine Entzündung des Gehirns. Ist der Virus erst mal im Körper, klettert er über das Innere der Nervenfasern bis ins Rückenmark und von dort aus ins Zentralnervensystem.«

Enzephalitis.

»Als Wirte kommen Wirbeltiere, Insekten, aber auch Pflanzen in Frage.«

»Er kann sich überall infiziert haben ...«

»Überall. Eine Katze, ein Hund, eine Ratte – sie müssen ihn noch nicht mal gebissen haben. Eine Fledermaus, die sich in den Haaren verfängt, sich zu befreien versucht, mit ihren Krallen über die Wange kratzt ...«

Butz' Blick ist auf die Leiche vor ihm gerichtet. Fehrenberg. Er muss sich vor etwa zweieinhalb Wochen infiziert haben.

»... natürlich kann der Virus auch von Mensch zu Mensch übertragen worden sein«, hört er den Rechtsmediziner ausführen, mit dem er in den Raum gekommen ist. »Ungeschützter Geschlechtsverkehr mit einer infizierten Person kann vollkommen ausreichen.«

Tollwut.

Eine tödliche Entzündung des Gehirns, die durch eine Virusinfektion ausgelöst worden ist.

Fehrenberg ist an der Tollwut gestorben. Seine Leiche haben sie in einem Wagen gefunden, der in einer Seitenstraße im Berliner Speckgürtel abgestellt worden war. Das Fahrzeug war den Anwohnern aufgefallen, weil es immer wieder von Hunden angebellt und umschlichen wurde.

»Aber die Frauen ...« Butz blickt zum Rechtsmediziner. Bevor sie an Fehrenbergs Tisch getreten sind, haben sie bei Nadjas Leiche gestanden, dem Mädchen vom Parkplatz, das zuletzt in dem leeren Plattenbau gewohnt hatte, bei der Leiche der Frau aus der Baugrube und bei der Leiche von Anni Eisler, die die Kollegen aus der Spree gefischt haben. Alle drei sind ebenfalls noch in der Rechtsmedizin aufgebahrt.

»Das können wir ausschließen, die Frauen sind nicht an der Tollwut gestorben.« Der Kollege beginnt, Fehrenbergs leblosen Körper mit einer durchsichtigen Plane abzudecken. »Sie sind geflohen, angefallen, getötet worden und liegen geblieben. Es hat zum Teil Tierfraß gegeben, aber der Virus hat sich nicht mehr verbreiten können, weil die Frauen bereits tot waren.«

»Und die Verletzungen an den Handflächen?«

»Von der Flucht. Wobei ... wie genau das abgelaufen ist – da kann ich Ihnen schlecht weiterhelfen, Konstantin. Ich weiß es nicht.« Der Rechtsmediziner sieht ihn durch seine Brille hindurch an. »Aber die Spuren an den Leichen weisen darauf hin, dass sie regelrecht gejagt worden sind. Auch wenn sie bereits zu Boden gegangen sind, haben sie versucht, noch zu entkommen, sind regelrecht gekrabbelt – und zwar nicht nur ein paar Meter, eher achtzig, hundert Meter weit ... wobei«, er nickt zur Tür, um Butz klarzumachen, dass sie hier fertig sind und den Raum verlassen können, »ich mich immer wieder frage: Wie ist das möglich? Dass der Angreifer sie so weit hat krabbeln lassen! Und ehrlich gesagt: Die einzige Möglichkeit, die ich sehe, ist, dass er ... oder sie ... vielleicht waren es ja auch mehrere ... in gewisser Weise mit seinen Opfern gespielt hat. Lass sie ein wenig davonkrabbeln ... hol sie wieder ein ...« Der Mediziner bleibt auf dem Gang stehen, auf den sie hinausgetreten sind. »Haben Sie das mal bei einer Katze beobachtet, wenn sie mit ihrer Tatze den Schwanz einer Maus festhält?«

Butz schüttelt den Kopf.

»Es ist nur ein Gerücht, oder?« Der Arzt wirkt plötzlich nicht länger wie der allwissende Experte in Weiß, sondern eher wie jemand, der spürt, dass sich eine Bedrohung nähert, die auch ihm gefährlich werden könnte.

»Ein Gerücht? Was?«

»Dass sich dort unten ganze Horden zusammengeschlossen haben.«

Horden.

»Schon erstaunlich, wie schnell es sich verbreitet hat, Konstantin.« Der Rechtsmediziner hat seine Stimme gesenkt. »Wenn man bedenkt, dass wir den Virus seit Jahrzehnten mehr oder weniger unter Kontrolle haben. Habt Ihr denn Informationen darüber, dass es Zusammenrottungen gibt?«

Butz sieht sie vor sich. Die Menschen, die in den Tunneln, Schächten und Stollen unter der Stadt hausen. Jeder im LKA weiß, dass es mehr sind, als die offizielle Statistik angibt.

»Ja, es gibt eine Reihe von Hinweisen – das ist wohl mehr als ein Gerücht ...« Er sieht in die blauen Augen seines Kollegen. »Passt so eine Zusammenrottung denn mit dem Krankheitsbild zusammen? Die Infektion durch den Tollwutvirus ... und das Bilden von Rudeln?«

Der Blick des Mediziners schweift ab. »Na ja ... klar ist, dass verschiedene Personen, wenn sie vom gleichen Virus infiziert werden, das gleiche abweichende Verhalten an den Tag legen. Sie scheuen das Licht zum Beispiel, das ist bei allen Tollwutinfizierten gleich. Und natürlich: die Scheu vor Wasser ... Außerdem kann jeder abrupte Reiz die heftigsten Reaktionen auslösen.«

Eine Epidemie, die die Gestalten heraustreibt aus ihren Löchern, in denen sie sich unter der Stadt verkrochen, vermehrt und getummelt haben.

»Sie treten in Rudeln auf«, hört Butz den Arzt sagen, »aber nicht so sehr, weil sie als Gruppe agieren, sondern weil die Umgebungsbedingungen sie alle in die gleiche Richtung treiben.« Der Mediziner fährt sich mit der flachen Hand über die Wange, die seit Tagen nicht mehr rasiert worden ist.

»Und Sie meinen, es ist ungewöhnlich, dass sich der Virus so schnell verbreitet?«

»Wann ist die erste Tote denn aufgetaucht?«

»Vor etwa zehn Tagen.«

»Das ist schon überraschend. Diese Geschwindigkeit der Verbreitung, meine ich.« Der Arzt runzelt die Stirn. »Klar, da unten sind die Bedingungen natürlich optimal. Es gibt praktisch keine Hygienevorkehrungen, die Menschen sind zum Teil in der Nähe der Belüftungsschächte zusammengepfercht, weil es dort wärmer ist. Unversorgte Wunden, enger Kontakt – da ist es nicht schwer, sich vorzustellen, wie sich der Infekt ausbreitet ... und doch ...«

»Ein Anschlag? Ist es das, was Sie meinen?« Butz scheut sich, es auszusprechen, aber es hilft nichts: Sie müssen versuchen, die Informationsbrocken, die sie haben, zu ordnen und zu bewerten.

Der Arzt zuckt mit der Schulter. Er will es nicht ausschließen, aber auch nicht vorschnell Schlüsse ziehen.

»Wie viele Leute bräuchte man denn für so einen Anschlag, wenn es einer war?«

»Einer allein – einer genügt, wenn er den Krankheitserreger hat! Es reicht ja, wenn er an mehreren Stellen in der Stadt jeweils ... was weiß ich ... einem Rudel Hunde den Virus spritzt und die Tiere dann in die Höhlen treibt. Infizierte Hunde können extrem aggressiv sein. Wenn sie anfangen, in den Tunneln auszuschwärmen ... das kann sehr schnell gehen ... Aber das ist nur ein Beispiel. Wenn jemand es wirklich auf eine Epidemie abgesehen hat, könnte er den Virus auch in einem Bordell verbreiten, zum Beispiel. Dann kann es sich innerhalb *eines einzigen Tages* explosionsartig vermehren. Dafür braucht man keine ganze Organisation, einer allein genügt, wenn er nur entschlossen genug handelt!«

5

Zwei Jahre vorher

»Kann ich das abräumen?«
»Ja, vielen Dank.«
»Hat es Ihnen geschmeckt?«
»Vorzüglich.«

Felix lehnte sich etwas zurück, damit der Kellner besser an den Teller herankam, und sah zu dem Mann, der ihm gegenüber am Tisch saß.

»Das ist genau der Trick«, sagte der Mann und zeigte mit dem Zeigefinger auf Felix' Krawatte. »Der Held macht es so, Sie aber, als Leser – verstehen Sie? –, lesen weiter. Und dann sagen wir dem Leser: ›Zack! Jetzt ist es passiert.‹ Und zwar sagen wir ihm das in einem Moment, an dem er es am wenigsten erwartet hätte. Genauer gesagt schreiben wir also in den Text, den er liest: ›Jetzt hast du weitergelesen, lieber Leser – und damit *genau das Gegenteil* von dem getan, was der Held gemacht hat, um den es hier geht!‹ Denn der Held hat ja aufgehört, aber der Leser hat weitergemacht, verstehen Sie? Das ist der Trick, wenn Sie so wollen.« Der Mann lehnte sich wie Felix in seinem Stuhl zurück und hob beide Hände etwa in die Höhe der Ohren. »Und dann haben Sie ihn, den Leser.«

Felix musste schmunzeln.

»Ist das gut?« Der Mann ließ die Hände sinken und griff nach dem Wasserglas, das vor seinem Teller auf dem Tisch stand.

Felix nickte. »Ja ... ja, es ist nicht schlecht.«

Sein Gegenüber trank einen Schluck aus seinem Glas, schien etwas abwarten zu wollen.

Felix ließ den Blick kurz durch das Lokal schweifen.

Die meisten Tische waren besetzt. Am Eingang, der durch ein schweres Tuch vom Raum abgegrenzt war, standen ein paar Gäste, die auf einen Tisch warteten.

»Felix?«

Er schaute zurück zu seinem Tischgenossen. Der Mann zog die Augenbrauen hoch. »Also, was ist – kaufen Sie oder nicht?«

Felix lächelte. Einen Moment schien er es sich noch zu überlegen, dann ließ er seinen Kopf zweimal kurz nach vorn sacken. »Ich rufe Ihren Agenten an, Larry. Okay.«

Larry strahlte. »Freut mich sehr!«

»Ist schon in Ordnung«, sagte Felix. »Was Sie da anbieten, die Idee passt ins Konzept. Ich bin mir nicht ganz sicher, ob wir etwas Ähnliches nicht schon haben – da muss ich mich noch mit Henning abstimmen. Aber ich glaube, allen ist erst mal am besten gedient, wenn wir die Idee kaufen.«

Er bemerkte, dass hinter Larry eine junge Frau direkt auf ihren Tisch zukam, warf ihr einen kurzen Blick zu und schaute dann wieder zurück zu seinem Gegenüber. »Alles klar? Larry?«

Felix kannte die Frau. Sehr gut sogar.

»Alles klar.« Larry stand auf, trat hinter seinen Stuhl und schob ihn zurück an den Tisch. »Vielen Dank, Felix.«

Felix erhob sich ebenfalls und nahm die ausgestreckte Hand. »Mach's gut.« Er wandte sich ein wenig ab, als wollte er sagen: Haben wir's jetzt?

»Auf ein nächstes Mal.« Larry ließ ihn nicht länger warten, drehte sich um und durchmaß, vom Verkauf seiner Idee sichtlich beflügelt, in flinken Schritten das Lokal.

»Stör ich?«

Felix sah zu der jungen Frau, die in einiger Entfernung gewartet hatte und jetzt an ihn herantrat. Sie trug eine schwarze Bluse und eine dazu passende, hellere Jacke über dem Arm. Ein wenig Lippenstift und ein Hauch von Make-up um die Augen betonten ihre Weiblichkeit.

»Ich wollte gerade zurück ins Büro.« Felix' Gesicht war nicht unfreundlich. Es war klar, dass er wusste, wie sehr sie den anderen Gästen im Restaurant auffallen mussten, und doch sah er Nina nicht wirklich wohlwollend, sondern eher abschätzend an.

»Hast du kurz Zeit?« Nina bemühte sich, ihre Aufregung nicht durchscheinen zu lassen.

»Sicher.« Felix gab dem Kellner ein Zeichen und nahm wieder auf seinem Stuhl Platz. »Wie geht's dir? Du siehst gut aus.«

»Danke.« Nina setzte sich ihm gegenüber auf den Stuhl, der von Larry noch warm war, und legte ihre Jacke neben sich.

»Einen Espresso, bitte«, rief Felix dem Kellner zu, der inzwischen an ihren Tisch gekommen war. »Nimmst du auch was?«

»Espresso, ja, prima.«

»Zwei, bitte.«

Er brauchte gar nichts zu sagen oder zu machen: Nina war vollkommen klar, dass die Zeit, die Felix ihr widmen konnte, knapp bemessen war.

»Vielleicht ist das hier nicht der richtige Ort, um so etwas zu besprechen«, sagte sie, »aber ich wusste nicht, wo ich dich sonst treffen sollte.«

Felix' Gesicht wirkte angespannt.

»Es geht um Max, das hast du dir wahrscheinlich sowieso schon gedacht.«

Er schürzte die Lippen. Eine Art »Hmhmmmm« war zu hören.

»Hör zu, Felix«, und plötzlich purzelten Nina die Worte nur so aus dem Mund. »Du ahnst … weißt es doch ohnehin schon. Ich kann das nicht –«

»Was kannst du nicht?«, fiel ihr Felix ins Wort.

»Ihn … ihn – was weiß ich, wie du das nennst – gefügig machen? Max dazu bringen, dass er … herrje, ganz wild nach mir ist?«

In Felix' Miene schien sich so etwas wie Spott widerzuspiegeln.

»Ich meine, ich mag ihn. Er ist auch –«

»Ganz wild nach dir?«

Nina atmete aus, sah kurz zur Seite.

»Wie auch immer, Felix«, fuhr sie fort, »ich kann es nicht. Ich kann ihn nicht täuschen ... kann nicht so tun, als würde es mir nur um ihn gehen, und in Wirklichkeit dabei für dich ... für dich tätig sein.« Ihr Blick hatte sich wieder auf Felix gerichtet.

»Hast du ihm das schon gesagt?«

»Felix, ich mag ihn, hörst du? Und er mag mich. Das ist etwas Besonderes. Ich will das nicht aufs Spiel setzen ...«

»Ich will wissen, ob du ihm das bereits gesagt hast!«

Was meinte er? Ob sie Max gesagt hatte, dass sie ihn mochte? Oder ob sie Max gesagt hatte, worum Felix sie gebeten hatte? Auf beide Fragen war die Antwort die gleiche.

»Ja, ja, ich hab es ihm gesagt.« Unwillkürlich spannte sich jeder Muskel in Ninas Körper an. Es war eine gute Idee gewesen, Felix hier abzupassen, hier unter all den Leuten – hier konnte er ihr nichts tun. Oder? »Er wusste es ja ohnehin schon«, fuhr sie hastig fort, »Quentin hat ihm gegenüber etwas durchblicken lassen –«

Erschrocken zuckte sie zusammen, als Felix' Faust auf den Tisch schlug. Ein paar Gesichter wandten sich zu ihnen um. »Was für ein Narr«, murmelte er, schnaufte dann aber mehr lachend als wütend: »Quentin ist wirklich völlig am Ende, findest du nicht?«

»Begreifst du jetzt? Ich musste mit Max reden, ihm alles sagen, sonst ... es wäre vollkommen unberechenbar geworden.« Nina merkte, dass sie klang wie ein Schulmädchen. Instinktiv war ihre Stimme ein wenig höher geworden. Ein Effekt, den sie nicht unbedingt absichtlich eingesetzt hatte, von dem sie jedoch schon öfter die Erfahrung gemacht hatte, dass er die Dinge zu ihren Gunsten beeinflusste.

Doch Felix schien sich davon nicht beeindrucken lassen zu wollen. Eher verdüsterte sich seine Miene wieder ein wenig. »Ein bisschen enttäuscht bin ich aber schon, Nina«, sagte er. »Ich habe dich ja nicht zum Spaß gebeten, dich um Max zu kümmern.«

Sie zog die Schultern etwas hoch.

»Was willst du denn von Max?«, flüsterte sie.

Felix sah auf. Der Kellner war an ihren Tisch zurückgekommen und stellte die Espressotassen vor sie hin. Keiner bedankte sich. Wortlos verließ der Ober wieder den Tisch.

»Max ist Bentheims Sohn«, sagte Felix und riss ein Zuckertütchen auf. »Er wäre perfekt gewesen, sozusagen als Aushängeschild, verstehst du?« Er schüttete den Zucker aus der Tüte in sein Tässchen.

»Bentheim ist tot. Wer hätte den Staffelstab besser übernehmen können als sein Sohn ... also der Öffentlichkeit gegenüber.« Er sah auf. »Für das Projekt, an dem ich zurzeit arbeite, meine ich.«

Alles, was Nina über Felix' Tätigkeiten wusste, waren Bruchstücke und Andeutungen, die sie bei den Treffen mit Henning, Malte oder Quentin aufgeschnappt hatte. Und doch glaubte sie in etwa zu verstehen, was er meinte. »Warum fragst du Max nicht einfach«, sagte sie und rührte in ihrer Tasse. »Das klingt doch wie eine verlockende Aufgabe. Vielleicht hat er Lust dazu.«

Felix wiegte den Kopf hin und her. »Ich habe bereits mehrfach mit ihm darüber gesprochen. Er lehnt jede Unterstützung ab, da ist er richtig kategorisch. Vielleicht hat er keine Lust, etwas fortzusetzen, was sein Vater begonnen hat.«

Das konnte natürlich sein.

»Ich hatte mir, ehrlich gesagt, schon etwas mehr davon versprochen, als ich dich um diesen Gefallen gebeten habe, Nina.« Irgendetwas bewirkte, dass Felix' Stimme plötzlich klang, als würde im Hintergrund das Geräusch eines Zahnarztbohrers zu hören sein.

»Deine Mutter –«

»Lass Mama da raus«, fiel ihm Nina ins Wort. Keinesfalls wollte sie, dass Maja in diese Sache hineingezogen wurde. »Till Anschütz«, stieß sie hervor, »hast du mit dem schon mal über Max gesprochen?« Warum hielt er sich nicht an Till? Wusste er denn nicht, dass niemand einen solchen Einfluss auf Max hatte wie Till?

Felix legte den Kopf etwas auf die Seite. »Till Anschütz arbeitet seit ein paar Wochen für mich, was ist mit ihm?«

»Ich ... ich bin mir nicht sicher«, automatisch beugte sich Nina etwas nach vorn, »aber Max hat einmal erwähnt, dass vor längerer Zeit etwas passiert sein muss. Max' Vater hat Till wohl als Kind in der Familie aufgenommen, weißt du etwas davon?«

Felix sah sie lauernd an.

»Als ich Max zum ersten Mal mit Till gesehen habe, ist mir gleich aufgefallen, dass die beiden einen sehr vertrauten Umgang miteinander haben«, sagte Nina. »Ich habe Max nach Till gefragt, und er hat mir erzählt, dass sie schon als Kinder sehr eng miteinander befreundet waren. Dass es etwas geben würde, das ihn mit Till mehr verbindet als mit jedem anderen.«

Sie musste Felix einen Brocken hinwerfen, sie konnte ihm nicht einfach nur an den Kopf schleudern, dass er über sie nicht an Max herankommen würde. Er würde nicht lockerlassen, er würde sich an ihre Mutter halten, um sie, Nina, gefügig zu machen …

»Ja?« Seine Augen wurden schmal.

»Ich habe versucht, mehr darüber zu erfahren, wollte wissen, was es mit der Innigkeit auf sich hat, mit der Max immer von Till spricht.«

»Und?«

Nina schüttelte den Kopf. »Immer wenn ich das Gespräch darauf lenke, weicht Max mir aus.«

»Hm.« Felix' Zunge leckte über seine Lippen.

Nina konnte an Felix' Gesichtsausdruck ablesen, dass seine Neugier geweckt war. Fast kam es ihr so vor, als könnte sie spüren, wie sich seine Aufmerksamkeit von ihr auf Till verschob.

»Till«, murmelte er, und der kleine Espressolöffel bog sich zwischen seinem Daumen und dem Zeigefinger. Dann traf sie sein Blick, und Felix' obere Schneidezähne blinkten über der Unterlippe auf. »Danke, Nina.« Sein Stuhl schabte über das Parkett. »Kommst du noch kurz mit in die Firma, ich will dir etwas zeigen.«

Sie erhoben sich beide. Nina neigte den Kopf, um für einen Moment seinem Blick nicht ausgesetzt zu sein. »Ich würde gern, Felix, aber ich kann nicht.« Sie warf ihm einen Blick zu. »Ist das schlimm?«

Seine feingliedrige Hand rutschte aus dem gestärkten Hemd hervor und berührte ihren Arm. »Nicht doch, mach dir keine Sorgen.« Und damit wandte er sich ab, und sie war entlassen.

Ninas Blick folgte ihm, während er zur Tür ging, wo die Mäntel hingen. Nachlässig nickte er ein paar Gästen zu, die aufsahen, als er an ihrem Tisch vorbeikam.

Ninas Seidenbluse klebte zwischen ihren Schulterblättern, und es fühlte sich an, als ob ihr jemand ein Glas kaltes Wasser auf den Rücken geschüttet hätte.

6

Heute

Die verdammte Maske umschließt seinen Kopf wie eine Faust. Er kann nicht richtig hören, nur schlecht sehen und nichts riechen als künstlichen Gummidunst.

Halb benommen stolpert Malte weiter. Erreicht eine schwere Stahltür, stemmt sich dagegen. Das Ding schwingt in den Angeln, dumpf hört er, wie es in die Türöffnung knallt. Malte greift nach dem etwa tellergroßen Rad, das in der Mitte der Tür angebracht ist, und will daran drehen. Aber es bewegt sich nicht. Er hängt sich daran. Es knirscht. Das Rad rutscht einen Millimeter herum. Malte zerrt mit aller Kraft an dem Verschluss. Die Drehung beschleunigt sich etwas. Der Rost oder was auch immer das Rad blockiert, muss sich gelöst haben. Malte kann spüren, wie sich die Drehung beschleunigt und die Schraubbewegung die Tür in die Öffnung einkeilt.

Er zieht das Rad fest und tritt einen Schritt zurück. Blickt den Tunnel hinunter. Wie viele von den Portalen hat er jetzt schon verschlossen? Zwölf? Vierzehn?

Im staubpartikeldurchtanzten Schacht kann er sehen, wie sich die Reihe der noch zu schließenden Türen scheinbar unendlich weit in die Dunkelheit hinein fortsetzt.

Er soll den Stollen checken und alle Sicherheitstüren schließen. Dann werden sie die Anlage fluten.

Er trottet weiter.

Die nächste Tür. Malte stemmt sich gegen das Verschlussrad. Kämpft gegen den Rost.

Und stutzt.

Hat etwas an seinem Fuß gezogen?

Gesaugt?

Sein Blick fährt herunter, auf den Boden, zu seinem Schuh, der in einer Pfütze steht. Unsinn. Da ist nichts. Er steht nur in ein wenig Wasser, und die Pfütze hat seinen Schuh durchweicht.

Schon will er sich wieder an das Verschlussrad hängen, da hört er ein leises Geräusch.

Er lässt von dem Rad ab und starrt in die Dunkelheit.

Blinkt da was? Sein Blick geht zurück auf den Boden.

Die Pfütze scheint sich vergrößert zu haben. Das Wasser umspült jetzt seine Füße, schwappt über seinen Schuh hinweg.

Ist das ein Plätschern?

Unwillkürlich macht er einen Schritt nach vorn.

Und das Verschlussrad, an dem er eben gedreht hat? Muss er nicht erst mal die Tür verschließen?

»*Dann fluten wir die Anlage ...*«

Plötzlich fühlt er, wie es gegen sein Hosenbein schlägt, blickt hinunter: das Wasser.

Seine Schuhe sind schon nicht mehr zu sehen.

Was ist das? Ein Brausen? Rauschen? Sausen?

Er reißt das Bein aus dem Wasser. Die Flüssigkeit scheint schwer wie Schlamm.

Seine Schuhe haben sich mit der lauwarmen Brühe vollgesogen. Die neue Welle erreicht schon seine Oberschenkel, steigt, während sie sich noch an ihm vorbeiwälzt, über seinen Hintern bis in sein Kreuz.

Malte fühlt, wie seine Füße für einen Augenblick den Kontakt zum Boden verlieren.

Instinktiv reißt er die Hände nach vorn, wie um sich im Wasser abzustützen, da wird er von der nächsten Welle erfasst. Ihr Schwung trägt ihn hoch, schiebt ihn, spült ihn empor. Seine Arme schnellen an seinem Kopf vorbei, er will sich vor dem Aufprall gegen die Decke des Gangs schützen, auf die er von den Wassermassen mit entsetzlicher Geschwindigkeit zugetrieben wird –

und fährt herum.

Was er hinter sich sieht, ist kein Tunnel mehr. Es ist eine Wasserwand, die den Schacht vollkommen ausfüllt. Die sich wie in Zeitlupe auf ihn zubewegt. Die nicht klar ist oder durchsichtig blau, sondern schwarz wie die Nacht.

Er spürt, wie die gewaltige Druckwelle ihn gegen die Decke schiebt, wie er über den rauhen Beton gerissen wird, wie die Maske von seinem Kopf geraspelt und die Hälfte seines Gesichts aufgerieben wird.

Dann haben ihn die Wassermassen überspült.

Malte hört, wie sich sein Schrei unter Wasser dem Mund entwindet, fühlt seinen Körper gegen Mauervorsprünge schlagen. Strudel reißen ihn bis tief hinab auf den Boden – dann berührt ihn etwas Weiches, gleitet vorbei, verschwindet.

Es ist eine elastische Masse, in die er eintaucht, die sich mit dem Wasser vermengt hat. Eine Schwemme von Leibern, die ihn jetzt ganz umschließt, in sich aufnimmt, mit sich forttreibt – während die Luftreserven in Maltes Lungen vergehen und das Leben aus ihm entweicht.

Zweiter Teil

1

Zwei Jahre vorher

Montagmorgen.
Montagmorgens ist der Verkehr in der Stadt immer besonders laut. Das war Max schon öfter aufgefallen. Die Leute geben besonders forsch Gas, wenn sie an einer Ampel anfahren, sie scheinen geradezu gejagt zu werden von dem Gefühl, so schnell wie möglich die Zeit wieder gutmachen zu müssen, die sie am Wochenende verloren haben.
Er schlug den Kragen seiner Jacke hoch und beschleunigte seine Schritte. Es war kurz vor neun Uhr morgens und Max auf dem Weg nach Hause. Er hatte sich die Nacht mit Freunden unterwegs in der Stadt um die Ohren geschlagen, jetzt fühlten sich seine Glieder an, als hätte er auf einer Bahnhofstoilette geschlafen. Sein Mund war ein ausgeleerter Aschenbecher, und der Alkohol, den er in sich hineingeschüttet hatte, flimmerte in seinen Augen. Und doch war er nicht schlecht gelaunt. Nein, er freute sich, endlich nach Hause zu kommen. Schon den ganzen Abend über hatte er eigentlich an seinen Schreibtisch gewollt, durchtränkt von dem Gefühl, gerade jetzt eine Menge guter Ideen zu haben.
Er bog um die Ecke, hinter der die Gotzkowskybrücke begann, und sah, dass das kleine Café, das sich dort befand, bereits geöffnet hatte. Ein Cappuccino, vielleicht ein doppelter, zwei Croissants zum Mitnehmen – dann würde er in seiner Wohnung keine Zeit mehr damit vergeuden müssen, sich erst ein Frühstück zu machen. Stattdessen könnte er gleich in sein Arbeitszimmer gehen und loslegen.
Voller Tatendrang betrat er das Café, ging an den kleinen Tresen und gab seine Bestellung auf.
Sein Blick wanderte durch die großen Scheiben, die fast die ganze Front des Cafés einnahmen. Hinter sich hörte er die Wirtin den Kaffee zubereiten. Vor sich beobachtete er den Verkehr, der in einem nicht

enden wollenden Brausen die Brücke hinaufjagte oder, aus der Gegenrichtung kommend, nach Moabit floss und sich in den Seitenstraßen verlor.

Es kribbelte an seiner Nase, und er wandte den Kopf. Hatte der Typ dort hinten in der Ecke gerade zu ihm geschaut? Max sah den Mann ruhig an, aber der Gast hatte den Kopf gesenkt und blickte auf eine Zeitung, die vor ihm auf dem Tisch lag.

»Auf geht's!«, hörte sich Max fast sagen, als er wenig später mit seinem Kaffeebecher und den Croissants zurück auf die Straße trat.

Hoch in die Wohnung und direkt an den Schreibtisch, heute würde er endlich beginnen.

»Entschuldigen Sie?«

Max drehte sich um.

Schräg hinter ihm kam der Mann auf ihn zu, der ihn im Café angesehen hatte. Er musste es gleich nach ihm verlassen haben.

»Ja?« Max spitzte die Lippen.

Er kannte den Mann nicht. Und obwohl er nicht gleich hätte sagen können, warum, gefiel ihm das Gesicht des Fremden auch nicht. Lag es an dem langen, fast spitz zulaufenden Hinterkopf, am schmalen Schädel?

»Entschuldigen Sie, ich habe Sie im Café gerade beobachtet ... Sie waren ja ganz in Ihre Gedanken versunken.«

»Ja ...«, Max lächelte, »ja, stimmt schon –«

»Ich wollte, das könnte ich auch. Einfach die Welt um mich herum vergessen, nur mich auf meinen Weg konzentrieren.«

Der Mann war vielleicht fünf oder sechs Jahre älter als Max, höchstens Anfang dreißig. Sein Gesicht wirkte ein wenig wächsern, und Max hatte unwillkürlich den Eindruck, seine Hand würde sich feucht anfühlen, wenn man sie berührte.

»Darf ich das fragen? Wissen Sie, ich habe viel darüber nachgedacht, wie ich es richtig mache. Darf ich fragen, wie Sie das anstellen? Dass Sie rechts und links um sich herum alles vergessen und ganz auf das fokussieren können, was Sie vorhaben?«

Was soll das?, fuhr es Max durch den Kopf. »Ich verstehe nicht ...«

»Nein!«, beeilte sich der andere hervorzustoßen. »Es ist nicht, wie Sie denken, ich will kein Geld, ich ...« Und damit griff er in die Brusttasche seines Allwetteranoraks und zog ein Schreiben daraus hervor.

Irgendein Computerausdruck, nicht unterschrieben, voller Zahlen und Kleingedrucktem.

Max wich einen Schritt zurück. »Ich habe wirklich keine Zeit, sorry, aber –«

Da sah er es. In den Augen seines Gegenübers. Eine Mischung aus Angst, Demütigung und Traurigkeit. Ein Glanz, in dem sich zu spiegeln schien, dass niemand jemals wirklich Zeit für den Mann gehabt hatte. Er sah vielleicht etwas abgestumpft aus, aber nicht hinterhältig, nicht böse. Vielmehr wie jemand, der das Pech gehabt hatte, dass alle immer an ihm vorbeigegangen waren.

Irritiert wischte sich Max über die Stirn. Er spürte, wie er den Dreck, den er von der durchwachten Nacht noch an den Händen hatte, zu einem dünnen Schmutzfilm über der Stirn verrieb.

»Ich kann das so schnell nicht hier, auf der Straße …«, murmelte er und hielt plötzlich, fast ohne dass er bemerkt hätte, wie er danach griff, das Papier in den Händen, das der andere aus seiner Tasche hervorgeholt hatte.

Herrn Lennart Boll stand oben in der Anschrift.

Ich nehme ihn kurz zu mir hoch, wir sehen uns das rasch an, vielleicht machen wir ein Telefonat, dann kommt der Mann wieder auf die Beine, dachte Max.

Das kann ich machen.

Er hob den Blick und lächelte. »Wollen wir kurz zu mir gehen? Ich wohne gleich hier.« Er nickte zu dem Haus neben der Kirche, das sich auf der anderen Seite des Platzes befand.

»Wäre das möglich?« Bolls Augen blinkten.

Ist er nicht schön, dachte Max. *Sieht er nicht schön aus, so ein Mensch, egal, wie abgehalftert er ist, wenn er sich freut? Ist das nicht ein Wunder?*

Und schon drehte er sich um, um die Straße an der Ampel endlich zu überqueren.

Ich kann das, sagte sich Max. *Ich bin frei. Ich sollte das nicht machen? Quatsch! Was ist schon dabei? Einem anderen helfen! Ist das nicht sogar meine Pflicht? Ist es nicht unerträglich, es nicht zu tun?*

2

Es ging um seine Versicherung. Boll hatte sie vor vier Jahren gekündigt, um Geld zu sparen. Die Krankenversicherung. Jetzt wollte er das wieder rückgängig machen, aber das war teuer.

»Das kann doch nicht sein«, er sah Max an wie ein verwirrtes Kind. »Die können mich doch nicht einfach hängenlassen!« Und dann: »Ich hab das Geld nicht, was soll ich denn machen?«

Eine Zeitlang hatte Max sich alles angehört.

»Ich hab dort angerufen, aber die schicken mich von einem zum anderen. Erst nimmt keiner ab, dann ist es der Falsche, dann ist einer im Urlaub, der andere in der Mittagspause. Das ist doch nicht meine Schuld!«

Max wusste, was Boll meinte. Teufelskreis, Schieflage, wie auch immer man es nannte: Wenn das Leben an einer Stelle zu rutschen anfing, konnte es schnell passieren, dass die Neigung immer steiler wurde. Je länger Max mit ihm sprach, desto deutlicher wurde es für ihn, dass Boll nicht wirklich Unsinn daherredete. Im Gegenteil: Wenn man sich einmal auf seine Sichtweise einließ, ergab das, was er sagte, durchaus Sinn. Man konnte ihn verstehen – oder zumindest Max konnte das. Außerdem hatte Boll, wie Max bald erfuhr, Sachen erlebt, die auch einen robusteren Kerl hätten umhauen können. Ein Aufenthalt in der, wie er sagte, ›Forensik‹, was bedeutete, dass er ein paar Monate in einer Anstalt für psychisch kranke Straftäter verbracht hatte.

»Klar«, sagte er und ließ Max nicht aus den Augen, »wenn man mich jetzt vor sich sieht, kommt einem das vollkommen absurd vor. Aber damals, vor sechs oder sieben Jahren? Ich war jung, sah nicht mal schlecht aus!«

Er hatte immer davon geträumt, Schauspieler zu werden. Und als er Max jetzt davon berichtete, rollte er mit den Augen, und seine Stimme schwoll bedrohlich an. Auch wenn es ein bisschen merkwürdig aussah, als er wie ein Hahn mit stolzgeschwelltem Kamm durch die Wohnung schritt, konnte Max sich der Dramatik, die Boll dabei ausstrahlte, nicht entziehen. Ja, Max glaubte regelrecht sehen zu können, wie Boll sein Leben versprühte, als er ihn anstarrte und brüllte: »Es hat nicht geklappt, verstehst du? Ich bin in die Theater gegangen, hinausgeworfen worden und zurückgekrochen, habe vor der Tür des Intendanten gewartet. Aber sie wollten mich nicht!« Und dann grinste er. »Aber wieso? Bin ich wirklich so schlecht?«

Eigentlich hatte Max nur kurz bei Bolls Versicherung anrufen wollen. Aber je länger er ihm zuhörte und den Anruf aufschob, desto klarer wurde ihm, dass er wahrscheinlich nicht wirklich etwas für den Mann tun konnte. Es sei denn ... es sei denn, es gab eine Möglichkeit, zu einem günstigen Tarif in die Versicherung zurückzukehren.

Das Klingeln seines Telefons schreckte Max aus seinen Gedanken auf.

»Du bist zu Hause? Großartig!« Es war Felix. »Ich bin gerade auf dem Weg zum Flughafen. Was hältst du davon, wenn ich kurz bei dir vorbeischaue?«

Überrumpelt stakste Max mit dem Telefon am Ohr durch seine Wohnung.

»Ich fliege noch heute nach Mailand. Sie sind begeistert, wollen alles haben, hörst du – den ganzen Bentheim.« Felix unterbrach sich. »Aber ich muss mit dir reden!«

»Ich bin hier, Felix. Wenn du vorbeikommen willst –«

»Alles klar. Zwanzig Minuten.« Es knackte in der Leitung. Felix hatte aufgelegt.

Max drehte sich zu Boll um und suchte nach Worten. Lennart müsse das verstehen, es tue ihm ja auch leid, aber er bekomme Besuch ... Max verhaspelte sich in seinen Sätzen.

Bolls Gesicht fiel förmlich in sich zusammen. Aus seiner gerade noch merkwürdigen, aber irgendwie auch strahlenden Haltung wurde so etwas wie ein Häufchen Elend. Als hätte jemand die Tür aufgerissen und ein Windstoß alle Kraft aus seinem Körper geblasen.

»Ich zahle es!« Max schob die Hände in die Hosentaschen. »Okay? Melde dich wieder an, ich bezahle es – egal, was es kostet.« So teuer konnte es ja nun auch wieder nicht sein. Und ein bisschen Geld hatte er doch zur Verfügung, seitdem seine Mutter ihm seinen Teil vom Erbe des Vaters vor Bettys Hochzeit überschrieben hatte.

Boll sah ihn verständnislos an. »Das geht doch nicht.«

»Warum denn nicht?«

Langsam begann Bolls Gesicht wieder zu leuchten. Aus Grau wurde Glanz.

»So viel kann das ja nicht sein.« Max freute sich, als er merkte, wie Boll auflebte. »Jetzt aber muss ich dich wirklich bitten zu gehen. Wir können uns die Tage ja noch mal treffen.«

Boll war schon an der Tür. »Das werde ich dir nicht vergessen.« Es war unverkennbar, dass er das nicht nur so dahinsagte.

Max schüttelte ihm die Hand. Sie war gerade so feucht, wie er befürchtet hatte. »Pass auf dich auf.«

Boll zuckte kurz nach rechts und nach links, dann schloss er Max rasch in die Arme, ließ ihn gleich darauf jedoch wieder los. Im nächsten Augenblick war er an der Treppe und polterte über die Stufen hinab.

3

»Machst du dir eine Vorstellung davon, was die bereit sind zu zahlen?«

Max wollte es gar nicht wissen.

Felix und er hatten im oberen Wohnzimmer in der Sitzecke Platz genommen. Es gab eiskalten Weißwein und Kaviar, den Felix gleich mitgebracht hatte.

»Was willst du, Felix? Eigentlich wollte ich mich gerade an meinen Schreibtisch setzen ...«

»Haben wir über das, woran du arbeitest, eigentlich schon mal gesprochen?«

»Haben wir nicht.«

»Warum nicht, Max? Du wirst doch einen Verlag brauchen, zeig uns doch mal etwas davon.« Felix tunkte den Löffel tief in die Fischeier. »Oder willst du es bei einem anderen Haus unterbringen?«

»Eigentlich will ich noch gar nicht darüber reden – und schon gar nicht mit dir.«

»*Noch?* Hast du *noch* gesagt? Das ist gut. Also später vielleicht, wenn du klarer siehst.«

Max goss sich etwas Wasser in sein Weinglas.

»Hast du dir das denn noch mal überlegt, worüber wir bei Bettys Hochzeit gesprochen haben?«

Max hob sein Glas an die Lippen, trank einen Schluck. Das hätte er sich ja denken können, dass es Felix darum ging ...

»Allein der Mailand-Deal ist ein Vermögen wert.«

»Und kommt nicht zustande, wenn ich nein sage.«

Felix leckte sich die Lippen. »Wahrscheinlich nicht.«

Max' Augenbrauen zuckten kurz in die Höhe. »Ich glaube, dass ich im Moment keine Lust habe, eine Entscheidung zu fällen.«

Der Löffel klirrte auf Felix' Teller, aber als Max kurz in sein Gesicht sah, lächelte Felix schon wieder.

»Heißt?«

Max stellte sein Glas zurück auf den Tisch, achtete darauf, dass es sanft landete. »Heute werde ich dir die Rechte nicht verkaufen.«

»Und morgen?«

»Auch nicht.«

»Und übermorgen?«

»Auch nicht.«

Schweigen.

»Und am Ende des Jahres?«

»Ich weiß nicht, wann ich sie verkaufe, ich weiß nicht, *ob* ich sie überhaupt verkaufe, und ich weiß auch nicht, ob ich sie – wenn ich sie verkaufen würde – an dich verkaufen würde, Felix.«

»Du weißt also gar nichts.«

»Sieht so aus.«

»Dann könnte der Mailand-Deal platzen.«

»Tja.«

Schweigen. Für einen Moment glaubte Max zu sehen, wie Felix' kurze graue Haare sich aufrichteten. »Schade ums schöne Geld«, sagte er.

Max zuckte mit den Achseln.

Felix stand auf. »Dann will ich mal, was? Mein Flieger geht in einer halben Stunde. Mal sehen, was sie in Mailand dazu sagen, wenn sie das erfahren.« Er lachte und griff nach Mantel und Seidenschal, die er achtlos über die Sessellehne geworfen hatte. »Bringst du mich noch raus?«

Soll ich mich jetzt dafür entschuldigen, dass ich dir dein Geschäft versaue?

Max blieb sitzen. »Tut mir leid, dass ich dich so teuer zu stehen komme ...« *Arschloch,* fügte er in Gedanken hinzu.

»Es ist nicht das Geld, Max, es geht mir nicht um den Gewinn.«

»Sondern um deine Ideen, mit denen du die Leute verseuchen willst, ich weiß.«

Felix schnalzte mit der Zunge, Max' Worte tropften an ihm ab wie Öl. Und dann sagte er etwas, bei dem Max im ersten Moment das Gefühl hatte, er würde Felix' Äußerung gar nicht richtig verstehen: »Was ist das eigentlich für ein Geheimnis, von dem Till mir erzählt hat?«

»Was?«

»Till arbeitet doch jetzt bei mir? Er meinte, er wolle darüber nicht reden, aber es gäbe da etwas, das sei passiert, als ihr beide noch Kinder wart –«

»Was hat Till gesagt?«

»Er hat ja gerade *nichts* gesagt ... also dass er darüber nicht sprechen könne ...«

»Und wie seid ihr darauf gekommen?«

Felix atmete aus. »Er arbeitet doch jetzt bei den Narratologen. Wir haben über verschiedene Mechanismen gesprochen, wie man den Leser an einen Text bindet. Dass man versuchen sollte, sein Unbewusstes, sein Unterbewusstsein zu treffen, also seine Gefühle, über die er sich selbst nicht im Klaren ist –«

»Und?«

»Und ich meinte, dass jeder über ein Geheimnis verfügen würde, und genau *da* müsste man den Leser packen.«

Max verschränkte die Arme.

»Dann ging es reihum, es war eine Art Brainstorming, verstehst du? Jeder sollte etwas über sich und sein Geheimnis sagen. Henning hat etwas von einem Diebstahl erzählt, den er als Junge begangen hat. Quentin –«

»Lass mich mit Quentin in Ruh!«

»Ja, eben, und dann kam Till an die Reihe. Er meinte, er könne nichts darüber sagen, es sei lange her, als er noch ein Kind war. Im Heim? Das wollte ich dann doch wissen. Oder als er schon bei euch gewohnt hat? ›Ich will nicht darüber reden‹, hat er versetzt. Dann frag ich eben Max, hab ich ihm gesagt. Aber da hat er nur noch den Kopf geschüttelt. Du hättest ihn sehen sollen: Er sah aus, als ob er sich auf eine Herdplatte gesetzt hätte.«

In Max' Kopf arbeitete es.

»Weißt du was davon?« Felix sah ihn an.

Lass dir nichts anmerken! Zugleich spürte Max, wie sich sein

Gesicht verformte, wie jeder Muskel darin zu einem Zeichen zu werden schien, das lesen konnte, wer auch immer ihn ansah.

»Schon gut, Max, ich will es doch gar nicht wissen«, sagte Felix. »Ihr wart Kinder, was soll schon groß gewesen sein ...«

»Eben.« Max wandte sich ab.

»Steckst du da mit drin? Nein, warte, ich frag das gar nicht.« Fast kam es Max so vor, als würde Felix an der Tür auf und ab tänzeln. »Hast du Mist gebaut und Till deckt dich? Ich kenne dich doch, Junge, du hast viel Scheiß gebaut in deinem Leben.«

»Er hat das gemacht«, brach es aus Max hervor. »Ich war doch derjenige, der ihn gedeckt hat, nicht umgekehrt! Oder was hat dieser Idiot dir erzählt?«

»Nein, klar«, Felix lachte fast, »das hat er ja zugegeben: Max hat dichtgehalten –«

»Das hat er gesagt?« Fassungslos starrte Max ihn an.

»Hast du das nicht selbst eben gesagt?«

»Was hat Till gesagt, Felix, verdammt noch mal! Oder nein«, unterbrach Max sich, »lass mich in Ruh! Reden wir nicht mehr darüber!«

»Scheint ja fast deine Lieblingswendung geworden zu sein, Max, ›Reden wir nicht darüber‹. Nicht über deine Arbeit, nicht über Quentin, nicht über das, was du mit Till damals angestellt hast.«

»Genau!«

Felix schien zu überlegen, ob er noch einmal mit seinen leichten und doch unerträglichen Flügelschlägen über ihn herfallen sollte. »Vielleicht solltest du wirklich mal mit Till reden«, sagte er schließlich. »Dass er vorsichtiger sein soll, wenn du nicht willst, dass wir alle uns Sorgen machen.«

Max war aufgestanden und zum Fenster gegangen. Er hatte Felix den Rücken zugekehrt. Es ärgerte ihn, machte ihn rasend fast, dass Felix ihn so aufgeregt hatte. Er wusste, dass er keinen vernünftigen Gedanken zu fassen imstande sein würde, wenn er sich jetzt an seinen Schreibtisch setzte. Der ganze Tag war praktisch verloren.

Hinter sich hörte er die Haustür ins Schloss fallen. Felix hatte die Wohnung verlassen.

Max drehte sich um. Der riesige Saal mit dem Plexiglasfußboden lag verlassen vor ihm. Endlos breitete sich der Rest des langen Tages vor ihm aus. Arbeiten konnte er jetzt nicht mehr. Er fühlte sich von der durchwachten Nacht aufgerieben und von der Begegnung mit Felix bis auf die Knochen zermürbt.

Egal!, herrschte er sich an. *Dann zwinge ich mich eben zum Arbeiten!* Mit zittrigen Schritten durchquerte er den Raum und kickte einen Stuhl, der ihm plötzlich im Weg stand, mit einem schweren Tritt beiseite.

4

Heute

»Wo bleibst du denn? Claire?«

»Ja?«

»Claire, was ... was ist denn?«

Sie liegt auf dem Boden. Ein enger Raum. Ist sie gestolpert? Durch die Bretter gestürzt? Es ist einer der Kellerverschläge, an denen der Gang entlanggeführt hat.

Claire stützt sich auf, fühlt, wie Frederiks Hand ihren Oberarm umfasst, er ihr hochhilft.

»Die Frau«, ihre Zunge scheint an ihrem Gaumen festzukleben, aber sie reißt sie einfach los, »die Frau, Fred –«

»Sie wartet oben, auf der Straße. Warum bist du denn nicht nachgekommen?«

»Ich ... ich ...«

»Bist du hingefallen?« Sein Blick ist besorgt, ernst, abwartend.

»Und der Mann?« Claire blickt an Frederik vorbei den Gang hinunter.

»Er wird in die andere Richtung gelaufen sein. Es ging ihm nicht gut, Claire, komm jetzt.«

Der Pferdekopf – nein, der *Menschenkopf,* es war kein Pferdekopf, er war nur sehr groß ...

»Fred, ich ...« Sie schaut zurück in den Verschlag. Sie muss durch die Bretter gebrochen, gestolpert und gegen die Bretter gestürzt sein, die so morsch waren, dass sie glatt zerborsten sind ...

Ihr Blick wandert zur Rückwand des Verschlags, an der ein Schrank steht. Daneben geht ein Stollen ab, der sich tiefer in den Untergrund zu winden scheint. Von dem ohnehin spärlichen Licht, das bis in diesen

Teil des Kellers dringt, fällt in den Stollen jedoch kaum noch etwas hinein.

»Lass uns doch mal gucken, dort ... der Stollen, siehst du?«

Er lässt sie nicht los. »Nicht jetzt, Claire.« Frederiks Stimme ist sanft, aber bestimmt. »Es ist zu gefährlich, hier weiter herumzustöbern. Lass uns hochgehen jetzt, bitte.« Er führt sie vorsichtig aus dem Verschlag heraus.

Die Bretter, sie sind einfach zersplittert. Oder? Claire stützt sich auf Frederik, tritt auf den Gang – knickt plötzlich um.

»Was hast du?«

Ihr Blick senkt sich nach unten. Ihr Knöchel ... die Splitter – sie muss sich an dem Holz gerissen haben, als sie in den Verschlag gestürzt ist.

Es wird schon gehen ... nicht so schlimm ... Frederik hat recht, sie sollten endlich raus hier!

Fast lässt sie sich von ihm tragen. Sein Arm stützt sie an der Taille, sie braucht kaum mehr aufzutreten.

Und plötzlich spürt sie, wie eine Welle der Erleichterung und des Wohlbefindens durch sie hindurchgeht. Das Hochhaus? Die Verfolger?

Warum hat sie nur so schwarzgesehen? Alles ist gut ... ihr Leben liegt vor ihr. Sie wird ihre Fotoserie für die Zeitung beenden, ihr Buch herausbringen ... Schon sieht sie es vor sich: Ein Bild von Frederik wird den Umschlag zieren, ein Foto von ihm im Ring, nach dem Kampf mit Lubajew, dem Russen.

Sie presst sich an ihn, schwebt beinahe durch den Gang, zu der Treppe, durch die bereits das Tageslicht strömt, die Stufen empor ins Freie. Die Sonne ist längst aufgegangen, gleißt geradezu vom Himmel herab.

Claire kneift die Augen zusammen. Die Helligkeit scheint beinahe etwas Schmerzhaftes zu haben, aber Claire badet in dem Licht, der Wärme, den Strahlen.

Und strahlt selbst. »Ist es nicht wunderbar ...«

Frederiks Gesicht wendet sich ihr zu. Sie sieht, wie seine Miene sich aufhellt, als er bemerkt, wie gut es ihr geht.

»Ja«, er lacht fast, »du hast recht.«

Sie drückt sich an ihn.

»Ahhh!« Der plötzliche Schmerz durchsticht sie wie eine Nadel. Ihr Arm presst sich enger um Frederiks Taille. Es gelingt ihr gerade noch, das Lächeln in ihrem Gesicht zu wahren, bevor sie den Kopf neigt, um einen Blick auf ihren Knöchel zu werfen, der am unteren Ende ihres Hosenbeins hervorlugt.

Es ist kaum zu sehen und doch unverkennbar: Die Haut um den Kratzer herum hat sich verfärbt.

Grünlich schwarz verfärbt.

Und es schmerzt.

5

Zwei Jahre vorher

»Das ist das Wichtigste fast. Dass du am Ende eines Kapitels den Leser mit einer Frage zurücklässt, die er unbedingt beantwortet bekommen möchte. Der Held hängt an der Klippe: Wird er hinabstürzen, oder wird er es schaffen, sich hochzuziehen? Das ist der Kern der meisten narratologischen Mittel, die uns hier beschäftigen.«

»Um was zu erreichen?«

»Na, erst mal, um den Leser, wie wir sagen, reinzuziehen.« Quentin zögerte, sprach dann aber doch gleich weiter. »Es gibt ein ganz bestimmtes Wort, das du hier immer wieder hören wirst. Ich mag es nicht besonders, aber da du es ja doch aufschnappen wirst, kann ich es auch gleich benutzen, dann bekommst du vielleicht am schnellsten eine Vorstellung davon, was wir hier machen. *Sucht*, verstehst du? Das ist, um was es hier geht. Welche Mittel die Sucht oder das Bedürfnis danach, weiterzulesen, maximieren.«

»Ah.«

Zunächst war Till Quentin nach dem, was er in Max' Wohnung miterlebt hatte, aus dem Weg gegangen. Heute Morgen jedoch hatte er ein beiläufiges Gespräch, das sie in der Teeküche miteinander begonnen hatten, fortzusetzen versucht, als er merkte, dass Quentin nicht ganz so verschlossen reagierte, wenn man ihn auf die Arbeit im Verlag ansprach, wie die anderen Kollegen in der Abteilung.

»Und?«, fragte Till. »Was habt ihr herausgefunden – außer dem Cliffhanger, meine ich ... Wie macht man die Leute süchtig?«

Quentin sah ihn kurz prüfend an, dann hockte er sich auf die Lehne eines flachen, orangefarbenen Sessels, der in einer Sitzgruppe im

Durchgangsraum zwischen der Teeküche und den Büros stand. »Hat Felix dir denn schon verraten, was genau du bei uns machen sollst?«

»Erst mal überhaupt verstehen, was ihr hier so treibt.«

Quentin sah ihn skeptisch an.

»Nee, sag doch mal«, bohrte Till vorsichtig weiter. »Die Sucht maximieren? Das interessiert mich wirklich, deshalb habe ich Felix ja auch darum gebeten, mich in diese Abteilung hier zu stecken. Habt ihr was Neues entdeckt? Ich meine, das über das Übliche hinausgeht?«

»Na ja, wir experimentieren schon ein bisschen mit den Mitteln.«

»Du darfst darüber nicht reden, ja? Ist es das?«

Quentin zögerte. »Du bist jetzt Teil des Teams, richtig?«

»Ja, klar. Frag Henning.«

»Okay, also ... aber du behältst das für dich, das ist klar, oder?«

»Logisch.«

Quentin rutschte von der Armlehne, auf die er sich gesetzt hatte, herunter in den Sessel. »Das Erste sind natürlich die Längen.« Langsam schien er Gefallen an der Rolle desjenigen zu finden, der Till ein wenig von den Ergebnissen verraten durfte. »Je länger du einen Leser in einer Geschichte hältst, desto mehr ziehst du ihn hinein, desto süchtiger machst du ihn – wenn du ihn nicht langweilst. Wir haben mit sechstausend, zehntausend, fünfzehntausend Seiten großartige Erfolge erzielt –«

»Bei wem?«, unterbrach Till ihn und nahm auf dem gegenüberliegenden Sessel in der Sitzgruppe Platz.

»Hier im Haus, unter den Kollegen, aber auch mit Probanden, die eine Verschwiegenheitsklausel unterschreiben müssen.«

»Okay ...«

»Aber nicht nur die reine Seitenzahl ist wichtig«, führte Quentin weiter aus, »auch die Verzweigungen der Geschichte, die Anzahl der Nebenfiguren.«

»Ja ... das hat Felix neulich auch erwähnt.«

»Eine andere Maßnahme, die wir uns angesehen haben und die erst mal ganz gut funktioniert hat, wird auch *Twist* genannt«, fuhr Quentin fort. »Du erzählst eine Geschichte, sparst bestimmte Details darin aber aus. Ganz automatisch wird sich dein Leser dann darüber, was in diesen Lücken passiert ist, eine Meinung bilden. Und dann feuerst du im Fortgang der Geschichte sozusagen den Twist ab: Du offenbarst ihm, dass in den Lücken in Wirklichkeit etwas ganz anderes passiert ist, als er sich das vorgestellt hat. Und du beweist ihm, dass das, was *wirklich* passiert ist, perfekt mit den Dingen zusammenpasst, die er schon erfahren hat. Ergebnis: Dein Leser ist überrascht. Das gefällt ihm. Und er wird gespannt darauf sein, wie es weitergeht. Wirst du ihn noch einmal überraschen können? Er kann sich das gar nicht vorstellen. Es ist ein bisschen wie bei einem Zaubertrick: Je öfter du ihn überraschst, desto deutlicher wird ihm bewusst, wie sehr er sich in all den Dingen, die er bisher für selbstverständlich gehalten hat, auch täuschen könnte.«

Till runzelte die Stirn. War das wirklich alles, was sie in der Abteilung bisher herausbekommen hatten?

Quentin beugte sich vor. »Vor allem aber haben wir uns Gedanken über das gemacht, was wir hier den Tod der Spannung nennen.«

»Ja?«

»Angenommen, du entwirfst ein spannendes Buch. Das, was die Spannung bedroht, ist dann ja sozusagen dein Feind.«

»Ja, klar.«

»Spannung erzeugt Sucht – und Sucht ist das, was wir hier maximieren wollen. Was also ist der Tod der Spannung? Das wollten wir genauer wissen. Und die Antwort ist ganz einfach: Der Tod der Spannung ist die *Auflösung!*«

Till grinste.

»Denk an ein Rätsel«, fuhr Quentin fort. »Wer war der Mörder? Wo droht der Anschlag? Meinetwegen auch: Werden der Mann und die Frau sich am Ende kriegen? Wenn du das Rätsel auflöst und die Frage, die den Leser wie süßes Gift quält, beantwortest, wird er sozusagen befriedigt sein. Die Sucht wird gestillt sein, und er wird das Buch zur Seite legen. Es ist also ein wenig wie beim Striptease, du musst ihn *teasen* und ihm gleichzeitig etwas versprechen: ›Wenn du dabei bleibst, wird dir das Geheimnis enthüllt werden.‹« Quentin sah Till aufmerksam an. »Das kennst du sicher: je besser das Teasing, desto besser der Sex. Kennt jeder. Aber der Sex selbst oder der Höhepunkt, wenn du so willst, ist dann der Tod der Spannung. Also: hinauszögern! Das ist das Einzige, was du machen kannst, wenn du die Sucht noch weiter steigern willst. Aber Vorsicht: Sobald der Leser das Gefühl bekommt, das Teasing tritt auf der Stelle, verlierst du ihn. Es muss schon auch vorangehen!«

»Habt ihr auch noch andere Sachen ausprobiert?«

»Wir haben zum Beispiel untersucht, wie man die Lebenszeit, die ein Leser mit einem Buch verbringt, mit dem Inhalt des Buches verknüpfen kann.«

»Wow.«

»Ja, das war ziemlich aufwendig. Wir haben einer ganzen Gruppe von Leuten einen bestimmten Lesestoff gegeben und dann – gegen Geld natürlich – von ihnen verlangt, dass sie während der Zeit im Hotel, die sie für uns gearbeitet haben, möglichst nur über die Ereignisse sprechen, die in diesem Stoff geschildert werden. Sonst passierte ja auch nichts in ihrem Leben, außer dass sie die Bücher lasen.« Quentin grinste. »Wenn du ein Buch liest, stehen die Ereignisse, von denen du gelesen hast, und die Ereignisse, die du wirklich erlebt hast, im Kopf ja in gewisser Weise gleichberechtigt nebeneinander. Und bei diesem Gruppenexperiment ging es uns nun darum, mit allen Mitteln sozusagen das Fiktive realer werden zu lassen als das Reale. Also haben wir angefangen, die Leute dafür, dass sie gewisse Fragen zum Text beantworten konnten, zu belohnen. Mit besonders gutem Essen, auch mit Sex.« Er lachte. »Das war dann in der Endphase des Experiments. Ein paar Jungs haben wirklich Sex bekommen, wenn sie die Fragen richtig beantworten konnten. Und die Frau, die ihnen dafür zugeführt wurde, hatten wir gerade so aufgemacht wie die Heldin im Buch! Kannst du dir vorstellen, mit welcher Vehemenz sie den Text studiert haben, nachdem sie erfahren haben, dass sie mit der Heldin schlafen würden, wenn sie die Fragen nur richtig beantworteten? Bei einer falscher Antwort ging sie eben wieder!« Quentin freute sich wirklich, das war nicht zu verkennen.

»Und dann«, er sah Till mit blitzenden Augen an, »wenn wir sie richtig scharf auf den Stoff gemacht hatten, haben wir eine Kehrtwende gemacht und angefangen, die Leser im Text persönlich anzusprechen. ›Hör auf zu lesen‹, stand dort dann geschrieben, ›wenn du frei bist, hör auf zu lesen!‹«

»Wobei der Text aber weiterging oder was?«

»Genau! Der Text ging weiter, jede Menge Buchstaben, jede Menge Seiten, jede Menge Erzählstoff, der noch vor ihnen lag. Aber im Text wandte sich der Erzähler an den Leser und sagte ihm: ›Hör auf zu lesen, auch wenn es noch hundert Seiten bis zum Ende sind!‹ Mitten im Erzählfluss, obwohl noch tausend Fragen, wie es mit den Figuren des Buches weitergehen würde, offen waren.« Quentin öffnete den Mund, ließ ihn kurz offen stehen – und stieß dann hervor: »Hör auf zu lesen!«

»Und?«

»Großartig! Es war wie eine Falle, die kurz davor ist, zuzuschnappen. ›Wenn du frei bist‹, hat der Leser gelesen, ›kannst du doch aufhören zu lesen, oder?‹ Aber das hat keiner gemacht. Ich sag dir: kein Einziger! Sie haben alle weitergelesen!« Quentins Augen glänzten.

»Ja, okay ...«

»Ja, genau, aber wart's ab! Das Buch selbst war ja, wie gesagt, nicht zu Ende. Und die Handlung, die erzählt wurde, ging weiter damit, dass der Held der Erzählung in eine Lage gerät, in der er entscheiden muss, ob er eine bestimmte Sucht besiegen kann – oder nicht.«

Till kniff die Augen ein wenig zusammen.

»Und er besiegt sie – verstehst du?« Quentin schlug sich auf den Oberschenkel. »Er besiegt die Sucht – der Held, im Buch! Und damit schnappt die Falle zu! Denn nachdem der Held die Sucht besiegt hat, also aufgehört hat, die Frau zu sehen, zu spielen, um welche Sucht auch immer es ging, haben wir uns im Text wieder an den Leser gewandt: ›Der Held hat die Sucht besiegt und damit gezeigt, dass er frei ist.‹ Und weiter: ›Aber der Held ist nur eine fiktive Figur, die wir uns nur ausgedacht haben – die nicht wirklich existiert! *Du aber, lieber Leser, du bist keine fiktive Figur, dich gibt es wirklich. Und du hast die Sucht nicht besiegt! Sonst wärst du ja nicht bis ans Ende des Buches gekommen. Das aber zeigt: Du bist nicht frei!*‹«

Quentin öffnete wieder den Mund und breitete die Hände aus, als wollte er ›Quod erat demonstrandum‹ sagen.

Till musste lachen. »Ja, gut, das ist nicht schlecht.«

Gleichzeitig aber musste er denken: ›Was bezweckt er damit? Warum will Felix den Menschen um jeden Preis zeigen, dass sie nicht frei sind?!‹

Dritter Teil

1

Heute

Claire sitzt auf dem Rasen, abgelaufen und zerpflügt, wie er ist. Dem Rasen im Monbijoupark, gegenüber der Alten Nationalgalerie, die sich wie ein preußischer Tempel auf der anderen Seite der Spree vor ihnen erhebt.

»Ich sehe das alles praktisch schon vor mir.« Sie nimmt den Blick nicht von der Museumsinsel. »*Berlin jetzt* werde ich mein Fotobuch nennen, und du«, sie lächelt, während sie daran denkt, »wirst auf dem Cover vorn drauf sein.«

»Ha!« Sie hört Frederik neben sich lachen.

Claire schlingt die Arme um ihre Knie. »Eins der Fotos, die ich nach deinem Sieg über Lubajew gemacht habe.« Sie legt den Kopf ein wenig auf die Seite, um ihn anzusehen.

Frederik nickt. Er freut sich fast wie ein kleiner Junge. »Na schön«, sagt er, »ich bin vorn auf dem Umschlag. Und was ist drin in dem Buch, was für Fotos?«

»*Berlin jetzt*«, Claires Blick wandert zurück zu dem Tempel. »Es geht um die Menschen und ihre Arbeit. Die Fließbandarbeiterinnen in Tempelhof, die Regierungsbeamten in Mitte, die Ärzte der Charité, kurz bevor sie in den OP gehen.«

Sie hört, wie sich Frederik neben ihr auf den Rücken ins Gras sinken lässt.

»Der DJ, der morgens nach Hause läuft, der Alte an der Eckkneipentheke, der U-Bahn-Schaffner, der sich von seiner Frau verabschiedet. Der Zeitungsreporter, der im Springerhochhaus aus dem Fenster schaut, der türkische Großhändler, der seine Lkw-Flotte dirigiert. Der Pförtner von der JVA Tegel, der Straßenarbeiter auf seiner Walze, der Kulturattaché im Foyer der französischen Botschaft am Pariser Platz. Das Zimmermädchen im Adlon, die Praktikantin beim Staatsminister, der Arbeitslose in seiner Spandauer Kellerwohnung. Der Dachdecker auf dem Hochhaus in Marzahn, der Taxifahrer neben seiner Droschke, die Kassiererin im Supermarkt. Die Mutter, die ihre Tochter von der Schule abholt, der Rentner, der seine Wohnung nicht mehr verlässt.« Sie wirft Frederik einen Blick zu, aber er hat die Augen geschlossen.

»*Berlin jetzt*. Was ist das für eine Stadt?« Ihr Blick wandert über den Fluss, der sich ihnen zu Füßen dahinwälzt. »Allein die Geschichte, die Zeit mit den Nazis? Hitlers Bunker? Er war ja wirklich hier, das ist keine *urban legend* oder so etwas, er befand sich gar nicht weit von der Stelle, auf der wir gerade sitzen. Und dieser Mann lebte darin – ist darin gestorben ... ich meine, es kommt einem immer so vor, als hätte man es im Kino gesehen, aber es war kein Hollywoodfilm, es ist wirklich passiert, hier bei uns, in Berlin.« Sie hat die Augen jetzt ebenfalls geschlossen, das Licht blendet zu sehr. »Warst du mal im Tresor? Dem Club mit den Schließfächern des alten Wertheim-Kaufhauses? Wenn sie den Techno dort so laut aufdrehen, dass es dir so vorkommt, als wärst du unter Wasser? Das ist Berlin, oder? Die ganze Welt kennt dieses Berlin-Gefühl, oder wie auch immer man es nennen will. Wenn ein Typ wie Blixa Bargeld *Der morgige Tag ist mein* singt. Nimm Marlene Dietrich, nimm die Teilung der Stadt, nimm die russischen Panzer auf der Stalin-Allee. Das ist diese Stadt.« Es kommt ihr fast so vor, als würde sie in ihrem Buch bereits blättern. »Es ist alles im Umbruch, Frederik, wir spüren es schon, aber wir können es noch nicht benennen. Die Stadt sieht noch aus wie immer, und doch ahnen wir bereits: Das sind nur noch die Außenmauern, die Fassaden, dahinter befindet sich bereits alles im Fluss, in der Umwandlung, in Bewegung.« Sie holt Luft. »Im Rückblick werden wir es erklären können: ›Und dann geschah das, dann das, dann das und natürlich auch das. Und das alles war nichts anderes als die Ablösung eines längst überfälligen Systems. Erst wankte es wie ein schwerfälliger Koloss, dann brach es in sich zusammen – mit einer Schnelligkeit, mit der niemand gerechnet hatte.‹ Im Rückblick wird es jeder erklären können, Frederik – wir aber stehen unmittelbar davor!«

Ein feines Pochen hat begonnen, sich in ihrem Bein nach oben zu ziehen.

»ABER WIR KÖNNEN NICHTS SEHEN!« Ganz plötzlich haben sich ihre Augen mit Tränen gefüllt, verzweifelt blickt sie Frederik an, bemerkt, wie er sie trösten will und doch nicht weiß, was er tun soll.

»WIR KÖNNEN NICHT SEHEN, WAS AUF UNS ZU-KOMMT«, bricht es aus ihr hervor, und das Schluchzen reißt an ihrem Körper.

2

Zwei Jahre vorher

Als Lisa erwachte, hatte der Himmel, den sie vom Bett aus durch das Fenster sehen konnte, bereits die für Berliner Frühlingsmorgen so typische stahlblaue Färbung angenommen. Es war nicht mehr dunkel und noch nicht hell, aber Lisa konnte bereits erkennen, dass es ein bewölkter Tag werden und wahrscheinlich jeden Moment ein feiner Regen einsetzen würde.

Sie schaute zur Seite. Neben ihr unter der dicken Daunendecke lag Till. Sein Mund war leicht geöffnet, sein tiefes Atmen zu hören. Sie kannte sein Gesicht, seit sie elf Jahre alt war, aber sie war noch nie nackt mit ihm in einem Bett aufgewacht. Vor drei Wochen hatten sie sich zum ersten Mal geküsst, und dass sie in der vergangenen Nacht miteinander geschlafen hatten, war auch nicht das erste Mal gewesen. Dass Lisa bei ihm übernachtet hatte, allerdings schon.

Sie drückte das Kissen, auf dem sie geschlafen hatte, zusammen und stopfte es sich unter den Hinterkopf, um ein bisschen höher zu liegen. Auf beiden Seiten ihres Gesichts breiteten sich ihre Haare um sie herum aus. Sie zog die Decke unter das Kinn und verschränkte die Arme darunter. Es war bereits Mitte Mai, aber morgens immer noch kalt in Berlin.

Felix war am Vortag für eine Nacht nach Mailand geflogen. Er hoffte, einige Lizenzen an einen italienischen Partner verkaufen zu können, hatte er ihr gesagt. Lange hatte Lisa mit sich gerungen, ob sie bei Till schlafen sollte, sich dann aber dafür entschieden. Und das war richtig gewesen, wie sie jetzt dachte, auch wenn die Sorgen sie umso ärger bedrängten, je mehr sie aus dem Schlaf ins Erwachen hinüberglitt.

Sie war nicht mit Felix verheiratet, im Gegenteil: Er war noch immer der Ehemann von Sophie von Quitzow, deren Nachnamen er angenommen hatte, und Lisa war – soweit sie wusste – nicht einmal seine einzige Freundin. Lisa war zwar davon überzeugt, dass er sich seit längerem weder mit Nina noch mit Irina getroffen hatte, und doch wusste sie, dass er außer zu Maja auch zu diesen beiden, ebenso wie zu vielleicht noch ganz anderen Frauen, einen wie auch immer gearteten Kontakt gehalten hatte.

Sie selbst hingegen hatte außer Felix in all den Jahren keinen anderen Mann gehabt. Dennoch war sie immer von dem sicheren Bewusstsein beseelt gewesen, dass die Beziehung, die sie und Felix miteinander verband, weitaus wichtiger für ihn war als alle anderen Freundschaften und Affären, die er unterhielt. Und das gleich aus mehreren Gründen: weil sie die einzige Frau war, mit der er in den letzten zehn Jahren zusammengelebt hatte, und weil er ein Kind von ihr wollte. Aber auch, weil sie die Tochter von Xaver Bentheim war, dem einzigen Mann, den Felix – soweit sie das beurteilen konnte – jemals bewundert hatte. Ja, manchmal kam es Lisa beinahe so vor, als hätte Felix die Hochachtung, die er früher ihrem Vater entgegengebracht hatte, in gewisser Weise nach dessen Tod auf sie übertragen.

»Es ist vorbei«, flüsterte sie und lauschte auf Tills Atmen.

Spätestens im Lauf der vergangenen Nacht war sie sich darüber klargeworden, dass sie Till liebte und vielleicht immer geliebt hatte und dass ihre Beziehung mit Felix damit endgültig unerträglich geworden war.

Wie aber sollte sie sich von ihm trennen? Sollte sie ihn um ein Gespräch bitten, wenn er aus Mailand zurück sein würde, und ihm eröffnen, dass sie ihn verlassen und mit Till leben würde? Das war nicht nur deshalb problematisch, weil Lisa sicher war, dass Felix sie nicht so einfach ziehen lassen würde, sondern auch, weil Till ja ausgerechnet bei Felix arbeitete. Sollte sie Till bitten, seine Stelle bei Felix aufzugeben, eine Stelle, an der Till sehr viel lag?

Lisa atmete aus. Was das anbetraf, verstand sie Till nicht. Es musste ihn doch genauso bedrücken wie sie, dass ihre Liebe mit der Arbeit, in die Till sich von Woche zu Woche mehr vertiefte, nicht in Einklang zu bringen war. Wie stellte er sich das denn vor? Dass es ewig so weitergehen könnte? Machte er sich denn keine Sorgen, dass er sich früher oder später würde entscheiden müssen, ob er für Felix arbeiten oder mit Felix' Freundin schlafen wollte? Wie konnte Till davor die Augen verschließen?

Sie drehte sich ein wenig auf die Seite und blickte durch das Fenster in den aufgehenden Morgen. Konnte es sein, dass Till eher auf sie als auf seine neue Arbeit verzichten würde?

Der Gedanke fuhr ihr wie ein glühender Holzsplitter durch den Bauch. Mit einer heftigen Bewegung zog sie die Beine an, um den beißenden Schmerz abzuschütteln. Das konnte nicht sein! Sie konnte doch nicht am Morgen nach der ersten Nacht, die sie in seiner Wohnung miteinander verbracht hatten, argwöhnen, dass der Mann, den sie seit Jahren kannte und liebte, so niederträchtig sein würde! Aber was stellte Till sich denn vor? War es eben doch eine Art Schwäche von ihm, dass er darauf verzichtete, diese Dinge einmal konsequent zu Ende zu denken? Wie konnte er all das einfach so auf sich zukommen lassen?

Lautlos schob Lisa die Decke von sich und setzte sich auf die Bettkante.

Es hatte keinen Sinn, sich immer tiefer in diese Überlegungen zu verstricken. Entweder sie stellte Till zur Rede – oder sie verbannte diese Gedanken endgültig aus ihrem Kopf und konzentrierte sich vielmehr darauf, was *sie* selbst als Nächstes zu tun gedachte. Vielleicht war es ja wirklich das Beste, wenn sie Till noch ein wenig Zeit ließ, die Entscheidungen zu treffen, die er für richtig hielt.

Ihre Augen wanderten wieder zum Fenster. Das Morgenlicht hatte inzwischen den Sieg über das Dunkelblau der Nacht errungen. Am Abend zuvor hatte Lisa das Fenster einen Spalt offen stehen gelassen, und jetzt drang das Gezwitscher der Vögel, die sich aufgerufen zu fühlen schienen, das Ende des Winters anzukündigen, laut und geradezu aufpeitschend zu ihr herein.

Vorsichtig drehte sie sich um. Von Till war nur der Hinterkopf zu sehen, der aus der Bettdecke herausschaute. Das gleichmäßige Geräusch seines Atmens, das die ganze Nacht über wie eine ruhige Bestätigung an ihrer Seite zu vernehmen gewesen war, war jedoch nicht mehr zu hören.

War er auch wach?

Ihr Blick fiel auf den Wecker, der auf seinem Nachttisch stand. Kurz vor halb sieben. Ruckartig erhob sie sich und schloss das Fenster, durch das es kühl hereinwehte.

Es war höchste Zeit, dass sie nach Hause kam, bevor Felix dort anrief.

3

Tills Apartment lag in Schöneberg, so dass Lisa beschloss, mit der U-Bahn nach Mitte zu fahren. Als sie die Treppenstufen zu den U-Bahn-Gleisen hinunterlief, stand ihr Entschluss fest: Sie würde nicht länger damit warten, ihr Leben selbst in die Hand zu nehmen. Und sie wusste auch schon wie. Das Volontariat hatte ihr Spaß gemacht, also ging es jetzt darum, so schnell wie möglich mit der Arbeit bei einer Zeitung zu beginnen. Und zwar möglichst bei einer guten Zeitung. Kein zweifelhaftes Magazin, in dem irgendwelche Praktikanten Informationen aus dritter oder sechster Hand abschrieben. Nein, eine überregionale Tageszeitung, in dem gut informierte Leute arbeiteten und wohlbedachte Meinungen veröffentlicht wurden. Ein Blatt, das in gewisser Weise Einfluss auf die Gesellschaft, auf den öffentlichen Diskurs, auf das Land hatte.

Sie spürte, wie diese Perspektive sie beflügelte, und betrat den U-Bahn-Zug, der gerade in den Bahnhof gefahren war. Gedankenverloren ließ sie sich unter der verkehrsdurchtobten Oberfläche hindurch Richtung Norden transportieren.

Eine knappe halbe Stunde später schloss Lisa die Wohnung auf, die sie sich mit Felix teilte, schlüpfte aus dem Mantel und wollte sich schon unverzüglich in ihr Zimmer begeben, um voller Tatendrang auf die Verwirklichung ihres neuen Ziels zuzusteuern, als sie eine Stimme hörte.

»Lisa?«

Sie fuhr heftig zusammen. War Felix bereits nach Hause gekommen? Aber das war nicht seine Stimme!

Mit erstaunter Miene trat Henning in die Tür, die von Felix' Arbeitszimmer auf den Flur führte. »Ich dachte, du bist in deinem Schlafzimmer.«

Lisa holte Luft.

»Felix hat mich gebeten, ein paar Unterlagen für ihn zu holen, damit er sie in der Firma vorfindet, wenn er vom Flughafen nachher direkt ins Büro fährt.« Wie zum Beweis hielt Henning ein paar Papiere hoch. »Er meinte, dass ich dich schlafen lassen soll, es würde dich sicher nicht stören.«

»Nein, klar, kein Problem, Henning, lass dich nicht aufhalten.« So beiläufig wie möglich wollte sie an ihm vorbeigehen.

»Kommst du jetzt erst nach Hause?« Henning hatte ein eckiges Lächeln im Gesicht.

Geht dich nichts an! Lisa riss sich zusammen.

»Ich hab einen Brief zur Post gebracht!« *Gut!,* dachte sie.

Hennings Augen ruhten auf ihr.

»Ach ja.« Das Misstrauen war nicht zu überhören.

»Was willst du, Henning?« Sie strich sich eine Haarsträhne hinters Ohr. »Fürs Herrchen mir ein bisschen hinterherschnüffeln?«

Hennings Mundwinkel zuckte kurz nach oben, als hätte ihn die Beleidigung wie eine feine Peitsche getroffen. »Felix wird mich fragen, ob wir uns gesehen haben. Was soll ich ihm denn sagen?«

»Ich habe einen Brief weggebracht, Henning. Wo ist das Problem? Eine Bewerbung bei einer Zeitung, wenn du es genau wissen willst. Ich habe gestern Abend das Schreiben fertig gemacht und wollte es heute früh so schnell wie möglich abschicken. Das kannst du Felix ruhig sagen, wenn du möchtest.«

Fast hatte sie den Eindruck, als wäre ihr Schwager froh darüber, mitgeteilt zu bekommen, was er sagen sollte.

»Und warum war dein Bett dann unberührt?«

Es verschlug Lisa beinahe die Sprache.

»Du hast in meinem Zimmer nachgesehen?« Ihre Stimme war leise, als ob sie plötzlich krank geworden wäre.

»Tut mir leid, Lisa, er –«

»Er hat dich darum gebeten.«

Sie hatte das Gefühl, als würde der Boden schwanken. Er würde es Felix sagen, und Felix würde sie zur Rede stellen. Was sollte sie jetzt erwidern? Die Wahrheit? Wollte sie wirklich, dass Felix es von Henning erfuhr?

»Lisa, wenn du willst, kann ich Felix auch sagen, dass du in deinem Zimmer –«

»Was willst du von mir, Henning? Ist dir beim Spionieren für Felix das Hirn weich geworden?« Jetzt schrie sie beinahe. »Lass mich mit deinen ekelhaften Verdächtigungen in Ruhe! Ich habe einen Brief zur Post gebracht! Ich habe in Felix' Bett geschlafen. Er hat mir gefehlt. Willst du jetzt auch noch wissen, ob ich mich angefasst habe? Oder was? Willst du, dass ich dir anbiete, dich auch dort zu befriedigen? Im Bett deines Herrn? Würde dich das aufmuntern? Oder ist dir das dann doch zu gefährlich? Weil ich dich verraten könnte?«

Blass war Henning ein paar Schritte in Felix' Arbeitszimmer zurückgewichen.

»Verschwinde aus meiner Wohnung, hörst du? Es ist mir egal, was Felix dir gesagt hat. Ich werde mit ihm über dich sprechen. Dann werden wir ja sehen, was er dazu meint!«

Breitbeinig stand sie vor der Tür des Arbeitszimmers. »Hau ab, verstehst du, Henning?« Sie machte einen Schritt auf ihn zu, entriss ihm mit einer heftigen Bewegung die Papiere, die er noch immer in der Hand hielt, und schleuderte sie auf den Boden. »Hau ab!«

Unangenehm berührt griff er nach seiner Jacke, die er im Arbeitszimmer über einen Stuhl geworfen hatte, und drängte sich an ihr vorbei auf den Flur.

Wie betäubt blieb Lisa in Felix' Arbeitszimmer zurück, kurz darauf hörte sie das Klappen der Haustür.

Stille.

Henning hatte die Wohnung verlassen.

4

Tagebuchaufzeichnung

Es ist eine Expedition!
Es soll nicht einfach nur stattfinden, es soll ERFORSCHT
werden, was sich in dieser Richtung verbirgt. Es ist eine Reise ins
Ungewisse, ein Vorstoß in unerschlossenes Land.
Deshalb muss auch darüber berichtet werden, was wir – was ich
dort vorfinde.
Oder?
Es hat doch keinen Sinn, dass ich mich dorthin begebe – und
niemand davon erfährt. Nein! Es ist ja kein Spaziergang, kein
Vergnügen, kein Zeitvertreib. Es ist eine Qual!
Und doch werde ich nicht stehen bleiben, sondern meinen Weg
weiter verfolgen! Und ich werde darüber berichten. Nicht, um mit
meinem Bericht eine bestimmte Botschaft zu verkünden, nicht, um

zu erziehen oder Einfluss zu nehmen. Einfach nur, um zu dokumentieren, was es dort gibt!
Deshalb schreibe ich auf, wie es war, als meine Hände sich um ihren Hals geschlossen haben ...
während wir ineinander verhakt waren.
Während sie mich umschloss.
Während sie sich auf mich herabsenkte.
Im ersten Moment hat sie gemeint, es gehöre dazu.
Ist darauf eingegangen.
Konnte sich nicht vorstellen, dass ich dem Mädchen, das mir solche Freude bereitete, etwas antun könnte.
Aber ich wusste, dass ich nicht mehr die Kraft haben würde, es zu Ende zu bringen ... wenn ...
wenn ich das andere ZUVOR zu Ende gebracht haben würde.
Also habe ich zugedrückt.
Mit einer solchen Wucht, dass kein Zweifel mehr daran bestand, was ich vorhatte.
Mit einer solchen Wucht, dass sicher war, sie würde nicht mehr schreien können.
Wir waren allein in der Kabine, in der Frauentoilette – aber es konnte jeden Moment jemand hereinkommen. Also habe ich gepresst mit aller Kraft, die meine Sehnen und Muskeln hergaben.
Wer kann sich vorstellen, was in einem vorgeht, wenn man jemanden erwürgt? Was in einem vorgeht, wenn man denjenigen erwürgt, mit dem man in der Liebeshandlung vereint ist? Wie der Drang plötzlich umspringt in den Drang zu töten?
Was ist es, das ich dabei vorgefunden habe?
War Lust dabei, diesen Weg zu beschreiten, diesen Weg des Bösen?
War es Lust, die mich befeuert hat, das Leben aus ihr herauszuquetschen?
Es hat gebrannt, als würde ich in einem Flammenmeer stehen.
Sie hat ihre kleinen Hände um meine Handgelenke geschlossen.
Sie hat mich angesehen, weil sie wusste, dass es so weit war.
Sie hat nicht geschrien.
Sie konnte nicht.
Sie wusste praktisch sofort, dass es kein Zurück mehr geben würde, kein Nachlassen des Drucks, kein Erbarmen.

Dass ich fast nicht derjenige war, der sie tötete, dass es der Tod war, der sie holte.
Und doch hat sie mich angesehen. Sie hat die Augen nicht davor verschlossen, sich nicht abgewandt ... sondern mich angeblickt, als wollte sie erkennen, was es war, womit sie sich – so schön, so begehrenswert, so liebreizend, wie sie war –, womit sie sich den Tod verdient hatte.
Ich glaube fast, sie hatte nur einfach das Pech, mich zu treffen.
Meine Hände haben so gezittert, ich vermochte sie kaum von ihrem Hals zu lösen, als sie nur noch auf meinem Schoß hing.
Sie ist in die Ecke neben die Kloschüssel gerutscht, ich konnte nicht verhindern, dass ihr Kopf gegen die Kacheln schlug.
Ich habe meine Hose zugeknöpft, bin aufgestanden und habe kaum noch Luft bekommen.
Es gab nur einen Gedanken, der mich aufrecht gehalten hat: dass ich geschafft hatte, was zu schaffen war, als ich sie erwürgt habe. Dass ich einen Schritt in die richtige Richtung getan habe. Dass es jetzt nur noch eines zu tun gibt: die Reise, die ich begonnen habe, auch zu Ende zu bringen.
Dass ich sie töten MUSSTE, weil ich meine Reise sonst niemals hätte abschließen können.
Ich habe die Kabine verlassen und bin im Vorraum der Toilette aus dem Fenster gestiegen. Es war klar, dass es nicht mehr lange dauern würde, bis sie mich entdeckten. Die Kellner, die Gäste in dem Restaurant: Alle hatten mich gesehen, konnten mich beschreiben. Es würde nicht mehr lange dauern und ich würde mich auf der Straße nicht mehr blicken lassen können.
Aber noch ist es nicht so weit.
Noch ist es nicht vorbei. Und ich weiß, was ich zu tun habe.
Der letzte Schritt.
Xaver Bentheim hat es beschrieben. Ich werde es Wirklichkeit werden lassen.
Felix ist dabei, Bentheims Vermächtnis zu verraten, mit dem, was er plant. Ich werde nicht den gleichen Fehler begehen. Und niemand wird mich davon abhalten können.
Das ist es: die versteckte Bedeutung von Xavers Text – nicht das, was Felix damit vorhat!

5

Zwei Jahre vorher

»Was du mir erzählt hast, ist doch viel schlimmer! So etwas würde ich doch nie machen!«

Nina schreckte hoch. Spitzte die Ohren. Stimmengemurmel. Plötzlich:

»NEIN! Ich bin ... hör mal, ich bin vielleicht verrückt ... aber das, was du da erzählt hast, ich würde gar nicht in so eine Lage kommen, verstehst du? Ich würde viel früher ... sozusagen aus den Augen verlieren, was ich eigentlich vorhatte ...« Die Stimme verlor sich wieder, der Mann hatte sich offenbar in ein anderes Zimmer begeben.

Nina drehte sich im Bett um und warf einen Blick auf den Wecker. Kurz nach halb neun. Das Bett schwankte leicht. Sie war allein. Vorsichtig richtete sie sich auf und glitt von der Matratze herunter. Sie kannte die Stimme, die sie gehört hatte. Es war nicht die Stimme von Max, es war die von Boll. Sie konnte Lennart nicht ausstehen. Sie fand ihn auf eine gewisse Weise geradezu abstoßend und zog es vor, einen Raum zu verlassen, wenn er sich darin aufhielt. Max aber schien Bolls Nähe regelrecht zu suchen. Nie wies er ihn ab, wenn Boll auftauchte. Im Gegenteil: Immer öfter gingen die beiden abends noch weg – selbst wenn Nina gerade zu Besuch war. Wie gestern Abend. Seitdem Max sich flüchtig von ihr verabschiedet hatte, hatte sie ihn nicht mehr gesehen. Aber Nina vermutete, dass Max nicht weit sein konnte, wenn sie schon Bolls Stimme hörte.

Sie warf einen leichten Morgenrock über, der auf einem Stuhl neben dem Bett lag, und öffnete die nur angelehnte Tür.

»Findest du das jetzt toll oder was?«, kam ihr nun auch Max' Stimme aus der Küche entgegen.

»Nein, ich weiß nicht ...« Das war Boll. »Ich meine ... ich kann mir schon vorstellen, dass dich das quält, dass du manchmal zusammenfährst, und dann ist es wieder da, das Gefühl, etwas falsch gemacht zu haben oder so. Dass es besser gewesen wäre, wenn du es nicht getan hättest. Auf der anderen Seite aber: Was soll's? Es ist geschehen. Wer weiß, wozu es gut ist?«

»Gut ist?«

»Ja, gut ist. Es ist doch sozusagen in dich eingegangen, oder?«

Boll hatte bereits mehrfach in Max' Gästezimmer übernachtet, und Nina hatte wiederholt versucht, mit Max darüber zu sprechen, dass ihr nicht wohl dabei sei. Aber Max war ihr immer ausgewichen. Und dann war sie sich auch wieder dumm vorgekommen: Schließlich war es seine Wohnung, da konnte Max doch übernachten lassen, wen er wollte.

Sie war ein paar Schritte von der Küchentür entfernt im Flur stehen geblieben, unschlüssig, ob sie zu den beiden Männern hineingehen sollte.

»Du hast es gemacht, du hast erlebt, wie es aussah, gefühlt, wie es sich anfühlt ... ich kann mir schon denken, dass das nicht für jeden etwas ist ... Aber es ist ... stark, oder Max? Ist es nicht so? Es ist stark.«

Was sie hörte, war ihr unheimlich. Vielleicht war es doch keine so gute Idee, ausgerechnet jetzt zu den beiden in die Küche zu platzen.

Fast eine halbe Stunde später, nachdem sie sich wieder ins Bett gelegt hatte, hörte sie, wie jemand durch den Flur kam. Instinktiv schloss Nina die Augen. Die Schritte klangen etwas wacklig, sie hatte fast den Eindruck, als würde sich derjenige, der auf das Schlafzimmer zukam, an der Wand abstützen müssen. Die Tür wurde aufgestoßen. Die Schritte kamen an das Bett, und jemand setzte sich in die kleine Bucht, die ihr Körper unter der Decke aussparte.

Nina hörte es schnaufen, und daran, wie das Bett schwankte, bemerkte sie, dass sich der Besucher vorgebeugt hatte, um seine Schuhe aufzubinden. Ohne ihre Position zu verändern, schlug sie die Augen auf.

Gott sei Dank ist es nicht Boll, schoss es ihr durch den Kopf, als sie Max neben sich sitzen sah. Zugleich mischte sich in diese Erleichterung jedoch Befremden, denn ihr fiel auf, dass Max' Gesicht irgendwie verändert wirkte. Eingefallener? Bleicher? Gealtert?

»Max.« Sie hatte nur geflüstert, aber er zuckte zusammen – und wandte ihr seinen Kopf zu.

Es war, als hätte er die oberste Schicht seines Gesichts heruntergerissen, um darunter ein anderes freizulegen.

Unwillkürlich riss sie den Unterarm vor den Mund und holte tief Luft.

Seine Lippen verzerrten sich, spitz stachen die Mundwinkel unter den Nasenflügeln hervor. »Was für eine Nacht, Süße.«

Nina stemmte die Beine in die Matratze und schob sich auf das Kissen, auf dem sie gelegen hatte.

Ihre Hand fingerte nach der Nachttischlampe und schaltete sie ein. Als ihn der Lichtschein in dem abgedunkelten Raum traf, hatte Max sich bereits abgewandt.

»Ich muss erst mal schlafen«, hörte sie ihn murmeln.

»Ist ... ist was passiert? Du siehst ziemlich fertig aus.«

Sie starrte auf seinen Rücken.

»Alles okay, Süße, alles bestens.«

Er hatte begonnen, seinen Gürtel aufzuschnallen, stieg aus den Hosen, ohne sich umzudrehen.

»Wo wart ihr denn?«

Max lachte. »Komm, erzähl ich dir morgen ...«

»Es ist morgen.«

Er warf die Hose auf einen Stuhl, begann sein Hemd aufzuknöpfen.

»Lennart schläft hier?«

»Hm, hm.«

»Max ... weißt du, ich ... ich mag ihn nicht. Tut mir leid, aber ... ich glaube, er ist nicht gut für dich.«

Max zog sein Hemd aus, warf es ebenfalls auf den Stuhl. Dann streifte er die Boxershorts ab und drehte sich um. Sein Körper war bleich, die Knochen schienen aus seinem Fleisch herauszustehen. Das kurz geschnittene Haar stand vom Kopf ab. Am meisten aber fesselten sie seine Augen, die tief in die Höhlen gesunken waren. Er machte einen Schritt auf das Bett zu und schlug die Decke auf. Am liebsten wäre sie aufgestanden, doch in dem Zustand, in dem er sich befand, wollte sie lieber nicht so schroff sein.

Er legte sich neben sie, schlug die Decke über sich, atmete aus. »Lass uns ein andermal reden, okay?«

Aber es würde immer so weitergehen, wenn sie nicht endlich anfing zu sprechen. »Max, du siehst richtig verändert aus ... was ... habt ihr was genommen?«

Max hatte die Augen geschlossen.

Ärgerlich schlug Nina die Decke zurück, rollte sich auf der anderen Seite jetzt doch von der Matratze und drehte sich um. »Ist ja okay, wenn du schlafen willst, aber soll ich dabei zusehen, wie du dir immer mehr Nächte mit Lennart um die Ohren schlägst und dabei aussiehst wie ein Gespenst?«

»Komm, übertreib nicht …«

»Ich will, dass er nicht mehr bei uns schläft.«

Max schlug die Augen auf, sah sie an, lächelte – aber hinter seinen Pupillen, so kam es ihr vor, lauerte noch etwas anderes. Eine seltsame Verzweiflung, Unsicherheit, Verletztheit, sie wusste es gar nicht zu benennen. Es war auch nicht etwas, das sie noch nie an ihm bemerkt hätte, nur kam es ihr an diesem Morgen so vor, als wäre dieser Aspekt seiner Persönlichkeit, der bisher immer tief verborgen geschlummert hatte, zum ersten Mal in den Vordergrund getreten.

»Lennart pennt normalerweise bei einem Kumpel auf der Couch im Wohnzimmer«, sagte Max, und es wirkte, als würde er sich bemühen, ruhig zu bleiben. »Wenn er also mal hier übernachtet, hilft ihm das, weil er seinem Kumpel nicht andauernd auf den Wecker fällt. Und bei mir … oder bei uns … da sind doch jede Menge Zimmer. Warum sollte ich ihm sagen: Nein, wir brauchen die ganze Wohnung für uns? Das ist doch Blödsinn!« Max richtete sich ein wenig auf und stützte sich auf einen Ellbogen. »Ich kann verstehen, was du meinst. Jeder normal fühlende Mensch denkt bei Lennart wohl erst mal: Was ist das denn für ein Vogel? Aber … so doof ist er gar nicht, weißt du? Und er hat nicht gerade viel Glück gehabt bisher.«

Nina hatte sich auf den Stuhl gesetzt, auf dem ihre Sachen lagen, den Morgenrock um sich geschlungen.

»Ich hab das Gefühl, es ist in Ordnung, wenn ich mich ein bisschen um ihn kümmere«, sagte Max.

»Ach, was heißt denn das? Kümmern! Du gehst nachts mit ihm weg, ihr pfeift euch was ein – was kümmerst du dich denn da?«

Max lachte und ließ sich zurück auf den Rücken sinken. »Hast du nicht manchmal das Gefühl, es ist nicht okay, wie wir an allem vorbeigehen? An dem, was in der Welt passiert, an dem Bettler, an dem, was wir den Tieren antun?«

Nina sah, wie er an die Decke blickte. »Und was hat das mit Lennart zu tun?«

»Ich dachte, warum soll ich es nicht mal probieren? Dass ich an ihm *nicht* vorbeigehe.«

Nina zog den Morgenmantel enger um sich. »Und ab morgen gibt's auch kein Fleisch mehr oder was?«

Max antwortete nicht.

»Max, wo soll das denn hinführen?«

»Keine Ahnung.«

»Was meinst du denn? Willst du ein besserer Mensch werden?«

»Scheiß auf besserer Mensch«, kam es zurück. »Ich will einfach nur Lennart nicht aus der Wohnung werfen, ja?«

»Und wenn er dich zugrunde richtet? So wie du heute aussiehst, das hab ich noch nie gesehen. Ich will dich doch gar nicht nerven, aber hast du dich mal im Spiegel angesehen? Ich weiß, so lange kennen wir uns noch nicht, aber seitdem du mit Boll zu tun hast … ist es, als würdest du irgendwo reinrutschen.«

Er legte den Arm über die Augen, ließ die Hand offen mit dem Rücken aufs Kissen sinken.

»Max?«

Aber er antwortete ihr nicht mehr.

6

Tagebuchaufzeichnung

Es wird Blut regnen.
Leiber werden die Kanäle verstopfen. Eiter wird in den Ausgüssen nach oben gespült werden, Schreie werden die Straßenschluchten erfüllen.
Die Menschen werden begreifen, dass das Ende gekommen ist.
Sie werden fliehen und auf den Straßen gejagt werden. Sie werden zu Boden gehen, von ihren Mitmenschen überrannt werden, ihre Gesichter werden in den Schlamm gepresst werden, wenn der Hintermann seinen Fuß auf ihren Hinterkopf setzt. Sie werden die Mäuler aufreißen, aber ihre Schreie werden vom Schlamm erstickt werden.
Häuser werden einstürzen, der Schutt wird die fliehenden Familien unter sich begraben. Rettungsfahrzeuge werden über Kreuzungen rasen und Flüchtende in voller Fahrt erwischen. Scheibenwischer werden eingeschaltet werden, um das Blut von der Frontscheibe zu

wischen. Waffen werden bei Plünderungen geraubt werden, denn jeder muss sich beschützen. Autos werden gestoppt, Fahrer herausgezerrt werden.
Kinder werden verletzt werden und sich verändern.
Hunde werden auf zitternden Beinen über den Bürgersteig hasten.
Kranke werden in ihren Betten vergehen und ihre giftigen Säfte verspritzen.
Männer werden sich nehmen, wonach sie verlangen, und im nächsten Augenblick wird ihr Haupt vom Rumpf getrennt werden.
Tiere werden an den Leichen fressen, die sich in den Schleusen stapeln, Vögel werden über die Stadt niedergehen, dass es die Sonne verdunkelt.
Rauch wird aufsteigen, schwarz und fettig, während die Menschen mit rauhen Kehlen und entzündeten Augen durch die Gassen irren. Rauch von den Scheiterhaufen, auf denen die Leichen verbrannt werden. Rauch von den Häusern, die in Flammen aufgehen, Rauch von den Autowracks, die sich entzündet haben, Rauch von den Müllbergen, die abgefackelt werden, weil niemand mehr da ist, um den Dreck zu entsorgen. Rauch, der einen erbärmlichen Gestank mit sich bringt – einen Geruch der Fäulnis, der die Menschen schwächt, Krankheiten überträgt und ihre Sinne aufreibt. Abreibt, abschabt, abätzt.
Gegenseitig werden sie sich die Schuld zuschieben, weil das Brot schimmelig ist und die Suppe stinkt, weil der Arzt einem Verletzten das Bein abnehmen muss, ohne ihn betäuben zu können. Sie werden sich lauthals beschimpfen, und vier werden einen umbringen, um ihn zum Schweigen zu bringen.
Sie werden ihn liegen lassen und die Hunde nicht vertreiben, die der Leiche ins Gesicht beißen.
Sie werden eine Frau im Keller in die Ecke drängen, zwei werden sie halten, einer wird dran sein und einer warten.
Sie werden sich nicht in die Augen sehen können nach dem, was geschehen ist. Die Lust, die sie im Griff gehabt hat, wird nicht bis zu ihrem Hirn vorgestoßen, sondern in der Leistengegend eingesperrt geblieben sein.
Und kaum werden sie aus dem Keller zurück an das Licht des trüben Tages geschlichen sein, wird sie wieder das Gellen der

Sirenen, der Schreie, der Panik treffen, die zwischen den Mauern entlangziehen.
Die Stadt wird heimgesucht werden, und sie wird in die Knie gehen.
Aber es wird kein Gespenst sein, kein Teufel, keine Phantasterei, was die Menschen heimsucht.
ICH werde es sein, der sie heimsucht, der das über sie bringt.
ICH, wenn ich Bentheims Vision wahr werden lasse.
Ich brauche keine Zombies – die Menschen sind sich selbst Zombie genug – egal, was Felix vorhat.
Vergiss, worauf er abzielt. Er hat Bentheims Botschaft entstellt.
Ich aber werde sie ihrer wahren Bestimmung zuführen.
Es gibt nur eine Kleinigkeit, die ich dafür brauche. Eine Winzigkeit, die es in einer Stadt wie Berlin auch zu kaufen gibt.
Es werden nicht Zombies sein, die über die Stadt herfallen, aber sie werden agieren wie Zombies.
Sie werden infiziert sein wie Zombies.
Es sind keine lebenden Toten, keine Geister, keine übernatürlichen Wesen.
Es sind Kranke. Rasende Kranke.
Kranke mit Schaum vor dem Mund, die eine Entzündung mit sich herumtragen. Eine Infektion, die wie eine brennende Lunte durch ihre Wirbelsäule hindurch bis in ihr Hirn steigt.
Kranke, die auf jeden Reiz reagieren, als würde eine Pistole neben ihnen abgeschossen.
Kranke, die der Wucht, mit der die Krankheit sie gleichsam aus sich heraustreibt, nichts entgegensetzen können.
Kranke, bei denen sich mit wundersamer Klarheit zeigt, was wir alle längst ahnen, in uns haben, und doch so lange versucht haben zu verbergen.
Kranke, die ihrem Trieb folgen, weil er in ihnen wütet.
Kranke, die ich angesteckt haben werde.
Soll sie kommen, die TOLLWUT, die Zeit ist reif.

7

Zwei Jahre vorher

»Behrenstraße, bitte.« Felix lehnte sich in den Sitz zurück und sah sie an. Er lächelte. »Ich habe den ganzen Abend zu dir herübersehen müssen.«

Lisa stellte ihre Handtasche neben sich auf den Rücksitz, merkte, dass sie auf diese Weise zwischen ihnen stand, ließ sie aber dort stehen.

»Hab ich dir gesagt, was es mit mir macht, wenn ich sehe, wie schön du bist?«

Lisa holte Luft, ihr Kleid spannte über ihrer Brust. Sie wusste, dass sie gut aussah.

»Der Lippenstift ... ist der neu?« Er ließ nicht locker.

Lisa lachte. »Was ist denn los mit dir?«

Felix griff nach ihrer Hand, sah kurz nach vorn zum Taxifahrer, der jedoch nicht weiter auf sie zu achten schien, und flüsterte. »Ich bin süchtig nach dir, Lisa.«

Lisa überließ ihm ihre Hand. Sie spürte, wie er nach ihr verlangte, die Luft schien beinahe schwer davon, aber sie wäre froh gewesen, wenn es nicht so gewesen wäre. Es war ihr geradezu unangenehm. Doch sie wusste nicht, wie sie es ihm sagen sollte.

»Hast du dich gut unterhalten?« Felix senkte den Kopf, um ihr in die Augen schauen zu können, obwohl sie nach unten blickte.

»Ja, schon.« Sie lächelte.

»Du hast nicht ganz optimal gesessen, oder? Haberlandt, auf der Linken, wie alt ist er denn inzwischen?«

»Das war schon in Ordnung.«

»Und rechts? Der Jungspund? Hat er sich nicht fürchterlich aufgespielt?« Felix ließ ihre Hand los. »Wirklich, Lisa, lass uns darüber reden, von mir aus können wir solche Einladungen in Zukunft auch öfter mal absagen, mehr zu Hause bleiben ...«

Bloß nicht!

»... oder du sagst mir, was du lieber machen möchtest. Diese Leute, das sind Freunde von mir, ja – aber wir müssen sie nicht dauernd sehen. Vielleicht interessiert dich ein Stück in der Oper, im Theater – was du willst!«

Sie lachte erneut. »In der Oper? Bist du sicher?«

»Warum nicht? Ich spreche mit Henning, er kennt den Assistenten des Intendanten der Staatsoper, wir könnten sicher auch mal nach hinten in die Garderoben. Hast du das schon mal gemacht? Wir kaufen einen Blumenstrauß und machen den Sängern nach dem Stück unsere Aufwartung – das ist toll!«

»Ja ... ja, vielleicht, das könnten wir mal machen.« Sie klang wenig begeistert.

Aber er gab sich nicht geschlagen. »Vergiss die Oper von mir aus. Ich kann auch mit Haberlandt sprechen, er hat mich neulich angerufen, ob wir nicht Lust haben, sie mal in ihrem Haus in der Uckermark zu besuchen.«

Aber je mehr er sprach, desto mehr hatte sie das Gefühl, immer tiefer in ihren Taxisitz hineinzusinken.

»Er hat einen kleinen Flugplatz auf seinem Grundstück, davon habe ich dir doch mal erzählt. Es würde ihm sicher Spaß machen, uns mal eine seiner Sportmaschinen zu zeigen.«

»Ja, natürlich.« Lisa lächelte. Fast schmerzten ihre Wangen schon.

Das Taxi bog auf die Autobahnauffahrt ein, über die sie von Wannsee zurück in die Stadt gelangen würden. Felix war am Morgen aus Mailand zurückgekehrt und direkt ins Büro gefahren. Am Abend hatte er Lisa von zu Hause abgeholt, um sich gemeinsam mit ihr zu der Einladung zu begeben.

»Ist alles in Ordnung?« Er saß noch immer zu ihr vorgebeugt.

»Ich weiß nicht.« Sie sah durch die Windschutzscheibe nach vorn. Die roten Rücklichter der Wagen vor ihnen verwischten in den Tropfen auf der Frontscheibe, bevor das Wasser von den Scheibenwischern beiseitegeschoben wurde.

Endlich lehnte sich Felix zurück. Eine Zeitlang schwiegen sie, während der schwere Diesel-Benz über die Avus brummte.

»Ich hab mit Henning gesprochen«, hörte sie Felix sagen. »Er meint, du wärst ziemlich aufgelöst gewesen.«

Es war kein Schreck, was Lisa durchfuhr, als sie Felix das sagen hörte. Eher so etwas wie Müdigkeit. Sie hatte sich den ganzen Tag lang Gedanken über ihre Jahre mit ihm gemacht. Und sie hatte an die Berührung denken müssen, mit der Tills Hand ihren Körper liebkost hatte. Es waren Erinnerungen und Eindrücke gewesen, die sie nicht zusammenbrachte, die sie unruhig machten und verwirrten. Sie hatte sich zu sagen versucht, dass es im Grunde genommen weder um Felix noch um Till ging, sondern darum, dass *sie selbst* ihr Leben endlich in den Griff bekam. Aber es war, als würde sie dafür einen freien Kopf brauchen.

»Ich will gar nicht wissen, wo du warst heute Morgen«, fuhr Felix fort, der jetzt ebenfalls nach vorn sah, »ob du einen Brief weggebracht hast oder was auch immer. Das ist erniedrigend, es tut mir leid, dass Henning dich so belästigt hat.« Er schaute zu ihr. »Ich habe ihn auch nicht gebeten, dir hinterherzuschnüffeln, ich habe ihn lediglich gebeten, ein paar Papiere aus meinem Arbeitszimmer zu holen, die ich nach meiner Reise brauchte.«

Lisa schwieg.

»Ich liebe dich, Lisa, das habe ich dir immer gesagt.«

Ihr Blick wanderte zum Hinterkopf des Taxifahrers, der aufrecht in seinem Sitz saß und die Augen nicht von der Straße nahm.

»Kann es sein, dass du etwas Zeit für dich brauchst?« Felix' Stimme war so weich wie ein Kissen. Ein Kissen, in das sie sich hineinlegen könnte, so müde war sie. »Ich könnte das gut verstehen, Lisa. Du bist jung, ich … es tut mir leid, was ich neulich gesagt habe, ich kann verstehen, wenn du für eine Familie … noch nicht bereit bist.«

Fass mich nicht an!, schoss es ihr durch den Kopf.

»Sag mir, was ich für dich tun kann, und ich werde mich freuen, es möglich zu machen.«

In Lisas Kopf brauste es. Der Taxifahrer setzte den Winker, und das gleichmäßig knackende Geräusch vom Armaturenbrett erfüllte das Fahrzeug. Der schwere Wagen scherte auf die linke Spur aus, um den Weg Richtung Mitte fortzusetzen.

Lisa stützte den rechten Arm auf die Türfüllung, hielt sich die Stirn. Ihr Kopf war heiß.

Der Moment war gekommen, sich zu entscheiden.

8

Als das Taxi vor dem Seiteneingang des Verlagsgebäudes hielt, über den man normalerweise in ihre Wohnung gelangte, wusste Lisa, dass sie nicht mit hochgehen würde.

Sie blieb auf dem Bürgersteig stehen, wartete, bis Felix den Fahrer bezahlt hatte. Es war nach Mitternacht, aber die Luft längst nicht mehr so kalt wie noch vor zwei Wochen. Unaufhaltsam schien der Frühling näher zu rücken.

Der Wagen löste sich vom Bordstein, und Felix kam auf sie zu.

»Vielleicht hast du recht«, sagte sie und sah ihn an. Sie glaubte sehen zu können, wie ihr Gespräch in dem Taxi ihm zugesetzt hatte. »Vielleicht brauche ich eine Pause, wie du sagst.«

Felix' Gesicht spannte sich.

»Willst du nicht hochkommen und morgen früh in Ruhe alles Nötige in die Wege leiten?«

»Ich ... ich will mir noch ein wenig die Füße vertreten.«

Felix nickte stumm.

»Es ist Till, oder?«, sagte er schließlich.

Als ob ihr ein glühendes Bügeleisen auf den Nacken gestellt würde. Sie zuckte mit den Achseln.

»Es ist, weil er wieder zurück ist.«

»Ich weiß nicht.«

»Ihr seid nie voneinander losgekommen.«

Lisa schüttelte den Kopf. »Ich war all die Zeit bei dir, Felix«, ihre Stimme war fast nur ein Flüstern.

Er stand vor ihr, als wäre alle Kraft aus seinem Körper gesaugt worden.

»Max und er, als sie im Internat waren, nachdem Papa nicht mehr bei uns war ... ich bin bei dir gewesen, Felix.«

»Es war zu früh!« Er wischte sich über die Stirn, und fast glaubte sie zu sehen, wie seine Hand zitterte. »Ich hätte dich ihm lassen sollen, dann würdest du jetzt zu mir kommen.«

Aber was er sagte, war ihr fremd. Plötzlich hatte sie das Gefühl, ihn nicht nur verlassen zu können, sondern sich deshalb auch keine Vorwürfe machen zu müssen.

»Gehst du hoch?« Sie sah ihn an.

Felix nickte.

Was für eine absurde Situation, dachte sie. *Es kann so nicht enden.*

Doch da hatte er sich bereits abgewandt, ohne noch etwas zu sagen. Er tippte den Code an der Tür ein, drückte sie auf. Es klackte, als die Tür hinter ihm ins Schloss fiel.

9

»Kommst du runter? Ich sitze auf der Treppe vor dem Konzerthaus.«

Als sie Till auf seinem Handy erreicht hatte, war er noch in seinem Büro. Keine vierzig Meter Luftlinie von dem Punkt entfernt, an dem sie sich von Felix verabschiedet hatte.

Fünf Minuten später sah sie ihn aus der Charlottenstraße auf den Platz kommen. Lisa stand auf und ging ihm entgegen. Hätte sie ihn lieber nicht anrufen und für die Nacht erst einmal ein Hotel aufsuchen sollen? War sie nicht noch ganz erfüllt von der Nähe zu Felix, von den Ansprüchen, die er an sie gestellt hatte?

Im nächsten Moment spürte sie, wie sich Tills Arme um sie schlossen, sie drückte sich an ihn, an seinen knochigen, fast mageren Körper, als wäre sie dafür gemacht.

Eine Weile liefen sie eng umschlungen und schweigend an den dunklen Geschäften entlang auf die Friedrichstraße zu, nachdem Lisa ihm berichtet hatte, was vorgefallen war.

»Ich will dir nicht im Weg stehen, Till«, sagte sie schließlich und löste ihren Arm. Es war keine Koketterie. Sie hatte kurz überlegt, ob sie es besser nicht sagen sollte, aber dann war es ihr doch rausgerutscht.

Till berührte sie am Kinn, und als sie aufsah, beugte er sich ein wenig herunter und küsste sie. Lisa schloss die Augen und lehnte sich gegen ihn. Seine Hand hielt sie am Rücken fest.

Als sie die Augen wieder aufschlug, war sein Gesicht dicht über ihr. »Hier in der Seitenstraße ist eine kleine Pension«, sagte er. »Lass uns dorthin gehen.«

Lisa fühlte, wie erleichtert sie war. Sie wäre auch in das Apartment gegangen, in dem er zurzeit wohnte. Die Nacht in einer Pension zu verbringen, nicht gleich in ein neues Leben zu stürzen, erschien ihr jedoch wie eine Erlösung.

Der Raum war winzig, das Fenster ging nicht einmal auf die Straße, sondern auf einen Lichtschacht hinaus. Es gab kein Bad, nur eine gekachelte Ecke mit einem Waschbecken. Das Bettzeug jedoch war frisch gewaschen und roch sauber, der blanke Holzfußboden war gescheuert.

Lisa zog einen Stuhl unter dem winzigen Tisch an der Wand hervor und setzte sich. Till ließ sich aufs Bett fallen. Beim Nachtportier hatten sie noch eine ganz passable Flasche Rotwein erstanden und sich auch gleich aufziehen lassen. Ohne aufstehen zu müssen, angelte sich Till die beiden Zahnputzgläser von der Ablage beim Waschbecken und goss ihnen ein.

Er reichte ihr ein Glas und hielt seines hoch. »Auf das Hotel.«

Sie stießen an, Lisa stürzte den Wein herunter. Als sie das Glas wieder absetzte, sah sie, dass Till sie anschaute.

»Willst du nicht?«

»Doch ...« Er trank ebenfalls.

Und plötzlich stand er vor ihr, legte sich mit ihr zusammen auf das Bett, so dass er kurz über ihr schwebte, bevor er auf sie hinabsank. Wie von einem unstillbaren Drang getrieben, entkleidete er erst sie und dann sich. Und schien ihren Körper, während er ihn aus der Kleidung schälte, dabei so sehr zu begehren, dass er beinahe wirkte wie entrückt.

10

»Weiß er, was zwischen uns ist?«

Es war mitten in der Nacht. Lisa hatte bereits zu schlafen geglaubt, als sie plötzlich Tills leise Stimme neben sich gehört hatte.

Sie drehte den Kopf auf dem Kissen zu ihm um. »Er kann es sich denken.«

Till lag auf dem Rücken, hatte die Hände hinter dem Kopf verschränkt.

»Machst du dir deshalb Sorgen?«

Er schien nachzudenken.

»Es ist nur ...«, sagte er schließlich, »ich meine, es ist nicht schlecht, dass ich endlich ein wenig Geld verdiene, weißt du?« Er wandte ihr sein Gesicht zu. »Deine Mutter hat meine Ausbildung bezahlt, ich habe immer darauf gewartet – nicht gewartet –, aber ich war immer ganz versessen darauf, endlich mein eigenes Geld zu verdienen. Und bei Felix tue ich das jetzt. Das ist nicht schlecht ...« Seine Stimme verlor sich.

Durch das kleine Fenster, das sich über ihren Köpfen befand, fiel etwas Licht und schnitt ein verschobenes Rechteck an die Wand gegenüber.

Natürlich ist es ihm wichtig, was mit seiner Arbeit ist, sagte sich Lisa. Deshalb hatte sie ja auch vorhin gesagt, dass sie ihm nicht im Wege stehen wolle. Aber wenn es um sie beide ging – musste es Till da nicht ganz egal sein, was mit seinem Job war?

Für einen Moment dachte Lisa, dass sie in Tränen ausbrechen würde.

»Ich weiß nur eins«, stieß sie hervor. »Ich werde nicht länger Versteck spielen.«

»Sicher, das ist auf jeden Fall schon mal gut.«

»Du kannst dir überlegen, was du willst. Mich oder deine Arbeit.« Es war viel härter herausgekommen, als sie gewollt hatte. Aber lief es nicht darauf hinaus?

Sie hörte ihn neben sich lachen. »Ja, du hast recht.« Er setzte sich etwas auf und stopfte das Kissen hinter seinen Kopf. »Was soll schon passieren?« Er grinste sie an.

Und als Lisa ihn grinsen sah, war es, als würde die Verzagtheit, die sie gerade noch im Griff gehabt hatte, von einer Welle der Zuversicht fortgespült werden.

»Sag ihm gleich morgen früh, dass du bei mir bist! Wenn er mich dann rauswirft, ist's auch egal.« Till beugte sich zu ihr herunter, sah ihr strahlend in die Augen. »Oder ruf am besten gleich an! Jetzt sofort.«

Sie musste ebenfalls lachen. »Jetzt sofort?«

»Aber ja! Er wacht auf, geht ans Handy, denkt, du hast es dir vielleicht überlegt –«

»Aber stattdessen bist du dran. Wenn Sie wissen wollen, wo Lisa –«

»Wir duzen uns.«

»... wo Lisa ist ...«

»Genau.«

Sie blieb liegen. »Manchmal tut er mir leid. Felix ... er hat sich immer sehr liebevoll um mich gekümmert.« Und so schnell werde ich ihn nicht loswerden, hörte sie etwas in sich sagen.

»Ist er dir nie unheimlich gewesen?« Till hatte sich wieder zurückgelehnt, die Beine angezogen.

»Doch, ja ... obwohl ich eigentlich nie einen konkreten Grund dafür hatte.« Außer manchmal, nachts – aber daran wollte sie nicht denken. »Ich werde ihn morgen früh anrufen und es ihm sagen.«

Till nickte. »Gut.«

Sie setzte sich ebenfalls auf, so dass sie nebeneinander an der Wand lehnten. Till hatte das Fenster über ihnen ein wenig geöffnet, und die frische Luft des sich von fern ankündigenden Tages wehte herein.

Lisa zog die Decke an ihren Hals. Darunter war sie ebenso nackt wie Till.

Warum hat Felix mich so plötzlich gehen lassen? Wo er mich doch gerade erst gefragt hat, ob ich ein Kind mit ihm haben will?

Der Gedanke regte sich in ihr, ob Lisa wollte oder nicht.

Aber als Till zu ihr herübersah, sagte sie nichts, sondern zog stattdessen seinen Kopf zu sich heran und küsste ihn auf die Lippen, um sich selbst am Sprechen zu hindern.

Vierter Teil

1

»Komm!« Max machte eine unwirsche Handbewegung, damit Lennart nicht zurückblieb. »Wir müssen bei Felix sein, bevor sie einen Aufstand machen!«

Ohne Probleme waren sie unten vom Pförtner in das Verlagshaus eingelassen worden. Jetzt wollte Max in Felix' Arbeitszimmer ankommen, bevor irgendjemand ihn aufhielt.

»Max! Was machst du denn hier?«

Er blickte sich um. Henning kam lächelnd und offenbar bestens gelaunt den Büroflur entlang auf sie zu. »Ich habe gerade vom Pförtner gehört, dass du im Haus bist.«

»Ich muss zu Felix.« Max deutete mit dem Daumen auf Lennart, der etwas zerknautscht neben ihm stand. »Lennart ... Henning.«

Henning warf Max' Begleiter einen kurzen Blick zu, ließ die Hände dann aber in den Hosentaschen stecken. »Was gibt's, Max, hast du es dir überlegt?«

»Ist Felix denn da?«, fragte Max, ohne auf Hennings Bemerkung einzugehen.

Henning zog die Schultern hoch. »Er ist –«

»Was? Nicht im Haus? Erzähl mir doch nichts! Ich will ihn sprechen –«

»Max, was soll das? Von mir aus kannst du selbst in seinem Büro nachschauen.«

Max spürte, wie ihm die Aufregung, die ihn gepackt hatte, seitdem sie das Verlagsgebäude betreten hatten, zu Kopf stieg. War Felix wirklich nicht da?

»Dann ruf ihn eben an und sag ihm, dass ich ihn sprechen will!«, fuhr er Henning an und nickte zu Lennart. »Ich will, dass er hier arbeitet! Lennart ist gut, er kann beim Pförtner helfen, er kann Lieferungen fahren, im Lager was tun – was auch immer, ist mir egal.« Er schlug Lennart mit dem Handrücken leicht vor den Bauch. »Lennart?«

Der aber brachte kein Wort hervor.

»Felix will was von mir, na schön«, fuhr Max, an Henning gewandt, fort. »Jetzt aber will ich erst mal was von ihm. Und zwar, dass mein Kumpel hier eingestellt wird!« Er sah, wie Hennings Blick an ihm vorbeizuckte, und fuhr herum.

Zwei Männer in billigen Wachschutzuniformen kamen durch den Gang auf sie zu.

»Was soll das? Willst du mich aus dem Haus werfen lassen?« Entgeistert starrte Max Henning an.

»Hör zu Max, es tut mir leid, aber du benimmst dich völlig unmöglich.« Henning blickte zu den beiden Wachleuten. »Schon gut, Herr Bentheim wird selbst das Gebäude verlassen.«

»Nein!«, platzte es aus Max heraus. »Das werde ich nicht! Und ich glaube auch nicht, dass Felix damit einverstanden wäre, wenn sie mich jetzt an den Füßen rausschleppen! Ruf ihn lieber an. Oder hol ihn aus seinem Zimmer, ich bin sicher, da sitzt er und will sich nur nicht blicken lassen.«

Max deutete auf ein orangefarbenes Sofa, das im Gang neben einem Wasserspender stand.

»Ich werde mich mit Lennart dorthin setzen. Und warten, bis Felix zu uns kommt. Sonst«, und als er das sagte, schob sich ein ehrliches Grinsen über sein Gesicht, weil er sich so sicher war, dass er Felix damit in der Hand hatte, »verkauf ich die Rechte, die Felix von mir will, einfach an einen anderen!«

2

»Max ist unten, Frau Heidt hat mich gerade angerufen.«

Till sah von dem Bildschirm auf, der auf seinem Schreibtisch stand. Ohne anzuklopfen, war Felix in sein Büro geplatzt. Fast die ganze Nacht lang hatte Till mit Lisa über Felix gesprochen, so dass ihm jetzt, als er ihn plötzlich vor sich sah, mehrere Gedanken gleichzeitig durch den Kopf gingen.

»Ja?« Till schob die Unterlippe einen Millimeter weit vor.

»Er soll ziemlich außer sich sein.«

Hat sie ihn schon angerufen?, zog es Till durch den Kopf.

»Es ist vielleicht besser, wenn ich ihn nicht sehe …« Felix begann, in Tills Büro vor dem Schreibtisch auf und ab zu laufen. »Ich will nicht, dass die Sache eskaliert, dass Max sich zu Aussagen versteigt, die er dann nicht mehr zurücknehmen kann.«

Till stand auf. »Ja«, sagte er noch einmal, unschlüssig, wie er sich verhalten sollte.

»Ich hab mich gefragt, ob *du* vielleicht mit ihm reden kannst?« Felix sah ihn an.

»Na gut.«

»Sag ihm, dass ich ... unterwegs bin.«

»Max anlügen? Das –«

»Nein, klar, völlig richtig. Sag ihm, dass ich ihn heute Nachmittag sprechen kann.«

»Und warum nicht jetzt?«

Felix trat ans Fenster, sah hinaus. »Das hab ich doch gerade gesagt.« Pause.

Till fuhr sich mit Daumen und Zeigefinger über die Mundwinkel.

Felix drehte sich um. »Jetzt mit ihm zu sprechen hat doch keinen Sinn. Max ist vollkommen durchgedreht. Er wird sich verrennen. Das ist nicht gut für ihn. Rede du mit ihm, Till.«

Für einen Moment kam es Till so vor, als ob Felix doch Bescheid wissen müsste. Darüber, dass Lisa die Nacht bei ihm, bei Till, im Bett verbracht hatte. Ohne eine Faser Stoff am Leib.

»Gut«, sagte er und trat an die Tür.

»Till?« Felix hielt ihn noch einmal zurück. »Ich bin froh, dass du bei uns angefangen hast, ja? Ich will nicht, dass das gleich wieder vorbei ist.«

»Alles klar, Felix. Freut mich auch.«

»Auch wenn du es mir nicht gerade leichtmachst«, sagte Felix, zum Fenster gewandt. »Am besten, du siehst gleich mal nach Max.«

»Wo ist Felix?« Max stand von dem Sofa auf und trat Till entgegen, als er ihn kommen sah.

Lennart Boll, den Till bei einem seiner letzten Treffen mit Max flüchtig kennengelernt hatte, blieb auf dem Sofa hinter ihm sitzen.

»Er hat Angst, dich so zu sehen, Max. Was ist denn los?«

»Nichts, wieso?«

»Felix kam bei mir rein und sagte, du seiest außer dir ... ob ich nicht mit dir sprechen könnte.«

»Hat er Angst vor mir, ja?«

»Würd ich sagen.« Till fiel auf, wie eingefallen Max' Gesicht wirkte. Er sah aus, als ob er drei Wochen lang nicht geschlafen hätte.

»Was meinst du, Lennart?« Max warf Boll einen Blick zu.

»Wirklich, Max, wegen mir brauchst du das nicht zu machen ...«

Max schaute zurück zu Till. »Will ich aber. Ich will, dass sie dich hier einstellen.«

Till nickte. »Hast du schon mit Henning darüber gesprochen?«

»Hab ich.«

»Und?«

»Du weißt doch, wie Henning ist. *Ja, ja, okay, okay,* sagt er – machen tut er aber genau das Gegenteil.«

Den Eindruck hatte Till in der Tat auch schon gewonnen.

»Kannst *du* vielleicht ein Wort für Lennart einlegen, Till?«

Lennart hatte den Blick gesenkt und starrte auf seine Hände, die er in den Schoß gelegt hatte. Der Mann hatte etwas an sich, das so ziemlich alle Alarmglocken in Till schrillen ließ. Drogen? Hat er mal gesessen? Till wusste es nicht.

»Ich kann mit Felix reden, Max, kein Problem«, sagte er, aber die Worte klangen irgendwie falsch. »Mach ich gern«, fügte Till hinzu in der Hoffnung, den Misston in seiner Stimme noch mal abzufangen.

»Ja?« Max hatte den Kopf ein wenig in den Nacken gelegt.

Till nickte stumm.

»Till ist von meinem Vater damals aufgenommen worden.« Max schaute zu Lennart. »Da waren wir elf oder zwölf. Und jetzt«, er blickte zurück zu Till, »bist du derjenige, der für mich ein Wort beim Kollegen meines Vaters einlegt, stimmt's?«

Da gab's nichts weiter zu sagen. Max selbst hatte ihn doch eben darum gebeten.

»Kommt dir das nicht komisch vor?«

Das entwickelt sich in die falsche Richtung, musste Till denken. Aber es war kein kalter, strategischer Gedanke, eher so etwas wie Mitleid. *Wo reitest du dich da rein, Max?*

»Ist doch Quatsch«, sagte Till etwas unbeholfen und berührte Max' Arm. »Komm, lass uns raus hier. Ich kenne ein Café in der Nähe, da können wir uns setzen und reden –«

Mit einer kurzen Bewegung schüttelte Max Tills Hand ab. »Du willst mich hier rausbringen, ja? Hat dich Felix darum gebeten?« Sein Gesicht spannte sich an. »Deshalb tauchst du hier plötzlich auf! Felix hat dir gesagt: ›Rede du mal mit Max, ihr seid doch befreundet. Der spielt da unten völlig verrückt.‹ Oder? So war's doch?«

Till presste die Hand an die Schläfe.

»Sollst du uns rauswerfen, Till? Hast du dich hier gut eingenistet und gibst mir jetzt einen Tritt?«

Max' Augen waren noch etwas tiefer in ihre Höhlen gesunken. Er hielt die Lider halb abgesenkt, unter ihnen schienen seine dunkelbraunen, fast schwarzen Pupillen zu brennen.

»Ist das die einzige Drecksarbeit, die er von dir verlangt, Till? Mich rauswerfen? Mich abfertigen? Oder erledigst du auch noch andere Sachen für ihn?«

»Ich will mich nicht mit dir streiten, Max«, murmelte Till. »Es tut mir leid, wenn es dir nicht gutgeht. Ich will dir helfen. Verstehst du?« So wie du mir damals geholfen hast. »So wie du mir damals geholfen hast, mit dem Schuppen, in eurem Garten.« Von der plötzlichen Erinnerung übermannt, senkte Till den Blick auf den Boden.

»Und weißt du, was er dann gemacht hat, Lennart?«, hörte Till Max sagen. »Dann ist er mit meinem Vater in die Kanäle gegangen.«

Es war, als würde Tills Kopf förmlich hochgerissen. Verschwommen sah er Max vor sich, den lachenden Mund, die brennenden Augen.

»Sag doch mal, Till. Was habt ihr da unten eigentlich gemacht, mein Vater und du?«

Im nächsten Augenblick hatte Till ihn am Arm gepackt und zu sich herangezogen. In Tills Kopf blitzte es. Wollte Max herausposaunen, was in den Kanälen passiert war? Da fühlte er, wie Max ihn mit voller Kraft und beiden Händen zurückstieß – zugleich aber lachte.

»Lass mich los, Mann, ist schon okay.«

Max wischte sich mit dem Unterarm über den Mund, und Till sah, wie die Schweißperlen, die sich auf seiner Oberlippe gebildet hatten, eine feuchte Spur auf der Haut hinterließen.

»Lennart«, Max machte seinem Kumpel auf der Bank ein Zeichen, und Lennart stand auf. »Wir gehen jetzt, mir reicht's für heute. Sag Felix einen schönen Gruß von mir, Till. Aber wenn er Lennart nicht einstellt, braucht er mit mir über die Rechte an den Manuskripten meines Vaters gar nicht mehr zu reden.«

3

Heute

»Sie war die Erste. Wir dachten, wir kriegen es bei ihr in den Griff – haben wir aber nicht.«

Die Frau liegt auf dem Rücken in einem Krankenbett und hechelt mehr, als dass sie atmet. Die Haare kleben nass an der Stirn, auf der Decke liegt eine Hand, die aussieht, als würde sie einer Mumie gehören.

Der Pfleger, der Butz in das Zimmer gebracht hat, lässt ihn mit der Frau allein. Sie sei zu geschwächt, als dass noch eine Gefahr von ihr ausgehen würde, hat er auf dem Gang zu Butz gesagt, bevor sie das Zimmer betreten haben.

Butz zieht sich einen Stuhl an das Bett und setzt sich.

Ihre Pupillen sind auf ihn gerichtet. »Ich werde sterben«, hört er sie flüstern.

Ja, sie wird sterben. Die Entzündung hat ihr Gehirn längst erreicht.

»Ich weiß«, sagt er leise. »Es tut mir so leid, Frau Heidt.«

Merle Heidt.

Sie hat bei von Quitzow gearbeitet, bei Felix von Quitzow, bei dem auch Henning angestellt war, Bettys Mann.

»Sie sind von der Polizei?«

Butz nickt stumm.

Sie sieht ihn an, scheint nachzudenken.

»Sie sind eine der Ersten, die infiziert wurden, Frau Heidt. Deshalb wollte ich mit Ihnen sprechen. Können Sie mir vielleicht sagen, wie das passiert ist? Wie Sie sich angesteckt haben?«

Ihre Augen weiten sich ein wenig. »Woher soll ich das wissen? Es kann überall geschehen sein.«

»Hat Ihr Chef damit etwas zu tun, Frau Heidt? Felix von Quitzow?«

Als Merle den Namen von Quitzow hört, versucht sie, sich ein wenig aufzurichten. »Wie kommen Sie darauf?«

Butz muss an Henning denken, der Felix' Namen erwähnt hat. An Hennings Frau Betty, Claires Schwester.

»Ist Ihnen während Ihrer Arbeit bei Herrn von Quitzow vielleicht etwas aufgefallen, Frau Heidt? Eine Kleinigkeit, etwas, das aus dem Rahmen fiel?«

Merles Blick tastet über sein Gesicht. Einen Moment sagt niemand etwas, nur das gleichmäßige Piepen eines Medizin-Apparats erfüllt die Stille.

»Ich weiß nicht, wer es war«, hört Butz sie plötzlich murmeln, »aber ich habe gehört, wie er mit Felix das erste Mal darüber gesprochen hat. Von der Stimme her ein junger Mann, vielleicht Anfang zwanzig, von denen arbeiten ja einige bei uns.«

»Worüber gesprochen?«

»Er war vollkommen außer sich ... Erst wollte ich zu den beiden ins Zimmer, aber dann habe ich doch vor der Tür gewartet, weil ich ihnen nicht in die Quere kommen wollte.« Erschöpft sinkt sie zurück auf ihr Kissen, ringt nach Luft. Allein das Aussprechen der Worte scheint sie bereits zu überanstrengen. »Felix hat den Jungen immer rasender gemacht. Er hat ihm regelrecht ins Gesicht gelacht, aber der Junge wollte sich nicht auslachen lassen. Es war ihm ernst. So ernst, dass ich dachte, er würde mir an die Gurgel springen, wenn ich einen Schritt zu ihnen ins Büro gehen würde.«

»Und worum ging es zwischen den beiden?«

»Dass ... ich weiß nicht ... dass Felix seine eigenen Ideen verraten würde? Ja, genau: dass es Zeit sei, zu dem zurückzukehren, was sie ursprünglich vorgehabt hätten. Dass Felix aus den Augen verloren habe, worum es ihnen eigentlich immer gegangen sei – und dass er, der junge Mann, derjenige sei, das, was Felix begonnen hatte, erst wirklich zu Ende zu führen.«

Butz lässt sie nicht aus den Augen.

»›Merle, hören Sie sich das an‹, hat Felix mir durch die Tür in mein Vorzimmer zugerufen, ›der Junge redet sich um Kopf und Kragen.‹ Ich konnte regelrecht hören, wie dem jungen Mann die Tränen über die Wangen liefen. Er war so verzweifelt, weil er zu allem entschlossen war – und Felix ihn doch nicht für voll nahm.«

Sie hustet, wendet sich zur Seite, hält sich ihre spindeldürre Hand vor den Mund. Wieder und wieder wird ihr ausgemergelter Leib unter der Bettdecke geschüttelt. Butz steht auf, nimmt einen kleinen, mit Wasser gefüllten Plastikbecher von ihrem Nachttisch und reicht ihn ihr.

Gierig greift Merle danach und will sich die Flüssigkeit, die sich darin befindet, zwischen die ausgetrockneten Lippen schütten, aber beim Anblick des Wassers packt sie ein heftiges Würgen. Der Becher zerknickt zwischen ihren Fingern, das Wasser tropft auf die Bettdecke.

Sie muss sich aufs Sterben vorbereiten, geht es ihm durch den Kopf. Fast hat er den Eindruck, als wäre der Sensenmann bereits im Zimmer und würde höflich, zurückhaltend und doch unerbittlich auf sie herabsehen.

»Volker«, hört Butz sie da wispern und beugt sich zu ihr vor. »Es tut mir leid ... ich wusste nicht, dass ich mich bereits angesteckt hatte.«

»Frau Heidt, Merle?«

Sie wendet ihm den Knopf zu, der Schädelknochen an der Stirn scheint stark nach innen gewölbt.

»War das nicht ein Kollege von Ihnen? Volker Fehrenberg.«

Unwillkürlich kneift Butz die Augen zusammen.

»Ich ... ich mochte ihn«, haucht sie, »er war ein paar Mal bei von Quitzow im Büro. Er war nicht so eingebildet wie die meisten anderen, wir haben uns gut verstanden.«

Fehrenberg. Der als Erster wegen der Morde an den Frauen ermittelt hat. Wegen des Mordes an Nadja, der Frau vom Parkplatz, des Mordes an der Frau in der Baugrube, des Mordes an Anni Eisler, deren Leiche die Kollegen aus der Spree gefischt haben.

»Ich wusste nicht, dass ich mich angesteckt hatte, deshalb habe ich ... ich hätte es niemals gewollt ... Volker war ein kräftiger, gesunder Mann, ich ... ich habe mit ihm geschlafen.«

»*Sie* haben Fehrenberg angesteckt?«

Volker Fehrenberg, dessen Leiche in dem Wagen im Speckgürtel gefunden worden ist.

Merles Gesicht wirkt betroffen, sie hat deutlich Mühe, die Lider offen zu halten. *Ja, ich war es,* scheint sie sagen zu wollen, aber es genügt, dass sie Butz so anschaut.

Vorsichtig legt er eine Hand auf ihre Decke. »Beruhigen Sie sich, Frau Heidt, es ... es ist nicht Ihre Schuld, Sie konnten ja nicht wissen ...«

Ihre Miene scheint sich etwas aufzuhellen.

»Sie konnten nicht wissen, dass Sie sich angesteckt hatten ...«

Er sieht, wie sie tief einatmet.

»Ich glaube, ich will jetzt ein bisschen schlafen«, flüstert sie und dreht sich, ohne Butz' Antwort abzuwarten, auf die andere Seite. Legt beide Hände mit den Handflächen aufeinander und schiebt sie unter ihre Wange. Schließt die Augen.

Butz richtet sich auf. Ihre Atemzüge werden gleichmäßiger. Leise geht er zur Tür, horcht. Hört er sie noch atmen? Oder ist das Geräusch schon verloschen?

Ohne es nachzuprüfen, verlässt er den Raum.

4

Zwei Jahre vorher

»Kannst du nicht schlafen?« Lisa rollte sich auf den Rücken, streckte ihre rechte Hand nach ihm aus.

Till zog sie an sich heran und umschlang ihren warmen Leib unter der Decke mit seinen Armen. »Willst du nicht mal mit ihm reden?«

»Mit Max?«

»Es geht ihm wirklich nicht gut. Heute Nachmittag, im Verlag, so hab ich ihn noch nie gesehen.«

»Ja … ja, ich kann es mir denken.«

»Max war richtig fertig. Als ob er nächtelang nicht geschlafen hätte. Ich habe versucht, ihn zu beruhigen, aber … er wollte gar nicht hören, schien wie gefangen in irgendwelchen Gedanken …«

Lisa antwortete nicht.

»Kannst du nicht mal zu ihm gehen? Er wirkte, als wäre er wütend auf mich – wahrscheinlich weil ich für Felix arbeite.«

Sie atmete aus. »Du hast recht, Max geht es wirklich nicht gut.«

»Man darf ihn nicht einfach immer so weitermachen lassen. Wenn wir nicht aufpassen, gerät er in etwas hinein und kommt nicht mehr raus.«

Lisa schwieg.

»Was macht er denn die ganze Zeit in seiner Wohnung? Tagaus, tagein? Ich glaube, er arbeitet an einem Manuskript. Hat er dir mal etwas davon gezeigt?«

Sie schüttelte den Kopf.

»So etwas kann einen natürlich ganz verrückt machen.«

»Ja.«

»Redest du mal mit ihm?«

Sie wandte Till den Kopf zu. »Ich habe es ja schon mehrfach versucht. Vor Jahren bereits, immer wieder. Aber ...« Sie beendete den Satz nicht.

»Aber was?«

»Es hat noch nie was gebracht. Anfangs hat er mir noch zugehört, aber in letzter Zeit will er auch das nicht mehr. Er wird sauer, schreit mich an. Er spürt selbst, dass etwas nicht stimmt, erträgt es aber nicht, wenn jemand ihn daran hindert, das zu verdrängen.«

Till zog die Beine an. »Du willst nicht mehr mit ihm reden? Was soll das heißen? Dass du deinen Bruder sich selbst überlässt?«

»Was ist mit Nina?«

»Nina, sicher ... Aber du bist seine Schwester –«

»Du bist sein bester Freund.«

»Ich werde ja auch zu ihm gehen. Aber wie gesagt: Er ist sauer auf mich, vielleicht hat das ja auch noch ganz andere Gründe –«

»Andere Gründe als was?«

»Als dass ich bei Felix arbeite.«

»Und welche?«

Till dachte nach. Verschiedene Erinnerungen gingen ihm durch den Kopf. Vor allem musste er an Bentheim denken, daran, wie Max' Vater ihn, Till, damals mit in den Wintergarten seines Hauses genommen und gebeten hatte, auf Max aufzupassen. Zehn Jahre musste das inzwischen her sein. Unwillkürlich fragte sich Till, ob es am Ende das war, was Max ihm vorwarf und nie wirklich verziehen hatte: dass sein Vater ihm, Till, mehr vertraute als seinem eigenen Sohn.

Aber er wollte mit Lisa nicht über ihren Vater sprechen.

»Ich weiß nicht«, sagte er. »Wir kennen uns schon so lange ... es ist so viel passiert.«

Die Schreie. Der Schädel. Das Sandgrab. Wie ein Wahnsinniger musste Bentheim gegen die Tür angerannt sein. ›Das hab ich doch nicht gewollt.‹ Max' aufgerissene Augen. ›Ich hab es nur so gesagt. Das mit der Abteilung.‹ Max hatte es nur so gesagt, Till aber hatte die Tür zugeworfen.

Er bemerkte, wie Lisa ihn ansah. Es war ihr Vater gewesen. Till hatte ihr nie gestanden, was dort unten in den Schächten unter Berlin vorgefallen war.

»Du muss mit Max reden, Lisa«, sagte er schließlich. »Er geht sonst vor die Hunde.«

»Ich habe mit ihm geredet, Till, hundert Mal, tausend Mal. Ich kann ihm nicht mehr helfen. Er ist kein Kind mehr.« Ihre Stimme war fast nicht mehr zu hören.

Till spürte, wie sich ein Kribbeln in seinem Körper ausbreitete. Wie hatte es nur so weit kommen können? Er erinnerte sich, wie sie zu dritt durch den Garten gerannt waren, an jenem Tag, als er zum ersten Mal in der Bentheimschen Villa gewesen war. Wie sie zum Gartenhaus gelaufen waren, wo Lisa im Arbeitszimmer ihres Vaters verschwunden ist. Er sah Max' Gesicht vor sich, dieses ein wenig arrogant dreinschauende Kindergesicht.

›Hast du nie Angst vor etwas gehabt, was du nur gelesen hast?‹ War es nicht das gewesen, was Max ihn damals gefragt hatte?

Nein, hatte Till geantwortet, natürlich nicht. Max aber hatte Angst davor gehabt. Seine Phantasie schien immer stärker gewesen zu sein als die Wirklichkeit, in der er lebte.

»Ich habe die Verbindung zu ihm verloren«, hörte Till Lisa neben sich wie in Gedanken sagen. »Natürlich weiß ich, dass er mein Bruder ist, aber es ist, als hätte er Dinge erlebt, die ihn so sehr verändert haben, dass darüber das, was uns verbunden hat, entzweigegangen ist.«

Till sah ihr ins Gesicht.

»Wenn ich zu ihm gehe, mache ich alles nur schlimmer. Ich würde so gern für Max da sein. Aber er erträgt es nicht, wenn ich versuche, ernsthaft mit ihm zu reden. Es ist, als würde ich ihn schon dadurch, dass ich mit ihm sprechen will, regelrecht verletzen.«

Groß und dunkel blickten ihre Augen Till durch das Dämmerlicht hindurch an.

5

Max hatte sich tief über die Platte seines Schreibtischs gebeugt und vollkommen vergessen, wo er sich befand.

Der Kugelschreiber, den er in der Hand hielt, flog über das Papier. Er war restlos eingetaucht in die Welt seiner Geschichte. Seit Anbruch der Dunkelheit arbeitete er bereits. Dreißig, fünfunddreißig eng beschriebene Blätter stapelten sich neben ihm auf dem Schreibtisch. All die Notizen, die er sich in den vergangenen Monaten gemacht hatte, wurden aufgehoben, eingeschmolzen in die Vision, die ihn an diesem

Abend beherrschte und bei der er wie durch ein Wunder einfach wusste, was wichtig war, was hineingehörte und was er weglassen konnte. Als wäre der Augenblick, auf den er so lange schon gewartet hatte, endlich gekommen!

Erschöpft hielt er inne. Alle Vorbereitungen, alle Zuspitzungen waren perfekt angelegt. Jedes Wort ein Treffer, jeder Handlungsschritt gelungen, jedes Kapitel festgefügt, als wäre ihm der Grundriss für seinen Text von einem übergeordneten Wesen direkt eingeflüstert worden. Jetzt ging es nur noch darum, den Höhepunkt zu finden und klar herauszuarbeiten – den Fluchtpunkt, auf den alles zulaufen würde. Dann würde es geschafft sein: Wenn er diesen Kulminationspunkt erst einmal gefunden hatte, würde ihm das ausreichend Kraft geben, um mit der eigentlichen Niederschrift des Textes zu beginnen.

Max legte den Stift zur Seite und stand auf. Klar, auch das, was er heute notiert hatte, war noch nicht der eigentliche Text, sondern nur der Plan, der Grundriss für die Geschichte, den er als Orientierungshilfe bei der wirklichen Schöpfung dann verwenden würde. Es war sozusagen nur das Gerippe, das Gerüst der Geschichte, die er dann, wenn er mit dem Plan einmal fertig war, endlich niederschreiben konnte.

Unruhig tigerte er vor seinem Schreibtisch über das Parkett. Der Höhepunkt ... Stand und fiel nicht sein ganzes Unternehmen damit, ob es ihm gelang, in diesem Höhepunkt all die Versprechungen, die er auf dem Weg dorthin aufgehäuft hatte, einzulösen?

Er trat ans Fenster und sah in die Nacht. Am Ende der Straße glänzte das schwarze Wasser der Spree.

Ja, es war ja nicht nur der Höhepunkt seines Textes, es war der Höhepunkt seines ganzen Lebens. War nicht sein Leben im Ganzen nur eine Vorbereitung darauf gewesen, diesen Text niederzuschreiben? Und waren alle Vorarbeiten für diesen Text bisher nicht nur Vorbereitungen auf diesen Höhepunkt gewesen? Wie von einem Blitz erhellt meinte Max all die Anstrengungen, Zweifel und Überlegungen seiner bisherigen Existenz als einen einzigen, gewaltigen Koloss aus Vorbereitungen zu erkennen. Was für eine Kathedrale menschlicher Bildung, menschlicher Verfeinerung, die nun gekrönt würde durch die Frucht, die sie hervorbrachte!

Es schauderte ihn ein wenig, und er lehnte den Kopf gegen die kühle

Fensterscheibe. Sein Text würde eine Wirkung entfalten, die jeden, der sich auf die Erzählung einließ, gleichsam mit sich fortreißen würde. Eine Wirkung, die die Kathedrale von Anstrengungen, die diese Wirkung erst möglich gemacht hatte, endgültig und mit einem Schlag rechtfertigen würde!
Kathedrale?
Max runzelte die Stirn. Eine *Kathedrale von Anstrengungen?*
Irritiert richtete er sich auf.
Eine Kathedrale von Anstrengungen, die eine Frucht hervorbrachte?
Nein, das war doch kein passendes Bild ...
Ein Berg von Anstrengungen? Nein, nein ... Die Summe? Zu abstrakt!
Er atmete aus. Egal, völlig egal! Er sollte sich jetzt bloß nicht ablenken lassen!

Ruckartig drehte sich Max um und kehrte an seinen Schreibtisch zurück. Warf einen Blick auf die Uhr. Kurz nach zwei Uhr nachts. Er hatte noch fast die ganze Nacht vor sich. Und das war gut so. Er brauchte Zeit, viel Zeit, denn er hatte sich viel vorgenommen.

Entschlossen griff er nach seinem Kugelschreiber, lehnte sich dann aber erst noch einmal zurück. Der Höhepunkt ...

Er bemerkte, dass er aus dem Fenster starrte. Draußen schien sich der Verkehr langsam zu beruhigen. Fahl beleuchteten ein paar Sicherheitslampen das Bürogebäude auf der anderen Seite des Flusses.

Max ließ den Stuhl, mit dem er gekippt hatte, nach vorn fallen und nahm die Blätter auf, die er zuvor beschrieben hatte. Er überflog die Zeilen. Suchte sich wieder in die Stimmung zu versetzen, in der sich seine Figuren befinden mussten – genau in dem Moment, in dem sie und er zum Höhepunkt der Geschichte kommen würden.

Etwas erschöpft ließ er die Blätter wieder sinken. Es hatte ihn einige Kräfte gekostet, die ersten Seiten des Plans zu notieren. Sollte er sich nicht lieber mit ganz unverbrauchten Kräften an den Höhepunkt machen? War es nicht wie im Hochleistungssport? Der Sportler wärmte sich auf, sprang ein paar Mal, legte dabei aber so viel Kraft in die Sprünge, dass er sich nach ein, zwei Stunden eine Pause gönnte. Ging es ihm, Max, nicht ganz genauso? Hatte er nicht die sozusagen *erstklassige Kraft,* die ihm an jedem einzelnen Tag zur Verfügung stand, für heute bereits verbraucht?

Unwillkürlich drängte es ihn dazu, erneut aufzustehen, doch zugleich traf ihn der Argwohn, dass er womöglich nicht mehr willensstark genug sein könnte, sich wieder hinzusetzen, wenn er sich erst einmal erhoben hätte. Würde es, wenn er erst einmal stand, nicht beinahe unendlich schwer werden, sich wieder zu setzen? Denn dann würde er sich nicht *erneut* erheben können, bevor er etwas Vernünftiges zu Papier gebracht hatte! Würde er also nicht, wenn er sich jetzt erhob und dann wieder setzte, *danach* auf seinem Stuhl geradezu angenagelt sein, bis er fertig war? Egal, was kam, egal, wie schrecklich, quälend, unerträglich es sein würde: Er würde sich nicht noch einmal erheben können!

Er atmete tief ein. Für einen Moment war es ihm so vorgekommen, als würden ihm seine Gedanken die Luft abdrehen. Gleichzeitig durchkreuzte noch ein anderer Einfall seine Überlegungen: Was war es denn eigentlich, was er heute geschafft hatte? Auch heute hatte er wieder nicht mit der eigentlichen Niederschrift begonnen, sondern nur den Plan noch einmal überarbeitet! Und schlimmer noch: Es war ihm auch diesmal wieder nicht gelungen, den Plan bis zum Ende durchzuschreiben. Ja, er war nicht nur nicht bis zum Ende gelangt – es war ihm noch nicht einmal gelungen, den Höhepunkt zu formulieren!

ICH MUSS SITZEN BLEIBEN!

Er schüttelte sich, ließ den Kopf sinken. »Ruhig, beruhige dich, Max, es ist nicht so schlimm. Du hast alle Zeit, die du brauchst. Es läuft gut, es geht voran, du hast bereits einiges geschafft und machst jetzt einfach stetig weiter.«

Zurückgelehnt lag er in seinem Schreibtischstuhl.

»Ich werde heute anfangen.«

Genau. Das war es! Heute würde er mit der Niederschrift beginnen. Kein Plan, kein Höhepunkt – der erste Satz!

Hastig schob er die handbeschriebenen Blätter auf dem Tisch zusammen, ließ sie zweimal senkrecht auf die Platte fallen, um einen ordentlichen Stapel daraus zu formen, und legte sie an die obere rechte Kante seines Schreibtischs. Dann beugte er sich zum Fußboden, auf dem das aufgerissene Paket mit dem Schreibpapier lag, fischte einen dünnen Packen Blätter daraus hervor und legte sie genau vor sich hin. Schließlich griff er nach dem Kugelschreiber und schrieb in die obere rechte Ecke eine Eins.

Titel? Seit Monaten schon waren Max die unterschiedlichsten Titel durch den Kopf gegangen, aber er hatte sich bisher noch für keinen entscheiden können.

Gut, das war jetzt auch nicht nötig. Er sollte sich nicht aufhalten lassen! Gleich ins erste Kapitel – oder würde es verschiedene Teile geben? Auch darüber hatte er sich bereits mehrfach Gedanken gemacht, jedoch keine definitive Entscheidung getroffen. Gab es Kapitel? Er konnte auch einen einzigen, langen Text machen – das war durchaus möglich, vielleicht sogar von Vorteil …

Er machte eine abrupte Handbewegung, als wollte er die störenden, irritierenden Gedanken damit fortscheuchen.

Seite eins.

Er ließ den Blick verschwimmen und kehrte in Gedanken zu den Aufzeichnungen zurück, die er sich gemacht hatte. Zum Gerüst, dem Plan, dem Bauplan des Buches. Gut, er hatte das Ende noch nicht, auch den Höhepunkt nicht, den Fluchtpunkt, auf den alles zulaufen würde. Aber er hatte den Anfang.

Oder?

Er hatte den Anfang … nur, wie sollte er vorgehen, wenn er den Fluchtpunkt nicht kannte? Wie sollte er sich in Bewegung setzen, wenn er die Richtung nicht wusste?

Egal, egal … es ging doch nur darum, erste tastende Schritte zu machen. Er könnte ja alles, wenn es ihm nicht gefiel, später wieder verwerfen.

Wieder der schier mörderische Impuls aufzustehen.

»NEIN!« Er schrie es laut. »Heute werde ich anfangen! Heute ist der Tag. Heute werde ich nicht aufstehen. Heute werde ich nicht planen. Heute schreibe ich den ersten Satz, den Anfang. Heute geht es los.«

Er rang nach Luft, senkte den Stift auf das Blatt – Namen, Wörter rasten durch seinen Kopf. Möglichkeiten, Implikationen – und immer wieder die Gewissheit: Nein, das geht nicht deshalb und dies nicht darum, und das ist deswegen schlecht …

Er hatte das Gefühl, als würden seine Schultern rot aufglühen. Ein bohrender Schmerz stach von unten durchs Genick in den Kopf.

Leg dich auf den Boden, kurz.

Er lag, bevor er es sich verbieten konnte. War vom Stuhl fast schon

bewusstlos heruntergerutscht, lag mit dem Gesicht in den Händen, mit dem Bauch auf dem Boden.
Und zitterte.
Er musste mit Till sprechen. Er würde ihn anrufen, Till würde es verstehen. Er würde nichts trinken, er würde nicht rumreden, nicht Till beschimpfen, sich nicht wehren, nur den Freund sehen, ihm sagen, was los war. Till konnte ihm helfen. Er würde ihm erzählen, was er schon geplant hatte. Dann würde er auch wissen, womit er anfangen sollte. Beim Erzählen würde es sich für ihn klären. Bestimmt! Es war kein Aufschub, es war ... es war ja nicht so einfach. Till hatte ihm immer geholfen. Wenn Till in seiner Nähe war, hatte er sich noch immer beruhigt.

Mit weichen Beinen rappelte Max sich auf, griff, während er noch kniete, nach dem schnurlosen Telefon, das auf der Schreibtischplatte lag – und zögerte. Der Stahlstab, der in seiner Wirbelsäule steckte und seinen Kopf trug, erhitzte sich weiter. Max atmete flach, als würde ihn eine Herde Bluthunde hetzen.

Dann hatte er eine Nummer gewählt. Das Freizeichen ertönte. Jemand nahm ab, eine Stimme meldete sich.

»Hallo?«

Die Stahlstange wurde von unten nach oben gestoßen, so dass sie glatt durch Max' Schädeldecke hindurchschlug.

»Ich bin's«, krächzte er ins Telefon, die Hand krampfhaft um den Hörer geschlossen. »Lass uns treffen.«

6

Als Nina am nächsten Tag die Tür zu ihrer Wohnung öffnete, hatte Max sich den Schädel rasiert. Er war mit Lennart unterwegs gewesen.

»Stell dir vor«, grinste er, »ich wollte mich mit Till treffen, aber dann hab ich doch Lennart angerufen.« Er lachte – und es klang merkwürdig.

Er redete viel, als wäre ein Damm gebrochen. Sie hatten sich ein paar Tage lang nicht gesehen. Nina hatte sich nicht bei ihm in der Wohnung blicken lassen, und Max hatte auch nicht angerufen.

»Hast du schon gefrühstückt?« Er zog seinen Mantel aus.

Nina trug nur ein T-Shirt und eine Schlafanzughose. Sie hatte noch nicht geduscht, wollte nachher noch zur Arbeit.

Max schritt an ihr vorbei in die kleine Küche. Schnappte sich den Wasserkocher und füllte ihn auf. »Nur einen Nescafé«, sagte er. »Okay? Dann geh ich auch schon wieder, wenn du möchtest.«

Sie stellte sich von hinten an ihn und ließ ihre Hand über seinen rasierten Schädel gleiten. Er war nicht vollkommen glatt rasiert, wie auf einer Abtretmatte standen die Borsten millimeterweit hoch. »Warum hast du dir den Kopf geschoren, Max?«

Er schaltete den Kocher ein, grinste, drehte sich um. »Wie findest du es?«

Es gab seinem Gesicht eine ungewohnte Härte. Er erinnerte an einen Sträfling. »Sehe ich jetzt aus wie ein Skin?«

Sie schüttelte den Kopf. Dazu passte sein Gesicht nicht, es wirkte viel zu zerbrechlich.

Max griff nach ihren Händen und hielt sie fest. Dann zog er sie vorsichtig zu sich heran und küsste sie. Nina lehnte sich an seine Brust. Es fühlte sich gut an.

Max strich ihr über den Kopf. »Ich muss dir was sagen, Nina.«

Sie schluckte, ließ ihn los, wollte sich aber nicht verschrecken lassen und beschloss, ihn nicht ernst zu nehmen. Er hatte sich eine Nacht mit Lennart um die Ohren geschlagen, wahrscheinlich wusste er nicht einmal mehr, wo sie gewesen waren. »Und was?«

»Es ist schon etwas länger her, aber ich kann es nicht vergessen.«

Nina machte einen Schritt zur Seite, um nicht direkt vor ihm zu stehen.

»Ich dachte, ich würde es dir nicht sagen müssen, aber es muss alles anders werden.«

Er rieb sich mit einer Hand über den Schädel. Das Wasser kochte, aber Max achtete nicht darauf. Nina griff nach dem Kocher und schenkte das siedende Wasser in eine Tasse, in die Max bereits ein wenig Kaffeepulver geschüttet hatte.

»Weißt du was?«, sagte sie und stellte den Kocher zurück in die Ladestation. »Ich will's gar nicht hören.«

Aber Max schien sie nicht verstanden zu haben, denn er griff nach dem Becher, setzte sich an den Tisch und sagte: »Es war ein komischer Sommer, ursprünglich hatte ich mit zwei Freunden verreisen wollen, aber dann sind beide in letzter Minute abgesprungen, und so bin ich schließlich mit Quentin gefahren.«

»Hast du gehört, was ich gesagt habe? Ich will's nicht wissen!« Sie war an der Anrichte, auf der der Wasserkocher stand, stehen geblieben. »Es ist Mittwochmorgen, ich habe jede Menge Sachen zu erledigen. Du hast dir den Kopf geschoren, und jetzt willst du mir wer weiß was erzählen. Das gefällt mir nicht!«

»Nein, warte doch mal, hör mir doch erst mal zu.« Er nippte an seinem Becher, stellte ihn vor sich auf den Tisch. »Ich hab damals gar nicht groß gepackt, bin einfach losgefahren. Wenn ich was brauche, kann ich's mir ja kaufen, hab ich gedacht. Allein die Fahrt durch Polen hat uns drei Tage gekostet. Dann die Grenze nach Litauen – warst du mal da?« Sein Blick wirkte seltsam nach innen gekehrt.

Er hatte sich verändert. Was war das? Was war passiert? Nina hatte ja schon öfter mitbekommen, wie er aussah, wenn er nach einer Nacht mit Lennart nach Hause kam. Ausgebrannt, aufgewühlt ... aber diesmal war es anders. Nicht, als ob er am Rand seiner Kräfte angelangt wäre, eher als hätte sich in ihm etwas verschoben. Als hätte er einen Abgrund in sich aufgerissen.

»Wir wollten eigentlich bis nach Petersburg, aber in Riga war meine Reise zu Ende«, hörte sie ihn sagen. »In Riga hat auch Quentin kehrtgemacht ... ungefähr drei Wochen, bevor ich die Stadt dann auch verlassen habe.« Er runzelte die Stirn, als würde er sie zum ersten Mal richtig wahrnehmen. »Alles in Ordnung?«

Sie wollte den Moment nutzen und die Küche verlassen. Es war zwecklos, er würde keine Rücksicht auf sie nehmen, es war das Beste, wenn sie ging.

Aber als sie sich vom Tisch abstieß, packte er sie plötzlich am Arm. Nina erschrak. Er hatte sie noch nie anders als mit einer Liebkosung berührt.

»Lass das, Max.«

»Ja, ich lass dich ja gleich. Hör mir doch nur mal zu.«

»Lass meinen Arm los.«

Er ließ sie los. Mit zwei raschen Schritten war sie an der Küchentür und ging hindurch. Schon war er hinter ihr, hielt sie an den Hüften fest. »Nina, warte doch mal!«

Sie wirbelte herum, die Hand zur Faust geballt, schlug damit hart gegen seinen Kopf – dann hatte er ihre Handgelenke umschlossen.

»Max, lass mich los!«

»Nina, ich will dir nicht weh tun ... aber ... du musst mir zuhören ... ich habe die ganze Nacht überlegt ... ich muss mit dir reden.«

Mit einem heftigen Ruck entriss sie ihre Hände seinem Griff. »Raus! Verlass meine Wohnung!«

Er sah sie an. »Bitte, Nina – bitte.« Und plötzlich wirkte er mit seinem kahlgeschorenen Kopf wie ein zerzaustes Tier, das vor ihr stand.

»Ich bin am ersten Abend in Riga noch mal allein losgegangen«, sagte er – und sie sah ihn fassungslos an.

»Es gibt ein paar Straßen dort, da befindet sich eine Bar neben der anderen. Voller Leute. Männer, Frauen ... aus Russland, Litauen, Estland ... und die Frauen aus Estland, weißt du ... sie ... sie sind nicht nur hübsch – sie sind so verlockend, dass, wenn man sie sieht, es einem regelrecht durch und durch geht ... und einige von ihnen sind einfach darauf aus, jemanden kennenzulernen.«

Seine Arme hatten sich ineinander verknotet. Warum warf sie ihn nicht endlich hinaus? Aber es war noch immer Max, der da vor ihr stand. Sie wusste, dass sie ihn rauswerfen könnte, wenn sie unbedingt wollte. Und dann? Würde er wieder zu Lennart gehen? Oder in seine Wohnung? So wie er jetzt vor ihr stand, hatte sie ihn noch nie gesehen. Es war etwas vorgefallen.

»Max, warum legst du dich nicht einfach in mein Bett und ruhst dich ein wenig aus.«

Seine Augen blieben an ihrem Gesicht hängen.

»Ich leg mich zu dir, wenn du willst – und dann schläfst du.«

Er lächelte. »Lass mich von Riga erzählen, Nina, ich bin gleich fertig.« Er ließ ihr keine Zeit für eine Antwort. »Sie hieß Caitlin, hat sie gesagt, ich hab sie in einem Restaurant kennengelernt. Als ich sie sah, dachte ich, vielleicht ist sie einfach ein Mädchen, das Lust hat, einen Typen aus Deutschland kennenzulernen. Nicht irgendeinen, sondern vielleicht würde es ihr Spaß machen, mich kennenzulernen.« Sein Blick wirkte kurz nach innen gekehrt. »Nach dem Essen sind wir in eine Bar ein paar Straßen weiter, da waren auch ein paar Freundinnen von ihr. Wir haben einen nach dem anderen getrunken, und um uns herum war eine Bombenstimmung. Sie saß vor mir und lachte, und ich dachte: Was bist du für eine Hübsche, Caitlin.«

Das ist es, worüber er mit Lennart neulich gesprochen hat, schoss es Nina durch den Kopf.

»Dann sind wir losgegangen.«

»Hast du darüber mit Lennart neulich gesprochen?«

Max schien so fixiert auf das zu sein, was er sagen wollte, dass er sie vollkommen überhörte. »Es war Sommer, Nina, und es war warm. Also habe ich vorgeschlagen, dass wir mit meinem Wagen noch einen kleinen Ausflug machen.«

»Max, ich ...«

»Sie hat gelacht. ›Yes?‹, hat sie immer wieder gesagt, ›yes, okay, but where do you want to drive to?‹ ›Let's see‹, hab ich gesagt. Wir sind nicht lange gefahren, vielleicht dreißig Minuten. Erst habe ich mich über eine Schnellstraße stadtauswärts gehalten, später bin ich auf einen Feldweg eingebogen. Ich hatte gedacht, dass sie vielleicht Angst bekommt, aber wir haben uns gut verstanden. Sie war großartig, richtig wild, als würde ihr das alles ungeheuren Spaß machen.«

Nina sah ihn an.

»Dann habe ich den Wagen gestoppt und sie ausgezogen. Als sie nackt war, hab ich ...« Er holte Luft, gab sich einen Ruck. »Ich muss sie unglücklich angefasst haben. Ich hatte getrunken, war aufgeregt ... es war ... wie bei einem Stöckchen. Ich wusste nicht, dass es so schnell gehen konnte. Es hat geknirscht, weißt du?, als würde jemand meinen Schädel aufschrauben. Es hat geknirscht, und plötzlich war der Widerstand weg – und dann hat sie angefangen zu schreien.«

Nina sackte gegen die Wand. »Warum erzählst du mir das, Max?«

»Es war ein Unfall ... fast würde ich sagen, ich konnte nichts dafür. Ich wollte sie in ein Krankenhaus fahren.«

Nina hatte den Blick auf den Boden geheftet.

»Ich holpere also über den Feldweg und denke: Du hast getrunken, ziemlich viel sogar. Betrunken im Auto zum Krankenhaus – weißt du, was das bedeutet? In Litauen? Nachdem du einem estnischen Mädchen den Arm gebrochen hast? Sie behalten dich da, Max, und stecken dich in Riga in den Knast.«

Nina war zu Boden gesunken und sah ihre Knie vor den Augen, aber das Bild verschwamm.

»Ich habe gehalten, noch dort auf dem Feldweg, mich über sie gebeugt, die Autotür beim Beifahrersitz aufgestoßen und sie rausgetreten. Ich hab sie nicht gefragt, ob sie aussteigen will, ob ich sie irgendwohin fahren kann ... Sie hat geschrien, und ich hab die Tür aufgemacht und sie rausgetreten. Da, wo wir standen, weit draußen vor der Stadt. Sie hat sich festgehalten, mir in die Augen gesehen, in ihrem Blick stand der Schmerz, das konnte ich sehen. Es war Nacht, und sie wusste, dass wir weit weg im Nirgendwo waren. Ich hab den Fuß genommen, ausgeholt und gegen sie getreten. Bis sie draußen war – dann bin ich losgerast.«

Nina hatte die Hände vor die Augen geschlagen, sie hörte, wie sie weinte, spürte, wie ihr Körper geschüttelt wurde. Es konnte nicht sein. Gleich würde Max weitersprechen. Ihr sagen, dass es so nicht geendet hat, dass er das Mädchen dann doch noch gefahren hat, dass er sie nicht hat liegen lassen, dort auf dem Feldweg – aber Max schwieg. Sie konnte ihn atmen hören.

»Nina?«

»Nein!« Sie riss sich hoch, schoss in den Flur, hatte die Klinke der Wohnungstür in der Hand. Kalt traf das Linoleum des Treppenhauses ihre blanken Fußsohlen, als sie hinaustrat – dann knallte die Tür hinter ihr ins Schloss.

Sie flog die Treppe hinunter, Sekunden später auf die Straße hinaus. Ein herrlicher Frühlingsmorgen.

Max war oben geblieben, in ihrem Apartment.

Sie würde ihn nie wiedersehen.

Fünfter Teil

1

Tagebuchaufzeichnung

Erst der Verschlag im Bahnhof, in dem die Mutter sich an ihren Sohn verfüttert.
Dann das Mädchen im Auto.
Brich ihr den Arm und tret sie aus dem Wagen.
Jetzt das Finale.
Was Malte mir gezeigt hat, was ich von Max weiß, was Bentheim sich ausgedacht hat – ich werde sie alle hinter mir lassen.
Es ist Zeit.
Ich werde es schaffen.
So wie ich vom Vater geschrieben habe, der ein Stück Fleisch aus sich herausschneidet.
So wie ich dem Mädchen in meinem Auto den Arm gebrochen habe.
Es ist so weit.
Der letzte Schritt.
Es ist Zeit zu vollenden, was ich begonnen habe.

2

Zwei Jahre vorher

»Max?«

Till zog den Schlüssel ab, schloss die Tür hinter sich und ging langsam durch die vorderen Zimmer.

»Max?«

Es hatte seit fast drei Tagen ununterbrochen geregnet. Die Stadt wirkte, als ob es gar nicht mehr richtig hell werden würde. Breite Pfützen zogen sich über Gehwege und Straßen.

Till hatte ein altes, dunkelrotes Basecap aus der Tasche seines Regenmantels geholt und aufgesetzt, als er auf die Straße getreten war.

Eine gute halbe Stunde zuvor hatte sich Nina bei Lisa gemeldet. Es ging um Max. Sie hatte ihn verlassen. Nina hatte auf keine Einzelheiten eingehen wollen, aber durchblicken lassen, dass er sich in einem desolaten Zustand befinden würde. Als Lisa Till davon erzählt hatte, hatte sie vorgeschlagen, gemeinsam in Max' Wohnung nach dem Rechten zu sehen. Ninas Anruf hatte ihr einen gehörigen Schrecken eingejagt. Da Lisa an dem Vormittag jedoch bereits einen Termin für ein Vorstellungsgespräch hatte, hatte Till angeboten, zuerst allein bei Max vorbeizuschauen. Lisa hatte ihm einen Schlüssel zu Max' Wohnung ausgehändigt, den Max ihr mal gegeben hatte, und Till sich auf den Weg gemacht.

Auf der Gotzkowskybrücke hatte der feine Regen die Oberfläche der Spree in ein Geflecht aus kleinen Kratern und zerspringenden Reflexionen verwandelt. Durch die grauen Fäden hindurch hatte Till auf der anderen Flussseite die Backsteinkirche und das Mietshaus gesehen, in dem Max wohnte. Die Fenster waren schwarz gewesen, die Balkone hatten wie Felsvorsprünge gewirkt. Er hatte überlegt, ob er vorher bei Max anrufen sollte, aber Lisa hatte ihm gesagt, sie hätte bereits erfolglos versucht, Max telefonisch zu erreichen.

Und wenn er gar nicht zu Hause war?

»Max?«

Keine Antwort.

Till schritt durch die vorderen Zimmer der oberen Wohnung. In den Räumen herrschte das dämmrige Licht eines verregneten Vormittags, und es roch nach abgestandenen Essensresten.

Er fand ihn schließlich im Schlafzimmer.

Max lag mit offenen Augen auf seinem Bett und reagierte kaum, als Till das Zimmer betrat.

»Hey.«

Er sah schlecht aus. Das Gesicht so abgemagert, dass Till erst gar nichts zu den rasierten Haaren sagte.

Till setzte sich auf den Bettrand zu seinem Freund. »Nina hat uns angerufen ... Ihr habt euch gestritten – Nina und du?«

Max nickte.

Und plötzlich hatte Till das Gefühl, dass er allein es vielleicht nicht schaffen würde, seinen Freund da wieder rauszuholen.

»Ich habe ihr von Riga erzählt«, hörte er Max leise sagen. »Ich hab dich angelogen, Till – neulich auf Bettys Hochzeit.« Er grinste fast, aber das Grinsen war matt. »Es ist schon was passiert in Riga, es ist nicht nur ein Gerücht.«

Und dann erzählte er es ihm.

»Als ich nach Riga aufgebrochen bin, habe ich gedacht, ich kann machen, was ich will«, flüsterte Max, und seine hagere Hand kam unter der Decke hervor, um nach Tills Handgelenk zu greifen. »Felix wurde ja nicht müde, davon zu sprechen. Es ist eine Illusion, du bist nicht frei, du bildest es dir nur ein. *Bullshit!,* dachte ich. Ich fahr los, wohin ich will, die Taschen voller Geld, die Frauen werden mir zu Füßen liegen – nicht etwas wird mich lenken, ich werde sie lenken, mit meinem Willen ...«

Till stützte sich mit den Armen auf seine Knie, zog den Kopf zwischen die Schultern.

»Sollte Felix doch glauben, was er wollte. Ich war anders, für mich galt das nicht. Als Caitlin sich in meinen Wagen setzte – es war wie ein Rausch. Als ob sie an Drähten von mir bewegt werden könnte – wie eine Marionette. Ich war der große Spieler, keine Marionette an den Fäden eines anderen! Und Caitlin war ein Traum, Till, sie trug ein weißes Kleid mit Trägern über den nackten Schultern. Du hättest sie sehen sollen. Sie war ... perfekt. Ihre Haare waren von einem satten, dunklen Blond, ihre Augen lachten, ihr Mund war wie von einem göttlichen Spachtel aus einer unsagbar süßen Masse geformt. Sie duftete ... ich kann es nicht anders sagen – wie eine Blume. Ein zarter Geruch, der sich um minimale Grade verstärkte, als ich ihr das Kleid über den Kopf zog, ihren Slip über die Hüften streifte.«

Er hielt die dunklen Augen auf Till geheftet.

»Sie war *zu* perfekt, verstehst du? Kennst du das? Wenn ein Bild zu schön, ein Geschmackserlebnis zu intensiv ist! Wenn es in einem bebt, weil man spürt, dass es alles, was man bisher erlebt hat, in den Schatten stellt! Als sie sich nackt unter mir drehte, als ich mich über sie beugte, ihr Hintern meinen Bauch berührte, als sie ihren Kopf nach hinten bog, die Haare über die Schultern nach vorn strich, als sie mir etwas zuflüsterte, während ihr Körper sich an mich drängte – da war es, als würde ich über eine Klippe hinausgestoßen werden. Ich wollte irgendwie anerkennen, dass ich so etwas noch nie erlebt hatte, dass ich wusste, womöglich nicht wert zu sein, dass das passierte. Ich wollte mithalten mit diesem Eindruck, mich zu ihm aufschwingen – und dabei muss ich mich verschätzt haben.«

Er schwieg. Till hörte, wie der Regen, von einer Windbö getrieben, gegen die Fensterscheiben prasselte.

»Ich weiß nicht einmal, ob sie es von dort, wo ich sie aus dem Wagen gestoßen habe, zurück in die Stadt geschafft hat. Kannst du dir vorstellen, was das bedeutet?«, flüsterte Max neben ihm. »Im Dunkeln. Mit dem gebrochenen Arm. Es waren bestimmt sechs oder acht Kilometer bis zum nächsten Haus.«

Was Max sagte, fühlte sich wie Gift an, das sich in Tills Körper schlich.

»So wie Quentin es macht, nur so ist es möglich«, murmelte Max. »Ohne dafür verantwortlich zu sein.«

»Ach ja?« All das Entsetzen, das sich in Till gestaut hatte, schien mit einem Mal aus ihm hervorzubrechen. »Was denn? Geht es dir darum, dich über jede Schranke, jede Grenze hinwegzusetzen – oder geht es dir darum, deine Freiheit zu behaupten?«

»Ist das nicht dasselbe?«

»Behaupte sie doch im Guten! Gibt es nur Grenzen, die vor Schmerzen errichtet sind, davor, einem Menschen Leid anzutun?! Es gibt auch Grenzen, die bestehen, weil niemand die Kraft oder den Mut hat, sie zu überwinden. Schranken, die nicht schützen, sondern die markieren, bis wohin es die Menschen in dem Bemühen, etwas Gutes zu schaffen, gebracht haben. Warum stürmst du nicht gegen so eine Grenze an! Bist du dafür zu schwach?«

Er starrte Max an, dessen magerer Oberkörper unter der Bettdecke hervorragte.

»Ja, ich glaube, so ist es«, murmelte er.

»Und jetzt?«

Aber Max antwortete ihm nicht.

»Jetzt bleibst du hier liegen, bis der Schmutz in deinem Kopf und deine Mutlosigkeit dich hinweggerafft haben werden!«

Max' rasierter Kopf knickte zur Seite ab. Wie eine knochige Spitze ragte sein Genick über seinem gekrümmten Rücken empor. Und mit einem Mal hatte Till das Gefühl, als würde sein Freund dort vor ihm auf dem Bett sterben.

»Komm, Max«, sagte er nach einer Weile mit leiserer, vorsichtiger

Stimme. Er fasste ihn am Arm, und als Max nicht antwortete, zog er ihn hoch. Packte ihn um die Hüfte, legte Max' Arm um seine eigene Schulter und schleifte ihn buchstäblich durchs Schlafzimmer bis ins Bad. Ohne darauf zu achten, dass seine Kleidung dabei vollkommen durchnässt wurde, stellte er sich mit Max unter die Dusche und drehte den Wasserstrahl auf.

Erst eiskalt, dann, als der Gasboiler angesprungen war, wärmer und schließlich heiß strömte das Wasser über sie hinweg. Max hatte den Kopf in den Nacken gelegt, die Augen geschlossen. Die Tropfen rannen über seinen stoppligen Schädel, über die Bartstoppeln, die sein Kinn und seine Wangen bedeckten. Till nahm das Duschgel und drückte es über Max' Kopf aus. Weiß schäumte die Seife über den entkleideten Körper seines Freundes. Er rieb ihn ab, ließ den Schaum herunterfließen und schaltete die Dusche wieder aus. Dann schleifte er ihn zurück ins Schlafzimmer, riss die schmutzigen Laken vom Bett und legte Max auf die bloße Matratze. Breitete die Wolldecken wieder über ihm aus.

3

Als Max erwachte, war es bereits dunkel. Gedämpft hörte er Till im Nebenzimmer telefonieren. Er schien mit Felix' Firma zu sprechen, dort anzukündigen, dass er auch morgen nicht kommen konnte.

Der Schlaf hatte Max gutgetan. Er hatte den Eindruck, zum ersten Mal seit Tagen wieder klar denken zu können. Eine Ordnung in seine Überlegungen hineinzubekommen und nicht nur ein dumpfes Rauschen und Knistern zu vernehmen.

Er schlug die Decke zurück und schwang die Beine über den Bettrand. Auf dem Stuhl an der Wand lagen ein T-Shirt, frische Boxershorts, Jeans, die Till bereitgelegt haben musste. Max streifte die Sachen über und verließ das Schlafzimmer.

Till saß am Küchentisch, eine Zeitung aufgeschlagen vor sich, eine noch brutzelnde Pfanne neben sich.

Er sah auf, als Max in die Küche kam. »Auch ein bisschen Rührei?«

Max nickte und nahm vor einem bereits hingestellten Teller Platz, sah zu, wie Till ihm eine Portion auftat. Er griff nach einer Gabel, zögerte aber, mit dem Essen zu beginnen.

»Ich weiß gar nicht, wo ich anfangen soll«, sagte er schließlich.
Till sah ihn an. »Wahrscheinlich ist es Blödsinn, aber ... ich hab vorhin ein bisschen herumtelefoniert. Es gibt in Berlin eine Organisation – für Frauen.«

Max blickte von seinem Teller hoch.

»Sie kümmern sich, wenn jemand Probleme hat ... mit häuslicher Gewalt oder so etwas, du kannst es dir denken. Sie haben gesagt, sie brauchen alles: Geld, jemanden, der Botengänge für sie übernimmt, der Anträge bearbeitet, sie rechtlich vertritt, ihre Büros putzt ... Ich habe gefragt, ob man helfen kann. Sie meinten, klar, auf jeden Fall. Wenn man will, soll man vorbeikommen, dann würde man weitersehen.«

Max legte die Gabel auf seinen Teller.

»Ich fahr mit dir hin«, sagte Till, »wenn du willst. Ich habe mir morgen freigenommen. Dann sehen wir uns das an. Was hältst du davon?«

Ja, dachte Max.

»Vielleicht solltest du auch mal nach Riga fahren. Versuchen, Caitlin zu finden. Aber nach Riga kann ich nicht mitkommen, so lange kann ich mir nicht freinehmen.«

Max schob seinen Teller zurück, lehnte sich nach hinten und holte Luft. Er würde Geld spenden, dachte er. Alles? Alles, was er hatte? Und versuchen, irgendwo Geld zu verdienen? War das die Rettung?

»Was denkst du?«

»Ich könnte versuchen, Geld zu verdienen. So viel brauche ich ja zum Leben nicht.« Er hielt den Blick auf die Tischplatte gesenkt. »Ich könnte in einem Zimmer wohnen und zur Arbeit gehen.« Er hob den Blick. »Oder meinst du, dass ich keine Arbeit finde?«

Till schob seinen Teller ebenfalls zurück. »Arbeitest du nicht an einem Buch?«

Etwas schien Max in den Bauch zu stechen.

»Ganz aufgeben würde ich das nicht«, sagte Till leise. »Aber vielleicht willst du eine Pause machen.«

Bei der Vorstellung, zurück an seinen Schreibtisch, an seine Aufzeichnungen zu kehren, wurde Max schwindlig.

»Ich würde wirklich mal ein paar Wochen oder Monate für die Frauen arbeiten«, sagte Till nach einer Weile.

»Und dann?«

»Dann würde ich weitersehen. Erst mal raus aus dem Mief hier. An die frische Luft, wenn du so willst. Dann sieht man manchmal klarer, oder?«

Max bemerkte, dass er wie Till die Handflächen auf den Tisch gelegt hatte. Unwillkürlich zog er seine Arme an sich und verschränkte sie, um seine Haltung zu verändern. »Na gut, ich mach eine Pause – aber danach bin ich ja wieder nicht weitergekommen«, murmelte er.

»Womit?«

»Mit ...«, ein Zucken fuhr Max durch den Körper, »meinem Text.«

»Es geht um das Mädchen, Max, um Caitlin. Du kannst das nicht einfach verdrängen.«

»Gut, Till, dann lass uns das vergessen: Geschichten, Erfindungen, Bücher – und lass uns hineingehen in die Welt.« Es kam Max fast so vor, als würden sich die Worte aus seinem Mund drängen. »Ich spende alles Geld, was ich habe, und wir tauchen ein in diese Stadt, in das, was hier in Berlin an Wirklichkeit zu haben ist. Lass uns mit den Menschen reden, sie herausbrechen aus ihrem Scheuklappentrott!«

Verständnislos sah Till ihn an. »Ach ja? Und wie willst du das erreichen?«

»Wichtig ist doch erst mal nur, dass wir uns entscheiden, genau das in Angriff zu nehmen. Dass wir unser Leben darauf abzielen, die Menschen dieser Stadt aufzurütteln.«

»Das führt doch zu nichts, Max.« Till schüttelte den Kopf. »Du wirst hilflos auf sie einreden, und wenn du ihnen den Rücken zukehrst, werden sie nur über dich lachen.«

»Während du«, röhrte es aus Max' Kehle, »zusammen mit Felix die Welt umkrempelst, ja?« Der Schmerz explodierte in seinem Bauch. »Ich hab dich geliebt, Till«, stieß er hervor. »Aber du hast kein Rückgrat. Du hast dich immer nur rangeschmissen, erst an meinen Vater, dann an Felix – und an Lisa sowieso.«

Till war aufgestanden, als Max zu wüten begonnen hatte, und mit völlig verfinstertem Gesicht vor dem Tisch stehen geblieben.

»Ich habe es ertragen, dass mein Vater dich mir vorgezogen hat«, fuhr Max ihn an. »Ich habe es ertragen, dass ich Zeit meines Lebens die Dinge in den Arsch geblasen bekommen habe, während du im Heim sehen musstest, wie du durchkamst – und dass du dann, als du bei uns warst, an mir vorbeigezogen bist. Und warum bist du das? Weil du schlauer bist? Weil dein Kopf nicht mit der ganzen Scheiße verkleistert ist, die sich in mir gesammelt hat?«

Er schlug sich mit der Faust auf den Bauch, und der Feuerball, der daraufhin zwischen seinen Augen aufging, raubte ihm fast die Sinne. »Du bildest dir ein, besonders raffiniert zu sein«, in seinem Kopf raste es, während er die Sätze hervorschleuderte, »›Max steht sich selbst im Weg‹, sagst du dir, ›da bin ich schlauer.‹ Aber es ist nicht schlauer, Till, von Felix Weisungen anzunehmen! Dass du dich nicht schämst, dir von ihm sagen zu lassen, wie man die Texte, die diese armen Teufel zusammenstoppeln, zu einem riesigen, unendlichen Brei verrührt. Sag du mir nicht, was für mich gut wäre. Achte lieber darauf, dass du nicht selber versinkst in dem Morast, in den du dich immer tiefer hineinarbeitest!«

Von Übelkeit durchdrungen, holte er Luft, war aber noch nicht fertig. »Du willst bei Felix die Arbeit meines Vaters fortsetzen? Ich habe meinen Vater immer gehasst. Das aber weiß ich: Die Arbeit, die er begonnen hat, werdet ihr nicht mit eurem Brei fortsetzen! Sie wird nur dadurch fortgesetzt werden können, dass ein einzelner Mensch sich hinsetzt und aufschreibt, was ihm sein Gewissen diktiert!«

Till hatte sich zur Tür gewandt.

»Willst du gehen?«, schleuderte Max ihm hinterher. »Nur zu! Aber das sage ich dir: Ich werde Lisa vor dir warnen. Du hast meinen Vater auf dem Gewissen, Till – du wirst nicht auch noch meine Schwester vergiften!«

4

Till blätterte weiter. Die Seiten waren eng und zum Teil mit einer Handschrift beschrieben, die verriet, dass der Autor mit dem Stift nur so über das Papier geflogen war. Aber Till kannte Max' Handschrift schon lange und hatte keine Mühe, sie zu entziffern.

Als Max ihm nachgeschrien hatte, dass er Lisa sagen würde, was mit ihrem Vater geschehen war, hatte Till gewusst, dass es ums Ganze ging – dass er Lisa verlieren würde, wenn Max das wahr machte.

Also hatte er sich umgedreht und zum ersten Mal in seinem Leben Max etwas vorgemacht. »Und wenn ich dir sage, dass ich weiß, wie viel ehrlicher das ist, was du versuchst, als das, was ich versuche?« Es war ihm nicht schwergefallen, das zu behaupten, es war vielmehr mit einer gewissen Selbstverständlichkeit herausgekommen.

Er hatte Max' Blick gesucht und mit einer beinahe rauchigen Stimme hinzugefügt: »Lass es uns versuchen, Max. Lass uns versuchen, deinen Text, dein Projekt irgendwie auf die Beine zu stellen. Vielleicht kann ich dir ja wirklich helfen? Wir können darüber reden, wir haben alle Zeit der Welt.«

Max hatte ihn mit roten Augen angesehen. »Meinst du?«

»Aber ja doch! Endlich das erste vernünftige Wort heute!«, hatte Till gerufen. »Hast du Notizen, gibt es etwas, das ich mir mal ansehen könnte?« Und als er bemerkte, wie sich Max' Miene bewegte: »Keine Angst, ich kann mir schon denken, dass das alles noch ganz in Unordnung ist. Aber darum geht es ja gerade: dass wir das erst einmal sichten!«

Max war aufgestanden und zu Till an die Tür gekommen. »Du meinst, es würde dich wirklich interessieren?«

Till hatte gelacht. »Na klar!«

Gemeinsam waren sie zu Max' Arbeitszimmer gegangen. Dort hatte Max ihm einen Karton gegeben, der bis oben mit losen Blättern gefüllt war, und gesagt, dass er in der unteren Wohnung auf ihn warten würde.

Das war jetzt fast drei Stunden her.

Längst hatten die einander widersprechenden Ansätze und Skizzen, die variierenden Namen und Daten, die Diagramme und Listen, mit denen die Papiere in dem Karton überzogen waren, begonnen, vor Tills Augen zu tanzen. Von dem Streit mit Max und den Dingen, die Max ihm anvertraut hatte, fühlte er sich wie zerschlagen. Nur der Gedanke an Lisa hielt ihn wach. Er sah sie vor sich, sah, wie Max sich mit ihr traf, wie er ihr entgegenschleuderte, was Till ihr seit Jahren verschwieg. Sah ihr Gesicht, das ihn immer liebevoll angeschaut hatte, sich plötzlich verhärten und die Zuneigung unwiederbringlich darin verlöschen.

Es durfte nicht sein.

Till schob die Blätter, die vor ihm auf den Tisch lagen, zurück in den Karton. Er wusste, dass Max ihm vertraute, egal, wie rücksichtslos oder wütend er ihn auch anschrie.

Genau dieses Vertrauen aber würde er, Till, jetzt brauchen, um Lisas Liebe zu retten.

Vor den Fenstern graute der Morgen, als Till in das untere Wohnzimmer kam. Max lag auf dem weinroten Sofa und war eingeschlafen. Leise ging Till ans Fenster und öffnete es. Kühl strömte die Frühlingsluft der schwindenden Nacht zu ihnen herein.

»Max, hey.« Till ließ sich in den Sessel fallen, der gegenüber dem Sofa stand. »Hey!«

Max schlug die Augen auf, musste sich einen Moment orientieren.

»Alles okay?«

Max fuhr sich mit beiden Händen über die Augen, über den rasierten Schädel. »Gut, dass du da bist, Mann.« Er setzte sich auf.

Till nickte. »Ich hab deine Aufzeichnungen gelesen.«

Max ließ sich zusammensacken, als wollte er signalisieren, dass er ja wusste, wie schlecht sie waren. »Bist du denn aus den Notizen schlau geworden? Das war doch alles fürchterlich durcheinander.«

»Nein, klar, ein bisschen habe ich schon was verstanden.« Till überlegte kurz und fuhr dann fort. »Ich habe an *Das verräterische Herz* von Poe denken müssen. Weißt du? Wo uns jemand die Geschichte erzählt, der die ganze Zeit über beteuert, geistig gesund zu sein, nur um am Ende gerade *mit* seiner Erzählung zu beweisen, dass er genau das nicht ist.«

Max schlang die Decke, die er über sich gebreitet hatte, um seine Schultern. »Super, oder?«

»So was Ähnliches schwebt dir vor, ja?«

Max bohrte mit der Zunge in der Innenseite seiner Wange, schien nachzudenken.

»Oder?«

»Ja ... ja, vielleicht.«

»Dieser Kriminalkommissar? Wir erleben ihn bei der Ermittlung in einem Mordfall, richtig?«

»Ja ...«

»Genau. Wir warten also die ganze Zeit darauf, dass er den Täter fasst. Und begreifen erst im letzten Augenblick, dass er alle – uns inbegriffen – getäuscht hat. Dass er in Wahrheit nicht einen Fall entschlüsselt, sondern verschlüsselt – dass er nicht einem Täter näher kommt, sondern selbst der Täter ist und seine eigenen Spuren verwischt!«

Max warf Till einen Blick zu, offensichtlich besorgt, was sein Freund zu dieser Idee sagen würde.

Till lehnte sich in dem Sessel zurück und legte den Kopf auf die Rückenlehne. »Wahnsinn.«

»Wahnsinn, was?«

»Ich meine, hast du wirklich geglaubt, dass du das hinkriegst?«

»Was?«

»Dass der Leser der Geschichte bis zum Schluss glaubt, einer Ermittlung zu folgen, um dann im letzten Satz zu begreifen, dass es eher ein Thriller als ein Krimi ist ... also eher die Geschichte eines Mordes als die Geschichte seiner Auflösung?«

»Na ja ... das muss man natürlich erst noch richtig herausarbeiten ... deswegen sind wir ja jetzt hier«, entgegnete Max etwas trotzig.

»Hm ...« Tills Mundwinkel zogen sich nach unten.

»Was?«

»Ich fürchte, das wird nichts.«

»Ach ja?«

»Hm, hm.«

Max runzelte die Stirn. »Und wieso nicht?«

»Max, das ist ein Konzept, eine Theorie, was du dir da überlegt hast, aber das kriegt man nicht hin.« Till legte die Unterarme auf die Armlehnen des Sessels. »Also, ich nicht. So leid es mir tut, da kann ich dir nicht helfen.«

Enttäuscht schaute Max ihn an. »Alles, was wir vorhin gesagt haben, gilt nicht mehr? So schnell?«

Till atmete aus. Eine Zeitlang blieb er in seinem Sessel liegen, ohne sich zu rühren, den Blick auf die Wand am anderen Ende des Zimmers geheftet. Dann sah er kurz zu Max. Max wirkte, als sei er tief in Gedanken versunken, als hätten sich aus seinen Wangen, seiner Stirn und seinem Kinn Schildplatten gebildet, die sich mehr und mehr ineinanderschoben.

»Darf ich dir etwas sagen, Max?«

Max rührte sich nicht.

»Dein Vater hat mir gegenüber einmal erklärt, das Wichtigste beim Schreiben sei, dass man über eine gewisse Persönlichkeit verfügt, über eine gewisse Integrität.«

Max' Gesicht schien sich noch ein wenig mehr zusammenzuschieben.

»Nach dem, was du mir da zu lesen gegeben hast, glaube ich nicht, dass du so eine Persönlichkeit hast, dass du das Zeug dazu hast, etwas zu schreiben, das etwas taugt.«

Glanzlos blieb der Blick des anderen auf Till liegen.

»Ich sag das nicht, um dich zu kränken«, fuhr Till fort, nachdem er sich ein wenig aufgerichtet hatte. »Ich sag dir das als Freund, ja?«

Max saß da wie ein Kind, das nicht verstand, warum es angeschrien wurde. Dabei sprach Till ganz ruhig. »Du vertraust mir doch, oder?«

Max' Unterlippe schob sich vor wie bei einem kleinen Jungen, und er nickte.

»Du bist nicht gut genug, Max. Das ist der Grund, weshalb es nicht klappt. Das ist keine Frage der Konzentration, der Zeit, die du investieren musst. Keine Frage des Endes, der Bemühung, des Fleißes. Dein Charakter, du selbst, Max … Max Bentheim, du bist einfach … zu kaputt, verstehst du?« Till sah ihm mitfühlend in die Augen. »Vielleicht ist das die Schuld deines Vaters. Damals, diese Gespräche, diese Auseinandersetzungen mit ihm, vielleicht hat er dich kaputtgemacht.« Till hielt inne, schien nachzudenken, fuhr dann fort: »Aber lassen wir mal beiseite, wie es dazu gekommen ist – jetzt bist du es einfach. Und ich glaube, dass du dir keinen Gefallen tust, wenn du wie ein Verrückter dagegen anrennst.«

Max' linker Mundwinkel zog sich hoch, als versuchte er zu lächeln, was ihm aber nicht gelang. »Hör auf, Till, ist ja gut.«

»Sicher, ich kann auch aufhören.«

Max hatte den Blick nicht von ihm gewandt. »Meinst du das ernst?«, fragte er schließlich.

Till griff sich mit der Hand an die Nasenwurzel. »Was du mit dem Mädchen in Riga gemacht hast. Was du daherredest, wenn andere da sind. Was du mit Irina angestellt hast. Gibt dir das nicht zu denken?«

Max rührte sich nicht.

»Als ich gestern früh hierhergekommen bin, warst du vollkommen am Ende, Max. Warum?«

Max gab sich einen Ruck. »Ich habe versucht zu schreiben, ich versuche es seit Jahren, aber es hat nicht funktioniert, ich habe es nicht geschafft.«

»Und?«

»Ich komme nicht darüber hinweg.«

»Dass es mit dem Schreiben nicht klappt.«

Max nickte.

»Das Schreiben ist doch nur die Oberfläche, Max. Es ist das, was du gerne könntest. Die wenigsten können schreiben – du gehörst nicht dazu, das ist nicht so schlimm.«

Max senkte den Blick zum Boden.

»Du hast dir selbst eingestehen müssen, dass es mit deiner Schreibkunst nicht weit her ist – das ist nicht schön, kann ich mir vorstellen. Aber ...«

»Aber was?«

»Aber was ich dir sage, reicht tiefer. Ich sage nicht, dass du etwas aufgeben musst, was du dir nur eingebildet hast. Ich sage dir, dass du als Mensch kaputt bist. Verkommen. Dass du mich anekelst.«

»Ich ...« Max brachte den Satz nicht zu Ende.

»Du ekelst mich an, Max, ja. Das sagst du dir nicht selbst, das sage *ich* dir. Das ist keine bittere Erkenntnis, die du dir aufzwingen zu müssen glaubst und mit der du in Wirklichkeit nur kokettierst. Das ist die Wahrheit.«

Max schüttelte den Kopf, zaghaft, zögernd. »Hör zu, Till, ich ... Es waren ein paar lange Tage, ich ... ich brauch vielleicht ein bisschen Ruhe jetzt.«

»Du willst hier in deiner Wohnung sitzen und weiter grübeln. Allein und ohne dass es irgendetwas gibt, was dich da herausholt. Wird dir bei dem Gedanken daran nicht richtig schlecht?«

»Du hast es nur so gesagt, oder? Wegen Lisa. Damit ich Lisa nichts sage.«

»Du kannst Lisa so viel sagen, wie du willst, Max. Lisa hat dich schon lange aufgegeben.«

»Hat sie nicht.« Jetzt zitterte seine Oberlippe.

»Frag sie. Sag ihr, was du willst. Und frag sie doch am besten gleich.« Till griff in seiner Tasche nach dem Handy. »Jetzt gleich, warum nicht?«

Max' Augen weiteten sich.

Till hielt ihm das Telefon entgegen. »Ich bin dein ältester Freund, Max, du kannst mir vertrauen. Ich sag dir das, um dir zu helfen. Ich dachte, wir könnten an deinem Text arbeiten. Aber leider ist er unbrauchbar. Also muss ich dir anders helfen.«

»Indem du mich beschimpfst.«

»Ich beschimpfe dich nicht, Max, ich sage dir die Wahrheit.«
»Und dann gehst du und lässt mich hier sitzen.«
»Du wirst es verkraften.«
»Und wie soll mir das helfen?«
»Du musst dich damit abfinden, Max.« Er ließ die Hand wieder sinken.

Max hielt den Kopf tief gesenkt, hatte die Augen aber nach oben gerichtet. Till glaubte, ihm ansehen zu können, wie er schwere Schlagseite hatte, wie er sich von dem Schlag nicht mehr erholen würde.
»Tust du mir einen Gefallen, Till?« Max' Stimme klang jetzt wieder so, wie sie geklungen hatte, als er ein kleiner Junge war. »Nimmst du zurück, was du eben gesagt hast? Bitte. Kannst du das bitte machen. Sagen, dass es nicht stimmt.«

»Du bist ein Stück Scheiße, Max. Du weißt es. Ich weiß es. Weil es die Wahrheit ist. Dafür kann keiner was. Aber es ist Zeit, dass du dich vor dir selbst ekelst.« Und damit stand er auf, trat zu Max, der auf dem Sofa sitzen geblieben war, hob den Fuß und plazierte die Sohle seines Schuhs genau auf das Gesicht des jungen Mannes, der einmal sein Freund gewesen war. Dann streckte er das Bein durch.

Till sah, wie Max' Lider über seine Augen gepresst wurden, dann drückte er den Körper des anderen in das Sofa, nahm das Bein wieder herunter, wandte sich ab und ging aus dem Zimmer.

Epilog

1

Heute

Der Himmel reißt in einer Länge von dreihundert Kilometern auf. Ein Spalt, der sich vom Horizont in der Ferne quer über ihren Kopf hinwegzieht und hinter den Fassaden auf der anderen Straßenseite verschwindet.

Ein Spalt, der zu bluten scheint. Dunkelviolette Blasen. Rosa Tropfen, umlagert von orangefarbenen Höfen. Gelbes Licht. Gelbe Wellen mit schwarzen Kernen, die ihrerseits platzen und blaue Eruptionen abstoßen, von denen sich wiederum hellblaue Wölkchen lösen, die in das Gelb einfließen, das alles überstrahlt.

Claire hat den Kopf in den Nacken gelegt, ihr Mund steht offen, und sie starrt nach oben. Sie trägt einen Helm und klammert sich an Frederik, der das Motorrad fährt.

Sie will ihn bitten anzuhalten, will ihm die Farbenpracht, die Explosionen am Himmel zeigen. Und doch hält sie sich einfach nur fest, lässt den Fahrtwind ihre Haare nach hinten blasen und drückt sich an Frederiks Rücken.

Aber wenn der Himmel blutet und sich in Farbexplosionen auflöst ... wie lange wird es dauern, bis alles in einem gewaltigen Strudel zusammenfließt?

Sie presst sich an Frederiks Rücken.

Was ist das? Geht die Welt unter?

Die Fassaden der Häuser spiegeln die Farberuptionen des Himmels wider. Die Scheiben in den Fenstern werfen die rotorangen Blasen zurück, und immer wieder wird das Sausen, das der Fahrtwind in Claires Ohren erzeugt, übertönt von einem Hupen, Tuten, einem Quietschen von Bremsen, einem blechernen Krachen.

Ganz Berlin scheint in Bewegung, Claire kommt es so vor, als würde jeder Motor in der Stadt zum Laufen gebracht worden sein. Als würde sich das Rattern der Kolben, das Rasen der Zylinder, das Rotieren der

Reifen zu einem sich überstürzenden Konzert der Maschinentöne zusammenfinden.

Unwillkürlich muss sie an Butz denken. Seit sie vor Frederiks Haus mit Butz noch einmal telefoniert hat, hat sie ihn nicht mehr gesprochen.

Butz.

Sie hat sich von ihm nicht verabschiedet.

Sie hat ihm nichts von Frederik gesagt.

Sie hat ihm nicht einmal gesagt, dass sie ihn verlässt.

Was wird er denken? Wird er sie nicht suchen? Muss sie ihm nicht sagen, dass alles in Ordnung ist? Dass er sich keine Sorgen zu machen braucht?

Sie sieht Butz' Gesicht vor sich, die eingefallenen Wangen, die Bartstoppeln, die kurzen, grauen Haare.

Es tut mir leid, Butz, muss sie denken. *Aber ich weiß, du kommst auch ohne mich klar.* Und sie stellt sich vor, wie er in ihre Wohnung zurückkehrt, den Mantel an den Haken hängt und durch die Zimmer trottet. Auf der Suche nach ihr und zugleich schon durchtränkt von der Gewissheit, dass sie nicht mehr da ist.

Da hört sie es neben sich Dröhnen, Grollen und Rasseln – und als sie den Kopf zur Seite wendet, sieht sie, wie ein weiteres Gebäude, an dem sie vorbeirasen, in sich zusammenfällt.

Es ist nicht das erste. Nicht das zweite. Es ist der gesamte Straßenzug.

Eine Kette von Katastrophen, die auf Claire wirkt wie eine grandiose Inszenierung, punktgenau gesteuert für Frederik und sie, die auf dem Motorrad die breite Straße entlangschießen. Denn wann immer ein Gebäude in sich zusammenrutscht, tut es das in genau dem Moment, in dem sie es passieren. Miets- und Bürohäuser, steinerne Fassaden von fünfzehn, zwanzig Metern Höhe, die in sich zusammenfallen, als hätte ein begabter Sprengmeister sie perfekt verkabelt. Ja, als würde der Meister immer dann seinen Knopf drücken, wenn sie gerade auf der Höhe des zu sprengenden Hauses sind.

»Frederik?« Claire brüllt aus vollem Hals, um sich gegen den Lärm, den Fahrtwind, das Dröhnen der einstürzenden Bauten durchzusetzen.

Aber er scheint sie nicht zu hören.

Lass uns kurz anhalten, es ist so schön, denkt sie.

Doch Frederik fährt einfach immer weiter, fädelt sich in einen Kreisverkehr ein, schaltet mit dem Fuß, beschleunigt aus dem Handgelenk … und Claire legt sich mit ihm in die Kurve.

Da beginnt der Himmel auf sie herabzuregnen. Die gelben Schlieren haben sich dunkelblau verfärbt und pladdern auf sie herunter.

Fredrik auf dem Sattel vor ihr scheint zusammenzuschmelzen zu einem stahlblauen Keil, der wie verwachsen mit seiner Maschine über den Asphalt hinwegjagt. Für einen Moment hat Claire den Eindruck, als säße sie schon gar nicht mehr hinter ihm auf dem Sattel, sondern als würde sie darüber schweben, ihn allein weiterrasen sehen … während sie selbst sich hinaufhebt in die Luft, weit über die Straße und die Häuser hinaus.

Immer weiter steigt sie auf in die von den blauschwarz glänzenden Schlieren durchzogene Luft, hinauf auf den Spalt im Himmel zu, der sich inzwischen schon fast über das ganze Gewölbe ausbreitet.

Bis sie darin eintaucht.

Frederik fühlt, wie sich der Druck, mit dem sich Claire an ihm festhält, verändert. Es ist kein liebliches Halten mehr, das mit ihm zu sprechen scheint, sondern der eiserne Griff eines Muskels, der sich verkrampft hat.

Er drosselt die Geschwindigkeit und lässt die Maschine am Straßenrand ausrollen.

Am Rand einer Straße, deren Häuser unberührt und intakt nebeneinanderstehen.

Er will mit Claire so schnell wie möglich in ein Krankenhaus, aber er muss aufpassen, dass sie ihm nicht vom Sattel fällt. Seit sie in den Verschlag im Keller gestürzt ist, ist eine Veränderung mit ihr vorgegangen. Erst ist es nur ein Schweißausbruch gewesen, dann war sie fiebrig, aber euphorisch, und zuletzt hellauf verzweifelt.

Frederik dreht sich zu ihr um.

Der Sichtschutz ihres Helms ist beschlagen.

»Claire?« Er zieht an dem Arm, den sie um seine Taille geschlossen hat.

»Alles in Ordnung?« Er berührt ihren Sichtschutz, klappt ihn hoch.

Was ihn aus dem Helm heraus anblickt, lässt die Zeit auseinanderfließen.

Sie hat es vorhin noch selbst gesagt – als sie das letzte Mal vernünftig mit ihm gesprochen hat. Alles ist im Umbruch. Und Claire ist bereits nicht mehr bei ihm.

Aber auch nicht vollkommen fort.

Vorsichtig nimmt er ihr den Helm ab. Ihre Augen sind glanzlos, ihre Haut wächsern. Ihre Lippen ziehen sich auseinander und entblößen die Zähne darunter.

2

Videoaufzeichnung

Hierhin, ja? Das stört dich doch nicht, oder?
Hm?
Ich stell das Handy einfach hier auf den Schreibtisch.
Sooooo ...
und es nimmt auf, was wir –
Was?
Gleich, Irina, gleich ... eins nach dem anderen.
Setz dich. Willst du was trinken? Nein?
Ich weiß, du musst gleich weiter. Aber ein bisschen wirst du dich noch gedulden müssen.
Haha.
Warum ich lache?
Wart's ab.
Pass auf, lass mich gleich zum Kern der Sache kommen.
Ich will das hier aufzeichnen, weil ich der Meinung bin, dass Felix ...
Ja, genau, Felix von Quitzow, der Chef der Firma hier ...
Warte, lass mich ausreden.
Dass Felix sein Projekt ...
Was du damit zu tun hast?
WARTE doch erst mal ...
Also: Ich habe mich von Felix für seine Sache gewinnen lassen, weil ich daran glaube – an Felix' ursprüngliche Idee.
Aber was er daraus machen will, sein berühmter »zweiter Schritt« – da mach ich nicht mit!

Nein, steh nicht auf, bleib noch ein wenig sitzen ...
ICH BIN NOCH NICHT FERTIG!
HEY!
Die Tür ist abgeschlossen, Irina – Was denkst du denn? Dass ich vollkommen verblödet bin?
Komm her, was soll denn das?
Willst du mit bloßen Fingernägeln die Eichentür aufkratzen? Das hat doch keinen Sinn.
Ich ...
Irina, wie oft haben wir miteinander geschlafen?
Was? Du weißt, dass ich kräftiger bin. Ich werde dich nicht loslassen. Ich habe einen Hund erwürgt, Irina, ich habe einer Frau den Arm gebrochen und einer anderen ... einer anderen die Luftröhre zugedrückt, während ich in ihr gekommen bin.
Aber das war nur der erste Schritt.
MEIN ERSTER SCHRITT.
Mein zweiter Schritt bist du!
Brennt es?
Es ist nur ein Kratzer, Irina. Es ist dein Arm, ich weiß, ja, es blutet, aber es ist nur eine Schramme ...
Ich muss deine Haut aufkratzen, Irina, es ist nicht so, dass es mich ... wie soll ich sagen? ... dass es mir gefällt ... aber ich muss es machen.
Denn es ist die Vollendung.
Die Vollendung, mit der ich wahr mache, was Bentheim in seinen Büchern skizziert hat.
Die Vollendung der Erkenntnis, dass wir nicht frei sind, sondern Teile eines Ganzen, das sich wie in Zeitlupe durchs Universum wälzt – nein, das selbst das Universum ist!
Deshalb, ja: Ich will dich nicht nur kratzen – das, was ich in die Wunde hineinreibe, darum geht es!
Dein Hirn wird sich entzünden, wenn der Virus die Wirbelsäule hinaufgeklettert ist. Es wird aufglühen wie eine Sonne, die am Morgen über den Dünen der Wüste aufsteigt.
Dein Verstand wird sich aus einem zweifelnden, zuckenden Würmchen verwandeln in eine NATURGEWALT.

Du wirst auf andere Menschen losgehen, wenn sie auch nur mit einem Blick dich irritieren.
Denn du wirst tollwütig sein.

3

Heute

»Ich habe es nie verstanden, Till – du musst mir das glauben, du warst einfach nur weg.« Lisa hat sich zu ihm gebeugt, die Worte kommen ihr rasch und leise, aber absolut artikuliert über die Lippen.

Till weiß genau, was sie meint. Vor zwei Jahren. Er war einfach weg. Von einem Tag auf den anderen.

Ihr Blick geht an ihm vorbei in die Tiefe des Restaurants. Das ganze Lokal scheint zu brummen, zu schwirren, zu zappeln. Jeder Tisch ist besetzt, es sind Gruppen von sechs, zwölf, achtzehn Gästen, Runden von Geschäftsleuten, Familien, Freunden. Es wirkt wie vor Weihnachten, wenn die ganze Stadt im Trubel, in der Hektik, in der aufgeheizten Stimmung, mit der alle dem Fest entgegentaumeln, vibriert.

Till lehnt sich etwas zurück.

Es ist Felix' Vorschlag gewesen, in dieses Restaurant zu gehen. Bestens gelaunt hat er Till aufgefordert, mit ihm und Lisa etwas essen zu gehen, nachdem Till und Felix zurück in die Wohnung gekommen sind, in der Lisa auf sie gewartet hat. Till hat nicht gewusst, was er dem entgegensetzen soll – in seinem Kopf ist nur für einen Gedanken Platz gewesen: dass Felix recht hat. Dass er, Till, Lisa von sich befreien muss, wenn er nicht will, dass sie an ihm zerbricht.

Und kaum hatten sie das Restaurant betreten, ist Felix an einem der Tische von einem Bekannten angesprochen worden, so dass sich Till und Lisa erst einmal allein an einen anderen Tisch gesetzt haben.

»Ich bin in ein Loch gestürzt, Till«, hört er Lisa sagen. »Ich wusste nicht, wieso du plötzlich fortmusstest. Wir hatten doch gerade erst begonnen ... zehn Jahre lang hatte ich darauf gewartet ... bis Bettys Hochzeit, bis du endlich wieder in Berlin warst. Und dann? Kaum hatten wir endlich zueinandergefunden, warst du auch schon wieder fort!«

Als er sie ansieht, bemerkt er, wie angespannt sie ist. »Felix hat mir gesagt, etwas sei zwischen dir und Max vorgefallen, Till. Damals, am

Tag vor zwei Jahren, bevor du verschwunden bist.« Ihre Augen lassen nicht von ihm ab. »Ich habe ja nicht nur dich an dem Tag verloren, Till, ich habe auch meinen Bruder verloren. Er war danach nie wieder er selbst.«

Befrei sie von dir, Till, rast es ihm durch den Kopf. Siehst du nicht, wie sie dich anschaut. Sie sehnt sich nach dir … sie liebt dich … sie glaubt, dass du und sie zusammengehören. Lass sie daran nicht zugrunde gehen. Befrei sie von dir, damit sie noch glücklich werden kann.

Seine Stimme ist heiser, als er ihr endlich antwortet. »Ich liebe dich nicht, Lisa, ich habe dich nie geliebt. Ich wollte bei euch in der Familie aufgenommen werden. Ich war geblendet von dem Reichtum, dem Luxus, dem Stil. Ich hätte alles getan, um dieses Haus nie wieder verlassen zu müssen. Ich habe mir immer nur vorgemacht, dass ich dich lieben würde – wahr aber war davon nichts.«

Sie kann nicht begreifen, was er sagt. Ihre Haut spannt sich straff über ihre Wangenknochen, ihre hellen Augen wirken wie herausgemeißelt aus diesem Gesicht.

»Vielleicht hätte ich dich lieben wollen, Lisa, aber ich habe es niemals gekonnt. Du warst immer ehrlich und offen, aber das hat mich nicht wirklich berührt. Als wir vor zwei Jahren miteinander geschlafen haben, habe ich an Nina oder Irina denken müssen, um es … um es hinzubekommen.«

Er fühlt, wie falsch seine Worte klingen und dass sich Lisa zugleich der Wirkung, die sie entfalten, doch nicht entziehen kann.

Es gibt nur diesen Weg: Er muss sich aus ihr herausreißen, sein Bild in ihr auslöschen.

Er hat Max gebrochen, weil er gefürchtet hat, Max würde Lisa ihr Geheimnis anvertrauen – ihr anvertrauen, dass Till ihren Vater getötet hat. Wie konnte er glauben, das ewig vor ihr geheim halten zu können? Er hat sich nicht *einmal* gegen sie, gegen Lisa, schuldig gemacht, sondern *zweimal*. Er hat ihren Vater getötet und ihren Bruder zugrunde gerichtet. Felix hat recht. Er muss sie endlich von sich befreien.

Tills Blick ist auf den leeren Teller vor ihm gerichtet, als er am Rand seines Gesichtsfelds bemerkt, wie Lisa sich von ihrem Platz erhebt. Kurz schaut er zu ihr auf und sieht, dass sie neben ihrem Stuhl steht und auf ihn herabblickt.

Es ist die Lisa, die er immer geliebt hat. Niemanden wird er jemals so lieben wie sie. Er kann ihr ansehen, dass sie in Flammen steht. Dass sich ihr gesamtes Weltbild verschiebt. Dass sie sich auf ihn, seitdem sie sich zum ersten Mal begegnet sind, immer verlassen hat und mit einem Mal glaubt, dass das ein Fehler gewesen ist.

Sie wendet sich ab. Till sieht, wie sie mit etwas unsicheren Schritten zwischen den Tischen hindurch zum Ausgang des Restaurants geht.

Es haben keine Tränen in ihren Augen gestanden. Er hat es ihr angesehen: Mit dem, was er ihr gesagt hat, hat er ihr die Möglichkeit zum Weinen genommen.

Er hat sie von sich gestoßen.

Er steht ihr nicht mehr im Weg.

ENDE SECHSTER BAND

BERLIN GOTHIC 7
GOTTMASCHINE

Prolog

Heute

Als Till an das frisch geschaufelte Sandloch herantritt, in den feuchten, verschatteten, aufgerissenen Abgrund hinabblickt ... das Holz am Boden des Lochs sieht, die Blumen, die daraufgefallen sind, die Erde, die man daraufgeworfen hat ... als er nach der kleinen Schaufel greift, die in der Schale neben ihm steckt, sie über das Loch hält, umdreht und hört, wie die Erde auf den Sarg prasselt ... da kann er noch immer nicht glauben, dass unter dem Holzdeckel dort unten nicht *nichts* ist, kein Hohlraum, kein schwarzes Loch, in dem sich gar nichts befindet, sondern dass ein Körper darunterliegt, mit Armen und Beinen, einem Rumpf, einem Kopf, dass in dem Gesicht die Augen, die Nase, der Mund zu erkennen sind, die ihm so vertraut sind, die sein Blick so oft gestreift hat, die er kennt, seitdem er elf Jahre alt ist, die Augen, die Nase, der Mund des Jungen, den er vielleicht mehr geliebt hat als jeden anderen, die Augen, die Nase, der Mund seines Freundes Max.

Till starrt auf den Holzdeckel und kann nicht begreifen, was das eigentlich bedeutet, versucht sich zu sagen, dass Max ...

Aber es gelingt ihm nicht, er kann nur diese Unfassbarkeit fühlen, die darin besteht, dass sein Freund nicht mehr da ist, sondern –

was?

Tot?

Till merkt nicht, dass er weint, merkt nicht, wie die Tränen über sein Gesicht rinnen, auf seine Jacke fallen, auf den Boden, in das Loch vor ihm, vor dem er noch immer auf zittrigen Beinen steht. Er fühlt nur vage, dass seine Schultern beben, dass er im Innern geschüttelt wird und dass dumpfe Blitze durch seinen Kopf schießen.

Max ist gestorben. Allein. In einem Drecklock im Süden.

Seit ihrer letzten Begegnung in Max' Wohnung hat Till ihn nicht mehr gesehen.

Erster Teil

1

Sechs Wochen vorher

»Komm schon, es ist Donnerstagabend, die Stadt ist voller Leute, wollen wir nicht noch was trinken gehen?« Der junge Mann strich sich über seinen Dreitagebart und wandte seine hübschen, braunen Augen nicht von ihr ab.

»Kommst du mit?« Lisa schaute zu dem Schreibtisch, der neben ihrem stand und hinter dem sich ihre Kollegin Jenna in ihren Stuhl zurückgelehnt hatte.

»Wann? Jetzt gleich?« Jenna zog die Augenbrauen hoch.

»Ja?«

»Lisa, Schätzchen, ich kann nicht!«

Lisa spürte förmlich, wie Enrico neben ihr aufatmete. Sie hatte ihm schon zweimal nein gesagt – wird er es denn nie begreifen?

»Enrico, hör zu ...« Weiter kam sie nicht.

»Warte, stopp!« Enrico lachte. »So wird das nichts.«

Kommt drauf an, was du meinst ...

»Wenn du mir jetzt noch einen Korb gibst, kann ich dich nie wieder fragen.« Er grinste, was ihm gut stand. »Anfrage zurückgezogen.« Und mit einem Blick auf Jenna, die ihnen neugierig zugehört hatte: »Und vor dem nächsten Vorstoß unterhalte ich mich erst mal mit Jenna über dich.« Seine Augen wanderten zurück zu Lisa.

Sie musste lächeln. Na gut. Allen Mut wollte sie ihm ja nun auch nicht nehmen. Sie mochte Enrico. Er begriff schnell, sah gut aus und hatte ihr in den ersten Monaten ihrer Tätigkeit bei der Zeitung viel erklärt.

»Was soll das denn bringen?«, schaltete sich jetzt Jenna ein. »Sich mit mir vorher zu unterhalten, meine ich.« Sie nippte an dem Plastikbecher, den sie in der Hand hielt. »Wenn wir uns schon unterhalten, dann nur über mich!« Sie ließ die Rückenlehne ihres Schreibtischstuhls nach vorn schnappen und holte einen weiteren Plastikbecher aus einer

Schublade. »Auch einen Schluck?« Sie blickte zu Enrico, der noch immer neben Lisas Schreibtisch stand.

Jenna war Lisa gegenüber zwar nicht ganz so hilfsbereit gewesen wie Enrico, aber Lisa mochte an ihr, dass sie meistens ziemlich direkt äußerte, was sie dachte. Auch wenn das nicht unbedingt immer schmeichelhaft war.

»Gern.« Enrico zog sich mit dem Fuß einen freien Drehstuhl heran und ließ sich darauffallen.

Jenna langte nach der Sektflasche, die auf dem Boden neben ihrem Schreibtisch stand, schenkte den frischen Plastikbecher voll und reichte ihn Enrico.

»Willst du auch noch?« Sie schaute zu Lisa.

»Gern.«

Der Sekt zischelte in den Bechern. Er war angenehm kalt und trocken. Jenna hatte die Flasche am Nachmittag im Redaktionskühlschrank kalt gestellt. Ein längerer Artikel von ihr sollte in der morgigen Ausgabe erscheinen. Unmittelbar nach Redaktionsschluss hatte sie die Flasche geöffnet, um das gebührend zu feiern.

»Warum sind eigentlich noch so viele da?« Lisa ließ den Blick durch das Großraumbüro wandern.

Sicher, es war nicht gerade die Redaktion der *New York Times,* in Lisas Augen gab es in Deutschland im Moment aber im Grunde genommen kein besseres Blatt. Normalerweise lichteten sich um diese Zeit die Reihen der Redakteure, einige fuhren los, um noch eine Abendveranstaltung zu besuchen, andere verabschiedeten sich langsam in den Feierabend, um am nächsten Morgen zur Frühkonferenz wieder aufzutauchen. Heute aber waren die meisten Schreibtische noch besetzt.

»Ist es wegen des Verkaufs?« Lisa warf Enrico einen Blick zu.

»Kann schon sein.« Er nippte an seinem Becher. »Treibel ist jedenfalls schon ganz aufgeregt.«

Treibel – das war für Lisa der wichtigste Mann im Haus. Ohne dass der Chefredakteur ihn abgenommen hätte, kam kein Artikel von ihr in die Zeitung. Nicht einmal eine größere Recherche konnte sie in Angriff nehmen, ohne sich das vorher von Treibel abnicken zu lassen.

»Haben die Schweden denn jetzt gekauft?« Lisa stellte die Spitzen ihrer Pumps auf die Oberkante des Rollcontainers, der unter ihrem Schreibtisch stand. Sie hatte gehört, dass ein schwedischer Energiekonzern die Zeitung erwerben wollte, wusste jedoch nicht, ob an dem Gerücht etwas dran war.

»Treibel hat wahrscheinlich Angst, dass ihn heute Nacht noch ein Schwede feuert.« Enrico grinste. »Wäre nicht der erste Chefredakteur, den ich gehen sehe, nachdem seine Zeitung verkauft worden ist.«

»Ach was«, mischte sich Jenna ein. »Was ich gehört habe, deutet in eine ganz andere Richtung.«

»Das hab ich auch gehört, aber ich glaub das nicht«, fiel ihr Enrico ins Wort, und Lisa konnte spüren, wie ihn Jennas Bemerkung beunruhigte.

»So?« Lisa beugte sich über die Armlehne ihres Drehstuhls in Jennas Richtung, ohne die Füße vom Container zu nehmen. »Was hast du denn gehört?«

»Dass nicht irgendein anonymer Elektrokonzern den Laden hier gekauft hat, sondern ein Mann, der damit was ganz Bestimmtes vorhat.«

»Ach! Und was?«

Jenna zog die Schultern hoch. So weit schienen ihre Informationen nicht zu reichen.

»Wie?«, hakte Lisa nach. »Jemand hat den Laden bereits gekauft, aber niemand weiß, wer es ist?«

»Abwarten.« Jenna legt den Kopf in den Nacken und lachte ihr ansteckendes Lachen. »Wenn mich nicht alles täuscht, soll der neue Besitzer heute zum ersten Mal durch die Redaktion geführt werden.«

Heute? Deswegen sind alle noch da!

Im gleichen Moment registrierte Lisa, wie ein Raunen durch den Raum ging, und sah am Ende des Großraumbüros die Tür auffliegen, die zur Chefredaktion führte.

Eine kleine Truppe von Kollegen und Mitarbeitern drängte herein. An erster Stelle: Treibel. Ihm auf den Fersen ein Tross von Anzugtypen, denen Lisa nur hin und wieder begegnet war, wenn sie in den unteren Stockwerken zur Personalabteilung musste. Mitarbeiter, die sich um Werbung, Marketing, Vertrieb und die finanziellen Belange des Verlags kümmerten, zu dem neben der Zeitung auch noch ganz andere Unternehmen gehörten.

Und mitten unter ihnen ein Gesicht, das Lisa kannte.

Gleißend klarer Blick. Riesige Augen.

Vollkommen verändert.

Er wirkte beinahe, als wäre er zwanzig Jahre jünger geworden. Die Konzentration gab seinem fein gemeißelten Gesicht einen fast harten Zug.

Felix.

Was hatte er hier verloren?

Felix war gerade in ein Gespräch mit Treibel vertieft, aber Lisa saß so weit von ihnen entfernt, dass sie nicht hören konnte, was sie sagten.

Unwillkürlich fuhr sie von ihrem Stuhl hoch.

Sie hatte Felix seit fast zwei Jahren nicht mehr gesehen – seitdem sie sich von ihm auf der Straße vor ihrer Wohnung getrennt hatte.

»Liebe Kollegen, ich will es ganz kurz machen, schön, dass Sie noch da sind.« Treibel war vor den ersten Schreibtischen des Großraumbüros stehen geblieben und hatte das Wort ergriffen. »Ich möchte Ihnen heute Felix von Quitzow vorstellen.« Während sich die versammelten Journalisten erhoben und nach vorn wandten, nickte er Felix zu, der gerade den Kopf schüttelte, weil einer der Männer, mit denen er hereingekommen war, sich zu ihm beugte und ihm etwas sagen wollte. »Wir freuen uns sehr, dass Herr von Quitzow den Konzern erworben hat, und können es kaum erwarten, zusammen mit ihm und seinem Team unser Blatt für die Herausforderungen zu rüsten, die uns in einer Welt im Wandel bevorstehen«, spulte Treibel sein übliches Business-Kauderwelsch weiter ab.

Felix aber, der sich ebenfalls ganz der versammelten Mannschaft zugewandt hatte, schien unter den Redakteuren, die ihm aufmerksam entgegensahen, nach einem bestimmten Gesicht zu suchen.

Lisas Herz setzte aus.

Im gleichen Moment versenkte sich sein Blick in ihre Augen.

2

Es war kalt, als Lisa auf die Straße trat.

Kalt, nass und dunkel. Die Stadt schien wie ein geducktes Raubtier auf sie zu lauern: ein Mosaik schwarz glänzender Flächen, zwischen denen sich Lichter bewegten und blinkten. Passanten hatten keine Gesichter, nur Rücken, Beine, klappernde Absätze. In der Ferne sah Lisa die S-Bahn über die Überführung rattern, die jenseits der Linden die Friedrichstraße kreuzte. Unwillkürlich schlug sie den Kragen ihres

Mantels hoch und begann, in diese Richtung zu laufen. Sie wollte nach Hause. Es war spät. Fast Mitternacht.

Felix und Treibel hatten im Großraumbüro nur kurz die Redakteure begrüßt, bevor sie – ohne sich auf größere Gespräche einzulassen – weitergegangen waren. Lisa vermutete, dass sich Felix als neuer Besitzer den Rest des Hauses zeigen lassen wollte. Im Großraumbüro waren die beiden zwar nicht mehr aufgetaucht, aber Lisa war die ganze Zeit über das Gefühl nicht losgeworden, dass Felix sich ganz in ihrer Nähe aufhalten müsste. Schließlich hatte sie ihren Aufbruch nicht länger hinausschieben können, ihren Mantel genommen, den Computer ausgeschaltet und sich auf den Weg nach Hause gemacht. Nach Hause, das hieß in die kleine Wohnung, die sie sich genommen hatte, nachdem sie bei Felix ausgezogen war.

Sie lief die Friedrichstraße an den geschlossenen Geschäften entlang, der Bürgersteig glänzte noch feucht vom Regenschauer früher am Abend. Hinter ihr war das ruhige Brummen eines Dieselmotors zu hören, dann zog ein schwerfälliges Taxi langsam an ihr vorbei, die Räder beinahe krumm vom jahrzehntelangen Dienst in der Stadt. Mit leise prasselndem Geräusch durchpflügten die Reifen die dünne Feuchtigkeitsschicht, die sich vom Niederschlag auf dem Asphalt gehalten hatte. Gedankenverloren folgte Lisas Blick dem Fahrzeug, den rot glimmenden Rücklichtern – da fielen ihr die Scheinwerfer eines anderen Fahrzeugs auf, die in ihre Richtung wiesen. Die Lichter waren heruntergedimmt, aber nicht ganz ausgeschaltet. Der Wagen stand gut zwanzig Meter vor ihr am Bordstein. Dunkelblau schimmerte der glänzende Lack der Limousine, der Kühler wirkte geschmeidig, wie kurz vor dem Sprung.

Lisa warf einen Blick auf die Windschutzscheibe, konnte dahinter aber nichts erkennen, weil das Glas den Schein der Straßenlaterne zurückwarf, die zwischen ihr und dem Wagen in der Straßenschlucht aufragte. Ihr fiel auf, dass die hintere Tür auf der Fahrerseite geöffnet war – und begriff im gleichen Moment, dass etwas nicht in Ordnung war.

Instinktiv verlangsamte Lisa ihre Schritte.

Unterhalb der geöffneten Tür war etwas zu erkennen.

Zwei Arme.

Nackte Unterarme, die Hände abgeknickt, mit der Innenseite auf das

Pflaster gestützt, die Fingernägel zugespitzt und lackiert. Die Finger gespreizt, angespannt, angewinkelt.

Die Arme einer Frau. Nackt, schlank und gepflegt.

Lisa blieb stehen. Ihr Herz stampfte.

Der Kopf der Frau musste sich genau hinter dem geöffneten Türflügel befinden, doch sie konnte ihn nicht sehen.

Ist ihr schlecht geworden?

Lisas Blick sprang zurück zur Windschutzscheibe.

Die Reflexion der Straßenlaterne hatte sich verschoben, so dass sie jetzt durch das Glas ins Innere des Wagens blicken konnte.

Der Platz hinter dem Steuerrad war leer. Hinter der Kopfstütze des Beifahrersitzes jedoch war ein Profil zu erkennen. Verschattet, angeschnitten, zu der Frau gedreht, die sich hinter der Tür auf das Pflaster stützte.

Abrupt zog Lisa Luft durch die Nase ein und wich ein paar Schritte zur Seite, brachte einen hervorspringenden Schaufensterkasten, der an dem Geschäft neben ihr befestigt war, zwischen sich und die Limousine. Sie starrte gebannt auf die Autotür, hinter der die Frau mit den entblößten Armen und den kleinen gespreizten Händen jetzt wie ein Hund auf seinen Vorderpfoten einen Schritt nach vorn machte. Im nächsten Moment konnte Lisa ihren Rücken erkennen, der sich hinter der Autotür hervorschob, einen entblößten Rücken, langgestreckt, gebogen und zweifellos überzogen von einer Gänsehaut bei der Kälte. Der Kopf der Frau war über die Schulter nach hinten gewandt, wahrscheinlich redete sie noch mit der Person im Auto. Was Lisa von diesem Kopf jedoch sah, war kein Gesicht, kein Profil, keine Haare, kein nackter Schädel, sondern nur eine unheimlich glatt glänzende Fläche.

Gleichzeitig glitt die Frau in einer geschmeidigen Bewegung ganz aus dem Wagen heraus auf den Bordstein, zog die Beine von dem Rücksitz nach draußen, stützte die Knie auf das Pflaster, ohne ihre krabbelnde Haltung dabei aufzugeben. Und plötzlich erkannte Lisa, was es war, das den Kopf der Frau umschloss wie eine Faust: eine rosafarbene Plastikhaut, die weder für den Mund noch für die Augen Löcher zu haben schien und stattdessen dort, wo sich die Löcher hätten befinden müssen, volle Lippen und glänzende Augen von fotografischer Plastizität aufgedruckt hatte. Aufdrucke, die mit einem leicht über das Gummi der Maske herausstehenden Lederband übernäht waren, so dass es wirkte, als seien die empfindlichen Öffnungen darunter von einem unzerreißbaren Gitter verschlossen.

Im gleichen Augenblick tauchte ein Schuh unterhalb der Türkante auf.

Lisas Blick ging nach oben, und sie sah eine Gestalt hinter der Tür aufsteigen.

Felix.

War er nicht mehr in dem Gebäude?

Was machte er mit dieser Frau?

Mit einem Klacken sprang die Heckklappe der Limousine auf – wie eine Katze glitt die Maskierte in den Kofferraum.

Im nächsten Augenblick schlug Felix die Heckklappe herunter und ließ mit einem scharfen Klack das Schloss einrasten. Dann wandte er sich langsam um.

Lisa stand, an den Schaukasten gelehnt, keine zehn Meter hinter ihm und begriff, dass er sie längst gesehen haben musste.

Für einen Sekundenbruchteil hatte sie den Eindruck, einen haarlosen Fangarm aus dem Mantelkragen hervorschießen zu sehen, an dessen Seite eine mächtige Ader schwoll und dessen Spitze in ihre Richtung stieß.

Sie prallte gegen die Mauer, die hinter ihr aufragte, sah die übergroßen Augen ganz auf sich gerichtet. Und ohne dass sie das gewollt hätte, entfuhr ihr ein kurzes Ausatmen, dessen Geräusch ihr Ohr wie eine Liebkosung berührte.

3

»Sie kennen ihn?« Treibel ließ seine Hände flach auf den Schreibtisch fallen. »Dachte ich's mir doch!«

Lisa lehnte sich in dem Sessel zurück, der vor Treibels Schreibtisch stand, und schlug die Beine übereinander. »Ich wüsste nicht, was das für eine Rolle spielen könnte.«

Treibel hatte sie am nächsten Morgen in sein Büro gebeten und direkt darauf angesprochen. Er habe erfahren, dass der neue Besitzer der Zeitung, Felix von Quitzow, in seinem Verlag auch die Schriften ihres Vaters Xaver Bentheim herausbringen würde – ob Lisa Herrn von Quitzow womöglich kennen würde?

Am liebsten hätte sie ganz verschwiegen, mit Felix bekannt zu sein, aber das wäre ihr dann doch unaufrichtig vorgekommen. Also hatte sie gesagt: Ja, schon. Dass sie Treibel gegenüber ausführlicher darüber Auskunft geben sollte, sah sie jedoch nicht ein.

»Wissen Sie, Frau Bentheim«, kam es ihrem Chefredakteur zögerlich über die Lippen, »für uns, also für das Überleben dieser Zeitung, ist es natürlich von größtem Interesse zu erfahren, was der neue Besitzer genau mit dem Blatt vorhat.«

Ja, das konnte sie sich denken.

»Es gibt ja die Vereinbarung«, fuhr Treibel fort, »dass von Quitzow die Unabhängigkeit der Redaktion garantiert, und doch ...« Er kam um den Schreibtisch herum und setzte sich neben Lisa in den zweiten Sessel, der davorstand. »Und doch frage ich mich, was genau er im Schilde führt. Ich meine, es geht ihm ja wohl nicht wirklich darum, Geld aus der alten Gazette zu schlagen, oder?« Fragend sah er sie an.

Frag mich nicht, was Felix im Sinn hat, ging es Lisa durch den Kopf, aber sie zog es vor, nur mit den Händen kurz auf die Armlehnen des Sessels zu tippen.

»Ich brauche Ihnen das sicher nicht zu sagen, Frau Bentheim, aber es wäre auch für Ihre Kollegen natürlich äußerst wertvoll, wenn wir alle«, Treibel lächelte sie an, und Lisa merkte, wie er versuchte, charmant zu sein, »von ihrer Bekanntschaft mit Herrn von Quitzow ein wenig profitieren könnten.«

»Wie das?« Sie beugte sich über die Armlehne in seine Richtung.

»Einfach nur ein Gespräch, verstehen Sie?« Treibel lächelte. »Meinen Sie nicht, dass das ginge? Der Anlass liegt doch auf der Hand: Herr von Quitzow erwirbt das Blatt, für das Sie – und nicht einmal sehr lange – als Redakteurin tätig sind. Sie wollen ihn treffen – nicht etwa, um ihn auszufragen, um Himmels willen!« Treibel erhob sich wieder, er kam Lisa seltsam unruhig vor. »Nein, einfach nur ein Treffen, nachdem es ja diese alte Verbindung gibt, zwischen Ihnen und Herrn von Quitzow, meine ich.«

Lisa schaute auf die Spitze ihres Schuhs, der am Fuß des übergeschlagenen Beins steckte.

Am Abend zuvor war es ihr unmöglich gewesen, einfach herumzufahren und davonzulaufen, als Felix sie angeschaut hatte. Minutenlang, so war es ihr vorgekommen, hatten sie sich in die Augen gesehen, dann hatte ein zwischen ihnen hindurchgehender Schatten ihren Blick abgeschnitten – nein, kein Schatten, ein Mann mit kurz rasiertem Haar und makellosem Anzug, der geradewegs auf das Auto zugegangen war. Felix hatte den Blick von ihr abgewandt, sich in den Wagen gesetzt und den jungen Mann hinter ihm die Tür zuschlagen lassen. Es war der Fahrer gewesen, der erst jetzt zu der Limousine gekommen war.

Mit angehaltenem Atem hatte Lisa zugesehen, wie der Fahrer den schweren Wagen startete, auf der Straße in einem quietschenden Bogen wendete und dumpf röhrend davonfuhr.

»Wissen Sie was?«, hörte sie Treibel sagen. »Eigentlich war ich für heute Nachmittag mit Herrn von Quitzow für ein erstes Gespräch verabredet. Aber jetzt habe ich eine viel bessere Idee.«

Ach ja?

»*Sie* nehmen den Termin wahr. Ursprünglich hatte er sich gar nicht mit mir treffen wollen, ich habe jedoch so sehr darauf gedrängt, dass er schließlich zugesagt hat. Jetzt tue ich ihm einen Gefallen und überrasche ihn. Sie, Frau Bentheim, schauen statt meiner kurz mal bei ihm vorbei, eine Art Antrittsbesuch, pure Höflichkeit. Ich bin sicher, er weiß das zu schätzen. Und wenn Sie dort sind, nutzen Sie die Gelegenheit, um mehr von ihm zu erfahren. Das ist schließlich auch für Ihre Kollegen von größter Wichtigkeit.« Plötzlich stand Treibel dicht bei ihrem Stuhl, beugte sich herunter, und sein dünnhäutiges, mageres Gesicht ragte neben ihr auf. »Unser aller Geschick hängt an Ihnen, Frau Bentheim, verstehen Sie?«

Felix hatte jünger gewirkt, viel jünger, ging es Lisa durch den Kopf. Wie alt war er eigentlich? Sein ganzer Körper hatte eine seltsame innere Anspannung ausgestrahlt.

»Was sagen Sie?«

Sie fühlte den Blick des Mannes, der neben der Limousine stand, auf sich glühen. Es hatte ein brutales Verlangen darin geglitzert, von dem sie fürchtete, dass es in etwas anderes umgeschlagen sein könnte, als er die so seltsam zugleich verhüllte und enthüllte Frau aus dem Kofferraum wieder herausgelassen hatte – in etwas anderes, weil die Frau mit dem schwarzen Halsband nicht Lisa war.

Oder würde er mit ihr, Lisa, das Gleiche machen wollen wie mit der Maskierten?

4

Als Lisa aus dem U-Bahnhof auftauchte, hatte sie das Gefühl, es wäre noch einmal kälter geworden. Die Regentropfen trafen ihr Gesicht wie feine Nadelspitzen – wie winzige Hagelkörner, die erst auf ihrer Haut schmolzen. Sie war nach ihrem Gespräch mit Treibel kurz nach Hause gefahren, um sich umzuziehen. Dann zurück in die U-Bahn, mit dem Zug Richtung Mitte. Wie sie von Treibel wusste, waren Felix' eigene Büros nicht mehr in dem gewaltigen Steinkoloss untergebracht, in dessen oberstem Stockwerk sie einst mit ihm gewohnt hatte, sondern gleich gegenüber in einem erst kürzlich fertiggestellten modernen Glas- und Stahlgehäuse. Die Station, an der Lisa die U-Bahn verlassen musste, war dennoch dieselbe wie früher.

Stadtmitte.

Ungeduldig wartete sie am U-Bahn-Ausgang, bis der abendliche Verkehr ihr eine Lücke ließ, durch die sie hindurchschlüpfen konnte. Mit einer zusammengefalteten Zeitung, die sie sich eigens dafür gekauft hatte und angestrengt über den Kopf hielt, schützte sie sich notdürftig vor den Regentropfen. Der enge Rock und die nicht ganz flachen Absätze bewirkten, dass sie schließlich mehr hüpfend als laufend die Straße überquerte. Sie spürte, wie das Regenwasser an ihren Beinen hochspritzte und wie ihre Hand, mit der sie die Zeitung festhielt, kalt wurde.

Als sie die Seitenstraße, in der sich die beiden Verlagsgebäude befanden, erreicht hatte, ließ sie den alten Steinpalast links von sich liegen und eilte auf den Eingang des hellblau schimmernden Glaskastens zu, der sich auf der gegenüberliegenden Straßenseite erhob. Verschwommen zeichneten sich die einzelnen Stockwerke durch die durchsichtige Fassade hindurch ab. Schreibtische waren bis an die durchgängigen Fenster gerückt, Lisa konnte Mitarbeiter in ihren Büros erkennen, Zimmerpflanzen gaben dem transparenten Eindruck einen zusätzlichen Hauch von Künstlichkeit und Luxus.

Mit einem Zischen wichen die Eingangstüren vor ihr zurück. Sie ließ die Zeitung sinken und fühlte, wie ihr nass gewordenes Haar an ihrem Kopf klebte. Hinter der Theke blickte ihr eine perfekt geschminkte Blondine mit gespitzten Lippen entgegen.

Sie wurde erwartet. Treibel hatte bereits an Felix' Büro durchgeben lassen, dass Frau Bentheim statt seiner den Termin wahrnehmen würde. Ein silbrig glänzender Fahrstuhl brachte Lisa in den sechsten Stock, wo eine weitere junge Frau sie abholte, diesmal eine zierliche Brünette mit hochgestecktem Haar, deren auffällig attraktive Züge sich hinter einer Brille aus schwerem Schildpatt verbargen. Sie stellte sich als von Quitzows Assistentin vor und brachte Lisa in eine Lounge, deren Glasfront den Blick über den Gendarmenmarkt bis zum Konzerthaus freigab.

»Ein Glas Wasser vielleicht, Kaffee, Champagner?«

Dankend lehnte Lisa ab.

»Ich hole Sie dann ab, Herr von Quitzow ist noch in einer Besprechung. Es kann aber nicht mehr lange dauern.«

»Wunderbar.«

Die Assistentin verließ den Raum, und Lisa nahm, aufgeputscht von der luxuriösen Umgebung, in einem der weißen, niedrigen Clubsessel Platz. Mit Wucht wurden die Regentropfen gegen die großen Fensterscheiben getrieben, und es donnerte. Das Gewitter machte den Eindruck, als wollte es die ganze Stadt mit sich fortschwemmen.

Lisa berührte ihre feuchten Haare. Fast kam sie sich vor wie ein begossener Pudel. Aus dem Augenwinkel heraus konnte sie hin und wieder einzelne von Felix' Mitarbeitern durch den Flur eilen sehen, der zu den Fahrstühlen führte. Alle wirkten wie durchtränkt von dem Bewusstsein, in einem der exklusivsten Unternehmen der Stadt, ja vielleicht des Landes, beschäftigt zu sein. Die ganze Atmosphäre des Gebäudes schien ihr sagen zu wollen, dass es eine Auszeichnung sein würde, sich hier aufhalten zu dürfen – dass sie jeden Moment jedoch wieder hinausgeschmissen werden könnte, wenn sie den Anforderungen nicht gewachsen sein sollte.

Was sollte sie Felix sagen, wenn er endlich Zeit für sie haben würde?

Sie atmete aus. Sie hätte sich niemals darauf einlassen dürfen! Wie kam Treibel nur darauf, ihr die Verantwortung für die ganze Belegschaft aufzuhalsen? Sie sollte versuchen, etwas aus Felix herauszuholen, ohne ihm zu sagen, was sie eigentlich von ihm wollte? Wie stellte sich Treibel das vor?

»Frau Bentheim?«

Lisa fuhr hoch.

Die Assistentin stand am Eingang zur Lounge und lächelte ihr zu.

»Kommen Sie?«

Lisas Absätze klickten über den Marmorfußboden. Vor einer glatten Doppeltür aus makellosem Nussbaumholz blieben sie stehen.

»Sind Sie bereit?«

Aber ja doch, was sollte das denn?

Lisa nickte, und die zierliche Frau drückte die Klinke der Tür herunter. Der Flügel schwang auf.

»Frau Bentheim für Sie, Herr von Quitzow!«

Lisa fühlte, wie ihr das Blut aus dem Kopf wich.

Durch die Türöffnung hindurch konnte sie in einen gewaltigen Saal blicken, der weniger durch seine Höhe als durch seine Breite auffiel: Endlose Lichtflächen zogen sich über Decke und Fußboden, alle Außenwände waren verglast. Und inmitten dieses flachen Kastens aus Fenstern und Licht stand ein schwerer ovaler Holztisch, um den herum an die vierzig Personen saßen.

»Frau Bentheim!«

Lisa machte einen Schritt in den Saal hinein.

»Was kann ich für Sie tun?«

Felix hatte sich von seinem Platz an der Spitze der Tafel erhoben.

Die Blicke der Anwesenden waren ausnahmslos auf Lisa gerichtet. Es waren junge Männer darunter, die nur darauf zu brennen schienen, endlich die Besprechung fortsetzen zu können, Frauen um die vierzig in eleganten Business-Kostümen und ältere Manager-Gestalten, die den Eindruck machten, erst am Morgen aus ihren Flugzeugen gestiegen zu sein, von denen sie aus London oder Moskau nach Berlin gebracht worden waren.

»Es tut mir leid, ich wollte keinesfalls stören ...« Lisa suchte nach Worten.

»Kein Problem, Frau Bentheim.« Felix hatte sich wieder auf seinen Platz gesetzt, ohne ihr einen Stuhl anzubieten. »Was führt Sie zu mir? Wir können unsere Runde hier auch kurz unterbrechen.« Lächelnd ließ er den Blick über die Anwesenden schweifen.

»Herr Treibel bat mich darum, ihn bei Ihnen zu entschuldigen«, stammelte Lisa.

»Aber sicher doch, wie gesagt, kein Problem.«

Er hat es absichtlich so eingerichtet! Felix hat die Versammlung absichtlich einberufen, um mich vor aller Augen bloßzustellen!

»Meine Damen, meine Herren?«, wandte sich Felix an seine Versammlung. »Wollen wir in, sagen wir, zwanzig Minuten weitermachen?«

Man murmelte. Stühle rückten über den Plexiglasboden, Papiere wurden zusammengeschoben, einzelne Mitarbeiter wandten sich einander zu und begannen, leise miteinander zu sprechen.

Nur zu Lisa schaute niemand. Auch Felix nicht, der an seinem Platz sogleich von mindestens einem halben Dutzend Kollegen wie von einem Kreis neugieriger Jünger umringt worden war. Ein junger Mann kniete regelrecht neben ihm.

Lisa verfluchte sich. Nie in ihrem Leben war sie sich so unbeholfen und tumb vorgekommen. Während die Ersten an ihr vorbei nach draußen liefen, zitterten ihre Beine, und sie fürchtete, neben dem Tisch auf den Boden zu sinken, wenn sie sich nicht einen Moment setzte. Mit dem nassen Regenmantel auf den Knien nahm sie auf einem inzwischen geräumten Stuhl Platz und legte die noch immer eiskalten Hände vor sich auf die ebenfalls kühle Tischplatte.

Wenig später hatte auch der letzte Mitarbeiter den Saal verlassen. Felix lehnte sich auf seinem Stuhl zurück, um seinen Mund spielte ein Lächeln.

»Treibel hat mich vorgeschickt«, platzte es aus Lisa heraus, »ich soll in Erfahrung bringen, was du mit unserem Blatt vorhast.« Er kannte sie doch viel zu gut, was sollte sie ihm denn vormachen? »Ich hätte Treibel gleich sagen sollen, dass ich da nicht mitmache, dass er sich hinter mir nicht verstecken kann.«

»Treibel?« Fast schien Felix erstaunt.

»Unser Chefredakteur. Der dich gestern Abend in die Redaktion gebracht hat.«

»Was geht mich Treibel an, Lisa?«

Sie musste schlucken.

»Ist das wirklich alles, was dich interessiert?«

Worte, Erinnerungsfetzen, der Nachhall unzähliger Berührungen durchblitzten sie.

»Du hast mich verlassen, Lisa«, Felix' Stimme war nur noch ein Flüstern, »dazu willst du mir nichts sagen?« Seine Augen fixierten sie, der scharf geschnittene Mund war geschlossen, an den Wangen zeichneten sich die Kiefermuskeln ab. »Du hast mich verletzt, und jetzt schneist du hier rein und erzählst mir was von Treibel?«

Plötzlich war alles wieder da. Das Unerbittliche, das Überlegene, das für sie schon immer von ihm ausgegangen war.

Felix war zwanzig Jahre älter als sie, und er hatte diese Zeit nicht verschwendet.

»Wie kannst du die Dreistigkeit besitzen, nach all dem, was zwischen uns geschehen ist, hier aufzukreuzen und so zu tun, als wäre überhaupt nichts passiert?« Felix hatte sich von seinem Platz erhoben und war an die Glasfront getreten, von der aus man in die dunkle Straßenschlucht hinunterblickte. »Was willst du von mir, Lisa?«

Es war, als wäre durch ihre Begegnung eine Schleuse in Lisa wieder aufgesprungen, die lange verschlossen gewesen war.

Sie hatte ihm nie wirklich etwas entgegenzusetzen vermocht. Deshalb hatte sie ihn verlassen und war zu Till gegangen. Zu Till, der auf sie gehört hatte, mit dem sie hatte reden können, sich verständigen – auf Augenhöhe. Zu Till, den sie seit jenem Abend vor zwei Jahren, an dem er Max aufgesucht hatte, nicht mehr gesehen hatte.

»Ich wollte ein Kind von dir, Lisa – schon vergessen?« Felix hatte sich wieder zu ihr umgedreht, und seine Augen funkelten. Er machte einen Schritt auf sie zu, und einen Moment lang durchzuckte sie die aberwitzige Vorstellung, er könnte sich über sie beugen, mit einem Arm ihre Taille umschlingen und seine andere Hand auf sie pressen. »Du hast mir nicht gesagt, was du davon hältst, Lisa, du bist einfach nur davongelaufen!«

Von der freundlichen Gelassenheit, mit der er sie im Kreis seiner Arbeitskollegen empfangen hatte, war nichts mehr übrig. Der Zorn und die Aufregung, die jetzt von ihm abstrahlten und in die er nur durch ihre Gegenwart gestürzt worden sein konnte, schienen die Luft zwischen ihnen förmlich aufzuladen.

»Hast du mich nicht gehen lassen, Felix?«, hörte Lisa sich mit seltsam rauher Stimme entgegnen. »An jenem Abend, gleich hier unten … ich bin aus dem Taxi gestiegen, erinnerst du dich? Wir haben geredet, ich habe gesucht, Felix – gesucht nach dem, was ich wollte. Aber plötzlich hast du dich abgewandt, den Code in die Tür getippt – plötzlich warst du nicht mehr auf der Straße, plötzlich war alles aus.« Sie konnte kaum fassen, was sie da sagte. Hatte sie Felix nicht den Rücken gekehrt, um für Till frei zu sein?

»War es nicht so?«

Er stand vor ihr wie in den Boden gerammt, und Lisa spürte, wie sie es genoss, von seinen Blicken verschlungen zu werden. Konnte es sein, dass sie ihm jetzt gewachsen war? Anders als vor zwei Jahren, als sie nur das Gefühl hatte, ihm hilflos ausgeliefert zu sein?

Erinnerungen an einen Sommertag vor etlichen Jahren durchfluteten sie, Erinnerungen daran, wie sie im Pool ihrer Eltern geschwommen war und Felix am Rand des Beckens auftauchte. Wie sein Blick – der gleiche, mit dem er sie auch jetzt wieder festhielt – auf sie gerichtet war, wie er ihr dabei zugesehen hatte, während sie sich abtrocknete. Wie sie schon damals – gerade so wie jetzt – hatte spüren können, dass dieser Mann von einem Verlangen nach ihr verzehrt wurde, vor dem sie sich schon immer gefürchtet hatte.

»Komm mit.« Er griff nach ihrer Hand, es ging durch sie hindurch wie ein Ruck. »Ich will dir was zeigen.«

Sie ließ sich von ihm aus dem Stuhl heraus und zu einer Tür in der gläsernen Außenwand ziehen. Mit einer ungeduldigen Bewegung riss Felix die Tür vor ihr auf.

Eiskalt peitschte der Regen zu ihnen herein.

5

Hinter der Tür spannte sich eine schmale, stählerne Brücke zu dem Steinbau, der sich auf der gegenüberliegenden Straßenseite erhob. Dicke Drahtseile hielten die Brücke, die ansonsten vollkommen frei in der Luft hing, kein Dach hatte und auch keine Wände, sondern nur verschraubte und genietete Geländer auf beiden Seiten. Lisa war die luftige Konstruktion, die die beiden Gebäude im sechsten Stock miteinander verband, vor ein paar Monaten zum ersten Mal aufgefallen, groß darauf geachtet hatte sie jedoch nicht.

Felix zog sie durch die Tür hinaus ins Freie. Schräg unter sich konnte Lisa den abendlichen Verkehr sehen: Scheinwerferkegel, die um die Ecke bogen, Fußgänger, die allein oder zu zweit über den Bürgersteig eilten.

»Das wirst du sehen wollen«, rief Felix ihr zu, ließ ihre Hand fahren und ging voran, da die Brücke zu schmal war, um nebeneinander darüberzulaufen. »Es ist in meinem alten Arbeitszimmer, hier kommen wir am schnellsten dorthin.«

Lisa berührte das kalte Metallgeländer, das sie vor dem Abgrund schützte, und spürte, wie die Stahlkonstruktion von den kräftigen Windböen, die die Straße entlangpeitschten, in Schwingung versetzt wurde. Sie blieb stehen, und das Rauschen der Nacht umfing sie.

»Lisa?«

Sie blickte auf.

Felix hatte das Gebäude auf der anderen Straßenseite erreicht und machte ihr ein Zeichen, ihm zu folgen.

Ihr Blick wandte sich wieder nach unten, und sie achtete darauf, dass sich die Absätze ihrer Schuhe beim Weiterlaufen nicht in den gestanzten Löchern der Stahlplatten verfingen, mit denen die Brücke ausgelegt war.

»MEINST DU WIRKLICH, ICH LASSE DICH MIT MIR SPIELEN, WIE ES DIR BELIEBT?«

Es klang beinahe wie das Rauschen des Windes in den steinernen Türmchen und Erkern des alten Firmengebäudes, aber es war Felix, der ihr durch das nächtliche Unwetter hindurch etwas zuschrie.

Entsetzt riss sie den Kopf hoch und sah, wie er sie anstarrte. Eiskalt durchfuhr sie ein Windstoß und blies ihre Haare zur Seite.

Es stimmte, sie spielte mit ihm. Sie sah den weißen, wollüstigen Körper der maskierten Frau vor sich, der sich dehnte, als Felix das Halsband straff zog.

Im gleichen Augenblick klirrte und schepperte es. Felix hatte das Metallgeländer gepackt und rüttelte daran. Lisa hatte das Gefühl, ihr Magen würde in ihrem Bauch schweben.

Dann durchriss ein harter Schlag die Stahlkonstruktion, auf der sie stand – und sie starrte in den Abgrund, von dem sie auf einer Seite jetzt kein Geländer mehr trennte.

Felix hatte es mit einem Griff aus der Verankerung gelöst. Es war herumgeschlagen, schwang noch einmal hoch und rastete dann senkrecht nach unten stehend ein. Instinktiv schloss sich Lisas Hand um das Geländer auf der anderen Seite.

»Lass es los, Lisa.«

Zurücklaufen – wie weit war sie bereits auf der Brücke? Umdrehen? Ohne Geländer und mit diesen Absätzen?

Sie sah, wie Felix hart gegen den mittleren Holm des Geländers trat, an dem sie sich festhielt.

Es krachte, und ihre Hand löste sich.

Lisa wankte. Ein Ruck – die Stahlbrücke klirrte, als würde sie in ihre Einzelteile zerbersten.

Kalt und von dem stundenlangen Regen mit einer glitschigen Schicht bedeckt, erstreckte sich die geländerlose Brücke jetzt vor Lisa wie eine schmale Stahlschiene bis zum Steingebäude auf der anderen Straßenseite. Unter sich sah Lisa ihre Pumps auf dem Träger stehen – rechts und links davon ging es zwanzig Meter in freiem Fall bis hinunter auf das Pflaster.

Ihr versagten die Beine. Sie sank auf die Stahlplatte, auf der sie gestanden hatte, ihre Arme schlossen sich um die Nieten und Träger, aus denen die Brücke zusammengeschraubt war, mit fliegendem Atem presste sie das feuchte Metall an ihre Wange. Es kam ihr so vor, als würde es glühen.

6

Heute

Er kann Lisa neben ihrer Mutter stehen sehen, vor den Nadelbäumen, die hinter ihnen in den Himmel aufragen. Lisas dunkelblonde Haare schimmern auf der schwarzen Jacke, die sie übergeworfen hat. Sie kommt ihm anziehender vor, als Till sie jemals in Erinnerung hatte.

Zwei Jahre lang sind sie sich nicht begegnet – und jetzt ist Till zu benommen, zu betäubt von den Geschehnissen, als dass er mit ihr reden könnte.

Er ist ein paar Schritte vom Grab zurückgetreten. Gerade steht Nina an der Grube und starrt hinein. Weiter links hat Julia Bentheim die Arme um Lisa und Betty gelegt. Julias Kopf ist zwischen ihre Schultern gezogen, ihr Gesicht wirkt in sich gekehrt, fast verrutscht. Die drei Frauen stehen so nah beieinander, dass es aussieht, als würden sie sich gegenseitig stützen.

Gleich, gleich wird er zu ihnen gehen, aber noch fühlt sich Till zu zerschlagen dafür.

Es kommt ihm wie gestern vor, dass er sich zum letzten Mal mit Max in dessen Wohnung unterhalten hat. Nach ihrem Streit ist Till nach Toronto zurückgekehrt und hat sein Leben dort wieder aufgenommen. Hat sich in den Abschluss seiner Arbeit gestürzt und ist beinahe wie ein Schlafwandler durch die Tage gedriftet.

Wieder in Berlin zu sein kommt ihm jetzt vor wie ein Erwachen aus diesem Schlummer, wie ein Aufschrecken aus einer totenähnlichen Erschöpfung.

Diesmal ist es nicht Lisa gewesen, die ihn benachrichtigt hat, wie damals, als er zu Bettys Hochzeit gekommen ist. Diesmal ist es Julia gewesen, die ihm geschrieben hat. ›Max wäre es sicher wichtig gewesen, dass Du da bist‹, hatte sie handschriftlich auf der Anzeige notiert, mit der sie die Beerdigung ihres Sohnes bekanntgegeben hat.

Es hat Till getroffen wie ein Faustschlag ins Gesicht.

Er hatte von Max seit ihrem Streit nichts mehr gehört. Er hatte geahnt, gefürchtet, gebangt, dass es Max nicht gutgehen würde, hatte über Bekannte auch mitbekommen, dass Max Berlin verlassen habe und nach Süden gezogen sei. Dass er ihn jedoch beerdigen würde, wenn er das nächste Mal nach Berlin kommen würde, hätte sich Till niemals träumen lassen.

»Till?«

Er schaut zur Seite.

Nina.

Seine Arme breiten sich wie von allein aus, und er zieht sie an sich. Ninas Stirn schmiegt sich an seinen Hals. Er fühlt, wie ihr schlanker Körper es förmlich aufsaugt, umarmt zu werden.

»Till, ich ... ich wollte so lange schon mit dir sprechen ...«

Er hält sie fest.

»Aber du warst plötzlich weg aus Berlin, es hieß, ihr hättet euch gestritten ... und ... ich wusste nicht, wie ich dir das am Telefon ... oder per Mail –«

»Was denn, Nina?« Till lässt sie los und beugt sich etwas herunter, um ihr ins Gesicht sehen zu können. Ihre Augen sind gerötet, und sie hält den Kopf gesenkt, als wollte sie nicht, dass er sie anschaut.

»Till, ich ...« Sie bricht ab.

Tills Blick ruht auf ihrem dunkelbraunen Scheitel. Max ist verrückt nach ihr gewesen, keine andere hat ihm so gut gefallen wie sie.

Sie hebt den Kopf, und ihre dunklen Augen richten sich auf Till. »Ich«, flüstert sie, »ich meine Felix und ich ...« Ihre Stimme wird heiser, und sie bricht ab.

Felix?

Tills Augen irren an Nina vorbei zu den anderen Trauergästen. Richtig, dort hinten kann er Felix stehen sehen. Till hat ihn vorhin schon flüchtig bemerkt, aber nicht weiter auf ihn geachtet.

»Felix hat mich damals gebeten«, Nina rückt ganz nah an Till heran, während sie weiterspricht, ihr sanfter Geruch weht ihn an, »er hat mich gebeten ...« Doch anstatt den Satz zu beenden, unterbricht sie sich. »Er wollte etwas von Max, verstehst du?«

»Von Max?«

»Ja.«

»Entschuldige Nina, aber ich verstehe nicht ...«

»Es ging um die Bücher seines Vaters ... Felix hatte damit etwas vor, er wollte von Max die Erlaubnis, die Stoffe seines Vaters zu verwenden ... aber Max wollte Felix diese Rechte nicht verkaufen.«

Till nickt. Vage kann er sich daran erinnern, dass Max ihm damals so etwas erzählt hat.

»Felix hat angefangen, mich unter Druck zu setzen, verstehst du? Er dachte, er könnte über mich an Max herankommen, über mich Max dazu bringen, das zu machen, was er von ihm wollte.«

Till muss sich konzentrieren, um ihren hastigen Sätzen folgen zu können.

»Aber ich wollte nicht, dass Felix sich zwischen uns schob, zwischen Max und mich«, hört er sie an seinem Hals flüstern.

»Ja, ja, ich glaube, ich weiß, was du meinst.« Max wollte nicht, dass die Bücher seines Vaters von Felix für dessen Zwecke benutzt würden ... Till weiß noch, wie Max ihm gegenüber so etwas in jenem Spielsalon hinter dem kleinen Theatersaal erwähnt hat. »Aber das ist alles so lange her, warum ... ich meine, Max ist tot, warum erzählst du mir das, Nina –«

Doch sie lässt ihn nicht ausreden. »Felix hat mich bedrängt, es war ihm alles egal, jedes Mittel war ihm recht, um an sein Ziel zu kommen. Ich habe ihm gesagt, dass er sich an dich wenden soll, Till, wenn er von Max etwas will. Ich habe ihn an dich verwiesen, um ihn von mir und Max abzulenken! Ich habe ihn auf dich gehetzt, Till!« Ihre hübschen

Augen blitzen ihn an. »Felix hätte sonst nicht eher nachgelassen, als bis er das, was damals zwischen mir und Max war, vollkommen beschmutzt und zerstört hätte. Ich weiß, es war nicht richtig, aber Max hat mir damals sehr viel bedeutet.«

Till sieht, wie ihr Blick sein Gesicht absucht.

»Max hatte einmal erwähnt, dass es zwischen euch etwas geben würde, was euch beide verbindet. Ein Erlebnis, eine gemeinsame Erfahrung ...«

»Ja?«

»Davon habe ich Felix erzählt, Till.« Jetzt fließen ihr die Tränen übers Gesicht.

Die Beerdigung, die Erinnerung – alles scheint auf einmal über ihr zusammenzubrechen. Unwillkürlich berührt Till Ninas Wange, wischt eine Träne fort, die dort hinunterläuft, ist für einen Moment von dem Drang durchflossen, sie einfach zu küssen – und hört sie schon weiterflüstern.

»Ich habe Felix gesagt, dass es ein Erlebnis aus eurer Kindheit gibt, über das ihr mit niemandem sprecht. Max hatte mir gegenüber so etwas angedeutet. Und kaum hatte ich Felix das gesagt, konnte ich fühlen, wie er darauf ansprang. Er wollte unbedingt mehr darüber erfahren. Es war klar, dass er sofort überlegte, ob er so von Max bekommen könnte, was er von ihm wollte.«

Till spürt, wie sich seine Stimmung verdüstert. Es hat nur *ein* Erlebnis in ihrer Kindheit gegeben, über das er und Max mit niemandem gesprochen haben. Ein Erlebnis, das hinunterführte in die Gänge unter der Stadt.

»Felix hat Max danach gefragt, hat ihm gesagt, du, Till, hättest so etwas erwähnt. Aber es stimmte nicht, Till, er hat das nur gesagt, um Max zu verunsichern, um ihn gegen dich aufzubringen. Er wusste, dass er am besten an Max herankam, wenn er einen Keil zwischen ihn und dich trieb, zwischen dich und Max. Dass er ihn am besten schwächen konnte, wenn er die Freundschaft zwischen euch beiden beschädigte.«

Till atmete aus. Felix?

Aber da flüsterte Nina schon weiter. »Felix ging es nur darum, dich und Max gegeneinander aufzubringen. Es tut mir so leid, Till«, hört er sie wispern. »Ich hätte niemals mit Felix sprechen dürfen, aber ich wollte ihn von mir ablenken. Und das war falsch, entsetzlich falsch. Du warst für Max immer so wichtig ... der Streit zwischen euch, er hat ihn praktisch zerrissen.«

Wieder sieht Till seinen Freund vor sich, wie er auf dem Sofa im Wohnzimmer sitzt. Wie Max ihm entgegenschleudert, dass er Lisa alles sagen wird. Wie Max' Blick hasserfüllt auf ihn gerichtet ist und alles an Max' Haltung signalisiert, dass er bereit ist, seine Drohung wahr zu machen.

Felix hat es eingefädelt. Er wollte, dass sie sich stritten.

Und Felix hat sein Ziel genau so, wie er sich das vorgestellt hat, auch erreicht.

Zweiter Teil

1

Sechs Wochen vorher

Es schaukelte leise.
Aber es war nicht die eiskalte Stahlbrücke.
Es war weich, weiß, warm.
Lisa spürte, wie sie sich streckte. Ihr Kopf stieß gegen etwas Hartes. Ihre Augen öffneten sich. Sie lag auf der Seite und starrte in eine dunkle beige-blaue Struktur. Weiter hinten blinkte etwas Rotes.
Sie lag auf dem Rücksitz eines Autos.
Benommen sah sie an sich herab. Eine Wolldecke war über sie gebreitet. Sie kam sich vor wie ein Kind, wie damals, als sie auf der Rückbank des Jaguars ihres Vaters geschlafen hatte.
Langsam richtete sie sich auf. Es war kein Motor zu hören, und doch sah sie die Nacht an den Fenstern vorbeiziehen.
Der Fahrersitz war leer, sie war allein. Ein Fenster war heruntergekurbelt. Sie fokussierte den Blick und schaute durch die Windschutzscheibe nach vorn. Langsam begannen sich die Eindrücke zu einem Gesamtbild zu verdichten.
Sie hatte auf der Stahlbrücke das Bewusstsein verloren – jetzt konnte sie Felix an einer Balustrade vor dem Wagen stehen sehen. Rechts von ihm ragte ein kurzer stählerner Turm auf. Dahinter funkelte tiefblaues Wasser.
Es war noch immer Nacht, und sie fuhren – aber nicht der Wagen, in dem sie lag, bewegte sich, sondern die kleine Fähre, auf der das Auto stand.
Lisa zog die Decke enger um sich herum. Sie wusste, welches Auto das war – sie hatte es gesehen, als sie Felix unten auf der Straße beim Zeitungsgebäude begegnet war. Er musste sie zu dem Wagen getragen und hineingelegt haben, während sie bewusstlos gewesen ist. Wo fuhren sie hin? Ihr Blick ging an Felix vorbei hinaus auf das Wasser. Sie befanden sich auf einem See und glitten auf ein

Ufer zu, eine Böschung, die sanft hinter dem schmalen Seestrand anstieg.

Hell erleuchtet erhob sich weiter entfernt ein Herrenhaus auf dem Gipfel des kleinen Hügels. Eine schimmernde Lichterkette führte von dem Steg, auf den sie zuhielten und von dem gerade eine weitere Fähre ablegte, hinauf zu dem Haus. Auf dem Steg waren einige Menschen zu erkennen, die der anderen Fähre entstiegen sein mussten.

Lisa bemerkte, dass Felix sich zu ihr umgedreht hatte. Er lächelte, duckte sich ein wenig, um sie besser durch die Windschutzscheibe hindurch sehen zu können, und winkte ihr zu.

Als sie zurückwinkte, kam er von der Balustrade zum Auto und zog die Fahrertür auf. »Wie fühlst du dich?«

Erst jetzt fiel ihr wieder ein, was auf der Brücke passiert war. Er hatte das Geländer gelöst – sie hätte hinabstürzen können! Wie konnte er es wagen, sie in dieses Auto zu legen?

Doch alles, was sie sagte, war: »Gut.«

Er setzte sich hinter das Steuer.

»Wo sind wir?«

»Wir sind gleich da, ein kleines Fest unter Freunden«, hörte sie ihn antworten. »Ich dachte, es würde dir vielleicht gefallen. Wenn du möchtest, kannst du dir etwas Frisches anziehen.« Er griff neben sich auf den Beifahrersitz und reichte ihr mehrere große Papiertüten nach hinten. »Du erkältest dich sonst vielleicht noch.«

War das nicht alles ganz falsch? Sollte sie nicht aussteigen, sich ein Taxi besorgen? Ihre Hände griffen in die erste Tüte. Ein dunkelgrünes Kleid befand sich darin.

»Beeil dich, wir sind gleich da«, sagte er, während er den Zündschlüssel drehte. Mit leisem Summen sprang der Wagen an.

In der nächsten Tüte entdeckte sie Spitzenunterwäsche aus blauer Seide, geschmeidiger, als sie sie jemals berührt oder auch nur gesehen hatte.

»Du brauchst dir keine Sorgen zu machen, die Scheiben sind abgedunkelt. Und ich drehe mich schon nicht um.«

Mit leisem Ruck stieß die Fähre gegen den Steg. Lisa sah eine Tür in dem Turm rechts vor dem Auto aufgehen, einen Mann herauskommen. Er warf einem Kollegen, der auf dem Steg auf die Fähre gewartet hatte, ein Seil zu.

Sie zog das Unterhemd, das sie trug, über den Kopf. Die Sachen, die sie angehabt hatte, waren vom Regen durchnässt gewesen, und jemand musste sie entkleidet haben – aber sie wagte nicht daran zu denken, wer. Das Kleid fühlte sich wie eine Liebkosung auf ihrer Haut an. Selbst Schuhe befanden sich in den Tüten, aber Lisa zog es vor, ihre eigenen Pumps wieder anzuziehen, die in dem Fußraum hinter dem Fahrersitz lagen. Es war alles falsch, ja. Aber sie musste sich trockene Kleidung anziehen, wenn sie nicht krank werden wollte. Und sie würde Felix noch heute alles wieder zurückgeben …

Leise rumpelte der Wagen von der Fähre herunter und schnurrte an den anderen Gästen vorbei, die inzwischen über die schmale Straße dem Haus auf dem Hügel zustrebten. Kurz darauf knirschte Kies unter den Rädern des Wagens. Felix hielt vor dem Eingang des Hauses. Fackeln tauchten die Fassade des Gebäudes in ein unruhiges Spiel von Schatten und Reflexionen.

Lisa hatte sich fertig angekleidet. Felix öffnete ihr die Wagentür.

»Du siehst großartig aus.«

Über eine moosbewachsene Steintreppe stiegen sie zum Eingang des Hauses hinauf. Die doppelflüglige Haustür stand offen, und gedämpfte Musik drang zu ihnen nach draußen. Es war ein Bau aus dem achtzehnten oder frühen neunzehnten Jahrhundert. Die Eingangshalle schien regelrecht darauf angelegt zu sein, dem Besucher durch ihren verschwenderischen Luxus zu schmeicheln. Eine rot ausgelegte Treppe führte in weitem Bogen in den ersten Stock. Von überall her waren die Geräusche und Stimmen der Gäste zu hören. Die Besucher schienen sich bereits in den diversen Sälen und Trakten des Hauses verteilt zu haben.

Der Glanz der Halle, die Blicke, die sie auf sich zog, das rätselnde Lächeln, das ihr Auftritt auf die Gesichter der anderen zauberte, berauschten Lisa beinahe, und sie war froh, die Kleidung angenommen zu haben, die Felix für sie besorgt hatte.

Während Felix leichthin grüßte, wer auch immer sich ihnen zuwandte, gelangten sie von der Eingangshalle in einen angrenzenden Spiegelsaal, dessen Fensterfront auf einen Garten hinausging. Dunkelgrün wurde die Parklandschaft vom Feuerschein zahlreicher Fackeln aus der Nacht geschnitten. Auf einem Podest an der Seite des Saals musizierten zwei Geiger und ein Pianist, zwei Paare drehten sich neckisch im Tanz, die übrigen Gäste standen in Gruppen zusammen und unterhielten sich.

»Von Quitzow?«

Lisa wandte den Kopf und sah, wie Hennings Vater auf sie zukam. Weiter hinten erkannte sie Treibel und dessen Frau. Irritiert ließ sie Felix' Arm los. Mit ihm gesehen zu werden war Lisa unangenehm. Und dann auch noch in Kleidern, die er ihr besorgt hatte! Sie bemerkte, dass sich jemand zwischen sie und Felix schob, und nutzte die Gelegenheit, um ein wenig Abstand zu gewinnen.

Während sie hinter sich Felix' Stimme hörte, der Hennings Vater begrüßte, schlenderte sie auf die Fensterfront zu. Ein Kellner bot ihr ein Tablett mit Champagnerkelchen an. Lisa nahm sich eins der Gläser, trank – und genoss das kristalline, beinahe glitzrige Gefühl, mit dem die Flüssigkeit ihre Kehle hinunterrann. Erfrischt und mit dem Glas in der Hand, trat sie durch eine der geöffneten Glastüren ins Freie.

Vor dem Saal erstreckte sich eine mit Steinplatten gepflasterte Terrasse, von der aus Lisa den für die nächtlichen Feierlichkeiten hergerichteten Garten überblicken konnte. Zahlreiche Heizpilze milderten die Kühle der Nacht. Auch hier hatten sich die Gäste zu verschiedenen Gruppen zusammengefunden, Frauen in schulterfreien Abendkleidern, ergraute Herren mit hochbeinigen Hunden an ihrer Seite, weiß oder dunkelblau herausgeputzte Kinder, die zwischen den Erwachsenen umherrannten. Mit Kies ausgelegte Ebenen glichen den Höhenunterschied zwischen dem Haus und einem Teich aus, der gut zweihundert Meter weiter am tiefsten Punkt des Parks angelegt war.

Lisa scheute sich davor, ihre Gedanken zu bündeln, ahnte sie doch, dass es nur einen darunter geben würde, der wirklich greifbar war. Der Gedanke an Felix. Den aber wollte sie nicht zulassen.

Während sie die langgezogenen Stufen in den Garten hinabschritt, spürte sie, wie das weiche Fell eines Hundes an ihrem Bein vorbeistrich. Ihr war aufgefallen, dass sich zu ihrer Linken zwei oder drei Dutzend Gäste an einem Geländer versammelt hatten und dahinter etwas zu beobachten schienen. Lächelnd sah sie dem Hund hinterher, der ihr vorauslief und seinen Kopf zwischen die Beine der Umstehenden drängte. Was mochte deren Neugier dort geweckt haben? Lisa gesellte sich zu den Schaulustigen und lugte einer kleineren Frau über die Schulter, die unmittelbar an dem Geländer stand.

Vier oder fünf Meter ging es dahinter senkrecht nach unten. Eine sorgfältig aufgemauerte, ovale Vertiefung von vielleicht dreißig Metern Durchmesser, die ringsum von einer steinernen Balustrade umfasst war. Eine Arena, die noch aus der Bauzeit der Villa stammen musste und an die Grotten- und Ruinenästhetik der damaligen Epoche erinnerte. Lisa schob sich nach vorn, legte die Hände auf den Sims des Geländers und blickte wie die anderen Menschen in die Vertiefung.

In der Mitte des Ovals stand ein junger Mann, entblößt bis auf ein Tuch, das er um seine Leisten geschlungen hatte. In der einen Hand hielt er einen langen Stab, dessen Ende sich in zwei Spitzen teilte, die andere steckte hinter einem Holzschild, mit dem er seinen Oberkörper abschirmte. Sein Blick aber war nicht nach oben zu den Schaulustigen gerichtet – sondern auf ein Tier, das lautlos an der Mauer der Grube entlangschlich. Ein schwarz glänzender Panther, dessen feine Barthaare im Licht der Fackeln zitterten.

»Bist du sicher, dass du dir das ansehen willst?«

Atemlos wandte sich Lisa um. Felix hatte sie am Arm berührt. Sie suchte nach Worten.

»Die Katze hat keine Chance«, hörte sie Felix sagen. »Der Mann ist kostümiert, aber er weiß, was er tut. Er wird das Tier töten.«

Lisa fühlte, wie Tränen in ihre Augen stiegen. Warum sollte jemand so etwas tun?

Da zog Felix sie an sich, sein Mund berührte ihr Ohr, fast trug er sie mehr, als dass sie ging, während er sie von der Balustrade fortführte. »Sag es, wenn ich dem Einhalt gebieten soll, Lisa. Sag es, und das Tier lebt.«

»Ja, bitte, kannst du nicht dafür sorgen?«

Er zog sie enger an sich. »Gleich, gleich geb ich Bescheid. Nur einen Moment noch, jetzt, wo du endlich bei mir bist.«

Sie spürte, wie sich ihr Körper seinem entgegendrängte, wie ihre Berührung sein Verlangen nach ihr noch steigerte.

»Ich kann nicht von dir lassen, Lisa, aber ... vielleicht war es richtig von dir, mir den Rücken zu kehren, vielleicht ... mit Sicherheit ... ich weiß, dass ich dich nicht begehren dürfte.« Seine Arme hielten sie fest. »Ich bin gefährlich für dich, Lisa, aber ich komme nicht von dir los.« Seine Hände glitten noch etwas tiefer, schienen mühelos die Wölbung ihres Gesäßes, das sich durch den hauchdünnen Stoff des Kleides abzeichnete, ganz umfassen zu können.

Und je bedrohlicher klang, was er sagte, desto mehr fühlte sie, wie sie sich an ihn schmiegte.

»Ich begehre dich, Lisa – aber ich weiß, dass ich dich gefährde.«

Es war, als könnte sie nicht anders. Sie ließ sich fallen und war zugleich durchglüht von dem Gefühl, etwas Verbotenes zu tun.

2

Heute

Butz hat an einem Tisch am Fenster Platz genommen. Die Frau achtet überhaupt nicht auf ihn. Er hat aufgeschaut, als die Tür des Restaurants aufgegangen ist. Jetzt folgt er ihr instinktiv mit dem Blick.

Sie ist vielleicht Anfang dreißig und trägt einen Mantel, wie er ihn in Berlin seit bestimmt zwanzig Jahren nicht mehr gesehen hat. Einen Pelzmantel. Keinen abgeschabten Pelz, der aussieht, als hätte er zu lange in einem Schrank voller Mottenkugeln gehangen, keinen Pelz, der wirkt, als wäre er eine Fälschung. Nein, ein samtiges, dichtes, warmes und weiches Fell, bei dem Butz am liebsten die Hand ausgestreckt und darübergestrichen hätte.

Sie läuft an ihm vorbei zu einem Tisch, der weiter hinten im Lokal steht und an dem ein junger Bursche mit aufgeknöpftem Hemd auf sie wartet. Es ist nur eine winzige Bewegung, ein Einknicken ihrer Hüfte, ein lässiges Schwenken des Arms – aber es bewirkt, dass der schwer herabhängende Pelz sich einen Spalt weit öffnet, als sie sich umwendet, um sich dem jungen Mann zu zeigen. Ihre hell schimmernde Haut blitzt aus dem Mantel hervor, die Rundungen ihrer Brüste, der Bogen, der sich bis zu ihrem Bauchnabel zieht und über eine geschmeidige Wölbung hinweg fortsetzt, bis eine durchbrochene schwarze Linie ihn durchkreuzt: das obere Halteband eines Slips, der hauchdünn an ihren Hüften haftet und sich zwischen ihren Schenkeln zu einem winzigen Strich verengt.

Butz stockt der Atem. Sie hat den Kopf nach hinten gewandt, um zu verfolgen, wie ihr Begleiter auf sie reagiert. Sie muss doch wissen, dass ihr Mantel sich geteilt hat, dass sie Butz ihre Blöße bietet, dass sich sein Blick beinahe hilflos zwischen den samtigen Rändern des Mantels hindurchschlängelt, zwischen ihren entblößten Brüsten verfängt und an ihrem Hals nach oben gleitet. Da wendet sie ihm ihr Gesicht zu, und Butz' Augen bleiben an ihren vollen Lippen hängen, die sich – als sie merkt, wie sie ihn bannt – ein wenig auseinanderziehen und dahinter eine perlenweiße Reihe von Zähnen zeigen.

Dann ist es vorbei. Sie dreht sich um, nimmt am Tisch bei dem Burschen Platz, ohne den Mantel abzulegen oder auch nur einen Moment noch auf Butz zu achten – und er kann nur noch auf ihren Rücken und den Hinterkopf starren, über dem sich das geschickt nachlässig zusammengesteckte Haar auftürmt.

»Der Kollege kommt gleich, möchten Sie schon etwas zu trinken bestellen?«

Wie aus einem Traum gerissen schaut Butz nach oben – in das verschwitzte Gesicht eines Kellners. »Ähm, ein Wasser, vielleicht ... ja, das wäre gut. Danke.«

Der Kellner entfernt sich wieder, und Butz lehnt sich zurück. Als er vor fünf Minuten das Lokal betreten hat, hat ihm die Wirtin hinter dem Tresen gesagt, dass sich der Kellner, mit dem er sich telefonisch verabredet hatte, etwas verspäten würde, aber gleich da sein müsste. Er wirft einen Blick auf seine Armbanduhr. Kurz nach sechs. Ob sie ihn nur hinhalten wollen? Oder wird der Mann wirklich gleich eintreffen?

Am Nachmittag hat Butz sich in der Garage des LKA den Wagen angesehen, in dem Fehrenbergs Leiche gefunden worden ist. Die Kriminaltechniker hatten das Fahrzeug bereits untersucht, ohne auf einen Anhaltspunkt zu stoßen, der Aufschluss darüber gegeben hätte, von wem oder wieso Fehrenbergs Leiche aus seiner Wohnung entfernt worden ist. Aber es hat Butz keine Ruhe gelassen, und er ist noch einmal in den Wagen geklettert. Im Kofferraum sind an der Stelle, an der die Leiche auf der Auslegware gelegen hatte, noch Spuren zu sehen gewesen. Das Auto war gestohlen gemeldet, und die Kollegen gingen davon aus, dass es eigens aufgebrochen worden war, um damit zu Fehrenbergs Wohnung zu fahren. Doch so tief Butz auch in den Wagen hineingekrochen ist, hat er ihm keinen Hinweis auf ein Motiv oder den genauen Tathergang entlocken können.

Als er die Garage schon unverrichteter Dinge wieder verlassen wollte, ist sein Blick jedoch noch auf ein anderes Fahrzeug gefallen, das nur ein paar Parkhäfen weiter abgestellt war: Fehrenbergs Dienstwagen, den dieser ordnungsgemäß im LKA abgestellt hatte, bevor er sich in seinen Urlaub abgemeldet hat. Das Auto stand nur ein paar Schritte von dem Wagen entfernt, in dem man seine Leiche abgelegt hatte und den die Techniker in die LKA-Garage gebracht hatten. In diesem Dienstwagen ist Butz dann darauf gestoßen: auf eine Visitenkarte des Restaurants, in dem er jetzt sitzt.

Es ist nicht schwer gewesen, herauszubekommen, *warum* Fehrenberg eine Visitenkarte des Lokals in seinem Wagen aufbewahrt hatte.

Er hatte in dem Lokal ermittelt.

Und zwar wegen Mordes.

Butz hat sich die offiziellen Ermittlungsunterlagen angesehen, die er noch auftreiben konnte, obwohl Fehrenberg seine eigenen Aufzeichnungen vernichtet hatte. Der Fall, mit dessen Ermittlung der Kollege knapp zwei Wochen vor seinem Urlaub betraut worden war, betraf eine junge Frau, die in der Damentoilette eines Restaurants aufgefunden worden war. Erwürgt. Halb entkleidet. Hineingerutscht in die Lücke zwischen der Kloschüssel und der Wand der Kabine. Die Schutzpolizei hatte vor Ort festgestellt, dass der Täter wahrscheinlich über das Fenster im Eingangsbereich der Toilette geflohen war. Und dass einige von den Gästen und der Kellner, der an diesem Abend Dienst gehabt hatte, ihn gesehen hatten.

Den Täter.

Den Mann, der mit der ermordeten Frau das Lokal betreten hatte. Der mit ihr am Tisch gesessen hatte, bevor sie kurz nacheinander nach hinten zu den Toiletten verschwunden waren.

Als einen jungen Mann, Mitte zwanzig, haben die Zeugen ihn beschrieben. Der nur Augen für sein Mädchen hatte.

»Hat er Ihnen denn das nicht schon alles erzählt?«

Butz fährt herum. Hinter ihm kommt ein hagerer, etwas ungesund aussehender Mann auf ihn zu. Das muss er sein. Der Kellner, der den Tisch des Täters und der jungen Frau bedient hat.

»Ich wollte es noch mal von Ihnen hören.«

Der Kellner wirft einen Blick an Butz vorbei, um deutlich zu machen, dass er eigentlich keine Zeit hat. »Hören Sie, Meister«, krächzt er mit belegter Stimme, »ich hab's Ihrem Kollegen doch schon gesagt. Wenn Sie wissen wollen, wo der Typ herkam, der die Kleine erwürgt hat, würde ich an Ihrer Stelle in dem Motel vorne rechts am Ende der Straße fragen, dem *Comfort*.«

Darüber hat Fehrenberg den Kollegen, mit denen er vor seinem Urlaub noch über den Fall gesprochen hat, nichts gesagt. Zumindest haben sie Butz nichts davon erzählt.

»Sie haben die beiden bedient, ja?« Butz sieht den Kellner aufmerksam an. Das herbe Gesicht des Mannes strahlt deutlich aus, wie wenig Lust er hat, in dem Lokal zu arbeiten, und wie wenig Lust er hat, wegen der Toten noch einmal befragt zu werden.

»Ja, hab ich.«

»Und wie kommen Sie darauf, dass die beiden aus dem *Comfort* kamen?«

Der Mann kneift die Augen ein wenig zusammen. »Es wären nicht die Ersten gewesen. Seit wann kellner ich hier? Seit 94? Was denken Sie, wie viele solcher Paare ich schon bedient habe? Man trifft sich gleich unten am Ende der Querstraße, geht ins *Comfort,* und wenn man sich gut versteht, gibt's danach noch was zu essen – und zwar hier bei uns.« Er beugt sich vor. »Manchmal kann ich es sogar riechen, ob sie es noch vor sich haben oder schon hinter sich.« Er richtet sich wieder auf. »Ich kann Ihnen gar nicht sagen, wie mich das ankotzt!«

3

Tagebuchaufzeichnung

Wie betäubt.
Wie aus einem Bad flüssigen Stahls emporgetaucht.
Hartgebrannt.
Aber noch am Leben. Unversehrt. Unbeschädigt. Unberührt.
Trotz dem, was ich getan habe. Wie durch eine Wand aus Flammen hindurchgeschritten, ohne von der Hitze versengt worden zu sein.
Hervorgetaucht auf der anderen Seite.
Gestählt.
Erfüllt von dem Sturm, den das Hindurchschreiten entfesselt hat.
Ein anderer Mensch.
Befreit von Ängsten, Zweifeln, Zögerlichkeiten.
Eine vorwärtstreibende Kraft. Im Selbstsein erblüht. Erstarkt.
Entsprossen.

Eine entfesselte Gewalt, die danach giert, sich zu versenken.
Unaufhaltsam, entschlossen – stark wie nie.
Die Haut ...
Wirklich? Das ist es? Alles, woran ich zu denken vermag?
AAAAAAAAHH!
Ihre Haut.
Die Haut des Mädchens aus dem Kaufhaus. Als du sie freigelegt hast, berührt, darüber hinweggestrichen.
Die Kurven, die Wärme, die Geräusche, die Bewegungen – die Berührung der Haut, die sich angefühlt hat wie eine Perle, eine Perle aus ... aus Fleisch, aus Sex ... aus einer anderen Welt.
Ihr Körper, der sich mir entgegengedrängt hat, bis ich sie überwunden habe.
AAAAAAAH!
Es sind keine Menschen mehr, es sind Rümpfe, Maden, gesichtslose Glieder, verzerrte Mäuler, erblindete Stümpfe. Es sind Würmer, Lurche, knotige Wülste – Drüsen, Falten, Beulen, Lippen, Gedärme und Münder, Windungen, Knorpel und Knollen, Verschiebungen, Verdrehungen, Zerquetschungen.
Es ist eine Entstellung, Verbiegung, Verschmierung, kein Verfall, sondern eine Verpuppung in eine blindwütige, hässliche Kraft, die alles Schöne vergeudet, verscheucht, verwischt.
Eine Kraft, die ich entfesselt habe, eine Kraft, die in mir steckt, die mich getrieben hat, ihr den Slip vom Gesäß zu ziehen, die mich getrieben hat, sie so zu berühren, dass sie sich gestreckt und mir entgegengewölbt hat, die mich getrieben hat, mich in sie hineinzustoßen mit einer Bewegung, die einen Augenblick lang wirkte, als würde sie niemals enden.
DAS IST ES?
Was am Boden des Abgrunds schlummert, in den ich hinabgestiegen bin?
Nichts als die bis ins Unerträgliche gesteigerte Gier danach, erneut zu spüren, wie der nackt-heiße Körper einer jungen Frau sich unter mir windet und nachgibt, so dass die ganze Welt um mich herum zu einem glühenden Bad in Wollust aufbricht?

4

Kleine Männer mit gegerbten Gesichtern, phosphoreszierenden Jacken, Sicherheitsschuhen. Männer in den winzigen Kabinen von wendigen Minibaggern. Männer hoch oben auf dem Bock eines Lkws, der sich schwerfällig über eine Sandpiste nach vorn schiebt. Bilder von Betonpfeilern, die steil in den Himmel aufragen und hoch oben in der Luft eine gewaltige Betontrasse tragen: eine sechs-, manchmal achtspurige Fahrbahn.

Autobahnbilder.

Nachts mit langer Belichtung aufgenommen, dass sich die Scheinwerfer zu langgezogenen Spuren verwischen. Tagsüber, wenn die Autos Stoßstange an Stoßstange stehen, drei oder vier nebeneinander auf jeder Seite. Wenn die Männer und Frauen in den Blechkabinen schwitzen und sich jeden Zentimeter, den sie in diesem Nirgendwo zurücklegen, verbittert erkämpfen. Bilder eines grauen Bandes, das sich einmal um die ganze Stadt herumwindet und über das jeden Tag Zehntausende von Autos das Häuser- und Straßenlabyrinth umkreisen, den Knäuel von Leitungen und Tunneln, Schildern und Mauern, Menschen und Maschinen, die sich in seinem Zentrum umschlingen.

Bilder des Berliner Rings.

Zwei Monate lang hat Claire daran gearbeitet. Immer wieder hat sie mit Butz darüber gesprochen, dass sie vorhätte, in den Aufnahmen des Rings das Wesen des Biests – das Wesen der Metropole – einzufangen.

Sie sind über den Ring gefahren, eingebunden, eingezwängt in einen Pulk von Fahrzeugen, die sich vor, neben und hinter ihnen bewegten, ein jedes in einer anderen Geschwindigkeit, ein jedes dem anderen eine fürchterliche Bedrohung, wenn sein Fahrer es nur wagte, das Steuer herumzureißen.

›Kannst du nicht einmal das Blaulicht aufs Dach stellen‹, hat Claire ihn gebeten. ›Nur kurz – für mich.‹ Und ihre Augen haben voller Verheißung geblinkt.

Mit eingeschalteter Sirene und Warnleuchte ist Butz über den Ring gerast. Verwischte Aufnahmen beiseitespringender Wagen sind dabei entstanden, und er hat seinen Job riskiert. Claire aber hat auf dem Beifahrersitz gehockt, jeder Muskel ihres Körpers angespannt, hat das Fenster heruntergekurbelt und ihre Kamera nach draußen gerichtet, hat

Aufnahme um Aufnahme gemacht, während sie zwischen den anderen Fahrzeugen hindurchgejagt sind. Butz hat den Auslöser knattern gehört und dazwischen immer wieder Claire, die ihm zuschrie, dass er schneller fahren sollte, auf die Überholspur wechseln oder gar auf den Sicherheitsstreifen.

Er streckt die Beine unter sich aus. Die Rücklehne seines Autositzes ist ein wenig heruntergeschraubt, und er starrt durch die Windschutzscheibe ins Dunkel vor ihm.

Er hat die Bilder vom Ring in Claires Zimmer auf ihrem Schreibtisch gefunden. Heute Vormittag, bevor er ins LKA gegangen ist.

Sie gehen ihm nicht aus dem Kopf.

Auf einer Aufnahme ist ein Stück von Claires Gesicht zu sehen gewesen. Sie trägt darauf eine Sonnenbrille, der Fahrtwind schleudert ihr das Haar ins Gesicht, und sie strahlt, ganz aufgeregt von dem Sirenenritt.

Er hat sie nicht wiedergesehen.

Nicht wieder mit ihr gesprochen.

Heute Morgen hat er auf der Mailbox seines Handys eine Nachricht vorgefunden. »Melde mich sobald wie möglich. Alles in Ordnung. Claire.« Er muss so erschöpft gewesen sein, dass er nicht aufgewacht ist, als das Telefon geklingelt hat.

Butz richtet sich in seinem Autositz ein wenig auf. Es ist ohnehin nur noch eine Frage der Zeit gewesen, bis sie ihn verlässt. Er stützt die Ellbogen auf das Steuerrad, während er an das letzte Mal denken muss, als sie miteinander geschlafen haben. Claire ist in Gedanken schon nicht mehr bei ihm gewesen, er hätte sie eigentlich nicht anfassen dürfen.

Sein Blick geht durch die Seitenscheibe seines Wagens auf den unruhigen Schein einer offenen Flamme, die draußen flackert. Ab und zu stäuben Funken von den Spitzen der Flammen in die Nacht. Das Feuer züngelt aus einer Blechtonne heraus, und sein Widerschein erhellt die schlanke Silhouette einer Frau, die neben der Tonne steht. Sie ist verpackt wie ein Weihnachtsgeschenk. Schleifchen, Spitzen, Streifen nackter Haut. Ein Bonbon. Zum Vernaschen.

Vorhin ist er im *Comfort* gewesen.

Dort haben sie sich an Fehrenberg gut erinnert. Butz' Kollege habe nach einem jungen Mann und einem Mädchen gefragt, an die sich die Rezeptionistin ebenfalls noch vage erinnern konnte. Wie die meisten

Gäste hätten die beiden jungen Leute jedoch gleich bar bezahlt, um sich gar nicht erst ins Buch eintragen zu müssen. Die Rezeptionistin hat dem Kellner recht gegeben: Das Paar habe ganz so gewirkt, als wäre es von der Straße mit den Blechtonnen gekommen. Wer das *Comfort* aufsuche, komme meistens von dort, Butz wisse schon, von der Straße, die weiter unten unter dem Autobahnring hindurchführe. Wenn er herausbekommen wolle, wer das Mädchen gewesen ist, solle er sich am besten dort einmal umhören.

Butz' Wagen steht auf einem Parkplatz an genau dieser Straße. Eine ehemals durchaus biedere Vorstadtgasse zwischen Berlin und Bernau, die zum Teil unterhalb der Trasse des Berliner Rings verläuft und deren Häuser seit ein paar Jahren von keinen Familien mehr bewohnt werden. Stattdessen haben sich die Typen, für die die Mädchen an den Tonnen zu laufen haben, ihre Büros dort eingerichtet. Ein ganzer Straßenzug ausgehöhlt und besetzt von Leuten, denen unbescholtene Bürger lieber aus dem Weg gehen.

Butz' Blick folgt dem Bonbonmädchen neben der Tonne. Sie hat ihre Beine in den überlangen Stiefeln zu einem X gestellt, die Schultern hochgezogen und ein Handy am Ohr. Ein Scheinwerferpaar gleitet auf sie zu, wird langsamer, hält. Sie steckt das Handy weg und beugt sich zum Beifahrerfenster herunter, ihr Hintern steht steil nach außen ab.

Den ganzen Abend lang hat sich Butz mit den Männern herumgeschlagen, die in den Häusern über die Frauen wachen. Er hat Aufnahmen von Fehrenberg gezeigt und vom Tatort. Vergeblich. Es ist den Typen nur zu deutlich anzumerken gewesen, dass sie mit der Kripo möglichst wenig zu tun haben wollen. Bis Butz zu guter Letzt doch noch auf einen stämmigen Glatzkopf gestoßen ist, der eingeräumt hat, bereits mit Fehrenberg über die Tote in dem Restaurant gesprochen zu haben. Sein Mädchen sei das jedoch nicht gewesen und er wisse auch nicht, wer sich um sie gekümmert habe. Aber er erinnere sich daran, dass Butz' Kollege ihm genau das Foto unter die Nase gehalten habe, das auch Butz ihm jetzt zeigt: die Toilettenkabine des Lokals, die Tote, die neben die Porzellanschüssel gerutscht ist.

»Aber wissen Sie was?«, hat der Glatzkopf gebrummt, und seine Augen haben seltsam wässrig geschimmert. »Mir kam es so vor, als würde sich Ihr Kollege – wie hieß er noch?«

»Fehrenberg, Volker Fehrenberg.«

»Genau, als würde der sich mehr für unsere Mädels hier interessieren als für seinen Fall!«

Das Bonbon steigt hinter den Scheinwerfern in das schwarz in der Nacht kauernde Fahrzeug. Die Lichter des Wagens richten sich kurz ein wenig nach oben, als der Wagen anfährt, dann gleiten sie über Butz hinweg. Er schaut zur Seite, während das Auto an ihm vorbeizieht, doch hinter den spiegelnden Scheiben kann er nichts erkennen.

Die Flammen in der Tonne züngeln weiter in die Nacht.

Fehrenberg hat wegen der Toten in dem Restaurant ermittelt. Was ist es, das ihn bei seinen Ermittlungen bis in das Sekretariat von Felix von Quitzow geführt hat? Die Nachforschungen im Restaurant-Fall und das Kennenlernen von Merle Heidt, Quitzows Sekretärin: Beide Ereignisse haben sich kurz vor Fehrenbergs Urlaub zugetragen. Doch was ist die Verbindung zwischen den beiden? Hat der Restaurant-Fall Fehrenberg zu von Quitzow geführt? Oder ist es purer Zufall, dass beides zuletzt vor seinem Urlaub passiert ist?

Mit einem Aufheulen startet der Motor, als Butz den Zündschlüssel dreht. Versehentlich hat er das Gaspedal zu stark nach unten gedrückt.

›Mir kam es so vor, als würde sich Ihr Kollege mehr für unsere Mädels hier interessieren als für seinen Fall!‹, hört er den Glatzkopf sticheln. Ist es das gewesen? Ist es Fehrenbergs Frauenbesessenheit gewesen, die ihn ins Verderben gestürzt hat?

Mit laufendem Motor steht Butz' Wagen auf dem Schotterparkplatz. Jeder in der Abteilung wusste, dass Fehrenberg sich die Anspannung, die der Job mit sich brachte, hin und wieder bei einer Tour aus den Knochen schüttelte, die ihn bis in die hintersten Winkel der Stadt zu den Verlockungen führen konnte, die dort bereitgehalten wurden. Wenn Fehrenberg danach wieder bei ihnen in der Abteilung aufkreuzte, wirkte er meist zwar ein wenig hohlwangig, aber das bedrohliche Grollen, das zuvor von ihm ausgegangen war, schien für ein paar Wochen nachgelassen zu haben.

Butz legt den ersten Gang ein und kuppelt dann doch wieder aus.

Er kann versuchen, so lange hier weiterzufragen, bis er den Zuhälter ausfindig gemacht hat, der für das ermordete Mädchen zuständig war. Würde ihn das jedoch weiterbringen? Auf die Spur des Mörders führen? Sicher nicht.

Es gibt nur einen Weg, wie er an den Täter herankommt: indem er versucht, Fehrenbergs Ermittlungen nachzuvollziehen. Und die haben Fehrenberg zu Merle Heidt geführt. Merle aber liegt im Sterben. Infiziert von der Tollwut, die um sich greift.

Butz presst die Hände an die Schläfen. Mit jeder Faser seines Körpers kann er spüren, dass er kurz davorsteht, die Zusammenhänge zu begreifen. Die Zusammenhänge zwischen dem Tod der Frau auf dem Parkplatz, dem Tod der Frau in der Baugrube, dem Tod Anni Eislers, Fehrenbergs, auch seines Assistenten Micha.

Ja, er steht kurz davor, und doch ist es, als würde er sich noch kilometerweit davon entfernt befinden. Denn er weiß nicht, in welche Richtung er weitergehen soll. Und es scheint unendlich viele mögliche Richtungen zu geben.

Verbissen legt Butz erneut den ersten Gang ein, gibt Gas und wendet auf dem Parkplatz. Gleitet unter der Ringtrasse hindurch und biegt rechts ab, um die Auffahrt zu erwischen.

Fehrenberg ist der Schlüssel. Butz hat keine Wahl, er muss versuchen, hinter die Maske des toten Kollegen zu blicken. Und soweit er weiß, gibt es nur einen Menschen auf der Welt, dem Fehrenberg vertraut hat.

Er wird sie zur Rede stellen. Nicht lockerlassen, bis sie ihm endlich gesagt hat, was sie weiß.

Fehrenbergs Mutter.

5

Flackern.
Rauschen. Brausen. Summen.
Lichtsplitter.
Kalter Schmerz, der ihn durchfährt.
Ein nackter Leib. Unter der Decke. Das Fleisch wird zentimeterhoch nach oben gezogen – von Fischhaken, die durch das Gewebe getrieben worden sind. Der Leib einer nackten Frau, die an Drahtseilen von der Decke hängt und sich unendlich langsam um sich selbst dreht.
Ein Geräusch wie Flügelschläge.
»Till?«
Sein Mund ist ausgetrocknet, als hätte jemand zehn Stunden lang den heißen Strahl eines Föhns in die offene Rachenhöhle gehalten.

Er liegt auf dem Rücken, auf einer Matratze in einem dämmrigen Kellerraum. Vor ihm sind die Spitzen einer geteilten Zunge zu sehen ... die sich drehen, eine nach rechts, die andere nach links ...

Er blinzelt.

Die Zunge wird beiseitegeschoben, ein Narbengesicht taucht in seinem Blickfeld auf.

Wasser – ich muss etwas trinken ...

Tills Blick tastet über die Decke, die über ihn gebreitet ist, es brennt, seine Seiten glühen, als würden entzündete Benzinspuren dort in Flammen stehen. Dann rutscht die Decke von ihm herunter, und sein Blick gleitet an seinem Körper herab.

Seine Arme sind an seinen Rumpf angenäht, seine Beine an der Innenseite zusammen.

»Hallo? Ist da jemand?« Eine Stimme durchbricht den Raum. Ein Rudel kleiner Gestalten scheint sich am Fußende seines Betts zusammenzudrängen.

»Und, Till? Was denkst du? Gefällt's dir?« Es ist Felix, der ihn durch das dämmrige Licht des Raums hindurch anstarrt.

Tills Nerven flattern. Die Schreie überziehen sein Denken wie Sirup, er kann keinen Gedanken fassen. Da bricht die Erinnerung mit erschreckender Klarheit über ihn herein.

Es ist erst wenige Stunden her. Es war im Gasthaus, in das sie nach Max' Beerdigung gegangen sind.

»Erzähl mir nichts und weich mir nicht aus!«, hat er Felix angeschrien.

Er hatte gewartet, bis Felix nach hinten zu den Toiletten gegangen ist, dann ist er ihm gefolgt.

»Du hast mit Max über mich gesprochen! Wolltest du, dass wir aneinandergeraten? Dass ich mich mit ihm streite?«

Aufgerichtet und bleich hat Felix vor Till an dem Waschbecken gelehnt. Till hat geahnt, dass man ihn vorn im Gastraum hören konnte, aber er konnte und wollte sich nicht mehr zurückhalten. Nina hatte es ihm gerade gesagt, sie hatten noch bei der Grube von Max' Grab gestanden.

»Was hast du Max gesagt? Dass ich dir etwas erzählt hätte?«

Till hat gesehen, wie Felix' Blick auf ihm ruhte, wie Felix abzuschätzen versuchte, wie weit er gehen würde – und plötzlich ist Tills Arm nach vorn geschossen. Er hat sein ganzes Gewicht, seine Masse in die Wucht des Schlags gelegt. Seine Knöchel haben Felix' Wangenknochen gerammt, in Tills Blick haben Blitze gezuckt. Er ist viel zu aufgeregt gewesen, als dass er sich noch hätte kontrollieren können, hat gespürt, wie er von der Wucht seines eigenen Schlags nach vorn gerissen wurde, wie Felix' Kopf herumflog. Felix ist nach hinten getaumelt, gegen das Waschbecken geschlagen, seine Hände haben sich an das kalte Porzellan gekrallt.

»Du hast sie bekommen, die verdammten Rechte an den Büchern seines Vaters – es ist dir gelungen! Aber du hast ihn umgebracht! Er hat es nicht verkraftet!« Till ist wie rasend gewesen. »Du hast ihn auf dem Gewissen, nicht ich –«

Dann hat er sich auf Felix gestürzt und ihn zu Boden gerissen, wollte ihm ein Knie auf den Brustkorb rammen – und wenn er dabei den Knochenkasten durchbrach, es war ihm egal! Till wollte die quälende Verantwortung für das, was er Max angetan hatte, aus sich herausreißen, indem er denjenigen, der an ihrem Streit schuld war, dafür büßen ließ.

Im gleichen Moment ist der Schmerz an seinem Hinterkopf explodiert. Till hat sich an den Nacken gegriffen und realisiert, dass er einen Schlag abbekommen hatte. Im nächsten Augenblick traf ihn der zweite Hieb. Ein Schlag, der Tills Kopf nach vorn geschleudert hat, der bewirkt hat, dass er über Felix hinweg an das Waschbecken gestolpert ist, sich darübergebeugt und hinein übergeben hat.

Gleichzeitig hat Till Stimmen hinter sich gehört und vage mitbekommen, dass jemand Felix vom Boden aufgeholfen hat. Er hat sich ruckartig umgedreht, einen Schritt nach vorn gemacht – und ist in sich zusammengesackt.

Felix muss ihn in das Kellerloch geschafft haben.

Till fühlt, wie sich ein Schrei seiner Brust entringt, reißt seine Beine an sich und die Schenkel auseinander, spürt, wie die Naht an den Beinen platzt, rammt die Ellbogen nach außen, sprengt das zusammengenähte Fleisch.

Dann steht er.

Hört das Toben des Mannes hinter der Wand und sieht es vor sich, wie die Tiere begonnen haben, den Rattenmann zu verspeisen.

Du kannst ihn dort nicht verrecken lassen, Felix! Sie fressen ihn doch auf! Hörst du nicht, wie er schreit, weil sich das Getier in seinen Körper bohrt?

Durch das dämmrige Licht des Kellerlochs hindurch sieht er, wie Felix die Hände hochwirft. »Jetzt!«, hört Till ihn rufen, fährt herum, hat den Griff an der Wand gepackt und reißt daran.

Es ist nur ein Gerät. Sie sind aufgezeichnet, die Schreie. Es ist niemand in dem Loch hinter der Wand, den Rattenmann – es gibt ihn gar nicht.

Aber das Kratzen, Rutschen, Krabbeln, als wenn ganze Spinnenhorden über einen Spiegel trippelten – das bildet er sich nicht nur ein, das gibt es wirklich! Außer sich vor Entsetzen weicht Till zurück gegen die rauhe Betonwand und sieht, wie sie auf ihn zukrabbeln, schnüffelnd, kratzend, suchend, hungrig.

Was da aus dem Stollen heraufbrodelt, die pelzigen Leiber, die Krallen, die über den Betonboden rutschen, die wachsamen Augen, das ist keine Einbildung. Das ist ein Schwarm Tiere. Ein Rattenrudel, dessen erste Nager jetzt Tills Füße erreichen.

Er hetzt, stolpert, hetzt weiter, während an seinen Seiten das Blut aus den aufgerissenen Nähten tropft. Die Gänge entlang, die sich unter der Stadt hindurchwinden – die Tunnel, die er mit Bentheim vor Jahren schon einmal entlanggehetzt ist.

Er läuft hinter dem Narbengesicht her, das ihn von den Tieren befreit hat, durch die ehemalige China-Bude in den grün gekachelten U-Bahn-Gang, die Treppe hoch auf den Platz, bis sie eine Wohnung erreichen und sie ihm die Tür öffnet. Till hat Lisa vorhin auf der Beerdigung gesehen, aber kein Wort mit ihr gewechselt.

Jetzt steht sie vor ihm, das Haar gelöst, den Mund einen winzigen Spalt weit geöffnet, die Hände ihm entgegengestreckt.

Alles in Till treibt ihn auf sie zu, er hat sie so lange nicht bei sich gehabt, will sie umarmen, die Kleidung von ihr ziehen. Sie hochheben und zu einem Bett tragen, mit den Lippen über ihren Körper wandern, den er so lange entbehrt hat.

Dritter Teil

1

Heute

Ein gewaltiges Mietshaus aus der Berliner Gründerzeit. Wohnungen mit einer Deckenhöhe von fünf oder sechs Metern. Weißer Stuck an der Fassade, reich verzierte Fenstereinfassungen, die Hausecke gestaltet wie ein Türmchen, von dessen oberstem Fenster man einen großartigen Blick über den Kurfürstendamm haben muss.
Giesebrechtstraße 11.
Nikita steht am Klingelbrett, doch als Butz den Knopf drückt, öffnet ihm niemand. Also versucht er es bei einer Anwaltskanzlei im unteren Stockwerk – und hat Glück. Es surrt, und die Tür lässt sich aufdrücken.
Eine steile Marmortreppe führt in eine Eingangshalle, die groß genug ist, um ein ganzes Einfamilienhaus dort einzubauen. An der Decke prangt das Bild einer Kriegerin auf einem Streitwagen, der Marmorfußboden ist aus unterschiedlichen Gesteinsarten gefügt und mit einem roten Läufer belegt, der wirkt, als wären schon die Verbindungsoffiziere der Wehrmacht darüber hinweggeschritten. Inmitten des Treppenschachts ist ein Fahrstuhl hinter Eisengittern eingebaut, die wie Rosenranken geschmiedet sind.
Butz kämpft sich durch zwei hintereinanderliegende Doppeltüren in die Fahrstuhlkabine.
Nikita, da steht es wieder, in der gleichen verschnörkelten Schreibschrift, die auch bei der Außenklingel schon verwendet worden ist. Daneben der Knopf mit der Drei.
Im dritten Stock ragt gegenüber dem Fahrstuhl eine schwere Eingangstür aus dunkel gebeiztem Holz auf. Diesmal gibt es keine Klingel. Butz hebt den Türklopfer aus poliertem Messing kurz an und lässt ihn herabfallen. Dumpf hallt der Laut durch die Räume hinter der Tür.
Merle hat Fehrenberg hierher mitgenommen, Fehrenbergs Mutter hat es Butz gesagt.

Als er bei der Mutter geklingelt hat, war sie sichtlich erfreut darüber, mit jemandem sprechen zu können, der ihren Sohn gekannt und mit ihm zusammengearbeitet hat.

Der Namen Merle Heidt sagte ihr etwas, ihr Sohn hatte ihr erzählt, dass er die junge Frau in von Quitzows Firma kennengelernt hatte.

»Er hat die Kleine gemocht«, das offene, dicke Gesicht von Frau Fehrenberg hat vor Butz aufgeleuchtet wie ein Mond. »Sie ist was Besonderes, hat er gemeint.«

Sie hat ihn in ihr Wohnzimmer gebeten und ihm eine Tasse Kaffee serviert. Als Butz mit Frau Fehrenberg in der Sitzecke Platz genommen hat und mit einem verzierten Löffel in seiner Tasse gerührt hat, haben ihre Schultern gezittert. »Sie hat ihn mitgenommen, diese Merle, mitgenommen in einen Club.« Frau Fehrenbergs Augen haben sich auf ihn geheftet und ihre Mundwinkel gezuckt.

»Ins *Nikita*«, hat sie geflüstert, »Merle ist ins *Nikita* mit ihm gegangen. Kennen Sie das? Können Sie sich das vorstellen?«

Butz hat die Stirn gerunzelt. Den Namen des Clubs hatte er vielleicht schon mal gehört, aber er ist sich nicht sicher gewesen.

»Er hat es mir erzählt, Volker hat mir immer alles erzählt. Und ein bisschen ist es ihm wohl auch komisch vorgekommen.«

Warum hat Merle Heidt Fehrenberg ins *Nikita* gebracht? Im LKA wusste man, dass es ein Bordell war, besonders aufgefallen war der Laden bisher jedoch nicht.

Was wollte Merle von Fehrenberg? Oder hatte jemand sie angehalten, Fehrenberg dorthin zu bringen? Ist Fehrenbergs Besuch in dem Bordell der wahre Grund dafür, dass seine Leiche aus seiner Wohnung entfernt wurde?

Nikita.

Schwer und unbeweglich ragt die massive Eichenholztür vor Butz auf. Auf sein Klopfen hin hat sich niemand gemeldet. Sein Blick tastet die Tür ab, bleibt an der Unterkante hängen. Dort schimmert etwas, blinkt. Butz beugt sich herunter, berührt mit den Fingerspitzen den Läufer, der bis an die Türschwelle heranreicht. Er ist aus rotem Sisal im Fischgrätenmuster gefertigt – und gleich bei der Tür ein wenig feucht.

»Hallo?«

Er richtet sich auf und schlägt gegen die Tür. Unter der Schwelle sickert Wasser hervor.

»Nikita?«

Sein Blick fällt auf einen zweiten, niedrigeren Eingang, der ebenfalls auf den Treppenabsatz hinausgeht und dessen Tür nicht ganz geschlossen, sondern nur angelehnt ist. Mit zwei Schritten ist Butz bei der Tür und stößt sie auf.

Ein langer, dunkler Flur öffnet sich dahinter – an seinem Ende schimmert ein lichtdurchfluteter Saal. Und auf dem Boden des Flurs: Wasser, das bis über die Türschwelle nach draußen schwappt.

Die ganze Wohnung ist überschwemmt!

Butz hastet den Flur entlang, das Wasser spritzt zur Seite. Er gelangt in den dahinter liegenden Saal und dreht sich im Kreis.

Die Pracht, das Überladene, der Luxus vergangener Zeiten. Der Raum wirkt fast stickig durch die überbordenden Ornamente, die Samtmöbel, den schweren Wandschmuck. Ein überlebensgroßer Mohr aus schwarzem Holz mit einem Turban auf dem Kopf und einer goldenen Schale in den vorgestreckten Händen steht in einer Ecke und schafft eine Atmosphäre wie aus Tausendundeiner Nacht. Hinter einer Theke wird das Licht von zahllosen Spiegelelementen reflektiert und in verschiedenfarbigen Flaschen gefiltert. Auf dem Boden aus grünen, dunkelblauen und roten Steinplatten aber steht eine zentimeterhohe Schicht klaren Wassers.

»Hey!«

Merkt denn niemand, was hier los ist? Butz' Blick fällt auf eine weiße Schüssel, die inmitten des Saals auf einem kleinen Podest steht. Eine Wanne, ein Becken – was ist das?

Hastig durchquert er den Raum und gelangt zu einem breiten Durchgang, der tiefer hinein in das Haus führt. Das Zischen entweichenden Wassers dringt ihm entgegen.

Rote, schwarze, violette und gleißend weiße Einzelzimmer liegen hinter Türen, die Butz bei seinem Weg durch den Gang aufstößt. Verlassene, unaufgeräumte, aber verschwenderisch ausgestattete Räume, deren Einrichtung offensichtlich darauf ausgerichtet ist, selbst einem noch so abgestumpften Gemüt noch eine lebendige Gier zu entlocken. Die Türen verfügen über kleine, zum Teil verhängte Sichtfenster auf Augenhöhe und sind unverschlossen – bis auf eine.

Butz stutzt. Drückt die Klinke herunter, stemmt sich gegen die Tür, die sich nicht öffnen lässt. Die kleine Scheibe ist aufgrund des

Wassers, das durch den Flur strömt, beschlagen. Er wischt mit dem Unterarm über das Fensterchen. Warum ist ausgerechnet diese Tür abgeschlossen?

Durch die freigewischte Stelle in der Scheibe kann er einen Blick in das dahinter liegende Zimmer werfen. Ein Fenster ist zu erkennen, das der Tür gegenüberliegt und von einem durchsichtigen Vorhang halb verdeckt ist.

Was ...

Butz fährt mit beiden Handflächen über die Scheibe. Hat er einen Schemen an dem Fenster vorbeihuschen sehen?

»Machen Sie auf, hier steht alles unter Wasser!«

Eine Gestalt, eine Silhouette ...

Der Schemen scheint ihm den Kopf zugewandt zu haben.

»Ich kann Sie nicht hierlassen. Butz, Kripo Berlin. Machen Sie auf!«

Der Schemen gleitet zur Seite weg.

Es klirrt, als Butz' Ellbogen durch die Scheibe stößt. Er hat den Kopf abgewandt, um die Augen vor den Splittern zu schützen, greift mit einem Arm durch das Fenster, tastet, findet unter der Klinke einen Riegel, dreht ihn auf.

Öffnet die Tür und tritt hindurch.

An seinen Füßen vorbei strömt Wasser von dem Flur in das Zimmer.

Die Gestalt ist vor ihm auf ein Bett zurückgewichen. Es ist die Gestalt einer Frau, aber ...

Irritiert macht Butz einen weiteren Schritt auf sie zu. Ihr Rumpf, die Arme, Beine, Hände, Füße ... fast wirkt sie wie eine Puppe. Nur ihr Gesicht schaut aus der schwarz schimmernden Kunsthaut hervor, die sich eng an ihren Körper schmiegt und ihn ganz umschließt. Aber auch ihr Gesicht wirkt seltsam unbewegt, beinahe künstlich. Die Augenhöhlen, die kleine Nase, die hohen Wangenknochen, das Kinn, selbst die Haare – alles ist von einem Ebenmaß, das Butz unwillkürlich befremdet.

»Was ist mit Ihnen?«, entfährt es ihm.

Aber sie antwortet nicht, hat nur ihr puppenhaftes Gesicht ihm zugewandt.

»Was ist hier los, alles steht unter Wasser!« Er kann nicht anders, sein Blick huscht über die künstliche schwarze Haut, unter der sich ihr Körper abzeichnet wie eine süße Verlockung.

Katzengleich hockt sie auf dem dunkelroten Tuch, mit dem das Bett abgedeckt ist.
Kann sie nicht sprechen?
»Kommen Sie, hier können Sie nicht bleiben, ich rufe die Feuerwehr.«
»Nein«, hört er sie leise antworten, und ihre Stimme klingt rein und klar.
»Was?«
»Ich kann die Wohnung nicht verlassen.«
»Unsinn! Warum denn nicht?«
»Sind Sie wirklich von der Polizei?« Sie hat sich auf den Rücken gelegt, den Kopf zu ihm gedreht.
Butz greift in seine Tasche, hält ihr den Kripoausweis entgegen. »Alle sind fort, es ist niemand mehr in der Wohnung. Sie brauchen keine Angst zu haben.«
Hat man sie tätowiert? Das hat Butz vor ein paar Jahren einmal bei einer Razzia gesehen. Man hatte die Mädchen regelrecht gezeichnet – sogar im Gesicht –, um es ihnen so gut wie unmöglich zu machen, ein Leben außerhalb der Wohnung zu führen, in der sie arbeiten mussten.
»Sie brauchen sich nicht zu fürchten. Man wird sich um Sie kümmern.«
»Das kann ich mir denken.«
»Nicht, wie Sie denken. Sie können sich auf meine Kollegen verlassen –«
»Sie reden von etwas, von dem Sie nichts wissen.«
»Was war hier denn los? Die ganze Wohnung ist überschwemmt …«
Sie hat sich auf dem Bett eingerollt, ihr schwarz verhüllter Leib schimmert auf dem blutroten Bezug.
»Wo sind die Frauen, die hier gearbeitet haben?«
Aber sie antwortet ihm nicht.
»Merle Heidt? Haben Sie den Namen schon mal gehört?«
»Merle. Natürlich …«
»Sie ist mit einem Kollegen von mir hergekommen, Volker Fehrenberg.«
Butz sieht, wie die Frau ihren Kopf in den Nacken biegt, um ihn anzusehen. »Es sind viele Männer hierhergebracht worden.«
»Hergebracht?«

»Hier kam nur rein, wer von den Mädchen gebracht wurde. Von Quitzow wollte es so.«

»Von Quitzow? Er hat das *Nikita* betrieben?«

Sie hat ihren Kopf wieder nach unten gewandt.

Butz' Blick geht auf den Boden. An seinen Schuhen vorbei läuft immer mehr Flüssigkeit in das Zimmer. Durch die Tür kann er das Zischen des Wassers hören, das weiter hinten in der Wohnung entweicht. Er muss den Schaden melden – und doch hält ihn etwas zurück. Der Wasserschaden ist jetzt nicht wichtig ... aber diese Frau ... sie weiß vielleicht etwas ...

»Es war wie ein Lauffeuer«, hört er sie murmeln. »Ich habe keinen mehr in mein Zimmer gelassen, nachdem ich von den ersten Symptomen gehört hatte. Ich kann es mir nicht leisten, krank zu werden. Am Anfang schienen es nur Kopfschmerzen zu sein. Bis die Symptome plötzlich nicht mehr zu kontrollieren waren.« Sie legt ihren Kopf auf einen ausgestreckten Arm. »Sie hätten sie sehen sollen ...«

»Und Merle Heidt war die Erste.« Die Tollwut. Sie spricht von der Tollwut.

»Nein, Merle war nicht die Erste. Die Erste war Irina. Mit ihr hat es begonnen. Später habe ich gehört, dass Irinas Ex-Freund sie angesteckt haben soll. Ich weiß nicht, warum er das getan hat, ich habe ihn nicht gekannt. Die anderen meinten, er hätte jahrelang unter dem Einfluss von Felix gestanden. Aber als er Irina angesteckt hat, habe er das auf eigene Faust getan.«

Das Wasser strömt ungehindert in das Zimmer. Butz streckt die Hand aus. »Kommen Sie, es ist zu gefährlich. Wenn es einen Kurzschluss gibt, können Sie sich verletzen ...«

Aber seine Stimme verliert sich, denn er sieht, wie ihre Finger den Zug des Reißverschlusses berühren, der an der schwarzen Kunsthaut entlangführt.

»Meinen Sie wirklich, ich übertreibe?« Sie nestelt an dem Verschluss des fischglatten Anzugs. »Ich habe Ihnen doch gesagt, dass ich die Wohnung nicht verlassen kann.« Unendlich langsam, als wolle sie nichts überstürzen, zieht sie an dem Verschluss, der von der Handkante über den Arm, die Achselhöhle, ihre Seite und ihren Schenkel bis hinunter zur Spitze ihres zierlichen Fußes führt.

»Warten Sie –«

»Du hörst ja nicht auf mich. Ich kann nicht einfach dem nächstbesten Schutzpolizisten übergeben werden ... nachdem sie mich hier ... ich meine ... siehst du das nicht? Ich weiß doch, wie es wirkt ...«

Es knistert leise, während der Wagen des Reißverschlusses über die Biegungen und Täler ihres Körpers hinweggleitet – und sich die beiden Seiten ihres hautengen Anzugs aufspalten.

Butz' Mund wird trocken, sein Blick saugt sich förmlich an der schneeweißen Haut fest, die in dem wachsenden Dreieck unter dem sich öffnenden Reißverschluss zum Vorschein kommt.

Er muss zu von Quitzows Firma, den Freund dieser Irina ausfindig machen – aber Butz kann keinen klaren Gedanken fassen, während er sieht, wie sie sich entblößt.

Das sind keine Tattoos, das ist ...

»Verstehst du jetzt, was ich meine?«, hört er sie flüstern und sieht, wie ihre Hand den Anzug ablöst, der auf einer dünnen Schweißschicht an ihrem Körper klebt.

»Aber«, sein Hals ist verschlossen, »das ist ...« NEIN! »... es ist wunderschön.«

»Findest du?«

Da tasten seine Lippen schon über die Haut, die sie freigelegt hat. Und ohne dass er noch dagegen ankann, gleitet er zwischen die Arme, die sie ihm vom Bett aus entgegenstreckt, fühlt, wie seine Hände sich unter die Kunsthaut schieben, spürt, wie er einen Leib aus dem Anzug herausschält, der zu nichts anderem modifiziert worden ist als dazu, ihm zu gefallen.

2

Lisa nimmt den Friedhof nur durch einen Schleier wahr. Die Tannen, die Wege, die Glocken, die Gäste, die Blicke, die Blumen, die Erde, die Gesten, die Worte, die Tränen.

Sie war für die Zeitung unterwegs, als sie die Nachricht erreicht hat. Dass Max tot ist.

Zehn Tage ist das jetzt her.

Sie sagt seinen Namen vor sich hin, aber sie sieht ihn nicht vor sich. Sie sieht nur den Schleier vor sich, der die vormittägliche Prozession verschwimmen lässt.

Die Reden in der Kirche. Das Warten. Der Sarg.
Ich habe meinen Bruder umkommen lassen.
Sie steht ein paar Schritte von dem Loch entfernt, das sie ausgehoben haben, und sieht zu, wie der Holzkasten in die Erde gesenkt wird. Wie kann man jemanden verscharren, ohne darauf zu achten, dass er auch wieder herauskommen kann? Wie kann man jemanden in eine Holzkiste legen und tonnenweise Erde daraufschütten?

Till ist gekommen. Sie kann ihn weiter hinten zwischen den Tannen stehen sehen. Zwei Jahre lang ist sie ihm nicht begegnet, aber ihre Gedanken sind woanders. Lisa kommt sich vor, als wäre sie in voller Fahrt mit einem Motorrad gestürzt. Als wäre ihr Körper mit zweihundert Kilometern pro Stunde über den Asphalt geschleudert worden.

Ich habe ihn umkommen lassen.

War es nicht so? Hätte sie sich nicht mehr um Max kümmern müssen?

Wieso hat er es nicht geschafft? Was für eine seltsame Verdrehung in seinem Kopf hat ihn dazu getrieben, sich regelrecht zugrunde zu richten? Was für ein unbegreiflicher Selbstzerstörungsmechanismus hatte ihn denn in der Zange?

Im vergangenen Sommer hat Lisa ihn noch einmal besucht. Ihre Mutter hatte ihr seine Adresse gegeben. Max hatte schon länger nicht mehr in Berlin gelebt, das ganze letzte Jahr über nicht mehr.

›Warum denn in Rom?‹, hatte Lisa ihre Mutter gefragt, aber Julia hatte ihr keine rechte Antwort zu geben gewusst. Er mag, dass die Stadt so alt ist, hatte Julia gemeint, aber Lisa hatte nicht glauben können, dass das der wirkliche Grund gewesen ist. Er mag, wie warm es dort unten ist, nicht nur im Sommer, sondern auch im Winter, hatte ihre Mutter hinzugefügt.

War das der Grund? Oder gab es noch etwas anderes, das Max nur in Rom bekam, etwas anderes, das ihn dazu brachte, in einer Stadt leben zu wollen, in der er eigentlich niemanden kannte?

Lisa ist nach Rom geflogen, hat sich vom Airport-Shuttle ins Zentrum bringen lassen und ein Taxi genommen, um zu der Adresse zu gelangen, die ihre Mutter ihr gegeben hatte. Scheinbar endlos hat sie der klapprige Fiat durch die glühenden, verlassenen Straßen geschaukelt. Es war August, und sämtliche Römer schienen die Mauern der Stadt verlassen zu haben, um sich an den Strand zu legen oder in den kühleren Bergen zu verkriechen.

Lisa aber ist mit dem Taxi durch die Straßen gekurvt, heraus aus dem Zentrum, heraus aus den Mietshäusern in ocker und rosa, hinaus zu den Zement-Palazzi, die zu Hunderten, Hunderttausenden in den Vorstädten hochgezogen worden waren, Klippen aus Beton und Ziegelsteinen, gekrönt von Antennenwäldern, mit winzigen Bürgersteigen davor, auf denen sich die geparkten Autos drängten. Hügelauf, hügelab, an den Mauern verwunschener Villen vorbei, die von den Ausläufern der Stadt erreicht und umspült worden waren, vorbei an überbordenden Müllcontainern, die kaum noch geleert zu werden schienen, und an den heruntergelassenen Stahljalousien der Alimentari und Autowerkstätten, die in den Parterre-Geschossen der Häuser eingerichtet waren.

Als der Taxifahrer endlich hielt, konnte Lisa durch ihr Seitenfenster zwei heruntergekommene Wohnblöcke sehen, zwischen denen sich eine ungepflasterte Sandstraße eine kleine Anhöhe hinaufzog. Die Piste hineinzufahren, an der sich Max' Behausung befinden musste, weigerte sich der Fahrer, und ihr blieb nichts anderes übrig, als auszusteigen. Sie zahlte und lief zwischen den Mietshäusern hindurch.

Hinter den Wohnblöcken, die an der Straße lagen, schmiegten sich vier oder fünf einstöckige Häuser an den Hügel, die so wirkten, als würden sie fast noch aus Ciceros Zeiten stammen. Lisa floss regelrecht der Schweiß den Rücken hinunter, während sie über die Schlaglöcher hinwegstieg und auf das Haus mit der Nummer »5 A« zuhielt. Es war die Hausnummer, die ihre Mutter ihr genannt hatte.

Die Eingangstür stand offen, dahinter führten ein paar Stufen in einen kühleren Vorraum hinab. Lisa zog ihren Rollkoffer hinter sich her und betrat das Haus. Der Vorraum war wie mit dem Messer in zwei Hälften geteilt: eine helle, wo die Sonne durch eine Öffnung im Dach gnadenlos auf den Boden brannte, und eine dunkle, die im Schatten lag. Dort bemerkte sie drei Jungen im Alter von vielleicht elf oder zwölf Jahren, die sich lässig mit einem nur halb aufgeblasenen Plastikball ein paar Pässe zuschossen und sie kaum beachteten.

»Max? Cerco Max Bentheim«, rief sie.

Die Jungs hielten in ihrem Spiel inne, zeigten die Zähne und nickten mit dem Kopf zu einer dunklen Türöffnung, die tiefer in das Haus hineinführte.

Es war so gut wie nicht eingerichtet. Der Boden war mit Kacheln ausgelegt, so dass die mörderische Hitze, die die Stadt draußen versengte, ein wenig ausgesperrt blieb. Die Wände waren kahl, die Fensterläden des Zimmers, das Lisa betrat, geschlossen. Und doch drangen die Sonnenstrahlen durch die Ritzen und tauchten den Raum in einen milden Schimmer.

Eine bunte, lieblose Mischung billiger Möbel war in dem Zimmer verstreut, durch eine weitere Tür hindurch konnte sie eine Matratze auf dem Fußboden liegen sehen, von der ein zerknäultes Laken heruntergerutscht war. In einer Ecke lief ein stummgeschalteter Fernseher und zeigte eine Spielshow, die wirkte, als wäre sie bereits in den achtziger Jahren aufgezeichnet worden. Ein dunkler Balken flimmerte in gleichmäßigen Abständen über den Bildschirm.

Max war nicht zu Hause. Am Tisch aber lungerte ein junger Mann, ein Junge fast noch, vielleicht achtzehn oder neunzehn Jahre alt, der Lisa zugleich neugierig und etwas feindselig musterte. Er war es, der ihr sagte, dass Max außer Haus sein würde, nachdem sie ihm verständlich gemacht hatte, dass sie Max' Schwester wäre, und es dem Junge gelungen war, seine Überraschung so gut wie möglich zu überspielen. Er war hübsch, unter seinem glänzenden, verwuschelten Haar leuchteten zwei dunkle, große Augen, und doch gab es in seinem Gesicht einen Zug, der Lisa irritierte und sie unwillkürlich dazu brachte, ihm zu misstrauen. Was er in Max' Behausung zu suchen habe, wagte sie ihn jedoch nicht zu fragen.

Was sollte sie tun? Später noch einmal zurückkommen? Es erschien ihr unwahrscheinlich, dass es ihr gelingen würde, Max ausgerechnet dann abzupassen, wenn er einmal zu Hause sein würde. Und eine Handynummer von ihm hatte sie nicht.

Also beschloss sie, in dem kleinen Haus auf ihren Bruder zu warten, und nahm auf einem der Stühle an dem Tisch Platz, an dem auch der Junge schon saß. Benutzte Spaghetti-Teller, Flaschen, Aschenbecher, die seit Tagen nicht mehr geleert worden waren, drängten sich auf der Tischplatte. Lisa zog es vor, sich nicht darauf abzustützen.

Bald schon hatte sich der Junge von dem Tisch erhoben und war nach draußen gegangen. Sie mochte danach vielleicht noch eine Stunde aufrecht auf ihrem Stuhl gesessen haben, bevor sie eingeschlafen war – geweckt wurde sie durch das Schlagen einer Tür.

Lisa blinzelte zu dem Eingang, vor dem die Kinder gespielt hatten. Ihre Bluse klebte an ihrem Rücken, der Hals schmerzte von der ungewohnten Haltung, mit der ihr Kopf im Schlaf zur Seite gesunken war. Die Sonne war zwar noch nicht ganz untergegangen, ihre Glut aber gebrochen, so dass das Licht, das draußen noch herrschte, durch die geschlossenen Fensterläden weitgehend abgehalten wurde und es im Zimmer fast dunkel war.

Und doch erkannte Lisa ihn sofort.

Max war auf der Schwelle stehen geblieben und wirkte magerer, als sie ihn in Erinnerung gehabt hatte. Das Haar trug er kurz, ein leichter, ausgeblichener, blauer Leinenanzug schlotterte um seinen Körper. Vor allem aber war es sein Gesicht, das ihr auffiel. Max hatte schon als Junge scharfkantige Züge gehabt, ein Gesicht, in dem sich die Konflikte, die er ausfocht, stets abgezeichnet hatten. Jetzt aber war diese Schärfe seiner Züge geradezu ins Gespenstische vertieft.

»Max.«

Lisa stand auf. Gern hätte sie sich telefonisch vorab bei ihrem Bruder angemeldet, doch das Haus verfügte über keinen Anschluss. Mit zwei Schritten war sie bei ihm, umarmte ihn, fühlte, wie seine Arme sich um sie schlossen – ohne sie jedoch richtig zu drücken.

»Was für eine Überraschung ...« Er schien Mühe zu haben, die Augen offen zu halten.

»Wie geht es dir?« Ihr blieben die Worte im Hals stecken. Was machte er in Rom? Was war das für ein Junge, der sie empfangen hatte? Was war es, das sich in seine Züge gegraben hatte?

Aber sie wollte sich von der Beklommenheit, die sie bei Max' Anblick empfand, nicht einschüchtern lassen und begann, ihrem Bruder lebhaft von Berlin zu erzählen.

Sie setzten sich an den Tisch, Max drehte den Kopf in ihre Richtung – seine Lider aber sanken immer wieder über die Pupillen herab. Mit offenbar großer Willensanstrengung zog er sie hoch, doch dann schienen die Pupillen darunter mit ihnen nach oben gezogen zu werden, so dass Lisa kurz ins Weiße seiner Augen blickte, bevor die Pupillen wie in Zeitlupe unter den Lidern wieder hervortauchten.

Noch nie hatte sie jemanden gesehen, der so müde wirkte.

Es war klar, dass er nur eines wollte: sich auf seine Matratze legen und schlafen. Sollte sie ihn allein lassen, in ein Hotel gehen, morgen früh wieder kommen? Oder hierbleiben? Aber wo? Es gab kein Gästebett, keinen Sessel – sollte sie sich auf den nackten Boden legen?

Mit einem Ruck erhob sich Lisa von dem Stuhl, auf dem sie Platz genommen hatte. »Vielleicht sollte ich mir ein Zimmer in der Nähe suchen, und wir sehen uns morgen ein wenig die Stadt an?«

Max stand ebenfalls auf und nickte. Er umarmte sie und wandte sich ab.

Erst jetzt fiel ihr auf, dass der Junge, der sie vorhin begrüßt hatte, zurückgekommen sein musste, während sie geschlafen hatte, denn er lag auf der Matratze in dem angrenzenden Zimmer. Befremdet verfolgte sie, wie Max schwerfällig die Tür in das Schlafzimmer durchquerte und sich auf die Matratze sinken ließ, dem Jungen, der dort lag, in die Arme.

Als Lisa am folgenden Vormittag bei dem Haus eintraf, war die Eingangstür, die in den Vorraum führte, verschlossen. Die Halbwüchsigen, denen sie am Tag zuvor dahinter begegnet war, hatten ihr Fußballspiel auf die Straße verlegt. Als Lisa sie fragte, ob sie wüssten, wo Max wäre, schüttelten sie jedoch nur ihre Köpfe.

Drei Tage lang ist sie zu dem Haus zurückgekehrt, drei Tage lang hat Lisa an die verschlossene Tür geklopft. Dann hat sie sich von einem Taxi zurück zum Flughafen bringen lassen.

Max hat sie danach nicht mehr gesehen.

Er liegt in dem Eichenholzsarg, den sie in das Grab herabgelassen haben. Sie hat ihren Bruder über alles geliebt. Aber es ist ihr nicht gelungen, ihn von seiner Todessehnsucht zu befreien.

3

»Weißt du, warum ich die Ratten auf dich gehetzt habe, Till?«

Sie stehen vor dem Lokal, in dem Till Lisa von sich gestoßen hat. Lisa ist nicht mehr da – aber Felix ist bei ihm.

»Ich will, dass du wieder für mich arbeitest«, hört Till ihn sagen. »Diesmal aber nicht im Büro – diesmal sollst du für mich schreiben. Deshalb habe ich dich in den Rattenkeller gebracht. Ich weiß, dass man erst dann wirklich mitreißend erzählen kann, wenn man bestimmte Erfahrungen am eigenen Leib gemacht hat. Erst dann kann man seine Leser wirklich süchtig machen nach dem, was man ihnen erzählt. Und genau das ist es, was ich von dir brauche, Till. Du sollst die Leute für mich süchtig machen, süchtig nach dem fiktiven Universum!«

Till sieht ihn an. Das fiktive Universum. Wie oft hat er mit Max und Felix darüber gesprochen, als er das letzte Mal in Berlin gewesen ist.

»Siehst du die Limousine dort stehen?« Felix nickt zu einem schwarzen Wagen, der in zweiter Reihe schräg gegenüber dem Lokal gehalten hat. »Der Wagen wartet darauf, uns zu einem Haus von mir in den Süden der Stadt zu bringen. Ich habe dort alles vorbereitet, Till, ich habe ein Zimmer für dich eingerichtet. Dir wird es an nichts fehlen.«

Till sieht sich und Max ins Wohnzimmer von Max' Eltern schleichen und am Bücherregal hinaufklettern. Die ganze Nacht lang haben sie in den Bänden von Max' Vater gelesen und sich den Kopf darüber zerbrochen, woran Bentheim in seinem Gartenhaus ständig arbeitet.

»Ein erster, wichtiger Teil des fiktiven Universums steht kurz davor, vollendet zu werden«, hört Till Felix fortfahren. »Ich will, dass du das für mich machst: diesen Teil vollenden, Till. Du bist dem alten Bentheim noch begegnet, hast Lisa vielleicht besser kennengelernt als jeder andere – und warst unzertrennlich mit Max. Ich will, dass du diesen Kern des fiktiven Universums für mich fertigschreibst, Till, dass du den Schlussstein setzt. Den Schlussstein von *Berlin Gothic*.«

Vierter Teil

1

Heute

»Wenn es keinen freien Willen gibt – und ich meine das vollkommen ernst, Till, verstehst du? *Wenn es keinen freien Willen gibt* – was dann? Wenn es eine Illusion ist, dass wir frei entscheiden können, wenn wir aber erst jetzt entdecken, *dass* es eine Illusion ist – jetzt so weit sind, das ernst zu nehmen? Wenn wir *heute* den Tag erreicht haben, an dem wir diese Entdeckung nicht länger ignorieren können, Till? Wenn wir nicht so weitermachen wollen wie bisher, weil wir ahnen, spüren, *wissen,* dass es so nicht weitergehen kann und wir auf die neue Erkenntnis *reagieren* müssen. *Wie wollen wir dann in Zukunft handeln?«*

Die Limousine hat sie in den Süden der Stadt gebracht, zu einem Haus an einem Seeufer. Felix hat Till in ein Wohnzimmer geführt, dessen breite Fensterfront auf eine Waldlichtung hinausgeht. Eine Angestellte hat ihnen Kaffee gebracht, und sie haben auf bequemen Sofas vor einem erloschenen Kamin Platz genommen.

»Wenn ich für dich schreiben soll, wenn ich den Schlussstein setzen soll«, hat Till gesagt, »muss ich wissen, was du mit dem fiktiven Universum vorhast.«

Und Felix hat ihm recht gegeben. »Es ist ganz einfach«, hat er mit feiner Stimme verkündet, »um zu begreifen, was ich vorhabe, musst du dir nur eine Frage stellen: Was wollen wir tun?«

Verwirrt hat Till ihn angesehen.

»Das ist die Frage, die mich umtreibt, Till«, hat Felix nachgesetzt und sich in dem Sofa aufgerichtet. »Die Frage, von der ich überzeugt bin, dass wir sie ernst nehmen müssen. So ernst, dass ich mich weigere, irgendetwas anderes in Angriff zu nehmen, bevor diese Frage nicht beantwortet ist. Wir müssen uns überlegen, was unser Ziel ist, unser Ziel als … ja, als Menschheit, Till! Wir müssen festlegen, wohin wir gehen wollen, Till – und können erst dann den ersten Schritt machen.

Wohin aber können wir gehen, wenn es so etwas wie einen freien Willen nicht gibt? Begreifst du, wie sehr diese Frage ins Herz all dessen zielt, was uns als Menschen ausmacht?«

Till schlägt die Beine übereinander und atmet aus. »Und?«, fragt er.

»Hast du eine Antwort? Auf die Frage, wohin wir gehen wollen, meine ich?«

Felix mustert ihn eine Weile, überlegt offensichtlich, wie er es ausdrücken soll. »Es geht immer weiter, richtig?«, erwidert er schließlich. »Egal, was wir denken, glauben, meinen, die Welt bewegt sich, die Menschheit entwickelt sich. Städte wachsen in den Himmel, Länder versinken in den Fluten, wenn die Weltmeere sich aufbäumen, Kriege brausen über Landstriche hinweg. Es ist das Ganze, das sich weiterbewegt, das sich weiterentwickelt. Das Ganze, von dem du, ich, wir alle nur Teile sind. Das Universum, Till, die Schöpfung, das Sein!«

Alles.

Davon hat auch Bentheim gesprochen, geht es Till durch den Kopf, als sie vor Jahren gemeinsam durch die Kanäle unter der Stadt geirrt sind.

»Alles, Till, alles, was es gibt. Es muss einen Anfang davon gegeben haben. Sie nennen es den Urknall. Hast du darüber schon einmal nachgedacht?«

»Über den Urknall?«

»Es ist der Moment der Entstehung des Universums. Wie anders, als dass es für den Urknall eine Ursache gegeben haben muss, können wir uns diesen Augenblick der Entstehung des Seins vorstellen?« Er lässt Till einen Moment, wie um ihm die Möglichkeit zu geben, die Frage wirklich zu erfassen, und fährt dann fort. »Was aber soll die Ursache gewesen sein, wenn es doch per definitionem vor dem Urknall noch nichts gab? Das Hirn verkrampft sich, wenn man so etwas zu denken versucht, oder Till?«

Ja.

»Ich kann es nur auf eine Weise begreifen, Till.«

Nur auf eine Weise.

»Alles, was es gibt«, hört er Felix sagen, »ist beim Urknall entstanden, und die Ursache des Urknalls ist der Schöpfer. Wie auch immer wir uns einen solchen Schöpfer vorstellen wollen.«

Die Ursache des Urknalls ist der Schöpfer.

»Es reicht ja schon, wenn wir nur diese eine Eigenschaft des Schöpfers kennen: Er ist das, was den Urknall verursacht hat. Das Sein ist sein Werk.« Felix' Blick brennt sich in Tills Augen. »Der Schöpfer ist der Autor des Seins, Till – so wie der Autor eines Buches sein Schöpfer ist.«

Till spürt, wie sich seine Lippen einen Spalt weit öffnen.

»Bevor der Autor beginnt, sein Buch zu schreiben, existiert es nicht. Wenn er aber damit begonnen hat, können wir die in dem Buch erzeugte Welt gleichsam betreten. Wir können die Welt, die der Autor geschaffen hat, erleben.«

Ja, ich weiß.

»Der Autor dieser Buchwelt, die wir erleben können, hat sie erschaffen. Wenn wir uns diesen Schöpfungsprozess vor Augen führen, bekommen wir eine Möglichkeit an die Hand, mehr über den Prozess zu erfahren, bei dem das Sein vom Schöpfer erschaffen worden sein muss. Denn der Schöpfer hat all das, was es gibt, so geschaffen, wie ein Autor all das, was wir beim Lesen eines Buches erleben, erschaffen hat. Richtig?«

Ja.

»Und jetzt pass auf, Till, jetzt kommt der entscheidende Gedankenschritt. Der entscheidende Gedankenschritt, der uns *entbirgt,* was wir tun wollen, wenn wir erkannt haben, dass es einen freien Willen nicht gibt.«

Till hört das Klicken in seiner Kehle, als er schluckt.

»Kannst du mir folgen?«

»Ja.«

»Willst du den entscheidenden Gedankenschritt hören?«

»Ja.«

»Hier ist er: Ein Autor kann in seinem Buch die Figuren, die er erschaffen hat, über sich, also über den Autor nachdenken lassen. Und auf genau die gleiche Weise hat der Schöpfer uns die Möglichkeit gegeben, über Gott nachzudenken.«

Till hat das Gefühl, in dem Sofa, auf dem er sitzt, zu versinken. Aber er hängt an den Worten, die Felix über die Lippen kommen, als würden sie das Letzte sein, das ihn davor bewahrt, zwischen den Kissen zu verschwinden.

»Und nicht nur das. Nicht nur kann der Buchautor seine Figuren über ihren Schöpfer nachdenken lassen, er kann sich auch selbst als Figur ins Buch schreiben!«

Ja?

»Du begreifst es vielleicht nicht gleich auf Anhieb, Till, aber das ist es, worauf es mir ankommt. Es ist der Punkt, auf dem ich beharren werde, solange ich atme, der Punkt, an dem ich nicht lockerlassen werde.« Felix' Gesicht strafft sich. »Der Punkt, an dem ich dafür sorgen werde, dass die Welt aufreißt wie eine Melone, die von einem Turm auf die Straße geworfen wird.«

Till sieht das rote Fruchtfleisch der Melone über das Pflaster spritzen.

»Stell dir diese Frage, Till«, hört er Felix fortfahren. »Ist das Verhältnis der Figuren in einem Buch zu dem Autor, der sie erfunden und geschrieben hat, nicht gerade so wie das Verhältnis der Menschen zu Gott? Siehst du die Ähnlichkeit der beiden Verhältnisse?«

»Ja, schon ...«

»Wenn wir aber keinen freien Willen haben, Till, wenn wir nur Teil der Schöpfung Gottes sind – was für ein höheres, größeres, schöneres Ziel kann es für uns dann geben, als diesem Gott zu begegnen?«

Gott begegnen. Die Worte rauschen in Tills Bewusstsein, als wäre ein Damm gebrochen. Er fühlt etwas, wenn er sie hört, aber er sieht nichts vor sich.

»Begreifst du? Gott begegnen? Etwas, das es vielleicht noch nie gegeben hat. Aber warum soll das nicht möglich sein? Nur weil es bisher nicht passiert ist? Es gibt ganz viel, was es früher nicht gab, aber heute! Woher wissen wir denn, dass es nicht einmal möglich sein soll, Gott zu begegnen – demjenigen Schöpfergott, der alles geschaffen hat! Wenn wir nur erst den Weg gefunden haben! Kannst du dir ein atemberaubenderes Ziel vorstellen?«

»Nein.«

»Ich auch nicht. Und ich bin absolut davon überzeugt, dass nicht nur mir das so geht, weil ich verrückt bin, sondern dass es objektiv das wichtigste, erhabenste Ziel ist, das einem Menschen jemals erkennbar sein kann. Es ist das Ziel, auf das wir zusteuern müssen, Till.«

Das Ziel, auf das wir zusteuern müssen, wenn wir begriffen haben, dass der freie Wille eine Illusion ist.

»Es ist kein verrücktes Ziel, das man zwar ins Auge fassen, aber nie erreichen kann! Auch wenn es dir auf den ersten Blick vielleicht so erscheint.«

Wir können Gott begegnen – das ist kein verrücktes Ziel?

»Und wie?«

Felix lacht und springt auf, um mit energischen Schritten durch den Raum zu gehen – ohne jedoch im Sprechen innezuhalten.

»Wie? Das ist es ja gerade, worüber ich mit dir sprechen will. Es ist das Ziel, dem ich mein Leben, meine Arbeit, meine Ressourcen gewidmet habe. Es ist das einzige Ziel, für das sich zu arbeiten lohnt, Till. Das einzige Ziel, das noch steht, wenn man sich einmal klargemacht hat, dass wir keinen freien Willen haben. Ein Ziel, das verschüttet worden ist in einer beispiellosen Verirrung der Menschheit, als der Siegeszug einer Illusion begonnen hat, als man angefangen hat, etwas zu verherrlichen, was es in Wirklichkeit gar nicht gibt: den freien Willen. In dem Moment, in dem wir begreifen, dass es den freien Willen nicht gibt, rückt dieses Ziel wieder in den Blick. Das Ziel, Gott zu begegnen.«

»Aber wie denn?«, bricht es aus Till hervor. »Wie sollen wir ihm denn begegnen?«

Felix wirkt, als würde ihm die Begeisterung, in die er sich durch seine Worte hineingesteigert hat, geradezu Flügel verleihen. »Es gelingt in zwei Schritten, Till. Der erste besteht darin zu begreifen, dass wir uns täuschen, wenn wir glauben, einen freien Willen zu haben.« Er bleibt stehen und bohrt den Blick in Tills Augen. »Es geht nicht darum, einem persönlichen Glück nachzujagen, reich zu werden, mit so vielen Frauen wie möglich zu schlafen. Das sind alles Irrwege, die sich aus dem Irrtum ergeben, wir hätten einen freien Willen. Weg damit. Okay. Aber wenn wir keinen freien Willen haben, heißt das ja nicht, dass es überhaupt keinen Willen gibt. Es muss ja nicht so sein, dass alles sinnlos ist! Das bringt uns zum zweiten Schritt: zu begreifen, dass wir Teil einer Schöpfung sind, die nur entstanden sein kann, weil der Schöpfer das wollte. Sein Wille gibt dem Sein Sinn! Sein Wille verhält sich zu uns wie der Wille des Autors eines Buches zu seinen Figuren! Verstehst du?«

Der Wille des Autors.

Aber Felix spricht schon weiter. »Die Figuren in einem Buch sind nicht frei. Was sie tun, planen, ausführen, folgt dem Ziel, das der Autor mit dem Buch hat! Was hat Gott mit dem Sein vor, Till?«

Wie soll er das wissen?

»Was hat ein Autor mit seinem Buch vor, Till?«
»Er will einem Leser eine Geschichte erzählen.«
Felix schweigt einen Moment und sieht Till aufmerksam an. Dann nickt er. »Er will einem Leser eine Geschichte erzählen – genau das ist es, mein Junge.«
Till hält dem Blick stand.
»Und genau das ist der Hebel, den wir ansetzen müssen, um unser Ziel zu erreichen.«
»Unser Ziel? Dass ...« Till wagt kaum, es auszusprechen. »Dass wir Gott begegnen wollen?«
Felix nickt. »Es ist immer der gleiche Gedankengang, Till. Gott als Schöpfer des Seins – die Menschen als seine Figuren. Und wenn wir jetzt überlegen, wie wir Menschen Gott begegnen können, müssen wir überlegen, wie es die Figuren in einem Buch anstellen können, ihrem Autor zu begegnen. Das ist der Schlüssel!«
Till kneift die Augen zusammen.
»Können die Figuren in einem Buch ihrem Autor begegnen? Können sie aus dem Buch herausspringen, zwischen den Buchdeckeln hervorklettern, auf die Schreibplatte des Autors kraxeln, vielleicht an seinem Pullover nach oben, bis sie sich ihm auf die Nase setzen?«
»Nein!«
Felix lächelt. »Nein, das können sie nicht, aber der Autor kann sich ins Buch hineinschreiben, oder? Und wenn er sich selbst ins Buch hineinschreibt, können sie ihm auch begegnen, richtig?« Sein Gesicht spiegelt seine innere Spannung wider. »Denk zurück an die Römerzeit, an den Anfang unserer Zeitrechnung. Sandalen, Gladiatoren, verrückte Propheten. Ja?«
»Okay ...«
»Denk an die Geschichte von Jesus. Lass uns nicht darüber sprechen, ob diese Geschichte stimmt, ob er Gottes Sohn ist – was auch immer –, denk nur an das, was in dieser Geschichte erzählt wird, an die Story sozusagen. Hat Gott sich dieser Geschichte zufolge nicht ins Sein hineingeschrieben wie ein Autor in sein Buch, indem er als Jesus den Menschen begegnet ist?«
Till sieht das Kreuz vor sich, wie es auf dem Golgatha steht, ein Bild, das durch die Übereinanderlagerung von Hunderten, Tausenden von Gemälden zu entstehen scheint, die alle dieses Motiv wiedergeben.

Felix hält beide Hände ausgestreckt vor sich, um Tills Aufmerksamkeit wieder auf sich zu lenken. »Wir als seine Schöpfung, als seine Figuren können zwar nicht aus dem Buch, das er geschrieben hat, herausklettern, richtig, Till? Aber er kann sich zu uns hineinschreiben. Stimmt's?«

»Ja.«

»Die Aufgabe, die sich für uns ergibt, lautet also: Wie können wir ihn dazu bringen, sich ins Sein hineinzuschreiben? Wie können die Figuren in einem Buch ihren Autor dazu bringen, sich ins Buch hineinzuschreiben?« Er wartet ab, was Till ihm antwortet, aber der versucht noch, Felix' Worten zu folgen. »Oder?«, brüllt Felix, und Till zuckt erschrocken zusammen.

»Ja – doch – doch, das ... es ist richtig ...«

Gott begegnen – der Gedanke bewirkt, dass Tills Herz in seiner Brust zu flattern scheint.

»Also, Till«, hört er Felix sagen. »Wie würden die Figuren in einem Buch ihren Autor dazu bringen können, sich ins Buch zu schreiben?« Er macht eine Kunstpause, bevor er fortfährt. »Wenn wir auf diese zentrale Frage eine Antwort finden, wissen wir, wie wir Gott dazu bringen können, sich in seine Schöpfung zu begeben! Wenn wir auf diese Frage eine Antwort finden, wissen wir, was wir tun müssen, um unser Ziel zu erreichen. Was wir tun müssen, wenn wir einmal erkannt haben, dass es eine Illusion ist, zu glauben, unser Wille wäre frei!«

2

Ruhig stehen die Bäume am Waldrand, die Blätter in ihren Kronen rascheln im Wind und glitzern in der Sonne wie ein Paillettenkleid.

Unten aber, zwischen den Stämmen, über den weichen Waldboden kommen sie. Die Ersten, hinter denen sich weitere Gestalten drängen. Das Rascheln, mit dem ihre Füße über den Laubboden wischen, vermengt sich mit dem Rauschen der Blätter in den Kronen. Sie sagen nichts. Sie wechseln keine Blicke. Sie bleiben nicht stehen. Sie rennen nicht, stürzen nicht, sie laufen einfach nur immer weiter – heraus aus dem Dämmerlicht zwischen den Bäumen, heraus auf die sonnendurchflutete Lichtung, auf der das Haus steht. Es ist eine Gruppe von vielleicht drei oder vier Dutzend Gestalten, die bleich wirken, ausgelaugt, und deren Gesichter dumpf sind und stumpf.

Unbeirrbar bewegen sie sich auf das Haus zu. Als sie den gläsernen Zaun erreicht haben, der es umgibt, hinterlassen ihre Hände, die sie auf das Glas pressen, beschlagene Spuren.

3

»Wenn Gott die Welt so geschaffen hat, wie ein Autor die Welt seiner Geschichte – wenn wir für einen Moment davon ausgehen, dass Gott ein Schöpfergott ist, so wie es die Menschen schon seit Jahrtausenden begriffen haben, egal, in welcher Sprache sie über ihn nachgedacht oder geredet haben –, dann haben wir einen Zipfel in der Hand, um den Willen, mit dem er das Sein erschaffen hat, zu verstehen.«

Den versteckten Willen.

»Denn wir müssen nur eines fragen: Wozu erschafft der Autor sein Buch? Und die Antwort darauf gibt Aufschluss auf die Frage: Wozu hat Gott das Sein erschaffen?«

»Er will einem Leser eine Geschichte erzählen.«

»Genau! Er will einem Leser eine Geschichte erzählen. Das ist die Frage, die uns bei unserem Vorhaben einen wichtigen Schritt voranbringt: Wenn Gott der Autor des Seins ist – wer ist dann sein Leser?«

Till fühlt, wie sich seine Mundwinkel auseinanderziehen. Das hat er sich tatsächlich noch nicht gefragt.

»Ich finde diese Frage ungeheuer wichtig. Wir beginnen, etwas von uns zu verstehen, wenn wir Gott als unseren Autor begreifen. Aber wie können wir uns diesen Autor, diesen Schöpfer, ohne jemanden vorstellen, der sein Werk wahrnimmt?«

»Gar nicht.«

»Eben! Von mir aus können wir auch denken: Gott schafft das Werk für sich selbst, um sich selbst ansehen zu können, wie es geworden ist. Und doch bleibt es dabei, dass es jemanden geben muss, der das Werk liest oder wahrnimmt. Richtig?«

Till greift sich mit der Hand an die Schläfe. Aber was er denkt, ist: *Ja.*

Felix macht einen Schritt auf ihn zu, so dass er jetzt genau vor ihm steht. »Wir haben gesagt, dass wir Menschen Gottes Figuren sind. Er hat uns vielleicht nicht direkt geplant und ausgeführt, aber er hat das Sein geschaffen, von dem wir ein Teil sind. Denk jetzt an denjenigen, für den Gott sein Werk geschaffen hat. Muss Gott nicht eine bestimmte Wirkung mit seinem Werk auf denjenigen, der das Werk wahrnehmen soll, ausüben wollen, so wie ein Autor will, dass sein Buch auf den Leser wirkt? Er will ihn vielleicht zum Nachdenken damit bringen, er will ihn gruseln oder einfach, dass sein Werk seinem Leser gefällt, richtig?«

»Ja, natürlich, aber –«

»Muss es uns dann als Gottes Figuren nicht gelingen können, uns so zu verhalten, dass sich Gott als Autor in das Buch, ins Sein hineinschreiben muss, damit sein Werk demjenigen, der es wahrnimmt, gefällt?«

Unwillkürlich muss Till Luft holen, von dem plötzlichen Gefühl durchzuckt, dass das der Kern dessen ist, was Felix ihm zu sagen versucht.

»Das ist die Gottmaschine«, hört er ihn hervorstoßen. »Das ist ihr Mechanismus! Begreifst du, was für eine ungeheure Kraft darin steckt?«

Es kommt Till so vor, als würden die Ideen, Vorstellungen, Begriffe, Erkenntnisse von ihm wegströmen wie das Meer beim Eintritt der Ebbe.

»Wir sind Gottes Figuren – er ist unser Autor. Wie spannend Gottes Werk für seinen Rezipienten – wer auch immer das sein mag – ist, hängt von uns Menschen ab, Till. Von den Figuren! Je nachdem, was *wir* machen, ist Gottes Werk spannend oder nicht. Begreifst du?«

»Ja ... ja ...«

»Was wollen wir erreichen?«

»Wir wollen ihm begegnen.«

»Genau, aber wir kommen aus dem Sein, aus dem Buch, als seine Figuren ja nicht heraus. Doch er kann sich uns offenbaren, er kann sich ins Sein hineinschreiben! Und indem wir uns jetzt als seine Figuren begreifen, bekommen wir Macht über ihn, Till. Wir bekommen Macht über Gott! Ich habe drei Wochen lang nicht schlafen können, nachdem sich dieser Gedanke zum ersten Mal in meinem Kopf festgesetzt hat!«

Macht über unseren Schöpfer?

»Indem Gott sein Werk schafft, verfolgt er damit ein Ziel. Wir haben gesagt, er will, dass es jemandem – und wenn er das auch nur selbst ist – *gefällt!* Also gibt es zwei Möglichkeiten: Entweder Gottes Werk erreicht sein Ziel, ist so, wie er das möchte, ist so gut wie ein Buch gut ist, wenn es den Lesern gefällt. Oder sein Werk erreicht sein Ziel *nicht,* ist so schlecht wie ein Buch, das den Lesern nicht gefällt. Wir als Figuren prägen durch unser Handeln aber, wie das Werk ist, wie die Geschichte verläuft. Das gibt uns die Macht, zu beeinflussen, ob Gott mit seinem Werk sein Ziel erreicht oder nicht!«

Er ringt nach Luft, und Till kann ihm ansehen, dass Felix sich im Herzen seiner Überlegungen befindet.

»Das gibt uns das Instrument an die Hand, mit dem wir ihn zwingen können, sich uns zu offenbaren. Denn wenn wir dafür sorgen, dass sein Werk nur dann gelingt, wenn er sich selbst hineinbegibt, so wird er es tun, denn er will ja, dass sein Werk sein Ziel erreicht!«

Das ist die Gottmaschine.

»Das ist die Gottmaschine, Till, begreifst du?«

Ja.

»Und bei alldem gilt«, Felix' Stimme überschlägt sich, »dass wir keinen Willen haben. Alles, was ich hier zu erklären versuche, ist, wie wir *handeln müssen.* Vielleicht ist, was ich sage, nur ein Blick in die Zukunft, vielleicht bin ich nur der Erste, der es so sagt. Am verständlichsten aber ist es, wenn ich sage, wie wir handeln sollten. Und zwar so, dass wir Gott dazu bringen, sich ins Sein einzuschreiben, damit das Sein als Darbietung, wenn du so willst, ihm selbst – oder wem auch immer – gefällt!«

Felix' Unruhe hat sich längst auf Till übertragen.

»Indem wir Menschen als Gottes Figuren alles auf seine Offenbarung ausrichten, wird es für den Rezipienten des Seins langweilig, wenn sich Gott nicht offenbart. Kannst du das sehen? Niemand hat es, soweit ich weiß, jemals so beschrieben, Till, und doch leuchtet es unmittelbar ein: Es sind die Gesetze der Dramaturgie, die uns schließlich Gott offenbaren werden – niemand hat in all den Jahrtausenden je daran gedacht! Aber es ist so weit – es ist so weit, das zu erkennen!«

Er wartet nicht ab, was Till ihm antworten würde, und nimmt seinen Gang durch das Zimmer wieder auf. »Stell es dir so vor: Wenn wir Menschen nur noch auf eine Stelle starren und erwarten, dass er sich dort zeigt... Alle stehen still, warten, blicken auf diese Stelle.« Wieder bleibt Felix stehen und starrt Till an, als sei dies die Stelle, von der er spricht. »Dann ist es todlangweilig, dem zuzusehen. Dann ist Gottes Werk langweilig, dann bleibt ihm nur noch eines übrig: Dann muss er sich dort an der Stelle, auf die wir alle starren, zeigen, Till! Und genau dazu brauche ich das fiktive Universum! Das ist seine versteckte Bedeutung!«

Tills Herz hämmert in seiner Brust. Das ist, worum es ihm geht. Worum es Felix die ganze Zeit über gegangen ist – was er angedeutet hat in unzähligen Gesprächen, worüber Till und Max als Kinder schon gerätselt haben. Das ist, was Felix und Bentheim ausgeheckt haben. Sie wollten schon immer *die Offenbarung erzwingen!*

»Wir machen die Menschen süchtig, Till, wir bieten ihnen ein fiktives Universum, von dem sie nicht mehr loskommen, in dem sie sich verlieren, in dem sie alles finden, wonach sie sich sehnen, wonach sie lechzen. Wir geben ihnen Liebe, Sex, Freundschaft, Horror, Angst, Hoffnung, Erfüllung, Sinn ... wir lassen sie nicht mehr frei, wenn sie einmal begonnen haben, im fiktiven Universum zu versinken. Und dann bringen wir sie dazu zu begreifen, dass sie gemeinsam zu einer Gottmaschine werden, wenn sie alle an einer bestimmten Stelle Gott erwarten. Wir schalten die Menschen gleich, Till, wir koordinieren ihre Gefühle, ihre Gedanken, Wünsche und Gelüste und bringen sie so dazu, als Gottes Figuren ihn gemeinsam zur Offenbarung zu zwingen! Das fiktive Universum ist die Gottmaschine. Und dabei tun wir Menschen zugleich nichts anderes, als den göttlichen Willen zu vollziehen, den er in seiner Schöpfung ja bereits gesetzt hat. Er will sich offenbaren – und ich, du, wir, führen seinen Willen aus!«

4

Die Ersten haben begonnen, den Glaszaun hochzuklettern, sie stützen sich auf die Schultern der anderen, ziehen sich an dem Zaun hoch. Aber das Glas ist glatt, und an seiner Spitze ist eine Rolle Stacheldraht abgewickelt

Einige fallen wieder herunter, andere haben die Nasen an dem Glas plattgedrückt und starren zum Haus, das sich keine zweihundert Meter von ihnen entfernt auf der Lichtung erhebt und hinter dessen Fensterfront zwei Männer zu erkennen sind. Einer der beiden ist klein und drahtig, er steht vor einem Sofa und hat seinen Blick auf den anderen gerichtet. Der andere ist jünger und sieht zu dem ersten auf. Die beiden sind so in ihr Gespräch vertieft, dass sie nichts von dem mitbekommen, was draußen geschieht.

5

»So zeigt sich, dass ich nicht wirklich dem Schöpfer meinen Willen aufzwingen will, Till. Es ist wichtig, dass du das begreifst. Es ist vielmehr so, dass ich ... dass wir, wenn du mir hilfst ... eher so etwas wie Auserwählte sind, die den Willen Gottes Wirklichkeit werden lassen, verstehst du?«

Felix tritt einen Schritt von dem Sofa zurück und lässt sich in einen der Sessel fallen. Er wirkt wie ausgehöhlt von dem, was er gesagt hat.

Ist es möglich? Das ist es, was in Tills Kopf rast: *Ist es möglich, dass Felix recht hat? Dass die Gottmaschine funktioniert?*

»Nie waren wir in der Geschichte der Menschheit der Offenbarung Gottes näher als heute, Till. Davon bin ich überzeugt. Es ist nicht, dass ich der Bösewicht wäre, der der Welt seinen ins Maßlose übersteigerten, kranken Willen aufzwingt. Ich bin nicht der Joker aus dem Batman-Universum, Till. Ich bin vielmehr derjenige, der die Welt vor dem krankhaften Einzelwillen der wirklich Bösen bewahren will. Ich will nicht meinen Willen, ich will *Gottes Willen!* Und wer sich Gottes Willen widersetzt, widersetzt sich dem Sein, das sich vollzieht.«

Er sinkt in seinen Sessel zurück. »Du bist der Böse, Till, wenn du dich widersetzt. Wenn du mir nicht hilfst.«

Till fühlt sich ebenfalls vollkommen ausgepumpt. Er ist froh, dass Felix aufgehört hat, ihm seine Worte wie Pfeilspitzen an den Kopf zu schleudern.

Eine Zeitlang schweigen sie.

»Ich soll für dich schreiben, für das fiktive Universum«, greift Till ihren Gedankengang noch einmal auf. »Ich soll schreiben, damit die Menschen immer süchtiger nach diesem Universum werden, immer abhängiger davon, immer versessener darauf, erneut davon zu trinken, erneut darin zu versinken ...«

»Deshalb habe ich dir die Ratten auf den Pelz geschickt, Till. Ich weiß, dass du ein guter Autor bist, ich habe mich um dich gekümmert, um aus dir den besten zu machen.«

»Warum ich, Felix?« Bin ich wirklich der Richtige, um an dieser gigantischen Aufgabe zu wirken? »Warum hast du dich ausgerechnet um mich gekümmert?«

»Ich brauche den Besten, Till. Und ich weiß, dass du gut bist.«

»Aber woher, Felix, woher weißt du das?«

Felix' Blick ruht auf ihm.

Fünfter Teil

1

Heute

Claire schreckt zusammen. Der Gedanke an Butz hat sie durchdrungen wie eine Nadel.
Wer ist das? Der Mann, in dessen Armen sie auf dem Bürgersteig liegt? Wo ist Butz?
Sie spürt, wie der Mann hinter ihr seine Arme enger um sie schließt, und die Erinnerungen strömen zurück.
Frederik ... es ist Frederik.
Sie liegt in seinen Armen auf dem Bürgersteig. Vor ihr erstrecken sich kilometerweit die gleichförmigen Mietskasernen einer anderen Epoche. Eine Monumentalstraße, die aussieht, als wäre sie in Moskau und nicht in Berlin.
»Geht's wieder?« Er schaut sie an. »Ich bring dich in ein Krankenhaus, Claire. Aber du musst dich tragen lassen. Es geht dir nicht gut.«
Sie blickt auf seine Lippen. Schaudert zurück. Sie spürt selbst, dass es ihr nicht gutgeht.
Hol ihn doch zu dir, hört sie es in sich flüstern, *dann seid ihr zu zweit – dann bist du nicht mehr allein, Claire. So schlecht ist es doch nicht, oder? Allein die Farben! Das Orange, das Grün? Erinnerst du dich an das Grün, das du gesehen hast? Ist es das nicht wert? Vielleicht will er das auch sehen!*
Sie schmiegt sich in Frederiks Arme, reckt ihr Gesicht seinem entgegen, fühlt, wie ihr Blick ihn weich werden lässt – als plötzlich vor ihnen die Gehplatten aufplatzen.
Meterhoch werden die tonnenschweren Betonplatten in die Luft geschleudert, als wäre direkt darunter ein Dampframmbock senkrecht nach oben gerast. Claire sieht, wie sich die Platten unendlich langsam in der Luft drehen, zurück auf den Boden schlagen und mit lautem Knall zerbersten. Betonsplitter platzen in alle Richtungen – blitzschnell reißt sie einen Arm vor die Augen, um sich davor zu schützen.

Aber der Knall setzt sich fort – und unter ihrem Ellbogen hindurch sieht sie, wie die Traversale, auf deren Bürgersteig sie kauern, in voller Breite aufreißt. Zwei-, vielleicht dreihundert Meter weit bis zu den Hochhäusern auf der anderen Straßenseite.

Und aus dem Spalt quellen sie, Gestalten, die übereinanderkrabbeln. Deren Gesichter seltsam verwachsen scheinen, von Muskeln beinahe überwuchert. Gestalten, die aus dem Riss hervorquellen wie Blut aus einer frisch geschlagenen Wunde.

Claire spürt, wie sich ihr Mund von dem Frederiks löst, den sie im Schreck gesucht, mit dem sie voller Angst verschmolzen ist.

Ihr Blick folgt den Gestalten, die auf die Straße ausströmen wie Lava aus einem Vulkan. Oder gaukelt ihr Fieber ihr das nur vor?

Sie fühlt, wie Frederiks Finger zu wachsen und sich zu verlängern scheinen, während die heraufströmenden Gestalten Richtung Alexanderplatz drängen, wo der Turm steil hinauf in den dunkelvioletten Abendhimmel ragt.

2

Zwei Stunden vorher

»Der helle, ja, der Regenmantel, genau.« Lisa greift nach dem Trenchcoat, den ihr die Kellnerin reicht, schlägt den schweren Vorhang beiseite, der vor dem Eingang des Restaurants hängt, reißt die Glastür auf und tritt ins Freie.

Sie holt tief Luft.

Die kleine Nebenstraße pulsiert vor Betriebsamkeit. Fußgänger weichen ihr aus, auf der Straße stehen Autos, die an einem kleinen Lastwagen nicht vorbeikommen, entfernt ist der Verkehr auf den Hauptstraßen zu hören.

Wenn wir miteinander geschlafen haben, Lisa, musste ich an Nina oder Irina denken, um es hinzukommen.

Sie hat sich in Bewegung gesetzt, stolpert Richtung Friedrichstraße. Alles um sie herum scheint abgestürzt zu sein. Es ist keine Stadt, die sich um sie ausbreitet – es ist ein schwarzer Morast. Ihr Leben ist ein Sumpf.

Sie sieht Tills Augen vor sich. *Ich wollte, dass ich dich liebe, Lisa – habe es aber nie wirklich getan.*

Ihre Schultern verhärten sich zu Beton.
Er hat sie nie geliebt? Till, den sie kennt, seit sie elf Jahre alt ist? Nein. Er hat es ihr eben gesagt. Er hat sie lieben wollen, aber nicht können.

Wie verwundet eilt sie weiter. Ein Gefühl beschleicht sie, das sie nie zuvor für möglich gehalten hätte: Ist das, was Till ihr eben zugeraunt hat, nicht vielleicht das Gleiche, was auch sie selbst immer unterschwellig verspürt, nie aber an sich herangelassen hat? Dass auch sie Till nie wirklich geliebt hat, sondern nur lieben wollte? Hat sie sich deshalb vor sechs Wochen wieder auf Felix eingelassen? Haben Till und sie sich immer nur gewünscht, sie würden einander lieben – in Wahrheit aber hat es sie zu einem Mann wie Felix und Till zu solchen Mädchen wie Irina und Nina hingezogen?

Oder kann es noch einen anderen Grund für Tills Zurückweisung geben, einen anderen Grund als den, dass er sie wirklich nicht liebt?

Aber welchen? Welchen Grund könnte er haben, sie in dieser intimsten Frage anzulügen? Und ist er es wert, noch einen Gedanken an ihn zu verschwenden, wenn er in dieser Frage nicht aufrichtig ist?

»Ich habe ihnen gesagt, dass es Konstantin Butz war. Dass ich dabei war und gesehen habe, wie er geschossen hat, durch die Windschutzscheibe hindurch. Dass sie keine Spuren zu sichern brauchen, keine Absperrbänder zu spannen, dass sie nur ihren Kollegen fragen müssen. Ihren Kollegen Konstantin Butz.«

»Und?«

»Sie meinten, dass sie bereits mit ihm geredet hätten, dass es Notwehr war, dass Henning Butz' Leben bedroht hat, dass Butz sich wehren musste.«

»Und das stimmt?«

Betty blickt nach vorn, während sie den Wagen durch den Verkehr steuert. Lisa ist sich nicht sicher, ob Betty überhaupt in der Verfassung ist, ein Auto zu fahren, aber es scheint sie abzulenken und zu beruhigen.

Erst hat Lisa versucht, Claire zu erreichen, aber Claires Handy ist ausgeschaltet gewesen. Also hat sie Bettys Nummer gewählt, und Betty ist in die Stadt gekommen, um Lisa abzuholen. Als Lisa zu ihrer Schwester ins Auto gestiegen ist, hat sie erfahren, was Betty in der

Garage ihres Hauses erlebt hat. Warum sie den ganzen Morgen von der Polizei vernommen worden ist. Betty hat es Lisa mit seltsam unbewegtem Gesicht erzählt. Sie wirkt, als hätte sie auf eine Art Autopilot geschaltet, der sie davor bewahrt, die Fassung zu verlieren.

Lisas Blick wendet sich zum Seitenfenster. Zu den Fußgängern auf den Bürgersteigen, den Fahrern in den anderen Autos, den Menschen, die an den Ampeln warten und auf die Bildschirme ihrer Telefone blicken.

Die Wolke am Fuß des Turms auf dem Alex? Was bei Betty zu Hause geschehen ist? Tills Worte vorhin im Restaurant?

Was ist bloß los?

Für einen Moment hat Lisa den Eindruck, als würde die ganze Stadt kurz davorstehen, wie ein schlafender Tiger plötzlich zu erwachen und sich auf sie zu stürzen. Dabei kann sie den Menschen, die vor ihrem Autofenster vorbeiziehen, gar nichts ansehen. Niemand brüllt, niemand fuchtelt mit den Armen, niemand rennt unkontrolliert auf die Straße. Auf den ersten Blick wirken alle wie immer. Und doch ... der Mann, der dort hinten vornübergebeugt vorwärtsstürmt? Die Frau, an der er vorbeihastet, die in ihr Handy spricht und den Mund dabei mit der Hand abschirmt?

Oder ist es das Geräusch der Presslufthämmer, der Schweißgeräte, der Bauarbeiter, welche die Straße an drei verschiedenen Stellen aufreißen, was sie so nervös macht? Ist es das Hupen, das Blinken der Ampel auf der Kreuzung, das entfernte Schrillen einer Sirene, das plötzliche Vorbeiwischen eines Radfahrers an ihrem Fenster?

»Es ist überall ...«

»Was?« Lisa zuckt zusammen und sieht zu Betty. Hat sie was gesagt?

»Butz ... was mit Henning geschehen ist ... diese Unruhe ... spürst du es nicht?« Betty hat den Blick nicht von der Straße gewandt.

Doch, Lisa spürt es auch. Oder? Ist nicht doch alles wie immer – alles ruhig?

»Henning hat so etwas geahnt. Er meinte, dass etwas passieren würde.«

»Ach ja?« Lisa schaut jetzt ebenfalls nach vorn.

Der Verkehr hat sich gestaut. Ein Mann in phosphoreszierender Polizeiuniform hat sich mitten auf die Straße gestellt und bedeutet den

Autos, dass es geradeaus nicht weitergeht. Ein Fahrer scheint umkehren zu wollen und hat ein Wendemanöver begonnen. Betty bremst, und ihr Wagen kommt zum Stehen.

»Henning hat nicht mit mir darüber sprechen können«, hört Lisa Betty sagen, »aber Felix scheint gewusst zu haben, dass sich etwas anbahnt.«

Felix?

Der Verkehr ist zum Stillstand gekommen, es wird gehupt. Der Beamte auf der Straße macht einem Polizeifahrzeug, das am Bordstein parkt, Zeichen, dass die Kollegen sich auf der Fahrbahn quer stellen sollen.

»Was hat Henning denn gesagt?«

Bettys blaue Augen blicken sie an. Lisas kleine Schwester sieht für sie noch genauso aus wie vor zwei Jahren. Unwillkürlich muss Lisa daran denken, wie sie Betty kurz vor ihrer Trauung im Hinterraum der Kirche aufgesucht hat, wie sie miteinander geredet haben und Betty gestammelt hat, dass sie eigentlich lieber jemanden wie Felix heiraten würde.

»Was hat Henning gesagt, Betty?«

»Felix hat wohl etwas vor –« Sie bricht ab. »Ich weiß es auch nicht. Aber Henning meinte, dass es vollkommen aus dem Ruder gelaufen wäre. Dass Felix viel zu weit gegangen ist ...« Betty hat das Steuerrad mit beiden Händen umkrallt, hält ihr Gesicht dicht darüber. »Ich ... ich habe Angst, Lisa – ich weiß nicht, was ich tun soll –« Sie unterbricht sich, wendet den Kopf ihrer Schwester zu. »Erinnerst du dich, vor meiner Hochzeit? Ich ... ich wollte ihn eigentlich nicht heiraten, Lisa, aber du hast mir zugeredet. Du hast gesagt, ich soll es machen.«

»Ja ... ja, aber –«

»Ich dachte, ich könnte mich auf Henning verlassen, dass er dafür sorgen würde, dass nichts Schlimmes passiert –«

Ein lautes Hupen schneidet durch Lisas Gedanken. Ihr Kopf dreht sich nach vorn. Das Auto vor ihnen ist angefahren, der Stau löst sich auf.

»Fahr!«

Hilflos klammert sich Betty noch immer ans Steuerrad.

»Fahr Betty! Fahr, um Himmels willen. Felix hat gesagt, er würde sich am Nachmittag in seinem Haus im Süden Berlins aufhalten. Fahr dorthin! Wir müssen mit ihm reden. Henning ist tot, begreifst du denn nicht? Es ist keine Einbildung, nichts, was sich wieder verflüchtigt, wenn wir nur lange genug darauf warten. Es ist etwas im Gange – und Felix weiß davon!«

3

Der Waldweg kommt Till bekannt vor.

Er bleibt stehen und blickt sich um. Das Haus, in dem er mit Felix gesprochen hat, ist nicht mehr zu sehen. Vor gut zwanzig Minuten hat er es verlassen – aufgewühlt und verwirrt von dem, was Felix zu ihm gesagt hat. Er muss etwas Abstand gewinnen, allein sein, zur Ruhe kommen. Aber es scheint unmöglich zu sein. Etwas schwirrt in der Luft …

Till setzt seinen Weg fort.

Über ihm rauscht der Wind in den Bäumen. Ist er hier nicht als Junge schon einmal entlanggelaufen? Als er vorhin mit Felix zu dessen Haus gefahren ist, hat Till nicht weiter auf den Weg geachtet – aber sie sind nach Süden gefahren …

Und plötzlich weiß er es.

Instinktiv beginnt er zu rennen, hetzt, stolpert über den Laubboden … sieht einen halbhohen Zaun zwischen den Bäumen glitzern, hastet an dem Zaun entlang zum Eingang …

Viele Gräber befinden sich nicht innerhalb der Umzäunung, vielleicht vier oder fünf Dutzend. Aber eines von ihnen ist Till nur zu vertraut. Es ist das zweite Mal innerhalb von zwei Tagen, dass er einen Friedhof aufsucht. Doch dies ist nicht der Friedhof, auf dem sie Max begraben haben. Dies ist der Friedhof, auf dem sein Bruder begraben liegt. Tills leiblicher Bruder Armin.

Er sieht den Grabstein in der letzten Reihe vor der Mauer, die die Rückseite des kleinen Friedhofs mitten im Wald bildet. Das Grab ist kaum noch gepflegt. Eine Zwergtanne hat sich darauf ausgebreitet, eine kleine, beschlagene Vase steht leer auf einem flachen Stein. Gras ist bis an den dunklen Grabstein gewuchert, die Halme schauen dahinter hervor und wiegen sich leicht in der aufkommenden Brise.

›Armin Anschütz‹ steht auf dem Grabstein.

Sechzehn Jahre alt ist er geworden.

Till spürt nicht einmal, wie seine Knie auf der weichen Erde der Grabstelle aufschlagen. Wie lange ist er nicht hier gewesen. Zehn Jahre? Zwölf?

»Armin.« Die Anspannung der vergangenen Stunden bricht über ihm zusammen.

4

Till weiß nicht, wie lange er auf der feuchten Erde der Grabstelle gesessen hat, als sich seine Gedanken langsam zu klären beginnen. Wie blind haben seine Augen vor ihm auf den Boden geblickt, haben die Gräser, die Vase, den Stein wahrgenommen, aber nicht gesehen. Er hat gefühlt, wie die Feuchtigkeit der Erde durch seine dünnen Hosen gedrungen ist, aber er ist nicht aufgestanden.

In seinem Kopf haben sich die Eindrücke der vergangenen Stunden zu einem breiten Strom von unzusammenhängenden Fetzen verknotet. Er sieht die entkleidete Frau an der Decke aufblitzen, ihren Leib sich in der aufgeheizten Luft drehen. Er sieht Lisa neben sich am Tisch in dem Restaurant stehen, er sieht Felix vor sich auf dem Dach.

Und er sieht die Gräber von Armin und Max. Sieht Max, wie er ihn im Haus der Bentheims anlacht, wie sie den Flur entlang zur Eingangshalle rennen, die Treppe hoch ins obere Stockwerk. Er sieht sich mit Max, Lisa, Betty, Claire und den Eltern am Frühstückstisch sitzen, sieht Bentheim mit seinem Sohn reden. Er sieht sich zu Bettys Hochzeit zurück nach Berlin kehren, sieht sich mit Max und Henning und all den anderen auf Irinas Party reden. Mit Lisa vor dem Café sitzen, als er ihr von der Arbeit erzählt hat, an der er in Toronto vor zwei Jahren schrieb.

Wie hat es nur geschehen können, dass alles so unendlich falsch herausgekommen ist? An welchem Punkt ist es ihm entglitten – sein eigenes Leben? Wo ist es gewesen, dass er Max verloren hat? War das der Moment, ab dem er sein Leben nicht mehr in den Griff bekommen hat? Oder liegt das noch länger zurück? Hat es begonnen, als er tief unter der Stadt hinter Bentheim die Tür des Verschlags zugeschlagen hat? Unendlich langsam tropfen die Erinnerungen in Tills Kopf, während seine Gedanken ruhe- und rastlos von einer zur nächsten springen.

Hat Max ihn nicht mit seinem Hass auf den Vater erst dazu getrieben, diese Tür zuzuwerfen? Aber dieser Hass ...

Tills Gesicht vergräbt sich in seinen Händen.

Dieser Hass von Max auf seinen Vater – hat er, Till, ihn nicht erst wirklich zum Lodern gebracht? Hat Bentheim nicht seinem Sohn gegenüber gezeigt, dass er Till, dem fremden Jungen, mehr vertraut, mehr zutraut als Max – seinem eigenen Sohn?!

Und jetzt soll er das fiktive Universum weiterschreiben – jenes Universum, das Max' Vater zuerst entworfen hat. Von dem Bentheim ihm erzählt hat, bevor sie sich auf ihren Weg in die Gänge unter der Stadt gemacht haben.

Berlin Gothic.

Eine Geschichte über Infekte, Tierversuche, Haiti – eine Geschichte, in der es um eine Invasion geht.

Zugang, Zone, Zentrum, hört Till Max sagen. Sie hatten in dem Spielsalon gesessen, hinter der kleinen Bühne, auf der die Mädchen in den Tierkostümen aufgetreten sind. Dort hat Max ihm erzählt, was er in den Kisten seines Vaters entdeckt hatte. Gerade so, wie Max ihm zehn Jahre zuvor im Wald die Notizbücher gezeigt hatte, die er im Keller des Gartenhauses aufgestöbert hatte. Die Notizbücher mit den Aufzeichnungen des Mannes, der mit seiner erkrankten Frau nach Haiti gereist war, weil er hoffte, sie dort heilen zu können ...

Berlin Gothic.

Eine Geschichte über einen Infekt, der sich ausbreitet.

Und plötzlich ist es, als würde eine Eisenhand in Tills Seite gerammt werden. Er keucht und fühlt, wie ihm kalter Schweiß auf die Stirn tritt.

Die Unruhe, die in der Stadt herrscht – Berlin scheint förmlich zu vibrieren ...

Es ist nicht der Anfang des Frühlings, es ist kein Wetterumschwung, es ist etwas anderes. Etwas, das einen geradezu anspringt, wenn man durch die Straßen geht, das man meint, regelrecht mit Händen greifen zu können. Vorhin, in dem Haus, als er auf dem Weg nach draußen an einer Küche vorbeigekommen ist, hat er eine Stimme aus dem Radio gehört. Es sind Fälle von Tollwut aufgetreten, deren Zahl überraschend schnell zunimmt. Noch würden die Kranken in einem Krankenhaus im Norden zusammengelegt werden, haben sie im Radio gesagt, aber niemand könne mit Sicherheit wissen, ob das als Vorsichtsmaßnahme ausreichen wird.

Schwindelanfälle, Halluzinationen, Schlaflosigkeit – bis hin zum Delirium. Eine Entzündung des Gehirns, ein Infekt, der über das Rückenmark bis ins Gehirn aufsteigt.

Ein Infekt, der das Gehirn der Erkrankten befällt, *so dass sie nicht mehr Herr über sich selbst sind.*

Zufall? Soll das ein Zufall sein?

Dass ausgerechnet jetzt, wo Felix alles daransetzt, sein Vorhaben in die Tat umzusetzen, dass ausgerechnet *jetzt,* wo Felix mit aller Kraft die Arbeit an seinem fiktiven Universum vorantreibt, ein Virus um sich greift, der genau das bewirkt, worum es im fiktiven Universum geht?

Nein, das kann kein Zufall sein!

Berlin Gothic ist die Geschichte eines Infekts, der die Menschen zu willenlosen Kreaturen macht, Bentheim hat es Till selbst gesagt. *Berlin Gothic* ist die Geschichte, von der Bentheim Till im Garten erzählt hat.

Und das, was in Berlin gerade vor sich geht – die Ausbreitung des Virus –, ist nichts anderes als das, was in dieser Geschichte erzählt wird. Es ist nichts anderes, als dass die Geschichte wahr wird.

Die Geschichte, auf der Felix' fiktives Universum aufbaut.

Nein, das ist kein Zufall!

Als Till die Radiostimme gehört hat, hat er gewusst, dass es kein Zufall sein kann. Und er hat Felix zur Rede gestellt.

Genau darum ist es doch Bentheim immer gegangen, hat Till Felix entgegengehalten, deshalb hat Bentheim doch gerade die Geschichte eines Infekts gewählt, der den Willen der Menschen auflöst: weil er eine Welt beschreiben wollte, in der die Illusion eines freien Willens nicht mehr herrscht!

Und Felix hat Till recht gegeben. Natürlich habe er sich *deshalb* für Bentheims Manuskripte interessiert. Bentheims *Berlin Gothic* sei einfach optimal für seine Zwecke. Dass sich jedoch auch in Wirklichkeit ein Infekt ausbreite, habe er, Felix, nicht veranlasst! Wie könnte er denn? Nein! Till habe diesen Verrückten doch selbst kennengelernt –

Welchen Verrückten?

Quentin! Quentin, der sie schon vor zwei Jahren auf der Party von Irina beschworen habe, dass es dann, wenn die Freiheitsillusion einmal durchschaut sei, nur noch darum gehen könne, ins Böse hinabzusteigen. Das habe Quentin seitdem verfolgt – wie ein Besessener! Felix aber habe Quentins phantastische Obsession nie geteilt. Ihm sei es nie um diesen entsetzlichen Abstieg gegangen, ihm sei es vielmehr um das gegangen, was sie vorhin besprochen haben.

Till liegt mit dem Bauch auf der Erde des Grabs, sein Gesicht hat er in die vor ihm auf dem Boden ausgebreiteten Hände gepresst.

Quentin – es ist Quentin gewesen, der den Infekt verbreitet hat, als Höhepunkt seines Abstiegs ins Böse. Aber Felix wusste davon, das hat er ja selbst zugegeben. Er wusste davon, hätte Quentin vielleicht aufhalten können – hat es aber nicht getan.

Und warum?

Weil die Verbreitung des Infekts genau das ist, was Felix für sein Vorhaben braucht. Weil es die Menschen nur noch mehr dazu bringt, auf sein fiktives Universum zu starren. Wenn sich herausstellt, dass in Wirklichkeit genau das geschieht, wovon in dem Universum erzählt wird, sind die Menschen doch nur noch mehr auf dieses fiktive Universum fixiert!

Ja, Felix hat es ja zugegeben: Er hat es nicht nur geschehen lassen, er hat sogar alles dafür getan, um zu verhindern, dass die Ausbreitung des Infekts aufgehalten wird. Er hat jemanden auf die Freundin des Kommissars angesetzt, der wegen der ersten Todesfälle ermittelt hat, hat dafür gesorgt, dass Leichen entfernt wurden, bevor die Todesursache festgestellt werden konnte – und das alles nur, um so lange wie möglich dem Infekt Zeit zu geben, sich auszubreiten. Um zu verhindern, dass der Kommissar ermitteln konnte, was der wahre Grund für die ersten Todesfälle war, die auftraten …

Till würgt wie an einem trockenen Stück Brot, das bei einem Krampf seiner Speiseröhre auf halbem Weg stecken geblieben ist.

Quentin hat ausgelöst, was die Stadt heimsucht. Die Horden, denen Till im Untergrund der Stadt begegnet ist, Quentin hat einen Virus unter ihnen verbreitet. Es ist nur noch eine Frage der Zeit, bis sie alles überschwemmt haben werden.

Berlin geht unter, flüstert etwas in Till. *Die Menschen werden zu Hunderttausenden unter dem Schutt und den Trümmern begraben werden. Diese Stadt ist verflucht – sie ist schon einmal untergegangen, sie wird es noch einmal tun.*

Er spürt, wie sich seine Ohren aufrichten.

Kann er es schon hören? Das Schreien und Toben der Massen – das Krachen und Splittern der Mauern?

Die Stadt geht unter, rauscht es in ihm, *und du bist schuld daran.*

Seine Hände legen sich auf seine Ohren, aber so kann er die Stimmen nicht zum Verstummen bringen.

Was ist es denn gewesen, das Quentin dazu getrieben hat, so weit zu gehen? Kann er sich nicht daran erinnern, wie Max Quentin fertiggemacht hat?

Wo aber kam der Hass her, der in Max brannte – und mit dem er sich auch auf Quentin gestürzt hat? Mit dem er Quentin vor Irina, vor dem versammelten Club, immer wieder gequält hat!

Doch daher, dass Max seit Tills Ankunft in seiner Familie die Hoffnung aufgeben musste, er könnte noch irgendwann den Anforderungen, die sein Vater an ihn stellte, gerecht werden!

Max ertrug es nicht, wie sein Vater ihn geringschätzte, während Bentheim Till respektierte, auf Till hörte, ihn ermutigte – ja, ihn sogar darum bat, sich um Max zu kümmern! Das war es doch, was Max verbittert hat, warum er hemmungslos gegen alles wütete, was ihm in die Quere kam. Gegen sich selbst, bis er sich zugrunde gerichtet hat – aber auch gegen Quentin.

Till weiß es noch wie gestern, wie Max Quentin bei Irina vor allen anderen heruntergemacht hat, wie Max all den Selbsthass, den er in sich verspürte, weil sein Vater einen anderen Jungen zum Sohn haben wollte, auf Quentin ablud. Mit aller Härte, aller ihm möglichen Rücksichtslosigkeit ist Max gegen Quentin vorgegangen, hat ihm jede Möglichkeit, sich selbst zu schätzen, so abspenstig gemacht, wie sie ihm selber durch Tills Ankunft in seinem Elternhaus abspenstig gemacht worden war.

Dieser Quentin ist es gewesen, der das Chaos, die Krankheit, die Verzweiflung und den Tod über die Stadt hat hereinbrechen lassen. Quentin.

Letztlich aber ist es seine, Tills Schuld, was jetzt geschieht, denn er hat Max gequält, und Max Quentin.

Und wenn es stimmt? Wenn es stimmt, was Felix insgeheim hofft? Dass der Untergang der Stadt sein Projekt einer Gottmaschine nur noch beschleunigt?

5

Till richtet sich auf und klopft sich die Erde von den Knien.

Zu hören ist nichts als das Rauschen der Blätter über ihm.

Zwölf Jahre ist sein Bruder jetzt tot. »Wir sehen uns«, murmelt Till und wendet sich ab. Langsam schreitet er über den Weg zwischen den Grabsteinen zum Ausgang. Unwillkürlich kippt sein Kopf in den Nacken – er hat gehört, wie sich etwas nähert.

Kurz darauf ist es ohrenbetäubend. Ein Krach, als würde ein Gebirge auf ihn herabstürzen. Da sieht Till sie auch schon zwischen den Baumwipfeln auftauchen. Hubschrauber. Erst einer. Dann ein ganzes Geschwader.

Till stolpert aus dem Friedhof heraus zu der Lichtung am Eingang.

Die Rotorblätter flimmern in der Sonne wie die Flügel riesiger Roboterlibellen. Die Maschinen ziehen in geringer Höhe über die Lichtung hinweg, Richtung Stadtmitte, gut ein halbes Dutzend von ihnen.

Till sieht den Hubschraubern nach, bis sie hinter den Baumkronen wieder verschwunden sind.

Was ist los in Berlin? Bricht die Seuche in einer Geschwindigkeit über sie herein, mit der niemand gerechnet hat? Werden sie regelrecht überrannt? Ist es wie eine Flutwelle, die die Millionenmetropole innerhalb von Wochen, Tagen, Stunden unter einer Schlammlawine begräbt?

Er läuft den Waldweg zurück.

Ist er wirklich schuld an dem, was geschieht? Durch seine Ankunft bei den Bentheims sind die Dinge in Bewegung geraten. Und doch … ist Max etwa schuld daran gewesen, was er für ein Mensch war? Hatte Max die Möglichkeit, ein anderer Mensch zu sein? Ist er, Till, schuld daran gewesen, dass Bentheim ihn Max vorgezogen hat? Ist Quentin schuld daran gewesen, dass er ins Böse hinabsteigen wollte?

Ist irgendjemand an irgendetwas schuld? Oder ist nicht vielmehr jeder, so wie er ist, unschuldig an dem, was er tut? Wie kann man überhaupt an etwas schuld sein? Plötzlich – und vielleicht zum ersten Mal – versteht Till nicht mehr, was das eigentlich bedeutet. Hat Felix vielleicht recht, wenn er sagt, dass es so etwas wie Schuld gar nicht gibt? Dass jeder so ist, wie er ist, tut, was er tut? War er, Till, mit seiner

Ankunft bei den Bentheims zwar die Ursache für das, was geschehen ist, aber doch nicht schuld daran?

Er blickt hinab, um nicht zu stolpern, und steigt mit seinen Segelschuhen über eine Baumwurzel.

Hat dann aber Felix nicht auch recht, sein Projekt einer Gottmaschine mit allen Mitteln voranzutreiben? Recht damit, Quentins Irrsinn zu benutzen, um seine Maschine zum Laufen zu bringen? Muss er, Till, dann nicht alles daransetzen, um seinen Beitrag dafür zu leisten, dass die Maschine irgendwann einmal in ferner Zukunft ihr Ziel vielleicht tatsächlich erreicht?

6

Es wirkt, als würde der Wahnsinn, der in Mitte geherrscht hat, von ihnen geradezu abfallen, als Lisa und Betty die Stadtautobahn erreichen. Tatsächlich ist die Fahrbahn beinahe gespenstisch leer.

Ruhig surrt Bettys Wagen über die sechsspurige Autobahn Richtung Süden. Schert am Funkturm auf die Avus aus, brummt weiter.

»Stehen die oder was?«

Lisa hat sich auf dem Beifahrersitz ausgestreckt, folgt jetzt mit dem Blick dem Bettys, der geradeaus gerichtet ist. Ungewöhnlich schnell nähern sie sich einigen Fahrzeugen, die sich weiter vorn auf der Fahrbahn befinden.

»Sieht ganz so aus.«

Betty drosselt die Geschwindigkeit.

Einige der Autos stehen tatsächlich quer – weiter vorn scheint sich ein Lieferwagen gedreht zu haben.

»Vorsicht!« Lisa legt ihrer Schwester eine Hand auf den Arm.

Es ist ein Unfall. Gut zwei Dutzend Fahrzeuge sind darin verwickelt, Polizei und Krankenwagen müssen jedoch bereits da gewesen sein, denn am Unfallort ist niemand mehr zu sehen. Verlassen stehen die Autos kreuz und quer auf der Fahrbahn.

»Fahr einfach durch«, murmelt Lisa. Die Wagen, die Stille, die seltsame Leblosigkeit des Unfallorts beunruhigen sie.

Betty kurbelt am Steuerrad, schlängelt ihr Auto an den ersten Fahrzeugen vorbei. Türen stehen offen, es ist Blechschaden entstanden, Öl ist ausgelaufen. Lisas Blick fällt auf ein Steuerrad, an dem etwas

Dunkles klebt, als wäre der Kopf des Fahrers beim Aufprall daraufgeknallt und aufgeplatzt.

»Hier geht's nicht weiter.« Betty nickt durch die Windschutzscheibe nach vorn.

Zwei Fahrzeuge haben sich so ineinandergekeilt, dass sie nicht an ihnen vorbeikommen.

»Sind die wahnsinnig, das nicht abzusperren?« Lisa setzt sich in ihrem Sitz auf und schaut durchs Beifahrerfenster nach draußen.

Sie haben inmitten der zum Teil schwer beschädigten Fahrzeuge gehalten. Keine zwanzig Meter neben ihnen sind die Bäume des Grunewalds zu sehen, die sich auf beiden Seiten der Avus entlangziehen.

Betty hat ihre Tür aufgestoßen. Lisa fährt herum. »Bleib du am Steuer, ich mach das.« Sie öffnet ebenfalls ihre Tür und schwingt sich aus dem Wagen.

Es ist sonnig draußen, eine angenehme Wärme, in der sich die Pollen und Düfte des umgebenden Waldes verfangen haben.

Lisa nickt Betty aufmunternd zu, deren Gesicht sie hinter der Windschutzscheibe sehen kann. Dann geht sie zu den beiden Pkws, die ihnen den Weg versperren. Die Tür des BMW, der seinem Vordermann in die Seite gerast ist, ist angelehnt. Lisa zieht sie auf.

Instinktiv schnellt ihr Ellbogen hoch, und sie verbirgt ihre Nase in der Armbeuge. Ein Geruch von Desinfektionsmitteln und Eisen schlägt ihr aus dem Inneren des Fahrzeugs entgegen.

»Alles in Ordnung?«

Ohne sich umzusehen, macht Lisa ihrer Schwester ein Zeichen mit der Hand. Ja, ja, alles klar.

Dann holt sie tief Luft, taucht in den Wagen hinein und greift nach dem Steuerrad. Es lässt sich ohne weiteres bewegen, der Zündschlüssel steckt noch. Lisa schlägt es so ein, dass der Wagen auf kürzestem Weg von der Fahrbahn rollen muss, und stemmt sich gegen die Karosserie, um ihn nach hinten zu schieben.

Doch der Wagen rührt sich nicht.

Sie rammt ihre Turnschuhe in den Asphalt und wuchtet ihren Körper gegen das Auto. Es knirscht, dann beginnt es zu rollen.

Na also!

Einmal in Bewegung, ist es leichter. Mit einem dumpfen Krachen landet das Auto in dem Wagen, der hinter ihm auf der Fahrbahn steht.

Ein paar Meter weiter sollten sie jetzt kommen, vielleicht reicht es sogar, um die Unfallstelle ganz zu durchqueren. Lisa stellt sich auf die Zehenspitzen, um die freie Autobahn am Ende der Unfallstelle zu sehen – und stutzt.

Jenseits des vordersten Fahrzeugs, das in den Unfall verwickelt worden ist, macht die Autobahn einen weiten Bogen, der von einem Lkw mit Anhänger halb verdeckt ist. Zwischen dem Zugwagen und dem Anhänger jedoch kann Lisa hindurchblicken und dort – was ist das? Bewegt sich dort etwas?

Sie wendet sich zu Betty um, die sie fragend aus ihrem Auto heraus ansieht, und macht ihr ein Zeichen, zu warten.

Am Ende des Lkw-Anhängers ist eine Gestalt aufgetaucht. Groß, ungelenk, eine Silhouette, die selbst aus der Entfernung schmutzig und ungepflegt wirkt. Eine Gestalt, hinter der jetzt drei weitere, nein, dreißig weitere sichtbar werden, die so traumverloren wie die erste über die Autobahn wanken, schlurfen, wandeln, als stünden sie bei jedem Schritt kurz davor, vornüberzufallen. Stattdessen arbeiten sie sich jedoch unaufhaltsam voran.

Direkt auf sie zu.

Lisas Blick springt zu Betty. Ihre Hand fuchtelt. RUNTER! VERKRIECH DICH UNTER DEM STEUER!

Sie kann nicht schreien, sie kann nicht zu ihrer Schwester hinlaufen, sie kann es ihr nur zeigen, sonst sehen sie sie!

Betty begreift. Ihr Kopf taucht ab, und im nächsten Augenblick scheint ihr Wagen nur noch eines der leeren Autos zu sein, die hier ineinandergerast sind.

Lisa lässt sich auf den Asphalt fallen.

In den BMW zu kriechen kommt nicht in Frage, zu sehr ekelt sie sich vor der dunklen Kruste am Lenkrad. Sie schiebt sich über die rauhe Fahrbahn unter den Wagen, rollt sich hinter die Räder, kauert sich auf den Bauch, so dass sie zwischen den Vorderrädern hindurchblicken kann.

Die Füße der Gestalten, eine ganze Kohorte zerlumpter Schuhe, aufgerissener Pumps, schlammverkrusteter Turnschuhe, abgelatschter Slipper, die sich kaum über den Boden heben, eher darüber hinweg gezogen werden. Unter drei Fahrzeugen hindurch kann Lisa sehen, wie die Schuhe in ihre Richtung schlurfen, schon kann sie das schleppende, träge Geräusch der Sohlen hören, das sich in das Zwitschern der Vogelstimmen mischt.

Und wenn sie sie riechen?

Lisa hält die Luft an.

Schschsch Schschsch Rrrr Rrrr Hchchcrr Hchchrrr ...

Die Füße und Hosenbeine, die Stiefel und nackten Knöchel in den Sandalen ziehen an den Gummireifen, von denen Lisa umringt ist, vorbei. Wenn sie die Hand ausstrecken würde, könnte sie die Beine in den verschmutzten Hosen, den zerrissenen Strümpfen berühren, die an ihr vorbeiwaten ...

Niemand spricht, aber Lisa kann hören, wie die Gestalten atmen. Sie spürt, wie ihr Herz in ihrem Hals schlägt, wie sich der Schweiß unter ihren Handflächen auf dem Asphalt sammelt, aus ihren Achseln rinnt, ihren Rücken hinunterläuft.

Schschsch Schschsch Rrrr Rrrr Hchchcrr Hchchrrr ...

Dann schlurft das letzte Paar billiger Plastikschuhe an ihrem Wagen vorbei, die Geräusche werden leiser. Vorsichtig wendet Lisa den Kopf, um zu sehen, wohin die Gestalten wanken. Unter dem Boden der Karosserie hindurch kann sie verfolgen, wie die Beine und Schuhe weiterziehen, Richtung Stadt. Jetzt müssen sie bei Bettys Wagen angelangt sein – aber sie darf sich jetzt noch nicht rühren!

Schschsch Schschsch Rrrr Rrrr Hchchcrr Hchchrrr ...

Das Schlurfen und Ziehen und Schleifen und Wanken entfernt sich.

Das Rauschen in Lisas Ohren lässt nach.

Iiiiep Iiiiep Iiiiep ...

Was ist das?

Ein leises Quietschen hat sich in die gedämpften Geräusche gemischt. Ein gleichmäßiges, rhythmisches Quietschen.

Iiiiep Iiiiep Iiiiep ...

Lautlos schiebt sich Lisa unter dem Boden des BMW hervor, kommt auf die Knie, späht nach hinten. Noch immer kann sie die Rücken der Gestalten sehen, die die Autos bereits hinter sich gelassen haben und unbeirrt auf der Autobahn Richtung Berlin weitertorkeln.

Ihr Blick fällt auf den Wagen, in dem sich Betty versteckt hat.

Iiiiep Iiiiep Iiiiep ...

Sie richtet sich ganz auf, wagt es noch immer nicht, Bettys Namen zu rufen, aus Angst, die Gestalten könnten sie hören ...

Iiiep Iiiiep Iiiiep ...
Bewegt sich der Wagen – Bettys Wagen?
Jetzt kann Lisa es deutlich erkennen: Bettys Wagen ... wippt, er wippt leicht auf und ab!
Sie duckt sich und ist mit zwei Schritten bei dem Fahrzeug. Die Tür zum Rücksitz – die hat doch vorhin nicht offen gestanden?
»Betty«, Lisa flüstert den Namen nur, aber es kommt ihr so vor, als würde sie ihn schreien. Dann ist sie bei der Tür und starrt in den Wagen.
Sie kann nicht fassen, was sie sieht.
»Was ...?«
Ihre kleine Schwester hockt auf dem Rücksitz, die Unterarme auf das Polster gestützt, die Oberschenkel angewinkelt. Das Gesicht hat sie Lisa zugewandt, den Kopf zurückgebogen, die Augen nur einen Schlitz weit geöffnet – ihr Mund aber steht offen. Hinter ihr ragt eine der Gestalten unbegreiflich groß auf. Und das Röcheln, das aus seinem Mund dringt, vermischt sich mit einem Quieken, das sich hell und kristallklar aus Bettys Kehle entwindet.
Wie verhext von dem Anblick der beiden ineinander verkeilten Leiber starrt Lisa auf seine Hand, die mit einer einzigen Bewegung den Slip, der sich über Bettys pralle Schenkel gespannt hat, beiseitewischt, so dass das Gummiband aufplatzt. Auf ihr T-Shirt, das er nach oben schiebt, bevor seine Pranken ihre Hüften umschließen, um Betty mit einer gierigen Bewegung ganz auf sich zu ziehen. So kraftvoll, dass ihr der Atem aus dem Mund gestoßen wird, sie die Augen vollends schließt und sie sich mit ihren Händen in die Rückbank stemmt, um sich noch mehr auf ihn zu spießen.
Lisa spürt, wie sie ruckartig Luft einzieht, nach vorn stürzen will, um das zu verhindern – und doch nicht von der Stelle kommt.
Wie ihre Arme plötzlich gegen etwas stoßen und sie auftaucht – wie aufgelöst –, das Gesicht von einer feinen Schweißschicht bedeckt.
»Was ...?«
Ein Waldweg – sie fahren einen Waldweg entlang! Lisas Kopf rollt herum, die Augen verklebt, noch schlaftrunken.
Betty sitzt neben ihr! Am Steuer! Lächelt sie an, konzentriert sich wieder nach vorn auf die Straße.
»Wir sind gleich da, Lisa. Du musst ja vollkommen übermüdet sein.«

Sie richtet sich auf.

Sie ist eingeschlafen! Auf dem Beifahrersitz, während Betty gefahren ist.

»Siehst du? Da ist das Tor, wir haben Glück, es steht auf.«

Das Tor zu Felix' Landhaus im Süden Berlins.

7

Tills Augen fliegen über den Text.
Berlin Gothic.

Er sitzt in dem Zimmer, das Felix in seinem Haus für ihn eingerichtet hat. Dort gibt es einen Zugang zu sämtlichen Aufzeichnungen, die zum fiktiven Universum bereits gemacht worden sind, zum Teil noch von Xaver Bentheim selbst, zum Teil von den Mitarbeitern in Felix' Firma, navigierbar an einem großen Bildschirm, der auf dem Tisch in der Mitte des Zimmers steht.

Infekt.

Zugang.

Zone.

Zentrum.

Die Begriffe, die Max damals verwendet hat, in dem Theater, in der Spielhölle, als Till mit ihm über das fiktive Universum von Felix und Max' Vater gesprochen hat, gehen Till erneut durch den Kopf.

Zugang – das war der Anfang, so hatte Max es doch gesagt. Im ersten Teil, den Bentheim ›Zugang‹ genannt hat, wird ein Junge in die Ereignisse verstrickt, genau ...

Der zweite Teil hieß dann ›Zone‹. In der ›Zone‹ erlebt der Junge, wie weit sich der Infekt bereits verbreitet hat.

Und im ›Zentrum‹? Ins Zentrum hat sich der Junge durch die Zone hindurch vorgearbeitet, um dort zu entdecken, wer alles steuert!

Gebannt klickt sich Till durch die Dateien. Gibt es einen Zusammenhang zwischen dem Infekt, der sich in der Stadt gerade ausbreitet – und dem Infekt, um den es in dem fiktiven Universum, in *Berlin Gothic*, geht?

Weg mit den Nebenhandlungen – die interessieren ihn nicht, vorbei an den Nebenschauplätzen ... Nicht die Außenbezirke des fiktiven Universums schaut Till sich jetzt an, nicht die Auswüchse, die für

Teenager, Horrorfreaks, Sexsüchtige oder sonst wen geschrieben worden sein mögen. Die Haupthandlung, das ist es, worauf er aus ist. Das, was noch von Xaver Bentheim selbst in seinem Buch festgelegt worden ist. Die Geschichte des Infekts.

Und während sich Till fieberhaft durch die Weiten des Textes voranmanövriert, scheint sich eine Schraube immer tiefer in seinen Schädel zu bohren.

Ja, es gibt auch in dem Buch einen Infekt. Es gibt einen Freundeskreis in Berlin, es gibt einen Autor rätselhafter Schriften ... es gibt einen Max in dem Buch, einen Quentin, einen Malte, eine Lisa und ...

Er krümmt sich zusammen.

Einen Till.

Berlin Gothic.

Einen Till, der auf der Flucht aus dem Heim bei einer Familie Unterschlupf findet. Bei der Familie Bentheim, wo er sich mit Max, dem Sohn der Bentheims, anfreundet – und in Max' Schwester Lisa verliebt.

Tills Hand lässt die Maus über den Tisch sausen, lässt die Dateien und Abschnitte, Übersichten und Zusammenfassungen über den Bildschirm fliegen. Seine Augen hüpfen von Absatz zu Abschnitt, von Kapitel zu Band, von Erzählstrang zu Erzählstrang. Sein Verstand verarbeitet Namen, Daten, Ortsangaben, überfliegt Dialoge, registriert Stichworte. Längst hat er die von Bentheim selbst verfassten Passagen hinter sich gelassen, stöbert in den neueren Abschnitten von *Berlin Gothic,* verfolgt die Geschichte des Infekts.

Auch in dem Buch ist Till schuld daran, dass Quentin den Infekt verbreitet. Schuld – und zugleich nicht schuld. Ist es vielleicht Tills Schuld, wenn Max nicht damit fertigwird, ihm unterlegen zu sein? Nein! Und doch ist es seine Ankunft im Bentheimschen Haus ...

Ja! Natürlich! Auch das kommt in *Berlin Gothic* vor!

»... und doch ist es seine Ankunft im Bentheimschen Haus, die letztlich – wenn auch über Umwege – entscheidend zum Ausbruch der Epidemie beiträgt.«

Das Schriftbild verschwimmt Till vor den Augen. Jeder muss das zugeben, der die Geschichte liest – aber ... ist es dann nicht so, dass das Buch, dass *Berlin Gothic* tatsächlich gerade DAS leistet, was Felix von dem fiktiven Universum gefordert hat? Dass es die Freiheitsillusion aufhebt?

Till – der Till aus *Berlin Gothic* – kann nichts dafür, dass sich die Dinge so entwickeln, wie sie es tun. Er ist derjenige, der letztlich alles auslöst, und doch ist diese Entwicklung etwas, das sich vollzieht, ohne dass er darüber entscheiden könnte. Er kann ja nicht wählen, Max *nicht* überlegen zu sein. Allein durch sein Existieren kränkt Till Max. Er kann nichts dagegen tun, schuldig zu werden!

Oder?

Nein, schreit es da in Till auf, in dem Till, der an dem Tisch sitzt. Das stimmt nicht, dass ich es mir nur einbilde, frei zu sein! Max ist derjenige, der recht gehabt hat – nicht Felix! Ich werde mich von Felix nicht verwirren lassen! Max ist der Einzige, der das Richtige getan hat! Er hat sich mit aller ihm zur Verfügung stehenden Kraft gegen Felix' Gedanken von der Freiheitsillusion gewehrt! Hat darauf beharrt, frei zu sein! Auch wenn es Max in die Hölle von Riga geführt hat, hat er doch recht gehabt damit, auf seiner Freiheit zu beharren! Er hatte recht, darauf zu beharren, denn sie ist das Wertvollste, was wir haben!

Tills Blick irrt zurück zu dem Bildschirm vor ihm.

Es ist mir egal, was der Till in dem Buch denkt – ich werde die Freiheit nicht preisgeben! jagt es ihm durch den Kopf.

Oder ...

Und Till spürt, wie ihn ein neuer Gedanke beschleicht.

Oder ist irgendwo in diesem Buch auch bereits aufgeschrieben, was ich gerade denke?

Dann ...

Es schnürt ihm die Brust zusammen.

Dann ist er nicht frei – egal, wie sehr er sich dagegen auch sträubt.

Plötzlich fühlt Till, wie sich seine Augen schließen und seine Gedanken sich nach *oben* richten – und er wendet sich an denjenigen, der ihn schreiben muss – wenn er geschrieben wird.

Lass mich den richtigen Weg finden.

Er lauscht in die Schwärze hinein, die sich vor seinen geschlossenen Augen ausbreitet, in die unendlich vielen, flimmernden dunklen Punkte hinein, aus denen diese Schwärze besteht.

Hörst du mich?

Ja, ich höre dich, Till.

Till fühlt, wie sich die Haare auf seinen Armen aufstellen.

Bist du derjenige, der mich schreibt?

Ja.
Dann lass mich den richtigen Weg finden. Die Worte geistern durch Tills Kopf, ohne dass er sie suchen muss.
Hast du die Gottmaschine verstanden?
Till schluckt. *Die Menschen sollen auf das fiktive Universum starren?*
Einige tun es jetzt schon.
Sie gucken bereits auf Berlin Gothic*?*
Ja, Till. Sie wollen wissen, ob du und Lisa zusammenkommen. Sie wollen wissen, ob die Stadt untergeht. Das ist der Sinn des Untergangs der Stadt, Till: dass die Menschen auf das Universum starren und sich fragen, ob die Stadt gerettet wird.
Tills Augenbrauen haben sich zusammengeschoben.
Siehst du, wie derjenige, für den das fiktive Universum, für den Berlin Gothic *geschaffen worden ist, dir dabei zusieht, dass du auf etwas lauschst?*
Till wagt kaum noch zu atmen.
Was ist mit deiner Figur los, diesem Till, sagt der Leser von Berlin Gothic *zu mir. Dieser Till macht gar nichts mehr, sagt er zu mir, er wartet nur noch. Dieser Till wartet darauf, dass du etwas tust – und damit meint der Leser mich, Till.*
Till wartet, lauscht, die Augen geschlossen.
Hörst du mich, Till? Hast du verstanden, was ich gesagt habe?
Ich höre dich – aber wer bist du?
Ich bin dein Autor, Till, dein Schöpfer – ich bin Jonas Winner.

Sechster Teil

1

Till ist schweißüberströmt, als er aus der Vision gerissen wird. Durch die breite Glasfront, die auf die Lichtung vor dem Haus geht, sieht er, wie sie sich aus dem Erdreich emporwühlen. Schlammverschmiert, verwaschen, verkommen – aber zu Hunderten. Zu Tausenden. Eine Flut sich bewegender Wesen, die hervorquellen aus der Erde, den Schächten, Gräben und Kanälen, die in die versteckte Stadt hinabführen – in die Stadt, in der er mit Bentheim umhergeirrt ist, in der noch immer Bentheims Knochen liegen müssen – und wahrscheinlich auch die Gebeine der beiden Hunde, zwischen denen er, Till, als Junge nicht wählen konnte.

Haben sie sie damals am Leben gelassen?

Es reißt ihn von seinem Stuhl, er hetzt durch die Tür in das steinerne Foyer des Hauses, zum hinteren Eingang, hindurch, die Stufen hinunter, geradeaus über die Lichtung, auf der die Gestalten noch nicht erschienen sind, zum Waldrand, der wie eine Rettung dunkelgrün vor ihm schimmert.

Till weiß nicht, wo Felix ist, er hat ihn nicht mehr gesehen, seitdem er zuletzt mit ihm über sein Vorhaben gesprochen hat. Till hat niemanden im Haus angetroffen, als er sich in das Arbeitszimmer zurückgezogen hat, um das fiktive Universum zu studieren.

Er weiß nicht, wohin er laufen soll, er weiß nicht, ob er sich besser verbarrikadiert hätte, er weiß nicht, ob er Hilfe rufen soll – er denkt nicht geradeaus oder klar oder logisch, er läuft nicht kraftsparend, er versucht nicht, sich zu orientieren – er stürzt einfach nur los, gejagt von dem Grauen, das über dem Haus zusammenschlägt. Hinter sich hört er das Krachen und Prasseln, Quietschen und Splittern, aber er stürzt nur den Waldweg hinunter und dreht sich nicht um. Hetzt zwischen den Bäumen hindurch, duckt sich, um den Zweigen auszuweichen, spürt, wie die Blätter und Äste ihm ins Gesicht peitschen, rennt an dem Friedhof vorbei, tiefer hinein in den Wald …

Plötzlich kommt er sich vor wie ein kleiner Junge, elf Jahre alt oder zwölf, der kopflos vor einem Schrecken davonstürmt – und der doch zugleich ahnt, dass er dem Schrecken nicht wird entkommen können, denn es ist nichts, das hinter ihm her ist, sondern etwas, das sich in seinem Herzen eingenistet hat.

2

»Was hast du in Gang gesetzt? Woran hast du all die Jahre mit Henning und deinen Leuten gearbeitet?«

Lisa hat Felix über den Rasen auf sie zukommen sehen, als Betty mit ihrem Wagen auf das Grundstück gefahren ist. Sie hat die Tür aufgestoßen, ist aus dem Fahrzeug gesprungen und ihm entgegengelaufen.

»Lisa, hör mir zu ... es geht um mehr als nur darum, was mir oder dir recht ist ... es –«

»Um was, Felix? Was könnte rechtfertigen, was du getan hast?«

Sie hört etwas splittern, sieht, wie der Wasserhahn an der Hauswand abfliegt, der Gartenschlauch durch die Luft wirbelt, das Wasser in einer steilen Fontäne nach oben schießt. »Die Stadt, Felix ...«, stößt sie hervor – er hat sich nach dem Wasserhahn nicht einmal umgedreht.

»Es konnte so nicht weitergehen, Lisa, wir mussten uns ein Ziel stecken, ein Ziel, um endlich herauszukommen aus einer jahrhundertealten Verwirrung.«

Er muss den Verstand verloren haben. Sie sieht Felix' blitzende Augen, hört, wie hinter ihr Betty die Autotür zuschlägt. Da schießt Lisas Blick an Felix vorbei zu dem Carport, der sich neben dem Haus befindet, zu seinem Wagen, der dort geparkt ist und sich ein wenig geneigt hat ...

Der Boden – der Boden, auf dem das Auto steht, hat sich abgesenkt!

»Was für ein Ziel, Felix? Hast du den Verstand verloren?«

Sie sieht, wie sein Wagen in den Spalt, der sich vor ihm aufgetan hat, hineinrutscht – spürt, wie das Gras, auf dem sie steht, zu vibrieren beginnt.

»Was geschieht mit uns, Felix?«

Da bricht etwas neben ihr durch den Rasen nach oben ... ein Tier, eine Ratte, ein Marder – nein – ein ARM, an dessen Ende die Hand mit Fingern wie verkrampften Dornen absteht, als wollte sie sich in Lisas Bein graben und sie mit sich hinab ins Erdreich reißen. Schon platzt auch die Erde daneben auf, und etwas schießt nach oben, bäumt sich in Lisas Richtung. Im nächsten Augenblick liegt sie auf dem Boden und sieht, wie sich der spitze Absatz ihres Schuhs ins Auge der Gestalt rammt, die aus dem Erdreich hochsteigt.

Lisa hört das glitschige Geräusch des Eindringens, sieht, wie die andere Pupille auf sie gerichtet ist, wie die Haare dem Wesen in die Stirn hängen. Es ragt bis zur Brust aus dem Erdreich heraus, seine Hand hat sich in ihren Knöchel gekrallt, mit der anderen Hand stützt es sich auf das Gras, um sich ganz aus dem Boden zu stemmen und sich auf sie zu stürzen. Lisas Hacken in seinem Auge aber hält es auf. Es blinzelt, und Lisa reißt ihr Bein an sich, spürt, wie der Dorn aus dem Auge herausgleitet, dreht den Kopf nach oben, um nicht sehen zu müssen, was ihr Schuh in dem empfindlichen Organ angerichtet hat.

Um sie herum tobt der Wahnsinn.

Es ist, als würde sie auf einer Eisscholle liegen und ein Schwarm Haie nach ihr schnappen.

Das Erdreich, das Gras – das gesamte Gelände muss unterhöhlt gewesen sein. Wohin auch ihr Blick zuckt, sieht sie den Boden abrutschen, einsacken, sich öffnen, sieht sie Köpfe, Glieder, Arme, zu Krallen gespreizte Hände aus der Erde schießen.

Das Jüngste Gericht.

Die Auferstehung der Toten.

Hat Felix sein Haus auf einem alten Friedhof gebaut?

Oder brechen die Wesen aus Stollen hervor, die sich unter dem Grundstück entlangziehen?

Das Wesen, das Lisa am Knöchel gepackt hat, schießt aus dem Boden, als ob gewaltige Federn unter seinen Füßen befestigt wären. Es ist ein Mann – jetzt kann Lisa es erkennen –, ein Mann, der nicht mehr er selbst ist.

Sie sieht die Erde von seiner verschmutzten Kleidung abfallen, sieht, wie sich das noch intakte Auge auf sie fokussiert, wie seine Arme sich ausbreiten, um nach ihr zu greifen. Spürt, wie sie sich vom Boden abstößt, hochreißt, zu rennen beginnt, gerade noch zwischen seinen Händen hindurchschlüpft, die hinter ihr ineinanderschlagen. Dann sieht sie, wie Bettys Wagen zwischen ihr und dem Haus wendet und Richtung Einfahrt rast – die Beifahrertür fliegt auf! Felix hat sie von innen aufgestoßen, mit der Linken das Steuer festhaltend.

Es ist ein Toben und Brodeln, als ob das ganze Grundstück begonnen hätte zu kochen.

Lisa fliegt zu dem Wagen, ihr Kopf schlägt hart gegen das Dach, als sie hineinspringt, ihr Fuß wird über den Sandweg gerissen, als Felix Gas gibt. Mit einem Aufschrei zieht sie sich in das Auto, die Tür wird hinter ihr durch die Fliehkraft ins Schloss geschleudert – und vor ihnen öffnet sich die Piste zu einem Krater. Lisa fühlt, wie sich Bettys Hände von hinten in ihre Schultern graben, sie wird zur Seite gerissen, als Felix das Steuer herumreißt, in den Sitz gepresst, als er beschleunigt, sieht, wie der Pfeiler der Einfahrt auf sie zurast, hört es splittern, als sie den Pfosten streifen – und krallt ihre Hände ins Armaturenbrett, um durch die abrupten Bewegungen des Fahrzeugs nicht aus dem Sitz geschleudert zu werden.

3

Es ist alles noch da.

Der Seitenflügel, der sich halbkreisförmig um den Innenhof zieht und in dem die Schlafsäle zu ebener Erde liegen. Der Essraum mit dem Kreuz an der Wand und den Bänken, die am Boden festgeschraubt sind. Die Geräte auf dem Spielplatz zwischen den hochstämmigen Nadelbäumen, die Kienäpfel auf dem Sandboden, das ausgeblichene und zum Teil zerborstene Plastikspielzeug neben den Holzbrettern, mit denen der Buddelkasten eingefasst ist.

Brakenfelde.

Verlassen.

Zwölf Jahre lang ist Till nicht mehr hier gewesen seit jenem späten Nachmittag, als er einfach immer weitergerannt ist, durch das Gatter hindurch in den umgebenden Wald, immer weiter durch das Unterholz, immer schneller, bevor Dirk ihn einholen konnte, Dirk, dem er vergeblich zu erklären versucht hatte, dass es Armin nicht gutgehen würde.

Brakenfelde.

Das Heim, in dem er davor gelebt hatte, solange er denken konnte, in dem er die vielleicht unglücklichste Zeit seiner Kindheit verbracht hat.

Brakenfelde, in dem sich sein Bruder Armin in seinem Zimmer erhängt hat.

Till ist den Waldweg an dem Friedhof vorbeigerannt, auf dem Armin begraben liegt – und plötzlich hat er die Gegend wiedererkannt. Die Lichtungen und Wege und Bodensenken zwischen den Bäumen, die er schon als Kind hinaufgerannt ist, die Sandkuhlen und Hohlwege, in denen er mit Armin und seinen Freunden Verstecken oder Indianer oder Soldaten gespielt hat.

Die Lichtungen und Winkel des Waldes, die sich um das Heim herum erstrecken – um das Heim herum, aus dem Till nach Armins Tod in jener verzweifelten Nacht geflohen ist.

Brakenfelde.

Es liegt kaum zwanzig Minuten Fußweg von Felix' Haus entfernt. Es sind praktisch Nachbargrundstücke! Das Kinderheim, in dem Till aufgewachsen ist, bevor die Bentheims ihn aufgenommen haben, und Felix von Quitzows Haus, der alles darangesetzt hat, um in den Besitz der Schriften von Xaver Bentheim zu kommen.

4

»Ich habe dich so lange nicht richtig angeschaut, Till, komm doch mal her, hier ans Licht … ja, genau.«

Es ist nicht weit gewesen. Was ihm als Junge wie eine Weltreise vorgekommen wäre, hat keine zwei Stunden gedauert. Zwei Stunden Marsch durch die bewaldete, hügelige Sandlandschaft am südlichen Stadtrand Berlins. Zwei Stunden von Brakenfelde bis zum Haus der Bentheims.

Die Sackgasse, die Veranda mit den mächtigen Säulen, die Freitreppe, die auf das Dach des Vorbaus führt. Es ist alles noch da. Nicht ganz so frisch angemalt wie damals, nicht mehr so gut gepflegt, dafür aber umso verwunschener. Mit Bäumen, die noch älter, Sträuchern und Hecken, die noch dichter geworden sind und den Blick in den Garten des Hauses noch weniger durchlassen.

Als Till an der Villa angekommen ist, ist die Haustür verschlossen gewesen, und niemand hat auf sein Klingeln geöffnet. Er ist an dem Haupthaus vorbei in den Garten gelaufen, hat die Glastür zum Wohnzimmer offen stehen gesehen und das Haus ohne weiteres betreten. Hat den flüchtigen Mischgeruch nach frischer Wäsche und Holz wahrgenommen, der sich in all den Jahren nicht geändert zu haben schien. Vom Wohnzimmer aus ist er in die Halle gegangen, hat das ganze untere Stockwerk abgesucht, aber niemanden angetroffen. Erst im oberen Stockwerk hat er sie dann entdeckt. Julia Bentheim.

»Er hat es so gewollt, Till. Er meinte, dass es gut für dich wäre.« Till spürt, wie ihr Blick sein Gesicht überwacht, um zu sehen, wie er diese Nachricht aufnimmt.

Grauhaarig und ein wenig eingefallen liegt sie vor ihm, obwohl sie noch gar nicht so alt ist.

Nein, ihr fehle eigentlich nichts, hat sie auf seine Nachfrage geantwortet, und Till hat gesehen, wie sie sich gefreut hat, ihn bei sich zu haben. Sie habe sich nur ein wenig müde gefühlt und deshalb ins Bett gelegt.

Er hat sich zu ihr auf die Bettkante gesetzt und erst langsam, dann immer hastiger davon berichtet, wo er gerade herkommt. Wie das sein kann, dass Brakenfelde so nah beim Haus von Felix von Quitzow liegt. Dass nicht einmal ein Zaun die beiden Grundstücke voneinander abgrenzt.

Lange schaut sie ihn von ihrem Kissen aus an, und vielleicht zum ersten Mal fällt Till auf, wie ähnlich sich Julia und ihre Tochter Lisa eigentlich sehen.

»Er wollte, dass du stark wirst, stark und mit eiserner Durchsetzungskraft, damit du einmal zu Ende bringen kannst, was er und Xaver begonnen hatten. Er hatte kein Vertrauen in Max. Er hielt ihn für labil, für unkonzentriert und verdreht.«

Till starrt sie an.

»Ich sollte dich nicht aus den Augen lassen, Till. Nach dem Tod deines Bruders hat er alles dafür getan, dass immer jemand auf dich aufpasst. Er wollte nicht, dass dir etwas zustößt. Auch nachdem du aus Brakenfelde geflohen bist, warst du nie wirklich allein. Als du mir plötzlich vor den Wagen gesprungen bist ... ich konnte nicht mehr schnell genug bremsen. Ich habe einen furchtbaren Schrecken bekommen und war unendlich erleichtert, als Trimborn festgestellt hat, dass dir nichts passiert ist.«

Während Till ihren Worten lauscht, ist es ihm beinahe, als würde sein ganzes Leben zerplatzen wie ein filigranes Traumgebilde, das beim Herauftauchen aus dem Schlaf zerstäubt.

»Warum hast du mir denn nie ...«, seine Stimme ist belegt, und doch wendet er den Blick nicht von ihrem Gesicht ab, das er in all den Jahren so liebgewonnen hat, »... warum hast du mir denn nie etwas darüber gesagt? Wie konntest du das vor mir verschweigen?«

Er sieht, wie es sie aufwühlt, darüber zu sprechen. »Du warst ein prächtiger, gesunder Junge, Till.« Ihr Blick ist weich, und sie hat seine Hand genommen. »Ich hatte das Gefühl ... ich weiß nicht. Max war unglücklich, ständig habe ich mir über ihn Sorgen gemacht. Aber du? Du hattest etwas Unbeschwertes, Glückliches an dir ... und ich wusste nicht, ob ich das nicht zerstören würde, wenn ich dir sagte, wer dein Vater ist.«

Felix.

Felix von Quitzow ist sein Vater. Felix hat ihn und seinen Bruder Armin nach Brakenfelde gegeben, damit sie im Kinderheim aufwachsen. Um sie abzuhärten, um sie der Aufgabe gewachsen zu machen, die Felix für seine Söhne ins Auge gefasst hatte. Sie sollten einmal das Vorhaben fortführen, das er schon damals im Kopf gehabt hatte. Das fiktive Universum fortsetzen – gerade so, wie Felix es vorhin mit Till besprochen hat. Natürlich wusste Felix auch damals schon, dass die Maschine, die ihm vorschwebte, ihren Zweck erst würde erfüllen können, wenn viele kommende Generationen daran gearbeitet haben würden. Aber Felix war auch klar, dass seine Maschine ihr Ziel überhaupt jemals nur erreichen konnte, wenn in jeder einzelnen zukünftigen Generation alles richtig gemacht werden würde. Wenn jeder neue Baustein des fiktiven Universums die Sucht der Menschen nur noch steigern würde, bis schließlich alle dem Sog verfielen. Dafür, dass seine Nachfolger dies hinbekämen, hatte Felix sorgen wollen, indem er Till und Armin nach Brakenfelde geschickt hat – wo sie abgehärtet werden sollten, anstatt im Überfluss weich zu werden.

Armin jedoch hat das nicht überlebt.

5

Till sieht Felix' Gesicht so nah vor sich, wie er es noch nie vor sich gesehen hat. Es ist eine Nähe, bei der ihm übel wird, eine Nähe, bei der er sich vorkommt wie ein Kater, der sich in einen anderen Kater in einem Kampf verbissen hat. Er spürt, wie Felix sich wehrt, wie seine

Hände sich in Tills Haar krallen, aber Till ist jünger als er, biegsamer und kräftiger.

Er hat mit dem Rücken zu Julia am Fenster gestanden und in den Vorgarten hinuntergeblickt, als er sie hat kommen sehen. Den Wagen, der die Straße entlanggerollt ist – und die Erschütterungen, die sich unter dem Rasen, unter dem Pflaster abgezeichnet haben.

Eine junge Frau ist aus dem Wagen gesprungen, nachdem er gehalten hat, und am Koi-Teich vorbei auf das Haus zugeeilt. Till ist so abgelenkt gewesen, dass er sie beinahe nicht erkannt hätte, obwohl er sie als Mädchen an genau der gleichen Stelle vor zwölf Jahren zum ersten Mal gesehen hat – und seitdem kein Tag vergangen ist, an dem er nicht hundertmal an sie gedacht hat.

»Mama? Mama!« Lisas Stimme hat durchs Haus geschallt, während sie die Treppe hochgestürmt ist.

»Till!« Lisa hat sich nicht lange damit aufgehalten, ihn zu begrüßen. Ganz offensichtlich hatte sie nicht vergessen, was im Restaurant vor wenigen Stunden erst zwischen ihnen vorgefallen war, aber dafür hatte sie jetzt keine Zeit. »Hilfst du mir bitte?« Sie hat zu ihrer Mutter genickt. »Wir müssen sie hier herausbringen, bevor es zu spät ist!«

Julia ist leicht gewesen wie eine Feder. Till hat sie über die Treppe, durch die Halle und den Vorgarten bis hinaus auf die Straße und zu dem Auto getragen, das mit laufendem Motor am Bürgersteig gestanden hat.

Vorsichtig hat er Julia zu Betty auf die Rückbank gelegt. Und als er sich wieder aufgerichtet hat, ist sein Blick auf Felix gefallen, der aus dem Wagen gestiegen war.

Für einen Moment haben sie sich gemustert, und Till hatte das Gefühl, er würde diesen Mann zum ersten Mal so sehen, wie er wirklich war. Im nächsten Augenblick hat er durch die Arme, die Felix abwehrend nach vorn gestreckt hatte, hindurchgegriffen und ihn nach oben gerissen, als würde er einen kleinen Baum entwurzeln.

»Du hast zugelassen, dass Armin stirbt!«

Till achtet nicht auf das, was um sie herum geschieht. Hört nicht das Brausen und Rauschen, das sich zu einem schrillen Zischen und gellenden Pfeifen steigert. Sieht nicht, wie die Fahrbahn, auf der sie stehen, aufbricht, aufreißt wie ein Rachen – dass die Zähne in diesem Schlund aus Gestalten bestehen, die aus der versteckten Stadt nach oben durchbrechen. Ein Maul so groß wie der Abgrund, den Bentheim beschrieben hat, als Till ihn in seinem Arbeitszimmer belauscht hat.

Die ganze Straße platzt auf, als hätte ein Rohrbruch die Erde darunter seit Wochen unterspült. Ein Riss, der sich bis in die Vorgärten hinein fortsetzt, und das Krachen, das hinter Till dröhnt, ist das Krachen in den Mauern der Häuser.

Er spürt, wie sich Felix' Hände in seine Wange krallen, sieht, wie die Rümpfe der Gestalten aus dem Loch klettern, das in dem Asphalt klafft. Noch werden sie festgehalten, noch stecken sie halb in der Erde, weil der Boden, aus dem sie sich herauszuarbeiten versuchen, nachgibt und sie immer wieder zurückrutschen, darin versinken, sich erneut daraus hervorarbeiten müssen.

Da explodiert Tills Kraft, und er schleudert den zappelnden Leib, den er festhält, von sich. Es kommt ihm so vor, als würde er skalpiert, als Felix' Krallenhände sein Haar büschelweise mit sich reißen. Der Schrei, den Felix ausstößt, scheint für einen Moment das tosende Brodeln, das alles durchdringt und überschwemmt, zu übertönen. Till sieht Felix' Gesicht, sieht den sich im Flug drehenden Körper, sieht, wie Felix auf den Leibern aufschlägt und zwischen sie rutscht. Wie sein Blick sein Entsetzen spiegelt, sein linker Arm und die Beine schon zwischen den rudernden Bewegungen der Gestalten verschwinden, sein Kopf hinterhergezogen wird – und nur noch die rechte Hand wie eine Kralle hervorragt, bis auch sie von dem Leibergemenge verschluckt wird.

Epilog

1

Berlin geht unter. So wie es schon einmal untergegangen ist, als die Bomben vom Himmel gefallen sind und die Stadt verwüstet haben. Als aus der düsteren, schrecklichen Metropole ein Feld aus Brandmauern gemacht wurde.

Butz stiefelt Richtung Alexanderplatz. Wo er sich befindet, ist von den Umwälzungen, die im Untergrund der Stadt vor sich gehen, nichts zu sehen. Nur die Passanten, denen er begegnet, wirken gehetzter als sonst, weniger Autos sind unterwegs – und über der ganzen Stadt scheint eine Spannung zu liegen wie eine gigantische Kuppel aus Glas.

Er hat sich losgerissen von der Frau im *Nikita,* hat die Kollegen benachrichtigt und sie ihnen anvertraut. Dann hat er sich zu von Quitzows Firma aufgemacht.

Das Gebäude war bereits fast vollständig verlassen, als er dort eingetroffen ist. Praktisch den ganzen Tag hat er damit zugebracht, die letzten Angestellten zu befragen. Alles, was Butz wusste, war, dass er den ehemaligen Freund einer gewissen Irina suchte. Aber es reichte. Es ist ihm gelungen, eine Angestellte ausfindig zu machen, die wusste, dass das nur ein gewisser Quentin sein konnte. Und den kannten alle. In einem Keller unter dem trutzigen Gebäude hat er ihn schließlich aufgestöbert.

Als Butz Quentin gesehen hat, wusste er, dass er ihm vor Jahren schon einmal begegnet war, bei einer Geburtstagsfeier von Claire, dass Quentin damals jedoch keinen besonderen Eindruck auf ihn gemacht hat.

Quentin hatte sich auf einer Matratze in der Ecke des Kellerraums zusammengerollt, fast wirkte es, als hätte er sich zum Sterben niedergestreckt. Er ist Butz ausgemergelt vorgekommen, verkommen geradezu, wie bis an die Grenzen seiner Kräfte getrieben von den Dämonen, die er in sich entfesselt hatte. ›Hineingeleuchtet‹, hat er gestammelt, ›wir haben hineingeleuchtet in den Abgrund, den niemand zu betreten wagte.‹

Butz hat ihm das Papier, das er in den Fingern gehalten hat, aus den Händen gewunden und einen Blick darauf geworfen.

Tagebuchaufzeichnung

Er fragt bereits nach mir. Es kann nicht mehr lange dauern, dann wird er hier unten sein, hier unten bei mir – dann wird er mich gefunden haben. Ich werde auf dieser Matte liegen und er in der Türöffnung vor mir stehen.
Warum habe ich ihr gesagt, dass ich Max heißen würde? Als ihre Hand die Schnalle meines Gürtels geöffnet hat und sie in der Toilettenkabine auf mir saß?
Habe ich gefürchtet, ich könnte es nicht über mich bringen, sie zu ... töten? Habe ich befürchtet, sie könnte meinen wahren Namen erfahren und preisgeben – wenn ich nicht die Kraft haben würde, das Leben aus ihr herauszupressen?
Es ist vollzogen. Ich habe den Grund des Brunnens erreicht.
Den Abstieg ins Böse vollstreckt.
Hörst du es?
Seine Schritte auf der Treppe?
Es ist so weit.
Der Moment ist gekommen, an dem ich meine Aufzeichnungen beenden muss.
Mögen diese Notizen niemals verlorengehen. Alle Schmerzen, alle Lust, alles Glühen wäre umsonst gewesen.
Die Klinke an der Tür bewegt sich, die Zeit ist um.
Da ist er!
Lebt wohl.

Butz zieht seinen Regenmantel aus und wirft ihn über die Schulter, während er die Straße weiter entlanggeht. Es ist heiß geworden in der Stadt, der Sommer hat begonnen. Doch das allein ist es nicht, was diese Hitze bewirkt. Es kommt ihm so vor, als würde es das Aufbrechen des Untergrunds sein, das die Hitze entweichen lässt, eine Glut, die sich zwischen den Kabeln, Röhren und Tunneln unter der Stadt gestaut haben muss, die vielleicht nie wieder aus dem Boden getilgt werden kann – auch wenn in Jahrtausenden die Wälder wieder begonnen haben werden, zwischen den Mauerresten zu sprießen, die sich auch dann noch halb vergraben in der Erde finden werden.

Er hätte Quentin an der Wand zerschmettern können, aber er hat ihn nicht mehr angefasst. Quentin ist fast noch ein Junge gewesen, dessen Gedanken über Jahre hinweg wie von einem Seil in eine bestimmte Richtung gezogen worden waren und die sich jetzt, nachdem er sein Ziel erreicht hatte, auf der Stelle drehten. Es war klar, dass Quentin sich von dem, wozu er sich selbst gezwungen hatte, nicht mehr erholen würde.

Butz hat ihn am Leben gelassen, hat nur dafür gesorgt, dass er in Gewahrsam genommen wurde, auch wenn die ganze Stadt bereits ein einziger Hexenkessel war.

Er bleibt stehen, hält den Atem an und lauscht.

Immer wieder dröhnen Geschwader von Hubschraubern über den Schlitz hinweg, den die Straßenschlucht über Butz' Kopf vom Himmel ausschneidet. Ein leichter Brandgeruch von versengtem Gummi liegt in der Luft.

Fast kommt es ihm so vor, als könnte er sie schreien hören, brüllen und winseln, toben und weinen. Die Einwohner Berlins, die stoisch und zugleich gehetzt, abgebrüht und melancholisch versuchen, ihr Leben weiterzuleben, welche Schlacht, welcher Irrsinn auch immer über sie hinwegbrausen mögen.

Butz ist einer von ihnen. Er hat seine Stadt immer für hässlich gehalten, für vernarbt und zerrissen. Und doch liebt er Berlin, auch wenn er gar nicht genau weiß, wieso.

Er wird die Menschen hier nicht sich selbst überlassen! Er wird bei ihnen bleiben und versuchen, dabei mitzuhelfen, dass sie gemeinsam aus dem Chaos, in das die Stadt erneut gestürzt ist, noch einmal herauskommen.

2

Als Lisa in den Rückspiegel blickt, kann sie den Widerschein des Lichtermeers erkennen, der den nächtlichen Himmel überzieht.

Vor ihr aber erstreckt sich schnurgerade die schwarze Autobahn. Gleichmäßig verschlingt der Wagen Stück für Stück die durchbrochene Linie, die sich in der Mitte der Straße entlangzieht.

Auf dem Beifahrersitz neben ihr ist Till zur Seite gesunken und eingeschlafen. Ihre Schwester und ihre Mutter hat Lisa vorhin noch zu Betty nach Hause gefahren. Bettys Haus würde sich außerhalb der primären Gefahrenzone befinden, hatte ihnen ein Straßenposten versichert, und die beiden Frauen wollten dortbleiben, bis sich die Lage geklärt haben würde. Lisa und Till aber haben sich aufgemacht, um die Stadt zu verlassen.

Lisa beugt sich nach vorn und dreht am Autoradio. Es knackt, dann dringt leise Musik zu ihr in die Fahrzeugkabine.

Sie hat mit Till geschlafen, vorhin, kurz nachdem sie die Stadtgrenze überquert hatten. Sie haben auf einem Parkplatz gehalten, sind in den angrenzenden Wald gegangen – und haben sich auf den Boden gelegt. Lisa hat ihren Kopf auf seinen Bauch gebettet und zugehört, wie Till begonnen hat zu sprechen – von der Zeit vor etlichen Jahren, als er zum ersten Mal bei ihnen aufgetaucht ist. Während sie Till zugehört hat, hat Lisa alles wieder vor sich gesehen: Max, Betty, Claire, ihre Mutter … wie sie damals unbeschwert in dem Haus gelebt haben, und ihren Vater, den sie kurz darauf verloren hat. Zuerst hat Lisa nicht verstanden, was Till ihr zu sagen versucht hat. Irgendwann aber hat sie begonnen zu begreifen.

Till war derjenige, der für das Verschwinden ihres Vaters verantwortlich war. Es war kein Zufall, dass ihr Vater nicht mehr aufgetaucht ist, nur wenige Wochen nachdem Till in ihrer Familie aufgenommen worden war. Till hat ihn auf einer Wanderung durch die verborgenen Stollen unter der Stadt in einen Verschlag gesperrt.

Minutenlang hat Lisa Till dabei zugehört, wie er von Max erzählt hat, von Dingen, die sie im Gartenhaus des Vaters entdeckt hatten, davon, was Max und er als Kinder damals meinten, glauben zu müssen.

Sie hat auf dem Waldboden gelegen und seiner Stimme gelauscht, während er versucht hat, die richtigen Worte zu finden. Während er versucht hat, ihr zu sagen, dass er nicht nur schuld war am Tod ihres Vaters, sondern auch am Zusammenbruch ihres Bruders.

Irgendwann hat Lisa aufgehört, auf Tills Worte zu achten, aufgehört, sich darum zu bemühen, den Sinn zu erfassen, den sie haben mochten – und sich ganz dem Gefühl hingegeben, das sie für den Mann empfand, auf dem sie lag.

Sie hat seine Hand genommen und auf ihren Körper gelegt, gespürt, wie er sie berührt und liebkost hat, bis das Verlangen sie beide fest im Griff hatte.

Gleichmäßig zieht der weiße Streifen in der Mitte der Fahrbahn an ihr vorbei. Sie kann noch fühlen, wie Till mit ihr geschlafen hat, und sie weiß, dass der Tag günstig war. Sie hat nichts dagegen unternommen, schwanger zu werden, und sie ist sich sicher, dass auch Till das nicht gewollt hätte.

Max.

Sie werden das Kind Max nennen, wenn es ein Junge werden sollte, denkt Lisa. Und Claire, wenn es ein Mädchen wird, denn Lisa ahnt, dass sie Claire nicht wiedersehen wird.

Es knackt. Die Musik, die aus dem Radio dringt, verliert sich.

Eine Stimme ist zu hören, die die Sendung unterbricht, aber Lisa kann nicht verstehen, was die Stimme sagt – zu sehr sind die Worte von einem elektrischen Knistern überlagert.

Dann dringt nur noch ein gleichmäßiges Rauschen in die Fahrzeugkabine, das sich mit dem dumpfen Brummen des Motors vermischt.

Nacht.

Die beiden Scheinwerferkegel, die vor Lisa über den Asphalt huschen, sind das Einzige, was sie noch sehen kann.

Sie fährt weiter, aber die Welt um sie herum versinkt.

ENDE

Danke!

Berlin Gothic ist ursprünglich von August 2011 bis Juni 2012 in meinem eigenen Verlag, Berlin Gothic Media, als siebenbändige E-Book-Reihe erschienen. Während die ersten Bände bereits veröffentlicht waren, habe ich an den letzten – ziemlich fieberhaft übrigens – noch geschrieben. Das hat den Roman mit Sicherheit geprägt.

Als Erstes möchte ich Anne Middelhoek dafür danken, dass er jeden Band vor Veröffentlichung ausführlich mit mir besprochen hat. Ferner möchte ich Hans-Peter Übleis, Peter Hammans und Johannes Engelke sowie Patricia Keßler und Noomi Rohrbach für die großartige Betreuung bei Droemer Knaur danken, ebenso meinem Agenten Harry Olechnowitz, mit dem ich alle Belange dieses Experiments immer offen besprechen konnte. Außerdem möchte ich Numi Teusch und Penelope Winner dafür danken, dass sie nie aufgehört haben, das Vorhaben zu unterstützen.

Und schließlich möchte ich all jenen danken, die dabei waren, als ich praktisch nicht mehr aus meinem Arbeitszimmer herausgekommen bin, weil ich wie besessen davon war, diese Geschichte innerhalb des angekündigten Zeitrahmens zu Ende zu erzählen. Denjenigen, die die Erstveröffentlichung von *Berlin Gothic* mit Mails, Posts, Tweets, Rezensionen und Kommentaren aktiv begleitet haben. Euer Zuspruch, die Begeisterung und die Anteilnahme waren einfach toll! Jedem Autor, der mit einem Text kämpft, kann ich das nur wünschen. Deshalb möchte ich Euch das Buch widmen.

Eine vollständige Liste der Namen sowie alles weitere zu *Berlin Gothic* und meinen anderen Büchern findet sich wie immer auf:

www.jonaswinner.com

Inhalt

Berlin Gothic 1 7

Berlin Gothic 2 99

Berlin Gothic 3 237

Berlin Gothic 4 345

Berlin Gothic 5 471

Berlin Gothic 6 577

Berlin Gothic 7 687

JONAS WINNER
DER ARCHITEKT

PSYCHOTHRILLER

Ein aufsehenerregender Mordfall, eine Mediensensation: Der Berliner Stararchitekt Julian Götz ist angeklagt, seine Frau und seine beiden kleinen Töchter bestialisch ermordet zu haben. Nachts, im Schlaf. Alle Indizien deuten auf ihn als Täter, doch er beschafft sich ein Alibi.

Der junge Drehbuchautor und Journalist Ben Lindenberger wittert seine Chance, mit einem spektakulären Buch über den Fall zu Bestseller-Ruhm zu gelangen, und stellt Nachforschungen an. Doch bald schon ist er nicht mehr Herr des Geschehens und gerät in einen Sog aus Machtgier, Intrigen, dunklen Geheimnissen und Begierden.

»Aufgepasst! Jonas Winner beherrscht alle Spannungs-Tricks und fesselt mit einem sensationellen Psychothriller, der uns nach allen Regeln der Kunst auf falsche Fährten lockt.«
PETRA – BUCH SPECIAL

LINWOOD BARCLAY
FENSTER ZUM TOD

THRILLER

Bei einem virtuellen Spaziergang am Computer durch Manhattan ist Thomas vor Schreck wie gelähmt: Im Fenster eines Hauses ist eine menschliche Gestalt zu erkennen, über deren Kopf eine Plastiktüte zusammengezogen wird. Thomas ist fest überzeugt, einen Mord beobachtet zu haben. Doch niemand schenkt ihm Glauben – denn er leidet an Schizophrenie. Und am nächsten Tag ist die Aufnahme verschwunden. Hat er sich alles nur eingebildet?

»*Barclays bislang bestes Buch, Hitchcock hätte die Geschichte geliebt. Großartige Unterhaltung – ein Meister der Spannung.*«
STEPHEN KING

JEFF LINDSAY
DEXTER

THRILLER

Dexter ist Papa! Der neue Stern seines Lebens heißt Lily Anne und vollbringt das Unglaubliche: Dexter meint, Liebe zu verspüren, und ist wild entschlossen, endlich kein Serienkiller mehr zu sein. Doch ganz so einfach ist das nicht. Vor allem, als er in die Ermittlungen um einen Kannibalen-Zirkel hineingezogen wird ...

»*Dexter fegt durch die Konventionen des Kriminalromans wie eine frische Brise.*«
DENVER POST